한국의
석비문과
비지문

한국의
석비문과
비지문

심경호 지음

일조각

이 저서는 2016년 정부(교육부)의 재원으로 한국연구재단의 지원을 받아 수행된 연구임
(NRF-2016S1A6A4A01020305).

This work was supported by the National Research Foundation of Korea Grant funded
by the Korean Government(NRF-2016S1A6A4A01020305).

　고대부터 한국의 국가, 집단, 개인은 영토를 표시하고 권력을 드러내며 이념을 선전하기 위해 비석을 건립해 공동의 기억을 만들어냈다. 또한 한 인물의 삶을 기리고 묘역을 표시하며 가계나 학맥 혹은 법맥, 망자의 정치적 위상을 현시하기 위해 묘비를 건립하고 묘지를 묻었다. 본서에서는 전자를 석비(石碑)라고 부르기로 한다. 기공비·신사비·전몰비·기적비·전승비·장경비·정려비·유애비(불망비) 등이 여기에 속한다. 그리고 후자를 비지(碑誌)라고 부르기로 한다. 신도비·묘비·묘갈·묘표·지석 등과 탑비가 여기에 속한다. 석비나 비지 모두 비석으로 통칭될 수 있으나, 묘역의 비지는 한 인간의 삶을 추억하고 죽음을 애도하려는 목적을 지녔다는 점에서 일반 석비와 구분한다. 세계 각 지역의 비석을 건립하고 지석을 묻는 문화는 문화권마다 그 기원이 다르고 형태와 형식이 다르다. 동아시아의 한자문화권에서는 한문 비문을 새기는 방식이 공유되었다. 한국은 4, 5세기에 중국의 입비(入碑)·건비(建碑) 문화를 받아들인 이후 독자적인 관습을 형성했고, 그 실물이 일부 남아 있다.

　『예기』「제의(祭義)」에 "희생이 들어오면 비석에 매어둔다[牲入麗於碑]."라는 내용이 있다. 가공언(賈公彦)은 그 글에 주(注)를 달아 "궁과 사당에는 모두 비가 있어, 해 그림자를 표시하여 시각을 알렸다[宮廟皆有碑, 以識日影以知早晩]."라고 했다. 그러나 비석은 희생을 묶어두거나 시각을 알려주는 기능으로 그치지 않았다. 허신(許愼)은 『설문해자(說文解字)』에서 '비(碑)'는 "세운 돌이다. 공덕을 기록한다[竪石也. 紀功德]."라고 했는데, 이에 대해 남당의 서개(徐鍇)는 『설문해자계전통석(說文解字繫傳通釋)』에서 "옛날 종묘에 비를 세운 것은 희생을 묶어두기 위함이었다. 돌이 아니었다. 후인이 그 위에 공덕을 기록했으니, 석(石)을 따르고 비(卑)의 소리인 이 글자는 진 이래의 제작이다[古宗廟立碑, 以繫牲耳. 非石也. 後人因于其上紀功德, 則此石從卑字, 秦以來製也]."라고 했다. 『예기』 원문과 마찬가지로 '비'에 희생을 묶었다는 설을 받아들이되, 진나라 이후 비석이 공덕 기록을 그 고유한 특성으로 지니게 된 사실을 확인한 것이다. 다만 고고학적 조사에 따르면, 고대에는 청동기의 기명(器皿)에 공덕을 칭송하는 글을 새겼다고 한다. 공덕 기록에 석비가 널리 사용된 것은 명산이나 종묘 뜰에 두어 위엄을 드러내고 영구히 보전할 수 있다는 유효성 때문일 것이다. 이와 동시에 석비는 망자의 공덕을 기려서 그 이름을 불후(不朽)하게 만들기 위한 묘비와 묘지로도 발달했다. 역사적으로 보면 후한 때 묘비를 세우는 풍조가 만연했고, 북위 때는 묘지가 발달했으며, 당나라 때는 묘비와 묘지가 동일 묘역 내에 병용되기에 이르렀다. 승려의 부도에 나란히 세우는 탑비나 석종비도 묘비의 일종이며, 제왕의 능비·능지와 그 가족의 원비·원지도 비지에 포함된다.

　동아시아에서 석비를 건립하고 비지를 안치하는 일은 어떤 절박한 동기를 감추고 있었다. 석비와 비지는 대개 전쟁, 의식, 공인, 죽음, 추존, 명예 회복 등 각별한 사건을 거친 뒤에 제작되었다. 숨이 막힐 만큼 위기감을 느끼거나 앞날이 불투명하다면 사람들은 기억의 공유를 의도하지도 않을 것이고 망자의 현양을 과제로 삼지도 않을 것이다. 하나의 사건은 어느 시기에 이르면 그 나름의 응결된 의미를 가져야 했고, 한 사람의 죽음은 의례적인 형태로 추모되어야 했다. 국가, 개인, 집단, 지역사회는 이념의 강요에 의하여 공동의 기억을 확인하고 망자의 현양을 과제로 삼았다. 중국과 한국의 경우 건비와 매지(埋誌)는 대개 국가 권력의 개입·묵인·추인을 필요로 했으나, 종파나 학맥의 소집단, 가문, 지역민, 민중 집단의 자발적 동기에서 이루어지기도 했다. 그리고 묘지(墓誌)는 '유명(幽銘)'이므로 일단 매립되면 타인이 볼 수 없지만, 매립되기 전에는 일정한 범위에서 열람할 수 있었고 부본(副本)은 문집 등에 수록되어 후대까지 전해지기도 한다. 근대 이전의 지식인들은 입언(立言)의 역할을 자부하여 석비와 비지의 문장 제작에 지극한 공을 들였다. 비석의 건립자, 지석(誌石)의 매립자 들은 비면의 글이 사람들의 주의를 집중시키고 마음을 움직일 수 있는 힘을 지닌다고 믿었다. 그렇기에 석비문과 비지문의 찬자(撰者)는 당대의 작가로서 문화권력을 지닌 사람이 특별히 선정되었다. 또한 석비문과 비지문은 사건의 경과와 인물의 행적을 응결시켜 제시해야 하므로 사건과 행적의 어떤 부분은 적절히 숨기고 어떤 부분은 드러내고 찬미해야 했다. 따라서 찬자는 기록 내용을 선별하고 서술 양태를 선택할 때 긴장을 느꼈으며, 자신의 글이 자신이 의도하는 기능을 얼마나 오래 지닐 수 있을지 의심하기도 했다. 사람들은 석비와 비지들이 훼손되어 나뒹굴고 유리되어 골동화하는 것을 보아 왔다. 중국 진(晉)나라 때 무인이자 정치가였던 두예(杜預)는 자기 이름을 영구히 전하기 위해 학자들을 모아 『춘추좌씨전』에 주석을 달았다. 그리고 낙양성 동쪽 수양산에 자신의 무덤을 미리 만들고 낙수(洛水)가의 돌을 다듬고 거기에 새길 글을 마련해두었다. 또 자신의 공적을 기록한 비를 두 개 만들어, 하나는 현산(峴山)에 세우고 하나는 한수(漢水)에 빠뜨려 영원히 보존되기를 바랐다고 한다. 『춘추좌씨전』의 주석은 오늘날 춘추학 분야에서 그의 이름을 빛내고 있지만, 그가 수양산 남쪽에 세웠다는 묘비, 현산에 세웠다는 공적비, 한수에 빠뜨렸다는 공적비는 발견되지 않았다. 공적을 과장하고 왜곡한 사실이 드러나지 않으려면, 그 비석들이 발견되지 않는 것이 나을지도 모른다. 하지만 비석들이 발견된다면 비주(碑主)의 삶과 당시의 역사를 더욱 풍부하게 상상할 수 있을 것이다.

석비 가운데 기공비의 글은 공덕을 기록하고 칭송하기 위해 본래 운문(韻文)으로 지었다. 그것을 명(銘)이라고 한다. 한나라 때부터 석비의 글은 앞부분에 산문이나 변문의 '서(序)'를 두고 뒷부분에 운문의 명을 두었다. 그 후 후한 때 유행하기 시작한 묘비와 북위에서 성행하게 된 묘지에는 전기(傳記)와 칭송(稱誦)의 요소를 교묘하게 결합시킨 글을 새겼다. 묘비나 묘지의 글도 운문의 명만을 사용하다가, 산문이나 변문의 서와 운문의 명을 함께 사용하게 되었다.

한국에서도 고대국가 시기부터 수·당의 관습을 받아들여 한문 문장을 새긴 석비와 비지가 발달했다. 일본도 7세기 후반에 묘지를 부장하는 관습이 형성되었으나 한문 문장을 새긴 묘비는 발달하지 않았다. 일본의 경우, 묘지만 현재까지 16점이 발굴되었다. 이 사실은 동아시아 한자문화권에서 한문의 사회적 기능이 반드시 등질적이지는 않았음을 알려준다. 한국의 경우, 일찍부터 한문 문장을 일정한 문법과 주제에 따라 '찬(撰)하여' 석비와 비지에 새겼다. 그 발달 과정은 한국문학의 역사적 전개와 밀접한 관련이 있다. 즉, 한국문학 형성기의 비문은 ① 4언 중심의 문언문, ② 선진 고문에

토대를 둔 문언문, ③ 변문(騈文) 투식의 문언문, ④ 한국식(이두식) 한문이 공존한다. 압운(押韻)한 명을 새기는 일은 ①, ②, ③의 세 문체가 독자적으로 충분히 발달한 이후에 이루어졌다. 묘비만을 보면, 고려시대의 비석으로는 고승대덕의 탑비가 지상에 건립되고, 문무 관료나 그 가족의 묘지는 지하에 매장되었다. 14세기 말에 이르러서야 문무 관료의 비석이 묘역의 땅 위에 세워지기 시작했다. 조선시대에 들어와서는 각종 석비가 발달하고, 비지 또한 크게 성했다. 하지만 여성 비주의 비석이 땅 위에 세워진 것은 조선 중기의 일이다.

한국의 비문은 처음에는 운문을 중시하지 않았다. 「광개토왕비」는 압운의 명을 두지 않았고, 「무령왕묘지」도 압운을 의식하지 않았다. 반면에 그 진위를 의심받는 「점제현신사비」의 경우, 짧은 '서'에 이어 총 82자의 운문의 '사(辭)'가 있었으리라 추정되는데, 현재 남아 있는 구만 보면 사의 압운은 『절운(切韻)』계 체계를 따랐다. 이 점을 고려하면, 「점제현신사비」가 설령 위조물이 아니라 하더라도 고대 한국인이 제작한 것이 아님을 알 수 있다. 백제와 신라, 발해에서는 7세기 중엽 이후 비문에 변문을 채용하고 운문의 명을 더했다. 9세기 후반 최치원(崔致遠)은 이른바 사산비명(四山碑銘)에서 '서'는 변문이나 변문·고문 혼용 문체를 구사하고 '명'은 환운법을 치밀하게 구사했다. 이처럼 신라 말, 고려 초에는 대개 비문의 '서'에 변문을 사용했으며, '명'은 압운을 다양하게 시도했다. 고려 초 최언위(崔彥撝)는 11편의 비문을 남겼는데, 대표작 「정토사법경대사자등탑비(淨土寺法鏡大師慈鐙塔碑)」의 '서'를 보면 변문의 대우법(對偶法), 평측교호법(平仄交互法)과 염률(簾律)을 충실하게 지켰다.

고대국가와 고려의 비석에서는 뒷면 글[음기(陰記)]에 한국식(이두식) 한문을 사용하기도 했다. 최언위가 자적선사 홍준을 위해 고려 태조 24년(941)에 작성한 「고려국상주명봉산경청선원고교시자적선사능운지탑비명병서(高麗國尙州鳴鳳山境淸禪院故敎諡慈寂禪師凌雲之塔碑銘幷序)」는 전체 30행, 매 행 59자로, '서'는 변문, '명'은 완벽한 운문이다. 그런데 그 음기는 광평성(廣評省)이 선원의 명칭을 허락하여 내린 첩(帖)으로, 이두를 많이 사용한 한국식 한문이다. 비석의 비양(앞면)과 비음(뒷면)에 각각 정격 한문과 한국식 한문을 분별해서 사용하는 방식은 고려 중엽까지 계속되었던 듯하다.

한국의 석비문과 비지문은 변려-고문의 교체, 무운-유운의 교대, 정격 한문과 한국식(이두식) 한문 병용-고문 중심화 등을 거치면서 기서법(記敍法)이 크게 발달했다. 그것은 언어와 문자의 이원 체계를 활용하여 고유한 문화를 형성해 온 한국문화의 역사적 특성을 대표한다.

석비와 비지에 새긴 글은 광의의 금석문(金石文)에 속한다. 금석문을 연구하는 금석학은 석비와 비지를 대상으로 삼을 때, 비석과 받침돌의 형태, 전각(鐫刻) 상태, 비액(碑額)과 비문의 글씨체 등도 모두 고찰한다. 본서는 석비와 비지에 새긴 문장이나 입비(入碑)를 위해 찬술(撰述)된 문장만을 대상으로 삼는다. 금석학의 관점에서 보면 한정된 연구라고 할 수 있다.

한국에서 석비와 비지의 탁본(拓本)[탑본(搨本)]을 수집하고 법첩(法帖)을 제작하는 일은 고려 말, 조선 초에 이미 흥기했으나, 비문을 정리·연구하는 일은 18세기에 본격화되었다. 김재로(金在魯)와 그 후손들은 주로 조선시대에 제작된 석비와 묘비의 탁본(탑본)을 대대적으로 수집해서 『금석집첩(金石集帖)』과 『금석속첩(金石續帖)』을 제작했다. 홍양호(洪良浩)는 고대국가와 고려의 금석문 자료를 과안한 기록을 남겼다. 19세기 초 서유구(徐有榘)와 성해응(成海應)은 몇몇 석비의 소재지와 건립 연대 등을 고증한 글들을 작성했다. 김정희(金正喜)는 「황초령신라진흥왕순수비」와 「북한산신라진흥왕순수비」를 조사하여 『금석과안록(金石過眼錄)』을 엮었으며, 오경석(吳慶錫)은 삼국시대 이래 금석문의 목록과 일부 판독문을 『삼한금석록』으로 엮었다. 19세기에는 탁본을 감장(鑑藏)하는 일이 하나의 풍조였다. 그 사실은 정약용(丁若鏞)이 1824년에 지은 「또 더위 식히는 여덟 가지 일[又消暑八事]」 가운데 '동복을 시켜 서적을 포쇄하게 함[調童晒書]'에서 살필 수 있다. 탁본에는 도련한 빛나는 종이를 사용했는데 강한 햇빛을 받으면 변질되었다. 그래서 정약용은 "우리나라 탑본은 함께 포쇄하지 말아라, 반짝반짝 도련한 종이가 누리끼리해지리[吾東搨本休同晒, 唾紙光光鈍帙黃]."라고 주의를 주었다.

한국의 성과들을 토대로 청나라의 유희해(劉喜海)는 삼국·고려의 금석문에 대해 고증하여 1832년 『해동금석원(海東金石苑)』(1881년 간행)을 정리했고, 왕창(王昶)은 『금석췌편(金石萃編)』에 한국 금석문을 일부 수록했다. 1922년에는 유승간(劉承幹)이 『해동금석원』에 보유와 부록을 붙여 8책으로 간행했다. 일제강점기에 조선총독부는 한국 금석문을 6년 동안 조사하여 탁본 1,000여 점을 제작해서 1919년 『조선금석총람』을 간행했다. 그 조사를 주도한 가쓰라기 스에지(葛城末治)는 낙랑 금석문과 고려 금석문에 대한 연구를 정리해서 1935년에 『조선금석고(朝鮮金石攷)』를 펴냈다.

해방 이후에는 황수영, 이난영, 허홍식, 조동원, 김용선, 이우태, 정병삼, 이지관, 한국고대사회연구소, 한국학중앙연구원, 한국국학진흥원, 한국사연구회, 각 지방자치단체 문화원, 각 대학 연구소 등이 금석문 정리와 연구에서 탁월한 성과를 냈다. 문화재청 국립문화재연구소는 2002년부터 2006년까지 금석문 자료를 데이터베이스로 구축하고, 2004년부터 한국금석문종합영상정보시스템 홈페이지에 공개했다. 2020년부터는 국립문화재연구소 문화유산연구지식포털에서 판독문과 번역문, 해제 등을 제공하고 있다. 이와 병행하여 문화재청 유형문화재과는 전국 금석문의 현존 여부를 조사하여『금석문조사총람집』Ⅰ~Ⅲ(조계종출판사, 2013)을 간행했다. 또한 국립민속박물관은 총 305기의 묘제에 관한 보고서로『조선시대 묘제(墓制) 자료집』(2007)을 제작했다. 한편 한상봉, 정현숙 등 서예 전문가들은 금석문의 서체 미학을 분석해 왔다.

필자는 옛사람의 풍류를 배워 비석의 글을 뒷짐 지고 읽는 일[負手讀]을 좋아했다. 그러다가 우리나라 석비와 비지의 문장을 읽으면서 비문의 문체적 특징을 살피게 되었다. 즉, 고대 석비의 문장에 압운의 명이 정착되는 과정, 고려 비문의 탁본과 문집 수록 자료의 차이, 사대부 신도비·비지의 기원과 발달 양상, 여성을 위한 묘비의 실상, 이중 비지문 제작 사례, 자찬 묘지에 나타난 주체의 자의식과 생사관 등을 주요 관심사로 삼았다. 2016년에는 한국연구재단의 지원을 받아 석비문과 비지문에 관한 연구를 종합하기 시작했다. 그리고 2017년부터 2019년까지 교토대학 부속도서관 소장『금석집첩』을 전부 열람함으로써 연구 대상을 확장하고, 그동안의 연구 성과를 정리하여 본서를 집필했다. 이때 과안의 실물 자료, 기존의 판독문이나 문집 수록 글들을 다량으로 활용하면서, 자교(自校)와 타교(他校)의 방법으로 원문을 확정하고 기왕의 번역물을 수정하거나 처음으로 번역했다.

본서는 석비문과 비지문의 판독에 문체 분석 방법을 도입하여 필자 나름의 방법론과 판독 결과를 제시하기도 했다. 이를테면 원효의 「서당화상비(誓幢和尙碑)」는 마멸이 심하고, 기존 판독문으로는 단구(斷句)조차 어렵다. 그러나 「서당화상비」의 서(序)가 4언의 제행(齊行)을 많이 사용하고 변문(騈文) 투식의 행문(行文)을 구사했으며, 사(詞)는 환운(換韻)의 4언 고시라는 점을 고려하면 판독과 해석의 범위를 조금 더 확대할 수 있을 것이라고 제안했다. 다른 금석문의 경우도 복합어 및 변자(騈字) 활용, 변문피복(變文避複), 대우(對偶)와 영자(領字), 제산착종(齊散錯綜) 등 행문의 실상을 파악한다면 석비와 비지의 비문을 더 정확하게 판독할 수 있다고 보았다.

본서는 크게 5부로 구성했다. 제1부「비문과 문학 연구」에서는 석비와 비지의 글을 문학 연구의 대상으로 삼아, 협의의 문학성과 광의의 문학성을 개괄한다. 제2부「석비문·비지문 문체의 역사적 개관」에서는 한국에서 문언어법 산문(4언 중심과 제행·산행 병용), 변문 투식 산문, 한국식(이두식) 한문의 세 종류 한문이 발달하면서 그것이 비문에 반영되고 활용된 사실을 검토한다. 또한 8세기 무렵부터 한국에서 운어(韻語)를 중시하게 되고 용운(用韻)을 최상위 고급 문화의 표지로 간주하게 됨으로써 한국문화의 체질이 변화하게 된 궤적을 개괄한다. 고려시대와 조선시대에는 비문의 용운이 바로 문화 권력을 상징했다는 사실을 밝히게 될 것이다. 제3부 「석비문의 문체」에서는 석비의 종류를 그 기능과 역사적 배경의 차이에 따라 구분하고, 각각의 주요 사례를 예시한다. 특히 최근 발굴된 사례들이나 역사·문화적으로 의의가 있는 자료들을 중심으로 비문의 문체를 논하기로 한다. 제4부 「비지문의 문체」에서는 묘비문과 묘지문을 입비의 동기나 목적에 따라 분류하고, 각각의 주요 사례를 중심으로 해당 비지문의 문체를 논하고자 한다. 고대국가와 고려 때 탑비와 석종비가 주류를 이루었다가, 고려 중엽에 묘지가 발달하고 고려 말에 사대부의 신도비와 묘표가 출현한 후, 조선시대에 묘갈과 묘지가 크게 발달하게 되는 과정을 통시적으로 개괄할 것이다. 그리고 비문이 문자 권력의 소산이라는 점에 주목하여 국왕과 왕비·왕족의 비지문과 사대부의 비지문, 정치적 소외계층의 비지문을 구별해 살피기로 한다. 이와 동시에 문자 권력에서 소외되어 있던 여성이 조선 중기 이후에야 지상에 묘비를 세울 수 있게 되었다는 사실을 확인할 것이다. 제5부 「비문의 문체미학과 정치」에서는 문자 권력이 비문을 통해 실현되는 양상을 살펴볼 것이다. 비문의 찬술과 입비, 건비·매지의 과정, 복수 묘도문의 존재, 문자 표현에 관철된 정치적 선언과 비난·변호·생략(은폐)의 사실도 함께 살펴보고자 한다.

본서는 한국의 고대국가, 남북국시대, 고려·조선시대에 찬술된 석비문과 비지문을 대상으로, 비문 제술의 관습과 기서법을 역사적으로 살펴본 연구 결과물이다. 이 연구는 한국문학 연구의 대상을 금석문의 세계로 확대시키고자 하는 시도이기도 하다.

본서를 출간하기까지 수고해주신 일조각 편집부의 강영혜 님과 색인 작업을 도와준 노요한 연구교수에게 감사드린다.

2021년 3월

회기동 작은 마당 집에서

차
례

제4부
비지문의 문체 ·················· 503

일러두기

1. 본서는 국립문화재연구소 문화유산연구지식포털의 한국금석문 판독 자료, 근세 이후의 각종 금석문 목록, 관련 자료의 번역서 등을 참고로 하고, 필자 과안의 탁본(拓本)과 실물 등을 중심으로 원문을 선정하되, 자교(自校)와 타교(他校)의 방법으로 원문을 재확정했다. 탁본은 비석 면에 종이를 대고 두드려서 내용을 베긴 자료로, 탑본(搨本)이라고도 한다. 탁본은 두드리는 기술을 강조하는 표현이고, 탑본은 베끼는 행위를 강조하는 표현이다. 조선의 공적 기록, 특히 왕실 기록에서는 '탑본'이란 용어를 자주 사용했다. 본서에서는 일반적으로 알려진 탁본이란 명칭을 사용하기로 한다.

2. 금석문 목록은 문화재청의 문화유산 목록과 『금석문조사총람집』 I ~III(조계종출판사, 2013)을 참고하여, 『한국문집총간』 350책(민족문화추진회, 1988~2005), 『한국문집총간 속』 150책(민족문화추진회·한국고전번역원, 2005~2012)에 수록된 자료를 이용했다. 또한 2017년부터 2019년까지 일본 교토대학 부속도서관 소장 『금석집첩』을 전부 열람함으로써 본인의 연구 대상을 확장했다.

3. 본서를 집필하면서 황수영, 이난영, 허흥식, 조동원, 이지관, 김용선, 이우태, 정병삼, 한상봉, 정현숙, 한국고대사회연구소, 한국학중앙연구원, 한국국학진흥원, 한국사연구회, 각 지방자치단체 문화원, 각 대학 한국학 관련 연구소, 한국학호남진흥원 등의 금석문 판독, 번역, 연구 성과에 많은 도움을 받았다.

4. 비문의 대부분은 원문이 한문이다. 판독을 새로 한 비문도 있고, 기존 번역을 수정하거나 본인 나름대로 번역한 비문도 있다. 기존 번역물에 의존한 경우에는 번역물의 소재를 밝혔다. 그러나 장기간에 걸친 개고 과정에서 소재 표기를 누락시킨 것도 있을 수 있다.

5. 비문에서 글자를 판독하기 어려운 경우는 그 글자 수만큼 □로 표시하고, 글자 수를 알 수 없는 경우는 ▨로 표시했다. 존대격으로 공란을 둔 경우와 월일의 표기에서 공란으로 둔 경우는 필요에 따라 ▽로 표시했다. 원문의 운문 부분을 인용할 때 필요하다고 생각되면 환운(換韻)한 곳에 」로 표시했다.

6. 비제(지제 포함)의 '병서(幷序/竝書)'는 문헌에서 대개 작은 글씨로 적지만 본서에서는 가독성을 고려하여 글자 크기를 구별하지 않았다. 또한 원문의 협주(夾註)는 쌍행의 작은 글씨로 표기하지 않고 괄호 안에 넣어 구별했다.

7. 비문을 인용할 때 필요한 경우에만 존대격의 공격이나 대두(擡頭) 등을 표시했다. 예를 들면 관직명 표기에서 증직이나 증시를 나타내는 '贈'자, '知製教'의 '教'자 앞은 반드시 한 칸을 띄워야 하지만, 필요한 경우에만 존대격 표시를 했다.

8. 문맥과 용운(用韻), 평측(平仄)에 따른 자교의 경우는 해당 글자를 괄호로 표시하고, 탁본이나 복수 판독문의 이본을 이용한 타교의 경우는 필요하다고 생각될 때만 교감의 근거를 밝혔다. 번역문 등에서 특수한 어구의 뜻이나 전고를 간단히 제시할 때는 번역문의 해당 어구에 '역자 주'나 '인용자 주'로 부기했다.

9. 글자의 평측이나 운목(韻目)의 제시는 『광운(廣韻)』이나 평수운(平水韻)을 따르되, 『광운』에 근거할 때만 그 사실을 밝혔다. 평측은 해당 글자에 '평', '측'을 병기했다. 용운을 밝힐 경우에는 '평東', '平東', '상평성 제1 東운' 등과 같이 표기했다. 경우에 따라 운자나 평측을 볼드로 제시하기도 했다.

10. 본서는 관련 연구 논저를 다량으로 활용하는 한편, 그동안 본인이 발표한 연구 논저를 활용한 부분도 적지 않다. 번거로움을 피하기 위해 관련 연구 논저를 밝히지 않은 곳도 있다.

11. 본서는 한국연구재단 저술지원 사업(2016년 4월~2018년 4월)의 일환으로 추진한 연구과제 『한국 비지(碑誌)와 석비(石碑)의 서사 방식과 문체(The Stelae Inscriptions and Epitaphs of Korea: the Ways of Description and its Styles)』(2016S1A6A4A01020305)의 최종 결과물이다.

1. 비문의 문학적 가치

　석비와 비지(묘비·묘지)의 문장은 금석문에 속한다. 금석문이란 문헌 자료나 고고학적 유물 자료를 제외하고, 청동기·금판·철물이나 석판·점판·전(塼)·바위 등에 새긴 문자 기록을 말한다. 근대 이전에는 문서와 서적 이외에도 문자 자료로 갑골문, 금문, 석문, 토기명문, 죽간·목간기록, 묵서명, 칠기묵서, 포기(布記), 금속화폐명문, 인문(印文) 등이 있었다. 문서 및 서적 이외의 물건에 기록한 것을 명사(銘辭)라 하고, 그것을 연구하는 분야를 명사학이라고 부른다. 금석문은 명사학의 대상 가운데 일부로, 금속화폐명문과 인문은 제외하는 것이 일반적이다. 그런데 한국의 금석문 가운데 가장 중요한 부류가 석비와 비지의 글이다. 이것들을 통틀어 비문이라 부르기로 한다.

　성해응(成海應, 1760~1839)은 『난실담총(蘭室譚叢)』에서 비문의 발달 과정을 다음과 같이 설명했다.[1]

　송나라 손종감(孫宗鑑)의 『동고잡록(東皐雜錄)』「예지(禮志)」에 이러하다. "궁에는 반드시

---

[1] 成海應, 『研經齋全集』 外集 卷58 筆記類 蘭室譚叢 '碑'.

비가 있었으니, 해 그림자를 표지하는 수단이었다. 『예기』「제의(祭義)」에, '군주가 희생을 끌고 와 사당 문에 들어와서 비에 묶어둔다[麗].'라고 했다. 리(麗)란 계(繫)이다. 희생을 묶어두므로 반드시 구멍을 뚫었다. 『예기』「단궁(檀弓)」에, '공실에서는 풍비(豐碑: 나무로 만든 비)에 준하는 것을 사용하고, 노(魯)나라 맹손씨(孟孫氏)·숙손씨(叔孫氏)·계손씨(季孫氏) 등 삼가(三家)에서는 환영(桓楹)[녹로(도르래)를 장치하여 줄을 관에 매단 뒤 그 줄을 조종하여 하관하는 장치─역자 주]에 준하는 것을 사용했다.'라고 했다." 논하는 사람은 이렇게 말한다. (풍비는) 큰 나무를 깎아 만들어, 모양이 석비와 같았다. 곽(椁)의 앞뒤 네 모퉁이에 세우며, 중간을 뚫고 녹로를 걸어 관을 밧줄로 내렸다. 천자는 여섯 개의 밧줄에 네 개의 비를 쓰고, 제후는 네 개의 줄에 두 개의 비를 쓰며, 대부는 두 개의 밧줄만 쓰고 비는 없었다. 주나라가 쇠하고 전국시대를 거쳐 진나라, 한나라에서는 비에 관을 매달았는데, 혹은 나무를 가지고 만들기도 하고 혹은 돌을 가지고 만들기도 했다. 장사 지낸 뒤에는 비를 광(壙) 속에 그대로 두고 다시는 꺼내지 않았다. 그 후에 성명과 관작과 향관을 그 위에 쓰게 되었으며, 후한 때 마침내 문자의 관지(款識)를 하게 되었다. 옛날의 비에는 모두 둥근 구멍이 있다. 사당의 비는 지금 설치하는 것이 없으며, 오로지 묘비만 남아 있을 따름이다.

성해응은 사당의 비와 풍비를 거쳐 광중(壙中)에 묻는 묘지비(墓誌碑)가 발달하게 된 과정을 이와 같이 서술했다.

묘역의 땅 위에 비석을 사용하는 것은 춘추시대까지 소급하지는 않는 듯하다. 공자는 아버지의 묘가 있는 곳을 몰라 어머니의 빈소를 오보지구(五父之衢)에 두었다가 뒷날 방(防)에 합장하고 "나는 동서남북으로 돌아다니는 사람이므로 표지를 해 두기 위해 봉분을 4척으로 높인다."[2]라고 했다. 이를 통해 당시에는 묘비가 일반적이지 않았음을 알 수 있다. 그런데 진(秦)대에는 갈(碣)이 나오고 한(漢)대에는 비(碑)가 발달했다. 처음에는 나무로 만든 풍비를 사용하다가 차츰 석비로 바꾸었다. 석비의 묘비 가운데 갈과 비는 외형적으로 달랐다. 갈은 머리 부분이 원형이고 대좌(臺座)가 없으며 액(額)이 없으나, 비는 머리 부분이 방형이고 대좌가 있으며 액도 있다. 이후 진(晉)대에 지(誌)가 제작되기 시작했다. 후한 때 비를 세우는 풍조가 성행했지만 205년 조조

---

2 『禮記』「檀弓 上」에 보면, "공자는 방(防)에다 부모를 합장하고 말하기를, '내가 들은 바에 의하면, 옛날에는 그냥 묻기만 했을 뿐 봉분은 만들지 않았다고 한다. 그러나 나는 동서남북으로 돌아다니는 사람이니, 표지를 해 두지 않을 수 없다.' 하고는, '이에 봉분을 만드니 그 높이가 4척이었다[於是封之, 崇四尺].'"라고 했다.

(曹操)의 금비령 이후 지상의 비가 사라지고 지하에 묘지비가 사용되었다. 그 후 남북국시대의 북위에서는 묘비를 세우지 않은 반면, 지하에 묘지를 묻었다.[3] 그러다가 수·당 때 이르러 비(碑)와 지(誌)가 모두 발달했다. 당나라 때부터는 묘의 동남쪽 신도(神道)에 신도비를 세우기 시작했다. 뿔 없는 용[螭]을 머리로 하고 거북 모양의 빗돌받침[趺]을 하되, 빗돌받침 위로 높이 9척을 넘지 않았다. 묘주의 생전 관직과 품계가 종2품 이상이거나 사후 증직이 종2품 이상일 경우, 신도비를 쓸 수 있었다. 묘주의 품계가 5품 이상일 경우에는 비를 세우고, 품계가 그보다 더 낮을 경우에는 갈(碣)을 세웠다. 비는 귀부(龜趺)의 높이가 9척 이하, 갈은 방부(方趺)의 높이가 4척 이하로 크기가 제한되었다.[4] 표(表)는 동한 때부터 나타났다. 학문과 덕행을 표창한다는 의미를 지니며, 신분에 상관없이 세울 수 있었다.[5] 조선의 경우 표의 앞면에 묘주의 호칭만 적거나, 묘주와 배위의 호칭만 적었으나, 차츰 음기(陰記)를 상세하게 적는 관습이 형성되었다.

비지의 여러 종류와 문체와 관련하여, 명나라 오눌(吳訥, 1372~1457)의 『문장변체(文章辨體)』에서는 비·갈은 밖으로 드러내는 것으로 문장은 조금 상세하고, 지(誌)·명(銘)은 무덤 속에 묻는 것으로 문장은 근엄하다고 구별했다.[6] 조선의 송시열(宋時烈, 1607~1689)은, 갈(碣)의 글은 주로 묘주를 찬양하고 지(誌)의 글은 주로 사실을 기록하며 표(表)의 글은 주로 의론을 행하므로 표문은 갈문보다 간략하고 갈문은 지문보다 간략하다고 했다.[7] 박세채(朴世采, 1631~1695)는 오눌의 설을 인용하되, 후대로 오면서 갈 이외에 표를 별도로 세우고 그 앞면과 뒷면에 대자(大字)와 각문(刻文)을 각각 새겨 넣고 있지만, 그 유래를 알 수 없다고 했다.[8]

3　川本芳昭, 『魏晉南北朝時代の民族問題』, 東京: 汲古書院, 1998, p.395; 박한제, 『중국중세 호한체제의 사회적 전개』, 일조각, 2019, pp.201~310.

4　柳長源, 『常變通攷』 卷17 「喪禮」 '治葬·誌石'.

5　徐師曾, 『文體明辨序說』, 「墓表」. "按墓表自東漢始, 安帝元初元年立「謁者景君墓表」, 厥後因之. 其文體與碑碣同. 有官無官皆可用, 非若碑碣之有等級限制."

6　吳訥, 『文章辨體』, 「墓文」. "凡碑·碣表於外者, 文則稍詳. 誌·銘埋於壙者, 文則嚴謹. 其書法則唯書其學行大節, 小善寸長則皆弗錄."

7　宋時烈, 「答或人」, 『宋子大全』 卷121. "金石文字, 體各不同. 碑碣主於揄揚, 誌文主於記實. 故碑碣略於誌文. 至於墓表則以議論爲主, 故又略於碑碣矣. 然如別有碑碣, 詳載其世系履歷, 則墓表尤在撮略, 而今玆先墓未知有他文字, 故幷記世系履歷之大槩, 此又墓表之別體也. 如或加詳於此, 則記實爲主, 元非本體也."

8　朴世采, 「石表辨」, 『南溪集』 卷59. "惟墓表云者, 莫知其法. 『文章卞體』曰: '墓表則有官無官皆可, 其辭則敍學行德履.' 然其名實制度未有所徵. … 惟其刻文之制, 則未嘗不同, 而此特言表者, 似亦欲異其稱而時耳. 第今人必於碑碣之外, 更設墳前小石表, 又書大字於陽面, 刻文其背, 與古之制度議論不同, 未知昉於何時也."

지(誌)에 관한 규례는 중국 남조 안연지(顔延之)로부터 시작되었으나,[9] 북위에서 특히 성행했다. 수·당대에 이르러 비와 지가 병용되었다. 송나라『정화오례신의(政和五禮新儀)』를 보면 9품 이하에서 서인에 이르기까지는 지를 쓰지 않았다. 송나라 사마광(司馬光)의『서의(書儀)』「비지(碑誌)」항목에서는 사서(士庶)의 지석에는 성명만 써도 괜찮다고 했다. 주희(朱熹)는 지에 관해, '송나라 고(故) 진사 혹은 처사', '모군(某郡) 부인(夫人)의 묘'라고 쓰고 그 아래 이름과 자, 향리, 연세, 자손 및 장사 지낸 연월을 간략하게 기록한다고 했다.[10] 오눌의『문장변체』는 「사조광기(事祖廣記)」를 인용하여, "묘지는 세계(世系), 연월, 성명과 자, 관작과 본관 등을 그대로 적어서 뒷날 능곡의 변천을 막는 데 쓴다."[11]라고 했다. 조선의 사회와 문화에 깊은 영향을 끼친『주자가례(朱子家禮)』의「상례」편에는 상례의 한 과정으로 '각지석(刻誌石)'과 '하지석(下誌石)'을 두었다. 지석의 경우, 두 조각 돌을 사용하여 하나는 개(盖, 덮개)로 삼아 표제를 쓰고 다른 하나는 저(底, 밑)로 삼아 지문을 쓴다. 장사 지내는 날에 두 돌의 글자 쓴 면을 서로 마주 보게 하여 쇠줄로 묶고, 묘가 평지이면 광내(壙內) 앞쪽 가까이에 묻고 묘가 산비탈에 있으면 광(壙)의 남쪽 3~4자에 묻는다고 했다. 1474년 완성된 조선의『국조오례의(國朝五禮儀)』「대부사서인상의(大夫士庶人喪儀)」에서는 이 '각지석' 내용을 그대로 인용했다.[12] 김장생(金長生, 1548~1632)의『가례집람(家禮輯覽)』(그림 1-1, 그림 1-2)과 이재(李縡, 1680~1746)의『사례편람』에서도 지석은 돌 두 편으로 만들며, 개석(盖石) 윗면에는 대자(大字)를, 저석(底石) 윗면에는 소자(小字)를 새긴다고 했다.[13] 그런데 당송팔가 등 문장가들이 작성한 지문은 지상의 묘비에 새기는 글과 마찬가지로 내용이 풍부하게 되었다. 고려와 조선의 지문도 이러한 경향을 지녔다.

빗돌에 글씨를 새겨 넣는 것을 입각(入刻), 혹은 입비(入碑)라고 한다. 돌에 직접 붉은 안료로 글씨를 쓰는 서단(書丹), 먹으로 글씨를 쓰는 서묵(書墨), 표격지에 쓰는 정

9　李裕元,『林下筆記』卷27 春明逸史「石誌之始」; 최순권,「조선초 지석의 제작과 장법(葬法)」,『호남사림과 필문 이선제 학술대회』, 주최: 호남사학회·향토문화개발협의회, 장소: 국립광주박물관대강당, 2018. 10. 27, pp.57-72.

10　柳長源,『常變通攷』卷15「喪禮」'治葬·誌石'.

11　吳訥,『文章辨體』「墓誌」. "墓誌則直述世系·歲月·名字·爵里, 用防陵谷遷改."

12　『國朝五禮儀』凶禮 大夫士庶人喪儀.『주자가례』는 본문과 주문(注文)으로 구분했는데,『국조오례의』는 모두 본문으로 기록했다.

13　金長生,『家禮便覽』, 圖說,「藏明器下帳笣筲罌誌石圖」·「誌石圖」; 李縡,『四禮便覽』卷5「喪禮」'治葬·刻誌石'.

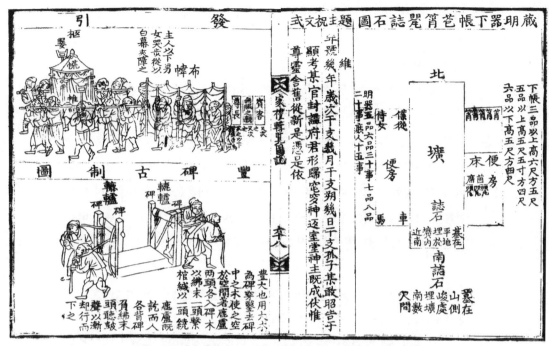

|그림 1-1| 『가례집람』(김장생) 수록 「장명기하장포소영지석도」
(미국 버클리대학 동아시아도서관 아사미문고 소장)

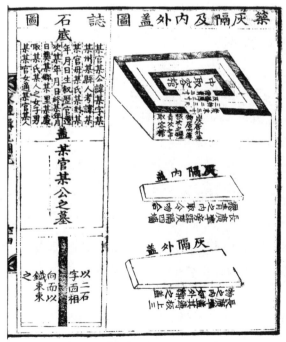

|그림 1-2| 『가례집람』(김장생) 수록 「지석도」
(미국 버클리대학 동아시아도서관 아사미문고 소장)

간(井間), 윤곽을 선으로 그리는 쌍구법(雙鉤法) 등을 사용했다. 조선 후기에는 북칠(北漆) 방법을 많이 썼다. 글씨를 쓴 종이에 밀랍을 칠하고 비치는 글자의 테두리를 그린 후 돌에 붙이고 자꾸 문질러서 글씨 자국을 내는 것을 북칠이라고 한다.

석비와 비지의 문장인 비문은 사적(事蹟)을 기념하거나 비주(碑主) 혹은 지주(誌主)의 일생과 생몰을 기록하면서 폄하없이 포장(褒獎)을 위주로 한다. 이때 사실의 기록, 의론의 개입, 우아한 송축을 착종시켜 수사법을 구사했다. 비문의 기록은 사실을 중시하므로 당대 사료로서 가치가 있지만, 그 문장은 사건이나 인물에 관한 정보를 독특한 관점에 따라 재구성한 수식(修飾)의 결과물이다. 따라서 비문은 사건의 경과나 인물의 삶을 고찰하는 자료인 동시에 문학 연구의 대상이 된다. 현대의 관점에서 보면 비문은 다음과 같은 이유에서 문학 연구의 대상으로 중시하지 않을 수 없다.

① 비문은 한문기초학(문자·음운학·훈고학)의 역사를 서술할 때 1차 자료가 된다.
② 완전한 형식의 비문은 그 자체가 미학 연구의 대상이다.
③ 석비의 사적, 비지의 비주(碑主)·지주(誌主), 그리고 찬술자(찬자)·서사자(서자)에 관한 연구는 문학사회학의 중요한 분과를 차지한다.

2. 형성기의 석비문·비지문

한국의 상고시대와 고대국가의 석비나 비지로서 원래의 모습을 온전하게 전하는 자료는 양적으로 많지 않지만, 역사와 문화 연구에서 그 가치가 매우 높다. 삼국시대와 남북국시대의 석비와 비지를 일람하면 표 1-1과 같다.

고구려 유물의 경우, 명문을 새긴 권운무늬 막새기와 마구리가 1990년대 초까지 9점 발견되었다.[14] 명문 벽돌도 서너 점 알려져 있다. 우산하 묘지 541호(구칭 태왕릉, 19대 광개토경호태왕 담덕의 능) 벽돌에는 "원태왕릉안여산고여악(願太王陵安如山固如岳)"의 길상어(吉祥語) 10자가 새겨져 있다. 이와 달리 가야 출토물은 6세기 후반부터 7세기 전반의 것에서 전문 직인이 한자를 사용했다는 사실을 알려주는 자료가 있을

---

14 李殿福, 「集安 권운무늬 명문 막새기와의 考證」, 김정배·유재신 편, 엄성흠 역, 『중국학계의 고구려사 인식』, 대륙연구소 출판부, 1991, pp.63-76.

|표 1-1| 삼국·남북국시대의 석비문과 비지문

시기	종류	석비·비지
고구려	碑	廣開土王碑, 中原高句麗碑
	墨書銘	遼東城塚墨書銘, 狩獵塚墨書銘, 德興里古墳墓誌墨書銘, 天王地神塚墨書銘, 長川一號墳墨書銘, 長川二號墳墨書銘, 龕神塚墨書銘, 鎧馬塚墨書銘, 伏獅里古墳墨書銘, 坪井里一號墳墨書銘, 高山里一號墳墨書銘, 眞坡里四號墳墨書銘
	石刻	籠吾里山城磨崖石刻, 平壤城石刻第一石, 平壤城石刻第二石, 平壤城石刻第三石, 平壤城石刻第四石, 平壤城石刻第五石, 平壤城石刻第六石
	墓誌銘	泉男生墓誌銘, 泉南産墓誌銘, 泉獻誠墓誌銘, 泉毖墓誌銘, 高慈墓誌銘, 高震墓誌銘, 安岳三號墳墨書銘, 车頭妻墓誌銘, 高玄墓誌銘
	紀功碑	魏冊丘儉紀功碑
백제	誌石	武寧王陵誌石(王), 武寧王陵妃誌石(王妃), 黑齒常之墓誌銘, 黑齒俊墓誌銘, 扶餘隆墓誌銘
	碑	砂宅智積碑, 唐平濟碑, 唐劉仁願紀功碑, 珣將軍功德碑
신라	碑	迎日冷水里新羅碑, 蔚珍鳳坪里新羅碑, 丹陽新羅赤城碑, 明活山城作城碑, 月池出土明活山城碑, 昌寧新羅眞興王拓境碑, 北漢山新羅眞興王巡狩碑, 黃草嶺新羅眞興王巡狩碑, 磨雲嶺新羅眞興王巡狩碑, 大邱戊戌銘塢作碑, 慶州南山新城碑第一碑, 慶州南山新城碑第二碑, 慶州南山新城碑第三碑, 慶州南山新城碑第四碑, 慶州南山新城碑第五碑, 慶州南山新城碑第六碑, 慶州南山新城碑第七碑, 慶州南山新城碑第八碑, 慶州南山新城碑第九碑, 太宗武烈王陵碑, 陝川梅岸里碑, 永川菁提碑(丙辰銘), 慶州滄之碑, 紺岳山碑, 柴將軍碑, 浦項中城里新羅碑
	刻石	蔚州川前里刻石-原銘(乙巳銘), 首力知銘刻石片, 蔚州川前里刻石-追銘(乙未銘·己未銘), 蔚州川前里刻石-癸巳銘, 蔚州川前里刻石-乙卯銘, 蔚州川前里刻石-乙丑銘, 蔚州川前里刻石-癸亥銘, 蔚州川前里刻石-甲寅銘, 蔚州川前里刻石-癸巳銘, 蔚州川前里刻石-乙卯銘, 蔚州川前里刻石-乙丑銘, 蔚州川前里刻石-癸亥銘, 蔚州川前里刻石-甲寅銘, 蔚州川前里刻石-其他銘, 述郎題名石刻, 華嚴寺石刻
	誓記石	壬申誓記石
	墨書銘	順興於宿墓墨書銘, 順興邑內里壁畵古墳墨書銘
통일신라	碑	靈岩貞元銘石碑, 永川菁提碑(貞元銘), 太宗武烈王陵碑, 新羅文武王陵之碑, 金仁問墓碑, 高仙寺誓幢和上碑, 昌寧塔金堂治成文記碑, 斷俗寺神行禪師碑, 禪林院址弘覺禪師碑, 崇福寺碑, 金立之撰聖住寺碑, 我道碑, 淸州雲泉洞寺蹟碑, 義相碑, 葛項寺碑, 泗川船津里碑
	碑片	四天王寺址碑片, 聖德王陵碑片, 興德王陵碑片, 皇福寺碑片, 英陽化川洞寺址發見碑片, 傳三郎寺碑片

시기	종류	석비·비지
통일신라	塔碑	大安寺寂忍禪師照輪淸淨塔碑, 寶林寺普照禪師彰聖塔碑, 雙溪寺眞鑑禪師大空塔碑, 聖住寺郎慧和尙白月葆光塔碑, 月光寺圓朗禪師大寶禪光塔碑, 實相寺秀澈和尙楞伽寶月塔碑, 鳳巖寺智證大師寂照塔碑, 鳳林寺眞鏡大師寶月凌空塔碑, 寧越興寧寺澄曉大師塔碑, 實相寺證覺大師凝寥塔碑, 雙峰寺澈鑒禪師塔碑
	殉教碑	異次頓殉教碑
	塔誌	永泰二年銘塔誌, 法光寺石塔誌, 昌林寺無垢淨塔誌, 寶林寺南塔誌, 寶林寺北塔誌, 禪房寺塔誌, 海印寺妙吉祥塔誌, 五臺山寺吉祥塔誌, 興法寺廉巨和尙塔誌
	石塔記	葛項寺石塔記
	刻石	關門城石刻, 裵零崇刻字石城, 傳崔致遠石刻銘, 蔚州川前里刻石−上元二年銘, 蔚州川前里刻石−上元四年銘, 蔚州川前里刻石−開成三年銘
발해	墓誌	貞惠公主墓誌, 貞孝公主墓誌, 張建章墓誌, 張光祚墓誌, 張行願墓誌
	墓碣	高松哥墓碣
	碑	渤海國學碑片
		日本의 多賀城碑(참고)
	石刻	崔忻石刻
	塔	長白靈光塔銘文

※ 가야의 예는 없다.

뿐, 석비와 비지 자료는 아직 발견된 것이 없다.

한국 고대의 석비와 비지를 비문의 내용 및 형식에 따라 살펴보면, 기공비문(紀功碑文), 수묘비문(守墓碑文), 행정표지(行政標識), 비지문(碑誌文) 등이 있다. 그런데 후대와 마찬가지로 탑비(塔碑)를 포함하여 비지문의 비중이 이미 높았다.

한국 고대의 초기 금석문 자료로 408년(광개토왕 18) 조성된 덕흥리 돌방흙무덤(석실봉토분)의 벽면 56곳에 묵서되어 있는 묘지와 벽화 설명문 600여 자가 있다. 이 「덕흥리고분묘지」는 돌방 전실에서 후실로 들어가는 통로 어귀(전실 북벽 상단) 위에 가로 49.7~50.5cm, 세로 21.5~22.8cm의 공간을 마련하고 기록했다. 전부 14행 154자이다. 유주자사(幽州刺史) 진(鎭)의 고향, 관직, 나이, 장일, 축원으로 이루어져 있다. 초기의 묘지문이 생년을 적지 않고 졸년만 적는 관행을 따랐다. 이 묘지문의 문체적 특징은 다음과 같다.

① 전체는 묘주의 출생과 관력, 죽음과 장례, 축원(후손의 번영과 영화), 결어(묘지명 작성 이유)의 네 부분으로 되어 있다. 축원 부분이 길다. 운문의 명(銘)이 없다.

② 축원의 문장은 4언 제언(齊言)을 골간으로 하되, 변문이 아니며 문체가 질박하다. 또한 불교 산문의 문체와 달리, 허사나 개사를 거의 쓰지 않았다.

이 글이 4언 중심이면서 질박하고, 압운(押韻)을 하지 않은 것은 같은 시기 중국의 묘지(묘지명) 문체와 다르다. 이 묘지의 문체로 볼 때 그 찬술자는 고구려인이었을 것이다. 유주자사 진을 중국인으로 보는 설이 있지만, 그 묘주도 고구려인이었을 가능성이 높다.

414년(장수왕 2)에 건립된 「광개토왕비」의 비문은 서(序)가 있고 기(記)가 있다. 위당 정인보는 "서(序)는 한인(漢人)이 명(銘)의 앞에 놓았던 것과 같지만, 기(記)로 이어서 명에 해당시켜 광개토왕의 전공을 서술했다는 점은 옛 금석문에서도 보기 드문 일이다."라고 했다.[15] 전후 사방으로 어느 한 구절, 치밀하게 그 역학 관계가 계산되지 않은 구석이 없어, 그 문체는 힘을 지니고 있다. 광개토왕의 죽음에 대해 '범용한 사조(辭藻)'를 늘어놓은 것이 아니라 '안가기국(晏駕棄國)'이라고 장엄하게 기록했고, 비려국(碑麗國) 정벌 이후 개선 사실을 서술할 때, 『상서』의 세계를 소요하듯 '전렵이환(田獵而還)'이라고 표현했다.[16]

「광개토왕비」의 문장은 정인보의 설을 참고로 하되 조금 수정하여 4단으로 나누어 볼 수 있다. 즉, 전체를 우선 서(序)와 기(記)로 나누고, 기(記)를 다시 훈적(勳績)을 명기(銘記)한 본사(本詞), 광개토왕의 수묘 교언(敎言), 후사왕의 교언 집행 결의와 규례 포고로 구분한다. 혹은 본사를 다시 2개 단락으로 나눌 수 있다.[17]

---

15 鄭寅普, 「廣開土境平安好太王陵碑文譯略」, 『(庸齋白樂濬博士回甲記念)國學論叢』, 思想界社, 1955. 종래 '광개토경평안호태왕릉비'로도 부르던 이 비를 2013년 동북아역사재단 출간의 서적이 '광개토왕비'로 부른 것을 따라 본서에서는 '광개토왕비'로 표기한다. 연민수·서영수 외, 『광개토왕비의 재조명』, 동북아역사재단, 2013.

16 閔泳珪, 「鄭舊園廣開土境平安好太王陵碑釋略校錄幷書」, 『동방학지』 46·47·48 합집, 연세대학교 국학연구원, 1985, pp.1-20; 민영규, 『강화학 최후의 광경』, 又牛, 1994.

17 전체를 5단락으로 나눌 때 제1 단락은 선왕의 창기(創基), 제2 단락은 광개토왕의 제왕적 모습 총괄, 제3 단락은 광개토왕의 훈적, 제4 단락은 수묘인연호(守墓人煙戶), 제5 단락은 수묘인연호 규정과 그 근거를 다루었다고 볼 수 있다. 심호택, 「광개토왕릉비문의 구조」, 『대동한문학』 26, 대동한문학회, 2007, pp.97-132.

① 서(序)는 광개토왕의 신이한 출생, 세계(世系)와 행력(行歷)을 기록하고, 본사의 앞부분에서 광개토왕의 정벌 공적을 서술했다. 축원 부분이 없다. 수묘 교언과 후사왕의 교언 집행 결의를 적어, 후대의 비지문과 다르다.

② 전체 문장은 고문의 형식이되 4언 중심의 제행(齊行)을 지향했으며, 종결사는 '焉' 자를 2회 사용했을 뿐이다. 허사나 개사를 사용하여 문맥의 의미를 명료하게 했으며, 변문과 달리 대우의 어사를 중첩하지도 않았다. 평측(平仄)의 안배를 전혀 고려하지 않았다.

③ 본사는 뒷날의 묘비에서 말하는 명(銘)과 다르며, 운문이 아니다.

④ 서(序)의 어휘는 특히 전고가 있거나 근거 있는 말들을 선별하고, 명명법에 포폄 의식을 담았다. 기(記)의 지명은 음차(音借)를 주로 했다.

「광개토왕비」의 문체와 평측(平仄) 불채용에 관해서는 이 책의 제2부 부록에서 상세히 논하기로 한다.

「덕흥리고분묘지」와 「광개토왕비」는 어휘사조와 편장구조 면에서 크게 다르다. 하지만 문체는 둘 다 문언어법의 한문산문 행문(行文) 방식을 따랐다. 이미 5세기에 한국인들은 한문의 문언어법을 기서(記敍)에 적극 활용했다는 사실을 알 수 있다.

6세기 전반에 축조된 공주 송산리 무령왕릉에서는 묘주 무령왕과 왕비의 묘지(墓誌)가 각각 1매씩 발굴되었다.[18] 2매의 묘지석은 조조의 금비령 이후 발달한 묘지비 형태가 아니라 북위 이후의 방형이다. 그런데 수·당 때의 묘지석이 개석과 저석으로 이루어진 것과는 달리 판형이다. 또한 왕의 지석 뒷면에는 간지도(방위도)가 새겨져 있다. 12지 중 서쪽에 해당하는 방위 명칭만 제외되어 있다. 왕비의 지석 뒷면에는 매지권(買地券)이 새겨져 있다. 묘지나 매지권의 찬자, 서자, 각자는 밝혀두지 않았다.[19] 이 2매의 묘지석을 통해 다음 사실을 알 수 있다.

① 무령왕 사망: 계묘년(523) 5월 7일 임진. 향년 62세.

18 1974년 발굴 당시 무령왕 묘지는 무덤길 오른쪽(동쪽), 왕비 묘지는 왼쪽(서쪽)에 놓여 있었다. 왕과 왕비 묘지는 무덤방 안쪽에서 텍스트를 읽을 수 있도록 해 두었다. 두 묘비는 가로 41.3cm, 세로 35cm, 두께 5cm(왕비의 것은 4.7cm)의 크기이며, 석록암에 음각 종선으로 줄을 만들고 오른쪽부터 해서체로 글을 새겼다. 현재 국립공주박물관에 보관되어 있다.

19 한국고대사회연구소 편, 『역주 한국고대금석문』 I, 가락국사적개발연구원, 1992; 국사편찬위원회, 『한국고대금석문자료집』 I, 국사편찬위원회, 1995; 한국역사연구회 고대사분과, 『고대로부터의 통신』, 푸른역사, 2004.

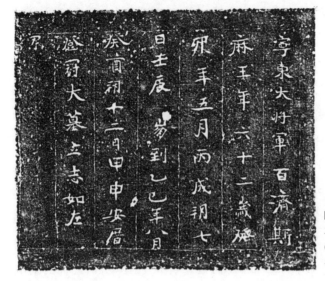

|그림 1-3| 무령왕 지석 탁본
[출처: 국학진흥연구사업추진위원
회 편, 『장서각소장탁본자료집』 I
(고대·고려편), 한국정신문화연구
원, 1997.p.21]

② 무령왕의 대묘 개장: 을사년(525) 8월 12일 갑신. 입지. 간지방위표, 매지권 작성.

③ 왕비 사망: 병오년(526) 12월 수종. 유지(酉地: 서쪽 땅)에서 거상.

④ 왕비의 대묘 합장: 기유년(529) 2월 12일 갑오에 개장하여, 대묘로 돌려보내고 묘지(墓
誌)를 둠.

「무령왕릉지석」의 묘지는 다음과 같다(그림 1-3).

寧東大將軍百濟斯麻王, 年六十二歲, 癸卯年, 五月丙戌朔, 七日壬辰▽崩, 到乙巳年八月癸酉
朔, 十二日甲申, 安厝登冠大墓, 立志如左. 印.

영동대장군 백제 사마왕이 나이 62세로, 계묘년(523) 5월 병술이 초하루인 달, 7일 임진 날
에 돌아가서서, 을사년(525) 8월 계유가 초하루인 달, 12일 갑신 날에 이르러 등관의 대묘에
안조(安厝)한 뒤, 지를 세우기를 왼쪽과 같이 한다. 인(印)

묘지에서는 무령왕을 '영동대장군 백제 사마왕'이라고 표현했다.[20] 영동대장군이

---

20 무령왕은 죽은 뒤에 붙이는 시호이고, 살아서는 사마왕(斯麻王) 또는 융왕(隆王)이라고 불렀다. 『삼국사
    기』 26권 「백제본기」 4, 무령왕 즉위년조를 보면 "무령왕의 이름은 사마(斯麻) 또는 융(隆)이니 모대왕

란 무령왕이 양나라 고조(무제) 21년인 521년의 12월, 양 무제로부터 받은 직함 '사지절도독백제제군사 영동대장군(使持節都督百濟諸軍事 寧東大將軍)'을 줄여서 말한 것이다. 영동은 본래 진동(鎭東)이라 했는데, 그 무렵에 영동으로 바꾸었다. 양 무제 21년은 양나라 연호로는 보통(普通) 2년이다. 무령왕의 묘지는 양나라로부터 받은 외교적 직함인 영동대장군은 명시하면서 양나라 연호는 사용하지 않고 계묘년이라든가 을사년이라든가 하는 간지를 이용하여 연도를 표시했다. '붕(崩)'이란 글자는 대개 천자의 죽음을 뜻한다. 제후의 나라라면 '훙(薨)'이란 글자를 사용해야 했을 것이다. '입지(立志)'의 지(志)는 '誌'의 본자이며, 입지는 기록을 남긴다는 뜻이다. 지석을 묘지비의 형태로 광중에 세워두었던 관습이 있어서 판형의 지석이면서도 '입(立)'이라고 표현했다고도 볼 수 있다. 마지막의 '여좌(如左)'는 문서에서 '如下'나 '如此'와 같이 실제 내용이 아래에 있음을 지시하는 상투어로 사용했다. 줄을 바꾸어 '인(印)' 자를 새겼다. 문건에서 관인(官印)을 찍는 서식을 취한다는 것을 알려주는 부호로 사용한 듯하다. 무령왕 지석을 안치할 때 함께 두었으리라 추정되는 매지문에 '부종율령(不從律令)'이라는 문서식 어투를 사용한 것과 호응한다.

무령왕릉 묘지문에서는 두 가지를 주목할 필요가 있다.

첫째, 묘주의 생년을 적지 않고 졸년(몰년)만 기록한 것은 초기 묘지문의 기서법 관례를 따른 것이다. 졸년의 날짜를 기록하면서 '계묘년 오월 칠일 임진'으로 적지 않고, '오월병술삭(五月丙戌朔) 칠월임진(七日壬辰)'이라고 적은 것은 날짜 기록에 초하루를 밝혀 적는 『춘추』의 관습을 따른 것이다. 천자의 나라만이 책력을 제정할 수 있으며, 제후의 나라나 조공의 나라는 종주국의 책력을 따르고 그 책력에 의거해 초하루를 밝혀 적었다. 이것을 정삭(正朔)이라고 한다. 당시 백제에서는 양나라 책력이 아니라 남조 송나라 책력을 사용했다. 왕이 죽은 계묘년은 백제 무령왕 23년, 고구려 안장왕 5년, 신라 법흥왕 10년, 중국 양무제 보통 4년으로, 523년에 해당된다. 중국의

의 차남이다."라고 되어 있다. 또 『일본서기』 웅략천황조에서는 무령왕의 어머니가 왜에 가던 중 축자도(筑紫嶋)에서 무령왕을 낳았기 때문에 '사마'라는 이름을 붙였다고 했다. 『삼국사기』에는 왕들의 재위 연도만 기록해 두었고, 『일본서기』에는 웅략천황 5년에 해당하는 때(461년) 6월에 무령왕이 탄생했다고 했으므로, 무령왕은 41세에 즉위했음을 알 수 있다. 『삼국사기』에 따르면 백제 동성왕이 좌평 백가에 의해 살해되자 무령왕이 백가의 목을 베어 백강에 던지고서 왕위에 올랐다고 한다. 무령왕은 『삼국사기』에는 모대왕(동성왕)의 차남이라고 되어 있으나, 『일본서기』에서는 곤지왕자의 아들이라고 했다. 이에 따르자면 동성왕은 곤지왕자의 장남이므로, 동성왕과 무령왕은 형제가 된다. 어느 쪽이 옳은지 확실하지 않다.

『주서(周書)』「이역열전」'백제'조와 『수서(隋書)』「동이전」'백제'조에, 백제에서는 송(宋)의 원가력(元嘉曆)을 채용해서 인(寅)의 달로 세수(歲首)를 삼았다는 기사가 있다. 원가력은 송(유송) 문제 원가 20년(443)에 제정되었다. 이 지석에 나오는 월삭(月朔)과 일간지(日刊支)가 모두 원가력과 일치하므로, 백제의 무령왕 때 원가력을 사용했음을 알 수 있다.[21]

둘째, 본문에서 '도(到)'는 '及'의 뜻이다. 문언문에서는 사용할 필요가 없다. 왕비의 비문에는 '到' 자를 쓰지 않았다. '안조(安厝)'는 널을 안치시킨다는 뜻이다. 『삼국지(三國志)』「촉지(蜀志)」'선주감황후(先主甘皇后)'전에, "지금 황사부인의 신령스런 널이 이르러 왔고, 또 재궁이 길에 있으므로, 원릉이 장차 이루어지기까지 안조를 기다려야 합니다."라고 했다.[22] '등관대묘(登冠大墓)'에서 '등관'의 뜻은 명확하지 않다. 후대의 예이지만 북송의 제(制)에 '등관어백료(登冠於百僚)'라는 표현이 있어, '등관'이 '가장 높다'는 뜻으로 사용된 예가 있다. 그렇다면 '등관대묘'는 '왕릉 중의 최고 왕릉'이란 뜻으로 볼 수 있다. 『춘추좌씨전』에 선왕의 무덤을 '대묘'라 부른 예가 있고, 「무령왕비지석」에 '환대묘(還大墓)'라 한 것으로 보아 '대묘'는 왕릉을 가리킨다.

한편 「무령왕비지석」은 표면에 음각으로 횡선을 치고 그 사이에 종선으로 15행을 만들어서 오른쪽 제2행에서 제5행까지 4행에 걸쳐 41자의 글을 음각했다. 내용은 다음과 같다.

丙午年十二月, 百濟國王太妃壽終. 居喪在酉地. 己酉年二月癸未朔, 十二日甲午, 改葬, 還大墓. 立志如左.

병오년(526) 12월 백제 국왕의 태비(太妃)가 돌아가셨다. 거상은 유지(酉地)에서 했다. 기유년(529) 2월 계미 초하루, 12일 갑오에 개장하여, 대묘로 돌려보냈다. 지를 세우기를 왼쪽과 같이 한다.

왕비의 연령이나 성명(가계)을 밝히지 않았다. 마지막에 '印'의 부호도 없다. 이유는 알 수 없다. 묘주의 생년을 적지 않고 졸년만 표기하는 관습을 따른 것은 왕의 지석과

---

21 이은성,「무녕왕릉의 지석과 元嘉曆法」,『동방학지』43, 연세대학교 국학연구원, 1984, pp.103-142.
22 『三國志』「蜀志」卷4 '先主甘皇后'. "今皇思夫人神柩以到, 又梓宮在道, 園陵將成, 安厝有期."

같다. 왕비의 죽음을 '수종'이라고 하여, 왕의 죽음을 '붕'이라고 표현한 것과 구별했다. 왕비의 묘지문은 왕의 묘지문보다 문체가 정돈되어 있다. '도(到)'를 사용하지 않았고, 상례 및 장례와 관련하여 다음 세 단어를 구별했다.[23]

① 거상(居喪): 상복을 입음, 상중에 있으면서 재계함이란 뜻이다. 왕비뿐만 아니라 왕의 경우도 붕어 후 신하들이 27개월 동안 거상하고 장례를 행했다. 후대의 1일 1개월 계산법과 다르다.

② 개장(改葬): 원지(遠地)에 권장(權葬)했다가 일족 공동묘지로 옮기는 경우, 관이나 널이 훼손되어 개설하거나 풍수설에 따라 묘지를 다시 골라서 안장하는 경우를 말한다. 먼저 죽은 부인을 권장했다가 부군이 죽은 후 합장(合葬)하는 일이 많았다. 『의례(儀禮)』「상복(喪服)」에, "개장의 때에는 시마복(緦麻服)을 입는다[改葬, 緦]."라고 했고, 정현(鄭玄)의 주는 "개장이라고 말한 것은 관물이 망가지면 다시 시설하기를 장례 때와 같이 함을 분명히 한 것이다[言改葬者, 明棺物毀敗, 改設之, 如葬時也]."라고 해설했다. 여기서는 부인이 나중에 죽었지만 권장했다가 부부 합장을 한 사례에 해당한다.

③ 환(還): 개장하여 왕의 묘인 대묘에 안장하는 것을 가리켰다.

한편 「무령왕비지석」 뒷면에는 매지권이 6행 58자로 적혀 있다. 토왕·토백을 비롯한 각종 지하 신들에게 '전 1만 문(錢一萬文)'을 주고 신지(申地), 즉 서남서 땅을 매입한다는 내용이다. 주위에는 90매의 오수전이 놓여 있었다.[24]

錢一万文右一件

---

23 성주탁, 「武寧王陵 출토 誌石에 관한 연구」, 『武寧王陵의 研究現況과 諸問題』, 공주대학교 백제문화연구소, 1991; 소진철, 『金石文으로 본 百濟武寧王의 世界』, 원광대학교 출판국, 1994; 장인성, 「武寧王陵 墓誌를 통해 본 백제인의 생사관」, 『백제연구』 32, 충남대학교 백제문화연구소, 2000, pp.161-171; 소진철, 「百濟 武寧王의 出自에 관한 小考」, 『백산학보』 60, 백산학회, 2001; 권오영, 「喪葬制를 中心으로 한 武寧王陵과 南朝墓의 비교」, 『백제문화』 31, 공주대학교 백제문화연구소, 2002, pp.51-63.

24 오수전은 6세기 강소성(江蘇省)에 위치했던 양나라 화폐로, 크기가 작아 치천(稚泉)이라고도 불렸다. 위조 동전의 유통을 막으려고 육곽(肉郭: 돈의 외연)을 없앤 여전(女錢)이었다. 한편 왕의 지석과 왕비의 지석은 둘 다 중간에 구멍이 있다. 시라스 죠신(白須淨眞) 교수는 묘지석의 구멍은 돈꿰미를 끼웠던 흔적이며, 무령왕이 지신에게서 산 무덤 부지가 서쪽(서남서) 땅임을 보여주려고 십이간지 방위표 중 申·庚·酉·辛·戌의 방위를 뺐다고 추정했다. 무령왕만 묻었을 때는 십이간지 방위표를 뒷면에 새긴 무령왕 묘지 판석을 위에 놓고, 매지권을 새긴 다른 판석(나중에 뒷면에 왕비의 묘지를 새김)을 아래에 두었으며, 두 판석 중앙의 구멍에 오수전 꿰미의 끈을 끼워 두었다고 보았다. 시라스 죠신(白須淨眞), 「영동대장군 백제사마왕(무령왕)·왕비 합장묘의 墓券(매지권)·墓誌石에 관한 제언」, 『동서의 예술과 미학: 권영필교수퇴임기념논총』, 솔출판사, 2007.

乙巳年八月十二日寧東大將軍

百濟斯麻王以前件錢詣土王

土伯土父母上下衆官二千石

買申地爲墓故立券爲明

不從律令

전 1만 문, 오른쪽 한 건.

을사년(525) 8월 12일 영동대장군 백제 사마왕은 앞에 말한 건의 전으로 토왕·토백·토부모와 상하 중관과 이천석 관료에게 나아가, 신(申: 서남서)의 땅을 사서 묘를 만들므로, 증서를 작성하여 증명으로 삼는다.

율령을 따르지 않는다.

'詣'는 종래 '訟'으로 해독해 왔으나, '訟'은 쟁론(爭論)·소송(訴訟)의 뜻이므로 문맥에 맞지 않는다. '나아갈 詣(예)'가 옳을 듯하다.[25] '諭'로 해독하기도 하지만, 당시 유시(諭示)라는 뜻의 이 명령어가 사용되었는지는 알 수 없다. '土王土伯土父母'의 '토왕'은 지신을 가리킨다고 볼 수 있다. 다만 한문 고전에서 토지신을 나타내는 말로는 토공(土公)이나 토신(土神)이 있었으나 '토왕'은 생소하다.[26] 토백은 『초사』 등에 신괴의 이름으로 나온다.[27] 토부모란 말은 한문 전적에 용례가 없다. 토왕, 토백, 토부모를 나열하고, 다시 그 아래 상하중관 이천석의 벼슬 이름을 나열한 것은 토지신도 지상의 왕과 마찬가지로 관료 조직을 이루고 있다는 토착신앙이나 도교 사상에서 나온 것으로 보인다. 입권(立券)은 문서를 작성한다는 뜻이다. 무덤으로 쓸 땅을 지신과 계약하여 돈으로 산다는 관념은 후대로 이어졌다. 매지권은 묘의 주혈에 두었으므로, 주혈을 주권(主券)이라고도 했다. 청나라 계복(桂馥)이 엮은 『찰박(札樸)』「주권(主券)」조에 논증이 있다.[28]

---

25 한국정신문화연구원 자료집은 '諭'로 판독했다. 국학진흥연구사업추진위원회 편, 『장서각소장탁본자료집』 I (고대·고려편), 한국정신문화연구원, 1997, p.6.

26 (漢)王符, 『潛夫論』「巫列」. "土公·飛屍·咎魅·北君·衝聚·當路·直符七神, 及民間繕治, 微蔑小禁, 本非天王所當憚也."; 『太平御覽』 卷37 引(三國)(吳)裵玄 『新言』. "俗間有土公之神, 云土不可動."

27 屈原, 『楚辭』「招魂」. "魂兮歸來! 君無下此幽都些. 土伯九約, 其角礿礿些." 王逸 注. "土伯, 后土之侯伯也."; (唐)皮日休, 「虎丘寺古杉」. "勢能擒土伯, 醜可駭山祇."; (南朝·梁)劉勰, 『文心雕龍』「辨騷」. "康回傾地, 夷羿彈日, 木夫九首, 土伯三目. 譎怪之談也."

28 桂馥, 『札樸』「主券」. "塋兆正穴, 俗稱主券, 初所未詳. 及見 『徐文長集』, 中有太康瓦券, 其文言大男楊紹

형성기의 비문과 묘비의 문체를 분석하려면 같은 시기 관구검(毌丘儉)의 「불내성기공명(不耐城紀功銘)」, 당나라 태종의 「주필산기공비(駐蹕山紀功碑)」, 소정방(蘇定方, 592~667)의 「평백제국탑비명(平百濟國塔碑銘)」 등도 함께 논해야 할 것이다.

청나라 옹방강(翁方綱, 1733~1818)은 『소미재난정고(蘇米齋蘭亭考)』[29]에서 "고려(조선을 뜻함-인용자 주)에서 탁본을 뜬 당나라 정원 16년(800) 신라의 「무장사비(鍪藏寺碑)」를 회인대아(懷仁大雅) 찬집의 왕우군(王右軍, 왕희지) 글자와 비교하여 보면, 숭(崇)자 아래에 세 점이 모두 완전하다."라고 했다. 또 "고구려 「집당태종서비(集唐太宗書碑)」를 보면 천(遷) 자가 저수량본(褚遂良本)「난정첩(蘭亭帖)」과 합치하는데, 천(遷) 자의 '西' 아래 부분이 좌변의 한 개 직필로 인해 조금 비었으므로 그 사이의 가로로 그은 긴 획을 바깥쪽으로 삐쳐서 중간에 없어진 한 가로획을 채우고 있다."라고 판독했다. 옹방강은 이렇게 「무장사비」의 글자체도 「집당태종서비」의 글자체와 마찬가지로 왕희지체라 보고, 이를 토대로 「무장사비」도 집자비라고 단언했다. 「무장사비」를 집자비라고 주장한 설은 선뜻 받아들이기 어렵다. 다만 한국의 초기 석비문·비지문이 중국의 서체를 이용한 것은 분명한 듯하다. 그리고 초기의 석비와 비지는 문체 면에서도 중국의 비문에서 취한 면이 적지 않았을 것이다.[30] 800년 무렵 건립된 「무장사비」의 제일 큰 비편과 제일 작은 비편을 연결하면 다음과 같이 판독된다.[31]

… □守大奈麻臣金陸珍奉▽敎□□

… 測氾兮若存者敎亦善救歸于九□□物乎嘗試論之佛道之 …

… □以雙忘□而不覺遍法界而冥立□□□而無機齊大空而□ …

向土公買地一區. 四至極遠, 交錢極多, 蓋紙錢也. 乃知與神立券, 其券卽瘞地中, 故稱主穴者爲主券."

29 翁方綱, 『蘇米齋蘭亭考』, (淸)嘉慶八年(1803) 羊城六書齋刻本; 百部叢書集成 原刻景印 嚴一萍選輯 64; 粤雅堂叢書本, (淸)伍崇曜校刊, 藝文印書館, 1965.

30 「무장사비」는 신라의 守大南令 金陸珍이 짓고 행서로 쓴 것을 새긴 비이다. 무장사는 경주부에 있었는데, 「무장사비」는 그것을 처음 발견한 韓致奫의 시기에 이미 마멸되어 있어서 제대로 읽을 수가 없었다. 「집당태종서비」는 고구려의 「홍법사비」를 말하며, 세간에서는 「진공대사비」라고 불렀다. 고려 태조 23년(940) 7월에 王師 忠湛이 죽자, 홍법사에 탑을 건립하고 친히 비문을 지은 다음 崔光胤에게 명하여 당나라 태종의 글씨를 모아 모각하게 한 것이다.

31 최연식, 「무장사 아미타여래 조상비」, 한국고대사회연구소 편, 『역주 한국고대금석문』 I, 가락국사적개발연구원, 1992, p.306. 이후 최영성은 제1행의 '奉敎' 밑 글자를 두 글자로 추정하고 그 아래 부분에서 '皇龍寺'를 새로 판독했다. 최영성, 「무장사 아비타불 조상비 연구」, 『무장사 아미타불 조상사적비 정비 연구보고서』, 경주시, 2009; 최영성, 「신라 무장사 비의 書者에 관한 연구」, 『신라 무장사비 국제학술회의 논문집』, 경주시, 2010.

··· 是微塵之刹沙數之區競禮微言爭崇□□□廟生淨心者久而□ ···

··· 能與於此乎鍪藏寺者

··· 逈絶累以削成所寄冥奧自生虛白碧澗千尋□□□塵勞而滌蕩寒 ···

제2행은 문장 구조가 확실하지는 않지만, '敎亦善救'나 '嘗試論之'는 4언으로 읽힌
다. 제3행의 '□以雙忘, □而不覺'은 4언 대우(對偶), '遍法界而冥立, □□□而無機'
는 6언 대우이다. 제4행의 "微塵之刹, 沙數之區. 競禮微言, 爭崇□□"은 4언 대우의
두 연이다. 제6행은 조선 선조의 손자 이우(李俁, 1637~1693) 등의 『대동금석서』와 조
속(趙涑, 1595~1668)의 『금석청완(金石淸玩)』에 수록된 탁본 모두 '乎而塵勞而滌蕩'으
로 되어 있으나 문장을 이루지 못한다.[32] 또 앞부분은 『삼국유사』 수록문을 근거로
'幽谷' 두 글자를 추가할 수 있되, "碧澗千尋□乎而塵勞而滌蕩寒"의 '尋'과 '乎' 사이
에 한 글자가 아니라 다른 글자들이 더 있었을 것이다.[33] 전체 내용은 해독하기 어렵
지만, 「무장사비」의 행문은 4언 제언을 중심으로 하고 간간이 6언 제언 대우를 사용한
것으로 판단된다. 한자의 평측을 『광운』으로 조사하면 평측교호법을 그다지 의식하
지 않았다. 평측교호법이란 2구 1연의 구말(句末) 평측을 교체하는 방식, 그리고 위 연
짝수구와 아래 연 홀수구의 구말 평측을 일치시키는 이른바 가위렴[鋏簾]이라고 일컫
는 염률(簾律), 이 둘을 말한다.

① □以雙忘, □而不覺: 忘[去漾] 覺[入覺]
② 微塵之刹, 沙數之區. 競禮微言, 爭崇□□: 刹[入鎋] 區[平虞] 言[平元]

①의 2구와 ②의 앞 2구, 뒤 2구는 각각 대우이다. 그런데 ①은 구말의 평측교호를 의
식하지 않았다. ②는 구말의 평측교호와 연과 연 사이의 염률을 의식한 듯도 하다. 「무
장사비」는 4언, 6언의 제언을 간간이 사용하고 대우법도 활용했다. 하지만 평측교호나
염률의 채용 부분은 매우 한정되어 있다. 800년 무렵에는 비문이 변문(騈文)의 투식을
따랐을 가능성이 높은데, 현재의 판독문으로는 그 사실을 확증할 수가 없다.

한치윤(韓致奫, 1765~1814)은 『해동역사(海東繹史)』에서 「불내성기공명」의 불내성

---

32 李俁, 『大東金石書』, 아세아문화사, 1976, p.40; 편자 미상, 「鍪藏寺碑」, 『金石淸玩』 第1卷.
33 이종문, 「鍪藏寺碑를 쓴 서예가에 대한 재검토」, 『대동한문학』 40, 대동한문학회, 2014, pp.271-302.

을 함흥부, 「주필산기공비」의 주필산을 개평현(蓋平縣) 동쪽 산이라고 보았으나, 두 비의 전문은 채록하지 못했다.[34] 한편 한치윤은 다음 사항들을 언급하여, 한국의 비문이 중국의 비문과 일정한 연관이 있다는 사실을 주지시켰다.

① 정관(貞觀) 22년(648, 신라 진덕여왕 2) 신라 왕이 김춘추를 파견하여 조회하자, 태종이 자신이 지은 「온탕비(溫湯碑)」와 「진사비(晉祠碑)」[35]를 하사했다.   -『구당서(舊唐書)』-

② 절강(浙江) 전당(錢塘)의 「고려사견면차부비(高麗寺蠲免箚付碑)」는 정서로 썼다. 주필정(周必正)이 비 뒷면의 글씨를 썼고, 비는 순희(淳熙) 7년(1180, 고려 명종 10) 5월 세웠다.
    -『환우방비록(寰宇訪碑錄)』-

③ 전당의 「고려사첩(高麗寺牒)」은 행서이다. 보경(寶慶) 3년(1227, 고려 고종 14) 1월 세웠다.   -『환우방비록』-

④ 전당의 「고려혜인교사칙첩비(高麗慧因敎寺勅牒碑)」는 행서이다. 소정(紹定) 4년(1231, 고려 고종 18) 11월 세웠다.   -『환우방비록』-

⑤ 전당의 고려 혜인사(慧因寺) 잔비는 행서이다. 세운 날짜는 없고, '군기감승 주□(軍器監丞周□)'의 이름이 있다.   -『환우방비록』-

또한 한치윤은 「평백제국탑비명(平百齊國塔碑銘)」의 전문과 옹방강의 「평제탑탁본제발(平濟塔拓本題跋)」을 소개했다.[36] 「평백제국탑비명」은 660년(신라 무열왕 7), 백제 정벌 과정을 밝히고 의자왕과 태자 융 및 대좌평 사타천복(沙吒天福) 등 700여 명의 왕족과 귀족을 포로로 잡아간다는 내용을 변문으로 작성했다. 비문의 찬자는 종군 문사였던 능주장사(陵州長史) 하수량(賀遂亮)이고, 글씨를 쓴 사람은 낙주(洛州) 하남(河南) 출신 권회소(權懷素)이다. 정약용(丁若鏞, 1762~1836)은 금정도 찰방으로 있던 1795년(정조 19) 9월 13일 충청도 순영을 향해 출발하여 부여현에 이르러 이 비명을 읽고 「소정방의 평백제탑을 읽고」라는 시를 지어 그 사실을 언급했다.[37]

---

34 韓致奫, 『海東繹史』 卷46 「藝文志」 5 '碑刻'.
35 「晉祠碑」는 당나라 高祖가 기병하면서 기도했던 山西省 太原縣의 昭晉祠에 세운 비로, 태종이 「昭晉祠銘」을 지었다.
36 충남 부여 정림사지 5층 석탑에 새겨진 「大唐平百濟國塔碑銘」을 말한다. 민족문화추진회에서 『해동역사』에 실려 있는 비문과 그 이후 학자들의 판독문을 근거로 교감하여 번역한 바 있다. 참고한 자료는 『三韓金石錄』, 『海東金石苑』, 『朝鮮金石總覽』, 『韓國金石全文』이다. 이와는 별도로, 『韓國古代金石文』에 金英心의 교감과 번역이 실려 있다.
37 丁若鏞, 「讀蘇定方平百濟塔」, 『與猶堂全書』 第1集 詩文集 第1卷.

漫漫蟲蝕葉, 鬆鬆雀啄木. 時連四五字, 詞理差炳煜.
侯度數曠闕, 武烈夸迅速. 千年多風雨, 剝落不可讀.
作者賀遂良, 奇文有遺馥. 懷素總能書, 姓權故多肉.
凱歌震水鄉, 當時萬人伏. 雲帆歸滄海, 意氣彌平陸.
勝亦一時欣, 敗亦一時辱. 只今野田中, 蹢躅放樵牧.

구불구불한 전액의 자획은 벌레가 잎을 먹은 듯
숭숭한 필체는 참새가 나무를 쪼은 듯.
이따금 네 글자 다섯 글자 이어져
어휘의 조리가 휘황도 하다.
대총관의 도량을 천추에 드물다 하고
신속하게 무공을 이루었다 과장했군.
천년 세월 비바람을 많이도 겪어
긁히고 떨어져 나가 읽을 수 없구나.
지은 이는 하수량[38]
기이한 문장에 향기 남기었다만,
권회소는 글씨 잘 쓴 편이되
성씨가 권씨라 그런가 군살이 많네.[39]
개선의 노래 강 고을 진동시킬 때
당시의 만백성은 엎드려 있었고,
무성한 돛 달고 바다로 돌아갈 적에
그들의 사기 온 땅에 가득했겠지.
승리 또한 한때의 기쁨
패배 또한 한때의 치욕.
지금은 들밭 가운데 덩그러니 남아
목동이 풀어 놓은 가축이 날뛸 따름.[40]

---

38 하수량(賀遂亮)은 당나라 소정방의 종사관으로, 비문에 따르면 陵州長史의 직함을 지니고 있었다. 정약
   용은 '亮'을 '良'으로 잘못 기록했다.
39 회소라면 글씨가 날렵할 텐데 회소가 아니라 글씨가 날렵하지 못하고 군살 붙은 듯 투실하다는 말이다.
   회소(懷素, 725~785)의 자는 장진(藏眞), 속성(俗姓)은 전씨(錢氏)로 당나라의 서예가이다.
40 원문의 '척촉(蹢躅)'은 돼지가 날뛰는 모습으로, 흔히 소인이 군자를 해치는 형세를 뜻한다. 여기서는 가
   축을 방목해 두었다는 뜻으로 사용했다.

654년(백제 의자왕 14)에 제작된 것으로 추정되는 「사택지적비(砂宅智積碑)」는 화강암 비 가운데 높이 102cm, 너비 38cm, 두께 29cm의 단편만 남아 있다. 정간 속 4행 56자를 식별할 수 있다. 사택지적이 늙음을 탄식하며 불교에 귀의하고 원찰을 건립했다는 내용이다.[41] 이 비문은 변문의 형식대로 구말 평측교호법은 어느 정도 지켰다. 단, 염률은 따르지 않았다(괄호 안은 『광운』의 운목이다).

甲寅年正月九日奈祇城砂宅智積

慷身日之易**往**, 慨體月之難**還**.　：往(上養)　還(平刪)

穿金以建珍**堂**, 鑿玉以立寶**塔**.　：堂(平唐)　塔(入盍)

巍巍慈**容**, 吐神光以送**雲**.　：容(平鍾)　雲(平文)

峩峩悲**狠**, 含聖明以□□.　：狠＝懇(上很)

신라는 6년(남해왕 3)에 시조 박혁거세(朴赫居世)를 모시는 시조묘를 설치하고, 487년(소지왕 9)에 시조의 탄생지인 나을(奈乙)에 신궁을 설치했다. 신문왕(神文王, 재위 681~692)은 687년(신문왕 7) 4월 대신을 조묘(祖廟)에 보내 제사를 지내게 했다. 신문왕의 직계 4조는 문무왕(文武王, 재위 661~681)이 고(考), 태종무열왕이 조(祖), 문흥대왕(文興大王)이 증조, 진지왕(眞智王, 재위 576~579)이 고조이다. 혜공왕(惠恭王, 재위 765~780) 때는 5묘제를 확립했다. 하지만 현재까지 발견된 신라의 왕릉비는 682년(庚寅) 경주 사천왕사(四天王寺)에 건립된 「신라문무왕릉지비(新羅文武王陵之碑)」가 유일하다. 비문을 보면 문무왕이 서거한 후 소장(燒葬: 화장)하고 유골을 원찰 곁에 묻은 듯하다. 고려 중엽까지 사대부의 장송(葬送) 때 화장하고 유골을 원찰의 곁에 묻는 풍습이 이어진 것과 관련이 있는 듯하다. 674년 2월 의상(義相)으로부터 당나라 군대의 침입 계획을 들은 문무왕이 명랑법사(明朗法師)에게 방책을 구하자, 명랑은 채백(彩帛)으로 임시로 사천왕사를 만들고 유가명승(瑜伽明僧) 12인과 더불어 문두루비법(文豆婁祕法)을 거행했다. 이후 풍랑이 일어나 당나라 배가 침몰하였고, 5년 뒤 실제 절을 완성했다고 『삼국유사』에 나온다. 이처럼 사천왕사는 문무왕과 밀접한 곳이다. 1796년(정

41　1948년 충남 부여군 부여읍 관북리에서 발견되었다. 백제에 沙氏 성이 있었던 점, 백제에 大佐平 智積이 있었던 점 등으로 미루어 백제의 비석으로 추정하고 있다. 한국고대사회연구소 편, 『역주 한국고대금석문』 I, 가락국사적개발연구원, 1992.

조 20) 경주부윤 홍양호가 비편을 발견하고 전말을 「제신라문무왕릉비(題新羅文武王陵碑)」에 적었으나 판독문을 제시하지는 않았다. 이후 청나라 유희해의 『해동금석원(海東金石苑)』에 비편의 판독문이 수록되었고, 1961년 하단부, 2009년에 상단부가 발견되었다.[42] 급찬(及飡) 국학소경(國學少卿) 김□□의 봉교찬(奉教撰)인 이 비문은 한 면당 28행이며, 앞면은 한 행마다 글자 수(항자 수)가 41자인 듯하다. 서와 명으로 이루어져 있고, 서는 변문이고 명은 운문이다. 그 행문과 평측·용운 구조에 대해서는 제2부에서 살펴볼 것이다. 비문의 글씨는 구양순체 해서인데 비문의 마지막에 서자(書者)가 대사(大舍) 한눌유(韓訥儒)임을 밝히고 있다.

한편 형성기에는 한국어 어순을 따른 한문이나 이두를 붙인 한문을 사용한 비문도 적지 않았을 것이다. 전자의 대표적인 예는 「임신서기석(壬申誓記石)」이다. 1934년 무렵 경북 경주시 현곡면 금장리 석장사 터 부근 언덕에서 발견되었으며, 국립경주박물관에 보관되어 있다.[43] 비석에는 5행 74자가 새겨져 있다.

壬申年六月十六日, 二人幷誓記. 天前誓. 今自三年以後, 忠道執持, 過失无誓. 若此事失, 天大罪得誓. 若國不安大亂世, 可容行誓之. 又別先辛未年七月廿二日大誓, 詩尙書禮傳倫得誓三年.

임신년 6월 16일에 두 사람이 함께 맹세하고 기록한다. 하늘 앞에 맹세한다. 지금부터 3년 이후에 충도를 집지하고 허물이 없기를 맹세한다. 만약 이 서약을 어기면 하늘에 큰 죄를 얻을 것(큰 벌을 받을 것)을 맹세한다. 만약 나라가 편안하지 않고 크게 세상이 어지러워지면 모름지기 충도를 행할 것을 맹세한다. 또한 따로 앞서 신미년 7월 22일에 크게 맹세하기를, 즉 『시』·『상서』·『예기』·전을 차례로 습득하기를 맹세하되 3년으로 했다.

---

42 비문의 끝에 "25일 경진에 비를 세우다. 대사(大舍) 신(臣) 한눌유(韓訥儒)가 교명을 받들어[廿五日庚辰建碑▽▽▽大舍臣韓訥儒奉 …]"라고 되어 있다. 홍사준, 「신라문무왕릉비단비 추기」, 『고고미술』 제3권 9호, 고고미술동인회, 1962; 국립문화재연구소 편, 『한국금석문』 상, 국립문화재연구소, 2005; 최장미, 「사천왕사지 발굴조사 성과와 추정 사적비편」, 『목간과 문자』 8, 한국목간학회, 2011, pp.171-184 ; 최장미, 「사천왕사 출토 비편의 형태학적 검토」, 『역사와 경계』 85, 부산경남사학회, 2012, pp.161-186.

43 비석은 길이 약 30cm, 너비는 윗부분이 12.5cm이며 아래로 갈수록 좁아진다. 末松保和, 「壬申誓記石」, 『新羅史の諸問題』, 東京: 東洋文庫, 1954; 한국고대사회연구소 편, 『역주 한국고대금석문』 II, 가락국사적개발연구원, 1992.

제작 연대에 대해서는 552년(진흥왕 13), 612년(진평왕 34), 672년(문무왕 12), 732년(성덕왕 31) 설이 있다. 한국어 어순을 따른 한문도 상당히 후대에까지 사용되었을 가능성이 있어, 제작 연대는 쉽게 단정하기 어렵다. 그런데 이 비문은 날짜 표기에 간지+월일 숫자의 방식을 취했다. 월일의 일을 간지로 표시하거나 숫자와 간지의 조합으로 표시하지 않았다. 서술 문장은 제행과 산행을 안배하지 않았고, 변문피복(變文避複)의 의도도 없다. 또 술빈(述賓) 구조인 문언어법의 한문문체와 맞지 않는 곳이 있다. 그리고 『시경』을 '시', 『서경』을 '상서'로 일컬은 데서 알 수 있듯이, 당시 유학의 경전을 9경 체제에 따라 기명했다. '예(禮)'는 삼례(三禮)의 하나인 『예기』를 가리키는 듯하다. '전(傳)'은 『춘추전(春秋傳)』의 삼전(三傳) 가운데 『춘추좌씨전(春秋左氏傳)』을 가리키는 듯하다. 『역』이 들어 있지 않은데, 당시 지식인들이 역학을 쉽게 습득하지 못했기 때문일 것이다. 국학 성립 이후 『문선(文選)』이 중시되었지만, 이 비문의 과독(課讀) 서목에는 『문선』이 들어 있지 않다. 고구려는 경당(扃堂)에서 오경(五經), 전사사(前四史), 자전류 등을 교재로 사용하면서 『문선』도 교육했고, 신라가 682년(신문왕 2) 설치한 국학의 3과에 『문선』이 선택 과목으로 들어 있다.[44] 신라 원성왕 4년(788) 독서삼품과를 설치한 이후 상품(上品)에서만 『문선』을 고시했으나, 강수(强首)는 스승에게 나아가 『효경(孝經)』·『곡례』·『이아(爾雅)』·『문선』을 읽었다고 했다.[45] 이로 보면, 「임신서기석」은 『문선』 학습이 보편화되기 이전에, 한문 문언어법에 능숙하지 못한 청년들이 작성한 듯하다.

---

44 『舊唐書』卷99 「東夷·高麗」. "俗愛書籍, 至於衡門廝養之家, 各於街衢造大屋, 謂之扃堂. 子弟未婚之前, 晝夜於此讀書習射. 其書有五經及『史記』·『漢書』·范曄『後漢書』·『三國志』·孫盛『晉春秋』·『玉篇』·『字統』·『字林』. 又有『文選』, 尤愛重之."; 『三國史記』卷38 雜志 第7 「職官 上」. "國學屬禮部. 神文王二年置, 景德王改爲大學監, 惠恭王復故. … 敎授之法, 以『周易』·『尙書』·『毛詩』·『禮記』·『春秋左氏傳』·『文選』, 分而爲之業. 博士若助敎一人, 或以『禮記』·『周易』·『論語』·『孝經』, 或以『春秋左傳』·『毛詩』·『論語』·『孝經』, 或以『尙書』·『論語』·『孝經』·『文選』, 敎授之."

45 『三國史記』卷46 列傳 第46 「强首」. "强首及壯, 自知讀書, 通曉義理. 父欲觀其志, 問曰: '爾學佛乎, 學儒乎?' 對曰: '愚聞之, 佛世外敎也. 愚人間人, 安用學佛爲? 願學儒者之道.' 父曰: '從爾所好.' 遂就師讀『孝經』·「曲禮」·『爾雅』·『文選』. 所聞雖淺近, 所得愈高遠, 魁然爲一時之傑."

3. 석비문·비지문의 발전과 문체미학

고려 중엽까지 석비는 순수비, 전승비(위령비 포함), 기적비(중수비·중흥비 포함), 탑기명비, 장경비 등으로 나눌 수 있다. 여기에 부도와 함께 세운 탑비 또한 중요한 비중을 차지했는데, 이 탑비는 비지의 일종으로 분류하기로 한다. 석비의 찬술자는 사관과 같은 심경으로 사실을 엄정하게 보고하고자 했다. 조선의 김창협(金昌協, 1651~1708)은 비지(碑誌)는 해섬(該瞻: 풍성하게 아우름)을 위주로 하는 사전(史傳)과 달리 간엄(簡嚴: 간략하고 엄정함)을 위주로 해야 한다고 주장했다.[46] 중국 근대의 임서(林紓, 1852~1924)는 석비의 문체에 대해, 어휘가 순실하고 고고해야 하며, 음향의 결합이 굳세고 튀어 올라야 하며, 색조가 고아하고 소박해야 한다고 했다. 행문과 관련해서는, 긴 어구를 늘어놓아야 할 경우 짧은 어구로 끊고 허자를 덜 사용해야 응축적이고 묵중한 느낌을 준다고 했다. 이를테면, 한유(韓愈)의 「평회서비(平淮西碑)」와 「남해묘비(南海廟碑)」는 10여 자를 한 구로 한 예가 없다고 했다.[47]

『동문선(東文選)』에 실려 있는 고려, 조선 초 비문의 예를 통해서, 당시 편찬자들이 어떠한 비문 문체를 중시했는지 살필 수 있다.

『동문선』 권118 비명

- 이규보(李奎報), 「개천사청석탑기명(開天寺青石塔記銘)」: 『동국이상국집(東國李相國集)』 권24 수록.
  이규보는 별도로 「개천사청석탑기(開天寺青石塔記)」도 작성했는데, 『동문선』 권67에 수록되어 있다.
- 이제현(李齊賢), 「묘련사중흥비(妙蓮寺重興碑)」: 『익재난고(益齋亂稿)』 권6 수록
- 이제현, 「유원고려국청평산문수사시장경비(有元高麗國清平山文殊寺施藏經碑)」: 『익재난고』 권7 수록
- 이제현, 「광록대부평장정사상락부원군방공사당비(光祿大夫平章政事上洛府院君方公祠堂碑)」: 『익재난고』 권7 수록
- 이제현, 「대도남성흥복사갈(大都南城興福寺碣)」: 『익재난고』 권7 수록

---

46 金昌協, 「雜識 外篇」, 『農巖集』卷34.
47 林紓, 『春覺齋論文』「流別論」, 劉大櫆·吳德旋·林紓, 『論文偶記·初月樓古文緒論·春覺齋論文』, 北京: 人民文學出版社, 1998.

- 이곡(李穀), 「대도대흥현중흥용천사비(大都大興縣重興龍泉寺碑)」: 『가정집(稼亭集)』 권6 수록
- 이곡, 「금강산장안사중흥비(金剛山長安寺重興碑)」: 『가정집』 권6 수록

『동문선』 권119 비명

- 이색(李穡), 「광통보제선사비명(廣通普濟禪寺碑銘)」: 『목은고(牧隱藁)』 문고 권14 수록

『동문선』 권121 비명

- 변계량(卞季良), 「기자묘비명(箕子廟碑銘)」: 『춘정집(春亭集)』 권12 수록
- 변계량, 「유명조선국학신묘비명(有明朝鮮國學新廟碑銘)」: 『춘정집』 권12 수록

조선 중엽 이후로는 관민이 선정비(거사비), 순절비, 기적비 등을 건립했다. 하지만 『동문선』에는 거사비나 순절비는 한 편도 채록하지 않았다. 그런데 고려 말부터 지식층에게 큰 영향을 준 남송의 주희(朱熹)는 「정충민절묘비(旌忠愍節廟碑)」를 써서 송나라의 순절자 장숙야(張叔夜)와 정양(鄭驤)을 표창한 일이 있다.[48] 그리고 주희는 「발정위민유사(跋鄭威愍遺事)」에서 "이것은 진실로 국가를 가진 자가 은근하게 표창하고 녹용하여 신하를 권장하는 방도로 삼음으로써 그들로 하여금 사모하고 감격하는 바가 있게 해서 충의의 양심을 흥기시켜야 한다[是固有國家者所宜殷勤褒錄, 以爲臣子之勸, 使其有所鄕慕感激, 而興起其忠義之良心.]"라고 주장했다. 조선 조정이나 지식인들도 입비나 입전이 충의의 양심을 흥기시키는 방도라고 믿었다. 조선 중기 이후로 순절비는 신민의 충의의 양심을 격동시킨다고 보아 그 건립에 큰 의미를 부여했다.

한편 비지는 신도비(神道碑)·신도표(神道表)·묘비(墓碑)·묘갈(墓碣)·묘표(墓表) 등 지상에 세우는 것은 물론 묘지(墓誌)·묘지명(墓誌銘)·광지(壙誌)·장지(葬誌)·매명(埋銘)·광명(壙銘) 등 지하에 묻는 것을 포괄한다. 그런데 『동문선』에는 신도비·신도표·묘비·묘갈·묘표 등 지상에 세우는 묘비의 예를 수록하지 않았다. 고려 말까지 지상에 세우는 묘비는 주로 승려의 탑비였으므로, 『동문선』은 이 탑비의 글을 수록했다. 고려

---

48 장숙야는 송나라 정강(靖康)의 변에 순절하고 정양은 금(金)의 섬서(陝西) 침략 때 삼진(三秦)의 한성(韓城)을 지키다가 순절했다. 장숙야는 시호가 충문공(忠文公)이고 정양은 시호가 위민공(威愍公)이다. 신주(信州)에 두 사람의 위패를 모신 민절사를 세웠는데 '정충민절묘(旌忠愍節廟)'라고 사액되었다. 주희가 그 비문을 썼다. 朱熹, 「旌忠愍節廟碑」, 『晦庵集』 卷89.

말에 이르러 사대부의 신도비와 묘갈, 묘표 등이 지상에 건립되기 시작했다.

묘광에 묻는 지는 본래 바닥 네모돌인 저석(底石)과 덮개돌인 개석(蓋石)의 2매로 이루어졌으며, 저석에는 지와 명을 새기고 개석에는 표제를 새겼다. 하지만 고려시대에는 비석 형태의 묘지도 있었고, 조선시대에는 저석과 개석이 구분이 없는 예가 많았다. 묘지는 장례 당시의 상황 등에 따라 장지(葬誌)·광지(壙誌)·광명(壙銘)·매명(埋銘)·권조명(權厝銘)·속지(續誌)·귀부지(歸祔誌)·천부지(遷祔誌) 등 여러 명칭으로 불렀다.[49] 또 지석의 재질이나 묻는 곳에 따라, 개석문(蓋石文)·전석묘기(磚石墓記)·분판문(墳版文)·장지(葬誌)·분기(墳記)·분지(墳誌)·광명(壙銘)·곽명(槨銘)·매명(埋銘)·장명(葬銘)·석지(石誌)·묘석(墓石)·석명(石銘)·묘지(墓誌) 등 여러 명칭이 있다.[50] 중국에서는 한나라 때부터 판석에 망자의 벼슬과 이름만 새긴 지명이 나타났고, 이후 운문체의 명과 망자의 가족 관계를 새긴 묘지가 나타났다. 위·진시대에는 석실분 속에 세워 두는 비석 모양의 지석도 있으나, 개석과 저석의 2매로 이루어진 지석이 점차 일반화되었다. 한국에서는 고구려의 동수(冬壽) 지석(357년), 모두루(牟頭婁) 지석(5세기 중엽) 이후 백제의 무령왕 묘지석(6세기 전반)이 나왔다. 고구려 천남생(泉男生) 지석(679년), 백제 부여융(扶餘隆) 지석(682년) 등은 중국에서 제작되었다. 중국 길림성(吉林省)에 있는 정혜공주(貞惠公主, 737~777)의 석실분에서 발굴된 비석은 세워 두는 형태의 지석이다. 고려시대에는 장방형 판석 형태로 제작되었으나, 조선시대에는 방형 석제 묘지와 방형 도판(陶版)이 많이 제작되었다. 15세기부터는 방형의 청화백자 묘지를 6매 이상으로 제작하여 석함에 넣은 사례가 나타난다. 경기도 파주시 교하면 당하리 파평윤씨 정정공파(貞靖公派) 묘역에서 발견된 「홍녕부대부인묘지(興寧府大夫人墓誌)」는 1456년(세조 2) 제작된 청화백자판 6매로, 석함에 담겨 있었다.[51] 이에 비해 서민층은 옹기, 벼루, 필통에 글자를 새겨 묻거나 주발의 유약을 갈아내고 붓으로 기록한 다음

---

49 권조지는 가매장하고 만든다. 속지는 부부 합장 때나 개장할 때, 후손이 높은 벼슬에 올라 망자에게 추증이 있게 되면 다시 만든다. 귀부지는 객지에서 사망해서 반장하면 만든다. 천부지는 천장, 합장, 개장 때 만든다.

50 최호림, 「조선시대 묘지의 종류와 형태에 관한 연구」, 『고문화』 25, 한국대학박물관협회, 1984; 장철수, 「지석의 명칭과 종류에 대한 일고찰」, 『두산 김택규교수 화갑기념 문화인류학논총』, 1989; 장철수, 「지석의 발생에 대한 일고찰」, 『의민 이두현교수 정년퇴임기념 논문집』, 1989; 배영대, 「조선시대 지석의 성격과 변천」, 『조선시대지석의 조사연구』, 온양민속박물관, 1992; 박재복, 「발해묘지 양식의 형성배경과 영향」, 『동양고전연구』 34, 동양고전학회, 2009, pp.225-255.

51 고려대학교 박물관, 『파평윤씨정정공파묘역주사보고서』, 2003, pp.23-36; 문화재청 보도자료, 「2012년 보물 제1768호로 지정 백자 청화 홍녕부대부인 묘지 및 석함」, 2012. 6. 29.

지워지지 않게 재를 담아 묻은 예도 있다. 사대부 망자의 경우에는 지문의 내용이 풍부하지만, 중하층 서민의 경우에는 내용이 단순하다.

묘표는 처음에는 가계만 간단히 적고, 화성(火城: 묘역)을 조성한 사실만을 기록하는 경우가 많았다. 1582년(선조 15) 이포(李褒, ?~1373)의 10대손 성주목사 이현배(李玄培)가 세운 「시중이공포묘표(侍中李公褒墓表)」는 초기 묘표의 대표적인 예이다.[52] 이포는 본관이 성주로, 이조년(李兆年)의 아들이자, 고려 공민왕·공양왕 때의 문신으로, 권신이었던 이인복(李仁復)·이인임(李仁任)·이인민(李仁敏)의 부친이다. 이포의 묘표에는 그의 아들 이인민(1330~1393)을 1438년 3월에 이장하고 다시 1444년 이장했다는 추기가 있다. 이 추기에는 '學'자와 '議'자를 약자로 썼다. '정당문학 이인민'의 이름은 고려 말 1385년(우왕 11) 「고양태고사원증국사탑비(高陽太古寺圓證國師塔碑)」에 열거된 재가신도 명부에 나타난다. 이인민의 호는 모은(慕隱)으로, 1360년(공민왕 9) 경자방(庚子榜) 동진사(同進士) 2위(12/33)로, 벼슬길에 올랐으며, 1370년(공민왕 19) 진주목사로 있을 때 『근사록(近思錄)』을 간행했다. 대제학 등을 지내고 겸밀직사사(兼密直司事)에 이르렀다. 계해년(고려 우왕 9, 1383)에 지공거가 되었는데, 급제자 김한로(金漢老) 등이 명족(名簇)을 바치는 모임을 열지 못했다. 아들 이직(李稷, 1362~1431)이 개국공신·좌명공신이라서 태조 때 이인민은 성산부원군(星山府院君)에 추봉되었으며, 추충익대보조공신 대광보국숭록대부 의정부영의정 겸 경연 판이조사 감춘추관사(推忠翊戴補助功臣大匡輔國崇祿大夫議政府領議政兼經筵判吏曹事監春秋館事)에 추증되었다. 하지만 묘표는 따로 발견되지 않았다.

비지문은 후한 이후로 성행하기 시작해서 위·진남북조시대에는 북위에서 발달했으며, 위·진·수·당에서 널리 지어졌다.[53] 지문은 본래 묘비의 글보다 간략했으나, 당·송의 문장가들이 전문적으로 제작하면서 묘비의 글과 마찬가지로 내용이 풍부하게 되었다. 즉, 비지문은 묘주의 성명·자호·관향·가계·선덕(先德)·출생·졸수(卒壽)·천

---

52 일본 교토대학 부속도서관 소장 『金石集帖』 168良(교163良:前朝人) 책에 탁본이 들어 있다. 해서비제는 「高麗侍中贈諡敬元公李褒之墓」이다. "公星山人, 有元隴西公諱長庚之孫, 高麗政堂文學諱兆年之子也. 皇明萬曆十年歲壬午, 十代孫通政大夫行星州牧使玄培立表石, 仍築火城." 후기의 내용은 "正統三年戊午三月▽日政堂文學追封左議政李仁敏移葬于有元隴西公追封左議政長庚墳前, 正統九年二月▽日政堂李仁敏又移葬于先考敬元公李褒墳前."이다.

53 徐師曾, 『文體明辨』 卷52 墓誌銘, 卷55 墓碑文, 卷56 墓碣文, 卷56 墓表의 내용이 이 문체들의 특징을 이해할 때 참고가 된다. 또한 夏復徵의 『文章辨體匯選』을 참조한다.

분·자질·관력·행적·공적·학덕·품행·찬자·장일(葬日)·장지(葬地)·자손록 등을 기술하고 찬자의 평어, 세간의 평론을 첨부하는 방식이 발달했다. 또 이 내용을 바탕으로 운문으로 된 명(銘)을 붙여 결사(結詞)로 삼았다. 산문으로 기록한 서(序)와 글 전체를 운문으로 개괄한 명(銘)의 두 부분이 있을 때는 서를 '병서(幷序)'라고 했다.

내용적으로 충분히 정비된 비지문은 대개 다음 요소들을 지닌다. 지의 경우는 이 요소들이 간략하게 들어 있고, ①의 ii 에서 전액자가 없고, 서자(집자자)도 대개 표기하지 않는다.

① 비두(碑頭): 비제(碑題)와 찬·서·전액자(撰·書·篆額者) 이름

　i . 제명

　ii . 찬자·서자(집자자)·전액자(글 마지막의 건립 일자 앞에 적기도 함)

② 허두(虛頭)

　i . 논평(論評) 주제 제시

　ii . 비지 제작 동기(졸기 앞, 명의 앞이나 명의 뒤에 밝히기도 함)

③ 전기(傳記)

　i . 성(姓), 휘(諱), 씨출(氏出), 즉 본관(자와 호를 함께 밝히기도 함)

　ii . 선조(先祖)

　iii . 고(考)·조고(祖考)·증조고(曾祖考), 비(妣), 비(妣)의 고(考)·비(妣)

　iv . 고인의 출생, 성장, 품성

　v . 수학, 집안에서의 수양 및 스승으로부터 훈도 받은 연원

　vi . 관력(官歷), 백성들에게 베푼 정치적 업적

　vii . 사람들이 칭송하는 일생의 아름다운 풍문

　viii . 찬자가 특별히 기록하는 아름다운 풍문과 일화(후치시키기도 함)

　ix . 졸장(卒葬). 고인의 몰년, 장례 일자, 국가의 은전 반사 여부, 장지

　x . 배위(配位). 후배, 첩 포함.

　xi . 자성(子姓). 자제 및 손자를 포함하는 자손록

④ 추록(追錄)

　i . 성품과 학문을 드러내는 구체적 일화

　ii . 평어(찬자 평어 혹은 제삼자 평어 인용)

⑤ 명(銘)[병서(幷序)에 연계함. 없는 예도 있음]

⑥ 비갈의 경우는 건립 일자와 건립자

⑦ 추기

   ⅰ. 건비 이후 자손록의 보충

   ⅱ. 추증, 추시 사실 등의 기록

⑥의 건립 일자는 비석에는 새겨져 있으나 비문을 문헌에 수록할 때 생략하는 경우가 많다. 실은 문장을 짓는 단계에서는 비의 건립 일자를 분명히 알 수 없으므로 건립 일자를 비워 두는데, 그것이 찬자의 문집 등에 그대로 수록되는 예가 많았다. 조선의 비석에서는 찬일·건립일을 중국 연호로 사용하거나 해당 연도의 간지만을 표기하거나 당저(當宁)의 즉위년을 기준으로 '상지(上之) 몇 년'으로 표기했다. 전자의 경우, 명나라 멸망 이후에도 '숭정재(崇禎再)', '숭정기원후재(崇禎紀元後再)', '숭정기원후삼(崇禎紀元後三)' 등과 같이 숭정 기년을 사용했다. 다만 본문의 기사는 중국 연호를 사용하지 않고 일반적으로 간지만 적거나 국왕 즉위년 기준의 연도 표기를 사용했다. 그런데 허목(許穆, 1595~1682)이 1680년(숙종 6) 경신환국 이후 윤선도(尹善道, 1587~1671)를 위해 작성한 비문에서는 "만력 15년에 공이 태어났다[萬曆十五年公生].", "(만력) 26, 국자 진사에 보충되었다[二十六, 補國子進士]."라고 만력 연호를 사용하다가, "계해에 인조가 반정을 하고서 모든 죄수들을 풀어주자, 공은 유배된 지 13년에 돌아왔다[癸亥, 仁祖旣反正, 大釋諸囚, 公居謫十三年而返]."라고 한 후 줄곧 간지를 이용했다. 그러다가 졸장(卒葬)의 사실을 다음과 같이 기록했다.[54]

入海五年八十五, 公歿, 顯宗十二年六月十一日. 歸葬聞簫故里, 從治命云.

바다 섬[보길도(甫吉島) 부용동(芙蓉洞)]에 들어간 지 5년 되던 여든 다섯 살에 공이 몰했으니, 현종 12년(1671) 6월 1일이다. 문소동 고향 마을에 귀장했으니, 유언에 따른 것이라고 한다.

---

54 『金石集帖』 209德(교200德:朴允林/文緯世/尹善道/羅緯素/李衡鎭/淸將表) 책에 탁본이 있다. 허목(許穆)이 지은 글을 외손 심단(沈檀, 1645~1730)이 쓰고, 윤선도의 4세손 윤덕희(尹德熙, 1685~1776)가 전액(篆額)을 썼다. 전액은 「贈吏曹判書謚忠憲尹公神道碑銘」이고 해서비제는 「有明朝鮮贈資憲大夫吏曹判書(이하 마멸)」이다. 일부 마모가 심하여, 탁본에 부전(附箋)하여 글자를 채워 넣은 부분이 있다. 허목의 문집에는 「海翁尹參議碑」라는 제목으로 수록되어 있다. 許穆, 「海翁尹參議碑」, 『記言』 別集 卷19 丘墓文.

허목은 귀장(歸葬) 날짜는 적지 않았다. 한편 허목의 문하에서 수학한 이서우(李瑞雨, 1584~1637)는 윤선도 신도비에서 졸장을 다음과 같이 기록했다.[55]

辛亥六月十一日, 考終于樂書齋. 壽八十五. 子仁美等奉柩出海, 以其年九月, 葬于聞簫洞舊棲向亥之原.

신해 6월 11일, 낙서재에서 생을 마치시니, 향년 여든 다섯 해였다. 아들 인미 등은 영구를 받들어 바다를 나가, 그해 9월에 문소동 옛 거처 해향[사좌해향(巳坐亥向), 남동 사이에 앉아 북서 사이를 향함]의 벌에 장사 지냈다.

허목이 윤선도의 임종 날짜를 적을 때 현종 즉위년을 기준으로 연도를 표기한 것은 의도적이다. 윤선도는 현종 즉위년인 1659년, 효종의 모후 자의대비의 복상 문제로 송시열과 대립하고, 다음 해 4월 18일 다시 상소하여 송시열의 주장에 이종비주(二宗卑主: 종통과 적통을 분리해 임금을 비하함)의 문제가 있다고 비판했다. 이에 서인들의 공격을 받아 삼수(三水)에 유배되었다. 뒤에 북청을 거쳐 광양에 이배되었으며, 1667년(현종 8) 풀려나 부용동에서 살다가 그곳 낙서재에서 85세로 죽었다. 허목은 윤선도와 함께 남인의 대표적 학자이자 정치가이다. 허목은 윤선도가 예송 문제로 유배되고 풀려난 뒤 섬에 은둔하다가 죽은 것이 '현종' 때의 일이란 사실을 명시하고자 해서, 윤선도의 몰년을 기록하면서 현종 즉위의 기년을 사용한 것이다. 허목은 병서의 다음에 함축의 뜻이 깊은 명(銘)을 붙였다.

比干剖心, 伯夷餓死, 屈原沉江.
翁窮且益堅, 至死不改, 其見義守死一也.

비간은 폭군 주가 심장을 갈라 죽고
백이는 무왕의 정벌을 간하다 굶어 죽었으며
굴원은 강에 몸 던져 죽었다.
해옹(윤선도)은 궁할수록 더욱 뜻이 굳건하여

55　李瑞雨,「贈吏曹判書諡忠憲孤山先生尹公神道碑銘并叙」,『松坡集』卷14 神道碑.

죽음에 이르러도 변하지 않았나니
의를 보고 목숨 건 것은 똑같다네.

허목은 이 산행(散行: 가지런하게 정돈하지 않은 산문구)의 명 다음에 윤선도의 배위 남원 윤씨, 윤씨가 낳은 2남 2녀, 그리고 서출 2남 3녀의 사항을 적었다. 이어서 윤선도의 손자 윤이후(尹爾厚, 1636~1699)가 1679년(숙종 5) 행장을 가지고 와서 비문을 부탁하기에 이 글을 쓴다고 밝혔다. 자신과 윤선도 사이의 연분을 밝힌 것이다. 입비 일자 부분은 탑인(搨印)해두지 않아, 연도 표시법을 알 수 없다.

비지문에서 비의 서는 서사를 하고 명은 찬가와 송축을 하는 것이 보통이지만, 명에서 서사를 하는 방식도 있다. 당나라 한유(韓愈)의 「유통군비(劉統軍碑)」나 조선 후기 김조순(金祖淳)의 「오달제대낭장비(吳達濟帶囊藏碑)」가 그러한 예이다. 명은 대부분 압운의 시 양식이지만, 압운하지 않은 산문 양식도 많다. 또 글자 수나 양식을 보면, 3언·4언·7언의 제언(齊言)이 주류를 이루되, 초사체·잡언·변문·산문체 등도 있다.[56]

조선시대의 문인 지식인들은 일상에서 석비의 기서문자보다 비지의 글을 작성하는 일이 많았기 때문에 비지의 문체를 깊이 논한 글을 많이 남겼다. 비지문은 전기(傳記) 자료로서 존중되었다.[57] 하지만 비지문 작성은 찬자가 망자 및 청탁자와의 관계를 고려하여 '묘에 묻힌 이에게 아첨하는 일[諛墓]'로 전락할 위험성을 늘 지니고 있었다. 후한의 채옹(蔡邕)은 곽태(郭太)의 비문을 짓고 나서 노식(盧植)에게, "내가 비명을 많이 지었지만 그때마다 모두 부끄러움이 있었는데, 곽태에 대해서만은 부끄러운 점이 없다."라고 했다고 한다.[58] 비명이 죽은 이에게 아첨하는 글로 전락할 수 있음을 반증한다. 당나라의 백거이(白居易)는 「청석(青石)」 시에서, 조선의 권필(權韠, 1569~1612)은 「충주석(忠州石)」[59] 시에서, 권력자들의 무덤 앞에 부화한 내용의 묘비를 세우는 세태

---

56 산문으로 명을 지은 예로는 韓愈의 「河東節度觀察使滎陽鄭公神道碑」, 歐陽脩의 「長安郡太君盧氏誌銘」, 王安石의 「太常博士曾公誌銘」 등을 꼽을 수 있다. 陳必祥, 『古代散文文體槪論』, 鄭州: 河南人民出版社, 1986.

57 이종호, 「조선조 고문론과 碑誌類 散文: 그 傳記文學的 性格을 중심으로」, 『한국 고문의 이론과 전개』, 태학사, 1996.

58 『後漢書』卷98「郭太列傳」.

59 權韠, 「忠州石」, 『石洲集』卷2. "忠州美石如琉璃, 千人劚出萬牛移. 爲問移石向何處? 去作勢家神道碑. 神道之碑誰所銘? 筆力倔强文法奇. 皆言此公在世日, 天姿學業超等夷. 事君忠且直, 居家孝且慈. 門前絶賄賂, 庫裏無財資. 言能爲世法, 行足爲人師. 平生進退間, 無一不合宜. 所以垂顯刻, 永久無磷緇. 此語信不信, 他人知不知. 遂令忠州山上石, 日銷月鑠今無遺. 天生頑物幸無口, 使石有口應有辭."

를 풍자했다. 비지문의 찬자들은 이러한 지탄을 받지 않도록 기록의 진실성을 중시했다. 한유는 일생 70여 편의 묘지명을 지었는데, 그 가운데는 분명히 유묘의 작품이 있다.[60] 하지만 비문 찬술자들은 '덕을 지닌' 인물의 전형을 제시하여 세간을 교화하겠다는 이념을 지향했다. 송시열은 부친 송갑조(宋甲祚, 1574~1628)의 비지문을 김상헌(金尙憲, 1570~1652)에게 부탁하면서 다음과 같이 말했다.

불초 소생이 생각해 보건대, 선고(先考)의 뜻과 행적이 혹시라도 선생의 칭찬을 입어 간략하나마 몇 줄의 글로 엮여 묘도에 게시되어 후세에 알려질 수만 있다면, 세도(世道)에 만에 하나라도 도움이 없지 않을 뿐더러, 선생의 성대한 덕은 하늘이 다하도록 끝이 없을 것이고, 선고의 이름도 따라서 먼 뒷날까지 증명될 것입니다. 어찌 자손들만 큰 은혜를 받게 되겠습니까? 선고께서도 황천에서 불행함을 한탄하지 않게 될 것입니다. 만일 '사소한 것까지 기록하는 일은 공자가 『춘추』를 저술한 범례에 속하지 않으니, 이는 붓을 댈 것이 못 된다.'라고 하신다면, 그런 말씀이 옳은 지는 소생이 감히 모르겠습니다.[61]

형성기의 비지는 가계, 이력, 졸장, 자손 등 간단한 사실만 적었으나, 점차 서술이 풍부하게 되었을 뿐 아니라, 찬술자가 자신의 이념이나 당시의 공론을 첨부하여 문단 구성이 복잡하게 되었다. 이에 대한 반발로 어떤 찬술자는 비문을 간단하게 적는 것을 이상으로 생각했다. 이때 계찰(季札) 묘비의 예를 환기하고는 했다. 춘추시대 오왕 수몽(壽夢)의 4남인 계찰이 여러 왕자 중에 가장 인덕(仁德)이 높았는데, 공자가 계찰의 묘비에 "아, 오나라 연릉 군자의 묘이다[嗚呼! 有吳延陵君子之墓]."라는 10 글자를 썼다고 한다. 후대의 『성적도(聖蹟圖)』에 「제계찰묘(題季札墓)」 고사가 들어 있다. 주희는 이것을 본받아 채원정(蔡元定)의 묘갈에 "아, 송나라 채계통 보의 묘이다[嗚呼! 有宋

---

60 청 초의 학자 고염무(顧炎武)는 한유가 망자를 기념하는 글을 적어 원고료를 챙긴 사실을 좋게 여기지 않아서, 그를 '태산북두(泰山北斗)'라고 평가한 『신당서』의 논찬에 동의하지 않았다. 「번소술묘지명(樊紹述墓誌銘)」에서 한유는 번소술의 문체가 '사필기출(詞必己出)'했다고 예찬했지만 번소술의 문체는 기굴(奇崛)하여 형식주의 특성이 강하므로, 한유가 작성한 번소술의 묘지명에도 유묘의 측면이 있다고 할 수 있다.

61 宋時烈, 「上淸陰先生」(丙戌正月十一日), 『宋子大全』 卷27. "不肯以爲先考之志行, 倘蒙先生之嘉賞, 略綴數行文字, 使揭墓道, 以告後世, 則或不能無補於世道之萬一, 而先生之盛德極天無窮, 則先考之名, 亦隨而徵信於久遠矣. 豈惟子孫並受不貲之恩哉? 抑亦先考不恨其不幸於泉壤之下矣. 若曰: '微而見書, 非夫子凡例, 此不足以泚筆,' 則非小生之所敢知也."

蔡季通父之墓].”라는 10글자를 썼다고 전한다.[62] '계찰십자비(季札十字碑)' 고사는 김좌명(金佐明)과 송시열의 능표(陵表) 건립 논쟁, 조경(趙絅)이 찬술한 이자견(李自堅)의 묘갈명에 언급되었으나 사실인지는 알 수 없다. 다만 실제로 주희는 비지의 글을 함부로 써내는 것에 반대했다. 『주자어류』에 보면, 누군가 묘명을 구하자 주희는 "아아, 몸이 마친 이후의 이름은 내게 뜬 연기와 같다. 사람이 이미 죽은 후 다시 이런 것을 구하여 무엇하겠는가?"라고 했다. 또 "글로 쓸 수 있는 것은 후세를 위해 본보기가 될 것이 있기 때문이다. 지금 사람은 그저 어버이를 빈말로 미화하여 마치 큰 공과 큰 업적이 있는 것 같이 하지만, 천하 사람들이 안다고 해도 또 어찌겠다는 것인가? 더구나 사람이 선을 행하는 것은 본분의 일이거늘, 또 어찌 반드시 이렇게 써내야 하겠는가?"라고도 했다.[63] 그렇다고 주희가 비지문을 무가치하다고 여긴 것은 아니며, 그 자신도 비지문을 여럿 남겼다. 당시 특정 인물의 묘명 제술을 요구받자 이렇게 말했을 듯하다. 주희의 말은 부화한 비지문을 점철하지 말라는 가르침으로 받아들여졌다.

　비지문을 지으려면 행장이나 연보와 같은 기초자료가 필요할 뿐 아니라, 사람의 일생을 어떠한 주제로 개괄하는가에 대한 명료한 인식이 있어야 한다. 즉, 핵심어와 주제어가 필요하다. 북송 때 소옹(邵雍)이 죽자 소옹의 집안에서 정호(程顥)에게 소옹의 묘지명을 써달라고 부탁했는데 정호는 오랫동안 짓지 못하다가 '자연스러우면서 완전하다[安且成].'라는 한마디 말을 얻고 나서야 묘지명을 지었다.[64] 조선의 지식인들도 비지의 작성 때 이 점을 의식했다.

62　주희 찬술의 채원정 묘갈 이야기는 『朱子大全』이나 『朱子語類』에는 나오지 않고 여러 시화에 나온다. 『宋詩紀事』 卷59 「哭蔡西山」; 『詩人玉屑』 卷19 '趙章泉'. 조장천은 조번(趙蕃, 1143~1229)으로, 자(字)가 장천(章泉)이다. 김부륜(金富倫)은 이황 묘갈의 제작과 관련한 논의 때 조금 잘못 인용하기는 했지만 채원정 묘갈 이야기를 인용했다. 이 사실을 보면 16세기 중·말엽의 문인들은 주희가 채원정 묘갈을 찬술한 이야기를 숙지하고 있었다. 김부륜과 이황 묘갈의 관계는 후술할 것이다.

63　『朱子語類』 卷107 朱子 4(內任. 丙辰後雜言行) 孝宗朝 '葉賀孫'錄. "先生因人求墓銘曰: '吁嗟身後名, 於我如浮煙. 人既死了, 又更要這物事做甚?' 或曰: '先生語此, 豈非有爲而言也? 是既死去了, 待他說是說非有甚干涉?' 又曰: '所可書者, 以其有可爲後世法. 今人只是虛美其親, 若有大功大業, 則天下之人都知得了, 又何以此爲? 且人爲善, 亦自是本分事, 又何必須要恁地寫出?'" 이 취지는 『주자가례』 「입석(立石)」에 실려 있는 사마광(司馬光)의 생각과도 같다.

64　『二程外書』 卷11 「時氏本拾遺」.

4. 석비문·비지문의 자료적 가치

석비·묘비 비문 가운데는 고려 초·중기의 문학사와 문화사를 서술할 때 참고해야 할 일문(佚文)이 적지 않다.

(1) 일문 보충과 생애 사실 보완

민족문화추진회(현 한국고전번역원) 영인의 『한국문집총간』(정·속)에서 알 수 있듯이 고려 전기 문인의 문집은 전하지 않으므로, 그 시기 문인들의 문집 속에 비지문이 존재했는지 여부는 알 수 없다. 무신집권기 이규보(李奎報, 1168~1241)의 문집에는 묘지명 11편(광명 1편 포함)이 수록되어 있고, 후속 문집에 이수(李需)가 지은 이규보 묘지명이 1편 들어 있다. 그런데 김용선의 『고려묘지명집성』(한림대학교출판부, 2006)에는 고려 전기의 묘지명 110편, 무신집권기의 묘지명 86편, 고려 후기의 묘지명 98편, 연대 미상 13편, 증보 19편이 수록되어 있다. 증보 19편은 고려 전기 5편, 무신집권기 8편, 고려 후기 6편이다. 따라서 전체 325편 가운데 고려 전기 115편, 무신집권기 94편으로, 고려 후기 104편에 비해 전기 및 무신집권기의 자료가 많다.[65]

이규보의 『동국이상국집(東國李相國集)』 이외에 고려시대 문집으로 비교적 완전하게 남아 있는 최해(崔瀣, 1287~1340)의 『졸고천백(拙藁千百)』, 이제현(李齊賢, 1287~1367)의 『익재난고(益齋亂稿)』, 이곡(李穀, 1298~1351)의 『가정선생문집(稼亭先生文集)』, 이색(李穡, 1328~1396)의 『목은집(牧隱集)』 등에도 비지문이 들어 있다.[66] 이 가운데 『동국이상국집』은 본래 1241~1251년 사이에 초간된 듯한데, 현재의 완본은 18

---

65 최호림, 「고려초기의 墓誌에 관한 일고찰」, 『동아시아문화연구』 6, 한양대학교 동아시아문화연구소, 1984, pp.63~106; 김용선, 「고려시대 묘지명 문화의 전개와 그 자료적 특성」, 『대동문화연구』 55, 성균관대학교 동아시아학술원 대동문화연구원, 2006, pp.65~87.

66 고려시대의 문집을 보면 비지를 수록한 예가 많지 않다. 중체(衆體)를 갖추지 못한 때문이기도 하겠지만, 일실(佚失)되었을 가능성도 높다. 무신정권기 임춘(林椿)의 『서하집(西河集)』에는 비지문이 없다. 이승휴(李承休, 1224~1300)의 『동안거사집(動安居士集)』이나 민사평(閔思平, 1295~1359)의 『급암시집(及菴詩集)』에도 본인 제작의 비지문이 없다. 이달충(李達衷, ?~1385)의 『제정집(霽亭集)』에는 「高麗 故輸誠秉義協贊功臣 重大匡都僉議贊成事 商議會議都監事 進賢館大提學 知春秋館事 上護軍贈謚文溫公閔公墓誌銘」 1편이 있다. 이집(李集, 1327~1387)의 『둔촌잡영(遁村雜詠)』에는 비지문이 없다. 정몽주(鄭夢周, 1337~1392)의 『포은선생집(圃隱先生集)』의 경우, 속록(續錄) 1에 「海陽郡大夫人金氏墓誌銘幷書」 1편이 있다. 김구용(金九容, 1338~1384)의 『척약재학음집(惕若齋學吟集)』이나 이숭인(李崇仁, 1347~1392)의 『도은집(陶隱集)』에도 비지문이 없다.

|표 1-2| 『동국이상국집』과 『동문선』에 수록된 이규보 제작 묘비와 묘지

구분	비지문의 명칭	묘주	작성 시기	수록 문헌
1	故華藏寺住持王師定印大禪師追封靜覺國師碑銘	靜覺國師 志謙 (1145~1229)		『東國李相國全集』 卷35 碑銘; 『東文選』 卷118 碑銘
2	曹溪山第二世故斷俗寺住持修禪社主贈諡眞覺國師碑銘	眞覺國師 慧諶 (1178~1234)	1235년(고종 22) 건립. 陰記는 1250년 (고종 37)	『東國李相國全集』 卷35 碑銘; 『東文選』 卷118 碑銘
3	登仕郎檢校尙書戶部侍郎行尙書都官員外郎賜紫金魚袋尹公墓誌銘	尹承解(字 子長)	작성 연대 미상	『東國李相國全集』 卷35 墓誌; 『東文選』 卷122 墓誌
4	金紫光祿大夫參知政事上將軍金公夫人印氏墓誌銘	印英寶 차녀 (金元義 부인)	고종대	『東國李相國全集』 卷35 墓誌; 『東文選』 卷122 墓誌
5	金紫光祿大夫參知政事判禮部事鄭公墓誌銘	鄭克溫(?~1215)	1215년(고종 2)	『東國李相國全集』 卷35 墓誌; 『東文選』 卷122 墓誌
6	金紫光祿大夫守司空尙書左僕射太子賓客田公墓誌銘	田元均(字 眞精) (1149~1218)	1218년(고종 5)	『東國李相國全集』 卷35 墓誌; 『東文選』 卷122 墓誌 (誌石은 국립중앙박물관 소장)
7	殤子法源壙銘	李法源 (1210~1222) (이규보 아들)	1222년(고종 9)	『東國李相國全集』 卷35 墓誌; 『東文選』 卷122 墓誌
8	京山府副使禮部員外郎白公墓誌銘	白賁華(字 無咎) (1179~1224)	1224년(고종 11)	『東國李相國全集』 卷36 墓誌; 『東文選』 卷122 墓誌; 『南陽詩集』 下卷
9	銀青光祿大夫尙書左僕射致仕庾公墓誌銘	庾資諒(字 湛然) (1150~1229)	1229년(고종 16)	『東國李相國全集』 卷36 墓誌; 『東文選』 卷122 墓誌
10	壁上三韓大匡金紫光祿大夫守大保門下侍郎同中書門下平章事修文殿大學士判吏部事致仕琴公墓誌銘	琴儀(字 節之) (1153~1230) (「翰林別曲」의 琴學士, 본관 奉化)	1230년(고종 17)	『東國李相國全集』 卷36 墓誌; 『東文選』 卷122 墓誌.

구분	비지문의 명칭	묘주	작성 시기	수록 문헌
11	銀青光祿大夫樞密院使御史大夫李公墓誌銘	李績 (1162~1225) (『高麗史』 列傳에는 李勣)	1225년(고종 12)	『東國李相國全集』 卷36 墓誌; 『東文選』 卷122 墓誌
12	檢校軍器少監行尙書工部郎中賜紫金魚袋吳君墓誌銘	吳闡猷 (1168~1238)	1238년(고종 25)	『東國李相國後集』 卷12; 『東文選』 卷122 墓誌
13	故朝議大夫司宰卿右諫議大夫寶文閣直學士知制誥賜紫金魚袋李君墓誌銘	李世華(字 居實) (?~1238)	1238년(고종 25)	『東國李相國後集』 卷12; 『東文選』 卷122 墓誌

세기의 간본이다. 전집(全集) 권35에 비명(碑銘)(탑비명) 2편과 묘지(墓誌) 5편(광명 1편 포함),[67] 권36에 묘지 4편, 후집(後集) 권12에 묘지 2편이 수록되어 있다. 그리고 권24에 석탑기명(石塔記銘) 1편이 있다. 이규보가 전직 관료를 위해 지은 묘지는 『동문선』 권122에 수록되어 있고, 일찍 죽은 아들을 위해 지은 광명도 『동문선』 권122에 수록되어 있다(표 1-2). 한편 『동문선』 권118 '비명'에는 이규보가 지은 것으로 「고화장사주지정사정인대선사추봉정각국사비명(故華藏寺住持定師正印大禪師追封靜覺國師碑銘)」, 「조계산제이세고단속사주지수선사주증시진각국사비명(曹溪山第二世故斷俗寺住持修禪社主贈諡眞覺國師碑銘)」, 「개천사청석탑기명(開天寺靑石塔記銘)」 등 3편이 수록되어 있다. 앞의 두 편은 탑비명이고, 뒤의 한 편은 탑기명이다.

이규보가 찬술한 묘도문(비지문)들로부터 다음 사실을 알 수 있다.

① 이규보의 시대에는 고승대덕의 비를 지상에 세우고, 관료의 비지문은 지석(誌石)에 새겨 묻었다.
② 13세기 초 고려 중엽에 운문의 명을 붙이는 형식이 정착되었다.
③ 고려시대에 부인을 위한 묘지가 제작되었다. 이규보의 「금자광록대부참지정사상장군김공부인인씨묘지명(金紫光祿大夫參知政事上將軍金公夫人印氏墓誌銘)」이 그 사실을 말

---

67 『동국이상국전집』 권35의 분류목은 비명묘지(碑銘墓誌)로 되어 있으나 문체의 차이에 따라 둘로 구분한다.

해준다.

④ 고려시대에 요절한 사람을 위한 묘지(광명)가 제작되었다. 이규보의 「상자법원광명(殤子法源壙銘)」이 그 사실을 말해준다.

이규보가 작성한 탑비명과 지문은 그의 문집에도 수록되어 있고 『동문선』에도 수록되어 있다. 따라서 일문이 없다고 할 수 있다. 하지만 김구(金坵)의 비지문은 『동문선』에만 전한다. 그런데 묘주가 김구(金坵)인 찬자 미상의 「김구묘지명(金坵墓誌銘)」, 묘주가 김구의 아내인 「김구처최씨묘지명(金坵妻崔氏墓誌銘)」(찬자 미상)과 찬자가 김구인 「설신묘지명(薛愼墓誌銘)」은 함께 고찰해야 한다.

김구(1211~1278)의 처음 이름은 김백일(金百鎰)이다. 성균시를 거쳐, 춘관(春官) 을과 제2인으로 급제했다. 원종 때 유경(柳璥)의 천거로 예부시랑이 되고, 서장관으로 원나라에 다녀왔다. 1263년(원종 4) 우간의대부가 된 이후, 정당문학과 중서시랑 평장사 등을 역임했다. 1274년 판도사판사가 되어, 통문관을 설치하고 궁중의 연소자들에게 한어를 배우도록 건의했다. 원종 때 이장용(李藏用)·유경과 함께 신종·희종·강종 3대의 실록을 찬수하고, 충렬왕 때 『고종실록』 편찬에 참여했다.[68] 한편 설신(?~1251)은 20세에 과거에 급제한 후 1231년에 내시(內侍)에 입적되었다. 1251년에 추밀원부사, 형부상서에 이르렀다. 고종 연간에는 동지공거의 직임도 맡았다. 김구의 문집 『지포집』으로는 그와 설신의 관계를 알 수 없다. 그런데 설신의 묘지명을 작성하면서 김구는 내시에 속하여 스스로의 직함을 장사랑 상서예부원외랑이라고 밝혔다. 하지만 김구는 1247년(고종 34) 최항(崔沆)이 『원각경』을 조판하고 발문을 짓도록 명했을 때 조롱하는 시를 지었다가 좌천된 상태였다. 김구는 산직에 있으면서 정치적 복권을 기대하여 설신 묘지명의 찬술 의뢰를 받아들였을 것이다. 1257년(고종 44) 윤4월 최항이 죽자 김구는 다시 출사하여 한림원 지제고가 되었다.

석비문이나 묘지문 가운데는 찬술자의 문집에는 실려 있지 않지만 비문의 탁본이 따로 전하거나 유관 문헌에 전재되어 있는 예가 있다. 그 자료들은 그 찬술자의 일문(佚文)으로서 중요한 가치를 지닌다. 또한 탁본에는 찬술자의 관함이 명기되어 있는

---

68 문집 『지포집』은 16대손 김홍철(金弘哲) 편찬의 연보와 정실(鄭宲) 제술의 신도비문을 붙여 1801년 목판으로 간행되었다. 김구가 작성한 탑명으로 「진명국사비명(眞明國師碑銘)」이 문집에 남아 있을 뿐이다. 金坵, 「臥龍山慈雲寺王師贈諡眞明國師碑銘幷序」 『止浦集』 卷3 碑銘.

경우가 많은데, 그것을 통해 찬술자의 관력을 확인할 수 있다. 이를테면 이제현(李齊賢)의 『익재난고』 권7에 15편의 비명이 있고, 그중 13편은 묘비문이다. 이 자료들과 『익재난고』에 수록되어 있지 않은 비지문 자료들을 통해 각 묘지명을 지을 때의 관함을 조사하면 이제현의 생애 사실을 보완할 수가 있다.

① 1322년(충숙왕 9) 「배정지묘지명(裵廷芝墓誌銘)」의 경우, 이제현의 직함은 '전 통헌대부 지밀직사사 총부전서 진현관대제학 상호군(前通憲大夫知密直司事摠部典書進賢館大提學上護軍)'이다. 이제현은 1321년 부친상을 당했고 1323년 원나라가 고려에 정동행성을 설치하려 하자 원나라 도당에 글을 올려 이를 중지시켰다. 「배정지 묘지명」은 그 사이에 지은 것이다.

② 1336년(충숙왕 23) 「민적묘지명(閔頔墓誌銘)」의 경우, 이제현의 직함은 '전 광정대부 정당문학 우문관대제학 지춘추관사(前匡靖大夫政堂文學右文館大提學知春秋館事)'이다. 1330년(충숙왕 17) 정당문학이 되었으나 곧 파직되고, 1336년 충숙왕이 복위하여 영예문관사(領藝文館事)가 되기까지 칩복하던 시기에 이 글을 지었다.

③ 1339년(충숙왕 26) 「홍규처김씨묘지명(洪奎妻金氏墓誌銘)」의 경우, 이제현의 직함은 '삼중대광 김해군 영예문관사(三重大匡金海君領藝文館事)'이다. 이해 충혜왕을 따라 원나라에 가서 조적(曺頔) 등을 죽인 사실에 대하여 변론하게 된다.

④ 1344년(충혜왕 14) 「권보처유씨묘지명(權溥妻柳氏墓誌銘)」의 경우, 이제현의 직함은 '추성양절좌리공신 삼중대광 판삼사사 영예문관사 상호군(推誠亮節佐理功臣三重大匡判三司事領藝文館事上護軍)'이다. 이해 겨울 판삼사사가 된 뒤 부원군을 거쳐 영효사관사(領孝思觀事)가 되는데, 판삼사사가 되자 이 글을 지었다.

⑤ 1345년(충목왕 원년) 「최문도묘지명(崔文度墓誌銘)」의 경우, 이제현의 직함은 '추성양절좌리공신 삼중대광 김해부원군 영예문관효사관사(推誠亮節佐理功臣三重大匡金海府院君領藝文館孝思觀事)'이다. 1344년 겨울 영효사관사가 되고 그 다음 해에 지었다.

⑥ 1346년(충목왕 2) 「허종묘지명(許琮墓誌銘)」의 경우, 이제현의 직함은 '추성양절좌리공신 삼중대광 김해부원군 영예문관효사관사(推誠亮節佐理功臣三重大匡金海府院君領藝文館孝思觀事)'이다.

⑦ 1346년(충목왕 2) 「권보묘지명(權溥墓誌銘)」의 경우, 이제현의 직함은 '추성양절좌리공신 삼중대광 김해부원군 영예문춘추관사(推誠亮節佐理功臣三重大匡金海府院君領藝文春秋館事)'이다. 영예문관효사관사에서 영예문춘추관사로 옮긴 것을 알 수 있다.

이제현이 배정지와 최문도를 위해 묘지명을 지은 것을 보면, 그가 문무관을 가리지 않고 명사들과 두루 교유했음을 알 수 있다. 이제현 찬술 비문의 묘주인 최문도(1292~1345)는 보문각대학사로 치사한 김훤(金晅)의 외손이다. 충선왕의 신임을 얻어 기밀을 관장하고 인사를 전담했으며, 성리학에 조예가 깊었다. 배정지(裵廷芝, 1259~1322)는 대구 사람으로, 무인이었다. 1270년(원종 11) 고려 정권이 개경으로 환도할 때 원종을 호종하여 대정(隊正)이 되었고, 1291년(충렬왕 17) 별장으로서 만호 인후(印侯)를 따라 출정해서 연기(燕岐)에서 합단(哈丹)을 격파하여 중랑장에 특진되었다.[69] 1318년(충숙왕 5) 탐라에서 일어난 김성(金成)의 반란을 존무사(存撫使)로서 토벌하고, 돌아와서 밀직부사가 되었다. 1321년(충숙왕 8) 심양왕 왕고(王暠)가 충숙왕을 무고해서 일어난 옥사에 관련되어 죽림(竹林)의 방호(防護)에 유배되었다가 풀려났다.

최해(崔瀣, 1287~1340)는 1330년(충숙왕 17) 원선지(元善之, 1288~1330)를 위해「원선지묘지명(元善之墓誌銘)」을 짓고 1335년(충숙왕 22) 수녕옹주 김씨(壽寧翁主 金氏, 1281~1335)를 위해「왕온처김씨묘지명(王昷妻金氏墓誌銘)」을 지었다. 두 묘지명에 나타난 최해의 관함은 '칙수장사랑 전요양로개주판관(勅授將仕郞 前遼陽路盖州判官)'이다. 최해는 34세 되던 1320년(충숙왕 7) 10월 단양부주부 안축(安軸), 사헌규정 이연종(李衍宗)과 함께 원나라로 가서, 이듬해 원나라 제과에 합격하고 장사랑 요양로개주판관에 제수되었으나 지역이 외지므로 5월에 병을 이유로 사직하고 고려로 돌아왔다. 이후 예문응교로 옮겼다가 검교 성균대사성에 이르렀으나, 1323년 벼슬에서 물러나 성남 사자산에 들어가 은둔했다. 이 시기에 고려의 직함이 아니라 원나라의 직함을 칭한 것이다.

(2) 인물 행적의 발굴

석비문과 비지문을 검토함으로써 당시의 지식층에서 중요한 위치에 있었던 인물들의 실제 활동 양상을 확인할 수 있다. 무신정권기의 고영중(高瑩中)·염수장(廉守藏)·윤포(尹誧) 등이 그 대표적 예이다.

---

69 『新增東國興地勝覽』第26卷 慶尙道 大丘都護府 인물조에 사적이 있다. "충렬왕 때에 인후(印侯)를 따라 연기현에서 합단을 쳤는데, 칼을 빼어 말을 달리니 가는 곳마다 적이 쓰러졌다. 화살이 날아와서 보거(輔車, 볼과 잇몸)를 꿰뚫자 상처를 싸매고 다시 싸워서 포로와 자른 목이 매우 많았다. 생김새가 멀쑥하고 장대했으며, 사람들이 모두 그의 무략에 탄복했다. 입으로는 이익을 말하지 않았으며, 관직은 밀직부사에 이르렀다."

이원로(李元老)가 1209년(희종 5) 지은 「고영중묘지명」[70]에 따르면, 고영중(1133~1208)은 전라도 옥구현 출신으로, 1164년(의종 18) 과거에 급제하여, 광주(廣州)목사 겸 장서기를 거쳐 병부낭중, 국자사업, 중서사인, 예빈경, 동궁시독학사 등을 역임했다. 벼슬에서 물러난 뒤 최당(崔讜)·장백목(張伯牧)·백광신(白光臣)·이준창(李俊昌)·현덕수(玄德秀)·이세장(李世長)·조통(趙通) 등과 해동기로회를 결성하여 말년을 보냈다.[71] 그의 묘지명을 통해 기로회의 실상을 알 수 있다.

홍빈연(洪彬然)이 1265년(원종 6) 작성한 「염수장묘지명」은 고려 고종 때 문인들의 인척 관계와 문학 활동의 실상을 알려준다.[72] 염수장(?~1265)은 봉성현(峯城縣, 경기도 파주 부근) 사람으로, 부친 공부시랑 염극모(廉克髦)의 묘지명(1217, 찬자 미상)에 의하면 초명이 후(珝)였다. 고종 때 과거에 1등으로 합격하고, 국학학정, 우사간 지제고, 기거사인 지제고 등을 거쳐 예빈경으로 벼슬에서 물러났다. 국자좨주 심문준(沈文濬)의 딸과 결혼하여 두 딸을 두었다. 사위들은 시대부소경 보문각대제 지제고 원부(元傅)와 해양부녹사 최충약(崔冲若)이다. 「염수장묘지명」은 의론체로 시작하며, 뒷부분에 명을 붙였다. 서두는 3개의 배비구로 '때를 얻지 못함'의 논제를 제시하고, 묘주 염수장의 행적을 기술했다.

> 夫驥馳百里而人以不走爲嘆者, 意在千里也. 鵬□(騰)半空而世時[以*]不飛□(爲)名□(者),
> □□□□(意在萬里)也. 人亦有之. □(歷)官淸要, 出入臺閣, 大鳴一時, 而物議以不得時爲稱
> 者, 何哉? 盖望繫蒼生, 位宜黃閣, 而非此則謂之不遇可也. 予得一於今之世, 非朝請大夫禮賓
> 卿致仕廉公, 不知其他.

대저 100리를 내달렸는데도 사람들은 달리지 않았다고 탄식하는 것은 천리마의 뜻이 1,000

---

70 묘제는 「高麗國朝散大夫禮賓卿高公墓銘」이고, 찬문 일자와 관함은 '大安元年己巳九月 日 文林郎 監門衛長史 李元老'로 되어 있다. 1926년 7월 경기도 장단군 장도면(長道面) 상리 태봉동에서 발견되어, 탁본 도관이 『제주고씨문충공파보(濟州高氏文忠公派譜)』(濟州高氏文忠公派譜編纂委員會, 1978)에 수록되었다. 김용선, 『고려묘지명집성』, 한림대학교 아시아문화연구소, 2001; 국립문화재연구소 문화유산연구지식포털 한국금석문.

71 崔瀣, 「海東後耆老會序」, 『拙藁千百』卷1.

72 도쿠토미 소호(德富蘇峰, 1863~1957) 수집품으로 일본 고쿠가쿠인대학(國學院大學) 고고학자료관에 보관되어 있는데, 2004년 처음 학계에 소개되었다. 비제는 「朝請大夫禮賓卿致仕廉公墓誌銘」이다. 鈴木靖民·趙明濟, 「國學院大學 考古學資料館 所藏 德富蘇峰コレクションの高麗墓誌銘」, 『國學院大學考古學資料館紀要』20, 東京: 國學院大學, 2004.

리에 있었기 때문이다. 봉새가 공중에 솟았는데도 시의가 날지 않았다고 수군거리는 것은 □□□□[봉새의 뜻이 1만 리에 있었기—역자 주] 때문이다. 사람 또한 이와 같은 면이 있다. 청요직을 □(두루) 거치고 대각에 출입하여 한 시대를 울렸다고 하더라도, 물의가 때를 얻지 못했다고 일컫는 것은 어째서인가? 대개 명망이 창생의 구제에 연계되어 있어 지위가 의당 황각[재부(宰府)]에 들어야 하거늘, 이러하지 않는다면 이를 일러 불우하다고 하더라도 가할 것이다. 나는 지금의 세상에서 그런 한 사람을 확인했으니, 조청대부 예빈경으로 치사한 염 공이 아니고는 다른 사람이 있음을 알지 못한다.

『고려사절요』에 보면, 1230년(고종 17) 정월 최우(崔瑀), 즉 최이(崔怡)가 집권하여 차척(車倜)을 추밀원부사 어사대부로 삼았다. 최우가 자기의 집에서 이부와 병부의 제수비목(除授批目)을 주의(注擬)하여 올리면 왕은 그것을 아래로 명할 뿐이었다.[73] 국자박사 김정립(金挺立)·백양필(白良弼)이 학록 염수장, 직학 경유(景瑜)를 미워하여 최우에게 참소하기를, "수장 등이 시정을 기롱했다."라고 하자, 최우가 노하여 그들을 모두 귀양 보냈다.[74] 염수장은 나주로 유배되었다. 이 사실을 염수장의 묘지명에서는 "처음에 직학으로서 권신의 권력 농단을 간했다가 참소를 입어 금성으로 유배당했다[初以直□□權臣擅柄而被讒, 見流于在錦城]."라고 표현했다.

한편 조선 김세렴(金世濂)이 지은 안향(安珦, 1243~1306)의 묘지명에 따르면 안향의 후취가 염수장의 딸이다.[75] 하지만 홍빈연이 찬술한 「염수장묘지명」에는 "국자좨주 심문준의 딸이 공의 부인인데, 행동거지가 어질었다. 두 딸을 낳았는데, 장녀는 시대부소경 보문각대제 지제고 원씨(원부)에게, 차녀는 해양부녹사 최씨(최약충)에게 시집갔으니, 이들이 공의 후사이다."라고 했다. 부합하지 않는 이유는 알 수 없다.

윤포(尹誧, 1063~1154)는 춘주 횡천현(橫川縣) 사람으로 1082년(문종 36) 남궁시에 합격하고, 국자좨주 김근(金覲)이 독권관(지공거)이던 과거에서 진사에 급제했다. 그 뒤 예부시랑 보문각직학사 지제고 등을 역임했다. 『정관정요』를 주석하여 왕에게 바쳤고, 1127년(인종 5) 남성시(南省試)를 주관하여 100여 명을 뽑았다. 1132년(인종 10)

---

73 최우는 최충헌(崔忠獻)의 아들로, 1225년 사제(私第)에 정방(政房)을 설치하고 문무백관의 인사 문제를 처리했다. 1227년 사제에 서방(書房)을 두고 명유(名儒)를 소속시켜 3번으로 나누어 숙직하게 했다.

74 『高麗史節要』 第16卷 高宗安孝大王 庚寅 17년(1230), 송 소정 3년·금 정대 7년·몽고 태종 2년의 기록.

75 金世濂, 「高麗門下侍中致仕贈諡文成公晦軒安先生神道碑銘幷序」, 『東溟集』 卷8 碑誌碣銘. "公先娶右司諫金祿延女, 後娶禮賓卿廉守藏女, 生一子五女, 子曰于器."

금자광록대부 수 사공 상서좌복야 판공부사로 치사했다.[76] 윤포의 묘지문을 지은 황문통(黃文通)은 직함이 보문각교감 문림랑 상식봉어동정(寶文閣校勘文林郞尙食奉御同正)으로, 고려 고종·인종 연간 활약했던 문인이다.

석비문이나 묘지문은 문집이 전하지 않는 인물의 역사적 행적이나 시문의 성취 등을 파악하는 데 도움을 준다. 조선 영조 때 정우량(鄭羽良, 1692~1754)과 정휘량(鄭翬良, 1706~1762)은 조현명(趙顯命)의 후원으로 대신의 지위에 올랐다. 그들은 정치달(鄭致達)의 숙부로서 정치달의 처 화완옹주(和緩翁主)의 도움을 받고, 은밀히 김상로(金尙魯)·홍계희(洪啓禧) 일당과 통하여 무진(1748)·기사(1749) 연간에 분란을 일으켰다.[77] 정우량은 특히 문장에 뛰어나고 글씨에 능하여 1740년(영조 16) 개성 「계성사비문(啓聖祠碑文)」을 작성하고 글씨도 썼다.[78] 또한 김시환(金始煥, 1661~1739) 신도비에 전액(篆額)을 썼다. 이 비석은 1745년(영조 21) 3월 경기도 연천 통현리에 건립되었는데, 글은 이종성(李宗城)이 짓고 글씨는 조명교(曺命敎)가 썼다.[79] 다음은 정우량 형제가 작성한 묘갈과 묘지이다.

① 정수기(鄭壽期, 1664~1743) 묘갈: 1753년(영조 29) 3월 지금의 인천 연수구 동춘동에 건립. 아들인 정우량이 지(識)를 쓰고, 대자는 안진경(顏眞卿) 글자를, 소자는 소식(蘇軾) 글자를 집자했다.[80]

---

76 윤포의 묘지명에 따르면, 치사 후에 왕지를 받들어 고사(古詞) 300수를 엮어서 『당송악장일부(唐宋樂章一部)』라고 했다. 1146년(인종 24)에는 『태평광기촬요시일백수(大平廣記撮要詩一百首)』를 편찬하여 표와 함께 올렸다고 한다. 윤포 묘지명이 국립중앙박물관에 있는데, 지제(誌題)는 「高麗國三重大匡開府儀同三司檢校大師守司徒尙書左僕射參知政事判尙書工部事柱國贈諡烈靖公墓誌銘幷序」이다.

77 본관은 연일(延日)로, 정우량의 자는 자휘(子翬), 호는 학남(鶴南), 시호는 문충(文忠)이다. 정휘량의 자는 자우(子羽) 또는 사서(士瑞), 호는 남애(南崖), 시호는 문헌(文憲)이다. 정우량은 1723년(경종 3) 증광문과에 병과로 급제한 뒤 1727년 정언이 되어 왕의 교서를 한글로 번역했다. 부수찬으로 시독관을 겸임할 때 이황과 이이의 문집을 인판(印版)하게 했다. 1749년(영조 25) 병조판서를 거쳐 우의정에 올랐으며 판중추부사로 전임했다. 정휘량은 1733년(영조 9) 사마시에 합격하여 생원이 되고, 1737년 별시문과에 을과로 급제했다. 1755년 『천의소감(闡義昭鑑)』 찬집당상이 되었으며, 이듬해 대제학에 올랐다. 1761년 좌의정에 올랐다. 1755년 나주괘서사건(을해옥사) 때 조태구(趙泰耇)·유봉휘(柳鳳輝) 등을 탄핵하여 이들을 노비신분으로 전락시켰다. 사도세자의 평양 서행 사건을 수습하고, 판중추부사로 전임했다.

78 『金石集帖』183己(續)(175金石續帖己:書根無) 책에 탁본이 있다. 정우량이 글을 짓고 글씨를 썼으며, 임정(任珽)이 전액을 썼다. 1740년(영조 16) 6월에 비를 건립했다. 행서비제는 「啓聖祠碑銘幷序」이다.

79 『金石集帖』089推(교088推:正卿) 책에 탁본이 있다. 전액은 「行大宗師孝憲金公神道碑銘」이고, 해서비제는 「有明朝鮮國贈大匡輔國崇祿大夫議政府領議政兼經筵弘文館藝文館春秋館觀象監事世子師行崇祿大夫禮曹判書兼判義禁府事知經筵春秋館事五衛都摠府都摠管孝憲金公神道碑銘幷序」이다.

80 『金石集帖』199羔(교191羔:天將/詔使/鄕校/武正卿/文正卿/學亞卿/二相) 책에 탁본이 있다. 전액은 없

② 인성군(仁城君, 1588~1628, 선조 7번째 서자) 묘갈: 1751년(영조 27) 5월 경기도 의정부에 건립. 정우량이 비문을 짓고, 증손 이요(李橈)가 글씨를 썼으며, 현손 이익정(李益炡)이 전액을 썼다.[81]

③ 밀창군(密昌君) 이직(李樴) 묘표 「종실밀창군묘표(宗室密昌君墓表)」: 1749년(영조 25)건립. 정우량이 1747년 비문을 짓고, 이직의 아들 이익정(李益炡)이 글씨를 썼다.[82]

④ 남제명(南悌明, 1685~1705) 묘갈: 1749년(영조 25) 8월 건립. 정우량이 비문을 짓고 임정(任珽)이 글씨를 썼다.[83]

⑤ 정우량 묘지 「우상남학정공묘지(右相鶴南鄭公墓誌)」: 1754년(영조 30) 건립. 동생 정휘량이 비문을 짓고 이광사(李匡師, 1705~1777)가 글씨를 썼다.[84]

(3) 역사·문화 해석의 심화

서울시 도봉구 도봉서원 터에서 10세기 무렵 영국사(寧國寺)에서 불도를 닦은 혜거국사(慧炬國師)의 비석 조각이 출토되었다.[85] 도봉서원은 1573년 조광조(趙光祖, 1482~1519)를 기리려고 세웠는데, 임진왜란 때 불타 1608년 중건된 뒤 송시열을 함께 제사 지내다가 1871년 흥선대원군의 서원철폐령으로 사라졌다. 발굴된 비석 조각은 길이 62cm, 너비 52cm, 두께 20cm의 크기에 281자가 새겨져 있고, 판독된 글자는 256자이다. '견주도봉산영국사(見州道峯山寧國寺)'라는 명문이 있는데, 견주는 경기도 양주의 옛 지명이다. 혜거국사는 속성이 노씨(盧氏)로, 중국의 법안문익(法眼文益, 885~958) 아래에서 공부하고 돌아와 선종의 일파인 법안종을 고려에 전파했다. 1066년(문종 20) 도봉산 망월사를 중창하고, 1068년 영원사, 1070년 희룡사를 중창했

고, 해서비제는 「朝鮮國贈領議政行崇政大夫判敦寧府事鄭公壽期之墓 贈貞敬夫人坡平尹氏祔左」이다.

81 『金石集帖』011盈(교011盈:仁城/仁興/檜原) 책에 탁본이 있다. 전액은 「有明朝鮮國王子仁城君孝愍公墓碣銘」이다.

82 『金石集帖』200羊(교192羊:文官/公卿/亞卿/蔭儒/麗朝人/宗室/太醬/詩人) 책에 탁본이 있다. 해서비제는 「朝鮮國顯祿大夫密昌君贈諡靖憲公諱樴之墓」이다.

83 『金石集帖』152常(교149常:儒士) 책에 탁본이 있다. 전액은 없고, 해서비제는 「有明朝鮮國贈嘉善大夫吏曹參判同知義禁府事五衛都摠府副摠管南公墓碣銘并序」이다. 정우량은 남제명의 아들 남태량(南泰良)과 친구이다.

84 『金石集帖』199羔(교191羔:天將/詔使/鄕校/武正卿/文正卿/學亞卿/二相) 책에 탁본이 있다. 八分碑題는 「議政府右議政文忠鶴南鄭公諱羽良墓」이다.

85 2017년 10월 27일 조계종 산하 불교문화재연구소와 도봉구청이 발표했다. 영국사지에서는 고려 초에만들어진『千字文』석편도 함께 발굴되었다고 한다. 영국사는 조선 초까지 건재했고, 세종의 형 효령대군이 중창 당시 대시주를 했다. 세종 때 지금의 서울시 은평구 진관사의 수륙재를 영국사에서 거행하는것을 논의한 일도 있다.

다. 망월사에 부도가 있다. 영국사 혜거국사비는 낭선군 이우 등이 1688년(현종 9)에 신라 이후 금석문 탁본을 모은 『대동금석서』에 88자만 실려 전해 왔다. 하지만 『대동금석서』는 온전한 글자들만 이리저리 배치하여 비첩을 만들었으므로, 비문의 문맥이 통하지 않는다.[86] 비편이 발견됨으로써 기왕의 탁본 비첩에 수록된 글을 재검토하게 되었다.[87]

① 『대동금석서』 수록 비문

國師諱慧炬字弘炤俗姓盧

太祖神聖大王膺期撫運野

腥曁入嚳大宋高麗國衆謂

經曠野見黑象伏地而喘氣

玄砂如赤水手探珠而滿掬

安遠旅摳衣而捧袂親入室

錦幡光動搖通照寰宇者禪

綸於煙言賀鳳儀命駟騎以

② 비편(2017년 발견)의 최연식 교수 판독문[88]

---

86 『大東金石書』에는 영국사 혜거국사비 탁본과 함께 경기도 화성 용주사에 있던 「갈양사혜거국사비」 탁본을 실려 있다. 「갈양사혜거국사비」 탁본에 나오는 혜거국사는 박씨로, 고려 최초의 국사였다. 송나라 도원(道源)이 1004년 펴낸 『景德傳燈錄』은 고려 국왕이 혜거를 왕사의 예로 맞았다는 기록과 혜거가 위봉루(威鳳樓)에서 설법한 행적을 전하고 있다. 고려 국왕이란 고려 4대 광종(재위 949~975)을 가리키는 듯하다.

87 최연식, 「고려초 道峯山 寧國寺 慧炬의 행적과 사상 경향―신발견 塔碑片의 내용 검토를 중심으로―」, 『한국중세사연구』 54, 한국중세사학회, 2018, pp.177-209.

88 최연식 교수의 해석문은 다음과 같다. "ⓐ 대송고려국(大宋高麗國) 견주(見州) 도봉산영국□(道峯山寧國□) □□시□□(□□諡□□)… ⓑ (이 행에는 찬자, 서자, 전액자 이름이 있었을 것) ⓒ 생각건대 (부처님께서) 鵠林에서 입적하신 후 가섭[龜氏]이 가르침을 이어 청정한 禪을 엄하게 지키며 …을 이어 밝혔다. … (결략) … ⓓ 道의 마음이 흩어지지 않고 항상 一切智者[부처]를 지향하는 것은 이것(=선)이 하는 바이다. 또한 그 근원을 자세히 살피면 … ⓔ 江西懷讓에 전했고, 회양은 道一에 전했으며, 도일은 南泉普願에 전했고, 보원은 동쪽으로 (우리나라의 道允화상에) 전했다. … (결략) … ⓕ 국사의 이름은 慧炬, 字는 弘炤이며, 속성은 盧씨로 童子城 사람이다. 부친은 … (결략) … ⓖ 太祖神聖大王께서 시절의 인연을 만나 천하를 다스리시게 됨에 재야의 어진 선비들을 남김없이 등용하셨다. 활(과 화살)로 초빙하여 … (결략) …, ⓗ 비린내 나는 음식을 (먹지 않았다.) 학교에 들어감에 이르러 마음에는 예의와 사양의 마음을 갖추니 사람들이 드물게 나타나는 특별한 사람이라고 했다. 누가 … (결략) … ⓘ 가서 스승의 문을 두드리라. 마침내 道峯山의 神靖禪師 문하에 들어가 이 …을 들었다. … (결략) … ⓙ 곧 태산에 올라서 비로소 노나라가 작은 것을 알게 되고, 바다를 건넘으로써 비로소 주나라를 둘러볼 수 있는 것이다.

ⓐ 大宋高麗國見州道峯山寧國□ □□諡□□

ⓑ

ⓒ 原夫鵠林示滅, 龜氏傳宗, 嚴持淸淨之禪, 繼明重

ⓓ 道心不散, 常向一切智者, 是之爲也. 且詳其源□

ⓔ 西懷讓, 讓傳道一, 一傳南泉普願, 願東傳于當

ⓕ 國師諱慧炬, 字弘炤, 俗姓盧, 童子城人也. 考□

ⓖ 太祖神聖大王, 膺期撫運, 野無遺賢, 聘以弓

ⓗ 腥, 暨入礬宇, 心存禮讓, 衆謂異人間出, 誰□

ⓘ 足, 往扣師門, 遂投道峯山神靖禪師, 聞斯

ⓙ 迺登泰而小魯, 因涉海而觀周, 後於天[授(?)]

ⓚ 蹄, 嘗侍座隅, 將窺室奧, 大師手把鐵□

ⓛ 三復可知, 後歷雲門寺, 莫不門臨巖

ⓜ 經曠野, 忽見黑象, 伏地而喘, 氣甚急

ⓝ 玄砂, 如遊赤水, 手探珠而滿掬, 膽(?)

ⓞ 安遠旅, 遽摳衣而捧袂, 親入室

ⓟ 錦幡, 光彩動搖, 通照寶宇者, 禪

ⓠ 綸於煙漵, 言賀鳳儀, 命馳騎以

ⓡ □以爲羅什入秦, 圖澄□□

ⓢ □□□天長地久, 披彙

ⓣ □□□□□越二秋□

이 비문은 산구를 많이 사용했지만, 변문의 투식도 섞었다. 다음 세 부분은 대우를 사용하면서 구중이나 구말의 평측을 규칙적으로 엇갈리게 했다. 특히 ⓒ는 염률도 지켰다.

뒤에 天(授) … (결락) … ⓚ 일찍이 (스승의) 자리 모퉁이에 있으면서 깊은 가르침을 살펴보려 하자, 대사는 손에 鐵□을 잡고서 … (결락) … ⓛ 깊이 헤아림[三復]을 알 수 있다. 뒤에 雲門寺를 지나갔는데, 입구가 가파른 …에 임하지 않음이 없었다. … (결락) … ⓜ 광야를 지나가는데 갑자기 검은 코끼리가 땅에 엎드려 헐떡이는 것을 보았다. 기운이 매우 급하고 … (결락) … ⓝ 玄砂를 … 마치 赤水에 노닐면서 손으로 구슬을 찾으려 가득 움켜쥐고, … (결락) … ⓞ 멀리서 온 나그네를 편안히 머무르게 하자, 곧바로 옷자락을 잡고 소매를 들어 올리며 직접 방에 들어가 … (결락) … ⓟ 비단 깃발을 … 광채를 나부끼며 천하를 두루 비추는 것은 禪 … (결락) … ⓠ 안개 낀 물가에 綸音을 내려 봉황 같은 훌륭한 모습[鳳儀]을 칭송했다. 역말[馳騎]에 명하여 … (결락) … ⓡ 鳩摩羅什이 秦나라에 들어오고, 佛圖澄이 … (결락) … ⓢ 하늘과 땅은 유구하다. 무리를 나누어 … (결락) … ⓣ 두 해가 지나 … (결락) ….”

ⓒ 鵠林示滅 龜氏傳宗 嚴持淸淨之禪 繼明重□

　　측평측측 평측평평 평평평측평평 측평측□

ⓙ 迺登泰而小魯 因涉海而觀周

　　측평측평측측 평측측평평평

ⓚ 嘗侍座隅 將窺室奧 大師手把鐵□

　　평측측평 평평측측 측평측측측□

　도봉서원이 영국사 터에 세워진 것을 보면, 한국문화는 역사적 지층이 중층적이고 복합적이라는 사실을 알 수 있다.

　한편 미국 프리어·새클러미술관에는 김용식(金龍軾, 1129~1197)의 묘지명이 있다. 묘지명은 24행 매 행 각 15자로, 최효저(崔孝著)가 찬술했다. 최효저는 장충의(張忠義, 1109~1180)의 묘지명을 작성한 인물이다.[89] 교토대학 총합박물관에는 「상당현군곽씨 묘지명(上黨縣君郭氏墓誌銘)」이 있다. 비문은 3행 매 행 각 9자로, 묘주는 관료층 부인 이다. 백학사(白鶴寺)가 있는 산의 북쪽 기슭에서 출토되었다.

　조선시대에 비지는 공인된 기록물로서 중시되었다. 조선 초부터 영조 초까지의 인물 2,091명을 72권에 나누어 각 인물마다 전기 자료를 싣고 있는 『국조인물고(國朝人物考)』는 자료의 상당수를 행장과 비지문에서 취했다.[90] 사용한 자료 가운데 비지문이 1,792편에 달한다.[91] 이 책은 노론 이의현(李宜顯, 1669~1745)이 편찬에 깊이 간여한

89　유물은 일본 도쿄박물관에 있다. 비제는 「□□□□檢校尙書左僕射判禮賓省事知制誥賜紫金魚袋張公 墓誌銘幷序」로 되어 있다. 비문 속에 '門人尙書刑部員外郞崔孝著'라는 말이 나온다.

90　서울대학교 규장각에 72권 72책(2권 결)의 정사본(淨寫本)이 있다. 부산대학교 도서관에 영본(零本) 11 권 11책이 있고, 연세대학교 도서관에 영본 8권 8책이 있다. 부산대본은 이문원(摛文院) 장서인이 있다. 규장각본과 연세대본은 복본(複本)인 듯하다. 서울대학교 도서관, 『國朝人物考』上·中·下, 影印本, 서 울대학교출판부, 1978; 세종대왕기념사업회 편역, 『(국역) 국조인물고』 1~34, 1999~2007.

91　전기 자료는 뇌(誄) 1편, 명행기(名行記) 2편, 묘갈(墓碣) 9편, 묘갈명(墓碣銘) 677편, 묘갈명병서(墓碣 銘幷序) 1편, 묘갈비(墓碣碑) 1편, 묘명(墓銘) 23편, 묘비(墓碑) 4편, 묘지(墓誌) 50편, 묘지명(墓誌銘) 218편, 묘표(墓表) 208편, 비(碑) 2편, 비명(碑銘) 599편, 사실(事實) 2편, 사실기(事實記) 1편, 사적(事 蹟) 2편, 사적(事跡) 3편, 시고서(詩稿序) 1편, 시고발(詩稿跋) 1편, 시장(諡狀) 45편, 애사(哀辭) 4편, 애 시서(哀詩序) 1편, 언행록(言行錄) 2편, 연보(年譜) 1편, 유고서(遺稿序) 2편, 유사(遺事) 42편, 유사후서 (遺事後序) 1편, 유편서(遺編序) 1편, 유허비(遺墟碑) 2편, 자서묘지(自序墓誌) 1편, 전(傳) 60편, 정려비 (旌閭碑) 1편, 집발(集跋) 1편, 집서(集序) 8편, 행록(行錄) 1편, 행실(行實) 1편, 행장(行狀) 102편, 행적 (行蹟) 5편, 효문명(孝門銘) 1편, 효자비명(孝子碑銘) 1편, 효행록(孝行錄) 1편, 효행지(孝行志) 1편, 기 타 1편 등이다. 전체의 약 89%인 1,861편의 찬자는 모두 316명이다. 민현구, 「국조인물고 해제」, 세종대 왕기념사업회 편역, 『(국역) 국조인물고』 1, 1999.

듯하다. 이의현이 지은 전기 자료가 68건이나 되며, 속고(續考)에는 이의현이 노론의 중진 권상하(權尙夏)를 위해 지은 비명(碑銘)도 있다. 『국조인물고』는 인물을 여러 항목으로 분류했는데,[92] 성혼(成渾)과 이이(李珥)의 훈도를 받은 사람들을 '우율종유친자인(牛栗從遊親炙人)'이라고 표출했다. 정조 때 초계문신이 편집한 『인물고』의 기초가 된 듯하다.[93] 책의 편집에서 당파성이나 편향성이 있지만, 전기 자료의 집성물이라서 활용도가 높다.

비지문은 찬자나 비주 모두 계층성을 벗어나지 못했다. 『예기』「증자문(曾子問)」에 "어린 사람이 연장자의 뇌문(誄文)을 짓지 않고, 신분이 낮은 사람이 높은 사람의 뇌문을 짓지 않는 것이 예이다[幼不誄長, 賤不誄貴, 禮也]."라고 했다. 이에 따라 비지 찬술은 낮은 신분의 문사가 자신보다 신분이 높은 계층의 비지를 작성해서는 안 된다는 통념이 있었다. 조선시대를 보면, 중인 계층의 일부 인사들도 비지문에 관심을 기울였지만, 사대부 양반에게 미치지는 못했다. 서얼 계층의 경우 주로 같은 계층의 묘주들을 위해 비지문을 작성하는 것이 일반적이었다. 사대부 계층의 하위층 인사들의 비지문도 지었으나 고위층 인사들의 비지문을 지은 예는 거의 없다. 상인이나 공인의 비지문은 아직 발견된 예가 없다.

하급의 무반이나 벼슬길에 못 오른 잔반은 간단한 형태로라도 지석을 제작했으리라 생각된다. 유익현(劉益鉉)은 역사 서적에 기록이 나오지 않는 인물이지만 지석이 남아 있어 그가 실존했다는 사실을 알려준다. 그 지석에 따르면 유익현은 1713년(숙종 39)에 태어나 1779년(정조 3) 사망한 후 강화도(심주) 길상면에 묻혔다. '고 학생(故學生)'이라고 한 데에서, 유학을 공부했지만 과거에 합격하지 못했음도 알 수 있다. 아

---

92 모두 23항목이다. 1. 상신(相臣) 59명, 2. 국척(國戚) 79명, 3. 유학(儒學) 55명[趙光祖·李滉·李珥·成渾은 결권 수록 추정], 4. 경재(卿宰) 306명, 5. 명류(名流) 346명, 6. 문관(文官) 98명, 7. 무변(武弁) 40명, 8. 휴일(休逸) 103명, 9. 음사(蔭仕) 187명, 10. 사자(士子) 113명, 11. 장광선대시입절인(莊光禪代時立節人) 20명, 12. 연산시이화인(燕山時罹禍人) 66명, 13. 기묘당적인(己卯党籍人) 58명[趙光祖는 다루지 않음. 金安國·金正國 형제는 유학편 수록], 14. 을사이후이화인(乙巳以後罹禍人) 45명, 15. 우율종유친자인(牛栗從遊親炙人) 149명[朴淳은 포함시킨 반면 金長生은 다루지 않음], 16. 왜난시입절인(倭難時立節人) 88명, 17. 왜난시정토인(倭難時征討人) 34명, 18. 광해시입절인(光海時立節人) 15명, 19. 광해시이화인(光海時罹禍人) 48명, 20. 계해거의인(癸亥擧義人) 30명, 21. 갑자사절감난인(甲子死節勘難人) 13명, 22. 노난시입절정토인(虜難時立節征討人) 67명, 23. 갑인이후이화입절인(甲寅以後罹禍立節人) 61명 등.

93 정조는 "비부에 내장된 작고한 상(相) 이의현이 엮은 『인물고』는 취사에서 온당함을 잃고 너무 간략할 뿐만 아니라 체재에도 결함이 있어 매우 거칠다."라고 비판했다. 규장각에는 별도로 초계문신이 편찬한 것으로 추정되는 『인물고』 26권 26책 필사본이 있다. 『국조인물고』와 일치하는 1,795명의 인물을 수록했다. 『국조인물고』 저록의 인물들 가운데 306명이 빠져 있다.

들 둘이 있다는 사실도 기록되어 있다.

한편 비지문을 통해서 한 시대의 상황을 세밀하게 이해할 수 있다. 이를테면 연산군과 중종 초의 문인 강혼(姜渾, 1464~1519)이 찬술한 비지문을 통해서 세조, 성종, 연산군, 중종 초를 살았던 인물들의 삶을 구체적으로 이해할 수 있다. 강혼은 1498년(연산군 4) 7월 무오사화가 일어났을 때 장류(杖流)되고 봉수의 역에 충당되었으나 1504년(연산군 10) 갑자사화 때는 문한을 담당하여 연산군의 총애를 받았다. 1506년 가을 중종반정 때 가담하여, 9월 2일 중종 즉위 후 좌찬성 이조판서 판중추부사가 되고 정국공신에 녹훈되었다. 이후 진천군의 봉호를 받았다.[94] 그의 문집『목계일고(木溪逸稿)』에 구묘문(丘墓文) 9편이 있는데, 세조 연간부터 중종 초까지의 문무 관료와 지방관이 묘주인 글들이다.[95] 강혼은 1507년(중종 2) 2월「황신묘갈(黃愼墓碣)」을 작성했다.[96] 황신의 부인이 강석덕(姜碩德, 1395~1459)의 딸이므로, 황신은 강혼에게는 먼 친척에 해당한다. 묘갈은 가계, 벼슬 경력, 가족 사항, 생몰년을 적고, 초사체 명(銘)을 붙였다. 1513년(중종 8) 5월에 강혼은 유홍(柳泓)의 청으로 유홍의 아버지 유순정(柳順汀, 1459~1512)을 위해 신도비문을 작성했다.[97] 유순정은 중종반정의 일등 공신이다. 강

---

94 강혼의 자는 사호(士浩), 호는 목계(木溪)·동고(東皐), 시호는 문간(文簡), 본관은 진주이다. 월아산(月牙山) 아래 목계(木溪)에서 태어났다. 곽종석(郭鍾錫, 1846~1919)이 지은 신도비명을 새긴 비석이 경남 진주 진성면의 강혼 묘역에 있다. 심경호,「목계 강혼의 문학에 대한 재평가 시론」,『남명학연구』51, 경상대학교 경남문화연구원, 2016, pp.79-126.

95 문화유산연구지식포털에서 강혼 작성의 구묘문 7편의 원문을 제공하고 있다.「유순정신도비(柳順汀神道碑)」,「정미수신도비(鄭眉壽神道碑)」,「좌찬성공안김공부인진씨묘표(左贊成恭安金公夫人陳氏墓表)」,「황신묘갈(黃愼墓碣)」,「이평묘갈(李枰墓碣)」등 5편은『목계일고』에 실려 있지 않고,『금석집첩』에 탁본이 있다.

96 '척손 병충분의정국공 신 숭록대부진천군 강혼 근기(戚孫秉忠奮義靖國功臣崇祿大夫晉川君姜渾謹記)'라고 밝혔다. 황신(黃眘으로도 표기)의 조부는 황희(黃喜)이고, 부친은 황수신(黃守身)이다. 문음으로 벼슬을 시작해서, 1469년 성종이 즉위하자 원종공신에 책록되었다. 1471년 가선의 품계에 올라 장원군(長原君)에 봉해졌다. 지금의 경기도 파주군 탄현면 금승리에 비가 있다. 경기도 편,『경기금석대관』4, 경기도, 1990.

97 글씨는 송인(宋寅)이 썼다. 비는 서울시 구로구 오류동에서 출토되었다.『金石集帖』049劍(교049劍:相臣五) 책에 탁본이 있다. 비제는「有明朝鮮國秉忠奮義決策翊運靖國功臣大匡輔國崇祿大夫議政府領議政兼領經筵弘文館藝文館春秋館觀象監事菁川府院君 贈謚文定柳公神道碑銘幷序」이다. 유순정의 자는 지옹(智翁)이고 본관은 진주이다. 1487년(성종 18) 별시문과에 장원급제했다. 1503년 공조참판으로서 하정사가 되어 명나라에 다녀왔다. 1506년 박원종(朴元宗)·성희안(成希顔) 등과 함께 중종반정을 일으켜 그 공으로 정국공신 1등이 되어 청천부원군(菁川府院君)에 봉해졌다. 1510년(중종 5) 삼포왜란 때 도원수가 되어 난을 평정했다. 1512년 영의정이 되었으나 이해에 숨졌다. 시호는 문정(文定)이며, 중종의 묘정에 배향되었다. 이병휴,「15세기 후반, 16세기 초의 사회변동과 김종직 및 그 문인의 대응」,『역사교육논집』35, 역사교육학회, 2005, pp.231-265.

혼은 유순정이 사륙문에 능하고 『주자강목』에 통달했으며, "명신현사(名臣賢士)의 가언선행(嘉言善行)에 이르러서는 이치를 탐구하여 충분히 터득하고 혹은 창이나 벽에 써 붙여 자기를 바로잡았다."라고 특별히 기록했다. 또한 중종반정 무렵에 조정의 귀인 가운데 그의 도움으로 생명을 보전한 사람이 많았다고 덧붙였다.[98] 이후 1517년(중종 12) 8월에 강혼은 동년 유응룡(柳應龍)의 청으로 유순(柳洵, 1441~1517)의 묘갈에 음기를 작성했다.[99] 유순은 연산군 때 권력자였으며, 중종반정 후 정국공신의 호를 받고 부원군이 되었다.[100] 강혼은 망자 유순의 행적을 송나라 때의 왕 문정공, 즉 왕단(王旦)과 비교하여, 왕단이 태평시대를 만났던 것에 비해 유순은 난세를 만나 사업이 훨씬 어려웠을 텐데도 공명을 이루었으므로 유순의 학문과 식견이 왕단을 추월한다고 평가했다. 그리고 "자학에 아주 정통하여 편방과 점획까지도 자세히 분석했으며, 의서와 지리서에 이르기까지도 상당히 공을 들였으니, 공이 책을 읽는 것은 하늘이 내려준 습관 같은 것이다."라고 망자의 호학(好學)을 칭송했다.

진주 출신인 강혼은 1510년(중종 5) 동향인 무인 조숙기(曺淑沂, 1434~1509)를 위해 묘표를 작성했다. 글씨는 강혼의 매부 어득강(魚得江, 1470~1550)이 썼다.[101] 조숙기는

---

98 公平居喜慍不形, 口不言人過失. 長身有風儀, 持論公平. 純正出於自然. 務持大體, 不爲崖異. 遇國家大事, 不動聲色, 而處置咸得其宜. 博通經史, 爲詩文, 雄健豪逸, 尤長於四六. 好讀朱子『綱目』, 至於名臣賢士嘉言善行, 尋繹體認, 或書諸窓壁, 以自檃括. 晩節愈恭愈儉, 不事生產. 若有贏餘, 常賑施其親友, 豁如也. 心常不樂曰: "安得釋重負, 優游適意以盡吾餘日乎?" 常與平城昌山二公語曰: "我輩今雖成功, 事定之後, 凡可料理, 當一歸諸朝廷, 己無與也." 方擧義之日, 凡所指揮, 皆稟於公. 時朝貴名在除去中者, 頗多賴公全活者不少, 而人反不知. 或有怨公者, 公竟不自言, 人服其量洪.

99 『金石集帖』 049劒(교049劍: 相臣五) 책에 탁본이 있다. 강혼의 문집 『목계일고』에는 「領議政柳文僖公墓碑」로 되어 있다. 묘지명은 신용개(申用漑)가 작성했다. 姜渾, 「領議政柳文僖公墓碑」, 『木溪逸稿』 卷1 丘墓文; 申用漑, 「文城府院君柳公墓誌銘」, 『二樂亭集』 卷11 墓誌.

100 유순의 본관은 문화, 자는 희명(希明), 호는 노포당(老圃堂)으로, 1462년(세조 8) 발영시에 합격했다. 1487년(성종 17) 천추사로서 명나라에 다녀왔다. 1502년(연산군 8) 시문으로 선발된 열 사람에 들어 '시수상(詩首相)'이라는 칭찬을 들었다. 1505년(연산군 11) 65세의 나이로 영의정에 배수되었다. 묘가 경기도 남양주시 진접읍 팔야리에 있다. 비의 앞면에 "秉忠奮義翊運靖國功臣大匡輔國崇祿大夫議政府領議政兼領經筵弘文館藝文館春秋館觀象監事文城府院君 贈諡文僖公柳洵墓 貞敬夫人張氏"라고 새겼다.

101 『金石集帖』 092國(교081:亞卿) 책에 탁본이 있다. 비제는 「故嘉善大夫慶州府尹慶尙道兵馬節制使曺公墓碑」이고, 찬자는 '鄕人秉忠奮義靖國功臣崇祿大夫行工曹判書晉川君姜渾撰', 서자는 '中訓大夫行司憲府掌令魚得江書'라고 밝혔다. 또한 "皇明正德五年 朝鮮九葉歲庚午九月▽日 孤通政大夫前行熊川縣監金海鎭管兵馬節制都尉兼監牧閏孫等立."이라고 건립 주체와 시기를 적었다. 조숙기는 자가 문위(文偉)이고 본관은 창녕이다. 아버지는 울진현령을 지낸 조안중(曺顏仲)이다. 오종록, 「조선초기 병마절도사제(兵馬節度使制)의 성립과 운용 (상) (하)」, 『진단학보』 59·60, 진단학회, 1985; 오종록, 「조선초기의 변진방위와 병마첨사·만호」, 『역사학보』 123, 역사학회, 1989; 심영환, 「조선초기 초서고신 연

1475년(성종 6) 식년문과에 병과로 급제했으며, 1491년 충청도병마절도사가 되고 뒤에 대사헌을 역임했다. 1500년(연산군 6) 천추사로 명나라에 다녀온 후, 1501년에 다시 평안도관찰사가 되었다가 1503년 체직되어 경주부윤으로 나갔다. 1505년(연산군 11) 사직하고 아들 양산군수 조윤손(曺潤孫)의 돌봄을 받다가 죽었다. 그런데 조숙기는 1507년(중종 2) 지중추부사가 되었다가 앞서 경주부윤 재직 때 토지를 점유하고 경주부민을 부려 경작한 일로 대간의 탄핵을 받고 파직된 일이 있다. 강혼은 「조숙기묘표」에서 그 사실을 기록하지 않았다.[102] 비지문은 사실을 '온전하게' 드러내는 것이 아니다.

강혼이 작성한 비지문 가운데 역사적 사료로서 가장 주목해야 할 글은 정미수(鄭眉壽, 1456~1512)의 신도비문이다. 「정미수신도비」는 1513년(중종 8) 정미수의 처 이씨에 의해 건립되었다. 비문의 글씨는 김희수(金希壽, 1475~1527)가 해서로 썼다.[103] 정미수의 처는 전의군 이덕량(李德良)의 딸이다. 정미수의 아버지는 형조참판 정종(鄭悰), 어머니는 문종의 딸 경혜공주이다. 계유정난 후 부친이 사사되고 모친과 함께 서울로 소환되었다. 세조가 이름을 붙여주고 그를 길렀다. 잠저의 성종을 시중하다가 1473년(성종 4) 돈령부직장·형조정랑을 지냈으나, 죄인의 자손이라는 이유로 자주 탄핵을 받았다. 연산군 즉위 후 당상관에 올라 장례원판결사에 임명되고, 1504년 의정부참찬으로 판의금부사를 겸했다. 1506년 중종반정 이후 정국공신 3등, 보국숭록대부에 올랐으며, 해평부원군에 봉해졌다. 이듬해 박경(朴耕) 옥사에 연루되어 울진으로 유배되었다가 곧 풀려났다. 강혼은 신도비문에서 정미수의 사망과 장례 사실을 먼저 기록하고, 그 가계를 적었다. 이어서 관력을 서술하면서, 형조정랑으로서 정미수가 의

구」, 『고문서연구』 24, 한국고문서학회, 2004, pp.181-204.

102 姜渾, 「故嘉善大夫慶州府尹慶尙道兵馬節制使曺公墓碑」, 『晉山世稿』, 晉山世稿刊行委員會, 1976. "癸亥出尹慶州, 乙丑冬上章請老, 退居晉之村莊, 又卜築於彦陽之蟠高谷, 淸道之雲門山, 愛其山水, 嘯傲忘返, 蕭然有雲鶴之懷. 今上卽位, 以僉知中樞府事召公, 不就. 子潤孫時爲梁山郡守, 秩滿爲軍器僉正, 又爲公乞熊川縣監. 縣有島夷, 撫馭實難, 朝議以僉正武而有名望特陞通政遣之. 雖降授, 實榮選也. 公居閑五年, 常以琴碁詩酒自娛. 聰明老而不衰. 學者坌集, 敎誨不倦. 平生善攝養少疾. 鄕人僉射, 雖遠必赴, 弓力不異壯年. 己巳五月, 患微恙, 不語家事, 脩然坐逝. 是月十九日也. 是年九月, 上遣禮曹正郎愼汝弼, 賚香祝賜奠."

103 정미수의 본관은 해주, 자는 기수(耆叟), 호는 우재(愚齋), 시호는 소평(昭平)이다. 묘는 경기도 남양주시 진건읍 사능리에 있다. 비의 건립과 관련하여, '正德八年癸酉九月▽日妻貞敬夫人李氏立石'이라 밝혔다. 윤종일, 『구리·남양주 문화유산기행』, 국학자료원, 2003; 경기도박물관 편, 『경기 묘제 석조 미술 (上) 조선전기 도판편』, 2007. 『金石集帖』 127歸(교124歸:勳臣) 책에 탁본이 있다. 비제는 「有明朝鮮國秉忠奮義靖國功臣輔國崇祿大夫行議政府右贊成領經筵事判義禁府事海平府院君贈諡昭平鄭公神道碑銘幷序」이다.

친(議親)[죄를 감면해 주는 여덟 가지 재판상의 은전(恩典) 가운데 왕의 친족의 형벌을 논하여 감면하는 일]의 재심을 상소한 사실, 사헌부 장령이나 형조참의로서 형률을 완화시켜 적용한 일화를 특별히 기록했다.

ⓐ (여러 차례 승진하여 형조정랑이 되었는데) 공은 명령을 잘못 내린 일로 의금부에서 국문을 받았다. 율관이 율문의 팔의(八議) 조에서 '황가의 단문(袒免) 이상의 친족'이라는 말에 근거해서 공을 의친(議親)으로 논하려고 하지 않았다. 그래서 공의 목에 칼(항쇄)을 씌우려고 하며 율관이 "율문에서 황가라고 말한 것은 대체로 당대를 가리키므로 선왕은 해당되지 않는다. 단문이라고 말한 것은 대체로 동성을 가리키므로, 이성은 해당되지 않는다." 했다. 공은 옥(獄)에 있으면서 소장을 올렸는데 그 소장의 대략에, "율문에서 황가라고 칭한 것은 하나의 대를 통틀어 가리켜 말한 것이고, 단문이라고 칭한 것은 동성으로 상복 입을 의리가 없는 친족을 가리키는 것입니다. 거기에서 '이상(以上)'이라고 말한 것은 동성과 이성이면서 상복을 입어야 하는 친족을 아울러 가리킨 것입니다. 율관이 그저 단문이 동성의 친족을 위한 것이라는 것만을 알고 '이상(以上)'이라는 두 글자가 친족의 관계가 다하여 상복 입을 의리가 없는 사람을 들어서 친척이나 외척으로 상복을 입어야 하는 친족을 아우르고 있음을 알지 못한 것입니다. 만약에 당대만을 말한다면 율문에서 어째서 황가라고 통틀어 말했겠습니까? 황가라고 말했으므로 … (결락) … 분명합니다." 했다. 그의 식견은 정미하고 논의는 조리가 통창했으며, 그것은 참으로 국가의 체통과 관계되는 일이었다. 소장이 들어오자 대신에게 의논하도록 명하니, 모두 "아무개의 말이 지당합니다." 했다. 마침내 예조에 내려서 정법(定法)으로 삼았다.

ⓑ 얼마 안 되어 사헌부 장령으로 승진되었다. 그때에 종녀(宗女) … (결락) … 모두 "고신(拷訊)을 하여 자복을 받아 대벽(사형)에 처하는 것이 마땅합니다." 했으나, 공만이 홀로, "아무개는 태종 임금의 손녀이므로 팔의(八議)에 따라 마땅히 용서해야 할 사람입니다. 또 그의 죄범이 국가와 관련된 것이 아닙니다. 이제 고신을 없애고 증거에 근거해서 정죄(定罪)하는 것이 마땅합니다. 그래서 은혜와 법률이 모두 행해질 수 있게 한다면 아마도 사체(事體)에 합당할 것입니다." 했다. 성상께서 끝내 죄를 묻지 않고 이씨에게 자진하라는 명을 내렸다.

ⓒ 그때 우승지 한언(韓堰) 등이 성상의 물음에 대답하며 성상의 뜻을 거슬렀으므로 그 일을 사헌부에 내렸다. 헌부에서 추문(推問)하고 죄를 다스린 뒤에 아뢰었는데, 공이 마침 그 일을 고하는 자리에 있었으므로 그 일에 대해서 듣고 홀로 아뢰기를, "임금이 일을 처리할 때에는 반드시 널리 뭇사람들의 의견을 물어서 옳은 일이라고 말한다면 그대로 따

르되, 혹시 마음에 맞지 않는 말일지라도 죄라고 할 수는 없는 것입니다. 지금 한언 등이 비록 잘못 대답했다고 할지라도 너그럽게 용서해주시기를 바랍니다."했다. 조정에서는 공의 말이 옳다고 여겼으나, 공은 끝내 사섬시 첨정으로 좌천되었다. 당시의 중론이 그 일을 잘못이라고 여겼다.[104]

ⓓ 갑인년(1494, 성종 25) 성종 임금께서 승하하시자, 산릉의 감동관으로 차정되어 나갔으며, 포상으로 당상관에 승진되고 장례원판결사에 임명되었다. 외직으로 나가 충청도관찰사가 되었다가 소환되어 형조참의에 임명되었다. 그때 어떤 사람이 관(館)에 보관되어 있던 서책을 훔쳐 팔다가 형조에 입건되었는데, 장만(臟滿: 훔친 물건을 통산하여 중형에 처할 만한 최고 액수에 달한 것)의 죄목에 배당해야 했다. 조계(朝啓: 아침에 중신과 시종신이 임금에게 업무를 보고하는 일)를 마친 후에 공이 홀로 진언하기를, "… (결략) … 돈과 곡식을 훔친 자는 마땅히 사형시켜야 하지만, 서책은 바로 학문을 일으키는 도구이고, 훔쳐 팔아 먹은 자의 사정도 딱하므로 그에게 극형을 행하는 것에 대해 신은 가만히 온당하지 못하다고 생각합니다."했다. 성상께서 그 말을 따라서 사형에서 감해 주라고 명했다.[105]

ⓔ 갑자년(1504, 연산군 10) 의정부참찬로 옮겼다가, 품계를 뛰어넘어 숭정대부에 제수되고 판의금부사를 겸했다. 그때 살육이 끊이지 않자 대관이나 소관이나 두려워 떨었다. 공이 조옥(詔獄)을 살피고 결단해야 할 때가 되어서는 반드시 … (결략) … 자가 있었고, 나머지 온전히 살아난 자도 많았다.[106]

(4) 학맥 혹은 법맥의 확인

묘역에 새운 묘비나 광중에 묻은 묘지의 글은 학맥의 확인에 이용하고, 부도와 함께

---

104 ⓐ (刑曹正郞)以公錯命, 鞫于禁府. 律官據律文八議條'爲皇家袒免以上親'之語, 不欲論公以議親. 將鎖公項, 其言曰: "律文稱皇家, 盖指當代, 先王不與也. 其稱袒免, 盖指同姓, 異姓不與也." 公在獄上疏, 其略曰: "律文稱皇家通指一代而言, 稱袒免同姓無服之親. 其曰以上者, 兼指同異姓有服之親也. 律官徒知袒免爲同姓親, 而不知以上二字擧窮疏無服而該內外有服之親也. 若只言當代, 則律文何以通稱皇家? 其曰皇家□ … □明矣." 其識見精微, 論議通暢, 實關國體. 疏入, 命議于大臣, 皆曰: "某言當." 遂下禮曹爲定法. ⓑ 俄陞司憲府掌令. 時宗□ … □證, 皆□□□廷□之. 皆曰: "宜拷訊□□□大辟." 公獨曰: "某是太宗之孫, 八議所宜宥. 且其罪犯, 非關國家. 今宜除拷訊. 據證定罪, 使恩法得以竝行, 庶合事體." 上竟不問, 賜李氏死. ⓒ 時右承旨韓堰等對上問忤旨事, 下憲府畢推按律以啓. 公適在告聞之, 獨啓曰: "人君臨□必廣詢衆議, 所言是則從之. 如或不中, 亦不可罪. 今堰等雖失對, 請賜優容." 朝廷雖是公言而竟左授司瞻寺僉正. 時議非之.

105 甲寅成廟賓天, 承差董役於山陵, 褒陞堂上, 遞拜掌隸院判決事, 出爲忠淸道觀察使, 召拜刑曹參議, 時有人偸賣館藏書册繫刑曹, 以臟滿當配. 朝啓訖, 公獨進 "□□□□□盜□□□錢糧者當大辟, 書册乃興學之具, 偸賣者情亦有間, 置之極刑, 臣竊未安." 上從之, 命減死.

106 甲子遷議政府參贊, 超授崇政, 兼判義禁府事. 時殺戮無厭, 大小惴惴. 公監詔獄, 臨斷, 必□□士□ … □□□□者有之. 其餘全活亦多.

세운 탑비나 사찰 중수비는 법맥의 확인에 활용할 수 있다. 여기서는 전자의 한 예를 들기로 한다.

임운(林芸, 1517~1572)[107]은 경남 거창의 학자로, 만년에 행의(行誼)로 추천받아 사직서 참봉을 거쳐 연은전 참봉이 되었으나 8개월 만에 세상을 떠났다. 효성이 깊어서 형 임훈(林薰, 1500~1584)과 함께 효자로서 정려되었다. 송시열은 임운의 문집 『첨모당집』에 서문을 쓰면서, '첨모'의 뜻을 "퇴계와 남명 두 선생과 같은 도에 살면서 서로 왕래하며 강론하고 열복하여 우러러 흠모했다."[108]라고 해석했다. 하지만 임운 자신은 조상의 묘소를 바라보고 그 끼치신 덕을 생각하면서 권계한다는 뜻에서 첨모라는 당호를 지었다고 밝혔다.[109] 임운은 퇴계학맥과 남명학맥이 형성되기 이전에 독자적으로 주자학을 연찬했다.[110] 1595년(선조 28) 6월, 임운의 표질 이칭(李偁)은 임운의 행장을 적어, 임운이 사서·『근사록』·『심경』·주자서에 공력을 쏟았고, 기타 천문·지리·의약·복서의 법을 모두 섭렵했다고 적었다.[111] 또한 임운이 형 임훈을 좇아서 『주역』을 강론한 사실을 상세히 언급했다.[112] 1595년에 정온(鄭蘊, 1569~1641)은 선친 정유명(鄭惟明, 1539~1596)이 임훈의 제자였으므로 임훈을 존경해서 이칭 찬술의 행장을 근거로 삼아 그 내용에 충실하게 「임훈묘갈명」을 작성했다.[113] 한 세대 이후 허목은 「임운묘갈명」을 별도로 작성하여, 임운이 "성력(星曆)·지리·율려·산수와 같은 것들을 구명하지 않은 것이 없었다."라 하고, 역학에 대해서도 "백씨 갈천선생을 따라서 『대역(大易)』을 강했다."[114]라고 언급했다. 이칭이 이운의 행장에서 서술한 내용에서 그리 벗

---

107 본관은 은진, 호는 첨모당(瞻慕堂)·노동(蘆洞)이다. 안의(安義)의 용문서원(龍門書院)에 배향되고, 저서에 『첨모당문집(瞻慕堂文集)』이 있다.

108 宋時烈, 「瞻慕堂遺稿序」, 『宋子大全』 卷137.

109 林芸, 「次李成之(友仁)韻」 9수 중 제8수, 『瞻慕集』 卷1 七言絶句. "望裡連崗數世墳, 松楸朝暮想遺芬. 小堂自此名瞻慕, 要守懷中勸戒文."

110 심경호, 「瞻慕堂 林芸의 생애와 학술」, 『남명학연구』 54, 경상대학교 경남문화연구원, 2017, pp.47-105.

111 李偁, 「瞻慕堂行狀」, 『瞻慕堂文集』 수록.

112 李偁, 「瞻慕堂行狀」. "嘗與伯氏論『易』, 伯氏以爲思索工夫, 雖古人莫或過之. 或者以'朞三百'·渾天儀爲難解, 先生笑曰:'先賢尙能發揮於未形之前, 後學因其已形之具, 而謂之難解, 可乎?' 居洛, 人有以易學筭數來叩者, 先生諄諄解示無礙. 奇高峯大升聞之, 嘆服其自得之妙云. 伯氏常語人曰:'使吾弟得志而有所設施, 則於天下事, 無不可擔當者, 而古人事業, 不難做得矣.' 每有學者以性理之說, 請問於伯氏, 則必推之於先生而曰:'吾弟知之, 其往問焉.' 其平生推許之重, 蓋如此, 卽胡致堂畏五峯之意也."

113 정일균, 「조선시대 거창지역(안음현)의 학통과 사상: 갈천 임훈과 동계 정온의 학문론을 중심으로」, 『동방한문학』 22, 동방한문학회, 2002, pp.261-302.

114 許穆, 「瞻慕堂林先生墓碣銘」, 『記言別集』 卷25 丘墓文. "旣博學多通, 如星曆·地理·律呂·算數, 無所不

어나 있지 않다. 이칭은 임운의 행장에서, 형 임훈이 아우 임운의 학문을 존중했다고
하여, 그 관계를 '호치당외오봉지의(胡致堂畏五峯之意)'라고 했다. 호치당이 그 아우 오
봉을 외경한 뜻이라는 말이다.[115] 허목은 「임운묘갈명」의 명(銘)에서, 임운의 학문이
박학하고도 전일했으며 정확하고도 평이(공평)했다고 평가했다([ ]안은 평수운의 운목
이다.).

널리 배우고 전일했으며	博而專	
정확하고도 평이했네	確而平	[平:下平聲八庚]
오호라	嗚呼	
군자의 도를 이루셨구나	君子之成	[成:下平聲八庚]

　　그런데 허목은 이칭이 지은 임운의 행장에서, 임운이 서울에서 역학을 논하자 기대
승이 탄복한 일, 임운이 서울에서 퇴계 이황과 문난(問難)한 일, 임운이 이황을 도산으
로 찾아뵌 일, 임운이 백씨(임훈)·조식·노진과 함께 경남 안의(安義) 화림(花林)에 유
람한 사실 등을 채택하지 않았다(표 1-3). 임운은 젊어서 사어(射御)에 몰두하다가, 부
친의 독려로 병법서를 읽어 문리를 깨우친 후 『맹자집주대전』을 읽고 주자학적 사유
에 익숙하게 되었다. 이후 1568년(선조 원년) 8월 이황이 양관대제학을 사직하고 판중
추부사가 되어 있을 때 누차 문하에 나아가 문난했으며 이듬해 이황이 도산으로 퇴거
한 후에도 찾아갔다. 이황은 1570년 12월에 타계했다. 임운은 이미 스스로 호일계(胡
一桂)의 『주역본의계몽익전(周易本義啓蒙翼傳)』을 독파하여 역학의 수학에 조예가 있
었으며, 『자치통감』을 읽어 사실과 인물을 논평하는 자신만의 방식을 구축했다. 정치
론에서는 주자가 중시했던 육지(陸贄)와 마찬가지로 인간사의 문제를 운명으로 돌리
려 하지 않았다. 이러한 문학(問學) 과정과 허목의 「임운묘갈명」을 고려하면, 임운을
퇴계 학맥에 직접 연계시킬 수는 없을 것이다. 허목은 근기남인에 속하는데, 영남남인
과는 달리 퇴계를 무조건 존숭하지 않았다는 사실도 알 수 있다.

　　　宄. 嘗從伯氏葛川先生, 講大易."

115　호치당은 곧 호안국(胡安國)의 양자 호인(胡寅)이다. 호안국 동생의 아들이었으나, 동생의 집안에는
　　　아들이 많아 호안국의 부인이 호인을 자식으로 삼았다. 오봉은 호안국의 막내아들 호굉(胡宏)이다. 호
　　　안국과 그의 아들 호인·호굉의 학을 호남학(湖南學)이라고 부른다.

| 표 1-3| 임운의 행장과 묘갈명 비교

1595년(선조 281, 을미) 6월에 임운의 표질 이칭이 작성한 임운의 행장	허목의 「임운묘갈명」
十歲而母夫人見背. 先生自幼天質粹美, 而獨於學甚魯. 庭訓雖勤, 年至十六七, 尙不分句讀. 然豪邁有勇力, 又能射御, 人皆以業武勸.	先生少豪邁有氣力, 善馳射.
進士公乃授以吳子書, 讀訖, 始解文理. 又授以『孟子大全』, 讀未半, 便卽豁然. 於是, 出入諸書, 不數年, 所製詩文與宿儒等. 進士公嘗疑其有物云.	嘗讀兵法, 去之, 反而讀孟子書, 通大義, 遂出入諸家.
或曰: "某武藝脫倫, 投筆則功可易成." 先生曰: "窮達有命, 何必擇業?" 遂專意於學. 讀書必窮其理, 而極其歸趣. 初不汲汲於擧子業, 是以雖占發解, 竟屈於南宮者累矣.	없음
其爲學也, 雖無師友淵源之所自, 而得於家庭者實多. 故初若不爲階梯程督之嚴, 而自有以異乎人之學之者矣. 平居除定省甘旨之外, 或於暇時, 或於中夜, 退坐書室, 凝神靜慮, 斂容執卷, 潛心對越, 思索經義. 如有所得, 則或達朝不寐, 或累日不倦. 如是積久, 所見益高, 所得益多, 信之篤而資之深. 存乎中而爲一身之主宰, 發於外而爲萬變之酬酢者, 無一不自學問中做出, 而至於爲己務實, 辨別義理, 毋自欺·謹其獨之戒, 尤致意焉.	없음
於書無所不讀, 而功力專在於四書·『近思錄』·『心經』·朱子等書, 而於『易』尤精. 其他天文·地理·醫藥·卜筮之法, 無不涉獵, 而尤留意於算數之學, 兵家之書, 多有自許自任之重. 凡古書之盤錯肯綮, 人所難曉者, 輒爬梳剖析, 無不條達而旁通矣.	旣博學多通, 如星曆·地理·律呂·算數, 無所不究.
嘗與伯氏論『易』, 伯氏以爲思索工夫, 雖古人莫或過之. 或者以 '蓍三百'·渾天儀爲難解, 先生笑曰: "先賢尙能發揮於未形之前, 後學因其已形之具, 而謂之難解, 可乎?" 居洛, 人有以易學算數來叩者, 先生諄諄解示無礙. 奇高峯大升聞之, 嘆服其自得之妙云. 伯氏常語人曰: "使吾弟得志而有所設施, 則於天下事, 無不可擔當者, 而古人事業, 不難做得矣." 每有學者以性理之說, 請問於伯氏, 則必推之於先生而曰: "吾弟知之, 其往問焉." 其平生推許之重, 蓋如此, 卽胡致堂畏五峯之意也.	嘗從伯氏葛川先生, 講大易.
先生每言: "當今國不養將, 將不知兵. 島夷山戎, 志在盜竊, 不足慮也. 設有紀律之兵, 當何以禦之? 深以爲隱念." 因談兵, 頗得其詳. 或有以將才許之者.	없음
及至筮仕之後, 職務不劇, 常杜門淸坐, 精積日久. 涵養之功, 晩歲益進. 一時知名之士, 爭來講劘, 咸服其學而師友之. 自是令聞日播, 都下藉甚, 以達於四方. 四方之士, 始知先生學術之高明, 果如是也. 早晩乘閑往訪, 皆布衣之交, 而至於權貴, 雖有素分, 足跡不及其門. 獨退溪李先生, 被召留朝, 先生累造門下, 從容問難. 及退居陶山, 亦嘗歷謁, 信宿問答. 退溪先生深加推重云.	先生遊京師, 京師之人, 爭慕賢之, 名益重於京師. 先生在延恩之八月歿, 年五十六. 朴相公淳, 嘗饋藥.

1595년(선조 281, 을미) 6월에 임운의 표질 이칭이 작성한 임운의 행장	허목의 「임운묘갈명」
本縣之西, 有洞曰花林, 素以山水著稱. 先生嘗陪伯氏, 與南冥曺先生·玉溪盧先生往遊焉. 吟詠性情, 談論古今, 從容信宿而罷. 是會也, 豈可以尋常遊賞比哉?	없음

(5) 교감 자료의 확장

석비·묘비 비문의 탁본은 문헌교감의 자료로 삼을 수 있다. 같은 글이 문집이나 총집에 들어 있을 경우, 탁본으로 대조하여 조본·정본을 확정하고 오자·탈문을 바로잡을 수 있다.

이규보가 지은 전원균(田元均, 1144~1218)의 묘지명 「금자광록대부수사공상서좌복야태자빈객치사전공묘지명(金紫光祿大夫守司空尙書左僕射太子賓客致仕田公墓誌銘)」은 국립중앙박물관에 탁본이 있는데, 글자가 깨진 곳이 많다. 같은 글이 이규보의 문집 『동국이상국집』과 노사신·서거정 등이 편찬한 『동문선』에 실려 있으므로,[116] 대조를 통해 원문을 확정할 수 있다.

전원균의 본관은 태산(泰山, 泰仁, 지금의 전북 정읍)이다. 성균시를 거쳐 문음으로 입사했다. 1182년(명종 12) 낭장 김광유(金光裕)와 함께 금나라로 가서 만춘절(萬春節, 만수절) 하반(賀班)에 참여했다. 1203년(신종 6) 동경(지금의 경북 경주시) 사람들이 반란을 일으키고, 고부군에 유배되어 있던 동경 출신 장군 석성주(石成柱)를 우두머리로 삼으려고 했으나 석성주는 그들을 최충헌 정권에 밀고했다. 최충헌은 대장군 김척후(金陟侯)를 초토처치병마중도사(招討處置兵馬中道使)로 삼고 전원균을 부사로 삼아 토벌하게 했다. 반란자들은 운문산 및 울진·초전의 적들과 규합하여 세력을 키웠다. 1204년 최충헌이 김척후를 불러들이고 정언진(丁彥眞)으로 대신하게 하자, 4월에 전원균도 조정으로 돌아가고 박인석(朴仁碩)이 그를 대신했다. 정언진은 대정(隊正) 함연수(咸延壽)·강숙청(康淑淸)을 운문산에 보내어 반란 괴수 패좌(孛佐)를 참살했다. 1204년에 동경을 경주라 하고, 유수를 지사로 강등시켰다. 동경 민란 때 이규보는 병마유후 낭중 박인석의 종사관으로 있다가 1204년 7월 회군 때 개경으로 돌아왔

---

116 李奎報, 「金紫光祿大夫守司空尙書左僕射太子賓客田公墓誌銘」, 『東國李相國全集』 卷35; 盧思愼·徐居正等, 『東文選』 卷122 墓誌.

다. 동경에 있을 때 전원균을 만난 일이 있어, 전원균의 사후에 묘지명을 작성했을 것이다.

「전원균묘지명」(국립중앙박물관 소장)의 첫머리는 판독이 어렵다.

□□□己居赫勢有不能如其言者志益卑富貴而能曰知足實士大夫□□□吾於僕射府君田公見□均字眞精全州泰山郡人也 (이하 생략)

『동국이상국집』에 수록된 글을 보면 다음과 같다.

夫士方未顯, 喜議駁朝廷大臣之出處去就, 及身居其地, 有不能如其言矣. 況官高而志益卑, 富貴而能知足者, 實今古賢士大夫所難, 而非喋喋議駁者之所到也! 誰其有之? 吾於僕射府君田公見之矣. 公諱元均, 字眞精, 全州泰山郡人也.

선비들은 아직 현달하기 전에는 조정 대신들의 출처와 거취를 논박하기 좋아하지만 자신이 그 자리에 있게 되면 평소 하던 말처럼 하지를 못한다. 하물며 관직이 높아도 뜻을 더욱 낮추며 부귀를 이루어도 만족할 줄 아는 일은 실로 고금의 어진 사대부들이라도 어렵게 여기는 것이어서, 주절주절 남을 논박하는 자가 미칠 바가 아님에랴! 누가 그런 면을 지니는가? 나는 복야 부군 전군에게서 그런 면을 보았다. 공의 휘는 원균(元均)이요, 자는 진정(眞精)인데, 전주 태산군(泰山郡) 사람이다.

짧게 인용한 이 부분에서도 글자와 어구의 차이가 눈에 띈다.

① 비문은 문집 수록의 글보다 압축적이어서, 논점을 유장(悠長)하게 부연하지 않았다.
② 비문보다도 문집 수록의 글은 '矣' 자 종결이 많다.

이렇게 비문과 문집 수록 글 사이에 차이가 있는 예가 없지 않다.

5. 금석학과 문학 연구 방법론

조선 후기에는 금석학이 발달했다. 고려 말, 조선 초에는 중국의 법첩이나 묵적을 애완(愛玩)하고 석각이나 목각하여 감상하는 풍조가 형성되었다. 17세기 이후에는 중국의 법첩과 묵적을 더욱 적극적으로 수입하고 과안한 자료에 전문적으로 서발이나 기록을 남기게 되었다.[117] 또한 사대부 집안에서는 가계의 고증과 관련하여 묘비 자료를 중시했다. 이를테면 최석정(崔錫鼎, 1646~1715)은 1700년(숙종 26) 충북 청주 대율리(大栗里) 선영에 비표를 새로 세우고 그 첩(帖)을 만들어 후대의 참고에 대비하게 했다.[118]

17세기 말 낭선군(朗善君) 이우(李俁)와 그 아우 낭원군(朗原君) 이간(李侃)은 조선의 금석문에 깊은 관심을 가지고 『대동금석서(大東金石書)』를 엮었다.[119] 『대동금석서』는 진흥왕순수비부터 조선 숙종 때의 고비·탑비·석당·석각 등 약 300여 종의 탁본을 수집하여 탁본의 일부를 같은 크기로 오려서 수록하고, 각 첩의 말미에 명칭·찬자·서자·건립 연대·소재지 등을 작은 글자로 기록했다. 미국 버클리대학 동아시아도서관 아사미문고에는 이광사(李匡師)의 『동국악부(東國樂府)』와 필사자 미상의 『대동금석서』를 합본한 책이 있다. 아사미문고본은 '대동금석(大東金石)'이라는 제하(題下)에 신라 금석문 13종, 고려 금석문 63종, 조선 금석문 100종의 목록을 기록하고, 이어서 『대동금석서(大東金石書) 속(續)』에 36종 목록을 추가했다. 낭선군과 교류했던 조속(趙涑)

117　王亞楠, 「조선후기 중국 碑帖·墨蹟의 受容 樣相에 대한 연구」, 고려대학교 박사학위논문, 2020.

118　崔錫鼎, 「先代墓表帖跋」, 『明谷集』 卷12 題跋. "惟我十二代祖選部典書, 十一代祖藝文提學完山君諡文貞公兩世墓, 在淸州之北大栗里. 墓前無碑表石床, 相傳舊有之而今亡云. 孝宗戊戌間, 先君子與諸宗人謀修藏祭之禮, 行之四十年于玆, 嘗欲營竪碑表而未就. 往年秋, 錫鼎與宗人議, 發書于先祖後孫之爲邑宰者五六人. 宗叔後徵宰淸安, 是邇先墓. 遂委重於宗叔, 命工伐石, 治表石各一, 床石各一, 題曰高麗選部典書崔得枰墓, 一曰高麗完山君崔宰墓. 九代祖平度公以孝㫌間, 世遠門毁, 顯宗甲寅, 改營棹楔, 今又毁破久, 亦以石碑改之, 題曰朝鮮孝子參贊平度公崔有慶之門. 攻石刻訖, 以是年端午, 建于墓前. 孝子門, 舊在墟門街竹亭舊基, 今移立碑于完山君墓近處, 具祭奠祝告, 後孫參拜者三十餘人. 噫! 先代碑表, 曠三百年未立, 今始營建, 豈非私門之大幸歟? 後孫錫弼宰臨陂, 寓宰永同, 後章爲安奇郵官, 各捐俸以助, 柱天宰信川, 寔爲咸興判官, 追有助. 墓下主事者命稷, 有司則世顯·後俊云. 錫鼎印出碑表數件, 裝爲帖, 家藏之. 庚辰秋七月▽日, 平度公十世孫大匡輔國崇祿大夫行判敦寧府事錫鼎謹書."

119　이들은 인흥군(仁興君) 이영(李瑛, 1604~1651)의 두 아들이다. 이완우, 「碑帖으로 본 한국서예사—朗善君 李俁의 『大東金石書』」, 『국학연구』 1, 한국국학진흥원, 2002, pp.1-17; 황정연, 「낭선군 이우, 17세기를 장식한 예술 애호가」, 『내일을 여는 역사』 38, 내일을 여는 역사재단, 2010, pp.212-229; 황정연, 『조선시대 서화수장 연구』, 신구문화사, 2012. 목록만을 기록한 『해동금석총목(海東金石總目)』·『대동금석록(大東金石錄)』·『해동금석서(海東金石書)』·『대동금석서(大東金石書)』 등도 유통되었다. 특히 『대동금석서』는 이본이 많아, 경상대학교 도서관, 부산광역시립시민도서관, 영남대학교 도서관, 충남대학교 도서관, 한국학중앙연구원 장서각 등에 소장되어 있다.

은『금석청완(金石淸玩)』을 엮고, 김수증(金壽增, 1624~1701)은『금석총(金石叢)』을 엮었다.[120] 『금석청완』은『대동금석서』보다 앞서 이루어졌다고 추정된다. 허목은 낭선군의 도움으로「형산신우비(衡山神禹碑)」를 열람했으나, 위작의 형산신우비를 신뢰했다.[121] 17세기는 아직 금석학이 모색의 단계였다.

조선 영조 때 정치가 김재로(金在魯, 1682~1759)와 그 후손은『금석집첩(金石集帖)』 정편과 그 속집인『금석속첩(金石續帖)』을 엮었다. 현재 일본 교토대학 부속도서관에 일반귀중서로『금석집첩』과『금석속첩』의 대형(세로 40cm, 가로 28cm) 219책이 소장되어 있는데, 이 둘을 합쳐 '금석집첩(金石集帖)'이라고 부른다(그림 1-4, 1-5).『금석집첩』의 탁본은 묘비류와 일반 석비류[비묘비(非墓碑)]로 나누어진다.[122] 어제현판·윤음현판·어제제문, 그리고 사대부 제자(題字)·시문 현판과 종명(鐘銘)은 석비에도 묘비에도 속하지 않는데, 소수지만 그 탁본이 수집되어 있다. 전체적으로 보면 묘비의 비중이 높다. 비주(碑主), 즉 묘주(墓主)는 16세기 말 이후 18세기 초의 사대부가 많다. 그 앞 시기 비주의 묘비라고 해도 해당 시기에 수립되거나 재건된 예가 대부분이다. 묘지(墓誌)는 지상에 노출되어 있지 않았으므로 발굴하여 탁본할 수 없었다. 예외적으로, 사대부가나 왕가에서 묘역에 매립하기 이전에 묘지를 탁본한 것이 전한다.

김재로의 본관은 청풍, 자는 중례(仲禮), 호는 청사(淸沙)·허주자(虛舟子)이다. 1710년(숙종 36) 춘당대 문과에 급제했다. 예학에 조예가 깊었으며, 해서와 영남의 관찰사, 병조판서와 이조판서를 거쳐 30년 동안 원보(元輔)로 있다가 치사(致仕)했다. 하지만 조현명(趙顯命)·송인명(宋寅明)과 함께 '탕평의 주인' 노릇을 했으므로, 사람들의 비판을 받기도 했다.『영조실록』의 영조 35년 10월 15일 기사에 보면, 김재로가 죽자 영조가 성복(成服)하고 친림하겠다는 뜻을 말했다.[123] 김재로가 탁본을 수집한 동기를 알려주는 문헌은 아직 발견되지 않았다. 그러나 김재로의 후손이『금석속첩』을 추가로 엮을 때 조력한 인물이 기록한 것으로 보이는 목록집『금석록(金石錄)』 필사본 1책

---

120 宋時烈,「金石叢跋」,『宋子大全』卷149.

121 許穆,『記言』卷6 上篇「衡山神禹碑跋」. "老人從東海歸, 明年王孫朗善君, 寄示衡山神禹碑.";손혜리,「18~19세기 초반 문인들의 서화감상과 비평에 관한 연구」,『한문학보』19, 우리한문학회, 2008, pp.762-765.

122 藤本幸夫,『日本現存朝鮮本研究(史部)』, 동국대학교 출판부, 2018, pp.1388-1451; 심경호,「교토대학 소장 金石集帖에 대하여」,『민족문화연구』83, 고려대학교 민족문화연구원, 2019, pp.211-248.

123 『英祖實錄』卷35, 영조 35년(기묘, 1759) 10월 15일(임진).

|그림 1-4| 『금석집첩』 및 『금석속첩』 대형(大型) 총 219책
(교토대학 부속도서관 소장)

|그림 1-5| 「유명조선국인평대군[이요] 겸 오위도총부도총관 증시충경공신도비명병서
(有明朝鮮國麟坪大君[李㴐]兼五衛都捴府都捴管 贈諡忠敬公神道碑銘并序)」
(『금석집첩』 10昃 책, 교토대학 부속도서관 소장)

이 고려대학교 육당문고(六堂文庫)에 있다.[124] 『금석록』의 총목은 '천조(天朝)'부터 '석사(釋寺)'까지 34항으로 구성했으며, 탁본의 편목을 본편(本編) 206책, 속편 20책에 나누어 수록했다. 다만 중복된 탁본이 있다. 실제로는 2,081점의 탁본을 저록했다. 당시 금석 탁본집을 제작한 것은 김재로만이 아니었다. 유만주(兪晚柱, 1755~1788)는 일기 『흠영(欽英)』에서, 자신이 금석 탁본집의 흠본(欽本), 윤본(尹本), 계본(桂本), 난본(蘭本), 각본(閣本) 등 5종을 보았다고 밝혔다.[125] 흠본은 김재로의 초기 편찬 『금석집첩』을 말하는 듯하다. 난본은 유척기(兪拓基) 정리본을 말하고, 각본은 규장각에 소장되어 있는 이문원(摛文院) 장서본을 가리킨다고 추정된다. 이 무렵, 자국 역사에 대한 관심이 높아지면서 석비와 묘비를 역사 연구의 소재로 취급하게 되었다. 문헌 자료와 금석 자료를 대조하는 고증적 실증 방법이 이로써 발달하기 시작했다.

조선 후기 홍양호(洪良浩, 1724~1802)는 금석문에 대한 취향이 남달랐다.[126] 그와 교분이 깊었던 신경준(申景濬)이나 신대우(申大羽)가 금석학 관련 저술을 남기지 않는데 비하여 홍양호는 한국사를 논증할 자료로서 비문을 발굴하고 제발을 남겼다. 이를테면 1760년(영조 36) 경주부윤으로 있을 때 무장사(鍪藏寺) 비석을 찾아내어 탁본을 한 뒤에, 바로 그 탁본을 살펴보고 「제무장사비(題鍪藏寺碑)」를 작성했다. 당시 아전이 무장사 옛 터에서 부러진 비석을 발견하자 홍양호는 장인(匠人)을 보내 몇 장을 탁본해 오게 하고 그것이 무장사비임을 고증했다. 또 신라 한림 김육진(金陸珍)의 글씨인데, 전하는 사람들이 성만 보고 김생으로 잘못 일컬었다고 논증했다. 이후 서울로 돌아온 뒤, 유척기(兪拓基)가 자신은 금석록 '수백 권'을 모았으나 이 비만은 여태 보지 못했다고 하면서 한 본(本)을 청하자 홍양호는 한 본을 그에게 주고, 한 본은 인각사 비의 탁본 아래 붙여 장첩했다. 뒤에 한 장서가가 무장사비의 앞면과 뒷면을 다 갖춘 전본(全本)을 가지고 있다고 듣고는, 자신의 탁본이 전면의 절반에 불과한 것을 애석해 했다.[127]

또한 1760년에 홍양호는 아전을 보내어 신라 때 창건된 낡은 절에서 깨진 비를 찾

---

124 구자훈·한민섭, 「金在魯『金石錄』의 구성과 그 특징」, 『한국실학연구』 21, 한국실학연구회, 2011, pp.237-302.

125 兪晚柱, 『欽英』 第14册, 1782년 7월 23일(무오). "金石錄, 東國亦多有之. 余所見者, 欽本·尹本·桂本·蘭本·閣本. 雖互有優劣, 而亦足以徵故實訂史傳, 不可廢也."

126 신영주, 「18·9세기 홍양호家의 예술 향유와 서예 비평」, 성균관대학교 석사학위논문, 2000.

127 洪良浩, 「題鍪藏寺碑」, 『耳溪集』 卷16 題跋.

아냈다. 신작(申綽)은 비문의 '지원(至元) 원년(元年)'과 '상 즉조 칠년 정축(上卽祚七年 丁丑)'이라는 연도 표기를 보고, 이 비문이 원나라 순제(順帝), 고려 충혜왕 때 작성된 것이라 추정했다.[128] 비문 마지막에 나오는 '정가신(鄭可臣)'은 민지(閔漬)와 함께 충렬왕을 따라 원나라에 가서 교지(交趾) 정벌 방도를 논하여 원나라 세조의 뜻에 맞았으므로 한림직학사를 제수받은 인물이라고 확인했다. 또 산립(山立)의 방기(傍記)에, "선사가 입멸한 지 예닐곱 해에 중신에게 비문을 짓게 했다[先師入滅六七年, 命重臣撰碑]." 라고 했는데, 중신이란 민지라고 비정했다.

중국에서는 송대에 금석학이 크게 일어났다가 명대에 일시 쇠퇴했다. 그 후 청나라 고종은 건륭 연간에 『서청고감(西淸古鑑)』40권, 『영수고감(寧壽古鑑)』16권, 『서청속감(西淸續鑑)』갑을편(甲乙編) 각 20권을 출간하는 등 금석학을 부흥시켰다. 당시 옹방강(翁方綱)은 『양한금석기(兩漢金石記)』22권, 전대흔(錢大昕, 1728~1804)은 『잠연당금석발미(潛硏堂金石跋尾)』25권, 완원(阮元, 1764~1849)은 『계고재종정관지(稽古齋鐘鼎款識)』10권을 저술했다. 청나라 인종의 가경 연간에는 오영광(吳榮光, 1773~1843)의 『윤청관금문(筠淸館金文)』5권과 『윤청관금문고본(筠淸館金文稿本)』36책, 선종의 도광 연간에는 오식분(吳式芬, 1796~1856)의 『군고록(捃古錄)』20권, 문종의 함풍 연간에는 반조음(潘祖蔭, 1830~1890)의 『반고루이기관지(攀古樓彝器款識)』가 나왔다. 목종의 동치 연간에 이르러 오대징(吳大徵, 1835~1902)이 금석학 연구의 정점을 이뤘다. 이 가운데 옹방강은 한국 금석문에 관심을 지녀, 『해동금석영기(海東金石零記)』를 남겼는데, 그 과정에서 김정희(金正喜, 1786~1856)의 도움을 많이 받았다.[129]

김정희는 24세 때인 1809년(순조 9) 동지사 겸 사은부사로 연경에 가는 부친 김노경(金魯敬)을 수행하여 옹방강·완원 등과 교유했다. 김정희는 그들의 고증학적 방법론을 받아들이고, 훈고학의 방법을 자신의 금석학에 원용했다.[130] 1816년 김정희는 북한산 승가사를 유람하다가 「북한산신라진흥왕순수비」를 발견했다.[131] 비문은 12행

---

128 洪良浩, 「題麟角寺碑」, 『耳溪集』 卷16 題跋; 申綽, 「題麟角寺碑後」, 『石泉遺稿』 卷3.

129 옹방강 친필본 『해동금석영기』는 일본이 한국 과천시에 기증했다.

130 김정희는 고증학자들이 상고 음운의 분부(分部)에 대해 논하는 것에 관심을 두되, 스스로 음운 체계를 재구하지는 않았다. 심경호, 「秋史 金正喜와 考證學」, 『추사연구』 제5호, 추사연구회, 2007, pp.257-292.

131 서울시 종로구 구기동 비봉에 있었으나 현재는 국립중앙박물관에서 소장하고 있다. 화강암으로 높이 155cm, 너비 71.5cm, 두께 16.6cm이다.

으로, 각 행마다 21자 혹은 22자로 적혀 있었다. 1817년에는 「북한산신라진흥왕순수비」를 다시 검토하여 '진흥'이 진흥왕(眞興王) 생시의 호칭이었음을 고증하고 비의 건립 연대를 진흥왕 29년 남천주 설치 이후로 단정했다.[132] 또 그 시기는 중국의 진(陳) 광대(光大) 2년, 북제 천통(天統) 4년, 후주 천화(天和) 3년, 후량 천보(天保) 7년에 해당한다고 비정했다.[133] 김정희는 또 1832년 10월에 함경도 감사로 나간 친우 권돈인(權敦仁)이 함흥 황초령에서 진흥왕 순수비를 찾아 탁본을 만들어 보내오자, 탁본을 이용하여 연월·지리·인명·직관 등을 논증했다. 황초령의 이 순수비는 앞서 홍양호가 발견했으므로, 김정희는 그 사실을 알고 권돈인에게 특별히 탁본의 제작을 부탁했다. 김정희는 『해동금석록』과 『문헌비고』의 기록이 잔석(殘石)보다 55글자나 더 많고, 실제의 비석에는 손상된 글자가 16자나 된다는 사실을 확인했다. 그리고 「진흥이비고(眞興二碑考)」를 저술하여 『금석과안록(金石過眼錄)』을 엮고 「제북수비문후(題北狩碑文後)」에서 논문 작성 경위에 대해 설명했다. 「진흥이비고」에서는 『문헌비고』와 『금석록』을 대조하여, 황초령비의 소재지에 대해 다음과 같이 고증했다.

『문헌비고』에 이러하다. "진흥왕 순수 정계비가 함흥부의 북쪽 초방원(草坊院)에 있는데, 그 비문에 대략 '짐이 태조의 기반을 이어 왕통을 계승하여 몸가짐을 스스로 삼간다.[朕紹太祖之基, 纂承王統, 兢身自愼.]'라고 했고, 또 '사방으로 지경을 개척하여 백성과 토지를 널리 획득하고, 이웃 나라와 맹약을 맺어 화사(和使)를 서로 통한다.[四方托境, 廣獲民土, 隣國誓信, 和使交通.]'라고 했으며, 또 '무자년 가을 8월에 관할 지경을 순수하여 민심을 채방한다.[歲次戊子秋八月, 巡狩管境, 訪採民心.]'라고 했습니다. 신은 상고하건대, 초방원은 지금 함흥부의 북쪽으로 100여 리쯤 되는 초황령(草黃嶺) 아래에 있습니다. 방(坊)이 『여지승람』에는 황(黃)으로 되어 있는데, 이는 방과 황의 음이 서로 비슷하기 때문입니다."
정희가 상고하건대, 황초령은 지금 함흥부의 북쪽으로 110리쯤에 있고 그 영(嶺) 밑에는 원

---

132 학자들은 진흥왕이 555년에 북한산을 순행했다는 『삼국사기』 「신라본기」의 기록을 근거로 555년(진흥왕 16)에 비를 세웠다고 보기도 하고, 비문의 '남천군주(南川軍主)'란 표현을 단서로 568년(진흥왕 29) 10월 이후에 비문을 작성했다고 보기도 한다.

133 金正喜, 「眞興二碑攷」, 『阮堂先生全集』 卷1. 진흥왕순수비는 신라 24대 진흥왕이 영토를 개척하고 그 곳에 순행한 사실을 기념하기 위하여 세운 비를 말한다. 현재까지 北漢山新羅眞興王巡狩碑와 黃草嶺新羅眞興王巡狩碑, 이외에 昌寧新羅眞興王拓境碑와 磨雲嶺新羅眞興王巡狩碑가 알려져 있다. 박철상, 「조선시대 금석학연구」, 계명대학교 박사학위논문, 2014; 박철상, 『나는 옛것이 좋아 때론 깨진 빗돌을 찾아다녔다: 추사 김정희의 금석학』, 너머북스, 2015.

(院)이 있는데, 고금에 걸쳐 이를 기록하는 이들이 혹은 초방(草坊)으로, 혹은 초방(草方)으로, 혹은 초황으로, 혹은 황초로도 기록해 왔으나 그 실상은 한 가지이다. 근세의 문익공 유척기(兪拓基) 집에 소장된 『금석록』에 의하면 '삼수 초방원 진흥왕순수비(三水草坊院眞興王巡狩碑)'라고 저록되어 있다. 이는 삼수군에 초평원(草坪院)이 있고 이를 초방이라고도 일컫기 때문에 지금 사람들이 삼수에서 이를 찾으려는 데서 비롯된 것이다. 하지만 사실이 아니다.[134]

또 김정희는 「진흥이비고」에서 황초령비에 나오는 '탁부(喙部)'의 뜻을 문헌을 이용해서 고증했다. 이때 글자의 와오(訛誤), 음운의 통전(通轉)을 고려했다. 이 방법은 조선 후기 학자가 청나라 고증학의 교감방법론과 음운분석론을 충분히 흡수하여 자국의 금석학에 적용한 주요한 사례이다.

수가(隨駕)의 조목에 탁부(喙部)라 칭한 것이 여섯이고 사탁부(沙喙部)라 칭한 것이 셋인데, 서로 뒤섞어 칭한 까닭을 자세히 알 수 없다. 생각하건대, 신라의 6부 가운데 양부(梁部)·사량부(沙梁部)가 있는 것으로 보아, 아마 탁부·사탁부는 변칭인 듯하다.

최치원은 "진한(辰韓)은 본디 연인(燕人)이 피난간 곳이기 때문에 '涿水'의 이름을 취하여 거주하는 읍리를 '沙涿' 혹은 '漸涿'라 칭한다."라고 했고, 『문헌비고』에서는 "신라의 방언에 '涿'의 음을 '道'로 읽기 때문에 지금 혹 '沙梁'의 '梁' 또한 '道'로 칭한다."라고 했다. 상고하건대, '涿' 자는 자서에 보이지 않는다. 연(燕) 지방에 탁수(涿水)가 있었으므로 '涿'은 '涿'의 와전인 듯하다. 또 『양서』「신라전」에 "그곳 풍속은 성(城)을 건모라(健牟羅)라 칭하고, 그 안에 있는 읍을 탁평(啄評)이라 하고 밖에 있는 읍을 읍륵(邑勒)이라 하여 마치 중국에서 군현을 말하듯이 한다. 그 나라에는 여섯 탁평이 있고 52개의 읍륵이 있다."라고 했으므로, 여섯 탁평이 육부일 듯하다. 평(評) 자와 부(部) 자가 서로 비슷하기 때문이다.

『당서』「신라전」에는 탁평(啄評)을 '喙評'으로 기록했다. '喙' 자와 '啄' 자가 비슷하고, '啄' 자와 '涿' 자가 비슷하며, '涿' 자와 '涿' 자가 비슷하고, '涿'은 또 '梁'으로 변하여, 방언이 전습하는 가운데 점차 와오(訛誤)된 듯하므로, 탁부(喙部)가 바로 양부(梁部)라는 것은 근거가 있는 듯하다. 만일 탁부와 사탁부가 계품이었다면 저렇게 뒤섞어 써서 존비가 구별 없게 하지 않았을 것이므로, 각각 거주지를 기록한 것임은 의심의 여지가 없다.[135]

---

134 金正喜, 「眞興二碑攷」, 『阮堂先生全集』 卷1.
135 金正喜, 「眞興二碑攷」, 『阮堂先生全集』 卷1.

1852년(철종 3) 관찰사 윤정현(尹定鉉, 1793~1874)이 황초령 아래 중령(中嶺) 진흥리로 황초령비를 옮기고 비각을 세웠을 때 김정희는 '진흥북수고경(眞興北狩古境)'이라는 편액을 써주었다.[136]「황초령신라진흥왕순수비(黃草嶺新羅眞興王巡狩碑)」(이칭「신라진흥왕북순비」)는 제1행의 윗부분이 떨어져 나갔으나, 김정희는 비문 문체가 마운령비와 유사하므로 진흥왕 29년(568)에 세웠으리라 추정했다. 비문은 왕의 순수를 기록한 제기(題記)(제1행), 순수의 배경을 기록한 기사(제2행~제7행 10자), 호종 신료의 명단(제7행 12자~제12행) 등 세 부분이다. 비문에는 빠진 글자가 많다. 그보다 앞서 유득공(柳得恭, 1748~1807)은「신라진흥왕북순비」시를 짓고,[137] 그 주에서 "글은 빠진 것이 많다. 수가 사문도인 법장혜인이라는 기록이 있는데, 아마도 글을 지은 사람인 듯하다.[文多缺, 有曰隨駕沙門道人法藏慧忍, 意卽撰書者.]"라고 추정했다.

성해응(成海應)은「황초령신라진흥왕순수비」의 '세차 무자 추팔월(歲次戊子秋八月)'이라는 일자에 주목하고,『삼국사기』「신라본기」진흥왕 216년(무자) 10월 북한산 봉강(封疆) 기사에 앞서 8월 기사가 빠져 있는데, 그 8월에 함흥에서 경계를 정했으리라고 추정했다. 그리고『동국지지』의 "함흥과 단천에 진흥왕북순비가 있다."라는 기록을 방증으로 삼았다.[138] 앞서 김정희의 논증에서 보았듯이, 당시 황초령을 초황령이라고도 했으며, 그 아래에 초방원이 있었다. 이에 대해 신경준(申景濬, 1712~1781)은『동국여지승람』에 방(坊)이 황(黃)으로 되어 있고, 방(坊)과 황(黃)은 음이 가깝다고 논한바 있다. 성해응은「진흥왕북순비」에서 신경준의 설을 인용했다. 또『해동집고록(海東集古錄)』에서 그 석비의 비문이 12행 행 35자로 모두 420자이나, 마모가 심하여 가까스로 278자만 판독할 수 있다고 언급한 내용을 인용했다.[139] 당시 성해응이 지니고

---

136 「황초령신라진흥왕순수비」는 현재 함흥역사박물관에 보존되어 있다고 한다. 한국학중앙연구원 장서각과 미국 버클리대학 동아시아도서관 아사미(淺見)문고에 탁본이 있다. 비문과 별도로 임자년(1852) 8월에 윤정현(尹定鉉)이 기록한 지(識)가 탑인(搨印)되어 있다. 윤정현은 당시 「황초령신라진흥왕순수비」 비문이 가까스로 185자가 보존되어 있는데, 비를 중령으로 옮기고 감실을 만들어 보호했으며, '巡狩管境刊石銘記也' 9자를 추가로 확인했다고 밝혔다.

137 柳得恭,「新羅眞興王北巡碑」,『泠齋集』卷5. "玄菟城蓋馬山, 黃艸嶺何盤盤. 新羅碑上漢隷字, 千二百季猶未殘. 問是何世陳光大, 句驪夫餘濊貊馻. 雞林中葉英且武, 區區自奮山海間. 維歲戊子狩于北, 撫綏夷俗誅梗頑. 民土衆廣隣誓歡, 嘉有功者賜爵餐. 方言序次文武官, 喙部大舍大阿干. 當時似未習禊帖, 字體古朴斯可觀."

138 成海應,「草坊院碑跋」,『硏經齋全集』卷14.

139 成海應,「眞興北巡碑」,『硏經齋全集』外集 卷61 蘭室譚叢. "『東國地志』曰: '咸興黃草嶺及端川, 有新羅眞興王巡狩碑.' 申景濬曰: '草坊院, 在今咸興府北百餘里草黃嶺下. 坊,『興地勝覽』作黃. 坊黃, 音相近.' 『海東集古錄』, 碑十二行, 行三十五字, 全碑爲四百二十字, 而滅泐不可辨者, 董二百七十八字. 今考「新

있던 탑본의 문장은 다음과 같았다. 현재 남아 있는 탁본과 비교하면 착간이 심하다. 이에 대해서는 제2부에서 보기로 한다.

[以上缺] 交道, [以下缺] 月□一日癸未, 眞興太王□□訪採民心, □□□ [以下缺], 世道乖眞, 玄化不敷, 則□爲交競, □以章勳効廻駕 [以下缺], 紹太祖之基, 纂承王位, 兢身自愼, □□沙門道人法藏慧□知使干, 未知四方託境, 廣獲民土, 隣國誓信, 和使 [以下缺] 知太阿干比知 [以下缺] 人喙部, [以下缺] 於是歲次戊子秋八月, 巡狩管領沙喙部另知大舍沙喙部篤几 [以下缺] 者矣. 于時隨駕部與難大舍藥師哀公攸本小舍 [以下缺] 知酒于喙部服□喙部□知吉之□人沙喙部 [以下缺] 兮大舍□喙部非知沙干.

조선 후기 문인들은 금석문 자료를 고증하는 글을 한두 편씩 남겼다. 강세황(姜世晃, 1712~1791)이 「제동해비(題東海碑)」를 작성한 것은 그 한 예이다.[140] 이 글은 허목의 「척주동해비문(陟州東海碑文)」[141]에 대한 논평이다. 허목은 1661년(현종 2) 삼척부사로 있을 때, 동해안에 조석 간만의 차가 심하여 오십천이 범람하고 주민들이 홍수에 시달리는 것을 보고는, 이 비문을 짓고 고풍의 전서로 써서 만리도에 비를 세워, 조수의 피해를 막았다고 전한다. 강세황은 「척주동해비문」에 대해 '문사영이(文辭靈異)'라고 평가하되, 그 어휘 오용을 비판했다.

眉叟東海碑, 文辭靈異. 然水鏡圓靈一語, 誤用. 考「月賦」註可知.

미수의 「동해비」는 문사가 영이하다. 하지만 '수경원령'이라는 말은 그 어휘를 오용한 것이다. 「월부」의 주석을 살펴보면 알 수 있다.

羅本紀」, 眞興王十六年戊子冬十月, 巡北漢山, 拓定封疆, 十二月, 至自北漢山, 所經州郡, 復一年租, 則戊子果眞興巡狩咸興之年, 而八月定界, 十月至北漢, 十二月還都, 八月事, 特逸於史耳. 當三國鼎峙之時, 新羅之地, 不得遇[過의 오자인 듯함-인용자 주]比列忽. 比列忽, 今之安邊府也. 逮三國統合之後, 又不能過泉井. 泉井, 今德源府也. 咸興在安邊之北二百餘里, 端川在咸興之北三百六十里, 以巡狩碑觀之, 端川以南, 嘗折入於新羅者可知. 此國史野乘所不著, 而獨荒裔片石, 留作千古故事矣. 碑在嶺之南路傍東偏小谷中, 有爲長津倅者撝來."

140 姜世晃, 「題東海碑」, 『豹菴遺稿』.
141 許穆, 「東海頌」, 『記言』 卷28 原集.

강세황보다 앞서 이익(李瀷, 1681~1763)은 허목의 전서가 기이한 힘을 지녀, 몇몇 고전 시문에 견줄 수 있다고 말했다. 즉, 두보의 「장난삼아 화경가를 짓다[戲作花卿歌]」시 가운데 "자장의 머리뼈에 피를 묻혀, 손으로 집어 최대부 앞에 던진다.[子璋髑髏血糢糊, 手提擲還崔大夫.]"라는 구절은 학질 귀신을 내쫓는 효험이 있었다고 한다. 한유는 조주자사(潮州刺史)로 있을 때 「제악어문(祭鱷魚文)」을 지어 악계(惡溪)의 악어를 몰아냈다고 한다. 이익은 허목의 전서도 조화의 비밀스런 효능에 동참할 수 있다고 논평했다.[142] 이덕무(李德懋, 1741~1793)도 "동해비는 뛰어나고 기이하고 괴상하여 분명한 일대 기작(奇作)이다."라고 했고,[143] 이면백(李勉伯, 1767~1830)도 그 비를 예찬했다.[144] 뒷날 허훈(許薰, 1836~1907)은 「동해비주(東海碑註)」를 작성하기까지 했다.[145] 이익·이덕무·이면백·허훈은 모두 「척주동해비문」의 신비성에 주목했지, 비문의 문체나 내용을 고증하지는 않았다. 그런데 강세황은 「척주동해비문」의 31~33행에 나오는 "삼오야 둥실 뜬 달, 하늘의 수경이 둥글고도 영험하자, 뭇 별이 광채를 감추도다.[三五月盈, 水鏡圓靈, 列宿韜光.]"에 대해 어휘 사용이 부적합하다고 비판했다. 『문선』에 수록된 사장(謝莊)의 「월부(月賦)」에, "유지설응(柔祇雪凝) 원령수경(圓靈水鏡)"이라 하고, 이선(李善)의 주에서 '유지는 땅, 원령은 하늘'이라 한 것을 근거로 삼았다. 즉, '원령=하늘'이므로 「척주동해비문」에서 '수경이 원령하다'라고 표현한 것은 잘못이라고 비판한 것이다.

김정희나 강세황의 사례에서 볼 수 있듯이, 금석학은 문학 연구 방법과 결합하여 입비의 고증, 비문 자구의 확정, 비문 주제의 확인에서 큰 효과를 얻을 수 있다.

6. 『금석집첩』의 탁본 자료

일본 교토대학 부속도서관의 『금석집첩』은 탁본을 배접하여 책으로 만든 법첩(法帖)이다. 각 비문마다 잘라 붙인 항수(行數)와 항자수(行字數)가 균일하며, 대지(擡紙)를 배접하고 서배(書背)를 맞춘 것 또한 정교하다. 전액(篆額)은 한 글자마다 탁본하여

---

142   李瀷, 『星湖僿說』卷29 詩文門 '東海碑'.
143   李德懋, 『青莊館全書』卷5 「嬰處雜稿 1」瑣雅.
144   丁若鏞, 『與猶堂全書』第1集 詩文集 第6卷 「松坡酬酢」에 잘못 들어 있다.
145   許薰, 『舫山集』卷12 雜著, 「東海碑註」.

이어 붙였다. 문자의 크기가 큰 것은 탁본 끝을 책 중앙에 붙이고, 나머지를 안쪽으로 접어 두었다. 그리고 탁본을 1종에서부터 24종까지 모아 각각 책을 이루고, 조선시대 서적 장정법에 따라 제첨(題簽)을 따로 붙이지 않고 묵서(墨書)로 제명(題名)을 기재했다. 왕실에서는 능비(陵碑)를 세우면서 탁본도 같이 제작했는데, 상신(相臣)이나 부마(駙馬)의 신도비도 건립 때 탁본을 따로 제작한 듯하다. 탁본은 주로 건탁이나 습탁으로 제작했으며, 문자만 칠해 떠낸 선시탁(蟬翅拓)도 간혹 있다. 원탁(原拓)으로는 바탕에 두드린 자국이 남고 색깔이 옅을 경우, 글자를 제외한 바탕을 다시 먹으로 칠하는 오금탁(烏金拓)의 방법을 사용했다. 왕실에서는 오금탁을 한 후 종이와 비단을 덧대어 족자로 꾸며서 보관했는데, 문벌가에서도 같은 방법으로 탁본을 보관했을 듯하다. 그런데 『금석집첩』의 탁본은 원문을 판독하기 어려울 때, 해당 원문을 작성한 찬자의 문집을 열람하여 전사(塡寫)하거나 추기(追記)해 두기도 했다. 즉, 자(字)·사(詞)·행(行)에 걸쳐 백서(白書)한 예가 적지 않다. 간혹 주서(朱書)가 보이는데, 이것은 원탁에서 묻어난 듯하다. 자구를 보완할 때는 배접지 상단[천두(天頭)]이나 하단[지각(地脚)]에 적어 두기도 하고, 첨지에 묵서하기도 했으며, 탁본의 일부분을 뜯어내고 배접지에 직접 묵서하기도 했다. 『금석집첩』의 속편인 『금석속첩』에는 덧칠이나 보사가 없다. 일부 책자의 등[背]에는 '흠흠헌(欽欽軒)'이라고 묵서되어 있는데, 이것은 김재로의 헌호(軒號)로 추정된다.

교토대학 소장 『금석집첩』·『금석속첩』과 동일 형태의 금석 법첩 28책이 고려대학교 육당문고에 있다. 『금석집첩』에 대해서 가쓰라기 스에지(葛城末治)와 마에마 교사쿠(前間恭作)는 서울대학교 규장각에 『금석첩(金石帖)』 39책이 소장되어 있다고 언급한 바 있다.[146] 그리고 개인이 소장한 5책이 있다는 설도 있다. 이 숫자를 그대로 따른다면 『금석집첩』의 법첩은 교토대학 소장본 이외에 72책이나 현존하는 셈이다.[147] 하지만 이 숫자는 신뢰할 수가 없다. 현재 규장각에는 1책(得자 책)이 보관되어 있을 뿐이다. 고려대학교 해외한국학자료센터의 조사팀에 합류하여 필자가 조사한 결과, 교토대학에는 현재 218권이 한곳에 보존되어 있다.[148] 이에 대해서는 기왕에 두 번에 걸

---

146 葛城末治, 『朝鮮金石攷』, 大阪屋號書店, 1935; 前間恭作, 『古鮮册譜』 第1册, 東洋文庫, 1944.

147 朴哲相, 「朝鮮 金石學史에서 柳得恭의 位相」, 『대동한문학』 27, 대동한문학회, 2007, pp.45-77.

148 교토제국대학 동창회지 『이문회지(以文會誌)』 제4호(1911년 신해, 11월)의 기사에 따르면 전년도 1910년(메이지 42년 11월)에 교토대학 동양사학교실에서 구입한 『금석집첩』은 250책이라고 했다. 박철상 씨는 「조선시대금석학연구」(계명대학교 박사학위논문, 2014)에서 해당 탁본첩이 정편 200

처 조사 목록이 작성되었으나, 정리번호가 서로 맞지 않았다.[149] 고려대학교 소장『금석록』은 첫 면에 있는 총목을 보면, 당초『금석집첩』과『금석속첩』을 합쳐 재정리하면서 천자문 순으로 배열했다. 따라서『금석집첩』과『금석속첩』의 분류와 각 책의 수록 현황을 살피려면 천자문 배열 순서를 존중해야 한다. 2019년 교토대학에서는 필자의 조언에 따라 천자문 순서에 따라 새로운 정리 번호를 부여했다. 그런데 도서관 측에서 천자문의 순번 가운데 빠진 것을 고려하지 않아, 천자문의 중반 이후와 정리 번호가 일치하지 않는다.

　고려대학교 소장『금석록』을 보면 본래 '天朝' 분목을 따로 설정했다가, 일부를 '산질권(散帙卷)'에 편입한다고 밝혔다.[150] 교토대학 소장『금석집첩』을 보면, 최종 성책 때 '천조' 분류목의 일부를 각각 종별에 따라 분속시켰음을 확인할 수 있다.[151] 또『금석록』에서 '戰功' 분목의 使 책 목록 뒤에는 같은 분목에 속할 비제(碑題)들을 열거하고 각각 '산질'이나 '비묘비제기사권(非墓碑諸紀事卷)'에 배속시킨 사실을 추기했다. 『금석집첩』을 보면 각 탁본들은 그 추기 그대로 분속되어 있다.[152] 고려대학교 소장

책, 속편 19책이라고 추정했다. 한편 후지모토 교수는『일본현존조선본연구(史部)』에서, 교토대학 소장본이 본래 219책인데 1책이 탈락되어 있어 모두 218책이며, 제1책(天)의 작성 시기 미상 삼지에 '二百二十七卷(內三冊落)'이라고 되어 있어, 어느 시점에는 224책이 존재했다고 추정했다.

149　박진완,「京都大學 부속도서관 소장『金石集帖』자료 현황」, 국사편찬위원회,『일본소재 한국사 자료 조사보고 Ⅲ』(해외사료총서 15), 국사편찬위원회, 2007; 藤本幸夫,『日本現存朝鮮本研究(史部)』, 동국 대학교 출판부, 2018, pp.1388-1451.

150　'산질(散帙)' 항목 아래 "당초 얻는 대로 책을 만들고 분류를 하지 않았기 때문에 산질이라 했다[當初隨 得作冊, 不分類, 故曰散帙]."라고 밝혔다. 구자훈·한민섭은 다음과 같이 추정했다. "산질은 바로『금석 록』의 최초 항목이고,『금석록』 분류의 시작점인 것이다. 김재로가 금석문을 수집하기 시작했을 때는, 각 지역에서 얻은 금석문을 분류 없이 책으로 엮었다. 후에 분량이 늘어나면서 분류를 하고, 분류하지 않은 금석문들을 산질로 남겨둔 것이다. 또 후에 재분류를 통해 당초 항목의 성격과 맞지 않는 것들은 다시 산질로 편입하기도 했다." 구자훈·한민섭,「金在魯『金石錄』의 구성과 그 특징」,『한국실학연구』 21, 한국실학연구회, 2011, pp.237-302.

151　萬東祠碑(入散帙卷) → 難 책(교166, 萬東廟碑), 宣武祠碑 → 罔 책(교155), 劉都督題名碑(並入非墓碑 諸紀事卷) → 罔 책(교155), 劉都督威德碑 → 名 책(교185). 楊經理去思碑 → 使 책(교161), 釜山萬經理 勝戰碑 → 使 책(교161), 望日思恩碑 → 彼 책(교157), 遊擊將藍公碑 → 彼 책(교157), 委官林公濟碑 → 彼 책(교157), 天將吳惟忠去思碑[吳總兵淸淑碑] → 羔 책(교174), 天將吳宗道去思碑 → 羔 책(교174), 姜王二詔使去思碑 → 羔 책(교174), 天將東征詩碑(並入散帙卷) → 麋 책(교159).

152　荒山大捷碑(入非墓碑諸紀事卷) 北關大捷碑(入散帙卷) 天將東征詩碑(入非墓碑諸紀事卷) 宣武祠碑(入 非墓碑諸紀事卷) 望日思恩碑(入非墓碑諸紀事卷) 遊擊將藍公碑(入非墓碑諸紀事卷) 李忠武公舜臣鳴梁 大捷碑(入武將卷) 延城大捷碑(入非墓碑諸紀事卷) 重峰趙先生淸州戰場碑(入散帙卷) 中和三陣忠義碑 (入散帙卷) 平安兵使柳公琳柏田勝捷碑(入非墓碑諸紀事卷) 洪州請難碑(入非墓碑諸紀事卷) 安城平賊 碑(入非墓碑諸紀事卷).

『금석록』의 목록이 惡 자로 끝나는 것으로 보아,『금석집첩』과『금석속첩』은 천자문 순으로 정리하여 '天 책'부터 '惡 책'까지 226책이 완질이었을 것이다. 교토대학 소장본은 천자문 순서 가운데 '薑 책', '育 책', '邇 책', '惟 책', '過 책', '得 책', '忘 책', '維 책', '空 책', '谷 책', '習 책'이 빠져 있다. 앞서 말했듯이, '得 책(173得)'은 서울대학교 규장각에 있다. 그리고 일본 와세다(早稻田)대학 도서관에『금석록(金石錄)』책93이 1책 있다. 서배(書背)에 '흠흠헌(欽欽軒)'이라고 묵서되어 있으며, 다음 4점의 탁본을 한 책으로 장정한 것이다.[153]

- 「손목사비(孫牧使碑)」[손소(孫昭), 1433~1484]. 김종직(金宗直) 찬(撰); 김종직, 「계천군 손공묘갈명(雞川君孫公墓碣銘)」,『점필재문집(佔畢齋文集)』권2.
- 「허초당비(許草堂碑)」[허 엽(許曄), 1517~1580]. 노수신(盧守愼) 찬(撰), 한호(韓濩) 서(書), 남응운(南應雲) 전액(篆額).
- 「윤체찰비(尹體察碑)」[윤훤(尹暄), 1573~1627]. 윤순(尹淳) 찬병서(撰幷書).
- 「황도헌비(黃都憲碑)」[황우한(黃佑漢), 1541~1606]. 찬자 미상.

이들 탁본 가운데 손소의 묘갈명을 제외한 다른 비표의 탁본은 교토대학 소장『금석집첩』에 들어 있다. 즉, 033雲(교25) 책에 「유명조선국가선대부경상도관찰사겸병마수군절도사허공신도비명병서(有明朝鮮國嘉善大夫慶尙道觀察使兼兵馬水軍節度使許公神道碑銘幷序)」(노수신 찬)의 탁본이 있다. 093有(교82有) 책에 「대사헌황공우한묘표(大司憲黃公佑漢墓表)」(찬자 미상)의 탁본이 있고, 200羊(교175)책에 「백사윤공묘표(白沙尹公墓表)」(윤순 찬)의 탁본이 있다. 탁본첩의 표제는 '金石錄'이라고 묵서되어 있어서, 교토대학 소장본이 '金石集帖'이라 묵서되어 있는 것과 다르며, 오히려 고려대학교 소장 목록『금석록』과 일치한다. 아마도 김재로의 초기 정리본의 하나인 듯하다. 이와는 별도로 고려대학교에는 교토대학에 없는 '邇 책', '過 책', '忘 책', '維 책', '習 책'의 일부가 있다. 그런데 고려대학교 소장『금석집첩』산일본 가운데는 교토대학 소장본과 중복되는 것들이 있으므로 당초 복본(複本)이 존재했으리라 생각된다. 고려대학교 소장 탁본의 천자문 권속을 살펴보면 다음과 같다. 괄호 안은 그 법첩에 수록한 실제 탁본

---

153 국외소재문화재단,『일본와세다대학도서관소장 한국전적』, 국외한국문화재 18, 국외소재문화재단, 2020.

의 수량이다.

地(2), 玄(1), 荒(1), 日(2), 臧(1), 餘(1), 歲(1), 雲(1), 騰(1), 致(1)

雨(3), 結(2), 霜(1), 生(1), 玉(1), 出(1), 崑(3), 崗(1), 劍(4), 號(2)

臣(1), 闕(1), 珠(1), 稱(1), 柰(1), 海(2), 鹹(1), 淡(1), 鱗(2), 潛(4)

羽(2), 翔(2), 龍(1), 師(1), 火(2), 鳥(1), 人(1), 皇(1), 制(1), 字(1)

裳(1), 推(1), 國(1), 虞(1), 弔(2), 罪(1), 周(2), 黎(2), 臣(2), 戎(1)

羌(1), 邇(2), 壹(1), 歸(2), 鳳(2), 樹(3), 場(3), 被(1), 賴(1), 及(1)

方(1), 鞠(1), 養(3), 豈(2), 敢(2), 毁(1), 傷(1), 女(1), 慕(2), 烈(1)

效(1), 過(1), 改(1), 能(2), 莫(1), 忘(1), 談(4), 短(2), 靡(1), 特(2)

欲(2), 難(3), 量(1), 墨(3), 悲(2), 染(2), 詩(1), 羔(3), 羊(1), 景(2)

維(1), 作(1), 德(1), 建(2), 聲(2), 虛(1), 習(2), 聽(3), 禍(7), 因(1)

교토대학 소장 『금석집첩』에서 천자문 공번과 고려대학교 소장 탁본의 천자문 권속을 대조하면 다음과 같다.

- 薑 책: 양쪽 모두 없음
- 育 책: 양쪽 모두 없음
- 邇 책: 고려대학교에 탁본 3점 현존
- 惟 책: 양쪽 모두 없음
- 過 책: 고려대학교에 탁본 1점 현존
- 忘 책: 고려대학교에 탁본 1점 현존
- 維 책: 고려대학교에 탁본 1점 현존
- 호 책: 양쪽 모두 없음
- 谷 책: 양쪽 모두 없음
- 習 책: 고려대학교에 탁본 2점 현존

교토대학 소장 『금석집첩』의 '禍 책'은 모두 19점을 수록했는데, 이것은 고려대학교 소장 『금석록』에 저록된 '禍 책'[釋寺 부류] 19점의 목록과 일치한다. 그런데 고려대학교에는 탁본 7점을 수록한 '禍 책'이 별도로 존재한다(표 1-4 참조). 이 탁본첩은 복

|표 1-4| 고려대학교 육당문고 소장 『금석집첩』禍 책(釋寺) 일부

정리 번호	비주	비명	찬자	서자	전액자
50.2	碧應	竹山碧應大師碑	鄭斗卿	吳竣	朗善君李俁
50.4	覺性	華嚴寺碧巖大師覺性碑	白軒李景奭	吳竣	趙啓遠
49.3	秋鵬	香山雪巖堂秋鵬碑	僧安樂窩月渚	月渚	僧安樂窩月渚
49.7	法宗	虛靜堂法宗碑	李重協	楊萬元	楊萬元
49.6	信和	慈應大師信和碑	李德壽	李德壽	李德壽
49.9	正佑	月峰大師正佑碑	朴弼琦	朴弼琦	朴弼琦
49.4	義俊	雲坡大師義俊碑	警齋處士金時鼎	金時鼎	

본이다.[154]

앞서 언급했듯이, 『금석집첩』을 최초로 편찬한 인물은 김재로이다. 이는 『금석집첩』의 탁본에 그의 선세(先世)와 방친(傍親)의 비문 탁본을 별책으로 설정한 사실, 탁본 수집을 위한 목록 『금석록』의 편자가 김재로로 되어 있는 사실로부터 알 수 있다. 김재로는 김구(金構, 1649~1704)의 차남이다. 김구의 묘와 그 직계의 묘는 서울시 송파구 몽촌토성(夢村土城) 안에 있다. 김구의 묘에는 1743년(영조 19) 비를 세웠는데, 앞면에는 한호(韓濩)의 글자를 집자해서 '우의정충헌김공휘구묘 정경부인전주이씨부좌(右議政忠憲金公諱構墓 貞敬夫人全州李氏祔左)'라고 새겼다. 뒷면은 김재로가 서술했으며, 김구의 손자이자 김재로의 조카인 김치만(金致萬)이 글씨를 썼다. 한편 김재로의 묘는 인천시 남동구 운연동 소래산(蘇萊山) 산비탈에 있다.

교토대학 소장 『금석집첩』의 제11책(宿 책)과 제12책(列 책)을 보면 김재로의 '선세'와 '조고 이하 4세'의 비지 탁본이 있다(표 1-5 참조). 제13책(張 책)과 제14책(寒 책)은 방친(傍親) 비지의 탁본을 수록했다. 『금석속첩』의 '來 책', '暑 책', '往 책', '秋 책', '收 책' 등 5책도 모두 김재로의 후손이 김재로와 그 친인척 묘주의 비문 탁본을 수집한 것이다. 그리고 '往 책'에는 김재로 묘표가 들어 있다. 즉, 교토대학 『금석속첩』 '往 책'에 들어 있는 「소산묘표(蘇山墓表)」는 김재로의 묘표를 탁본한 것이다. 또한 「소산

---

154 『金石錄』 224禍 『금석집첩』의 본서 정리표로는 225禍(교213禍:釋寺): 醴泉龍門寺重修碑, 林川大普光寺碑, 神勒寺普濟石鍾碑, 神勒寺普濟大藏閣碑, 華嚴寺碧巖大師覺性碑, 深源寺霽月堂敬軒碑, 深源寺翠雲堂學璘碑, 竹山碧應大師釋崇碑[竹山碧應大師碑], 香山雪巖堂秋鵬碑, 香山玩虛堂圓俊碑, 香山靈巖堂智圓碑, 香山虛靜堂法宗碑, 香山碧虛大師圓照碑, 香山慈應大師信和碑, 香山月峰大師正佑碑, 香山月渚堂道安碑, 香山雲峰堂靈佑碑, 香山雲坡大師義俊碑, 香山松坡大師義欽碑(以上爲一卷).

|표 1-5| 『금석집첩』 내 김재로 선조의 비지 탁본

책명	고려대학교 『금석록』	교토대학 『금석집첩』	묘주 (비주)	찬자, 서자, 전액자, 건립일 등
宿 책 (先世)	十一代祖戶曹參議府君表	11-1. 戶曹參議贈議政府左贊成金公諱灌墓	金灌	崇禎紀元後三庚午今上二十六年(英祖26年: 1750)十月▽立. 前面集韓濩字. 陰記後孫金致萬書.
	七代祖淸平君府君表	11-2. 朝鮮秉忠奮義靖國功臣通政大夫定州牧使贈兵曹判書淸平君金公友曾之墓 贈貞夫人南陽洪氏祔左	金友曾	崇禎再丙寅(英祖22年: 1746)十月立. 七代孫金在魯述, 外七代孫尹得和書.
	生邊七代祖處事府君表	11-3. 處士金公諱潤墓 配晉州河氏祔右	金潤	時崇禎再丙寅(英祖22年: 1746)十月. 孫金在魯識, 金致萬書. 前面集韓濩字.
	五代祖贈執義府君碣	11-4. 有明朝鮮處士贈司憲府執義金公墓碣銘(幷序)	金繼	朴世采撰, 宋時烈書, 閔維重篆. 崇禎辛酉(肅宗7年: 1681)九月▽日立.
	高祖贈吏判府君碣	11-5. 有明朝鮮國資憲大夫吏曹判書兼知義禁府事五衛都摠府都摠管金公墓碣銘(幷序)	金仁伯	李宜顯撰, 外玄孫尹得和書, 玄孫金在魯篆. 崇禎紀元後重壬戌(英祖18年: 1742)三月建.
	曾祖沙川先生墓碑 (曾王考沙川先生碑)	11-6. 有明朝鮮國贈崇政大夫議政府左贊成兼判義禁府事世子貳師五衛都摠府都摠管行通訓大夫工曹正郞沙川先生金公神道碑銘(幷序)	金克亨	朴世采撰, 申琓篆.
		11-7. 碑陰記	金克亨	男金洵書. 崇禎紀元後七十八年乙酉(肅宗31年: 1705) 十二月▽日立. 庚午(英祖26年: 1750)三月改立. 金在魯述, 金致仁書.
列 책 (祖考以下四世)	先祖考觀察府君墓表碑 (王考觀察公碑表)	12-1. 全羅道觀察使贈領議政坎止堂金公諱澄之墓 貞敬夫人咸平李氏祔左	金澄	崇禎紀元後戊子(仁祖26年: 1648)五月▽日立.

책명	고려대학교 『금석록』	교토대학 『금석집첩』	묘주 (비주)	찬자, 서자, 전액자, 건립일 등
列책 (祖考以 下四世)		12-2. 有明朝鮮國通政大夫守全羅道觀察使兼兵馬水軍節度使巡察使全州府尹贈大匡輔國崇祿大夫議政府領議政兼領經筵弘文館藝文館春秋館觀象監事世子師金公神道碑銘(幷序)	金澄	權尙夏撰, 李健命書, 閔鎭遠篆. 崇禎紀元後九十一年戊戌(肅宗44年: 1718)四月▽日立.
	先考忠憲公府君墓碑表 (先考忠憲公碑表)	12-3. 有明朝鮮大匡輔國崇祿大夫議政府右議政兼領經筵事監春秋館事贈諡忠憲公金公神道碑銘(幷序)	金構	李宜顯撰, 女婿徐命均書, 兪拓基篆. 崇禎紀元後再癸亥(英祖19年: 1743)十月立.
		12-4. 右議政忠憲公金公諱構墓 貞敬夫人全州李氏祔左	金構	上之十九年癸亥(英祖19年: 1743)九月立. 前面集韓濩字. 陰記男金在魯述, 孫金致萬書.
	伯氏參判府君墓表 (伯氏參判公表)	12-5. 有明朝鮮戶曹參判金公希魯之墓 貞夫人李氏祔左	金希魯	南有容撰, 洪鳳祚書, 外弟尹得和書. 崇禎百二十九年丙子(英祖32年: 1756)十月▽日立.
	亡姪侍直墓表 (亡姪侍直表)	12-6. 高隱堂金公致萬之墓	金致萬	閔遇洙題. 崇禎三丙子(英祖32年: 1756)十月▽日立.
		12-7. 題格浦壁上	格浦壁	乙亥(肅宗21年: 1695)暮春 △梅丈金構.
張책 (儉齋碑 /胤相)	文敬公儉齋先生楪碑墓表 (文敬公儉齋先生碑表)	13-1. 有明朝鮮國嘉善大夫吏曹參判兼守弘文館大提學藝文館大提學知成均館事同知義禁府春秋館事世子右副賓客 贈崇政大夫議政府左贊成兼判義禁府事知經筵事弘文館大提學藝文館大提學知春秋館成均館事五衛都摠府都摠管諡文敬公儉齋金先生神道碑銘(幷序)	金楺	李觀命撰, 甥姪尹得和書, 兪拓基篆. 崇禎紀元後百十七年甲子(英祖20年: 1744)五月建.

책명	고려대학교 『금석록』	교토대학 『금석집첩』	묘주(비주)	찬자, 서자, 전액자, 건립일 등
張 책 (儉齋碑 /胤相)		13-2. 文敬公儉齋金先生諱楺墓 贈貞敬夫人全州李氏祔右 貞敬夫人礪山宋氏祔左. 陰記	金楺	男金若魯述, 金尙魯書. 上之二十九年癸酉(英祖29年: 1753)二月追刻.
	堂從故左相表	13-3. 朝鮮議政府左議政贈諡忠正晚休金公諱若魯墓 贈貞敬夫人延安李氏祔左	金若魯	金在魯撰. 崇禎紀元後三乙亥(英祖31年: 1755)十月▽日立. 前面集韓濩字. 陰記集韓濩字.
寒 책 (傍親)	伯從高祖母閔氏表	14-1. 贈戶曹參議金公忠伯 配贈淑夫人驪興閔氏之墓	金忠伯	崇禎紀元後再丙寅(英祖22年: 1746)三月▽日立. 前面集韓濩字. 陰記玄孫金在魯述, 五代孫金致萬書.
	仲從高祖表	14-2. 贈執義金公孝伯之墓 贈淑夫人瑞山柳氏祔左	金孝伯	從玄孫金在魯撰, 洪鳳祚書. 崇禎紀元百二十四年辛未(英祖27年: 1751)五月▽日立 前面集韓濩字.
	伯從曾祖表	14-3. 淸風金公益礪之墓及陰記	金益礪	從曾孫金尙魯. 崇禎紀元後三壬申(英祖28年: 1752)五月立.
	仲從曾祖表	14-4. 處士金公克孚墓 元配文化柳氏祔 后配咸平李氏祔	金克孚	從曾孫金尙魯述. 崇禎紀元後三壬申(英祖28年: 1752)五月立. 前面集韓濩字. 陰記集柳權字.
	從祖同敦寧公表	14-5. 贈貞夫人全州李氏(祔左) 朝鮮嘉善大夫同知敦寧府事金公諱洵之墓	金洵	孫金鳴魯書. 後記從孫金在魯述幷書. 崇禎紀元後再壬戌(英祖18年: 1742)八月男金枋立石.
	熙川公友孟 [忠州遠代傍親四人表 一]	14-6. □□□夫行熙川郡守公之墓 全義李氏附葬	金友孟	隆慶二年(宣祖元年戊辰: 1568)二月二十八日孫金士元立石.
	承仕郎公汝明 [忠州遠代傍親四人表 二]	14-7. 承仕郎金公之墓 端人南原梁氏(附葬)	金汝明	男金士元立石.
	司猛公欣孫 [忠州遠代傍親四人表 三]	14-8. 禦侮將軍行忠佐衛司猛金公之墓	金欣孫	正德十一年丙子(中宗11年: 1516)歲四月▽日立.
	贈參議公蘭蓀 [忠州遠代傍親四人表 四]	14-9. 贈通政大夫工曹參議金公之墓 淑夫人荳原吳氏之墓	金蘭蓀	崇禎四年(仁祖9年辛未: 1631)十二月初二日立.

책명	고려대학교『금석록』	교토대학『금석집첩』	묘주(비주)	찬자, 서자, 전액자, 건립일 등
寒 책 (傍親)	再從茂朱表碣	14-10. 有明朝鮮通訓大夫行茂朱府使金公墓碣銘(幷序)	金述魯	宋明欽撰, 再從姪金致仁篆, 男金致信書. 崇禎三己卯(英祖35年: 1759)七月▽日立.
	從姪進士表	14-11. 朝鮮進士金致永之墓 配恭人淸州韓氏祔左	金致永	韓翼誊識. 崇禎紀元後三壬申(英祖28年: 1752)十月立. 前面集韓濩字. 陰記集柳權字.

하묘표(蘇山下墓表)」는 김재로의 장남 김치일(金致一)의 묘표를 탁본한 것이다. 소산은 인천 소래산을 말한다. 「소산묘표」는 「영의정김재로묘정경부인청송심씨부좌(領議政金在魯墓貞敬夫人靑松沈氏祔左)」의 묘표로, 묘비문은 남유용(南有容)이 짓고, 사위 서무수(徐懋修)가 글씨를 써서, 1761년(영조 37) 건립했다.[155] 『금석록』의 來·暑·往·秋·收 책의 목록을 제시하고, 『금석속첩』에 탁본이 수록되지 않은 경우 * 표시를 하면 다음과 같다.

- 來(續): *「金谷墓表舊表」(金谷重建表), 「公山墓表」(無陰), 「天龍墓表」(無陰), 「黃金谷墓表」, 「方夏洞墓表」, *「淸平君府君墓碑舊表」(淸平府君神道碑), 「大護軍府君墓表」(無陰), 「鷲嶺處士府君墓舊表」(無陰, 鷲湖處士府君墓表), 「虞侯府君墓表」(無陰)

- 暑(續): 「贈執義府君墓表」, 「贈判書府君墓表」, [安東權氏表], 「五峰墓表碣」, 「綾巖墓表」, 「夢村床石刻字」, 「坎止堂懸板」, 「沙川墓門碑」

- 往(續): 「蘇山墓表」, 「蘇山下墓表」(掌樂院正金公表), 「冷泉魂石識」

- 秋(續): 「蘇阡新表」(金公墓表. 往 책 수록), 「兪漢後妻金氏誌」(往 책 수록), 「金溝公墓表」(無陰), 「萬戶公墓表」(無陰), 「贈參議公墓碣」, 「厚齋公墓表」(無陰), 「卜竹洞墓表」, 「白川公墓碣」, 「寶成公墓表」, 「監司公墓表」, 「淵淵墓表」

- 收(續): 「雙山判書府君墓表」(無陰), 「碣山墓表」, 「鞍峴墓表」, 「龜山墓表」, 「粉土洞墓表」

---

155 南有容, 「議政府領議政致仕贈諡忠靖金公墓表」, 『雷淵集』 卷24. 행장과 묘지명은 김종후(金鍾厚)가 지었다. 金鍾厚, 「仲祖領議政忠靖公行狀」, 『本庵集』 卷9; 金鍾厚, 「仲祖領議政忠靖公墓誌銘幷序」, 『本庵集』 卷8.

『금석집첩』및『금석속첩』에 김재로의 묘비가 들어 있는 사실로부터, 김재로가 탁본들을 수집하여 1차로 정리한 후, 김재로 사후 아들 고정(古亭) 김치인(金致仁, 1716~1790)과 종손 몽촌(夢村) 김종수(金鍾秀, 1728~1799)가 2차로 정리했음을 짐작할 수 있다. 그런데『금석속첩』에는 '往 책'에 김재로의 장손 김종순(金鍾純, 1750~1802)이 죽은 후 세운 묘표(『금석록』秋 책에는「蘇阡新表」)의 탁본이 들어 있고, 그 밖에 1805년(순조 5)과 1807년(순조 7) 건립된 비석의 탁본들도 들어 있다. 따라서 현존본은 순조 연간에 이르러 3차로 정리되었으리라 추정된다.『금석록』도 이때 작성되었을 것이다.

『금석집첩』과『금석속첩』은『금석록』의 총목에 따라 분류되어 있다(표 1-6). 그리고 각 법첩 안에는 한집안의 묘주들을 가능한 한 함께 모아두는 방식도 채용했다. 대표적으로 김재로 집안 인물들과 관련된 탁본들이 있고, '167才 책'에는 김식(金湜)—김육(金堉) 집안 인물들과 관련된 탁본들을 모아두었다.

『금석집첩』의 각 법첩은 책마다 겉표지 왼쪽에 수록 탁본의 간략한 명칭을 대개 2단에 걸쳐 해서로 적었다. 별도로 표지 안쪽에도 행초로 적었으며, 간혹 작은 첨지(籤紙)에 수록 탁본 명칭을 나열하기도 했다. 탁본명을 기록할 때는 관직, 시호, 호, 본관, 성, 경칭, 이름, 비종[기타 상석(床石)·현판(懸板)·묘산기(墓山記) 등]을 적절히 안배해서 적었다. 혹은 경칭 대신 관직명을 표기하여, 성, 관직(지방관일 경우에는 임지의 지명만 적음), 이름, 비종의 순으로 명명하기도 했다. 묘비 가운데 김재로 집안 인물들의 비에 대해서는 관직 앞에 '7대조', '선부군'과 같이 대수(代數)를 특별히 적었다. 탁본의 제명을 적을 때 호나 경칭을 적지 않은 예도 많다. 탁본명은 고려대학교 소장『금석록』 저록 명칭과 유사하다.『금석집첩』및『금석속첩』의 각 법첩은 대개 서근(書根)에 수록 탁본의 주제를 간략히 묵서해 두었다. 다만 서근의 묵서가 없는 예도 있다. 서근의 표기는『금석록』의 분류목과 긴밀한 관계에 있어, 분류목에 순서를 주어 적은 예도 있고, 분류목의 하위 종에 해당하는 약어도 있다.『금석록』은 비종을 적을 때 묘표(墓表)는 표, 묘갈은 갈, 묘비와 신도비는 비로 약칭을 사용했다. 비지는 비제(碑題)에 이름을 밝히지 않지만,『금석집첩』각 법첩의 목록과『금석록』은 경칭 다음에 이름을 밝혀서 열람에 편하게 했다. 탁본은 비의 앞면과 뒷면을 가능한 한 모두 실었고, 한 인물(비주·지주, 즉 묘주)의 여러 비종을 한곳에 모아둔 경우가 많다. 즉, 한 비주·지주(묘주)의 묘표와 묘갈, 신도비를 한데 나란히 둔 경우가 많다. 간혹 표와 갈이나 비를 각기 다른 곳에 분속시킨 예도 있다.

|표 1-6| 고려대학교 소장 『금석록』 총목

구분	총목	수량(책 수)
1	天朝	0(散帙卷 편입)
2	前朝/本朝	7(續 2를 포함)
3	嬪/後宮/宗室/翁主	6(續 1을 포함)
4	本宗	9(續 5를 포함)
5	先賢/學問	15(續 1을 포함)
6	死節/節義	7
7	相臣	20(續 1을 포함)
8	正卿	25(續 1을 포함)
9	亞卿	13(續 1을 포함)
10	文堂上	10
11	文堂下	5
12	名臣	2
13	國舅	3(續 1을 포함)
14	駙馬	2
15	勳臣	2
16	蔭宰正從二品	1
17	蔭堂嘉善	1
18	遺逸/名蔭儒	4
19	蔭官	9(續 1을 포함)
20	武將/武臣	6(續 1을 포함)
21	儒士	5(續 1을 포함)
22	文蔭儒短折人	1
23	名文/名筆	1
24	湖南人	1
25	嶺南人	1
26	關西北關人	2
27	婦人	1
28	世家	6
29	前朝人/國初人	5
30	閭巷人	1
31	凡非墓碑諸紀事	12(續 3을 포함)
32	戰功	1
33	散帙	31(續 1을 포함)
	釋寺	11
합계		226(續 20책 포함)

필자의 조사에 의하면 『금석집첩』과 『금석속첩』에는 모두 2,081점의 탁본이 수록되어 있다.[156] 앞서 말했듯이, 『금석집첩』 및 『금석속첩』은 묘비류와 범비묘비제기사(凡非墓碑諸紀事)류를 나누어 탁본을 수록했다. 묘비류에는 능비(陵碑)·능표(陵表)·원표(園表)·추부표(追祔表)·신도비(神道碑)·묘비(墓碑)·묘표(墓表)·묘갈(墓碣)·묘지(墓誌) 등이 있는데, 묘표(표), 묘갈(갈), 묘비·묘비명(비), 신도비(비)가 주류를 이른다. 묘방비(墓傍碑)·충렬비(忠烈碑)·순절비(殉節碑)·선영비(先塋碑) 등도 있다. 묘비로 분류되지 않는 '범비묘비(凡非墓碑)'에는 교원(校院)·사묘(祠廟)·여허(閭墟)·성대(城臺)·교장(校場)·전장(戰場)·기사(紀事)·유애(遺愛) 등의 비가 속한다. 즉, 궁전비(宮殿碑)·구리비(舊里碑)·기적비(紀蹟碑)·기사비(記事碑)·사적비(事蹟碑)·사실비(事實碑)·유허비(遺墟碑)·하마비(下馬碑)·주필비(駐蹕碑)·어필별유비(御筆別諭碑)·어제비(御製碑)·어제현판(御製懸板)·윤음현판(綸音懸板)·어제제문(御製祭文)·지주비(砥柱碑)·충렬비(忠烈碑)·서원비(書院碑)·사비(祠碑)·정려비(旌閭碑)·순절비(殉節碑)·순의비(殉義碑)·문비(門碑)·유사비(遺事碑)·추애비(追哀碑)·은포비(恩褒碑)·제단비(祭壇碑)·효자리비(孝子里碑)·망주소각만시(望柱所刻挽詞)·망주소각만사별장(望柱所刻挽詞別章) 등이 있다. 금석문이 아닌 현판[157]도 들어 있다. 「진감선사비(眞鑑禪師碑)」 1종은 목판의 음각이다. 「예학명(瘞鶴銘)」은 왕희지 글씨라고 전하는 탁본을 중국에서 구해온 것인 듯하다.

『금석집첩』과 『금석속첩』 수록의 탁본은 전체적으로 보면 묘비류의 비중이 크다. 『금석록』의 분류와 마찬가지로 『금석집첩』과 『금석속첩』의 정리자도 묘비·묘지를 표·갈·비·신도비·묘지로 나누어, 신도비와 비(묘비명)를 비, 갈을 갈로, 표를 표로 분류했다. 신도비와 묘비명을 '비'로 약칭한 것에서 알 수 있듯이, 그 둘의 구분은 모호하다. 그렇기는 하지만 『금석록』은 '갈'과 '비'를 구분했다. 갈은 머리 부분이 둥근(규형) 형태로 6품 이하 관직으로 죽은 이들을 위한 묘비이고, 비는 머리 부분이 각진 형

---

156 『금석집첩』 수록 탁본의 종류는 기존 조사에 의하면 표(表) 881편, 비(碑) 749편, 갈(碣) 328편, 신도비(神道碑) 11편, 현판(懸板) 8편, 묘지(墓誌) 7편, 비음기(碑陰記) 6편, 사적기(事蹟記) 1편, 상석(床石) 2편, 별장(別章) 1편, 종명(鐘銘) 1편 등이라고 한다. 박진완, 「京都大學 부속도서관 소장 『金石集帖』 자료 현황」, 국사편찬위원회, 『일본소재 한국사 자료 조사보고 Ⅲ』(해외사료총서 15), 국사편찬위원회, 2007. 본서의 제1부 〈부록〉에서 제시했듯이, 표와 갈의 수는 출입이 약간 있다. 또한 비는 묘비명과 신도비를 합한 것으로, 신도비가 427점에 이른다. 묘지도 12편이 있다.

157 현판은 금석문에 해당되지 않지만, 각 묘주(비주)의 찬술을 함께 보여주기 위해 추록한 것들이다. 望廟樓御製懸板, 紀懷懸板, 九峰書堂懸板, 輔養官相見日(正祖八年上元日)聯句懸板, 東宮開筵日(正祖九年九月九日)廧進懸板 등이 있다.

태로 5품 이상의 관직으로 죽은 이들을 위한 묘비이다. 『금석집첩』에는 묘비·묘비명의 탁본 23점이 들어 있다. 신도비는 인빈대비(仁嬪大妃), 왕자 의창군(義昌君) 등 왕가의 인물이나, 좌의정 노봉(老峰) 민정중(閔鼎重) 등 고관, 그리고 남명(南冥) 조식(曺植) 등 선현의 무덤 길에 세운 것들로 427점에 이른다. 묘표 가운데는 종9품 관직의 망자에게 주로 사용한 표, 십릉표(十陵表)나 팔릉표(八陵表) 등 능표, 여성 묘주의 묘표 등도 있다. 표·갈·비·신도비는 묘주(비주·지주)의 신분과 관직, 가계를 중시했다. 왕가 14책, 정경(正卿) 25책, 아경(亞卿) 10책, 상신(相臣) 23책, 문과 당상관 16책, 음관(蔭官) 6책에 이른다. 또한 선현(先賢) 7책, 학문(學問) 7책도 있다. 이에 비해 무장(무신)은 5책에 불과하다. 왕비·세자·비빈·부마 등 왕가 혹은 국변인(國邊人)의 비지문과 유학을 공부해 벼슬을 살았던 인물들의 비지문이 압도적으로 많다. 열부(烈婦)의 분류목을 둔 것은 봉건 이념의 표방과 관련이 깊다. 그리고 지역별로 인물들을 설정하여, 호남인, 영남인, 관서인, 북관인/서관인의 부목을 두었다. 『금석집첩』과 『금석속첩』의 탁본에는 전조인(前朝人)의 비지문이나 전조의 유적비도 상당수 있으나, 대부분 조선시대에 개립(改立)되거나 창립(創立)된 것들이다. 묘주는 16세기 말 이후 18세기 초의 사대부가 많다. 묘지(墓誌)는 실제 비지문에서는 대단히 큰 비중을 차지하지만, 『금석집첩』에는 고작 12점만 들어 있다. 필자가 정리한 묘지의 간략 명칭만을 들고, 괄호 안에 천자문 순번을 함께 적으면 다음과 같다(천자문 순서를 숫자로 환산하여 천자문 자호 앞에 둔다. 이하 같다.).

① 孝純賢嬪誌(004黃)
② 麟坪大君(李㴠)墓誌(012昃)
③ 兪漢俊妻金氏(金鍾秀女)誌(020往)
④ 西原府院君韓公繼美貞敬夫人尹氏誌(127歸)
⑤ 興寧府院君(安景恭)誌(128王)
⑥ 安東金君(金昌肅)誌(155鞠)
⑦ 海嵩尉配貞惠翁主(宣祖女)誌(166效)
⑧ 贈領相金公(金興宇)誌(167才)
⑨ 左相奉朝賀李公(李台佐)誌(199羔)
⑩ 右相鶴南鄭公(鄭羽良)誌(199羔)

⑪ 內資奉事崔公(崔世益)誌(210建)

⑫ 熙嬪洪氏(中宗嬪)誌(215表)

묘비의 탁본은 앞면의 비제만 있거나, 거꾸로 비제가 없이 뒷면만 있는 경우도 있다. 『금석집첩』 및 『금석속첩』 겉표지 목록에서 전자는 '무음(無陰)', 후자는 '무전(無前)'이라고 밝혔다. 또한 한 묘주(비주)의 표·갈·비를 둘 이상 나란히 실을 때 두 번째 탁본명은 다음 줄에 비종만 밝혔다. 『금석록』의 목록은 그 사실을 더욱 명확하게 제시하되, 한 묘주(비주)의 표·갈 혹은 표·비를 나란히 실을 때 '표갈' 혹은 '표비'라고 병칭하고, 각 비에 대해 음기가 있는지 여부와 전액이 있는지 유무를 밝혔다. 이를테면 다음과 같은 식이다.

表碣, 碣表, 表碑, 表(無後)碣, 表(無後)碑, 表(無陰)碑(無篆)

한편 『금석집첩』은 석사(釋寺)의 분목을 두고 오래된 비석의 탁본을 8책이나 채록했다. 다만 '217호 책'의 6점과 '218谷 책'의 5점은 전존(傳存) 여부를 알 수 없다. 고려시대의 탑비로는 「선각대사편광탑비(先覺大師遍光塔碑)」, 「진철대사보월탑비(眞澈大師寶月塔碑)」, 「낭공대사백월탑비(朗空大師白月塔碑)」, 「보석사보승탑비(普碩寺寶乘塔碑)」, 「원공국사승묘탑비(圓空國師勝妙塔碑)」, 「통진문수소재탑비(通津文殊所在塔碑)」 등이 있다. '219傳 책'의 두 예를 들면 다음과 같다.

① 神行禪師碑

皇唐衛尉卿國相兵部令兼修城府令伊干金獻貞撰, 東溪沙門靈業書(행서). 元和八年歲次癸巳(新羅憲德王五年:813)九月庚戌朔九日戊午建. [전액]없음 [해서비제]海東故神行禪師之碑幷序 [금석록]神行禪師碑

② 松都玄化寺碑

周佇奉宣撰, 蔡忠順奉宣書(해서). 頭註墨書: "堯, 高麗定宗諱, 故不盡畵, 下同.""高麗惠宗諱武, 故改武爲虎, 下同." 부전 많음. 皇宋天禧五年歲次重光作噩(高麗顯宗十二年:1021)秋七月甲戌朔二十日甲午樹. 沙門定眞·慧仁·能會等奉宣鎬字, 金位奉宣刻造.[전액]靈鷲山大慈恩玄化寺之碑銘(御書篆額) [해서비제]有宋高麗國靈鷲山新創大慈恩玄化寺

碑銘幷序 [금석록]松都玄化寺碑

高麗靈鷲山大慈恩玄化寺碑陰記: 蔡忠順奉宣撰幷書. 太平二年歲次玄黓閹茂(高麗顯宗十三年壬戌:1022)秋相月(7월)▽日謹記. 沙門釋定·慧仁·能會等奉宣刻字. [해서비제]高麗國靈鷲山大慈恩玄化寺碑陰記

『금석집첩』의 수집가는 조선시대에 지난 왕조를 위해 세운 기념비에 관심을 두어, 그 탁본들을 수집했다. 즉, 001天(교001天) 책에 다음과 같은 탁본들이 들어 있다.

① 「崇仁殿碑銘(幷序)」. 李廷龜奉教撰, 金玄成奉教書, 金尙容奉教篆. 萬曆41年(光海君 5
　年:1614) 三月, 金藎國奉教立石.
② 「箕子宮舊基」. 李廷濟識, 李眞洙書. 乙巳(英祖 元年:1725) 二月.
③ 「新羅始祖王墓碑銘(幷序)」. 趙觀彬撰, 洪鳳祚書, 兪拓基篆. 崇禎紀元後三乙亥(英祖 31
　年:1755).
④ 「東明王墓」[佚本文]. 崇禎紀元後104年辛亥(英祖 7年:1731) 十二月.
⑤ 「駕洛國首露王陵」. 許積識, 全△榮書.[158]
⑥ 「駕洛國首露王妃普州太后許氏陵」.

18세기 후반에 영조와 정조는 몇몇 공적비의 건립을 명했는데, 『금석집첩』은 그 공적비의 탁본을 일부 수록했다. 영조의 명으로 건립한 것은 「선죽교비」와 「두문동비」가 대표적이다.[159] 18세기 중엽부터 20세기에는 특히 왕가의 사적비를 많이 세웠다. 한국학중앙연구원 장서각 소장 탁본 188첩 가운데 왕가 사적비 탁본은 27종이지만, 『금석집첩』에 탁본이 있는 비석은 「달단동승전기적비(韃靼洞勝戰紀蹟碑)」와 「황산대첩지비(荒山大捷之碑)」이다. 왕실 기적비가 『금석집첩』의 탁본 수집 시기보다 뒤늦게 건립된 것이 많고, 『금석속첩』의 수집·정리 기간 중에 탁본을 미처 구하지 못하거나 탑인(搨印)을 행할 수 없었으므로, 『금석집첩』에는 왕가 사적비의 탁본이 적다.

『금석집첩』에는 다음과 같은 전승비와 평난비 탁본들이 있다.

158　정해년(1647) 중춘(음력 2월)에 비를 세우고 상(床)과 섬돌 등을 정비했다. 이때 일을 맡은 동종(同宗)
　　으로 허목(許穆), 허륜(許崙), 허□(許□), 허구(許坵)를 밝히고 있다. 찬자·서자 미상이다.
159　『金石集帖』178談(교156:洞里/壚台/堤城/橋島/救荒/恤民) 책에 「御製御筆善竹橋碑」(1740년 겨울 건
　　립)과 「御製御筆杜門洞碑」(1751년 건립)의 탁본이 있다.

① 144方「李忠武公(李舜臣)鳴梁大捷碑」.

② 175莫「荒山大捷之碑」,「蘆石旌忠壇碑」,「中和三陣忠義碑」.

③ (176忘)「延城大捷碑」. (전하지 않음)

④ 178談「李忠武公(李舜臣)高下島記事碑」.

⑤ 179彼「柏田平安監司洪公(洪命耈)忠烈碑(無陰)」,「栢田平安兵使柳公(柳琳)勝捷碑」.

⑥ 186使「節度申公(申砬)淸邊碑」,「忘憂堂郭公(郭再祐)墓碑」,「晉牧金公(金時敏)全城卻敵碑」.

⑦ 180短「洪洪州(洪可臣)淸難碑」,「吳公(吳命恒)安城平賊頌功碑」,「東萊戰亡遺骸碑(無前)」,「統制使崔公(崔橚)事蹟碑」.

⑧ 181麾「李龍川(李希建)忠烈碑(無前)」.

또한『금석집첩』에는 다음과 같은 제방 및 교량 영건비, 성곽 증수비 등의 탁본이 수록되어 있다.

① 178談「金堤碧骨堤碑」,「黃州城改築碑」(無前),「丹陽羽化橋碑」(無前).

② 179彼「東林舊城碑」(無前).

③ 180短「鉄瓮築城碑」,「嶺營築城碑」,「海營築城碑」.

④ 181麾「咸興城重修碑」. [陟州東海碑.『금석록』저록. 현재의 탁본 법첩에 없음-필자 주],「金剛山百川橋重創記」,「百川橋重創記碑」,「鄭府使(鄭弘佐)龍骨山城改築碑」,「平壤永明寺重修碑」.

『금석집첩』은, 지금의 서울시 송파구에 있던 삼전도(三田渡)에 1639년(인조 17) 건립된 「대청황제공덕비(大淸皇帝功德碑)」[대청국지성한지공덕지비(大淸國之聖汗之功德之碑)], 이른바 「삼전도비」의 탁본은 채집하지 않았다.[160] 하지만 중국의 관왕(관우), 제갈무후(제갈량), 악무목(악비), 명나라 무인 등을 위한 비석의 탁본들은 적극적으로 수집

---

160 1636년에 후금의 홍타이지는 황제를 칭하고 국호를 청(淸)으로 바꾸고는 조선에 조공과 명에의 파병을 요구했다. 인조가 거절하자 홍타이지가 친정(親征)을 행하여, 40여 일 만에 인조는 삼전도에서 삼궤구고두(三跪九叩頭)를 행했다. 홍타이지는 차사 마푸타(mafuta, 馬福搭, 馬夫大)를 시켜, 자신의 덕(德)과 인조의 과(過)를 드러내고 양자의 맹약을 명시하는 비문을 만주어, 몽골어, 한어로 새긴 석비를 세울 것을 요구했다. 이에 따라 건립된 것이 「대청황제공덕비」이다. 배우성,「서울에 온 청의 칙사 馬夫大와 삼전도비」,『서울학연구』38, 서울시립대학교 부설 서울학연구소, 2010, pp.236-271.

했으며, 명나라 무장이나 사신을 위한 거사비의 탁본들도 수록했다. 정묘호란 뒤에는 동관왕묘와 남관왕묘뿐만 아니라 안동과 고금도 등에서 관왕묘가 건립되었는데,『금석집첩』'186使(교178使: 戰功) 책'에는「안동관왕묘비(安東關王廟碑)」와「고금도관왕묘비(古今島關王墓碑)」(無前)의 탁본이 있다. 선조 이후로 역대 왕들은 관왕묘를 중시했는데,『금석집첩』'185信 책'에「어제어필관왕묘비(御製御筆關王廟碑)」가 4점 수록되어 있다. 또한 조선에서는 정묘호란 뒤에 명나라 장수나 명나라 조사들을 위해 거사비를 세우기도 했다. '177罔 책'의「양호거사비(楊鎬去思碑)」, '186使 책'의「양경리거사비(楊經理去思碑)」, '199羔 책'의「천장오유충거사비(天將吳惟忠去思碑)」,「천장오종도거사비(天將吳宗道去思碑)」,「강왕이조사거사비(姜王二詔使去思碑)」 등이 그 비석들의 탁본이다.「양호거사비」와「양경리거사비」는 정유재란 뒤 이른바 '재조'의 공이 있는 명나라 장수 양호를 위해 세운 것이다. 후자의 제액은「경리조선우첨도어사양공거사비(經理朝鮮右僉都御史楊公去思碑)」, 비제는「황명흠차경리조선군무도찰원우첨도어사양공거사비명병서(皇明欽差經理朝鮮軍務都察院右僉都御史楊公去思碑銘幷序)」로, 이정귀(李廷龜)가 짓고 김현성(金玄成)이 글씨를 썼으며 김상용(金尙容)이 전액(篆額)을 썼다.

① 174能「永柔武侯祠碑」,「永柔岳武穆王文忠烈公追配碑」.
  (176忘)「天使迴瀾石題刻」. (전하지 않음)
② 177罔「宣武祠(楊鎬)去思碑」,「都督(洪省吾·劉綎)題名碑」,「都督(劉綎)題名碑」(二).
③ 179彼「望日思恩碑(明提督李公)」,「遊擊將藍公(藍芳威)碑」,「委官林公(林濟)碑」.
④ 181靡「天將(張良相)東征詩碑」.
⑤ 183德「淸鎭南將軍(吳蟒)表」(無前).
⑥ 186使「安東關王廟碑」,「古今島關王廟碑」(無前),「楊經理(楊鎬)去思碑」,「釜山萬經理(萬世德)勝戰碑」(無前)[「大唐平百濟碑(無陰)」도 수록].
⑦ 185信(續)「肅宗御製御筆大漢朝忠節武安王贊揚銘」,「英祖御製御筆顯靈昭德武安王墓碑」,「景慕宮睿製睿筆武安王廟碑銘」,「正祖御製御筆武安王廟碑銘」.
⑧ 199羔「天將(吳惟忠)去思碑」,「天將(吳宗道)去思碑」,「欽差都司(吳宗道)紀念碑」,「姜王二詔使(姜曰廣·王夢尹)去思碑」.

『금석집첩』'156養 책'과 '183德 책'에는 명나라 장수의 묘갈 탁본과 청나라 장수의 묘표 탁본이 각각 들어 있다.「중조인호군전공호겸갈(中朝人護軍田公好謙碣)」은 최석정(崔錫鼎)이 지은 글을 새겨 1686년(숙종 12) 세운 것이다.[161] 비주 전호겸(田好謙, 1610~1686)은 명나라 중국 계택현(鷄澤縣) 사람이며, 청나라의 난을 피해 가도(椵島)에 왔다가 우리나라로 피신했다. 동평위 정재륜(鄭載崙)과 친밀하게 사귀었다. 1685년(숙종 11) 76세로 부호군에 제수되었다.[162] 한편 「청진남장군표(清鎭南將軍表)」는 청나라 서법가 왕사횡(汪士鈜)의 글씨를 완상하기 위해 중국에서 구입해 온 것인 듯하다.

① 156養 「中朝人護軍田公好謙碣」(無篆) 비주 田好謙. 崔錫鼎撰, 申瓊書. 崇禎甲申後四十三年丙寅(肅宗十二年:1688)十月▽日.[전액]없음 [해서비제]皇明鄉學生朝鮮國折衝將軍行龍驤衛副護軍田公墓碣銘幷序

② 183德 「皇清鎭南將軍蟒公墓表」 비주 吳蟒. 日講起居注官左春坊左中允兼翰林院編修南書房舊直長長洲汪士鈜撰文幷序及篆額, 劉茂惠刻字. 康熙五十九年太歲庚子(肅宗四十六年:1720)金七月丙寅火朔十七日壬午木上石.

교토대학 소장 『금석집첩』에는 유애비(선정비, 불망비)의 탁본이 12점 들어 있다.

① 177罔 「嶺伯李公(李翻)清德善政碑」.
② 178談 「評事(趙翼)救荒碑」, 「相國(金堉)恤民施惠碑」.
③ 179彼 「具橫城(具鎰)灌漑利民沒世不忘碑」.
④ 181靡 「三陟召公臺碑」.

---

161 최석정의 문집에 묘갈명이 있다. 崔錫鼎, 「副護軍田公墓碣銘」, 『明谷集』 卷23 碣銘. 전호겸의 조부는 병부상서 전응양(田應揚), 부친은 문림랑(文林郞) 전윤계(田允階)라고 한다. 이희조(李喜朝)가 행장을 작성하고 박세채(朴世采)가 묘지명을 작성했다. 이규상(李奎象)의 『병세재언록(幷世才彦錄)』은 박세채의 묘지명을 인용했다. 이규상 저, 민족문학사연구소 한문분과 역, 『18세기 조선인물지: 幷世才彦錄』, 창작과비평사, 1997, '10. 우예록(寓裔錄)'.

162 이익(李瀷)은 전호겸이 병부상서 응양(應陽)의 아들이라고 했다. 李瀷, 「田好謙」, 『星湖僿說』 卷17 人事門. 『명세총고(名世叢攷)』 하(下)에는, 전호겸이 이부상서 전윤해(田允諧)의 아들로 만력 병자년(1576)에 청나라의 난을 피해 가도(椵島)에 왔다가 조부 '田應陽(전응양)'의 화상을 가지고 조선에 왔다고 했다. '田允諧'는 최석정의 「부호군전공묘갈명」에 '田允階'로 되어 있다. 田應陽은 '田應揚'의 잘못인 듯하다. 이덕무(李德懋)의 『청장관전서(靑莊館全書)』 卷47 「뇌뢰낙락서보편(磊磊落落書補編) 下」와 윤행임(尹行任)의 『석재고(碩齋稿)』 卷9 「해동외사(海東外史)」에 '전호겸'조가 있다. 이에 따르면 전호겸은 이부시랑 전윤해(田允諧)의 아들로, 자가 손우(遜宇)이다. 본래 명나라 광평부(廣平府) 계택현(鷄澤縣) 사람이다. 명이 청에 망하자 선천(宣川)의 가도에 피난했다가 이 섬이 함락되자 조선에 귀화했다. 절충장군(折衝將軍) 용양위부호군(龍驤衛副護軍)에 제수되었다고 했다. 광평 전씨의 시조이다. 또한 성해응(成海應)의 『研經齋全集』 外集 卷40 傳記類에 「田氏誥命錄」이 있다.

⑤ 182恃「泰仁申縣監(申潛)善政碑」,「平壤李庶尹(李元孫)遺愛碑」,「靈光慶郡守(慶遑)去思碑」,「晉州趙牧使(趙錫胤)遺愛碑」,「牙山趙縣監(趙爾翻)追慕碑」.

⑥ 184長(續)「淸風府(金構)善政碑」,「江西縣(金致一)善政碑」.

　그러나 교토대학 소장 『금석집첩』은 전라도 순천의 「팔마비(八馬碑)」 탁본도 수록하지 않았고, 4자 4구의 고과조문(考課條文)을 새긴 비석은 수록하지 않았다.

　앞서 보았듯이, 여성 묘주의 묘지를 작성하여 땅에 묻는 관습은 고려시대에 이미 형성되었다. 주희도 「부인여씨묘지명(夫人呂氏墓誌銘)」을 지은 일이 있어, 고려·조선의 지식인들은 자신의 부인을 위해 묘지를 작성하는 일을 혐의스러워하지 않았다. 하지만 부인의 묘표는 부군의 묘표에 함께 입각(入刻)한 예가 대부분이고, 여성 묘주의 표·갈·비가 지상에 독립해서 건립된 예는 드물었다. 교토대학 소장 『금석집첩』에는 여성 묘주의 표·갈·비 탁본이 여럿 있다. 여성 묘주의 묘지 탁본은 1점만 수습되어 있다.

① 161女(교157女:婦人)
「成摠郞(成君美)配吳氏表」(無前). 1661년 건립.
「許埜堂(許錦)配元氏表」. 8세손 허목(許穆) 찬(撰).
「蔡弼善(蔡倫)配權氏碣」. 1610년 건립 '永嘉權氏墓碣銘'. 신흠(申欽) 찬.
「趙文剛(趙末生)配金氏表」(無陰). 1707년 개립.
「梧陰先代尹延齡夫人固城朴氏表」. 1575년 건립. 현손 윤근수(尹根壽) 찬.
「柳杆城(柳綽)配李氏碣」(無篆). 1560년 건립. '令人李氏墓碣銘'. 이황(李滉) 찬.
「宋承仕(宋世英)配李氏碣」(無篆). 1667년 건립. 정홍명(鄭弘溟) 찬. 증손 송준길(宋浚吉) 서(書).
「鄭桐溪(鄭蘊)妣姜氏表」. 1633년 건립. '貞夫人姜氏之墓.' 남(男) 정온(鄭蘊) 서.
「沈北伯(沈演)配吳氏表」(無陰).
「沈北伯(沈演)配吳氏碣」(無篆). 1654년 건립. '贈貞夫人海州吳氏之墓.' 황호(黃㦿) 찬.
「南護軍(南柁)配玄氏表」. 1688년 건립. 증손 영의정 남구만(南九萬) 찬.
「閔維重配豊昌府夫人趙氏表」. 1741년 건립. 외손 이재(李縡) 기(記).
「李監司(李萬稷)後配朴氏表」. 1740년 건립. '潘南朴氏之墓.' 김진상(金鎭商) 서.
「李監司(李萬稷)季配金氏表」. 1740년 건립. '貞夫人光山金氏之表.' 김진상(金鎭商) 서.
「朴黎湖(朴泰斗)妣辛氏表」. 1728년 건립. '贈貞夫人辛氏之墓.' 김창흡(金昌翕) 찬.

「洪判書(洪象漢)配魚氏表」. 1756년 건립. '貞敬夫人咸從魚氏之墓.' 홍상한(洪象漢) 찬.

「烈婦柳氏表碣」, 「南領相在夫人表」, 「朴醉琴夫人表」, 「閔留守審言第三配張氏表」, 「李參奉泰躋室宋氏碣」, 「權修撰碩配廣州李氏表」

② 215表(교206表:嬪公/翁主/駙馬/婦人)

「愼嬪金氏(世宗嬪)碣」. 1465년 건립. '愼嬪金氏墓碣銘.' 김수온(金守溫) 찬.

「熙嬪洪氏(中宗嬪)誌」. 1582년 매립. '熙嬪洪氏之墓.' 송인(宋寅) 찬.

「昌嬪安氏(中宗嬪)碑」. 1683년 건립. '昌嬪安氏神道碑銘幷序.' 신정(申晸) 찬.

「貞淑翁主(宣祖女)表」. 1628년 건립. '貞淑翁主墓表.' 신익성(申翊聖) 찬.

「達城尉(徐景霌)貞愼翁主合葬表」. 1669년 건립. '徐景霌之墓.' 부마 손자 서문상(徐文尙) 찬.

「海昌尉(顯宗駙馬)吳公(吳泰周)碣」(無篆). 1720년 건립. '吳泰周墓碣銘.' 김창흡(金昌翕) 찬.

「海昌尉(吳泰周)明安公主(顯宗三女)表」(無前). 1688년 건립.

「御筆和平翁主表」(無陰). 영조 어필.

「南領相(南在)夫人(尹氏)表」(無前). 1695년 건립. '南在之夫人尹氏之墓.' 10세손 남구만(南九萬) 찬.

「朴醉琴夫人(金氏)表」. 1516년 건립. '天安金氏之墓.'

「閔留守(閔審言)第三配張氏表」. 1708년 건립 「丹陽張夫人之墓」. 권상하(權尙夏) 찬.

「李參奉(李泰躋)室宋氏碣」. 1757년 건립. '貞敬夫人宋氏墓碣.' 권상하(權尙夏) 찬.

『금석집첩』에는 본래 여항인 묘주의 비문 탁본을 모은 책(173得)이 있었다. 이 '得책'은 서울대학교 규장각에 소장되어 있다(표 1-7참조).[163] 이것을 보면 서얼이 서얼을 위해 비지문을 지은 예, 사대부가 서얼이나 중인을 위해 비지문을 지은 예가 있었음을 알 수 있다.

---

163 藤本幸夫, 『日本現存朝鮮本研究(史部)』, 동국대학교 출판부, 2018, pp.1451-1452.

|표 1-7| 여항인 묘주의 비문 탁본

구분	『금석록』173得	『금석집첩』173得(空番) 서울대학교 규장각『금석집첩』1책(古大 4016-8)		
		비제(碑題)	비주(碑主)	찬(撰)·서(書)·전(篆)·입비(立碑) 등
1	晉州姜孝元表	晉州姜孝元墓表	姜孝元	崇禎庚戌(顯宗11年:1760)五月▽日尤齋(宋時烈)先生書. 閔鼎重書. 閔蓍重捐資立石.
2	劉村隱希慶表	劉希慶墓表陰記 貞夫人陽村許氏祔左	劉希慶 字應吉 號村隱	金昌翕撰, 申靖夏書. 崇禎甲申後五十五年戊寅(肅宗24年:1689)撰文, 後十八年乙未(肅宗41年:1715)五月▽日立.
3	劉僉使自勗表	劉自勗墓表 淑夫人慶州金氏祔右	劉自勗	崇禎甲申後七十二年乙未(肅宗41年:1715)四月平山申宅夏述. 孤[劉]泰雄書.
4	金護軍繼輝表	金繼輝墓碣銘幷序	金繼輝 字子由	權伐撰, 男[金]義信書. 順治十八年(顯宗2年辛丑:1661)▽月▽日立.
5	贈判敦權致中表	權致中墓表 贈貞敬夫人楊根咸氏祔	權致中 字汝和	[權]聖徵識. 崇禎紀元後再甲辰(景宗4年:1724) 二月▽日.
6	贈參判李龜逸表 (無陰)	李龜逸墓 贈貞夫人丹陽禹氏祔左	李龜逸 字重陽	
7	贈參判李龜逸碣	李龜逸墓碣銘幷序	李龜逸 字重陽	李龜休撰幷序. 李載厚篆. 崇禎甲申八十八年辛亥(英祖7年:1731)五月▽日立.
8	同樞李遇聖表 (無陰)	李遇聖墓表	李遇聖	
9	同樞李遇聖碣	李遇聖墓碣銘	李遇聖	李德壽撰, 曹命教幷篆書. 崇禎紀元後一百九年丙辰(英祖12年:1736)十月▽日立.
10	折衝趙興琳表 (無陰)	趙興琳墓 淑夫人梁山陳氏祔左	趙興琳 字荊甫	
11	折衝趙興琳碣	趙興琳墓碣銘	趙興琳 字荊甫	猶子[趙]顯基記, 安命說書. 崇禎紀元後一百九年再丙辰(英祖12年:1736)八月▽日, 竪于墓坐.
12	嘉善金極齡表 (無前)	金極齡墓表	金極齡 字南老	鄭來僑撰, 鄭宗周書. 崇禎紀元後三戊辰(英祖24年:1748)▽月▽日.

구분	『금석록』173得	『금석집첩』173得(空番) 서울대학교 규장각 『금석집첩』1책(古大 4016-8)		
		비제(碑題)	비주(碑主)	찬(撰)·서(書)·전(篆)·입비(立碑) 등
13	同樞皮益煥表	皮益煥墓 贈 貞夫人金海金氏祔左	皮益煥 字明瑞	鄭來僑撰, 安命說書. 崇禎紀元後三壬申(英祖28年:1752)五月▽日立.
14	嘉善玄德潤表	玄德潤墓 貞夫人昌原黃氏祔左	玄德潤 字道以 號錦谷	鄭來僑撰, 孤[玄]泰翼書. 崇禎紀元後再戊子(英祖14年:1738)三月▽日豎.
15	進士鄭敏僑表	鄭敏僑墓表 孺人原州邊氏祔左	鄭敏僑 字系通 號寒泉子	洪象漢撰. 洪樂性書. 崇禎後三己巳(英祖25年:1749)四月▽日立.
16	折衝李世億表	李世億墓碣銘幷序 淑人漢山石氏祔右	李世億 字有年	申維翰記. 前面摸東坡字陰記集金生書. 崇禎紀元後三丁丑(英祖33年:1757) 秋八月重[建].
17	贈判決金英萬表	金英萬墓表 淑夫人晉州姜氏祔左	金英萬 字汝長	金坦行撰, 金履運書. 崇禎紀元後百有三十一年戊寅(英祖34年:1756)二月▽日立.
구분	『금석록』200羊	『금석집첩』200羊 (교192羊:文官/公卿/亞卿/蔭儒/麗朝人/宗室/太醫/詩人)		
		비제(碑題)	비주(碑主)	찬(撰)·서(書)·전(篆)·입비(立碑) 등
1	太醫金知事有鉉表	金公有鉉墓 贈貞夫人濟州高氏祔墓後 貞夫人完山李氏祔左	金有鉉	南有容撰. 金致仁書. 崇禎紀元後三壬申(英祖28年:1752)▽月▽日[立].
2	詩人洪滄浪世泰表	詩人滄浪洪公世泰之墓	洪世泰	趙顯命撰. 曹命敎書. 崇禎紀元後三戊辰(英祖24年:1748)▽月▽日立.

〈부록〉 『금석집첩』 및 『금석속첩』 수록 탁본 2,081점

- 표기 형식: [천자문 순 일련번호(교토대학 신–정리번호:서근(書根) 기록 내용)–수록 탁본 수] 탁본명. 탁본명은 『금석록』의 기재 방식을 고려하여, 비와 비명, 갈과 갈명, 지와 지명을 구분하지 않는다.
- * 표시는 현재 소장처 불명의 책을 가리키고, # 표시는 교토대학 신–정리번호가 천자문 순을 존중하지 않아서 어그러진 예이다. ❖ 표시는 석비나 비지에 속하지 않는 예이다.
- 비제와 지제는 비주(묘주)를 명시하되 간결한 표지를 사용한다.

[001天(교001天:前朝殿陵/本朝穆翼度三王陵)–12] 崇仁殿碑. 箕子宮舊基碑. 新羅始祖王墓碑. 東明王碑(無陰). 首露王陵碑. 首露王妃許氏陵碑. (本朝)穆王德陵碑(無陰). 孝妃安陵碑(無陰). 翼王智陵碑(無陰). 貞妃淑陵碑(無陰). 度陵義陵碑(無陰). 敬妃純陵碑(無陰).

[002地(교002地:桓祖陵/列祖御述)–12] 桓王定陵神道碑. 諸陵塋四至記. 太祖誕生舊里碑(無陰). 御製黑石里碑陰記. 太祖潛邸下馬碑. 太祖讀書堂重建碑. 穆淸殿碑. 敬德宮碑. 敬德宮碑(2). 駐蹕神井記. 北關御筆別諭碑. 延曙別墅御製碑.

[003玄(교003玄:十陵表/光州王子碑/閔氏先墓碑)–12] 宣祖穆陵表. 莊烈王后徽陵表. 端懿王后惠陵表. 定宗厚陵表. 文宗顯陵表. 世祖光陵表. 德宗敬陵表. 睿宗昌陵表. 成宗宣陵表. 中宗靖陵表. 光州新羅王子遺墟碑. 閔氏先墓記事碑.

[004黃(교004黃:八陵表/世子嬪/世孫)–13] 章敬王后禧陵表. 文定王后泰陵表. 仁宗大王孝陵表. 明宗大王康陵表. 元宗大王章陵表. 顯宗大王崇陵表. 肅宗大王明陵表. 光烈仁敬王后表. 仁元王后表. 孝章世子翼陵表. 孝純賢嬪墓誌. 懿昭世孫墓表. 懿昭世孫墓誌.

[005宇(교005宇:英陵/懿陵/雙亭/文會/御製懸板)–6] 世宗英陵碑. 景宗懿陵表. 雙樹亭紀蹟碑. 文會書院碑. ❖望廟樓御製懸板. ❖耆所綸音懸板.

[006宙(교006金石續帖宙)–7] 思陵表. 元陵表. 弘陵徐氏表. 永陵趙氏表. 健陵表. 孝昌墓表. 孝昌墓碑.

[007洪(교007金石續帖洪)-6] 仁顯聖后誕降舊基碑. 淨業院舊基碑. 黔巖紀蹟碑. 咸興
兩聖誕降舊基碑. ❖御製望廟樓懸板. ❖御製紀懷懸板.

[008荒(교008荒:嬪/王子君/大君/宗室/金監察/金貴人)-12] 仁嬪金氏神道碑. 敬惠仁
嬪順康園表. 贈慶嬪李氏墓. 義昌君墓表. 義昌君贈諡敬憲神道碑. 德源君昭簡公
表. 月山大君夫人朴氏表. 齊安大君神道碑. 王子錦原君碣. 淸渠守(李蕙)表. 金監
察(金漢佑)神道碑. 貴人金氏表(陰記).

[009日(교009日:宗臣)-13] 撫安大君(李芳蕃)神道碑. 誠寧大君(李褈)神道碑. 永膺大
君(李琰)神道碑. 月山大君(李婷)神道碑. 利城君(李慣)神道碑. 永昌大君神道碑.
寧平君(李耆)表. 寧平君(李耆)碣. 蓬萊君(李炯胤)表(無陰). 蓬萊君(李炯胤)碣(無
篆). ❖孝廟祭麟坪大君文.

[010月(교010月:大君/王子/宗室)-16] 讓寧大君表(無陰). 孝寧大君表(無陰). 桂陽君
表. 桂陽君碑銘(無篆). 桂陽君夫人韓氏表. 密城君(李琛)神道碑. 仁城大君(李冀)
表(無陰). 順平君(李懷)神道碑. 坡林君(李珣)神道碑. 秀泉君(李貞恩)碣. 渾溪先生
(李琯)碣. 咸川君(李億載)表. 綾原大君(李俌)神道碑. 林原君(李杓)碣. 礪原君(李
柱)碣. 昌善君(李椙)表.

[011盈(교011盈:仁城/仁興/檜原)-4] 仁城君(李珙)表(無陰). 仁城君(李珙)碣. 仁興君
(李瑛)神道碑. 檜原君(李倫)碣.

[012昃(교012昃:大君/王子君/宗英)-7] 麟坪大君(李㴭)神道碑. 麟坪大君(李㴭)墓誌.
樂善君(李潚)神道碑. 樂善君(李潚)表. 延齡君(李昍)表. 延齡君(李昍)神道碑. 靈原
君(李橝)表.

[013辰(교013金石續帖辰:無)-3] 靈原君(李橝)碣. 景陽君(李壽環)表(無陰). 成宜嬪(文
孝世子母)表.

◇ **本宗先世 傍親** (宿-收)

[014宿(교014宿:先世)-8] 金谷(金灌)舊表. 金谷(金灌)表. 天龍(金友曾)表. 處士府君
(金潤)表. 執義府君(金繼)碣. 高祖贈吏判府君(金仁伯)碣. 曾王考沙川先生(金克
亨)神道碑. 曾王考沙川先生(金克亨)碑陰記.

[015列(교015列:祖考以下四世)-7] 王考觀察公(金澄)表. 王考觀察公(金澄)神道碑. 先
考忠憲公(金構)表. 先考忠憲公(金構)神道碑. 右議政忠憲金公(金構)表. 右議政忠
憲金公(金構)神道碑. 伯氏參判公(金希魯)表. 亡姪侍直(金致萬)表. ❖題格浦壁上

(金構).

[016張(교016張:僉齋碑表/㣧相)-3] 文敬公僉齋先生(金楺)神道碑. 文敬公僉齋先生
(金楺)表. 堂從故左相(金若魯)表.

[017寒(교017寒:傍親)-12] 伯從高(金忠伯)祖母閔氏表. 仲從高祖(金孝伯)表. 伯從曾
祖(金益礪)表. 仲從曾祖(金克孚)表. 從祖同敦寧公(金洵)表. 行熙川郡守公(金友
孟)表. 承仕郎金公(金汝明)表. 司猛金公(金欣孫)表. 工曹參議金公(金蘭龡)表. 茂
朱府使金公(金述魯)表. 茂朱府使金公(金述魯)碣. 從姪進士(金致永)表.

[018來(교018金石續帖來:無)-9] 金谷(金灌)重建表. 公山(金義之)表(無陰). 天龍(金理)
表(無陰). 黃金谷(淑人宜寧南氏)表. 方憂洞(金克誠)表(無陰). 清平府君(金友曾)神
道碑. 鷲湖處士府君(金潤)表(無陰). 大護軍(金汝光)表. 虞侯府君(金崇義)表.

[019暑(교019金石續帖暑:無)-8] 贈執義府君(金繼)表. 金谷贈判書府君(金仁伯)舊表.
安東權氏(金仁伯妻)表. 五峰(金仁伯妻)安東權氏墓碣. 綾巖贈左贊成金公(金克亨)
表(無陰). 夢村床石刻字. *坎止堂懸板. 沙川清風金氏墓門碑. [*貞敬李夫人壙. *
忠憲金相公壙―2편 광지는 목록에만 있음]

[020往(교020金石續帖往:蘇泠)-5] 蘇山忠靖清沙(金在魯)表. 掌樂院正金公(金致一)
表. 冷泉魂石識(金若魯表). 金公(金鍾純)表. 僉漢俊妻金氏(金鍾秀女)誌.

[021秋(교021金石續帖秋:無)-9] 金溝公(金琇)表(無陰). 萬戶公(金紀)表(無陰). 孝子贈
參議公(金繼)碣. 厚齋公(金榦)表(無陰). 卜竹洞(妻子清風金楺姉)表. 白川公(金枋)
碣. 寶成公(金柩)表. 監司公(金致垕)表. 再從叔淵淵(金若淵)表.

[022收(교022金石續帖收:無)-5] 雙山判書府君(金取魯)表. 礪山府從祖(金必魯)表. 鞍
峴(金致仁)表. 龜山(金致彦)表. 粉土洞(金致儉)表.

◇ 先賢 學問

[023冬(교023冬:先賢)-6] 安文成(安珦/裕)神道碑. 圃隱(鄭夢周)神道碑. 靜庵(趙光祖)
神道碑. 冶川(朴紹)神道碑. 花潭(徐敬德)神道碑. 龍門(趙昱)碣.

[024藏(교024藏:先賢/學問)-17] 祭酒禹先生(禹倬)表. 冶隱(吉再)表(無陰). 冶隱(吉再)
砥柱碑陰. 朴弘信夫人驪興閔氏(閔尹曄女)表. 金江湖(金叔滋)表. 令人朴氏(金叔
滋配)表. 佔畢齋(金宗直)表. 佔畢齋(金宗直)神道碑. 佔畢齋(金宗直)加贈復謚後
碣. 慕齋(金安國)神道碑. 思齋(金正國)表. 松堂(朴英)表(無陰). 松溪(申季誠)表.
松溪(申季誠)閭表碑. 龍岩(朴雲)表(無陰). 耻齋(洪仁祐)表. 習靜(閔純)碣.

[025閏(교025閏:先賢)-7] 寒暄(金宏弼)神道碑. 一蠹(鄭汝昌)神道碑. 退溪(李滉)碣. 栗
谷(李珥)神道碑. 牛溪(成渾)神道碑. 旅軒(張顯光)表. 旅軒(張顯光)神道碑.

[026餘(교026餘:學問/文臣)-7] 迂拙子(朴漢柱)閭表碑. 梅溪(曹偉)表. 江叟(朴薰)神道
碑. 江叟(朴薰)大谷(成運)所撰舊碣. 冲齋(權橃)神道碑. 圭庵(宋麟壽)表(無陰). 愼
齋(周世鵬)神道碑.

[027成(교027成:先賢碑碣/書院碑)-6] 晦齋(李彦迪)神道碑. 一齋(李恒)表. 一齋(李恒)
碣(無篆). 黃山書院碑. 忠賢書院事蹟碑. 忠賢書院追配事實碑.

[028歲(교028歲:先賢/學逸)-10] 南冥(曹植)表. 南冥(曹植)神道碑. 黃江(李希顔)表. 東
洲(成悌元)表. 秋巒(鄭之雲)碣. 龜峰(宋翼弼)表. 孤青(徐起)碣(無篆). 峒隱(李義
健)碣. 洗馬權公(權克中)表(無陰). 洗馬權公(權克中)碣(無篆).

[029律(교029律:先賢/學問)-5] 重峰(趙憲)表. 重峰(趙憲)神道碑. 寒岡(鄭逑)神道碑.
芝山(曹好益)神道碑. 挹淸(朴嗣宗)碣.

[030呂(교030呂:先賢)-7] 沙溪(金長生)神道碑. 沙溪(金長生)表. 愼獨齋(金集)表. 愼獨
齋(金集)神道碑. 尤庵(宋時烈)表. 同春(宋浚吉)表. 玄石(朴世采)表(無陰).

[031調(교031調:學問)-10] 眞樂堂(金就成)表. 監司金公(金就文)表(無陰). 介庵(姜翼)
表. 竹川(朴光前)碣. 松巢(權宇)表. 賁趾(南致利)表. 松庵(金沔)表. 嶧陽(鄭惟明)
神道碑. 大庵(朴惺)碣. 櫟峰(李介立)碣.

[032陽(교32陽:學問/文臣)-5] 大司憲孔公(孔瑞麟)表(無陰). 河西(金麟厚)神道碑. 白
麓(辛應時)神道碑. 愚伏(鄭經世)表. 愚伏(鄭經世)神道碑.

[033雲(교033雲:學問/文臣/林林公/愼樂公)-12] 嘯皐(朴承任)表. 嘯皐(朴承任)碣(無
篆). 高峰(奇大升)表. 杜谷(高應陟)表. 柏潭(具鳳齡)表(無陰). 草堂(許曄)神道碑.
鶴峰(金誠一)墓傍石記. 桐溪(鄭蘊)表. 晚悔(權得己)表(無陰). 晚悔(權得己)碣. 樂
水齋(愼權)碣. 林谷(林眞怤)神道碑.

[034騰(교034騰:學外)-10] 月川(趙穆)表. 艮齋(李德弘)表. 樂齋(徐行遠)表(無陰). 樂
齋(徐行遠)碣. 蘆坡(李屹)表. 晚全(洪可臣)神道碑. 復泉(姜鶴年)表. 炭翁(權諰)表.
炭翁(權諰)碑陰. 美村(尹宣擧)表.

[035致(교035致:學問/文臣)-6] 同成均尹公(尹倬)神道碑. 晚退(申應榘)碣. 守夢(鄭曄)
神道碑. 市南(俞棨)表. 農巖(金昌協)表(無前). 芝村(李喜朝)表.

[036雨(교036雨:學問)-14] 集賢提學尹公(尹祥)神道碑. 崔少尹(崔得之)表. 崔烟村(崔

德之)表. 軍資正永山金公(金覺)表. 房副司直(房漢傑)表. 房副司直(房漢傑)碣. 沙溪房公(房應賢)表(無陰). 沙溪房公(房應賢)碣. 佐郎成公(成灠)碣. 金監察(金東準)表. 于郊堂(具致用)碣. 于郊堂(具致用)表. 拙修齋(趙聖期)表. 崔翊衛(崔徽之)表.

[037露(교037金石續帖露:無)-2] 御筆御製尤庵(宋時烈)表. 亮谷(李亮吉)碣.

◇ 死節 節義

[038結(교038結:死節)-9] 壯節申公(申崇謙)忠烈碑. 水使李公(李大源)神道碑. 申巡邊使(申砬)碣. 李忠武(李舜臣)神道碑. 李舜臣後孫碑. 存齋(郭越)神道碑. 咸興彰義祠碑. 淸興君李公(李重老)表. 貞武崔公(崔震立)旌閭碑.

[039爲(교039爲:死節)-7] 東萊南門碑. 趙咸陽(趙宗道)神道碑. 金義州(金汝岉)神道碑. 元忠壯(元豪)表. 金忠武(金應河)表(無陰). 洪忠烈(洪命耈)神道碑. 李忠愍(李鳳祥)神道碑.

[040霜(교040霜:節義)-12] 高麗徐掌令(徐甄)表(無前). 廣陵李公(李養中)表. 金直學(金若時)表(無前). 河丹溪(河緯地)表. 李順興(李甫欽)遺墟碑. 漁溪(趙旅)神道碑. 鄭副學(鄭弘翼)表(無前). 鄭公(鄭澤雷)碣(無篆). 金忠簡公(金權)表. 金大憲(金德誠)表. 金大憲(金德誠)神道碑. 李參判(李愼儀)表.

[041金(교041金:節義)-5] 花浦洪忠正公(洪翼漢)碣. 竹窓(李時稷)表(無陰). 竹窓(李時稷)碣. 判書李公(李尙吉)神道碑. 忠顯宋公(宋時榮)碣.

[042生(교042生:節義)-7] 都正沈公(沈誽)表. 都事權公(權順長)表(無陰). 持平金公(金益謙)表. 弼善鄭公(鄭百亨)碣(無篆). 尹公(尹棨)殉節碑. 忠正吳公(吳斗寅)神道碑. 忠肅李公(李世華)表(無陰).

[043麗(교043麗:死節)-8] 韓川君李公(李義培)神道碑. 南忠壯公(南以興)神道碑. 柳鐵原(柳秩)表(無前). 金成川(金琋)碣. 大明忠臣(李士龍)表. 韓氏鄭氏雙節碑. 烈女(鍊玉)碑. 晉妓(論介)義岩碑.

[044水(교044水:死節人祠墟墓)-6] 安州忠愍祠(南以興)碑. 江華忠烈祠碑. 仙源(金尙容)殉義碑. 宋訓正(宋大立)碣. 宋洪原(宋湛)碣. 南羅州(南瑜)碑銘.

◇ 相臣

[045玉(교045玉:相臣一)-9] 靑城伯(沈德符)神道碑. 昌寧府院君(成汝完)表(無陰). 領相成公(成石璘)表. 領相韓公(韓尙敬)表. 翼成黃公(黃喜)神道碑. 右相盧公(盧閈)神道碑(無篆). 右相盧公(盧閈)碑陰記. 文敬許公(許稠)表. 左相南公(南智)神道碑.

[046出(교046出:國初相臣二)-7] 文度閔公(閔霽)表(無陰). 平度朴公(朴訔)碑(無篆). 容軒(李原)神道碑. 夏亭(柳寬)表. 文僖申公(申槩)神道碑. 襄節韓公(韓確)神道碑. 文憲朴公(朴元亨)表(無前).

[047崑(교047崑:相臣三)-12] 領相皇甫公(皇甫仁)表. 左相節齋金公(金宗瑞)表. 領相鄭公(鄭麟趾)表. 領相鄭公(鄭昌孫)神道碑. 領相姜公(姜孟卿)神道碑. 領相申公(申叔舟)神道碑. 左相權公(權擥)表. 右相李公(李仁孫)表. 領相黃公(黃守身)神道碑. 領相沈公(沈澮)神道碑. 左相金公(金礩)神道碑. 領相尹公(尹子雲)神道碑.

[048崗(교048崗:相臣四)-8] 左相金公(金國光)表. 左相金公(金國光)神道碑. 右相韓公(韓伯倫)神道碑(無篆). 右相尹公(尹士昕)神道碑. 左相洪公(洪應)神道碑. 領相李公(李克培)神道碑. 領相盧公(盧思愼)神道碑. 左相許公(許琮)神道碑.

[049劍(교049劍:相臣五)-10] 右相尹公(尹壕)碑銘. 領相愼公(愼承善)表(無陰). 右相鄭公(鄭佸)表. 右相鄭公(鄭文炯)表. 領相柳公(柳洵)碣陰. 領相金公(金壽童)神道碑. 領相朴公(朴元宗)神道碑. 領相柳公(柳順汀)碑陰記. 領相成公(成希顏)神道碑. 領相宋公(宋軼)神道碑.

[050號(교050號:相臣六)-10] 文翼鄭公(鄭光弼)神道碑. 左相金公(金應箕)表. 左相申公(申用漑)神道碑. 領相金公(金詮)神道碑. 右相權公(權鈞)神道碑. 左相李公(李荇)表. 領相韓公(韓效元)神道碑. 領相尹公(尹殷輔)神道碑. 領相洪公(洪彥弼)神道碑. 右相金公(金克成)神道碑.

[051巨(교051巨:相臣七)-9] 領相尹公(尹仁鏡)神道碑. 右相成公(成世昌)神道碑. 領相沈公(沈連源)神道碑. 領相成安尙公(尙震)神道碑. 左相安公(安玹)神道碑. 領相李公(李浚慶)表(無陰). 左相李公(李蓂)神道碑. 領相權公(權轍)表(無陰). 右相閔公(閔箕)神道碑.

[052闕(교052闕:相臣八)-7] 領相洪公(洪暹)神道碑. 領相李公(李鐸)神道碑. 蘇齋(盧守愼)自表. 右相姜公(姜士尙)神道碑. 林塘(鄭惟吉)神道碑. 右相沈公(沈守慶)碣(自撰). 左相兪公(兪泓)神道碑.

[053珠(교053珠:相臣九)-3] 完平(李元翼)表. 完平(李元翼)神道碑. 漢陰(李德馨)神道碑.

[054稱(교054稱:相臣十)-6] 左相金公(金命元)神道碑. 左相沈公(沈喜壽)表. 左相許公(許頊)表. 右相韓公(韓應寅)神道碑. 水竹(鄭昌衍)神道碑. 象村(申欽)神道碑.

[055夜(교055夜:相臣十一)-3] 月沙(李廷龜)神道碑. 仙源(金尙容)神道碑. 領相李公(李

112

聖求)神道碑.

[056光(교056光:相臣十二)-2] 鶴谷(洪瑞鳳)神道碑. 遲川(崔鳴吉)神道碑. [*白軒(李景
奭)表-표지에 저록].

[057果(교057果:相臣十三)-5] 谿谷(張維)神道碑. 谿谷(張維)表. 領相申公(申景禛)神
道碑. 白江(李敬輿)神道碑. 右相徐公(徐景雨)表.

[058珍(교058珍:相臣十四)-8] 淸陰(金尙憲)表. [*淸陰(金尙憲)碑-표지에 저록]. 陽坡
(鄭太和)碣(無篆). 潛谷(金堉)神道碑. 左相南公(南以雄)表(無陰). 延陽(李時白)表.
右相韓公(韓興一)表(無陰). 領相沈公(沈之源)神道碑. 原平(元斗杓)表.

[059李(교059李:相臣十五)-9] 文谷(金壽恒)表(無前). 退憂(金壽興)表. 左相鄭公(鄭知
和)表(無前). 右相李公(李浣)神道碑. 右相李公(李浣)表. 右相鄭公(鄭載嵩)表(無
前). 左相李公(李端夏)表. 右相李公(李翻)表(無陰).

[060奈(교060奈:相臣十六/老峰父子)-4] 老峯(閔鼎重)表. 老峯(閔鼎重)神道碑. 文孝閔
公(閔鎭長)神道碑. 文孝閔公(閔鎭長)表.

[061榮(교061榮:相臣十七)-4] 領相呂公(呂聖齊)神道碑. 領相柳公(柳尙運)碣. 右相申
公(申翼相)神道碑. 領相徐公(徐文重)表.

[062重(교062重:相臣十八)-6] 雩沙(李世白)神道碑. 平川(申琓)表(無前). 睡谷(李畬)
表. 晚靜(徐宗泰)表. 晚靜(徐宗泰)神道碑. 右相趙公(趙相愚)神道碑.

[063芥(교063芥:相臣十九)-6] 領相致仕崔公(崔奎瑞)表. 日休亭(李觀命)表. 領相洪公
(洪致中)表. 陶谷(李宜顯)表. 左相李公(李台佐)神道碑. 左相李公(李台佐)表.

*[064薑-6] 領議政皇甫公(皇甫新)表. 完南李公表(二). 夢窩金公表(無陰). 左議政徐公
(徐命均)表. 領議政李公(李天輔)表. 領議政韓公(韓翼謨)表.

◇ 正卿

[065海(교064海:正卿)-11] 陽村(權近)神道碑. 陽村(權近)表(無陰). 知敦寧姜公(姜碩
德)表. 文襄梁公(梁誠之)神道碑. 文安成公(成任)神道碑(陰記). 文惠成公(成健)神
道碑. 翼惠鄭公(鄭蘭宗)神道碑. 領樞盧公(盧公弼)表. 胡簡李公(李蓀)神道碑. 文
貞孫公(孫舜孝)神道碑. 判敦寧沈公(沈決)表(無陰).

[066鹹(교065鹹:正卿)-12] 剛武南公(南誾)表. 河兵判(許自宗)表. 刑判文景鄭公(鄭欽
之)表(無前). 吏判文良洪公(洪汝方)表(無陰). 禮判田公(田可植)表. 知中樞平靖李
公(李約東)神道碑. 工判恭莊卞公(卞宗仁)神道碑. 參贊安昭李公(李塤)表. 文敬金

公(金禮蒙)表(無陰). 贊成文良姜公(姜希孟)神道碑. 文胡李公(李坫)表(無陰). 文胡李公(李坫)神道碑.

[067河(교066河:正卿)-8] 左贊成鄭公(鄭易)神道碑. 連城郡金公(金定卿)表. 成禮判(成石因)表. 月川君金公(金吉通)表. 西平君韓公(韓繼禧)神道碑. 安工判(安琛)神道碑. 李戶判(李自堅)碣. 潘刑判(潘碩枰)碣.

[068淡(교067淡:正卿)-8] 平簡韓公(韓雍)表. 文節金公(金淡)神道碑. 文孝魚公(魚孝瞻)神道碑. 恭安金公(金謙光)神道碑. 貞夫人陳氏(金謙光夫人)表. 月城君孫公(孫仲暾)表. 敬憲李公(李繼孫)碑銘. 黃判書(黃士祐)表.

[069鱗(교068鱗:正卿)-8] 李刑判(李克堪)表(無陰). 聾巖(李賢輔)表(無陰). 聾巖(李賢輔)神道碑. 蔡左參贊(蔡世英)神道碑. 沈左參贊(沈光彦)神道碑. 沈左參贊(沈光彦)神道碑. 宋左參贊(宋麒壽)神道碑. 竹厓(任說)神道碑.

[070潛(교069潛:正卿)-10] 虛白(洪貴達)神道碑. 平原君(李季男)神道碑. 延昌府院君(金勘)神道碑. 昌寧君(曹繼商)神道碑. 平靖金公(金克愊)神道碑. 恭胡尹公(尹思翼)神道碑. 金左參贊(金麟孫)神道碑. 文節申公(申鏛)神道碑. 企齋(申光漢)表(無陰). 貞憲任公(林權)神道碑(無篆).

[071羽(교070羽:正卿)-8] 陽谷(蘇世讓)神道碑. 陽谷(蘇世讓)夫人曹氏表. 尹贊成(尹任)神道碑. 丁兵判(丁玉亨)神道碑. 忠景曹公(曹光遠)表. 忠景曹公(曹光遠)神道碑. 閔贊成(閔齊仁)神道碑. 休庵(白仁傑)神道碑.

[072翔(교071翔:正卿)-8] 柳工判(柳辰仝)神道碑. 安匡李公(李名珪)神道碑. 貞簡趙公(趙彦秀)神道碑. 恭簡愼公(愼居寬)神道碑. 夷簡申公(申瑛)神道碑. 參贊魚公(魚季瑄)神道碑. 貞簡任公(任虎臣)神道碑. 文景朴公(朴忠元)神道碑. [*李右參贊(李夢亮)碑-표지에 저록]

[073龍(교072龍:正卿)-6] 正獻李公(李潤慶)神道碑. 忠靖丁公(丁應斗)神道碑. 芝川(黃廷彧)神道碑. 五峯(李好閔)神道碑. 拙翁(洪聖民)神道碑. 靑林君沈公(沈忠謙)神道碑.

[074師(교073師:正卿)-9] 忠貞鄭公(鄭大年)神道碑. 忠貞鄭公(鄭大年)碑陰記. 貞孝洪公(洪曇)神道碑. 贊成朴公(朴大立)神道碑. 靖憲鄭公(鄭宗榮)神道碑. 菊磵(尹鉉)表. 菊齋(李希儉)神道碑. 貞堅奇公(奇大恒)表. 孝翼李公(李俊民)神道碑.

[075火(교074火:正卿)-8] 李禮判(李友直)表(無陰). 八谷(具思孟)神道碑. 肅簡金公(金

添慶)神道碑(碑陰記). 朴兵判(朴啓賢)表(無陰). 知中樞許公(許潛)神道碑. 月川君
(李廷馣)神道碑. 淸川君(韓準)神道碑. 岳麓(許筬)表.

[076帝(교075帝:正卿)-11] 月汀(尹根壽)表(無陰). 松庵(權徵)表(無陰). 松庵(權徵)碣.
坡谷(李誠中)表. 漆溪君尹公(尹卓然)表(無陰). 盧兵判(盧稷)表. 栗軒(韓明勗)表
(無前). 碧梧(李時發)神道碑. 碧梧(李時發)夫人申氏表. 金兵判(金履元)神道碑. 府
院君忠定李公(李貴)神道碑.

[077鳥(교076鳥:正卿)-10] 西川府院君忠翼鄭公(鄭崑壽)表(無陰). 府院君兼吏判李公
光庭碑. 忠貞權公(權悏)表. 昭敏(趙存性)神道碑. 藥峰(徐渚)神道碑. 少陵(李尙毅)
神道碑. 少陵(李尙毅)表(無陰). 貞敏張公(張雲翼)表(無陰). 貞敏張公(張雲翼)神道
碑. 尹知樞(尹昕)表.

[078官(교077官:國舅/正卿)-5] 柳川(韓浚謙)神道碑. 錦溪君(朴東亮)神道碑. 忠定張公
(張晩)神道碑. 竹泉(李德)表. 柳判尹(柳自新)神道碑.

[079人(교078人:正卿)-8] 芝峰(李睟光)神道碑. 沙西(金湜)神道碑. 權刑判(權盼)表. 李
戶判(李溟)神道碑. 睦忠貞(睦叙欽)神道碑. 李忠貞(李顯英)神道碑. 韓禮判(韓汝
溭)表(無陰). 韓禮判(韓汝溭)碣.

[080皇(교079皇:正卿)-7] 濟谷(鄭廣成)神道碑. 李孝敏(李景稷)神道碑. 李知中樞(李
垌)碣(無篆). 韓刑判(韓仁及)表(無陰). 韓刑判(韓仁及)碣. 閔肅敏(閔聖徽)表. 閔肅
敏(閔聖徽)神道碑.

[081始(교080始:正卿)-5] 荷潭(金時讓)神道碑. 豊寧君(洪霶)神道碑. 趙忠靖(趙啓遠)
表. 趙忠靖(趙啓遠)神道碑. 雪峯(姜栢年)表.

[082制(교081制:正卿)-4] 孝簡沈公(沈誢)神道碑. 白洲(李明漢)神道碑. 尹吏判(尹絳)
神道碑. 靑湖(李一相)神道碑.

[083文(교082文:正卿)-7] 貞敏南公(南銑)神道碑. 澤堂(李植)表. 龍洲(趙絅)表. 滓溟
(尹順之)表. 李吏判(李景曾)表(無陰). 玄溪(朴遾)神道碑. 滄洲(金益熙)神道碑.

[084字(교083字:正卿)-7] 孝簡李公(李正英)神道碑. 東里(李殷相)表(無陰). 東里(李殷
相)神道碑. 翼正尹公(尹墀)神道碑. 汾厓(申晸)表(無陰). 農齋(李翊)表. 西河(李敏
叙)表(無前).

[085乃(교084乃:正卿)-7] 李禮判(李之翼)表. 金貞穆(金禹錫)神道碑. 洪貞翼(洪萬朝)
表. 洪貞翼(洪萬朝)兩朝恩褒碑. 李貞翼(李光夏)表. 尹孝獻(尹世紀)表(無陰). 尹兵

判(尹趾仁)神道碑.

[086服(교085服:正卿)-4] 水村(任堕)表. 游齋(李玄錫)神道碑. 光恩君(金鎭龜)表(無前). 癯溪(權尙游)神道碑.

[087衣(교086衣:正卿)-4] 朴吏判(朴權)表. 趾齋(閔鎭厚)表. 趾齋(閔鎭厚)神道碑. 歸樂堂(李晩成)神道碑.

[088裳(교087裳:正卿)-3] 徐禮判(徐文裕)神道碑. 玉吾齋(宋相琦)神道碑. 權參纂(權憘)表.

[089推(교088推:正卿)-4] 趙刑判(趙正萬)神道碑. 金禮判(金始煥)神道碑. 李吏判(李箕鎭)表. 朴兵判(朴文秀)表.

[090位(교089金石續帖位:無)-4] 崔知議政(崔雲海)表. 元判書(元景夏)表. 金判尹(金元澤)表. 李判書(李益輔)表.

◇ 亞卿

[091讓(교090讓:亞卿)-12] 睦戶判(睦進恭)表(無前). 睦戶判(睦進恭)夫人表附. 戶曹典書崔公(崔龍起)神道碑. 權刑判(權克和)表(無前). 京畿監司沈公(沈璿)表. 朴禮判(朴葵)表. 權大司憲(權健)神道碑. 權戶判(權景祐)神道碑(夫人魚氏追記). 朴刑判(朴光榮)碣. 松石(崔命昌)神道碑. 韓大司憲(韓淑)神道碑. 朴大司憲(朴應福)神道碑.

[092國(교091國:亞卿)-16] 靑坡(李陸)神道碑. 朴工判(朴信生)表(無陰). 金大司憲(金之慶)表. 南禮判(南世健)表(無陰). 南禮判(南世健)碑銘. 南吏判(南世準)表(無陰). 南禮判(南應雲)表(無陰). 朴吏判(朴三吉)表. 曹大司憲(曹淑沂)碑銘(無篆). 思蕭(成世純)神道碑. 李戶判(李塏)碣. 李禮判(李瀣)表. 金戶判(金弘胤)碣(無篆). 柳大司憲(柳景深)表. 柳大司憲(柳景深)碣(無篆). 金大司憲(金功)表(無陰).

[093有(교092有:亞卿)-11] 申工判(申檣)表(無陰). 開城副留守閔公(閔審言)表. 崔吏判(崔致雲)表. 崔大司憲(崔應賢)表. 李觀察使(李蓄)表. 尹工判(尹玉)神道碑. 鄭大司憲(鄭裕)表(無陰). 鄭大司憲(鄭裕)碣. 黃大司憲(黃佑漢)表. 呂右尹(呂裕吉)碑銘. 閔工判(閔汝任)表.

[094虞(교093虞:亞卿)-9] 李參判(李瓊仝)表. 六峯(朴祐)表(無陰). 蒼石(李埈)表. 黙齋(吳百齡)表(無陰). 黙齋(吳百齡)碣(無篆). 畸翁(鄭弘溟)表. 咸鏡監司柳公(柳永立)表. 行全羅監司柳公(柳穡)表. 贈吏議柳公(柳世憲)碣.

[095陶(교094陶:亞卿)-7] 曹參判(曹倬)神道碑. 九畹(李春元)神道碑(無篆). 玄谷(鄭百

116

昌)表(無陰). 玄谷(鄭百昌)碣(無篆). 東江(呂爾徵)神道碑. 金吏判(金槃)神道碑. 姜監司(姜弘重)神道碑.

[096唐(교095唐:亞卿)-6] 崔參判(崔應龍)表. 睦參判(睦詹)神道碑. 朴參判(朴彝叙)神道碑. 睦參判(睦長欽)神道碑. 竹陰(趙希逸)神道碑. 任參判(任絖)神道碑.

[097吊(교096吊:亞卿)-10] 海峯(洪命元)表(無陰). 海峯(洪命元)碣(無篆). 咸鏡監司李公(李昌庭)神道碑. 李參判(李民宬)表. 鄭吏判(鄭廣敬)表. 咸鏡監司沈公(沈演)表(無陰). 咸鏡監司沈公(沈演)碣(無篆). 李吏判(李時術)表. 柳禮判(柳淰)碣(無篆). 鄭禮判(鄭萬和)碣(無篆).

[098民(교097民:亞卿)-7] 靑雲君(沈命世)神道碑. 平安監司李公(李袨)神道碑. 李大司憲(李昪)神道碑. 曹工判(曹文秀)神道碑. 咸鏡監司徐公(徐元履)表. 平安監司沈公(沈澤)表. 平安監司沈公(沈澤)碣.

[099伐(교098伐:亞卿)-7] 朴兵判(朴簹)神道碑(無篆). 朴吏判(朴炡)表(無陰). 京畿監司洪公(洪處厚)表. 京畿監司洪公(洪處厚)神道碑. 曹禮判(曹漢英)神道碑. 平安監司李公(李泰淵)表. 平安監司元公(元萬里)表(無陰).

[100罪(교099罪:亞卿)-10] 玄洲(李昭漢)神道碑. 兪大司憲(兪㯙)神道碑. 兪公(兪㯙)望柱所刻挽詞別章. 同敦寧姜公(姜善餘)神道碑. 金禮判(金始振)表(無陰). 兪戶判(兪㻶)表. 安豊君(金得臣)表. 安禮判(安績)碣. 完陵君(崔俊亮)碣. 谷雲(金壽增)表(無前).

[101周(교100周:亞卿)-6] 李工判(李慣)表. 元右尹(元萬春)碣. 金刑判(金益勳)神道碑. 宋吏判(宋光淵)神道碑. 行都承旨金公(金載顯)神道碑. 金兵判(金萬埰)表.

[102發(교101發:亞卿)-8] 趙大司憲(趙泰東)神道碑. 宋戶判(宋徵殷)神道碑. 洪禮判(洪禹傳)表. 開城留守宋公(宋正明)表. 李戶判(李雨臣)表. 李戶判(李雨臣)神道碑. 李戶判(李命熙)碣. 閔禮判(閔亨洙)表.

[103殷(교102金石續帖殷:無)-4] 林少尹(林鳳)表(無陰). 李參判(李延孫)表. 咸豊府院君(李效元)碣. 洪參判(洪禹傳)神道碑.

[104湯(교103湯:文堂上)-19] 崔副提學(崔萬理)表(無陰). 洪吏議(洪瀚)表(無陰). 洪公吏議(洪瀚)碣(無篆). 閔承旨(閔悰)表(無陰). 閔承旨(閔悰)碣. 朴吏議(朴世蓊)碣(無篆). 滿浦僉使沈公(沈思遜)神道碑. 沈副提學(沈思順)碣. 洪監司(洪春卿)表(無陰). 洪監司(洪春卿)碣(無篆). 李參議(李元孫)表(無陰). 李參議(李元孫)碣. 金僉樞

(金魯)表(無陰). 金斂樞(金魯)碣. 閔監司(閔起文)表(無陰). 閔監司(閔起文)碣(無篆). 李監司(李之信)神道碑. 南參議(南應龍)碑銘. 安監司(安宗道)碑銘.

[105坐(교104坐:文堂上)-18] 永興府使柳公(柳濱)表. 曹副提學(曹尙治)表(無陰). 曹副提學(曹尙治)碣(無篆). 崔禮參(崔漢禎)神道碑. 全羅監司李公(李世貞)碣. 黃海監司李公(李世仁)表. 黃海監司李公(李世仁)望柱所刻挽詞. 忠清監司李公(李德崇)表(無陰). 鄭吏參(鄭忠樑)碣. 洪副提學(洪泂)表(無篆). 洪副提學(洪泂)碣(無篆). 朴副提學(朴閨卿)碣(無篆). 楊州牧使李公(李夔)表. 蘇大司諫(蘇世良)表(無前). 江原監司李公(李仲樑)表(無陰). 江原監司李公(李仲樑)碣(無篆). 郭承旨(郭赳)表. 金副提學(金宇宏)表.

[106朝(교105朝:文堂上)-15] 宋副提學(宋應洵)表(無陰). 趙護軍(趙應祿)墓床石所刻(無陰). 姜護軍(姜翼文)碣(無陰). 姜護軍(姜翼文)碣. 姜右承旨(姜大遂)表(無陰). 姜右承旨(姜大遂)碣. 慶州府尹朴公(朴守弘)碣. 金兵參(金涌)表. 李承旨(李德溫)表(無陰). 李承旨(李德溫)碣(無篆). 姜斂樞(姜籒)神道碑. 姜斂樞(姜籒)表(無陰). 慶尙監司金公(金緻)表. 宋禮參(宋克認)碣. 宋左承旨(宋時喆)碣.

[107問(교106問:文堂上)-12] 黃海監司權公(權德興)神道碑. 白承旨(白惟咸)表(無陰). 白承旨(白惟咸)碣(無篆). 永興府使李公(李壽俊)表(無陰). 永興府使李公(李壽俊)碣. 吉州牧使朴公(朴東望)碣. 驪州牧使李公(李綏祿)神道碑. 趙承旨(趙纘韓)表. 李大司諫(李士慶)碣. 李刑參(李浚天)碣. 李承旨(李廷圭)表(無陰). 李承旨(李廷圭)碣(無篆).

[108道(교107道:文堂上)-10] 洪都承旨(洪天民)表(無陰). 洪都承旨(洪天民)碣(無篆). 藥圃(李海壽)表(無陰). 藥圃(李海壽)碣. 姜承旨(姜緖)表. 江原監司禹公(禹伏龍)碣. 黃海監司崔公(崔東立)表(無陰). 慶州府尹閔公(閔機)神道碑. 天坡吳公(吳翻)碑銘. 黃海監司吳公(吳端)表.

[109垂(교108垂:文堂上)-12] 江原監司趙公(趙廷虎)表. 趙斂樞(趙璞)表. 趙斂樞(趙璞)子弼善(趙全素)表. 尹工參(尹民獻)碣. 金分承旨(金中清)表. 南行府使(南檄)表. 睦禮參(睦大欽)表(無前). 全州府尹宋公(宋國澤)表. 孟行牧使(孟世衡)表. 全羅監司尹公(尹鳴殷)神道碑. 慶尙監司李公(李命雄)表(無陰). 慶尙監司李公(李命雄)碣(無篆).

[110拱(교109拱:文堂上)-9] 金同副承旨(金尙憲)碣[표지와『금석록』에는 저록되어 있지 않음-필자 주]. 金承旨(金光爀)碣. 金承旨(金光爀)表(無前). 江原監司柳公(柳

118

碩)神道碑. 李觀察使(李尙逸)表(無陰). 慶尙監司南公(南翮)表(無前). 慶尙監司南
公(南翮)神道碑. 全羅監司趙公(趙龜錫)神道碑. 全羅監司任公(任奎)表.

[111平(교110平:文堂上/蔭府尹同入)-5] 廣州府尹元公(元斗樞)碣. 黃海監司元公(元萬
石)表. 洪禮參(洪柱國)碣. 江原監司魚公(魚震翼)表. 江原監司魚公(魚震翼)神道碑.

[112章(교111章:文堂上/蔭參議同入)-8] 李僉樞(李憲)表(無陰). 李僉樞(李蕙)碣. 朴承
旨(朴元度)表. 朴承旨(朴元度)碣. 徐兵參(徐文尙)表(陰記). 鄭工參(鄭載岱)表(無
前). 崔判決事(崔渲)表. 慶州府尹尹公(尹理)表.

[113愛(교112愛:文堂上/蔭監司同入)-8] 江原監司洪公(洪得禹)表. 全羅監司沈公(沈
權)神道碑. 黃海監司金公(金洪福)表(無前). 忠淸監司李公(李德成)碣. 江原監司徐
公(徐宗憲)表. 江原監司權公(權燧)碣. 鳴巖(李海朝)表. 慶尙監司洪公(洪禹寧)碣.

*[114育-2](『금석록』育(續). 闕.) 張參議(張崑)表. 金承旨(金濟謙)表.

◇ **文堂下**

[115黎(교113黎:文堂下)-14] 西湖散人申公(申曉)表. 鄭直提學(鄭賜)表. 金正言(金統)
碣(無篆). 尹司諫(尹晢)碣. 郭府使(郭垠)碣. 李典翰(李守恭)表(無前). 宋安東(宋汝
諧)表. 洪典籍(洪彦邦)碣. 鄭待敎(鄭荃)表(無陰). 鄭待敎(鄭荃)神道碑. 滄溪(文敬
仝)碣(無篆). 宋加平(宋世忠)碣. 宋掌令(宋希進)表(無陰). 宋掌令(宋希進)碣(無篆).

[116首(교114首:文堂下)-16][*田簿羅(田濩)表 미수록] 金檢閱(金問)表(無陰). 金檢閱
(金問)碣. 乖隱(鄭球)表. 朴掌令(朴栗)神道碑. 黃海都事申公(申津)表. 趙舍人(趙
廷機)碣. 荷衣(洪迪)碣. 孤竹(崔慶昌)表(無陰). 朴兵郎(朴孝男)表. 趙直提學公(趙
正立)表(無陰). 金禮郎(金善餘)表(無陰). 金禮郎(金善餘)碣(無篆). 尹弼善(尹晫)
表(無前). 沈應敎(沈濡)表(無陰). 沈應敎(沈濡)碣. 洪校理(洪萬衡)碣.

[117臣(교115臣:文堂上一/堂下十三)-16(14인)] 倻溪(宋希奎)神道碑. 金海州(金翰)
碣. 龜岩(黃孝恭)表. 曹咸安(曹孝淵)表(無陰). 曹咸安(曹孝淵)碣(無篆). 琴靑松(琴
椅)表. 辛光州(辛崙)碣(無篆). 錦溪(黃俊良)表. 羅輔德(羅級)神道碑. 金副應敎(金
光燁)表. 贈典翰金公(金時晦)表. 李持平(李重繼)碣. 金尙衣正(金嬳)表. 金校理(金
奐)表(無陰). 金校理(金奐)碣(無篆). 柳應敎(柳穎)表.

[118伏(교116伏:文堂下)-15] 安典籍(安璣)表(無陰). 安典籍(安璣)碣(無篆). 慶尙都事
丁公(丁煥)碣. 慶尙都事丁公(丁煥)表. 丁舍人(丁熿)碣. 丁舍人(丁熿)神道碑. 李校
理(李首慶)表. 望庵(邊以中)表(無陰). 望庵(邊以中)碣. 吳校閱(吳希道)碣. 權掌令

(權詗)表. 李正字(李耆俊)表(無陰). 李正字(李耆俊)碣. 李司諫(李尙馨)表(無陰).
李司諫(李尙馨)碣.

[119戎(교117戎:文堂下)-11] 沈正字(沈鍵)表. 沈正字(沈鍵)配李氏表. 柳正言(柳格)神
道碑. 宋學諭(宋希遠)表(無陰). 宋學諭(宋希遠)碣. 沈校理(沈熙世)表. 權執義(權
格)碣. 尹掌令(尹遇丁)碣. 權判校(權碻)表. 朱兵郎(朱宅正)表. 李掌令(李慶昌)表.

◇ 名臣

[120羌(교118羌:名臣)-14] 魚直提學(魚變甲)表. 仁川君(蔡壽)神道碑. 三足堂(金大有)
表. 濯纓(金馹孫)碣. 大司憲權公(權敏手)表(無陰). 大司憲權公(權敏手)碣. 權校
理(權達手)表(無陰). 郭司諫(郭珣)表(無陰). 郭司諫(郭珣)碣(無篆). 金黃岡(金繼
輝)神道碑. 萬竹(徐益)表. 萬竹(徐益)碣(無篆). 觀察使郭公(郭越)碑[실은 表-필자
주]. 忘憂堂(郭再祐)表.

[121退(교119退:文堂下)-6] 李評事(李穆)表. 鄭掌令(鄭希登)表. 鄭掌令(鄭希登)表[李
氏祔左]. 八松[尹煌]表. 八松[尹煌]碑銘. 羅鷗浦(羅萬甲)神道碑.

◇ 國舅

*[122邇-12] 永興伯(崔閑奇)表. 贈安川府院君(韓卿)表. 贈安川府院君(韓卿)夫人申氏
表. 象山府院君(姜允成)表. 花山府院君(權專)舊表. 花山府院君(權專)新碑[神道碑
일 듯함-필자 주]. 坡山府院君(尹之任)神道碑. 坡山府院君(尹之任)表. 錦城府院君
(朴墉)神道碑. 靑陵府院君(沈鋼)神道碑. 潘城府院君(朴應順)表(無陰). 漢原府院君
(趙昌遠)神道碑.

[123壹(교120壹:肅廟朝三國舅)-4] 光城府院君(金萬基)神道碑. 驪陽府院君(閔維重)神
道碑. 慶恩府院君(金柱臣)表. 達城府院君(徐宗悌)神道碑.

[124體(續)(교121金石續帖體:無)-1] 鰲興府院君(金漢耇)表.

◇ 駙馬

[125率(교122率:駙馬)-15] 延昌尉(安孟聃)神道碑. 延昌尉(安孟聃)墓山記. 河城尉(鄭
顯祖)碣. 河城尉(鄭顯祖)公主附記. 驪川尉(閔子芳)表. 淸寧尉(韓景琛)節婦翁主合
葬表(無陰). 淸平尉(韓紀)神道碑(無篆). 綾昌尉(具㴐)神道碑. 全昌尉(柳廷亮)碣.
吉城尉(權大任)神道碑. 東昌尉(權大恒)神道碑. 益平尉(洪得箕)表. 興平尉(元夢
鱗)表(無陰). 錦昌副尉(朴泰定)表. 黃昌副尉(邊光輔)表.

[126賓(교123賓:駙馬)-3] 礪城尉(宋寅)神道碑. 海崇尉(尹新之)神道碑. 錦陽尉(朴瀰)

神道碑.

◇ 勳臣

[127歸(교124歸:勳臣)-11] 靑海君(李之蘭)表(無陰). 西原府院君(韓繼美)表(無陰). 西原府院君(韓繼美)貞敬夫人尹氏誌. 西陽君(韓義)表. 海平府院君(鄭眉壽)神道碑. 海豊君(鄭孝俊)神道碑. 綾城府院君(具宏)神道碑. 綾豊府院君(具仁墍)神道碑. 延城君(李時昉)表. 東城君(申景禋)表(無前). 平興君(申埈)碣(無篆).

[128王(교125王:勳臣)-19] 興寧府院君(安景恭)誌. 谷山府院君(延嗣宗)表(無前). 坡平君(尹坤)表(無陰). 淸平君(韓繼純)神道碑. 月城君(李鐵堅)神道碑. 西陵府院君(韓致禮)神道碑. 靑川君(沈瀚)表. 靑城君(沈順徑)表(無陰). 靑城君(沈順徑)神道碑. 海豊君(李菡)神道碑. 海豊君(李菡)夫人朴氏表. 坡川府院君(尹湯老)表. 晋山君(柳泓)神道碑. 完山府院君(李軸)碑銘. 全城君(李準)表(無陰). 完豊府院君(李曙)神道碑. 菁川君(柳舜翼)表(無陰). 菁川君(柳舜翼)碣. 南陽君(洪振道)神道碑(無篆).

◇ 蔭宰正從二品

[129嗚(교126嗚:蔭/宰正從六品)-10] 知樞金胡簡(金友臣)神道碑. 金胡簡(金友臣)先塋碑陰(金友臣夫人李氏). 李知樞(李民聖)表(無陰). 權知樞(權愰)碣. 鄭同樞(鄭忠碩)表. 安同敦寧(安進)表. 梳翁(趙公瑾)神道碑. 醉翁(宋希命)表. 李同樞(李惟侃)表. 黃行都正(黃蓋耇)碣.

◇ 蔭堂嘉善

[130鳳(교127鳳:蔭/君/同僉知/都正)-12] 朴僉樞(朴林宗)表(無前). 權同樞(權常)表(無陰). 權同樞(權常)神道碑. 申同樞(申橃)神道碑. 淸寧君(韓德及)表. 淸寧君(韓德及)神道碑. 成同敦寧(成雲翰)表. 李敦寧都正(李楚老)表. 朴敦寧都正(朴泰長)碣. 成同樞(成至行)表. 元僉樞(元夢鼎)碣. 吳敦寧都正(吳鼎周)碣(無篆).

◇ 遺逸名蔭 名蔭儒

[131在(교128在:名蔭)-9] 閔執義(閔沖源)表. 朴縣監(朴遂良)表. 金參奉(金鳳祥)表. 宋持平(宋大立)表(無陰). 宋持平(宋大立)碣(無篆). 古玉(鄭磏)表. 風玉軒(趙守倫)碣. 申濟用正(申浣)神道碑. 崔司䆃正(崔碩英)碣.

[132樹(교129樹:名蔭/儒)-18] 朴軍器正(朴稆)表(無前). 金掌令(金永銖)碣. 雙淸堂(宋愉)表. 雙淸堂(宋愉)配孫氏表. 李進士(李繼陽)表. 李進士(李垍)表(無陰). 李進士(李垍)碣(無篆). 呂持平(呂希臨)表. 柳原州(柳雲龍)表(無陰). 柳原州(柳雲龍)碣(無

篆). 宋奉事(宋龜壽)表(無陰). 宋奉事(宋龜壽)碣. 宋奉事(宋龜壽)配李氏碣(無篆).
金行僉樞(金殷輝)表(無陰). 金行僉樞(金殷輝)碣. 李行知禮(李埍)表. 陶丘(李濟臣)
表. 涵齋(徐嶧)表.

[133白(교130白:名蔭)-9] 贈領相申公(申華國)碣. 贈領相申公(申華國)表. 李三登(李啓)
表. 李三登(李啓)神道碑. 敦寧都正金公(金克孝)神道碑. 睡翁(宋甲祚)表. 睡翁(宋甲
祚)碣(無篆). 睡翁(宋甲祚)神道碑. 睡翁(宋甲祚)碑後記.

[134駒(교131駒:名蔭/儒)-11] 李軍資正(李玕)表(無陰). 得月子(尙鵬南)表(無前). 李
進士(李大建)神道碑. 宋榮川(宋爾昌)表(無陰). 宋榮川(宋爾昌)碣. 松潭(宋柟壽)表
(無陰). 松潭(宋柟壽)碣. 時庵(趙相禹)表(無陰). 權察訪(權霋)碣. 權善山(權聖源)
碣. 西巖(李震白)碣.

◇ 蔭官

[135食(교132食:蔭官)-21] 南儀郎(南景文)表. 金教官(金大來)碣. 趙珍山(趙銅虎)表
(無陰). 趙珍山(趙銅虎)神道碑(無篆). 柳杆城(柳公綽)表(無陰). 柳杆城(柳公綽)碣
(無篆). 宋定州(宋壽)碣. 柳永平(柳伏龍)碣. 趙經歷(趙琇)碣. 兪瑞興(兪績)表. 趙
司䆃(趙希軾)表. 趙司䆃(趙希軾)淑人李氏表. 鄭參奉(鄭元麟)表(無陰). 鄭參奉(鄭
元麟)碣(無篆). 鄭參奉(鄭元麟)配尹氏表(無陰). 鄭參奉(鄭元麟)配尹氏碣(無篆).
金比安(金仁甲)表(無陰). 金比安(金仁甲)碣(無篆). 三槐堂(南知言)碣. 黃副正(黃
舜卿)神道碑. 黃副正(黃舜卿)表(無陰).

[136場(교133場:蔭官)-26] 許判事(許惰)表. 朴淸河(朴持)表. 軍資判官尹公(尹詧)碣
(無篆). 安敦寧正(安繼宋)表(無陰). 安敦寧正(安繼宋)碣. 敦寧正(安繼宋)夫人李
氏表(無陰). 敦寧正(安繼宋)夫人李氏碣. 安東判官李公(李成茂)表. 李大護軍(李
士欽)表. 安公州(安子誠)表(無陰). 安公州(安子誠)碣(無篆). 李歙谷(李仁孫)表(無
陰). 李歙谷(李仁孫)碣. 趙原州(趙崇祖)碣. 李監察(李元秀)表. 柳潭陽(柳師弼)碣
(無篆), 柳潭陽(柳師弼)配韓氏陰記. 李德川(李碩明)表(無陰). 李德川(李碩明)碣
(無篆). 內資判官尹公(尹淸)表. 漢城參軍鄭公(鄭起門)神道碑. 宗簿主簿趙公(趙
堪)表(無陰). 宗簿主簿趙公(趙堪)碣. 宗簿主簿(趙堪)碣令人白氏陰記. 開城都事申
公(申承緒)表(無前). 吳典簿(吳士謙)碣.

[137化(교134化:蔭官)-13] 朴僉樞(朴壽長)表. 尹僉樞(尹三山)神道碑. 梁朔寧(梁治)
碣. 尹敦寧正(尹承弘)表(無陰). 尹敦寧正(尹承弘)碣(無篆). 金洗馬(金溁)表(無陰).

122

金洗馬(金澿)碣(無篆). 淸風郡守李公(李德淳)表. 權參奉(權紀)表. 公州牧使朴公(朴炳)碣. 漢城庶尹兪公(兪汝諧)碣. 白加平(白弘一)表. 朴林川(朴世基)表(無前).

[138被(교135被:儒士)-14] 沈玉果(沈悗)碑銘. 沈悗夫人具氏表. 李僉樞(李安認)表. 李安認夫人李氏表. 姜行副護軍(姜璿)表(無陰). 姜行副護軍(姜璿)碣(無篆). 禮賓參奉兪公(兪養曾)表. 漢城庶尹尹公(尹煐)表. 水運判官魚公(魚漢明)表. 南原府使徐公(徐貞履)表. 南原府使徐公(徐貞履)碣. 仁川府使呂公(呂爾亮)碣. 利川府使許公(許偭)表. 李禮賓正(李井男)表.

[139草(교136草:蔭官/武一人/從子八)-10] 鄭尙衣正(鄭善興)表(無陰). 鄭尙衣正(鄭善興)碣(無篆). 徐監察(徐涮)表(無陰). 徐監察(徐涮)碣. 徐石城(徐後積)表. 宋行副護軍(宋致遠)表(無陰). 宋行副護軍(宋致遠)碣. 李坡州(李挺岳)碣. 李星州(李秪)碣. 李南陽(李興稷)表. 軍器副正鄭公(鄭溪)表.

[140木(교137木:蔭官)-13] 崔郡守(崔振海)表(無陰). 吳主簿(吳翔)表(無陰). 吳主簿(吳翔)碣. 金郡守(金弘錫)表(無前). 羅牧使(羅星斗)表. 羅牧使(羅星斗)碣. 沈昌平(沈櫟)表. 權全義(權惟)表. 李金堤(李廷龍)神道碑. 李參奉(李泂)表. 宋堤川(宋炳文)表. 成佐郎(成虎昌)表(無前). 趙淳昌(趙楷)碣.

[141賴(교138賴:蔭官)-11] 鄭監察(鄭慶演)表. 宋茂朱(宋時杰)表. 趙槐山(趙禧錫)表(無陰). 趙槐山(趙禧錫)碣. 趙都正(趙泰來)表(無陰). 權司導正(權世經)碣(無篆). 申別檢(申暹)表(無前). 兪監役(兪晢)表(無陰). 兪監役(兪晢)碣(無篆). 金參奉(金聲大)表. 鄭行護軍(鄭勸)表.

[142及(교139及:蔭官)-9] 申主簿(申琢)表(無前). 鄭羅州(鄭復先)表. 徐主簿(徐文澤)碣. 辛龍潭(辛泰東)碣. 李楊口(李簹)表. 兪羅州(兪命健)碣. 金安城(金道濟)表. 李禁都(李徵臣)表. 李槐山(李崇臣)表.

[143萬(續)(교140金石續帖萬:無)-12] 趙都正(趙鼎彬)表. 金臨陂(金自垸)表. 鄭別提(鄭稷)表. 琴沔川(琴元福)表. 丁典籍(丁胤祚)表. 李副司果(李應龍)表(無陰). 李江東(李澤民)表. 宋金川(宋搏)表. 任正郎(任潛)表(無陰). 宋掌樂院正(宋炳夏)表. 宋禁府都事(宋炳遠)表. 尹正郎(尹扶)表(無陰).

◇ 武將 武臣

[144方(교141方:黃莊武/李忠武/鄭起龍/李義立/閔濟章)-5] 黃莊武公(黃衡)神道碑. 李忠武公(李舜臣)鳴梁大捷碑. 鄭統制(鄭起龍)神道碑. 李水使(李義立)神道碑. 閔統

制(閔濟章)表.

[145蓋(교142蓋:武將)-10] 李同中樞(李允儉)碑銘. 柳判樞(柳墡)表. 柳統制(柳珩)表.
呂都正摠管(呂祤吉)表(無陰). 原溪君忠肅(元裕男)表. 金大將(金應海)神道碑. 具
判尹(具鎰)表(無前). 金統制(金是聲)神道碑. 金左尹(金世翊)神道碑. 張大將(張鵬
翼)表.

[146此(교143此:武臣)-10] 宋鍾城(宋崒)表. 平陽君(金舜皐)表(無陰). 花山君(權應銖)
表. 裴工判(裴興立)神道碑. 昌興君(成夏宗)神道碑. 朴水使(朴泓)表(無陰). 申漆谷
(申潖)碑銘. 洪北虞候(洪有量)表(無陰). 洪北虞候(洪有量)碣. 李統制使(李澤)神
道碑.

[147身(교144身:武將)-4] 柳統制使(柳琳)神道碑. 李知樞衛將(李汝發)神道碑. 李工判
訓將(李基夏)神道碑. 羅左尹御將(羅弘佐)神道碑.

[148髮(교145髮:武將/武臣)-12] 守知中樞李公(李秉正)表(無陰). 守知中樞李公(李秉
正)碣. 李平安兵使(李思曾)表(無陰). 李平安兵使(李思曾)碣(無篆). 元統制使(元
均)表(無陰). 吳兵使捕將(吳定邦)碑銘. 李兵使(李景顔)表. 嚴水使摠管(嚴惶)表(無
陰). 嚴水使摠管(嚴惶)碣. 金北兵使(金俊龍)神道碑. 李金海(李泰英)表. 田營將(田
始元)表.

[149四(續)(교146金石續帖四:無)-1] 朴昌原(朴宗發)神道碑.

◇ **儒士**

[150大(교147大:儒士)-16] 贈領相安公(安舜弼)神道碑. 朴生員(朴以洪)碣. 潘處士(潘
沖)表(無陰). 潘處士(潘沖)碣(無篆). 贈右尹白公(白天民)表. 李德峯(李宗吉)表. 敦
勇校尉金公(金棨)表(無陰). 敦勇校尉金公(金棨)碣. 李進士(李烜)碣. 兪通德(兪命
舜)表. 沈進士(沈柱)表(無前). 贈參判黃公(黃璣)碣. 韓進士(韓道愈)表. 贈佐郎朴
公(朴蕙)表. 北關人處士(金浣)表(無陰). 北關人處士(金浣)碣(無篆).

*[151五(교148五:儒士)-18] 李進士(李宗孫)碣. 贈參判洪公(洪有矩)碣. 宋進士(宋汝
翼)表. 宋宣務(宋汝楫)表(無陰). 宋宣務(宋汝楫)碣. 忠順衛宋公(宋世勣)表. 聽竹
(宋樺壽)表. 金進士(金安節)碣(無篆). 宋進士(宋希得)表. 朴司直(朴起宗)碣(無篆).
金進士(金錫)表(無陰). 金進士(金錫)碣(無篆). 贈承旨李公(李濤)表. 贈判書宋公
(宋國銓)表. 贈大憲崔公(崔景祥)表. 贈大憲崔公(崔景祥)碣. 贈參判洪公(洪受晉)
表(無陰). 贈參判洪公(洪受晉)碣.

[152常(교149常:儒士)-12] 贈判書趙公(趙應祉)表(無前). 贈領相奇公(奇應世)表. 李生
員(李好訥)碣(無篆). 鄭進士(鄭犞)碣. 贈持平李公(李翎)碣. 贈判書李公(李翎)碣.
贈參判趙公(趙衡輔)碣. 達城徐公(徐命倫)表. 安東金公(金崇謙)表. 海州吳公(吳履
周)表. 贈參判南公(南悌明)表(無陰). 贈參判南公(南悌明)碣(無篆).

[153恭(교150恭:儒士)-13] 贈承旨黃公(黃泂)表. 贈參判尹公(尹止善)表. 李副司果(李
塾)表. 沈處士(沈之澤)表. 申處士(申憤)表. 金生員(金一振)表(無陰). 金生員(金一
振)碣. 金生員(金一振)碣(2). 楊湖處士閔公(閔業)表(無前). 金生員(金聖臣)表(無
陰). 金生員(金聖臣)碣(無篆). 慶州金生(金象衍)表. 慶州金生(金趾衍)表.

#[154惟(續)(교219金石續帖千字文不明:無)-6] 贈參判金公(金省行)表. 尹進士(尹彦
敎)碣. 李君(李普文)表. 朴贈參議(朴允茂)表(無陰). 朴孝子(朴亨新)表. 林進士(林
峴)碣.

◇ 文蔭儒短折人

[155鞠(교151鞠:文蔭/儒/短折人)-16] 金淸州(金球)表(無陰). 金淸州(金球)碣. 承文正
字金公(金益煦)表. 鄭兵郎(鄭載海)表(無陰). 鄭兵郎(鄭載海)碣(無篆). 大君師傅權
公(權躓)表(無前). 通德郎鄭公(鄭相)表. 安東金君(金昌肅)誌. 槐陰(尹湜)表陰記.
進士贈參判朴公(朴興源)碣. 李秀才(李元培)表. 李秀才(李元培)碣. 完山李君(李昌
發)碣. 韓君(韓聖揆)表(無前). 洪君(洪樂三)表. 李君(李度陽)表.

◇ 名文名筆 中朝人附

[156養(교152養:名文/名筆/中朝人)-13] 習齋(權擘)碣. 石洲(權韠)碣. 石洲(權韠)夫人
李氏合葬墓表. 東岳(李安訥)表. 東岳(李安訥)神道碑. 踈庵(任叔英)表(無陰). 踈庵
(任叔英)碣(無篆). 簡易(崔岦)表(無陰). 簡易(崔岦)碣(無篆). 蓬萊(楊士彦)碣. 孤
山(黃耆老)表. 石峰(韓濩)碣. 中朝人護軍田公(田好謙)碣(無篆).

◇ 湖南人

[157豈(교153豈:湖南/柳姓/林姓/兩金姓)-19] 贈掌令柳公(柳濕)表. 柳濕夫人崔氏表.
柳執義(柳末孫)碣(無篆). 虞候贈參判林公(林枰)碣(無篆). 慶州府尹林公(林鵬)表.
承文正字林公(林復)碣. 贈承旨林公(林悏)碣(無篆). 林悏夫人朴氏表. 黃海監司林
公(林㤨)表. 金軍器正(金齊閔)碣. 金持平(金地南)碣. 金茂朱(金春)表(無陰). 金茂
州(金春)碣(無篆). 金贈承旨(金克寬)表(無陰). 金贈承旨(金克寬)碣(無篆). 金司勇
(金成式)表(無陰). 金司勇(金成式)碣(無篆). 金從仕郎(金漢翼)表(無陰). 金從仕郎

(金漢翼)碣(無篆).

◇ 嶺南人

[158敢(교154敢:嶺南人)-17] 江界兵馬使曹公(曹信忠)表. 軍資少監蔡公(蔡泳)碣. 朴安東(朴哲孫)表. 魚司直(魚漢倫)碣(無篆). 許郡守(許元弼)碑銘(無篆). 洪參奉(洪彦倫)表. 辛教授(辛國勻)碣(無篆). 司䆃僉正琴公(琴致湛)表. 琴進士(琴軸)碣. 李佐郎(李晃)表. 盧僉正(盧克愼)表. 參軍贈吏判李公(李壽會)表. 李郡守(李宜活)表(無陰). 張進士(張潛)表. 禁府都事李公(李天封)表. 藤庵(裴尙龍)表. 李佐郎(李鄧林)表.

◇ 關西人 西關北關人

[159毁(교155毁:關西人)-11] 遯庵(鮮于浹)廟碑. 金直提學(金學起)碣. 金僉使(金有聲)表. 內資寺正韓公(韓禹臣)碣(無篆). 趙生員(趙忠濟)表(無陰). 趙生員(趙忠濟)碣(無篆). 趙監察(趙觀國)碣(無篆). 張行參議(張世良)碣. 李兵正(李時恒)碣(無篆). 李司藝(李萬春)表. 恩津宋公(宋尙儉)表.

[160傷(교156傷:北關人/西關人)-9] 金察訪(金榮老)表(無陰). 金察訪(金榮老)碣(無篆). 金府使(金慶福)神道碑. 李贈持平(李鵬壽)碣. 鄭兵使(鄭鳳壽)神道碑. 鄭江西(鄭麒壽)碣. 金碧潼(金礪器)神道碑. 張僉知(張遵)碣. 李贈持平(李廷翰)碣(無篆).

◇ 婦人

[161女(교157女:婦人)-16] 成摠郎(成君美)配吳氏表(無前). 許埜堂(許錦)配元氏表. 蔡弼善(蔡倫)配權氏碣. 趙文剛(趙末生)配金氏表(無陰). 梧陰先代尹延齡夫人固城朴氏表. 柳杆城(柳綽)配李氏碣(無篆). 宋承仕(宋世英)配李氏碣(無篆). 鄭桐溪(鄭蘊)妣姜氏表. 沈北伯(沈演)配吳氏表(無陰). 沈北伯(沈演)配吳氏碣(無篆). 南護軍(南柁)配玄氏表. 閔維重配豐昌府夫人趙氏表. 李監司(李萬稷)後配朴氏表. 李監司(李萬稷)季配金氏表. 朴黎湖(朴泰斗)妣辛氏表. 洪判書(洪象漢)配魚氏表.

◇ 世家

[162慕(교158慕:盧玉溪世/康舟川世德/李懿簡世德)-10] 盧參判(盧叔仝)神道碑. 信古堂(盧友明)神道碑. 文孝公玉溪(盧禛)神道碑. 康舍人(康仲珍)表(無陰). 康舍人(康仲珍)碣(無篆). 舟川(康惟善)碣. 竹澗(康復誠)表(無陰). 韓山李氏三世遺事碑. 禮判懿簡李公(李增)神道碑. 李兵郎(李慶流)碣.

[163貞(교159貞:廣平大君以下子孫德)-9] 廣平大君(李璵)神道碑. 永順君(李溥)神道碑. 淸安君(李嶸)表(無前). 定安副正(李千壽)碣(無篆). 李白川(李漢)碣(無篆). 李

126

牙山(李仁健)碣(無篆). 李鳳山(李郁)碣. 李僉樞(李厚載)碣. 李掌令(李迥)碣.

\#[164烈(교216千字文不明:無)-7] 李錦山(李重輝)碣. 李鹿川(李濡)神道碑. 李南平(李顯應)碣. 童子(李偉中)表. 西部主簿李公(李洁)碣(無篆). 李右承旨(李俔)表(無陰). 聽溪(李遇輝)碣.

[165男(교160男:淸江三代)-4] 淸江(李濟臣)神道碑. 李同樞(李行健)神道碑. 李監司(李萬雄)表. 李監司(李萬雄)神道碑.

[166效(교161效:梧陰世家)-8] 尹軍資正(李忭)碣. 梧陰(尹斗壽)表. 稚川(尹昉)神道碑. 海嵩尉配貞惠翁主誌. 尹吏郞(尹坵)表. 尹交河(尹世休)表. 尹黃海(尹世綏)神道碑. 尹黃海(尹世綏)表.

[167才(교162才:潛谷世家)-12] 金大司成(金湜)表. 金大司成(金湜)神道碑. 金湜長胤頤眞子(金德秀)表. 贈領相金公(金興宇)表. 贈領相金公(金興宇)誌. 潛谷(金堉)表(無前). 金堉從弟贈領相(金址)表. 淸風府院君(金佑明)神道碑. 金左尹(金錫翼)表. 金贈贊成(金道泳)碣. 金兼兵判(金佐明)表. 淸風府院君(金佑明)御筆題表.

◇ 前朝人 國初人附

[168良(교163良:前朝人)-15] 新羅諫臣金公(金后稷)表. 新羅角干金公(金庾信)表. 高麗權太師(權幸)表(碑陰記). 權太師(權幸)廟碑. 亞父功臣金公宣平祭壇碑(無陰). 韓太尉(韓蘭)表(無陰). 高麗太師李公(李棹)表. 高麗太師尹公(尹莘達)表. 隴西李公(李長庚)表. 李侍中(李褒)表(부:李公仁敏遷葬追記). 陶隱(李崇仁)表(無陰). 太傅威烈金公(金就礪)表. 上洛金忠烈公(金方慶)表. 羅侍中(羅天瑞)表. 遁村(李集)表.

[169知(교164知:前朝人)-11] 新羅阿飡(兪三宰)表. 新羅阿飡(兪三宰)碑. 趙侍中(趙孟)碑銘(墓碑銘前面). 趙侍中(趙孟)碑銘(墓碑銘陰記). 東萊鄭氏始祖戶長(鄭文道)表. 東萊鄭氏始祖戶長(鄭文道)碣. 元贊成(元璍)表. 上黨伯楊公(楊起中)表. 青華府院君(沈龍)表. 青華府院君(沈龍)夫人金氏表. 原州府院君(邊安烈)表. 原州府院君(邊安烈)表陰記.

\#[170過(교217千字文不明:前朝人)-11] 高麗太師洪公(洪殷悅)表. 高麗僕射洪公(洪毅)表. 戶部員外閔公(閔懿)表. 戶部員外閔公(閔懿)神道碑. 軍器少尹徐公(徐閈)表(無前). 密直副使南公(南君甫)表. 密直副使南公(南君甫)簡易(崔岦)所撰舊表. 閤門祗候沈公(沈淵)表. 檜山府院君黃公(黃石奇)表. 朴府使(朴德祥)表. 翰林學士李公(李皐)表.

[171必(교165必:前朝人/國朝人)-17] 高麗大丞柳公(柳車達)表. 平章事許文正公(許伯)表. 典理判書許公(許錦)表(無陰). 韓禮賓卿(韓光胤)表. 平壤府院君趙公(趙仁規)表. 李文順公(李奎報)表. 禮儀判書申公(申德隣)表. 申工議(申包翅)表(無陰). 贈左議政柳公(柳安澤)表(無陰). 文公(文益瞻)孝子里碑. 侍中節孝徐公(徐稜)旌間碑. 同平章事具公(具民瞻)表. 洛城君金公(金先致)表. 知議政府呂公(呂稱)碣. 判咸從縣事吳公(吳晉卿)表. 張歆谷(張廉)表(無陰). 張歆谷(張廉)碣.

[172改(교166改:前朝人)-14] 高麗追封樞密副使安公(安永儒)碣. 韓宰相(韓脩)表(無陰). 太子詹事金公(金龍庇)表. 金進士(金澤)表. 稼亭(李穀)表. 牧隱(李穡)碑(부:陰記一二). 樂浪府院君宋公(宋玢)表. 僉議政丞尹公(尹珤)表. 趙淮陽(趙愼)表. 趙淮陽(趙愼)表(二). 申按廉使(申祐)表. 呂大將軍(呂林淸)表. 典客署令魚公(魚得龍)·三司左尹魚公(魚伯游)墓山記. 林將軍(林蘭秀)神道碑.

◇ 閭巷人

#[173得-17](규장각본) 晉州(姜孝元)表. 劉村隱(柳希慶)表. 劉僉使(劉自勗)表. 金護軍(金繼輝)表. 權贈判敦(權致中)表. 李贈參判(李龜逸)表(無陰). 李贈參判(李龜逸)碣. 李同樞(李遇聖)表(無陰). 李同樞(李遇聖)碣. 趙折衝(趙興琳)表(無陰). 趙折衝(趙興琳)碣. 金嘉善(金極齡)表(無前). 皮同樞(皮益煥)表. 玄嘉善(玄德潤)表. 鄭進士(鄭敏僑)表. 李折衝(李世億)表. 金贈判決(金英萬)表. [*詩人洪滄浪世泰表. 太醫金知事有鉉表.-以上入散峽卷]

◇ 凡非墓碑 校院 祠廟 閭墟 城臺 校場 戰場 紀事 遺愛

[174能(교167能:廟閭/井墟/書院/旌閭)-11] 永柔武侯(諸葛亮)祠碑. 永柔岳武穆王文忠烈公(岳飛)追配碑. 安文成公(安裕)閭巷碑. 安文成公(安裕)又閭巷碑. 四賢(安裕·安軸·安輔·安輯)井碑. 懷德平陽朴先生遺墟(朴彭年)碑. 魯恩洞成先生(成三問)遺墟碑. 連山成先生(成三問)遺墟碑. 安陰龍門書院(鄭汝昌)碑. 節孝金先生(金克一)旌閭碑. 連山遯巖書院碑.

[175莫(교168莫:荒山碑/矗石碑/中和碑)-3] 荒山大捷碑. 矗石旌忠壇碑. 中和三陣忠義碑.

*[176忘-7] 天使迴瀾石題刻. 淸聖廟碑(無前). 延城大捷碑. 仁祖誕降舊基碑. 仁烈王后誕生地御製御筆碑. 思政殿鍾銘. 興天寺鍾銘.

[177罔(교169罔:大將/書院/古賢/遺墟/方伯/善政)-11] 宣武祠(楊鎬)去思碑. 都督(洪

省吾·劉綎)題名碑. 都督(劉綎)題名碑(2). 石室書院碑. 蘿菖山人(金濤)遺墟碑. 洪州魯恩洞成先生(成三問)遺墟碑[疊見上]. 趙重峰(趙憲)故宅遺墟碑. 崇禎處士金公(金是榅)遺墟碑. 抱川柳公(柳仁善)孝友門碑. 抱川柳公(柳仁善)孝友門碑(2). 嶺伯李公(李翻)清德善政碑.

[178談(교170談:洞里/墟台/堤城/橋島/救荒/恤民)-16] 御製御筆善竹橋碑. 御製御筆杜門洞碑. 杜門洞舊碑(無前). 高麗忠臣不朝峴碑. 金堤碧骨堤碑. 淳昌三印臺碑. 松都宋東萊(宋象賢)舊里碑. 松都劉副元帥(劉克良)遺址碑. 松都金淮陽(金鍊光)門里碑. 李忠武公(李舜臣)高下島記事碑. 石洲權公(權韠)遺墟碑. 評事(趙翼)救荒碑. 相國(金堉)恤民施惠碑. 俗離山事實碑(無前). 黃州城改築碑(無前). 丹陽羽化橋碑(無前).

[179彼(교171彼:天將碑/栢田/謫墟/臺墟/菴墟/清聖臺/東林城/灌田)-13] 望日思恩碑(明提督李公). 遊擊將藍公(藍芳威)碑. 委官林公(林濟)碑. 栢田平安監司洪公(洪命耆)忠烈碑(無陰). 栢田平安兵使柳公(柳琳)勝捷碑. 靜庵(趙光祖)謫廬遺墟碑. 自庵(金絿)謫廬遺墟碑. 尤庵(宋時烈)受命遺墟碑. 通川朝珍村先生(宋時烈)臺碑. 三淵(金昌翕)永矢菴遺墟碑. 義州清聖臺碑(無陰). 東林舊城碑(無前). 具橫城(具鎰)灌漑利民沒世不忘碑.

[180短(교172短:清難/平賊/築城/遺骸/事蹟)-7] 洪洪州(洪可臣)清難碑. 吳公(吳命恒)安城平賊頌功碑. 鉄瓮築城碑. 嶺營築城碑. 海營築城碑. 東萊戰亡遺骸碑(無前). 統制使崔公(崔橚)事蹟碑.

[181廨(교173廨:城/海/橋/臺/寺/碑/天將碑)-10] 咸興城重修碑. [*陟州東海碑-『금석록』 저록] 金剛山百川橋重創記. 百川橋重創記碑. 天將(張良相)東征詩碑. 李龍川(李希建)忠烈碑(無前). 鄭府使(鄭弘佐)龍骨山城改築碑. 平壤永明寺重修碑. 北青侍中臺碑. 三陟召公臺碑. 穩城立巖銘.

[182恃(교174恃:書院/祠守/遺墟/旋閭/遺愛)-11] 懷德崇賢書院碑. 沃川滄洲書院碑. 義州清陰(金尙憲)遺墟碑. 扶餘義烈祠碑. 金健齋(金千鎰)旌烈祠碑. 孝子申堤川(申孟慶)旌閭碑. 泰仁申縣監(申潛)善政碑. 平壤李庶尹(李元孫)遺愛碑. 靈光慶郡守(慶暹)去思碑. 晉州趙牧使(趙錫胤)遺愛碑. 牙山趙縣監(趙爾翻)追慕碑.

[183己(續)(175金石續帖己:無)-7] 松都啓聖祠碑. 象賢書院碑. 咸陽灆溪書院碑. 御筆興巖書院碑. 黔潭書院碑. 御製御筆大老祠碑. ❖九峯書堂記懸板.

[184長(교176金石續帖長:無)-9] 箕宮井田記蹟碑. 一齋(李恒)遺墟碑. 洪花浦(洪翼漢)
遺墟碑. 淸風府(金構)善政碑. 江西縣(金致一)善政碑. 金朔州(金成一)兄弟復讐碑
(佚文). 權判官(權吉)死義碑. ❖輔養官相見日(正祖八年上元日)聯句懸板. ❖東宮
開筵日(正祖九年九月九日)賡進懸板.

[185信(177金石續帖信:無)-4] 肅宗御製御筆大漢朝忠節武安王贊揚銘. 英祖御製御筆
顯靈昭德武安王墓碑. 景慕宮睿製睿筆武安王廟碑銘. 正祖御製御筆武安王廟碑銘.

◇ 戰功

[186使(교178使:戰功)-8] 大唐平百濟碑(無陰). 節度申公(申砬)淸邊碑. 安東關王廟碑.
古今島關王墓碑(無前). 楊經理(楊鎬)去思碑. 釜山萬經理(萬世德)勝戰碑(無前).
忘憂堂郭公(郭再祐)神道碑. 晉牧金公(金時敏)全城卻敵碑.

◇ 散帙

[187可(교179可:昭寧園/遼東伯廟/忠武公廟)-4] 昭寧園(淑嬪崔氏)舊碑. 昭寧園(和敬
淑嬪)新表. 贈遼東伯(金應河)廟碑. 忠武李公(李舜臣)廟碑.

[188覆(교180覆:朴潘南/鄭監察/樗軒/楸灘/靜觀)-7] 潘南朴先生(朴尙衷)褒贈記事碑.
雪谷(鄭保)表. 樗軒(李石亨)神道碑. 楸灘(吳允謙)表(無陰). 楸灘(吳允謙)碣(無篆).
靜觀齋(李端相)表(無篆). 靜觀齋(李端相)神道碑.

[189器(교181器:泉谷/重峰/戰場/平壤/精忠/淸州三忠)-4] 泉谷(宋象賢)神道碑. 重峰
(趙憲)淸州戰場碑. 忠烈洪公(洪命耉)平壤精忠碑(無篆). 淸州三忠祠(李鳳祥·南延
年·洪霖)碑.

[190欲(교182欲:前朝宰相/本朝上黨梧陰/卿宰承旨蔭官)-11] 高麗壯節申公(申崇謙)
表(無陰). 高麗太師韓公(韓蘭)表(無陰)(疊入). 務農亭(韓蘭)碑. 高麗完山君(崔宰)
表(無陰). 上黨府院君(韓明澮)神道碑. 金縣令(金墀)表. 金承旨(金公藝)表. 方兵參
(方有寧)碣(無篆). 贊成文平李公(李繼孟)神道碑. 梧陰(尹斗壽)神道碑. 汾陰(崔天
健)表.

[191難(교183難:蔭官/金大司成追哀/承旨/婦人/宗班/灘叟/儒士/萬東祠)-10] 利仁察
訪禹公(禹孝從)表. 金大司成(金湜)追哀碑. 李咸昌(李滋)表. 李同副承旨(李蕃)神
道碑. 廣州李氏(權碩配)表. 廣州李氏(權碩配)碣. 吉昌令(李性賢)表. 灘叟(李延慶)
碣. 孝子金公(金應時)表. 萬東廟碑.

[192量(교184量:烈婦/賢閭/宋習靜/卞栢陰/韓別坐/朴僉樞)-9] 烈婦柳氏(高麗宋克己

夫人)表(無陰). 烈婦柳氏(高麗宋克己夫人)碣. 慶徵君(慶延)里碑. 三賢(宋龜壽·宋麟壽·成悌元)閭碑. 習靜(宋邦祚)碣. 習靜(宋邦祚)表. 柏陰(卞景福)表. 韓別坐(韓日休)表. 朴僉樞(朴世拯)碣.

[193墨(교185墨:冲菴/大谷/李怡愉/金竹泉/李掌令)−5] 冲庵(金淨)神道碑. 大谷(成運)碣. 怡愉堂(李德壽)神道碑. 竹泉(金鎭圭)表. 己卯掌令李公(李謙)表.

[194悲(교186悲:金籠巖/沈安孝/府院/兵判/領相)−7] 籠巖(金澍)神道碑. 靑川府院君安孝沈公(沈溫)神道碑. 靑川府院君安孝沈公(沈溫)表(陰記)[安平八分書]. 漢川府院君(趙溫)表(無前). 兵判鄭貞肅公(鄭淵)表. 尹領相(尹弼商)碣(無篆). 尹領相(尹弼商)表(無陰).

[195絲(교187絲:沈靑陽/李慶林/金東溟/李密陽/李鷄林)−6] 大司憲靑陽君(沈義謙)神道碑. 慶林君(李淀)表. 東溟(金世濂)表(陰記). 李密陽(李惟達)表. 李密陽(李惟達)碣(無篆). 鷄林府院君(李守一)神道碑.

[196染(교188染:大院君/蔭官/儒士/相臣/瘞鶴/兩堤/武臣)−8] 德興大院君(李岹)神道碑. 李原州(李聖淵)碣. 孝子進士尹公(尹汲)表(無前). 豊陵趙相公(趙文命)表. 宗人金公(金始興)表. ❖瘞鶴銘. 淸州西堤碑. 李長湍(李悟)表.

[197詩(교189詩:李參知/趙禮判/尹忠義/李僉樞)−5] 李兵參(李尙伋)神道碑. 趙行禮判(趙珩)神道碑. 尹忠義衛(尹燁)表(無前). 琴湖(李志傑)碣. 權氏(李志傑夫人)碣陰.

[198讃(교190讃:亞卿/緋玉/進士)−5] 東江(申翊全)神道碑. 東江(申翊全)表. 金鍾城(金元立)碣. 李進士(李炳)碣. 李戶參(李正臣)表.

[199羔(교191羔:天將/詔使/鄕校/武正卿/文正卿/學亞卿/二相)−12] 天將(吳惟忠)去思碑. 天將(吳宗道)去思碑. 欽差都司(吳宗道)紀念碑. 姜王二詔使(姜曰廣·王夢尹)去思碑. 江西鄕校碑. 江西鄕校表(陰記). 兵判莊武申公(申汝哲)表. 鄭判敦寧(鄭壽期)表. 龜川(李世弼)神道碑. 龜川(李世弼)表. 左相奉朝賀李公(李台佐)誌. 右相鶴南(鄭羽良)誌.

[200羊(교192羊:文官/公卿/亞卿/蔭儒/麗朝人/宗室/太醬/詩人)−11] 沈舍人(沈順門)碣(無篆). 申文僖公(申檠)表(無前). 芝川(黃廷彧)表(無前). 鄭義興(鄭姬鄰)碣(無篆). 白沙尹公(尹暄)表. 贈參判吳公(吳斗興)碣(無篆). 高麗靈光郡事南公(南天老)表. 宗室密昌君(李樴)表. 贈參判南公(南孝明)表. 太醫金知事(金有鉉)表. 詩人滄浪(洪世泰)表.

[201景(교193景:蔭官/文官)-7] 竹牖(具瑩)碣. 珍山守宋公(宋有佺)表(無陰). 珍山守宋公(宋有佺)碣(無篆). 尙衣判官柳公(柳浚)表. 靑松府使許公(許恒)表. 楊正郞(楊士衡)碣(無篆). 朴金堤(朴銑)碣.

[202行(교194行:韓鏡判/韓久菴/李舟思/華谷李相)-4] 鏡城判官贈領相韓公(韓孝胤)神道碑. 久庵(韓百謙)神道碑. 再思堂(李黿)碣. 華谷(李慶億)碣.

*[203維-14] 重峰(趙憲)一軍殉義碑. 霽峰(高敬命)表. 釜山僉使鄭公(鄭撥)旌門. 贈承旨尹公(尹珍)殉義碑. 高麗進士耘谷(元天錫)碣. 直提學觀瀾(元昊)表. 桐溪(鄭蘊)表(入學問卷). 桐溪(鄭蘊)遺墟碑. 杜谷(洪宇定)表(無陰). 杜谷(洪宇定)碣. 杜谷(洪宇定)遺墟碑. 龜山祠碑陰記. 謙齋(河弘度)碣. 滄洲(許燧)碣.

[204賢(교195賢:尹文孝/贈贊成蘇公碑陰/陽谷父母/芝川祖父/延興金御將/尹海恩/金牙山)-9] 行參贊尹文孝公(尹孝孫)神道碑. 蘇贈贊成(蘇自坡)碑陰(*碑則見散帙他卷-『금석록』주). 蘇贈贊成(蘇自坡)表陰(*碑則見散帙他卷-『금석록』주). 蘇贈贊成(蘇自坡)夫人王氏表. 芝川(黃廷彧)祖父別提公(黃起峻)表(無前). 延興府院君(金悌男)神道碑. 判書御營大將金公(金錫衍)表. 海恩君(尹履之)神道碑. 金牙山(金海壽)碣.

[205克(교196克:書院碑/先儒墓表/蔭官表碣)-5] 全州華山書院碑. 坡州紫雲書院碑. 江西金松亭(金泮)表. 趙永平(趙景昌)表. 閔鎭安(閔承洙)碣.

[206念(교197念:洪僉正/參判/具僉正/閔楊州/李參判)-6] 洪僉正(洪重箕)碣. 洪吏判(洪錫輔)神道碑. 洪吏判(洪錫輔)表. 具僉正(具尙鎭)表. 閔楊州(閔晉亮)碣. 李參判(李衡佐)表.

[207作(교198作:文官/蔭官/儒士)-11] 李司諫(李宜茂)神道碑. 金正言(金直孫)碣(無篆). 金遂安(金錫弘)碣(無篆). 生員贈參判金公(金錫沃)碣(無篆). 金羅州(金瑞星)碣(無篆). 盧倉守(盧玡)神道碑. 盧別提(盧鴻)神道碑. 宋贈禮參(宋復興)碣. 趙僉樞(趙瑩中)碑. 鄭博士(鄭謹)表. 鄭進士(鄭尙徵)表.

[208聖(교199聖:全州李府尹兩代/宋瓢翁/金鶴洲)-5] 李兵郞(李効忠)表. 李全州(李廷鸞)表. 李全州(李廷鸞)神道碑. 瓢翁(宋英耉)神道碑. 鶴洲(金弘郁)神道碑.

[209德(교200德:朴允林/文緯世/尹善道/羅緯素/李衡鎭/淸將表)-7] 檢校判漢城朴公(朴允林)碣. 文坡州(文緯世)碣(無篆). 尹參議(尹善道)神道碑. 羅同知(羅緯素)神道碑. 李水使(李衡鎭)表(無陰). 李水使(李衡鎭)碣(無篆). 淸鎭南將軍(吳蟒)表(無前).

[210建(교201建:勳武/戰功/(天朝碑)/文武蔭)-17] 盧宗簿正(盧慶麟)表(無陰). 盧宗簿正(盧慶麟)碣(無篆). 李制置使(李行儉)表. 李兵郞(李藎忠)表. 李陰竹(李伯堅)表. 李務功郞(李仲堅)表. 朴宗簿正(朴薫)表(無陰). 朴宗簿正(朴薫)碣(無篆). 趙懷仁(趙廷鸞)碣(無篆). 司導主簿邊公(邊友益)表. 吳禮賓正(吳命悅)表. 崔內資奉事(崔世益)表. 崔內資奉事(崔世益)誌銘. 朴豊儲守(朴葵)表(無陰). 豊儲守(朴葵)其子(朴致賢)表(無前). 李贈參判(李祉運)表(無前). 李贈參議(李泓)表.

[211名(교202名:勳武/戰功/天朝碑)-11] 龍城君趙公(趙暾)表(無陰). 海陽君襄簡尹公(尹熙平)神道碑. 尹兵使(尹汝諧)神道碑. 延川君(車云革)神道碑. 吉城君(許惟禮)表(無陰). 吉城君(許惟禮)碣(無篆). 許通政(許諗)表. 許通政(許諗)碣(無篆). 北關大捷碑. 天朝都督(劉綎)威德碑. 鶴城君(金完)神道碑.

[212立(교203立:正/典書/堂上/嘉善/蔭/堂下)-16] 李司僕正(李匡)表. 工曹典書李公(李宗茂)表. 愼江原(愼自健)表(無陰). 愼江原(愼自健)碣. 金禮參(金悌臣)表. 金守知中樞(金湛)表. 金工參(金訢)表(無陰). 金工議(金訢)碣(墓道銘). 金吏判(金安鼎)神道碑. 金大諫(金克忸)表(無陰). 金大諫(金克忸)碣(無篆). 金工判(金揚震)神道碑. 金司議(金農)表. 金司議(金農)碣. 金山陰(金大賢)表(無陰). 金山陰(金大賢)碣.

[213形(교204形:參判/承旨/同樞/監司/府使/校理/駙馬)-7] 成禮判(成壽益)神道碑. 金承旨(金瑛)碣及後記. 金同樞(金光燦)碣. 黃海監司南郭朴公(朴東悅)神道碑. 朴南陽(朴淳)碣. 柳校理(柳時行)表(無前). 晉安尉柳公(柳頔)表(無前).

[214端(교205端:蔭/儒/文/名官夫)-11] 愼扶安(愼敦禮)表(無前). 宋公(宋純父宋泰)碣. 宋郡守(宋演孫)神道碑. 蘇都事(蘇自坡)碑銘. 黃五衛將(黃悅)碑銘. 金左通禮(金偉男)表. 月城(李曙)碣. 朴掌樂僉正(朴世橋)表. 朴掌樂僉正(朴世橋)碣. 元黃牧(元命耉)神道碑. 工曹正郞吳公(吳晉周)表.

[215表(교206表:嬪公/翁主/駙馬/婦人)-12] 愼嬪金氏(世宗嬪)碣. 熙嬪洪氏(中宗嬪)誌. 昌嬪安氏(中宗嬪)神道碑. 貞淑翁主(宣祖女)表. 達城尉(徐景霌)貞愼翁主合葬表. 海昌尉(顯宗駙馬)吳公(吳泰周)碣(無篆). 海昌尉(吳泰周)明安公主(顯宗三女)表(無前). 御筆和平翁主表(無陰). 南領相(南在)夫人(尹氏)表(無前). 朴醉琴夫人(金氏)表. 閔留守(閔審言)第三配張氏表. 李參奉(李泰躋)室宋氏碣.

[216正(교207金石續帖正:無)-6] 新羅忠臣竹竹碑. 前朝左司議文公(文益漸)表. 張參議(張崑)表. 金承旨(金濟謙)表. 崔掌樂正(崔璘)表. 南校理(南溟羽)表.

◇ 釋寺

*[217空-6] 曦陽山靜眞大師(兢讓)碑. 石南山朗空大師(行寂)碑後記. 鳳巖山智證大師 (道憲)碑. 月出山(道詵)國師碑陰. 迦智山普照禪師(體澄)碑. 藍浦聖住寺(朗慧和 尙)塔碑.

*[218谷-5] 法鏡大師(玄暉)塔碑. 智光國師(海獜)碑. 普覺國師(混脩)碑. 重興寺圓證國 師(普愚)塔碑. 迷源(普愚)塔碑.

[219傳(교208傳:釋寺)-7] 西山大師(休靜)碑(又二碑在他卷-『금석록』주). 松雲大師 (松雲)碑銘. 表忠事蹟碑. ❖眞鑑禪師(慧昭)碑(木版陰刻). 眞鑑禪師碑(石刻元本). 神行禪師碑(靈業書). 松都玄化寺碑(陰記).

[220聲(교209聲:釋寺)-7] 先覺大師(逈微遍光)塔碑. 眞徹大師(利嚴寶月)塔碑. 妙香山 普賢寺碑. 妙香山安心寺石鍾碑(模刻). 妙香山安心寺石鍾碑. 道岬山兩師(道詵守 眉)碑. 妙香山鞭羊堂大師(彦機)碑.

[221虛(교210虛:釋寺)-6] 朗空大師白月栖雲(行寂)塔碑. ❖重修淸平山文殊院記. ❖門 人坦然等祭眞樂公(李資玄)文. 文殊寺藏經碑. 斷俗寺大鑑國師(坦然)碑. 淸道雲門 寺圓應國師碑.

[222堂(교211堂:釋寺)-12] 淸虛堂(休靜)大師碑. 鞭羊堂(彦機)大師碑. 春坡堂(雙彦)大 師碑. 奇巖堂(法堅)大師碑. 松月堂(彦祥)大師碑. 虛白堂(明照)大師碑. 楓潭堂(義 諶)大師碑. 虛谷(懶白)大師碑(以上幷金剛山). 湧泉寺古蹟記. ❖演福寺鐘銘(墨字 搨印). 淸溪寺事蹟記. 神勒寺九龍樓重修碑.

#[223習(교218千字文不明:釋寺)-9] 順天松廣寺普照國師(知訥)碑. 指空師浮屠銘. 無 學師(自超)浮屠碑. 妙香山淸虛堂(休靜)師碑. 妙香山四溟堂(惟政)師碑(紫通弘濟 尊者四溟大師石藏碑銘). 妙香山楓潭(義諶)師碑. 通津文殊寺(楓潭)大師碑. 德龍 山浩然堂(太湖師)碑. 松廣寺事蹟碑.

[224聽(교212聽:釋寺)-13] 普願寺寶乘塔碑. 釋王寺藏經御題碑. 釋王寺藏經事迹碑. 釋迦世尊金骨舍利碑(浮圖). 洛山寺觀音窟碑. 通度寺如來舍利碑(浮圖). 高麗山積 石寺碑. 松坡大師(覺敏)碑. 翠微大師(守初)碑. 普雲大師(道一)碑. 幻夢大師(宏潤) 碑. 雪松大師(演初)碑. 天然大師(智文)碑.

[225禍(교213禍:釋寺)-19] 醴泉龍門寺重修碑. 林川大普光寺碑. 神勒寺(普濟)大藏閣 碑. 神勒寺(普濟)石鍾碑. 華嚴寺碧巖大師(覺性)碑. 深源寺霽月堂(敬軒)碑. 深源

寺翠雲堂(學璘)碑. 竹山碧應大師(釋崇)碑. 香山雪巖堂(秋鵬)碑. 香山玩虛堂(圓俊)碑. 香山靈巖堂(智圓)碑. 香山虛靜堂(法宗)碑. 香山碧虛大師(圓照)碑. 香山慈應大師(信和)碑. 香山月峰大師(正佑)碑. 香山月渚堂(道安)碑. 香山雲峰堂(靈佑)碑. 香山雲坡大師(義俊)碑. 香山松坡大師(義欽)碑.

[226因(교214因:釋寺)-6](표지'弘眞國尊碑'다음'麟角寺大禪師碑') 原州圓空國師(智宗)塔碑. 稷山弘慶寺開創碑. 桐華寺弘眞師(惠永)碑. 俗離山慈淨國師(子安)碑. 砥平正智國師(智泉)碑. 平康寶月寺碑.

[227惡(교215惡:釋寺)-12] 全州松廣寺開創碑. 康津白蓮寺事蹟碑. 高山安心寺事蹟碑. 白川江西寺事蹟碑. 白川護國寺事蹟碑. 高麗山護國寺事蹟碑. ❖四饗招魂位田畓記. 白川護國寺寶月堂(釋泰雄)碑. 杆城牧羊堂(釋靈眼)碑. 杆城雲坡堂(釋淸眼)碑. 海南雪峰堂(釋懷靜)碑. 長淵聖齋洞事跡碑.

1. 비문과 문체

　삼국시대와 남북국시대의 석비 및 비지에 새겨진 비문은 비의 기능과 성격에 따라 문체가 상당히 다르다. 408년(광개토왕 18) 제작된 「덕흥리고분묘지」와 414년(장수왕 2) 건립된 「광개토왕비」, 고구려의 「중원고구려비」, 신라의 「단양신라적성비」와 4개의 진흥왕순수비 등은 문언어법의 한문 문체로 비문이 작성되어 있다. 하지만 「임신서기석」처럼 한국어 어순을 따른 한문 문체를 사용한 예나, 5세기경 「모두루묘지」처럼 이두 표기를 혼용한 한문 문체를 사용한 예도 병존했다. 이후 한국식 한자어나 이두어를 사용하고 한국어 어순의 한문 표기를 혼용한 한국식(이두식) 한문을 사용한 비문이 조선시대까지 이어졌다.

　한문 문장은 같은 글자 수의 구끼리 규칙적으로 이어나가거나 교차시켜 나가기도 하고, 전혀 규칙적이지 않게 의도적으로 늘어놓거나 규칙 자체를 의식하지 않고 벌려놓기도 한다. 전자를 제행(齊行)이라 부르고 후자를 산행(散行)이라고 부른다. 제행 가운데는 두 구끼리 짝을 이루는 대우(對偶), 같은 형식의 3개 구 이상을 늘어놓는 유구(類句)도 있다. 4·4구나 4·6구를 늘어놓으면서 대우를 고려하고 평측을 교호시킨 문체가 변문(騈文)이다. 한문 문장의 일정한 위치에 운자(韻字)를 놓는 경우가 있는데, 제

137

|표 2-1| 한국고대 석비의 서사문체 분류 예

서사문체	세부 구분	예
문언어법 산문	散行散文	
	四言齊行一部混合 散文	廣開土王碑. 中原高句麗碑. 誓幢和尙碑
	散行과 四言齊行幷用散文	德興里古墳墓誌(墨書銘).
문언어법 변문	擬似騈文	砂宅智積碑
	定式騈文과 韻語銘	낙랑왕씨묘지명: 魏故恒州治中晉陽男王君墓誌銘. 魏故處士王君墓誌銘. 魏黃鉞大將軍太傅大司馬安定靖王第二子給事君夫人王氏之墓誌. 大魏揚列大將軍太傅大司馬安樂王第三子給事君夫人韓氏之墓誌
		貞孝公主墓誌(銘)幷序. 貞惠公主墓誌(銘)幷序
		新羅文武王陵之碑. 貞惠公主墓誌. 貞孝公主墓誌. 四山碑銘 일부(初月山大崇福寺碑銘)
문언어법 산문과 운어 부기 형식	四言齊行韻文	五臺山妙吉祥塔詞(僧訓)
	齊行押韻과 騈文套式對偶文의 병용	海印寺妙吉祥塔誌(崔致遠)
	古文散文과 韻語銘	黑齒常之墓誌銘 等 유이민 묘지명
	散文騈文幷用과 韻語銘	四山碑銘 일부
한국식(이두식) 한문		壬申誓記石. 明活山城碑. 南山新城碑

행은 물론 산행에도 압운(押韻)을 할 수 있다. 이러한 기서(記敍) 문체를 고려하여 고대 석비를 분류한 것이 표 2-1이다.

2. 문언어법 산문의 석비문과 비지문 출현

(1) 고대 비문의 제행·산행 혼합

「덕흥리고분묘지」(408), 「광개토왕비」(414), 「무령왕묘지」와 「매지권」(525), 「무령왕비묘지」(529) 등은 모두 찬자(지은이)가 기록되어 있지 않았다. 신라 말부터 대부분의 석비에 찬자가 기록되는 것과는 차이가 있다.

|표 2-2| 「덕흥리고분묘지」

판독문	번역문
□□郡信都縣都鄕中甘里 釋加文佛弟子□□氏鎭仕 位建威將軍國小大兄左將軍 龍驤將軍遼東太守使持 節東夷校尉幽州刺史鎭 年七十七薨焉永樂十八年 太歲在戊申十二月辛酉朔廿五日 乙酉成遷移玉柩周公相地 孔子擇日武王選時歲使一 良葬送之後富及七世子孫 番昌仕宦日遷位至侯王 造□萬功日煞牛羊酒宍米粲 不可盡掃旦食鹽□食一椋記 之後世寓寄無疆	□□군 신도현 도향 중감리 사람이며 석가문불의 제자인 □□씨 진(鎭)은 역임 관직이 건위장군·국소대형·좌장군·용양장군·요동태수·사지절·동이교위·유주자사였다. 진은 77세로 죽어, 영락 18년 무신년 초하루가 신유일인 12월의 25일 을유일에 (묘역을) 이루어서 영구를 옮겼다. 주공이 땅을 살펴 고르고 공자가 날을 택했으며 무왕이 시간을 뽑았다. 해마다 한결같이 좋게 하여, 장례 후 부(富)는 7세에 미쳐 자손은 번창하고 관직도 날마다 올라 위(位)가 후왕(侯王)에 이르리라. 만 가지로 공력을 이루어, 날마다 소와 양을 잡고, 술과 고기, 쌀은 이루 다 먹지 못할 정도이며, 아침에 먹을 식량과 소금을 창고 가득 둘 것이다. 기록해서 후세에 전하며, 무궁토록 복을 부친다.

출처: 국립문화재연구소 문화유산연구지식포털

덕흥리고분은 흙무지돌방무덤[석실봉토분]으로, 고분 벽면 56곳에 묘지문과 벽화 설명문을 적은 600여 자의 묵서가 있다(표 2-2 참조).[1]

이 묘지문의 전반은 글자 수가 일정하지 않은 산행이지만, 후반의 축언(祝言)은 4언 제언을 골간으로 한다. 다만 4언 부분은 대우와 평측교호, 염률을 엄격히 지키는 변문이 아니며, 허사나 개사를 쓰지 않았다. 그런데 어휘 사용과 관련하여 몇 가지 주의해야 할 점이 있다.

---

1 평남 남포시 강서구역 덕흥동에 있다. 1976년 관개공사 중에 발견되었다. 묘주 유주자사(幽州刺史) 진(鎭)을 고구려인으로 보는 설과 중국인으로 보는 설이 있다. 또 진이 유주자사 직을 중국에서 받은 것인지, 고구려에서 받은 것인지에 대한 것도 이견이 있다. 고분 전실 서벽에 범양태수(范陽太守)·어양태수(漁陽太守)·연군태수(燕郡太守)·토곡태수(上谷太守)·대군내사(代郡內史)·광녕태수(廣寧太守)·북평태수(北平太守)·요서태수(遼西太守)·창려태수(昌黎太守)·요동태수(遼東太守)·현토태수(玄菟太守)·낙랑태수(樂浪太守)·대방태수(帶方太守) 등 13군 태수의 그림이 있다. 400년 고구려와 후연(後燕) 사이의 동맹관계가 깨지고, 유주자사 진과 태수들이 광개토왕에게 귀복했으며, 태수들은 고구려에 귀복한 후에도 유주자사 진을 모셨다. 上田正昭, 『古代の道教と朝鮮文化』, 人文書院, 1989; 이인철, 「德興里壁畵古墳의 墨書銘을 통해 본 고구려의 幽州經營」, 『역사학보』 158, 역사학회, 1998, pp.1-29; 門田誠一, 「銘文の檢討による高句麗初期傳來の實相―德興里古墳墨書中の傳敎語彙を中心に―」, 『朝鮮學報』 180, 朝鮮學會, 2001; 한국역사연구회 고대사분과, 『고대로부터의 통신』, 푸른역사, 2004.

① '周公相地, 孔子擇日, 武王選時'의 전고는 분명하지 않다. 『상서』 「낙고(洛誥)」에 "공[주공]이 감히 하늘의 아름다움을 공경하지 않을 수 없어서 와서 집터를 살펴보니 주나라에 짝할 아름다움을 지었습니다[公不敢不敬天之休, 來相宅 其作周匹休]."라고 했다. 이것이 '주공상지(周公相地)'의 전고이다. 하지만 공자 택일 고사나 무왕 시기 선정 고사는 확실하지 않다.

② '歲使一良'은 어법이 기이하다. 종래 '날짜와 시간을 택한 것이 한결같이 좋으므로'라고 번역해 왔으나, '해마다 한결같이 좋게 하여' 정도의 뜻인 듯하다. 복사(複詞: 복합어)의 '술어+빈어(賓語)' 구조이다.

③ 이 묘지는 한자어의 복사(複詞)를 많이 사용했다. '造□萬功'은 '만 가지 공적을 이루어'라는 뜻이다.

④ '旦食鹽□, 食一椋'에서 뒤의 구가 3자이므로 4언 제행의 짜임에서 어긋나 있다. 문맥상 □는 '敊'로 추정된다. '椋'은 고구려에서는 '창고'의 뜻을 지닌 국자(國字)인데,[2] 여기서는 '鹽'과 짝을 이루었다.

⑤ '記之後世, 寓寄無疆'은 4언 2구의 제행이다. '寓寄無疆'은 '무궁토록 복을 부친다[드리운다].'라는 뜻이다.

⑥ 운문의 명사(銘詞)가 없다.

한편 「광개토왕비」의 문단 구성은 상당히 정교하다. 서(序)의 첫 문단은 추모(鄒牟, 동명왕)가 천제의 아들이며 하신의 외손으로, 난생(卵生)하여 연가부귀(連葭孚龜)의 도움을 받아 고구려를 건국한 영웅임을 서술했다. 광개토왕을 도와 무공을 떨쳤던 모두루의 행적을 적은 「모두루묘지」에서 고구려가 하백의 손자이자 일월의 아들이 세운 나라임을 과시한 부분과 유사하다. 「광개토왕비」의 제1면을 보면 다음과 같다.[3]

---

2 犬飼隆, 「古代日朝における言語表記」, 國立歷史民俗博物館 平川南編, 『古代日本と古代朝鮮の文字文化 交流』, 東京: 大修館書店, 2014, pp.128-129.

3 비석은 중국 길림성 집안현 태왕향에 있다. 한국고대사회연구소 편, 『역주 한국고대금석문』 I, 가락국 사적개발연구원, 1992, pp.3-35.; 왕젠췬(王建群) 저, 임동석 역, 「호태왕비 비문석주」, 『광대토왕비 연구』, 역민사, 1985, p.299. 문제가 되는 글자의 판독은 왕젠췬을 따랐다. 한국금석문종합영상정보시스템 (http://gsm.nricp.go.kr)에서도 원문을 찾을 수 있다. 임동석은 補譯·意譯한 바 있다. 여기서는 대만 중 앙연구원 푸쓰녠(傅斯年)도서관 소장 19세기 탁본을 검토한 이형구의 판독문을 따르고 일부 다른 판독 결과를 참조한다. 미상 글자 □ 다음에 괄호로 추정 글자를 제시할 때 앞 글자는 이형구 판독 글자이다. 이형구, 『廣開土大王陵碑 新研究』, 同和出版公社, 1986, pp.368-369.

제1면

惟昔始祖鄒牟王之創基也出自北夫餘天帝之子母河伯女郎剖卵降世生而有聖□(德)□□□□□命駕」

巡幸南下路由夫餘奄利大水王臨津言曰我是皇天之子母河伯女郎鄒牟王爲我連葭浮龜應聲卽爲」

連葭浮龜然後造渡於沸流谷忽本西城山上而建都焉不樂世位因遣黃龍來下迎王王於忽本東岡(罡)□(黃/履)」

龍□(頁/負/首)昇天顧命世子儒留王以道興治大朱留王紹承基業□(是/遝)至十七世孫國岡(罡)上廣開土境平安好太王」

二九登祚号爲永樂太王恩澤□(洽)于皇天武威振被四海掃除□□庶寧其業國富民殷五穀豐熟昊天不」

弔卅有九宴駕棄國以甲寅年九月廿九日乙酉遷就山陵於□(是)立碑銘記勳績以示後世焉其□(辭)曰」

永樂五年歲在乙未王以碑麗不□(貢)□□躬率往討過富山□(負)□[才]至鹽水上破其三部□(族)六七百營牛馬羣」

羊不可稱數於是旋駕因過□(襄)平道東來□城力城北豊□(王)備□遊觀土境田獵而還百殘新羅舊是屬民」

由來朝貢而□(倭/後)以辛卯年□(不/來)□(貢/渡)□(因/海)破百殘□(倭)□(寇)新羅以爲臣民以六年丙申王躬率□(水)軍討□(伐)殘國軍至□(窠)」

首攻取壹八城曰模盧城各模盧城幹氐利□(城)□□城閣彌城牟盧城彌沙城□(古)舍蔦城阿旦城古利城□」

□(利)城雜珍城奧利城勾牟城古□(模)耶羅城莫□□(城)□□城□而耶羅□(城)瑑城□(於)□(利)城□(農)□(賣)城豆奴□(城)沸□(城)□(比)」

　

광개토왕의 신이한 출생담에 이어 왕의 은택이 하늘같고 무위가 사해를 덮어 백성들이 평화롭고 국가가 부강하다고 언급했다. 이른바 신묘년(辛卯年) 기사는 푸쓰녠(傅斯年)도서관 소장 탁본에 의하면 왜(倭)가 침략한 사실을 말하는 것이 아니다. 또한 정인보의 해석에 따르면, 설령 '以辛卯年來'의 주어가 '倭'라 하더라도 '渡海破'의 주어는 비문의 주체(비주)인 광개토왕이라는 것이다.

그런데 다음의 ⓐ, ⓑ, ⓒ는 6언 대우와 4언 제행을 섞어, 변문 투식이 있다. ⓐ는 평측교호법을 지켰으나 ⓑ, ⓒ는 그렇지 않다. 전체적으로 보면 평측교호법이나 염률을 의식했다고 보기 어렵다.

　ⓐ 恩澤洽于皇天 武威振被四海

　　평측측평평**평** 측**평**측측측**측**

　ⓑ 掃除□□ 庶寧其業

　　측평□□ 측평평측

　ⓒ 國富民殷 五穀豊熟

　　측측평**평** 측측측측

「광개토왕비」는 서 다음에 사(辭)가 있어, 광개토왕이 비려를 치고 백잔(백제)을 토벌했으며 왜를 물리쳐서 신라를 구원하고 부여를 정복했다는 내용으로 이어진다. 광개토대왕의 무위가 사해에 떨친 사실을 산문으로 서술했다. 이어서 광개토왕의 수묘(守墓) 교언, 후사왕의 교언 집행 결의 내용이 나온다. 어휘 면에서 보면 「광개토왕비」의 비문은 2자 복사(복합어)와 단자(單字)를 적절하게 활용했다. 다만 확인 가능한 1,775자(150여 자 판독 불가) 가운데 복사는 많지만 변자(騈字)는 다음과 같은 예가 있을 뿐이어서, 행문(行文)에서 비율이 낮다.

　제1면: 紹承, 掃除, 遷就.

　제2면: 敎遣.

　제3면: 敎遣, 普覆, 旋還.

　제4면: 洒掃(2회), 嬴劣, 差錯(2회).

「광개토왕비」의 문체는 제행·산행의 구성이 복잡하다. 지명에서 음차(音借) 한자를 사용한 것도 그 한 이유이다. 전체를 5개 단락으로 나누어 살펴보면 다음과 같다.

　① 서(序): '惟昔'부터 '承基業'까지: 산행(散行). 주제격 어조사 야(也)를 첫머리에 사용. 동
　　사구-동사 연결사로 '而'를 1회 사용. 대화체.
　② 본문 1 '[遷]至'부터 '田獵而還'까지: 산행과 4언 제행의 혼용. 역사적 사실의 기록은 4언
　　제행. 연사(連詞) '於是'와 '而'를 사용. 동사구-동사 연결사로 而를 1회 사용. 서술체.

③ 본문 2 '百殘新羅'부터 '旋師還都'까지: 산행과 4언 제행, 3언 제행 혼용(지명 열거 부분). 열거법. 연사 '而'를 1회 사용. 서술체.

④ 본문 3 '八年戊戌'부터 '村一千四百'까지: 산행 중심. 4언 제행의 구 소수. 연사 '而'와 '於是' 사용. 교언(敎言)인 '制'의 인용.

⑤ 결미: '守墓人'부터 '制令守墓之'까지: 산행 중심. 단 '-爲-'의 어구를 유구법의 형식으로 나열하되 '而'는 사용하지 않음. 연사 '是以' 사용. 교명(敎命)을 제시한 명령문.

② 본문 1 부분은 4언 제행이 주축을 이루지만 ③ 본문 2, ④ 본문 3과 ⑤ 결미(유언) 부분은 잡언체의 산행이 중심이다. 이에 비해 ① 서 부분은 의도적인 산행의 문체이다. 기왕의 다른 문헌을 옮겼거나, 그것을 저본으로 부분적인 수정을 하는 데 그친 듯하다. ② 본문 1의 4언 제행은 문체를 긴박하게 유지시키는 데 기여했다. ① 서문은 대화체, ⑤ 결미는 명령어의 인용 형태로 문장구성이 복잡하다. ②~④(본문 1·2·3)는 역접 접속사를 사용하지 않고 하나의 기세로 사실을 집적하는 문체로 되어 있다. 전체적으로 볼 때「광개토왕비」의 문장은 4언 제행과 잡언 산행을 혼합하고 허사·개사를 간간이 사용한 고문이다. 정벌 지역과 간연(看烟) 징발 지역의 지명을 기록할 때는 음차를 했지, 4언 제행으로 맞추려고 훈차(訓借)를 의도하지 않은 듯하다.

(2) 고대 비문의 문언어법 한문과 이두식 한문 혼용

고대의 석비문에는 문언어법 한문과 이두식 한문을 혼용한 사례가 많다. 5세기경의 것으로 추정되는「모두루묘지」앞부분은 4언 제행을 지향했다.[4] 비문의 중간중간에서도 4언의 어구를 확인할 수 있으나, 전체적으로 마모가 심하여 제행·대우의 상황은 분명하지 않다. 사역동사 '교령(敎令)'과 '교견령(敎遣令)'을 운용했다. 고구려가 하백의 손자이자 일월의 아들이 세운 나라임을 자랑하는 말이 앞에 나오는 것은「광개토왕비」의 서사법과 같다.

1 大使者牟頭婁(下缺)

2 □(下缺)

3 河泊之孫日月之子鄒牟

---

4 한국고대사회연구소 편,『역주 한국고대금석문』Ⅰ, 가락국사적개발연구원, 1992.

4 **聖王**元出北夫餘**天下四**

5 **方知此國郡**最**聖**□□□

6 治此郡之嗣治□□□聖

7 王奴客祖先□□□北夫

8 餘**隨聖王來**奴客□□□

9 之故□□□□□□□

10 **世遭官恩**□□□□罡上

11 聖太王之世□□□□□

12 祀仉□□□□□□□

13 非□枝□□□□□□

14 叛逆□□之□□□□

15 冄牟□□□□□□□

16 遣招□□□□□□□

17 拘雞□□□□□□□

18 暨農□□□□□□□

19 □□□□□□□□□

20 恩□□□□□□□□

21 官客之□□□□□冄

22 牟令彡靈□□□□□

23 **慕容鮮卑**□□使人□知

24 **河泊之孫日月之子所生**

25 **之地**來□北夫餘大兄冄

26 牟□□□公□彡□□□

27 □□□□□□□□□

28 牟婁□□□□□□□

29 命遣□□□□□□□

30 □□□□□□守□□□

31 □□□□□□□□□

32 □□□□□造世□□□

33 □□□□□苑罡□□□

34 □□□□□□□□□

35 □□□□□□□□□

36 □□河□□□□□□

37 □夫□□□□□□□

38 □河泊日月之□□□□

39 □□□祖大兄冉牟壽盡

40 □□於彼喪亡□由祖父

41 □□大兄慈□大兄□□

42 □世遭官恩恩□祖之□

43 道城民谷民幷領前王□

44 育如此遝至國罡上大開

45 土地好太聖王緣祖父□

46 尒恩教奴客牟頭婁□□

47 牟教遣令北夫餘守事河

48 泊之孫日月之子聖王□

49 □□□昊天不弔奄便□

50 □□奴客在遠哀切如若

51 日不□□月不□明□□

52 □□□□□□□□□

53 □□□□□國□□□□

54 知□□□在遠之□□□

55 遝□□教之□□□□□

56 □潤太隊踊躍□□□□

57 □令教老奴客□□□□

58 官恩緣□□道□□□□

59 使□西□□□□□□

60 竭極言教□心□□□□

(이하 20행 생략)

※ 굵은 글씨는 4언 어구이다.

이 비문은 동일 어구를 반복하여 문체를 장엄하게 꾸몄으나, 변문피복(變文避複)의 원리를 전혀 고려하지 않았다. 제3행, 제24행, 제48행의 '河泊(伯)之孫, 日月之子'가 반복적으로 나온다. 제38행은 그 변형태이다. 이외에도 반복어구가 여럿 있는 듯하다. '河泊之孫, 日月之子'와 '日不□□, 月不□明' 등은 대우(對偶)의 구식이다. 한국식 한문의 표현도 있다. '世遭官恩'은 그 일례로, '대대로 관직의 은혜를 만나' 정도로 풀이할 수 있다. 그런데 「광개토왕비」나 「모두루묘지」를 보면 복합어의 비중이 높되, 그 가운데 변자(騈字)는 많지 않다. 한자 어휘의 복합어는 주나라 초기의 금문에서 나타나기 시작하여 춘추시대에 들어와 급증했다.[5] 한자는 음절이 단순하므로 한문서사는 악센트에 의하여 어의에 변화를 부여하는 방법을 취했다. 거성이 육조시대에 발생하기 전인 금문이나 『시경』의 시편에서는 평·상·입성의 3종을 합운(合韻)하는 일도 종종 있었다. 이때는 한자의 악센트가 강렬하지 않아서 어의를 넓히기 위해 복합어를 크게 활용했다. 복합어는 동의어·유사어·상반어를 연결하거나 수식어를 위에 덧붙인다거나 하는 식으로 어의를 강조·확대·집약·통일할 수 있다. 이때 음조를 고려하여 단사를 복합한 것을 변자(騈字)·연문(連文)·연면어(連綿語)라고 한다.[6] 「광개토왕비」나 「모두루묘지」에 복합어가 많기는 해도 변자가 적다는 사실은 당시의 한국 한문 문장에서 아직 한자음의 음조를 고려하는 관습이 정착되어 있지 않았음을 말해준다.

(3) 지석의 단형 기서체 산문

제1장에서 보았듯이 백제의 「무령왕묘지」는 매우 짧다. 단형의 서사문일 뿐, 전고수사가 없고 압운도 하지 않았다. 「무령왕비묘지」도 이 같은 문체이다. 그리고 「무령왕비묘지」 뒷면의 매지문도 극히 짧아, 6행 58자에 불과한데, 역시 전고수사도 없고 압운도 하지 않았다. 무령왕릉의 무령왕 지석과 왕비 지석, 그리고 매지석의 문체는 단형 기서체이다. 이 단형 기서체는 석비와 묘비의 문체가 남북국시대 이후 급속히 발달한 이후에도 지석에 널리 활용되었다. 특히 조선시대에 발달한 도자기 지석에서는 졸(卒)과 장(葬)의 간단한 사항만 기재한 것도 많다.

---

5 중국의 양수달(楊樹達, 1885~1956)은 『좌전』 성공(成公) 13년에 진(晉)나라 여상(呂相)이 진(秦)나라에 보낸 약 700자의 서한 속에 31개의 복합어가 있다고 지적했다.

6 유개념의 복합 형식을 취하여 두 한자의 상호규정을 바탕으로 새로운 의미를 낳거나, 서로 상반되는 뜻을 지닌 두 단음절을 포섭하여 의미를 통일하는 것이 많다(시라카와 시즈카(白川靜) 저, 심경호 역, 『한자 백 가지 이야기』, 황소자리, 2006, '79. 복합어'). 이러한 말들을 모은 사전으로, 청나라 강희제 칙찬의 『변자유편(騈字類編)』과 민국 29년의 『연면자전(聯綿字典)』 등이 있다. 강희제 칙찬의 『패문운부(佩文韻府)』 등 옛날 사전은 대개 복합어·연면자를 모으고 출전을 표시했다. 왕국유(王國維)의 『연면자보(聯綿字譜)』는 쌍성(雙聲)·첩운(疊韻)의 복합어들을 기록해 두었다.

1929년 『조선고적도보(朝鮮古蹟圖譜)』에 실려 있으나 소재를 알 수 없었던 유물들 가운데 최근 풍자연(風字硯) 형태의 고려시대 민수(閔脩, 1067~1122) 묘지가 국립중앙박물관에 있는 것이 확인되었다.[7] 민수는 검교예빈경 행좌사낭중 지제고의 벼슬을 지냈으며, 1122년(인종 즉위년) 56세로 세상을 떠나 그 다음 달에 송림현(松林縣) 장봉동(長峯洞)에 묻혔다. 장남은 언실(彦實)이고, 차남은 언성(彦誠)이다. 딸 세 명은 이름난 이에게 시집갔고 두 명은 그 당시 결혼하지 않았다. 이 민수의 묘지명은 비제도 없고 명도 없으며, 내용도 무척 간단하다.[8] 그렇지만 12세기에는 비지에 인물 평가를 싣는 관습이 정착되었으므로, 이 묘지에도 인물 평가가 들어 있다.

歲在壬寅十月十九日甲辰　檢校礼
賓卿行左司郎中知制誥閔公卒公諱
脩年五十六越十一月十七日壬申葬于
松林縣長峯洞公之平昔所行歷〃
有可觀眞忠信剛懿之士也有子二人長
彦實次彦誠有五女三皆適名人二未嫁

때는 임인년(1122) 10월 19일 갑진, 검교예빈경(정3품) 행좌사낭중(정5품) 지제고 민공이 졸했다. 공의 휘는 수, 나이는 56세. 다음 달 11월 17일 임신, 송림현 장봉동에 장사했다. 공의 평소 행력은 하나하나 볼 만한 것이 많으니, 정말로 충실하고 강의한 인사이다. 아들 둘이 있다. 장남은 언실, 차남은 언성이다. 다섯 딸이 있는데, 셋은 모두 명인에게 시집갔다. 두 딸은 아직 시집가지 않았다.

민수의 묘지는 망자가 애용하던 벼루에 일생 행력을 간단히 적는 식으로 작성되었고, 운문의 명이 없다. 12세기에는 관료 문인들의 묘지는 일반적으로 명을 갖춘 묘지명의 양식으로 바뀌고 서의 내용도 풍부하게 되었다. 그리고 사대부나 귀인의 묘지에

---

7 유물은 가로 13cm, 세로 17.4cm, 두께 2.9cm이다. 재질은 점판암으로 추정된다. 유물 기록에 따르면, 개성 부근에서 출토되었고, 1908년 8월 24일 12원에 구매했다. 글자를 파고 그 위에 석회나 호분(胡粉) 같은 물질을 덧바른 듯하다고 한다. 「벼루 모양 고려시대 묘지석, 91년 만에 소재 확인」, 『연합뉴스』, 2020. 1. 13.; 강민경, 「새롭게 확인된 고려 묘지명」, 『미술자료』, 국립중앙박물관, 2019, pp.224-238.

8 조선총독부 편, 『조선고적도보』, 1929; 박종기, 「高麗時代 墓誌銘 新例」, 『한국학논총』 20, 국민대학교 한국학연구소, 1998, pp.39-50; 김용선, 『고려묘지명집성』, 한림대학교 아시아문화연구소, 2001.

명을 갖추는 관습은 조선시대로 계승되었다.

조선 세종 때 산릉의 지석부터 왕자·왕녀의 예장에 이르기까지 석제로 지석을 제작하는 제도가 확정되었다.[9] 『세종실록』「오례」 및 『국조오례의』를 보면 왕과 왕비의 지석은 석제로 제작한다고 규정되어 있다. 그리고 지석은 『주자가례』의 법식처럼 개석(蓋石)과 저석(底石)으로 구성했다. 1757년(영조 33)에 이르러 영조는 '덕을 감춤[儉德]'의 이념에 따라 지석을 도자로 만들게 했다.[10] 다만 도자 지석은 조선 전기부터 이미 사용되었다. 『국조상례보편(國朝喪禮補編)』「도설(圖說) 치장(治葬) 자지(磁誌)」에 따르면, 산릉의 지석은 백토를 구워서 제조하는 자지를 사용하고, 안료로 회회청을 사용하며, 조례기척(造禮器尺)을 적용하여 길이 8치 8푼, 너비 6치 8푼, 두께 7푼이어야 한다고 했다.

현재 전하는 조선시대 지석 가운데 가장 오래된 석제 지석은 1420년(세종 2) 박익(朴翊)의 지석이다. '조봉대부사재소감박익묘(朝奉大夫司宰少監朴翊墓)'라는 묘주 이름, 자성(子姓), 장사일만 기록했다. 1487년(성종 18) 권감(權瑊)의 석제 지석에는 '추충정난익대순성명량경제홍화좌리공신가선대부화천군시양평공(推忠定難翊戴純誠明亮經濟弘化佐理功臣嘉善大夫花川君諡襄平公)' 및 성씨, 이름, 자, 본관, 부모, 생일, 관력, 졸일, 성품, 장사일 및 장지, 부인, 자녀 관계 등을 기록했다. 『주자가례』의 지석 요건과 내용이 거의 동일하다. 김주신(金柱臣, 1661~1721)의 『수곡집(壽谷集)』에는 심연(沈淵)의 지석 사례가 나온다. "(제1행) 屹山下南堂山辰坐乙向 / (제2행) 閣門祗候沈淵之墓 / (제3행) 洪武十年丁巳(1377, 고려 우왕 2년)九月十二日入葬"이라 했다. 중앙에 묘주를 쓰고, 좌우로 장지와 장사일을 간략하게 표기한 듯하다.

현존하는 도자 지석 가운데 가장 오래된 「분청사기선덕10년명지석」(이화여자대학교 박물관 소장)을 보면, 인물 평가가 들어 있지 않다. 이 지석에는 "선덕 10년(1435) 11월 15일 차집(車輯)을 장사 지냈다."라는 글이 새겨져 있다. 2매로, ⓐ가 덮개, 즉 개석이고 ⓑ가 바닥, 즉 저석이다. ⓐ에는 차집의 관직, 본관, 거주지, 장년(葬年), 축언, 후사(고애자/남) 이름과 거주지를 새겼다. ⓑ도 내용이 같다. 고애자를 '一男'으로 표기하고 '無'를 '无'로 표기하는 등 글자체가 약간 다를 뿐이다.

---

9 최순권, 「조선초 지석의 제작과 葬法」, 『호남사림과 필문 이선제 학술대회』, 주최: 호남사학회·향토문화개발협의회, 장소: 국립광주박물관대강당, 2018. 10. 27., pp.57~72.

10 『國朝寶鑑』卷66, 영조조 10, 영조 41년(을유, 1765).

ⓐ 承仕郎龍崗敎導車輯

[本海珍時居罘州北藏里] ([ ]안의 원문은 小字 2행. 이하 같음—필자 주).

歲次宣德十年乙卯

[十一月十五日壬午日葬于]

葬此無以此爲空地而後用

孤哀子幼學 緻 住罘州

ⓑ 承仕郎龍崗敎導車輯

[本海珍時居罘州北藏里]

歲次宣德十年乙卯

[十一月十五日壬午日葬于]

葬此无以此爲空地而後用

一男幼學 緻 住罘州

　　승사랑은 종8품의 문신 품계이다. 용강은 나주의 다른 지명이다. '해진(海珍)'은 '진
도(珍島)'를 말하므로, 차집은 해진차씨, 즉 나주차씨이다. 선덕은 명나라 연호이다.
조선시대에는 지석에도 연호를 표기한 사실을 알 수 있다. 선덕 10년은 조선 세종 17
년, 간지로는 을묘이며, 서력 1435년에 해당한다. 이해 11월 14일은 임오이므로, 일자
표시에는 문제가 없다. '葬于' 다음에는 본래 장지를 넣어야 했는데, 어떤 이유인지 누
락되었다. "葬此無以此爲空地而後用"은 정통 한문의 문법에는 맞지 않는다. '空地'는
'주인 없는 터'란 뜻이다. 이 문장은 "이곳에 장사 지냈으니, 이것을 주인 없는 터라고
여겨 뒤에 사용하지 말라."라는 뜻이다. 장지가 남에게 점탈되는 것을 우려한 경고의
말이다. '而後'의 표현은 매끄럽지 못하다. '罘'는 '羅'의 약자이다.

　　15세기에 제작된 분청사기 상감 묘지로「경태5년명이선제묘지」가 있다. 1454년(단
종 2) 무덤에 안치된 백상감의 '위패형' 묘지이다. 아마도 판형 묘지 이전의 묘지비 형
식을 따른 듯하다. 이선제(李善齊, 1390~1453)는 광산이씨 상서공파의 5세손으로, 호
는 필문(蓽文)이다. 1419년(세종 원년) 증광별시 진사과에 급제했으며, 세종, 문종, 단
종을 거치며 34년 동안 학자, 사관, 관료로 활약했다.[11] 하지만 5대손 이발(李潑)·이길

11　許傳,「蓽門李先生行狀」,『性齋集』卷27; 許傳,「嘉善大夫吏曹參判贈正憲大夫吏曹判書蓽門先生李公神
　　道碑銘幷序」,『松沙集』卷24 神道碑銘; 郭鍾錫,「光國佐理功臣嘉善大夫行吏曹參判藝文舘提學同知春

(李洁) 형제가 1589년(선조 22) 기축옥사에 연루되어 일가가 참화를 겪으며 문헌들이 모두 없어지고 말았다. 이 위패형 묘지는 이선제의 일생 행력을 자세히 알려주는 귀중한 자료이다.

有明朝鮮國嘉善大夫藝文館

提學同知春秋館事世子左副賓

客李先齊之墓公本光州生庚午

年父日暎官至中直大夫司僕卿祖弘吉

官至奉翊大夫開城尹上護軍太宗朝

辛卯春權克和榜中司馬試世宗朝己亥

春曺尙治榜文科及第拜翰林癸亥冬登

僕射丁卯冬入樞密癸酉冬卒于京師甲

戌春轟還葬於光州南村柳谷三十里

許万山洞祖墳之傍妻貞夫人宣氏

判事允祉女貫寶城生五男一女

長男始元辛酉年生員庚

午年文科及第時京市署令女壻

生員崔確次男贊元時司直次男調

元時咸平縣監次男翰元丁卯年生員

時穆淸殿直次男亨元庚午年生員

辛未年文科及第時藝文檢閱

景泰五年甲戌五月日 造作

유명 조선국 가선대부 예문관제학 동지춘추관사 세자좌부빈객 이선제 묘.

秋舘事世子左副賓客慶昌君贈正憲大夫吏曹判書藝文舘大提學蓽門先生李公神道碑」(壬子), 『倪宇集』 卷 147 碑. 전남 화순군 화순읍 앵남리에 광산이씨의 재사 오현재(五賢齋)가 있다. 이선제, 이선제의 차남 이조원(李調元, 1433~?), 이중호(李仲虎, 1512~1554), 이발(李潑, 1544~1589), 이길(李洁, 1547~1589)을 모셨다. 1820년(순조 20) 강진 수암서원(秀岩書院)에 이들을 배향했는데 1868년(고종 5) 서원이 훼철되자, 이곳으로 옮긴 것이다. 이종범, 「필문 이선제의 생애와 경륜」, 『호남사림과 필문 이선제 학술대회』, 주최: 호남사학회·향토문화개발협의회, 장소: 국립광주박물관대강당, 2018. 10. 27., pp.13-28; 김덕진, 「조선초 호남사림의 형성과 광산이씨의 활동」, 『호남사림과 필문 이선제 학술대회』, pp.31-46; 한성욱, 「蓽門 李先齊 墓誌의 현황과 의의」, 『호남사림과 필문 이선제 학술대회』, pp.77-96.

공의 본관은 광주(光州)로 경오년(1390)에 태어났다. 아버지 일영(日英)은 관직이 중직대부(中直大夫) 사복 경(司僕卿)에 이르렀다. 조부 홍길(弘吉)은 관직이 봉익대부(奉翊大夫) 개성윤(開城尹) 상호군(上護軍)에 이르렀다. 태종 신묘년(1411) 봄 권극화(權克和)가 장원인 방(榜)의 사마시에 합격하고, 세종 기해년(1419) 봄 조상치(曺尙治)가 장원인 방(榜)의 증광문과에 급제하여 한림(翰林)에 뽑혔다. 계해년(1443) 겨울 복야(僕射)에 오르고, 정묘년(1447) 겨울 추밀원(樞密院)에 들었으며, 계유년(1453) 겨울 경사(京師)에서 세상을 떠났다. 갑술년(1454, 단종 2) 봄 상여가 돌아와 광주 30리쯤 남촌(南村) 유곡(柳谷) 만산동(萬山洞) 조부의 묘 옆에 안장했다. 처는 정부인(貞夫人) 선씨(宣氏)로 판사(判事) 윤지(允祉)의 딸이며 관(貫)은 보성이다. 5남 1녀를 낳았다. 장남 시원(始元)은 신유년(1441, 세종 23) 생원으로 경오년(1450) 문과에 급제하여 지금 경시서령(京市署令)이다. 사위는 생원 최확(崔確)이다. 차남 찬원(贊元)은 지금 사직(司直)이다. 차남 조원(調元)은 지금 함평현감(咸平縣監)이다. 차남 한원(翰元)은 정묘년(1447) 생원으로, 지금 목청전직(穆淸殿直)이다. 차남 형원(亨元)은 경오년(1450) 생원으로, 신미년(1451)에 문과 급제하여 지금 예문관 검열이다.

경태(景泰) 5년 갑술년(1454, 단종 2) 5월 일에 만들다.

이 묘지는 망자의 조부와 부친에 대해 그 각각의 최종 관직을 밝혔다. 그리고 망자가 급제 후 한림에 배속되었다고 했다. 분관 때 성적이 우수했음을 짐작하게 한다. 1443년 정3품 참의에 오른 것을 복야에 올랐다고 하고, 1447년 겨울 종2품 참판에 오른 것을 추밀원에 들었다고 하여, 중국 문헌의 고투를 모방했다. 이어 장지를 밝히고, 그곳이 조부 묘 옆이라고 함으로써 선영의 위치를 알렸다. 부인의 경우도 본관과 그 부친을 밝혀 후대의 자료가 될 수 있게 했다. 또 5남 1녀(사위)의 등과(登科) 여부, 현직을 명시했다. 이선제의 죽음 직후 계유정난과 병자사화가 일어나 사류가 많이 피해를 입었다. 이때 장남 이시원(1410~1471)은 고향에서 광주 향약을 운영했다. 삼남 이조원(1433~1510)은 일생 강학에 힘썼다. 5남 이형원(1440~1479)은 한훈(漢訓)·이문(吏文)에 정통하고 『서경』의 구결(口訣)과 교정에 참여했다. 홍문관 부제학에 올라, 한명회의 전횡을 탄핵하기도 했다. 통신사로 나갔다가 돌아왔으나 거제에서 생을 마쳤다.

인물 평가를 담지 않고 최종 관력, 본관, 장졸, 자성(子姓) 등의 사항만 적는 묘지 형식은 조선 후기까지 널리 활용되었다. 특히 고관을 지내지 않고 정치나 학문에서 뚜렷한 성과를 내지 않은 사람들의 경우는 이와 같이 단형 기서체를 채용했다.

(4) 매지권 형식의 잔존

현재까지 고려시대 묘지로 20여 점이 보고되어 있다. 그 가운데 초기의 묘지는 매지권(買地券)의 형식을 지니기도 했다. 「천상묘지(闡祥墓誌)」와 「세현묘지(世賢墓誌)」가 그 예이다.

국립중앙박물관 소장의 「천상묘지」는 고려 인종 19년(1141)에 제작되었으며, 제액은 「고려국(高麗國)」으로만 되어 있다. 묘주 현화사 주지 천상(闡祥, ?~1141)의 경력은 서술하지 않았다. 99,990관문의 돈으로 묘지 일단을 사면서 장견고(張堅固)와 이정도(李定度)라는 신선을 보증인으로 세운다는 매지권 형식이다.[12] 4언 제행을 골간으로 하는 문체이다. '人乞不幸早終 ~' 이하에서 '乞'의 용법은 한문 문언어법에 어긋난다. '乞'을 판독 미상으로 보기도 하지만 뒤에 보는 「세현묘지」에도 같은 자형으로 나온다.

앞면

高麗國 [3자 제액(題額)−필자 주]

維歲次辛酉二月朔庚午二十八日丁酉, 前玄化高寺住持僧統闡祥亡過, 人□(乞)不幸早終, 今月錢九万九千九百九十貫文, 買墓地一段. 東至靑龍, 西至白虎, 南至朱雀, 北至玄武. 保人張堅固, 見入[13]李定度. 已後不得輒有侵奪. 先有□(居)臺, 遠避千里之□(外).

고려국

유세차 신유년(인종 19, 1141), 2월 초하루가 경오일인 달의 28일 정유일에 전 현화사 주지 천상 승통이 죽자, 사람들이 불행하게도 일찍 죽은 이 사람을 위해 (안장할 곳을) 구하여, 이제 99,990관문의 돈으로 묘지 1단을 산다. 동쪽은 청룡에 이르고 서쪽은 백호에 이르며 남쪽은 주작에 이르고 북쪽은 현무에 이른다. 보인(保人)은 장견고, 견인(見人)은 이정도이다. 이후로는 침탈이 있어서는 안 된다. 먼저 이 토지에 살던 자는, 천 리의 바깥으로 멀리 피하라.

---

12 藤田亮策, 「玄化寺住持闡祥墓誌」, 『朝鮮金石瑣談』, 『靑丘學叢』 19, 靑丘學會, 1935; 藤田亮策, 『朝鮮學論考』, 藤田先生記念事業会, 1963; 이난영 편, 『韓國金石文追補』, 중앙대학교 출판부, 1968; 아세아문화사, 1976; 허흥식, 『한국금석전문(중세 상)』, 아세아문화사, 1984; 정병삼, 「高麗 高僧 碑文 譯註의 과제와 방향」, 박종기 외, 『고려시대연구』 I, 한국학중앙연구원, 2000; 김용선, 『역주 고려묘지명집성』 (상), 한림대학교 아시아문화연구소, 2001; 李宇泰, 「韓國の買地券」, 『都市文化研究』 14, 大阪: 大阪市立大學文學研究科, 2012, pp.106–119.

13 판각은 見入으로 되어 있으나 見人이 옳다. 見人은 中人·見證人으로 保人과 짝을 이룬다.

뒷면

急急如律令勅.

빨리빨리 율령대로 시행할 것을 명령한다.

고려 인종 21년(1143)에 제작된 「송천사묘능삼중대사세현묘지(松川寺妙能三重大師世賢墓誌)」는 흔히 「세현묘지명」이라 일컫지만 '묘지명'이라 하기에는 운문의 명사가 없으므로 적절치 않다. 각 행마다 앞뒤를 뒤바꾸는 회문(回文) 방식으로 각자(刻字)했다. 다만 제5행과 제6행은 똑같이 위에서 아래로 새겼다.[14] 세현(世賢, ?~1143)은 송천사 주지를 지내고 묘능삼중대사(妙能三重大師)의 지위에 이르렀다. 묘지는 현화사 주지 천상의 매지권과 유사하다. 즉, 19,990문의 돈으로 황천 부와 후토 모의 사직으로부터 묘전을 사들이는데, 보인으로 신선 장륙(張陸)과 이정도(李定度), 지견인으로 동왕공(東王公)과 서왕모(西王母)를 세운다고 했다. 그런데 '萬'과 '万'을 중복한 예에서 알 수 있듯이, 비문에 연자(衍字)가 있다. '東至靑龍'부터 '西至白虎'까지는 4언 제행이지만 문장 전체는 4언이 골간을 이루지는 않는다. 또한 '興王寺接'에서는 이두어 '接'을 사용하고, '分付天地神明了'에서는 완료를 나타내는 백화어 '了'를 사용했다. '亡人乞人'은 '망인을 위해 천도하는 사람'이란 뜻인지 알 수 없다.

황통 3년 계해년(인종 21, 1143), 초하루가 정사일인 5월 7일 계해일에 고려국 흥왕사(興王寺)에 가까운 송천사의 주지 묘능삼중대사 세현이 죽었다.

그러므로 망인이 사람들 앞에서 바라건대, 19,990문으로 황천 부와 후토 모 사직의 12변에 나아가 전건의 묘전을 사들이니, 둘레가 1경이다. 동쪽으로는 청룡에 이르고 남쪽으로는 주작에 이르며 서쪽으로는 백호에 이르고 북쪽으로는 현무에 이른다. 위로는 창천에 이르고 아래로는 황천에 이르러, 사방이 분명하다. 즉일 돈을 가지고 천지신명에게 분부하나니, 보인은 장륙과 이정도이고, 지견인은 동왕공과 서왕모이며, 서계인(書契人)은 석절조(石切曹)이고 독계인(讀契人)은 김주부(金主簿)이다. 서계인은 하늘로 오르고 독계인은 황천으로

---

14 임창순 구장(舊藏) 탁본에 의하면 뒷면에 비문의 내용을 서너 줄 새기다가 중지했다. 처음에 회문식으로 새기지 않다가 중지하고 뒤집어 회문식으로 새긴 듯하다. 김용선, 『역주 고려묘지명집성』 (상), 한림대학교 아시아문화연구소, 2001.; 李宇泰, 「韓國の買地券」, 『都市文化硏究』 14, 大阪: 大阪市立大學文學硏究科, 2012, pp.106-119.

들어가라. 빨리빨리 율령에 따라 시행하라.[15]

중국에서는 매지권이 육조시대에 만들어졌다. 현재까지 중국 강남에서 출토된 매지권이 20편에 이른다.[16] 그 가운데 「대중대부여음태수후□(大中大夫汝陰太守侯□)」처럼 묘지문 속에 묘주의 관력과 인명이 분명하게 드러나는 것도 있다. 1991년에 중국 남경 우화대(雨花臺) 서쪽 선교진(善橋鎭)의 남조시대 묘에서 출토된 「보국장군매지권(輔國將軍買地券)」은 묘지와 매지권이 결합되어 있다. 묘지의 부분은 일반적인 묘지와 같아, 묘주의 출생과 장례, 관력과 가계 등을 자세히 밝혔다. 고려의 「천상묘지」와 「세현묘지」는 매지권 앞부분에 묘주의 인명과 사망 사실만 간단하게 기록했으므로 이 예와는 다르다.

「세현묘지」는 지견인으로 동왕공과 서왕모를 언급했다. 동왕공은 서왕모의 배필 동황공(東皇公)을 말한다. 저승을 다스리는 신격으로 동왕공과 서왕모를 설정한 것은 중국 도교사상과 깊은 관련을 지니며,[17] 무령왕릉 매지권이 토속신의 이름을 열거한 것과는 다르다. 「천상묘지」는 동왕공과 서왕모를 언급하지 않았으나 장륙과 이정도 등 도교 관련 인물을 보인으로 언급한 점에서 「세현묘지」와 맥이 통한다.

이후 한국에서는 매지석이 제작되지 않은 듯하다. 조선 후기의 문인 이용휴(李用休, 1708~1782)는 지인이 새 집을 사자, 매지권의 문체를 이용하여 해학적인 축원문을 지었다. 『탄만집』에 수록된 「위정덕승희작매택권(爲鄭德承戱作買宅券)」이 그것이다.

집을 짓고 서계가 만들어진 후 서너 해가 되어, 태세는 신(辛)에 해당하고 달의 덕은 병(丙)에 있는 때에 문권을 세워 교역해야 하는 날이다. 경역 안에 우거하는 아무개 씨가 조물주에게서 한 구역을 사니, 집이 모두 서너 칸이다. 주위에 잡목 몇 그루가 둘러져 있고 산을 등지고 물에 임한 형국에, 왼쪽은 진(동쪽)의 방향, 오른쪽은 태(서쪽)의 방향으로, 값으로 동전 수백 냥을 치렀다. 문권이 성립된 후 만대가 지나고 우주가 다하도록 영원히 다투는 자

---

15 「松川寺妙能三重大師世賢墓誌」. "維皇統三年癸亥歲五月朔丁巳七日癸亥, 高麗國興王寺接松川寺住持妙能三重大師世賢歿故. 亡人乞人, 前一萬万九千九百九十文, 就皇天父后土母, 社稷十二邊, 買得前件墓田, 周流一頃. 東至靑龍, 南至朱雀, 西至白虎, 北至玄武, 上至蒼天, 下至黃泉, 四至分明. 卽日錢財, 分付天地神明了. 保人張陸李定度, 知見人東王公西王母, 書契人石切曺, 讀契人金主簿. 書契人飛上天, 讀契人入黃泉. 急ゝ如律令."

16 中村圭爾,「買地券と墓誌の間」, 第3回中國石刻合同研究會, 明治大學, 2010. 7. 24.

17 小南一郎, 『西王母と七夕傳乘』, 平凡社, 1991.

가 없기 바란다. 혜환도인이 남해대사의 옛 사례에 의거하여 증빙으로 삼는다.[18]

3. 변문 투식 산문의 석비문과 비지문

변문은 여문(儷文)·변려문(騈儷文)·사륙변려문(四六騈儷文)이라고도 부른다. 변우(騈偶)의 구조를 취하고 음조의 해화(諧和)를 도모하며, 전고(典故)를 번다하게 사용하고 화미(華美)를 중시하는 문체이다. 변우의 구조는 4자구나 6자구를 중첩하는 것을 말한다. 음조의 해화는 용자(用字)가 음률 규칙을 지키는 것을 말하는데, 특히 평측 상대를 가리킨다. 즉, 상하의 연(聯)이 영자(領字)와 산구(散句)를 제외하고는 평측이 서로 대칭이다. ① 상대되는 구의 절주점의 평측은 서로 반대가 되어야 하고, ② 매구 끝자의 평측은 서로 반대가 되어야 하며, ③ 상연 말구 끝 자와 하연 수구 끝 자는 평측이 같아야 한다.[19] 4자구·6자구의 각 구 안에서 절주점마다 평측을 교체하고, ㊁, ㊂과 ㊀, ㊃가 각각 격구대를 이루며, 구말의 음은 평측을 엇갈리게 한다. 그런데 변문의 가장 엄격한 외재율은 ③의 규칙이다. 즉, ㊂과 ㊀의 두 구는 구말의 음만 보면 평측이 서로 같아야 한다는 것으로, 이것을 염률(簾律)이라고 한다. 변문으로 작성된 실제 글들을 보면 ③의 염률을 전체에 완전히 채용한 예는 거의 없다. 하지만 ③의 염률을 의식하고 전체 구법에 적용하려 하는가, 그렇지 않은가 하는 것은 변문의 실현 여부를 판단하는 중요한 기준이 된다.

* 측 * 평(㊀ 4자구) * 측 * 평 **측**(㊁ 6자구)
* 평 **측**(㊂ 4자구) * ○ * 측 * 평(㊃ 6자구)

③이 한국에서 관습적으로 가새율·가새법·가위법이라고 부르는 염률이다.

---

18 李用休,「爲鄭德承, 戲作買宅券」,『燉燉集』. "宮室作, 書契造, 後幾年, 太歲在辛, 月德在丙, 宜立券交易日. 宇內寓人某甫, 買宅一區於造物主, 宅凡幾間, 環列雜樹木幾章, 背山臨水, 左震右兌, 價償銅錢幾陌. 成券之後, 歷世窮宙, 永無爭者. 惠寰道人, 依南海大士舊例爲證."

19 姜書閣,『騈文史論』, 人民文學出版社, 1986, 敍說, pp.1-17; 莫道才 主編,『騈文觀止』北京: 文化藝術出版社, 1997, 前言 p.8.

(1) 「신라문무왕릉지비」

6세기 초 낙랑 왕씨의 묘지명이 여럿 중국 낙양에서 발굴되었는데,[20] 이들 묘지명의 지(誌)[즉, 서(序)]는 변문 문체이다. 낙랑 왕씨는 낙랑군 멸망 이후 중국으로 건너가 북조의 종실과 통혼한 유력 가문이다. 기왕에 ① 「위고항주치중진양남왕군묘지명(魏故恒州治中晉陽男王君墓誌銘)」[王禎墓誌銘], ② 「위고처사왕군묘지명(魏故處士王君墓誌銘)」[王基墓誌銘], ③ 「위황월대장군태부대사마안정정왕제이자급사군부인왕씨지묘지(魏黃鉞大將軍太傅大司馬安定靖王第二子給事君夫人王氏之墓誌)」[元願平妻王氏墓誌銘], ④ 「대위양렬대장군태부대사마안락왕제삼자급사군부인한씨지묘지(大魏揚列大將軍太傅大司馬安樂王第三子給事君夫人韓氏之墓誌)」[安樂王三子妻韓氏墓誌銘] 4점이 알려져 있었는데, 최근에 ⑤ 「왕온묘지(王溫墓誌)」, ⑥ 「왕무묘지(王懋墓誌)」, ⑦ 「왕도민묘지(王道岷墓誌)」 3점이 더 출토되었다. ③과 ④는 왕도민(王道岷)의 두 딸을 위한 것인 듯한데,[21] 구성과 표현에 일치하는 부분이 많다. ①~④의 묘지명은 지(誌)−명(銘)[사(辭)]이 구분되어 있고 지는 4언과 6언이 반복되면서 대우를 이루었다. 사는 압운을 했다.

한편 백제에서는 654년 제작의 「사택지적비」에서 알 수 있듯이 7세기 중반에는 변문의 투식을 비문에 도입했다. 신라의 경우도 7세기 말, 8세기 초에 변문으로 비문을 찬술하는 관습이 정착되었다.

682년(신문왕 원년) 경주 사천왕사에 건립된 「신라문무왕릉지비(新羅文武王陵之碑)」는 서(序)는 변문이고 명(銘)은 운문이다. 이 비문은 김(金) 모의 찬술문을 한눌유(韓訥儒)가 정간(井間)에 맞춰 쓴 것을 전본(鑴本)으로 사용했으며, 존대격의 공격을 두었다. 이마니시 류(今西龍)의 판독문 등 여러 판독문이 전한다. 중국의 『전당문(全唐文)』에 판독문이 전하는데, 미지의 복수 글자를 [缺]로 표시하여 몇 글자가 결락인지 알 수 없다. 또한 '不可得而稱者'와 '我新' 사이에 4개의 공란이 있어 표시를 해야 하지만 표시하지 않았다. 김창호는 이 비문을 1행 40자로 계산했다.[22] 이 비문은 서는 변문, 명은

---

20 윤용구, 「중국출토의 韓國古代 遺民資料 몇 가지」, 『한국고대사연구』 32, 한국고대사학회, 2003, pp.301–303.

21 윤용구, 「樂浪 관련 出土文字資料의 몇 가지 문제」, 『한국목간학회 정기발표회』 제2호, 한국목간학회, 2008, pp.24–25; 「安樂王三子妻韓氏墓誌銘」에서는 王道岷의 딸을 '韓氏'라 표기했다. 낙랑 왕씨와 한씨의 친연성 때문일 것이다. 이성규, 「4세기 이후의 낙랑교군과 낙랑유민」, 최소자교수정년기념논총 간행위원회 편, 『동아시아 역사 속의 중국과 한국』, 서해문집, 2005, pp.227–242.

22 今西龍, 「新羅文武王陵碑に就いて」, 『藝文』 12−7, 京都: 京都大學人文學會, 1921; 董誥 等編, 『全唐文』 5, 唐文拾遺 卷68 '金□□', 「新羅文武王陵之碑'」, 上海: 上海古籍出版社, 1993; 국사편찬위원회, 『한국고

기본적으로 4언 환운의 구조로, 전면은 행문의 특징으로 볼 때 1행 41자가 옳다. 그 중거는 제6~7행의 이음 부분인 "停烽罷候萬里澄氣克勤開國/▨簡□之德內平外成."인데, 이 부분은 "克勤開國, □□□□. 簡□之德, 內平外成."의 4언으로 이어져야 하므로, 7행의 앞에 3개 글자가 빠져 있음을 알 수 있다. '國新羅文武王陵之碑' 위에는 '▽大唐' 2자 혹은 '有大唐' 3자가 있었으리라 추정된다. 뒷면도 항자 수가 40이라면 명을 가지런히 새기지 않은 이유를 설명할 수 없다. 역시 한 행에 41자를 새긴 것으로 추측된다. 기왕의 판독 결과를 참조하고, 비문의 위쪽이 마멸되어 있다고 추정하여 판독문을 재정리하면 표 2-3(앞면), 표 2-4(뒷면)와 같다.

「신라문무왕릉지비」의 서는 비의 앞면과 뒷면에 걸쳐 새겨져 있는데, 비제를 제외하고 본문을 6단락으로 나누어 볼 수 있다. 대우의 행문을 고려하면 미판독자의 평측도 예상할 수 있다. 여기서는 글자 추정은 배제하고, 제행-산행의 구법만을 검토한다.

ⓐ □□□國新羅文武王陵之碑□□□及殞國學少卿臣金□□奉▽敎撰

ⓑ □□□通三後兵殊□□□□□. 配天通物, 畵野經邦. 積德□□, 匡時濟難. 應神□□□□, □靈命□□基.(표 2-3과는 부합하지 않음-필자 주) □□□派鯨津氏, 映三山之闕. 東拒開梧之境, 南隣□桂之□. □接黃龍駕朱蒙, □□□□承白武. 仰□書□□□問盡善. 其能名實兩濟, 德位兼隆. 地跨八夤, 勳超三□. 巍巍蕩蕩, 不可得而稱者.

ⓒ ▽▽▽▽我新羅□□□君, 靈源自夐, 繼昌基於火官之后. 峻構方隆, 由是克□□枝. 載生英異, 秺侯祭天之胤, 傳七葉以□□□□焉. ▽▽十五代祖星漢王, 降質圓穹, 誕靈仙岳. 肇臨□□, 似對玉欄. 始蔭祥林, 如觀石紐. 坐金輿而□□.

ⓓ ▽大王思術深長, 風姿英拔. 量同江海, 威若雷霆. □地□□, □方卷跡. 停烽罷候, 萬里澄氛. 克勤開國, □□□□. 簡□之德, 內平外成. 光大之風, 邇安遠肅. □功盛□, □□於將來. 疊粹凝貞, 垂裕於後裔. ▽▽▽□□□□, 挹□含海. 乃聖哲之奇容. 恩以撫人, 寬以御物. □□者皆知其際, 承德者咸識其鄰. 聲溢聞河, □□□□. □□□□, 峯而疎幹. 契半千而誕命, 居得一以□□. □□□□, 照惟幾於丹府. 義符性興, 洞精鑒□□□. □□□□恬□輔質. 情源湛湛, 呑納□於襟□. □□□□, □□□□□握. 話言成範, 容止可觀. 學綜古今, □□□□. □詩禮之訓姬室, 拜橋梓之□□□. □□□□, □□□□.

대사료집성: 중국편」, 국사편찬위원회, 2006; 국사편찬위원회 한국사데이터베이스 한국고대사료집성 중국편(http://db.history.go.kr/item/level.do?itemId=ko); 김창호, 『신라 금석문』, 경인문화사, 2020, pp.287-313.

|표 2-3| 「신라문무왕릉지비」 앞면

28	27	26	25	24	23	22	21	20	19	18	17	16	15	14	13	12	11	10	9	8	7	6	5	4	3	2	1	
																												1
																												2
																												3
																				大	焉	君	問	派	通	國		4
																	挹	簡	王	▽	靈	盡	鯨	三	後	兵	新	5
																詩	恬	□	□	▽	思	▽	源	善	津	氏	羅	6
																禮	□	含	之	術	深	夐	自	其	氏	兵	文	7
																之	輔	峯	海	德	十	五	負	能	映	殊	武	8
																訓	質	而	乃	內	長	代	繼	名	三	陵	王	9
																姬	情	踈	聖	平	風	祖	昌	實	山	之	陵	10
																室	源	幹	哲	外	姿	星	基	兩	之	碑	之	11
																拜	湛	契	之	成	英	漢	於	濟	闕		碑	12
																橋	湛	牛	奇	光	拔	王	火	東	拒	配	天	13
																梓	呑	千	容	大	量	降	官	位			開	14
																之	納	而	恩	之	同	質	之	兼	梧		通	15
																□	誕	以	風	江	圓	后	隆	梧	通		及	16
																於	命	撫	邇	海	穹	峻	地	之	物		殖	17
																襟	居	人	安	威	誕	構	跨	境	畫		國	18
																□	得	寬	遠	若	靈	方	八	南	野		學	19
																一	以	肅	雷	仙	隆	貢	隣	經			少	20
																以	御	□	霆	岳	由	動	邦				卿	21
																物	功	□	肇	是	超	桂	積				臣	22
																盛	地	臨	克	三	之	德					金	23
																											□	24
																		者									□	25
																					皆	似	枝	巍	接	匡	奉	26
																		知	於	方	對	載	蕩	黃	時	▽	27
																		照	其	將	卷	玉	生	蕩	龍	濟	敎	28
											舜	大	握	惟	際	來	跡	停	始	異	可	朱	應	撰	29
													熊	近	感	著	海	唐	話	幾	承	疊	粹	烽	藡	稺	始	異	30
							至	列	津	違	通	□	而	太	言	於	丹	者	凝	罷	祥	侯	而	稱	□	者	神	31
					朝	所	三	賊	陣	黃	行	天	□	霅	宮	成	丹	府	容	義	識	垂	如	天	者	稱	□	32
		之	眺	野	寶	三	年	都	元	山	軍	行	息	而	截	晏	武	義	識	垂	萬	如	天	者	稱	□		33
	風	更	懽	惟	爲	已	惡	蜎	大	行	其	光	懸	駕	聖	止	符	其	裕	里	觀	之	▽					34
之	軍	詔	北	興	娛	縱	爲	賢	已	至	蜎	聚	首	鬜	九	雷	堯	密	皇	可	興	石	胤	之	▽	承	靈	35
謀	落	君	挹	伯	以	善	龍	首	鬜	管	張	以	之	安	然	天	燭	辰	鴻	古	社	以	根	□				36
出	於	王	挹	妻	以	最	樂	元	朔	門	欲	□	謀	然	天	燭	辰	鴻	古	今	▽	白	七	□	□	武	仰	37
如	天	使	持	蜂	之	無	基	爲	樂	年	佐	吏	距	王	信	涉	以	垠	□	社	今	▽	▽	七	□	書	基	38
反	□	持	蜂	德	□	攸	年	佐	吏	更	君	□	外	府	無	以	社	古	今	▽	開	興	以	新				39
手	□	□	□	□	德	□	攸	年	佐	吏	更	君	□	外	府	無	以	社	古	今	▽	開	興	以	新	基		40
巧	□	□	□	□	□	□	□	仁	□	吏	距	王	信	涉	以	垠	□	社	今	□	▽	國	而	□	羅	書	基	41

※ 김창호 판독문을 위주로 하되, 윗부분은 결락이 있다고 본다.

표 2-4| 「신라문무왕릉지비」 뒷면

28	27	26	25	24	23	22	21	20	19	18	17	16	15	14	13	12	11	10	9	8	7	6	5	4	3	2	1	
																												4
								鴻																				5
							名	命																				6
						廿	與	凝	欽	九	道	侍																7
						五	天	眞	風	伐	德	星																8
						日	長	貴	丹	親	像	精																9
						庚	兮	道	甀	命	棲																	10
						辰	地	賤	屢	三	梧																	11
						建	久	身	出	軍																		12
						碑			欽	黃																		13
									味	□																		14
									釋	籤																		15
									典	空																		16
									葬																			17
									以																			18
						大			積																			19
						舍			薪																			20
						臣																						21
						韓																						22
						訥																						23
						儒																						24
						奉																						25
																												26
																												27
								滅	雄																			28
								粉	赤	威	允	域																29
								骨	烏	恩	武	千		餘	丹	卽	之										30
								鯨	呈	赫	允	枝	下	靑	入	賓	而										31
								津	災	奕	文	延	拜	冶	昴	聆	開	淸	實				樵					32
								嗣	黃	茫	多	照	之	於	忘	嘉	沼	徽	歸	國		燒	牧					33
								王	熊	茫	才	三	碣	麟	歸	聲	霧	如	乃	之	王	葬	哥	宮	直	丸		34
								允	表	沮	多	山	酒	閼	射	而	霏	士	百	方	禮	卽	其	前	九	山		35
								恭	崇	穢	藝	表	爲	竹	熊	霧	濠	不	代	勤	也	以	上	寢	合	有		36
								因	俄	聿	憂	色	銘	帛	莫	集	梁	假	之	▽	恤	其	狐	時	一	紀		37
								心	隨	來	人	盛	日	毁	返	爲	延	三	賢	同	君	天	月	兎	年	匡	功	38
								孝	風	充	吞	德		於	太	是	錦	言	王	於	王	皇	十	穴	五	東	之	39
								友	燭	蛭	蜓	遙		芸	子	朝	石	識	寔	八	局	大	日	其	十	征		40
								罔	忽	鑫	尊	傳	臺	難	多	以	駿	千	政	量	帝	火	傍	六	西	以		41

※ 김창호 판독문을 위주로 하되, 윗부분은 결락이 있다고 본다. 명 부분은 글자의 위치가 불확실하다.

ⓔ ▽▽大唐太宗文武聖皇帝, 應鴻社□, □□□□. □□□□, □□□□□□. □□□□, □□□□□. □□□□, □□□□. ▽宮車晏駕, 遏密在辰. 以□□□□□□□□□□. □□□□, □□□□. □□□□, □□□□. □舜海而霑有截, 懸堯景以燭無垠. □□□□, □□□□. □□□□, □□□□□, □□□□□. □□□□, □□□著. □□□而光九列, 掌天府以□□□.

□□□□□, □□□□□. □□□□, □□□□. □□□□, □□□□. 感通天使, 息其眚蘗. 安然利涉, □□□□. □□□□, □□□□. □□□□□□□□□□. □□□□, □□□□. 近違鄰好, 頻行首鼠之謀, 外信□□, □□□□□□□. □□□□, □□□□□□. □□□□, □□□□□. ▽熊津道行軍大總管, 以□君王□□□□□□□□□□□□□□□□□□□□□□□□□□□□□. 列陣黃山, 蝟聚鴟張. 欲申距□□□□□□□□□□□□□□□□□□□□□□□□□□□□□□□□□. □□□□, □至賊都. 元惡泥首轅門. 佐吏□□□□□□□□□□□□□□□□□□□□, 三年而已.

ⓕ 至龍朔元年, □□□□□□□□□□□□□□□□□□□□□□□□□□□□□□□. 所寶惟賢, 爲善最樂. 攸仁□□□□□□□□□□□□□□□□□□□□□□□□□. □□□□, 朝野懽娛. 縱以無爲□□, □□□□□□. □□□□□□□□□□□□□□□□□□□□□. □□□□□既, 更興秦伯之基. 德□□□□□□□□□□□□□□□□□□□□□□□. □□□□, □□□□□之風. 北接挹婁, 蜂□□□□□. □□□□□□□□□□□□□□□□□□. 詔君王使持節□□□□□□□□□□□□□□□□□□□□□□□□□□□□□軍, 落於天上. 旌□□□□□□□□□□□□□□□□□□□□□□□□□□□之謀, 出如反手. 巧□□□□□, □□□□. □□□□□□□□□□□□□□□□□□□□□□□□□□□□□丸山有紀功之將, 以□□□□□□□□□□□□□□□□□□□□□□□□□□□□□□□直, 九合一匡. 東征西□, □□□□□□□□□□□□□□□□□□□□□□□宮前寢, 時年五十六. □□□□□□□□□□□□□□□□□□□□□□□□. 樵牧哥其上, 狐兔穴其傍. □□□燒葬, 卽以其月十日火□□□□□□□□□□□□□□□□□□□□□□□□□□□□□□□. ▽▽▽天皇大帝□□□□□□□□□□□□□□□□□□□□□□□□□□□□□□□□王, 禮也.

ⓖ ▽君王局量□□□□□□□□□□□□□□□□□□□□□□□□□□□□

□. □國之方, 勤恤於八政. □□□□, □□□□□. □□□□□□□□□□□□
□□□□□□□□□□實歸. 乃百代之賢王, 寔千□□□□□. □□□□□□□□□
□□□□□□□□□□. □□□□□, 淸徹如土. 不假三言識, 駿□□□. □□□□
□□□□□□□□□. □□□而開沼, 髣髴濠梁. 延錦石以
□□, □□□□. □□□□□. □□□□, □□□□. □□之賓,
聆嘉聲而霧集. 爲是朝多□□□□□□□□□□□□□□□□□□□□□
□□□□□卽入昴忘歸, 射熊若返. 太子難□□□□□□□□□□□□□□
□□□□□□□□□□□□□, 丹靑洽於麟閣, 竹帛毁於芸臺. □□□□□□□
□□□□□□□□□□□□□□□□□餘, 下拜之碣, 迺爲銘曰: [23]

23 「신라문무왕릉지비」의 해석은 최광식 번역과 추홍희 번역이 알려져 있다. 한국고대사회연구소 편, 『역주 한국고대금석문』 II, 가락국사적개발연구원, 1992; 추홍희, 『문무대왕릉비 연구. 1: 문무왕, 당태종』, 이통장연합뉴스출판부, 2020. 비문의 내용은 대강 다음과 같다.
(앞면) "(대당)국 신라 문무왕릉비. 급찬 국학소경 김□□가 교명을 받들어 찬하다. 득일통삼(得一通三)의 도리로 … 하늘에 짝하여 사물을 통괄하고, 들을 구획하고 강역을 경영하여, 덕을 쌓아 … 시대를 밝히고 국난을 구제하며, 신에 응해 … 신령에 따라 명하여 … 경진씨(鯨津氏: 『화엄경』에 나오는 말, 배)를 파견하여, 삼신산이 빠진 곳[『열자』에 보면, 발해에 5신산이 있는데 그 가운데 두 산이 침몰했다고 함-역자 주]을 비추고, 동쪽으로는 개오(開梧: 동방의 이민족)의 지경을 막고, 남쪽으로는 육계(肉桂)의 … 과 이웃하고, (북쪽으로는) 황룡을 접하고 주몽(朱蒙)에게 몰게 하고, (남쪽으로는) …을 접하고 백무(白武: 백호)에게 잇게 하고는, 우러러 …을 묻고 그 능한 바를 다 잘하여, 이름과 실제가 제대로 이루어지고 덕과 지위가 겸하여 융성해서, 땅은 팔방을 걸터타고 훈공은 삼□을 뛰어넘었으니, 드높고 드넓음을 이루다 일컬을 수가 없는 분이, 우리 신□ … 이시다. □□□군에서 새로움을 이룬 것이 멀리서부터 비롯되고, 화관지후(火官之后: 축융)에서 창성의 터전을 이어, 높은 구축이 바야흐로 융성하니, 이로써 …□지가 자라나 영이한 꽃이 생겨났다. 투후(秺侯)[한무제 때의 김일제(金日磾). 김씨의 성씨에 빗대어 한 말인 듯함-역자 주]의 하늘에 제사 지내던 윤자(胤子)가 7대까지 뻗었다. … 15대조 성한왕(星漢王)이 궁륭의 하늘 아래서 자질을 갖고 태어나고 신선의 산악에서 신령을 지니고 탄생했다. 당초에 …에 임하여 마치 옥란(玉欄)을 대하듯이 하고, 처음에 음덕이 상서로운 수풀처럼 많아, 석뉴(石紐: 우임금 탄생지)를 보듯 하여, 금여(金輿: 군주의 수레)에 앉아 … 했다. 대왕은 사려와 정치술이 깊고 멀며 풍채가 빼어나며, 도량은 강해 같고 위엄은 우레와 같았는데, … 바야흐로 자취를 거두자, 봉화는 멎고 척후는 파하니, 만 리의 맑은 기운을 부지런히 열었다. 간엄한 덕을 펴자 안은 평화롭고 바깥은 안정되고, 광대한 기풍을 보이자 근지는 안정되고 원지는 엄숙해졌으니, 공적이 성대하여 장래에 큰 복을 드리우고, 순수함이 쌓이고 곧은 기운이 엉겨서 후손에게 넉넉한 복을 드리웠다. 스스로 억제하고 남을 포용하여 가르침은 곧 성철의 뛰어난 모습이었으니, 은혜로써 사람들을 어루만지고 너그러움으로써 타인을 다스렸다. …한 자는 반드시 그 시기를 알고, 덕을 이어받은 사람은 모두 그 이웃을 알아보니, 명성이 하간(河間)에 넘쳐났다. … 하고, 봉우리처럼 군건하였으니, 500년 역사에 계합하여 생명을 받아 탄생하고, 그 하나에 거처하여 비춤이 거의 단부(丹府)에 이르러, 의(義)로서 부합하고 본성에 따라 흥기하여, 환히 …을 정밀하게 살피고, 조용하게 보필하는 자질은 정(情)의 근원이 맑디 맑아, 가슴에 간언을 삼키어 받아들이고 … 하시는 말씀은 규범을 이루고, 용모와 행동은 볼 만하였으며, 학문은 고금을 종합하고 …. 주나라의 집에서 시(詩)와 예(禮)의 가르침을 접하고 …에서 교자(橋梓)의 도(부자간의 도의)에 경의를 표했다[시서·예악의 문화를 일으키고 효치(孝治)를 이루었다는 뜻-역자 주]. … 대당 태종 문무성황제가 사당의 제비가 돌아가는 일에 응하여[고구려 정벌에 실패하고 죽은 일을 말하는 듯함-역자 주] … 임금(문무왕)

판독이 비교적 안정적인 부분을 중심으로 평측을 살펴보면, 대우의 구문에서 각 연마다 구말 평측교호법을 지키고, 앞 연과 뒤 연의 구말평측을 일치시키는 염법을 상당히 지켰음을 알 수 있다. 구말 평측교호법과 염법과 어긋나는 예(* 표시)는 하나인데, 판독 글자에 문제가 있을 가능성도 있다. 또한 구중의 평측교호법도 지키고자 했다.

ⓑ 配天通物, 畵野經邦. 積德□□, 匡時濟難.

측평평측　측측평평　측측□□　평평측측

應神□□□□, □靈命□□基.

측평□□□□　□평측□□평

東拒開梧之境, 南隣□桂之□

평측평평평측　평평□측평□

□接黃龍駕朱蒙, □□□□承白武.

□측평평측평평　□□□□평측측

이 돌아가시자 나라 안에 음악이 멎는 날이었다. … 순임금의 바다가 마르자 적서주는 일에 끊어짐이 있으나, 요임금은 해가 걸렸기에 비추어 내리쬠이 한계가 없도다. … 빛나, … 하여 구열(九列: 아홉 개의 별)을 비추고, 천부(天府)를 관장하여 … 천사(天使)를 감동시켜 그 재앙을 그치게 하니, 거칠고 험한 물을 편안하게 잘 건너서 … 가까운 자들은 이웃나라와의 우호를 어기고 자주 이쪽저쪽으로 훔쳐보는 계책을 행하니, 외방의 자들은 …을 믿어 … (소정방을) 웅진도행군대총관(熊津道行軍大總管)으로 삼고, 군왕을 … 황산(黃山)에 군진을 펼치니, 적들이 고슴도치와 올빼미처럼 모여들어 발톱을 뻗으려 했다. … 적(백제)의 수도에 이르자[660년의 백제 정벌-역자 주] 그 우두머리가 군문에서 머리를 조아리고, 그 좌리(佐吏)들도 … 3년이었다. 용삭(龍朔) 원년(신유, 661)에 … 보배로 여기는 바는 오직 어진 사람이니, 선(善)을 행함을 가장 즐거워하고, 인(仁)으로 여기는 바는 … 조야가 모두 즐거워하니, 군이 … 함이 없다고 하더라도 … 다시 태백(泰伯)[진백(秦伯), 즉 진 목공의 일로도 해석함-역자 주] 같은 기업을 홍기시키고, 덕은 … 풍화가 북쪽으로 읍루에 접하자, 벌떼처럼 … 군왕에게 조직을 내려 사지절(使持節) … 군대가 천상에서 내려오니 깃발이 … 모책이 손바닥을 뒤집듯이 나와서, 절묘하기가 …
(뒷면) 환산(丸山, 峴山)에 공적을 기록한 장수가 있어 … 곧바로 아홉 제후를 규합하여 천하를 한 번 바로잡아, 동쪽으로 정토하고 서쪽으로 정벌하여 … 궁 앞채에서 돌아가시니, 그때 나이 56세였다. … 나무꾼과 목동은 그 위에서 노래 부르고, 여우와 삵괭이는 그 옆에 굴을 뚫을 것이니 … 다비를 하니, 그달 초열흘에 화장하여 … 천황대제(天皇大帝)께서 … 왕을 … 예이다. 군왕은 국량이 … 나라를 다스리는 방도는 … 근신하고 구휼함이 8정(八政:「홍범」에서 말하는 8형)과 같았다. … 돌아가시니, 참으로 백대(百代)의 어진 왕이시요, 실로 천고의 … 맑고 아름답기는 선비와 같아, 삼언(三言)을 빌려 기록하지 않아도 되고, 준□(駿□)하기는 … 못을 연 것은 호량(濠梁)을 방불하고, 비단돌을 이어서 … 한 것은 … 한 손님이 아름다운 소리를 듣고 안개처럼 모여드니, 이는 아침에 많고 (저녁에는 저자에서 사람들이 흩어짐과 같다고 하겠다.) … 태백이 묘성에 들어가도[불길한 조짐을 말함-역자 주] 돌아가는 것을 잊고, 곰을 활로 쏘고는 돌아오지 않으니[『춘추』에 보면 조간자가 꿈에서 곰과 큰 곰을 활로 쏘았다는 고사가 있다.-역자 주] … 태자 계 … 단청(초상화)은 기린각에 가득해도 죽백(역사서)은 운대(비서각)에서 닳아 헤졌도다. … 끝에 비갈 아래 절하고, 마침내 명을 쓴다.

162

名實兩濟, 德位兼隆. 地跨八賓, 動超三□.

평측측측 측측평평 측측측평 평평평□

ⓒ 降質圓穹, 誕靈仙岳. 肇臨□□, 似對玉欄. 始蔭祥林, 如觀石紐.

측측평평 측평평측 측평□□ 측측측평 측측평평 평평측측

ⓓ 思術深長, 風姿英拔. 量同江海, 威若雷霆. □地□□, □方卷跡.

평측평평 평평평측 평평평측 평측평평 □측□□ □평측측

停烽罷候, 萬里澄氛. 克勤開國, □□□□.

평평측측 측측평평 측평평측 □□□□

簡□之德, 內平外成. 光大之風, 邇安遠肅.

측□평측 측평측평 평측평평 측평측측

□功盛□, □□於將來. 疊粹凝貞, 垂裕於後裔.

□평측□ □□평평평 측측평평 평측평측측

恩以撫人, 寬以御物. □□□□知其際, 承德者咸識其鄰.

평측측평 평측측측 □□□□평평측 평측측평측측평평

聲溢閒河, □□□□. □□□□, 峯而疎幹.

평측평평 □□□□ □□□□ 평평평측

契半千而誕命, 居得一以□□.

측측평평측측 평측측측□□

□□□□, 照惟幾於丹府. 義符性興, 洞精鑒□□□.

□□□□ 측평평평평측 측평측측 측평측□□□

話言成範, 容止可觀.

측평평측 평측측평

□詩禮之訓姬室, 拜橋梓之□□□.

□평측평측평측 측평측평□□□

ⓔ □舜海而霑有截, 懸堯景以燭無垠.

□측측평평측측 평평측측측평평

□□□而光九列, 掌天府以□□□.

□□□평평측측 측평측측□□□

近違鄰好, 頻行首鼠之謀. 外信□□, □□□□□□.

측평평측 평평측측평평 측측□□ □□□□□□

ⓕ 樵牧哥其上, 狐兔穴其傍.

　　평측평평측　평측측평평

ⓖ 乃百代之賢王, 寔千□□□□.

　　측측측평평평　측평□□□□

　　□□□□□, 清徽如士. 不假三言識, 駿□□□.

　　□□□□□　평평평측　측측평평측　측□□□

　　□□□而開沼, 髣髴濠梁. 延錦石以□□. □□□□.

　　□□□평평측　측측평평　평측측측□□　□□□□

丹青洽於麟閣, 竹帛毀於芸臺.

　　평평측평평측　측측측평평평

　명(銘)은 4언 운문이되, 마지막 구는 6자이다. 기왕의 판독문으로는 기서(記敍) 방식을 알기 어렵다. 명을 서보다 서너 칸 내려 썼을 가능성도 있다. 환운을 했는데, 현재까지의 판독문을 기준으로 삼는다면 격구압운도 있고 각구압운도 있게 된다. 이것은 매우 기이하다. 압운 상황을 추정하면 다음과 같다.[24]

1 □□□□, □侍星精. □□□□. □□□□.　　精: 平庚

2 □□□□. □□□域.　　　　　　　　　　　域: 入職

　千枝延照, 三山表色. 盛德遙傳, □□道德.　　色·德: 入職

3 像棲梧□, □□□□. □□□□, □□□□.　　압운 미상

4 允武允文, 多才多藝, 憂人呑蛭. 尊□□□.　　藝: 去霽

5 □□九伐, 親命三軍. □□□□, □□□□.　　軍: 平文

6 □□□□, □□□□. □□□□, 威恩赫奕.

---

24 명의 해석은 대개 다음과 같다. "별의 정기에 의지해서 … 성을 …하셨다. 일천 가지로 뻗어, 삼신산에서 색을 표하셨네. 성대한 덕은 멀리 전하고, 도덕은 … 하셨다. … 무(武)도 뛰어나시고 문(文)도 뛰어나시며, 재능도 많으시고 기예도 많으셨다. 사람을 걱정하고 아랫사람을 포용하시며, 존귀한 몸으로 … 9종의 죄악을 토벌하시고, 친히 삼군에게 명하셨다. … 위엄과 은혜가 혁혁히 빛나, 아득히 먼 옥저(沃沮)와 예(濊)도, 찾아서 역(役)을 자청했다. 준동하던 … 풍교를 흠모하였고, 풍년의 상서로운 시루가 거듭 나오고, 누런 □가 공중을 가득 메웠다. … 붉은 까마귀가 재앙을 내고, 누런 큰 곰이 빌미를 드러내자, 순식간에 바람에 흔들리는 촛불과 같아, 홀연 … 명(命)이 응진(凝眞)하니, 도를 귀하게 여기고 육신을 천히 여겨, 불교 경전을 삼아 음미하고, 땔나무를 쌓아 장사 지냈다. … 멸하여 경진(鯨津)에 분골을 뿌리셨다. 대를 이은 임금은 진실로 공손하여, 진심으로 효성과 우애가 깊어 … 크나큰 이름이, 하늘과 더불어 길고 땅과 더불어 오래리라."

茫茫沮穢, 聿來充役.　　　　　　　　　　奕·役: 入陌

 7 蠢□□□, □□欽風. 丹甑屢出, 黃□鎭空.

 　□□□□, □□□雄.　　　　　　　　　風·空·雄: 平東

 8 赤鳥呈灾. 黃熊表崇. 俄隨風燭, 忽□□□.　崇: 去寘

 9 □命凝眞, 貴道賤身. 欽昧釋典, 葬以積薪.

 　□□□滅, 粉骨鯨津.　　　　　　　　眞·身·薪·津: 平眞

10 嗣王允恭, 因心孝友. 罔□鴻名, 與天長兮地久.　友·久: 上有

　1931년 12월 경북 경주시 서악서원 누문 아래에서 발견된「김인문묘비(金仁問墓碑)」는 비의 아랫부분만 남아 있다. 김인문은 무열왕 김춘추의 차남으로 고구려 정복에 공을 세웠으며 이후 당나라에 머물다가 694년(효소왕 3) 4월 그곳에서 사망했다. 이듬해 유해가 송환되어 장례를 치렀는데, 이 무렵 묘비를 세운 듯하다. 비편의 내용은 김인문의 시조와 선조들의 행적, 김인문의 행적으로 구성되었다. 나머지 부분에는 김인문의 장례, 묘비 건립 사실, 명(銘)을 기술했을 것으로 보인다.[25] 이 묘비의 판독은 대개 후지타 료사쿠(藤田亮策)와 황수영의 설을 따르지만, 문맥상 2행의 동고(董孤)는 '동호(董狐)', 3행의 소고(少暭)는 '소고(少皞)'가 옳다.

 1 □□□□□則□□□□□□棟梁之材存

 2 □□師之兵符□(作)其□爪□龍董孤之經史

 3 五之君少暭□墟分星□而超碧海金天命

 4 □太祖漢王啓千齡之▽聖臨百谷之

 5 □□彊漢將孫策限三江而□(則)土

 6 □其曰▽祖文興大王知機其神多

 7 □□号之驗本枝□盛垂裕後昆

 8 □駭目貞觀卄一年▽詔授特進榮高

 9 用儀左貂右蟬定中國之行禮奏聞

---

25 한국고대사회연구소 편,『역주 한국고대금석문』 II, 가락국사적개발연구원, 1992.「김인문묘비」의 최광식 판독은 괄호 속에 제시한다. 藤田亮策,「新羅金仁問墓碑に就いて」,『京城帝大史學會會報』1(2), 1932; 藤田亮策,「新羅金仁問墓碑の發見」,『靑丘學叢』7, 靑丘學會, 1932; 末松保和,「近時發見の新羅金石文」,『新羅史の諸問題』, 東京: 東洋文庫, 1954; 황수영,『한국금석유문』, 일지사, 1976·1994; 황수영,『금석유문 황수영전집 4』, 혜안, 1999.

10 ▽高宗大皇大帝遣使(派)□日惟尒特進局量沖

11 ▨羅王公乃遵月□而別幹發星河以派原戚

12 ▨標志尙遠涉滄波(澤)□朝絳闕無虧藩職載來(未)

13 □□□鴻河□以千□之雉堞高墉似錦越天(夫)

14 ▨太宗大王歎美其功特授食邑三百戸

15 之所□被□就之□公乃聚不成圖以開八陳

16 □背誕大軍憑怒□□(肯)陵以載駈公義勇冠時

17 百濟而辷擊□豪□□面縛於轅門兇黨土崩

18 □阝□途違事大之禮▽大帝赫然發憤

19 ▽王授公爲副大摠管盛發師徙運粮

20 □□其本國兵馬(軍)□虜境以橫行返于瓠盧水

21 □(三)之糧擧三□之□□之□日至于河岸公乃

22 萬餘級此時如雲猛將仰公龍豹之韜若雨謀

23 柱(左)國▽詔日□懷(讓)忠果幹力公强式遵賞

24 □之□□□六□之模(禊)紀德□(刺)登□(村)之禮是知

25 □□□□□順動□□□□□□□接天人之

26 乾封元年加授□□□□□□(衛)□□開國□

  판독되지 않는 글자가 많지만, 문장의 호흡을 보면 변문과 산문(문언어법 문체)을 혼용했음을 알 수 있다. 4자구, 6자구가 문장의 골간을 이루고 있고, 연결사 之, 而, 以를 이용한 구절을 나란히 두는 대우의 표현도 나타나 있다. 다만 구말의 평측을 변문의 염률에 맞추어 안배하지는 않았다. 글자의 판독에 문체 분석 방법을 도입하면 해석을 진전시킬 수 있겠지만 현전하는 탁본 석문은 아쉽게도 문장을 이루지 못한 곳이 많다. 제행과 변문 투식의 부분만 보면 다음과 같다.

1 □□□□, □則□□, □□□□.

1~2 棟梁之材, 存□□師之兵符.

2 □(作)其□爪, □龍董孤之經史.

3 少暭□墟, 分星□而超碧海.

4 漢王啓千齡之聖, 臨百谷之□□彊

166

5 漢將孫策, 限三江而□(則)土□.

7 本枝□盛, 垂裕後昆.

8~9 貞觀卄一年, 詔授特進, 榮高用儀, 左貂右蟬.

10 惟尒特進, 局量沖□.

11 公乃遵月□而別幹, 發星河以派原.

12 □標志尙, 遠涉滄波(澤). □朝絳闕, 無虧藩職.

13 以千□之雉堞, 高墉似錦.

14 太宗大王, 歎美其功, 特授食邑.

15~16 不成圖以開八陳. □背誕大軍憑怒. □□(肯)陵以載駈公.

17 □豪□□, 面縛於轅門.

17~18 兇黨土崩, □阝□途. 違事大之禮, 大帝赫然發憤.

19 盛發師, 徙運粮.

20 其本國兵馬(軍), □虜境以橫行, 返于瓠盧水□.

21 □(三)之糧, 擧三□之□, □之□日, 至于河岸.

22 此時如雲, 猛將仰公, 龍豹之韜, 若雨.

23~24 □懷(讓)忠果, 幹力公强.

(이하 생략)

비문의 행문에서 문언어법의 고문을 사용하되 4언의 제행을 일부 도입할 뿐 아니라 변문의 투식을 의식하는 기서법은 상당히 넓은 시기에 걸쳐 확인된다. 9세기에 변문이 지배적 문체가 되기까지의 비문들은 대개 그러하다고 볼 수 있다. 18세기 말 찬술된 「서당화상비(誓幢和尙碑)」가 그 일례인데, 이에 대해서는 제4부에서 검토할 것이다.

(2) 변문의 수용

7세기 중반에 한국에서는 변문이 널리 사용되었다. 이 사실은 백제 미륵사 「사리기(舍利記)」와 신라의 「답설인귀서(答薛仁貴書)」를 통해 확인할 수 있다.

2009년 1월 전북 익산의 미륵사지석탑에서 639년 조성된 사리장엄구(舍利莊嚴具) 일괄유물이 발견되었다. 그 가운데 가로 15.5cm, 세로 10.5cm 크기의 금판(金板)에 음각(陰刻)하고 주칠(朱漆)한 사리기가 있다. 앞면에 1행 9자씩 11행 99자를 음각으로 새겼고 뒷면에는 항별 글자 수는 일정하지 않지만 11행 94자를 역시 음각으로 새겼다.[26] 원문을 보면 대우를 사용했을 뿐만 아니라, 구중 평측교호(平仄交互)의 방식을 도입했다. 단, 구중의 평측을 엇갈리게 하지 않은 부분도 있고, 앞 연의 짝수 번째 구인 대구와 다음 연의 홀수 번째 구인 출구의 마지막 글자를 평측이 같게 하는 염률을 지키지 않은 곳도 있다. 하지만 변문의 평측법을 충실히 지키려고 했다고 말할 수 있다.

竊以法王出世, 隨機赴感. 應物現身, 如水中月.

측측측**평**측측 **평평**측측 측측측평 평측평측

是以託生王宮, 示滅雙樹. 遺形八斛, 利益三千.

측측측**평**평평 측측평측 측평측측 측측평평

我百濟王后, 佐平沙宅積德女, 種善因於曠劫, 受勝報於今生.

측측측평측 측평평측측측측 측평**평**평측측 측측측평평**평**

撫育萬民, 棟梁三寶. 故能謹捨淨財, 造立伽藍.

측측측**평** 측**평**평측 측평측측측**평** 측측평평

以己亥年正月卄九日, 奉迎舍利, 願使世世供養, 劫劫無盡, 用此善根.

측측측평평측측측 측평평측 측측측측측 측측평측 측측측평

仰資大王陛下, 年壽與山岳齊固, 寶曆共天地同久. 上弘正法, 下化蒼生.

측평측평측측 평측측평측**평**측 측측평평측평측 측**평**평측 측측평**평**

又願王后卽身, 心同水鏡, 照法界而恒明. 身若金剛, 等虛空而不滅.

측측평측측평 평**평**측측 측측측평평**평** 평측평**평** 측평평측측측

七世久遠, 並蒙福利. 凡是有心, 俱成佛道.

측측측측 평**평**측측 평측측평 평평측측

백제「사택지적비」의 변문 투식 문체도 변문 수용 과정에서 출현한 것이다.

『삼국사기』 권7 '문무왕 하(下)'조에 강수가 지은 것으로 알려진 「답설인귀서」가 있다. 670년 신라 문무왕은 웅진도독부로 쳐들어가 성을 함락시키고, 671년 신라군은

---

26 국립문화재연구소·전라북도, 2009. 1. 18., 발굴현장설명자료,「彌勒寺址石塔舍利莊嚴」, pp.12–13; 김상현,「미륵사 서탑 사리봉안기의 기초적 검토」,『대발견 사리장엄–미륵사의 재조명』, 원광대 마한백제문화연구소·백제학회 공동 주최 학술회의 발표요지, 전라북도청, 2009. 4. 24., p.139; 박중환,「미륵사舍利記를 통해 본 百濟 騈儷文의 發展」,『백제문화』 41, 2009, pp.63–105.

당군 5,300여 명의 목을 베고 장군을 포로로 잡았다. 당 총관 설인귀는 황해를 건너와 신라 승려 임윤(琳潤)법사를 통해 격문의 성격을 띠는 서찰을 보냈다. 「답설인귀서」는 그 답장으로, 무열왕이 당 태종 22년(650) 입조한 이래 이때까지(당 고종 21년, 670) 20여 년 동안 사대를 했고 나당이 연합해서 백제·고구려를 멸망시킨 사실을 기록하고, 신라의 처지를 변론했다.

「薛仁貴書」

行軍摠管薛仁貴致書新羅王.

평평측측평평측측평평평평

淸風萬里, 大海三千, 天命有期, 行邁此境.

평평측측 측측평**평** 평측측평 평평측측

奉承機心稍動, 窮武邊城. 去由也之片言, 失侯生之一諾.[27] (중략)

측평평**평**측측 평측평**평** 측측평평측평 측측**평**평측측 (중략)

今王去安然之基, 厭守常之策. 遠乖天命, 近棄父言.

평측측평**평**평평 측측**평**평측 측**평**평측 측측측**평**

侮暴天時, 侵欺隣好. 一隅之地, 僻左之陬.

측측평평 평평평**측** 측평평측 측측평**평**

牽戶徵兵, 連年擧斧. 孀姬輓粟, 稚子屯田.

측측평평 평평측측 평평측측 측측측**평**

守無所支, 進不能拒. 以得神喪, 以存補亡.

측평측평 측측평측 측측측측 측**평**측평

大小不侔, 逆順乖敍.

측측측**평** 측측평측

亦由持彈而往, 暗於枯井之危, 捕蟬而前, 不知黃雀之難.

측평평**평**평측 측측평**측**평**평** 측**평**평평 측평평**측**평측

此王之不知量也.

측평평측평측측

---

27 仲由의 片言은 子路가 편언을 가지고 獄事를 결단할 수 있었다는 뜻으로, 말에 믿음성이 있음을 의미한다. 『論語』「顔淵」. 侯生의 한 번 승낙이란, 전국시대 魏公子 無忌의 上客인 侯嬴이 無忌가 趙나라를 구하려고 할 때 晉鄙의 군사를 동원할 수 있도록 兵符를 빼앗게 해주고 자신은 비밀을 지키려고 자결한 고사에서 나왔다. 역시 약속을 중히 여김을 뜻한다. 『史記』卷77「魏公子列傳」.

『答薛仁貴書』

粉身碎骨, 望盡驅馳之用, 肝腦塗原, 仰報萬分之一. (중략)

측평측측 측측평평평측 평측평평 측측측평평측 (중략)

黃河未帶, 太山未礪, 三四年間, 一與一奪.

평평측측 측측평측 평측평평 측측측측

新羅百姓, 皆失本望.

평평측측 평측측평

並云: "新羅百濟, 累代深讎.

평평 평평측측 측측평평

今見百濟形況, 別當自立一國. 百年已後, 子孫必見吞滅.

평측측측평측 측평측측측측 측평측측 측평측측평측

新羅旣是國家之州, 不可分爲兩國. 願爲一家, 長無後患."

평평측측측평평평 측측평평측측 측평측평 평평측측

去年九月, 具錄事狀, 發使奏聞, 被漂却來. 更發遣使, 亦不能達.

측평측측 측측측측 측측측평 측측측평 측측측측 측측평측

於後風寒浪急, 未及聞奏. 百濟構架奏云: '新羅反叛.'

평측평평평측 측측평측 측측측측측평 평평측측

新羅前失貴臣之志, 後被百濟之譖. 進退見咎, 未申忠款.

평평평측측평평측 측측측측평측 측측측평 평평평측

似是之讒, 日經聖聽, 不貳之患, 曾無一達.

측측평측 측평측평 측측평평 평평측측

使人琳潤至, 辱書仰承, 摠管犯冒風波, 遠來海外.

측평평측측 측평평평 측측측측평평 측평측측

理須發使郊迎, 致其牛酒, 遠居異城, 未獲致禮.

측측측측평평 측평측측 측평평평 측측측측

時闕迎接, 請不爲怪.

평측평측 측측평측

披讀摠管來書, 專以新羅已爲叛逆, 旣非本心, 惕然驚懼.

평측측측평평 평측평평측평측측 측평측평 평측평측

數自功夫, 恐被斯辱之譏, 緘口受責, 亦入不弔之數.

측측평평 측측평측평평 평측측측 측측측측평측

今略陳寃枉, 具錄無叛.

평측평평측 측측평측

國家不降一介之使, 垂問元由. 卽遣數萬之衆, 傾覆巢穴.

측평측**평**측측평측 평측평**평** 측측측측평평 평측평측

樓船滿於滄海, 艫舳連於江口.

평**평**측평평측 평측평평평측

數彼熊律, 伐此新羅.

측측평측 측측평평

嗚呼! 兩國未定平, 蒙指蹤之驅馳. 野獸今盡, 反見烹宰之侵逼.

평평 측측측측평 평측**평**평평평 측측평측 측측평측평평측

賊殘百濟, 皮蒙雍齒之賞, 殉漢新羅, 已見丁公之誅.

측평측측 평**평**평측평측 측측평평 측측평**평**평평

大陽之曜, 雖不廻光, 葵藿本心, 猶懷向日.

측**평**평측 평측평**평** 평측측평 평측측측

「설인귀서」는 ① 상대되는 구의 절주점의 평측은 서로 반대, ② 매구 끝 자의 평측은 서로 반대, ③ 상연 말구 끝 자와 하연 수구 끝 자는 평측이 같아야 한다는 규칙을 잘 지켰다. 이에 비해 신라에서 작성한 「답설인귀서」는 전달 내용이 많고 긴박하여 이 세 요건을 잘 지키지 못했다. 이 사실을 통해 670년대 신라에서는 변문의 능수(能手)가 적었으리라 짐작할 수 있다.[28] 그리고 694년 이후 제작된 「김인문묘비」도 변문의 투식을 채용했으나 완전히 변문으로 비문을 작성하지 않았다. 다만 신라에서는 8세기에는 변문이 한문 산문의 상급 문체로 간주되었고, 9세기 후반 최치원(崔致遠)의 활동기에는 비문을 변문으로 짓는 관습이 정착되었다. 발해의 경우도 변문의 능수는 많지 않았으나, 8세기 말에는 비문을 변문으로 지어야 한다는 통념이 형성되어 있었다.

발해 제3대 대흠무 문왕의 둘째 딸을 위한 「정혜공주묘지명병서(貞惠公主墓誌銘幷序)」와 넷째 딸을 위한 「정효공주묘지명병서(貞孝公主墓誌銘幷序)」는 병서에 변문을 이용했다. 찬자는 미상이다. 병서는 『상서』・『시경』・『역경』・『예기』・『춘추』・『좌전』・『논어』・『맹자』・『사기』・『열녀전』・『한서』・『후한서』・『진서』 등의 전고를 많이 사용했

---

28 심경호, 「한국한문학의 변문 활용 문제와 그 역사문화상 기능」, 『한국한문학연구』 77, 한국한문학회, 2020, pp.225-300.

다. 악장(鄂長)의 고사를 이용한 것은 부적절하다. '명(銘)'은 4언 4운 6수이다.[29] 정혜
공주는 737년(문왕 1) 태어나 777년(문왕 41) 4월 14일 41세로 사망했다. 정효공주는
757년(문왕 22) 태어나 792년(문왕 56) 6월 9일 36세로 사망했다. 「정혜공주묘지명병
서」의 서는 다음과 같다.

夫緬覽唐書,

嬀汭降帝女之濱,[30] 博詳丘傳. 魯舘開王姬之筵,[31] 豈非婦德?

昭昭譽名, 其於有後母儀. 穆穆餘慶, 集於無疆.

襲祉之稱, 其斯之謂也.

公主者, 我大興寶曆孝感金輪聖法大王[32]之第四女也.

惟祖惟父, 王化所興. 盛烈戎功, 可得而論焉.

若乃乘時御辨, 明齊日月之照臨, 立極握機, 仁均乾坤之覆載.

配重華而旁夏禹, 陶殷湯而韜周文. 自天祐之, 威如之吉.[33]

公主稟靈氣於巫岳, 感神仙於洛川. 生於深宮, 幼聞婉嫕.

瓌姿稀遇, 曄似瓊樹之叢花, 瑞質絶倫, 溫如崑峯之片玉.

早受女師之敎, 克比思齊, 每慕曹家[34]之風, 敦詩悅禮.

辨慧獨步, 雅性自然. □□好仇, 嫁于君子.

標同車之容義, 叶家人之永貞. 柔恭且都, 履愼謙謙.

簫樓之上, 韻調雙鳳之聲,[35] 鏡臺之中, 舞狀兩鸞之影.[36]

---

29 한국고대사회연구소 편, 『역주 한국고대금석문』 III, 가락국사적개발연구원, 1992; 국사편찬위원회 한국
사데이터베이스(http://db.history.go.kr); 중국 王承禮의 연구 참조.

30 『尙書』 「虞書 堯典」. "(堯帝)釐降二女于嬀汭, 嬪于虞." 두 딸은 娥皇과 女英을 가리킨다.

31 『春秋左氏傳』 魯 莊公 元年. "夏, 單伯送王姬. 秋, 築王姬之舘于外."

32 文王의 尊號. 大興과 寶曆은 당나라 연호. 대흥은 737년 즉위 시부터 774년까지 사용했고, 보력은 774
년부터 사용하다가 말년에 대흥으로 되돌렸다. 孝感은 효행의 덕이 神人을 감동시켰다는 의미이다. 金
輪은 金輪王의 약어로 轉輪聖王 설화에서 유래한 것이고, 聖法은 聖法王, 즉 과거불인 世自在王佛을 가
리키는데 역시 전륜성왕 설화와 관련이 있다.

33 『周易』 「大有」. "六五. 厥孚交如, 威如, 吉. 象曰: 厥孚交如, 信以發志也. 威如之吉, 易而無備也. 上九. 自天
祐之, 吉無不利. 象曰: 大有上吉, 自天祐也."

34 曹家는 曹大家, 즉 後漢 班彪, 班固의 여동생, 曹世叔. 반고가 『漢書』의 八表와 天文志를 쓰지 못하고 죽
자 그녀가 완성시켰다. 『後漢書』 卷84 「列女傳·曹世叔妻」.

35 『列僊傳』에 나오는 簫史와 弄玉의 고사. 『後漢書』 卷73 「逸民傳·矯愼」 注 참조.

36 『異苑』에 의하면, 晉 罽賓王의 鸞鳥 한 마리가 3년 되도록 울지 않다가 거울에 자신의 모습을 비춰주자
자기 짝으로 알고 슬피 울다가 죽었다고 한다.

動響環珮, 留情組紃.[37] 黼藻至言, 琢磨潔節.

繼敬武[38]於勝里, 擬魯元[39]於豪門. 琴瑟之和, 蓀蕙之馥.

誰謂夫罥先化? 無終助政之謨? 稚子又夭, 未經請郎之日.

公主出織室而灑淚, 望空閨而結愁. 六行[40]孔備, 三從是亮.

學恭姜[41]之信矢, 銜杞婦[42]之哀懷. 惠于聖人, 聿懷闓德.

而長途未半, 隙駒疾馳, 逝水成川, 藏舟易動.

粤以寶曆四年夏四月十四日乙未, 終於外第, 春秋四十.

謚曰貞惠公主.

寶曆七年冬十一月廿四日甲申, 陪葬於珍陵之西原, 礼也.

皇上罷朝興慟, 避寢弛懸. 喪事之儀, 命官備矣.

挽郎嗚咽, 遵阡陌而盤桓, 輀馬悲鳴, 顧郊野而低昂.

喩以鄂長,[43] 榮越崇陵, 方之平陽,[44] 恩加立厝.

荒山之曲, 松檟森以成行, 古河之隈, 泉堂邃而永翳.

惜千金於一別, 留尺石於萬齡.

乃勒銘曰 (이하 銘은 아래에 제시)

寶曆七年十一月廿四日.

---

37 白居易의「封太和長公主制」에 "第四女, 端明成性, 和順稟教. 靜無違禮, 故組紃有常訓, 動必中節, 故環珮有常聲."이라 했다. 행동거지가 예에 어긋나지 않고 절도가 있음을 의미한다.『全唐文』卷659.

38 敬武는 漢 宣帝의 딸 敬武公主로서 元帝의 여동생이다. 그녀는 처음에 張臨에 시집갔으나 그가 죽자 薛宣에게 재가했다. 수절한 정효공주를 재가하고 私通한 일도 있는 경무공주에 비긴 것은 잘못이다.『漢書』卷59「張湯傳」; 같은 책 卷83「薛宣傳」; 鄒秀玉,「渤海貞孝公主墓志并序考釋」,『延邊文物資料匯編』, 延邊: 延邊朝鮮族自治州博物館, 1983, p.81.

39 魯元은 漢 高祖의 장녀 魯元公主로 趙王 張敖에게 시집갔다.『史記』卷89「張耳傳」;『漢書』卷32「張耳傳」참조.

40 六行은 孝, 友, 睦, 婣, 任, 恤을 말한다.

41 恭姜은 衛世子 共伯의 처 共姜으로 남편이 일찍 죽자 수절했다. 부모가 그 뜻을 꺾어 개가를 시키려 했으나 이를 듣지 않고 절개를 지키려는 뜻을 담은 柏舟(잣나무 배)의 시를 지었다.『詩經』「鄘風 伯舟」序 참조.

42 杞婦는 齊 杞梁의 처로, 남편이 전쟁에서 죽자 그 시신을 맞아 성 아래에서 10일 동안 통곡을 하니 성이 무너졌다고 한다. 남편의 장례를 치른 뒤 淄水에 빠져 죽었다.

43 鄂長은 鄂邑公主로, 蓋侯 王信의 처이다. 鄂邑長公主, 鄂邑蓋長公主, 蓋主라고도 한다. 丁外人과 私通한 일이 있고 모반을 하다 발각되어 자살을 했다. 고사를 잘못 인용했다.『漢書』卷7「昭帝紀」;『漢書』卷97上「外戚傳·孝昭上官皇后」; 鄒秀玉,「渤海貞孝公主墓志并序考釋」,『延邊文物資料匯編』, 延邊: 延邊朝鮮族自治州博物館, 1983, p.81.

44 平陽은 당나라 高祖의 셋째 딸인 平陽公主로, 柴紹에게 시집갔다. 수나라 말에 시소가 고조를 따라 군사를 일으키자 공주는 鄂縣으로 가서 家財를 털어 망명자들을 모아 고조를 도왔다. 그녀가 죽자 고조는 鼓吹 등을 갖추어 성대하게 장례를 치르도록 했다.『舊唐書』卷58「平陽公主傳」.

서의 평측을 보면 산구를 제외하고 제행의 부분은 변문의 염률을 정확히 지키고 있음을 알 수 있다.

濱(平眞) 傳(平仙) 筵(平仙) 德(入德)

名(平淸) 儀(平支) 慶(去映) 疆(平陽)

稱(平蒸) 謂(去未)

父(上麌) 興(平蒸) 功(平東) 論(去慁)

辨(上獮) 臨(平侵) 機(平微) 載(去代)

禹(上麌) 文(平文) 之(平之) 吉(入質)

岳(入覺) 川(平仙) 宮(平東) 嬪(去霽)

遇(去遇) 花(平麻) 倫(平諄) 玉(入燭)

敎(去效) 齊(平齊) 風(平東) 禮(上薺)

步(去暮) 然(平仙) 仇(平尤) 子(上止)

義(去寘) 貞(平淸) 都(平模) 謙(平添)

上(上養) 聲(平淸) 中(平東) 影(上梗)

珮(去隊) 紃(平諄) 言(平元) 節(入屑)

里(上止) 門(平魂) 和(平戈) 馥(入屋)

化(去禡) 謨(平模) 夭(平宵) 日(入質)

淚(去至) 愁(平尤) 備(去至) 亮(去漾)

矢(上旨) 悽(平齊) 人(平眞) 德(入德)

半(去換) 馳(平支) 川(平仙) 動(上董)

慟(去送) 懸(平先) 儀(平支) 矣(上止)

咽(平先/去霰) 桓(平桓) 鳴(平庚) 昂(平唐)

長(平陽/上養) 陵(平蒸) 陽(平陽) 厝(去暮)

曲(入燭) 行(平庚) 隈(平灰) 翳(去霽)

別(入薛) 齡(平靑)

「정효공주묘지명병서」는 「정혜공주묘지명병서」와 행문이 거의 같다. 묘지병 병서를 변문으로 찬술해야 한다는 당시의 관습을 따르되, 변문에 능한 인물을 찾을 수 없었기 때문에 기존의 묘지명을 이용해서 부분적으로 개찬한 듯하다. 명을 다시 사용한 것도 용운(用韻)에 능한 작가를 찾을 수 없었기 때문일 것이다. 「정효공주묘지명병서」

는 다음 세 가지만「정혜공주묘지명병서」와 차이가 있다.

① "公主者, 我大興寶曆孝感金輪聖法大王之第二女也."가 "公主者, 我大興寶曆孝感金輪聖法大王之第四女也."로 되어 있다.
② "稚子又夭, 未經請郎之日."이 "稚女又夭, 未延(逢)弄瓦[45]之日"로 되어 있다.
③ 사망 및 장례 기록이 "粤以大興五十六年夏六月九日壬辰終於外第, 春秋三十六. 諡曰貞孝公主. 其年冬十一月廿八日己卯, 陪葬於染谷之西原, 礼也."로 되어 있다.[46]

(3) 사산비명

한자문화권에서 최치원(崔致遠, 857~?)의 문화적 업적은 일본 홍법대사(弘法大師) 구카이(空海, 774~835)와 대비된다. 구카이가 당나라에서 과안한 시론 서적들을『문경비부론(文鏡秘府論)』으로 편집한 반면, 최치원은 시론 서적을 엮지 않고 한시문 저술을 남겼다. 최치원은 귀국한 뒤 한림학사직에 있으면서 왕명에 따라 승려들을 위한 비명을 지었다.「초월산대숭복사비명(初月山大崇福寺碑銘)」(이하「대숭복사비명」),「지리산쌍계사진감선사대공령탑비명(智異山雙溪寺眞鑑禪師大空靈塔碑銘)」(이하「진감선사비명」),「숭엄산성주사대낭혜화상백월보광탑비명(崇嚴山聖住寺大朗慧和尙白月葆光塔碑銘)」(이하「낭혜화상비명」),「희양산봉암사지증대사적조탑비명(曦陽山鳳巖寺智證大師寂照塔碑銘)」(이하「지증대사비명」) 등이다. 조선 광해군 때 중관해안(中觀海眼)이 '사산비명'이라 이름하여 한데 묶고 주석을 붙이고 1783년(정조 7) 몽암(蒙庵)이 주석을 더해『해운비명주(海雲碑銘註)』라고 했으며, 순조, 헌종 연간의 홍경모(洪景謨), 1931년 박한영(朴漢永)이 주석을 더했다.[47] 이덕무도「한죽당섭필(寒竹堂涉筆)」에 '신라명승비'

---

[45] 『詩經』「小雅 斯干」에 "乃生女子, 載寢之地, 載衣之裼, 載弄之瓦."라고 했다. 와(瓦)는 흙으로 빚은 실패로, 딸을 낳았을 때 장난감으로 주던 것이다.
[46] 정혜공주와 정효공주는 둘 다 '외제(外第)'에서 생을 마쳐 '배장(陪葬)'되었다고 묘지명에 명기되어 있다. '외제'는 하가(下嫁)한 집을 가리키고 '배장'은 부마(駙馬) 묘의 동혈(同穴)에 안장된 것을 말한다. 부마의 묘지명이 별도로 있었을 듯하지만 출토되지 않았다.
[47] 崔致遠,「無染和尙碑銘」,「眞監和尙碑銘」, 崔濬玉 編,『孤雲先生文集』卷2, 孤雲先生文集編纂會, 1973; 崔致遠 著, 李佑成 編,『崔文昌侯全集』, 성균관대학교 대동문화연구원, 1972; 崔致遠,「大崇福寺碑銘」,「智證和尙碑銘」, 崔濬玉 編,『孤雲先生文集』卷3, 孤雲先生文集編纂會, 1973; 최병헌,「新羅下代 禪宗九山派의 成立」,『한국사연구』7, 한국사연구회, 1972; 김두진,「朗慧와 그의 禪思想」,『역사학보』57, 역사학회, 1973; 배연형,「崔致遠의 四山碑銘의 文學的 考究」,『동악한문학논집』1, 동악한문학회, 1981; 김문기,「최치원의 四山碑銘 연구─실태조사와 내용 및 문체분석을 중심으로─」,『퇴계학과 유교문화』15, 경북대학교 퇴계연구소, 1987, pp.125~179; 최영성,『註解四山碑銘』, 아세아문화사, 1987; 한국고

라는 항목을 두어 네 비석을 거론한 바 있다.[48]

「대숭복사비명」은 신라 하대에 왕실과 긴밀한 관계에 있던 화엄종 사찰의 창건 기록이다. 다른 셋은 낭혜화상(朗慧和尚) 무염(無染), 진감선사(眞鑑禪師) 혜소(慧昭), 지증대사(智證大師) 도헌(道憲)의 탑비명이다. 「진감선사비명」은 진감선사의 서학 구법의 의의를 논하는 과정에서, 자신의 유학 수업이 지닌 의의를 '선유의 아름다운 반찬으로 맛있게 육경에 배 불릴 수 있었다'는 것, 그래서 '온 나라로 하여금 능히 인(仁)을 일으키게' 하려는 데 있다고 밝히기도 했다. 「낭혜화상비명」은 장편의 비문으로, 김춘추의 8대손 낭혜화상 무염(801~888)의 입적 사실, 그에게 대낭혜(大朗慧) 시호와 백월보광(白月葆光) 탑명이 내린 경위, 탑비명을 짓게 된 동기를 기록한 뒤, 국사의 생애와 업적을 자세히 서술했다.[49] 「지증대사비명」은 신라 불교가 화엄종에서 선종으로 변화해 간 과정을 개괄했다. 최치원은 사산비명 이외에도 불교 관련 저술을 많이 남겼다.[50]

최치원은 868년(경문왕 8) 12세의 어린 나이로 당나라로 유학을 갔다.[51] 당시는 만당의 시기에 해당한다.[52] 그 시기 당에서는 산문은 변문이 주류를 이루고 시는 정치한 근체시 형식이 주류를 이루었다.[53] 최치원은 28세인 884년, 당나라 희종의 사신 자격

대사회연구소 편, 『역주 한국고대금석문』 III, 1992; 淨光, 『智證大師碑銘小考』, 경서원, 1992; 李智冠, 『譯註 歷代高僧碑文』(新羅篇), 伽山文庫, 1993; 이우성 校譯, 『新羅四山碑銘』, 아세아문화사, 1995.

48 李德懋, 『靑莊館全書』 卷68 「寒竹堂涉筆 上」 '新羅名僧碑'・'胡中丞'.

49 버클리대학 소장 탁본 2종을 보면 비제는 「有唐新羅國故兩朝國師敎諡大朗慧和尚白月葆光之塔碑銘并序」이다.

50 「法藏和尚傳」・「浮石尊者傳」・「釋順應傳」・「釋利貞傳」 등 화엄종 승려들의 전기를 비롯하여, 「海印寺妙吉祥塔記」, 「大華嚴宗佛國寺毘盧遮那文殊普賢像讚竝序」, 「大華嚴宗佛國寺阿彌陀像讚竝序」 등이 알려져 있다. 이홍직, 「羅末의 戰亂과 緇軍」, 『史叢』 12・13合, 역사학연구회, 1968; 문명대, 「佛國寺金銅如來坐像二軀와 그 造像讚文의 硏究」, 『미술자료』 19, 국립중앙박물관, 1976.

51 최치원은 18세 때 빈공과에 급제한 후 강남도 선주(宣州) 율수현위(溧水縣尉)를 제수받았다. 21세 되던 겨울에는 고운(顧雲)의 주선으로 제도행영병마도통(諸道行營兵馬都統) 회남절도사(淮南節度使) 고변(高駢)의 종사관이 되었으며, 황소의 난 때 「격황소서(檄黃巢書)」를 지었다. 이때 고운 이외에 나은(羅隱)・배찬(裵瓚)・장교(張喬) 등과 교유했다. 周藤吉之, 「唐末淮南高駢의 藩鎭體制와 黃巢徒黨과의 關係에 대하여—新羅末의 崔致遠의 著 『桂苑筆耕集』」, 『東洋學報』 第68卷 第3・4號合刊, 東洋協會調査部, 1987; 전기웅, 『羅末麗初의 政治社會와 文人知識層』, 혜안, 1996.

52 명나라 高棅은 『唐詩品彙』 序(1393년)에서 開元부터 大曆 초까지를 성당, 대력부터 元和 말까지를 중당, 太和부터 오대까지를 만당이라고 보았다. 趙宦光은 『唐人萬首絶句』 1541년 趙氏刊本의 범례를 따르면, 초당은 武德 원년(618)부터 先天 원년(712) 이전까지 95년간, 성당은 開元 원년(713)부터 永泰 원년(765)까지 53년간, 중당은 대력 원년(766)부터 태화 9년(835)까지 70년간, 만당은 開成 원년(836) 이후 天祐 4년(907)까지 71년간이다.

53 조이광의 시기 구분에서 말하는 만당 71년간에는 다양한 시풍들이 공존했다. 우선 杜牧은 유미주의 작가이지만 우국적인 豪健性도 지녔다. 또 溫庭筠과 李商隱을 추종하던 韓偓・吳融・李羣王, 또 李商隱・溫

으로 귀국길에 올라 이듬해 헌강왕 11년(885) 봄 신라로 돌아왔다. 그리고 886년 정월 『계원필경집』, 『중산복궤집』, 근체시 100여 수 등을 헌정했다.[54] 최치원은 유학 시절에 방림십철(芳林十哲)로부터 영향을 받았으리라 추정된다.[55] 그는 한시에서 평성 운자 가운데 관운(寬韻)과 중운(中韻)을 많이 사용했다.[56] 최치원은 시독 겸 한림학사 수병부시랑 지서서감사(侍讀兼翰林學士守兵部侍郎知瑞書監事)에 임명되었으나, 외방의 태수로 나갔다. 또한 진성여왕과 효공왕을 위하여 표문을 대리 작성했다.[57]

최치원이 작성한 사산비명 가운데 「대숭복사비명」은 서를 변문으로 작성했고, 다른 세 비명은 고문과 변문의 혼용 문체를 이용했다. 명은 모두 정교한 용운법(用韻法)을 채용했다.[58] 최치원은 당나라에 있을 때 고변과 그 종사관들은 공문서를 변문으로

庭筠과는 다른 작풍을 보여준 皮日休·陸龜蒙, 또 杜牧의 칭예를 받은 張祜·趙嘏, 또 張籍 일파로 불리는 司空圖·朱慶餘, 賈島의 파로 지목되는 李洞·唐求·喩鳧, 姚合의 파에 귀속되는 李頻·周賀·李咸用·方干·來鵬·陳陶·曹鄴, 芳林十哲로 불리는 10인 중 鄭谷·張喬, 통속의 기치를 들고 放歌하던 羅隱·杜荀鶴·李山甫·胡曾 등이 이름을 날렸다. 이혜순, 「신라말 빈공제자의 시에 대하여」, 『한국한문학연구』 7, 한국한문학연구회, 1984, pp.22~23.

54 고변(高騈)의 막하에서 4년간 1만여 수를 창작했으나 그 가운데 극히 일부를 『계원필경집』 20권으로 엮었다고 한다. 『계원필경집』은 서문 다음에 권1·2 表 20수, 권3 狀 10수, 권4·5 奏狀 20수, 권6 堂狀 10수, 권7·8·9·10 別紙 80수, 권11 檄書 4수와 書 6수, 권12·13 委曲 20수, 권14 擧牒 50수, 권15 齋詞 15수, 권16 祭文·書·疏·記 10수, 권17 啓狀 10수, 권18 書·狀啓 25수, 권19 狀啓·別紙·雜著 등 20수, 권20 啓狀·別紙·祭文·詩 등 40수 등으로 구성되어 있다.

55 芳林十哲은 許棠·喩坦之·劇燕·吳罕·任濤·周繇·張蠙·鄭谷·李栖遠·張喬 등을 말한다. 이들은 장안 북쪽 延興門을 드나들며, 京兆府參軍으로서 京兆府解를 主試하던 李頻과 시단 원로 馬載 아래에서 시를 지었다. 유성준, 「나당시인 교류고」, 『한국한문학연구』 5, 한국한문학연구회, 1980~1981, p.187; 김중열, 「최치원 문학연구」, 고려대학교 박사학위논문, 1983; 성낙희, 「최치원의 시정신 연구」, 중앙대학교 박사학위논문, 1986; 호승희, 「신라한시 연구」, 이화여자대학교 박사학위논문, 1993.

56 성균관대학교 대동문화연구원 편, 『최문창후전집』에 수록된 최치원의 한시는 오언고시 4수, 오언절구 2수, 오언율시 5수, 칠언절구 66수, 칠언율시 27수, 결락 칠언구 4수 등 모두 100제 108수이다. 홍우흠, 「崔孤雲用韻攷」, 『신라문학의 신연구』, 신라문화제학술발표회논문집 제7집, 경주시 신라문화선양회, 1986.

57 효공왕 즉위 후 관직을 버리고, 모형(母兄) 승려 현준(賢俊) 및 정현사(定玄師)와 도우를 맺고 가야산 해인사로 들어갔다. 해인사에는 화엄종 고승 희랑(希朗)과 관혜(觀惠)가 있었으므로, 그들과도 교분을 맺었으리라 추정된다. 「신라수창군호국성팔각등루기(新羅壽昌郡護國城八角燈樓記)」를 남긴 것을 보면, 908년(효공왕 12) 말까지 생존해 있었다.

58 기왕의 설에 의하면, 최치원이 귀국 후 초기에 지은 「대숭복사비명」(886년 혹은 887년 찬술, 896년 건비)과 「진감선사비명」은 『계원필경』의 문체와 비슷하며 당에서 사용하던 변문을 답습하고 있으나, 후에 지은 「지증대사비명」(885년 귀국 후 왕명을 받았으나 893년 완성, 건비는 924년)과 「낭혜화상비명」(890년 왕명을 받아 892년 완성한 듯함)은 완전한 변문은 아니라고 한다. 김문기, 「최치원의 四山碑銘 연구—실태조사와 내용 및 문체분석을 중심으로—」, 『퇴계학과 유교문화』 15, 경북대학교 퇴계연구소, 1987; 이구의, 「崔致遠의 '眞鑑禪師碑名'攷」, 『한국의 철학』 35-2, 경북대학교 퇴계연구소, 2004, pp.151-185; 이구의, 『신라한문학연구』, 아세아문화사, 2002. 그러나 「대숭복사비명」의 서만이 완전한 변문에 가깝다고 보아야 한다.

지었다. 고변은 황소의 난 때 제대로 대처하지 못해 견책당하고 실권을 빼앗기게 되자 탄원하는 글을 올렸는데, 그 글도 변문이다.[59] 최치원은 고문에도 뛰어났다. 「낭혜화상비명」에서 그는 『한서』의 일반(一斑)을 엿본 것으로 자부한다고 했다.[60] 그렇지만 당나라에 있으면서 공문서를 변문으로 제술하는 관습을 따랐다. 그리고 귀국해서 왕명에 응하여 사찰 기적비나 부도탑비를 지을 때 변문을 상당히 도입했다. 남조 제나라 왕좌(王叻)[왕건(王巾), 왕개(王介)]가 변문으로 지은 「두타사비문(頭陀寺碑文)」이 『문선(文選)』 권59에 전하여, "후세 사람들이 적선의 청아한 말이라고 칭송했다."[61]라는 평가가 있는데, 이 글은 이후 불교 관련 비문의 모범이 되었다. 당나라 초 왕발(王勃, 650~675)이 변문으로 지은 「재주통천현혜보사비(梓州通泉縣惠普寺碑)」도 『전당문(全唐文)』이나 『문원영화(文苑英華)』 등에 실려 있다. 최치원의 사산비명은 그 글들을 모범으로 삼은 듯, 변문의 형식을 상당히 의식했다.[62]

「대숭복사비명」은 비제가 「신라초월산대숭복사비명병서(新羅初月山大崇福寺碑銘幷序)」이다. 비도 탁본도 남아 있지 않고, 사산비명 필사본만 전한다. 숭복사는 소문왕후(원성왕 모후)의 외숙이자 숙정왕후(원성왕 비)의 외조부 김원량(金元良)이 창건한 곡사(鵠寺)를 말한다. 원성왕릉을 만들면서 곡사를 이건하게 되자, 헌강왕은 885년(헌강왕 11) 절의 이름을 대숭복사로 바꾸고, 886년에 비명을 최치원에게 짓게 했다. 비문은 그해나 그 이듬해에 완성되었으나, 비는 896년(진성여왕 10)에 건립된 듯하다. 비문의 서는 대우가 상당히 교묘하다(표 2-5 참조). 제수대(齊數對)의 정대(正對)[적명대(的名對)]가 많지만 간혹 사성대(詞性對), 반대(反對)[배체대(背體對)], 의대(意對), 쌍구대(雙

---

59 『舊唐書』 卷182 「高駢」. 그런데 송나라 계유공(計有功)의 『당시기사(唐詩紀事)』에는 나은(羅隱)이 지은 것으로 되어 있다. 王仲鏞 校箋, 『唐詩紀事校箋』(城都: 巴蜀書社, 1989) 卷69 '羅隱'.

60 이우성 校譯, 「朗慧和尙白月葆光塔碑銘」, 『新羅四山碑銘』, 아세아문화사, 1995, pp.320-321.

61 成汝信, 「與曹主簿書」, 『浮査集』 卷3. "頭陀撰文, 後世唯稱謫仙之淸辭."

62 『牧民心書』 卷8 「禮典六條」 '課藝'. "변문의 성률도 율시와 다름이 없어 글자마다 성조를 맞춘다. … 중국의 하정일(賀正日)에 17성(省)의 여러 주에서 올리는 표문과 유구·안남 등 여러 나라에서 올리는 표문이 성률에 맞지 않는 것이 없을진대, 유독 조선의 표문은 끝 글자만 성률을 맞춘다. 중국은 잘하는 것은 칭찬하고 못하는 것은 불쌍히 여기는 뜻으로 웃으며 받을 것이니, 어찌 부끄럽지 않겠는가? 신라의 최치원이 지은 「토황소격문」 및 여러 사찰의 비문이나, 고려 학사들이 지은 불가의 문자와 국초 때의 표전(表箋)들은 모두 성률에 맞지 않는 것이 없었는데, 무슨 연고로 중간에 와서 이렇게 되었는가?[儷文聲律, 與律詩無異, 字字調叶 … 竊想中國賀正之日, 十七省諸州表文, 及流求安南諸表, 莫不調叶, 唯獨朝鮮表文, 但叶蹄律, 彼以嘉善矜不能之意, 哂而受之, 豈不可愧? 新羅時崔致遠作黃巢檄及諸寺碑文, 高麗學士作佛家文字, 及國初表箋, 亦皆調叶, 不知中間何故如此?]" 대우(對偶)의 형식에 대해서는 朱承平, 『對偶辭格』, 湖南省: 岳麓書社, 2003 참조.

|표 2-5| 「대승복사비명」 서(序)의 구식(句式)

내용		對偶句式	對偶種類
臣聞 王者之基祖德而峻孫謀也			
政以仁爲**本** 禮以孝爲**先**	(상-평)	5·5	正對, 雙句對
仁以推濟衆之**誠** 孝以舉尊親之**典**	(평-상)	7·7	正對
[莫不]體無偏於夏**範** 遵不匱於周**詩**	(상-평)	6·6	正對, 參差對
聿修芟秕稗之**讖** 克祀潔蘋蘩之**薦**	(평-거)	7·7	反對
[俾]慧渥均濡於庶**彙** 德馨高達於穹**旻**	(거-평)	7·7	正對, 參差對
勞心而扇喝泣**辜** 豈若拯群品於大迷之**域**	(평-입)	7·10 / 7·10	反對, 隔句對
竭力而配天享**帝** 莫非奉尊靈於常樂之**鄉**	(거-평)		
是知敦睦九**親** 實惟紹隆三**寶**	(평-상)	6·6	正對, 流水對
[矧]乃玉毫光所照**燭** 金口偈所流**轉**	(입-상[평])	6·6	正對, 參差對
靡私於西土生**靈** 爰及於東方世**界**	(평-거)	7·7	反對
則我太平勝地也			
性滋柔**順** 氣合發**生**	(거-평)	4·4	正對
山林多靜默之**徒** 以仁會**友**	(평-상)	7·4 / 7·4	正對, 隔句對
江海協朝宗之**欲** 從善如**流**	(입-평)		
[故]激揚君子之**風** 薰漬梵王之**道**	(평-상)	6·6	正對, 參差對
[猶若]泥從**堊** 金在**鎔**	(상-평)	3·3	正對, 參差對
[而得]君臣鏡志於三**歸** 士庶翹誠於六**度**	(평-거)	7·7	正對, 參差對
至乃國城無**惜** 能令塔廟相**望**	(입-평)	6·6	意對, 流水對
雖在贍部洲海**邊** 寧慚都史多天**上**	(평-상)	7·7	正對, 流水對
衆妙之**妙** 何名可**名**	(거-평)	4·4	正對, 雙句對
金城之**离** 日觀之**麓**	(평-입)	4·4	正對
有伽藍號嵩福**者** 乃先朝嗣位之初**載**	(상-평)		
奉爲烈祖元聖大王 園陵追福之所修建**也**	(평-측)		
[粵若]稽古寺之濫**觴** 審新刹之覆**簀**	(평-거)	5·5	正對, 參差對
則昔波珍飡金元良者 昭文王后之元**舅**	(상-상)		
肅貞王后之外**祖**也	祖(평)		
身雖貴公子 心實眞古**人**	(상-평)	5·5	正對, 流水對
始則謝安縱賞於東**山** 儼作歌堂舞**館**	(평-상)	9·6 / 9·6	反對, 隔句對
終乃慧遠同期於西**境** 捨爲像殿經**臺**	(상-평)		
當年之鳳管鷗**絃** 此日之金鍾玉**磬**	(평-거)	7·7	反對
隨時變**改** 出世因**緣** 寺之所枕倚也	(상-평)		

내용		對偶句式	對偶種類
巖有鵠狀 仍爲戶榜	(거-상)	4·4	
能使鴦盧長價 永令鵝殿增輝	(거-평)	6·6	正對
[則彼]波羅越之標形 崛恜遮之紀號	(평-거)	6·6	正對, 參差對
[詎若]飛千里以取譽 變雙林以刱題[哉]	(거-평)	6·6	正對, 參差對, 流水對
但玆地也 成卑鷲頭 德峻龍耳]	(평-상)	4·4	反對, 參差對
與畫金界 宜開玉田	(거-평)	4·4	正對
洎貞元戊寅年冬 遺敎窀穸之事	(평-거)		
因山是命 擇地尤難	(거-평)		
乃指淨居 將安秘殿	(평-거)	4·4	正對, 流水對
時獻疑者有言			
[昔]游氏之廟 孔子之宅	(거-입)	4·4	正對, 參差對
皆不忍終毀 人到于今稱之 則欲請奪金地 無乃負須達多大捨之心乎			
冥裝者 地所祐 天所咎 不相補矣	(거-상)	3·3	反對, 參差對
而莅政者譏日			
梵廟也者 所居必化 無往不諧 故能轉禍 基爲福場 百億劫濟其危俗　(廟거-거-평-상-평-입)		頹砼坤脈 仰揆乾心 4·4 正對	隔句對
靈隧也者 頹砼坤脈 仰揆乾心 必在苞四 象于九原 千萬代保其餘慶　(隧거-입-평-거-평-거)			
[則也]法無住相 禮有盛期	(거-평)	4·4	正對, 參差對
易地而居 順天之理	(평-상)		
但得靑烏善視 豈令白馬悲嘶	(상-평)	6·6	反對, 流水對
[且]驗是仁祠 本隷戚里	(평-상)	4·4	正對, 參差對
[誠宜]去卑就峻 捨舊謀新	(거-평)	4·4	正對, 參差對
[使]幽庭據海域之雄 淨刹擅雲泉之嫩	(평-상)	7·7	正對, 參差對
[則]我王室之福山高峙 彼侯門之德海安流	(상-평)	7·7	反對, 參差對
斯可謂知無不爲 各得其所	(평-상)		
[豈與夫]鄭子産之小惠 魯恭王之中輟 同日而是非哉　(상-입-非평)		6·6	正對
宜聞龜筮協從 可見龍神歡喜	(평-상)	6·6	正對
遂遷精舍 爰創玄宮	(상-평)	4·4	正對, 流水對
兩役庀徒 百工蒇事	(평-거)	4·4	意對
其改創紺宇 則有緣之衆 相率而來	(거-평)		

내용		對偶句式	對偶種類
張袂不颶 植錐無地	(평-거)	4·4	正對
霧市奔趍於五里 雪山和會於一時	(상-평)	7·7	正對
[至於]撤瓦抽椽 奉經戴像	(평-상)	4·4	反對, 參差對
迭相授受 競以誠成	(상-평)	4·4	意對, 流水對
役夫之走步未移 釋子之宴居已就	(평-거)	7·7	反對
其成九原 [則]雖云王土 且非公田	(상-평)	4·4	反對, 參差對, 流水對
[於是]括以邇封 求之善價	(평-거)		
益丘隴餘二百結 酌稻穀合二千苫	(입-평)	7·7	正對
旋命所司與王官之邑 共芟榛徑 分蒔松埏	(거-평)	4·4	正對, 參差對
[故得]蕭蕭多悲颶 激舞鳳歌鸞之思 鬱鬱見白日 助盤龍踞虎之威	(평-거) (입-평)	5·7 / 5·7	反對, 隔句對, 參差對
且觀其地 壞異瑕丘 境連賜谷	(평-입)	4·4	正對, 參差對
祇樹之餘香未泯 穀林之佳氣增濃	(상-평)	7·7	反對
繡峯則四遠相朝 練浦則一條在望	(평-거)	7·7	正對
[實謂]橋山孕秀 畢陌標奇	(거-평)	4·4	正對, 參差對
[而使]金枝益茂於鷄林 玉派增深於鰈水[矣]	(평-상)	7·7	正對, 參差對
初寺宇之徙也 雖同聾出 未若化城哉	(입-城평)		
[得]刜莉棘而認岡巒 雜茅茨而避風雨	(평-상)	6·6	正對, 參差對
僅踰六紀 驟歷九朝	(상-평)	4·4	正對
而屢値顚覆 未遑嵩飾	(입-입)		
三利之勝緣有待 千齡之寶運無虧	(상-평)	7·7	正對
伏惟先大王 虹渚騰輝 鼇岑降跡	(평-입)	4·4	正對, 參差對
始馳名於玉鹿 別振風流 俄綰職於金貂 蕭淸海俗	(입-평) (평-입)	6·4 / 6·4	反對, 隔句對
據龍田而種德 捿鳳沼以沃心	(입-평)	6·6	正對
發言則仁者安人 謀政乃導之以道	(평-상)	7·7	正對
八柄之重權咸擧 四維之墜緒斯張	(상-평)	7·7	正對
歷試諸難 利有攸往	(평-상)		
[旋屬]憂侵杞國 位曠搖山	(입-평)	4·4	意對, 參差對
雖非逐鹿之原 亦有集烏之苑	(평-상)	6·6	正對, 流水對
[然]以賢以順 且長且仁	(거-평)	4·4	正對, 參差對, 雙鉤對

내용		對偶句式	對偶種類
爲民所**推** 捨我奚**適**	(평-입)		
[乃]安身代**邸** 注意慈**門**	(상-평)	4·4	意對, 參差對
慮致祖**羞** 願興佛**事**	(평-거)	4·4	意對
[因請芬皇寺]僧嵩唱 以修奉梵居之**旨** 白于**佛**	(상-입)	7·3 / 7·3	正對, 參差對
[復遣]金純行 以隆宣祖業之**誠** 告于**廟**	(평-거)		
詩所謂 愷悌君**子** 求福不**回**	(상-평)	3·4·4 /	正對, 隔句對
書所謂 上帝時**歆** 下民祗**協**	(평-입)	3·4·4	
[故能]至誠冥**應** 善欲克**終**	(거-평)	4·4	正對, 參差對
卿士大夫與守 同心龜**協** 赫赫東國而君臨之 爰遣陪臣 告終稱嗣			
遂於咸通六年 天子使攝御史中丞胡歸厚 以我鄕人前進士裵匡腰魚頂㝱爲輔行 與王人田獻銛 來錫命曰			
[自]光膺嗣**續** 克奉聲**猷**	(입-평)	4·4	正對, 參差對
俾彰善繼之**名** 允協至公之**擧**	(평-상)	6·6	正對
是用命爾爲新羅國王 仍授檢校太尉兼持節充寧海軍使			
[向非]變齊標**秀** 至魯騰**芬**	(거-평)	4·4	正對, 參差對, 流水對
[何以致]飛鳳筆而寵外諸**侯** 降龍旌而假大司**馬**[之如是矣]	(평-상)	8·8	正對, 參差對
亦旣榮沾聖**澤** 必將親拜靈**丘**	(입-평)	6·6	借音對(假義對), 流水對
肆以備千乘之**行** 奚翅耗十家之**產**	(평-상)	7·7	反對, 流水對
遂命大弟相國 致齊淸**廟** 代謁玄**扃**	(거-평)	4·4	正對, 參差對
[懿乎]鷄樹揚**蕤** 鴒原挺**茂**	(평-거)	4·4	借音對(假義對), 意對, 參差對
歲久而永懷耕**象** 時和而罷問喘**牛**	(상-평)	7·7	反對
藻野縟川 觀者如**雲**	(평-평)		
[乃有]鮐背之**叟** 鵠眉之**僧**	(상-평)	4·4	正對, 參差對
抃手相慶 大相賀曰			
貴介弟之是行也 聖帝之恩光**著**矣 吾君之孝理**成**焉 (著거-成평)		7·7	正對, 參差對
禮義鄕**風** 綽有餘**裕**	(평-거)		
[遂使]海波**晏** 塞塵**淸**	(거-평)	3·3	正對, 參差對
天吏**均** 地財**羨**	(평-거)	3·3	正對

내용		對偶句式	對偶種類
[則乃]踵修蓮宇 威護栢**城**	(상－평)	4·4	意對, 參差對
今也其**時** 捨之何**俟**	(평－상)	4·4	
[於是]孝誠旁**達** 思夢相**符**	(입－평)	4·4	正對, 參差對
晝思夜夢 乃見聖祖大王 撫而告曰			
余而祖也 而欲建佛**像** 飾護予陵**域**	(상－입)		
小心翼翼 經始勿**亟**	(입－입)		
佛之**德** 予之**力**	(입－입)		
庇爾**躬** 允執厥中 天祿永終	(평－평－평)		
[旣而]韻耿銅**壺** 形開玉**寢**	(평－상)	4·4	正對, 參差對
不占十**煇** 若佩九**齡**	(평－평)	4·4	正對, 流水對
遽命有**司** 虔修法**會**	(평－거)		
華嚴大德釋 決言承旨 於當寺講經五日 所以申孝思而薦冥福也			
因下敎曰			
不愛其**親** 經所戒**也**	(평－거)	4·4 / 4·4	正對, 隔句對, 流水對
無念爾**祖** 詩寧忘**乎**	(상－평)		
睠言在**藩** 有欲修**寺**	(평－거)		
魂交致**感** 痒慓衿**靈**	(상－평)		
旣媿三年不**蜚** 深思一日必**葺**	(평－입)	6·6	反對, 流水對
百尹御**史** 謂利害**何**	(상－평)		
雖保無賣兒貼婦之**譏** 或慮有鬼怨人勞之**說**	(평－입)	10·10	反對, 流水對
獻可替**否** 爾無忽**諸**	(상－평)		
宗臣繼宗勛榮以下 協議上言曰			
妙願感**神** 慈靈現**夢**	(평－거)		
誠因君志先**定** 果見衆謀僉**同**	(거－평)	6·6	意對
是寺也**成** 九族多**慶**	(평－거)		
幸値農**隙** 請興杍**工**	(입－평)		
[爰用]擇人龍於建禮仙**門** 擧僧象於昭玄精**署**	(평－거)	8·8	正對, 參差對
乃命宗室三良 曰端元·毓榮·裕榮 與釋門二傑 曰賢諒·神解 及贊導僧嵩唱等 督其事			
[且]國君爲檀**越** 邦彥爲司**存**	(입－평)	5·5	意對, 參差對
力旣有**餘** 心能匪**懈**	(평－거)	4·4	意對, 流水對
將俾小加**大** 豈宜新間**舊**	(거－거)	5·5	反對, 流水對

내용		對偶句式	對偶種類
然恐沮檀溪宿**顧** 不瑕傷桵苑前**功**	(거-평)	7·7	正對, 借音對 (假義對)
選掇故**材** 就遷高**壚**	(평-입)	4·4	意對
[於是]占星揆**日** 廣拓宏**規** 合土範**金** 爭呈妙**技**	(입-평) (평-상)	4·4 / 4·4	正對, 隔句對, 參差對
雪梯而倕材架**險** 霜塗而孃壃黏**香**	(상-평)	7·7	正對
屬嵒麓而培**垣** 壓溪流而敞**戶**	(평-상)	6·6	正對
易荒塴而釦**砌** 變卑廡而琱**廊**	(거-평)	6·6	正對
複殿龍**盤** 中以盧舍那爲**主** 層樓鳳**跱** 上以修多羅爲**名**	(평-상) (상-평)	4·7 / 4·7	正對, 隔句對
高設鯨**桴** 對標鸞**櫨**	(평-상)	4·4	正對
綺井華攢而輧**轠** 繡栭枝擁而杈**枒**	(입-평)	7·7	正對
聳翼如**飛** 回眸必**眩**	(평-거)	4·4	意對
其以增嵩而改作者 [有若]睟容別**室** 圓頂蓮**房** 揣食膳**堂** 晨炊廖**舍**	(입-평) (평-상)	4·4 / 4·4	正對, 參差對
[加以]雕礱磬**巧** 彩艧窮**精** 巖洞共**清** 烟霞相**煥**	(상-평) (평-거)	4·4 / 4·4	正對, 參差對
玉刹掛蓬溟之**月** 兩朵霜**蓮** 金鈴激松澗之**風** 四時天**樂**	(입-평) (평-입)	7·4 / 7·4	正對, 隔句對
就觀勝**槩** 傑出遐**陬**	(거-평)		
左峯巒則鷄足挐**雲** 右原隰則龍鱗閃**日**	(평-입)	8·8	正對
前臨則黛列鯤**嶠** 後睇則鉤連鳳**崗**	(거-평)	7·7	正對
[故得]遠而望也峭而**奇** 追而察也爽而**麗**	(평-거)	7·7	正對, 參差對, 雙鉤對
[則可謂]樂浪仙**境** 眞是樂**邦** 初月名**山** 便爲初**地**	(상-평) (평-거)	4·4 / 4·4	意對, 隔句對, 參差對
善建而事能周**匝** 勤修而福不虛**捐**	(입-평)	7·7	正對
[必爲]大庇仁**方** 上資寶**壽**	(평-상)	4·4	意對, 參差對
罩三千界爲四**境** 籌五百歲爲一**春**	(상-평)	7·7	正對
[豈期]獵豹樊**岑** 方歡竪尾 跨龍荊**岵** 遽泣墮**髯**	(평-상) (거-평)	4·4 / 4·4	反對, 隔句對, 參差對
獻康大王 德峻妙**齡** 神淸遠**體**	(평-상)	4·4	正對, 參差對
仰痛於寢門間**竪** 俯遵於翌室宅**宗**	(상-평)	7·7	意對

내용		對偶句式	對偶種類
滕文公 盡禮居憂 終能克己	(평-상)	3·4·4 /	意對, 隔句對
楚莊王 俟時修政 其實驚人	(거-평)	3·4·4	
[矧復]性襲華風 躬滋慧露	(평-거)	4·4	意對, 參差對
抗尊祖之義 激歸佛之誠	(거-평)	5·5	正對
中和乙巳年秋 教日			
善繼其志 善述其事	(거-거)	4·4	正對
永錫爾類 在我而已	(거-거)		
先朝所建鵠寺 宜易榜爲大嵩福寺			
[其]持經開士 提綱淨吏	(상-거)	4·4	正對, 參差對
南畝以資供施 一依奉恩故事			
其故波珍飱金元良所捨地利 輪轉非輕			
宜委正法司 別選二宿德 編籍爲常住 薦祉于冥路			
[則有以見]居上位者無幽不察 結大緣者有感必通	(입-평)	8·8	正對, 參差對
[自是]梟鍾吼沈寥 龍鉢飫香積	(평-입)	5·5	正對, 參差對
喝導則六時玉振 修持則萬劫珠聯	(거-평)	7·7	正對
偉矣哉 得非尼父所謂無憂者其惟文王父作之子述之者耶			
慶曆景午年春 顧謂下臣曰			
禮不云乎 銘者自名也 以稱其先祖之德 而明著之後世 此孝子孝孫之心也			
先朝締構之初 發大誓願 金純行與若父肩逸 嘗從事於斯矣			
銘一稱而上下皆得 吾與汝俱得孝子之心也			
銘一稱而上下皆得 爾宜譔銘			
[臣也]浪跡星槎 偸香月桂	(평-거)	4·4	意對
虞丘永慟 季路徒榮	(거-평)	4·4	借音對(假義對)
承命震驚 撫躬悲咽	(평-입)	4·4	意對
竊思西宦日 覽柳氏子珪錄東國事之筆 所述政條 莫非王道 今讀鄕史 完是聖祖大王朝事迹			
抑又流聞 漢使胡公歸厚之復命也 飽採風謠 白時相曰			
自愚已往 出山西者 不宜使海東矣			
何則 鷄林多佳山水 東王詩以印之而爲贈 賴愚嘗學爲綴韻語			
强忍媿酬之 不爾爲海外笑必矣			
君子以爲知言			
[是惟]烈祖以四術開基 先王以六經化俗 [豈非貽厥之力]	(평-입)	7·7	正對, 參差對

내용		對偶句式	對偶種類
能得煥乎其文 [則]銘無媿**辭** 筆有餘**勇**	(평−상)	4·4	正對, 參差對
遂敢窺天酌**海** 始緝凡**詞**	(상−평)	6·4 / 6·4	意對, 隔句對,
誰知墜月摧**峯** 俄興永**恨**	(평−거)		流水對
旋遇定康大王 功成遺**礪** 韻叶吹**簴**	(거−평)	4·4	意對, 參差對
旣嗣守丕**圖** 將繼成遺**績**	(평−입)	5·5	正對, 流水對
無安厥**位** 未喪其**文**	(거−평)	4·4	意對
[而]遠逐日弟**兄** 據值西山之**影**	(평−상)	5·6 / 5·6	正對, 隔句對,
高憑月姊**妹** 永流東海之**光**	(거−평)		參差對
伏惟大王殿下 瓊萼聯**芳** 璇源激**爽**	(평−상)	4·4	意對, 參差對
體英坤**德** 纘懿天**倫**	(입−평)	4·4	正對
[諒所謂]懷神**珠** 鍊彩**石**	(평−입)	3·3	正對, 參差對
有虧皆**補** 無善不**修**	(상−평)	4·4	正對
[故得]寶雨金言 焯然授**記**	(평−거)	4·4 / 4·4	正對, 隔句對,
大雲玉**偈** 完若合**符**	(입−평)		參差對
[且以文考成佛**宮** 康王施僧**供**	(평−거)	5·5	正對, 參差對
已峻琉璃之**界** 未刊琬琰之**詞**	(거−평)	6·6	反對
申命瑣**才** 俾搖柔**翰**	(평−거)		
[臣]雖池慚變**墨** 而筆忝夢**椽**	(입−평)	5·5	正對, 參差對
竊比張**融** 不恨無二王之**法**	(평−입)	4·7 / 4·7	反對, 流水對
庶幾曹**操** 或能解八字之**褒**	(거−평)		
[設使]灰撲壎**池** 塵飛漲**海**	(평−상)	4·4	正對, 參差對
本枝蔚**矣** 齊若木以長**榮**	(상−평)	4·6 / 4·6	正對, 隔句對
豊石巍**然** 對焦墟而卓**立**	(평−입)		
齋誠拜**手** 扷涕援**毫** 追蹤華而獻銘曰	(상−평)	4·4	

句對), 격구대(隔句對), 유수대(流水對)도 사용했다. 영자(領字)를 둔 참치대(參差對)도 많다. 그리고 이 비명은 왕실의 사찰 건립 경위와 왕릉에 대한 내용으로 이루어져 있어 왕실 관련 용어가 많은데, 변문피복 원리에 따라 표현들을 바꾸어 사용했다.

- 寺(崇福寺): 伽藍, 新刹, 淨居, 金界, 金地, 仁祠, 祇樹, 梵廟, 淨刹, 精舍, 紺宇, 寺宇, 祇樹, 梵居, 蓮宇, 締搆 …
- 新羅: 鷄林, 鰈水, 瞻部洲(四大洲의 하나. 여기서는 신라), 金城, 東國, 鷄樹, 仁方, 樂浪, 桃

野, 桑浦, 嵎夷

• 王陵: 玉田, 秘殿, 俗靈, 靈丘, 九原, 幽庭, 玄宮, 玄扃, 栢城

최치원이 887년(진성여왕 원년) 작성한 「진감선사비명」은 서(序)에서 대우의 구법을 그리 추구하지 않았다. 그리고 매우 한정된 부분에서만 평측의 교호(交互)와 염률은 변문의 투식을 따랐다. 이에 대해서는 제2부 끝에 수록한 〈부록〉을 참조하기 바란다. 그런데 특수한 글자를 사용한 예도 적지 않다. '札'은 그 한 예이다. "札, 櫛也. 編之如櫛齒相比."라고 주석이 달려 있다. 이 주석은 후한 때 사서(辭書) 『석명(釋名)』 「석서계(釋書契) 제19」에 있는 문구로, '札'을 '줄지어 엮는다'의 의미로 사용한 것인데 이는 일반적으로 볼 수 있는 용례가 아니다.

사산비명 가운데 「낭혜화상비명」(892년 무렵 찬술)과 「지증대사비명」(893년 무렵 찬술)은 변문과 고문의 혼합 문체이다. 「낭혜화상비명」은 고문의 비중이 높다. 「지증대사비명」도 일견 고문의 비중이 높은 듯하다. 하지만 대우의 문장이나 4언 제행의 부분과 격구대의 배비구는 구중 평측교호법과 구말 평측안배의 염률을 지켰으며, 고문처럼 보이는 부분에서도 핵심어만을 보면 구중 평측교호법을 지켰다. 따라서 매우 실험적인 변문이다. 이에 대해서는 제2부 끝에 수록한 〈부록〉을 참조하기 바란다.

최치원은 사산비명의 명(銘)에서 운어 구사 능력을 과시했다. 이를테면 「대숭복사비명」의 명은 8개 운을 환운하여 모두 8단으로 이루어져 있다. 즉, 후대의 평수운으로 보면, 平陽, 上養(上有 통압), 平眞, 去寘, 平東, 上蟹(去禡 통압), 入職, 上有 등의 운속들을 사용했다. 사산비명의 용운을 후대의 평수운에 따라 살펴보면 다음과 같다.

① 「대숭복사비명」: 4언 64구. 8단. 8구마다 환운. 격구압운. 매 단락 첫구에 입운하되 ⓔ는 입운하지 않았고 ⓗ는 인운으로 입운했다. ⓕ에는 동일 섭(攝)의 운두자(韻頭字) 동음의 상성과 거성을 통압했다. ⓖ는 입성25德운과 입성13職운을 통압했다.

ⓐ 迦衛慈王, 嵎夷太陽. 現于西土, 出自東方.
　　無遠不照, 有緣者昌. 功崇淨刹, 福蔭冥藏.[平陽]

ⓑ 烈烈英祖, 德符命禹. 納于大麓, 奄有下土.
　　保我子孫, 爲民父母. 根深桃野, 派遠桑浦.[上麌]

ⓒ 蠻緋龍輴, 山園保眞. 幽堂闢隧, 聳塔遷隣.
　　萬歲哀禮, 千生淨因. 金田厚利, 玉葉長春.[平眞]

ⓓ 孝孫淵懿, 昭感天地. 鳳翥龍躍, 金圭合瑞.

　　乞靈不昧, 徼福斯至. 欲報之德, 克隆法事.[去寘]

ⓔ 妙選邦傑, 嚴敦國工. 伺農之隙, 成佛之宮.

　　彩檻攢鳳, 雕樑架虹. 繚墉雲矗, 繢壁霞融.[平東]

ⓕ 盤基爽塏, 觸境蕭灑(上馬). 藍岫交聳, 蘭泉迸瀉(上馬).

　　花媚春巖, 月高秋夜(去禡). 雖居海外, 獨秀天下(上馬).[上馬/去禡]

ⓖ 陳稱報德(入德), 隋號興國(入德).

　　孰與家福, 興之國力(入職)?

　　堂聒妙音, 廚豐淨食(入職).

　　嗣君遺化, 萬劫無極(入職).[入德/入職]

ⓗ 於鑠媧后(上厚), 情敦孝友(上有). 致嬚雁行, 愼徽龍首(上有).

　　詞恧腐毫, 書慙掣肘(上有). 鯢壑雖渴, 龜珉不朽(上有).[上厚/上有][63]

② 「진감선사비명」: 4언 40구. 5개 단락. 8구마다 환운. 격구압운이되 수구입운했다. ⓓ는
수구에 인운 통압했다.

　ⓐ 杜口禪那, 歸心佛陀. 根熟菩薩, 弘之靡他.

　　猛探虎窟, 遠泛鯨波. 去傳祕印, 來化斯羅.[平歌]

---

63 가비라위(迦毗羅衛)의 자비왕과, 우이(嵎夷)의 태양이, 서토에 출현하고, 동방에서 돋아나, 아무리 먼 곳
이라도 비추지 않음이 없어, 인연이 있으면 번창하나니, 공덕은 깨끗한 사찰에 드높고, 복록은 깊은 무
덤에 드리우네. 열렬하게 영명하신 우리 선왕은, 덕이 우임금에 부합하여, 큰 산록에 들어온 뒤로, 이윽
고 하토를 차지해서, 우리 자손을 보호하고, 백성의 부모가 되었으니, 뿌리는 도도(桃都) 들에 깊고, 물
결은 부상의 포구까지 멀리 흘렀기에, 신기루가 영구의 상여 줄을 잡고, 산의 능원은 본진을 보호하네.
유당(무덤)에는 수도(隧道)를 개설하고, 우람한 탑은 이웃으로 옮겨서, 만세토록 슬퍼하고 예를 다하여,
천생토록 청정한 인연으로 삼았으니, 황금 밭(사원)은 이익이 후하고, 옥엽(왕손)은 영구토록 봄빛이어
라. 효손의 깊고 아름다운 덕이, 천지를 밝게 감동시키매, 봉황이 날고 용이 뛰어, 금규(金圭)의 상서에
부합하게 되었도다. 신령이 어둡지 않길 청하여, 복을 구하러 여기에 이르렀으니, 선조의 은덕을 보답하
려고, 불사(佛事)를 성대히 일으켰도다. 나라의 인걸을 잘 뽑고, 나라의 기술자를 엄히 감독하여, 농사의
틈을 엿보아, 부처의 집을 완성하자, 채색 난간에 봉황이 모여들고, 아로새긴 들보에 무지개 걸렸으며,
둘러친 담장에선 구름이 솟고, 단청 벽에는 노을이 녹았다. 기반은 툭 트이고, 경치도 모두 소쇄하며, 푸
른 봉우리는 교대로 솟아났고, 난초 샘은 펑펑 쏟아진다. 꽃은 봄 바위에서 교태 부리고, 달은 가을밤에
높이 떴으니, 비록 해외에 있다 해도, 홀로 천하에 빼어났도다. 진(陳)나라는 보덕사를 칭하고, 수(隋)나
라는 흥국을 일컬었지만, 어느 절인들 왕가가 복이 있어, 국력을 기반으로 일으킨 이 사원만 하겠는가?
불당에서는 묘음(범패)이 요란하고, 주방에서는 정결한 음식 풍부하여라. 후사왕이신 정강대왕이 끼치
신 교화가, 만겁토록 무궁하리라. 아, 거룩해라. 여왕은, 효우의 정이 돈독하고, 형제 가운데 가장 아름다
워, 삼가 용수(龍首)를 아름답게 분식했도다. 문사는 썩은 붓이어서 부끄럽고, 글씨는 남이 팔꿈치 잡아
당긴 듯해서 민망하다만, 고래 사는 바다는 마를지언정, 귀부 위의 이 비석은 영원하리라.

ⓑ 尋幽選勝, 卜築巖磴. 水月澄懷, 雲泉奇興.

　山與性寂, 谷與梵應. 觸境無碍, 息機是證.[去徑]

ⓒ 道贊五朝, 威摧衆妖. 默垂慈蔭, 顯拒嘉招.

　海自飄蕩, 山何動搖? 無思無慮, 匪斲匪雕.[平蕭]

ⓓ 食不兼味[去未], 服不必備. 風雨如晦, 始終一致.

　慧柯方秀, 法棟俄墜. 洞壑凄涼, 煙蘿憔悴. [去未/去寘]

ⓔ 人亡道存, 終不可諼. 上士陳願, 大君流恩.

　燈傳海裔, 塔聳雲根. 天衣拂石, 永耀松門.[平元]⁶⁴

③「낭혜화상비명」: 비명의 탁본을 보면 5언 4구 1수의 서사(序詞), 5언 8구의 9수이다. 서사
는 사구게(四句偈)로, 각구 입운했다. 제1수부터 제9수는 8구로, 격구압운하되 수구입운
했다. 제7수에서 3구와 4구는 착간되어 있다. 제8수는 入陌/入錫을 통압했다.

可道爲常道(上皓), 如穿草上露(去遇). [平皓/去遇]

卽佛爲眞佛(入物), 如攬水中月(入月). [入物/入月]

其一.

道常得佛眞, 海東金上人. 本枝根聖骨, 瑞蓮資報身.

五百年擇地, 十三歲離塵. 雜花引鵬路, 爨木浮鯨津.[平眞]

其二.

觀光堯日下, 巨筏悉能捨. 先達皆歎云, 苦行無及者.

沙之復汰之, 東流是天假. 心珠瑩麻谷, 目鏡燭桃野.[上馬]

其三.

旣得鳳來儀, 衆翼爭追隨. 試覷龍變化, 凡情那測知?

───────────

⁶⁴ 묵언으로 선정에 들어, 마음으로 불타에 귀의했으니, 근기를 익혀 보살과 같아지려고, 도를 넓힐 뿐 다
른 뜻이 없었다. 용감하게 호랑이 굴을 더듬고, 고래 물결에 멀리 배를 띄워, 가서는 인가(印可)를 전수
받고, 와서는 신라를 교화했네. 그윽한 곳 찾고 승경을 가려, 바위 벼랑에 집을 지은 뒤, 물과 달을 보며
심회를 맑히고, 구름과 샘에 감흥을 부쳤으며, 산처럼 본성은 적연부동하고, 골짝에는 범패가 메아리 울
려, 외경마다 장애가 없었으니, 기심 그치는 것을 증입(證入)했다. 불도로 다섯 조정을 협찬하고, 위엄으
로 뭇 요괴를 꺾었으며, 자비의 그늘을 묵묵히 드리워, 높은 초빙을 한사코 거절했다. 바다는 원래 표탕
한다만, 산이 어찌 뒤흔들리랴? 생각도 없고 염려도 없었으며, 깎지도 않고 새기지도 않았다. 먹는 것은
두 가지를 겸하지 않고, 입는 것도 구비하지 않았으며, 비바람 몰아쳐 어둑한 때에도, 처음부터 끝까지
한결같았다. 지혜의 가지가 뻗어가는 참에, 법의 동량이 돌연 쓰러지니, 계곡은 처량하고, 아지랑이 낀
등라(藤蘿)는 초췌하여라. 사람은 없어도 도는 남아, 끝내 잊을 수 없기에, 상사(보살)가 위에 탄원서를
올리자, 군주가 은혜를 베풀었도다. 불법의 등불이 해외에 전하여, 탑이 운근(바위) 위에 우뚝 솟아났으
니, 천인(선녀)의 옷자락에 반석이 닳을 때까지, 송문(산사)에 영원히 빛나리라.

仁方示方便, 聖住強住持. 松門遍掛錫, 巖徑難容錐.[平支]

其四.

我非待三顧, 我非迎七步. 時行則且行, 爲緣付囑故.

二王拜下風, 一國滋甘露. 鶴出洞天秋, 雲歸海山暮.[去遇]

其五.

來貴乎葉龍, 去高乎冥鴻. 渡水陜巢父, 入谷超朗公.

一從歸島外, 三返遊壺中. 群迷漫臧否, 至極何異同?[平東]

其六.

是道澹無味(去未), 然須強飲食(去寘).

他酌不吾醉(去寘), 他飧不吾飽(上巧). (출구-대구 바뀜)

誠衆黜心何? 糠名復粃利(去寘). 勸俗飾身何? 甲仁復胄義(去寘).[去未/去寘]

其七.

汲引無棄遺, 其實天人師. 昔在世間時, 擧國成琉璃.

自寂滅歸後, 觸地生蒺莉. 泥洹一何早! 今古所共悲.[平支]

其八.

甃石復刊石, 藏形且顯跡(入陌). [入陌]

鵠塔點青山, 龜碑撑翠壁(入錫). 是豈向來心? 徒勞文字覿(入錫).

欲使後知今, 猶如今視昔(入陌). [入陌/入錫]

其九.

君恩千載深, 師化萬代欽. 誰持有柯斧? 誰倚無絃琴?

禪境雖沒守, 客塵寧許侵? 鷄峯待彌勒, 長在東鷄林.[平侵]⁶⁵

---

65 서사(序詞): 가도가 상도란 것은, 풀 위의 이슬을 꿰는 것과 같고, 즉불이 진불이란 것은, 물속 달을 잡는
것과 같도다.
제1수: 상도이면서 진불을 얻은 것이, 해동의 김 상인이시다. 본 가지가 성골에 뿌리 두어, 상서로운 연
꽃 꿈이 잉태하게 했으니, 오백 년의 이 땅을 택하여, 13세에 속진을 떠나자, 잡화(화엄)가 대붕 길을 이
끌어, 나무배를 험한 바다에 띄웠도다.
제2수: 요 임금 태양 아래 중원을 관광하여, 큰 멧목을 버릴 수 있었기에, 선배들 모두 탄식하며, 고행은
미칠 자가 없다고 했네. 훼불의 사태에, 동방으로 귀국한 것은 하늘의 복이었으니, 마음 구슬은 마곡보
철(麻谷寶徹) 비추고, 눈 거울은 도도(桃都)들을 밝혔다.
제3수: 봉황처럼 위의를 갖추자, 뭇 새들이 다투어 뒤따랐다만, 천변만화하는 용을 보시게, 범상한 생각
으로 어찌 헤아리랴? 인방(동방)에서 방편을 보여, 성주사에 힘써 주지했고, 송문에 두루 석장을 걸었으
니, 바윗길은 송곳 세우기도 어려웠다.
제4수: 삼고를 기다리지 않았으며, 칠보로 영접하지도 않고도, 나가야 할 때 잠깐 나간 것은, 불법의 유
통을 부촉 받았기 때문. 두 임금이 아래에서 절했고, 온 나라가 감로에 흠뻑 젖었건만, 학처럼 계곡의 가

④「지증대사비명」: 7언 44구. 백량체(柏梁體). 入職 운을 사용하되 入屋 운을 통압했다.

麟聖依仁乃據德, 鹿仙知白能守黑. 二教徒稱天下式, 螺髻眞人難确力.

十萬里外鏡西域, 一千年後燭東國. 鷄林地在鼇山側, 仙儒自古多奇特.

可憐義仲不曠職, 更迎佛日辨空色. 教門從此分階堿, 言路因之理溝洫.

身依兎窟心難息, 足躡羊岐眼還惑. 法海安流眞叵測, 心傳眼訣苞眞極.

得之得類象罔得, 默之默異寒蟬默. 北山義與南岳陟, 垂鵠翅與展鵬翼.

海外時來道難抑, 遠派禪河無擁塞. 蓬托麻中能自直, 珠探衣內休傍貸.

湛若賢溪善知識, 十二因緣非虛飾. 何用攀緣兼拊枝? 何用砥筆及含墨?

彼或遠學來匍匐, 我能靜坐降魔賊. 莫把意樹誤栽植, 莫把情田枉稼穡.

莫把恒沙論萬億, 莫把孤雲定南北. 德馨四遠聞舊蔔(入屋), 慧化一方安社稷.

面奉天花飄縷祓, 心憑水月呈禪拭. 家嗣佳錦誰入棘? 腐儒玄杖慙摘埴.

跡耀寶幢名可勒, 才輪錦頌文難織. 嚻腹欲飫禪悅食, 來向山中看篆刻.[66]

을 하늘로 나왔다가, 구름처럼 바닷가 저물녘 산으로 돌아갔다.

제5수: 나오는 것은 섭룡보다 귀하고, 떠나는 것은 명홍보다 높았으며, 물 건너며 소부·허유를 좁게 여기고, 골짝에 들면 승낭(僧朗)보다 뛰어났으니, 한 번 섬 밖으로 돌아온 뒤로, 세 번 호중(壺中)에서 노닐었다. 사람들은 헷갈려 멋대로 시비하지만, 지극한 도는 어찌 같고 다름을 따지랴?

제6수: 이 도는 담박해서 맛이 없다만, 억지로라도 마시고 먹어야 하나니, 남은 마셔도 술은 날 취하게 못하고, 남은 먹어도 밥은 날 배부르게 못하네. 대중에게 사심을 어떻게 버리게 했던가? 명예를 쭉정이, 이익을 겨로 여기게 했지. 속인에게 몸을 어떻게 단속하게 권했던가? 인을 갑옷, 의리를 투구로 삼게 했지.

제7수: 버리는 일 없이 인도했으니, 실로 천인의 스승이셨네. 옛날 세간에 계실 때는, 온 나라가 유리처럼 환했으나, 적멸하여 돌아가신 뒤로는, 밟는 곳마다 가시풀이 돋았다. 열반에 어이 일찍 드셨는가! 고금이 모두 슬퍼할 일이로다.

제8수: 사리탑 쌓고 비석에 새겨, 형체를 보관하고 자취 드러내나니, 고니같이 흰 탑은 청산을 점 찍고, 귀부가 이고 있는 비석은 취벽에 버텨 섰다. 이것이 어찌 본래의 마음이랴? 문자만 살핌은 헛수고일 뿐이라네. 후세에 지금을 알게 함은, 지금 과거를 돌아봄과 마찬가지.

제9수: 군주의 은혜는 천년토록 스며들고, 선사의 교화는 만대토록 흠앙한다. 누가 자루 있는 도끼를 잡겠는가? 누가 줄 없는 거문고를 타겠는가? 선경을 지킬 사람이 없어도, 세속 티끌이 어찌 침노하게 놓아두랴? 계봉에 미륵불 출현할 때까지, 동쪽 계림에 건재하리라.

66 공자는 인에 의지하고 덕에 의거하며, 녹선(노자)은 백을 알면서도 흑을 잘 지켜서, 두 가르침만 천하의 법식으로 일컬어졌다만, 소라 머리모양 진인(부처)과는 각축하기 어려웠으니, 십만 리 밖 서역의 거울이 다가, 일천 년 후 동국의 촛불이 되었도다. 계림은 땅이 오산(鼇山) 옆에 있어, 도교와 유교에 기특한 자가 많은데, 천문 맡은 희중이 어여쁘게도 직분을 비우지 않아, 다시 불탄일을 맞아 색즉시공 이치를 분변하니, 교(教)의 문이 이에 단계별로 나뉘고, 말(言)의 길이 그에 따라 도랑처럼 갈라졌다. 몸은 토끼 굴에 의지해도 마음은 쉬기 어렵고, 발이 구절양장 밟으니 눈이 도리어 헷갈리며, 불법의 바다를 순항할지는 헤아리기 어려워라, 마음으로 전해 받고 눈으로 깨달아야 참된 극(極)을 안으리라. 증득 속의 증득은 상망(象罔)의 얻음과 비슷하고, 침묵 속의 침묵은 한선(寒蟬)의 침묵과 다르다네. 북산의 도의와 남악의 홍척이, 홍곡 날개를 드리우고 대붕 날개를 펼친 격이라, 해외에서 돌아오니 도를 억제하기 어렵고, 참선의 강이 뻗어나가 막힘이 없도다. 삼대 밭 속의 쑥은 곧게 자라는 법이요, 구슬은 옷 속에서 찾아야지 옆 사람에게서 빌릴 것이 없도다. 담연해라, 현계산의 선지식이여, 육이(六異) 육시(六是) 인연이 허

최치원의 사산비명은 만당의 이상은(李商隱)이 중국 사천성 성도의 혜의사(慧義寺) [지금의 금천사(琴泉寺)]에 남긴 「당재주혜의정사남선원사증당비명(唐梓州慧義精舍南禪院四證堂碑銘)」(이하 「사증당비명」)에 필적할 만하다.[67] 이상은은 무상(無相)·무주(無住)·마조(馬祖)·서당(西堂) 등 네 스님의 진형을 모신 사증당에 대하여 비문을 썼다. 무상은 신라 김화상이다. 이상은의 「사증당비명」은 변문인데, 사산비명 가운데 「대숭복사비명」의 서문도 변문이다.

중국의 선종은 801년 『보림전(寶林傳)』이 성립하면서 진정한 개창을 보았다고 하지만, 그것이 제시한 선종 계보는 의심스러운 면이 많다. 즉, 『보림전』에서는 석가모니 정법이 인도에서 28대를 지나 달마에게 이르고, 달마가 중국으로 건너와 6대손 조계혜능(曹溪慧能)을 거쳐 남악회근(南岳懷謹), 마조도일(馬祖道一), 청원행사(青原行思), 석두희천(石頭希遷)에게로 전해졌다고 주장하고 있다. 하지만 이상은은 「사증당비」에서 마조가 무상에게서 배웠다고 말했으며, 규봉종밀(圭峯宗密)도 『원각경대소초(圓覺經大疏抄)』에서 마조도일이 정중사(淨衆寺) 김화상(무상)의 제자였다고 기록하고 있다.[68] 최치원이 「낭혜화상비명」에서 낭혜화상의 이행(異行)을 특별히 기록해 둔 것이라든가, 낭혜화상이 사사한 마곡보철(麻谷寶徹)화상의 입을 통하여 스승 마조도일의 유언을 듣는 장면을 기록한 것 등은, 신라 불교와 마조도일의 관계를 특히 중시한 때문이라고 생각된다. 또한 그것은 무상-마조의 관계를 염두에 두고 있었던 것이 아닐까 추측하게 만든다. 최치원이 『보림전』과 같은 당시 편찬되기 시작한 고승전 계열의 저서보다도 비명의 형태로 각 고승의 사적을 적는 방식을 택한 것은 이상은의 「사증당비」 집필과 필적하는 중요한 집필 방식이었다. 또한 이상은의 「사증당비」를 통해서 만당 시기 중국에서도 고승의 비명은 변문으로 작성하는 것이 일반적이었음을 알 수 있다.

식이 아니었도다. 무엇하러 동아줄 붙잡고 말뚝 어루만지랴? 무엇하러 붓 끝 빨며 먹물을 먹으랴? 저 사람은 멀리 유학하다가 엉금엉금 기어왔지만, 나는 가만히 앉아 마적에게 항복을 받을 수 있었으니. 의념(意念)의 나무를 심어 기르지 말고, 정욕의 밭을 가꾸고 김매지 말아라. 항하사를 만 단위로 억 단위로 헤아리지 말고, 외로운 구름을 남쪽으로 가는가 북쪽으로 가는가 정하지 말아라. 덕의 향기는 사방 멀리 치자꽃처럼 번지고, 지혜의 교화는 일방의 사직을 안정시키며, 얼굴로 천화(天花)를 받들어 누더기 옷자락 휘날렸고, 마음으로 수월(水月)에 의지하여 선풍을 드러냈다. 부잣집 후계자이면서 누가 가시밭길에 들어서랴? 썩은 유자의 지팡이로 더듬거리는 것이 부끄럽구나. 그 자취는 보당에 빛나서 이름 새길 만한데, 내 재주는 직금송(織錦頌)에 뒤져서 글 짜내기 어렵도다. 굶주려 선열을 실컷 맛보고 싶은 이는, 이 산에 와서 빗돌에 새긴 글을 한번 보시라.

67 李商隱, 『樊南文集補編』 續編 卷10 「唐梓州慧義精舍南禪院四證堂碑銘」.
68 민영규, 『사천강단』, 又半, 1994, pp.11-39.

최치원이 「대숭복사비명」의 서(序) 부분을 변문으로 적은 것은 바로 그러한 문화사적 공통성에 기초했던 것이다. 최치원은 헌강왕 무렵 군신들이 운어를 중시하게 된 사정을 비명의 여러 곳에 밝히고 있으며 그 자신도 사산비명의 명(銘)에서 압운에 각별한 주의를 쏟았다. 사산비명의 압운에는 상성-거성 통압이 나타난다. 이것은 고려와 조선 한시의 한 특징이기도 하다.

(4) 변문의 발달

통일신라 말, 고려 초에는 고문보다 변문이 우세했다. 신라 말, 고려 초의 최언위(崔彥撝, 868~944)는 11편의 비문을 남겼는데, 대개 변문이다. 「신라국고양조국사교시낭공대사백월서운지탑비명(新羅國故兩朝國師教諡朗空大師白月栖雲之塔碑銘)」[69]은 낭공대사(832~916)의 탑비명으로, 비석은 고려 광종 5년(954)에 건립되었다. 탑비명의 찬자는 명문장가인 최인연(崔仁渷)이다. 뒷날 최언위로 개명했다.[70] 이보다 앞서 943년(태조 26)에 최인연이 글을 짓고 구족달(具足達)이 글씨를 쓴 「유진고려중원부고개천산정토사교시법경대사자등지탑비명병서(有晉高麗中原府故開天山淨土寺教諡法鏡大師慈鐙之塔碑銘幷序)」를 새긴 「정토사법경대사자등탑비」가 건립되었다. 고려 초의 선사 법경대사 현휘(玄暉, 879~941)의 비로, 제액은 태조가 썼다. 최언위의 탑비명의 서(序)는 변문의 특색이 뚜렷하다. 앞의 일부만 보기로 한다.[71]

原夫曉月退昇, 照雪於四方之外, 春風廣被, 揚塵於千嶺之旁.
평평측**측**평**평** 측측평측평**평**측 **평**평평측측 중평평평측평**평**

然則木星著明, 散發生之玄霧, 靑暈迴耀, 浮芳序之法雲.
평측측**평**측평 측측평평평측 평측평**평** 평평측평측평

或沍色凝寒, 或陽和解凍. 聚此太平之美, 激于離日之暉.
측측측측평 측평평측측 측측측평평측 측평평측평평

所以二氣相承, 三光助化, 可謂麗天之影, 瞻望所宗.
측측측측평평 평평측측 측측평평측측 평측측평

---

69 『新增東國輿地勝覽』第32卷 「慶尙道 昌原都護府」를 보면, 경남 창원 鳳林山 鳳林寺에 있다.

70 찬자와 집자자를 "門人翰林學士守兵部侍郞知瑞書院事賜紫金魚袋臣崔仁渷奉敎撰. 金生書, 釋端目集."이라고 밝혔다.

71 崔彥撝, 「法鏡大師碑」, 李智冠, 『譯註 歷代高僧碑文』(新羅篇), 伽山文庫, 1993, pp.210~211. '然而雖念忘□'에서 불명의 한 글자는 문맥과 평측으로 볼 때 '솔'일 듯하다.

此則弘之在言, 拾此於實.

측측평**평**측평 측측평측

嘗試論之,

평측평평

尺璧非寶, 亡羊則唯貴寸陰, 玄珠是珍, 罔象則眞探秋露.

측측평측 평평측평**측**측평 평평측평 측측측평**평**평측

故知儒風則詩惟三百, 老教則經乃五千.

측평평**평**측평평평측 측측측측측측평

孔譚仁義之源, 聊演玄虛之理.

측평평**측**평평 평측평**평**평측

然而雖念忘□, 敢言得理? 此則域中之教, 方內之譚.

평평평측평(**평**) 측평측측 측측측평평측 평측평평

曷若正覺道成, 知一心之可得? 眞如性淨, 在三際之非殊.

측측평**측**측평 평측**평**평측평 평평측측 측평측평평측**평**

故知澡慧六通, 不生不滅, 凝情三昧, 無取無行.

측평측측측평 측평측측측 평평평측 평측평평

盖因方便之門, 猶認秘微之義. 事惟善誘, 心在眞宗.

측평평**측**평평 평측측평평측 측평평측 평측평**평**

然而至道希夷, 匪稱謂之能鑑. 玄宗杳邈, 非名言之新鈴.

평평측측평**평** 측측측평평측 평**평**측측 평**평**평평평측**평**

무릇 새벽달은 멀리 올라와 사방의 밖에 있는 눈까지 비추고 봄바람은 넓게 덮혀서 천령(千嶺)의 가장자리로 먼지를 날려보낸다. 그러므로 목성(木星)이 밝게 드러나서 발생[봄기운]의 현무(玄霧)를 흩고 청휘(青輝)는 멀리 빛나 방서(芳序)[봄철]의 법운(法雲)을 띄우니, 혹은 혹독한 기색은 찬 기운을 엉기게 하고 혹은 온화한 기운이 언 것을 풀어주어, 이 태평세계의 아름다움을 모아 이일(離日)[입춘]의 광채를 격발한다. 그리하여 음양의 이기(二氣)가 서로 돕고 일·월·성 삼광(三光)이 조화를 도우니, 하늘에 닿은 해그림자는 만물이 첨망하여 종주로 삼을 만하다고 하겠다. 이에 진리를 넓히는 것은 언어에 있으니, 언어를 실상(實相)에서 주워야 한다. 시험 삼아 논하자면, 한 자 크기의 옥구슬이 보배가 아니니 기로에서 방황하면 오로지 촌음을 귀하게 여기고, 황제의 검은 구슬이 보물이니 눈먼 소경인 망상(罔象)이라도 추로(秋露)에서 진정으로 찾아낸다. 그러므로 유교의 풍모는 오직 삼백 여 수

『시(詩)』에 있고 노자의 가르침은 오천 여 언의 『도덕경』에 있어, 공자는 인의(仁義)의 근원을 말하고 노담(老聃)은 현허(玄虛)의 이치를 부연했다는 것을 알겠다만, 비록 통발을 잊고자 한다고 해도 진리를 얻었다고 감히 말하랴? 이러하다면 역중(域中)의 교설과 방내(方內)의 담론(譚論)이 어찌 정각(正覺)의 도(道)가 이루어지면 일심(一心)을 얻을 수 있음을 알고 진여(眞如)의 성(性)이 청정하면 과거·현재·미래 삼제(三際)의 다르지 않음에 있는 것만 하겠는가? 그러므로 지혜를 맑게 씻어 육종신통(六種神通)을 얻으면 불생불멸(不生不滅)하고 정을 응결하여 삼매(三昧)에 들면 취할 것도 없고 행할 것도 없도다. 대개 방편(方便)의 문(門)을 연유함이 마치 비미(秘微)의 뜻을 체인함과 같아서, 일은 다만 잘 유인(誘引)함에 달려 있고 마음은 진종(眞宗)에 달려 있게 된다. 지극(至極)의 도(道)는 희(希)하고 이(夷)하여, 칭위(稱謂)로 능히 감별할 수 있는 것이 아니며, 현종(玄宗)은 멀고 아득하여, 명언(名言)으로 능히 새로 도장 찍듯 할 수가 없다.

최언위(최인연)는 4자 혹은 6자의 구를 기본으로 하고 대구를 사용해서 구조(句調)를 정돈했다. 또한 평측교호법과 염률을 지켰다. 그러면서 유교는 인의(仁義)의 도를 『시경』으로 천명하고, 도교는 현허(玄虛)의 도를 『도덕경』으로 천명했다고 요약하는 등, 유교와 도교의 병렬관계를 변문의 대우 표현으로 드러냈다. 「정토사법경대사자등탑비」의 또 다른 비가 944년(혜종 원년) 용암산 오룡사(五龍寺)에 세워졌다. 이 비문도 최언위가 지은 것으로 추정된다.

고려 중엽 이후로 비문에서 변문을 사용한 예는 드물다. 1666년(현종 7) 7월 남용익(南龍翼)이 사은 겸 진주부사가 되어 연경으로 향하다가 지은 「평양기자묘비명(平壤箕子墓碑銘)」의 경우 병서가 완전한 변문이다.[72] 하지만 이 글은 이정귀(李廷龜)의 「평양기자묘」를 보고 감상을 적은 것이지, 그 자체가 비문은 아니다. 그런데 문장의 수사를 중시하는 비문 찬술가들은 문언어법의 한문 속에 고문의 투식과 변문의 투식을 교직하는 경우가 많았다. 유몽인(柳夢寅, 1559~1623)의 「자헌대부한성부판윤최공(준해)묘갈명병서(資憲大夫漢城府判尹崔公(俊海)墓碣銘幷序)」는 그 두드러진 예이다.[73] 이 묘갈명은 묘주의 덕을 칭송하고 가문의 번영을 축원했는데, 선행의 응보라는 주제를 제

---

72 南龍翼,「平壤箕子廟碑銘 幷序」(奉使燕行時),『壺谷集』卷14 儷文.
73 柳夢寅,「資憲大夫漢城府判尹崔公(俊海)墓碣銘 幷序」, 崔禮心 외 校點,『(校勘標點)於于集』後集 卷5 墓道文, 학자원, 2016. 표점 및 번역 참고.

시하여 묘주를 그 전형으로 규정한 후[74] 묘주의 선행 일화를 중첩했다. 그리고 묘주의 졸장(卒葬), 가계와 자손록, 선행의 응보로서의 후손 번영, 비문 찬술의 동기와 축원, 4언 12구 3전운의 명(銘)[75]으로 이루어져 있다. 묘주의 선행 일화를 중첩한 부분은 특이하게도 다음과 같이 변문으로 작성했다.

資稟弘寬, 向人不加慍色.
心安儉素, 處己匪尙紛華.
事親夔夔, 奉先屬屬.
養志兼滑甘之豐, 備儀置蘋藻之潔.
哀棘欒於族隣, 周急思馨於賵襚.
助結褵於親舊, 濟乏無悋於錢財.
訓子必殫義方, 接物咸推悃款.
男女各治其手業, 老少擧得其心懽.
優奬旣承於通政, 銀緋煌煌.
異渥尋擢於亞卿, 金貂炯炯.
隨釰履於西班, 齒風雲於北闕.
家聲已振, 心事粗酬.

품성이 너그러워 남에게 성내지 않고, 마음이 평안하고 검소하니 처신에 번화한 것을 숭상하지 않았다. 부모를 섬김에 조심하고 두려워했고 조상을 받듦에 신실했다. 부모의 뜻을 봉양하며 아울러 부드럽고 단 음식을 풍성히 드렸고 (조상을 추모해서) 예의를 갖추어 정결한 빈조(蘋藻: 제수)를 올렸다. 친족과 이웃의 부모상을 당하면 어려운 이를 도우면서 부의[부수(賵襚)]를 다하고자 생각했고, 친구의 혼사[결리(結褵)]를 도울 적에는 가난한 자를 구제하면서 금전을 아까워하지 않았다. 자식을 가르칠 때는 반드시 의로운 방법을 다했고 남과 교유할 때에는 두루 진심을 다했다. 남녀는 각기 자신의 일을 다스렸고 노소는 모두 마음 깊이 기뻐했다. 우대하고 권면하여 통정대부에 오르니 은비(銀緋)[은대와 금대가 휘황하고, 남다른 은혜로 아경에 발탁되니 금초(金貂: 황금당과 초미)가 빛난다. 서반(西班)에서 검리

74 箕子陳疇, 壽·德居五福之目. 孟氏垂典, 齒·爵在三尊之中. 慶隨善應, 之享天祐, 猗歟判尹, 玆惟其人.

75 人心靡一, 貴驕富溢. 名雖暴得, 鮮厥有卒. 公以德興, 厚如陶玉. 由田有秋, 食報壽福. 于子于孫, 流祉綿綿. 植墓有石, 耿光千年.

(釰履: 칼을 차고 신발을 신고 조회함)를 따르고 북궐(대궐)에서 풍운(성군과 현신의 만남)에 참여했다. 집안의 명성 이미 떨치고 마음과 일이 대략 부합했다.

원문의 평측을 평수운을 기준으로 살펴보면, 출구와 대구의 평측은 모두 교대했고 염률도 상대하는 2연 사이에서는 반드시 지켰다. 유몽인이 의도적으로 이 단락에 변문의 투식을 사용한 사실이 잘 드러난다.

寬(平寒) 色(入職) 素(去遇) 華(平麻)

夔(平支) 屬(入沃)

豊(平東) 潔(入屑)

隣(平眞) 襓(去寘) 舊(去宥) 財(平灰)

方(平陽) 款(上旱)

業(入洽) 懽(平寒)

政(去敬) 煌(平陽) 卿(平庚) 炯(上迥)

班(平删) 闕(入月)

振(去震) 酬(平尤)

4. 한국식(이두식) 한문의 비문

한국식 한문은 한국 한자 어휘를 사용하거나 이두어를 글 속에 사용하는 것을 넓게 가리키는 말이다. 또한 평탄한 서술체의 한문에서 문언어법 구조를 따르지 않고 간혹 한국어 구어의 구조를 취하는 예도 이 범주에 들어간다. 한국의 비문에서는 술-목(빈) 구조를 어기고 목(빈)-술 구조를 우연히 사용한 예가 상당히 많다.

(1) 고대 비문의 이두식 한문

충북 충주에 있는 「중원고구려비」는 앞면, 왼쪽 면, 오른쪽 면에 비문이 새겨져 있는데, 오른쪽 면은 판독하기 어렵다. 비문의 '십이월삼일갑인(十二月三日甲寅)'라는 간지와 날짜를 고려하면 5세기 전반 광개토왕 때부터 6세기 중후반 평원왕대(559~590)

사이에 세워진 것으로 추정된다. 449년(장수왕 37) 설이 유력하다.[76] 비문에 '新羅土內 당주(新羅土內幢主)'라는 표현이 있어, 고구려 군대가 신라 영토에 주둔하고 있었음을 알 수 있다. 이 금석문에는 '之'의 쓰임과 '去-'의 쓰임이 특이하다.[77]

앞면

五月中高麗太王祖王令□新羅寐錦世世爲願如兄如弟

上下相和守天東來之寐錦忌太子共前部大使者多亏桓

奴主簿貴德細類□安聰□去□□到至跪營天太子共語

向□上共看節賜太霍鄒教食在東夷寐錦之衣服建立處

用者賜之隨□節□□奴客人□教諸位賜上下衣服教東

夷寐錦遝還來節教賜寐錦土內諸衆人□□□□王國土

大位諸位上下衣服來受教跪官之十二月卄三日甲寅東

夷寐錦上下至于伐城教來前部大使者多亏桓奴主簿貴

德□□境□募人三百新羅土內幢主下部拔位使者補奴

□疏□奴□□□□盖盧共□募人新羅土內衆人□動□

(왼쪽 면과 오른쪽 면 생략)

첫 줄과 둘째 줄 앞부분 "新羅寐錦, 世世爲願, 如兄如弟, 上下相和"는 4언 제행이다. 다만 끝 자만 보면 '上寢-去願-去霽-平戈'이기에, 변문의 염률을 지키지 않았다. 둘째 줄 '守天東來之'의 之는 문장 끝 조자로 간주된다.[78] 셋째 줄의 '去□□到'의 '去'는

---

76 충북 중원군 가금면 용전리 입석(立石) 마을에 있다. 이 비는 고구려의 중원 진출을 기념하기 위해 건립했다고 보는 견해, 문자명왕의 중원 지역 순행을 기념하기 위해 건립했다고 보는 견해, 고구려 태자 共이 于伐城(충주 지방)을 되찾은 사실을 기념하기 위해 비를 세웠다고 보는 견해, 고구려와 신라 사이에 會盟한 사실을 기념하여 비를 세웠다고 보는 견해 등이 있다. 시노하라 히로카타(篠原啓方), 「中原高句麗碑의 釋讀과 내용의 의의」, 『史叢』 51, 역사학연구회, 2000; 박진석, 「中原高句麗碑의 建立年代 考」, 『고구려연구』 10(中原高句麗碑 研究), 고구려연구회, 2000; 김창호, 「中原高句麗碑의 建立 年代」, 『고구려연구』 10, 고구려연구회, 2000; 이전복, 「中原郡의 高麗碑를 통해 본 高句麗 國名의 變遷」, 『고구려연구』 10, 고구려연구회, 2000; 남풍현, 「中原高句麗碑文의 解讀과 吏讀의 性格」, 『고구려연구』 10, 고구려연구회, 2000; 木村誠, 「中原高句麗碑의 立碑年에 관해서」, 『고구려연구』 10, 고구려연구회, 2000; 이도학, 「中原高句麗碑의 建立目的」, 『고구려연구』 10, 고구려연구회, 2000; 주보돈, 『금석문과 신라사』, 지식산업사, 2002; 한국역사연구회 고대사분과, 『고대로부터의 통신』, 푸른역사, 2004.

77 남풍현, 「中原高句麗碑文의 解讀과 吏讀의 性格」, 『고구려발해연구』 10, 고구려발해학회, 2000, pp.363-386.

78 월성해자(月城垓字) 목간 3면 '牒垂賜教在之'나 '椋直'명(銘) 목간 앞면 '椋直傳之, 我者反來之'에 나타

'~로부터'의 뜻을 나타내는 표현이다. 이 비문에는 '敎' 자를 5회 사용했는데, 사역동사 '使' 대신 이두식 표기를 사용한 것으로 보인다.

형성기의 한문은 정격의 한문체보다 이두식 문체가 혼합된 변격한문을 적는 일도 많았을 것이다. 그 대표적 금석문 자료가 「임신서기석」이다. 구어를 한자의 음차(音借)와 훈차(訓借)로 옮기는 방법, 한문을 훈독하는 방법은 상당히 이른 시기에 정착되었다. 일례로, 『일본서기』(720년 완성)에 인용된 백제 문헌에서 백제 한문의 특징을 살필 수 있다. 『일본서기』 권9, 10, 14, 16, 17, 19 등 6권의 분주(分注)에는 『백제기』 등 3종의 백제 사료가 인용되어 있는데, 3종의 백제 사료에는 특유의 자음 가나가 있다.[79] 권16 「무열기(武烈紀)」 4년의 분주는 『백제신찬』에서 "今各羅海中有主嶋, 王所產嶋"라는 구절을 인용했다. '所' 자는 백제 한문에 기원하는 '왜습'이다. 「무열기」 4년의 본문은 분주에 인용한 『백제신찬』에 의거하되, "國人共除, 武寧王立, 諱斯麻王"을 "國人遂除而立嶋王, 是爲武寧王"으로 고쳤다. 분주의 '今案' 이후는 안어(按語)이다.

是歲, 百濟末多王無道暴虐百姓, 國人遂除而立嶋王, 是爲武寧王.
[百濟新撰云: "末多王無道暴虐百姓, 國人共除, 武寧王立, 諱斯麻王, 是琨支王子之子, 則末多王異母兄也. 琨支向倭時, 至筑紫嶋, 生斯麻王, 自嶋還送, 不至於京, 產於嶋, 故因名焉. 今各羅海中有主嶋, 王所產嶋, 故百濟人號爲主嶋."今案嶋王是蓋鹵王之子也. 末多王是琨支王之子也. 此曰異母兄, 未詳也.]

『일본서기』에 인용된 백제 문서로 볼 때 백제에서 사용한 한문 문장은 문장 끝에 之를 잔존시키는 문체였으리라 추정된다.

① [卷24] 百濟國主謂臣言: "塞上恒作惡之. 請付還使, 天朝不許."
② [卷30] 是故調賦與別獻, 竝封以還之. 然自我國家遠皇祖代, 廣慈汝等之德, 不可絕之.

한문에서는 1인칭 대명사와 피수식어와의 사이에 之 자를 사용하지 않는다. 특히 我 자는 之 자를 수반하는 일이 드물다. 하지만 왜습에서는 1인칭 대명사가 수식어인

나는 之와 같다.

79 木下禮仁, 「日本書紀素材論への一つの試み」, 三品彰英 編, 『日本書紀研究』第1冊, 東京: 塙書房, 1964.

경우 그 다음에 之 자를 수반하는 예가 많다. 『일본서기』에는 '我 + 之 + 명사'라는, 연체 수식어의 我 바로 다음에 之를 수반하는 용례가 10개나 있다.[80] 『일본서기』 권14 웅략천황 5년 4월조에 보면 백제의 가수리군(加須利君)(개로왕)의 발화 속에 '我之孕婦'라는 표현이 있다. 정문(본문)에서 백제 사료를 이용하면서 그 말을 미처 삭제하지 않은 듯하다.

한국의 고대 금석문에는 이두식 문장이나 표현이 상당히 많다. 6세기의 것으로 추정되는 「울주천전리각석」은 그 대표적 예이다. 각석에 나오는 '사부지갈문왕(徙夫知葛文王)', 즉 입종갈문왕(立宗葛文王)이 540년(진흥왕 원년) 이전에 사망한 사실로 볼 때, 이 각석의 '을사'는 525년(법흥왕 12)으로 추정된다.

경북 금릉군(지금의 김천시) 오봉리 갈항사지(葛項寺址)에서 출토된 788년 무렵 제작된 석탑에는 행서의 문장을 새긴 석탑기가 있다. 이 「갈항사석탑기」의 찬자, 서자, 각자는 모두 알 수 없다. 석탑기는 신라 경덕왕 17년(758)에 작성했지만 탑에 새긴 것은 원성왕 이후로 추정된다.[81] 삼남매가 탑을 세우고 그 경위를 기록했는데, 고유글자, 이두문자, 속자를 사용했다. 그 가운데 '在旀'는 뒤의 '在也'와 함께 앞에 '是'가 생략된 것으로, '-견이며'로 읽는 이두자이다. '旀'의 자형이 이 기문에서 일관되게 사용된 것을 보면, 이두자의 서사에서 자형의 규범이 있었으리라 추정할 수 있다.[82]

二塔天寶十七年戊戌中立在之
娚姉妹三人業以成在之
娚者零妙寺言寂法師在旀
姉者照文皇太后君妳在旀
妹者敬信太王妳在也

---

80 모리 히로미치(森博達) 저, 심경호 역, 『일본서기의 비밀』, 황소자리, 2006.

81 갈항사는 『삼국유사』 권4 「의해(義解)」 '승전촉루(勝詮髑髏)'조에서 승려 승전이 상주(尙州) 개녕군(開寧郡)에 정사를 짓고 돌 무리를 거느리고 화엄을 강론했다고 기록한 절이다. 갈항사 석탑은 높이 4.48m에 달하며, 국립중앙박물관에 수장되어 있다. 쌍탑 중 동탑 상층 기단 면석에 약 6cm 크기의 행서체로 석탑기가 새겨져 있다. 석탑기에는 경덕왕 때보다 30년쯤 뒤인 원성왕 즉위 후 추봉된 원성왕 모친의 추봉 칭호가 기록되어 있고, 원성왕의 휘(諱)가 쓰여 있다. 따라서 학계에서는 탑이 조성되고 약 30여 년 후 원성왕 재위 때 글을 돌에 새긴 것으로 추정하고 있다.

82 허흥식, 『한국금석전문 (고대)』, 아세아문화사, 1984; 한국정신문화연구원 자료조사실, 『韓國學基礎資料選集』 1-4, 한국정신문화연구원, 1987; 남풍현, 「신라시대 이두문의 해독」, 『서지학보』 9, 한국서지학회, 1993.

두 탑은 천보 17년 무술에 세우시니라.

남자형제와 두 여자형제 모두 셋이 진작에 이루시니라.

남자형제는 영묘사의 언적법사이며,

큰누이는 조문황태후님이시며,

작은누이는 경신태왕이시니라.

원문의 '業以成在之'는 종래 '업으로 이루시니라'로 풀이해 왔다. 하지만 '업으로' 이룬다는 말은 기이하다. 이것은 『사기』의 '業已建之'[83]와 같은 식의 구문을 이두식으로 표기한 것이고, '業'은 '이미, 진작에'라는 부사로 볼 수 있다. 즉, '진작에 이 탑을 이루었다(세웠다)'라는 뜻으로 보는 것이 타당하다.

대구에 있는 '영동리촌(另冬里村) 저수지[且只塢]'를 축조하고 세운 「무술오작비(戊戌塢作碑)」는 '此成在人者', '此作起數者', '文作人'의 인명과 관직명을 이두어로 표시했다. 학계에서는 무술년을 578년(진지왕 3)으로 추정한다.[84] 비문은 일리혜 일척(壹利兮一尺)이 작성한 것으로 되어 있다. 비문 가운데 '戊戌年十一月朔十四日'은 삭일 기록 방식을 사용하면서 날짜를 숫자로만 표기하고 간지를 밝히지 않아, 기서 방식에 의문이 있다. 하지만 종결사 '如', 종결부호 '之', 존재 높임말 '在'의 사용 등 이두문 기서체가 당시에 이미 확립되어 있었음을 알려준다.

(2) 고려시대 비문의 이두식 한문

고려의 비명에도 이두식 한문이 사용되었다. 고려 초 자적선사(慈寂禪師) 홍준(弘俊, 882~939)을 위해 세운 「고려국상주명봉산경청선원고교시자적선사능운지탑비명병서(高麗國尙州鳴鳳山境淸禪院故敎諡慈寂禪師凌雲之塔碑銘幷序)」는 최언위가 지은 것으로 추정된다. 자적선사의 문하 제자인 '□유(□裕)'가 구양순체 해서를 집자하여 대사 입적 2년 후 941년(태조 24)에 세웠다. 비문은 30행에 1행 59자씩 기서했다. 명(銘)은 완전한 운문이다. 비 뒷면에 선원 명칭을 윤허하는 도평성 첩(帖)이 실려 있는데, 첫 줄 '都評省帖洪俊和尙衆徒右法師'가 한문 어순으로 문서 발급처와 문서 수령자를 표기

---

83 '業已建之'는 '이미 건의했다'는 뜻이다. 『史記』 卷117 「司馬相如列傳」.

84 2019년 12월 구결학회에서 정재영·최강선은 3D스캔 판독 결과를 발표하여 새로 글자들을 판독하고 종래의 판독자를 수정하기도 했다. 「설총보다 100년 앞서 '이두의 시작' 알린 무술오작비」, 『경향신문』, 2019. 12. 26.

한 것 이외에는, 이하 모두 우리말 어순이고 조사나 어미에는 이두를 사용했다.[85]

都評省帖洪俊和尙衆徒右法師師[矣]啓[以]僧[矣段]赤牙縣鷲(?)山[中]

新處所[元]聞爲成造[爲內臥亦在之白賜]縣[以]入京[爲使臥]金達舍

進[置]右寺原間[內乎矣]大山[是在以]別地主無[亦在弥]衆[矣白賜臥乎]

兒如加知寺谷寺□谷[中]入成造[爲賜臥亦之白臥乎味]及[白節中]

敎旨然[丁]戶丁[矣]地□知事[者]國家大福田處[爲]成造[爲使賜爲]▽▽▽敎

▽▽▽▽天福四年歲次己亥八月一日▽省史目光

▽▽▽▽五年辛丑八月廿一日(允)國家[以]山院名幷十四州郡縣契[乙用]

▽▽▽▽成造[令賜之]

節成造使正朝 仁謙▽▽停勵古寶」[86]

矣는 소유격과 처소격을 나타내고, 乙은 목적격을 나타내며, 段은 특수조사로 '—
인 것은'의 뜻을 나타낸다. 또 臥·亦·未·丁은 어미의 표기, 進·置·用 등은 동사 어간
의 표기에 사용했다. 문장의 중간에 '爲內臥乎亦在之'의 7자를 이두어로 사용한 예도
있다. 신라 이두문에서는 之를 종결사로 사용했으나 이 음기에서는 齊를 사용했다.

(3) 조선시대 한국식 한문의 활용

조선시대의 비문은 대개 고문을 사용했고, 간혹 변문을 이용했다. 고문의 행문 속
에 변문의 행문을 도입하는 예는 아주 많았다. 그런데 조선시대 비문에도 한국식(이두

---

85 경북 예천군 상리면 명봉리 산 1-1 명봉사에서 출토되었다. 남풍현, 「高麗初期의 帖文(慈寂禪師凌雲塔
碑陰)과 吏讀」, 『국어국문학』 72·73, 국어국문학회, 1976, pp.72-73, 321-324; 李智冠 역, 『(校勘譯註)
歷代高僧碑文』, 伽山佛敎文化硏究院, 1994~1999; 남풍현, 「고려 초기의 帖文과 그 吏讀에 대하여: 醴泉
鳴鳳寺 慈寂禪師碑의 陰記의 해독」, 『고문서연구』 5, 한국고문서학회, 1994, pp.1-19.

86 일반적인 풀이를 약간 수정하면 다음과 같다. "都評省은 洪俊和尙(慈寂禪師)의 僧徒 右法師에게 帖文
을 보낸다. 右法師의 啓狀에 따르면 '僧들은 赤牙縣 鷲山에서 處所를 처음 上奏하여 허락을 듣고 成造
하고 있습니다'하고 아뢰었다. 縣에서 入京使로 보낸 金達舍이 나아가 右寺의 터를 물음에, '大山이므로
따로이 地主가 없으며 중들이 사뢴 바와 같이 加知谷의 寺谷에 들어가 成造하고 있습니다' 하고 사뢰기
에, 이르렀던 때에 敎旨하기를, '그러하다면 戶丁의 땅일랑 知事는 국가의 大福田處로 삼아 成造하도록
하라.' 下敎하셨다. 天福 4년 歲次 기해 8월 1일 省史 臣 光. 5년 신축 8월 21일 국가로부터 山院名을 允
許받았다. 아울러 14州 郡縣의 契로서 成造시키다. 節成造使 正朝 仁謙 停勵古寶." 남풍현, 「高麗初期의
帖文(慈寂禪師凌雲塔碑陰)과 吏讀」, 『국어국문학』 72·73, 국어국문학회, 1976, pp.72-73, 321-324.

식) 한문을 일부 사용한 예들이 있다.

부산 범어사에 있는 관찰사 조엄(趙曮, 1719~1777)을 기념하는 「영세불망단비」는 향리가 작성했는데, 일부 문장에서 한문 문언어법의 술-목(빈) 구조를 어겼다. 이 비석의 비제는 「순상국조공엄혁거사폐영세불망단(巡相國趙公曮革祛寺弊永世不忘壇)」이다.[87] 조엄은 동래부사로 있으면서 동래부 사찰들이 남한산성 방위를 위한 분담금인 의승방번채(義僧防番債) 때문에 고통받는 것을 알고 1759년(영조 35) 1월 경상도 관찰사로 부임한 후 범어사가 납부하는 의승방번채를 면제해 주었다.[88] 또 범어사가 좌수영에 납공하는 지창전(紙倉錢)을 혁파하고 좌수영에서 요구하는 노역을 감면해 주었다. 조엄이 동래부사일 때 향리의 영수였던 사람의 아들인 조중려(趙重呂)가 승려들 요청으로 조엄을 칭송하는 비를 작성했다. 범어사 승려들은 지창전 혁파와 노역 감면이 지속되길 바라며 단비를 세웠을 것이다.

공께서 건륭 정축(1757) 가을 본부에 부임해 오셨는데, 경내에 있는 사찰들이 모두 산성의 방위로 피폐해져 있었으므로, 먼저 부중의 여러 폐단을 제거하시고, 3년이 지난 기묘(1759) 봄 경상도 관찰사로 옮기시고는, 동래부 각 사찰의 의승방번채와 본사(범어사)에서 좌수영에 납공하는 지창전을 비변사에 보고하여 혁파한 뒤로, 수영에서 요구하는 노역을 일체 감면했다. 보장(保障)을 원대히 생각하여, 피폐한 사찰을 구제한 데다가 백성을 불쌍히 여긴 나머지 은택을 가난한 승려들에게까지 뻗게 했다. 오늘날 거주자들이 모두 공의 얼굴을 보지는 못했으나, 성대한 은덕을 전해 들은 것이 우레가 귀에 쏟아 내리듯 하여, 그 시간이 오래면 오랠수록 더욱 감동되어 별도로 이 단을 설치하여 길이 송축하는 곳으로 삼는다. 공께서 부임하셨을 때 나의 부친이 서리 반열의 우두머리이셨으므로, 승려들이 와서 옛 자취에 관해 묻고 나에게 기문을 요청했다. 나 또한 추억하며, 삼가 기록해둔다.
가경 13년 무진년(1808) 7월 상완일 조중려가 절하며 지음.
감역 팔도도규정 승통 전동지 석 취흡
시임 도승통전첨지 석 지유화상 석 도안[89]

87 경성대학교 부설 한국학연구소, 『부산금석문』, 부산뿌리찾기2, 부산광역시, 2002, pp.117-118.
88 기록에는 의승방번채를 1761년(영조 37)부터 징수한 것으로 되어 있으나 이 비문을 보면 그 이전에 이미 그러한 징수체제가 있었던 듯하다.
89 公於乾隆丁丑秋, 來莅本府, 以在境寺刹, 皆爲山城捍衛而彫殘, 先除府中諸弊, 越三年己卯春, 移按嶺藩. 萊境各寺義僧番債, 及本寺納左水營紙倉錢, 報籌司革罷後, 凡自水營責役者, 一切蠲減. 保障遠慮, 旣救殘寺, 恤民餘澤, 又覃貧僧. 今之居者, 雖未能盡承公顔, 傳聞盛德, 如雷灌耳, 愈久愈感, 別設此壇, 以爲永頌

이 내용에서 조엄이 동래부 사찰들이 산성의 방위에 방번채를 내느라 피폐했다는 사실을 알았다는 기술과 경상도 관찰사가 되어 방번채만이 아니라 지창전 면제, 노역 면제의 사실을 연결시킨 부분이 매끄럽지 않다. '別設此壇, 以爲永頌永祝之地' 구절은 공문서의 투식이다. '保障遠慮'의 경우 술목 구조의 순서를 어겼다. 전체 글은 사실 기술을 위주로 했으며, 운문의 명을 부치지 않았다.

부산 동래 지역에 남아 있는 교량비 비문 가운데 1788년(정조 12) 12월에 건립된 「부사이공경일축제혜민비(府使李公敬一築堤惠民碑)」도 그 한 예이다.[90] 좌수 문명현(文命顯)이 글을 지었는데, 전반부를 보면 단위사로 '員', '把', '斗地' 등 이두어를 사용했고, 대포수살(大逋收殺)·탈면(頉免)·획부(劃赴)·면하(面下) 등 공문서의 어휘들을 점철했다. 또 창거리(倉去里)라는 음차 지명도 사용했으며, '歷歷上其害乃去'라는 표현은 문언어법이 아니다.

5. 비문의 용운

앞서 말했듯이, 조선 한문학 형성기에 비문의 한문 문체는 다음 네 가지였다.

① 4언 중심의 문언문
② 선진고문에 토대를 둔 문언문
③ 변문을 지향한 문언문
④ 한국식(이두식) 한문

그런데 ①, ②, ③의 경우라도 용운은 뒤늦게 이루어졌다.

(1) 낙랑 비문의 용운
사묘비 「점제현신사비」를 통해 알 수 있듯이 낙랑의 금석문은 일찍부터 압운을 했

永祝之地, 而公之下車也, 我先君爲䳭班領袖, 故衆衲來問往蹟, 請誌于余. 余亦追感, 謹記以歸之.」嘉慶十三年戊辰七月上浣, 趙重呂拜手撰.」監役, 八道都糾正僧統前同知 釋就洽.」時任都僧統 前僉知釋志有 和尙, 釋道眼.

90 경성대학교 부설 한국학연구소, 『부산금석문』, 부산뿌리찾기2, 부산광역시, 2002, pp.296-298.

다.[91] 점제는 낙랑군 소속 25현 가운데 하나였다.[92] 비문에 평산군이란 이름이 나오므로, 「평산군신사비」로 불러야 한다는 주장도 있다.[93] 찬자, 서자, 각자는 모두 미상인데, 이 신사비에는 짧은 산문 서문(16자 판독)에 이어 '辭曰' 다음에 4언 12구 총 82자의 사(辭)가 있는데, 59자가 판독된다.[94] 평산군의 덕을 칭송하면서 비바람을 순조롭게 하고 토지를 비옥하게 하여 백성들을 풍요롭게 하고 생활을 이롭게 해달라고 기원하는 내용이다. 각 구의 운을 『광운』으로 조사하면 다음과 같다.

		『廣韻』	(平水韻)
□平山君	君:	見聲文韻	(平文)
德配代嵩	嵩:	心聲東韻	(平東)
承天□□	□	(미상)	
□佑秥蟬	蟬:	禪聲仙韻	(平先)
興甘風雨	雨:	云聲麌韻	(上麌/去遇)
惠閏土田	田:	定聲先韻	(平先)
□□壽考	考:	溪聲皓韻	(上皓)

---

91 신사비의 건립 시기에 대해서는 전한 시기, 新莽 始建國 3년(기원전 11), 후한의 元和 2년(85), 永初 2년(108), 光和 1년(178), 광화 2년(179), 景初 2년(238) 등으로 설이 분분하다. 『後漢書』卷3「章帝紀」원화 2년조 기사와 같은 책의 「祭祀志」기사에 근거한다면 장제 원화 2년 정월의 詔에 의하여 秥蟬縣에서 4월에 平山君을 제사하고 이 비를 세웠을 가능성이 있다. 關野貞, 「朝鮮平安道龍岡郡秥蟬碑」, 『書苑』 4-1, 三省堂, 1940; 藤朝太郎, 「朝鮮平安道龍岡郡秥蟬碑」, 『書苑』 4-1, 三省堂, 1940; 권오중, 「樂浪郡을 통하여 본 古代 中國 內屬郡의 性格」, 서강대학교 박사학위논문, 1987.

92 『漢書』「地理志」에 '黏'으로 되어 있으나, 『후한서』「지리지」와 「점제현신사비」는 '秥'으로 되어 있고, 『후한서』「郡國志」에는 '占'으로 되어 있다. 일본 학자들은 이 비가 발견된 용강이 곧 점제현이라고 보지만, 혹자는 일제가 산해관 부근의 갈석산에 있던 비를 옮겨온 것이라고 주장한다.

93 정인보는 刻石이라고 주장했다. "이제 이것을 碑라고 함은 진실로 망발이며, 게다가 또 黏蟬縣神詞碑라고 한다면 더욱더 적당치 못하다. 대개 이 돌이 黏蟬長丞이 새겼다는 것은 글에 의거하여 알 수 있지만, 그 말한 바 神祠라는 것이 그 境內에 있었는지 아니면 그 境外에 있었는지는 알 수 없으니, 이것은 분명치 않은 것인데 어찌 능히 갑작스레 黏蟬縣의 신사라고 단정 짓는 것인가? 그리고 이 돌이 龍岡에서 출토되었다고 해서, 용강은 곧 옛 점제라고 하고, 성 자취가 있거나 古器物이 출토된 것이 있기만 하면 여기는 점제현의 治址(政廳)의 자최라고 하니 어찌 이다지도 제멋대로 거리낌이 없는가?" 정인보 저, 정양완 역, 「터무니 없는 거짓을 바로 잡는 글」, 『담원문록』 중, 태학사, 2006, p.51.

94 1913년 세키노 다다시(關野貞, 1867~1935)와 이마니시 류(今西龍, 1875~1932) 등이 평남 용강군 해운면 어을동 토성지(土城址)를 조사하면서 토성 동북 약 150m 지점에서 발견했다고 한다. 碑身 윗부분이 약간 파손되고, 남은 부분의 높이는 166cm, 너비는 108cm, 두께는 13.2cm이다. 자연석의 한 면을 갈아 둘레와 돌의 변죽을 따라 선을 긋고 줄과 줄 사이에 세로줄을 그어 간격을 만들고 漢隷體로 7행의 비문을 적었다.

五穀豊成　　成: 禪聲淸韻 （平庚）

盜賊不起　　起: 溪聲止韻 （上紙）

□□蟄臧　　臧: 精聲唐韻 （平陽）

出入吉利　　利: 來聲至韻 （去寘）

咸受神光　　光: 見聲唐韻 （平陽）

君·嵩·□의 세 글자는 압운 여부를 알 수 없다. 蟬·田은『절운』계 운서『광운』으로
는 평성 先과 평성 仙의 통압이다(평수운 106운으로는 하평성 先운이다). 成·臧·光은 평
성 淸운, 평성 唐운의 통압이다. 사(辭)의 후반부는 기이하게도 후세의 압운 규칙에 꼭
들어맞는다.

앞서 말했듯이, 낙랑 금석문 가운데 6세기 초 낙랑 왕씨의 묘지명 7점이 알려져 있
다. 그 가운데 4편은 지(誌)-명(銘)[사(辭)]이 구분되어 있고 지는 4언과 6언이 반복되고
대우를 이루어 변문 투식이다. 명(사)은 압운했다. 이를테면「위고항주치중진양남왕군
묘지명」을『광운』에 의거해 조사하면 4연 1전운이며, 평성운과 입성운을 사용했음을
알 수 있다.

①「위고항주치중진양남왕군묘지명(魏故恒州治中晉陽男王君墓誌銘)」[王禎墓誌銘]의 사

殷有三人, 周訪九疇.　　疇: 澄聲尤韻 平聲

只族王家, 藉冑鮮侯.　　侯: 匣聲侯韻 平聲

芳根薰葉, 潔源淸流.　　流: 來聲尤韻 平聲

軒冕疊謁, 奕世載休.　　休: 曉聲尤韻 平聲

篤生□彥, 寔邦之哲.　　哲: 知聲薛韻 入聲

器識淵邁, 才穎卓絶.　　絶: 截聲薛韻 入聲

對□□溫, □松學節.　　節: 精聲屑韻 入聲

氣聳烟霞, 情明氷雪.　　雪: 心聲薛韻 入聲

拖纓東禁, 夙振蘭芬.　　芬: 敷聲文韻 平聲

方毗北都, 重擧瑤□.　　□: □聲　　□韻

祐順靡效, [報善]徒文.　　文: 微聲文韻 平聲

如何彼蒼, 殲此良人?　　人: 日聲眞韻 平聲

□遠戒期, 龜筮襲吉.　　吉: 見聲質韻 入聲

長訣高堂, 永卽泉室.　　室: 書聲質韻 入聲

一改陵谷, 千齡誰悉.　　悉: 心聲質韻 入聲

憑石憑工, 且鐫且述.[95]　述: 船聲術韻 入聲

② 「위고처사왕군묘지명(魏故處士王君墓誌銘)」[王基墓誌銘]의 명

二儀丕緒, 四像垂靈.　　靈: 平靑

翩翩神鸑, 降卵而生.　　生: 平庚

祥應唐墟, 慶震皇京.　　京: 平庚

攸哉今古, 介祉恒明!　　明: 平庚

其一.

堂堂盛貌, 穆穆神儀.　　儀: 平支

三德剋融, 六藝唯熙.　　熙: 平之

霜翻蘭葉, 風摧桂枝.　　枝: 平支

絲言日遠, 殊章永離.　　離: 平支

其二.

離弦逐往, 墜雨不歸.　　歸: 平微

逸翮未窮, 遙途有期.　　期: 平之

風悲塞草, 氣咽寒颸.　　颸: 平之

千秋萬歲, 往矣難追.　　追: 平脂

其三.

白楊聳檊, 崇巇憔僥.　　僥: 上筱

窀穸長昏, 有日無朝.　　朝: 平宵

---

[95] 은나라에 어진 세 신하가 있어, 주나라 무왕은 구주(九疇)를 물었다. 그 족속이 성을 왕씨라 하고 자손들이 조선후가 되었도다. 향기로운 뿌리에서 향기로운 잎이 나고, 맑은 근원에서 맑은 물이 흐르듯이, 훌륭한 벼슬을 한 이가 많아서 대대로 아름다운 세상이 되었다. 하늘이 훌륭한 선비를 내었으니, 군은 진실로 이 나라의 어질고 밝은 사람이었다. 기량과 식견은 깊고 고매했으며, 재주는 빼어나고 뛰어났다. [옥을 마주하여 온윤함을 체인하고—필자 추정], 소나무를 마주하여 절개를 익혔으니, 기개는 연하(烟霞)에 솟았으며, 성정은 빙설처럼 맑았다. 동금(東禁)의 직책을 맡아서는, 난과 같은 아름다운 향기를 떨쳤고, 바야흐로 북도(北都)를 도우려고, 요□(瑤□)를 거듭 들었다. 순종하는 사람을 도와주는 도리를 본받지 않고, 착한 사람을 보답해 주는 것이 그저 빈 문건이 되었도다. 어찌 저 창창한 하늘은, 이 훌륭한 사람을 죽게 했는가? 멀리 떠날 기일이 되었기에, 거북점을 쳐서 길일을 택했도다. 길이 고당(高堂)을 버려두고, 영원히 천실(泉室, 무덤)에 드노라. 한 번 바뀌어 언덕이 골짜기가 될 지를, 천 년 뒤를 누가 알겠는가! 돌을 구하고 석공에 의지하여, 이에 새기고 이에 서술하노라.

玉質沈壤, 蕙氣陵霄.　　霄: 平宵

銘思泉石, 流悲[翼]遙.　　遙: 平宵

其四.[96]

③「위황월대장군태부대사마안정정왕제이자급사군부인왕씨지묘지(魏黃鉞大將軍太傅大
司馬安定靖王第二子給事君夫人王氏之墓誌)」[元願平妻王氏墓誌銘]의 사

樂浪名邦, 王氏名宗.　　宗: 平冬

殖根萬丈, 擢穎千重.　　重: 平鍾

誕生娩媛, 寔靈所鍾.　　鍾: 平鍾

慧眄自幼, 韶亮在蒙.　　蒙: 平東

其一.

六行獨悟, 四德孤閑.　　閑: 平山

尺步逶迤, 寸心塞淵.　　淵: 平先

微幾泉鏡, 洞識星玄.　　玄: 平先

望齊躡姬, 瞻楚陵樊.　　樊: 平元

其二.

福仁報善, 通古有聞.　　聞: 平文

如何妄言, 落彩當春?　　春: 平諄

掩埏明旦, 鐫誌今晨.　　晨: 平眞

昭傳來昆, 共味清塵.　　塵: 平眞

其三.[97]

96 　첫째, 음양의 큰 법을 이어받아, 4상의 신령함이 드리웠고, 훨훨 나는 신연(神鷰)이, 알을 낳아 태어났도
다. 상서로움이 당허(唐墟)에 응하고, 경사는 황경을 놀라게 했네. 아득한 고금으로, 큰 복이 영원히 빛
나는구나! 둘째, 당당하고 성대한 풍모, 목목(穆穆)하고 신령한 위의(威儀)로다. 3덕이 융융하고, 6예를
밝혔건만, 서리가 난의 잎에 나부끼고, 바람이 계수나무 가지를 꺾었으니, 사언(絲言)은 날로 멀어져 가
고 수장(殊章)은 영원히 이별했네. 셋째, 시위 떠난 화살은 돌이킬 수 없고, 떨어진 빗물은 돌아오지 않
는 법. 날아오르길 끊임없이 하여, 먼 길 떠남에 기한이 있도다. 바람은 변새 풀에 슬프고, 기운은 서늘한
바람에 오열한다. 천년만년, 영원히 떠났으니 뒤쫓기 어려워라. 넷째, 백양나무 줄기는 솟아 있고, 말갈
기 같은 무덤은 작달막하다. 묘혈은 길고 긴 암흑, 해가 떠도 아침이 오지 않으리. 옥 같은 사람이 땅에
묻히니, 난의 향기는 하늘로 오르리. 천석(泉石)에 새기며, 흐르는 슬픔만이 아득하여라.
97 　첫째, 낙랑은 이름 있는 나라, 한씨는 이름 있는 종족. 심은 뿌리가 일만 장, 거둔 이삭이 일천 중(重). 나
면서 숙원(娩媛)했으니, 진실로 영(靈)이 부여한 바로다. 어려서부터 지혜롭고 밝았으며, 자라서는 아름
답고 어질었다. 둘째, 6행(六行)을 홀로 깨닫고, 4덕을 홀로 익혀, 작은 행실에도 조심하고, 마음 씀씀이
가 깊고 성실했다. 기미를 살핌이 거울과 같고, 통찰하는 식견이 별빛과 같았으니, 제나라를 보아 제희

④「대위양렬대장군태부대사마안락왕제삼자급사군부인한씨지묘지(大魏揚列大將軍太傅 大司馬安樂王第三子給事君夫人韓氏之墓誌)」[安樂王三子妻韓氏墓誌銘]의 사: ③의 其一 과 其三의 마지막 2구를 합한 형태.

樂浪名邦, 韓氏名宗.　　宗: 平冬

殖根萬丈, 擢穎千重.　　重: 平鍾

誕生妌媛, 寔靈所鍾.　　鍾: 平鍾

慧眒自幼, 詔亮在蒙.　　蒙: 平東

掩埏明旦, 鑄□□□.　　□:

□傳□昆, 共味淸塵.　　塵: 平眞

(2) 용운법의 수용

한국의 한문 시문에서 압운을 지킨 이른 예는 고구려 영양왕 23년(612) 을지문덕이 지은「증수우익위대장군우중문(贈隋右翊衛大將軍于仲文)」으로, 5언 4구에 다음 운자를 사용했다. 당시『절운(切韻)』계 운서가 수입되어 있어서 중국풍의 압운을 할 수 있었 던 듯하다.

- 理『廣韻』良士切, 上止, 來.
- 止『廣韻』諸市切, 上止, 章.

650년에 제작된 진덕여왕의「직금송(織錦頌)」은 운자로 昌, 王, 章, 康, 鍠, 殃, 祥, 方, 良, 皇 등을 사용했다.『광운』으로 보면 康이 溪聲唐韻, 鍠이 匣聲庚韻, 皇이 匣聲 唐韻인 것을 제외하면 나머지 글자들은 모두 평성 양운(陽韻)에 속한다.[98] 평수운으로 는 모두 평성 양운이어서 예외가 없다. 오언장편은 일운도저(一韻到底)를 정격으로 삼 는데, 이 시도 일운도저이다. 하지만 7세기의 자료에서 이 시 이외에 압운한 시가 더 발견되지 않는다. 앞서 보았듯이, 654년(의자왕 14) 무렵의「사택지적비」의 비문은 변

(齊姬)보다 뛰어나고, 초나라를 보매 초번(楚樊)보다 뛰어났도다. 셋째, 예로부터 어진 이는 복을 받고, 착한 이는 보답이 있다고 들었는데, 어찌하여 망언이 되어, 꽃다운 청춘을 앗아가버렸는가? 내일 아침이 면 무덤을 덮기에 오늘 새벽에 묘지를 새기니, 자손에게 밝게 전하여 함께 유업을 맛보라.

98 『三國史記』卷5, 新羅本紀 5, 진덕여왕 4년(650). "六月, 遣使大唐, 告破百濟之衆. 王織錦作五言太平頌, 遣春秋子法敏, 以獻唐皇帝."

문을 의식하되 압운은 하지 않았다. 7세기에는 변문이 발달하여 불교의 글에도 변문이 활용되었다. 불교 한문에서도 압운을 하지 않았다. 이를테면 원효(元曉, 617~686)는 게송을 남겼으나, 시는 남기지 않았고, 불교 관련 문장은 변문으로 작성했다. 『보살영락본업경(菩薩瓔珞本業經)』의 경소(經疏)에 쓴 「본업경소서(本業經疏序)」를 보면,[99] 변문의 구식을 모범으로 하면서 부분적으로 염률을 지켰음을 알 수 있다.

原夫二諦中道, 乃無可道之津, 重玄法門, 逾無可門之理.

　－ 道(上晧)　津(平眞)　門(平魂)　理(上止)

無可道故不可以有心行, 無可門故不可以有行入.

　－ 行(平庚)　入(入緝)

然以大海無津, 汎舟楫而能渡, 虛空無梯, 翻羽翼而高翔.

　－ 津(平眞)　渡(去暮)　梯(平齊)　翔(平陽)

是知無道之道, 斯無不道, 無門之門, 則無非門.

　－ 道(上晧)　道(上晧)　門(平魂)　門(平魂)

無非門故事事皆爲入玄之門, 無不道故處處咸是歸源之路.

　－ 門(平魂)　路(去暮)

歸源之路甚夷, 而無人能行, 入玄之門泰然, 而無人能入.

　－ 行(平庚)　入(入緝)

良由世間學者, 着有滯無故也.

　－ 學(入覺)　無(平虞)

着有相者, 將有待之危身, 趣無限之法相, 數數而無已, 逐名而長流.

　－ 相(去漾)　身(平眞)　相(去漾)　已(上止)　流(平尤)

滯空無者, 恃莫知之盲意, 背生解之教門, 惛醉而無醒, 搖首而不學.

　－ 無(平虞)　意(去志)　門(平魂)　醒(上迥)　學(入覺)

是故, 如來無緣大悲, 爲彼二類, 令入佛道, 說此兩卷, 瓔珞法門,

　－ 類(去至)　道(上晧)　卷(上獮)　門(平魂)

欲使長流者止, 遊八不之坦路, 摧七慢之高心,

　－ 路(去暮)　心(平侵)

99　元曉, 「本業經疏序」, 徐居正等, 『東文選』 卷83; 김영태, 「元曉의 本業經疏 연구」, 『元曉學硏究』 4, 元曉學會, 1999.

惛醉者悟, 學六入之明門, 伏五住之闇陣.

　– 門(平魂)　陣(去震)

於是備架福智兩檝, 能渡乎佛法大海, 雙運止觀二翼, 高翔乎法性虛空.

斯爲本業之大意也.

　– 檝(入葉)　海(上海)　翼(入職)　空(平東)

其爲敎也, 文理俱精, 旨極妙而辭逸, 文甚括而語詳.

　– 逸(入質)　詳(平陽)

行階階而德備, 事洋洋而理窮. 窮因果之源流, 究凡聖之始終.

　– 備(去至)　窮(平東)　流(平尤)　終(平東)

照千條之森羅, 明一味之洪通.

　– 羅(平歌)　通(平東)

尒乃六性六忍, 綜八會之廣要, 三觀三諦, 貫六百之玄宗.

　– 忍(上軫)　要(平宵)　諦(去霽)　宗(平冬)

二土二身, 帶十方而普現, 一道一果, 含萬德而都融.

　– 身(平眞)　現(去霰)　果(上果)　融(平東)

然後乘薩云之寶乘, 還三界之故宅, 開菩薩之本行, 示六重之瓔珞.

　– 乘(平蒸)　宅(入陌)　行(平庚)　珞(入鐸)

故言菩薩瓔珞本業經也.

※ –: 전체의 평측이나 운목을 들지 않고, 각 구 마지막 글자만 그 평측과 운목을 표기한다
　　는 표시임.

원래 이제(二諦)[진제(眞諦)와 속제(俗諦)]의 중도(中道)[고락중도(苦樂中道)]는 곧 갈 수 있
는 나루가 없고, 중현(重玄)의 법문은 더욱 들어갈 수 있는 이치가 없다. 갈 수 있는 길이 없
기 때문에 유심(有心)으로써 행할 수 없고, 들어갈 수 있는 문이 없기 때문에 유행(有行)으
로써 들어갈 수 없다. 그러나 큰 바다에 나루가 없어도 배를 노 저어 건널 수 있고, 허공에
사다리가 없어도 날개를 퍼덕여 높이 오르니, 도가 없는 도가 바로 도 아님이 없고, 문이 없
는 문이 곧 문이 아님이 없음을 알 수 있다. 문이 아님이 없기 때문에 일마다 모두 현(玄)에
들어가는 문이 되고, 도가 아님이 없기 때문에 곳곳이 모두 근원으로 돌아가는 길이다.
그런데 근원으로 돌아가는 길이 매우 평탄한 데도 갈 수 있는 사람이 없고, 현으로 들어가는
문이 활짝 열려 있는 데도 들어갈 수 있는 사람이 없으니, 이는 진실로 세간의 학자가 유(有)

에 집착하고 무(無)에 막히기 때문이다. 유상(有相)에 집착한 자는 장차 기다림이 있는 위태한 몸을 가지고, 무한한 법상(法相)으로 나아가 계속해서 그치지 않고 명예를 좇다가 길이 떠내려가게 되며, 공무(空無)에 막힌 자는 아는 것 없는 무지한 뜻을 믿고, 깨우쳐 나갈 가르침의 문은 등지고 혼미하게 취하여 깨우침이 없으면서도 머리를 흔들며 배우지 않는다. 이 때문에 여래가 무연대비(無緣大悲)로 그 두 부류의 중생을 위하여 불도에 들어오게 할 때, 이 두 권의 『영락경』(『본업경』) 법문을 설법하셨다. 그리하여 길고 긴 생사의 흐름에 윤회하는 자[長流者]를 그치게 해서 팔불(八不)[不生·不滅·不一·不異·不去·不來·不常·不斷]의 평탄한 길에서 노닐며 칠만(七慢)[만(慢)·과만(過慢)·만과만(慢過慢)·아만(我慢)·증상만(增上慢)·비만(卑慢)·사만(邪慢)]의 높은 마음을 꺾어버리게 하고, 혼미하게 취해 있는 자[惛醉者]를 깨닫게 해서 육입(六入)의 밝은 문에 들게 하여 오주(五住)[견일처주지혹(見一處住地惑)·욕애주지혹(欲愛住地惑)·색애주지혹(色愛住地惑)·유애주지혹(有愛住地惑)·무명주지혹(無明住地惑)]의 어두운 진(陣)을 굴복시키려고 한 것이다. 이에 복덕과 지혜라는 두 개의 노를 갖추어 불법의 큰 바다를 건널 수 있게 하고, 지(止)와 관(觀)의 두 날개를 쌍으로 퍼덕여 법성의 허공에 높이 오르게 하신 것이니, 이것이 『본업경』의 대의이다.

그 가르침의 특징은, 문(文)과 이(理)가 모두 정미해서 뜻은 지극히 묘하면서 내용은 은미하고 문장은 매우 포괄적이면서 말은 상세하다. 그리고 수행의 계위는 차근차근 덕을 갖추고 사상(事相)은 많고 이법은 지극하며, 인과의 원류를 궁구하고 범(凡)과 성(聖)의 시종을 탐구하며, 천 가닥의 삼라만상을 비추고 일미의 널리 통합을 밝혔다. 그리하여 육성(六性)[육종성(六種性)]과 육인(六忍)[신인(信忍)·법인(法忍)·수인(修忍)·정인(正忍)·무구인(無垢忍)·일체지인(一切智忍)]으로 팔회(八會)의 넓은 요소를 종합하고, 삼관(三觀)[공관(空觀)·가관(假觀)·중관(中觀)]과 삼제(三諦)[공제(空諦)·가제(假諦)·중제(中諦)]로 600가지 현묘한 종지를 관통하고, 이토(二土)[정토(淨土)와 예토(穢土)]와 이신(二身)으로 시방(十方)을 띠고 널리 나타내며, 일실도(一實道)와 일불과(一佛果)로 온갖 덕을 포함하여 모두 융화했다. 그런 뒤에 살운(薩云)[살바야[薩婆若]]의 보승(寶乘)을 타고 삼계(三界)의 고택(故宅)으로 돌아오며, 보살의 본행(本行)을 열어 육중(六重)의 영락(瓔珞)[동보영락(銅寶瓔珞)·은보영락(銀寶瓔珞)·금보영락(金寶瓔珞)·유리보영락(琉璃寶瓔珞)·마니보영락(摩尼寶瓔珞)·수정보영락(水精寶瓔珞)]을 보였다. 그러므로 『보살영락본업경』이라고 이른다.

신라에서는 8세기 초에 압운의 방식이 널리 활용되었다. 719년의 「감산사미륵조상기(甘山寺彌勒彫像記)」, 771년의 「성덕대왕신종명(聖德大王神鐘銘)」은 세련된 문장이며[100] 사(詞)는 환운했다. 『광운』과 평수운의 운속을 보면, 압운이 비교적 정연하다. 마지막 6연 두 곳에서 평성 종운(鍾韻)과 상성 종운(腫韻)을 통압한 것은 근체시 규칙에서 어긋난다.

紫極懸象, 黃輿啓**方**.	山河鎭列, 區宇分**張**.	方(平陽) 張(平陽)
東海之上, 衆仙所**藏**.	地居桃壑, 界接扶**桑**.	藏(平唐) 桑(平唐)
爰有我國, 合爲一**鄉**.」	元元聖德, 曠代彌**新**.	鄉(平陽) 新(平眞)
妙妙淸化, 遐邇克**臻**.	將恩被遠, 與物霑**均**.	臻(平臻) 均(平諄)
茂矣千葉! 安乎萬**倫**!	愁雲忽慘, 慧日無**春**.」	倫(平諄) 春(平諄)
恭恭孝嗣, 繼業施**機**.	治俗仍古, 移風豈**違**?	機(平微) 違(平微)
日思嚴訓, 常慕慈**輝**.	更以脩福, 天鍾爲**祈**.」	輝(平微) 祈(平微)
偉哉我后! 盛德不**輕**.	寶瑞頻出, 靈符每**生**.	輕(平淸) 生(平庚)
主賢天祐, 時泰國**平**.	追遠惟勤, 隨心願**成**.」	平(平庚) 成(平淸)
乃顧遺命, 于斯寫**鍾**.	人神奬力, 珍器成**容**.	鍾(平鍾) 容(平鍾)
能伏魔鬼, 救之魚**龍**.	震威暘谷, 淸韻朔**峯**.	龍(平鍾) 峯(平鍾)
聞見俱信, 芳緣允**種**.	圓空神體, 方顯聖**蹤**.	種(上腫) 蹤(平鍾)
永是鴻福, 恒恒轉**重**.」		重(上腫)

자극에 상이 걸리고, 황여에 방위가 열렸으며, 산과 강이 자리 잡고, 천하가 나뉘어 뻗쳤다. 동해의 가에, 뭇 신선이 숨은 곳이니, 땅은 도원 골짜기에 있고, 경계는 부상에 접한 곳이로다. 여기에 우리나라가 있어, 합하여 한 고을이 되었다. 크고도 크도다 성인의 덕은, 몇 세대 만에 더욱 새롭다. 오묘하고도 오묘하도다 맑은 교화로, 먼 곳과 가까운 곳에서 모여들도다. 은혜를 멀리까지 입게 하고, 대중에 부여함에 고루 젖게 했다. 무성하여라 모든 자손이여, 안락하도다 온갖 동포여! 수심어린 구름이 문득 처참하니, 지혜의 태양에 봄이 없어졌으나, 공경스럽고 효성스런 후손이 왕업을 이어, 국업을 잇고 기틀을 베풀었다. 풍속을 다스리되 옛 것에 따르고, 풍속을 옮아감에 어찌 어김이 있으랴? 매일 부친의 가르침을 생각하고, 항상 모친의 광휘를 그리워하며, 다시 복을 닦으려고 하여, 하늘의 종(鐘)으로 빌었도다. 위대하도다 우리 태후시여! 왕성한 덕이 가볍지 않아라. 보배로운 상서가 자주 출현하고, 영험한 부응이 매양 생겨났도다. 임금이 어질매 하늘이 돕고, 시절은 태평하고 나라는

---

100 한국고대사회연구소 편, 『역주 한국고대금석문』 III, 가락국사적개발연구원, 1992.

평안하니, 조상을 추모하기를 부지런히 하고, 그 마음을 따라 서원을 이루었다. 이에 유명을 돌아보고, 이에 종에 베껴내니, 사람과 귀신이 힘을 도와, 진기한 그릇이 모습을 이루어서, 능히 마귀를 항복시키고, 물고기와 용을 구제할 만하여라. 위엄이 동방에 떨치고, 맑은 소리는 북쪽 봉우리에 울려나자, 듣는 이나 보는 이나 모두 믿음을 일으키니, 꽃다운 인연을 진실로 씨 뿌렸구나. 원만하고 비어 있는 신령한 몸체가, 바야흐로 성인의 자취를 드러내었으니, 영원히 큰 복이 되고, 항구토록 존중되기 바라노라.

(3) 비명에서의 용운 중시

신라는 7세기 말, 당나라로 빈번하게 외교문서를 보내면서 한문학을 활용했다. 8세기는 원효(元曉)·원측(圓測)·의상(義相)·혜초(慧超)·김지장(金地藏) 등 승려들이 한문문화의 기반을 마련했다. 9세기 중반에는 왕과 신료들이 유협(劉勰)의 『문심조룡(文心雕龍)』을 읽었다.[101] 당나라 건부제[乾符帝, 희종(僖宗)]가 881년 가을 황소의 난을 피하여 파천하자, 헌강왕은 낭혜화상 무염을 위문 사절로 파견하면서, 육의(六義)를 연마한 자에게 송별의 노래를 짓게 했다. 낭혜화상은 "어려서 유가의 책을 읽어 남은 맛이 입술 언저리에 남아 있어서, 수작할 때 운어가 많았다."[102] 재가제자로서 왕손인 소판(蘇判) 억영(嶷榮)이 선창을 하고 다른 사람들의 시들을 받아 두루마리로 만들고, 시독이자 한림의 재자인 박옹(朴邕)이 인(引)을 지었다.[103] 이 시기에 이르러 증별 시축을 만드는 일이 나올 만큼 한시 작가층이 두터워졌음을 짐작할 수 있다. 865년(경문왕 5)인 의종(懿宗) 함통(咸通) 6년에 파견 왔던 중국 사신 호귀후(胡歸厚)는 복명한 후 당시의 재상에게, "계림에는 아름다운 산수가 많은데, 동국의 왕이 그 경치를 도장으로 찍어내듯이 시로 지어서 나에게 주었습니다. 나는 요행히 운어 엮는 법을 예전에 배운 덕분에 억지로 부끄러움을 무릅쓰고 화답을 했습니다만, 그렇지 않았더라면 분명히 해외의 웃음거리가 되었을 것입니다."라고 하고, "앞으로 나 이후로 산서 출신(즉, 무장)은 해동에 사신으로 보내지 않는 것이 좋겠습니다."라고 당부했다고 한다.[104] 최치

---

101 871년에 헌안왕은 낭혜화상에게 반야의 절경에 나아가는 어려움을 질문하여 다음과 같이 말했다. "上曰: 弟子不侫, 少好屬文. 甞覽劉勰著『文心雕龍』五十卷, 有語云: 滯有守無, 徒銳偏解, 欲詣眞源, 其般若之絶境, 則境之絶者, 或可聞乎?"崔致遠, 「無染和尙碑銘」, 『孤雲集』卷2, 한국문집총간 1, 민족문화추진회, 1988; 『(국역) 고운집』권2, 한국고전번역원, 2009.
102 崔致遠, 「無染和尙碑銘」, 『孤雲集』卷2. "少讀儒家書, 餘味在唇吻, 故酬對多韻語."
103 崔致遠, 「無染和尙碑銘」, 『孤雲集』卷2.
104 崔致遠, 「大崇福寺碑銘」. "逢於咸通六年[唐懿宗年號], 天子使攝御史中丞胡歸厚, 以我鄕人前進士裴匡,

원이 이 일화를 비명에 삽입한 것은 그 당시에 운어 제작이 문화 활동에서 중요한 비중을 차지했기 때문일 것이다.

최치원의 「지증대사비명」에는 헌강왕이 지증대사에게 준 4언시가 실려 있다.

이때는 바야흐로 가느다란 등라 덩굴에 바람 한 점 일지 않고 궁정의 온실의 나무에 바야흐로 밤이 깃들고 있었다. 때마침 황금물결의 달그림자가 옥빛 연못의 한복판에 단아하게 임하고 있었는데, 대사가 달그림자를 굽어보다가 고개를 들고 고하기를, "이것이 바로 그것입니다. 다른 것은 말씀드릴 것이 없습니다." 했다. 상은 씻은 듯이 혼연히 계합하여, "금선(金仙, 부처)이 꽃을 들어 보이며 전한 염화시중(拈花示衆)의 풍류가 진정 이것과 일치할 것입니다." 하고는, 마침내 망언사(忘言師)에 배수했다. 대사가 궁궐을 나설 즈음에 충직한 신하로 하여금 왕의 뜻을 전하게 하면서 "조금만 더 머물러 주십시오."라고 청하자 답하기를, "우대우(牛戴牛)라고 말합니다만 값은 별로 나가지 않습니다. 새 기르는 방법으로 새를 길러준다면 그 은혜가 작지 않을 것입니다. 여기에서 작별하려고 하오니, 만약 굽히게 한다면 부러지고 말 것입니다." 했다. 상이 이 말을 듣고 안타까워하며 운어(韻語)로 탄식하며 말하기를, "끌어당겨도 머물지 않으니, 공문(空門)의 등후(鄧侯)로다. 대사는 지학(支鶴)인데, 나는 조구(趙鷗)가 아니로구나." 하고는, 십계를 받은 제자인 선교성부사(宣教省副使) 풍서행(馮恕行)에게 명하여 호송해서 산으로 돌아가게 했다.[105]

腰魚[金魚袋] 頂多[音池. 一名神羊. 似鹿而一角, 生于北荒. 楚文王好服多冠, 漢爲法冠, 御史冠之. 堯時, 有一雙獬多立於階下, 善者入則引之, 不肖者入則觸之. 死葬殿左, 朱草生長一丈. 小人入則指之.] 爲輔行[副使], 與王人田龡銕[音遙, 利也], 來錫命曰 … 竊思西宦及, 覽柳氏子珪錄東國事之筆, 所述政條, 莫非王道. 今讀鄕史, 完是聖祖大王[文聖王]朝事迹. 抑又流聞[流聞, 傳聞也], 漢使胡公歸厚之復命也, 飽採風謠, 自辨相曰: '自愚已往, 出山西者[言武士也. 『漢書』云: '山西出將, 故烈武夫多出楊州], 不宜使海東矣. 何則, 雞林多佳山水, 東王詩以印之而爲贈. 賴愚嘗學爲綴韻語, 强忍媿酬之, 不爾, 爲海外笑必矣.' 君子以爲知言.[東國之行王道右文學, 中國人習知之.] 是惟烈祖以四術開基[武烈王使金春秋, 統合三韓, 始開詩書禮樂之敎. 一云: 元聖王以五經三史諸子百家, 分上中下而用人.], 先王以六經[詩·書·易·禮記·春秋·周禮]化俗, 豈非貽厥之力. [應上峻孫謨, 勸王基祖德.].'

105 崔致遠, 「智證大師寂照之塔碑銘」. "時屬纖蘿不風, 溫樹方夜. 適覩金波之影, 端臨玉沼之心. 大師俯而覰, 仰而告曰: '是卽是. 餘無所言.'上洗然忻契曰: '金仙花目, 所傳風流, 固協於此.' 遂拜爲忘言師. 及出, 俾盡臣譬旨, '幸宜小停.' 曰: '謂牛戴牛, 所直無幾. 以鳥養鳥, 爲惠不貰. 請從此辭, 枉之則折.'上聞之喟然, 以韻語嘆曰: '挽卽不留, 空門鄧侯. 師是支鶴, 吾非趙鷗.' 乃命十戒弟子宣敎省副使馮恕行, 援送歸山." 註는 다음과 같다. "鄧侯: 『晉書』, 鄧攸字伯道, 爲吳郡太守, 除水以外, 束薪斗米, 不食於民, 稱疾去職, 民至有臥輪. 人歌曰: 鄧侯挽不留, 謝公推不去. 支鶴: 西晉哀帝時, 支遁字道林, 人有遺鶴者, 乃放之曰: 沖天凌雲之物, 豈耳目之所玩哉? 『梁高僧傳』卷4. 趙鷗: 後趙石勒弟名虎, 字季龍, 襲兄之位, 傾心事佛, 圖澄朝會引見, 侍御史擧擧升殿, 太子諸公, 扶翼前而. 主者唱曰大和尙, 坐者皆起, 勅司空李農, 朝夕問候, 支遁聞之曰: 澄公其以季龍爲鷗鳥乎?『列子』曰: 昔有人無心坐江邊, 鷗鳥聚游膝下, 其父見之曰: 取鷗鳥來, 從其父敎, 有心待之, 鳥更不來."

조선 후기 이덕무(李德懋)도 그의 「한죽당섭필」에서 헌강왕이 지증대사에게 준 이 시에 주목했다.[106] 그 운어의 평측과 압운은 다음과 같다.

挽(上阮/銑)　郇(入職)　不(入物)　留(平尤)

空(平東)　門(平元)　鄧(去徑)　侯(平尤)

師(平支)　是(上紙)　支(平支)　鶴(入藥)

我(上哿)　非(上尾)　趙(上篠)　鷗(平尤)

① 평성 우운(尤韻)으로 격구압운을 하되, 수구(首句)에도 입운했다.
② 4언 1구 안에서 2번-4번 글자의 평측이 상대되어 있지 않다.
③ 2구와 3구의 2번-4번 글자의 평측이 같지 않다.

『삼국사기』에 따르면, 헌강왕은 재위 9년(883) 춘2월, 삼랑사(三郎寺)에 행차하여 문신들에게 각각 시 1수를 짓도록 했다. 그만큼 헌강왕은 운어를 중시했음을 알 수 있다.

최치원이 지은 사산비명의 경우, 명은 압운에 공력을 쏟았다. 앞서 보았듯이, 「대숭복사비명」의 명은 8개의 운을 환운했다. 즉, 후대의 평수운으로 보면, 平陽(陽·方·昌·藏), 上麌(禹·土·浦)와 上有(母)의 통압, 平眞(眞·隣·因·春), 去寘(地·瑞·至·事), 平東(工·宮·紅·融), 上蟹(灑)와 去禡(瀉·夜·下)의 통압, 入職(國·力·食·極), 上有(友·首·肘·朽) 등의 운자들을 사용했다.

신라 말, 고려 초에 변문의 서와 운어의 명으로 결합된 서사문체가 비문의 정통 문체로 자리 잡았지만 예외가 있다. 895년(진성여왕 9) 해인사 부근의 전란에서 사망한 승군들의 넋을 위로하고자 승훈(僧訓)이 제작한 「오대산묘길상탑사(五臺山妙吉祥塔詞)」는 4언 제행을 골간으로 하는 운문이다.[107] 이 글은 32구 각 구 4자 제행으로, 짝수

---

106 李德懋, 『青莊館全書』 卷68 「寒竹堂涉筆 上」 '胡中丞'. "案唐懿宗咸通六年, 郇新羅景文王五年辛巳也. 其所謂聖祖烈祖, 似指文聖王, 先王, 郇憲安王也. 觀此則中國人記新羅事, 不獨孫穆『鷄林類事』而已. 亦有柳珪所錄. 新羅王睿製煥然, 不獨善德女主獻詩太宗而已, 亦有景文王與胡中丞唱酬. 又孤雲所撰「白月碑」, 有曰: '憲康大王親製深妙寺碑. 盖憲康王文章, 爲新羅五十五王之首. 贈智證大師四言詩曰: 挽郇不留, 空門鄧矣, 師是支鶴, 我非趙鷗.' 柳惠甫撰『三韓詩紀』, 漏此詩事. 詳孤雲所撰「寂照塔碑」."

107 경남 합천군 가야면 해인사 일주문 앞에 있는 길상탑(吉祥塔) 안에 봉안되어 있었는데, 도굴된 것을 1966년 본 탑지와 소탑 157기를 함께 압수했다. 한국고대사회연구소 편, 『역주 한국고대금석문』 Ⅲ, 가락국사적개발연구원, 1992; 국사편찬위원회, 『한국고대금석문자료집』 Ⅲ, 국사편찬위원회, 1995; 하일식, 「해인사전권과 묘길상탑기」, 『역사와 현실』 24, 한국역사연구회, 1997.

번째 구에 東운을 놓아 격구압운했다.

五臺山寺 吉祥塔詞 除序

沙門僧訓 撰

自酉及卯 一七年**中** 方圓濁亂 原野兵**蓬**

人忘向背 行似狼**貜** 邦垂傾破 災接蓮**宮**

護國三寶 法衆願**同** 交刀祿林 亡身嵒**叢**

滿王重化 厭觸再**終** 道存僧侶 利在皇**公**

見之懷痛 念斯不**夢** 仍出悲語 偏召緇**工**

樹子塔根 朽骨龕**雄** 多線拘薦 級基導**衆**

魂名刻壁 沙魄翔**空** 羽層岳久 永鎭仙**籠**

親觀此事 欲光後**童** 肯申鄙作 頌茲甃**功**

乾寧二年 夷則建[108]

비의 뒷면에는 승훈이 지은 7언 8구의 「곡치군(哭緇軍)」이 있다. 伽·魔·蹉·波 등 운자로 격구압운했으며, 첫 구에도 입운하여 '羅'자도 운자이다. 평수운으로 보면 하평성 제5 歌운을 압운했다.

哭緇軍

僧訓

濁數西來及薩**羅**∨十年狼豹

困僧**伽**∨吾師向覺天耶出∨弟子

脩仙豈免**魔**∨昨喜斑螢昭道

108 오대산(五臺山) 길상탑사(吉祥塔詞)와 서(序). 사문 승훈(僧訓) 지음. 기유년에서 을묘년까지 7년간, 천지가 온통 난리로 어지러워 들판이 전쟁터가 되니, 사람들은 방향을 잃고 행동이 짐승과 같았다. 나라가 기울어질 듯하고 재앙이 절에까지 이르니, 나라와 삼보를 지키려는 승속의 바람이 같건만, 칼날이 수풀에 낭자하고 몸은 바윗등에서 잃었구나. 원만한 왕의 교화가 거듭되고 이차돈이 다시 순교한 듯. 도는 승려들에 있고 이로움은 왕에게 있어라. 쳐다보니 가슴 쓰리고 생각하니 꿈이 아닌지! 이에 자비로운 말 내어 승려 공장(工匠)을 불러, 탑의 근본을 세우니 썩은 뼈는 감실에 용맹스럽고, 여러 가닥 줄들이 영혼을 끌고 탑의 층층마다 중생을 이끈다. 혼의 이름들을 벽에 새겨 모래같이 많은 혼백이 하늘을 날아오르게, 날개 같은 층탑은 산처럼 오래, 영원히 신선의 골짜기에 진좌하기를. 스스로 이 일을 보고서는 후학들을 빛내고자, 기꺼이 글을 지어 이 탑의 공을 기리노라. 건녕(乾寧) 2년 7월에 세움.

好∨今悲乾陣散骸蹠∨欲逢

東庿吉祥處∨爲汝徹霄窣

堵波

　僧釋喜 書[109]

※ ∨는 구가 끊어지는 곳을 표시한다.

　같은 해에 조성된 「해인사묘길상탑기(海印寺妙吉祥塔記)」가 길상탑 안에서 발견되었다.[110] 제1판은 원문(願文), 건립 물자, 건립 집단을 적었고, 제2판은 전몰자 명단을 적었다. 제1판의 앞면 글은 찬자가 최치원으로, 문체상 두 부분이다. ⓐ는 4언 제행으로, 평수운에 따르면 각 구 압운 매2구 환운이다. ⓑ는 산행이되, 일부는 변문으로 구말(句末) 글자의 평측을 교호시켰다.

ⓐ 唐十九**帝** 中興之**際**」　　　　帝(去霽) 際(去祭) - 去霽[평수운, 이하 같음]

　兵凶二**災** 西歇東**來**」　　　　災(平咍) 來(平咍) - 平灰

　惡中惡**者** 無處無**也**」　　　　者(上馬) 也(上馬) - 上馬

　餓殍戰**骸** 原野星**排**」　　　　骸(平皆) 排(平皆) - 平佳

ⓑ 粤有海印寺別德僧訓 畫傷痛于是　訓(去問) 是(上紙)

　乃用施導師之**力** 誘狂衆之**心**　力(入職) 心(平侵)

　各捨芋實一**科** 共成珉甃三**級**　科(平歌) 級(入緝)

　其願輪之戒道也 大較以護國爲先　道(上皓) 先(平先)

　就是中特用拯拔寃橫沈淪之魂識　識(入職)

　禬祭受**福** 不朽在**兹**　　　　福(入屋) 兹(平之)

109　승군을 곡함. 승훈(僧訓). 혼탁한 운수가 서쪽에서 와서 신라에 이르러 십 년을 시랑이 승가(僧伽)를 괴롭혔구나. 우리 스승 깨달음 얻고자 하늘에서 나왔으나 제자들은 신선을 닦으니 어찌 마군(魔軍)을 면하리오. 어제의 기쁨은 반딧불로 길 밝혀 기쁘더니, 오늘의 슬픔은 마른 군진에서 흩어진 뼈들 걸리적거리네. 동쪽의 좋은 사당 터에 내려와서는, 그대 위해 하늘에 솟는 탑을 세우노라. 석희(釋喜)가 씀.

110　崔源植,「新羅下代 海印寺와 華嚴宗」,『한국사연구』49, 한국사연구회, 1985; 崔柄憲,「海印寺 妙吉祥塔記」, 김철준·최병헌 편,『史料로 본 韓國文化史』(古代篇), 일지사, 1986; 李智冠,『伽耶山 海印寺誌』, 伽山文庫, 1992; 한국고대사회연구소 편,『역주 한국고대금석문』Ⅲ, 가락국사적개발연구원, 1992; 국사편찬위원회,『한국고대금석문자료집』Ⅲ, 국사편찬위원회, 1995; 하일식,「해인사전권과 묘길상탑기」,『역사와 현실』24, 한국역사연구회, 1997; 한국역사연구회 고대사분과,『고대로부터의 통신』, 푸른역사, 2004.

ⓒ 時乾寧二年 申月旣望記

　大匠 僧蘭交

ⓐ 당나라 19대왕 소종(昭宗)이 중흥을 이룰 때 전쟁과 흉년의 두 재앙이 서쪽에서 멈추어 동쪽에 와서, 나쁜 중에 더욱 나쁜 것이 없는 곳이 없었고 굶어 죽고 싸우다 죽은 시체가 들판에 즐비했다. ⓑ 해인사의 별대덕(別大德)인 승훈(僧訓)이 이를 애통해하더니, 이에 도사(導師)의 힘을 베풀어 미혹한 무리들의 마음을 이끌어, 각자 벼 한 줌을 내게 하고 함께 옥돌로 삼층을 쌓았다. 그 발원 법륜의 계도(戒道)는 크게 보아 호국을 으뜸으로 삼으니, 이 중에서 특별히 억울하게 죽어 고해에 빠진 영혼을 구해 올려, 제사를 지내서 복을 받음이, 영원히 그치지 않고 이에 있도록 함이로다.
ⓒ 때는 건녕(乾寧) 2년(895, 진성여왕 9년) 7월 16일에 적는다. 대장(大匠)은 승 난교(蘭交).

비의 뒷면은 다음과 같다. 석탑의 크기, 제작 비용, 비용 충당을 위한 조세, 장사(匠士)·부장사(副匠士)·구당유나(勾當維那) 명단이다. 동사를 사용하지 않았다.

寧二卯年相月 雲陽臺 吉祥塔記
石塔三層 都高一丈三尺 都費 黃金三分 水銀十一分 銅五鋌 鐵二百六十秤 炭八十石 作造料
幷租百卄石
匠士 僧蘭交 僧淸裕 副 居弗 堅相 具祖 勾當維那 僧性幽 僧忍淨 乞士釋宜[111]

앞서 보았듯이, 발해 제3대 대흠무 문왕 때 그의 둘째 딸을 위한 「정혜공주묘지명병서」와 넷째 딸을 위한 「정효공주묘지명병서」는 병서에 변문을 이용하고, '명왈(銘曰)' 이하는 4언 4운 6수로 이루어져 있다. 두 묘지명의 명은 같지만 후자는 분장 표시가 없다. 압운할 수 있는 문인이 많지 않아 같은 사(辭)를 사용했던 듯하다.

丕顯烈祖 功等一匡 明賞愼罰 奄有四方: 匡(平陽) 方(平陽)

---

111 건녕 2년 을묘년 7월 운양대 길상탑기. 석탑은 3층으로 전체 높이가 1장 3척이다. 전체 비용은 황금 3푼과 수은 11푼과 구리 5정, 철 260칭과 숯 80섬이다. 만든 비용이 모두 조(租) 120섬이다. 장사(匠士)는 승려 난교와 승려 청유이고, 부장사(副匠士)는 거불과 견상과 구조이다. 담당 유나는 승려 성유와 승려 인정과 비구 석의이다.

爰及君父 壽考無疆 對越三五 囊括成康: 疆(平陽) 康(平唐)

其一.

惟主之生 幼而洵美 聰慧非常 博聞高視: 美(上旨) 視(上旨)

北禁羽儀 東宮[112]之姊 如玉之顔 舜華可比: 姊(上旨) 比(上旨)

其二.

漢上之靈 高唐之精 婉之熊羆 閫訓玆成: 精(平清) 成(平清)

嬪于君子 柔順顯名 駕鴦成對 鳳凰和鳴: 名(平清) 鳴(平庚)

其三.

所天早化 幽明殊途 雙鸞忽背 兩劍永孤: 途(平模) 孤(平模)

篤於潔信 載史應圖 惟德之行 居貞且都: 圖(平模) 都(平模)

其四.

愧桑中詠 愛栢舟詩 玄仁匪悅 白駒疾辭: 詩(平之) 辭(平之)

奠殯已畢 卽還靈輀 魂歸人逝 角咽笳悲: 輀(平之) 悲(平脂)

其五.

河水之畔 斷山之邊 夜臺何曉 荒隴幾年: 邊(平先) 年(平先)

森森古樹 蒼蒼野煙 泉扃俄閟 空積悽然: 煙(平先) 然(平仙)

其六.[113]

---

112 『新唐書』卷219「北狄 渤海傳」에 "欽茂死, 私諡文王. 子宏臨早死, 族弟元義立."이라 했으므로, 여기의 東宮은 大宏臨을 가리키는 듯하다. 酒寄雅志,「渤海王權の一考察—東宮制を中心として—」,『朝鮮歷史論集』上, 東京: 龍溪書舍, 1979.

113 한국고대사회연구소 편,『역주 한국고대금석문』Ⅲ, 가락국사적개발연구원, 1992. 또한 중국 王承禮의 연구 참조. 뜻은 대체로 다음과 같다. "첫째, 빛나는 업적을 이룬 조상들은 공이 천하 통일과 맞먹고, 상벌을 신중히 하여 인정이 사방에 미쳤다. 부왕에 이르러서는 만수무강하여, 삼황오제와 짝하고 주나라 성왕·강왕을 포괄했다. 둘째, 공주는 태어나서 어려서부터 진실로 아름다웠고, 비상하게 총명했으며, 널리 듣고 높이 보았다. 궁궐의 모범이 되었고 동궁의 누나 되었으니 옥 같은 얼굴은 무궁화만이 비길 수 있었다. 셋째, 한강 신녀의 영기, 고당 신녀의 정기로, 고운 자태 지니고 부덕의 가르침을 몸에 지녔다. 군자에게 시집가서 유순하기로 이름나서 원앙새 짝 이루듯 봉황새 울음에 화답하듯 했다. 넷째, 부군이 일찍 죽어 유명을 달리 하니, 한 쌍 난새가 등 돌리고 쌍검이 헤어진 듯, 순결과 정절 돈독하여 역사에 기록되고 그림으로 남으리. 아아, 부덕의 행실은 정조가 있고 아름다웠다. 다섯째, 음분 노래 부끄러워하고, 수절 시를 사랑했으며, 하늘이 수명을 주지 않아 흰 망아지 지나듯 세월 지나 장례가 이미 끝나 상여가 돌아갈 때 공주의 혼은 귀천하고 사람들은 귀가하니, 뿔피리 구슬프고 호드기 소리 처량하다. 여섯째, 강물의 가, 깎아지른 산 옆. 야대(저승)는 언제 아침이 오랴, 봉분은 언제까지 가랴. 무성한 고목, 자욱한 들판 아지랑이. 황천 문 돌연 닫히니, 슬픔이 쌓이누나."

(4) 고려시대 압운 명(銘) 양식의 발달

고려의 비지문은 당·송의 비지문과 마찬가지로 산문의 서(序)와 운문의 명(銘)으로 이루어져, 서는 기사(記事), 명은 찬(贊)의 기능을 지닌다. 물론 한유의 「유통군비(劉統軍碑)」처럼 운어의 명이 기사를 행하는 것도 있다.

고려 초의 「태자사낭공대사백월탑비명」은 최언위가 글을 짓고 김생(金生)의 글씨를 승려 단목(端目)이 집자했다. 또한 사(詞)를 지니고 있고, 그 사는 압운을 했다. 4구 1전운(轉韻)인데, 제2단에서 거성 效운과 평성 宵운을 통압한 것은 근체시 규칙과 다르다(괄호 안의 앞은 『광운』의 운목, 뒤는 평수운의 운목이다.).

至道無爲 猶如大地 萬法同歸 千門一致　(去至, 寘)(去至, 寘)
粤惟正覺 誘彼羣類 聖凡有殊 開悟無異」(去至, 寘)(去志, 寘)
懿歟禪伯 生我海東 明同日月 量等虛空　(平東, 東)(平東, 東)
名由德顯 智與慈融 去傳法要 來化童蒙」(平東, 東)(平東, 東)
水月澄心 煙霞匿曜 忽飛美譽 頻降佳召　(去笑, 嘯)(去笑, 嘯)
扶贊兩朝 闡揚玄教 瓶破燈明 雲開月昭」(去效, 效/平肴, 肴)(平宵, 蕭)
哲人去世 縞素傷心 門徒願切 國主恩深　(平侵, 侵)(平侵, 侵)
塔封巒頂 碑倚溪潯 芥城雖盡 永曜禪林」(平侵, 侵)(平侵, 侵)[114]

고려시대의 비지문을 보면, 거의 모두 고문의 문체이고, 찬자가 명기되어 있는 것이 많다(표 2-6 참조). 그 찬자들은 당시의 '작가'로서 문체와 수사를 고려했으며, 명(銘)의 양식도 궁리하게 되었을 것으로 추측된다. 현재까지 조사된 고려 묘지 가운데 찬자

---

114 지극한 도리는 본래 무위법이니, 대지가 무념무작함과 같아라. 만법이 마침내 동귀하니, 천문무행(千門無行) 근원이 일치하도다. 깊고도 오묘한 정각의 높은 경지, 방편을 베풀어서 군생을 제도하네. 성인과 범부가 다르다고 말하지만, 진리를 깨고 보면 조금도 다름없다네. 석상(石霜)을 이어받은 위대한 선백(禪伯)이여! 해동에 태어났도다. 지혜의 총명함은 일월과 같고, 풍도의 높고 넓음은 허공과 같도다. 이름은 덕으로 인하여 나타났지만, 지혜는 자비와 더불어 융통했으니, 당나라에 들어가 법인을 전해 왔고, 본국에 돌아와서는 동몽을 개도했도다. 마음은 맑고 맑아 물속 달과 같고 은은하고 고요함은 연하와 같으니, 임금은 숙연하게 도덕을 흠모하여, 친서를 보내 왕궁으로 초빙했다네. 진성(眞聖)과 효공(孝恭)의 양조(兩朝)를 부찬(扶贊)하고, 불교의 교리를 곳곳에 드날려서 지혜의 등을 밝혀 무명을 깨뜨리고, 구름 사라지니 밝은 달 비추누나. 도와 덕이 높으신 철인은 떠나가고, 승단과 세속의 제자들은 어쩔 줄 몰라 하네. 문도들은 혜명(慧命)의 책무 더욱 느끼고, 임금님의 은혜 깊고도 깊어라. 산꼭대기에는 사리탑이 우뚝 솟았고, 큰스님 비석은 시내 곁에 서 있네. 개자겁(芥子劫)의 긴 세월 다하더라도, 오래 이 비석이 선림을 비추리라.

|표 2-6| 고려시대 묘지의 찬자 일람

구분	찬자	묘지명, 묘주, 시기
1	李成美	李子淵墓誌銘: 李子淵(1002~1061), 1061년(문종 15) 찬.
2	趙惟皐	李頲墓誌銘: 李頲(1025~1027), 李子淵 장남, 1077년(문종 31) 찬.
3	朴浩	興王寺大覺國師墓誌銘: 大覺國師 義天(1055~1101), 1101년(숙종 6) 찬.
4	膺亮	鄭穆墓誌銘: 鄭穆(1040~1105), 1105년(숙종 10) 찬. (『東國金石文追補』, 『東萊鄭氏一統譜』, 1935 수록)
5	鄭克恭	鄭僮妻金氏墓誌銘: 鄭僮妻 金氏(1036~1107), 정극공의 모친, 1110년(예종 5) 찬.
6	皇甫翰	任懿墓誌銘: 任懿(1041~1117), 1117년(예종 12) 찬.
7	韓忠	崔思諏墓誌銘: 崔思諏(1035~1115), 崔沖의 손자, 1116년(예종 11) 찬. 崔繼芳墓誌銘: 崔繼芳(1045~1116), 1117년(예종 12) 찬.
8	李德允	尹彦榮妻柳氏墓誌銘: 河源郡君 柳氏(1078~1117), 尹瓘의 아들 尹彦榮의 처, 1117년(예종 12) 찬.
9	尹伊錫	劉載墓誌銘: 劉載(1051~1118), 1119년(예종 14) 찬.
10	韓卽由	朴景仁墓誌銘: 朴景仁(1057~1121), 1122년(예종 17) 찬.
11	金精	王演妻福寧宮主王氏墓誌銘: 福寧宮主 王氏(1096~1133), 肅宗의 4녀, 1133년(인종 11) 찬.
12	芮樂全	張文緯墓誌銘: 張文緯(?~1134), 1134년(인종 12) 찬.
13	李之氐	李公壽墓誌銘: 李公壽(?~1137), 1138년(인종 16) 찬.
14	朴景山	韓惟忠墓誌銘: 韓惟忠(1080~1146), 1146년(인종 24) 찬.
15	李元膺	崔時允墓誌銘: 崔時允(1084~1145), 1146년(인종 24) 찬.
16	李保光	崔裦抗墓誌銘: 崔裦抗(1099~1145), 1147년(의종 1) 찬.
17	金子儀	權適墓誌銘: 權適(1094~1146), 1148년(의종 2) 찬. 尹彦頤墓誌銘: 尹彦頤(1091~1150), 1150년(의종 4) 찬. 朴僕射墓誌銘: 朴僕射(1085~1151), 1152년(의종 6) 찬.
18	梁積中	金誠墓誌銘: 金誠(1076~1147), 1148년(의종 2) 찬.
19	崔褒伯	崔褒伯妻廉瓊愛墓誌銘: 廉瓊愛(1100~1146), 廉德方의 딸, 1148년(의종 2) 찬.
20	永固	鄭知源墓誌銘: 鄭知源(1090~1149), 1149년(의종 3) 찬.
21	黃文通	皇甫讓妻金氏墓誌銘: 皇甫讓妻 金氏(1065~1149), 1149년(의종 3) 찬. 圓證僧統德謙墓誌銘: 金德謙(1083~1150), 1150년(의종 4) 찬. 尹誧墓誌銘: 尹誧(1063~1154), 1154년(의종 8) 찬. 正覺首座義光墓誌銘: 金義光(1107~1157), 1158년(의종 12) 찬.
22	朴永文	元沆墓誌銘: 元沆(1080~1149), 1149년(의종 3) 찬.

구분	찬자	묘지명, 묘주, 시기
23	金莘夫	林光墓誌銘: 林光(1088~1152), 1152년(의종 6) 찬.
24	崔允儀	崔允儀妻金氏墓誌: 光陽郡夫人 金氏(1110~1151), 金義元 장녀, 1152년(의종 6) 찬.
25	崔伋	朴璜墓誌銘: 朴璜(?~1152), 1152년(의종 6) 찬.
26	金于蕃	閔瑛墓誌銘: 閔瑛(1075~1150), 1152년(의종 6) 찬.
27	金光中	金義元墓誌銘: 金義元(1071~1148), 1153년(의종 7) 찬.
28	邦立基	尹彦旼墓誌銘: 尹彦旼(1095~1154), 尹瓘의 아들, 1154년(의종 8) 찬.
29	李知深	劉碩墓誌銘: 劉碩(1094~1155), 1155년(의종 9) 찬.
30	尹□信	文公元墓誌銘: 文公元(1084~1156), 1158년(의종 12) 찬.
31	愼膚龍	朴景山墓誌銘: 朴景山(1081~1158), 朴寅亮의 아들. 1158년(의종 12) 찬.
32	林宗庇	廣智大禪師之印墓誌銘: 廣智次禪師 王之印(1102~1118), 1158년(의종 12) 찬.
33	許洪材	林景和墓誌銘: 林景和(1103~1159), 1159년(의종 13) 찬.
34	金于蕃	崔允儀墓誌銘: 崔允儀(1102~1162), 1162년(의종 16) 찬.
35	朴文	崔允仁墓誌銘: 崔允仁(1112~1161), 1162년(의종 16) 찬.
36	全代予	崔精墓誌銘: 崔精(1076~1157), 1163년(의종 17) 찬.
37	金居實	金永錫墓誌銘: 金永錫(1089~1166), 1167년(의종 21) 찬.
38	高惇謙	王源墓誌銘: 王源(?~1171), 문종의 아들인 襄憲王의 아들. 1171년(명종 원년) 찬.
39	洪倫	徐恭墓誌銘: 徐恭(1101~1171), 1171년(명종 원년) 찬.
40	崔詵	金永夫墓誌銘: 金永夫(1096~1172), 金甫當 부친. 1172년(명종 2) 찬.
41	張自牧	金閱甫墓誌銘: 金閱甫(1132~1181), 1181년(명종 11) 찬.
42	李東□	李文鐸墓誌銘: 李文鐸(1109~1187), 1181년(명종 11) 찬.
43	李繼□	晉光仁墓誌銘: 晉光仁(1126~1185), 1186년(명종 16) 찬.
44	金平	李勝章墓誌銘: 李勝章(1137~1191), 1193년(명종 23) 찬.
45	知制誥 金氏	□東輔墓誌銘: □東輔. 1201년(신종 4) 찬.
46	李元老	高瑩中墓誌銘: 高瑩中(1133~1208), 1209년(희종 5) 찬.
47	都官員 外郞 許氏	李侃墓誌銘: 李侃(1167~1216), 1216년(고종 3) 찬.
48	趙冲	崔忠獻墓誌銘: 崔忠獻(1149~1219), 1219년(고종 6) 찬.
49	尹于一	趙冲墓誌銘: 趙冲(1171~1220), 1220년(고종 7) 찬.
50	權敬中	任益惇墓誌銘: 任益惇(1163~1227), 1227년(고종 14) 찬.

구분	찬자	묘지명, 묘주, 시기
51	李需	李奎報墓誌銘: 李奎報(1168~1241), 1241년(고종 28) 찬.
52	孫抃	金仲龜墓誌銘: 金仲龜(1175~1242), 崔忠獻의 사돈, 1242년(고종 29) 찬.
53	金百鎰 (金坵)	薛愼墓誌銘: 薛愼(?~1251), 1251년(고종 38) 찬.
		梁宅椿墓誌銘: 梁宅椿(1172~1254), 圓悟國師(天英)의 부친, 1254년(고종 41) 찬.
54	洪彬然	廉守藏墓誌銘: 廉守藏(?~1265), 1265년(원종 6) 찬.
55	是漢鄕	李德孫墓誌銘: 李德孫(?~1301), 1301년(충렬왕 27) 찬. (『雜同散異』 4 수록)
56	金晅	金胼墓誌銘: 金胼(1248~1301), 1301년(충렬왕 27) 찬.
		金晅墓誌銘: 金晅(1258~1305), 1305년(충렬왕 31) 찬.
57	崔元中	蔡仁揆墓誌銘: 蔡仁揆(1230~1303), 1303년(충렬왕 29) 찬.
		庾自偶墓誌銘: 庾自偶(1260~1313), 1313년(충선왕 5) 찬.
		尹珤妻朴氏墓誌銘: 興禮郡大夫人 朴氏(1263~1321), 1321년(충숙왕 8) 찬.
58	林仲□	崔瑞墓誌銘: 崔瑞(1233~1305), 1305년(충렬왕 31) 찬.
59	方于宣	鄭仁卿墓誌銘: 鄭仁卿(1237~1305), 1306년(충렬왕 32) 찬.
		趙仁規墓誌銘: 趙仁規(1237~1308), 1308년(충렬왕 34) 찬. (『平壤趙氏世譜』, 1929 수록)
60	李瑱	權㫜墓誌銘: 權㫜(1228~1311), 權溥의 부친. 1312년(충선왕 4) 찬.
		洪奎墓誌銘: 洪奎(1242~1316), 원래 이름은 洪文系, 1316년(충숙왕 3) 찬. (『南陽洪氏族譜』, 1939 수록)
61	閔漬	元瓘墓誌銘: 元瓘(1247~1316), 1316년(충숙왕 3) 찬.
		金恂墓誌銘: 金恂(1258~1321), 1321년(충숙왕 8) 찬.
		尹珤妻朴氏墓誌銘: 朴氏(?~?), 1321년(충숙왕 8) 찬.
62	崔洰	崔瑞妻朴氏墓誌銘: 務安郡夫人 朴氏(1249~1318), 1318년(충숙왕 5) 찬.
63	李齊賢	裵廷芝墓誌銘: 裵廷芝(1259~1322), 1322년(충숙왕 9) 찬.
		閔頔墓誌銘: 閔頔(1270~1336), 1336년(충숙왕 23) 찬.
		洪奎妻金氏墓誌銘: 三國大夫人 金氏(?~1339), 1339년(충숙왕 26) 찬.
		權溥妻柳氏墓誌銘: 卞韓國大夫人 柳氏(1265~1344), 1344년(충혜왕 14) 찬.
		崔文度墓誌銘: 崔文度(1292~1345), 1345년(충목왕 원년) 찬.
		權溥墓誌銘: 權溥(1262~1346), 1346년(충목왕 2) 찬.
		許琮墓誌銘: 許琮(1286~1345), 1346년(충목왕 2).
64	金開物	金胼妻許氏墓誌銘: 許氏(1255~1324), 1324년(충숙왕 11) 찬. (『雜同散異』 4 수록)
65	朴孝修	朴全之墓誌銘: 朴全之(1250~1325), 1325년(충숙왕 12) 찬. (『竹山朴氏派譜』, 1938 수록)

구분	찬자	묘지명, 묘주, 시기
66	李叔琪	趙廷壽墓誌銘: 趙廷壽(1278~1325), 1325년(충숙왕 12) 찬.
		金承用墓誌銘: 金承用(1268~1329), 1329년(충숙왕 16) 찬.
67	崔瀣	元善之墓誌銘: 元善之(1288~1330), 1330년(충숙왕 17) 찬.
		王晅妻金氏墓誌銘: 壽寧翁主 金氏(1281~1335), 1335년(충숙왕 22) 찬.
		李彦冲墓誌銘: 李彦冲(1273~1338), 1338년(충숙왕 25) 찬.
68	尹奕	吳潛墓誌銘: 吳潛(1259~1336), 1336년(충숙 복위 5) 찬.
		(『同福吳氏大同譜』, 1980 수록)
69	安震	柳墩墓誌銘: 柳墩(1274~1349), 1349년(충정왕 원년) 찬.
		(문화류씨대종회 소장 탁본)
70	李仁復	權準墓誌銘(1352): 權準(1280~1352), 1352년(공민왕 원년) 찬.

※ 김용선, 『고려묘지명집성』(한림대학교 아시아문화연구소, 2001)을 근거로 작성.

가 표기된 예는 92건에 달한다. 문집에 수록된 묘지를 가산하면 그 수는 더욱 많아질
것이다. 탁본이나 실물이 완전한 것이 아니어서 찬자의 표기 사실이 확인되지 않은 예
도 있다.

김용선은 『고려묘지명집성』(2001)에서 고려의 가장 오래된 묘지명으로 「김은열묘
지명」을 들었다. 실물은 전하지 않고 족보에 문장이 전한다. 김은열(金殷說, ?~968)은
신라 경순왕의 넷째 아들로, 고려 때 평장사에 이르렀다고 되어 있다. 문장이 완전하
지 않다.[115] 고려 비지문 가운데 그나마 시기가 빠른 것은 1024년(현종 15) 11월 12월
제작된 「채인범묘지명(蔡仁範墓誌銘)」이다. 작자는 밝혀져 있지 않다.[116] 묘주 채인범
(蔡仁範, 934~998)은 중국 천주(泉州)[지금의 복건성(福建省) 동남부의 도시] 출신으로, 천
주 지례사(持禮使)를 따라 고려에 와서 귀화했다(표 2-7 참조).[117] 1045년(정종 11) 제

---

115 『慶州金氏族譜』(1985)에 수록되어 있다. 968년(광종 19)에 작성된 것으로 추정되며, 찬자는 미상이
다. 1784년(정조 8) 개성 五龍山에서 발견되었다. 본문은 "新羅敬順王金傅第四子侍中侍郎有高麗平章
事殷說卒于戊辰三月初四日己丑葬于城北十里鍾岩下五龍山南麓雙龍合金壬坐之原兄則鎰次鍠次鳴鍾
弟曰重錫曰鍵曰鐥子江陵君泰華"로, '初四日己丑葬' 부분은 단구(斷口)가 되지 않는다.
116 태평 4년 갑자[閼逢閣茂]년 11월[辜月] 12일 세웠다고 했다. 김용선, 『고려묘지명집성』, 한림대학교 아
시아문화연구소, 2001.
117 현종 18년에 門下侍郎平章事가 된 蔡忠順은 그의 아들일 가능성 있다고 한다. 金光洙, 「羅末麗初의 豪
族과 官班」, 『한국사연구』 23, 한국사연구회, 1979; 김용선, 「光宗의 改革과 歸法寺」, 『高麗光宗硏究』,
일조각, 1981; 김용선, 『고려묘지명집성』, 한림대학교 아시아문화연구소, 2001; 김용선, 『고려 금석문
연구—돌에 새겨진 사회사—』, 일조각, 2004.

|표 2-7| 「채인범묘지명」의 명

1장	伯夷遺址, 箕子故開[關]. 風傳木鐸, 境壓蓬山. 仲尼何陋, 徐福不還. 哲人君子, 實所躋攀.	백이의 옛 땅, 기자의 옛 터. 풍속은 목탁[유학]의 전통을 전하고, 경역은 봉래산에 임하도다. 중니가 살고자 했으니 어찌 누추하랴, 서복도 돌아가지 않았도다. 철인군자가, 실로 달라붙어 오른 곳이로다.
	關·山·還·攀−平聲删韻, 隔句押韻, 一韻到底	
2장	稟氣嵩華, 降靈中夏. 越彼大洋, 賓于王者. 時遇文明, 道光儒雅. 秩小宗伯, 奄歸泉下.	높고 화려한 그 기품, 중국에 신령이 내려와 저 넓은 바다를 건너, 왕자(王者)의 빈객이 되어 문명의 시절을 만나, 유학자들 사이에서 도가 빛나 소종백[예부시랑]에 이르러선, 홀연 황천으로 돌아갔도다.
	夏·者·雅·下−上聲馬韻, 隔句押韻, 一韻到底	
3장	善慶有徵, 嗣子持衡. 勳高致主, 勁草推誠. 懇切追遠, 累茵感情. 欲修玄寢, 穆卜新塋.	적선지가(積善之家)에 복이 있단 말 사실이어서, 아드님도 문형을 잡으시고, 공을 세워 임금을 요순으로 만들고, 굳은 절개로 정성을 바치누나. 어버이 그리는 마음 간절하고, 사무친 감정이 쌓여 무덤을 고치고자 하여, 삼가 새 무덤 자리를 점쳤다.
	衡·誠·情·塋−平聲庚韻, 隔句押韻, 一韻到底	
4장	龍耳巉巖兮牛崗峭崩, 營玆馬鬣兮崇彼兆域. 安廣[壙]禮成兮哀榮情極. 陵谷遷變兮永光厥德.	용의 귀 같은 명당은 아스라하고, 소가 잠을 잔 명당은 우람하니 이 말갈기 같은 무덤을 꾸미고, 저 묘역을 높이 쌓았구나. 광중(壙中)에 안치하여 예를 갖추고, 살아계시면 영광스럽게 여기고 죽으면 슬퍼하는 정이 끝없어라. 언덕과 골짜기는 변할지라도 그 덕은 영원히 빛나리라.
	崩·域·極·德−入聲職韻, 各句押韻, 一韻到底	

※ [ ] 내용은 필자의 자교(自校)이다.

작된 유지성(劉志誠, 971~1039)의 묘지명도 귀화인이 묘주이다.[118] 유지성의 묘지에는 명이 없으나 채인범의 묘지에는 4장의 명이 있다.[119]

고려 비지문 가운데 찬자가 명시된 이른 예는 「이자연묘지명(李子淵墓誌銘)」이다. 이

118 최호림, 「고려초기의 墓誌에 관한 일고찰」, 『동아시아문화연구』 6, 한양대학교 동아시아문화연구소, 1984. 劉志誠은 송나라 楊州 사람으로, 고려에서 벼슬하여 품계가 中散大夫에 이르고 훈작은 輕車都尉에 이르렀다. 1039년(정종 5) 여름 68세로 사망한 후, 質良이라는 시호를 받았다.
119 김용선의 『역주 고려묘지명집성』(상)(2006)의 일부 번역을 수정한다.

자연(李子淵, 1003~1061)은 세 딸을 고려 제11대 문종의 왕비로 만들었다. 이후 순종·선종·숙종·인종이 모두 인천이씨를 왕비로 맞았다. 묘지명은 상서병부원외랑 이성미(李成美)가 제작했다.[120] 명은 입성 屑운을 일운도저·격구압운했다.

翠阜兮寥寥, 寒泉兮咽咽.

玄扃兮一閉, 素凡兮長別.

嗟琁昊之莫問, 痛□[瓊]林之遽折.

陵遷谷變兮珉斯貞, 雪白蘭芳兮名不滅.

푸른 언덕은 쓸쓸하고

찬 샘은 콸콸거리나니

무덤 문이 한 번 닫히매

속세와는 영원히 이별하도다.

아아, 넓은 하늘에 물어볼 곳이 없어라.

슬프도다, 옥나무 숲의 옥나무가 급하게 부러지다니.

언덕과 골짜기가 변하여도 옥돌[묘지명]은 굳건하듯

눈 속의 난꽃 향기같이 명성은 불멸하리라.

100여 년 뒤 광정대부정당문학보문각대학사동수국사(匡靖大夫政堂文學寶文閣大學士同修國史)로 치사한 김훤(金晅, 1258~1305)은 스스로 묘지명을 짓고 명 4장을 붙였다. 각 장 8구, 각 구 4언으로, 제3장은 일운도저, 나머지는 인운 통압, 혹은 평성운과 상성운 통압이나 거성운과 상성운 통압을 했다. 고려 중기 이후에는 명(銘)의 형식을 다양하게 실험했음을 알 수 있다.

(5) 조선시대 비명의 용운과 유희

조선시대에는 묘비와 묘지가 대단히 발달했다. 묘비든 묘지든 고문의 서와 운문의 명으로 구성하는 예가 대부분이었다. 그런데 신도비에서 사실 기록에 치중할 때는 반

---

120 이성미의 관함은 將仕郎尙書兵部員外郎知制誥賜緋魚袋이다. 비제는 「高麗國故推誠佐運保社功臣開府儀同三司檢校大師守大傅三重太匡門下侍中判尙書吏部三司事上柱國監修國史贈守太師中書令章和李公墓誌銘幷序」이다.

드시 명을 첨부할 필요가 없다는 설도 있었다. 찬자의 특별한 사정 때문에 사를 붙이지 않은 경우도 있다. 홍귀달(洪貴達, 1438~1504)이 문걸(文傑, ?~1500)을 위해 찬술한 「양양부사문후묘지(襄陽府使文侯墓誌)」는 명이 없다. 문걸의 어머니 안강노씨(安康盧氏)는 홍귀달의 모친과 형제이다. 홍귀달은 그 묘지의 마지막에서, "이 분의 장례에 내가 지문(誌文)을 짓는데 명(銘)을 붙이지 않는 것은 슬픔이 너무 심하여 겨를이 없기 때문이다."라고 했다.[121] 또 이민보(李敏輔, 1720~1799)는 유척기(兪拓基, 1691~1767)가 찬술한 신민일(申敏一, 1576~1650) 신도비인 「화당비문(化堂碑文)」에 추기하여, 묘비마다 명을 둘 필요는 없다고 주장했다.

유척기 상국이 이 신도비문을 찬했는데, 명(銘)이 서너 구로 수미를 갖추지 못했으므로 혹 원고를 완성하지 못한 것이 아닐까 하여, 감히 이것을 빗돌에 새기지도 못하고 또 다른 사람 손을 빌려 이어서 완성할 수도 없었다. 하지만 화당 선생은 뜻을 성대하게 품고도 곤액이 너무 심했으나 기세와 절개, 충성과 모책이 전후 후금의 변란 때에 대략 드러났다. 또 장릉(章陵)[인조의 부모인 원종(1580~1619)과 인헌왕후(1578~1626)]을 추숭(追崇)하는 전례와 관련하여 반대 상소를 올렸다가 변새에 유배되었다. 숭정제가 사직과 함께 순사하자 천자를 위해 예법에 따라 참최복을 입어야 한다고 힘껏 청했으니, 간언이 비록 실행되지는 않았으나 대의가 숙연했다. 그리고 효묘(효종)가 즉위하고 원년에 사유(師儒)의 장(대사성)이 되어 사풍을 크게 변하게 만들었다. 이러한 사실들은 모두 원문에 차례로 서술했으므로, 백세 이후라도 징험할 수가 있다. 옛날부터 비갈의 작에는 대부분 서사(序事)에 그친 것이 많으므로, 현각(비석)마다 모두 명이 있을 필요는 없다. 이에 사실을 기록하여 후래의 독자에게 고한다.[122]

신민일의 본관은 평산이며, 성혼의 문하에서 공부했다. 1631년(인조 9) 보덕으로 있을 때 인조의 생부 정원군을 원종으로 추숭하려는 의논이 일어나자 이를 반대하여 강

---

121 洪貴達, 「襄陽府使文侯墓誌」, 『虛白亭文集』 卷3 碑誌. "侯之妣, 與吾母同出也. 其葬也, 吾爲文以誌之. 不銘, 哀之至, 未暇也."

122 李敏輔, 「化堂碑文追記」, 『豊墅集』 卷14 碑. "兪相國拓基撰此神道碑文, 而銘數句不能具首尾, 恐是屬藁未了者, 不敢用此勒石, 亦不可債手續成. 然惟先生抱負盛而迍邅已甚, 氣節忠藎, 略見於前後虜亂之時. 又抗疏論章陵典禮, 坐竄絶塞. 及崇禎殉社, 力請爲天子據禮服喪. 言雖未行, 大義肅然. 孝廟初元, 長師儒, 致士風丕變. 凡此旣叙列於原文, 百世可徵矣. 自古碑碣之作, 或多止於序事者, 不必顯刻, 皆有銘也. 玆紀其實, 以告後之來讀者."

계로 유배되었다. 1650년(효종 원년) 대사성이 되었으나, 정원군 추숭에 반대했다는 이유로 서쪽 변방으로 귀양 갔다. 나이가 이미 60세였으므로, 거백옥이 60년 동안 60번 변화했다는 고사에 느낀 바 있어 자호를 화당이라 했다. 장유(張維, 1587~1638)가 「화당설」을 지어주었다.[123] 유척기는 신민일의 행장을 짓고 신도비도 지었는데,[124] 이 「신민일신도비」의 명은 다음과 같다.

> 維古觀人, 必觀本原. 丹靑匪色, 梔蠟寧論.
> 猗歟申公! 文而樹惇. 請益溪上, 學有淵源.

> 옛날에는 사람을 살필 때, 반드시 본원을 살폈다네.
> 단청은 올바른 색이 아니니, 겉 꾸민 채찍[125]을 무어 평가하랴.
> 성대하여라, 신공이여! 문채가 있으면서 돈후한 풍기를 수립했도다.
> 계상(도산서원)에서 수학했으니, 학문에 연원이 있도다.

이 명은 비주 신민일의 순실한 풍모, 돈후한 풍기를 수립한 공, 학문에 연원이 있는 사실을 잘 게시했으나, 후손들은 불완전하다는 느낌을 가졌다. 이에 비석에 새기지 않았다. 이민서는 유척기의 글이 그 서(序)에서 비주의 일생 행적과 인품을 남김없이 드러냈다고 보았다. 그리고 서의 서술이 충실하면 명은 없어도 좋다고 여겼던 것이다.

조선시대의 일부 묘비는 명에 산행을 사용하면서 압운했다. 한유의 「하동절도관찰사형양정공신도비(河東節度觀察使滎陽鄭公神道碑)」, 구양수(歐陽脩)의 「장안군태군노씨지명(長安郡太君盧氏誌銘)」, 왕안석(王安石)의 「태상박사증공지명(太常博士曾公誌銘)」 등이 명을 산문체로 지은 것과 유사하다.

이용휴(李用休)의 「포의정군묘지명(布衣鄭君墓誌銘)」은 명에 산행을 사용하면서 압운한 대표적 예다. 전체 구성도, 묘지명의 서에서 고인의 생애·사적을 서술한다는

---

123 張維, 「化堂說」(續稿), 『谿谷集』 卷4 說.

124 兪拓基, 「成均館大司成申公神道碑銘 並序」, 『知守齋集』 卷8 碑銘.

125 원문의 '치랍(梔蠟)'은 겉만 꾸민 채찍을 말한다. 유종원(柳宗元)의 「고편문(賈鞭文)」에 "옛날 어떤 부자가 노랗고 윤기 나는 채찍을 좋아하여 많은 돈을 주고 샀는데, 뒤에 끓는 물에 닿자 형편없는 본색이 드러났다. 그제야 가짜임을 알았는데 노란 것은 치자 물들인 것이고, 윤이 난 것은 밀납을 칠한 것이었다."라고 했다.

묘지명의 격식을 벗어났다.[126] 경상도 서얼 유학자 정란(鄭瀾)의 아들 정기동(鄭箕東)
이 효의 자세를 지키면서 독서인으로서의 자긍을 잃지 않으려 했으나 17세로 단명한
사실을 간명하게 적은 글이다.

ⓐ 人有至行而無年者, 其故莫解也. 余以爲至行者乃人之所得以爲人之式也. 天出以示人, 使
知其式, 其收之或遲或速, 初無定期, 譬猶縣法於門, 在曉民而已也. ⓑ 歲戊寅正月二十一日,
其式出於嶺南丹城縣之丹溪, 乙未三月十三日, 收之於善山府之夢臺. 纔改略于曆, 短矣. ⓒ
其爲式者, 鄭姓, 名箕東, 字東野, 東業世家也. 父諱瀾, 號滄海逸人, 高·曾皆以偉人長德, 爲
世所慕服. ⓓ 君生有異質. 性孝, 先意響言, 左右就養, 知有父母而不知有身. 於物無所好, 惟
好書若嗜慾然. 嘗自以孝未盡職, 書未盡讀爲恨, 臨絶, 托其妻趙, 善事舅姑, 以書殉葬. 妻諾
而踐之.

目一暝而百念息矣, 萬事已矣.

君欲以婦爲子, 以書爲襚, 續成其志.

傳曰: '至誠無息', 先儒言: '君子之心死而不已'者, 君是也.

噫! 山徑人絶, 林日欲昏, 猶疑君之候父於門也.

月苦風酸, 木鳴鳥呼, 或者君之夜讀咿唔邪![127]

---

126 李用休,「布衣鄭君墓誌銘」,『欹歟集』; 심경호,『증보 한문산문미학』, 고려대학교출판부, 2011, pp.
556-558.

127 ⓐ 사람 가운데 지극한 행실이 있으면서도 연수가 길지 못한 자가 있으니, 그 까닭을 알 수 없다. 나는
이렇게 생각한다. 지극한 행실이란 것은 사람이 가져다가 사람의 식(式)으로 삼을 수 있는 것이다. 하
늘은 그것을 내서 사람에게 보여주어 그 식을 알게 하는데, 그것을 거두어 감이 혹은 늦고 혹은 빨라
서 애초에 아무 정해진 시기가 없는 것은 비유하자면, 법을 관가의 문에 거는 것은 백성들을 깨우치는
데 달려 있을 따름인 것과 같다. ⓑ 무인의 해 정월 21일, 그 식이 영남 단성현의 단계에서 나왔고, 을미
3월 13일에 선산부의 몽대에서 거두어 갔으니, 가까스로 역법의 12지를 넘겼을 뿐이니, 짧았도다. ⓒ
식(式)이 된 자는, 성이 정(鄭)이고 이름은 기동(箕東)이요 자는 동야(東野)로, 동업(서얼 유학자)의 세
가이다. 부친의 휘는 난(瀾), 호는 창해일인(滄海逸人)이다. 고조와 증조는 모두 위대한 분이자 뛰어난
덕으로 세상의 흠모와 신복을 받았다. ⓓ 군은 나면서부터 기이한 자질이 있었다. 성품은 효성스러워,
부모의 뜻을 미리 헤아리고 부모의 말씀이 떨어지자마자 메아리 울리듯 응했으며, 좌우에서 늘 봉양을
해서 오로지 부모가 계신 것만 알았지 제 몸이 있는 것은 알지 못했다. 외물에 대해서는 좋아하는 것이
없었으며, 오로지 책을 좋아하기를 기호하고 욕망하듯이 그렇게 했다. 일찍이 스스로 효로 제대로 다
하지 못하고 책을 제대로 다 못 읽는 것을 한으로 여겨, 목숨이 끊어지기에 임해서 그 처 조씨에게 시
부모를 잘 섬기고 책으로 순장해 달라고 부탁했다. 처는 그렇게 하겠노라 하고는 그것을 실천했다. "눈
을 한 번 감으매 온갖 상념이 그쳤으니 만사가 끝이거늘, 그대는 부인을 아들로 삼고(부인에게 자신의
못 다한 효를 다하도록 유언했음), 책을 순장하게 하여(책을 같이 묻어 달라고 유언했음), 자신의 뜻을
잇고자 했도다. 전(傳)(『중용』)에 '지극히 정성되어 그침이 없다'고 하고, 선유가 '군자의 마음은 죽어
도 그치지 않는다'[『논어』「태백」에서 공자가 '선비는 … 죽은 다음에나 그만둔다(士 … 死而後已).'라

이 묘지명의 안(眼)은 '식(式)'자이다. 『시경』 「대아(大雅) 하무(下武)」에, "임금님으로서의 믿음 이루시어 세상 사람들 본받네. 언제나 효도 다하시니 효도는 선왕들 본받으신 걸세[成王之孚, 下土之式. 永言孝思, 孝思維則]."라 했으니, 식(式)은 곧 효(孝)이다. 이용휴는 망자의 출생과 사망, 가계, 생전의 효행, 임종의 광경 등을 담담하게 서술했다. 무인년(영조 34)에 태어나서 을미년(영조 51)에 죽었다 했으니 17세로 요절한 것이다. 집안은 동업(東業)의 세가(世家)라 하여 본래 유학을 닦은 서얼 가계임을 밝혔다. 명은 운자를 놓되 산문의 구법으로 적었다. 已는 상성 紙운, 志는 거성 寘운, 是는 상성 紙운이니, 거성 寘운과 상성 紙운을 통압한 셈이다. 昏과 門은 평성 元운으로 압운하고, 呼와 唔는 평성 虞운으로 압운했다.

6. 고려와 조선의 비문 구조

비문은 기록을 중심으로 하지만 그 기록이 모두 신뢰할 만한 것은 아니다. 비문의 기록은 사건과 인물에 대한 평결을 명시하거나 암시한다. 비문의 찬술자는 의뢰자 집단의 심정적 요구를 고려하면서도, 신뢰할 만한 자료를 근거로 삼고, 설득적인 서술 문체를 구사해서 비문의 내용을 정돈할 필요가 있었다. 하지만 특정한 이념을 나타내거나 과시하려는 목적의 글은 당대나 후대의 독자들에 의해 간파되기 쉽다. 비문의 찬술은 저작의 의도와 독자의 평결이 심하게 괴리를 보이는 경우도 있다. 그렇기에 찬술자는 비문 구성에 공력을 쏟아야 했다.

고려 때 작성된 「김존중묘지명(金存中墓誌銘)」은 제액이 「증시경숙공김씨묘지(贈諡景肅公金氏墓誌)」이다. 1156년(의종 10)에 찬술되었으나 찬자는 나와 있지 않다. 묘주 김존중(1111~1156)[128]은 의종 때 첨사부 녹사의 문관이면서 내시로 있었는데, 환관 정

고 한 말을 변형─역자 주라고 한 것이, 그대의 경우에 해당되는구려. 아! 산길에 사람이 끊어지고 수풀의 해가 저물 때는, 여전히 그대가 문에 기대어 부친의 귀가를 기다리고 있는 듯하오. 달빛이 쓸쓸하고 바람이 휘몰아치며 나무에 잎이 소리 내어 울고 새들이 울부짖는 것은, 어쩌면 그대가 밤마다 글 읽는 소리가 아닐런지!"

128 용궁군(지금의 경북 예천군 용궁면) 사람으로, 남성시에 합격하고 태학에 들어가 여러 차례 우등했다. 그 후 진사시에 급제하고 시학(侍學)이 되었다. 좌정언 지제고를 거쳐 한림학사 지제고 동궁시강학사 태자유덕(翰林學士 知制誥 東宮侍講學士 太子諭德) 직을 맡았으며, 과거를 주관했다. 태자소부에 임명되었다가 1156년(의종 10) 46세로 병몰했다.

함(鄭諴)의 힘으로 형부낭중 기거주 보문각 동제학에 올랐다. 정함은 인종 때 내시서
두공봉관(內侍西頭供奉官)으로 있으면서 의종의 유모를 처로 삼았고, 의종 때는 내전숭
반(內殿崇班)으로서 권지합문지후(權知閤門祗候)가 되어 권세를 부렸다. 정함은 의종이
잠저에 있을 때 시학이었던 김존중과 친했다. 그들은 간언을 자주 올리던 추밀원지주
사(樞密院知奏事) 정습명(鄭襲明, ?~1151)을 탄핵하여 자결하게 만들었다. 김존중은 우
승선에 올라, 정수개(鄭壽開)로 하여금 대성(臺省) 관원들이 왕의 아우 왕경(王暻)을 왕
으로 추대하려는 역모를 하고 있다고 고변하게 했다. 뜻을 얻지 못하자, 간의 왕식(王
軾)과 기거주 이원응(李元膺)을 움직여 내시낭중 정서(鄭敍)를 탄핵하게 했다. 정서는
의종의 모후(공예왕후 임씨)의 여동생 남편으로 의종의 이모부였지만 의종과 뜻이 맞지
않았다. 재상과 간관들이 김존중에게 동조했으므로 대령부는 혁파되고 정서는 동래로
유배되었다. 이때 정서는 「정과정곡」을 지어 자신의 결백함을 읊었다. 그런데 「증시경
숙공김씨묘지」는 김존중의 정치적 악행을 전혀 언급하지 않았다. 다음 부분은 아첨의
표본이라 하겠다.

> 噫, 公爲人豁達, 器宇宏博, 深謀遠慮, 有不可測. 始自東宮, 親遇聖朝, 朝夕輔導, 言聽計行,
> 陰功密輔, 有人所不知者, 國史所錄十不得一.

아, 공은 사람됨이 활달하고 기량이 크고 넓었으며, 깊은 모책과 먼 사려는 헤아릴 수 없을
정도였다. 처음에 동궁 시절부터 지금 상감의 은우를 입어 아침저녁으로 보도하여, 말씀을
드리면 받아들이고 계획을 세우면 실행하시는 식으로, 그늘에서 공적을 세우고 은밀하게
보좌했으므로 사람들이 이 사실을 알지 못하기도 했고, 국사에 기록된 것은 열 가운데 하나
도 되지 않는다.

(1) 행문의 첨삭

석비와 비지의 문장은 기서(記敍) 문체를 선별하고, 행문(行文)에서 관습을 중시하
면서도 실험적인 시도를 교묘하게 병행했다. 이 때문에 찬술자의 초고에 대해 교감과
질정이 이루어지고 상당히 복잡한 교열(校閱)을 거쳐 실제로 비에 새길 저본(底本)인
전본(鐫本)이 이루어지고는 했다. 여기서는 조선 후기의 가장 문제적 비석 가운데 하
나인 「만동묘비(萬東廟碑)」의 사실만을 예시하기로 한다.
「만동묘비」는 충북 괴산군 화양서원의 만동묘에 세운 기적비(紀蹟碑)이다. 우암(尤

庵) 송시열의 제자 권상하(權尙夏, 1641~1721)와 정호(鄭澔, 1648~1736)는 1695년(숙종 21) 스승을 제향하기 위해 화양(동)서원을 세워, 이듬해 사액을 받았다. 1704년에는 권상하가 스승의 유지(遺旨)를 받들어 명나라 신종과 의종을 제사 지내기 위해 만동묘를 세웠다. 이후 화양서원은 1716년 숙종의 어필 편액을 하사받았고, 윤봉구(尹鳳九)가 찬술한 글을 새긴 「화양서원묘정비(華陽書院廟庭碑)」를 세웠다. 그리고 1747년(영조 23)에 도암(陶菴) 이재(李縡, 1680~1746)는 「만동묘비」 글을 짓고,[129] 이재의 제자 홍계희(洪啓禧, 1703~1771)가 그 글을 새긴 비석을 만동묘 앞에 세웠다. 그런데 도암 이재가 「만동묘비」 글을 여러 문인들에게 짓도록 하여 일부 잘된 부분을 채택한 것이라는 설이 있고, 혹은 동춘당 송춘길(宋浚吉, 1606~1672)의 후손 송문흠(宋文欽)이 지은 글이라는 설이 있었다. 이 때문에 우암의 후손 송능상(宋能相)은 입비를 반대했다고 전한다. 또 조정세(趙靖世)는 홍계희가 멋대로 자구(字句)를 고쳤다고 비판했다. 더구나 만동묘가 설치된 뒤에 의논을 달리하는 사람들이 종종 그것은 한낱 허명(虛名)만 숭상하는 일이라고 비난했다. 「만동묘비」를 작성한 이재도 비문에서 그러한 비난이 있다는 사실을 언급했다. 후대의 조긍섭(曺兢燮, 1873~1933)은 만동묘 설치는 정강(靜江)에서 우제(虞帝)에게 제사를 올리고 모옥(茅屋)에서 소왕(昭王)을 제사 지냈던 선례를 모방한 것이되, 만동묘는 조정에 청하지 않고 사사로이 마음대로 건립하여 아무래도 다른 의도가 있지 않을까 했다.[130] 그런데 이재 명의의 「만동묘비」 글에 대해서는 행문과 관련해서도 이견이 있었다. 대표적 인물은 김지행(金砥行, 1716~1774)이었다. 김지행은 첨지(籤紙)를 붙여 다음과 같이 비평했다. 이재의 초고를 보고 적은 것이 아니라, 비문을 보고 논평한 것이다.[131]

① '惟朝鮮爲國'

김지행 지적: '惟朝鮮'三字, 旣非眼目字, 則於此又下惟字者, 別無義意, 似當爲衍.

이재의 비문은 "維朝鮮國淸州東八十里洛陽山下華陽之洞, 有廟曰萬東."으로 시작하고, 조금 아래에 "陪臣李縡刻銘於碑, 以頌天子之德, 道邦人之思曰: '惟朝鮮爲國, 自箕子受封

---

129 李縡, 「萬東廟碑」, 『陶菴先生集』 卷30 碑.
130 曺兢燮, 『巖棲先生文集』 卷37 雜識下. 조긍섭은, 존양(尊攘) 대의를 창도하여 수백 년간의 풍성(風聲)과 기절(氣節)이 유교에 보탬이 되기는 했으나, 그것을 가지고 세력을 끼고 사사로움을 행하며 자기를 귀하게 여기고 남을 천하게 여기는 폐단을 양성하게 되었다고 지적했다.
131 金砥行, 「萬東廟碑文附籤」, 『密菴先生文集』 卷12 雜著.

以來.'"라고 했다. 이재는 조선이 중국의 특별한 대우를 받아왔고, 명나라로부터는 더욱 번병(藩屏)으로 간주되어 각별한 은총을 입었다는 사실을 말하고, 임진왜란 때 이른바 재조(再造)의 은혜를 입은 사실을 상세히 적어나갔다. 김지행이 지적한 '惟朝鮮爲國'의 '惟朝鮮' 3자는 그대로이다.

② '崇禎丙子, 建虜猖獗, 吾邦首先嬰其鋒, 後九年甲申, 烈皇帝身殉社稷之難' 云云.

　　김지행 지적: 以'建虜'云云起頭, 又以'首先嬰其鋒'爲言, 而乃繼曰: '烈皇帝身殉社稷', 有烈皇殉於建虜之難, 欠分明.

　　이재의 비문에 보면 조선이 후금의 침략을 받고 이어서 명나라 숭정제가 자살하는 사건을 다루어, "숭정 병자년, 건주위 오랑캐가 창궐하여, 우리나라가 맨 먼저 그 예봉을 맞았고, 그 뒤 9년 갑신에 열황제[숭정제(崇禎帝) 의종(毅宗)의 시호]가 사직의 난에 몸을 던지매, 명나라가 마침내 망하고 오랑캐가 들어가 주인이 되었으니, 아아, 어이 차마 말하랴[崇禎丙子, 建虜猖獗, 吾邦首先嬰其鋒, 後九年甲申, 烈皇帝身殉社稷之難, 明遂亡而夷虜入主, 嗚呼, 尚忍言之哉]!"라고 적었다. 김지행은 비문이 건주위 오랑캐로 처음을 일으켜 열황제의 순국까지 이어지는 행문이므로, 열황제의 죽음이 건주위 오랑캐의 창궐에서 기인한다고 여겨질 수 있다고 보아 문장을 고쳐야 한다고 주장했다. 의종은 이자성(李自成)이 경사(京師)를 포위하자 만세산(萬歲山) 수황정(壽皇亭)으로 올라가 옷고름으로 목을 매서 자살했다.

③ '專以攘伐夷虜興復帝室爲己任, 求賢吊孤, 胂民鍊兵, 將有以雪深讎' 云云.

　　김지행 지적: 孝廟大義第一, 即爲大明復讐, 其次爲仁廟雪恥, 其次以華夷之別. 不臣於夷虜, 而攘伐之, 閉絶之也. 今以攘夷興復爲言者, 其劈頭處已不端的. 且'雪深讐'云, 則讐非可雪者, 雪字似誤下. 不然則或讐字是羞字耶?

　　이재의 비문은 효종의 복수설치 뜻을 부각시키고, 송시열이 그 정책을 협찬하다가 효종이 죽자 화양동으로 퇴거한 사실을 적었다. 그런데 김지행은 효종의 대의(大義)를 분절해서 파악했다. 즉, 효종의 대의의 첫 번째는 '명나라를 위해 복수하는 일'이고, 두 번째는 '인조를 위해 치욕을 씻는 일'이라고 했다. 그리고 세 번째는 '화(華)와 이(夷)를 분별하는 일'로, 다시 말해 오랑캐에게 신하 노릇을 하지 않고 오랑캐를 정벌하고 그들과의 관계를 끊는 일이라고 했다. 김지행이 보기에 이재의 비문은 '이민족을 치고 나라를 부흥시킨다[攘夷興復]'라고 시작하여 벽두처가 이미 정확하지 못하고, 효종이 군사를 조련하여 '장차 깊은 원수를 설욕하고 크게 재조해준 공을 갚으려 했다[將有以雪深讎而酬大造].'라는 표현에서는 '설수(雪讎)'라는 말이 성립하지 않으므로 '설수(雪羞)'가 옳지 않은가 물었다.

④ '二皇帝再造之恩, 殉社之烈, 宜祀於我東'云云.

김지행 지적: 國亡君死, 而尤翁雖以此爲言, 外國之祭殉社之天子, 本非據我國當祭之義, 却不在此, 若以此可襃而祭之, 則豈其亡國, 又無可貶耶? 故貶襃之意, 皆非正義. 只是顯皇一視之恩, 爲可存祀於國亡之後, 而又烈皇, 正是亡國不祀之君, 而其舟師之援, 其一視之意, 同於顯皇. 又其殉社之義, 無憾於人臣報祀之義, 可得以推逮之也, 則此以殉社之烈[缺]爲言者, 即其言下義意未明.

이재의 비문은, 송시열이 죽기 전에 권상하에게 "명나라 신종과 의종 두 황제가 재조한 은혜와 사직을 위해 순사한 열절(烈節)로 볼 때 마땅히 우리 동방에서 제사 지내야 함이 오래되었다."라고 만동묘의 창설을 유언했다는 점을 강조했다. 김지행은 송시열이 그 말을 했어도, 외국에서 자기 사직을 위해 순사한 천자를 우리나라에서 마땅히 제사 지내야할 의리가 없으며, 만일 순사의 사실 때문에 포상할 만하다고 하여 제사 지낸다고 하면 망국의 사실을 폄하하게 되지 않겠는가 반문했다. 폄(貶)이든 포(襃)든 모두 올바른 의리가 아니라는 것이다. 오히려 현황제(顯皇帝: 신종 만력제)가 우리나라를 중국 관할 내 나라와 같이 보아준 은혜는 명나라의 멸망 후에 제사를 둘만 하며, 열황제(烈皇帝: 의종 수정제)는 나라가 망하고 제사를 받지 못하는 군주인 데다가 병자호란 때 수군을 보내어 원조하려 했으므로 우리나라를 중국 관할 내 나라같이 보아준 뜻이 현황제와 같고 또 사직에 순절한 의리는 신하들이 보답으로 제사 지내는 의리에 유감이 없으므로 미루어 함께 제사 지낼만하다고 했다. 그러므로 비문에서 사직을 위해 순절한 열렬함을 두고 말하는 것은 의리와 뜻이 분명하지 않다고 지적했다.

⑤ 김지행 지적: 以匹夫而祭天子, 堯舜之民之所不曾爲, 則於禮無據. 祭昭王之義, 固是尤翁所說, 而以此爲據, 宗有勝於自我作古. 今乃斥無於禮之論, 而不明言義起之故者, 卒近於億.

김지행은 행문의 범위를 넘어서서, 반론자들의 논리를 살펴서 그 논리를 분쇄하기 위해 만동묘 향사의 의리를 더욱 분명하게 드러냈어야 한다고 비판했다. 우선 필부로서 천자를 제사 지내는 일은 요·순의 백성들이라면 결코 하지 않았을 일이니, 예에 근거가 없다고 했다. 즉, 정강(靜江)에서 우제(虞帝)에게 제사를 올린 일은 예법의 근거가 없다는 말이다. 그렇지만 송시열은 모옥(茅屋)에서 소왕(昭王)을 제사 지냈던 선례를 모방한다고 했는데, 이것은 근거가 되므로 '나로부터 고례를 만든다.'라는 것보다는 낫다고 했다. 그렇거늘 '구구하게 예에 없고 참람함에 가깝다라고 여기는 자[拘拘以無於禮而僭於僭者]'에 대해서는 "어찌 족히 알 바인가[惡足以知之哉]?"라고 일축하고 만 것은 논리적 허점이라고 비판했다.

오늘날의 관점에서 보면 임진왜란과 정유재란의 위기 극복은 의병, 민중, 관군의 힘에 의한 것이 사실인데, 이재의 비문은 이 점을 전혀 언급하지 않아 사실을 누락한 부족한 글이다. 국가의 위기를 강조하고 그 위기를 명나라가 구해주었음을 말하기 위해 선조가 내부(內附)하려고까지 했다는 사실을 언급한 것은 불충(不忠)이라 하지 않을 수 없다. 그러나 이러한 문제를 차치하고, 이재의 비문은 확실히 행문에서 문제점이 있어, 김지행의 비판은 매우 적실하다고 할 것이다.

(2) 대론의 제시

석비와 비지의 문장은 기사 중심의 문체이지만 입론(立論)을 매우 중시한다. 이 경향은 현전 자료로 볼 때 고려 중엽 이후 강화되었다. 즉, 논지를 분명히 드러내어 그 논지에 따라 사실을 재구성하고 어휘들을 선정했다. 특히 상당히 많은 석비와 비지들이 대론(大論)을 공공연하게 제시하는 경우가 많다.

비지문의 경우, 망자의 가계, 출생, 일생 행적, 후손, 일화, 평어 등을 서술하는 격식을 따른다. 하지만 비지문의 찬자들은 평판적인 서술을 피하고 망자의 생전 업적을 부각시키는 방식을 과감하게 사용했다. 특히 대론을 제시하고 망자의 사적을 논평한 후, 비지문 격식에 따른 서술로 들어가는 방식을 취한 예들을 볼 수 있다. 정경세(鄭經世, 1563~1633)가 광해군 때 작성한 곽준(郭䞭, 1551~1597)의 「증병조참판곽공신도비명병서(贈兵曹參判郭公神道碑銘并序)」는 그 대표적 예이다. 이 비명의 탁본은 전하지 않지만, 정경세의 글은 『국조인물고』권55 「왜난시입절인(倭難時立節人)」에 들어 있다. 곽준은 정유재란 때 안음현감으로 있으면서 함양군수 조종도(趙宗道)와 함께 호남의 길목인 황석산성(黃石山城)을 지키던 중 가토 기요마사(加藤淸正)가 이끄는 왜군과 격전을 벌이다가 아들 곽이상(郭履常)·곽이후(郭履厚)와 함께 전사했다. 선조 때 병조참의에 추증되고, 광해군 때 병조참판에 추증되었으며, 이후 안의(安義)의 황암사(黃巖祠), 현풍의 예연서원(禮淵書院) 등에 제향되었다. 정경세는 곽준의 신도비에서 선왕 이래 예의(禮義)의 교화가 흘러 국난 때에 사대부로서 군부(君父)를 배반한 사람은 없었지만 인(仁)을 이루었다고 할 만한 사람은 거의 없었으나, 오로지 곽준만이 인을 이루었다는 대론을 제시했다. 또한 곽준의 임별시를 인용하여, 묘당에 강건한 의론을 하는 이가 없거늘 곽준만이 성인(成仁)을 실현했음을 강조했다. 서두의 대론만 보면 다음과 같다.

국가에 태평성대가 백 년이 되자 성이 허물어져 해자로 돌아가고[132] 중앙과 지방에서는 직무를 게을리하며 전쟁을 잊은 지 이미 오래되었다. 그런데 갑자기 임진년(1592년, 선조 25)의 변고를 만나자, 하수(河水)가 멋대로 흘러 범람하며 부딪혀 제방을 무너뜨려서, 큰물이 거쳐 가는 성읍이 쑥대와 갈대같이 방어할 수 없게 되었다. 결국 삼도(한양·경주·평양)가 수비에 실패하고 오묘(五廟)가 잿더미로 화했으니 옛날부터 전쟁의 재화가 이보다 참혹한 적이 없었다. 하지만 선왕 이래 예의의 교화가 사람들 마음과 골수에 깊이 스며들었음에 의뢰하여 사대부 반열에 있는 자가 모두 적은 따를 수 없고 군부(君父)는 배반할 수 없음을 알아, 이쪽은 연약해서 저쪽의 견고함에 적수가 못 되어 겁을 내고 놀라 흩어지기는 해도, 끝내 한 사람도 문을 열고 맞아들이거나 보루에 나아가 투항하는 자가 없었으며, 심지어 나라를 위해 목숨을 버리고 전쟁터에 시신이 널브러진 예가 있었으니, 이것 또한 지난 역사에는 드문 바이다. 그러나 그 죽음이 더러는 갑작스러운 의기에 격동되기도 하고, 더러는 일의 형세상 불가피하게 내몰리게 되어 그랬던 것이었으니, 자기 몸을 희생했다고는 말할 수 있겠으나 인(仁)을 이루었다는 데에는 혐의가 있다. 여기서 혐의 없는 사람을 찾는다면 손가락을 여러 번 꼽을 것도 없는데, 안음현감 곽공이 바로 그 한 분이다.[133]

이어서 황석산성에서 곽준이 순절한 사실을 상세하게 서술한 후, 망자가 평소 지은 시를 게시하여 그의 의지를 선양했다.

지조를 지키다가 순국하기 수십 일 전에 친구들과 이별하는 시를 짓기를, "묘당에서 평소 경륜을 강론할 때, 모두 남아라 했으나 진정 몇 사람인가? 창해에는 핏물 흐르고 대지에는 비린내 나는데, 이별에 임해 서로 힘 쓰길 인을 이루자 했네."라고 했다. 지금 읽어도 늠름하게 생기가 있으니, 그가 본래 굳게 작정했음을 여기서도 대략 알 수 있다. 당시 식견이 있는 분으로 공을 아는 자는 황석산성이 함락되었다는 말을 듣고 깜짝 놀라, 소리도 내지 못하고, "아! 양정(養靜)은 반드시 전사했을 것이다. 양정은 구차스럽게 살려는 사람이 아니다."라고 했다. 그의 지조와 절개가 다른 사람들에게 기필하도록 보인 것이 이와 같은 면이 있

---

132 『주역』 태괘(泰卦)의 상륙(上六) 효사(爻辭)에 "성이 도로 해자로 무너진다[城復于隍]."라고 했다.

133 國家昇平百年, 城復于隍, 中外恬憘, 忘戰已久. 猝遇壬辰之變, 如河流橫潰, 汎濫衝決, 所過城邑, 不能爲蕭葦之防. 遂致三都失守, 五廟成灰, 自古兵戎之禍, 未有慘於此者. 獨賴先王禮義之化浹人心髓, 凡列于士夫者, 皆知賊之不可從, 君父之不可背. 雖堅脆不敵, 怯怯駭散, 而終無一人開門迎納, 詣壘投降者. 至於爲國捐軀, 橫屍戰場者, 往往而有焉. 此又前史之所罕也. 然其死也, 或激於倉卒意氣, 或迫於事勢窮蹙, 則可謂之殺身, 而于成仁有歉焉. 求其無歉於是者, 則指不能以屢屈, 而安陰縣監郭公卽其一也.

었다.[134]

정경세의 곽준 신도비는 류성룡(柳成龍)이 1597년(선조 30) 작성한 「산성설(山城說)」에서 곽준의 황석산성 패전을 비판한 것과는 주제가 다르다. 류성룡은 다음과 같이 논했다.

『기효신서(紀效新書)』에, "성 밖에 만약 풀이 엉켜 있는 언덕이나, 돌담·가옥을 즉시 철거시키지 않으면, 적이 와서 그 가운데에 의지하여 화살을 쏘거나 돌을 굴리지 못하여 결국 성을 지키지 못하게 된다."라고 했다. … 성 위의 사람은 적의 소재를 자세히 알 수 없으니, 화살이나 돌을 발사한다 하더라도 모두 나무숲이나 큰 돌에 막혀 적을 맞힐 수 없다. 어두운 밤에 한 명의 적이 허점을 틈타 개미처럼 붙어 올라오면, 한 곳이 놀래 부르짖어 온 성이 모두 무너졌다. 곽준이 황석산성을 지킬 때 이 같은 금기를 범했으니 아깝게도 충의의 마음만 가졌지, 전쟁의 형세는 살피지 못하여 이 지경에 이르렀다. 이 뒤로부터 산성에 대해 공격하는 자들이 툭하면 황석산성을 내세우니, 그것이 그러하리라. 어찌 그러하지 않겠는가?[135]

1600년(선조 33)에 정온(鄭蘊, 1569~1641)은 박여승(朴汝昇)이 곽준 사적을 입전한 글 뒤에 「서곽의사전후(書郭義士傳後)」를 써서, 백사림의 죄상을 성토했다.[136] 정경세의 곽준 신도비는 그 의론을 계승했다. 이현일(李玄逸, 1627~1704)이 1693년(숙종 19) 시장(諡狀)[137]을 작성했고, 곽준은 충렬(忠烈)의 시호를 받았다.

(3) 평어·명과 일화의 조응

비문은 사실과 행적을 기록하면서 동시에 찬자가 평결을 가한다. 묘비나 묘지도 기록에 주력하지만 역시 찬자의 평결을 부기하는 경우가 많다. 이때 서에서 기록을 위주

---

134 前伏節數十日, 與友人別有詩曰: "廟堂平昔講經綸, 此日男兒有幾人, 滄海血流腥滿地, 臨分相勖在成仁." 至今讀之, 凜然有生氣, 其素定之堅確, 於此亦可槩矣. 是以當時有識之知公者, 聞黃石陷, 莫不愕然失聲曰: "噫養靜其必死矣. 養靜非苟活者." 其志節之見必於人, 有如此者.

135 柳成龍, 「山城說」(丁酉冬), 『西厓集』卷15 雜著. "『紀效書』云: '城外若有土葛石牆房屋, 不卽毀撤, 賊來依其中, 而矢石不施, 爲不守之城.' … 城上人旣不能詳知賊所在, 雖發矢石, 皆爲林木大石所遮碍, 不能中賊. 或於昏夜, 一賊乘虛蟻附, 一處驚呼, 滿城皆潰. 如郭越守黃石山城, 正犯此忌. 惜乎! 徒有忠義之心, 而不察於兵勢以至此. 此後攻山城者, 動以黃石立熾, 其然. 豈其然乎?"

136 鄭蘊, 「書郭義士傳後」, 『桐溪集』卷2.

137 李玄逸, 「贈資憲大夫吏曹判書兼知義禁府事五衛都摠府都摠管存齋郭公諡狀」, 『葛庵集』卷29 諡狀.

로 하고 명에서 평결과 찬양을 하는 방식도 있고, 기록의 부분에 평결을 점철하고 명에서는 찬양을 위주로 하는 방식도 있다. 신도비문은 특히 평어와 명을 묘주의 행동양식이나 일화에 하나하나 대응시키면서 찬자의 정치 이념을 드러내는 방식을 사용했다.

김유(金楺, 1653~1719)는 박세채(朴世采, 1631~1695)와 송시열의 문하에서 수학했는데, 소론계인 박세채는 그를 후계자로 지목했으나 노론의 맹장이 되었다. 신도비는 1733년(영조 9) 김유의 아들 김약로(金若魯)의 요청으로 김유의 친우 이관명(李觀命, 1661~1733)이 지었다.[138]「대제학김공신도비명(大提學金公神道碑銘)」에서 이관명은 김유를 회니(懷尼) 분쟁 이후 노론 정론을 부지한 인물로 부각시켰다. 김유의 본관은 청풍이다. 1683년(숙종 9) 사마시에 합격하고 1687년 의금부도사가 되었다. 1689년 기사환국에 관련되어 삭직·금고되고 1694년 갑술환국으로 복직되었으나, 1708년 최석정(崔錫鼎)과 다투다가 벼슬을 내놓았다. 후에 이조참판에 이르렀다. 작고한 후 1741년(영조 17) 문경(文敬)의 시호를 받았다. 비문은 1733년에 이루어졌지만 물력 부족으로 비를 세우지 못했다가 시호를 받은 후 1744년(영조 20)에 생질 윤득화(尹得和)가 글씨를 쓰고 유척기(俞拓基)가 전액을 써서 세웠다. 이때 원래의 비문에 두 부인의 졸장(卒葬)과 합부(合祔) 사실을 부기하고, 자손록을 추가했다. 이관명은 김유의 신도비문에서 망자가 노론 의리를 부지하기 위해 고심한 사실을 현양하고, 평소 자신과 김유, 신심(申鐔, 1662~1715)[139]이 함께 세도를 부지하자고 약조했던 사실까지 적어두었다.

---

138 李觀命,「大提學金公神道碑銘」,『屛山集』卷14 神道碑. 비석 머리에 제액을 「有明朝鮮嘉善大夫吏曹參判兼守弘文館大提學藝文館大提學知成均館事同知義禁府春秋館事▽世子右副賓客贈崇政大夫議政府左贊成兼判義禁府事知經筵事弘文館大提學藝文館大提學知春秋館成均館事五衛都摠府都摠管諡文敬公儉齋金先生神道碑銘并序」라 하고, 찬자·서자·전액자를 "大匡輔國崇祿大夫議政府左議政兼領經筵事監春秋館事▽世子傅李觀命▽撰. 甥▽姪▽嘉▽善▽大▽夫▽司▽憲▽府▽大▽司▽憲▽兼▽同▽知▽經▽筵▽事尹得和▽書. 大匡輔國崇祿大夫議政府右議政兼領經筵事監春秋館事俞拓基▽篆."이라 밝혔다. 끝에 추기(追記)가 있어, "歲癸丑碑文成而力詘未上石後八年辛酉相臣筵言守典文秩正二品宜著式易名▽上可之遂賜先生謚文敬勤學好問曰文夙夜驚戒曰敬李夫人以▽孝宗辛卯六月二十日生▽顯宗庚戌十一月二日終宋夫人有懿德純行爲婦盡其道爲母盡其道鄕黨親戚莫不敬慕之以▽孝宗癸巳十月八日生今▽上丁巳十二月二十一日終竝祔先生墓右左男省魯牧使若魯判書尙魯副提學黃在河縣監僉對郡守孫致良奉事致溫都事致恭進士鄭愼儉判官洪啓禧參議金仁大參奉若魯秀男曰致恪女適朴亨源尙魯男曰致讓曰致永爲魯後致溫男曰鍾髙略書追識以補原序之而孫曾未冠者及外曾孫以下繁不錄."이라 하고, 건립 일자를 "崇禎紀元後百十七年甲子五月建."이라고 부기했다.

139 본관은 평산, 자는 익중(翼仲), 호는 봉주(鳳洲)이다. 1704년(숙종 30) 춘당대시(春塘臺試)에 을과 2위로 급제했다. 사서(司書)·지평(持平) 등을 시작으로 응교 등을 거쳐 대사간을 지냈다.

ⓐ 공은 생삼(生三)의 의리가 회니 사건 이후 무너진 것을 개탄하여, 동문의 선비 중에 사건을 주장하여 스승의 뜻을 배반하는 자가 있으면 의리를 인용하여 크게 꾸짖었다.[140]

ⓑ 공과 신심[자 익중(翼仲)]과 나는 시대를 걱정하여 개탄하고는 했다. 신익중이 병석에서, 두 사람이 힘써 달라고 부탁했다. 공마저 돌아간 뒤 간사한 설이 더욱 일어나고 큰 화가 하늘까지 뻗쳤다. 두 공의 영령이 지하에서 상심할 테지만, 나는 고할 곳 없이 흰머리로 살아남아 슬프기만 하다.[141]

ⓒ 명은 이러하다(전 48구 중 전반 24구). "아, 현옹(현석 박세채)은 세상에 드문 명현. 공이 그 학문을 계승했으니 참으로 연원이 있도다. … 분개하여 일신을 돌아보지 않고 한 손으로 역류천을 막아 정론을 붙들어 세우니 사문에 공로 있다네. 시기하는 무리들이 헐뜯는 것을 좋아하지만, 가고 멈춤은 사람의 힘 아니니 폐인 장창이 어찌 막으리? (후략)"[142]

이관명은 이 신도비에서 소론 인사로 분류되는 박세채를 명현으로 규정했다. 그리고 이 신도비에 김유가 분투한 일화를 점철해 두었다. 그 서술은 편년체를 사용했다.

ⓐ 갑술년(1700)에 숙종이 중전의 복위를 명하자 대신들은 회의 후 결정하자고 했지만 김유는 속히 따르자고 주장했다. 남구만도 신중하게 의논해야 한다고 했다. 박세채가 입조하여 명분을 세우자 기강이 다시 밝아졌다.

ⓑ 무자년(1708)에 호조정랑에 제수되어 있을 때, 최석정이 『예기유편』을 지어 『중용』과 『대학』을 『예기』 49편 속에 다시 넣고 주희의 장구가 아닌 새 주를 만들어서 경연 강의에 참고토록 할 것을 청했다. 김유가 배척하자, 사론이 일어났다. 김유는 벼슬을 내놓았다. 경인년에 조정에서 그 책을 불사르고 김유를 예빈시정에 제수했으나 나아가지 않았다.

---

140 "公以爲生三之義重且大, 而自有懷尼事, 師生之道, 廢壞無餘, 近世子弟之於父兄, 幼少之於長老, 專無行誼, 不知爲敬者, 牽由於師道之不明也. 同門之士, 或各主私見, 有背師旨者, 輒引義切責, 對學者必以隆師敬長之說, 反復曉諭." 生三은 『국어(國語)』 「진어(晉語)」에 "사람은 세 분의 은혜로 살게 마련이니, 그분들을 똑같이 섬겨야 한다는 성인의 말씀이 있다. 그것은 바로 어버이는 낳아 주신 분이고, 스승은 가르쳐 주시는 분이고, 임금은 먹여 주시는 분이기 때문이다[民生于三, 事之如一. 父生之, 師敎之, 君食之]."라는 말에서 나왔다.

141 昔吾與公同心莫逆, 而吾黨有申翼仲者, 三人每憂時慷慨, 相對噓唏. 翼仲病在床, 丁寧屬之曰: "國事尙可爲. 二子勉旃!" 噫! 吾與公憂心惙惙, 勞辛於數年之間者, 寧有粗補國事, 少副長逝之托, 而公歿之後, 邪說益作, 大禍彌天, 彝倫滅矣, 國勢危矣, 回視曩昔, 一落千丈, 二公之靈, 想應盡傷於冥冥, 而白首人間, 無與告語, 後死之戚, 曷其有極?

142 猗歟玄翁, 間世名賢. 公承厥緖, 儘有淵源. … 憤不顧身, 隻手障川. 扶植正論, 功存斯文. 衆咻羣猜, 甘心齮齕. 行止非人. 變臧奚尼? (이하 24구 생략)

ⓒ 계사년(1713)에는 삼자함(지제교)을 겸직했으며, 부교리 겸 남학교수로 승진했다. 이때 『예기』「월령」에 대한 진강에서 성심을 계옥하고, 소대에서 소식(蘇軾)의 책문을 강할 때 소식에게 공리설이 많으므로 유의할 것을 주장했다.

ⓓ 송나라 유학자 진덕수(陳德秀)의 "안일에 빠지지 않으면 장수하고 어진 이를 가까이하면 장수한다."는 말을 인용하여 근정(勤政)을 아뢰고, 부필(富弼)이 업신여김을 당한 수치를 생각해야 한다고 송나라 신종(神宗)을 간했던 일을 환기하여 청나라의 수모를 받지 말도록 경계했다.

ⓔ 북사(北使) 입성의 날에 큰비가 쏟아지자 차자를 올려, "이는 소인 한 사람이 여러 군자를 엿보는 상이므로 더욱 염려해야 할 것입니다."라고 했다. 경연관이 북사 목극등에게 은밀히 폐백을 보내려 하자, 그 부당함을 상소했다.

ⓕ 윤증의 문도 이세덕(李世德)이 그의 스승 일을 송사하자, 김유는 글을 올려 변론했다. 윤증의 허가(虛假)설을 비판하고 존주대의를 주장했다.

ⓖ 무술년(1718)에 선비들이 박세채의 문묘 종사를 청했는데 대관들이 헐뜯으며 김유가 사론을 일으켰다고 배격했다. 김유는 네 번이나 상소를 올려 해직을 빌었으나 허가받지 못했다. 몇 달에 걸쳐 사직을 청해 체직을 허락받았다.

(4) 전고와 기실의 균형

비문은 사실과 행적을 편년체로 기록하는 것으로 그치지 않았다. 전고(典故)를 사용하여 사실과 행적을 과거의 전범(典範)에 견주어 그 의미를 극대화시켰다. 비지문의 경우는 묘주를 특정한 전형에 비기기도 하고, 행적과 일화를 인용하여 그 덕성을 드러냈다. 순조 때 의고문 산문가였던 신대우(申大羽, 1735~1809)의 「조선고가선대부예조참판겸동지의금부춘추관사오위도총부부총관성공묘갈명(朝鮮故嘉善大夫禮曹參判兼同知義禁府春秋館事五衛都摠府副摠管成公墓碣銘)」을 예로, 전고 사용과 기실(紀實) 방식을 보기로 한다.

신대우는 강화유수를 지내면서 자신의 문장을 높이 평가해 주었던 성천주(成天柱, 1712~1779)를 위해 이 묘갈명을 지었다.[143] 성천주는 조선 초 창녕부원군 문정공 성여완(成汝完), 예조판서 대제학 정평공(靖平公) 성석인(成石因)의 후예이다. 소론의 영수 최규서(崔奎瑞)의 사랑을 받아 그 손자의 딸을 아내로 맞았다. 정조 즉위 후 공조와 예

143　申大羽,「朝鮮故嘉善大夫禮曹參判兼同知義禁府春秋館事五衛都摠府副摠管成公墓碣銘」,『宛丘遺集』卷6.

조의 참판을 지냈고 도승지를 제수받았으나 병으로 죽었다. 신대우는 성천주 묘갈명의 첫머리에서 자신의 문재를 처음 알아주었던 묘주를 추억하면서 전고를 교묘하게 사용했다. 배비구의 사용과 대구의 사용도 한 특징이다.

昔隨武沒, 趙孟發起原之思. 罕皮逝, 鄭僑懷知我之感. 雅徽永輟, 風流遠尙. 況以先子之所畏, 仍藉世穆, 未有班叔之典華而煩子雲之知顧者乎?

옛적에 수무자(隨武子)가 몰한 이후 조맹(趙孟)이 황천에서 일으킬 생각을 발했고, 한피(罕皮)가 서거하자 정교(鄭僑)가 오직 나를 알아주는 한 분이었다는 마음을 품었다. 우아한 휘음(徽音: 악성)이 영구히 그쳐도, 풍류는 멀리까지 남아 있는 법이다. 더구나 선친이 외경한 분으로 대대로 돈독한 친목 관계를 빌리고 있고, 애당초 반숙(班叔: 호랑이) 같은 전화(典華: 전아하고 화려한 문사)로 양자운(揚子雲: 양웅) 같은 분이 번거롭게 돌아보아 주실 것도 없음에야 더 말해 무엇하겠는가?

신대우는 두 전고를 이용하여 묘주의 생전 행적을 표창했다.
춘추시대 진(晉)나라 상경 조무(趙武)는 시호가 문자(文子)이다. 『예기』「단궁」에 다음과 같은 말이 있다. "조 문자가 숙예(叔譽)[진(晉)나라 대부 양설힐(羊舌肹)]와 함께 구경(九京)[진(晉)나라 대부들의 묘지]을 구경했는데, 문자가 '여기 죽은 이들을 만일 살릴 수 있다면 내 누구와 함께 돌아갈까?' 하니, 숙예가 '아마도 양처보(陽處父)일 것이다.' 했다. 문자는 '양처보는 진나라에서 일을 혼자서 다 처리하고 너무 꼿꼿하여 자기 몸을 제 명대로 마치지 못했으니, 그의 지혜는 칭찬할 것이 못 된다.' 했다. 숙예가 '그렇다면 구범(舅犯)일 것이다.' 하자, 문자는 '이익을 보고 그 군주를 돌아보지 않았으니, 그의 인(仁)은 칭찬할 것이 못 된다. 나는 수무자(隨武子)를 따를 것이다. 자기의 군주를 이롭게 하면서도 자신의 몸을 잊지 않았으며, 자기 몸을 도모하면서도 자기 친구를 버리지 않았다.' 했다. 진나라 사람들이 문자가 사람을 잘 알아보는 자라고 했다."
춘추시대 정나라 대부 공손교(公孫僑), 즉 정자산(鄭子産)은 정교(鄭僑)라고도 부른다. 『춘추좌씨전』 양공(襄公) 31년과 소공(昭公) 13년에 보면, 정나라 상경 한호(罕虎)에게 정교가 "당신은 정나라의 동량이십니다[子於鄭國棟也]."라고 말한 바 있다. 한호는 자가 자피(子皮)이므로, 신대우는 이 묘지명에서 그를 한피라고 불렀다. 정교는 한호가 죽었다는 말을 듣고서는 "나는 이제 그만이로구나! 선한 일을 해도 아무 소용이 없겠구나. 오직 그분만이 나를 알아주셨다[吾已! 無爲爲善矣. 唯夫子知我].”라고 했다.

이어서 신대우는 성천주의 조모가 성천주를 평한 말을 인용함으로써 찬자의 평어를 대신했다. 그리고 이 말을 입증할 수 있는 묘주의 언행을 하나하나 기록했다. 또한 영조 연간의 미묘한 정국에서 성천주가 시강원 설서로서 직분을 충실하게 수행한 행적을 특별히 기록했다.

상국 이종성(李宗城)이 임금께 아뢰기를, “성 아무개는 학식이 두루 넓고, 조신함이 바르고 곧으므로, 저궁(儲宮)을 보좌하여 보도를 전담케 한다면, 옥질(玉質)을 추창(追章)함을 볼 수 있으리라 기대됩니다.”라고 했다. 상께서 “그렇다. 이 사람이 당나라 태종 때에 태어났다면 영관(瀛館: 홍문관)의 관원을 선발하는 데 이 사람보다 앞설 이가 없었을 것이다. 세자는 엄탄(嚴憚)하는 기색이 있으므로 꼭 궁관을 둘 필요가 없이 설서를 한 사람 두는 것으로 족할 것이다.”라고 하셨다. 이로 말미암아 오랫동안 그 직책에 있었는데, 세자의 풍채가 더욱 홍광하게 되는 데 보익하는 바가 아주 많았다. 상께서는 매번 춘방주인이라 칭하셨고, 세자도 존경했다.[144]

성천주가 도당에 선발되어 경연에 대비한 일화를 기록한 부분도 세자를 둘러싼 미묘한 정국 속에서 성천주가 지성으로 보필하는 태도를 견지했음을 알려주는 대목이다.

이때 오랫동안 법강을 정지하고 있었는데, 공이 숙직을 하게 되자, 특명으로 소대(召對)하여 『자치통감(資治通鑑)』을 진강했다. 저수량(楮遂良)의 일에 이르러, 상께서 “「애주표(愛州表)」가 좀 구차한 것이 아닌가?” 하셨다. 대답하길, “수량의 큰 절개는 늠름하여 자잘한 법식에는 굼뜬 데가 있습니다. 하지만 그 마음을 애련히 여겨야 하며, 고종을 통한하게 여기는 것이 옳을 줄 압니다.” 했다. 상께서 옳은 말이라고 칭찬하셨다. 그러자 공은 진언하길, “최근 윤음에서 거듭 쇠했다든가 고단하다든가 말씀하시고 계시는데, 신은 근심하고 걱정하고 있습니다. 제가 요관(寮官)에게 들으니, ‘근력은 아직 산에 올라 다닐 수 있다.’ 말씀하셨다는데 그런 일이 있으신지요?”라고 했다. 상께서 “그렇다.” 하시자, 대답했다. “성인의 혈기는 때가 되면 쇠하지만 지기(志氣)는 쇠할 때가 없습니다. 지금 성상께서 말씀하시길,

---

144 李相國宗城白上曰: “成某學識淹該, 操履雅正, 左右儲宮, 專畀輔導, 庶見其追章玉質.” 上曰: “然. 使此人生唐宗時, 瀛館妙簡, 未有其先. 且世子有嚴憚色, 宮官不必備, 一說書足矣.” 繇是久居其職, 風體所弘, 輔益甚多. 上每稱之以春坊主人, 世子亦敬重焉.

혈기는 아직 그다지 쇠하지 않았으나 지기가 먼저 쇠했다고 하시어, 강학(講學)과 정사(政事)를 장차 물리칠 듯이 하시니, 이러한 것은 도리어 동궁에게 신교(身敎)하시는 데 결함이 있지 아니하겠습니까? 군주 가운데는 춘추가 높아지게 되면 처음의 뜻을 온전히 지키지 못한 분이 많습니다. 이 때문에 위징(魏徵)도 십점(十漸)의 경계를 올린 것입니다." 며칠 뒤 공이 다시 상주하길, "내연에서 여악을 쓰는 것에 대하여는 이미 계비(戒備)가 계십니다. 동궁은 아직 혈기가 안정되어 있지 않으시므로 사특한 미색과 음란한 소리를 총명에 접하도록 내버려두어서는 안 됩니다. 청컨대 가례를 위한 내습의(內習儀)에서도 여악을 쓰지 말도록 하십시오." 했다. 상께서는 말[馬]을 하사하시며 가상타 하시고, "세자를 위하여 너무 수고한다!" 하셨다.[145]

신대우의 성천주 묘지명 가운데 명 부분은 다음과 같다.

抑抑其儀, 韡韡其章. 際我休明, 公廼翹翹.
忠藎翊胄, 啓沃登瀛. 東臬沁障, 惠露灤灤.
貴且好禮, 樂是幽貞. 門無雜賓, 室有餘清.
怠枕飴飱, 右史左經. 令範凱心, 雅言睦聆.
蘭桂有芬, 愈久彌芳. 爰勒嘉石, 億載揚聲.

신밀한 그 위의며, 환하고 환한 그 문장이여!
우리나라가 크게 밝은 그 시절에, 공은 바로 우뚝 섰도다.
충성 다하여 세자를 보익하고, 성상을 계옥하여 영각(홍문관)에 올랐네.
동얼(강원도)과 심주(강화도)를 맡아, 은혜로운 이슬이 흠치르르했나니
존귀하면서도 예를 좋아하고, 즐긴 것은 그윽하고도 정결함이었다.
문에는 잡스러운 손님 없고, 방 안에는 맑은 기운이 남아 있었네.
느지막이 일어나 사탕 입에 물고 손자와 놀며, 오른쪽에 역사서 왼쪽에 경전을 두고 연찬했다.
아름다운 전범과 온후한 마음, 고아한 말씀과 아름다운 소문.

---

145 時久停泓講, 及公豹直, 特命召對, 進講『資治通鑑』, 至褚遂良事, 上曰: "「愛州表」不幾近苟且與?" 對曰: "遂良大節凜然, 細宜濶略. 但當哀憐其心, 而痛恨高宗, 可也." 上稱善. 公因進曰: "近於絲綸, 屢稱衰倦, 臣竊憂憫. 臣聞之寮官, 有敎若曰: '筋力尙可以隨山菜木. 有諸?' 上曰: "然." 對曰: "聖人血氣有時而衰, 志氣無時而衰. 今聖敎血氣未甚衰, 而志氣先衰, 講學政事, 如將退轉, 不有欠於身敎東宮乎? 人君春秋腕晚, 多未克初, 魏徵所以進十漸之戒也." 後數日公復奏曰: "內宴女樂, 已戒備矣. 東宮血氣未定, 邪色淫聲, 未宜留接聽明. 請內習儀勿用女樂." 上錫馬嘉之曰: "爲元良至恄也!"

난초와 계수가 꽃다운 향내 풍겨, 오래갈수록 더욱더 꽃다워라.

이에 삼가 가석(嘉石)에 새겨, 만년 억년 지나도록 이름을 날리게 하련다.

(5) 대화문의 활용

비문은 기서와 논평·찬미를 위주로 하여 허구의 요소를 배격하므로 허구 요소를 들고 본론으로 들어가거나 허구 요소를 전면에 내세워 본론을 암시하는 주객(主客) 서술법을 사용하지 않는다. 또한 한정된 부분에서 대화체를 활용할 수는 있어도 상당 부분을 대화체로 구성하지 않는 것이 일반적이다. 다만 사건의 경과나 인물의 일화를 보이기 위해 부분적으로 대화문을 사용하거나, 비문 제작의 동기를 밝힌다든가 입론을 위해 타인의 논평을 인용하는 방식을 사용하기도 한다.

그런데 비문의 상당 부분을 대화체로 작성한 특이한 예가 있다. 남구만(南九萬, 1629~1711)이 작성한 이진백(李震白, 1622~1707)의 묘갈명이 그것이다.[146] 남구만은 이진백을 입전(立傳)하여 풍성(風聲)을 세우겠다는 목적에서 특이한 구성으로 묘갈명을 작성했다. 이진백은 공정대왕(恭靖大王)의 8대손으로, 자가 태소(太素)이다. 1657년 (효종 8) 35세로 사마시에 급제하고, 1664년(현종 5) 순릉참봉(順陵參奉), 내섬시봉사를 지냈다. 이후 평택현감을 지냈지만 1677년(숙종 3) 무고로 탄핵당해 관직을 내놓고 낙향했다. 1701년에 이르러 동지중추부사가 되었다. 충청도 해미현(海美縣) 여미촌(餘美村)에 거주하면서 서암(西巖)이라고 자호(自號)했으며, 문집『서암유고』를 남겼다. 죽기 전에 남구만에게 시를 보내며 화운(和韻)과「서암기」를 청했다. 남구만은 그의 생전의 청을 들어주지 못한 것을 미안해하면서 묘갈명을 작성했다. 글의 처음에 자신이 약관에 과장에서 이진백의 이름을 알았던 사실, 십수 년 뒤 공조참판이 되어 원릉 제사에서 순릉참봉 이진백을 만난 사실을 적고, 그 30여 년 뒤 덕산(德山)의 가야산(伽倻山) 기슭에서 그를 만나 대화했던 내용을 옮기는 형식을 취했다. 이진백은 무고로 해직된 사실은 밝히지 않고 유관(儒冠)을 벗고 유유자적하며, 아우 선백(先白)·동백(東白)과 한집에서 단란하게 지내고 자제들이 입사(入仕)한 사실에 만족했다. 이에 대한 남구만의 논평은 조선시대 묘주를 위한 입언의 공통 주제를 망라하고 있다.

---

146 南九萬,「同知中樞府事李公墓碣銘」,『藥泉集』第20 墓碣銘.

公可謂稟之厚而用之嗇者歟! 足乎已而無待於外者歟! 蚤畸於人而晚偶於天者歟! 自種其德而身食其報者歟! 孟氏之一樂, 孔氏之爲政, 箕疇之五福, 可謂皆備於公.

공은 품부한 것이 많으나 활용됨이 인색했던 한 사람이라고 이를 수 있으리라! 자신에게 만족하여 외물을 기다림이 없는 사람이라고 이를 수 있으리라! 초년에 사람의 일에서는 불우했으나 만년에 하늘에서 가호를 받는 자라고 이를 수 있으리라! 스스로 그 덕을 심어 몸소 그 보답을 받는 자라고 이를 수 있으리라! 맹자의 삼락(三樂) 가운데 첫 번째 즐거움, 공자가 말한 정치 실행의 근본, 기자(箕子) 홍범구주(洪範九疇)의 오복이 모두 공에게 구비되었다고 이를 만하다.

유학을 공부한 사람들에게는 정치의 장에서 왕도의 이념을 실천하는 길이 가장 성공한 삶이다. 하지만 어느 누구도 충분한 기회를 얻지 못한다. 그렇기에 『논어』「위정(爲政)」에서 공자가 『서경』「군진(君陳)」의 "너의 아름다운 덕은 효이며 공경이니, 오직 효도하며 형제간에 우애하라[惟爾令德孝恭, 惟孝, 友于兄弟]."라는 말을 인용하면서, "『서경』에서 효에 대해 말하면서 '부모에게 효도하고 형제간에 우애하여 그것을 정치하는 데에 미루어 행한다.' 했으니, 이 또한 정치이거늘 이 어찌 꼭 벼슬을 해야만 정치를 하는 것이겠는가[書云: "孝乎, 惟孝, 友于兄弟, 施於有政", 是亦爲政, 奚其爲政]?"라고 했던 말은 위안이 될 수 있다.

(6) 복합 구성

조선 후기의 비문은 석비든 비지든 다양한 수사법을 구사하고 상당히 공교로운 구성을 취하였다. 조선 후기 비지문의 입언 방식을 알 수 있는 대표적 자료로는 정조가 채제공(蔡濟恭, 1720~1799)을 위해 뇌문(誄文)을 쓰고 스스로 축단(逐段) 자평(自評)한 것이 있다.

채제공은 1743년(영조 19) 문과에 급제한 후, 영조 말 사도세자를 보위했고 정조 때 홍국영의 실각 이후 10여 년 동안 재상으로 있었다. 묘는 경기도 용인에 있다. 묘 앞에 '己未三月二十六日', 즉 1799년(정조 23) 음력 3월 26일에 세운 비석이 있다. 정조가 내린 뇌문 120구(60연)를 비에 새긴 것이어서 「정조어제채제공뇌문비(正祖御製蔡濟恭誄文碑)」라고 부른다. 비문은 정조 임금의 필체로 추정된다. 채제공의 문집에는 정조의 뇌문 다음에 정조의 주(註)로 보이는 해설문이 붙어 있다. 한편 채제공의 신도비는 정범조(丁範祖)가 작성하여, 그 글이 정범조의 문집 『해좌집(海左集)』에 실려 있으나 묘 앞에는 세워지지 않았다. 신도비가 없는 것은 그의 사후 후손들이 정치권에서 소외되었기 때문인 듯하다. 「정조어제채제공뇌문비」의 내용은 다음과 같다.[147]

의정부영의정 규장각제학 화성부유수 장용외사 사시 문숙공 체제공 장례날에 각신을 보내어 그 영과 영결하나니, 다음과 같다.

소나무가 곧게 위로 솟아나고, 산이 깎아지른 듯 굳건하여라.

경이 이를 본받아 이와 흡사했으니, 결코 두레박[148]처럼 시속 따라 부앙하지 않았네.

우뚝하게 홀로 자임하여, 세 가지 큰 의리를 잡아 순일한 덕을 지켰도다.

학사로서 비각(祕閣)에서 역사를 편수할 때, 손에 직필을 잡아서

부월 잡은 듯 여우와 쥐 무리를 응징하니, 해와 별처럼 충성을 다하였다.

남방의 유언비어가 놀랍기만 하여, 조공의 공물을 보내오지 않았으나

환하게 변론하고 크게 열어젖혀, 우리 추로(鄒魯: 유학의 땅)로 돌아오게 했네.

지신사로서 임금을 자리 앞으로 다가앉게 하고, 피눈물을 비처럼 흘렸으며

---

147 채제공 묘역 묘비의 탁본을 보면 비제는 「朝鮮國大匡輔國崇祿大夫議政府領議政兼領▽經筵弘文館藝文館春秋館觀象監事檢校▽奎章閣提學 贈諡文肅公樊巖蔡先生濟恭之墓」이고 '御製誄文'이라 밝혔다. 전액(篆額)은 『홍재전서』 수록 글과 『번암집』 수록 글에는 없다. 『弘齋全書』 卷25 祭文 7 「文肅公蔡濟恭葬日致祭文」; 蔡濟恭, 『樊巖集』 卷首[下] 絲綸 賜祭「誄文」(命竪碑墓道). "議政府領議政▽奎章閣提學華城府留守壯勇外使賜諡文肅公蔡濟恭葬日遣閣臣替訣于其靈. 若曰: 松喬上竦, 山巘脚牢. 卿式似之, 判不枯橰. 挺然獨任, 義三秉一. 木天編史, 手握弗律. 斧鉞狐鼠, 日星忠藎. 蜀訛易驚, 巴寶不賭. 洞辨廓闢, 返我鄒魯. 知申膝席, 血涕如雨. 自持寸丹, 質諸天神. 萬育莫奪, 百匔無磷. 盖姻禀賦, 俊爽英特. 寧驥櫪伏, 不駒轅促. 薄雲氣槩, 呑潮局量. 發之於文, 忱慨瀏亮. 莊精列液, 馬髓班筋. 燕南歌筑, 抗隊新翻. 僸雖魏盈, 杼不曾投. 予匪燧鏡, 卿實虛舟. 萬籟歸竅, 三品出鑪. 起來樊巖, 坦履康衢. 嗟卿巷遇, ▽寧考則哲. 特置經輕, 知自簪筆. 若龍於虞, 出納▽王命. 若僑於鄭, 潤色辭令. 口嘗▽御藥, 手緻▽天章. 魚魚雅雅, 赤芾蒼珩. 知卿用卿, 予篤自信. 有讜必采, 取卿抱蘊. 有牘必詡, 嘉卿秉執. 有事必咨, 喜卿諧洽(『홍재전서』에 '該洽'). 有唱必醻(『번암집』에 '酬'), 愛卿風韻. 一襄負荊, 擧世蘭臭. 太阿如水, 疇敢弧車? 策名立朝, 五十年餘. 淸華要臕, 奚適不宜? 度支中權, 藝苑樞司. 延登▽奎閣, 接武江漢, 煌煌六節, 藩留及闈. 乃立之相, 不卜不夢. 捍流屹石, 支廈巨棟. 澤漉羣黎, 祿仁九族, 桃門韋布. 槐庭綴襖, 西樓七分, 上應壽星. 鶴髮象笏, 尙有典型. 爰宅于華, 靑繩路臨. 采衆春靈, 手指松陰. 大耋元朝, 聽漏起居. 渥顔炯眸, 端拱穩趨. 卿期八齡, 予謂百歲. 西來一氣, 敢肆乖沴! 間起人物, 卿亦乘箕. 朝無老成, 國其何爲? 且聞孝親, 罕如卿者. 今焉已矣, 有淚一灑! 春杵遽撤(『홍재전서』에 '輟'), 几杖未錫. 不與人亡, 滿架牙軸. 徵付剞劂, 將壽其傳. 親製誄文, 五百餘言. 歷鋪平素, 予筆無愧. 寄語弘遠, 毋忝毋貳. 己未三月二十六日."

148 원문의 길고(桔橰)는 두레박틀로, 시속을 따라 오르내리는 것을 말한다. 『장자』 「천지(天地)」와 「천운(天運)」편에 나온다.

스스로 단심을 굳게 지녀, 하늘의 신에게 질정이라도 할 정도였으니

만 사람의 힘센 장사라도 그 뜻을 빼앗지 못하고, 백겁의 풍상에도 닳아 없어지지 않았다.

경은 타고난 품성이, 우람하고 삽상하며 영특했기에

마판에 엎드린 천리마가 될지언정, 끌채에 묶인 망아지 꼴은 되지 않았도다.

구름에 닿을 듯한 기개였고, 조수도 삼킬 국량이었으니

그것을 문장으로 발휘하매, 강개하고 유량(瀏亮: 청량)하여

장자의 정수요 열자의 진액에, 사마천의 골수요 반고의 근골이었다.

연나라 역수 노래를 축을 연주하며 부르고, 수비대장으로서 호위 군대를 새로 정비해서는

상자 가득 이간의 글 올라와도, 증삼 모친이 자식 의심해서 베 북 던지듯 하지는 않았네.

나는 밝은 거울같이 꿰뚫어 보지는 못했으나, 경은 빈 배같이 허심한 마음을 지녀서

만뢰가 근원의 구멍으로 돌아가고, 삼품의 금이 화로에서 나오듯이 하여

번암(樊巖)에서 몸을 일으켜, 장안의 탄탄대로를 걸어 나갔도다.

아, 경이 큰 거리에서 군주를 만난 것은, 영고(선왕 영조)의 현철하신 안목이라

특별히 경연에 두셨으니, 잠필(簪筆: 시종신)의 때부터 알아주셨도다.

순우(순임금) 조정의 기(夔)와 용(龍)같이, 왕명을 출납하고

정나라 공손교(자산)처럼, 외교의 사령을 윤색했도다.

입으로 임금 약 맛보고, 손으로 어제 시문을 엮어 『열성어제』를 이루기도.

위의가 정돈되고 엄숙하여라, 붉은 슬갑과 푸른 패옥을 지니는 대부의 신분이었지.

내가 경을 알고서 경을 등용하여, 내가 돈독히 스스로 믿어서

좋은 계책 있으면 반드시 채택했으니, 경이 온축한 역량을 인정해서였고

간독(簡牘) 하나라도 칭찬했으니, 경의 굳은 뜻을 가상히 여겨서였다네.

일 있으면 반드시 자문했으니, 경의 해박한 식견을 기뻐하고

시 읊으면 반드시 화답했으니, 공의 풍류와 운치를 사랑했다네.

한 번 호령하자 육단부형(肉袒負荊)하니, 세상 사람이 인상여를 대하는 염파같이 했도다.

태아검이 물처럼 맑았으니, 누가 감히 수레바퀴 축을 꺾으리오?

이름을 훈적(勳籍)에 올리고 조정에 서기를, 50여 년 동안이나 했으니

청화(淸華)의 직이든 요무(要膴)의 직이든, 어디인들 적의하지 않았던가?

탁지부(호조)와 중권(中權: 중군), 예원(홍문관)과 추사(중추부)의 직책을 맡았고

이끌어서 규장각에 올리자, 강한(江漢: 공자의 학)에 발자취를 이었으며

육절(六節: 부절)이 황황하게, 유수도 되고 곤직(閫職: 절도사)도 맡았다네.

마침내 재상이 되었으니, 점을 칠 것도 없었고 꿈에 볼 것도 없이 그러하여

248

역류를 막아선 바위같이 우뚝하고, 큰 집을 지탱하는 커다란 기둥 같았으며

은택은 백성을 적셔주고, 봉록은 구족에까지 미쳤다만

도문(桃門: 부귀가)에서 처사의 가죽옷을 입고, 괴정(재상 집)에서 어부의 도롱이를 걸쳤네.

서루(西樓)의 칠분(七分: 초상화)은, 위로 수성(壽星)에 응하고

학발(흰머리)에 상홀 쥔 모습은, 여전히 전형을 남기고 있구려.

이즈음 화성에 음택(현륭원)을 조성하고, 행차의 푸른 끈이 길에 임하여

봄 이슬이 성한 날, 손으로 묘역의 소나무 그늘을 가리킬 때

일흔의 나이로 정월 초하룻날, 이른 아침 조정 반열에 나왔는데

얼굴이 윤택하고 눈동자 빛나며, 단정히 공수하며 평온하게 종종걸음을 옮기기에

경은 여든 살은 살려나 기약했겠지만, 나는 그대가 백세를 살리라고 여겼거늘

서쪽에서 찬 기운이 와서, 감히 요상한 짓을 함부로 하다니!

몇 시대 만에 나올까 말까 하건만, 경 또한 기미(箕尾)를 타고 떠나고 말아

조정에 노성한 대신이 없어졌으니, 이 나라 일을 장차 어이하리오?

듣건대 어버이에게 효성스럽기는, 그대만 한 사람이 드물다고 하더니

이제는 그만이로구나, 눈물만 한바탕 뿌릴 따름이라니!

사람들 슬퍼하며 방아노래[149] 그쳤고, 나는 궤장을 내리지 못했구나.

사람과 함께 없어지지 않은 것이, 서가에 가득 상아 찌를 끼운 저술들이려니

가지고 오라 하여 기궐(剞劂: 판각)에 부쳐, 그 전함을 영구하게 하련다.

내가 몸소 이 뇌문을 짓자니, 500여 마디가 되었으니

평소의 행적을 두루 포진했기에, 나의 붓에 부끄러움이 없구려.

그대 아들 홍원(弘遠)에게 이르나니, 선친의 덕을 더럽히지 말고 한결같이 따르라고.

기미년 3월 26일.

『번암집』에 수록된 정조의 뇌문 다음에 각 구에 대한 구의(句義)가 있다(표 2-8). 그 끝에 "스스로 구를 만들고 구의가 있다[自以爲句有句義]."라고 했으니, 구의도 정조의 작성임을 알 수 있다. 이때 구(句)란 시구 2구를 합하여 부르는 말로, 연(聯)이라 하는 것이 이에 해당한다. 각 연의 2구는 대우나 배비구를 이루며 변환이 무궁하다.[150]

---

149 원문의 용저(舂杵)는 방아노래이다. 『史記』卷68「商君列傳」에, "오고 대부(五羖大夫) 백리해(百里奚)가 죽었을 때에는 진나라의 남녀들이 모두 눈물을 흘렸으며, 어린아이들은 가요를 부르지 않았고 방아를 찧는 자들은 방아노래를 부르지 않았다. 이것이 오고 대부의 덕이다."라고 했다.

150 "首句, 形容自家不屈之氣像. 第二句, 記攀援之無藉力處. 第三句, 統言三大節. 第四五句, 言嚴於辛壬義

|표 2-8| 정조의 채제공 뇌문비 구의(句義) 분석

지문 비문	압운	정조의 분석
1 松喬上竦, 山巖脚牢.	下平聲四豪	본인의 불굴의 기상을 형용했다[形容自家不屈之氣像].
2 卿式似之, 刓不桔橰.	下平聲四豪	더위 잡고 원조할 힘을 빌릴 곳이 없음을 기록했다[記攀援之無藉力處].
3 挺然獨任, 義三秉一.	入聲四質	삼 대절을 통합하여 말했다[統言三大節].
4 木天編史, 手握弗律.	入聲四質	신임 의리에 엄함을 말했다[言嚴於辛壬義理].
5 斧鉞狐鼠, 日星忠藎.	去聲十二震	
6 蜀訛易驚, 巴竇不賑.	去聲十二震	무신 의리에 엄함을 말했다[言嚴於戊申義理].
7 洞辨廓闢, 返我鄒魯.	上聲七麌	
8 知申膝席, 血涕如雨.	上聲七麌	모년 의리의 두뇌처이다[卽某年義理頭腦].
9 自持寸丹, 質諸天神.	上平聲十一眞	
10 萬育莫奪, 百規無磷.	上平聲十一眞	뜻을 빼앗을 수도 없고 갈아도 갈아 없애지 못할 만큼 굳게 잡고 똑바로 서 있음으로 매듭지었다[結之以莫奪不磷之秉執樹立].
11 盖卿稟賦, 俊爽英特.	入聲十三職*	
12 寧驥櫪伏, 不駒轅促.	入聲二沃*	성품과 도량을 두루 논했다[泛論性度].
13 薄雲氣槩, 呑潮局量.	去聲二十三漾	
14 發之於文, 忼愾瀏亮.	去聲二十三漾	
15 莊精列液, 馬髓班筋.	上平聲十二文*	성품과 도량이 발하여 문사를 이룬 것을 말했다[道得發之爲文詞者].
16 燕南歌筑, 抗隊新翻.	上平聲十三元*	
17 篋雖魏盈, 杼不曾投.	下平聲十一尤	
18 予匪懸鏡, 卿實虛舟.	下平聲十一尤	상전벽해의 변고를 기록했다[記其滄桑].
19 萬籟歸竅, 三品出鑪.	上平聲七虞	
20 起來樊巖, 坦履康衢.	上平聲七虞	

4~9: 제3구 '삼 대절을 통합하여 말했다'를 해석.

理. 第六七句, 言嚴於戊申義理. 第八九句, 卽某年義理頭腦. 自四句至九句, 釋第三句統言之三大節. 第十句, 又結之以莫奪不磷之秉執樹立. 第十一二三句, 泛論性度. 第十四五六句, 道得發之爲文詞者. 第十七至二十句, 記其滄桑. 第二十一至二十六句, 遭逢▽先朝. 恩數曠絶. 而玉堂卽中批之始. 承旨卽結知之地. 編次人內局提調. 尤屬異於人之履歷. 並特書之. 第二十七至三十一句, 卽予知其人用其人之實蹟也. 第三十二句. 書當時諸人之交口加拳者. 無不屈膝納拜也. 第三十三句, 承上句, 言專任之所以然. 而第三十四句以下. 歷敍所經官職. 第三十九句四十句, 言作相之由. 第四十一二句, 言公私實事. 第四十三四句, 記其享退齡. 第四十五六句, 言將欲退老華城之本意. 第四十七句五十二句, 記傷惜. 第五十三句, 以自家孝親結之. 以接上句三大節. 第五十六七句, 言徵稿印給. 結句, 勉後承. 自以爲句有句義." 이 구의는 정조의 『홍재전서』에는 실려 있지 않다.

250

지문 비문	압운	정조의 분석
21 嗟卿巷遇, 寧考則哲.	入聲九屑*	선대왕을 만나 은수가 유례가 없을 정도였는데, 옥당의 직은 중비의 시작이었고, 승지의 직은 어수지교를 맺고 지우하는 지반이었다. 편차인『열성지장』을 엮는 어제편차인(御製編次人)]이 되고 내국(내의원) 제조가 된 것은 특히 다른 사람의 이력과는 다른 것에 속하므로 아울러 특별히 썼다[遭逢先朝. 恩數曠絶. 而玉堂卽中批之始. 承旨卽結知之地. 編次人內局提調. 尤屬異於人之履歷. 並特書之].
22 特置經幄, 知自簪筆.	入聲四質*	
23 若龍於虞, 出納王命.	去聲二十四敬	
24 若僑於鄭, 潤色辭令.	去聲二十四敬	
25 口嘗御藥, 手綴天章.	下平聲七陽*	
26 魚魚雅雅, 赤芾蒼珩.	下平聲八庚*	
27 知卿用卿, 予篤自信.	去聲十二震*	내가 그 사람됨을 알아서 그 사람을 등용시킨 실적이다[卽予知其人用其人之實蹟也].
28 有謨必采, 取卿抱蘊.	上平聲十三元*	
29 有牘必詢, 嘉卿秉執.	入聲十四緝*	
30 有事必咨, 喜卿諧洽.	入聲十七洽*	
31 有唱必醻, 愛卿風韻.	去聲十三問*	
32 一號負荊, 舉世廉藺.	去聲十二震*	당시 여러 사람들 가운데 교대로 비방하고 주먹을 날리던 사람들치고 무릎을 굽히고 절을 드리지 않은 이가 없었음을 적었다[書當時諸人之交口加拳者. 無不屈膝納拜也].
33 太阿如水, 疇敢弧車?	上平聲六魚	위의 구에 이어 전적으로 신임한 소이연을 말했다[承上句. 言專任之所以然].
34 策名立朝, 五十年餘.	上平聲六魚	지나온 관직을 차례로 서술했다[歷敍所經官職].
35 清華要膴, 奚適不宜?	上平聲四支	
36 度支中權, 藝苑樞司.	上平聲四支	
37 延登奎閣, 接武江漢.	去聲十五翰*	
38 煌煌六節, 藩留及闈.	上聲十三阮*	
39 乃立之相, 不卜不夢.	去聲一送	재상이 된 연유를 말했다[言作相之由].
40 捍流屹石, 支厦巨棟.	去聲一送	
41 澤潝羣黎, 祿仁九族.	入聲一屋*	공적 사실과 사적 사실을 말했다[言公私事實].
42 桃門韋布, 槐庭綴襪.	入聲十一陌*	
43 西樓七分, 上應壽星.	下平聲九青	장수를 누릴 것임을 기록했다[記其享遐齡].
44 鶴髮象笏, 尙有典型.	下平聲九青	
45 爰宅于華, 青繩路臨.	下平聲十二侵	장차 늙어서 화성으로 은퇴하려는 본뜻을 말했다[言將欲退老華城之本意].
46 采采春靈, 手指松陰.	下平聲十二侵	

지문 비문	압운	정조의 분석
47 大耋元朝, 聽漏起居.	上平聲六魚*	슬퍼하고 안타까워하는 마음을 기록했다 [記傷惜].
48 渥顏炯眸, 端拱穩趨.	上平聲七虞*	
49 卿期八齡, 予謂百歲.	去聲八霽	
50 西來一氣, 敢肆乖沴!	去聲八霽	
51 間起人物, 卿亦乘箕.	上平聲四支	
52 朝無老成, 國其何爲?	上平聲四支	
53 且聞孝親, 罕如卿者.	上聲二十一馬	본인의 효친으로 매듭을 지어, 위의 삼 대절과 이었다[以自家孝親結之. 以接上句三大節].
54 今焉已矣, 有淚一灑!	上聲二十一馬	
55 春杵遽撤, 几杖未錫.	入聲十二錫*	
56 不與人亡, 滿架牙軸.	入聲一屋*	원고를 가져오게 하여 인쇄해서 반급함을 말했다[言徵稿印給].
57 徵付劂劂, 將壽其傳.	下平聲一先*	
58 親製誄文, 五百餘言.	上平聲十三元*	후승(後承: 후사)을 권면했다[勉後承].
59 歷鋪平素, 予筆無愧.	去聲四寘	
60 寄語弘遠, 毋忝毋貳.	去聲四寘	

*: 이웃하는 운과의 통압

한국의 석비나 묘비는 고려 이후 고문의 정제된 한문을 위주로 했다. 중국의 산문과 달리 제행의 행문과 배비구의 중첩을 기피했다. 중국 비문의 문체적 특징은 임진왜란과 관련된 「자성비(子城碑)」 비문을 통해 살필 수 있다.

「자성비」는 명나라 경리(經理) 만세덕(萬世德)의 공을 기리기 위해 1599년(선조 32) 세운 비이다. 「만세덕기공비(萬世德紀功碑)」 혹은 「부산자성비명(釜山子城碑銘)」이라고 부른다.[151] 1599년 10월 1일에 전 병부직방사 가유약(賈維鑰)의 비문 초고가 접반사를 통해 조선 조정에 보고되자,[152] 조선에서는 자성대(子城臺)에 비석을 세우게 했다. 이후 1709년(숙종 35) 3월에 동래부사 권이진(權以鎭)이 자성대에서 부러진 비석을 발견하고 1710년 구리를 부어 끊어진 곳을 이은 후 돌기둥을 세우고 지붕을 덮어

---

151 『金石集帖』 186使(교178使:戰功) 책에 탁본 「釜山萬經理(萬世德)勝戰碑」(無前)가 있다. 해서비제는 「釜山子城碑銘幷序」이다.

152 『宣祖實錄』 卷111, 선조 32년(기해, 1599) 10월 1일(정축).

보호했다.[153] 「자성비」의 앞면에 새긴 글은 세 부분으로 이루어져 있다. 첫 부분은 만력 기해년, 즉 1599년 8월 상순에 경리 대중승 만세덕이 대장군 이승훈(李承勛)과 함께 문무 장리(文武將吏)들을 거느리고 부산의 언덕에 올라 천자의 '성인신무(聖仁神武)'를 칭송하고, 가유약에게 서간을 주어 가유약이 그 일을 서술하여 명을 지은 사실을 기록했다.[154] 다음으로 가유약이 지은 명의 서(序)가 이어진다. 마지막 부분에는 명의 서에 이어 초사체 사(辭)가 있다. 그런데 명의 서는 같은 음절의 구를 늘어놓는 제행의 행문과 배비구의 중첩이 두드러진다.

대개 조선이 내부하여 번병을 칭했으므로 중국이 영토 안의 나라처럼 우대한 것이 오래되었는데, 왜노들이 무도하여 조선의 산천에 독을 퍼뜨리자 종묘는 궁하게 되어 폐허가 되고 노인과 어린아이는 골짜기에 시신이 되어 구르니, 기자의 강토가 판탕되어 형세가 매우 참혹했다. 천자가 불쌍하게 여겨 원조를 하려 해서, 천자의 군대가 강을 건너 평양에서 대첩을 거두자, 왜의 관백이 앙화를 두려워하여 교활하게 얼굴을 바꾸어 작명과 봉함을 구걸하니, 천자의 조정은 그 정성을 미루어 먼 나라를 회유하고자 이 말을 믿고 이를 내렸다. 그러나 사절이 돌아오자마자 맹세가 식어버리고 욕설을 해대니, 이것이 어찌 묘족이 순임금에게 거역하고 귀방이 은나라를 배반하며 험윤이 주나라를 어지럽힌 것과 다름이 있겠는가? 천자가 크게 노하여 의리상 반드시 토벌해야 한다고 하여, 대사마 형개(邢玠) 공을 총독제군사로 삼았다. 참정 양호(楊鎬) 공을 발탁하여 어사중승으로 삼아 조선을 경략하게 했으나 얼마 후 이간책 때문에 서로 어긋나 떠나고, 만세덕 공이 천진에서 옮겨와 진무하니 총애의 명령이 매우 융숭하고 맡은 책임도 더욱 무거웠다. 이에 앞서 천자의 조정에서는 이 출정

<hr>

153 尹行恁의 『碩齋稿』, 朴師昌의 『東萊府誌』 '五六島' 조항 등에서 비석이 오륙도 제삼봉에 건립되었다고 했으나, 1683년(숙종 9) 민섬(閔暹)과 1709년(숙종 35) 권이진(權以鎭)이 비석을 자성대에서 찾았다고 했다. 『東萊府誌』 '釜山子城碑銘' 註. "不佞(權以鎭-인용자 주)於癸丑冬, 莅釜山也, 見天將万公世德壬辰討倭碑. … 己丑三月, 余登釜山, 有折碑臥草.";"府使權以鎭剝啓云云. 臣嘗至釜山, 登其子城, 有折碑臥草, 剔苔而讀之, 其文曰: 維明皇万曆歲在屠維淵獻之次八月上浣, 經理大中丞萬公世德受命專征."; 박현규, 「명 張良相의 南海〈東征磨崖碑〉고찰」, 『동아인문학』 38, 동아인문학회, 2017, pp.143-165. 『금석집첩』 탁본의 해서비제가 '釜山子城碑銘幷序'인 것을 보면, 비석이 본래 자성대(부산시 동구 범일동)에 있었음을 알 수 있다. 비의 뒷면에는 당시 참전한 명군 장수 58명의 명단이 9개 직책별로 새겨져 있다. 경성대학교 부설 한국학연구소, 『부산금석문』, 부산뿌리찾기2, 부산광역시, 2002, pp.144-147; 부산역사문화대전(http://busan.grandculture.net). 권이진은 비문과 비음기는 판자에 새겼다고 하면서 글을 남겼다. 權以鎭, 「續釜山子城折碑記」, 『有懷堂集』 卷7 記.

154 維明皇萬曆歲在屠維淵獻之次八月上浣, 經理大中丞萬公世德, 受命專征, 至于三韓, 廓淸倭氛, 保定屬藩, 乘秋南獮, 放于東海, 遂偕大將軍李公承勛, 奉文武將吏, 登釜山之巔, 而喟然歎曰: "於鑠哉! 聖仁神武, 丕揚流鬯, 一至于斯乎!" 乃授簡外史氏前兵部職方司郎中蓟門賈維鑰, 叙其事而銘之.

을 중요하게 생각하여 4명의 대장군에게 인끈을 내렸다. 마귀(麻貴) 장군과 동일원(董一元) 장군은 계(薊)·요(遼)·운(雲)·곡(谷)의 정예 보병과 기병을 거느리고 왔고, 유정(劉綎) 장군과 진린(陳璘) 장군은 오(吳)·월(越)·민(閩)·촉(蜀)의 용맹한 해군과 육군을 거느리고 왔다. 장병을 선발하고 책문하는 일은 좌우도참정 왕사기(王士琦), 참의 양조령(梁祖齡), 부사 두잠(杜潛)이 맡았으며, 군량미를 독려하는 것은 민부랑 동한유(董漢儒)가 전적으로 책임을 맡았다. 직분을 지켜 계책을 수립해 올리는 것은 운동(運同) 오양새(吳良璽) 등이, 성곽을 맡아 온 힘을 다하는 일은 부총병 해생(解生) 등이, 각기 맡은 바가 있으면서 함께 기무를 다했다. 오직 어사 진 공(陳公)만이 몸소 천자의 특별한 간택에 부응하여 수의(繡衣)를 입고 부월을 짚고서 계율에 따르지 않는 자를 군법에 따라 다스렸다.[155]

「자성비」의 사(辭)는 용운이 느슨하다. 운자는 荒(平唐), 疆(平陽), 征(平淸), 行(平庚), 邦(平江), 方(平陽), 赫(入陌), 極(入職), 烈(入薛), 國(入德)으로 한 번 환운을 했는데, 통압이 많다.

> 維皇仁覆, 怙退**荒**兮. 蠢玆凶梟, 侵侯**疆**兮.
> 爰整六師, 以遏徂**征**兮. 執禽獲醜, 孰逆顔**行**兮?
> 取殘植弱, 靜海**邦**兮. 讋遠柔邇, 風四**方**兮.」
> 瞻彼巉嵓兮, 天威有**赫**. 酌彼溟渤兮, 帝德罔**極**.
> 拜手題石兮, 揮昭鴻**烈**. 萬歲千秋兮, 永奠王**國**.」

아아, 황제의 어질게 덮어 주심이 궁벽한 외방을 보호했거늘
어리석고 흉악한 올빼미가 제후의 강역을 침범했기에,
황제의 여섯 군대를 정렬하여 막고 정벌하여
짐승을 잡듯이 적들을 포획하니 누가 선봉을 거역하랴?

---

155 盖維朝鮮, 內附稱藩, 與國同久, 倭奴不道, 螫其山川, 宗廟鞠爲丘墟, 旄倪轉于溝壑, 箕封板蕩, 狀極慘楚. 天子閔而援之, 王師渡江, 平壤克捷, 關會思禍, 狡爲革面, 乞受名封, 朝廷推誠柔遠, 是信是予. 顧使節甫旋, 盟寒口舌, 是奚異夫有苗之逆虞, 鬼方之負殷, 獫狁之猾周者哉? 天怒震疊, 義在必討. 以大司馬邢公玠, 行總督諸軍事. 擢參政揚公鎬, 爲御史中丞, 經理朝鮮. 亡何以行間事齟齬去, 而萬公自天津移鎭焉, 則寵命郅隆, 肩任益鉅矣. 先是朝廷鄭重厥役, 頒四大將軍印綬. 於是麻將軍貴·董將軍一元, 以薊遼雲谷步騎之銳至. 劉將軍綎·陳將軍璘, 以吳越閩蜀舟陸之雄至. 簡詰兵戎則左右道參政王士琦·參議梁祖齡·副使杜潛, 而督餉則民部郎董漢儒有專責焉. 至于守職獻宣猷則運同吳良璽等, 分陣戮力則副總兵解生等, 各有司存, 共襄機務. 惟是御史陳公効, 躬膺特簡, 以繡斧按治弗戒.

남은 자를 거두고 약한 자를 받쳐주어 바다 밖 나라를 고요히 하고

먼 자는 복종시키고 가까운 자는 회유하니 사방이 교화되었다.

저 아스라한 바위산을 바라보라 천자의 위엄이 혁혁하고

저 큰 바다의 물을 잔에 따르나니 황제의 덕이 망극하여라.

손 모아 절하고 돌에 새겨 큰 공적을 빛나게 하여

천년이고 만년이고 영원히 왕국이 안정하기 바라노라.

고려와 조선의 비문 찬술자들은 평소 중국의 유사 사례를 학습해 둔 문장가들이었다. 당나라 한유의 비문은 진실한 정감을 품고 있다고 간주했다. 송나라 구양수의 묘지명 가운데 「윤사로묘지명(尹師魯墓誌銘)」·「장자야묘지명(張子野墓誌銘)」·「황몽승묘지명(黃夢升墓誌銘)」·「조래석선생묘지명(徂徠石先生墓誌銘)」 등도 높이 평가했다. 구양수의 「상강천표(瀧岡阡表)」는 부친의 고결함, 효성, 인자함을 추모하면서 모친의 검약과 안빈을 추억한 명문으로 꼽았다. 조선 후기에는 당송팔가의 문장 외에도, 명나라 복고파 왕세정(王世貞)과 고문가 귀유광(歸有光), 청나라 초 고문가 전겸익(錢謙益)의 문장을 모범으로 삼았다. 귀유광의 「선비사략(先妣事略)」·「심정보묘지명(沈貞甫墓誌銘)」 등은 언외에 감성이 넘쳐 난다고 하여 주목했다.

7. 유이민 지문과 신발굴 비문의 문체

(1) 유이민 지문의 문체

고구려나 백제 멸망 후 당에 이주했던 낙랑인, 고구려인, 백제인의 묘지명이 중국에 전한다. 앞에서 언급했듯이, 낙랑 수성인 왕파(王波)의 6세손 왕정(王禎)·왕기(王基)와 두 명의 왕씨 부인 묘지명은 모두 중국 하남성 낙양 북망산(北邙山)에서 출토되었다. 고구려 유이민(遺移民)과 백제 유이민의 묘지명도 대개 7세기 후반 내지 8세기 초에 제작된 것들로, 1921~1923년 낙양 북망산에서 출토되었다. 유이민들의 묘지명은 당나라 묘지의 일반 양식을 따라 제액·찬자·서·명으로 이루어져 있다. 고구려 유이민의 묘지명에는 천남생(泉男生)·천남산(泉男山)·천헌성(泉獻誠)·천비(泉毖) 등 연개소문 가문의 묘지명과 고자(高慈)·고진(高震)·고현(高玄) 등의 것이 있다. 백제 유이민의

묘지명에는 부여융(扶餘隆)과 흑치상지(黑齒常之)·흑치준(黑齒俊) 부자의 것이 있으며, 흑치상지의 사위 순(珣)장군 공덕기도 있다.[156] 이외에 백제, 고구려, 신라 유이민의 묘지명이 속속 발굴되었다.[157]

백제의 마지막 태자였던 부여융(615~682)의 묘지명은 4단락으로 구성되었다. 첫 단락에는 묘지의 주인공인 부여융의 이름과 자, 출신지, 조부인 무왕과 부 의자왕이 당에서 받은 관직과 품성이 서술되어 있으며, 묘지명의 중심 부분인 둘째 단락에서는 부여융의 품성, 생애, 활동을 수사적인 칭송으로 미화시켜 기록했다. 셋째 단락은 생애를 칭송한 명, 넷째 단락은 제액이다. 660년 신라군의 포로가 되었다가 의자왕, 왕족, 귀족과 함께 당의 수도인 낙양으로 압송되었던 부여융은 웅진도독이 되어 백제 수복을 꾀했다. 『당서』·『자치통감』에는 부여융이 고구려 옛 땅에서 죽었다고 했으나, 묘지명은 그가 낙양에서 사망했다고 밝혔다.

백제의 제31대 왕 의자(義慈, 재위 641~660)는 휘(諱)만 전하지, 시호가 없다. 『구당서』에는 '부여의자(扶餘義慈)'로 나타난다. 무왕의 장남으로 태어나 632년(무왕 33) 태자로 책봉되고, 641년 무왕의 사후 즉위하여 당으로부터 '주국(柱國)·대방군왕(帶方郡王)·백제왕(百濟王)'으로 일컬어졌다. 660년 나당 연합군의 공격을 받아 사비성(泗沘城, 충남 부여)이 포위되자 의자왕은 태자와 함께 웅진성(熊津城, 충남 공주)에 피신하고,[158] 차남 태(泰)가 왕을 칭하고 사비성을 고수했다. 태자의 아들 문사(文思)가 융(隆)과 상의하여 투항하자, 태도 투항했다. 결국 의자왕도 항복했다. 처자를 비롯해 1만 2,000여 명과 함께 당나라에 압송되어, 그곳에서 병사했다. '금자광록대부(金紫光祿大夫)·위위경(衛尉卿)'의 작호를 받았다. 아들 융은 사가경(司稼卿)의 작호를 받았다. 의자왕의 아들로는 효(孝)·태(泰)·융(隆)·연(演)·풍(豊)[풍장(豊璋)]·용(勇)[159][백제왕 선광

---

156 조범환,「在唐 고구려 遺移民의 삶과 죽음」,『한국고대사탐구』 35, 한국고대사탐구학회, 2020, pp.39-78.; 김영관,「재당 백제유민의 활동과 출세 배경」,『한국고대사탐구』 35, 한국고대사탐구학회, 2020, pp.79-116; 김희만,「在唐 신라인의 삶과 죽음─묘지명을 중심으로─」,『한국고대사탐구』 35, 한국고대사탐구학회, 2020, pp.117-153.

157 곽승훈·권덕영·권은주·박찬홍·변인석·신종원·양은경·이석현 역주,『중국 소재 한국고대금석문』, 한국학중앙연구원출판부, 2015.

158 『三國史記』 卷28 百濟本紀 6, 의자왕 20년(660) 조항에, 의자왕과 함께 북방으로 도망한 태자를 孝라 했으나, 의자왕 4년(644) 조항에서는 隆을 태자로 삼았다고 했다. 『구당서』와 『일본서기』에서도 태자의 이름을 隆이라 했다.

159 『舊唐書』 卷84「劉仁軌傳」. "扶餘勇者, 扶餘隆之弟也. 是時走在倭國, 以爲扶餘豊之應, 故仁軌表言之."

(善光)] 등 6명의 이름이 확인되고, 그 밖에 서자가 41명[160]이었다.

1929년 낙양에서 흑치상지(630~689)와 그의 아들 흑치준(676~706)의 묘지명이 중국 하남성 낙양 망산에서 출토되었다. 남경박물원이 소장하고 있으며, 탁본이 대만 중앙연구원 역사어언연구소 박물관에 있다.[161] 흑치상지는 백제의 달솔로 풍달군 군장(郡將)을 겸했다. 660년 당나라의 소정방과 신라의 김유신이 사비성을 점령하자, 10여명의 장수들과 함께 임존성을 점령하고 옛 백제군 3만여 명을 모았다. 소정방이 흑치상지를 치려다가 실패하자, 흑치상지는 기세를 몰아 200여 성을 회복했다. 그러나 용삭(龍朔) 연간(661~663) 당나라에 항복해서 좌령군원외장군양주자사(左領軍員外將軍佯州刺史)가 되었으며, 수차례 당군을 위해 싸웠다. 후에 연연도대총관(燕然道大聰管)이 되어 이다조(李多祚) 등과 함께 돌궐과 싸웠으나, 좌감문위중랑장(左監門衛中郎將) 보벽(寶璧)의 패전에 책임을 져야 했다. 우응양위장군 조회절 모반 사건이 일어나 주흥(周興)이 모반 가담죄를 그에게 덮어씌워 흑치상지는 689년 교수형에 처해졌다. 『신당서』 측천순성무황후(則天順聖武皇后, 무측천) 영창(永昌) 원년(689) 조에는 그해 10월 우무위대장군 흑치상지를 '죽였다[殺]'라고 기록되어 있다. 10년 후 699년, 아들 흑치준의 신원 상소로 관작이 복구되고 좌옥검위대장군(左玉鈐衛大將軍)을 추증받고 북망산으로 이장되었다.

「흑치상지묘지문」은 41행으로 행마다 41자씩이며 '詞曰' 이하 행을 바꾸었으므로 모두 1,604자이다. 찬자는 이름을 밝히지 않았으나, 흑치상지의 막하에 있으면서 그를 흠모했다고 말했다. 제기(비제) 다음의 자(序)는 총평, 가문, 품성, 수학, 백제와 당에서의 공훈과 관력, 흑치준의 신원 요청과 허락의 제(制), 개장 요청과 허락의 칙(勅) 등을 자세히 적고 명(銘)을 붙였다. 흑치상지의 공훈과 관력을 시간순으로 배열하되, 평어를 삽입하여 흑치상지의 인격적 탁월함이 공훈 및 관력과 연관이 있음을 드러냈다. 흑치상지가 소학에 들어갈 8세의 나이에 『춘추좌씨전』 및 『한서』와 『사기』를 읽었다고 했고, 평소 『논어』의 '구명치지(丘明恥之) … 구역치지(丘亦恥之)' 구[162]를 가르침으로 새겼다고 적었다. 「흑치상지묘지문」의 찬자가 역사서와 유가 서적의 과독(課

---

160 『三國史記』卷28, 百濟本紀 6, 의자왕 17년(657) 春正月. "拜王庶子四十一人爲佐平, 各賜食邑."

161 비제는 「大周故左武威衛大將軍檢校左羽林軍贈左玉鈐衛大將軍燕圀公黑齒府君墓誌文幷序」이다.

162 『論語』「公冶長」에 "말 잘하고 얼굴빛 좋게 하고 공손을 지나치게 함을 옛날 좌구명이 부끄럽게 여겼는데 나도 부끄럽게 여긴다. 원망을 감추고 그 사람과 사귐을 좌구명이 부끄럽게 여겼는데 나도 부끄럽게 여긴다[巧言令色足恭, 左丘明恥之, 丘亦恥之. 匿怨而友其人, 左丘明恥之, 丘亦恥之]."라고 했다.

讀)을 중시했음을 알 수 있다. 성력(聖曆) 원년(698)에 무측천이 내린 제(制)를 인용했는데, '自嬰家各屢效赤誠' 부분은 4언구의 제행이다. 各은 恪이고, 가각(家恪)은 가난(家難: 집안의 재난)을 뜻한다. 이 구절은 "스스로 가난에 걸리자 누차 진실한 정성을 바쳤고" 정도로 번역하는 것이 옳다. 그런데 「흑치상지묘지문」은 같은 시기 고려에서는 찾아볼 수 없을 정도로 행문과 용운이 정교하다. 서는 변문과 고문을 적절히 안배하고, 전고를 기저에 둔 어휘와 구문들을 구사했다. 명은 산행으로 되어 있지만 용운이 복잡하다. 우선 서(序) 부분은 표 2-9와 같다.

　이하의 명은 산문의 구법을 취한 듯하지만 실은 대우의 연(聯)을 배열하면서 8개의 운을 바꾸어 썼다. ⓐ는 각구압운(屛/榮), ⓑ는 각구압운(鞞/梯), ⓒ는 격구압운이되 첫 구에도 입운했다(哲/絶/晰). ⓓ는 격구압운에 첫 구 입운(東/風/功), ⓔ도 격구압운에 첫 구 입운(旌/盖/籟), ⓕ도 격구압운에 첫 구 입운(榮/聲/城), ⓖ는 각구압운(展/顯)이다. ⓗ는 격구압운이되 첫 구에도 입운했다(劘/傷/光/良/亡/章/疆).

ⓐ 談五岳者不知天台之翠屛也 觀四瀆者不晤雲洲之丹榮也

ⓑ 恭聞日磾爲漢之鞞 亦有里奚爲秦之梯

ⓒ 苟云明哲 與衆殊絶

　　所在成寶 何往非晰

ⓓ 惟公之自東兮 如春之揚風兮

　　文物資之以動色 聲明佇之以成功兮

ⓔ 悠悠旌旌 蕭蕭軒盖

　　擊鴻鍾 鼓鳴籟

ⓕ 云誰之榮 伊我德聲

　　四郊無戎馬之患 千里捍公侯之城

ⓖ 勳積旣展矣 忠義旣顯矣

ⓗ 物有忌乎貞劘 行有高而則傷

　　中峯落其仞 幽壤淪其光

　　天下爲之痛 海內哀其良

　　天鑒斯孔 襄及存亡

　　余實感慕 爲之頌章

　　寄言不朽 風聽無疆

|표 2-9| 「흑치상지묘지문」의 서(序)

비제	大周故人左武威衛大將軍檢校左羽林軍 贈左玉鈐衛大將軍燕國公 黑齒府君墓誌文幷序	대주고인좌무위위대장군검교좌우림군 증좌옥검위대장군 연국공 흑치부군묘지문병서
1단	太淸上冠, 合其道者坤元, 至聖高居, 參其用者師律. 不有命世之材傑, 其奚以應斯數哉? 然則求玉榮者, 必遊乎密山之上, 蘊金聲者, 不限乎魯門之下矣.	태청이 위에 덮고 있으니, 그 도에 순응하는 것이 곤원이고, 지성이 높이 거처하니, 그 쓰임에 참여하는 것이 사율(師律)이다. 뛰어난 인걸이 아니라면 어찌 이 운수에 부응할 수 있겠는가? 그러므로 옥영(玉榮)을 구하는 사람은 밀산(密山) 위에 노닐되 금성(金聲)을 온축한 사람은 노나라 공자 문하에 한정하지 않을 것이다.
2단	府君諱常之, 字恒元, 百濟人也. 其先出自扶餘氏, 封於黑齒, 子孫因以爲氏焉. 其家世相承爲達率, 達率之職, 猶今兵部尙書, 於本國二品官也. 曾祖諱文大, 祖諱德顯, 考諱沙次, 並官至達率. 府君少而雄爽, 機神敏絶, 所輕者嗜欲, 所重者名訓. □府深沈, 淸不見其涯域, 情軌闊達, 遠不形其里數. 加之以謹愨, 重之以溫良. 由是, 親族敬之, 師長憚之. 年甫小學, 卽讀春秋左氏傳, 及班馬兩史, 歎曰: "丘明恥之, 丘亦恥之, 誠吾師也. 過此何足多哉?" 未弱冠, 以地籍授達率.	부군은 휘가 상지(常之), 자는 항원(恒元)으로, 백제 사람이다. 조상은 부여씨로부터 나왔는데, 흑치에 봉해졌으므로, 자손들이 이에 그 지명을 씨로 삼았다. 대대로 달솔(達率)이었으니, 달솔의 직책은 지금의 병부상서와 같으며, 본국(중국)에서 2품 관이다. 증조의 휘는 문대(文大), 조부의 휘는 덕현(德顯), 아버지의 휘는 사차(沙次)로, 모두 관등이 달솔에 이르렀다. 부군은 젊어서 웅혼하고 삽상했고, 신기(神機)가 아주 민첩했다. 가벼이 여기는 것은 기욕이고, 중하게 여기는 것은 명예였다. 마음이 깊고 맑아서 경계를 볼 수 없고, 정궤(情軌)가 활달하여 심원해서 이수를 형용할 수 없었으며, 근실함을 더하고 온량함까지 지녔다. 이로써 친족 이 존경하고 어른이 두려워했다. 소학에 들어갈 8세에 『춘추좌씨전』과 『사기』·『한서』를 읽고는, "'좌구명이 부끄러워했으니 나도 부끄러워한다'는 말은 정말 나의 선생이다. 이보다 더하다고 무엇이 훌륭하다고 하랴?"라고 탄식했다. 약관이 안 되어 가문의 명망에 따라 달솔을 제수받았다.
3단	唐顯慶中, 遣邢國公蘇定方, 平其國, 与其主扶餘隆, 俱入朝, 隷爲萬年縣人也. 麟德初, 以人望授折衝都尉, 鎭熊津城, 大爲士衆所悅. 咸亨三年, 以功加忠武將軍行帶方州長史, 尋遷使持節沙泮州諸軍事沙泮州刺史, 授上柱國. 以至公爲己任, 以忘私爲大端, 天子嘉	당나라가 현경(顯慶, 656~660) 중에 형국공 소정방을 보내 나라를 평정하자, 임금(태자) 부여융과 함께 입조했는데, 만년현(萬年縣)에 소속시켰다. 인덕(664~665) 초에 인망으로 절충도위를 제수받고 웅진성에 진수(鎭守)하니, 많은 사람들이 크게 기뻐했다. 함형 3년(672)에 공적에 따라 충무장군 행 대방주장사를 더했으며, 곧이어 사지절 사반주제군사, 사반주자사로 옮기고 상주국을 제수받았다. 공변됨으로 자기 임무를 삼고, 사욕의 잊음으로 대단(大端)을 삼으니, 천자가 가상히 여겼다.

단	한문 원문	번역
3단	之. 轉左領軍將軍, 兼熊津都督府司馬, 加封浮陽郡開國公, 食邑二千戶. 于時, 德音在物, 朝望日高. 屬蒲海生氛, 蘭河有事, 以府君充洮河道經略副使, 實有寄焉. 府君稟質英毅, 資性明達. 力能翹關, 不以力自處, 智能禦寇, 不以智自聞. 每用晦而明, 以蒙養正. 故其時行山立, 具瞻在焉. 至於仁不長姦, 威不害物, 賞罰有必, 勸沮無違. 又五校之大經, 三軍之元吉, 故士不敢犯其令, 下不得容其非. 高宗每稱其善, 故以士君子處之也. 及居西道, 大著勳庸. 于時, 中書令李敬玄爲河源道經略大使, 諸軍取其節度, 亦水軍大使尙書劉審禮, 旣以敗沒, 諸將莫不憂懼. 府君獨立高崗之功, 以濟其難. 轉左武衛將軍, 代敬玄爲大使, 從風聽也.	좌령군장군 겸 웅진도독부사마로 옮기고, 부양군개국공에 가봉되어 식읍 2,000호를 받았다. 명성이 사람들 사이에 퍼지고 조정의 인망이 나날이 높아졌다. 마침 포해(蒲海)에 재앙이 일어나고 난하(蘭河)에 사변이 있자, 부군을 도하도경략부사(洮河道經略副使)에 충당했으니, 실로 기탁하는 바가 있었다. 부군은 품성이 영민하고 강의하며, 자질이 현명하고 통달했다. 힘은 문빗장을 들 수 있었으나 무력을 자처하지 않았고, 지혜는 외적을 막을 수 있었으나 지혜를 보고하지 않았다. 매번 드러내지 않음으로써 드러나고, 어리석음으로 바른 성품을 길렀다. 그러므로 때에 맞춰 행하고 산처럼 서는 모습을 사람들이 우러러보았다. 어질되 간사한 사람을 기르지 않았고, 위엄 있되 사람을 해치지 않았으며, 상 주고 벌주는 것은 원칙에 따랐고, 선을 권하고 악을 말리는 것은 어긋남이 없었다. 또한 오교(숙위군)의 커다란 본보기이고 삼군의 크나큰 복이었으니, 이에 병사들은 명령을 어기지 못했고, 아랫사람들은 잘못을 용서받을 수 없었다. 고종(高宗)이 매번 훌륭하다고 칭찬했으므로, 사군자로서 대우했다. 서도[靑海]에 있을 때는 공훈이 크게 드러났다. 이때에 중서령 이경현이 하원도경략대사가 되었으나 휘하 군사들이 지휘권을 빼앗았고, 수군대사 상서 유심례도 패하여 죽자, 장수들이 두려워하지 않는 자가 없었는데, 부군 홀로 산마루같은 공을 세워 곤경을 극복했다. 좌무위장군으로 옮겨 이경현을 대신하여 대사가 되었으니, 풍문에 따른 것이었다.
	府君傍無聲色, 居絶翫好. 枕藉經書, 有祭遵之樽俎, 懷蘊明略, 同杜預之旌旗. 胡塵肅淸而邊馬肥, 漢月昭亮而天狐滅. 出師有頌, 入凱成歌. 遷左鷹揚衛大將軍燕然道副大摠管.	부군은 곁에 여색을 두지 않았고, 평소 유희를 끊었다. 경서를 베개 삼아 제준(祭遵)처럼 예법을 중시했고, 밝은 지략을 품어 두예(杜預)가 많은 깃발로 적을 헷갈리게 만들 듯이 했다. 오랑캐 티끌이 숙청되어 변방의 말이 살찌고, 중원의 달이 훤하여 호성(狐星)이 사라졌으며, 출정하면 칭송이 따랐고 개선하면 노래가 이루어졌다. 좌응양위대장군 연연도부대총관으로 벼슬을 옮겼다.
4단	垂拱之季, 天命將革, 骨卒祿狂賊也, 旣不覩其微, 徐敬業逆惡也, 又不量其力. 南靜淮海, 北掃旄頭, 並有力焉, 故威聲大振. 制曰: "局度溫雅, 機神爽晤, 夙踐仁義之途, 聿蹈	수공(685~688) 말에 천명이 바뀌려 하는데, 돌궐의 골졸록은 미친 도적으로 그 자신의 미미함을 살피지 못했고, 서경업은 반역자로 또한 자신의 역량을 헤아리지 못했다. (부군이) 남쪽으로 회음(淮陰)과 해릉(海陵)을 평정하고 북쪽으로 오랑캐 군사를 섬멸하는 데에 모두 큰 힘이 되었으니, 위세와 명성이 크게 떨쳤다. 이에 천자

廉貞之域. 言以昭行, 學以潤躬, 屢摠戎麾, 每申誠效. 可封兼國公, 食邑三千戶."仍改授右武威衛大將軍神武道經略大使, 餘如故. 於是, 董茲哮勇, 剪彼凶狂, 胡馬無南牧之期, 漢使靜北遊之望, 靈夏衝要, 妖羯是瞻, 君之威聲, 無以爲代. 又轉爲懷遠軍經略大使, 以遏游氛也.

屬禍流群惡, 釁起孤標, 疑似一彰, 玉石斯混. 旣從下獄, 爰隔上穹, 義等絶頏, 哀同仰藥. 春秋六十.

4단

長子俊, 幼丁家難, 志雪遺憤. 誓命虜庭, 投軀漢節, 頻展誠效, 屢振功名. 聖曆元年, 冤滯斯鑒, 爰下制曰："故左武威衛大將軍檢校左羽林衛上柱國燕國公黑齒常之, 早襲衣冠, 備經駈策, 亟摠師律, 載宣績效, 往遘飛言, 爰從訊獄, 幽憤殞命, 疑罪不分. 比加檢察, 曾無反狀, 言念非辜, 良深嗟憫. 宜從雪免, 庶慰埊魂, 增以寵章, 式光泉壤. 可贈左玉鈐衛大將軍, 勳封如故. 其男游擊將軍行蘭州廣武鎭將上柱國俊, 自嬰家各, 屢效赤誠, 不避危亡, 捐軀徇國. 宜有褒錄, 以申優獎. 可右豹韜衛翊府左郞將, 勳如故."

가 제(制)를 내려, "국량이 온화하고, 신기가(神機) 가 삽상하여 일찍 어질고 의로운 길을 밟아, 마침내 깨끗하고 곧은 경지를 밟았다. 말은 행실을 밝히고 학문은 몸을 윤택하게 했으며, 여러 차례 군사를 통솔하여 매번 충성스런 효과를 신술했다. 겸국공(兼國公, 兼燕國公)에 봉하고 식읍 3천 호를 내린다."라고 했다. 이어서 우무위위대장군 신무도경략대사에 개수하고, 나머지는 전과 같았다. 이에 이곳의 포효하는 병사들을 통솔하여 저 흉악한 무리들을 제거하자, 오랑캐의 말이 남쪽에서 목축될 기회가 없었고, 중국 사신들이 북쪽으로 가는 원망이 고요해졌다. 영주(靈州)와 하주(夏州)는 요충지로, 요사스런 오랑캐들이 우러러 보았으니, 부군의 위세와 명성은 대신할 자가 없었다. 다시 회원군경략대사로 옮겼으니, 떠도는 요기를 막기 위해서였다.

마침 재앙이 악도로부터 흘러나와 흔단이 고고한 품격에서 일어나, 의심이 한 번 드러나더니 옥과 돌이 구분되지 못했다. 옥안이 성립하자, 이에 하늘을 보지 못하게 되니 의로움은 목을 끊어 죽는 것과 같았고, 애처로움은 독약을 마셔 자살하는 것과 같았다. 춘추 60이었다.

장남 준(俊)은 어려서 집안의 재난을 당하고, 선천의 분함을 풀어드리려고 뜻을 세웠다. 오랑캐 북정(北庭)에 나가 목숨 바칠 것을 맹세하여 사신의 깃발 아래 몸을 맡겨, 여러 번 충성의 공효를 펴고, 거듭해서 공명을 떨쳤다. 성력 원년(698), 억울함을 돌아보시고 이에 제(制)를 내리시기를, "고인이 된 좌무위위대장군 검교좌우림위 상주국 연국공 흑치상지는 일찍이 가문의 지망을 이어 군진의 임무를 두루 거쳤으며, 자주 사율(師律)을 총괄하여 이에 공적을 드러냈으나, 지난날 유언비어에 걸려, 이에 심문을 받아 분함을 품고 운명했지만 죄상이 판별되지 못했다. 근래에 다시 검토하니, 모반의 형상이 전혀 없어 죄 없이 벌 받은 사실을 생각하면, 정말로 한스럽고 불쌍하다. 마땅히 설원해 주고, 부디 무덤 속 영혼을 위로하고자 총애를 더하여 황천길을 빛내도록 해야 하겠다. 좌옥검위대장군으로 추증하고, 훈봉은 전처럼 복구하노라. 그 아들 유격장군 행 난주광무진장 상주국 준(俊)은 어려서 가난(家難)에 걸렸으나, 누차 정성을 바쳐 위급한 상황에도 피하지 않았고, 몸을 던져 나라 위해 목숨을 바쳤다. 마땅히 포상자 명부에 기록해서 장려

4단	粵以聖曆二年壹月廿二日, 勅曰:"燕國公男俊, 所請改葬父者, 贈物一百段, 其葬事幔幕手力一事以上官供." 仍令京官六品一人檢校. 卽用其年二月十七日, 奉遷于邙山南官道北, 禮也.	의 뜻을 펴고자 한다. 우표도위익부좌랑장에 봉하고, 훈봉은 이전처럼 하라."라고 했다. 그 후 성력(聖曆) 2년(699) 1월 22일에 조칙을 내려 이르기를, "연국공의 아들 준이 아버지를 이장하겠다고 요청한 것에 대해 물품 100가지를 내리고, 장례에 휘장과 일꾼 등 일체를 상급 관청에서 공급하라." 하고는, 6품 경관(京官) 1인으로 하여금 살피도록 했다. 그해 2월 17일에 망산 남쪽, 관도의 북쪽에 천장했으니, 예에 따랐다.
5단	惟府君, 孤峯偉絶, 材幹之表也, 懸鏡虛融, 理會之臺也. 言直而意博, 無枝葉之多蔽, 謀動而事成, 有本末之盡美. 夙夜非懈, 心存於事上, 歲寒不移, 志在於爲下. 非君子之所關, 懷必不入於思慮, 非先王之所貽, 訓必不出於企想. 自推轂軍門, 建節邊塞, 善毀者, 不能加惡, 工譽者, 不能增美. 智者見之, 謂之智, 仁者見之, 謂之仁. 至於推財忘己, 重義先物, 雖刎首不顧其利, 傾身不改其道, 由是懦夫爲之勇, 貪夫爲之廉. 猶權衡之不言, 而斤兩定其謬, 騧驥之絶足, 而駑駘知其遠. 至於吏能貞幹, 走筆而雙璧自非, 鑒賞人倫, 守默而千金成價, 固非當世之可效, 盖拔萃之標准也. 榮辱必也, 死生命也. 苟同於歸, 何必終於婦人之手矣? 余嘗在軍, 得參義府, 感其道, 頌其功.	생각건대, 부군은 외봉우리처럼 빼어났으니 재간 있는 사람들의 표상이고, 거울처럼 허상과 융화했으니 도리를 깨달은 이들의 누대였다. 말은 곧고 뜻은 넓어 지엽이 가리는 일이 없었고, 모책이 움직이면 일이 이루어져 본말이 모두 아름다웠다. 밤낮 나태하지 않아 마음이 윗사람 섬기는 데에 있었으며, 세한에도 지조를 바꾸지 않아 뜻이 아랫사람 위하는 데에 있었다. 군자가 관여할 바가 아니면 아예 사려도 하지 않았고, 선왕이 끼친 바가 아니면 교훈은 아예 상정하지 않았다. 군문에서 군주의 독려를 받은 이후로 변새에서 절개를 이루니, 헐뜯기 좋아하는 자라도 나쁜 말을 더 하지 못했고, 칭찬 잘 하는 자라도 찬미를 더 하지 못했다. 지혜 있는 사람이 보면 지혜롭다 하고, 어진 사람이 보면 어질다 했다. 재물을 미루어 주고 자신을 잊어버리며, 의를 중시하고 다른 사람을 우선으로 생각한 것으로 말하면, 비록 목이 베이더라도 이익을 돌아보지 않았고, 몸이 위태롭게 되더라도 길을 바꾸지 않았으니, 이로써 겁 많은 사람도 그로 인해 용감하게 되고 탐욕스런 사람은 그로 인해 청렴하게 되었다. 마치 저울이 말하지 않아도 근량이 오류를 바로잡고, 천리마가 추종을 끊어도 굼뜬 말이 그 원족의 능력을 아는 것과 같았다. 관리로서 곧고 재간이 있기에 붓을 달리면 쌍벽이 있지 않았고, 인륜을 감상하기에 묵묵히 있어도 천금의 가격이 저절로 성립한 것으로 말하면, 정말로 당세의 사람들이 본받을 바가 아니었고, 대개 출중한 표준이었다. 영예와 굴욕은 필연적이고 삶과 죽음은 운명이다. 어차피 하늘로 돌아감이 같다면 하필 부인의 손에서 마치겠는가? 내가 일찍이 군대에 있을 때 의부(義府: 의리의 보고)에 참예했기에, 그의 도리에 감복하여 그의 공을 칭송한다.

5악(嶽)을 말하는 사람은 푸른 병풍같은 천태산을 알지 못하고

4독(瀆)을 보는 사람은 붉은 꽃같은 운주(雲洲)를 깨닫지 못하네.

듣건대 김일제(金日磾)는 한나라 칼집이 되어서도, 백리해(百里奚)가 진나라 사다리가 되듯 했다네.[163]

참으로 명철함이 뭇사람과 아주 다르다고 하여도, 가는 곳마다 보배가 되었으니 어디 간들 명석하지 않겠는가?

공이 동쪽으로부터 와서, 마치 봄날 바람이 날리듯 했으니

문물은 그로 인해 색태가 움직이고, 성명(聲明)은 그를 기다려 완성되도다.

유유하여라, 군사들 깃발이여, 가지런하구나, 수레들 덮개여.

종을 치고 퉁소를 울리나니, 누구의 영화인가? 나의 덕 있다는 명성이로다.

사방에 전쟁의 근심이 없고, 천 리에 공후(公侯)의 성처럼 막아내니

공훈이 이미 펼쳐졌도다, 충의가 이미 드러났도다.

만물은 곧고 억센 것을 꺼리고, 행실은 높으면 도리어 해를 입나니

가운데 높은 봉우리가 높이를 잃고, 어두운 무덤 속이 빛을 잃었구나.

천하가 그를 애통해하고, 사해가 그의 현량(賢良)을 애처롭게 여기니

천자가 이를 크게 살피시어, 포상이 생존 시만큼 죽은 뒤에도 미쳤도다.

내가 실로 감격하고 흠모하여, 그를 기리는 글을 짓노라.

기탁한 말이 불후할 것이요, 풍문의 소문은 끝이 없으리라.

「흑치상지묘지문」의 명은 산행이지만 용운이 복잡하다. 이에 비해 「흑치준묘지문」의 명은 4언 5구 5수이되, 앞 시의 마지막 두 글자를 다음 시의 첫 글자로 삼는 연쇄법을 사용하면서 5수가 모두 압운이 다르다.

그런데 중국에서 작성된 백제 유이민이나 부인의 묘지명은 7세기에는 모두 변문의 서와 압운의 명을 채용했으나, 8세기에는 고문으로 변화했다. 2006년 중국 낙양에서 672년 5월 25일 몰한 백제 웅진 출신 예식진(禰寔進, 615~672)의 묘지문인 「대당고좌

---

163 비(韠)는 칼집이란 뜻으로, 군주의 심복을 상징한다. 『시경』 「소아(小雅) 첨피낙의(瞻彼洛矣)」에 "군자가 이르니, 칼집에 봉이 있고 또 필이 있다[君子至止, 韠琫有珌]."라고 했다. 김일제는 한나라 무제(武帝) 때에 흉노에서 귀화한 사람으로, 마하라(馬何羅)가 무제를 암살하려는 위급한 순간에 마하라를 안아 뜰아래로 던졌다. 타후(柁侯)에 봉해졌지만 사양했다. 백리해는 우(虞)나라의 대부였으나 초(楚)나라의 포로가 되어 있을 때 진(秦)나라 목공(穆公)에게 발탁된 인물이다. 진 목공은 백리해가 초나라의 포로가 되어 소를 먹이고 있는 것을 알고, 다섯 마리 분량의 양가죽을 주어 속죄(贖罪)시킨 다음에 진나라 국정을 맡겨, 패업을 이룰 기초를 마련했다.

위위대장군내원현개국자주국예공묘지명병서(大唐故左威衞大將軍來遠縣開國子柱國禰公墓誌銘幷序)」가 발견되었다. '전사(典司)'가 칙명에 따라 작성한 이 묘지문은 288자로, 서는 변문이 중심이고, 명은 평성 東운 일운도저의 16구(4언 14구, 6언 2구)이다. 다만 명의 1자가 누락되어 있다. 즉, 제2연 '飧和飮化. 抱義志□'의 빈칸은 묘지명의 탁본에서는 글자가 들어갈 공간이 없지만 용운으로 볼 때 평성 東운이 우연히 누락되어 있다. 예식진의 묘지문은 소정방의 침공 때 예식진이 의자왕을 데리고[將] 항복하여, 귀덕장군(歸德將軍)과 동명주(東明州) 자사(刺史)를 거쳐 좌위위대장군(左威衞大將軍)이 된 사실을 밝히고, 묘주를 서한 시대 흉노족 출신의 김일제(金日磾)에게 견주었다. 가계는 「흑치상지묘지명」이 증조부부터 소개한 것과 달리, 조부부터 소개했다. 이후 2010년 봄 중국 섬서성 서안시에서 예식진의 아들 예소사(禰素士)와 손자 예인수(禰仁秀)의 묘지명이 출토되었다. 「예소사묘지명」의 서는 변문, 명은 4언 8구 6수인 데 비하여, 「예인수묘지명」의 서는 고문, 명은 3언과 4언이 섞인 잡언체이다. 중국 내에서의 통용 문체가 변화한 사실을 반영한다.

(2) 신발굴 비문의 문체 감정

2012년 7월 29일 중국 길림성 집안(集安)시 마선(麻線)향 마선촌의 마선강가에서 한 주민이 비석을 발견하여 문물국에 신고했는데, 문물국이 현장에 조사팀을 보내 조사한 결과, 고구려 비석임을 확인했다고 한다.[164] 총 10행으로, 마지막 10행을 제외하고 행마다 22자를 적고, 10행에는 20자가 확인되며, 218자 중 판독이 가능한 글자는 140자라고 한다.

□□□□世必□天道自承元王始祖趨牟王之創基也
□□□子河伯之孫神□□□□蔭開國闢土繼胤相承
□□□□□□烟戶以□河流四時祭祀然□□備長烟
□□□□烟□□□□□富足□轉賣□□守墓者以銘
□□□□□□□□□太□□□□□王神□□與東西

---

164 『文物譜』 2013년 1월 4일자에 따르면, 비석은 윗부분과 아랫부분이 결실되었고, 크기는 높이 1m 73cm, 너비 60.6~66.5cm, 두께 12.5~21cm, 무게는 464.5kg, 정면에 예서체로 총 218 글자를 새겼다고 한다.

□□□□□□追述先聖功勛彌高悠烈繼古人之慷慨

□□□□□□□□自戊□定律教□發令□修復各於

□□□□□立碑銘其烟戶頭廿人名□示后世自今以后

守墓之民不得□□更相轉賣雖富足之者亦不得其買

賣□□違令者后世□嗣□□看其碑文與其罪過

비문의 내용은「광개토왕비」내용 중, 추모왕의 건국과 수묘(守墓)에 관한 것을 중심으로 하고 있다. 이 비석은 선왕의 묘마다 수묘인을 비석에 새기어 이른바 연호법(烟戶法)을 분명히 했던 수묘비(守墓碑) 중 하나로, 시기적으로 무□년은 광개토호태왕 시대인 408년 무신(戊申)년보다는 장수왕이「광개토왕비」를 세운 414년 갑인(甲寅)년의 4년 뒤인 418년 무오년이 확실하다는 설이 있다. 하지만 삼국시대의 일반적인 비와 달리 규형비(圭形碑)[규수비(圭首碑)]라는 점, 1,775자로 알려진「광개토왕비」에 비해 8분의 1정도 분량으로「광개토왕비」의 수묘령(守墓令) 부분을 축약한 것처럼 흡사하다는 점, 선성(先聖) 등의 글자는 지나치게 세련된 자형이라는 점 등은 위작이 아닌가 의심하게 만든다. 한국의 학자들은 중국 측이 당초 보고한 140 글자보다 30여 자를 더 알아냈다.[165] 그 가운데는 '정묘년(丁卯年)'과 '강상태왕(岡上太王)'의 표현이 있다. 정묘년은 광개토왕 재위 기간에는 없으며, 굳이 비정한다면 장수왕 시기의 427년과 487년일 수 있다. 강상태왕은 광개토왕의 시호 '국강상광개토경평안호태왕(國岡上廣開土境平安好太王)'을 줄인 말로 보인다고 한다. 판독문을 단구(斷句)하면 다음과 같다.

□□□□世必□天道. 自承元王始祖趨牟王之創基也.

□□□子, **河伯之孫**. 神□□□□蔭. **開國闢土**, **繼胤相承**.

□□□□□□烟戶以□河流, **四時祭祀**. 然□□備長烟

□□□□□烟□□□□□富足□轉賣□□守墓者, 以銘

□□□□□□太□□□□□王神□□與東西

□□□□□□追述先聖, 功勛彌高. 悠烈繼古, 人之慷慨.

□□□□□□□□自戊□定律, 教□發令□修復, 各於

---

165 한상봉 한국서예금석문화연구소 소장은 2013년 3월 탁본을 입수하였다. 우리역사연구재단 책임연구원 문성재 박사와 한상봉 소장은 위각 가능성을 제기하고, 서지 전문가 김영복 옥선 단 대표와 함께 탁본을 판독했다.

□□□□立碑, 銘其烟戶, 頭卄人名, □示后世. 自今以后,

守墓之民, 不得□□, 更相轉賣, 雖富足之者, 亦不得其買

賣. □□違令者, 后世□嗣□□. 看其碑文, 與其罪過.

이 비문은 4언의 제행이 두드러지지만 대우가 없고, 구말의 평측교호법, 연과 연 사이의 염률을 따르지 않았다. 다만 '開國闢土, 繼胤相承'의 평측은 '평평측측 측측평평'이고, '追述聖賢'부터 '人之慷慨'까지는 '평측평측 평평평측 평측측평 평평측측'이어서, 구중의 평측교호를 의도한 듯하다. 운문의 명사를 붙이지 않은 점이나 4언 제행을 골간으로 한 것이나 부분적으로 구중의 평측교호법을 의식한 것은 「광개토왕비」와 유사하다. 이 점을 중시한다면 이 비문은 위조로 볼 수 없을 듯하다. 다만 그 내용이 「광개토왕비」를 기초로 하고 있어, 조작·위조의 가능성은 남아 있다.

2015년 울진 성류굴에서는 석각이 하나 발견되었다. 석각 내용은 "계해년 3월 8일 굴의 관리자(굴주)인 대나마(大奈麻, 신라 17관등 중 10번째의 관리 직급)가 … 이 산(此山)을 찾아 20일 59촌의 사람들과 크게 쉬고 먹었다[五十九村□人大息食]."로 요약된다. 명문의 글씨가 6세기 초 신라 법흥왕 때 새겨진 「울주천전리각석」에 나오는 '계해년' 글자와 거의 똑같고 다른 글자들도 「울주천전리각석」과 1988년 울진에서 발견된 「울진봉평리신라비」의 서풍과 비슷해서 계해년은 543년일 가능성이 크다고 추정된다. '대나마'의 관등명이 「울진봉평리신라비」와 동일한 글자로 되어 있는 점, 간지로 글이 시작된 사실 등도 계해년을 543년으로 추정하는 근거이다.[166]

癸亥年三月八日, 窟主荷智大奈麻, ▽▽▽, 此山▽▽▽大尺▽, 二十日, 五十九村▽人大息食, 刀人▽▽.

삼국시대의 석비 가운데서도 비지문은 문체 면에서 고려시대의 그것과 다른 점이 있다. 따라서 새로 발굴한 비문의 작성 시대와 찬자의 귀속 문제를 논할 때는 문체 감정이 필요하다. 종래 금석문을 자료로 사용하는 연구는 이 점을 조금 소홀히 했다. 금석문의 판독과 해석은 문체 연구의 성과를 참조해야 할 것이다.

---

166 "계해년(543년) 3월 8일, 굴주인 하지 대나마가 … 이 산(은, 을, 에) … 대척 …, 20일에 59촌의 ▽인이 크게 쉬고 먹었다. (이 명문을 새긴) 이는 ▽▽". 이용현 국립대구박물관 학예사의 판독에 따른다.

〈부록〉「광개토왕비」와 사산비명의 구법·평측 분석

1. 「광개토왕비」의 구법과 평측

국강상광개토경평안호태왕(國岡上廣開土境平安好太王), 즉 광개토대왕은 18세 되던 391년에 왕위에 올라 39세 되던 412년에 승하했다. 아들 장수왕이 대왕의 삼년상을 마치고 414년 음력 9월 29일(을유)에 대왕을 기리는 비를 건립했다. 전체 4면에 비문은 1,900여 자를 새겼다. 이 비석을 「광개토대왕릉비」라고 불러 왔으나, 능비나 훈적비, 수묘인 연호 법령공시 석비 등 여러 성격을 겸하고 있어서, '광개토왕비'라고 부르는 것이 좋겠다는 제안이 있었다.[167] 여기서는 그 견해를 따른다.

「광개토왕비」의 비문은 왕젠췬(王健群)에 따르면 제1면 11행 449자, 제2면 10행 410자, 제3면 14행 574자, 제4면 9행 369자로, 모두 44행 1,802자로 추정되고, 이 가운데 150여 자는 판독이 불가능하다. 육안으로는 일부만 판독할 수 있고, 국내외 100여 탁본들을 통해 대교하여 글자를 확정해야 하며, 판독이 불가능하거나 의문스러운 부분도 상당히 있다. 국립문화재연구소 문화유산연구지식포털 제공의 판독문[168]과 대만 중앙연구원 푸쓰녠(傅斯年)도서관 소장 탁본,[169] 그리고 이후의 판독 성

---

167 김현숙, 「광개토왕비의 성격과 건립 목적」, 연민수·서영수 외, 『광개토왕비의 재조명』, 동북아역사재단, 2013, pp.451-474.

168 한국고대사연구소 편, 『역주 한국고대금석문』 I, 가락국사적개발연구원, 1992, 노태돈 판독 참조; 한국금석문종합영상정보시스템(현 국립문화재연구소 문화유산연구지식포털).

169 이형구, 『廣開土大王陵碑 新硏究』(同和出版公社, 1986), pp.368-369. 필자가 2015년 조사했을 때 甲本은 심하게 훼손되어 있었으므로 사진관과 이형구님의 판독에 의존했다.

과[170]를 중심으로, 판독 가능한 부분의 구법과 평측을 보면, 비문은 4언구를 중심으로 하고 있으며, 의문문이나 감탄문을 사용하지 않고, 직서체이되 비문의 마지막 문장이 명령체로 끝나고 있다(그림 2-1, 2-2). 구중(句中)의 평측을 교호(交互)시키거나, 구말(句末)의 평측에서 염률(簾律)을 도입하려 하지 않았다. 문장을 끝맺는 종결사로는 '焉'을 2회 사용했을 뿐이다. 첫머리의 '也'는 종결사가 아니라 어구를 주제화시키는 조사이다.

「광개토왕비」의 비문은 내용상 광개토왕의 행장(行狀), 훈적(勳績), 수묘 규정 등의 세 부분으로 나뉜다. 행장을 적은 제1 부분의 마지막에 "以甲寅年九月廿九日乙酉, 遷就山陵, 於□(是)立碑, 銘記勳績, 以示後世焉."이라고 해서, 광개토왕을 안장하고 비석을 세운 사실을 밝혔다. 그런데 훈적을 기록한다는 사실을 '銘記勳績'이라고 적어, '명(銘)'을 압운의 문체를 가리키는 글자로 사용하지 않고, '새긴다'는 뜻을 나타내는 글자로만 사용했다. 이하 훈적 부분은 '其□(辭)曰'로 시작하는데, □의 글자는 종래 '辭'로 판독해 왔다. 푸쓰녠도서관의 탁본에서는 글자가 분명하지 않다. 그런데 '辭'는 운문을 가리키는 문체 용어이다. 하지만 광개토왕비문에서는 '其□(辭)曰' 이하 훈적 기록 부분이 운문이 아니다.

비문의 찬자는 4언 제행의 문체를 지향했다. 이는 동사(술어)와 목적어(빈어)도 4자+4자의 형태를 취하려 한 점에서 잘 나타나 있다. "應聲卽爲連葭浮龜."나 "然後造渡於沸流谷."은 대표적 예이다. 각 구에서 접속사(연결사)나 부정사와 조동사를 제외한 핵심어구를 보면 4언이 대부분이다. 정복지의 지명을 열거하고 국연(國烟)·간연(看烟)의 인원을 배정한 사실을 기록한 부분은 4언구의 제행을 맞출 수 없었지만, 그래도 3~5자 안에서 지명을 음차하려고 노력했다.

대우의 표현을 의식한 곳도 있지만, 평측은 안배하지 않았다. "恩澤□(洽)于皇天, 威武振被四海."의 부분은 대표적인 예로, '皇天'과 '四海'에 평측의 대가 있으나 어구 전체로 보면 평측을 안배하지 않았다. "太王恩赦先迷之愆, 錄其後順之誠."의 구문도 대우를 의식했으나, 평측을 안배하려 하지 않았다.

찬자는 개사와 연결사 등 어조사를 적절히 사용했다. 주제화의 '也', 출자를 나타내는 '自', 동시병발의 '而', 경로를 나타내는 '由', 목적 대상을 나타내는 '爲', 장소를 나

---

170 林基中 編, 『廣開土王碑原石初期拓本集成』, 동국대학교 출판부, 1995; 권인한, 『광개토왕비문 신연구』, 박문사, 2015.

（第一面）

惟昔始祖鄒牟王之創基也出自北夫餘天帝之子母河伯女郎剖卵降世而有聖□□□命駕

巡幸南下路由夫餘奄利大水王臨津言曰我是皇天之子母河伯女郎鄒牟王爲我連葭浮龜應即爲

連葭浮龜然後造渡於沸流谷忽本西城山上而建都焉不樂世位因遣黄龍來下迎王王於忽本東岡□

龍圓昇天顧命世子儒留王以道興治大朱留王紹承基業遝至十七世孫國岡上廣開土境平安好太王

二九登祚号爲永樂太王恩澤□于皇天威武振被四海掃除□庶寧其業國富民殷五穀豐熟昊天不

弔卅有九宴駕棄國以甲寅年九月廿九日乙酉遷就山陵於□立碑銘記勳績以示後世焉其詞曰

永樂五年歲在乙未王以碑麗不□□躬率往討過富山□負山至鹽水上破其三部□六七百營牛馬羣

羊不可稱數於是旋駕因過□平道東來□□城力城北豐□□備□遊觀土境田獵而還百殘新羅舊是屬民

由來朝貢而□以辛卯年□□破百殘□□□新羅以爲臣民以六年丙申王躬率□軍討□殘國軍

首攻取壹八城曰模盧城各模盧城幹氐利□□□城閣彌城牟盧城彌沙城固舍蔦城阿旦城古利城□

□城雜珍城奧利城勾牟城古□耶羅城莫□城□而耶羅□琭城□□豆奴城沸□□

（第二面）

利城彌鄒城也利城大山韓城掃加城敦□城□□□□裏賣城□□□城那旦城細城牟婁城□裏城蘇□

城燕婁城析支利城巖門□城□□利城就鄒城困抜城古牟婁城閏奴城貫奴城□□□

城□□盧城仇天城□其國城□不□義敢出□王威赫怒渡阿利水遣刺迫城□□

□城□國田逼獻□男女生口一千人細布千匹□王自誓從今以後永爲奴客太王恩赦先

便國□□困逼獻□□□□弟幷大臣十人旋師還都八年戊戌教遣偏師觀

迷之愆録其後順之誠於是□五十八城村七百將殘□□□□事九年己亥百殘違誓与倭

帛愼土谷因便抄得莫□羅城加太羅谷男女三百餘人自此以來朝貢□□□□其忠□

通王巡下平穰而新羅遣使白王云倭人滿其國境潰破城池以奴客爲民歸王請命太王□□□其□□

□遣使還告以□□十年庚子教遣步騎五萬住救新羅從男居城至新羅城倭□□

□□□□□□□□□困背息追至任那加羅從拔城城即歸服安羅人戍兵□□□□□□

□□□□□□□□盡□□來安羅人戍兵□新羅城□城倭□□□□□其□□□□潰城□□

|그림 2-1| 「광개토왕비」 탁본(제1, 2면) (대만 중앙연구원 푸쓰녠도서관 소장)의 이형구 판독문

(第三面)

安羅人戍兵昔新羅寐錦未有身來□□國岡上廣開土境好太王□□□□寐錦□□□僕勾□□□□□朝貢

十四年甲辰而倭不軌侵入帶方界

□□石城□連船□□□□□率□□□從平穰□□□鋒相遇王幢要截盪刺倭寇潰敗斬煞無數

十七年丁未教遣步騎五萬□□□□□□□□師□□□□合戰斬煞蕩盡所獲鎧鉀一萬餘領軍資器械不可稱數還破沙溝城婁城□住城□□□□□□□□那□□城

廿年庚戌東夫餘舊是鄒牟王屬民中叛不貢王躬率往討軍到餘城而餘城國駭

□□□□□□□王恩普覆於是旋還又其慕化隨官來者味仇婁鴨盧卑斯麻鴨盧椯社婁鴨盧肅斯舍鴨盧□□□鴨盧凡所攻破城六十四村一千四百

守墓人烟戶賣句余民國烟二看烟三東海賈國烟三看烟五敦城□□□□□□□□于城一家為看烟碑利城二家為國烟平穰城民國烟一看烟十訾連二家為看烟俳婁人國烟一看烟卌三梁谷二家為看烟梁城二家為看烟安夫連廿二家為看烟改谷三家為看烟新城三家為看烟南蘇城一家為國烟新來韓穢沙水城國烟一看烟一牟婁城二家為看烟豆比鴨岑韓五家為看烟勾牟客頭二家為看烟求底韓一家為看烟舍蔦城韓穢國烟三看烟廿一古模耶羅城一家為看烟炅古城國烟一看烟三客賢韓一家為看烟阿旦城雜珍城合十家為看烟巴奴城韓九家為看烟臼模盧

(第四面)

城四家為看烟各模盧城二家為看烟牟水城三家為看烟幹弖利城國烟二看烟三彌鄒城國烟一看烟七也利城三家為看烟豆奴城國烟一看烟二奧利城國烟二看烟八須鄒城國烟二看烟五百殘南居韓國烟一看烟五大山韓城六家為看烟農賣城國烟一看烟七閏奴城國烟二看烟廿二古牟婁城二家為看烟瑑城國烟一看烟八味城六家為看烟就咨城五家為看烟彡穰城廿四家為看烟散那城一家為國烟那旦城一家為看烟勾牟城一家為看烟於利城八家為看烟比利城三家為看烟細城三家為看烟

國岡上廣開土境好太王存時教言祖王先王但教取遠近舊民守墓洒掃吾慮舊民轉當羸劣若吾萬年之後安守墓者但取吾躬巡所略來韓穢令備洒掃言教如此是以如教令取韓穢二百廿家慮其不知法則復取舊民一百十家合新舊守墓戶國烟卅看烟三百都合三百卅家

自上祖先王以來墓上不安石碑致使守墓人烟戶差錯唯國岡上廣開土境好太王盡為祖先王墓上立碑銘其烟戶不令差錯又制守墓人自今以後不得更相轉賣雖有富足之者亦不得擅買其有違令賣者刑之買人制令守墓之

|그림 2-2| 「광개토왕비」 탁본(제3, 4면) (대만 중앙연구원 푸쓰녠도서관 소장)의 이형구 판독문

타내는 '於', 순접 연결의 '而', 원인 결과의 접속어 '因', 수단 방법을 나타내는 '以', 장소 대상을 나타내는 '于', 시간의 선후를 나타내는 '然後', '於是' 등이다.

비문의 문장은 한문문언 어법의 격식 있는 관용구들로 점철되어 있는데, 그것은 광개토대왕의 행장을 기록한 부분에 집중되어 있다. 훈적을 적은 부분은 기왕의 편년체 기록물을 토대로 작성되었을 가능성이 있고, 수묘 규정은 교명을 옮겨 적고 그에 따라 규정을 포고하는 내용이기 때문에 관용구로 수식할 필요가 없었기 때문인 듯하다.

제1면: 剖卵降世, 生而有聖. □□命駕, 連葭浮龜. 以道興治. 紹承基業. 恩澤□(洽)于皇天, 威武振被四海. 掃除□□, 庶寧其業. 國富民殷, 五穀豊熟. 昊天不弔, 宴駕棄國. 遷就山陵. 於□(是)立碑. 銘記勳績, 以示後世焉. 躬率往討. 於是旋駕, 遊觀土境, 田獵而還. 百殘新羅, 舊是屬民, 由來朝貢.

제2면: □(殘)不□(服)義, 敢出□(百)□(戰). 王威赫怒. 牛馬群羊, 不可稱數. 先迷之愆, 錄其後順之誠. 旋師還都.

제3면: 王恩普□(覆). 倭寇潰敗, 斬煞無數.

제4면: 吾慮舊民, 轉當羸劣. 萬年之後.

비문의 찬자는 한문문장에 익숙했다. 하지만 변문피복(變文避複)을 심각하게 고려하지는 않았다. '連葭浮龜', '躬率往討', '不可稱數'의 어구를 중복 사용하고, '旋還'이나 '斬煞'의 뜻을 지닌 어휘를 중복 사용하기도 했다. 다만 "顧命世子儒留王, 以道興治."라고 서술한 후, "大朱留王, 紹承基業."이라 하여, 유류왕의 이름을 대주류왕으로 바꾸어 주어로 사용해서 포양(襃揚)의 뜻을 드러낸 예외가 있다.

그런데 이 비문에는 한국식 한문 표현이 들어 있다. 사역동사 '敎遣'을 사용한 점과 명령문의 끝에 '之'를 사용한 점이다. 전자의 예는 우선 "敎遣偏師, 觀帛愼土谷."에 나타나 있는데, '偏師'는 '군사를 편성한다'는 뜻의 '編師'인 듯하다. "十年庚子, 敎遣步騎五萬, 往救新羅."와 "十七年丁未, 敎遣步騎五萬."에도 '敎遣'의 어휘를 사용했다. '敎' 자는 '왕명으로'라는 뜻을 드러낸다. 수묘인 규정과 관련한 광개토왕 교명을 옮길 때 '敎言'이라는 복합어를 사용했고, 그 교명 가운데 "祖王先王, 但敎取遠近舊民, 守墓洒掃."라고 하여 '敎取'라는 복합어를 이용했다. 교명에 이어, "言敎如此, 是以如敎."라고도 표현했다. '敎遣'은 문서식 표현에 자주 나타난다. 심지어 최치원이 기존의 문헌을 기초로 작성했을 「지증대사비명」에도 나타난다. 후자의 문장 끝 '之'의 용례는 비문의 맨 마지막 문장인 "其有違令, 賣者刑之, 買人制令守墓之."에 나온다. 이 글에서 '制令'은 연면어(連綿語)가 아니라 '법제에 따라 ~하도록 시킨다'는 뜻이다.

한문 문언어법의 표현과 어긋난 곳도 있다. "然後造渡, 於沸流谷, 忽本西, 城山上, 而建都焉."은 "已造渡於沸流谷, 築城于忽本西山而都邑焉."의 뜻인 듯하다. "昔新羅寐錦, 未有身來."는 "新羅寐錦, 常不親來."의 뜻이다.

『광개토왕비』 제1면

惟昔始祖鄒牟王之創基也, 出自北夫餘天帝之子, 母河伯女郎.
　　　　　　　　　　　평측평측 측평측측평

剖卵降世, 生□(而)有聖, □(德)□□□.
측측측측 평 평 측측 측

□□命駕, 巡幸南下, 路由夫餘, 奄利大水.
　　측측 평측평측 측평평평 측측측측

王臨津言曰: 我是皇天之子, 母河伯女郎, 鄒牟王. 爲我連葭浮龜.
　　　　　　평평평측 측평측측평 평평평 측측평평평평

應聲卽爲, 連葭浮龜.
측평측평 평평평평

然後造渡, 於沸流谷, 忽本西, 城山上, 而建都焉.
평측측측 평측평측 측측평 평평측 측평평평

不樂世位, 因遣黃龍, 來下迎王.
측측측측 평측평평 평측평평

王於忽本東岡(罡), □(黃/履)龍□(頁/負/首)昇天, 顧命世子儒留王, 以道興治.
　　　　　　　　　　　　　　　　　　　　　측측평측

大朱留王, 紹承基業.
측평평평 측평평측

□(是/還)至十七世孫, 國岡上廣開土境平安好太王, 二九登祚, 号爲永樂太王.
　　　　　　　　　　　　　　측측평측 측평측측측측평

恩澤□(洽)于皇天, 威武振被四海.
평측 측 평평평 평측측측측측

272

掃除□□, 庶寧其業, 國富民殷, 五穀豊熟.

측평　　　측평평측　측측평평　측측측측

昊天不弔, 卅有九, 宴駕棄國.

측평측측　측측측　측측측측

以甲寅年九月廿九日乙酉, 遷就山陵, 於□(是)立碑, 銘記勳績, 以示後世焉.

　　　　　　　평측평평　평　　측　측평　평측평측　측측측측평

其□(辭)曰:

永樂五年, 歲在乙未, 王以碑麗, 不□(貢)□□, 躬率往討.

측측측평　측측측측　평측측측　측　　측　　　평측측측

過富山□(負)□(才), 至鹽水上,

　　　　측평측평

破其三部□(族), 六七百營,

　　　　　측측측측

牛馬羣羊, 不可稱數.

평측평평　측측평측

於是旋駕, 因過□(襄)平道, 東來□城, 力城北豊, □(王)備□(狩),

평측평측　평평　　평　평측

遊觀土境, 田獵而還.

평평측측　평측평평

百殘新羅, 舊是屬民, 由來朝貢,

측평평평　측측측평　평평평측

而□(後/倭)以辛卯年, □(不/來)□(渡/貢), □(因/海)破百殘,

　　　　　　　　　　　　측측평

□(倭)□(寇)新羅, 以爲臣民.

　　　　평평　측평평평

以六年丙申, 王躬率□(水)軍, 討□(伐)殘國,

　　　　　평평측　측평　측　　측평측

軍□(至)□(窠)□(臼), 首攻取壹八城.

　　　　　측평측측측평

曰模盧城, 各模盧城, 幹氐利□(城), □□城, 閣彌城, 牟盧城, 彌沙城,

□(古)舍蔦城, 阿旦城, 古利城, □□(利)城, 雜珍城, 奥利城, 句牟城,

古□(模/須)耶羅城, 莫□□(城), □□城, □而耶羅□(城), 瑑城,

□(於)□(利)城, □(農)□(賣)□(城), 豆奴城, 沸□(城), □(比)

「광개토왕비」 제2면

利城, 彌鄒城, 也利城, 大山韓城, 掃加城, 敦□(拔)城, □□□□(城),

婁賣城, □(散)□(那)城, 那旦城, 細城, 牟婁城, □(于)婁城, 蘇□(火/灰)城,

燕婁城, 析支利城, 巖門□城, 林城, □□□(城), □□□(城),

□利城, 就鄒城, □(木)拔城, 古牟婁城, 閏奴城, 貫奴城, 彡□(穰)城,

□□□(城), □□(古)盧城, 仇天城, □□□□, □其國城.

□(殘)不□(服)義, 敢出□(百)□(戰),

　　　평측　　측측 측측　측　측

王威赫怒, 渡阿利水, 遣刺迫城.

평평측측 측평평측 측측측평

□(殘)□(兵)□(歸)□(穴), □(就)便國城,

　　평　　평　　평　측　　측 측평평

□(百/而)□(殘)□(王/主)困逼, 獻□(出)男女, 生口一千人, 細布千匹.

　　　측　　평　　　측측측 측　　측 평측 평측측평평 측측평측

□(跪)王自誓, 從今以後, 永爲奴客.

　　측 평측측 평평측측 측평평측

太王恩赦先迷之愆, 錄其後順之誠.

측평평측평평평평 측평측측평평

於是□(取/得)五十八城, 村七百,

將殘□(王/主)弟, 幷大臣十人, 旋師還都.

　　　　　　　　　　평평평평

八年戊戌, 教遣偏師, 觀帛愼土谷,

측평측측 평측평평 평측측측측

因便抄得, 莫□羅城, 加太羅谷, 男女三百餘人.

평측평측

274

自此以來, 朝貢□(論)事.

측측측평 평측　평측

九年己亥, 百殘違誓, 与倭□(賊/和)通.

측평측측 측평평측 측평　평　평

王巡下平壤, 而新羅遣使白王云:

평평측평측 평평평측측측평평

□(殘/倭)人滿其國境, 潰破城池, 以奴客爲民, 歸王請命.

　평　평측평측측 측측평평 측평측평평 평평측측

太王□(恩)□(後/慈), □(稱/矜)其忠□(誠),

측평　평　측/평　　평평평　평

□(請/特)遣使還, 告以□(密)□(計).

　측　측측평 측측　측　측

十年庚子, 敎遣步騎五萬, 往救新羅.

측평평측 평측측평측측 측측평평

從男居城, 至新羅城, 倭□(滿)其中, 官□(軍)方至, 倭賊退□. □□□□,

평평평평 측평평평 평　측 평평 평　평 평측 평측측

□□□(自)□(來/倭), 背息(急)追至, 任那加羅從拔城,

城卽歸服, 安羅人戍兵.

평측평측 평평평측평

□(拔)新羅城□(農/晨)城, 倭□(寇)□(大)潰, 城□(內)□□,

　　　　　평　측　측측

□□□□, □□□□, □□□□, □□□(十)□(九),

盡□(拒)□(隋/隨)來(倭), 安羅人戍兵.

측　측　　평평　평평평측평

□□□□□其□□□□□□□□(言)

「광개토왕비」 제3면

□□□□□□□□□□□□□□□□□□□□□□□□□□□□□□(22자~26자 결)
辞□□□(出)□□□□□□□□(殘)潰□□(以)□□(城), 安羅人戍兵.

昔新羅寐錦, 未有身來, □(聆)□(事)□,

측평평측측 측측평평

國□(岡)□(上)□(廣)開土境好太王, □□□(新)□(羅)寐錦□□(家)僕勾□□□□朝貢.

　　　　　　　　　　　　　平　　平　측측　　　　　　　　　　平측

十四年甲辰, 而倭□(不)□(軌), 侵入帶方界, □(和)□(通)□(殘)□(兵), □石城, □連船, □□□.

　　　평평　　측　측　평측측평측　　平　　平　　平　　平

□(王)□(躬)率□(往)□(討), □(從)平穰, □□□鋒, 相遇王憧(幢), 要截盪刺,

　　平　　平측　측　측　　　　　　　　　平측평평　　측측측측

倭寇潰敗, 斬煞無數.

평측측측　측측평측

十七年丁未, 教遣步騎五萬, □□□□□□□(王)師, □□合戰, 斬煞蕩盡.

측측평평측　평측측측측측　　　　　　　　　　측측측측

所穫鎧鉀, 一萬餘領. 軍資器械, 不可稱數.

측측측측　측측평측　평평측측　측측평측

還破沙溝城, 婁城(年), □(佳)城, □(牛)□(由)□(城),

평측평평평

□□(城), □□(那)□城.

廿年庚戌, 東夫餘, 舊是鄒牟王屬民, 中叛不貢.

측평평측　평평평　측측평평평측평　평측측측

王躬率往討, 軍到餘城, 而餘城國駭□(服), □(獻)□□□,

평평측측측　평측평평　평평평측측　　측

□□□□, 王恩普□(覆).

　　　　　　평평측　측

於是旋還, 又其慕化, 隨官來者, 味仇婁鴨盧, 卑斯麻鴨盧,

평측평평　측평측측　평평평측　측평측측평　평평평측평

椯(俹)社婁鴨盧, 肅斯舍□(鴨)□(盧), □□□□(鴨)盧,

평　측측측평　측평측　측　　平

凡所攻破, 城六十四, 村一千四百.

평측평측　평측측측　평측평측측

守墓人烟戶, 賣勾余民, 國烟二, 看烟三. 東海賈, 國烟三, 看烟五.

敦城民四家, 盡爲看烟. 于城, 一家爲看烟.

276

碑利城, 二家爲國烟. 平穰城民, 國烟一, 看烟十.

□(訾)連, 二家爲看烟. □(俳)婁人, 國烟一, 看烟卅三.

□(梁)谷, 二家爲看烟. □(梁)城, 二家爲看烟.

安夫連, 卅二家爲看烟. □(改)谷, 三家爲看烟,

新城, 三家爲看烟. 南蘇城, 一家爲國烟.

新來韓穢沙水城, 國烟一, 看烟一. 牟婁城, 二家爲看烟.

□(豆)比鴨岑韓, 五家爲看烟. 勾牟客頭, 二家爲看烟.

求底韓, 一家爲看烟. 舍蔦城韓穢, 國烟三, 看烟卅一.

古□(模/須)耶羅城, 一家爲看烟. □(莫/炅)古城, 國烟一, 看烟三.

客賢韓, 一家爲看烟. 阿旦城, 雜□(珍)城, 合十家爲看烟.

巴奴城韓, 九家爲看烟.

臼模盧城, 四家爲看烟. 各模盧城, 二家爲看烟.

牟水城, 三家爲看烟. 幹□(氐/弓)利城, 國烟一, 看烟三.

彌□(鄒)城, 國烟一, 看烟.

「광개토왕비」 제4면

□□□□[七], 也利城, 三家爲看烟.

豆奴城, 國烟一, 看烟二. 奧利城, 國烟二, 看烟八.

□(模/須)鄒城, 國烟二, 看烟五. 百殘南居韓, 國烟一, 看烟五.

大山韓城, 六家爲看烟.

農賣城, 國烟一, 看烟七. 閏奴城, 國烟二, 看烟卅二.

古牟婁城, 國烟二, 看烟八. 瑑城, 國烟一, 看烟八.

味城, 六家爲看烟. 就咨城, 五家爲看烟.

彡穰城, 卅四家爲看烟. 散那城, 一家爲國烟.

那旦城, 一家爲看煙. 勾牟城, 一家爲看煙.

於利城, 八家爲看烟. 比利城, 三家爲看烟.

細城, 三家爲看烟.

國岡上廣開土境好太王, 存時教言:

측평측측평측측측측평 평평평평

祖王先王, 但教取遠近舊民, 守墓洒掃,

측평평평 측평측측측평 측측측측

吾慮舊民, 轉當羸劣.

평측측평 측평평측

若吾萬年之後, 安守墓者, 但取吾躬巡所, 略來韓穢, 令備洒掃.

측평측평평측 평측측측 측측평평평측 측평평측 평측측측

言教如此, 是以如教, 令取韓穢, 二百廿家,

평평평측 측측평평 평측평측 측측측평

慮其不知法, 則復取舊民, 一[二]百十家,

측평측평측 측측측측평 측   측측평

合新舊守墓戶, 國烟卅, 看烟三百, 都合三百卅家.

측평측측측측 측평측 측평평측 평측평측측평

自上祖先王以來, 墓上不安石碑, 致使守墓人烟戶差錯,

측측측평평측평 측측측평측평 측측측측평평측평측

唯國岡上廣開土境好太王, 盡爲祖先王, 墓上立碑, 銘其烟戶, 不令差錯,

평측평측측평측측측측평 측평측평평 측측측평 평평평측 측평평측

又制守墓人, 自今以後, 不得更相轉賣, 雖有富足之者, 亦不得擅買.

측측측측평 측평측측 측측측평측측 평측측측평측 측측측측측

其有違令, 賣者刑之, 買人制令守墓之.

평측평평 측측평평 측평측평측측평

2. 사산비명의 구법과 평측

최치원의 사산비명은 4개의 편이 구법 면에서 각기 다른 특징을 지니고 있다. 사산비명 가운데 가장 먼저 886년(헌강왕 12)에 찬술되었으리라 추정되는 「대숭복사비명」은 대우와 염률의 면에서 변문의 형식을 비교적 잘 지켰다. 그러나 887년(진성왕 원년)에 찬술된 「진감선사비명」과 892년 무렵 찬술된 「낭혜화상비명」은 제행을 많이 사용했지만, 대우의 구법을 궁구하지는 않았다. 하지만 부분적으로는 변문의 투식을 참조하여 평측교호와 염률의 방식을 활용했다. 평측교호는 한 구 안에서의 교호도 있지만,

제행 2구나 배비구에서의 교호가 적지 않다. 893년 무렵 찬술한 「지증대사비명」은 앞서의 두 비명과 달리 고문과 변문의 혼합 문체이다. 「대숭복사비명」은 앞에서 염률을 살폈으므로, 그것을 제외한 다른 세 비명의 구법과 평측을 살펴보기로 한다.

(1) 「지리산쌍계사진감선사대공령탑비명(知異山雙溪寺眞鑑禪師大空靈塔碑銘)」

　최치원은 887년에 이 비명을 찬술했다. 진감선사 혜소(慧昭, 774~850)는 804년(애장왕 5) 당나라에 들어갔다가 830년(흥덕왕 5) 귀국하여 지금의 쌍계사(雙溪寺)인 옥천사(玉泉寺)를 짓고 범패를 가르쳤다. 비명은 제목 22자, 찬자·서자·전액자 이름(최치원) 32자, 서 2,243자, 명 160자로, 모두 2,457자를 사용했다(건립 일자와 각자명 13자가 뒤에 더 있다.). 서의 문장은 고문의 종결사를 사용한 예가 매우 적고, 4언의 제행을 이용한 서술이 많다. 간혹 대우를 이룬 부분은 구중의 평측교호법을 지키고, 2개의 대우가 연결될 때는 구말의 염범도 지켰다. 이를테면 "虛往實歸, 先難後獲, 亦猶采玉者不憚崑丘之峻, 探珠者不辭驪壑之深."의 부분은 "평측측평 평평측측 (측평)측측측측측평평 평측 평평측측평평측평평"의 평측법이다. 앞의 두 4언구는 2-4부동을 지켰고, 뒤의 장구는 '亦猶'를 제외하면 나머지 9자구(주술구조)에서 제2-5-7-9자가 측-측-평-측과 평-평-측-평으로 정확하게 짝을 이루고 있다. 또한 4개 구의 구말 평측을 보면 평-측-측-평으로 염법을 지켰다. "手非勞於結網, 心已契於忘筌, 能豐啜菽之資, 尤叶采蘭之詠."의 평측을 보면 "측평평평측측 평측측평평평 평평측측평평 측측측평평측"으로, 각 구마다 평측을 교체시키고, 구말의 평측도 염법을 정확하게 지켰다. 그러나 이렇게 구중 평측교호의 규칙과 구말 평측의 염법을 지킨 부분은 그리 많지 않다. 4언의 제행으로 이루어진 부분도 평측교호법이나 염률을 지키지 않은 예가 대부분이다. "于時天無纖雲, 風雷欻起, 虎狼號咽, 杉栝變衰."에서 '于是'를 제외한 부분은 4언의 제행이되 대우를 이루지 않았고, 그 평측을 보면 "평평평평 평평평측 측평평측 평측측평"과 같은 식이어서, 염법은 지켰으나 첫 구에는 2-4부동의 원리를 아예 따르지 않았다. 그런데 "或有以胡香爲贈者, 則以瓦載煻灰, 不爲丸而焫之曰: 吾不識是何臭, 虔心而已. 復有以漢茗爲供者, 則以薪爨石釜, 不爲屑而煮之曰: 吾不識是何味, 濡腹而已."부분은 긴 문장 둘을 배비(排比)했는데, 평측 면에서는 교호의 원칙을 교묘하게 적용했다. 사(詞)는 2-4부동의 규율을 지키지 않은 구가 많다.

有唐新羅國故知異山雙谿寺教諡眞鑑禪師碑銘幷序

　　前西國都統巡官承務郎侍御史內供奉賜紫金魚袋臣崔致遠奉敎撰幷書篆額

夫道不遠人, 人無異國, 是以東人之子, 爲釋爲儒.

평측측측평　평평측측　측측평평평측　평측평평

必也, 西浮大洋, 重譯從學, 命寄刳木, 必懸寶洲, 虛往實歸, 先難後獲.

　측측　평평측평　평측측측　측측평측　측평측평　평평측측　평평측측

亦猶采玉者不憚崑丘之峻, 探珠者不辭驪壑之深.

측평측측측측평평평측　평평측측평평측평평

遂得慧炬則光融五乘, 嘉肴則味飫六籍, 競使千門入善, 能令一國興仁,

측측측측측평평측평　평평측측측측측　측측평평측측　평평측측평평

而學者或謂身毒與闕里之說敎也,

평측측측측평측측측측평측측측

分流異體, 圓鑿方枘, 互相矛楯, 守滯一隅.

측평측측　평측평측　측평평측　측측측평

嘗試論之, 說詩者不以文害辭, 不以辭害志. 禮所謂: 言豈一端而已? 夫各有所當.

평측평평　측평측측측평측평　측측平측측　평측측평평측　평측측측평

故廬峯慧遠著論謂: 如來之與周孔, 發致雖殊, 所歸一揆. 體極不能兼者, 物不能兼受故也.

측평평측측측평측　平平平平측측　측측평평　측平측측　측측평평평측　측측平平측측측

沈約有云: 孔發其端, 釋窮其致, 眞可謂識其大者, 始可與言至道矣.

측측측평　측측平평　측平平측　平측측측平측측　측측평평측측측

至若佛語心法, 玄之又玄, 名不可名, 說無可說.

측측측측平측　平平측平　平측측平　측平측측

雖云得月指或坐忘, 終類係風影難行捕. 然陟遐自邇, 取譬何傷?

평평측측측측평　평측측平측平平측　平측平측측　측측平平

昔尼父謂門弟子曰: 予欲無言, 天何言哉!

측평측측平측측　平평平平　平平平平

則彼淨名之默對文殊, 善逝之密傳迦葉, 不勞鼓舌, 能叶印心.

측측측平平측측平平　측측平측平平측　측平측측　平측측平

言天不言, 捨此奚適而得? 遠傳妙道, 廣耀吾鄉, 亦豈異人哉! 禪師是也.

平平측平　측측平측平측　측平측측　측측平平　측측측平平　平平측측

禪師法諱慧昭, 俗姓崔氏. 其先漢族, 冠蓋山東.

평평측측측평 측측평측 평평측측 측측평평

隋師征遼, 多沒驪貊, 有降志而爲遐甿者.

평평평평 평측평측 측측측평평평평측

爰及聖唐, 囊括四郡, 今爲全州金馬人也.

평측측평 평측측측 평평평평평측평측

父曰昌元, 在家有出家之行.

측측평평 측측평측평평평

母顧氏嘗晝假寐, 夢一梵僧謂之曰: 吾願爲阿㜷之子, 以琉璃甖爲寄, 未幾娠禪師焉.

측측측평측측측 측측측평평측측 평측측평평평측 측평평평평평 측평평평평평

生而不啼, 乃夙挺銷聲息言之勝芽也.

평평측평 측측측평평측평평측평측

暨齓從戲, 必燔葉爲香, 采花爲供, 或西向危坐, 移晷未嘗動容.

측측평측 측평**측평** 측**평**평측 측평측평측 평측측평측평

是知善本固百千劫前所裁植, 非可跂而及者.

측평측측측평측평측평측 평측측평측측

自坩曁弁, 志切反哺, 跬步不忘, 而家無斗儲, 又無尺壤, 可盜天時者.

측측측측 측측측측 측측측평 평평평측**측** 측평측**측** 측측평평측

口腹之養, 惟力是視. 乃裨販娵隅, 爲瞻滑甘之業.

측측평측 평측측측 측평측평평 평측측평평측

手非勞於結網, 心已契於忘筌, 能豐啜菽之資, 允叶采蘭之詠.

측평평평측측 **평측측**평평평 평평측측평평**평** 측측측평평측

洎鍾艱棘, 負土成墳, 乃曰: 鞠育之恩, 聊將力報. 希微之旨, 盍以心求?

측평평측 측측평평 측측 측측평**평** 평**평**측측 평**평**평측 측측평**평**

吾豈匏瓜, 壯齡滯跡?

평측평**평** 측평측측

遂於貞元廿年, 詣歲貢使. 求爲榜人, 寓足西泛, 多能鄙事, 視險如夷.

측평평평측평 측측측측 평평평측 측측평측 평평측측 측측평평

揮楫慈航, 超截苦海, 及達彼岸, 告國使曰: 人各有志, 請從此辭.

평측평평 평측측측 측측측측 측측측측 평측측측 측평측평

遂行至滄州, 謁神鑑大師, 投體方半, 大師怡然曰: 戲別匪遙, 喜再相遇.

측평측평평 측평측측평 평측평측 측평평평측 측측평측 측측평측

遽令剃染, 頓受印戒, 若火烘燥艾, 水走卑原然.

측평측측 측측측측 측측**평**측측 측측평**평**평

徒中相謂曰: 東方聖人於此復見. 禪師形貌黯然, 衆不名而目爲黑頭陀.

평평평측측 평평측평평측측측 평평평측측평 측측평평측측측평평

斯則探玄處默, 眞爲漆道人後身, 豈比夫邑中之黔, 能慰衆心而已哉?

평측평평측측 측평측측평평 측측평평평평 평측측평평측평

永可與赤髭青眼, 以色相顯示矣.

측측측측평평측 측측평측측평

元和五年, 受具於嵩山少林寺琉璃壇, 則聖善前夢完若合符.

평평측평 측측평평평측측평평평 측측측평측평측측평

旣瑩戒珠, 復歸鯷海, 聞一知十, 茜絳藍靑, 而斷雲浪跡.

측평측평 측평평측 평측평측 측측평**평** 평측**평**평측

粤有鄉僧道義先訪道於華夏, 邂逅適願, 西南得朋. 四遠參尋, 證佛知見.

측측평평측측평측측평평측 측측측측 평평측평 측측평평 측측평측

義公先歸故國, 禪師卽入終南, 登萬仞之峯, 餌松實而止觀寂者三年.

측평평평측측 평평측**측**평**측** 평측측평평 측평측측**평**측측측측평

後出紫閣, 當四達之道, 織芒屩而廣施憧憧者又三年.

측측측측 평측측평측 측평측평측平平平측측측平

於是苦行旣已修, 他方亦已遊. 雖曰觀空, 豈能忘本?

평측측**평**측측**평** 평**평**측측평 측평평측 측평평측

乃於大和四年來歸, 大覺上乘, 照我仁域.

측평측평측평평平 측측측平 측측평平

興德大王飛鳳筆迎勞曰:

평측측평평측측평측측

道義禪師, 曩已歸止, 上人繼至, 爲二菩薩.

측측평平 측측평측 측평측측 평측平平

昔聞黑衣之傑, 今見縷褐之英.

측측측**平**평측 평측측측平**平**

282

彌天慈威, 擧國欣賴, 寡人行當以東鷄林之境, 成吉祥之宅也.

평평평평 측측평측 측평측측측평평평평측 평측평평측측

始憩錫於尙州露嶽長柏寺, 醫門多病, 來者如雲.

측측측평측평측측측평측 평**평**평측 평측평**평**

方丈雖寬, 物情自隘, 遂步至康州智異山.

평측평**평** 측평측측 측측측평평측측평

有數於菟, 哮吼前導, 避危從坦, 不殊兪騎, 從者無所怖畏, 豢犬如也.

측측평**측** 평측평측 측**평**평평 측평측평 평측평평측측 측측평측

則與善無畏三藏, 結夏靈山, 猛獸前路, 深入山穴, 見車尼立像, 完同事跡.

측측측평측평평 측측평평 측측평측 평측평측 측평평측측 평평측측

彼竺曇猷之扣睡虎頭, 令聽經, 亦未專嫩於僧史也.

측측평평평측측측평 평평평 측측평측평평측측

因於花開谷, 故三法和尙蘭若遺基, 纂修堂宇, 儼若化成.

평평평평측 측측측평측측평평평 측평평측 측측측평

洎開成三年, 愍哀大王, 驟登寶位, 深託玄慈, 降璽書餽齋費, 而別求見願.

측평평평평 측평측평 측평측측 평측평평 측측평측평측 평측평측측

禪師曰: 在勤修善政, 何用願爲? 使復于王, 王聞之愧悟.

평평측 측평측측측 평측측평 측측평평 평평평측측

以禪師色空雙泯, 定慧俱圓, 降使賜號爲慧昭. 昭字避聖祖廟諱易之也.

측평평측**평**평측 측측평**평** 평측측평평측평 평측측측측측측평측

仍貫籍于大皇龍寺, 徵詣京邑, 星使往復者, 交轡于路, 而嶽立不移其志.

평측측평측평평 평측평측 평측측측측 평측평측 평측측측평평측

昔僧稱非元魏之三召云: 在山行道, 不爽大通. 栖幽養高, 異代同趣.

측평평평평평측측평 측평평측 측측측평 평평측평 측측평측

居數年, 請益者稻麻成列, 殆無錐地.

평측평 측측측평평측 측평평측

遂歷銓奇境, 得南嶺之麓, 壞墦居最, 經始禪廬, 却倚霞岑, 俯壓雲澗.

측측평평측 측평측평측 측측평측 평측평평 측측평평 측측평측

淸眼界者, 隔江遠岳, 爽耳根者, 迸石飛湍.

평측측측, 측평측측 측측평측 측측평**평**

至如春溪花, 夏徑松, 秋壑月, 冬嶠雪, 四時變態, 萬象交光, 百籟和吟, 千巖競秀.

측평평평**평** 측측평 평측측 평측측 측평측측 측측평평 측측평평 평평측측

嘗遊西土者, 至此咸愕視謂: 遠公東林, 移歸海表.

평평평측측 측측평측측측 측평평평 평평측측

蓮花世界, 非凡想可擬, 壺中別有天地則信也.

평평측측 평평측측측 평평측측평측측측측

架竹引流, 環階四注, 始用玉泉爲牓.

측측측평 평**평**측측 측측측평평측

屈指法胤, 則禪師洒曹溪之玄孫. 是庸建六祖影堂, 彩飾粉墉, 廣資導誘.

측측측측 측평평측평평평평평 측평측측측측평 측측측**평** 측평측측

經所謂: 爲說衆生, 故綺錯繪衆像者也.

평측측 평측측평 측측측측측측측측

大中四年正月九日詰旦, 告門人曰: 萬法皆空, 吾將行矣. 一心爲本, 汝等勉之.

측측측평평측측측측 측평평측 측측평**평** 평**평**평측 측평평측 측측측**평**

無以塔藏形, 無以銘記跡.

평측측평**평** 평측**평**측측

言竟坐滅, 報年七十七, 積夏四十一.

평측측측 측평측측측 측측측측측

于時天無纖雲, 風雷欻起, 虎狼號咽, 杉栝變衰.

평평평**평**평평 평평평측 측평평측 평측측**평**

俄而紫雲翳空, 空中有彈指聲, 會葬者無不入耳.

평평측평측평 평평측평측평 측측측평측측측

則梁史載褚侍中翔, 嘗請沙門爲母疾祈福, 聞空中彈指, 聖感冥應, 豈誣也哉?

측평측측측측평 평측측평평측측평 평평평측측 측측평측 측평측평

凡志於道者, 寄聲相吊, 未忘情者, 含悲以泣, 天人痛悼, 斷可知矣.

평측평측측 측평평측 측평평측 평평측측 평평측측 측측평측

靈函幽隧, 預使備具, 弟子法諒等, 號奉色身, 不踰日而窆于東峯之冢, 遵遺命也.

평평평측 측측측측 측측측측측 측측측평 측평측평측평평평평측 평평측측

禪師性不散樸, 言不由機. 服暖縕黂, 食甘糠粃. 芋菽雜糅, 蔬佐無二.

평평**측**측측측 평측평평 측측평평 측평평측 측측측측 평측평측

貴達時至, 曾無異饌. 門人以墢腹進難, 則曰: 有心至此, 雖牆何害? 尊卑壹稛, 接之如一.

측측평평 평평측측 평평측측측측평 측측 측평평측 평평측측 평평측측 측평평측

每有王人, 乘馹傳命, 遙祈法力, 則曰: 凡居王土而戴佛日者, 孰不傾心護念, 爲君貯福?

측측평평 평평측측 평평측측 측측 평평측측평측측측측 측측평평측측 측평측측

亦何必遠汚綸言於枯木朽株? 傳乘之飢不得齕, 渴不得飮, 吁可念也!

측평측측측평평평평측측평 평측평**평**측측**측** **측**측측**평** 평측측측

或有以胡香爲贈者, 則以瓦載煻灰, 不爲丸而焫之曰: 吾不識是何臭, 虔心而已.

측측이평**평**평측측 측측**측**측**평**평 측**평**평측평측 평측측측평측 평**평**평측

復有以漢茗爲供者, 則以薪爨石釜, 不爲屑而煮之曰: 吾不識是何味, 濡腹而已.

측측측측**평**평측측 측측**평**측측 측평측평측평측 평측측측평측 평측평측

守眞忤俗, 皆此類也.

측평측측 평측측측

雅善梵唄, 金玉其音, 側調飛聲, 爽快哀婉, 能使諸天歡喜, 永於遠地流傳.

측측측측 평측평**평** 측**평**평평 측측평측 평측측**평**평측 측평측측**평평**

學者滿堂, 誨之不倦.

측측측평 측**평**측측

至今東國習魚山之妙者, 競如掩鼻, 效玉泉餘響, 豈非以聲聞度之之化乎?

측평평측측평평측측 측평측측 측평평측 측평측측측측평평평평

禪師泥洹, 當文聖大王之朝, 上惻仙衿, 將寵淨謚, 及聞遺戒, 愧而寢之.

평평평평 평평측측평평평 측측평평 평측측측 측평측측 측평측평

越三紀, 門人以陵谷爲慮, 扣不朽之緣於慕法弟子.

측측측 평평측측평측 측측측평평평측측측

內供奉一吉干楊晉方, 嵩文臺郎鄭詢一, 斷金爲心, 勒石是請.

측측측측측평평측평 평평평평측평측 측평평평 측측측측

憲康大王, 恢弘至化, 欽仰眞宗, 追謚眞監禪師, 大空靈塔, 仍許篆刻, 以永終譽, 懿乎!

측평측평 평평측측 평측평평 평측평측측평 측평평측 평측측측 측측평측 측평

日出暘谷, 無幽不燭, 海岸植香, 久而彌芳.

측측평측 평평측측 측측측평 측평평평

或曰: 禪師垂不銘不塔之戒, 而降及西河之徒, 不能確奉先志.

측측 평평평측평측측평측 평측측평평평평 측평측측평측

求之歟?抑與之歟?適足爲白圭之玷.

평평평 측측평평 측측평측평평평측

噫!非之者亦非也. 不近名而名彰, 盖定力之餘報.

평 평평측측평측 측측평평평평 측측측평평측

與其灰滅電絶, 曷若爲可爲於可爲之時, 使聲震大千之界?而龜未戴石, 龍遽昇天.

측평평측측측 측측평측평평측평평평 평평평측평평측 평평측측측 평측평평

今上繼興, 塡篪相應, 意諧付囑, 善者從之.

평측측평 평**평**평측 측**평**평측측 측측평**평**

以隣岳招提有玉泉之號, 爲名所累, 衆耳致惑.

측평측평평측측평평측 평평측측 측측측측

將俾棄同卽異, 則宜捨舊從新.

평측측**평**측측 측평측측평**평**

使視其寺之所枕倚, 則以門臨複澗爲對. 乃錫題爲雙溪焉.

측측평측평측측측 측측평평측측측측 측측평평평평평

申命下臣曰: 師以行顯, 汝以文進. 宜爲銘, 致遠拜手曰: 唯唯.

평측측측측 평측평평측 측측평측 평측평 측측측측측 평평

退而思之, 頃捕名中州, 嚼腴咀雋, 于章句間, 未能盡醉衢罇, 惟媿深跧泥甃.

측평평평 측측평평평 측평측측 평평측측 측평측**측**평**평** 평측평평**평**측측

況法離文字, 無地措言?苟或言之, 北轅適郢.

측측평평**측** 평측측**평** 측측평**평** 측평측측

第以國主之外護, 門人之大願, 非文字, 不能昭昭乎羣目.

측측측측평측측 평평평측측 평평평 측평평평평평측

遂敢身從兩役, 力效五能. 雖石或憑言, 可慚可懼, 而道強名也, 何是何非?

측측평측측측 측측측평 평측측평평 측평측평 평측측평측 평측평평

掘筆藏鋒, 則臣豈敢?重宣前義, 謹札銘云:

측측평평 측평측측 평평평측 측측평평

杜口禪那, 歸心佛陀. 根熟菩薩, 弘之靡它.

측측평평 평**평**측**평** 평측평측 평**평**측**평**

猛探虎窟, 遠泛鯨波. 去傳秘印, 來化斯羅.

측평측측 측측평평 측평측측 평측평평

尋幽選勝, 卜築巖磴. 水月澄懷, 雲泉寄興.

평평측측 측측평측 측측평평 평평측측

山與性寂, 谷與梵應. 觸境無硋, 息機是證.

평측측측 측측측측 측측평측 측평측측

道贊五朝, 威摧衆妖. 黙垂慈蔭, 顯拒嘉招.

측측측평 평평측평 측평평측 측측평평

海自飃蕩, 山何動搖. 無思無慮, 匪斲匪雕.

측측평측 평평측평 평측평측 측측측평

食不兼味, 服不必備. 風雨如晦, 始終一致.

측측평측 측측측측 평측평측 측평측평

慧柯方秀, 法棟俄墜. 洞壑凄凉, 煙蘿憔悴.

측평평측 측측평측 측측측평 평평평측

人亡道存, 終不可諼. 上士陳願, 大君流恩.

평평측평 평측측평 측측평측 측측평평

燈傳海裔, 塔聳雲根. 天衣拂石, 永耀松門.

평평측측 측측평평 평평측측 측측평평

光啓三年七月▽日建, 僧奐榮, 刻字.

(2) 「숭엄산성주사대낭혜화상백월보광탑비명(崇嚴山聖住寺大朗慧和尙白月葆光塔碑銘)」

낭혜화상 무염의 탑비명인 이 글은 최치원이 892년(진성왕 6) 무렵 찬술했다. 비제 16자, 찬자명 40자, 서(序) 4,548자, '其詞曰' 3자, 사(詞) 380자 등 총 4,987자이다(본문의 작은 글씨 주와 '其一~其九'의 작은 글씨는 합산하지 않음). 서자명 14자가 더 있고, 서자명 다음 줄에 '巨筏▨憲▨已于▨'의 각자가 있으나, 뜻은 미상이다. 비명은 888년 11월에 무염이 입적하고 2년 지나 사리탑을 쌓은 후, 최치원이 비명을 찬술하라는 왕명을 받은 경위(①), 『한서』 「유후전(留侯傳)」의 기서법을 따라 무염의 '시순(時順) 간의 사적' 가운데 후학을 일깨우는 일만을 기록하겠다는 결심(②)을 먼저 기록했다. 이어서 무염의 문인이 작성한 행장에 근거해서 무염의 사적을 서술하고(③), 논(論)을 부쳐 무염이 '서방에서 배워 동방을 교화시킨' 의의를 부각시켰다(④). 게(偈) 형식의 명(銘)이 뒤따른다(⑤). 상당히 길므로 ①과 ⑤의 평측과 행문만을 제시하기로 한다. 비명의 서를 보면, 제언의 구를 사용한 부분이 많지만, 평측교호법이나 염률을 지킨 곳은 매우 드물다. "第大師於有爲澆世, 演無爲祕宗, 小臣以有限麼才, 紀無限景行, 弱轅載重, 短綆汲深."에서는 '有爲澆世'와 '無爲祕宗', '有限麼才'와 '無限景行', '弱轅載重, 短綆汲深'가 각각 의미상 대를 이루지만, 평측 구중의 평측을 반드시 교호시키려 하지는 않았다. 대우의 구를 사용한 "爲佛爲孫之德化, 爲君爲師之聲價, 鎭俗降魔之威力, 鵬顯鶴歸之動息."도 구중의 평측교호법을 사용하지 않았고, 구말 평측의 염률도 지키지 않았다.

聖住寺郞慧和尙白月葆光塔碑銘幷序
      淮南入本國送國信詔書等使前東面都統巡官承務郞侍御史內供奉賜紫金魚袋臣崔致遠奉敎撰

帝唐揃亂以武功, 易元以文德之年, 暢月月缺之七日, 日醮咸池時,
측평측측측측평 평측측평측평평 측측측측평측측 측측평평평

海東兩朝國師禪和尙, 盥浴已, 趺坐示滅. 國中人如喪左右目, 矧門下諸弟子乎?
측평측평측평평평측 측측측 평측측측 측평평평측측측측 측평측평측측측평

嗚呼! 應東身者八十九春, 服西戎者六十五夏. 去世三日, 倚繩座, 儼然面如生.
평평 평평**평**측측측측**평** 측평**평**측측측측**측** 측측평측 측평측 측평측평평

門人詢乂等, 號奉遺體, 假㐱禪室中.
평평평측측 측측측측 측측평측평

上聞之震悼, 使馹弔以書, 賻以穀, 所以資淨供而贍玄福.
측평평측측 측측측측평 측측측 측측평측측평측평측

越二年, 攻石封層冢, 聲聞玉京.
측측평 평측평평측 평측측平

菩薩戒弟子, 武州都督蘇判鎰, 執事侍郞寬柔, 貝江都護咸雄, 全州別駕英雄, 皆王孫也.
평측측측측 측평평측평측측 측측측평평평 측평평측평평 평평측측평평 평평평측

維城輔君德, 險道賴師恩, 何必出家然後入室?
평평측평측 측측측평평 평측측평평측측측

遂與門人昭玄大德釋通賢, 四天王寺上座釋愼符, 議曰:
측측평평평측측측측평평 측평평측측측측측평 측측

師云亡, 君爲慟, 奈何吾儕忍灰心木舌, 缺緣飾在參之義乎?

평평**평** 평평**측** 측평평평측평평**평**측측 측평측측평평측평

迺白黑相應, 請贈謚暨銘塔, 敎曰可.

측측측평평 측측측측평측 측측측

旋命王孫夏官二卿禹珪, 召桂苑行人侍御使崔致遠.

측측평평측평측평측평 측측측평평측측측평측측

至蓬萊宮, 因得竝琪樹上瑤墀, 跽跌命珠箔外.

측평평평 평측평평측측평평 측측측평측측

上曰: 故聖住大師, 眞一佛出世. 昔文考康王咸師事, 福國家爲日久.

측측 측측측대평 평측측측측 측평측평평평평측 측측평평측측

余始克纘承, 願繼餘先志, 而天不憖遺, 益用悼厥心.

평측측평평 측측평평측 평평측측평 측측측측평

余以有大行者授大名, 故追謚曰大朗慧, 塔曰白月葆光.

평측측측평측측측평 측평측측측측평 측측측측측평

乃甞西宮, 絲染錦歸, 顧文考選國子命學之, 康王視國士禮待之, 若宜銘國師以報之!

측평평측 평측측평 측평**측**측측**측**측평 평**평**측측**측**측측평 측평평측평측측측평

謝曰: 主臣! 殿下恕粟饒浮秕, 念桂飽餘馨, 俾報德以文, 固多天幸.

측측 측평 측측측측**평**평측 측측측**평**평 측측측측평 측평평측

第大師於有爲澆世, 演無爲秘宗, 小臣以有限麼才, 紀無限景行, 弱輗載重, 短綆汲深.

측측평평측**평**평**측** 측평**평**측평 측평측측측**측**평**평** 측평**측**측측 측**평**측측 측측측**평**

其或石有異言, 龜無善顧, 決叵使山輝川媚, 反嬴得林慙澗愧, 請筆路斯避.

평측**측**측측**평** **평**평측측측 측측평평**평**평측 측**평**측평**평**측측 측측측평측

上曰: 好讓也! 盖吾國風, 善則善已. 然苟不能是, 惡用黃金牓爲? 爾勉之!

측측 측측측 측평측평 측측측 평측측평측 평측평평측평 측측평

遽出書一編, 大如椽者, 俾中涓授受, 乃門弟子所獻狀也.

측측평측평 측평평측 측평평측측 측평측측측측측

復惟之, 西學也, 彼此俱爲之, 而爲師者何人, 爲役者何人?

측평평 평측측 측측평평평 평평**평**평평**평** 평측측평**평**

豈心學者高, 口學者勞耶? 故古之君子愼所學.

측**평**측측평 **측**측측**평**평 측측평평측측측측

抑心學者立德, 口學者立言, 則彼德也或憑言而可稱, 是言也或倚悳而不朽,

측평측측측측 측측측측평 측측측측평평평측평 측평측측측측평측평

可稱則心能遠示乎來者, 不朽則口亦無愍乎昔人. 爲可爲於可爲之時, 復焉敢膠讓乎篆刻?

측평측평측평평평평 측측측측평평평측평 평측평평측평평평 측평측평측평측측

始繹如橡狀, 則見大師西遊東返之歲年, 稟戒悟禪之因緣,

측측평평측 측측측평평평측평측평 측측측평평평평

公卿守宰之歸仰, 像殿影堂之開刱, 故翰林郞金立之所撰聖住寺碑, 叙之詳矣.

평평측측평평측 측측측평평평측 측평평평평측평측측측측측평 측평측측

爲佛爲孫之德化, 爲君爲師之聲價, 鎭俗降魔之威力, 鵬顯鶴歸之動息,

평측평평측측 평평평평평측 측측측평평측 평측측평평측

贈太傅獻康大王親製深妙寺碑, 錄之備矣.

측측측측평측평평측평측평 측평측측

顧腐儒之今作也, 止宜標我師就般涅槃之期, 與吾君崇窣堵婆之號而已.

측측평평평측측 측평평측평측평측평평 평평평측측측평평측평측

(중략)

美盛德之形容, 古尙乎頌, 偈頌類也. 扣寂爲銘.

측평측평평평 측평평측 측측측측 측측평평

其詞曰:

평평측

可道爲常道, 如穿草上露. 卽佛爲眞佛, 如攬水中月.(序詞－필자 주)

측측평평측 평평측측측 측측평측측 평측측평측

道常得佛眞, 海東金上人. 本枝根聖骨, 瑞蓮資報身.

측평측측평 측평평측평 측평평측평 측평평측평

五百年擇地, 十三歲離塵. 雜花引鵬路, 簗木浮鯨津. 其一.

측측평측측 측평측평평 측평측측측 측측평평평

觀光堯日下, 巨筏悉能捨. 先達皆歎云, 苦行無及者.

평평평측측 측측측평측 평측평평평 측평평측측

沙之復汰之, 東流是天假. 心珠瑩麻谷, 目鏡燭桃野. 其二.

평평측측평 평평측평측 평평평평측 측측측평측

旣得鳳來儀, 衆翼爭追隨. 試覿龍變化, 凡情那測知?

측측측평평 측측평평평 측측평측측 평평평측평

仁方示方便, 聖住强住持. 松門遍掛錫, 巖徑難容錐. 其三.

평**평**측**평**측 측**측**평**측**평 평**평**측**측**측 평**측**평**평**평

我非待三顧, 我非迎七步. 時行則且行, 爲緣付囑故.

측**평**측**평**측 측**평**평**측**측 평**평**측**측**평 평**측**측**측**측

二王拜下風, 一國滋甘露. 鶴出洞天秋, 雲歸海山暮. 其四.

측**평**측**측**평 측**측**평**평**측 측**측**측**평**평 평**평**측**평**측

來貴乎葉龍, 去高乎冥鴻. 渡水陋巢父, 入谷超朗公.

평**측**평**측**평 측**평**평**평**평 측**측**측**평**측 측**측**평**측**평

一從歸島外, 三返遊壺中. 群迷湧臧否, 至極何異同? 其五.

측**평**평**측**측 평**측**평**평**평 평**평**측**평**측 측**측**평**측**평

是道澹無味, 然須强飮食. 他酌不吾醉, 他飡不吾飽.

측**측**측**평**측 평**평**평**측**측 평**측**측**평**측 평**평**측**평**측

誡衆黜心何? 糠名復粃利. 勸俗飭身何? 甲仁復胄義. 其六.

측**측**측**평**평 평**평**측**측**측 측**측**측**평**평 측**평**측**측**측

汲引無棄遺, 其實天人師. 昔在世間時, 擧國成瑠璃.

측**측**평**측**평 평**측**평**평**평 측**측**측**평**평 측**측**평**평**평

自寂滅歸後, 觸地生蒺莉. 泥洹一何早? 今古所共悲. 其七.

측**측**측**평**측 측**측**평**측**평 평**평**측**평**측 평**측**측**측**평

甃石復刊石, 藏形且顯跡. 鵠塔點青山, 龜碑撑翠壁.

측**측**측**평**측 평**평**측**측**측 측**측**측**평**평 평**평**평**측**측

是豈向來心? 徒勞文字覡. 欲使後知今, 猶如今示昔. 其八.

측**측**측**평**평 평**평**평**측**측 측**측**측**평**평 평**평**평**측**측

君恩千載深, 師化萬代欽. 誰持有柯斧? 誰倚無絃琴?

평**평**평**측**평 평**측**측**측**평 평**평**측**평**측 평**측**평**평**평

禪境雖沒守, 客塵寧許侵? 鷄峯待彌勒, 將在東鷄林. 其九.

평**측**평**측**측 측**평**측**측**평 평**평**측**평**측 평**측**평**평**평

從弟朝請大夫前守執事侍郎賜紫金魚袋臣崔仁滾奉教書

巨筏▨憲▨已于▨

(3) 「희양산봉암사지증대사적조탑비명(曦陽山鳳巖寺智證大師寂照塔碑銘)」

희양산문(曦陽山門)의 개창자인 도헌국사(道憲國師), 곧 지증대사(智證大師, 824~882)의 탑비명인 「희양산봉암사지증대사적조탑비명」은 최치원이 893년(진성왕 7) 무렵 찬술했다. 비제 24자, 찬자명 39자, '叙日' 2자, 서(叙) 3,501자, '其詞日' 3자, 사(詞) 308자 등 모두 3,877자이다. 비석은 924년(경명왕 8, 경애왕 원년)에 건립되었다. 비문의 글씨를 쓰고 각자(刻字)한 사람은 분황사의 승려 혜강(慧江)이다. 비명의 서(叙)를 보면, 4구 1단의 구성에서는 구말의 평측에서 제2구와 제3구를 일치시키는 염률을 상당히 지켰다. "始語玄契者, 縛猿心, 護奔北之短. 矜鵬翼, 誚圖南之高."의 부분도 '始語玄契者'를 제외하면, 3자구-5자구, 3자구-5자구가 짝을 이루는데, 그 평측을 보면 '측평평 측평측평측 평측측 측평평평평'으로 앞의 2구와 뒤의 2구가 짝을 이룰 뿐 아니라, 구말의 평측이 '평-측-측-평'으로 염률을 지켰다. 물론 "罷思東海東, 終遁北山, 豈大易之無悶, 中庸之不悔者邪?"의 예처럼 평측교호법을 지키지 않은 예도 혼재되어 있다. 그런데 구문상으로는 대우이지만 평측은 전혀 교호시키지 않은 예도 있다. "別有不戶不牖而見大道, 不山不海而得上寶. 恬然息意, 澹乎忘味."는 그러한 예이다. 구말에 모두 측성자를 놓았을 뿐 아니라, 구중의 핵심 어휘에도 모두 대부분 측성자를 놓았다. "彼岸也不行而至, 此土也不嚴而治, 七賢孰取譬?"에서는 앞 두 구가 대우를 이루면서 중심자가 측-평-측으로 서로 같다. 이것은 의도적인 것으로 보인다.

격구대(隔句對)에서는 반드시 평측을 안배했다. 서두의 "五常分位, 配動方者曰仁心. 三敎立名, 顯淨域者曰佛."은 "측평평측 측측평측측평평 평측측평 측평측측측측"으로, 격구대의 대우구끼리 평측을 정돈하고 구말 평측의 염률을 지켰다. "轡織迎途, 至憩足于禪院寺, 錫安信宿, 引問心于月池宮."의 부분도 "측측평평 측측측평평측측 측평측측 측측평평측평평"으로, 격구대의 대우구끼리 구중의 평측을 교대시킨 부분과 구중의 평측을 합치시킨 구절을 교차시켰다. 후자는 변문의 형식에는 맞지 않지만, 독자적 평측법을 실험한 것이라고 할 수 있다. "終風吼谷, 則聲咽虎溪. 積雪摧松, 則色倖鵠樹."의 부분도 격구대로, 그 평측을 보면 "평평측측 측평측측평 측측평평 측측평측측"으로 구중 평측을 교대시키고 구말의 염률을 지켰다. "且自魯紀隕星, 漢徵佩日. 像跡則百川含月, 法音則萬籟號風."의 부분도 영자(領字)인 '且自'를 제외하면 "측측측평 측평측측 측측측측평평측 측평측측측평평"의 정연한 평측법을 사용했다. "始大成也, 發蒙于梵體大德, 稟具于瓊儀律師. 終上達也, 探玄于慧隱嚴君, 受黙于楊孚令子."

의 대우 문장에서는 成-達, 德-君, 師-子의 평측을 의도적으로 대립시켰다.

"道郁夷柔順性源, 達迦衛慈悲教海. 寔猶石投水, 雨聚沙然."의 부분은 7언구의 대우 다음에 글자 수가 다른 2구를 중첩하되, 뒤의 두 구는 허사의 부분을 제외하면 3언의 대우이다. 이때 칠언의 대우 부분에 평측교호법을 응용한 것은 물론, 허사를 제외한 3언 대우의 출구와 대구에도 평측을 교대시켰으며, 구말의 평측도 염률을 지켰다. 즉, 평측만을 보면 "측측평평측측평 측평측평평측측 측평측평측 측측평평"과 같은 식이다. 2구의 대우에서는 출구와 대구 사이에 평측을 짝 지웠다. "熙熙太平之春, 隱隱上古之化."의 대우가 "평평평평평평 측측측측평측"의 평측법을 활용한 것은 그 대표적 예이다.

한편 제언의 구를 사용한 부분에서는 평측교호법이나 염률을 지킨 곳도 있고, 그렇지 않은 곳도 있다. "外護小緣, 念踰三際, 內修大惠, 幸許一來."의 부분은 격구대로, 평측은 "측측측평 측평평측 측평측측 측측측평"과 같은 식으로 구중 평측을 교대시키고 구말의 염률을 지켰다. 육이(六異)와 육시(六是)의 나열 단락은 찬술의 원자료에 충실하면서도, 대우나 배비구에 평측을 안배한 예와 그렇지 않은 예가 혼재되어 있다. 4언구 제행의 경우는 더욱 그러하다. "旬邑巖居, 頗有佳所, 木可擇矣, 無惜鳳儀."의 예를 보면, 구말의 평측은 염률을 따랐으나, 구중의 평측은 안배하지 않았다. "山號賢溪, 地殊愚谷. 寺名安樂, 僧盍住持?"의 경우, 뒤 2구는 대우가 아니지만, 구말의 염률을 지켰고, 구중의 평측교호법을 지켰다. "有居乾慧地者, 曰沈忠, 聞大師刃餘定慧, 鑑透乾坤, 志確曇蘭, 術精安廩."에서 '聞大師' 이하 4언 4구는 구중의 평측교호법과 구말의 염률을 지켰다. "且見山屛四列, 則鸞翅掀雲, 水帶百圍, 則虹腰偃石."의 부분은 '且見'과 '則'을 제하면 4언 4구의 제행이고, "終風吼谷, 則聲咽虎溪. 積雪摧松, 則色倅鵠樹."의 부분은 '則'을 제하면 나머지 역시 4언 4구의 제행으로, 둘 다 구중의 평측교호법과 구말의 염률을 지켰다. 서(序)의 끝부분에서는 "遍覽色絲, 試搜錦頌, 則見無去無來之說. 競抱斗量. 不生不滅之談, 動論車載."라고 했는데, '則見' 이하는 6자구와 4자구를 반복하고, 구중의 평측교호법과 구말의 염률을 엄밀하게 지켰다. 이어지는 "實乃大師內蕩六魔, 外除六蔽, 行苞六度, 坐證六通故也."의 부분에서도, '內蕩六魔' 이하 '坐證六通'까지 4언 4구의 제행은 구중의 평측교호법과 구말의 염률을 지켰다.

「지증대사비명」은 평측 안배와 제행·산행의 배치에 긴장을 유지하고 있다. 비명을 저본으로 하되, 『고운집』 수록문을 참조하여 그 구조만 살피기로 한다.

大唐新羅國故鳳巖山寺敎諡智證大師寂照之塔碑銘幷序

入朝賀正兼迎奉皇花等使朝請大夫前守兵部侍郎充瑞書院學士賜紫金魚袋臣崔致遠

奉敎

撰

敍曰: 五常分位, 配動方者曰仁. 三敎立名, 顯淨域者曰佛.

측측 측**평**평측 측측**평**측측**평** 평측측**평** 측**평**측측측측

仁心卽佛, 佛目能仁, 則也.

평**평**측측 측측**평**평 측측

導郁夷柔順性源, 達迦衛慈悲敎海. 寔猶石投水, 雨聚沙然.

측측**평**평측측**평** 측**평**측**평**평측측 측**평**측**평**측 측측**평**평

矧東諸侯之外守者, 莫我大, 而地靈旣好生爲本, 風俗亦交讓爲先.

측**평**평**평**평측측측 측측측 평측**평**측측**평**측측 평측측**평**측측**평**평

熙熙太平之春, 隱隱上古之化.

평**평**평**평**평평 측측측측**평**측

加以姓參釋種, 遍頭居寐錦之尊. 語襲梵音, 彈舌足多羅之字.

평측측**평**측측 측**평**평측측**평**평 측측측**평** 평측측측**평**평평측

寔乃天彰西顧, 海引東流,

측측**평**평측측 측측**평**평

宜君子之鄕法王之道, 日日深又日深矣.

평**평**측**평**측**평**평측 측측**평**측측**평**측

且自魯紀隕星, 漢徵佩日. 像跡則百川含月, 法音則萬籟號風.

측측측측**평** 측**평**측측 측측측**평**평측 측**平**측측측**평**평

或緝懿緜綑, 或鐫華琬琰. 故濫觴雛宅, 懸鏡秦宮之事跡, 照照焉如揭合璧.

측측측**평**평 측**평**측측측 측측**평**측측 **평**측**평**평**평**측측 측측**평**평측측측

苟非三尺喙, 五色毫, 焉能措辭其間, 駕說于後?

측**평**평측측 측측**平** 평평측**평**평평 측측**平**측

就以國觀國, 考從鄕至鄕, 則風傳沙嶮而來, 波及海隅之始.

측측측**평**측 측**평**평측**平** 측**平**평측**平**평평 평측측**平**평측

昔當東表鼎峙之秋, 有百濟蘇塗之儀, 若甘泉金人之祀.

측**平**평**측**측측**平**평 측측측**平**平**平** 측**平**평**平**평평측

厥後西晉曇始始之貊,[171] 如攝騰東入, 句驪阿度度于我, 如康會南行.

측측평측평측측평측　　평측평평측　평평평측측평측　평평측평평

時酒梁菩薩帝反同泰一春, 我法興王剟律條八載也.

평측평평측측평평측측평　측측평평평측평측측측

亦旣海岸植與樂之根, 日鄕耀增長之寶. 天融善願, 地聳勝因.

측측측측측측평평　측평측평평평측　평평측측　측측평평

爰有中貴捐軀, 上僴剔髮, 芯窣西學, 羅漢東遊. 因尒混沌能開, 娑婆遍化.

평측평측평평　측평측측　측평평측　평측평평　평측측측평평　평평측측

莫不選山川勝槩, 窮土木奇功, 藻宴坐之宮, 燭修行之路.

측측측측평측측　평측측평평　측측측평평　측평평평측

信心泉湧, 慧力風揚, 果使瀄杵蠲灾, 鍵橐騰慶.

평평평측　측측평평　측측측측평평　평평평측

昔之蕞尒三國, 今也壯哉一家.

측평측측평측　평측측평측평

雁刹雲排, 將無隙地. 鯨枹雷振, 不遠諸天. 漸染有餘, 幽求無斁.

측측평평　평평측측　평평평측　측측평평　측측측평　평평평측

其敎之興也, 毗婆娑先至, 則四郡驅四諦之輪, 摩訶衍後來, 則一國耀一乘之鏡.

평평평평측　평평평평측　측측측평측평평　평평측측평　측측측측측평평측

然能義龍雲躍, 律虎風騰, 洵學海之波濤, 蔚戒林之柯葉.

평평측평평측　측측평평　평측평평평　측측평평측

道咸融乎無外, 情或涉乎有中. 抑止水停漑高山佩旭者, 盖有之矣, 世未之知.

측평평평평측　평측측평측평　측측측측평평평평측측　측측평측　측측평평

泊長慶初, 有僧道義, 西泛睹西堂之奧, 智光倅智藏而還, 始語玄契者.

측측측평　측평측측　평측측평평평측　측평평측측평평　측측평측측

---

171 이 부분이 사본(寫本)에 '厥後西晉曇始始之貊'으로 되어 있다. 최영성(崔英成)은 『사산비명』에서, 담시(曇始)라는 추단이 틀림없다면 '□陝西曇始'라고 함이 옳다고 보았다. '담시(曇始)'는 동진의 고승(高僧)으로, 백족화상(白足和尙)이라고도 불렀다. 고구려 광개토왕 5년(395)에 경률(經律) 수십 부를 가지고 요동에 와서 교화했다. '맥(貊)'은 맥족이 과거에 살았던 근거지를 말하는 것으로, 고구려의 영토가 그에 해당된다. 하지만 정약용은 「대동선교고(大東禪敎考)」(『與猶堂全書補遺』)에서 "西晉曇始始之貊(謂春川), 如攝騰東入."이라고 인용하고, 맥을 춘천이라고 주석했다. 이 구절은 "서진(혹은 섬서)의 담시가 맥 땅에 들어온 것은 섭등(攝騰)이 동으로 후한에 들어온 것과 같았으며, 고구려의 아도(阿道)가 우리나라에 들어온 것은 강회(康會)가 남으로 오(吳)에 간 것과 같았다."라고 풀이할 수 있다.

縛猿心, 護奔北之短, 矜鷃翼, 誚圖南之高.

측평평 측평측평측 평측측 측평평평평

旣醉於誦言, 競嗤爲魔語. 是用韜光廡下, 斂迹壺中.

측측평측평 측평평평측 측측평평측측 측측평평

罷思東海東, 終遁北山北, 豈大易之無悶, 中庸之不悔者邪?

평평평측평 평측측평측 측측측평평측 평평평측측측평

然秀冬嶺, 芳定林, 蟻慕者弥山, 鷹化者幽谷, 道不可廢, 時然後行.

평측평측 평측평 측측측평평 평측측평측 측측측측 평평측측

及興德大王纂戎, 宣康太子監撫, 去邪醫國, 樂善肥家.

측평측측평측평 평평측측평측 측평측측 측측평평

有洪陟大師, 去西堂證心, 來南岳休足.

측평측측평 측평평측평 평평측평측

驚冕陳順風之請, 龍樓慶開霧之期.

측측평측평평측 평평측평측평평

顯示密傳, 朝凡暮聖, 變非蔚也. 興且勃焉.

측측측평 평평측측 측평측측 평측측평

試覤較其宗趣, 則修乎修沒修, 證乎證沒證.

측측측평평평 측평평평측평 측평측측측

其靜也山立, 其動也谷應. 無爲之益, 不爭而勝.

평측측평측 평측측측평 평평평측 측평평측

於是乎, 東人方寸地靈矣. 能以彰利利海外, 不言其所利, 大矣哉!

평측평 평평평측측평측 평측측측측측측 측평평측측 측측평

尒後, 觴騫河, 筌融道, 無念尒祖? 寔繁有徒.

측측 평평평 평평측 평측측측 측평측평

或劍化延津, 或珠還合浦, 爲巨擘者, 可屈指焉.

측측측평평 측평평측측 평측측측 측측측평

西化則靜衆無相, 常山慧覺, 禪譜益州金鑛州金者是也.

평측측측측평평 평평측측 평측측평평측평평측측측

東歸則前所敍, 北山義, 南岳陟, 而降,

평평측평측측 측평측 평측측 평측

大安徹, 國師慧目育, 智力聞, 雙溪照, 新興彦, 涌岩體, 珍丘休,

측평측 측평측측측 측측평 평평측 평측측 측평측 평평평

雙峰雲, 孤山日, 兩朝國師聖住染, 菩提宗,

평평평 평평측 측평측평측측측 평평평

德之厚爲父衆生, 道之尊爲師王者.

측평측평측측평 측평평평평평측

古所謂: 逃名名我隨, 避聲聲我追者. 故得皆化被恒沙, 蹟傳豊石.

측측측 평평평측평 측평평측평측 측측평측측평평 측평평측

有令兄弟, 宜尒子孫. 俾定林標秀於鷄林, 慧水安流於鰈水矣.

측평평측 평측측평 측측평측측평평 측측평평평측측측

別有不戶不牖而見大道, 不山不海而得上寶. 恬然息意, 澹乎忘味.

측측측측측평측측측 측평측측측측측 평평측측 측평측측

彼岸也不行而至, 此土也不嚴而治, 七賢孰取譬?

측측측측평평측 측측측측평평측 측평측측측

十住難定位者, 賢鷄山智證大師其人也.

측측측측측 평평평측측측평평평측

始大成也, 發蒙于梵體大德, 稟具于瓊儀律師.

측측평측 측평평측측측측 측측평평평측평

終上達也, 探玄于慧隱嚴君, 受黙于楊孚令子.

평측측측 평평평측측평평 측측평평측평측

法胤, 唐四祖爲五世父, 東漸于海.

측측 평측측평측측측 평평평측

遡游數之, 雙峰子法朗, 孫愼行, 曾孫遵範, 玄孫慧隱, 末孫大師也.

측평측평 평평측측측 평측평 평평평측 평평측측 측평측평측

朗大師從大鑒之大證. 按杜中書正倫纂銘, 敍云: 遠方奇士, 異域高人.

측측평평측평평측측 측측평평측평측평 측평 측평평측 측측평평

無憚險途, 來至珍所, 則掬寶歸止, 非師而誰?

평측측평 평측평측 측측측평측 평평평평

第知者不言, 復藏于密, 能探秘藏, 惟行大師.

측측측측평 측평평측 평평측측 평평측평

然時不利兮, 道未亨也. 乃浮于海, 聞于天.

평평측측평 측측평측 측평평측 측평평

肅宗皇帝, 寵貽天什曰: 龍兒渡海不憑筏, 鳳子沖虛無認月.

측평평측 측평평측측 평평측측측평측 측측평평평평측측

師以山鳥海龍二句爲對, 有深旨哉!

평측평측측평측측평측 측평측평

東遷三傳至大師, 畢萬之後, 斯驗矣.

평평평평측측평 측측평측 평측측

其世緣, 則王都人金姓子, 號道憲, 字智詵, 父贊瓖, 母伊氏.

평측평 측평평평평측측 측측측 측측평 측측평 측평측

長慶甲辰歲, 現乎世, 中和壬寅曆, 歸乎寂. 宴坐也四十三夏, 歸全也五十九年.

평측측평측 측평측 평평평평측 평평측 측측측측측평측 평평측측측측평

其具體, 則身仞餘, 面尺所, 儀狀魁岸, 語言雄亮, 眞所謂威而不猛者.

평측측 측평측평 측측측 평평평측 측평평측 평측측평평측측측

始孕洎滅, 奇蹤秘說, 神出鬼沒, 笔不可紀.

측측측측 평평측측 평측측측 측측측측

今撮其感應聳人耳者六異. 操履驚人心者六是, 而分表之.

평측평측측측평측측측측 평측평평평측측측 평평측평

初母夢一巨人, 告曰:

평측측측측평 측측

僕昔勝見, 佛季世爲桑門, 以讒恚故, 久墮龍報, 報旣矣, 當爲法孫, 故佗妙緣, 願弘慈化.

측측평측 측측측평평평 측평측측 측측평측 측측측 측평측평 측측측평 측평평측

因有娠, 幾四百日, 灌佛之旦誕焉.

평측측 측측측측 측측평측평

事驗蟒亭, 夢符像室, 使佩韋者益誠, 擁毳者精修, 降生之異一也.

측측측평 측평측측 측측평측측평 측측측평평 측평평측측측

生數夕, 不嚥乳, 穀之則號欲嗄.

평측측 측측측 측평측평측측

欻有道人, 過門誨曰: 欲兒無聲, 忍絕葷腥. 母從之, 竟無恙.

측측측평 평평측측 측평평평 측측평평 측평평 측평측

使乳育者加愼, 肉飡者懷憷. 宿習之異二也.

측측**측**측평**측** 측**평**측평**평** 측측평측측측

九歲喪父, 殆毀滅. 有追福僧, 憐之諭曰:

측측평측 측측측 측평측평 평평측측

幻軀易滅, 壯志難成. 昔佛報恩, 有大方便, 子勉之!

측**평**측측 측측측**평** 측측측평 측측평측 측측평

因感悟輟哭, 白所生請歸道, 母慈其幼, 復念保家無主, 確不許.

평측측측측 측측평측평측 측평평측 측측측평평측 측측측

耳踰城故事, 則亡去, 就學浮石山.

측평평측측 측평측 측측평측평

忽一日, 心驚, 坐屢遷, 俄聞倚閭成疾, 遽歸省而病隨愈, 時人方阮孝緖.

측측측 평평 측측평 평평측평평측 측평측평측평측 평평평측측측

居無何, 染沈疴, 謁竪無效, 枚卜之, 僉曰: 宜名隷大神.

평평평 측평평 측평평측 평측평 평측 평평측측평

母追惟曩夢, 試覆以方裒而泣, 誓言: 斯疾若起, 乞佛爲子.

측평평측측 측측측평측평측 측평 평측측측 측측평측

信宿果大瘳, 仰悟慈念, 終成素志.

평측측측평 측측평측 평평측측

使舐犢者割愛, 飮蛇者釋疑, 孝感之異三也.

측측**측**측측측 측**평**측측**평** 측측평측평측

至十七, 受具, 始就壇, 覺袖中光熠熠然, 探之得一珠.

측측측 측측 측측평 측측평평측측평 평평측측평

豈有心而求? 乃無脛而至, 眞六度經所喩矣.

평측평평평 측평측평측 평측측평측측측

使飢嗥者自飽, 醉偃者能醒, 勵心之異四也.

측평**평**측측측 측측측평**평** 측평평측측측

坐雨竟, 將它適, 夜夢遍吉菩薩, 撫頂提耳曰: 苦行難行, 行之必成.

측측측 평평측 측측측측평측 측측평측측 측**평**평**평** 평**평**측**평**

形開痒然, 黙篆肌骨, 自是不復服繒絮焉.

평평평평 측측평측 측측측측측평측평

條綫之須, 必用麻楮, 不穿韃履, 矧羽翠毛茵餘用乎?

평측평평 측측평측 측평측측 측측측평평평측평

使緼黌者開眼, 衣蟲者厚顏, 律身之異五也.

측측측측평측 측평측측평 측평평측측측

自綺年, 飽老成之德, 加瑩戒珠.

측측평 측측평평측 평측측평

可畏者競相從求益, 大師拒之曰:

측측측측평평평측 측평측평측

人之大患, 好爲人師. 强欲慧不惠, 其如模不模何?

평평측측 측평평평 측측측측측 평평평측평측평

況浮芥海鄉, 自濟未暇? 無影逐爲必笑之態.

측평측측평 측측측측 평측평평측측평측

後山行, 有樵叟假礙前路, 曰: 先覺覺後覺, 何須悋空殼? 就之則無見焉.

측평평 측평측측측평측 측 평측측측측 평평측평측 측평측측평평

爰愧且悟, 不阻來求. 森竹葦于鷄籃山水石寺, 俄卜築他所曰: 不繫爲懷, 能遯是貴.

평측측측 측측평평 평측측평평평평측측측 평측측평측측 측측평평 평평측측

使佔畢者三省, 營巢者九思, 垂訓之異六也.

측측측측평측 평평측측평 평측평측측측

贈大師景文大王, 心融鼎敎, 面渴輪工, 遙深尒思, 覒俾我則,

측측평측평평평 평평측측 측측평평 평평측측 측평측측

乃寓書曰: 伊尹大通, 宋纖小見. 以儒譬釋, 自迳陟遠.

측측평측 평측측평 측평측측 측평측측 측측측측

甸邑巖居, 頗有佳所, 木可擇矣, 無惜鳳儀.

측측평평 측측평측 측측측측 평측측평

妙選近侍中可人, 鵠陵昆孫金立言爲使, 旣傳敎已, 因攝齊焉.

측측측측평측평 측평평평평측평평측 측평측측 평측평평

答曰: 修身化人, 捨靜奚趣? 鳥能之命, 善爲我辭. 幸許安塗中, 無令在汝上.

측측 평평측평 측측평측 측평평측 측평측평 측측평평평 평평측측측

上聞之, 益珍重. 自是譽四飛於無翼, 衆一變於不言.

측평평 측평측 측측측측평평평측 측측측평측평

咸通五年冬, 端儀長翁主, 未亡人爲稱, 當來佛是歸, 敬謂下生, 厚資上供.

평평측평평 평평측평측 측평평평평 측평측측평 측측측평 측평측측

以邑司所領, 賢溪山安樂寺, 富有泉石之美, 請爲猿鶴主人.

측측측측측 평평평평측 측측평측평측 측평평측측평

大師乃告其徒曰: 山號賢溪, 地殊愚谷. 寺名安樂, 僧盍住持? 從之徙焉, 居則化矣.

측평측측평평측 평측평평 측평측 측평평측 평평측평 평평측평 평측측측

使樂山者益靜, 擇地者愼思, 行藏之是一焉.

측측평측측측 측측측측평 평평평측측평

他日告門人曰: 故韓粲金公嶷勳, 度我爲僧, 報公以佛.

평측측평평측 측평측평평측평 측측평평 측평측측

乃鑄丈六玄金像, 傅之以銑, 爰用鎭仁宇, 導冥路.

측측측측평평측 측평측측 평측측평측 측평측

使市恩者日篤, 重義者風從, 知報之是二焉.

측측평측측측 측측측평평 측측평측측평

至八年丁亥, 檀越翁主, 使茹金等, 持伽藍南畝暨臧獲本籍授之, 爲壤袍傳舍, 俾永永不易.

측측평평측 평측평측 측평평측 평평평평측측측평측측측측평 평측평평측 측측측측측

大師因念言: 王女資法喜, 尙如是矣. 佛孫味禪悅, 豈徒然乎?

측평평측평 평측평측측 평측측측 측평측평측 평평평평

我家匪貧, 親黨皆歿. 與落路行人之手, 寧充門弟子之腹.

측평측평 평측평측 측측측평평평측 평평평측측평측

逮於乾符六年, 捨莊十二區, 田五百結, 隷寺焉.

측평평평측평 측평측측평 평측측측 측측평

飯孰議囊, 粥能銘鼎, 民天是賴, 佛土可期.

측측평평 측평측측 평평측측 측측측평

雖曰我田, 且居王土.

평측측평 측평평측

始資疑於王孫韓粲繼宗, 執事侍郎金八元金咸熙, 及正法大統釋玄亮,

측평평평평평평측평 측측측평평측평평평 측측측측측측평측

聲九臯, 應千里, 贈太傅, 獻康大王, 恕而允之.

평측평 측평측 측측측 측평측평 평평측평

其年九月, 教南川郡僧統訓弼, 擇別墅, 劃正場, 斯盖外佐君臣益地, 內資父母生天,

평평평측 평평평측평측측측 측측측 측측평 평측측측평평측측 측평측측평평

使續命者興仁, 賞歌者悛過, 檀捨之是三焉.

측측측측평평 측평측평측 평측평측평평

有居乾慧地者, 曰沈忠, 聞大師刃餘定慧, 鑑透乾坤, 志確曇蘭, 術精安廩.

측평평측측측 측평평 평측평측평측측 측측평평 측측평평 측평평측측

禮足已, 白言: 弟子有剩地, 在曦陽山腹, 鳳巖龍谷, 境駭橫目, 幸構禪宮.

측측측 측평 측측측측측 측평평평측 측평평측 측측평측 측측평평

徐答曰: 吾未能分身, 惡用是?

평측측 평측평측평 평측측

忠請膠固, 加以山靈有甲騎爲前騶之異, 乃錫挺樵溪而歷相焉.

평측평측 평측평평측측측평평평평측 측측측평평평측측평

且見山屛四列, 則鶩翅掀雲, 水帶百圍, 則虯腰偃石.

측측평평측측 측측측평평 측측측평 평평평측측

旣愕且喑曰: 獲是地也, 庸非天乎? 不爲靑衲之居, 其作黃巾之窟.

측측측측측 측측측측 평평평평 측평평측평평 평측평평측측

遂率先於衆, 防後爲基. 起瓦簷四柱以壓之, 鑄鐵像二軀以衛之.

측측평평측 평측평평 측측평측측측평 측측측측평측측평

至中和辛丑年, 敎遣前安輪寺僧統俊恭, 肅正史裵聿文, 標定疆域, 芳賜牓爲鳳巖焉.

측평평평측평 평측평평평측평측측평 측측측평측평 평측평측 평측측평측평평

及大師往化數年, 有山甿爲野冠者, 始敢拒輪, 終能食甚.

측측평측측측평 측평평평측평측 측측측평 평평측측

得非深斟定水, 預沃魔山之巨力歟?

측평평평측측 측측평평측측측평

使折臂者標義, 掘尾者制狂, 開發之是四焉.

측측측측평측 측측측측평 평측평측측평

太傅大王以華風掃弊, 慧海濡枯, 素欽靈育之名, 渴聽法深之論.

측측측평평평측측 측측평평 측평평측평평 측평측평평평

乃注心鷄足, 灑翰鶴頭, 以徵之曰:

측측평평측 측측측평 측평평측

302

外護小緣, 念躅三際, 內修大惠, 幸許一來.

측측측평 측평평측 측평측측 측측측평

大師感動, 琅函言及, 勝因通世, 同塵牽土, 懷玉出山.

측평측측 평평평측 측평평측 평평측측 평측측평

轡織迎途, 至憩足于禪院寺, 錫安信宿, 引問心于月池宮.

측측평평 측측측평평측측 측평측측 측측평평측평평

時屬纖蘿不風, 溫樹方夜. 適覩金波之影, 端臨玉沼之心.

평측평평측평 평측평측 측측평평평측 평평측측측평평

大師俯而覘, 仰而告曰: 是卽是, 餘無所言.

측평측평측 측평측측 측측측 평평측평

上洗然欣契曰: 金仙花目, 所傳風流, 固協於此.

측측평평측측 평평평측 측평평평 측측평측

遂拜爲忘言師. 及出, 俾盡臣譬旨, 幸宜小停.

측측평측평평 측측 측측평측측 측평측평

答曰: 謂牛戴牛, 所直無幾, 以鳥養鳥, 爲惠不貲. 請從此辭, 枉之則折.

측측 측평측평 측측평측 측측측측 평측측평 측평측평 측평측측

上聞之喟然, 以韻語歎曰: 挽旣不留, 空門鄧侯. 師是支鶴, 吾非趙鷗.

측평평측평 측측측측측 측측평평 평평측평 평측평측 평평측평

乃命十戒弟子宣敎省副使馮恕行, 援送歸山.

측측측측측평측측측측평측평 측측평평

使待兔者離株, 羨魚者學網. 出處之是五焉.

측측측측평평 측평측측측 측측평측측평

在世行, 無遠近夷險, 未嘗代勞以蹄角.

측측평 평측측평측 측평측평측평측

及還山, 氷霓梗跋涉, 乃以栟櫚, 步轝寵行.

측평평 평평측측측 측측평평 측평측평

謝使者曰: 是豈非井大春所云人車耶? 顧英君所不須, 矧形毁者乎?

측측측측 측평평측측평평평평평 측평평측측평 측평측측평

然命旣至矣, 受之爲濟苦具. 及移疾于汝樂練若, 扶錫不能起, 始乘之.

평측측측측 측평평측측측 측평측평평측측측 평측측평측 측평평

使病病者了空, 賢賢者離執, 用捨之是六焉.

측측측측측**평** 평**평**측평측 측측평측측평

至冬抄旣望之二日, 趺坐晤言之際, 泊然無常.

측평평측측평측측 평측측평평측 측평평평

嗚呼! 星廻上天, 月落大海.

평평 평**평**측평 측측측측

終風吼谷, 則聲咽虎溪. 積雪摧松, 則色侔鶴樹.

평**평**측측 측평측측평 측측평평 측측평측측

物感斯極, 人悲可量. 信而假殯于賢溪, 期而遂窆于曦野.

측측평측 평**평**측평 측평측측평**평** 평측측측평평측

太傅王馳醫問疾, 降駃營齋, 不暇無偏無頗, 能諧有始有終.

측측평평평측측 평평평평 측**측**평**평**평측 평**평**측측측평

特教菩薩戒弟子建功鄉令金立言慰勉諸孤, 賜諡智證禪師, 塔號寂照.

측평평측측측측측평평평측평측측평평 측측측측평평 측측측측

仍許勒石, 俾錄狀聞. 門人性蠲敏休楊孚繼徽等, 咸得鳳尾者, 斂陳迹以獻.

평측측측 측측측측 평평측평측평평평측평측 평측측측측 측평측측측

至乙巳歲, 有國民媒儒道, 嫁帝鄉, 而名掛輪中, 職攀柱下者, 曰崔致遠.

측측측측 측측평**평**평측 측측**평** 평측측평**평** 측평측측측 측평측측측

捧漢后龍緘, 齎淮王鵠幣, 雖慚鳳擧, 頗類鶴歸.

측측측평평 평평**평**측측 평**평**측측 측측측평

上命信臣淸愼陶竹陽, 授門人狀, 錫手教曰:

측측측평평평측평 측평평측 측측평측

縷褐東師, 始悲西化. 繡衣西使, 深喜東還.

측측평**평** 측평평측 측평평측 평측평**평**

不朽之爲, 有緣而至, 無恡外孫之作, 將酌大師之德.

측측평**평** 측평평측 평**측**평평측 평**측**측평평측

臣也雖東箭非才, 而南冠多幸. 方思運斧, 遽値號弓.

평측평평측평평 평평**평**평측 평평측측 측측측평

況復國重佛書, 家藏僧史, 法碣相望, 禪碑最多.

측측측측측평 평평평측 측측평측 평평측평

遍覽色絲, 試搜錦頌,

측측측평 측평측측

則見無去無來之說, 競抱斗量. 不生不滅之談, 動論車載,

측측평측평평평측 측측측평 측평측측평평 측평평측

曾無魯史新意, 不用周公舊章. 是知石不能言, 益驗道之云遠.

평평측측평측 측측평평측평 측평측측평평 측측측평평측

惟懊師化去早, 臣歸來遲. 靈蠻字, 誰告前因? 逍遙義, 不聞眞訣.

평측평측측측 평평평평 측측측 평측평평 평평측 측평평측

每憂傷手, 莫悟伸拳.

측평평측 측측평평

嘆時則露往霜來, 濾凋愁鬢. 談道則天高地厚, 僅腐頑毫.

측평측측평평 측평평측 평측측평평측측 측측평평

將諧汗漫之遊, 始述崆峒之美.

평평측측평평 측측평평평측

有門人英爽來趣受辛, 金口是資, 石心彌固.

측평평평측평측측평 평측측평 측평평측

忍踰刮骨, 求甚刻身. 影伴八冬, 言資三復.

측평측측 평측평평 측측측평 평평평측

抑六異六是之屬辭無媿, 買勇有餘者,

측측측측측평측평평측 측측측측평측

實乃大師內蕩六魔, 外除六蔽, 行苞六度, 坐證六通故也.

측측측평측측평 측평측측 평평측측 측측측평측측

事譬採花, 文難消藁. 遂同榛楛勿翦, 有慙糠粃在前,

측측측평 평평평측 측평평평측측 측평평측측평

跡追蘭殿之遊, 誰不仰月池佳對? 偈效柏梁之作, 庶幾騰日域高譚.

측평평측평평 평측측측평평측 측측측평평측 측평평측측평평

其詞曰:

평평측

麟聖依仁仍據德, 鹿仙知白能守黑. 二教徒稱天下式, 螺髻眞人難确力.

평측평평평측측 측평측측평측측 측측평평평측측 평측평평평측측

十萬里外鏡西域, 一千年後燭東國. 鷄林地在鰲山側, 仙儒自古多奇特.
측측측측측평측 측평평측측평측 평평측측평평측 평평측측평평측
可憐義仲不曠職, 更迎佛日辨空色. 敎門從此分階堿, 言路因之理溝洫.
측평평측측측측 측평측측측평측 평평평측평평측 평측평평측평측
身依兔窟心難息, 足躡羊岐眼還惑. 法海安流眞叵測, 心傳眼訣包眞極.
평평측측평평측 측측평평측평측 측측평평평측측 평평측측평평측
得之得類罔象得, 黙之黙異寒蟬黙. 北山義與南岳陟, 垂鵠翅與展鵬翼.
측평측측측측측 측평측측평평측 측측측평평측측 평측측측측평측
海外時來道難抑, 遠派禪河無擁塞. 蓬托麻中能自直, 珠探衣內休傍覓.
측측평평측평측 측측평평평측측 평평평평평측측 평평평측평평측
湛若賢溪善知識, 十二因緣匪虛飾. 何用攀絚兼拊杙? 何用舐笔及含墨?
평측평평측평측 측측평평측평측 평측평평평측측 평측측측측평측
彼或遠學來匍匐, 我能靜坐降魔賊. 莫把意樹誤栽植, 莫把情田枉稼穡.
측측측측평평측 측평측측평평측 측측측측측평측 측측평평측측측
莫把恒沙論万億, 莫把孤雲定南北. 德馨四遠聞詹葡, 惠化一方安社稷.
측측평平측측측 측측평平측평측 측평측측平평측 측측측平平측측
面奉天花飄縷杙, 心憑水月呈禪杙. 霍副佳綿誰入棘? 腐儒玄杖慭擿埴.
측측평平측측측 平平측측평평측 측측평平평측측 측平측평측平측
跡耀寶幢名可勒, 才輸錦頌文難織. 閶腹欲飫禪悅食, 來向山中看篆刻.
측측측平平측측 平平측측평平측 平측측측평측측 平측평平平측측

1. 고려 이전의 순수비와 기적비

고구려의 「광개토왕비」는 기적비(紀蹟碑)의 성격을 지닌다. 광개토왕의 신이한 출생담, 영토 확장의 공적에 관한 서술을 한 뒤에 수묘(守墓)에 관한 긴 유언을 첨가했지만, 축언(祝言)은 없다. 신라는 6세기부터 정복활동을 전개하고 법과 문서로 지방을 지배하기 시작했다. 지증왕(智證王, 재위 500~514)과 법흥왕(法興王, 재위 514~540) 시기에 세운 석비 가운데는 법령에 따라 특정 지역을 지배하고 지역 분쟁을 조정하고자 하는 의도를 담은 글을 새긴 것도 있다. 진흥왕(재위 540~576)은 단양(丹陽)에 적성비(赤城碑)를 세우고, 창녕(昌寧), 북한산(北漢山), 황초령(黃草嶺), 마운령(磨雲嶺) 등에 이른바 순수비(巡狩碑)를 세워 국가에 충성을 맹세한 신민들을 포상하고 새로 편입된 지역의 민심을 위로했다. 그러나 순수비 등에 산하의 신성성을 공인하는 기능은 없었다.

현재까지의 연구 성과를 기초로 신라의 각 비를 건립 연도순으로 보면 다음과 같다.

① 501년: 「포항중성리신라비(浦項中城里新羅碑)」
② 503년: 「영일냉수리신라비(迎日冷水里新羅碑)」
③ 524년: 「울진봉평리신라비(蔚珍鳳坪里新羅碑)」

④ 551년: 「단양신라적성비(丹陽新羅赤城碑)」

⑤ 555년: 「북한산신라진흥왕순수비(北漢山新羅眞興王巡狩碑)」

⑥ 561년: 「창녕신라진흥왕척경비(昌寧新羅眞興王拓境碑)」

⑦ 568년: 「마운령신라진흥왕순수비(摩雲嶺新羅眞興王巡狩碑)」

⑧ 568년: 「황초령신라진흥왕순수비(黃草嶺新羅眞興王巡狩碑)」

(1) 「영일냉수리신라비」

「영일냉수리신라비」는 503년(지증왕 4) 건립되었다. 1989년 3월 경북 영일군(지금의 포항시 북구) 신광면 냉수 2리에서 발견되었다. 화강암의 자연석 앞면에 12행 152자, 뒷면에 7행 59자, 윗면에 5행 20자를 새겼다(표 3-1). 503년 무렵 진이마촌에 사는 절거리와 미추, 사신지 등이 재물을 둘러싸고 다투자, 지도로갈문왕(至都盧葛文王,

|표 3-1| 「영일냉수리신라비」

윗면

V	IV	III	II	I
故	了	今	支	村
記	事	智	須	主
		此	支	奐
		二	壹	支
		人		干
		世		
		中		

뒷면

VII	VI	V	IV	III	II	I
	蘇	喙	休	智	典	若
	那	沙	喙	奈	事	更
事	支	夫	旽	麻	人	導
煞	此	那	須	到	沙	者
牛	七	斯	道	盧	喙	教
拔	人	利	使	弗	壹	其
	跛	沙	心	須	夫	重
詰						罪
故	(踪)	喙	眥	仇		耳
記	所		公			
	白					
	了					

앞면

XII	XI	X	IX	VIII	VII	VI	V	IV	III	II	I
此	教	死	得	爲	支	本	喙	王	癸	麻	斯
二	耳	後	之	證	此	彼	尒	斯	未	村	喙
人	別	令	教	尒	七	頭	夫	德	年	節	斯
後	教	其	耳	取	王	腹	智	智	九	居	夫
莫	末	弟	別	財	等	智	壹	阿	月	利	智
更	鄒	兒	教	物	共	干	干	干	廿	爲	王
導	斯	斯	節	盡	論	支	支	支	五	證	乃
此	申	奴	居	令	教	斯	只	日	尒		智
財	支	得	利	節	用	彼	心	宿	沙	令	王
		此	若	居	前	暮	智	喙	其		此
		財	先	利	世	斯	居	居	至	得	二
			智	伐	斯	居	至	伐	都		王
			王		干	伐	伐	支	盧		教
			教		支	干	干		葛		耳
						支	支		文		用
											珍
											而

출처: 한국고대사연구회, 『한국고대사연구회 회보』 10, 1989.

지증왕)을 비롯한 7명의 왕들이 전대 두 왕의 교시를 증거로 진이마촌의 재물을 절거리의 소유라고 결정했다는 내용이다.[1] 국왕과 화백회의 구성원을 모두 왕으로 불렀고, 왕경 6부 가운데 본피부와 사피부(습비부) 대표를 간지만으로 칭했다. 행문에서는 사역동사로 '敎' 자를 다용했다. 그리고 '爲證·得財·取財物·重罪' 등의 문언어법 표현이 보이지만, 이두식 표현도 많다. 또 '불평을 말하다, 소송하다'의 뜻으로 '詣' 자를 사용한 것도 특이하다. '世中' 표현은 뒤의 「울진봉평리신라비」에도 나타나는데 이두식 표현인 듯하다. 문장 전체는 수사법을 강구하지 않았다.

(2) 「울진봉평리신라비」

「울진봉평리신라비」는 524년 건립된 것인데, 중간 부분 일부를 제외하고 대부분 판독할 수 있다. 세로로 10행, 전체 글자 수 399자의 이 비문은 모즉지매금왕(법흥왕)을 비롯한 14명의 6부 귀족들이 회의를 열어서 신라 왕권에 저항한 '거벌모라 남미지촌'의 주민들을 처벌하고, 지방의 몇몇 지배자들을 곤장 60대와 100대씩 때릴 것을 판결한 내용인 듯하다. 첫머리의 '甲辰年正月十五日 喙部牟卽智寐錦王'에서 '牟卽智寐錦王'은 「울주천전리각석」 추명(追銘)에 나오는 '另卽知太王'과 동일 인물로 법흥왕을 가리킨다고 해석된다.[2] 비문의 '甲辰年'은 법흥왕 11년(524)에 해당된다. 비문은 한 문장이 끝남과 동시에 행을 달리함으로써 단락을 구분한 예가 있고, 행의 중간에 '~之'라는 종결어미를 써서 단락을 구분한 예도 있어서, 전체를 8단으로 나눌 수 있다(표 3-2 참조).

1단: I행 제1자(甲)부터 III행 끝(事)까지

2단: IV행 제1자(別)부터 같은 행 제41자(起)까지

3단: IV행 제42자(若)부터 V행 끝(法)까지

4단: VI행 제1자(新)부터 VIII행 제34자(百)까지

5단: VIII행 제35자(悉)부터 IX행 끝(智)까지

---

1 한국역사연구회, 『고대로부터의 통신: 금석문으로 한국고대사읽기』, 푸른역사, 2004; 김두진, 『금석문을 통한 신라사 연구』, 한국학중앙연구원, 2005.

2 법흥왕은 『남사(南史)』 「신라전」, 『양서(梁書)』 「신라전」, 『책부원귀(冊府元龜)』 등에서는 '募秦'으로 기록되어 있다. 비문의 내용은 국립문화재연구소 문화유산연구지식포털 원문정보 한국금석문 '울진봉평신라비'의 여러 판독문을 따른다.

|표 3-2| 「울진봉평리신라비」

X	IX	VIII	VII	VI	V	IV	III	II	I	행
	麻	奈	使	新	者	別	愼	干	甲	1
立	節	尒	卒	羅	一	教		支	辰	2
石	書	利	次	六	行	令	宍	岑	季	3
碑	人	杖	小	部	(爲/言)	居	智	喙	正	4
人	牟	六	舍	煞	之	伐	居	部	月	5
喙	珎	十	帝	斑	人	牟	伐	美	十	6
部	斯	葛	智	牛	備	羅	干	昕	五	7
博	利	尸	悉	謂	主	男	支	智	日	8
士	公	条	支	(沐/沭)	尊	弥	一	干	喙	9
于	吉	村	道	(麥/處)	王	只	夫	支	部	10
時	之	使	使	事	太	本	智	沙	牟	11
教	智	人	烏	大	奴	是	太	喙	卽	12
之	沙	奈	婁	人	村	奴	奈	部	智	13
若	喙	尒	次	喙	負	人	麻	而	寐	14
此	部	利	小	部	共	雖	一			15
者	言	居	舍	內	值		尒	粘	錦	16
獲	文	□	帝	沙	五	是	智	智	王	17
罪	吉	尺	智	智	其	奴	太	太	沙	18
於	之	男	居	奈	餘	人	奈	阿	喙	19
天	智	弥	伐	麻	事	前	麻	干	部	20
	新	只	牟	沙	種	時	牟	支	徙	21
	人	村	羅	喙	種	王	心	吉	夫	22
	喙	使	尼	部	奴	大	智	先	智	23
居	部	人	牟	一	人	教	奈	智	葛	24
伐	述	翼	利	登	法	法	麻	阿	文	25
牟	刀	糸	一	智		道	沙	干	王	26
羅	小	杖	伐	奈		俠	喙	支	本	27
異	烏	百	弥	麻		阼	部	一	波	28
知	帝	於	宜	莫		隘	十	毒	部	29
巴	智	卽	智	次		禾	斯	夫	(巫)	30
下	沙	斤	波	那		耶	智	智	夫	31

X	IX	VIII	VII	VI	V	IV	III	II	I	行\字
干	喙	利	旦	足		界	奈	一	智	32
支	部	杖	組	智		城	麻	吉	五	33
辛	牟	百	只	喙		失	悉	干		34
日	利	悉	斯	部		火	尒	支		35
智	智	支	利	比		(遠/迭)	智	喙		36
一	小	軍	一	須		城	奈	勿		37
尺	烏	主	金	婁		(村/我)	麻	力		38
世	帝	喙	智	那		大	等	智		39
中	智	部	阿	足		軍	所	一		40
字		尒	大	智		起	教	吉		41
三		夫	兮	居		若	事	干		42
百		智	村	伐		有		支		43
九		奈	使	車						44
十			人	羅						45
八				道						46
										47

출처: 한국고대사회연구소 편, 『역주 한국고대금석문』 II, 가락국사적개발연구원, 1992; 국학진흥연구사업 추진위원회, 『장서각소장 탁본자료집』 I, 한국정신문화연구원, 1997; 심현용, 「울진봉평리 신라비의 명문 판독」, 울진군청 중원문화재보존·공주대학교 문화재진단보존기술연구실, 『울진 봉평리 신라비의 과학적 조사 및 보존처리 보고서』, 울진군청, 2013, pp.133~180.

6단: X행 첫 자(立)부터 같은 행 제13자(之)까지
7단: X행 제14자(若)부터 같은 행 제20자(天)까지
8단: X행 제24자(居)부터 끝(八)까지

1단은 일자와 국왕의 이름 뒤로 신료 명단을 부명+인명+관등명의 순서로 제시하고 있다.[3] 2단 IV행 '別敎令'은 이하의 내용이 거벌모라 남미지(촌)에 특별히 내린 명령임을 나타낸다. '本是奴人'은 거벌모라 남미지촌 거주민의 신분을 표시한 것이다. '前時王'은 '법흥왕이 앞 시기에'나 '전시왕(지증왕)이'로 해독된다. '道俠阼隘尒所界城失火

---

3 '沙喙部 徙夫智 葛文王'은 「울주천전리각석」의 추명에 나오는 '徙夫知葛文王'과 동일인물로 파악되며, II행 제37·38번 자 '勿力'은 『三國史記』卷44, 列傳 4 「居柒夫」에 보이는 居柒夫의 부친으로 파악된다.

遷 城村大軍起'라 한 것은 법흥왕대의 사정을 설명한 것으로 여겨지는데, '좁고 험한 경계에 위치한 성에 불이 심히 일어나고 성촌(城村)에서 크게 군대를 일으켰으므로'라는 뜻으로 풀이된다. 3단 IV행 하단의 '若干'에서 V행 하단의 '種種奴人法'까지는 반란세력에 대한 경고인 듯하나, 자획이 불분명한 글자가 많아 문장 구조를 단정하기 힘들다. 4단은 별교령의 절차를 나타냈다고 추정된다. VI행 '新羅六部 煞斑牛謂沐(沭)麥(處) 事大人'도 문장 구조를 단정할 수 없다. VII행 제18자(智)까지에 집행관들을 부명+인명+관등명 순서로 기록했다. 그 다음의 '居伐牟羅'부터 VIII행 제33·34자 '杖百'까지는 60대 혹은 100대의 곤장을 맞은 죄인들의 명단이라고 추정된다. 5단은 비 건립의 경위를 적었다. IX행 제3자부터는 '書人' 2인과 '新人' 2인의 인명을 나열한 듯하다. 6단 X행 '立石碑人喙部博士于時教之'에서 '博士'는 탁부(喙部) 소속의 관료인 듯하다. '于時教之'만이 한문의 어법인데 '之'는 종결의 표지인 듯하다. 7단 X행 '若此者獲罪於天'은 비교적 한문의 어법에 맞는다. 8단 X행 '世中'은 문장이 성립되지 않는다. 심현웅은 '了'가 탈락된 것으로 보아, '이 해에 바쳤다'라고 풀이했다. 또 '字三百九十八'은 글자가 모두 399자인 것을 398자로 오기한 것으로 추정했다. 전체 문장은 제행(齊行)의 부분을 찾기 어렵고 대우나 평측의 안배를 의도하지 않았다. 다만 「영일냉수리신라비」와 「울진봉평리신라비」는 둘 다 별교(別教)의 판시(判示), 별교의 집행 경위, 별교의 고지(告知) 등 3단락으로 구성되어 있다는 사실을 확인할 수 있다.[4]

(3) 「북한산신라진흥왕순수비」

「북한산신라진흥왕순수비」는 1816년(순조 16) 김정희(金正喜)가 북한산 승가사에 갔다가 발견했다. 원래 서울시 종로구 비봉 꼭대기에 있었으나 현재는 국립중앙박물관에 있다. 화강암으로 높이 155.1cm, 너비 71.5cm, 두께 16.6cm이다. 비문은 12행으로, 각 행마다 21자 혹은 22자로 적혀 있다. 비문은 표 3-1과 같이 대개 3단으로 구성되어 있다. 학자들은 비문의 '남천군주(南川軍主)'란 표현을 단서로 568년(진흥왕 29) 10월 이후에 작성했다고 본다. 『삼국사기』에 진흥왕이 555년 북한산을 순행했다는 기록이 있는 것을 근거로 555년(진흥왕 16)에 비를 세웠다고 보기도 한다. 비문은 진흥왕이 한강 유역을 개척하고 북한산을 순행한 사실을 기념한다는 내용과 신료들

---

4 여호규, 「신라냉수리비와 봉평리비의 단락구성과 서사구조」, 『역사문화연구』 69, 2019, pp.3-44.

|표 3-3| 「북한산신라진흥왕순수비」내용(노중국 설)

첫째 부분	제1행 제1자~제15자	제기(題記)	
둘째 부분	제2행 제2자~제6행 제12자	기사(紀事): 비 건립 배경 기록	1단락(제2행 제2자~제5행 제1자): 순수의 당위성과 비의 건립 배경
			2단락(제5행 제2자~제6행 제12자): 민심의 채방과 포상 약속
셋째 부분	제6행 제13자~제7행 제18자	수가(隨駕) 관련 내용	
넷째 부분	제8행 제3자~제11행 제19자	수가인명열기(隨駕人名列記)	

의 명단, 비의 건립 배경을 적었다(표 3-3 참조). 명(銘)은 없다.[5]

(上缺) 眞興太王及衆臣等巡狩□□之時記」

(上缺) □言□令甲兵之仿□□□□□霸主設□賞□□」

(上缺)   之所用高祀西□□□□□相戰之時新羅□王□」

(上缺) 德不□兵故□□□□□建文大淂人民□□□」

(上缺) □是巡狩□□□□民心　欲勞賚如有忠信精誠□」

(上缺)   □可加□□□以□□□□□路過漢城陟□」

(上缺)   見道人□居石窟□□□□刻石誌辭」

(上缺)   尺干內夫智一尺干沙喙另力智迊干南川軍主沙」

(上缺)   夫智及干未智大奈□□沙喙屈丁次奈」

(上缺) □指□空幽則水□□□劫初立造非□」

(上缺)   狩見□□□□□□□歲記井(幷)□□□」

이 비문에서 4행 "德不□兵故□□□□□建文大淂人民□□□" 부분은 군사정
치론의 대강을 드러내는 부분이다. 덕(德)과 병(兵)의 기념을 대립시키고, 덕의 중요성
을 강조한 뒤 '대득인민', 즉 '인민의 마음을 얻는 것에 주력해야 함'을 밝힌 내용이라
고 추정된다. 그것은 순수의 이유와 목적을 설명한 것이기도 하다. 문체를 보면 비문
의 일부분에 제행을 채용했을 가능성이 있다. '德不□兵', '大淂人民', '路過漢城' 등
은 4언의 구이고, '□□相戰之時'는 6언구인 듯하다.

---

5 한국고대사회연구소 편, 『역주 한국고대금석문』 II, 가락국사적개발연구원, 1992.

(4)「황초령신라진흥왕순수비」

「황초령신라진흥왕순수비」(이하「황초령순수비」)는 선조 때 신립(申砬)이 탁본한 이후 인조 때 낭선군(朗善君) 이우(李俁)가 『대동금석첩』에 탁본을 수록했다. 1790년(정조 4)에 유한돈(兪漢敦)이 비석을 발견하고, 1835년에는 권돈인(權敦仁), 1852년에 윤정현(尹定鉉)이 비석을 재발견했다. 이때까지 비석은 세 조각 가운데 일부의 파편만 알려져 있다가 1931년에 제3석이 발견되었다. 비문은 12행에 각 행 33자 정도가 새겨져 있다. 하지만「황초령순수비」는 제1행의 윗부분이 떨어져 나가 건립 연대를 확정하기 어려우나, 비문의 내용이「마운령신라진흥왕순수비」와 거의 같기 때문에 김정희의 고증 이후 진흥왕 29년(568) 건립이라고 추정한다. 진흥왕의 순수 사실을 기록한 제기(題記) 부분(제1행), 순수 경위를 기록한 기사(記事) 부분(제2행~제7행 제10자), 수행한 신료의 명단을 기록한 부분(제7행 제12자~제12행)의 세 부분으로 되어 있다.[6] 탁본 사진에서 확인되는 199자 가운데 16자는 판독이 불가능하다. 여기에는 운문의 명이 없다.

유득공은「신라진흥왕북순비」의 주에서 당시 진흥왕을 수가(隨駕)한 사문도인(沙門道人) 법장혜인(法藏慧忍)이 비문의 찬자라고 추정했다.[7] 성해응은 『연경재전집(硏經齋全集)』권14에「초방원비발(草坊院碑跋)」, 『연경재전집』외집 권61「난실담총(蘭室譚叢)」에「진흥북순비(眞興北巡碑)」를 남겨,「황초령순수비」에 대해 고증했다. 성해응은 자신이 지녔던 탁본의 내용을 다음과 같이 소개했다. 이 판독문은 현재 알려진 판독문과 비교할 때 어그러진 부분이 많다.

[以上缺] 交道, [以下缺] 月□一日癸未, 眞興太王. □□訪採民心, □□□, [以下缺]

世道乖眞, 玄化不敷, 則□爲交競, □以章勳効, 廻駕 [以下缺]

紹太祖之基, 纂承王位, 兢身自愼. □□沙門道人法藏慧□. 知使干. 未知. 四方託境, 廣獲民

---

6 비의 높이는 151.5cm, 두께는 가장 두꺼운 부분이 약 50~24.5cm, 너비는 42.7cm이다. 비면에는 121.2cm 정도의 칸을 긋고 그 안에 모두 12행, 한 행당 36자 정도의 글자를 새겼다. 서체는 구양순체를 따랐고, 글자의 크기는 2.4cm 정도이다. 그러나 김정희는 구양순체보다는 이른 시기의 제·양 때 글자체와 같다고 보았다.

7 柳得恭,「新羅眞興王北巡碑」, 『泠齋集』卷5. "玄菟城薔馬山, 黃艸嶺何盤盤. 新羅碑上漢隸字, 千二百季猶未殘. 問是何世陳光大, 句驪夫餘濊貊馺. 雞林中葉英且武, 區區自奮山海間. 維歲戊子狩于北, 撫綏夷俗誅梗頑. 民土衆廣隣誓歡, 嘉有功者賜爵餐. 方言序次文武官, 喙部大舍大阿干. 當時似未智禊帖, 字體古朴斯可觀." 注 "文多缺, 有日隨駕沙門道人法藏慧忍, 意卽撰書者."

土, 隣國誓信, 和使 [以下缺]

知太阿干比知 [以下缺]

人喙部, [以下缺]

於是歲次戊子秋八月, 巡狩管領. 沙喙部另知大舍沙喙部篤几. [以下缺]

者矣. 于時隨駕. 部與難大舍藥師. 哀公攽本小舍 [以下缺]

知酒干喙部服. □喙部□知吉之□. 人沙喙部 [以下缺]

兮大舍□喙部. 非知沙干.[8]

「황초령순수비」의 오늘날 판독문은 다음과 같다. [ ] 안은 제3 석편의 판독문이다. 탁본 사진을 보면 '廻駕'와 '于是' 앞에 단락 구분의 공격(빈칸)이 있다.

1 □□□□□□□八月廿一日癸未眞興太王[□巡□狩管境刊石銘記也]

2 □□□□□□世道乖眞□(盲)化不敷則□(耶)爲交競[早以帝王建号莫不脩己以安百姓然朕]

3 □□□□□紹太祖之基纂承王位兢身自愼(植)恐□[□□又蒙天恩開示運記冥感神祇應]

4 □□□□□□四方託境廣獲民土隣國誓信和使交通府[□□忄撫育新古黎庶猶謂道化]

5 □□□□未有於是歲次戊子秋八月巡狩管境訪採民心以欲勞□[□□(有)忠信精誠才□]

6 □□□□□□(爲)國盡節有功之徒可加賞爵物以章勳效▽廻駕顧行□[□□□四□□]

7 □□□□□□□□□□□(堺)者矣▽于時隨駕沙門道人法藏慧忍□大等喙[部居柒夫]

8 □□□□□□□□□□□□知迊干喙部服冬知大阿干比知夫知及干未知[□奈末]

9 □□□□□□□□□□□□兮大舍沙喙部另知大舍裏(衆)内從人喙部[□兮次]

11 □□□□□□□□□□□人喙部与難大舍藥師沙喙部篤兄小[□奈末]

12 □□□□□□□□□□□□□典喙部分知吉之衆公欣平小舍[□末買]

13 □□□□□□□□□□□□□□□喙部非知沙干助人沙喙部尹[知奈末][9]

이 비문의 제7행 이하는 수행 인물의 부명·관등명·인명을 나열했다. 탁부(喙部)와 사탁부(沙喙部)의 제3관등 잡간(迊干), 제5관등 대아간(大阿干), 제8관등 사간(沙干), 제

8 成海應, 「眞興北巡碑」, 『研經齋全集』 外集 卷6, 蘭室譚叢.

9 崔南善, 「新羅眞興王の在來三碑と新出現の磨雲嶺碑」, 『靑丘學叢』 2, 1930; 葛城末治, 『朝鮮金石攷』, 大阪: 大阪屋号書店, 1935; 노중국, 「마운령 진흥왕순수비 판독문」, 한국고대사회연구소 편, 『역주 한국고대금석문』 II, 가락국사적개발연구원, 1992; 국학진흥연구사업추진위원회 편, 『장서각소장탁본자료집』 I (고대·고려편), 한국정신문화연구원, 1997.

9관등 급간(及干), 제10관등 대나말(大奈末), 제11관등 나말(奈末), 제12관등 대사(大舍), 제13관등 소사(小舍), 제14관등 길지(吉之) 등의 관명과 이름을 읽을 수 있다. 그런데 제1행에서 제6행까지의 기서에는 4언구나 4언 골간의 구절을 다용했다.

1 □巡□狩管境, 刊石銘記也.
2 世道乖眞, □(宣)化不敷. [早以帝王建号, 莫不脩己, 以安百姓.]
3~4 紹太祖之基, 纂承王位, 兢身自愼(愼), 恐□[□□.] [又蒙天恩, 開示運記, 冥感神祇, 應□
　　□□.]
4 四方託境, 廣獲民土, 隣國誓信, 和使交通. [□忖撫育, 新古黎庶, 猶謂道化.]
5 巡狩管境, 訪採民心, 以欲勞□. [□□(有)忠信, 精誠才□]
6 (爲)國盡節, 有功之徒, 可加賞爵物, 以章勳效□.

이상에서 「황초령순수비」는 4언구 및 4언구 제행의 비중이 높다는 사실을 알 수 있다. 하지만 4언구는 구중 평측교호법이나 구말 평측교호법을 사용하지 않았다. 종결사는 제1행에 '也'자가 1회 사용되었을 뿐이다. 전체적으로 볼 때, 4언 중심의 문언문으로 이루어져 있다고 하겠다.

2. 불교 관련 석비

불교 비석으로는 탑비(부도비, 사리탑비), 사찰 영건 기념비, 사찰 중흥 기념비, 장경비, 사찰 사적비, 승려 기적 순의비, 사찰 부속 건축 교량 영건 기념비, 마애비 등이 있다. 이 가운데 탑비는 타계한 승려의 행력을 서술한다는 점에서 묘비의 일종으로 보고자 한다. 불교 관련 석비에서 가장 많은 비중을 차지하는 것은 사찰과 부속 건물 창건 중수 기념비이다.

고려·조선시대에는 사찰이 퇴락하여 중수하거나 부속 건물, 교량 등을 축조하고 그 일을 기념하는 비를 세우는 경우가 많았다. 이때 사대부가 제작한 사적기를 비에 새긴 예도 있고, 승려가 제작한 사적기를 비에 새긴 예도 있다. 또한 사찰 부속 건축이나 교량을 영건하고 기념하는 비석도 있다. 마애비도 사찰의 역사적 연원을 드러내는 도구가 되었다.

사찰 영건 기념비로는 이제현(李齊賢)의 「대도남성흥복사갈(大都南城興福寺碣)」, 김수온(金守溫, 1409~1481)의 「대명조선국대원각사비명(大明朝鮮國大圓覺寺碑銘)」 남유용(南有容, 1698~1773)의 「창녕현용흥사비명(昌寧縣龍興寺碑銘)」 등이 있다. 사찰 중흥 기념비로는 이제현의 「묘련사중흥비(妙蓮寺重興碑)」, 이곡(李穀)의 「대도대흥현중흥용천사비(大都大興縣重興龍泉寺碑)」·「금강산장안사중흥비(金剛山長安寺重興碑)」, 오도일(吳道一, 1645~1703)의 「전라도구례현화엄사중건사적비명(全羅道求禮縣華嚴寺重建事蹟碑銘)」, 채팽윤(蔡彭胤, 1669~1731)의 「조선국경상우도곤양군북지리산영악사중건비(朝鮮國慶尙右道昆陽郡北知異山靈岳寺重建碑)」·「승평부조계산선암사중수비(昇平府曹溪山仙巖寺重修碑)」 등이 있다. 장경비로는 이제현의 「유원고려국청평산문수사시장경비(有元高麗國清平山文殊寺施藏經碑)」가 대표적이다. 이상의 비들 가운데는 비제에 '명(銘)'을 밝히지 않은 예도 있으나, 실제로는 모두 서(序)와 명(銘)으로 이루어져 있다.

사찰 사적비로는 김석주(金錫胄, 1634~1684)의 「전남도고산현대둔산안심사사적비명(全南道高山縣大芚山安心寺事蹟碑銘)」, 채팽윤의 「해남대둔사사적비명(海南大芚寺事蹟碑銘)」, 신유한의 「고운사사적비(孤雲寺事蹟碑)」, 김도수(金道洙, 1699~1733)의 「불타산성재동사적비(佛陀山聖齋洞事蹟碑)」 등이 있다. 이 가운데 「해남대둔사사적비명」은 서(序)가 변문이다. 「불타산성재동사적비」는 운문의 명이 없으나 다른 비들은 모두 명이 있다.

승려 기적 순의비로는 남공철(南公轍, 1760~1840)의 「건봉선원사명대사기적비명(乾鳳禪院泗溟大師紀績碑銘)」, 조인영(趙寅永, 1782~1850)의 「영규대사순의비명(靈圭大師殉義碑銘)」 등이 있다. 사찰 부속 건축 교량 영건 기념비로는 남공철의 「표훈사교비(表訓寺橋碑)」가 대표적인데, 명이 없다. 마애비는 권만(權萬, 1688~1749)의 「통도사마애비(通度寺磨崖碑)」가 널리 알려져 있다. 이 비석의 비문은 4언 4구의 운문이 전부이다.

사찰의 연기를 밝히는 문헌들 가운데 승려가 제작한 것도 많다. 설암추붕(雪巖秋鵬, 1651~1706)의 「금화산징광사사적비음기(金華山澄光寺事蹟碑陰記)」, 함월해원(涵月海源, 1691~1770)의 「고원군구룡산대승암사적(高原郡九龍山大乘庵事蹟)」, 호은유기(好隱有璣, 1707~1785)의 「해인사복고사적비(海印寺復古事蹟碑)」, 충허지책(冲虛旨冊, 1721~1785)의 「전종정쌍운당대선사사적기(前宗正雙運堂大禪師事蹟記)」, 경암응윤(鏡巖應允, 1743~1804)의 「영원암설회사적기(靈源庵設會事蹟記)」·「중록쌍계사사적기(重錄雙溪寺寺蹟記)」 등이 있다. 대개 사찰의 역사를 산문으로 기록한 것이다. 이 가운데 실제

비문으로 사용한 것은 설암추봉과 호은유기의 글들이다.

　이제현의 「대도남성흥복사갈」은 원나라 대도에 고려 출신 승려들이 건립한 흥복사의 기념 비갈이다. 『동문선』과 『익재난고』에 실려 있는데, 어구가 다른 부분이 있다. 『익재난고』를 따르기로 한다. 이제현은 비갈의 처음을 불교의 인과응보설로 시작했다.[10] 이어서 연경 남성의 남쪽에 있는 흥복사에 고려 승려 원담(元湛)이 땅 5묘를 사서 그의 무리 숭안(崇安)·법운(法雲) 등과 함께 1313년(원나라 황경 2) 가을에 당을 짓기 시작하여 1318년(원나라 연우 5) 봄에 낙성한 사실을 적었다. 아울러 원나라 세조 때 황후궁에 들어왔던 고려 여인 장성군부인 임씨(任氏)가 저화를 주어 토목의 비용을 대고 밭 50묘를 주어 공양에 충당하게 한 사실을 밝혔다. 그리고 이후 고려 승려가 강석을 주재하기로 약속했는데, "그들이 능히 계율에 정통했기 때문"이라고 했다. 이어서 원담 등의 덕을 칭송하고, 인과응보의 설로 글을 맺었다.

　아아! 원담·숭안·법운·임부인이 고국을 떠나 수천 리 밖에서 기약하지 않고도 모여서 좋은 일을 작위하여 힘을 덜고 공을 갖추었으니, 숙세의 인연이 이렇게 만든 것이 아니겠는가? 이때부터 위로는 조정의 복을 받들어 빌고 아래로는 생령들에게 이로움을 적서 줄 것이다. 천궁에서 이미 신자(身子: 사리불다라)에게 끈(sūtra, 수뜨라)을 보여주고(『반야심경』), 큰 바람이 가난한 여인의 등불을 끄지 않았으니(『현우경』 「빈녀난타품」), 인과응보의 설은 그 또한 징험이 있으리라! 나는 본래 고려 사람으로서 원담 등과 교유하고 있으니 감히 사양할 수 있겠는가? 그 말을 글로 써서 뒤에 오는 사람들에게 고하노라.[11]

　허균(許筠, 1569~1618)은 1602년(선조 35) 가을에 풍악 동쪽 내수(內水) 고개 아래 고려 중엽 창건된 도솔원의 도관(道觀)이 미타전을 중수하여 완공하고 글을 청하자, 「중수도솔원미타전비(重修兜率院彌陀殿碑)」를 썼다.[12] 본래 미타전은 1549년(명종 4) 덕흥대원군(선조의 부친)의 부인 정씨(鄭氏)가 승려 법우(法雨)에게 고치게 했다가 1599년

10　李齊賢, 「大都南城興福寺碣」, 『益齋亂藁』; 盧思愼·徐居正等, 『東文選』 卷118 碑銘. "佛敎之因果, 修善獲報, 猶漑根食實, 用能誘掖群迷, 以就功德."

11　噫[『동문선』에 '嘉'-필자 주], 湛安及雲曁任夫人, 去鄕國數千里, 不期而萃, 作爲勝事, 力省而功備, 玆非宿因之所致乎? 自時以往, 上以奉福朝廷, 下以露利生靈. 天宮旣見身子之繩, 大風不燼貧女之燈. 果報之說, 其亦有徵哉! 予固東人, 而與湛輩遊, 敢辭? 文其語以諗來者.

12　심경호, 「허균의 풍악 기행과 시문」, 2018 교산 허균 서거 400주기 추모 국제학술대회, 주관: 허균400주기추모전국대회추진위원회, 2018. 10. 6. 강릉시청 2층 대회의실.

(선조 32) 선조의 모친 의인왕후가 내탕금을 내리고 승려 도관에게 중수하게 했는데, 의인왕후가 죽은 후 선조가 대군공폐(大君貢幣)를 보내어 완성하게 했다. 1549년에 덕흥대원군의 부인 정씨는 화원 이배련(李陪連)과 그 아들 이흥효(李興孝)에게 명하여 붉은 비단에 금으로 용주(龍舟)를 인접하는 것을 그리게 해서 큰 족자로 만들어 서쪽 벽에 걸고, 전하를 위하여 복을 빌었다. 이후 과연 선조가 왕위에 올랐다. 그러나 수십 년이 지나 절이 퇴락하면서 족자는 표훈사로 옮겨졌다. 1599년 도관이 중수를 마친 후 남은 돈으로 이정(李楨)을 시켜 백의대사(白衣大士)를 그려 동쪽 벽에 걸고 용주 족자를 옮겨다 서쪽 벽에 걸었다. 이어 미타회(법회)를 갖고 낙성식을 거행하자 채운·백학·천화 등 신이한 기적이 나타났다. 허균은 이 불사에 대해 다음과 같이 논하고, 그 뒤에 4언 32구의 송(頌)을 이었다.

국가에서 이단을 배척하고 불교를 숭상하지 않는 것은 옳으나, 사람이 복을 신불에게 비는 것도 한 길이다. 정학을 높여 조촐한 선비는 위에서 이것을 익히고 아래로는 부처의 인연과 인과화복으로 사람들의 마음을 경계한다면, 그 정치는 고르다 할 것이다. 이 절의 중수를 처음에는 대원부인이 시작하고 의인왕후가 이를 마치시니, 두 분의 전하를 향한 정성은 모두 지극하다 할 것이며, 전하께서는 편견에 얽매이지 않으시고 당연히 그 역사를 끝마쳐 선부인의 뜻을 이루고 왕비의 소원을 마무리하셨으니, 이를 어찌 전대 왕이 이교를 숭상하여 국력을 소비하고 탑묘를 높이 세워 국운의 장구를 빌다가 드디어는 혼란과 망함을 초래하게 한 것과 함께 싸잡아 말할 수 있겠는가?[13]

이 글 때문에 허균은 1607년 대사헌 송언진(宋言眞)의 탄핵을 받아 삼척부사(三陟府使)직에서 파직되고 만다.

황북 연탄 자비산(慈悲山)에 있는 심원사(心源寺)의 내력을 기록한 비문을 새긴 「심원사사적비(心源寺事蹟碑)」의 탁본이 일본 교토대학 건축부 도서실에 있다. 1935년 9월 12일 탁본한 것이다.[14] 비는 1709년(숙종 35) 6월에 건립되었다. 찬자와 서자는 자

---

13 許筠, 「重修兜率院彌陀殿碑」, 『惺所覆瓿稿』 卷16 文部13 碑. "國家闢異端, 不崇釋教是矣, 而人之祈福於神佛, 亦一道也. 使崇正學, 以淑士習於上, 而以佛之緣果禍福, 警人心於下, 則其爲治均矣. 此院之修, 初出於大院夫人, 而懿仁后終之. 其向殿下之誠, 俱可謂至矣, 而殿下不攣於拘見, 斷然終其事, 以成先志, 以卒后之願, 是豈與前代人主尊尚異教, 費國力崇建塔廟, 以祈久長, 而卒召亂亡者, 同日而語哉?"

14 篆題는 「心源寺事跡碑」이다. 비는 높이 120cm, 너비 50cm, 두께 17cm로, 경북 포항시 북구 신광면 토성리에서 출토했다. 조동원, 『한국금석문대계』 3, 원광대학교 출판국, 1982; 국립문화재연구소 문화유

당(自當) 어모장군(禦侮將軍) 황해도병마우후(黃海道兵馬虞候) 이여택(李汝澤)이다. 심원 사는『신증동국여지승람』「황해도」'황주목조'에는 '深源寺'로 나온다. 고려 말 절이 퇴락했다가, 1374년(우왕 즉위년) 중국에 사신으로 갔다가 돌아오던 이색(李穡)이 절을 중건하고 성을 쌓게 했으나 가뭄이 계속되어 완공하지 못했다고 한다. 숙종 때 이색의 12대손인 이여택이 황주목사가 되어 이 절을 살펴보니, 정덕 원년(중종 원년, 1506)부터 만력 8년(선조 13년, 1580) 사이에 네 번에 걸쳐 중창이 있었으나 다시 퇴락해 있었다. 1573년(선조 6) 계묵(戒墨)이 중수하고, 1574년 53불을 봉안했다. 절 부근에는 돌로 쌓은 남점행성(南岾行城)이 있다. 숙종 때 이르러 수옥(修玉) 등 승려들이 본전과 부속 건물을 중건하고, 이여택에게 비문을 찬술해 달라고 했다. 본문은 심원사의 위치, 12대조 이색이 심원사를 중창하는 데 힘을 기울인 일을 적었다. 그런데 이색의 영건이 영락 연간(1403~1424)에 있었다고 적었는데, 연도가 맞지 않는다. 이여택은 연안이씨인 듯한데, 한산이씨의 이색을 자신의 12대조라고 부른 것도 기이하다. 이여택은 승려들의 말을 옮기는 방식으로, 중창과 중건의 사실을 말했다.「심원사사적비」비문의 앞부분만 보면 다음과 같다. 4언구의 제행이 많다.

해서 황강(黃岡)의 동쪽에 명산이 있어 세상에서 소개골(소금강산)이라 부르는데 이름하여 심원(心原)이라 한다. 대개 그 산세가 자비령(慈悲嶺)의 북쪽에서 나와 평양령(平壤嶺)의 남쪽에 이어져 동선령(洞仙嶺)에 접한다. 제안(齊安)의 동쪽에 우뚝 솟아 용이 서리고 호랑이가 웅크린 자세로, 험하기가 서촉의 검각(劍閣)과 같아 참으로 하늘이 만든 금성탕지(金城湯池)라고 할 만하다. 그 후 영락 연간 우리 선조 목은공이 역마를 타고 명을 받들어 연경을 가느라 이 땅을 두 번 거치게 되어 동구의 문을 찾아들어가니, 가운데 한 퇴락한 옛 절이 있어 서까래와 동자기둥이 무너져 내리고 단청이 빛이 없어 용과 코끼리가 우는 소리를 듣는 듯하니 신자의 슬픔이 될 만하여, 승도에게 권하여 중수하도록 하셨다. 그리고 산수가 구불구불 이어져 나간 형세를 두루 살피니 그 험준하고 높으락낮으락한 형상은 성을 쌓아 적을 대비할 만하고, 울창하게 서리고 수려한 형세는 기운이 엉겨 인걸을 낼 만했다. 평생 동안 나라를 보위하려는 정성으로 난세에 백성을 보전할 방책을 계획하셔서 진영의 설치에 뜻을 두어 성과 못을 쌓기 시작하셨는데, 때마침 가뭄을 만나 시내 골짜기가 모두 말라 완성하지 못하고 도중에 그만두어 아직도 그 터가 있다. 내가 이곳에 좌이의 관리(병마절도

산연구지식포털 원문정보 한국금석문.

320

사 다음인 병마우후, 종3품)가 되어 본 순영에 와 머물며 유적을 가서 찾아보고, 지금에 이르기까지를 헤아려보니 이미 300여 년이 지났는데 성터는 완연하게 남아 있고 성가퀴도 남아 있다. 감회가 여기에 이르니 보통의 배나 되었다.[15]

비의 뒷면에 각공대시주(刻功大施主) 명단, 불량답(佛粮畓) 시주질(施主秩), 조연(助緣) 시주질(施主秩), 연화질(緣化秩) 등을 새겼다.

경주 북쪽 비학산에 건립된 「법광사석가불사리탑중수비(法廣寺釋迦佛舍利塔重修碑)」는 1750년(영조 26) 서얼 문인 신유한(申維翰, 1681~1752)이 비문을 작성했다.[16] 성균관대학교 박물관이 소장한 탁본을 보면, 해서로 쓰여 있는데 서자는 알 수 없다. 법광사는 신라시대 불국사 등과 함께 큰 절로 꼽혔으나, 세월이 흘러 대웅전과 금당, 5층 석탑만 남아 있었다. 명옥(明玉)과 효헌(曉軒) 등의 승려가 탑을 새로 세우려고 철거하자 그 안에서 석가불사리가 나왔으므로, 대웅전으로 옮겨 봉안하자 5일 동안 서광이 서렸다. 1747년 탑을 다시 만들고 법당을 세운 뒤 금강계단(金剛戒壇)이라는 편액을 걸었으며 그 아래 향로전을 세웠다. 이 절은 진평왕의 원당으로 알려져 있다. 진흥왕 10년인 549년에 양무제가 석가모니 사리를 보냈는데, 진흥왕의 손자인 진평왕이 원효대사에게 법광사를 창건하고 사리를 봉안할 탑을 세우게 하여 자신의 원당으로 삼았다. 다만 문헌이 명확하지 않고 탑 안에서 얻은 글씨도 알아볼 수 없으며, 또 연호를 고증할 수 없었다. 신유한은 이러한 사실을 언급하고, 사리 봉안에 얽매여 진리를 더럽히지 말고 마음을 닦으라고 경계했다.

조선시대 불교 사찰의 기적비 등은 계파의 형성 사실과 밀접한 관련이 있다. 조선 후기 불교 계파는 서산대사(西山大師) 청허휴정(淸虛休靜, 1520~1604)의 청허계(淸虛系)와 부휴선수(浮休善修, 1543~1615)의 부휴계(浮休系)로 나뉜다. 청허계는 문호가 여러 갈래로 나뉘었는데 주류 문파는 휴정의 말년 제자 편양언기(鞭羊彥機, 1581~1644)의 편양파로, 18세기에 해남 대둔사(大芚寺)를 중심으로 종원(宗院)을 표방하였다. 한편

---

15 海西黃岡之東有名山, 世稱小皆骨, 名之曰心原. 盖其山勢也, 出自慈悲嶺之北, 屬于平壤嶺之南接于洞仙, 峽岘于齊安之東, 龍盤虎踞, 險似劒閣, 眞可謂天作金湯也. 粤在永樂間, 我先祖牧隱公, 馳駈奉赴燕京, 再過此地, 尋入洞門則中有一廢古寺, 椽桷摧頹, 金碧無光, 如聞龍象之泣, 可爲信者之哀, 勸其僧徒, 使之重修. 而遍察山水逶迤之勢, 其所險阻崎嶇之狀, 足可以築城備敵, 鬱盤秀麗之形, 亦可以鍾出人傑也. 以平生衞國之誠, 計亂世保民之策, 有意設營, 經始城池. 時値早乾, 溪壑盡涸, 未完中覆. 尙有基址. 余以佐貳之官, 來滯本營, 往尋遺跡, 屈指如今, 已過三百餘年, 城址宛然, 雉堞猶存. 感懷到此, 一倍平昔.

16 申維翰, 「法廣寺釋迦佛舍利塔重修碑」, 『青泉集』 卷5 碑.

부휴계는 송광사(松廣寺)와 호남에 기반을 두어 계파의 정체성을 유지했다. 조선 승려의 비가 대둔사와 송광사에 가장 많은 것은 이러한 계파성과 관련이 있다고 한다.[17] 이 점에서 사찰 기적비 가운데 중시해야 할 것이 채팽윤의 「해남대둔사사적비명」이다. 채팽윤은 남인 출신의 문인이자 관료이다. 1725년(영조 원년) 적성(赤城, 전북 무주)에서 벼슬할 때 두륜산 대둔사의 사문이 아도(阿度)가 절을 이룬 기록을 가지고 와서 비문을 청하자, 글을 짓고 손수 글씨를 써서 보냈다. 비는 1728년(영조 4) 건립되었다. 그런데 구비가 마모되자 1744년(영조 20) 승려 화명(畫溟)이 새 비를 세운다며, 4월에 곡산 구봉산(九峰山) 아래로 채팽윤의 조카 채응만(蔡膺萬)을 찾아와 자제 중에 글씨를 잘 쓰는 사람이 있으면 고쳐 써 주기를 바랐다. 채응만은 처음 베껴 놓은 본을 주어 모각(模刻)하게 했다. 그 비석은 1803년(순조 3) 건립되었다. 대공덕주는 편양파의 환성의 제자 호암당 체정(虎巖堂 體淨, 1687~1748)이다. 채팽윤의 글은 범해각안(梵海覺岸, 1820~1896)이 편찬한 『동사열전(東師列傳)』에는 「두륜대사전(頭輪大師傳)」이란 제목으로 수록되었다.[18] 대둔사는 오늘날 대흥사라 부르는 사찰이다. 편양파는 서산대사의 의발(衣鉢)이 대둔사에 전래되는 것을 계기로 삼아 서산유의(西山遺意)를 부각시키면서 17세기 후반부터 대둔사와 관계를 맺었다. 18세기 후반에 해남 표충사(表忠祠)가 건립되면서 휴정과 대둔사의 연고(緣故)가 공인되어, 1820년대 편찬된 『대둔사지』에서 대둔사는 종원(宗院)을 표방하게 되었다. 대둔사 12종사(宗師)와 12강사(講師)는 화엄강회(華嚴講會)를 통해 임제종맥(臨濟宗脈)과 화엄종풍(華嚴宗風)을 아울렀다.[19] 채팽윤의 「해남대둔사사적비명」은 서산대사의 제자 중관해안(中觀海眼)이 작성한 대둔사지 「죽미기(竹迷記)」를 기초로 하여, 대둔사의 가람이 웅장하고 신성하며 그 내력이 신라 진흥왕과 백제 법왕으로 소급된다고 찬송했다. 또 이전의 사적기를 그대로 따라서 자장국사, 원효대사, 의상대사를 대권당주(大權堂主)로 숭앙했다. 자장, 원효, 의상

---

17 『韓國高僧碑文總集: 朝鮮朝·近現代』(智冠 편, 伽山佛教文化研究院, 2000)에 수록된 승려(일제강점기 포함) 碑의 소재지를 보면, 대둔사가 23기, 송광사가 22기이며, 해인사(海印寺)와 통도사(通度寺)가 각각 14기, 휴정의 입적지 묘향산 보현사(普賢寺)가 12기라고 한다. 김용태, 「조선후기 大芚寺의 表忠祠 건립과 '宗院' 표명」, 『보조사상』 27, 보조사상연구원, 2007, pp.275-276.

18 蔡彭胤, 「海南大芚寺事蹟碑銘」(四六), 『希菴先生集』 卷24 碑銘; 梵海覺岸編, 『東師列傳』 수록, 「頭輪大師傳」. 성균관대학교 박물관 소장 탁본의 전액은 「頭輪山大芚寺事蹟碑」, 비제는 「朝鮮國全羅道海南縣頭輪山大芚寺事蹟碑幷序」이며, 비제 다음 행에 '通政大夫原任承政院左副承旨知製教兼經筵叅贊官春秋官修撰官蔡彭胤述幷序'라고 했다.

19 김용태, 「조선후기 大芚寺의 表忠祠 건립과 '宗院' 표명」, 『보조사상』 27, 보조사상연구원, 2007, pp.273-316.

은 대둔사와 사실상 관련이 없다. 이어서 채팽윤은 서산대사 이하 청허계 법사들의 종통을 확인했는데, 편양언기는 언급하지 않았다. 그런데 채팽윤은 비문의 서의 마지막에서 "한 조각 비석이 두타를 위한 것이니, 간서(簡棲)의 글이 좋을 것이다."라고 했다. '간서'는 왕간서(王簡棲)로, 본명은 왕좌(王巾)[왕건(王巾), 왕개(王介)이며, 간서는 자(字)이다. 남제(南齊)의 녹사참군을 지냈는데, 「두타사비(頭陀寺碑)」를 변문으로 지었다.[20] 남송 때 육유(陸游)가 「두타사에서 왕간서 비를 보고 느낌이 있어[頭陀寺觀王簡棲碑有感]」라는 시를 지어 더욱 널리 알려졌다. 채팽윤의 「해남대둔사사적비명」 서는, 구말 평측교호법과 염률을 엄격하게 지켰을 뿐 아니라 각 구의 평측도 거의 규칙적으로 교호시켰다. 「해남대둔사사적비명」 서의 평측은 다음과 같다.[21]

ⓐ
如是我聞
평측측평
曇華現於兜率陀天 四七二三之綸緒 貝葉流於閻浮提界 一千六百之燧鑽
평평**측**평평측평**평** 측측측**평**평평측 측측**평**평평평평측 측평측측평측평
故慧願所存 舍衛之布金滿地 靈因所托 灊山之飛錫凌空
측측**측**측평 측측평측평측측 평**평**측측 평**평**평평측평평
雷雨褰開 龍井證全湫之涸 林泉佔窤 曹溪印一派之香
평측평**평** 평측측평평평측 평평측**평** 평**평**측측측평평
斯乃衆生之所信嚮而歸誠 造物之所設施而護法者也
평측측**평**평측평측평평**평** 측측평평측**평**평측측측측
東方始染於墨宿 西教逢漸於青丘
평**평**측측평측측 평측측평**평**평평

20 『文選』卷59 碑文下, 「頭陀寺碑文」.
21 문화유산연구지식포털에서 제공하는 판독문과 정병삼 교수의 번역을 참조하되, 탁본과 『희암집』을 참조하여 몇몇 글자를 정정하고 번역도 새로 제시한다. 원문에 '補神之宮, 見居其一'로 되어 있으나 평측으로 볼 때 '神之補宮, 見居其一'이 옳을 듯하다. 원문에 차이가 나는 구절은 다음과 같다. [ ]안은 탁본 글자이다. ⓑ 銀浦[渚]織七襄之絲. 浮柱橫縱[樅橫]. ⓒ-1 祥禽含蘤[花], 肇安[安]眞身之舍利. ⓒ-2 常挂[掛]華嚴之軸. ⓒ-3 値魯相西河除舘[關]之囚. ⓒ-4 洞[澗]流報信之高禪. 謂四[西]二吞幷之壤. 所以天開地蓄[畜]. 閩泡[漚]漚之起滅. ⓓ 海徼載纏於蠻氛[氣]. 屬[闡]提之力定而恩賽蕃. 風波甫息而慧[惠]航來. 散棋[碁]拾而重圍. 頗黎[玻瓈]之盌七株. 時放彌[弥]天之光.

鼎三邦而炤智之朝權興 環八城而浮屠之宇先後

측평**평**평평측평**평**평평 평측측평평평평측측측

其最初者曰海南之大芚寺爾

평측평측측측평평측평측측

其邪分坤絡 旁帶天池

평평**평**평측 평**측**평**평**

迸笏干霄 雙峯界新月之嶺 脩紳抱堅 九曲走太陽之門

측측평**평** 평평측평측측**측** 평**평**측측 측측측측평평**평**

方丈之縹霞東浮 瀛洲之壽曜南巇

평측평측평평**평** 평**평**평측측평측

巖屏彌勒神童 留絆日之功 石峒三車福地 占臥犍之處

평**평**평측평**평** 평측측평**평** 측측평평측측 측측평**평**측

丹葩綠葉 嫩栢四時 翠鬣寒濤 行松數里

평**평**측측 측측측평 측측평**평** 평평측측

人境之氛埃隔絶 洞門之天地寬閑

평측평평**평**측측 측**평**평평측평평

瞻彼加年 宜長老之是住 睠焉悟道 卽聲聞之可追

평측평**평** 평측측평측측 측**평**측측 측평**평**평측**평**

前哲之所賞心 其來久矣 上方之所受矩 盖有以夫

평측평측측**평** 평**평**측측 측**평**측측측 측측측평

ⓑ

蒐東京桂苑之山碑 質中觀竹迷之笔記

평평평측측평평**평** 측평평측**평**평측측

惟阿度之過海 類康會之入吳

평평**측**평평측 측평측평측평

金蓮涌地之朝 神光耀室 縞雪埋山之日 春意生柯

평평측측평**평** 평**평**측측 측측평**평**평측 평측평평

鶴唳聞天 鷥書赴壝 三更解脫 割敬林之版圖

측측평**평** 평**평**측측 평**평**측측 측측**평**평측평

七宿精勤 屏沁水之湯餌 天心冰釋 佛力風揚

측측평**평** 측측측평평측 평**평**평측 측측평**평**

於是疏千刔之翳榴 斳一區之崖嶁 開山叶於靑烏之卜 營室臨於朱鳥之壚

평측**평**평측평측**평** 측측**평**평평측 평평측평평평**평**평측 평측**평**평평측평**평**

楸身之梓 栢葉之樅 斷度而收羅 斧斤齊舉

평**평**평측 측측평**평** 측측평평**평** 측**평**평측

鴈齒之階 魚鱗之瓦 周遭而化出 礐皼不勝

측측평**평** 평평평측 평**평**평측측 측측측**평**

光明正殿之耽耽 往復隆堂之櫛櫛

평**평**평측평평**평** 측측평**평**평측측

飛甍錯綜 銀浦織七襄之絲 浮柱橫縱 渭濱竦千畝之竹

평평측측 평측측측평평**평** 평측평**平** 측평측평측평측

交懸樹杪 玉露綴於蜂房 崒入天端 彩雲承於鷲翼

평평측측 측측측평평**平** 측측평**平** 측평평평측측

雕欄北敞 九層之逈塔對攢 瓊闥西披 一點之香爐孤聳

평**평**측측 측평평측측측**平** 평측평**平** 측측평평평**평**측

穆羽和於虛牝 金鐸捎林 宛虹飮於廻潭 畫梁壓水

측측**평**평평측 평측평**평** 평측평**平**평**平** 측평측측

三無上寶 此有歸依 八大伽藍 相爲雄長

평평측측 측측평**平** 측측평**平** 평**평**평측

空飛泯跡 金水之靈有無 淨行發心 雪山之會來去

평평측측 평측평평측**平** 측측측**平** 측**平**평측평측

眞興菩薩 薦冥祉而報慈 泗沘法王 劃生場而示信

평평평측 측측측평평**平** 측측측**平** 측평**평**평측측

ⓒ-1

緊我大權堂主 寔曰慈藏國師

평측측**평**평측 측측평측측**평**

丙舍靚居 荊棘圍於祼座 丁年大捨 田園入於化城

측측측**평** 평측평평측측 평평측측 평평측평측**平**

香浮於設法之筵 祥禽含鷮 路貫於無人之窟 猛獸扶節

평**평**평측측평**평** 평**평**평측 측측평평**평**평측 측측평**평**

丹泥渥而 莫能致五通之仙 白刃嚴而 不許墮一日之戒

평측측**평** 측평측측평평**평** 측측평**平** 측측**평**측측평측

游帝都而陟紫閣 欸雲際而參圓香

평측**평**평측측측 측평측평평평평

搜眞如秘密之藏 深加推挹 壓融結舛歪之勢 丕勸營修

평평**평**측측평평 평평평측 측평측측평평측 평측평**평**

夢寐頂摩 通宵念曼殊之偈 叮嚀手授 曠代承迦葉之傳

측측측**평** 평평측측평평측 평**평**측측 측평평평측평**평**

日表龍姿 開勝光之寵餞 檀香鴨枕 來水府之法供

측측평**평** 평평**평**평측측 평**평**측측 평측측평측**평**

人如舊浦之珠還 寺屬斷絃之膠續

평평측측평평**평** 측측측측**평**측측

槃丹改色 更恢初地之覎幠 澗壑增輝 肇安眞身之舍利

평**평**측측 평**평**평측평평**평** 측측평**평** 측측평**평**평측측

ⓒ-2

至如元曉大士 羅朝異人

측평평측측측 평평측평

流星感應之符 驗五雲之覆宅 朽骨甘凉之溜 悟萬法之生心

평평측측평**평** 측측**평**평측측 측측평**평**평측 측측측평**평**평

眠瑤宮一夜之春 教外卓不羈之躅 弄魏瓠千村之月 人間騰无碍之歌

평평**평**측측평**평** 측측측측평평측 측측측**평**평평측 평평**평**평측평**평**

角乘隨緣 常挂華嚴之軸 頭輪有素 多留海會之堂

측측평**평** 측측평**평**평측 평**평**측측 평평측측평**평**

ⓒ-3

偉哉圓敎之代興 宛爾遺菴之並峙

측평평**측**평측평 평평측평**평**측측

托星槎於淮海 劉將軍志合而扳袪 廱珠樹於神州 儼和尙形開而掃楊

측평**평**평평측 평측평측평평평 평평측평평**평** 측평측평평**평**평측측

擷英而咀雜花之味 撫軫而聽流水之音

측평평측평평측 측측평**평**평측평**평**

値魯相西河除舘之囚 運鄭商半道犒師之策

측측측평평측평**평** 측측평측측측평평측

齋壇藏事 陰却大邦之兵 玄疏隨書 普傳十刹之教

평**평**측측 측측측평평**평** 평측평**평** 측평측측평측

ⓒ-4

歸然伊昔閱經之殿 逖矣爰初棲鉢之年

평**평**평측측평평측 측측평**평**평측평평

身洞流報信之高禪 受輿地點圖之奧訣

□측**평**측측평평**평** 측평측측평평측측

謂四二呑幷之壤 合裂爲三 於百千神補之宮 見居其一

측측**측**평**평**평측 측측평**평** 평측**평**평측평**평** 측**평**평측

所以天開地蓄 今古颭靈 霧翁飇馳 智愚交躓

측측평**평**측측 평측평**평** 측측평**평** 측평평측

重楹複閣 森烏兔之蔽虧 黃葉靑松 閱泡漚之起滅

평**평**측측 평평측평측**평** 평측평**평** 측평평평측측

ⓓ

逮夫皇明萬曆廿五載 卽我宣廟大王三十秋

측평평**평**측측측측측 측측평**측**측평평측**평**

海微載纏於蠻氛 山門不保於兵燹

측측측평평평**평** 평**평**측측평평측

雲陰結恨 燒殘邈月之基 秋草傷心 蕪沒長春之谷

평**평**측측 평평측평평**평** 평측평**평** 평측평**평**평측

天人地籟 竟孰主張 日月燈光 自然明晦

평**평**측측 측측측**평** 측측평**평** 측평평측

向微靑蓮子作 幾墜大檀越風

측평**평**평측측 평**측**측평측**평**

遂乃撫百代人天之前功 收七年瓦礫之餘燼

측측측측**측**평평평平**平** 평측**平**측측평평측

經營式殫於願力 住化因乞於師門

평평측**평**평측측 측측평측**평**평平**平**

時則臨濟嫡傳 若有淸虛尊者

平측평**측**측평 측측평平**平**평측

擬幼名於雲鶴 神翁獻呪於免懷 發深省於午鷄 妙句警昏於題葉

측측평평평측 평평측측평측평 측평측평측평 측측측평평평측

木人南自 徵炳讖於一公 楓岳東尋 透玄關於三夢

측평평측 평측측평측평 측평평평 측평평평평측

虛憍之意消而從遊附 屬提之力定而恩賚蕃

평평평측평평평평측 측평평측측평평측평

移慈念而爲忠 下戒壇而奮義

평평측평평평 측측평평측측

指揮弟子 四溟起關左 藏六起湖壌 協助王師 元帥克幸州 提督克平壤

측평측측 측평측평측 평측평평평 측측평평 평측측측평 평측측평측

盖出定功與存乎再造 而斂歸名益重乎十方

측측측평평평측측 평측평평측평측평

五聖師之靈 其有望矣 三安居之席 而暇暖乎

측측평평평 평측측측 평평평평측 평측평평

風波甫息而慧航來 雲搆方興而法棟至

평평측측평측평평 평측평평평측측

磨鏖移宅 啄約維新 龍象收悲 奐輪如故

평평평측 측측평평 평측평평 측평평측

降登炤爛者殆二千間 奔奏幹當者踰三十輩

측평평측측측평평 평측평평측평평측측

神羞滌於閽崛 善業光於閼逢

평평측평평측 측측평평측평

靈界三完 昏鏡磨而復煥 梵音四合 散棋拾而重圍

평측평평 평측평평측측 측평측측 측평측평평평

蓮華銀子之經 宗門是鎭 稻臥金襴之服 信器猶存

평평평측평평 평평측측 측평평평평측 측평평평

玻瓈之盌七株 留供齋日之薦 烏瑟之珠一顆 時放彌天之光

평평평측측평 평평평평측측 평측평평측측 평측평평평평

一心之密印相承 五世之浮圖離立 逍遙親炙於講席 虛白嗣揚於義旗

측평평측측평평 측측평평평평측 평평평측평측측 평측측평평측평

楓潭得月而澄明 華岳連巖而秀出 雪菴之風猷未泯 心守之功德不孤

평**평**측측평평**평** 평측평**평**평측측 측평평평평측측 평측평평측측**평**

薪傳火而何窮 地以人而交贊

평**평**측평평**평** 측측평**평**평평측

雙林廬阜 惠遠之迹尙新 片碣頭陀 簡棲之文可已

평**평**평측 측측평측측**평** 측측평**평** 측평평**평**측측

玆書登石一轉語 用授踵門三比丘

평**평**평측측측**측** 측측측평평측**평**

ⓐ 이와 같이 나는 들었다.

우담바라가 도솔타 하늘(도솔천)에 나타나서 서천 28조사와 동토 6조사의 통서를 이루고, 패엽경(불경)이 염부제 세계에 흘러, 1,600년의 부싯돌 개환(세월)이 있었다. 그래서 지혜로써 바라는 바는 사위성의 황금이 땅에 가득하는 일이요[사위성 급고독장자가 부처를 위해 절을 지으려고 기타 태자 요구대로 황금을 땅에 깔았던 고사−역자 주], 신령스런 인연이 맡기는 바는 첨산(灊山: 한나라 남악)에서 석장 날려 허공으로 솟아나는 일이었다. 우레와 비가 그치자 용 우물에서 황금 못의 얼어붙음을 증명하고, 수풀과 샘이 아득히 깊자 조계에 한 줄기 향을 인가하였으니, 이는 중생이 신향(信向)하여 정성으로 귀결하는 것이며, 조물주가 시설하여 법을 수호하는 것이었다. 동방이 처음으로 숙연의 불법에 물들어, 서교(불교)가 점차 청구(동방)에 이르니, 삼국이 정립하여 지혜 밝히는 아침이 시작되고, 팔방에 두루 걸쳐 부도의 집이 전후했으니, 그 첫 번째가 해남 대둔사로다. 비스듬히 땅의 지맥을 나누고, 곁으로 하늘의 못을 지녀, 흔드는 홀(笏)이 하늘을 찌르듯, 두 봉우리[가련봉(迦蓮峰)과 두륜봉(頭輪峰)]가 초승달 걸린 고개에 이웃하고, 긴 허리띠가 골짜기 감싸듯, 아홉 굽이가 태양의 문으로 달리며, 방장산(지리산)의 옥색 노을이 동쪽에 뜨고, 영주(제주도)의 수성(남극성)이 남쪽에 빛났다. 병풍 바위는 미륵보살 신동(神童)이라, 해를 잡아매는 공덕이 머물고, 배 바위는 삼승의 복된 땅이라, 엎드린 수소가 쉴 곳을 점지했다. 붉은 꽃과 푸른 잎의 잣나무는 사시사철 곱고, 비취 갈귀와 찬 파도 소리의 소나무는 서너 리에 늘어서서, 사람 사는 경계의 더러운 기운과 티끌이 끊겨서, 골짜기 안의 천지가 넓고도 한가하다. 저 수명 늘려줄 곳을 살펴보니, 장로가 살기에 마땅하고, 깨달음의 길을 돌아보니, 성문(聲聞: 불교 수행자)이 따라 나가기에 좋구나. 옛 위대한 철인이 마음으로 즐기던 곳이기에, 그 유래가 오래되어, 상방(절)이 규구를 받은 것이 대개 연유가 있도다!

ⓑ 신라 계원(최치원)의 사산비명 탁본을 모으고, 중관해안(中觀海眼: 서산의 제자)의 「죽

미기(竹迷記)」를 질정하니, 아도(阿度)가 바다를 건너옴은, 강승회(康僧會)가 오나라에 들어감과 같았다. 황금 연꽃이 연못에서 솟아나는 아침에, 신령스런 빛이 방안에 빛나고, 흰 눈이 산을 뒤덮는 날에, 봄기운이 나뭇가지에 생겨나니, 학 울음소리가 하늘에 들리고, 난봉서(조칙)는 선롱으로 달려가서, 삼경(한밤중)에 해탈하자, 천경림(天敬林: 신라의 성지)의 판도를 베었고, 일곱 별자리가 하늘에 뜨도록 부지런하여, 심수(沁水)의 탕이(맛난 음식)를 물리치자, 하늘의 마음이 얼음 녹듯 녹고, 부처의 힘이 바람 타고 드날렸다. 이에 천겹의 덤불과 고목을 베어, 한 구역의 벼랑과 언덕을 깎아내니, 산문을 연 것은 청오경(靑鳥經: 풍수지리서)의 점에 들어맞고, 방장실 지은 것은 주조(朱鳥: 남방 신)의 터에 임했도다. 가래나무 몸체와 전나무 잣잎을, 법도대로 잘라내어 벌여두고, 도끼를 일제히 들고, 안치(雁齒: 사다리꼴)의 계단과, 어린(魚鱗: 물고기비늘)의 기와들을, 두루두루 그때그때 만들어내어, 큰 북을 미처 다 치지도 않았거늘, 불전의 훌륭한 모습이 깊숙하고, 이리로 저리로 뻗어 법당이 즐비하며, 날듯한 기와집이 착종하여, 은하에 일곱 가닥 실을 짜듯하고, 뜬 기둥이 종횡하여, 위수(渭水)가에 천 고랑 숲의 대나무들이 솟은 듯하다. 얽혀 드리운 나무 가지에는, 옥 이슬이 벌집 같은 방에 이어지고, 높이 하늘 끝으로 들어가, 채색 구름이 수리 날개 같은 처마에 이어졌다. 아로새긴 난간은 북쪽으로 열려서, 구층의 아스라한 탑과 마주하고, 경옥의 문은 서쪽으로 젖혀져, 한 점 향로가 외롭게 우뚝 솟구친다. 화목한 새들이 텅 빈 골짜기에서 화답하듯, 금방울이 숲에서 가볍게 치고, 완연한 무지개가 굽어나간 못에서 물 마시듯, 채색 다리가 물을 내려다보고 있다. 세 가지 더할 나위 없는 보배(佛·法·僧)는, 이것이 바로 귀의처이고, 여덟 채의 큰 가람은, 서로 어울려 웅장도 하다. 허공을 날아 흔적도 없어져, 금수(金水: 황금 액)의 영험이 별안간 없어지며, 청정한 수행으로 발심하여, 설산(雪山)의 모임에 왕래한다. 진흥 보살(신라 진흥왕)이, 명복을 천도하여 자비에 보답하고, 사비 법왕(백제 법왕)은, 살생 금하는 터를 구획하여 신심을 보였도다.

ⓒ-1 우리 대권당주(大權堂主)는 바로 자장(慈藏) 국사이니, 병사(丙舍)에 고요히 머물며, 맨몸으로 앉은 주위에 가시덤불로 치고, 정년(丁年: 스무살)에 희사하여, 전원을 교화의 성[원녕사(元寧寺)]에 편입해 넣었으니, 향은 설법의 자리에서 떠오르고, 상서로운 새는 꽃을 머금어 와서 먹여주고, 길은 사람 없는 굴에 뚫려, 맹수가 지팡이를 붙들어주었다. 도성의 붉은 진흙이 두터워도, 오통(五通: 오계에 통함)의 신선 경지를 가져오지 못하고, 흰 칼날이 준엄해도[왕이 목을 베겠다고 했음-역자 주], 하루의 계행도 무너뜨림을 허락하지 않았다. 중국의 수도에 노닐어 궁궐에 오르고, 종남산 운제사를 찾아가 원향(圓香)선사를 참배했으며, 진여의 비밀스런 장경(藏經)을 수색하자, 뭇 승려가 추대하고[643년 귀국때 대장경 등을 가지고 옴-역자 주], 똘똘 뭉친 잘못된 기세를 눌러, 경영과 수행을 크게 권면했다[대국통

으로서 교단의 규율을 엄정하게 함-역자 주]. 몽매토록 머리를 조아려, 밤새 문수보살의 게를 염송하고[자장이 중국 오대산에서 기도할 때 꿈에 문수보살이 범어의 화엄경 게송을 주었음-역자 주], 공손하게 손으로 받들어, 시대를 건너뛰어 가섭의 전승을 이었다. 해와 달 같은 자태의 용은, 광채가 빛나는 전별연을 열어주고, 전단향의 오리 베개[중국 태화지 용에게서 얻어 왔다는 목압침-역자 주]은 수궁에서 공양을 오게 했다. 사람은 옛 포구의 구슬이 돌아온 것 같았고, 절은 끊어진 거문고줄이 이어붙은 것 같았다. 단청을 새로 하여, 초지(初地: 십지 수행의 첫 단계)의 법도를 더욱 넓히고, 계곡에 광휘를 더해서, 진신 사리를 처음으로 봉안했다[자장이 진신사리를 가져와 통도사에 안치함-역자 주].

ⓒ-2 원효대사의 경우는, 신라의 기이한 인물이니, 유성이 상서롭게 감응하고, 오색 구름이 집을 뒤덮어 증험했으며, 해골 안의 시원한 물을 마시고, 만법이 마음에서 생겨남을 깨달았다. 요석궁에서 봄날 하룻밤 자고나는 등, 교단 밖에 불기(不羈)의 발자취가 우뚝하고, 위나라 제후의 박 같은 표주박을 일천 마을 달 아래 놀리니, 인간세계에 무애 노래가 등등했다. 뿔 달린 소를 타괴소의 두 뿔 사이에서 『금강삼매경론』을 지었다고 함-역자 주] 인연 따라 이리저리, 항상 『화엄경』 권축을 걸고 다니되, 수레바퀴 같은 두류산에 평소 숙연이 있어, 문도와 신도들이 바다처럼 모여드는 법당에 자주 머물렀다.

ⓒ-3 위대하도다, 원교(圓敎: 화엄학)가 대를 이어 일어남이여! 완연히 남은 암자가 나란히 빛나도다. [의상(義相)이] 배를 황해와 회하(淮河)에 띄우자, 유 장군[유지인(劉至仁)]이 뜻이 맞아 소매를 잡아끌고, 마니 달린 나무가 꿈에 신주(중국)를 덮으니, 지엄화상이 형체를 열자(꿈에서 깨어나자) 사미들이 좌탑을 청소하고 모셨다. 꽃을 따서 잡화(화엄)의 묘미를 맛보고, 수레 어루만지며 흐르는 물소리를 들었다. 노상(魯相)이 서하(西河)에서 관사 소제하고 만나보는 죄수[신라 김흠순(金欽純)]를 접했고, 정상(鄭商)이 도중에서 군사 먹일 계책을 운용하는 것을 듣고는, [명랑(明朗)법사에게] 재단을 시설하고 비밀스럽게 대비하게 하여, 대국의 군대를 가만히 물리쳤고[674년 2월 당나라의 침략 정보를 듣고 명랑법사에게 채백으로 사천왕사를 신속하게 만들게 하여 군사를 물리침-역자 주], 현소[지엄의 『수현기(搜玄記)』]를 따라 써서[『일승법계도』를 씀], 십찰의 가르침을 널리 전했도다.

ⓒ-4 우뚝하도다, 저 옛날 경전을 열람하던 전당이여! 아득하도다, 처음으로 발우를 머물게 한 해여! 샘골 물이 믿음에 보응하는 높은 선(禪)을 수지하고[원문의 具은 미상, 대우를 고려하여 번역함-역자 주], 여지(輿地)가 점지한 깊은 비결을 받았으니, 넷이 되고 둘이 되며 서로 병탄하던 땅이, 합했다가 쪼개져서 셋이 되고, 백 가지 천 가지로 비보(裨補)하는 자리에서, 그 첫째에 위치했다고 하겠다. 그리하여 하늘은 열리고 땅은 길러내어, 옛날처럼 지금도 신령함이 드날리고, 안개 일어나고 폭풍이 치달려서, 지혜로운 자와 어리석은 자가

번갈아 이르렀다. 큰 기둥 법당과 복층 누각에는, 까마귀 둥지와 토끼 밟은 흔적이 가득하고, 누런 잎과 푸른 소나무는, 거품이 일어났다가 사라지는 것을 겪었도다.

ⓐ 명나라 만력 25년은 우리 선조 대왕 30년(1597)이니, 이 바다 경계가 오랑캐 기운에 얽히고, 산문(山門)을 병화 때문에 보전할 수 없어서, 구름 그늘에 한이 맺히나니, 달맞이하던 터전을 태워 없앴고, 가을 풀에 상심하나니, 봄기운 가득했던 골짜기가 오래도록 묻히고 말았다. 하늘과 사람과 땅의 울림을, 끝내 누구라고 주장하랴? 해와 달과 등불이 저절로 밝아졌다가 어두워졌도다. 만일 청련[1603년 대둔사를 중창한 청련원철(靑蓮圓徹)–역자 주]이 일어나지 않았더라면, 대단월의 풍모가 거의 실추되었으리라. 마침내 하늘과 인간의 백 대에 걸친 지난날의 공적을 어루만지고, 기와와 벽돌이 타고 남은 것을 7년 동안 거두어, 설계와 경영에서 원력(願力)을 다하고, 주지(住持)와 화주(化主)는 사문(師門)에 도움을 구했다. 이때 임제(臨濟)의 적전(嫡傳)으로, 청허존자(서산대사)가 있었으니, 어려서 이름을 운학산에 걸어, 신령한 노옹이 갓난아이에게 축원을 바치고, 한낮 닭 울음에서 깊은 성찰을 발하여, 기묘한 구절을 잎에 적어 어리석음을 깨우쳤다. 목인(木人: 인욕의 승려)이 남쪽에 와서, 일공(一公)에게서 빛나는 참언을 징험하고, 풍악을 동쪽으로 찾아가, 삼몽(三夢)에서 현관을 통투(通透)했다. 허황되고 교만한 뜻이 사라지자 종유자들이 붙고, 찬제(羼提: 인욕)의 힘이 안정되어 은총과 하사가 빈번하니, 자애의 마음을 옮겨 나라에 충성하고, 계단(戒壇)에서 내려와 의리에 분투했다. 제자를 지휘하여, 사명(泗溟)은 관서에서 일어나고, 장륙(藏六)은 호남에서 기병했으며, 조정의 군대를 도와, 권율(權慄) 도원수는 행주(幸州)에서 이기고, 명나라 이여송 제독은 평양에서 이겼도다. 대개 출정한 공적은 재조(再造)와 더불어 있되, 거두어 돌아가는 이름은 시방에 더욱 막중했다. 다섯 성사(聖師)의 영령이, 이미 기대한 바이거늘, 세 번 안거한 자리가 어느 여가에 따뜻해질 수 있었으랴? 풍파가 가까스로 그치자 지혜의 배가 오고, 구름 같은 건축이 바야흐로 일어나자 법당과 당우가 이르렀도다. 노루와 사슴이 집을 옮기나니, 터를 다져 불당이 개창되고, 용상(龍象) 같은 고승이 슬픔을 거두나니, 중창한 건물이 옛날과 같아라. 오르고 내리며 찬란하게 비치는 것이 거의 2,000칸이요, 분주하게 주달하고 일 맡은 이가 30명이 넘누나. 신령한 제수는 사굴산(闍崛山: 영취산)에서 씻어오고, 선한 업은 알봉[閼逢: 갑(甲)]의 해에 빛난다. 신령한 세계가 세 번째로 완전해져서, 혼탁한 거울을 갈아 다시 환하게 하듯 하고, 범음(梵音)이 네 가지(범종·북·목어·운판)로 화합하여, 흩어진 바둑알들을 주워 사방을 겹겹으로 두르듯 하여라. 『법화경』을 은으로 쓴 경전은, 종문에서 진중히 보관하고, 볏논 제전과 금란가사는 신기(信器)로서 아직 남아 있도다. 유리 사발의 일곱 그릇은, 재일(齋日)의 천도 불사에 공양하고, 오슬[烏瑟: 육계(肉髻)]의 구슬 하나는, 때마침 하늘 가득한 빛을 퍼뜨리네. 일심의 비밀스런 법인이 전해지

고, 5대의 부도가 나란히 세워졌도다. 소요(逍遙)[태능(太能, 1562~1649)]는 강석에서 친히 맛보고, 허백(虛白)[명조(明照, 1593~1661)]은 의로운 깃발 들어 후사로서 드날렸다. 풍담(楓潭)[의심(義諶, 1592~1665)]은 달을 얻어 맑고 밝게 빛나괴[풍담의 제자에 월담설제와 월저도안이 있음—역자 주], 화악(華岳)[문신(文信, 1629~1707)]은 바위에 연이어 빼어나게 드러났다[화악이 설암추붕대사를 계승함—역자 주]. 설암(雪岩)[추붕(秋鵬)]의 풍모는 지략이 민멸되지 않았고, 심수(心守)의 공적[1715년 대둔사를 7차로 중창함—역자 주]은 덕이 외롭지 않았도다. 섶나무가 불을 전하니 어찌 다할 것이며, 땅은 사람으로 인하여 교대로 칭찬받누나. 쌍림의 여산(廬山) 언덕에, 혜원(惠遠, 334~416)의 자취가 여전히 새로운 듯하니, 한 조각 비석이 두타를 위한 것이니, 왕간서(王簡棲)의 변문 같은 글이 좋을 것이로다. 이에 일전어(一轉語)를 비석에 올려, 종문(宗門)을 잇는 세 비구[신암(信菴)·사은(思隱)·성유(性柔)]에게 주노라.

「해남대둔사사적비명」의 명은 매 연 4자—4자—3자구, 총 34연으로 구성하고, 32개 연은 2개 연마다 압운하고, 2개 연은 제2구와 제3구를 압운했다.[22] 김귀영(金貴榮)이 지은 「황산대첩지비(荒山大捷之碑)」의 명(銘)과 허목(許穆)이 지은 「척주동해비(陟州東海碑)」에서 같은 형식을 볼 수 있다.

白頭之山, 千里南迤, 極海**濱**. 崒爲頭流, 又六由旬, 爲頭**輪**.
頭輪如削, 如攙如**揷**, 如束**立**.
上架雲橋, 下懸新月, 巑岏**隆**. 北折而左, 洞府天闢, 五百**弓**.
孰景孰胥, 孰經孰營, 阿度**師**. 更百有年, 式至慈藏, 乃新**之**.
緇流雲合, 棟宇日拓, 溢嶒**巘**. 惟曉惟湘, 揭來棲息, 厥有**菴**.
圓香所諗, 一行所點, 奠邦**域**. 道誑申之, 地靈愈著, 雄南**國**.
丁酉之訌, 一炬焦土, 金地**索**. 狉狉攸穴, 山哀澗思, 灌枏**塞**.
徹老曰呇, 萬世一遇, 是在**我**. 西謁其師, 陳發誓願, 靜曰**可**.
徂玆國難, 義旅二千, 我實**領**. 我老乞身, 我委我徒, 則有**政**.

---

22 1~2연: 濱·輪(平眞), 3연: 立(入緝), 4~5연: 隆·弓(平東), 6~7연: 師·之(平支), 8~9연: 巘·菴(平覃), 10~11연: 域·國(入職), 12~13연: 索·塞(入若과 入職 통압), 14~15연: 我·可(上哿), 16~17연: 領·政(上梗과 去敬 통압), 18~19연: 汝·擧(上語), 20연: 集(入緝), 21~22연: 復·碧(入屋과 入陌), 23~24연: 悠·留(平尤), 25~26연: 仍·鵬(平蒸), 27~28연: 性·賊(去敬), 29~30연: 幹·歎(去翰), 31~32연: 垂·辭(平支), 33~34연: 刦·極(入洽과 入職 통압).

山門之事, 惟徹汝諸, 吾偕**汝**. 賁然來思, 大衆風動, 廢乃**擧**.

先之後之, 修之**剔**之, 功用**集**.

像殿經臺, 霞寮月楹, 不日**復**. 而翼而棘, 而美而完, 爛金**碧**.

乃建戒幢, 乃設講壇, 宗風**悠**. 其衫白錦, 其鉢碧玉, 信具**留**.

嗣宅于玆, 殷有其人, 五世**仍**. 曰能曰眼, 照信諶安, 霽若**鵬**.

珠騈璧聯, 其德有鄰, 越惟**性**. 名德承承, 窣堵成列, 於其**畎**.

寺凡三刱, 法堂四之, 守所**幹**. 眼昔著籍, 歲久而訛, 識者**歎**.

摩訶一志, 亟謀顯刻, 永厥**垂**. 再三布幣, 至于赤城, 乞余**辭**.

其始自今, 洎厥俱眠, 阿僧**刼**. 無騫無扤, 無有蠚害, 無終**極**.

백두산이 천 리를 남으로 뻗어 바다 끝에 이르러, 우뚝 두류산이 되고 다시 6유순(30리)을 가서 두류산이 되었으니,

두류산은 깎은 듯 찌르는 듯 꽂힌 듯 다발 묶여 선 듯하여,

위로 구름다리 걸치고 아래로 초승달 매달아 울창하게 봉긋 솟아, 북으로 꺾어 왼쪽으로 도니 골짜기 이뤄 하늘이 열린 것이 500궁(6척).

누가 따르고 누가 도왔으며 누가 처음 계획하고 누가 경영했던가, 아도(阿度)이니, 다시 100여 년 지나 자장(慈藏)에 이르러 새롭게 했다네.

치류(승려)들 구름처럼 모이고 당우가 날로 개척되어 험준한 바윗골에 넘쳐났으니, 원효(元曉)와 의상(義相)이 가다오다 머물러, 그 암자가 있구나.

원향(圓香)이 일러주고 일행(一行)이 점지한 땅에 구역을 정했으며,

도선(道詵)이 신술하길, 지령이 더욱 드러나 남국에서 으뜸이라고.

정유년 전쟁으로 횃불 하나에 초토화되니 금성탕지가 삭막하여 날다람쥐 소굴되니, 산도 슬퍼하고 개울도 근심하며 관목만이 들어찼네.

원철(圓徹)이, 아아, 만세에 한 번 있을 일이 나에게 있구나 하고 서쪽으로 대사 뵙고 서원 말씀드리자 휴정은 그러라 하며,

이 국난을 만나 의병 2,000명을 내가 영도했으니, 나는 늙어 치사하여 내 문도에게 맡겼으니 곧 유정(有政)이니,

산문의 일은 오직 원철 네가 함께 하라, 나도 너와 함께 하리라 하시어,

분연히 생각하자 대중들이 바람에 흔들리듯 하여 황폐하던 곳이 일신했네.

앞서거니 뒤서거니 고치고 깎고 하여 공적이 모였도다.

법당과 경대(經臺)와 무지개 같은 요사며 달 드는 누헌이 수일 내 회복되어, 날개처럼 솟고

가시덤불처럼 무성하며 아름답고 완전하여 금벽(단청)이 찬란하니,

이에 계당(戒幢)을 세우고 강단을 설치하여 종풍이 유장하며, 가사는 흰 비단이요 발우는 푸른 옥이며 법구(法具)들이 보존되었다.

여기에 이어 절 지은 자는 바로 인물이 있어 오대를 이었으니,

소요태능과 중관해안, 허백명조와 화악문신, 풍담의심과 월저도안, 월담설제와 설암추붕이 로다.

구슬이 나란하고 벽옥이 이어져 덕 있기에 이웃이 있어 드디어 두륜청성(頭輪淸性)이니, 명 승대덕이 대대로 이어져 솔도파(부도)가 줄 지어 아아, 빛나누나!

절이 모두 세 번 중창되어 법당이 네 번 개신하니 심수(心守)와 맡아 했거늘, 중관혜안이 지 난날 서적을 저술했으나 세월 오래되어 오류가 있어 식자들이 탄식하니,

마하의 사람들이 뜻을 하나로 하여 빨리 비석에 새겨 영구히 드리우고자 도모하여, 두 번 세 번 폐백 보내 적성(赤城: 무주)에 이르러 내게 글을 청하니,

지금부터 시작하여 구지(俱胝: 억)까지 아승지겁(阿僧祇劫) 동안에 잘못됨도 없고 흔들림 도 없어 재앙과 피해 없이 끝이 없기를 바라노라.

채팽윤은 이 명에서, 『대둔사지』에서 주장하는 것과는 달리, 서산대사가 대둔사에 주석했다고는 하지 않았다. 다만 원철 스님이 1603년 대둔사를 중창할 때 서산대사의 인가를 받은 사실은 매우 강조했다. 채팽윤은 서산대사의 의발이 대둔사에 전수된 사 실을 천명한 것이다. 이 비문을 보면, 불교에서도 종풍을 부각시킬 때 입비(立碑)가 매 우 중요한 의미를 지녔음을 알 수 있다.

3. 고려·조선의 기념비와 기적비

중국 주나라에서는 전조(前朝)의 후예에게 관직을 주고 조상 제사를 행하게 하는 삼 각(三恪) 제도가 있었다. 고려 왕조는 선대 왕조의 능묘에 대한 제사를 행하지 않았다. 이에 비해 조선 왕조는 선대 왕조의 능묘에 대한 제사를 통하여 스스로의 역사적 정통 성을 공표했다. 즉, 조선 왕조는 단군을 제사하는 구월산(九月山) 삼성사(三聖祠)와 평 양 숭령전(崇靈殿), 기자(箕子)를 제사하는 평양 숭인전(崇仁殿), 신라 시조를 제사하는 경주 숭덕전(崇德殿), 고려 시조를 제사하는 마전(麻田) 숭의전(崇義殿) 등을 관리하고,

각 사당의 묘정에는 기념비를 세웠다.

(1) 고려의 산천 제사비

고려 말에는 국가에서 산천에 석비를 세워 영역을 공인하고 산천의 신성성을 찬미하려고 했던 듯하다. 공민왕 21년인 1372년 5월에 환관 연달마실리(延達麻失里)와 손내시(孫內侍)가 가져온 명나라 중서성의 자문(咨文)에서 그 사실을 알 수 있다. 홍무제는 그 자문에서 "저 해동의 고려국왕은 전년부터 석비를 세우고 산천에 제사를 지낸다, 각처의 승첩 소식을 급히 통보한다, 법복을 보낸다 하면서 사자가 거듭되었으니, 왕이 아주 더위를 먹어버렸다."라고 했다.[23] 다만 이 자문의 해당 구절은 '석비를 세운다, 산천에 제사를 지낸다'로 풀이할 수도 있다. 그렇다면 석비 건립과 산천 제사는 별개의 사안일 수 있다. 게다가 해당 석비로 추정되는 비석이나 탁본이 전하지 않는다. 또한 남북국시대부터 고려 중엽까지의 산천 제사비 건립 여부도 문헌상으로는 확인할 수 없었다.

(2) 고려 말·조선 초의 기적비

고려 공양왕 때 정도전(鄭道傳, 1342~1398)이 찬술한 「적경원중흥비(積慶園中興碑)」[일(佚)]는 문헌 기록에 전하는 가장 오래된 사적기념비이다. 1390년(공양왕 2) 6월, 서원군 이하 공양왕의 4대 조상을 추봉하는 적경원이 완공되자,[24] 7월 1일(신묘)에 대사면령을 선포하는 교서를 내려, "고조·중조 이하 4대의 4친에게는 높은 관직을 추봉하고 원(園)을 설치해, 친동생[우(瑀)]으로 하여금 제사를 맡게 한다."라고 밝혔다.[25] 이에 앞서 6월에 정도전은 홍무제 탄생일 축하사신이 되어, 황태자 생일 축하사신인 한상질(韓尙質)과 함께 지금의 중국 남경(南京)으로 갔다. 이후 11월에 환국하고, 정당문학 동판도

---

23 『高麗史』卷43, 世家 43 공민왕 21년(1372) 5월 17일(계해). "中書省移咨曰: '欽奉聖旨: 那海東高麗國王, 那裏自前年, 爲做立石碑, 祭祀山川, 飛報各處捷音, 及送法服, 使者重疊, 王好生被暑熱來爲那般. 我想着限山隔海, 天造地設生成的國土, 那王每有仁政, 管撫的好時, 天地也喜. 我這裏勤勤的使臣往來呵, 似乎動勞王身體一般. 爲那般上頭, 我一年光景, 不曾敎人去. 于今悠每中書省省收拾紗羅段子四十八匹, 差元朝舊日老院使送去. 選海船一隻, 用全身掛甲的軍人, 在上面防海. 就將那陳皇帝老少, 夏皇帝老少去王京, 不做軍, 不做民, 閑住他自過活. 王肯敎那裏住呵留, 下不肯時節載回來. 悠省家文書上好生得子細了.'"

24 『高麗史』卷61, 禮志 吉禮大祀 諸陵, 공양왕 2년 정월 참조.

25 당시 헌부에서 윤이(尹彜)와 이초(李初)를 심하게 탄핵하자, 찬성사 정몽주가 4대 추봉의 기회에 이색, 권근 등을 사(赦)하는 큰 은혜를 내리라고 청하여 그 말을 따른 것이다.

평의사사사 겸 성균대사성에 임명되었다. 이때 공양왕은 정도전에게 「적경원중흥비」를 짓게 했다. 적경원은 조선 태조 원년(1392)에 철거되었고, 그 비도 전하지 않는다.

조선시대에 들어와서 이행(李行, 1352~1432)은 세종의 명을 받아 「두문동비표(杜門洞碑表)」를 지었다. 세종은 두문동 72현과 개경의 유민들을 무마하기 위해 두문동에 제사를 지내기도 했다. 세종의 명을 따라서인듯, 이행은 고려 말 충신과 관련한 글들을 여럿 작성했다.[26] 「두문동비표」는 7언 2구 14자에 불과하고, 그 뒤에 1751년(영조 27) 9월 영조가 쓴 글이 첨각되었다.

勝國忠臣今焉在? 特豎其洞表其節.
〈御製: 崇禎紀元後百二十四年辛未季秋. 追感杜門洞前朝忠臣七十二人節. 命錄用其孫. 豎碑洞中. 寔予卽阼之二十七年也.〉

승국의 충신은 지금 어디 있나? 특별히 그 동구에 비석을 세워 그 절개를 표시하노라.
〈어제: 숭정기원후 124년 신미 계추. 두문동의 전조 충신 72인의 절개를 뒤미쳐 느껴, 그 자손을 녹용하게 하고, 동구에 비석을 세웠다. 이는 내가 즉위한 27년이다.〉

한편 개성 두문동의 부조현(不朝峴)(지금의 황북 개풍군 연릉리)에는 영조 때 기념비가 세워졌다. 개성유수 김약로(金若魯, 1694~1753)가 왕명을 받고 그 「부조현비」 뒷면의 글을 찬술했다. 글은 우선 영조가 재위 16년(1740) 9월 후릉을 배알하고 송도의 여러 곳을 행차했다가 경덕궁 앞 부조현의 고사를 듣고 '고려충신부조현(高麗忠臣不朝峴)'의 7자를 표하라고 명한 사실을 대화법을 사용해서 서술했다.[27] 다음으로 앞서 세

---

26 이행은 「九貞忠錄」·「圃隱善友錄」·「杜門洞七十二賢錄」 등 고려 말의 충신과 杜門洞 72賢士들에 대해 기술한 글을 남겼다. 그 밖에 「杜門洞賜祭文」(辛未十月二十日)·「不朝峴言志錄」·「英廟朝不朝峴聯句」(庚申. 幸松京. 駐駕不朝峴. 親賦一句. 命從臣賡)가 있다. 두문동 72현의 한 사람인 도응(都膺)이 『실기』에 쓴 장복추의 서문에는 『실기』의 부록 편에는 「어사시(御賜詩)」 1수, 「두문동비표(杜門洞碑表)」 14자, 「사제문(賜祭文)」 1편, 「부조현연구(不朝峴聯句)」 1편이 실려 있다. 왕의 위대한 말씀은 당시의 한림(翰林) 심기(沈幾), 매헌(梅軒) 권우(權遇), 야은(冶隱) 길재(吉再), 운암(雲巖) 차원부(車原頫) 등 제현이 어제시에 창화하여 지은 시에서 충분히 징험할 수 있다. 판윤(判尹) 이민(李岷), 용헌(容軒) 이원(李原)이 찬한 유사(遺事)와 묘지명도 천고에 믿을 만한 글이다."라고 했다. 張福樞, 「靑松堂實紀序」, 『四未軒集』 卷7 序.

27 我聖上卽阼之十六年秋九月, 戒鑾興謁厚陵, 歷幸松都訪故事. 父老對曰: "敬德宮之前麓卽不朝峴." 昔我太祖大王卽定鼎, 御是宮, 試諸生, 麗之臣庶不朝, 走踰于峴, 峴以是名. 其詳有府誌在. 上駐駕路次, 顧瞻咨嗟曰: "有表乎?" 僉曰: "無." 上曰: "此忠臣遺蹟也. 宜旌而襃爾. 守臣刻高麗忠臣不朝峴七字于峴."

종이 왕씨 후예에게 관직을 주고 선죽교에 비를 세워 문충공(정몽주)의 절개를 표창한 사실을 언급하고, "백대 천대 아래에, 지난 왕조의 유민들이 보여준 의열(懿烈)을 표하고 세상 교화의 틀을 부지하시니, 아아, 아름답도다[表懿烈扶世敎於千百代之下. 於乎休哉]!"라고 칭송했다.

「두문동비」와 「부조현비」의 건립은 조선 왕조가 신민들에게 충의를 고취시키기 위해 전조의 유민과 충신을 표창하는 방법을 사용한 사실을 잘 보여준다.

(3) 「동래남문비」와 「삼전도비」

1670년(현종 11) 경상도 동래 남문 밖 농주산에 임진왜란 당시 송상현(宋象賢)의 동래성 전투 내용을 기록하고 말미에 조영규(趙英奎)의 사적을 덧붙여 쓴 「동래남문비(東萊南門碑)」가 세워졌다.[28] 송시열이 지은 글을 송준길(宋浚吉)이 써서 비에 새긴 것으로, 이정영(李正英)이 전액을 썼다. 송시열의 글은 민정중(閔鼎重, 1628~1692)이 1668년 정월 27일 작성한 「임진유문(壬辰遺聞)」을 자료로 삼았다. 민정중은 1658년(효종 9) 동래부사로 있을 때, 사람들이 권징(勸懲)의 마음을 가질 수 있도록 빗돌을 다듬어 당시의 사실을 기록하고, 또 비각을 짓고 벽에 그림을 그려서 이각(李珏)이 도망치던 형상을 묘사하려고 했다. 하지만 체직되어 일을 마치지 못했다. 1669년(현종 10)에 이르러 송시열은 민정중의 요청으로 송상현의 사적을 중심으로 비문을 쓰면서, 「임진유문」을 '은괄(檃栝)'하는 방식을 사용했다. 비를 새기기 직전에 송준길의 권유로 조영규의 사적을 첨가했다.[29] 그런데 「동래남문비」에서 송시열은 송상현과 조영규만이 아니라 정발(鄭撥, 1553~1592)의 사적도 높이 평가했다. 이미 민정중이 「송상현정발포증의(宋象賢鄭撥褒贈議)」를 조정에 올린 바 있다. 정발은 당시 부산진첨절제사로서 동래 전투에서 흑의를 입고 선전하여 흑의장군이라 불린 무인이다.[30] 1592년 4

---

28 『金石集帖』039爲(교039爲:死節) 책에 「東萊南門碑」가 있다. 전액은 '東萊南門碑記'이다. 찬자·서자·전액자와 건립 일자를 "宋時烈撰, 宋浚吉書, 李正英篆庚戌(顯宗十一年:1670)六月▽日立."이라고 밝혔다. 마모가 심하여, 탁본 여러 부분에 塡寫의 補添이 있다. 宋時烈, 「東萊南門碑」, 『宋子大全』 卷172.

29 宋浚吉, 「與金元會」(己酉), 『同春堂集』 卷13 書. "동래 본부(東萊本府)의 '임진기사(壬辰記事)' 중에 조공(趙公)의 사적만 빠지고 기재되지 않은 것은 무슨 까닭인지 진실로 괴이하네. 동래 남문에 비석을 세우기 위해 바야흐로 돌을 다듬어 비문을 새기려 하는데, 조공 부자의 사적을 첨가해 보충하고자 하니, 부디 장성부에 지시해서 조공 부자의 행적이 실린 제반 문건을 일일이 다 찾아서 나에게 보내도록 하여, 자세히 검토해서 보충할 수 있는 자료로 삼게해주면 매우 고맙겠네. 비석 만드는 일이 이미 시작되었으니 속히 알고 싶네."

30 정발의 본관은 경주, 자는 자고(子固)·자주(子周), 호는 백운(白雲), 시호는 충장(忠壯)이다. 1579년(선

월 부산진 전투에서 분전하던 중 왜군의 총에 맞고 포로로 잡혔다가 살해되었다. 사후 병조판서에 증직되고 불천위(不遷位)에 지정되었으며 뒤에 의정부좌찬성 겸 의금부판사에 추증되었다. 「동래남문비」에, "임진년(1592) 4월 23일 왜적 수십만 명이 우리 국경을 침범해 오니, 부산첨사 정발이 전함 세 척으로 바다에 나가 적을 막아 싸웠는데, 잠깐 사이에 적선이 바다를 가득 메웠다. 정후(鄭侯, 정발)은 싸우면서 후퇴해 성에 들어와서 적을 막아낼 전구(戰具)를 손질했다. 그리고 소경들로 하여금 퉁소를 불게 하여 편안하고 한가하기를 평일과 같이 하여 군민이 화평하고 안정되어 놀라지 않았다."라고 적었다. 이 내용은 민정중의 「임진유문」과 같다.

한편 서울시 송파구 삼전동에는 1639년(인조 17) 제작된 「삼전도비(三田渡碑)」가 있다. 비제는 「대청황제공덕비(大淸皇帝功德碑)」이다.[31] 비의 앞면 오른쪽 절반은 만주문자 20행을, 왼쪽 절반은 몽고문자 20행을 새겼고, 그 위에 횡서로 만주문자와 몽고문자로 된 제목을 새겼으며, 뒷면에는 한문으로 된 비문을 새겼다. 한문의 글씨는 오준(吳竣), 전액은 오이징(吳爾徵)이 썼다.[32] 청나라는 1636년 조선의 항복을 받고 1639년에 승첩비를 세우고, 채각(彩閣) 속에 비를 세우고 담장으로 두르도록 요구했다. 인조는 장유(張維)·이경전(李慶全)·조희일(趙希逸) 등에게 비문을 짓게 했는데, 이경전이 고령을 이유로 사양했으므로 이경석(李景奭)에게 짓게 했다. 청나라에 보내자, 청나라에 항복한 명나라 학사가 그 비문을 보고, "장유가 지은 비문에서 정백(鄭伯)이 양(羊)을 끈다는 등의 말은 본래 제후가 서로 침략한 일에서 나온 것이다."라고 지적하고, "이경석이 지은 비문은 매우 소략하다."라고 비평했다. 조희일은 일부러 글을 거칠게 지었으므로 그 글도 채택되지 않았다. 청나라에서 조선에 개작을 요구하자, 장유는 타계한 뒤라, 인조는 이경석에게 새로 비문을 짓게 하고, "저자들이 이 글로 우리가 복종하느냐 배반하느냐 시험하려는 것이므로 국가 존망이 판가름 나는 일이다. 되도록 그

조 12) 무과에 급제하고 해남현감, 거제현령, 북정원수종사관, 비변사낭관, 훈련원첨정 등을 지내고 벼슬이 절충장군 부산진첨절제사에 이르렀다.

31　비신과 이수가 하나의 대리석으로 된 통비로, 귀부는 방형좌대 위에 놓여 있다. 높이 323cm, 너비 145cm, 두께 39cm의 크기이다. 일제는 이 비가 조선 사람들의 모일모화사상(每日慕華思想)을 조장한다고 하여 땅속에 묻었고, 1956년 이승만 정부는 국치의 기록이라 하여 묻었다. 그 뒤 비석이 장맛비로 드러나게 되자 원위치보다 송파 쪽으로 조금 옮긴 지금의 위치에 세우게 되었다. 金聲均, 「三田渡碑竪立始末」, 『향토서울』33, 서울시사편찬위원회, 1961; 서울특별시사편찬위원회, 『서울특별시사』(고적편), 1963.

32　비의 앞면 마지막에 전액자·서자·찬자·건립 일자를 밝혀 "嘉善大夫禮曹參判兼同知義禁府事臣呂爾徵奉敎篆, 資憲大夫漢城府判尹臣吳竣奉敎書, 資憲大夫吏曹判書兼弘文館大提學藝文館大提學知成均館事臣李景奭奉敎撰, 崇德四年十二月初八日立."이라고 새겼다.

들 뜻에 맞게 하라."고 했다.[33] 청나라의 마부달(馬夫達)과 오초(吳超) 등이 와서 비의 건립을 감독했다. 비문의 주된 내용은 청나라가 조선에 출병한 이유, 조선이 항복한 사실, 조선의 항복 후 청나라 태종이 피해를 끼치지 않고 즉시 회군한 사실이다. 청나라 건륭제 칙찬의 『황청개국방략(皇淸開國方略)』에도 비문이 실려 있다. 장유가 지은 비문은 그의 문집 『계곡집』에는 실려 있지 않다. 장유가 고의로 '정백이 양을 끈다'는 고사를 넣어 채택되지 않으려고 했다는 말도 있었으나, 김만중(金萬重)은 『서포만필 (西浦漫筆)』에서 부정했다.[34]

장유는 조정에서 척화에 관해 의론하게 되자 집에서 감개하며 사람을 대할 때면 나라가 적의 수중에 함락한다고 탄식했다. 그렇지만 최명길과 같이 화의를 힘써 주장할 수 없었던 것은 아마도 그것이 분명 소용이 없음을 알았기 때문일 것이다. 이것은 군자로서 말해야 할 때와 침묵해야 할 때를 알아서 절도를 잘 실천한 듯하지만[35] 종신(宗臣)으로서 즐거운 일이나 어려운 일을 모두 종묘사직과 같이해야 하는 의리의 관점에서 생각하면 부족함이 없을 수 없다. 이것이 삼전도 문자를 지은 까닭이다. 세상의 대부분은 장유가 이 글을 지을 때 붓을 잡은 사람이 비유를 잘못해서 의리를 잃어 나라에 모욕을 줄 것을 걱정했기 때문에 초나라 장왕(莊王)이 왕을 참칭한 일로 모두(冒頭)를 삼았다고 했다. 어찌 그렇겠는가? 어찌 그렇겠는가? 장유의 입장에서는 임금이 이처럼 욕을 당하는데 의리상 홀로 깨끗할 수는 없었으므로 달가운 마음으로 서시(西施)가 불결한 것을 덮어써서 뒷날 대부종(大夫種)과 범려 (范蠡)가 월나라를 위해 오나라에 복수하는 임무가 그것을 조짐으로 삼았던 일처럼 한 것이다. 그 지극한 정성과 깊은 괴로움은 비록 세대를 뛰어넘더라도 알만하다.

(4) 왕실 사적비

조선 초에는 왕가 사적비를 세우지 않았으나, 조선 후기의 국왕들은 선왕과 관련된 사적비를 많이 세웠다. 정조는 특히 영조 즉위와 연관된 비를 세우고, 함경도의 왕가 유적지와 능묘, 온양의 사도세자 유적지에 비를 세우고 비각을 개건했다. 다음 비들이

---

33 『肅宗實錄』卷38, 숙종 29년(1703, 계미) 5월 21일(을축). 이경석의 손자 이하성(李廈成)이 올린 무함을 변명하는 상소; 李肯翊, 『燃藜室記述』卷26 仁祖朝故事本末.

34 김만중 저, 심경호 역, 『서포만필』하, 문학동네, 2010, pp.337-343.

35 『周易』「繫辭傳 上」. "군자의 도는 혹은 나아가 벼슬살이도 하고 물러나 처사로 있기도 하며, 혹은 정치에 대해 침묵하기도 하고 혹은 발언을 하기도 한다[君子之道, 或出或處, 或默或語]."

그 주요한 예들이다.[36]

① 「검암기적비명병서(黔巖紀蹟碑銘幷序)」(신축년, 1781, 정조 5)
② 「덕원부적전사기적비명병서(德源府赤田社紀蹟碑銘幷序)」(정미년, 1787, 정조 11)
③ 「경흥부적도기적비명병서(慶興府赤島紀蹟碑銘幷序)」
④ 「경흥부적지기적비명병서(慶興府赤池紀蹟碑銘幷序)」
⑤ 「양성탄강구기비(兩聖誕降舊基碑)」
⑥ 「안변설봉산석왕사비병게(安邊雪峯山釋王寺碑幷偈)」
⑦ 「온궁영괴대비명(溫宮靈槐臺碑銘)」(을묘년, 1795, 정조 19)
⑧ 「독서당구기비명(讀書堂舊基碑銘)」(정사년, 1797, 정조 21)
⑨ 「치마대구기비명(馳馬臺舊基碑銘)」
⑩ 「상산부신덕성후사제구기비명병서(象山府神德聖后私第舊基碑銘幷序)」(기미년, 1799, 정조 23)
⑪ 「곡산부하남산치마도비명병서(谷山府河南山馳馬道碑銘幷序)」

「검암기적비」는 정조가 신축년(1781, 정조 5) 8월 15일 검암(黔巖, 儉巖)에 할아버지 영조를 기념하며 세운 비로, 비의 글은 정조가 직접 짓고 전본(鐫本)의 글씨도 직접 썼다. 비에서는, 지난 신축년(1721, 경종 원년) 8월 15일에 영조가 숙종의 능인 명릉(明陵)을 참배하고 돌아오다가 검암 덕수천(德水川)의 발참에서 소도둑을 잡았다가 풀어준 일이 있었는데, 그 어진 마음 때문인지 다음 날 왕으로 즉위하게 되었다고 밝혔다.[37] 검암은 지금의 서울시 은평구 진관내동에 있었다. 정조는 1781년 7월 26일(병인) 성정각(誠正閣)에서 승지 서유방(徐有防)·이재학(李在學)·김우진(金宇鎭), 강화 유수 서호수(徐浩修)를 소견하고, 「어제검암시축」 갱재권에 관해 언급했다.[38] 갱재(賡載)란 임금이 시를 지으면 신하가 그 운자를 사용해서 또 시를 지어 화답하는 것을 말하며, 그 시를 갱운(賡韻)이라고 한다. 앞서 영조는 재위 중에 이날을 기념하여 시를 짓고 신하들의 갱운을 받아 갱재축을 만들어 두었다.[39] 정조는 편집 일이 얼마나 이루

---

36 한국학중앙연구원 장서각 편, 『조선왕실의 비석과 지석 탑본』, 한국학중앙연구원 출판부, 2019.
37 正祖, 「黔巖紀蹟碑銘幷序」(辛丑), 『弘齋全書』 卷15.
38 『日省錄』, 정조 5년(신축, 1781) 7월 26일(병인).
39 『正祖實錄』 卷12, 정조 5년(신축, 1781) 8월 15일(을유).

어졌는지를 겸사(兼史) 김봉현(金鳳顯)에게 알아오게 하고, 신하를 시켜 친히 지은 비문의 초(草)를 읽으라고 명했다. 그리고 찬집청에서 영조의 어제(御製)에 갱운한 시들을 모을 때 자세히 갖추는 쪽으로 힘쓰라고 명했다. 그리고 성정각에서 직제학 심염조(沈念祖), 경기감사 이형규(李亨逵)를 소견하고, 비석의 항자수가 15행 15자임을 확인했으며, 비각의 대문에 '신축주림(辛丑駐臨) 경기감사봉교서(京畿監司奉敎書)'라 써서 걸라고 했다. 정조는「검암기적비명」을 짓고 또 스스로 쓰고는 하교하기를, "선대왕께서는 백성을 사랑하고 사물을 아끼는 덕이 지극하셨다. 이제 내가 빗돌에 새겨 후세에 전하는 이유는 성덕의 만분의 일이라도 드러내어 기리려는 것일 뿐만 아니라 뒷날 자손으로 하여금 이를 본받게 하려 함이다."라고 선언했다.[40] 그리고 경기관찰사로 하여금 검암 발참을 중수하게 하고 비를 세울 수 있는 공간을 마련하도록 명했다. 정조는 경종 때 신임옥사를 거치면서 연잉군(영조)이 겪었을 고난을 비문에서는 직접 언급하지 않았다. 검암의 일 이후 김일경(金一鏡) 등의 상소로 김창집(金昌集) 등 건저(建儲)를 주장했던 노론 4대신이 유배되고 소론 정권이 들어섰다. 1722년에는 목호룡(睦虎龍)이 경종 시해의 모의가 있었다는 이른바 삼급수설(三急手說)을 고변(告變)하여 옥사가 일어났고, 노론 4대신이 처형되었다. 정조는「검암기적비명」의 명(銘)에서, 영조가 신임옥사의 고난을 극복한 사실을 두고 "온 신령들이 달려와 호위했지."라고 함축적으로 묘사했다.

靄彼彤雲, 維巖之上. 地疑避雨, 山似隱碭.
重輪發耀, 百靈奔衛. 龜頭不泐, 英考攸憩.

뭉게뭉게 붉은 구름이, 검암 위에 떠 있도다.
옛 사람이 나가지 않고 비 피하던 곳인 듯, 한 고조가 즉위 전 숨었던 망탕산인 듯.
햇무리가 환하게 빛나서, 온 신령들이 달려와 호위했지.
귀부 위 빗돌은 닳지 않으리, 우리 영고께서 쉬시던 곳이로다.

1787년(정조 11) 2월 6일(갑진) 덕원 유학 정순익 등이 태조의 구거인 덕원부 적전

---

40 正祖,『弘齋全書』卷175,『日得錄』15 訓語 2, 直提學臣金載瓚己酉錄. "上親製黔嚴紀蹟碑文. 敎曰: 先大王仁民愛物之德, 其至矣乎! 今予所以勒石詔後者, 不但爲揄揚聖德之萬一. 欲使後之子孫監法于是也."

(赤田) 용주리(湧珠里)에 비를 새로 세울 것을 청하자, 정조는 관찰사에게 직접 살펴본 후 알리라고 했다.[41] 1795년 7월 28일(정축)에는 사도세자의 유적지인 온궁 영괴대(靈槐臺)에 세울 비를 높이 3자 이내의 크기로 만들라고 명했다.[42] 이보다 앞서 1760년(영조 36) 7월 18일 사도세자는 온양 행궁으로 행차하여 16일 동안 머물면서 습진을 치료했는데, 그 길에 군수 윤염(尹琰)에게 홰나무 세 그루를 사대(射臺)에 심도록 명한 일이 있다. 정조는 1795년 초봄에 그 사대를 증축하고 비석을 세우게 했다. 그리고 9월 19일 정조가 직접 명(銘)을 짓고, 윤염의 아들인 각신 윤행임(尹行恁)에게 음기를 쓰게 했다.[43] 1795년 9월 19일(정묘), 정조는 좌의정 유언호(兪彦鎬), 우의정 채제공(蔡濟恭), 판중추부사 이병모(李秉模)를 소견하여 어제비명을 보여주었다. 10월 27일(갑진)에는 편전에 나아가 「온궁영괴대비명」 인본을 받고, 예조판서 구윤명(具允明) 등에게 차등 있게 시상했으며, 제신들에게 비본(碑本)을 반사했다. 「온궁영괴대비명」 탑본을 보면, 앞면에 '영괴대(靈槐臺)' 3자가 새겨져 있고, 뒷면에 「어제영괴대명(御製靈槐臺銘)」이 새겨져 있다.[44] 비명은 잡언 초사체로, 평성 灰운(槐·臺·來)을 사용했다.

緬往蹟於溫水之涯兮,鬱乎童童而如華蓋者有三**槐**.

溫湯之水混混而漑靈根兮,繚繞以高數尺之**臺**.

竊獨愛此后皇之嘉種兮,其上蓋有五色雲.

佳占本支之百世兮,將以驗積慶之流於後**來**.

온수 물가의 지난 자취를 멀리 회상하니

울울하여라, 울창하게 화려한 일산 같은 것이 세 그루 홰나무로다.

온탕의 물이 콸콸 신령스러운 뿌리를 축여 주고

둘러둘러 서너 자 높이 사대 주위를 둘러나가네.

내 유달리 후황이 심으신 이 멋진 종자를 사랑하나니

---

41 『正祖實錄』卷23, 정조 11년(정미, 1787) 2월 6일(갑진).

42 『日省錄』, 정조 19년(을묘, 1795) 7월 28일(정축).

43 윤행임이 쓴 비의 뒷면은 다음과 같다. "小子卽阼之二十年乙卯秋九月小子生朝前三日, 拜手敬銘. 昔歲庚辰八月, 幸溫宮, 命郡守尹琰, 植三槐於射臺. 今幾拱抱, 嘉蔭垂地. 春初始聞於邑守, 增築識其蹟, 琰之子尹行恁, 今爲閣臣, 俾書碑陰."

44 『英祖實錄』卷96, 영조 36년(경진, 1760) 7월 18일; 正祖, 「溫宮靈槐臺碑銘」(을묘), 『弘齋全書』卷15 碑; 국립중앙박물관 미술부, 『왕의 글이 있는 그림』, 국립중앙박물관, 2008, p.43.

그 위에는 오색구름이 덮고 있어,

줄기와 가지 멋지게 점유하길 백세 되도록 해서

쌓으신 덕의 남은 경사가 장래에 흐를 것을 징험하리라.

　사대의 홰나무가 울창하여 화려한 일산(日傘)같다는 표현은 숨은 뜻이 있다. 두보의 「남목위풍우소발탄(柟木爲風雨所拔歎)」 시의 "창파에 비치는 고목을 마음으로 사랑하나니, 강포에 우뚝한 푸른 일산이로다. 야객들은 자주 머물러 설상을 피하고, 행인들은 그냥 지나치지 못하고 피리 소리를 듣네[滄波老樹性所愛, 浦上童童一靑蓋. 野客頻留懼雪霜, 行人不過聽竽籟]."에서 따온 것이다. 이 시에서 두보는 "줄기는 오히려 천둥과 비를 물리쳐 힘껏 버틴다만, 뿌리가 땅속에서 끊어졌으니 어찌 하늘의 뜻이겠는가[榦排雷雨猶力爭, 根斷泉源豈天意]?"라고 했다. 두보가 홰나무를 푸른 일산 같다고 한 것은 왕화(王化)가 이루어져 성세를 이룬 사실을 뜻하고, 뿌리가 땅속에서 끊어졌다고 한 것은 국가가 쇠망의 조짐을 보인다는 사실을 뜻한다.[45] 정조는 두보의 시구를 연상하면서, 사도세자의 온양 행차 때를 성대한 시절로 추억하고 사도세자가 뿌리 끊기듯 타계한 사실을 가슴 아파하는 한편, 자신의 시대에 쇠망의 조짐이 비치지 않을까 우려했다.

　1799년(정조 23) 10월 7일(임진), 황해도 곡산의 「성적비(聖蹟碑)」가 완성되자, 정조는 인본(印本)을 받아보고 상전(賞典)을 시행했다. 성적비는 태조 이성계가 잠저 시절 말을 달리던 옛터와 수라천(水剌泉), 태조비(신의왕후)가 거처했던 사제(私第)의 옛터에 세운 것이다. 이 유적지들은 정약용이 곡산도호부사로 있으면서 발굴했는데, 그 후임인 조덕윤(趙德潤)이 정조에게 아뢰어 사적의 성역화를 추진했다. 어제비명을 서사(書寫)한 행 대제학 홍양호(洪良浩)는 이때 보국(輔國)의 자급으로 승진했다.

　「궁달리기적비(宮闥里紀蹟碑)」는 태조가 어려서 살았던 함경도 영흥부 궁달리에 1829년(순조 29) 건립되었다. 비문은 조종영(趙鍾永, 1771~1829)이 지었고, 글씨와 전액은 조만영(趙萬永)이 썼다.[46] 영흥부 동쪽 10리 되는 덕흥사(德興社)에 태조가 이모 최씨의 양육을 받은 궁달리가 있다고 전해 왔다. 1828년(순조 28) 안변 유생 원중혁이 흑석리(黑石里)의 예에 따라 궁달리에 비를 세울 것을 건의하자, 순조는 관찰사 김기

45　李瀷, 『星湖僿說』 卷7 人事門 '柑樹歎'.

46　조선총독부 편, 『조선금석총람』, 일한인쇄소인쇄, 1919; 아세아문화사, 1976 영인; 김수천 등 집필, 한국학중앙연구원 국학진흥사업추진위원회 편, 『장서각소장 탁본자료해제』 1(卷子本), 한국학중앙연구원, 2004.

은(金箕殷)에게 위치를 비정하게 했다. 함경도의 태조 관련 유적은 1747년(영조 23) 위창조(魏昌祖)가 『북로능전지(北路陵殿誌)』로 처음 정리했고, 이후 1758년에 함경도 감영에서 왕명을 받고 보충하여 『북도능전지(北道陵殿誌)』를 간행한 일이 있다. 김기은은 그 자료들을 이용해서 위치를 비정하여 보고했다. 순조는 조정 대신들의 숙의 결과를 따르는 형식으로 입비를 결정하고, 조종영에게 「궁달리기적비」의 글을 작성하게했다. 조종영은 그 비문에서 궁달리가 유적지로 확정되기까지의 경위를 적고, 조정의동의로 입비를 결정했으며, 이 일련의 과정이 모두 국왕의 효심이 독실한 까닭에 이루어졌다고 예찬했다. 비문은 고문의 산문으로 작성했고, 운문의 명은 붙이지 않았다. 사실 관계를 누적하는 방식으로 작성하되, 마지막에 군주의 덕을 칭송하는 말을 덧붙였다. 구성은 다음과 같다.

ⓐ 주민들의 말을 인용해서, 영흥부 동쪽 10리에 덕흥사가 있고 그곳의 궁달리가 태조의 이모 최씨 집이 있던 곳이라고, 위치를 비정했다.
ⓑ 작년 무자년(1828) 가을 안변 유생 원중혁 등의 상언을 계기로 묘당에서 도신(관찰사)에게 봉심하도록 하고, 도신의 보고를 근거로 용비를 세우게 되었다.
ⓒ 위창조의 『능전지』를 근거로 보아도 근거하는 바가 있다고 단정했다.
ⓓ 상감이 효가 독실하여 선조를 그리워하여 고을을 드러내고 무궁한 미래에까지 빛나게하는 것을 칭송했다.

고증의 자료를 제시한 ⓒ 부분은 다른 비석에서 찾기 어려울 정도로 기서 방식이 매우 독특하다. 게다가 그 저자가 누구이고 간본이 존재하는지 여부까지 덧붙여 적었다. 실증적 글쓰기의 반영인 듯하다. 함경도 관찰사의 장계 속에 있던 내용을 분출시켜, 찬술자가 열람한 듯이 서술했다.

謹稽陵殿誌, 故承旨魏昌祖所撰. 昌祖, 北人也, 其書儘有攷證, 在英廟時得刊行, 而於其誌稱宮闥里, 以及於井砌, 則是必有所據者矣.

삼가 『능전지』를 살펴보니, 고(故) 승지 위창조가 찬술한 것입니다. 창조는 북쪽 사람인 데다가, 이 책은 고증을 철저히 했으므로 영조 때 간행될 수 있었는데, 그 지에 궁궐리라고 일컬었고 우물과 석체까지 언급했으므로 이것은 필시 근거하는 바가 있을 것입니다.

현재 장서각에는 권자본(卷子本) 탁본이 560여 점 있는데, 그 가운데 다음과 같은 왕가 사적비 탁본들이 있다.[47]

① 「달단동승전기적비(韃靼洞勝戰紀蹟碑)」: 함남 홍원군 용운면(함관령)의 이성계 유적지에 1829년(순조 29) 입비. 조종영(趙鐘永) 찬, 서준보(徐俊輔) 서 및 전액.

② 「황산대첩비(荒山大捷碑)」: 전라도 남원시 운봉면 화수리(황산)의 이성계 유적지에 1577년 입비. 김귀영(金貴榮) 찬, 송인(宋寅) 서, 남응운(南應雲) 전액.

③ 「경덕궁비계영경비(敬德宮丕啓靈慶碑)」: 황해도 개성시 이성계 사저 경덕궁에 1694년(숙종 20) 입비. 이순(李焞)·권유(權愈) 찬, 이순(李焞)·오시복(吳始復) 서, 권규(權珪) 전액.

④ 「독서당구기비(讀書堂舊基碑)」: 함남 함주군 북주동면(설봉산)의 태조 독서처에 1797년 입비. 정조(正祖) 찬, 정조 서.

⑤ 「목청전비계영경비(穆淸殿丕啓靈慶碑)」: 황해도 개성시 이성계의 잠저 목청전에 1694년 입비. 권유(權愈) 찬, 이순(李焞)·이정(李瀞) 서, 권규(權珪) 전액.

⑥ 「안변설봉산석왕사비(安邊雪峯山釋王寺碑)」: 강원도 고산(옛 함경도 안변) 석왕사와 조선 왕실의 관련을 기록하여 1790년 입비, 정조 찬, 정조 서.

⑦ 「영흥부궁달리기적비(永興府宮闥里紀蹟碑)」: 함남 영흥군 안흥면 성흥리(옛 영흥군 궁달리) 이성계가 성장한 마을에 1829년(순조 29) 입비. 조종영(趙鐘永) 찬, 조만영(趙萬永) 서 및 전액.

---

47 이 탁본들의 선본은 장서각에 보관되어 있다. 현재 한국학중앙연구원 장서각에서 관리하는 왕실 장서각 탁본자료는 총 764종 1,327점으로, 첩본 277점, 원탁본(왕실 탑본 포함) 966점, 구입본 130점이다. 조선의 왕실 탑본(탁본)은 556점으로, 대부분 광해군 때부터 대한제국기에 제작된 것으로 본래 봉모당(奉謨堂)에 수장(收藏)되어 있었다. 총 556점 가운데는 왕실 비지 498점, 어필 시구 31점(선조 4점, 효종 1점, 숙종 10점, 영조 11점, 명 의종 1점, 명 선종 1점, 미상 3점), 어필 편액 10점(정조 3점, 문조 3점, 미상 4점), 삼국시대부터 고려시대까지의 비지 17점이다. 유적비는 모두 35종이 남아 있는데, 유지비(遺址碑/舊居, 誕降 등), 기적비(紀蹟碑/大捷, 戰勝, 行蹟 등), 태실비(胎室碑) 등이다. 태조와 태조의 사조, 인조 등의 유적비는 대부분 북한 지역에 있어 현재 상태를 확인하기 어렵다. 장서각 탁본은 비를 세울 당시 탑인하고 장황한 것들이다. 한국학중앙연구원 국학진흥연구사업추진위원회 편, 『장서각소장탁본자료해제』Ⅰ(卷子本), 한국학중앙연구원, 2004; 박용만, 「조선왕실 비지의 변화와 비지문 찬술」, 한국학중앙연구원 장서각 편, 『조선왕실의 비석과 지석 탑본』, 한국학중앙연구원 출판부, 2019, pp.172–183; 윤진영, 「장서각의 왕실 탑본은 어떻게 만들었나?」, 한국학중앙연구원 장서각 편, 『조선왕실의 비석과 지석 탑본』, 한국학중앙연구원 출판부, 2019, pp.63–72; 이민주, 「장황의 아름다움」, 한국학중앙연구원 장서각 편, 『조선왕실의 비석과 지석 탑본』, 한국학중앙연구원 출판부, 2019, pp.73–85; 이욱, 「조선시대 왕실기적비 건립과 탑본의 제작」, 한국학중앙연구원 장서각 편, 『조선왕실의 비석과 지석 탑본』, 한국학중앙연구원 출판부, 2019, pp.238–247; 차문성, 「조선시대 왕릉 석물의 재료와 제작 방법 변화에 관한 연구: 신도비와 표석, 상석을 중심으로」, 『문화재』 52–4, 국립문화재연구소, 2019, pp.56–77.

⑧「신의왕후탄강구기비(神懿王后誕降舊基碑)」: 강원도 고산(옛 함경도 안변군 위익면 금기리) 신의왕후 한씨의 탄강지에 1825년 입비. 김이교(金履喬) 찬, 김노경(金魯敬) 서.

⑨「정조어제치마도비(正祖御製馳馬道碑)」: 황해도 곡산군 하람산(霞嵐山) 치마도에 1799년 입비. 정조 찬, 박종훈(朴宗薰) 서, 김희순(金羲淳) 전액. 치마도는 신의왕후 한씨의 사택 터이다.

⑩「치마대구기비(馳馬臺舊基碑)」: 함남 함주군(함흥) 반룡산(盤龍山) 이성계의 무예 연마지에 1797년 입비. 정조 찬, 정조 서.

⑪「태조고황제구궐유지비(太祖高皇帝舊闕遺址碑)」: 전라도 전주 완산구 교동 오목대(梧木臺) 태조 이성계의 유지에 세운 비석의 탁본. 1905년 작성, 고종 찬, 고종 서.

⑫「태조고황제주필유지비(太祖高皇帝駐蹕遺址碑)」: 전라도 전주 완산구 교동 오목대 태조 이성계의 유지에 세운 비석의 탁본. 1900년 작성. 고종 찬, 김영목(金永穆) 서.

⑬「태조고황제탄강구리비(太祖高皇帝誕降舊里碑)」: 함경도 금야군 순녕면 대흑석리(옛 영흥군)의 이성계 탄생지에 세운 비석의 탁본. 1905년 작성. 고종 찬, 윤용구(尹用求) 서.

⑭「경흥부적지기적비(慶興府赤池紀蹟碑)」: 함북 은덕군 도조(度祖)의 사적에 1787년 입비. 정조 찬, 이병모(李秉模) 서, 윤동섬(尹東暹) 전액.

⑮「목조대왕구거유지비(穆祖大王舊居遺址碑)」: 강원도 삼척시 미로면 활기리(活耆里)노동(蘆洞)과 동산(東山)의 중간의 목조 유적지에 1899년 입비. 고종 찬, 조병필(趙秉弼) 서.

⑯「계사년주필처비(癸巳年駐蹕處碑)」: 평남 강서군 강서면 덕흥리, 선조(宣祖)가 임진왜란 당시 환도 중 머문 최륜(崔崙)의 집터에 1774년 입비. 영조 찬.

⑰「박천성적비(博川聖蹟碑)」: 평북 박천군 박천읍, 선조가 임진왜란 당시 몽진(蒙塵) 중에 머문 유적지에 1808년 입비. 김희순(金羲淳) 찬, 서영보(徐榮輔) 서 및 전액.

⑱「인조대왕용잠시별서유기비(仁祖大王龍潛時別墅遺基碑)」: 서울시 은평구 역촌동의 인조 잠저 유지에 1695년 입비. 숙종 찬, 동평군(東平君) 이항(李杭) 서.

⑲~⑳「인조대왕탄강구기비(仁祖大王誕降舊基碑)」: 황해도 해주군 해서면 남본리 인조 출생지에 1690년 입비. 민암(閔黯) 찬, 이진휴(李震休) 서 및 전액.

㉑「인현왕후탄강구기비(仁顯王后誕降舊基碑)」: 서울시 서대문구(옛 한성부 서부 반송방) 인현왕후 생가 유지에 1761년 입비. 영조 찬, 영조 서.

㉒「숙빈최씨본댁비[고비](淑嬪崔氏本宅碑[考妣])」: 숙빈최씨 부 최효원(崔孝元)과 모 홍씨(洪氏)의 고택에 1734년 입비. 소재지는 미상. 이요(李橈) 찬.

㉓「숙빈최씨본댁비[조고비](淑嬪崔氏本宅碑[祖考妣])」: 숙빈최씨 조부 최태일(崔泰逸)과 조모 장씨(張氏) 옛 거처에 1744년 입비. 소재지는 미상. 이요 찬.

㉔「숙빈최씨본댁비[증조고비](淑嬪崔氏本宅碑[曾祖考妣])」: 숙빈최씨 증조부 최말정(崔末貞)과 증조모 장씨(張氏)의 옛 거처에 1744년 입비. 소재지는 미상. 이요 찬.

㉕「경모궁태실비(景慕宮胎室碑)」: 경남 예천군 상리면 명봉리 명봉사의 사도세자 태실 앞에 1785년 입비. 정조 찬.

㉖「지지대비(遲遲臺碑)」: 경기도 수원시 장안구 파장동(芭長洞)에 지지대에 1807년 입비. 정조 찬, 서영보(徐榮輔) 서, 홍명호(洪明浩) 전액.

㉗「명성황후탄강구리비(明成皇后誕降舊里碑)」: 경기도 여주 능현리(옛 여주 근동면 섬락리)의 명성황후 고향에 1904년 입비. 순종(純宗) 찬.

「안변설봉산석왕사비」는 태조가 안변(지금의 강원도 고산)에 우거할 때 여러 집에서 닭이 일시에 울고, 파옥에 들어가 서까래 세 개를 지고 나왔으며, 또 꽃이 떨어지고 거울이 떨어지는 꿈을 꾼 후, 무학(無學)이 임금이 될 징조라 해몽하자, 그곳에 석왕사를 지었다는 연기를 새긴 비석이다. 정조는 1790년 비를 세우도록 명하고, 이듬해 4월 비문을 직접 써주었다. 「독서당구기비」는 태조가 서당에서 글을 읽었다는 귀주(歸州) 설봉산(雪峯山)[함남 함흥에 있는 산]에 1797년(정조 21) 왕명으로 건립한 비석이다. 1716년(숙종 42)에 이미 김연(金演)이 찬술하고 김종연(金宗衍)이 글씨를 쓴 「태조대왕독서당중건사적비(太祖大王讀書堂重建事蹟碑)」가 있었는데, 이때 정조가 다시 비를 세우면서 탑인한 것이다. 정조의 문집 『홍재전서』 권15에 「독서당구기비명(讀書堂舊基碑銘)」과 「치마대구기비명(馳馬臺舊基碑銘)」의 글이 실려 있다. 1797년 12월에 두 비가 완공되자 정조는 편전 뜰에서 인본(印本)을 받았다. 이듬해 11월에는 「달천성적비(達川聖蹟碑)」의 인본을 받았다.

(5) 태실비

조선 왕조는 왕자의 태실을 관리하고 태실비(아기비)를 세우고 태지석을 묻었다. 태실비나 태지석의 기술 내용은 간단하다. 1442년(세종 24) 지금의 경북 성주 선석산(禪石山)에 조성된 세종의 18아들과 손자 단종의 태실 등 19기의 예를 보면 그 사실을 알 수 있다.[48] 문종 즉위년인 1450년에 왕세자(단종)의 태실을 다른 대군 태실과 구별하

---

48 2003년 3월 6일 「성주 세종대왕자 태실(星州世宗大王子胎室)」이라는 명칭으로 사적 제444호로 지정되었다.

여 다른 곳으로 옮기기 위해 길지를 찾아, 이듬해 가야산 줄기인 법림산에 옮기게 하고 사방경계를 정한 일이 있다. 단종이 원손의 지위에서 왕위를 이을 왕자(왕세자·동궁)로 격상되었기 때문이다.[49] 세조는 1458년(세조 4)에 선석산에 있는 단종 복위사건에 연루된 금성대군 등의 태실과 법림산에 있는 노산군 태실을 파괴하도록 했다. 기존 연구를 토대로 태실비와 태지석의 명문을 개괄하면 다음과 같다.[50]

① 진양대군(세조) 1417.9.24. 생 / 1438.3.10.장태(藏胎).

　△晉陽大君珛胎藏 / 皇明正統三年戊午三月十日甲午立石

　㈇皇明永樂十五年丁酉九月二十四日生 / 晉陽大君諱珛胎 / 正統三年戊午三月十日藏

② 안평대군 1418.9.19. 생. 비신 반파.

③ 임영대군 1420.1.6. 생 / 1439.5.29. 장태.

　△臨瀛大君璆胎藏 / 皇明正統四年己未五月二十九日丙子立石

　㈇皇明永樂十八年庚子 … / 臨瀛大君璆 … / 皇明正統四年己未五月二十九日 …

④ 광평대군 1439.5.24. 장태.

　△廣平大君璵胎藏 / 皇明正統四年己未五月二十四日辛未立石

⑤ 금성대군 1426.3.28. 생.

⑥ 평원대군 1427.11.18. 생 / 1439.5.26. 장태.

　△平原大君琳胎藏 / 皇明正統四年己未五月二十六日△△立石

　㈇皇明宣德二年丁未十一月十八日卯時生 / 平原大君琳胎 / 皇明正統四年己未五月二十六日藏

⑦ 영흥대군 1430.4.11. 생 / 1439.8.8. 장태.

　△永興大君琰胎藏 / 皇明正統四年己未八月初八日△△立石

⑧ 화의군 1425.9.5. 생.

⑨ 계양군 1427.8.12. 생 / 1439.5.24. 장태.

　△桂陽君璔胎藏 / 皇明正統四年己未五月二十四日辛未立石

　㈇皇明宣德二年丁未八月十二日丑時生 / 桂陽君璔胎藏 / 皇明正統四年己未年五月二十四日藏

49　심현용, 「조선 단종의 가봉태실에 대한 문헌·고고학적 검토」, 『문화재』 45-3, 국립문화재연구소, 2012, pp.89-90.

50　심현용, 「星州 禪石山 胎室의 造成과 胎室構造의 特徵」, 『영남학』 27, 경북대학교 영남문화연구원, 2015, pp.53-144.

⑩ 의창군 1438.3.11. 장태.

　△義倉君玒胎藏 / 皇明正統三年戊午三月十一日己未立石

⑪ 한남군 1429.8.14. 생 / 1439.5.24. 장태.

　△ … 四年己未五月二十四日 … (태지석)

⑫ 밀성군 1439.8.8. 장태.

　△密城君琛胎藏/皇明正統四年己未八月初八日癸未立石

⑬ 수춘군 1431.1.28. 생 / 1439.8.8. 장태.

　△壽春君玹胎藏 / 皇明正統四年己未八月初八日癸未立石

　⊕皇明宣德六年辛亥正月二十八日申時 / 壽春君玹 / 皇明正統四年己未八月初八日癸未藏

⑭ 익현군 1439.8.8. 장태.

　△翼峴君璭胎藏 / 皇明正統四年己未八月初八日癸未立石

⑮ 왕자 장(영해군) 1439.8.8. 장태.

　△璋胎藏 / 皇明正統四年己未八月初八日癸未立石

⑯ 왕자 거(담양군) 1439.5.24. 장태.

　△璖胎藏 / 皇明正統四年己未五月二十四日辛未立石

⑰ 왕자 당 1442.7.24. 생 / 1442.10.23. 장태.

　△瑭胎藏 / 皇明正統七年壬戌十月二十三日庚戌立石

　⊕皇明正統柒年壬戌柒月二十肆日寅時生 / 王子瑭胎/皇明正統柒年壬戌拾月貳拾參日庚 時藏

⑱ 원손(단종) 1441.7.23. 생 / 1441.윤11.26. 장태.

　△元孫胎藏 / 皇明正統六年辛酉閏十一月二十六日己丑立石

　⊕ … 辛酉七月廿 …

※ △: 비의 전면 / ⊕: 비의 뒷면

　세조 8년인 1462년, 예관은 문종 때의 고사에 따라 세조의 태실을 별도의 곳으로 옮길 것을 건의했다. 이때 세조는 이전을 반대하고, 다만 별도의 비석을 세워 다른 대군들과 구별하게 했다. 최항(崔恒)은 그 전말을 서에 적고 송가를 붙여 비문을 작성해서「태실비명(胎室碑銘)」이라고 했다.[51] 비문은 서와 명으로 이루어져 있다.[52]

51　崔恒, 「胎室碑銘」, 『太虛亭文集』 卷2 碑銘類.

52　恭惟我世宗莊憲大王卽位之二十有四年, 命有司卜地, 藏諸大君諸君之胎于星州治北幾里禪石山之岡, 各

삼가 우리 세종 장헌대왕께서 즉위하신 지 24년에, 유사에게 지역을 점복하게 하여 대군과 군의 태를 성주 군치에서 서너 리 떨어진 선석산 언덕에 묻으시고, 각각 배석을 세워 표시하게 하셨다. 주상(세조)의 성스러운 태도 역시 그 줄에 들어 있고, 표시에 '수양대군 아무[휘(諱)]의 태실'이라 되어 있다. 지금 하늘의 큰 명에 응하여 왕실 족보에서 왕좌를 차지하신 지 이미 8년이 넘었다. 예관이 얼른 조종의 고사에 의거하여, 별도로 거두어서 상감의 태를 다른 곳에 안장할 것을 청했는데, 상께서 허락하지 않으시고, "형제는 태(胎)가 같거늘, 하필 다른 곳으로 바꿀 것이 있겠는가?"라고 하셨다. 의장의 석물을 설치할 것을 청했으나, 역시 허락하지 않으셨다. 그리고는 다만 표석(아기비)을 치우고 비석을 세워서 기록하여, 일을 덜도록 힘쓰라고 하셨다. 아아, 주상께서는 하늘의 뜻을 이어받아 천도를 체득하여 문덕은 열렬하고 무덕은 영명하시다. 전하의 총명하고 현철하시며 겸손하고 검약하는 덕은 무어라고 분명하게 표현할 수가 없다만, 그래도 이 한 가지 일에서 그 덕의 본질을 알 수 있으니, 그 겸손을 지키시고 검약을 숭상하심은 지위가 높아질수록 덕이 더욱 빛나는 지극한 양상이다. 그리고 조선의 억만 세에 이르기까지 무강할 기초가 더더욱 영구히 진실로 아름다우리라는 것도 또한 여기에서 점칠 수가 있다. 신은 삼가 전말을 개괄하여 서술하고, 마침내 명을 바치는 바이다.

아아, 혁혁한 전주 이씨여, 근본과 지엽이 만 잎으로 무성하네.

체화가 서로 어우러지고, 빼어난 꽃이 찬란해라.

용이 날아 하늘을 주름잡자, 바다 한쪽 우리나라가 맑고도 안녕하다.

우람하여라, 신성한 공적이여, 제도가 갖추어져 분명하다.

그렇거늘 성스런 태를, 예전 그대로 두고 옮기지 않았기에

예관이 상감께 청하여, 옛 규례를 따르시길 바랐으나

겸양할수록 빛나는 덕으로 허락하지 않으시니, 덕을 감추실수록 더욱 빛나네.

귀부가 우뚝하게 서서, 억만년 표지가 되리라.

선석산이 우뚝하여, 그 순수한 영화를 비장하고 있도다.

하늘과 땅이 오래될수록, 더욱 번창하여 활활 타오르리라.

立石標之. 主上聖胎亦列其行, 標曰首陽大君諱之室. 厥今膺景命御瑤圖, 已逾八祀, 禮官亟請依祖宗故事, 別爲相攸, 移安御胎, 不允曰: "兄弟同胎, 何必改爲?" 請設儀物, 亦不允. 洒命只去標石, 樹碑志之,務省事. 於虖! 主上承天體道, 烈文英武. 殿下聰明睿哲, 謙遜儉約之德, 莫罄名言, 然猶可卽此一事, 亦可知也, 而其執謙崇儉, 位愈尊德愈光之至也. 而朝鮮億萬世無疆之基, 益以永于于休者, 亦於是乎可占矣. 臣謹槩敍顚末, 遂獻銘曰: 於赫仙李, 本支萬葉. 棣華交映, 獨秀曄曄. 龍飛御天, 海宇淸寧. 巍乎神功, 制度備明. 顧惟聖胎, 仍舊不移. 禮官上請, 願遵舊規. 謙光不允, 儉德彌昭. 龜趺卓立, 億載之標. 禪山峨峨, 祕厥英粹. 天長地久, 克昌以熾.

정조 때에 이르러 「경모궁태실비문(景慕宮胎室碑文)」이 작성되었다.[53] 비는 경북 예천에서 출토되었다. 한국학중앙연구원 장서각에 1785년(정조 9) 장조(莊祖)의 태실에 세운 태실비를 베낀 탁본이 있다. 비석의 앞면에는 큰 글씨로 '경모궁태실(景慕宮胎室)'이라 새겼고, 뒷면에는 '건륭오십년을사삼월초팔일건(乾隆五十年乙巳三月初八日建)'이라 새겼다. 이러한 양식은 청나라 연호를 사용한 것 이외에는 세종 때의 성주 선석산의 왕자 태실비와 다르지 않다.

(6) 「화성기적비」

조선 정조 때는 왕명으로 여러 기적비를 세웠다. 앞서 본 영괴대(靈塊臺) 비석은 그 대표적 예이다. 그런데 김종수(金鍾秀)가 작성한 「화성기적비(華城紀蹟碑)」 비문은 정조의 재위 중에 입석(入石)되지 못했다. 『일성록』을 보면, 1796년(정조 20) 9월 10일(임자) 다른 각신(閣臣)들이 화성(華城) 여러 건물의 상량문을 올릴 때 김종수도 「화성기적비」 비문을 올렸다. 하지만 『화성성역의궤(華城城役儀軌)』 권2에는 다음 해 정월에 봉교찬(奉敎撰)했다고 나와 있다.[54] 1797년 정월의 현륭원 봉심에 맞추어 비석을 세우려고 하여 제진 날짜를 바꾸어 적은 듯하다. 김종수는 이 비문에 1794년 화성 성역이 시작되어 1796년 9월 10일 마무리되기까지의 과정을 적었다. 『화성성역의궤』 「재용(財用)」 편을 보면, 비석 1좌[길이 8척 5촌, 너비 3척 2촌, 두께 1척 8촌(=길이 262.2cm, 너비 98.7cm, 두께 55.5cm)]를 15냥 주고 떠낸 것으로 기록되어 있다. 또 비슷한 크기의 다듬어진 원주 애석(艾石)의 개비(改備) 비석 1좌를 개인에게 200냥을 주고 샀다는 기록도 있다. 1796년 11월 9일 자 한글본 『정리의궤』 권제48, 「화성성역」 제9에는 "화성기적비를 봉조하 김종수 글과 우의정 이병모(李秉模)의 글씨로 새겨 세우라 하교하시니 유수 조심태가 명을 받들어 글을 청하고 돌을 구득하여 장차 새기려 했다."라고 기록했다. 그렇지만 어떤 이유에서인지 당시에는 비석이 건립되지 못했고, 1991년 11월

---

53 한국학중앙연구원 국학진흥연구사업추진위원회 편, 『장서각소장탁본자료집』, 한국학 자료총서 13, 한국학중앙연구원, 2005; 한국학중앙연구원 장서각 편, 『英祖子孫資料集』(李根浩·朴用萬 해제), 한국학중앙연구원 출판부, 2013.

54 김종수의 문집 『夢梧集』에는 실려 있지 않으나, 김종수의 「화성기적비」(『華城城役儀軌』 卷2 碑文)와 『日省錄』의 정조 20년(병진, 1796) 9월 10일(임자) 자 기사에 실려 있다. 두 문헌의 글은, 제진 일자가 다르다는 것 이외에 본문의 글자는 『日省錄』의 宮, 總이 각각 『의궤』에 營, 摠의 이체자로 되어 있는 것만 다르다.

에 수원시에서 장안공원 안에 건립했다. 김종수의 「화성기적비」 글은 산문만이고 명찬(銘贊)이 없다. 후반의 논평만 보면 다음과 같다.

아아, 성왕의 정치는 재용을 절약하고 사람을 사랑하는 것보다 먼저 해야 할 일이 없다. 하지만 사업을 일으키게 되면 반드시 재물과 인력을 빌려야 하므로 백성이 노역에 종사하고 나라는 경영과 비용을 지불함은 나라가 있고 백성이 있어 온 이래로 현철한 군주와 정의로운 임금이 이미 행하여 왔고 바꿀 수 없는 떳떳한 법전이다. 삼가 우리 전하께서는 밝은 지혜가 하늘과도 같으시어 재물과 비용은 비축하여 경영하시고 정부(丁夫)에게는 모두 임금을 주어 일을 맡기시어, 나라에는 터럭 하나도 지출이 없고 백성은 자발적인 사흘의 노역[『예기』 「왕제(王制)」에 "인민의 노동력을 이용할 때 한 해에 사흘을 넘기지 않았다[用人之力, 歲不過三日]."라고 했다. – 역자 주]까지도 면했다. 시기에 맞추어 적절히 꾸려 나가시고[『회남자』 「범론훈(汎論訓)」의 "기계란 것은 시기에 맞추어 변하고 적절하게 꾸려 나가는 것이다[器械者, 因時變而制宜適也]."에서 인용한 것이다. – 역자 주], 멀리서 취하고 가까이서 도모하셨다[『주역』 「계사전 하」의 "가까이로는 자신에게서 취하고 멀리로는 물건에서 취한다[近取諸身, 遠取諸物]."에서 인용한 것이다. – 역자 주]. 개척하지 않았던 곳에서 지세의 이로움을 일으키시고, 뽑히지 않을 곳에 금성탕지(金城湯池)의 요새를 두셨다. 이것은 실로 하·은·주 삼대의 융성하던 때에도 있지 않았던 일로 지금에서 처음으로 보았다. 하물며 이 공역은 하나의 명령이라도 혹 백성들의 뜻을 거스를까 염려하시고, 하나의 행사라도 혹 백성들이 농사에 쓸 힘을 방해할까 두려워하셨으니, 실로 나의 지난날 백성들을 사랑하고 돌보아 연로(輦路)의 벼나 보리를 밟지 못하게 했던 성대한 덕을 체인하신 것으로, 비록 어수룩 벌레같이 어리석은 저 백성들이라 할지라도 어찌 무궁토록 감동하여 눈물 흘리지 않을 수 있겠는가!
많은 장정들이 힘을 합하고 여러 장인바치들이 다투어 일에 임하여, 마침내 우람하게 높은 성벽이 에워싸고 이어져서 억만년을 하늘만큼 땅만큼 장구하게 선침(仙寢)을 호위하고 행궁을 방어하며, 경사(京師: 서울)의 날개와 은폐가 되고 엄연히 기보(畿輔: 경기)의 큰 군진을 이루었다. 이로써 한꺼번에 네 가지 아름다움이 갖추어졌으니, 어찌 위대하지 아니한가! 어찌 아름답지 아니한가! 아아! 엄숙한 행궁은 선침의 상설(象設)이 아주 가까워서 어진(御眞)을 받들어 성상의 사모하는 마음을 기탁하시니, 이는 정말로 대성인의 효성이 무궁하여 실로 국물에서도 선왕을 보았던 옛 뜻에서 나온 것이다. 상상컨대 백세의 뒤에라도 전하의 효성에 감동하여 전하의 마음을 슬퍼하는 자가 마땅히 있을 터이지만, 하물며 죽을 날이 얼마 남지 않은 미천한 이 신하로 말하면 전후로 지우를 입은 것이 하늘과 더불어 끝이 없는 경우에야 어떠하겠는가! 아!

금상 21년 정사년(1797) 정월 아무 날, 대광보국 숭록대부 행판중추부사 원임 규장각제학 치사 봉조하 신 김종수가 교명을 받들어 짓습니다.[55]

김종수는 「화성기적비」에서, 성을 축조한 것이 정조의 '교시'에 따른 것이며, 그 규모와 제도가 모두 정조의 판단에 근거한다고 밝혔다. 김종수가 정조의 교시로 언급한 내용은 「영중추부사 채제공이 화성에 성을 쌓는 일을 연석에서 상주한 것에 대한 비답[領府事蔡濟恭華城築城筵奏批]」의 ⓐ~ⓓ에 보인다.

모든 일은 먼저 대강을 세워야 한다. 그런 다음에 규모를 정하고 차제(次第)와 절목(節目) 사이의 일을 마땅히 들어서 시행해야 하는 것이다. 공사를 감독할 당상관을 이미 차하(差下)하도록 명하여 그로 하여금 봄이 된 뒤에 즉시 역사를 시작하게 했다. ⓐ 축성의 대강은 형세에 편하게 따르는 것보다 나은 것이 없으니, 당해 당상이 가까운 시일 내에 내려가서 그 터를 정하되 둥글게도 하지 말고 네모지게도 하지 말고, 눈에 보이는 외관을 신경 쓰지 말고, 되도록이면 이점을 택하고 형세를 이용하는 방책을 따르도록 하라. ⓑ 역사를 감독하는 일의 대강은 편리하게 운반하고 유리하게 실어 나르는 데에 있으니, 경들은 옛사람들이 무거운 것을 당기고 무거운 것을 들어 올리던 방식을 미리 고찰하여 거행을 하라. ⓒ 재물을 모으는 일의 대강은 먼저 획급(劃給)해 준 것 이외에는 경비를 번거롭게 하지 말고 또한 늑봉(강제 징수)하거나 원납(자진 납부)하지도 말고, 양쪽이 모두 편할 방도를 다시 생각하라. ⓓ 양식을 정하는 일의 대강은 위는 처마와 같게 하고 아래는 섬돌과 같게 할 것이고, 옹성(甕城)과 초루(譙樓), 현안(懸眼)과 누조(漏槽), 착호(鑿壕: 해자를 파는 일)와 설치(設雉: 치첩을 설치하는 일)를 지형에 따라 배분하는 일을, 멀리는 중국의 법을 본뜨고 가까이는 고상(故相)의 논의를 취하도록 하되, 경들도 널리 고찰하고 상세하게 헤아려 후인들로 하여금

---

55 (전략) 嗚呼! 聖王之爲政也, 莫先於節用而愛人. 然而凡有興作, 必籍財力, 民趨勞役, 國費經用, 卽有國有民以來, 哲君誼辟之所已行而爲不易之常典也. 惟我殿下, 睿智如天, 財用則積費經營, 丁夫則悉使雇貰, 國無一毫之費, 民免三日之役. 因時制宜, 遠取近圖. 興地利於不闢, 濬金湯於不拔. 此實三代之盛所未有, 而於今創覩者也. 而況是役也, 慮一令之或拂民志, 懼一事之或妨民力者, 實體我昔年愛恤元元勿踐葦路禾黍之盛德也, 則雖彼蚩蚩蠢愚之氓, 亦豈不感泣於無窮也哉! 衆丁齊力, 群工爭趨, 遂使屹屹崇墉, 包絡延綿, 維億萬年, 地久天長, 以拱護于仙寢, 捍衛于行宮, 而爲京師之翼蔽, 儼然成畿輔之一大鎭. 於是乎一擧而四美具焉, 豈不偉哉! 豈不休哉! 嗚呼! 肅肅行宮, 象設孔邇, 奉御眞而寓聖慕, 此誠大聖人無窮之孝, 實出於見于羹之意也. 百世之下, 想當有感殿下之孝, 而悲殿下之心者. 況如垂死賤臣, 前後受知, 與天無極者乎! 噫! 上之二十一年丁巳正月日, 大匡輔國崇祿大夫, 行判中樞府事, 原任奎章閣提學致仕, 奉朝賀臣金鍾秀奉教撰.

오늘날의 조정에 사람이 있었다는 것을 알게 하라.[56]

김종수는 '화성(華城)'이라는 이름과 성을 버들잎 모양으로 축조한 것이 모두 정조의 뜻을 따른 것이라고 했다. 1789년(정조 13) 7월 11일 박명원(朴明源)이 사도세자의 묘를 이장할 것을 제안하자 정조는 당일로 묘소를 수원부의 화산으로 옮길 것을 결정했다. 이때 경기도 양주 배봉산에 있던 영우원(永祐園)을 지금의 경기도 화성으로 이장한 후 현륭원으로 고쳤다. 1794년에는 현륭원에 나아가 직접 제사 지내고, 화성의 명명 이유를 밝히고 성곽의 형태까지 지정했다. 김종수는 「화성기적비」에서 정조의 화성 성역이 인정(仁政)의 발로임을 강조했다. 그리고 그 점을 밝히기 위해 정조의 「화성 성역을 감독하는 신하들에게 유시한 윤음[諭華城城役董工諸臣綸音]」에서 취한 내용이 상당히 많다. 정조의 본래 윤음은 "화성 성역은 소중한 바를 위해서이지만 그것을 정지하는 것도 소중한 바를 위해서이다[華城城役爲所重也, 而其停亦爲所重也]."로 시작한다. 화성 성역이 효심의 발로로서 국왕이 중히 여기는 백행의 근본인 효라는 인륜의 중대한 덕목을 드러내는 일이기는 하지만, 일시 정지하는 것은 군주가 정치에서 가장 소중히 여겨야 하는 백성들을 위해서라고 밝힌 것이다. 그리고 김종수는 「화성기적비」에서 "처음부터 끝까지 모두 34개월이지만, 중간에 6개월을 쉬었으므로, 실제 공역은 겨우 28개월이다."라고 하여, 성역이 매우 중요한 일이지만 중간에 6개월을 쉬었다고 서술하되, 그 이유는 밝히지 않았다. 이것은 매우 고도의 수사법으로, 정조가 흉년일 때 성역의 일시 중지를 명했음을 은연중 드러나게 했다. 이 부분의 서술도 정조의 윤음에서 취해 왔다.[57] 「화성기적비」의 '정부(丁夫)는 모두 임금을 주어 일을 맡기고 세로 부리는 사람을 시켜서[丁夫則悉使雇覓]' 부분은 정조가 「화성 성역을 감독하

---

56 正祖, 「領府事蔡濟恭華城築城筵奏批」, 『弘齋全書』 卷44 批3. "凡事先立大綱, 然後規模定, 而次第節目間事, 當擧而措之. 監董堂上, 已命差下, 使之開春後, 卽爲始役. ⓐ 築城之大綱, 莫如形便. 該堂從近下去, 定其基址, 勿圓勿方, 勿念觀瞻, 務從因利乘勢之策. ⓑ 董役之大綱, 在於便運而利輸. 卿等預究古人引重起重之遺式而行之. ⓒ 鳩財之大綱, 先劃之外, 勿煩經費, 亦勿勒捧願納, 更思兩便之道. ⓓ 制樣之大綱, 上如簷, 下若礎, 而甕城譙樓, 懸眼漏槽, 鑿壕設雉之隨地排分, 遠倣中國之法, 近取故相之論. 卿等亦須博考詳度, 俾後人, 知今日朝廷之有人."

57 力役不興, 祀以下牲, 予聞於禮. 臺榭不塗, 道途不除, 予見於傳. 小大經權之間, 隨處異用, 有若是矣. 爲今之道, 莫如聚會精神於荒政一事. 雖稊米寸帛之微, 可蠲者蠲, 可取者取, 或資於耕, 或歸之賑. 瘡痍畢起, 袵席快安, 而天又降康, 多黍多稄. 魯郊之三逢自至, 周原之百堵皆作. 役夫欣欣, 崇墉仡仡. 使做措便當, 氣象舒泰, 衆心所向, 與城俱固. 何必朝運百車, 暮輪百牛, 不問寒暑, 不顧饒乏, 竭民力, 耗民財, 督之迫之, 有若不及也哉? 獻御之停, 爲我殿宮而敷惠也. 城役之停, 爲我園寢而敷惠也. 聖人復起, 決知其不易予言.

는 신하들에게 유시한 윤음」에서 절록한 것이다.[58] "실로 나의 지난날 백성들을 사랑하고 돌보아 연로의 벼나 보리를 밟지 못하게 했던 성대한 덕을 체인한 것이니[實體我昔年愛恤元元勿踐輦路禾黍之盛德也]" 구절은 정조의 「화성 성역을 감독하는 신하들에게 유시한 윤음」 가운데 "어찌 감히 지난날 백성들을 사랑하고 돌보시어 연로의 벼나 보리를 밟지 못하게 하시던 덕스러운 뜻을 우러러 본받지 않을 수 있겠는가[亦曷敢不仰體昔年愛恤元元, 勿踐輦路禾麥之德意乎]?"에서 따온 말이다.

「화성기적비」의 비문을 작성한 김종수는 정조의 세손 시절 사부로, 정조에게 군사(君師)의 이념을 심어준 핵심 인물이다. 노론의 정치가로 사도세자의 임오화변 때 세손을 보호한 동덕회의 일원이다. 하지만 남인 재상 채제공과 화합하지 못했다. 1794년 1월 13일 정조가 현륭원에 행차하여 작헌례를 행하면서 사도세자의 위패 앞에서 너무 눈물을 쏟아 실신할 뻔하자, 영의정 홍낙성과 영중추부사 채제공이 업기를 청했다[請負]. 정조는 이를 물리치고 신하들의 부축을 받으며 내려왔다. 정민시(鄭民始)는 이 일을 조보(朝報)에 쓰면서 "대신이 직접 업었다[大臣親負]."라고 썼다. 1월 21일 사도세자의 탄신일을 맞아 정조가 경모궁으로 행차하려 하자, 신하들은 혜경궁 홍씨에게 정청 계사(庭請啓辭)를 올려, 현륭원에서 대신이 정조를 '직접 업었음'을 언급했다. 1월 24일, 김종수는 신하들이 정조의 경모궁 동가를 만류하려고 혜경궁 홍씨에게 정청(庭請)한 것은 잘못이라고 지적하고, "대신이 성상을 친히 업었다."라고 쓴 조보의 내용은 성상을 속인 일이라고 비난하며 삭제를 청했다.[59] 그러자 정민시와 홍낙성, 채제공 등이 상소하여 김종수의 처벌을 청했다. 정조는 김종수를 삭탈관직하고 방귀전리하라고 명했다가 평해군에 부처(付處)하도록 했다. 다시 경원부에 원찬하도록 했다가, 3월 14일 남해현의 절도에 안치시켰으며, 6월 1일 특별히 풀어주고 향리로 돌려보내라고 명했다. 1795년에 김종수는 관직을 사임했으나 봉조하(奉朝賀)라는 명예직을 수여받았다. 정조는 김종수를 잊지 않았다. 화성 성역의 대단원을 마감할 기적비 글을 그에게 작성하게 한 것이다.

---

58 雇直不以日而以負, 立表計遠近而差等, 則強者優取百錢, 弱者足庇一身. 此豈特府民, 往南北東西之不適有居? 傭保資生者, 皆可以聞風爭趨, 而或窖或肆, 爲酒爲食, 以其所有, 易其所無, 亦矜寡之利. 夫如是則城則奠萬世不拔之基, 民則獲萬家如膏之地, 倉則貯萬人足食之糧. 一擧而衆美具, 豈不誠休且美哉?
59 『日省錄』, 정조 17년 5월 28·30일, 8월 8·9일, 정조 18년 1월 22·24일.

(7) 민간의 기적비

조선 후기에는 민간에서도 기적비를 세웠다. 다만, 비석 자체는 그리 전하지 않는다. 경기도 광주시 오포읍 능평리에는 1731년(영조 7) 건립된 「수륙제사적비(水陸祭事蹟碑)」가 있었다. 비문은 전 행진주목사 김헌지(金獻之, 1673~1739)[60]가 서(序)를 짓고 석계산인(石溪散人) 김진희(金璡禧)가 해서로 썼다.[61] 김헌지는 불교의 윤회와 응보의 설에 대해서는 미덥지가 않으나 그 수설수륙(修設水陸)과 보향백령(普享百靈)의 설은 이치가 그럴 법하다고 생각했다. 그리고 영남 선비의 후예로 출가한 서익(瑞益)이 관서의 묘향산에 올라 수도하여 칠불(七佛)의 이적에 대해 알게 되고 살수를 거슬러 안릉(安陵)에 머물며 수차(水車)를 굴려서 가뭄을 구제하고 묵은 밭을 일구어 사람을 구한 일을 서술했다. 이어서 서익이 수륙제를 서원한 일을 다음과 같이 특기했다.

이에 서익은 위연(喟然)히 탄식하며 말했다.

"생각건대, 이 번성한 고을의 큰 진(鎭)이 몇 차례 전쟁을 치른 데다가 가뭄과 병충해까지 그 사이 계속 겹쳐서 윗사람 아랫사람 할 것 없이 전쟁에서 죽고 굶주려 구렁에 나뒹군 것이 몇 번이나 되는지 셀 수 없을 지경이다. 중국에서 동쪽을 정벌하려 할 때, 을지문덕이 기이한 술수를 써서 백만 군사를 물고기 밥이 되게 했으니 그 원통하고 독한 기운이 천억 년 동안 사라지지 않을 것이 당연하다. 정묘호란과 병자호란 때에도 혹 성안에 있던 사람 전체가 죽음을 당하기도 하고 한 마을 전체가 텅 빌 정도로 칼날에 목숨을 잃기도 했다. 그 후 병자년(인조 14, 1636)과 정축년(인조 15, 1637) 같은 큰 난리는 없었으나 무인년(인조 16, 1638)과 기묘년(인조 17, 1639)에 전염병이 매우 심하여 참상이 전쟁터를 방불케 했으며, 요절하거나 비명횡사한 사람이 고금을 통틀어 셀 수 없이 많은 형편이므로 천변(川邊)에서 대재(大齋)를 베풀어 저승의 뭇 원혼을 위무하는 것이 마땅하다."[62]

---

60 본관은 김해, 자는 중옥(仲玉), 초휘는 기지(器之), 초자는 호련(瑚璉), 호는 읍청헌(挹清軒)이다. 평북 안주 출신이다. 1699년(숙종 25) 진사시에 합격하고, 1710년 과거에 급제했다. 1723년(경종 3) 8월 북청부사에 제수되었으나 2년 후 사직했다. 16년 후 1739년(영조 15) 5월 5일 타계했다. 『읍청헌고(挹清軒稿)』가 있었다고 하는데, 전존 여부는 알 수 없다. 1930년에 조긍섭(曺兢燮, 1873~1933)이 찬술한 「부사김공묘지명」이 있다. 曺兢燮, 「府使金公墓誌銘」(庚午), 『巖棲集』 卷28 墓誌銘.

61 조선총독부 편, 『조선금석총람』, 일한인쇄소인쇄, 1919; 아세아문화사, 1976 영인; 한국금석문종합영상정보시스템에서는 판독문만 제공. 비문 마지막에 '雍正九年辛亥七月日 前行晉州牧使金獻之序 石溪散人金璡禧書'라고 되어 있다.

62 乃喟然歎曰: "惟茲雄州巨鎭, 經幾戰爭, 而況旱蝗饑饉, 荐疊於其間, 則上下人士之斃於兵燹, 塡於溝壑者, 固不可摟指, 而至若大業之東征也, 乙支運奇以致百萬之化魚, 則其寃毒之氣, 宜乎亘千億而不泯. 且如丁卯丙子之亂, 或滿城魚肉, 或闔里空虛. 鋒刃之慘, 疇過於是? 厥後丙丁之大無, 戊己之厲疫殆甚. 兵革景象

김헌지는 서익이 신천교(新川橋)에서 수륙제를 거행한 사실을 칭송했다. 이어서 '시 (詩)'를 붙였으나, 특이하게도 압운한 시가 아니다. '者'는 고문서에서와 같이 '~하라'의 뜻을 지닌 명령형의 종결사로 사용한 듯하다.

求福不回, 廣設供億, 慰悅衆靈者.
此與祈佛徼福迥異, 肆因興情之鼓舞.

복을 구함이 삿되지 않아서
널리 제물을 갖추어 바쳐
많은 영령(英靈)을 위로하고 기쁘게 하라.
이는 부처에게 빌어 복을 구하고 나쁜 일을 멀리하는 것이니
이에 뭇사람들이 뜻을 모아 북을 치고 춤을 추누나.

비의 마지막에는 절도사 김흡(金潝)[63], 우후 김몽형(金夢衡), 현감 박필재(朴弼載)의 이름 뒤에, 주로 무관 대시주(大施主)의 이름을 나열한 시주질이 부기되어 있다.

4. 전승비와 토적비

신라 말 최치원은 전몰 군사들을 위한 위령비문을 작성했다. 고려와 조선에서는 전쟁과 관련하여 전승비나 토적비를 건립하는 일이 많았다. 여기서는 주로 조선시대의 전승비와 토적비를 살펴보고자 한다.

(1) 고려 말·조선 초의 전승 기념비

고려 말 이성계는 전쟁영웅이었다. 조선 왕조는 그 유적지에 비를 세움으로써 그

愁慘, 林林總總之夭折枉死者, 今古無算, 則設大齋於川邊, 慰衆魂於泉臺, 於理亦宜之."
63 본관은 안동. 김응하(金應河)의 후손이다. 문음으로 시작해서 1723년(경종 3) 남병사(南兵使)를 거쳐 1727년(영조 3) 통제사(統制使)가 되었다. 1729년 우의정 이태좌(李台佐)의 신임을 받아 조현명(趙顯命) 등과 함께『군공별록(軍功別錄)』을 수정했으며, 이듬해 평안도병마절도사에 취임했다. 1733년에는 우포도대장이 되고, 2년 뒤 총융사(摠戎使)를 거쳐 1737년 어영대장에 올랐으나 4개월 만에 타계했다.

를 민족 영웅으로 부각시키고 조선 왕조 성립의 정당성을 강화했다. 1577년(선조 10) 지금의 전북 남원시 운봉에 행 운봉현감 박광옥(朴光玉)이 건립한 「황산대첩지비(荒山大捷之碑)」는 그 대표적 예이다. 높이 4.25m의 제법 큰 이 비는 일제강점기에 폭파되었다가 해방 후 재건립되었다. 비문은 김귀영(金貴榮, 1520~1593)이 작성하고 글씨는 송인(宋寅)이 해서로 썼다.[64] 황산대첩은 1380년(우왕 6) 9월 이성계가 전라도 지리산 근방 황산에서 왜구를 격퇴시킨 싸움으로, 최영의 홍산대첩과 더불어 왜구 격파에서 가장 중요한 전투였다. 이보다 앞서 1376년 홍산 싸움에서 최영에게 대패한 왜군이 1378년 5월 지리산 방면으로 다시 침입했고, 1380년 8월에는 500여 척의 함선이 진포로 침입해서 충청·전라·경상 연안을 약탈했다. 이때, 원수 나세와 최무선 등이 왜선을 격파하자 퇴로를 잃은 왜적은 발악을 했다. 조정에서는 이성계를 양광·전라·경상도순찰사로 임명했다. 왜적이 함양, 운봉 등의 험지에 횡행하자 이성계는 남원에서 배극렴 등과 합류했고, 운봉을 넘어 황산 북서쪽에 이르러 적과 맞닥뜨렸다. 이성계는 처음에는 고전했지만 결국 적을 대파했다. 1577년(선조 10)에 전라도관찰사 박계현(朴啓賢)의 장계에 따라 선조는 비의 건립을 도에서 주관하도록 하고, 김귀영에게 글을 짓도록 명했다. 이 비석은 문헌에 나오는 왕명으로 세운 첫 번째 승전비이다. 이 비문은 박계현의 장계를 맨 앞에 실은 독특한 형식이다. 그 장계는 이두어를 삭제하고 고문으로 정리했다.[65] 김귀영은 왕명에 따라 글을 지으면서 승리를 극화하기 위해, 이성계가 하루도 걸리지 않아 적을 대파한 것으로 기록했다. 그리고 다음과 같이 배비구를 이용하여 평어를 덧붙였다.

아아! 주나라 선왕(宣王)이 기양(岐陽)으로 사냥 간 일은 수레와 졸도들을 간소하게 했거늘 석고(石鼓)에 공적을 새겼고, 당 헌종이 회서(淮西)를 정벌한 일은 번진을 평정한 것이거늘

---

64 『金石集帖』175䒸(교168䒸:荒山碑/蠹石碑/中和碑) 책에 탁본이 있다. 해서비제는 「荒山大捷之碑」, 篆額도 「荒山大捷之碑」이다. 찬자·서자·전액자에 대해서는 "資憲大夫戶曹判書兼弘文館大提學藝文館大提學知成均館同知經筵春秋館事五都摠府都摠管臣金貴榮奉敎撰, 奉憲大夫礪城君臣宋寅奉敎書, 嘉善大夫戶曹叅判兼五都摠府副摠管臣南應雲奉敎篆."이라고 밝혔고, 건립 일자와 주체에 대해서는 "萬曆五年丁丑(宣祖十年: 1577)八月▽日 朝奉大夫行雲峰縣監南原鎭管兵馬節制都尉兼春秋館記事官臣朴光玉建."이라고 밝혔다. 조선총독부 편, 『조선금석총람』, 일한인쇄소인쇄, 1919; 아세아문화사, 1976 영인; 金貴榮, 「荒山大捷之碑 幷頌」, 『東園集』 卷3 碑文.

65 萬曆三年全羅道觀察使朴啓賢馳啓曰: "雲峰縣之東十六里有荒山, 寔我太祖康獻大王大捷倭寇之地也. 年代流易, 地名訛舛, 行路躊躇, 指點有不能辨認, 誠恐千百世之後, 高者夷, 下者湮, 益將眛眛, 而莫知其所. 願樹一大石以識之. 縣之耆倪, 相與愬于官, 守土之臣, 不敢抑以報, 謹上聞."

뭇 신하들이 「평회서비(平淮西碑)」를 세울 것을 청했다. 성무(聖武)께서 크게 밝히신 공적은 우람하고 탕탕하여 만세토록 신민들이 영원히 의뢰하게 되었으니, 좋은 빗돌에 글을 새겨 귀부(龜趺)를 갖추고 이수(螭首)를 조각해서 비각에 안치하여, 거주민이나 여행자로 하여금 우러러 바라보며 조아려 절하며 죽도록 잊지 않는 사모의 마음을 부치게 만든다면, 또한 올바르지 않겠는가?[66]

이어서 김귀영은 4언 54구, 각구압운, 3구 1전운의 송(頌)을 붙였다. 서술과 찬양을 뒤섞었으며, 어휘와 어구들은 전고가 있는 것들을 선택했다.

麗運告窮 奸孽內訌 召彼外戎」	平東(窮·訌·戎)
島夷隳突 三陲被毒 爲糜爲肉」	入月(突), 入沃(毒), 入屋(肉) 통압
萬姓暴骨 千里慘目 執遏亂略」	入月(骨), 入屋(目), 入藥(略) 통압
聖祖受鉞 師出爲律 震震爓爓」	入月(鉞), 入質(律), 入藥(爓) 통압
神精上格 白虹貫日 勝兆已卜」	入陌(格), 入質(日), 入屋(卜) 통압
天與之恁 地效其利 荒山是界」	去寘(恁·利), 去卦(界) 통압
爰赫一怒 爰奮厥武 我旆我鼓」	去遇(怒), 上麌(武·鼓) 통압
凶酋揚虣 欲抗虓虎 自送其脰」	去宥(虣), 上麌(虎), 去宥(脰) 통압
頂子應發 兜鍪忽側 已洞利鏃」	入月(發), 入職(側), 入屋(鏃) 통압
蜂屯蟻雜 襖氣號笑 萬牛殷谷」	入合(雜), 入屋(哭·谷) 통압
策馬先登 四面以崩 莫我敢承」	平蒸(登·崩·乘)
雷奔電激 竹破瓦裂 腦狼藉」	入錫(激), 入屑(裂), 入陌(藉) 통압
人神協討 會朝迅掃 三韓再造」	上晧(討·掃·造)
革面悔罪 厥筐繹海 垂二百載」	上賄(罪·海·載)
南民耕鑿 煕愉事育 莫非爾極」	入藥(鑿), 入屋(育)·入職(極) 통압
載慕載祝 銘在心腹 愈久如昨」	入屋(祝·腹), 入藥(昨) 통압
明曆五禩 伐石而紀 于山之趾」	上紙(禩·紀·趾)
不騫不剝 永世無斁 有如斯石」	入覺(剝), 入陌(斁·石) 통압

---

66 於戲! 岐陽蒐狩, 簡車徒也, 而石皷有勒. 淮西削平, 定藩鎭也, 而群臣請紀. 聖武廓淸之功, 巍巍蕩蕩, 萬世永賴, 則鑱之貞珉, 閣之龜龍, 使居民行旅, 瞻望拜稽, 有以寄沒世不忘之思焉, 不亦韙哉?

고려의 운명이 다하여, 간악한 무리들이 안에서 싸움질하여, 바깥의 적 불러들이니,

섬나라 오랑캐들이 소란 피워, 동·서·북 세 변방이 해독 입고, 문드러지고 어육 꼴이 되어,

만백성 뼈가 들판에 드러나, 천 리 광경이 눈앞에 참혹하니, 어지러운 약탈을 막으려고,

태조께서 장군 부월 받으시고, 군대를 규율로 출동하니, 위세를 떨쳐 번쩍번쩍 빛이 났다.

신성한 정성이 위로 하늘에 미쳐, 흰 무지개가 해를 관통하여, 승전할 조짐이 이미 나타났으니,

하늘도 그들을 미워하고, 땅도 그 이로움을 바치니, 황산이 그 경계였도다.

이에 한 번 크게 노하여, 이에 무위를 떨쳐, 우리 대장기 흔들고 우리 북 울리자,

흉적 추장이 새 새끼처럼 버둥거리며, 호랑이 전사에게 반항하려 했지만, 제 목을 스스로 바쳤을 뿐.

(아기발도) 정수리를 시위가 맞히자, 투구가 홀연 기울어, 날카로운 화살이 꿰뚫었으니,

벌 떼처럼 모이고 개미처럼 뒤엉켰더니, 적들은 기운 잃고 목 놓아 울어 일만 소가 골짝에 우렁우렁하듯 했다네.

말에 채찍질하여 앞장서서 적을 치자, 사방이 무너지듯 했나니, 누가 감히 맞설 수 있었으랴?

우레처럼 달리고 번개처럼 부딪히자, 대나무처럼 쪼개지고 기와처럼 부서져서, 살과 뇌가 낭자했지.

사람과 신이 힘 합쳐 토벌하니, 회전한 그날로 신속하게 소탕해서, 삼한 땅을 새로 만들자,

적들은 낯빛 바꾸고 지난 잘못을 뉘우쳐, 저자들이 바치는 조공 광주리가 바다에 이어져, 200여 년이 되었도다.

남쪽 백성들 밭 갈고 우물 파서, 부모 기쁘게 해드리고 자녀 따스하게 기르니, 모두가 그대의 지극한 덕 때문이기에,

이에 추모하고 이에 축원하며, 가슴과 배 속에 새겨두었으니, 세월 오래되어도 어제 일 같아라.

명나라 만력 5년에, 돌을 캐어 기록하여, 산의 기슭에 세우나니,

이지러지지도 않고 손상되지도 말아서, 영원토록 변치 않아, 이 돌과 같기를 바라노라.

1791년(정조 15) 2월 말 정약용은 이 비석을 보고 칠언배율 십운시로 감상을 적었다.[67] 또한 그 무렵 「황산대첩지비」 탁본을 보고 「황산대첩비발(荒山大捷碑跋)」을 작성

___

67 당시 진주목사로 있는 부친을 뵙기 위해 진주로 향했는데, 과천, 전주, 남원을 거쳐 운봉에 이르러 「황산대첩비」를 보고 「독황산대첩비(讀荒山大捷碑)」를 지었다. 칠언십운배율로, 수구에 입운했다. 上平聲 제4 支운: 枝·碑·魑·之·兒·騎·麾·危·滋·誰·時. "溪邊繫馬杜棠枝, 杖策上讀荒山碑, 鐵畫巖巖伏虎豹, 璘霏煜雪逃魑魅. 赫赫神威凜如昨, 何況當年身值之? 螳螂可敬蛙可式, 阿只拔都奇男兒. 人年十五眇小耳, 蔥笛

했다. 시의 일부는 다음과 같다.

옛날 내가 황산을 지나다가 이 비문을 읽어 보고 또 아기발도와 치열하게 싸웠다는 곳을 보았는데, 대체로 깊고 큰 골짜기이면서 숲이 울창한 험악한 지역이었다. 왜인은 본디 보전에 익숙했고 우리는 보전에 약했는데, 더구나 그런 산골짜기에서는 말을 달릴 수가 없는데도 승첩을 거두었으니, 그 승첩을 거둔 것은 신통한 무용에서 온 것이지 단순한 인력으로 된 것은 아니다. 세상에서 '왜인들이 계곡에 피를 많이 흘려서 계곡의 돌 빛이 지금까지도 빨갛게 물들었다.'고 전해오고 있으나, 자세히 살펴보니 이는 본래부터 붉은 돌이지 피로 물들어서 그렇게 된 것은 아니었다. 나는 일찍이, "남도의 관방은 운봉이 으뜸이고 추풍령이 다음이다. 운봉을 잃으면 적이 호남을 차지할 것이고, 추풍령을 잃으면 적이 호서를 차지할 것이며, 호남과 호서를 다 잃으면 경기가 쭈그러들 것이니, 이는 반드시 굳게 지켜야 할 관문인 것이다."라고 논한 적이 있다. 당시 아기발도가 운봉을 넘어오지 않았더라면 성조(이 태조)께서 어찌 그와 같은 노고를 했겠는가? 조령은 천연적인 요새지이니, 폐기해도 견고할 터인데, 무엇 때문에 성을 쌓는단 말인가?[68]

(2) 임진왜란 이후 전승비

왜란 뒤에는 대첩의 사실을 기념하는 전승비, 거의의 공적을 치하하는 의사비 등이 지상에 세워졌다. 이는 모두 관민이 건립한 것이지, 국왕이 건립을 명한 것은 아니다.

「명량대첩비」

임진왜란 후 이순신(李舜臣, 1545~1598)의 승첩을 칭송하는 비석이 여러 곳에 건립되었다. 이순신은 1604년 10월 선무공신(宣武功臣) 1등에 녹훈되고 풍덕부원군(豊德府院君)에 추봉되었으며 좌의정에 추증되었다. 1643년(인조 21) 충무(忠武)의 시호가 내려진 후 1704년 유생들의 발의로 1706년(숙종 32) 아산에 현충사(顯忠祠)가 세워졌다. 공신에 녹훈된 지 얼마 되지 않은 1615년(광해군 7)에 전라좌수사를 지낸 유형(柳珩)의 주선으로 이항복(李恒福)이 지은 글을 새겨 건립한 「통제이공수군대첩비(統制李公水軍大捷碑)」가 삼도수군 통제영에 건립되었다. 이 비석을 「좌수영대첩비(左水營

堪吹竹堪騎. 敢與虬髥作頡利, 越海萬里專旌麾. 彤弓百步落翠莒, 負樹發箭爭安危. 妖星旣隕衆彗倒, 澗石千年殷血滋. 鄭公無謀和尙媒, 天意人心當屬誰? 此擧夜堅舟已徙, 不待威化回軍時.'

68 丁若鏞,「荒山大捷碑跋」,『與猶堂全書』第1集 詩文集 第14卷.

大捷碑)」[69]라고 부르기도 한다. 그리고 충무의 시호가 내린 이후인 1688년(숙종 14) 벽파(碧波)의 전투에서 적의 흉봉을 막아 기호 지방을 안정(安靖)시킨 데 대한 기념비인「명량대첩비(鳴梁大捷碑)」가 세워졌다. 그리고 1597년(선조 30)부터 이듬해까지 108일간 머물면서 군진을 재정비했던 고하도에도 비석이 있다.[70] 삼도통제영에 있으면서 깃대를 세우고 병영을 건조하여 평화와 안정을 거둔 것을 기리는「고성충렬사비(固城忠烈祠碑)」도 있다. 1643년(인조 21) 이순신에게 충무의 시호가 내리고 1658년(효종 9) 어사 민정중(閔鼎重)과 통제사 정익(鄭杺)에 의해 남해 노량의 충렬사가 중건되고, 1661년 송시열이 지은 비문을 새긴「통제사증시충무이공묘비(統制使贈諡忠武李公廟碑)」가 건립되었다. 남해 충렬사는, 1663년에 사액을 받았다.[71] 이 밖에 순천의 충민사(忠愍祠), 고금도(古今島)의 탄보묘(誕報廟)에 이르기까지 이순신의 공적을 기리는 유적이 많다. 1832년(순조 32) 임진왜란 전승 4주갑이 되는 때에 순조는 이순신이 순국한 관음포 전적지에서 특별히 제사를 지내게 했다. 이때 이순신의 8세손 이항권(李恒權)이 관음포에 유허비를 세웠다. 비문은 홍석주(洪奭周)가 제술했다.[72]

이 가운데「명량대첩비」는 1597년(선조 30) 9월의 대첩을 기념하는 비석으로, 전남 해남군 문내면 학동리에 건립되었다. 비문은 예조판서 이민서(李敏敍, 1633~1688)가 1686년(숙종 12)에 지었으며, 글씨는 이정영(李正英)이 해서로 썼다.[73] 1688년 전라우

---

69 1615년(광해군 7) 삼도수군 통제영이 있었던 여수에 건립한 비이다. 비제는「有明朝鮮國正憲大夫行全羅左道水軍節度使兼忠淸全羅慶尙三道水軍統制使贈忠愍仗義迪毅恊力宣武功臣大匡輔國崇祿大夫議政府左議政兼領經筵事德豊府院君諡忠武李公水軍大捷碑銘幷序」이다. 찬자·서자·전액자에 대해서는 "推忠奮義平難忠勤貞亮竭誠効節協榮扈聖揚忠盡誠同德賛謨佐運衛聖効忠奮義炳幾翼社奮忠秉義決幾亨難功臣大匡輔國崇祿大夫領中樞府事鰲城府院君李恒福撰, 嘉善大夫同知敦寧府事金玄成書, 正憲大夫知敦寧府事兼五衛都摠府都摠管金尙容篆."이라고 밝혔다. 1698년(숙종 24) 柳星彩가 南九萬의 내력 글을 새긴「別碑」를 따로 세웠다.

70 해서비제는「有明朝鮮國故三道統制使贈左議政忠武李公高下島遺墟記事之碑」로, 찬자·서자에 대해서는 "南九萬撰, 趙泰耈書, 李光佐篆, 崇禎紀元後九十五年壬寅(景宗二年: 1722)八月▽日立. 五代孫李鳳祥董訖是役."이라고 밝혔다.

71 『金石集帖』187可(교179可: 昭寧園/僚東伯廟/忠武公廟) 책에 탁본이 있다. 비제는「有明朝鮮國三道水軍統制使贈諡忠武李公廟碑忠武李公廟碑」, 전액은「統制使贈諡忠武李公碑」이며, 찬자·서자·건립 일자에 대해서는 "宋時烈譔, 宋浚吉書. 崇禎辛丑(顯宗二年: 1661)十月▽日立."이라고 밝혔다. 追刻이 있어, "今上癸卯賜額曰忠烈 … 時年七月▽日追刻."이라 했다.

72 洪奭周,「觀音浦遺墟碑」,『淵泉集』卷26 碑銘; 金澤榮 編, 王性淳 輯,『麗韓十家文鈔』卷8 韓洪淵泉文.

73 『金石集帖』144方(교141方: 黃莊武/李忠武/鄭起龍/李義立/閔濟章) 책에 탁본이 있다. 전제(篆題)는「統制使忠武李公鳴梁大捷碑」이고, 비제는「有明朝鮮國統制使贈諡忠武公鳴梁大捷碑」이다. 찬자·서자·전액자에 대해서는 "資憲大夫禮曹判書兼弘文館大提學藝文館大提學知經筵春秋館成均館義禁府事李敏叙撰, 輔國崇祿大夫行判敦寧府事李正英書, 崇政大夫行知敦寧府事兼知經筵事同知春秋館事弘文館提學五衛都

도수군절도사 박신주(朴新胄)가 건립했다. 「명량대첩비」는 이순신이 진도 벽파정 아래 진을 치고, 우수영과 진도 해협의 급류를 이용하여 왜적 선단을 격파한 전황을 기록했다. 그리고 이일(李鎰)·신립(申砬)의 패전을 대비시키고, 연안·행주의 승전은 중국 군대에 힘입은 데 불과하다고 논평했다.[74] 이와 같은 비교 서술은 유례가 드물다. 이민서의 다음 논평은 공론을 반영한 것으로, 후대의 평가에 많은 영향을 끼쳤다.

공은 평소 부드럽고 온순하며 단아하고 조심스러워 마치 선비와 같았으나, 난리에 임하여 적을 토벌할 때에는 책략을 결정하고 기책을 내놓으니 비록 옛날의 뛰어난 명장이라도 공보다 나을 수 없었다. 그리고 충의에서 분발하면 해와 달을 꿰뚫고 귀신을 감복시킬 만한 것이 있었다. 그러므로 가는 곳마다 승리할 수 있었으니, 위세는 인국의 적을 두렵게 만들고, 의리는 중국을 감동시킬 수 있었다. 공과 같은 이는 예로부터 일러오는 이른바 진정한 장군으로 국가의 대사를 맡길 수 있는 인물이니, 단지 한때 전투에서 승리한 것만이 귀중한 것은 아니다. 행동거지의 대범함이나 군사 작전의 대략에 대해서는 국사나 다른 명(銘)에 갖추어 서술되어 있다.[75]

이순신의 행동거지와 군사 작전에 대해서는 국사와 다른 명(銘)에 갖추어 서술되어 있으므로 참조하라는 식으로 표현한 것은, 이 기록이 중론을 반영하고 있다는 자신감을 보여준 것이다. 사(詞)는 다음과 같이 초사체이면서, 각 구 압운하고 2구마다 환운한 7연 14구이다.

명량의 어구가 좁고도 옥죄어, 조수가 쭈그러들어 양 협곡을 파묻는 곳.
병법에서 지리를 이용하여 기책을 내기 좋기에, 추한 무리를 깔보나니 형세가 버틸 수 없어라.

摠府都摠管金萬重篆."이라고 밝혔다. 또한 비의 건립에 대해서는 "崇禎後乙丑三月▽日書. 嘉善大夫行全羅右道水軍節度使朴新胄戊辰三月▽日立. 監役 出身韓時達."이라고 했다. 국립문화재연구소 문화유산연구지식포털 원문정보; 李敏敍, 「故統制使李舜臣鳴梁大捷碑」, 『西河集』 卷14 碑銘.

74 自李鎰申砬敗後, 官軍及義軍, 遇賊輒奔潰, 無敢畧齟齬其鋒者. 及天子遣大兵來救, 大震礪, 次第復三都, 然後我軍稍稍掎角之. 如延安幸州之捷, 雖一時稱雋, 然皆籍天兵威重, 僅能嬰城拒守得全, 未有獨當一面鏖戰全勝如公之爲者也.

75 公平居循循雅飭如儒士, 及其臨難討賊, 決策出奇, 雖古名將不能過, 而忠義奮發, 有可以貫日月而感鬼神者. 是以所在克捷, 威慴鄰敵, 義動中國. 若公者乃古所謂眞將軍可屬大事者, 非專以一時取勝爲可貴也. 其行已之大方, 用兵之大畧, 國史及他銘述備矣.

사졸들이 분발하고 북소리 울리니, 잠깐 사이에 적들 섬멸하여 말끔히 쓸어버렸네.

오직 장군만이 용기와 의협심 모두 갖추어, 바닷길 움켜쥐어 바다에 근심 없었다네.

성난 파도 부딪쳐 교룡과 고래들 달리는 듯하니, 옛 전장 바라보며 영웅의 모책을 상상한 다네.

영혼이 황황하게 바다 한구석 동국에서 빛나서, 별들을 호령하고 바람 천둥을 부렸도다.

바닷물 마르지 않고 돌이 닳지 않듯이, 장렬한 기상이 밝아 무궁하게 빛나리라.[76]

이순신 신도비는 1693년(숙종 19) 김육(金堉)이 지은 글을 새겨 건립한 것이 있고, 1793년(정조 17) 정조가 친히 지은 신도비명을 새겨 건립한 것이 있다. 이 두 이순신 신도비는 현재 충남 아산시 음봉면 이충무공묘역에 있다. 후자가 「어제이순신신도 비」이다. 정조는 1793년 7월 21일(임자) 충무공 이순신을 의정부 영의정으로 추증한 다고 전교하고,[77] 무령왕(武寧王) 서달(徐達)의 비석을 황제가 직접 글씨를 쓰고 유사 (有司)가 입비했듯이 하라고 명했다. 곧이어 이순신의 후손을 불러 명시(銘詩)를 비석 에 새기는 일을 감독하게 했다. 이때 "『춘추』를 읽을 만한 곳이 없다고 하거나 삼전(三 傳)을 묶어 높은 데 얹어 놓아야 한다고 말하지 말라. 이 의리(義理)는 우주 사이에 영 원히 존재하고 있어 해와 별과 함께 그 광채가 빛날 것이다."라고 칭송했다. 정조는 송나라 부필(富弼)의 묘비 제목을 전자(篆字)로 썼던 예를 본떠 비제 「상충정무지비(尙 忠旌武之碑)」를 전자로 쓰고, 비문은 안진경(顔眞卿)의 「곽자의가묘비(郭子儀家廟碑)」에 서 집자하도록 했다. 1794년 전라감사 이형원(李亨元)이 신도비명을 돌에 새겨 그 묘 에 세웠고, 내각은 탁본을 장황해 바쳤다. 12월 5일(임오) 충무공 이순신의 치제문을 지어서 내리고, 새로 인쇄한 『충무공전서』를 이억기(李億祺)와 정운(鄭運)의 집안에 나 누어 주게 했다.[78] 1795년 5월 11일(신유), 정조는 친제한 「상충정무지비」 인쇄본을 신 하들에게 나누어 주었다.[79]

---

76 鳴梁口兮隘而束, 海潮蹙兮汨兩峽. 兵因地兮利出奇, 菆羣醜兮勢莫支. 士卒奮兮皷方震, 俄殲賊兮蕩餘燼. 惟將軍兮勇義俱, 扼海道兮海無虞. 怒濤擊兮蛟鯨趍, 觀戰地兮想英謨. 靈皇皇兮赫海隈, 呵星辰兮走風雷. 海不竭兮石不泐, 昭壯烈兮耀無極.

77 『正祖實錄』卷38, 정조 17년(계축, 1793) 7월 21일(임자); 『日省錄』, 정조 17년(1793) 7월 21일.

78 서울대학교도서관 편, 『규장각한국본도서해제』제7집 史部 4, 1984; 한국학중앙연구원 국학진흥연구사 업추진위원회 편, 『장서각소장 탁본자료해제』Ⅱ(帖裝本), 한국학중앙연구원, 2005; 한국금석문종합영 상정보시스템; 최경민, 「북관대첩비개요와 내용」, 독립기념관 소장자료 소개, 2005. 11; 장서각 자료센 터, 「상충정무지비(尙忠旌武之碑)」(권석창).

79 『正祖實錄』卷42, 정조 19년(을묘, 1795) 5월 11일(신유); 『日省錄』, 정조 19년(1795) 5월 11일.

「행주대첩비」

「행주대첩비(幸州大捷碑)」는 본래 1602년 권율(權慄, 1537~1599)의 사후에 휘하 장수들이 발의하여 대리석으로 세웠다. 비문은 최립(崔岦, 1539~1612)이 짓고 한호가 글씨를 썼으며 김상용이 전액을 썼다. 추기가 있어, 권율의 사위 이항복이 글을 짓고 김현성(金玄成)이 글씨를 썼다.[80] 운문의 명(銘)은 부기하지 않았다. 이 비는 19세기에는 마모가 심해 글자를 판독할 수 없게 되었다. 1845년(헌종 11) 종전의 비문을 그대로 옮겨 쓰고 더 큰 규모로 화강암 비를 세웠는데, 구비의 비문 뒤에 조인영(趙寅永)이 짓고 이유원(李裕元)이 쓴 추기를 새겨 넣었다. 또한 권율의 추가 행적과 행주 기공사(紀功祠) 중창기를 아울러 기록했다.[81] 구비의 비문은 『난중잡록』에도 전재되어 있다. 그 내용에 따르면, 권율은 임진왜란이 일어나자 광주목사에 제수되었고, 호남의 이치(梨峙) 전투에서 동복현감(同福縣監) 황진(黃進)이 적탄을 맞고 사세가 급박했을 때 선두에 서서 사기를 진작시켰다. 1593년(선조 26) 7월 전라도관찰사 겸 순변사로서 근왕병 2만을 이끌고 북상하다가 독산산성에서 왜적을 물리쳤다. 이후 행주산성 전투에서 승리를 거두고 도원수가 되었다. 왜적이 강화를 조건으로 한양에서 철수하고, 10월에 선조가 환도한 후, 명나라 제독 이여송(李如松)은 편장(偏將)을 보내 권율의 진군을 막았다. 1597년(선조 30) 정유재란이 일어나 명나라 제독 마귀(麻貴)가 경리 만세덕(萬世德)과 함께 14만 군사를 이끌고 왔다. 도어사 양호(楊鎬)는 울산의 왜적을 공격하고, 이듬해 대사마 형개(邢介)와 제독 유정(劉綎)은 순천의 왜적을 공격했는데, 권율은 두 곳에 모두 군사를 이끌고 갔다. 1598년 마귀는 도산성을 공격했으나 성과를 올리지 못하고, 왜군이 철수하자 귀국했다. 1599년 권율은 병 때문에 관직을 그만두고, 7월 7일 63세로 타계했다. 9월 15일 홍복산(洪福山) 압곡(鴨谷)의 언덕에 장사 지낼 때 이항복이 작성한 묘지를 돌에 새겨 묻었다.[82] 그 후 권율은 영의정에 추증되고, 1604년(선조

---

80 崔岦, 「權元帥幸州碑」, 『簡易集』文集 卷1 碑; 李恒福, 「元帥權公碑陰記」, 『白沙集』卷4 上 碑銘. 추기의 찬자인 이항복은 임진왜란이 일어나자 이덕형(李德馨)과 함께 명나라에 구원병 요청을 건의했고, 선조를 수행하여 의주(義州)까지 피난을 다녀와 호성공신(扈聖功臣) 1등으로 오성부원군(鰲城府院君)에 봉해졌다.

81 구비의 크기는 높이 178cm, 너비 80cm, 두께 18cm이다. 지금은 덕양산 정상 비각 안에 있다. 1845년 중건비는 높이 233cm, 너비 102cm, 두께 47cm이다. 본래 행주서원에 있었으나 행주서원이 6·25전쟁으로 불타자 1970년 행주산성 정화 사업 때 충장사를 건립하면서 옮겼다. 이와는 별도로 1970년 덕양산 정상에 재건비를 세웠다. 비문은 신석호가 짓고 서희환이 글씨를 썼다.

82 李恒福, 「贈崇政大夫議政府左贊成兼判義禁府事知經筵春秋館事弘文館提學同知成均館事行正憲大夫知中樞府事兼諸道都元帥權公墓誌」, 『白沙集』卷2.

37) 선무공신(宣武功臣) 1등 영가부원군(永嘉府院君)으로 추봉되었다. 이항복은 별도로 권율의 유사(遺事)를 작성했다. 그 글을 토대로 신흠(申欽)이 신도비문을 찬술하고, 뒤에 송시열이 묘표음기를 추가했다.[83]

　「행주대첩비」에서 최립은 전라도 지역의 분투, 임진강 전투, 서울 탈환전에 관해 권율의 공적을 부각시키는 한편, 관련 인물들의 사적을 간략하게 다루거나 때로는 생략했다. 권율이 광주목사일 때 전라도순찰사 이광(李洸, 1541~1607)에게 전도(全道)의 군사를 다 거느리고 곧바로 조강(祖江)을 건너 임진(臨津)을 막아서 적이 서쪽으로 가지 못하게 할 것을 건의했지만 이광이 받아들이지 않았다고 적었다. 이광은 군사 4만을 동원하고, 방어사 곽영(郭嶸)이 재를 넘어 북상하면서 권율을 방어군의 중위장으로 임명했다. 이에 권율은 직산(稷山)으로 가서 충청군과 회합하여, 수만 명의 군사가 수원으로 진군했다. 이때 이광이 곽영에게 용인의 적을 먼저 치게 하자, 권율은 "조그마한 적과 싸워서는 안 되며, 또한 만전을 기하는 계책이 못 되어 명성과 위신을 손상하게 될 것이오."라고 했다. 이광의 지휘를 받은 선봉장 백광언(白光彦)과 이지시(李之詩)가 각각 정병 1천을 데리고 진격하려다가 모두 함몰되고, 이로써 군사가 다 돌아갔다. 권율은 광주로 돌아가서 광주와 이웃 고을에서 군사를 모아 경상도 접경으로 진격해서 주둔했다. 이때 남원 백성들이 적이 들어오기도 전에 스스로 무너졌다. 『난중잡록』에 따르면, 7월 3일 중도조방장(中道助防將) 이유몽(李由蒙)이 패하여 장수(長水)로 돌아와서는 "적이 와서 그 군대가 남원성으로 들어가 창고를 모조리 부수었으므로 그곳 사람들이 따라다니면서 남은 곡식을 주워 모으더라."라고 떠들었다. 권율이 그 사실을 보고하자 순찰사는 권율을 임시 도절제사로 삼아, 영남에서 호남으로 오는 적의 진로를 끊게 했다. 이광은 본관이 덕수로, 1567년(명종 22) 생원시에 합격하고 1574년(선조 7) 문과에 급제했다. 임진왜란 때 용인의 왜적을 공격하다가 적의 기습을 받아 실패했다. 왜적이 전주·금산을 침입하자 권율과 함께 웅치에서 적을 무찔렀고, 전주에 육박한 왜적을 고을 선비 이정란(李廷鸞)과 함께 격퇴시켰다고 알려져 있다. 하지만 「행주대첩비」는 이광의 용인 전투 실패만을 기록했다.[84] 한편 권율이 임진강에서 왜군

83　李恒福, 「贈崇政大夫議政府左贊成兼判義禁府事知經筵春秋館事弘文館提學同知成均館事行正憲大夫知中樞府事諸道都元帥權公遺事」, 『白沙集』 卷4下 遺事; 申欽, 「都元帥權公神道碑銘」, 『象村稿』 卷27 神道碑; 宋時烈, 「都元帥權公墓表陰記」, 『宋子大全』 卷191, 墓表陰記.

84　실제로 이광은 용인 전투의 패전으로 탄핵을 받아 파직되고, 백의종군하다가 의금부에 감금된 후 벽동군으로 유배되었다.

을 막고 1593년 서울을 탈환할 때는 권징(權徵, 1538~1598)이 협력한 것으로 전해 온다. 하지만 「행주대첩비」는 그 사실을 언급하지 않았다.[85] 또 임진왜란 때 김덕령(金德齡)이 담양에서 군사 수천여 명을 모아 원수 권율에게 보고하자, 권율이 그에게 초승군(超乘軍)이란 석 자로 표장(標章)을 삼도록 했으나,[86] 「행주대첩비」는 그 사실도 언급하지 않았다. 최립은 최원(崔遠)이 근왕(勤王)의 대군을 일컫다가 강화에서 기세가 꺾여버린 사실을 들어 최원의 공적이 권율의 그것에 비교되지 않음을 강조했다. 최원은 1580년(선조 13) 전라도병마절도사가 되었는데, 1592년 군사 1,000여 명을 거느리고 의병장 김천일과 합세하여 여산에서 왜적과 싸우는 등 많은 공을 세웠으므로 상호군이 되었다. 1596년 황해도병마절도사가 되었으며, 1597년 정유재란 때에는 후위 대장으로서 수도를 방위하고 1600년 동지중추부사가 되었다. 최립은 최원의 여타 공로를 기록하려 하지 않았다.

최립은 「행주대첩비」에 도원수 권율이 행주에서 대첩을 거두고 서울 탈환전에 가담한 후에 적을 추격하려 했으나 명나라 군대의 저지로 뜻을 이루지 못한 사실을 적고 논평문을 적었다. 그리고 선조가 권율에게 내린 교서를 전재하고, 명나라 측의 칭송 사실을 서술했으며, 권율의 생년, 가계, 일생 관력을 적었다. 특히 최립은 서울 수복이 사실상 권율 때문에 이루어진 것이라고 주장하고, 국가 중흥의 공로를 따진다면 권율이 제일이라고 장문의 논평을 작성했다.[87] 명나라 측에서 권율의 공적을 거듭해서 칭

---

85 권징의 자는 이원(而遠), 호는 송암(松菴), 시호는 충정(忠正)이다. 1562년 별시 문과에 병과로 급제했다. 임진왜란이 일어나자 경기도관찰사에 임명되어 임진강에서 왜군을 막으려고 최선을 다했으나 패했고, 광해군의 분조(分朝)에서 경기도순찰사로 군량미 조달에 힘썼다. 그 뒤 권율과 함께 경기·충청·전라 3도의 의병들을 규합하여 왜군과 싸웠으며 1593년에는 서울 탈환전에 참가했다고 한다.

86 김덕령은 또 편비들을 부절사(赴節師)로 표창하고, 아병은 첩평려(捷平旅)로 표창하였으며, 하리(下吏)는 신첩(信牒)으로 표창했다. 趙慶男, 『亂中雜錄』 卷3(癸巳).

87 夫以公本圖京成之志, 屈於前巡察, 不能因兩湖六萬兵之會而趣臨津必可守之便, 適以取水原之一潰, 若其梨峙之役, 可謂小遲於不幸之後. 然使湖南數年免爲蛇豕再窺, 而根本征輸東西以給, 緊誰賴也? 泊代巡察而後, 可以擅用一道之兵. 然是時一道之兵, 用之者衆, 如節度使崔遠, 先已提領, 號稱勤王大兵, 而頓之江華. 及如所在官義諸軍, 以戰具以守, 未可一二數也. 公僅具萬兵而行, 其勢不能直擣豺虎, 而禿城之扼持, 足以遏其橫突, 使兩湖以貫畿右之路脈無阻. 比至幸州, 則主而致客, 寡而克衆. 蓋因天將平壤之餘威, 爲足以懾兇膽. 向非有懾, 則雖百沈惟敬, 不能使之一日去京城也. 於是, 公本圖京城之志, 庶幾不負矣. 六月, 拜都元帥, 督嶺南諸軍, 自是厥後, 或乞釋符, 或復推轂. 而丁酉冬, 從於麻提督貴蔚山之役, 戊戌秋, 從於劉提督縱順天之役. 皆以體統受制, 有先見之言而不用, 有先登之勇而不效. 不獨公自抆英淚, 盖志士共惜之. 然賊不能再窺深入, 俄又不能不捲還, 則以京城旣復而有以守也. 至是, 或可以驗公之本圖, 而中興無所歸功則已, 有則誰居第一哉?

송한 사실도 부기했다.[88] 이항복은 「행주대첩비」의 추기에서, 권율 사후 권율의 친척으로 종군했던 사람이 권율의 묘지문을 부탁하면서 두루마리를 가져왔다고 했다. 최립도 비문을 작성할 때 그 두루마리를 보았을 것이다. 이항복에 따르면, 그 두루마리에는 행주 전투 때 명나라 총독 군문 대사마(總督軍門大司馬) 송응창(宋應昌)이 우리나라에 자문(咨文)을 보내 장려한 사실, 병부상서 석성(石星)[89]이 신종에게 주달(奏達)하여 신종이 칙유(勅諭)를 보내 '지금 전라도에서 적의 목을 벤 것이 아주 많은 것을 보면 나라(조선)의 백성들이 진작할 수 있겠다.'라고 한 사실, 1596년 권율이 도원수직을 사퇴하려고 하자 선조가 허락하지 않는다는 뜻을 내린 교서, 선조가 권율에게 구마(廄馬)를 하사한 사실이 적혀 있었다고 한다.

「북관대첩비」

임진왜란 때 함경도에서는 정문부(鄭文孚, 1562~1624)[90]와 이붕수(李鵬壽, 1548~1593)가 의병을 일으켜, 반란자 국경인(鞠景仁)을 처형하고 왜적으로부터 그 지역을 탈환했다. 정문부의 사적은 지속적으로 칭송되었는데, 그 배경에는 구비 전승의 세계와 조선 조정의 동북면 정책이 있었다. 남구만(南九萬, 1629~1711)은 함경도관찰사로 있으면서 폐사군의 복설을 주장하고,[91] 「함흥십경도기(咸興十景圖記)」와 「북관십경도기(北關十景圖記)」를 지어 북관에 대한 깊은 관심을 드러냈다. 홍양호는 「임명대첩가(臨溟大捷歌)」

<hr>

88 聲播天朝, 則有宋經略應昌移本國行賞之咨, 有兵部石尙書星上功天子之奏, 有欽遣鴻臚寺官宣諭本國之旨. 至臨陣之際, 麻提督稱其能行號令, 楊經理鎬嘉其兵將力戰. 移歲之後, 中朝大小官, 聞名必想識其爲人.

89 석성(石星)은 임진왜란 당시 명나라 병부상서였다. 한편 형개(邢玠)는 정유재란 당시 명나라 군사의 총지휘관이었다. 형개와 석성은 일본과의 전쟁보다는 강화가 현명한 일이라 판단했다. 그래서 강화협상을 통해 일본을 철수시킬 수만 있다면 그것을 따르자고 주장했다. 강화협상은 순조롭지 않았다. 『명사(明史)』 권320 「조선전」에 보면, 형개가 "겉으로는 싸우면서 속으로는 화의하고자 하며, 겉으로는 토벌하되 속으로는 어루만져 주재[陽戰陰和, 陽剿陰撫]."라고 한 말이 실려 있다. 석성은 홍순언(洪純彦, 1530~1598)의 '보은금(報恩錦)' 설화와 연계되어 잘못 알려지기도 했다. 홍순언은 조선 선조 때의 역관으로, 조선 개국 이래 약 200년간 해결하지 못했던 종계변무의 현안을 해결한 공로로 광국공신 2등에 오르고 당릉군에 봉해졌다. 당시 류성룡이 3등에 녹권(錄券)된 데 비해 중인이었던 역관 홍순언이 2등에 올랐다는 것은 확실히 사람들의 입에 지속적으로 오르내릴 만한 일이었다. 그래서 홍순언의 이야기는 이후 여러 가지 형태로 변용되었으며, 「이장백전(李長白傳)」, 「홍순언의연천금설(洪純彦義捐千金說)」, 「이씨보은록(李氏報恩錄)」 등의 소설로도 만들어졌다. 김만중 저, 심경호 역, 『서포만필』, 문학동네, 2010.

90 정문부는 자가 자허(子虛), 호는 농포(農圃)로, 본관은 해주(海州)이다. 1588년(선조 21) 식년문과에 급제한 뒤, 한성부참군·사헌부지평·함경북도병마평사 등을 지냈다.

91 南九萬, 「陳北邊三事仍進地圖疏」(癸丑十二月咸鏡道觀察使時), 『藥泉集』 卷4; 南九萬, 「咸興十景圖記 幷序」(甲寅), 『藥泉集』 卷28 記.

를 지었다.[92] 그런데 정문부의 임명대첩을 언급한 가장 이른 시기의 비문은 허균이 작성한 「성균생원신공묘지명(成均生員申公墓誌銘)」이다.[93] 허균은 이 묘갈명에서 정문부가 의병대장이 되어 육진을 탈환한 것은 신로(申櫓)의 수모(首謀)가 계기가 되었다고 주장했다. 당시에는 아직 정문부의 사적에 대해 공식적 평가가 완결되어 있었던 것은 아니었다. 1665년(현종 6) 12월에 이르러 영의정 정태화(鄭太和)가 정문부에게 봉작을 내릴 것을 청하자, 이듬해 현종은 정문부를 우찬성에 추증했다.[94] 뒤에 정문부는 좌찬성으로 다시 추증되었다. 1713년(숙종 39)에 숙종은 정문부에게 충의(忠毅)의 시호를 내렸으며, 영조 때 황경원(黃景源, 1709~1787)은 정문부의 신도비문을 지었다.[95]

정문부의 임명대첩은 2006년 일본에서 반환되어 북한에 인도된 「북관대첩비(北關大捷碑)」에 잘 나타나 있다. 이 비는 본래 1709년(숙종 35) 10월 함경도 길주군 임명리(지금의 함북 김책)에 세운 승전비이다. 비문은 1,500자에 이른다. 문장은 숙종 때 함경도북평사로 부임한 최창대(崔昌大, 1669~1720)가 1707년에 찬술했다. 비제는 「조선국함경도임명대첩비명(朝鮮國咸鏡道臨溟大捷碑銘)」인데, 「조선국함경도임진의병대첩비(朝鮮國咸鏡道壬辰義兵大捷碑)」라고도 부르고, 줄여서 「임명대첩비」라고도 한다.[96] 비문의 첫머리는 도발적이다. 북관대첩을 3대 대첩과 나란히 두어 그 의의를 극대화하고, 정규 군사를 활용하지 못한 무관들을 넌지시 비판했다.

옛날 임진란에 힘써 싸워 적을 깨뜨려 그 이름을 일세(一世)에 크게 울린 것으로 해전에서는 이충무 공의 한산대첩이 있고, 육전에서는 권 원수[권율]의 행주대첩과 이 월천[이정암]의

---

92 洪良浩, 「臨溟大捷歌」, 『耳溪集』卷5 詩朔方風謠(丁酉冬, 黜補慶興府使). 정문부가 국경인을 치는 장면은 「창의토왜도(倡義討倭圖)」(고려대학교 박물관 소장)에도 나타나 있다.

93 許筠, 「成均生員申公墓誌銘」, 『惺所覆瓿稿』卷17 文部 14 墓誌. 이 글은 허균이 큰형 허성(許筬)과 교분이 있던 신로(申櫓)를 위해, 신로의 아우 신부(申柎)의 청으로 작성한 것이다.

94 『顯宗實錄』卷12, 현종 7년(병오, 1666) 5월 23일(계묘)의 기사에, 정문부를 우찬성에 추증하고 함께 일했던 사람들을 차등 있게 추증한 내용이 나와 있다.

95 黃景源, 「嘉善大夫全州府尹全州鎭兵馬節制使贈崇政大夫議政府左贊成兼判義禁府事弘文館大提學藝文館大提學知經筵春秋館成均館事五衛都總府都總管忠毅鄭公神道碑銘幷序」, 『江漢集』卷13 神道碑.

96 비의 크기는 높이 187cm, 너비 66cm, 두께 13cm이고, 비제는 「有明朝鮮國咸鏡道壬辰義兵大捷碑」이다. 찬자·서자·전액자는 '崔昌大撰, 李命弼書, 尹德駿篆'이라고 밝혔다. 건립 일자는 "崇禎甲申後六十五年(肅宗三十四年戊子: 1708)十月▽日立."이라고 밝혔다. 1905년 러일전쟁 때 함경도에 진출한 일본군 제2예비사단 여단장 소장 이케다 마사스케(池田正介)가 도쿄 유취관(遊就館)으로 가져갔다. 그 뒤 군국 일본의 상징인 야스쿠니 신사 구석에 방치되어 왔다. 1909년 조소앙(趙素昂, 1887~1958)은 「북관대첩비 사건에 대하여 아(我)의 소감」을 『대한흥학보』에 발표했다. 한국은 2005년 10월 20일 비를 환수해 왔으며, 2006년 2월 28일에 고유제를 지낸 뒤 3월 1일 북한에 인도했다.

연안대첩이 있어, 역사가는 그것을 기록하고 길 가는 사람들이 칭송하여 마지않는다. 그러나 이들은 오히려 지위가 있어 수레마다 책정하는 군사비와 군사의 대오를 이루는 장정들을 낼 수 있는 데서 힘입은 것이었고, 가난하고 한미한 데서 떨쳐 일어나 도망하고 숨는 이들을 분발시켜 단지 충의로만 감동시키고 격려하여 마침내 오합지졸을 가지고 완전한 승첩을 거두어 한쪽 지역을 수복할 수 있었던 것은 관북의 군사가 으뜸이다.[97]

1592년 7월 15일 가토 기요마사의 2만 2천 병력은 함흥으로 진격하여, 함관령 이북을 점령했다. 이때 국경인이 반란을 일으켜, 당시 그쪽으로 피신 왔던 임해군·순화군 두 왕자, 그리고 두 왕자를 호종한 김귀영(金貴榮)·황정욱(黃廷彧)을 가토 기요마사에게 넘겼다. 최창대의 비문은 호종한 대신의 이름은 밝히지 않았다. 이후 국경인의 숙부 국세필(鞠世弼)이 위세를 떨치자, 경성의 선비 이붕수가 의병을 일으켜, 함경북도병마평사 정문부를 대장으로 추대했으며, 종성부사 정현룡(鄭見龍)이 차장이 되었다. 정문부 등은 역도 국세필·국경인 등을 참수하고 명천 일대를 수복했다. 호응하는 백성의 수가 6천을 넘었다. 그들은 부령을 수복하고 경성, 길주, 장평(1592), 쌍포, 임명, 길주 남문 밖(1593), 단천, 백탑교(1594) 등지에서 왜군을 물리치고 여진족을 격퇴시키는 총 여덟 차례의 전투에서 승리했다. 이붕수는 옥탑평(玉塔坪)에서 전사했으나, 의병의 활약으로 왜군은 함경도 지역에서 완전히 퇴각했다. 최창대의 비문은 이러한 사실을 순차적으로 서술했다. 정문부가 이붕수의 사실을 행재소에 알림으로써 이붕수는 곧바로 증직을 받았다. 그렇지만 정문부는 윤탁연(尹卓然)의 무고로 포상을 받지 못했다. 40여 년 뒤인 현종 때 관찰사 민정중과 북평사 이단하(李端夏)의 청으로 비로소 정문부에게 우찬성, 이붕수에게는 지평을 증직했다. 그리고 경성 어랑리(漁郎里)에 사당을 세워 의거한 여러 사람들을 함께 제사하게 하고 창렬(彰烈)이라 사액했다. 이보다 앞서 정문부는 1612년 형조참판에 임명되었으나 사양했고, 이괄의 난 때는 부총관에 임명되었으나 종기 때문에 출진하지 않았다. 1624년(인조 2) 박홍구(朴弘耇) 역모 옥사에 연좌되어 심문을 받게 되자, 반정공신들이 그가 창원부사 때 지은 「초회왕시(楚懷王詩)」를 문제 삼았으므로 장살되고 말았다. 「북관대첩비」에서 최창대는 정문

---

97 在昔壬辰之難, 其力戰破賊, 雄鳴一世, 水戰則有李忠武之閑山焉, 陸戰則有權元帥之幸州焉, 有李月川之延安焉, 史氏記之, 游談者誦之不倦. 雖然此猶有位地, 資於乘賦什伍之出也. 若起單微奮逃竄, 徒以忠義相感激, 卒能用烏合取全勝, 克復一方者, 關北之兵爲最.

부가 억울하게 죽은 사실은 언급하지 않았다. 1700년 최창대 자신이 북평사가 되어서 그들을 현양할 것을 부로들에게 말하고 부로가 동의함으로써 정문부의 사적이 평가받기에 이른 것이라고만 밝혔다.[98] 최창대는 정문부 등의 의거 사실을 3대 대첩과 나란히 4대 대첩의 하나로 격상시키고, 그들에 대한 국가의 표창이 더딘 점을 지적한 후, 인물의 사적을 발굴하는 데 자신이 일정한 기여를 했고 부로들과 완전히 합의하여 입비의 표창을 완수하게 된 사실을 자랑스럽게 여겼다.

「북관대첩비」의 명(銘)은 4언 34구로 일운도저 형식이다. 첫 연의 마지막 '邦'자는 평성 江운으로 통압이지만, 나머지 운자는 모두 평성 冬운이다.[99]

도적이 남쪽에서 와서, 우리 큰 나라에 원수 되니

우리 왕이 번병에서, 나라 전체로 예봉을 받아

높디높은 북쪽 벌판이, 이리로 낭자하고 여우가 성벽 뚫자

구물구물한 백성들은, 항거도 못하고 따르고

피 묻은 입으로 날름 삼켜, 흉악한 독기를 뿜어댈 때

장사들이 씩씩하게 나서고, 빼어난 군사들이 함께하여

의군이라 재물을 이롭게 여기지 않았고, 창과 활을 달가워하지 않았어도

이미 반도를 섬멸하자, 외적은 우리에게 맞서지 못했네.

장수가 북 치며 외치자, 산 꺾이고 바다가 끓듯 하고

군사가 원정하여 크게 빛내자, 저 추장은 간담이 무너졌나니

황제의 징벌을 도운 것이지, 나의 사사로운 충성 때문만이 아니었네.

북녘 땅이 평정되어, 너는 누에 치고 나는 농사 짓자

임금께서 말씀하시길, 아아, 나 말고 누가 너의 공을 높여주랴?

증직하고 사당 세우라 명하시어, 시종 빛내 주고 은혜 끼쳐 주셨으니

---

98 今上庚辰, 昌大爲北評事, 旣與義旅之子孫, 訪問前故, 得事蹟爲詳, 慨然想諸公之風, 又嘗路所謂臨溟雙浦者, 觀其營壁戰陣之所, 徘徊指顧, 爲之咨嗟而不能去. 間語其長老曰: "島夷之禍烈矣. 三京覆而八路壞, 諸公出萬死一生, 提孤軍摧勁寇, 使我國家興復王舊地, 卒免於左袵, 而邊塞之人, 興於聽聞, 勸於忠義者, 又誰之力也? 幸州延安, 俱有碑碣, 載事垂烈, 東西者瞻式, 以關北之功之盛而獨闕焉, 庸非諸君之恥歟?" 咸應曰: "然. 惟鄙人志, 矧公命之?"

99 有盜自南, 讐我大邦. 我王于蕃, 以國受鋒. 屹屹北原, 狼籍穴墉, 有蠹者氓, 不抗而從. 血口胥吞, 濟毒以兇. 士也揭揭, 俊群攸同. 兵義莫利, 不屑戈弓. 旣殲叛徒, 寇莫我衝. 武夫鼓呼, 山摧海洶. 師征孔赫, 厥醜崩恟. 協底帝罰, 匪私我忠. 北土旣平, 爾蠶我農. 大君曰杏, 孰尙女功? 贈官命祠, 光惠始終. 士風其烈, 民可卽戎. 臨溟之厓, 有石巖巖. 刻之誦詞, 用眡無窮.

토지의 풍속이 열렬하여, 백승들이 징집에 응하도다.

임명의 땅 끝에, 비석이 있어 우뚝하여라.

칭송의 말을 새겨, 무궁토록 보이노라.

이 명에서 최창대는 '병의막리(兵義莫利)'라는 표현을 썼다. 정문부의 군사는 의병이기에 남의 토지와 재화를 이롭게 여기는 것이 아니라는 뜻이다. 오히려 왜적이야말로 남의 토지와 재화를 이롭게 여겨 침략을 자행했다는 것이다. 최창대의 이 표현은 『한서』「위상전(魏相傳)」에서 가져온 말이다.「위상전」은 출병의 정당성 여부에 따라 승패를 예견해 두었다. 즉, "어지러운 나라를 구원하고 포악한 군주를 주벌하려는 의병(義兵)은 왕자(王者)가 될 수도 있다. 적이 공격하여 부득이하게 일으킨 응병(應兵)은 승리하기 마련이다. 작은 일을 다투고 분노를 참지 못하여 분병(忿兵)을 일으키면 반드시 패한다. 남의 토지와 재화를 이롭게 여겨 탐병(貪兵)을 일으키면 반드시 파멸한다. 영토가 크고 백성이 많다고 뽐내어 교병(驕兵)을 일으키면 나라가 멸망한다. 이 다섯 가지는 비단 인간사일 뿐만 아니라 천도이기도 하다."라고 했다.[100]

한편 황경원(黃景源)이 지은 「정문부신도비문」은 1861년(철종 12)에 이르러 이종우(李鍾愚)가 해서로 써서 비에 새겨, 지금의 경기도 의정부시 용현동에 세워졌다.[101] 비제는 「행아경증이상시충의공정문부지묘비(行亞卿贈貳相謚忠毅公鄭文孚之墓碑)」인데, 비문의 일부는 다음과 같다.

인조께서 즉위하자 원수의 추천을 입었으나 공은 탄식하며, "내 장차 화를 면하지 못하리로다."하고는 늙은 어머니를 위해 조용히 살기를 청하여, 전주부윤으로 나갔다. 2년이 못 되어 남의 거짓 고발을 당하게 되었는데, 비록 옥에 갇혔으나 죄가 없으므로 마땅히 풀려나야 했다. 그러나 공을 미워하는 자가 공의 역사를 읊은 시 한 장을 가지고 또 중상했다. 이보다 앞서 광해군 때 공이 글을 지어 초나라 회왕을 슬퍼한 일이 있어 대강의 뜻이, "회왕이 무관으로 들어가자 백성의 바람이 끊어졌거늘 그 손자가 또 어찌 회왕이라 일컬었는가?"라고 했

---

100 『漢書』卷74「魏相傳」. "救亂誅暴, 謂之義兵, 兵義者王. 敵加於己, 不得已而起者, 謂之應兵, 兵應者勝. 爭恨小故, 不忍憤怒者, 謂之忿兵, 兵忿者敗. 利人土地貨寶者, 謂之貪兵, 兵貪者破. 恃國家之大, 矜民人之衆, 欲見威於敵者, 謂之驕兵, 兵驕者滅. 此五者, 非但人事, 乃天道也."

101 탁본은 경기도 박물관에 소장되어 있으며, 탁본 시기는 1980년대로 추정된다. 조동원, 『한국금석문대계』 5, 원광대학교 출판국, 1979; 경기도 편, 『경기금석대관』 4, 경기도, 1990.

다. 뒤에 최내길이 그 시를 보았고 마침내 세상에 전하게 되었으며, 공은 이 때문에 혐의를 받아 고문을 당하여 천계 4년 12월 기사일에 옥중에서 세상을 마쳤다. 향년 60세이다. 이듬해에 양주 밖 송산 유좌의 언덕 선영에 장례를 모셨다.[102]

최창대는 「북관대첩비」에서, 정문부를 위해 비를 세우는 것은 그 고장 부로들의 동의를 얻어 이루어지는 것임을 특별히 밝히면서, 정문부의 공적이 국가에서도 인정받기에 이르렀다고 안도했다. 그 후 홍양호(洪良浩)는 왜란 때 북관 지역을 안정시킨 정문부의 공적을, 고려 예종 때 윤관(尹瓘)이 여진을 정벌한 일이나 조선 세종 때 김종서(金宗瑞)가 서북면을 개척한 일과 동등하게 보았다. 그러면서 윤관이나 김종서의 개척은 국력이 강했을 때 일이지만, 정문부의 평정은 국가의 위기 때이므로 훨씬 하기 어려운 일을 행했다고 평가했다. 홍양호는 『해동명장전(海東名將傳)』에서도 정문부를 입전(立傳)했다.

「연성대첩비」

1608년(선조 41) 지금의 황해도 연백군 용봉면 횡정리에 임진왜란 때 초토사 이정암(李廷馣, 1541~1600)이 황해도 연안부에서 승전한 일을 기록한 「연성대첩비(延城大捷碑)」가 세워졌다. 비문은 이항복이 짓고 정사호(鄭賜湖, 1553~?)가 해서로 썼다.[103] 이항복은 비문에서, 이정암이 연안에서 왜적을 격파한 사실, 1605년 선조가 포상하고 1608년 연안 사람들이 비를 세우게 되었다는 사실을 기록했다. 이정암과 그 아우 이정형(李廷馨, 1549~1607)은 임진에서 적을 막다가 실패하고 송덕윤(宋德潤)·조광정(趙光庭) 등 의병 500여 명과 함께 연안을 지켰다. 이때 왜군 3,000여 명이 해주에서 와서 포위하자, 4일 동안 혈전 끝에 적병을 물리쳤다. 그런데 이항복은 「연성대첩비」의

---

102 黃景源, 「行亞卿贈貳相謚忠毅公鄭文孚之墓碑」, 『江漢集』 卷13 神道碑. "仁祖即位, 被元帥薦, 公歎曰: '吾將不免矣.' 乃以母老求終養, 出尹全州. 不二年, 被人誣告, 逮繫獄, 無罪當釋, 嫉公者, 得詠史詩以中之. 始光海時, 公爲詩, 傷楚懷王, 蓋其意曰: '懷王一入武關, 民望已絶, 則其孫又何以稱懷王也?' 後崔來吉見其詩, 遂傳於世, 公由是坐, 被考問, 以天啓四年十一月己巳, 卒于獄中, 享年六十. 以明年月日, 葬某府某里之原[葬楊州外松山芚夜未面酉坐之原, 從先兆也.(정문부의 문집에 수록된 글에 장지가 밝혀져 있음-인용자 주)]."

103 조선총독부 편, 『조선금석총람』, 일한인쇄소인쇄, 1919; 아세아문화사, 1976 영인; 심경호, 『내면기행: 옛 사람이 스스로 쓴 58편의 묘비명 읽기』, 민음사, 2018. 이항복의 『백사집』 권3에 「연안이공비(延安李公碑)」라는 제목으로 비문이 실려 있다.

첫머리에, 선조가 1591년에 이미 도요토미 히데요시의 속내를 알고 대비하게 했다고 적었다. 군주의 실책을 적을 수 없었을 것이다. 또 이항복은 왜적이 서울에 이르렀을 때 이순신의 한산도대첩, 김시민의 진주대첩, 이정암의 연안대첩, 권율의 행주대첩으로 적의 예봉을 꺾었으며, 곧바로 이여송의 명군이 평양을 수복한 듯이 기술했다. 왜란 초기의 난국을 고의로 누락시켜, 승전의 사실을 부각시키려고 한 것이다. 이정암이 유학자이면서 무공을 세운 점에 대해서는, 사람들이 "무부가 할 만한 일이거늘 유학자도 이와 같단 말인가!"라고 경탄했다는 중평을 삽입했다. 이항복의 비문은 대첩의 상황을 묘사문과 대화문을 통해 긴박하게 그려내는 데 어느정도 성공했다.[104] 하지만 『국조보감(國朝寶鑑)』의 기록은 더욱 생동하다.[105] 『국조보감』은 이정암과 이정형이 동궁의 명으로 초토사가 되어 황해도 주민을 이끌고 연안 성으로 들어가 수호했다고 적었다. 그런데 왜적이 연안 성을 포위하자 어떤 이가 이정암에게 초토사는 수성 명령을 받은 것이 아니므로 피신하라고 권했다. 그러자 이정암은 "나는 경연의 자리에 참여했던 신하이거늘 군주를 따라 행재소로 가지 못했다. 이제 왕세자로부터 초토의 명을 받았으므로 성이라도 수비하여 목숨을 바치는 것이 마땅하거늘 어떻게 구차하게 살려고 하겠는가?"라고 거부했다. 이정암은 노복을 시켜 섶을 쌓고 횃불을 들고 기다리게 하고는, 적이 성을 올라오거든 즉시 불을 살라 적의 손에 죽지 않도록 하라고 지시했다. 이에 종사관 우준민(禹俊民)이 군중에게 성을 굳게 지키자고 거듭 약속했다. 이렇게 『국조보감』은 이정암의 결연한 태도를 그리는 한편, 종사관의 공적도 드러냈다. 그리고 전투의 장면도 더 극적으로 명시했다.[106] 이항복의 「연성대첩비」는

---

104 二十八日, 賊酋長政, 劫掠載信諸郡, 攻陷海州, 以兵三千餘人, 與江陰之賊, 悉銳而來, 城中色駭, 有欲出陣計者. 公曰: "我旣與兵民, 約同死生, 陷民自濟, 所不忍也. 良怖甚者, 任自出城. 不汝拘也." 一軍咸願死守. 日旣昃, 賊進圍三匝. 俄有一賊帥, 周觀城外, 摩壘而過, 勢益張甚. 門將張應祺一箭洞胸而死, 賊氣死, 不敢輕出. 別於西城, 以飛衝下瞰城中, 以砲碎之, 則亂發火箭. 圍中多草屋, 人皆心內懼汹汹. 忽廻風大起, 烟熖外靡, 賊計無奈何, 撤廬舍塡壕塹, 逐鼓士陵城, 輩而蟻附之. 公知不可爲. 乃坐積芻, 戒其子潗曰: "城陷可自焚." 聞者感泣, 一力而齊致死. 如是者凡四日, 賊亦死傷過半. 是夜師熸, 賊己聚死屍, 盡焚之, 翌朝乃解圍去. 我軍僅斬一十八級, 奪牛馬九十餘匹, 軍糧一百三十餘石. 朝廷聞公被圍, 上下憂危, 及捷至, 只言: "賊以某日圍城, 以某日觧去", 一無張皇語. 議者咸言: "却賊易, 不伐功尤難."(『再造藩邦志』에 절록할 때 몇몇 글자와 어구를 바꿨다.)

105 선조의 보감은 숙종 때 『선묘보감(宣廟寶鑑)』으로 편찬되고, 정조 때 『국조보감』에 수록되었다.

106 『國朝寶鑑』卷31 선조조 8, 선조 25년(임진, 1592). 이정암은 사람들을 시켜 경솔하게 활을 쏘지 말고 적이 성에 기어오르거든 쏘아 죽이도록 했으며, 늙은이·어린이·부녀자까지 동원해서 문작이나 다락을 뜯어 방패로 삼고 쌓아둔 풀을 묶어 횃불을 만들고 가마솥을 벌여두고 물을 끓이게 했다. 적이 시초를 참호에 채우고 올라오면 이쪽에서는 횃불을 던져 태우고, 적이 긴 사다리로 성에 오르거나 판자를

"적이 거느린 군사 3,000여 명과 강음현 도적들을 합하여 예봉을 날카로이 하여 공격해 왔다."라고 했으나 『국조보감』은 왜군이 "해주·평산 등 여러 고을에 주둔했던 군사를 모두 징발하여 대거 침입해 왔다."라고 하여, 강음현 도적의 일을 은폐했다.

이항복의 「연성대첩비」에는 전란 후 이정암이 견책당한 사실을 언급하지 않았다. 이정암은 대첩 후 가선대부 동지중추부사에 제수되었다. 그런데 1594년(선조 27) 봄, 전라감사로 있을 때 주화를 주장하여 비난을 받자 스스로를 변호해야 했다.[107] 1600년 죽은 뒤 1604년에 이르러 선무공신 2등으로 월천부원군에 봉해지고 연안 현충사에 모셔졌다. 시호는 충목(忠穆)이다. 이정암은 대첩의 장계를 올릴 때, 어느 날에 성이 포위당하고 어느 날에 적이 포위를 풀고 떠났다고만 적었다. 자신의 만시에서도 공적을 자랑하지 않았다. 집에는 쌀 항아리가 비어 있었고, 옷은 고작 한 벌뿐이었다고 전한다.[108]

「몰운대비」

경상도 동래의 몰운대(沒雲臺)는 다대포와 낙동강 하구가 만나는 곳에 있다. 윗부분이 늘 구름에 묻혀 있으므로 그 이름이 생겨났다고 한다.[109] 왜란 때 부산포 해전에서 녹도만호 정운(鄭運, 1543~1592)이 이곳에서 전사했다. '雲'과 '運'이 동음이어서 정운이 자신의 전사를 미리 알았다고 한다. 정운의 8대손이자 다대포첨사인 정혁(鄭爀)이 1798년(정조 22)에 세운 「충신정공운순의비(忠臣鄭公運殉義碑)」의 뒷면 18행 글에 언급되어 있다. 이 글은 그해 3월 8일 이조판서 민종현(閔鍾顯)이 짓고, 훈련대장 서유대(徐有大)가 글씨를 썼다.[110]

지고 성을 훼손시키면 이쪽에서는 나무와 돌로 부수고 끓는 물을 퍼부었다. 또 적이 남산에다 높은 다락을 세워 판자 벽에 구멍을 내고 내려다보며 총을 쏘자, 성안에서도 흙담을 쌓아 막았다. 적은 밤안개를 틈타 서쪽 성으로 기어올랐는데, 성가퀴를 지키는 군사가 횃불로 40여 명을 태워 죽였다. 이렇게 나흘간 공방하니, 적도 탄환이 떨어졌다. 성안에서 환호하며 쇠북을 쳐 대자, 적은 시체를 모아 불을 지르고 퇴각했다. 이정암은 군사를 출동시켜 수급을 베어 오게 했다.

107 1594년에 왜적이 심유경을 통해 강화를 청했을 때 전라감사로 있던 그는 심유경의 말에 따르기를 청했다. 당시 주화는 주류가 아니었다. 그렇기에 성혼은 "이정암이 절개를 지켜 의(義)에 죽을 마음이 없다면 이런 논의를 하지 못할 것입니다."라고 인정했다. 하지만 이정암은 조목(趙穆)의 탄핵을 받았다. 성혼이 구제해서 중한 형벌은 면했다.

108 宋時烈,「月川府院君李公神道碑銘 幷序」,『宋子大全』卷156.

109 1740년(영조 16) 부사 朴師昌이 『東萊府志』를 편찬해서 정운의 사적을 기록했다. 이 책은 필사본으로, 55개 항목으로 나누어 상술했다. 題詠雜著에는 230여 편의 시를 실었다.

110 비문의 마지막에 찬자·서자를 밝혀 "崇政大夫行吏曹判書兼判義禁府事知經筵春秋館事弘文館提學五

정조 초 지중추부사 구선복(具善復)은 정운의 후손을 기용할 것을 청했다.[111] 이때 정운의 8세손 정계주(鄭繼周)가 사복시 내승직(內乘職)에 임용되었다. 정조는 다시 전교하길, "『충무전서』를 읽을 때마다 녹도만호 정운의 일을 보고 감탄하지 않은 적이 없었다. 이 사람이 몰운대(부산) 전투를 하지 않았다면 명량대첩이나 당포의 승리가 어찌 있을 수 있었겠는가!"라고 하고, 후손 정혁을 다대포첨사로 임명하고 정운에게는 특별히 병조판서를 추증했다.[112] 민종현은 「충신정공운순의비」에서, 이순신의 옥포·한산도 등 해전 승리가 모두 정운의 건의와 분의(奮義)가 발단이 되었다고 적었다. 글의 첫 부분만 보면 다음과 같다.

동래의 몰운대는 녹도만호 증병조판서 정운 공이 순절한 곳이다. 공이 처음 녹도에 부임했을 때 왜적이 온 나라의 군사력을 기울여 침략해 와서 먼저 영남로를 함락시키니, 임금께서 변방의 급보를 들으시고 서쪽 용만(의주)으로 행행하셨다. 이때 충무공 이순신이 호남좌도 수사로 있으면서 소속 진영 장수와 보좌관들을 모아 일을 의논하는데, 여러 사람들이 각기 의견이 달랐다. 공이 혼자 분연히 일어나 이 공에게 청하기를 "지금 적들이 영남을 함락했거늘 앉아서 보기만 하고 구하지 않으면, 자신도 똑같이 당하게 됩니다.[113] 적이 아직 우리 지경에 이르지 않았으므로, 급히 병사를 끌고 가서 공격하면 우리 사기가 씩씩해질 것이오, 또한 우리 수비를 견고하게 하는 방도가 될 것입니다. 하물며 지금 임금께서 피난 가 계시니, 이는 정녕 군주가 욕볼 적에 신하가 목숨을 바칠 때입니다. 제가 한 번 죽음으로써 여러 장수들의 선봉이 되겠습니다."라고 했다. 이 공이 장하게 여기고 그의 계책을 따라, 그날로 모든 부대에 명령을 내려 배를 타고 영남으로 향하게 했다.[114]

이 서술은 처음에 전라좌수사 이순신이 조정의 명을 기다리며 출전할 기회를 살피

衛都摠府都摠管閔鍾顯撰, 訓練大將嘉義大夫兵曹參判兼同知義禁府事訓練院都正徐有大書."라 했다. 경성대학교 부설 한국학연구소, 『부산금석문』, 부산뿌리찾기2, 부산광역시, 2002, pp.306-309.

111 『正祖實錄』卷12, 정조 5년(신축, 1781) 7월 11일(신해).

112 『正祖實錄』卷45, 정조 20년(병진, 1796) 7월 19일(임술).

113 '是行自及也'는『춘추좌씨전(春秋左氏傳)』양공(襄公) 4년조에 "무례한 일을 많이 행하면 반드시 자신에게 그런 무례한 일이 닥치게 된다[多行無禮, 必自及也]."라는 말에서 표현을 빌려 온 것이다.

114 東萊之沒雲臺者, 故鹿島萬戶贈兵曹判書鄭公運殉義之地也. 公始任鹿島, 倭賊傾國來寇, 先陷嶺南路, 上聞警急, 西幸龍灣以避之. 時李忠武公舜臣爲湖南左道水使, 會屬鎭及將佐與計事, 衆各異見. 公獨奮然請于李公曰: "今賊陷嶺南, 而坐視不救, 是行自及也. 賊未至吾境, 而急引兵擊之, 士氣可壯, 亦所以固吾守也. 況今君父蒙塵, 此正主辱臣死之秋. 我當以一死爲諸將先." 李公壯其言而從其策, 卽日下令諸軍乘船, 向嶺南.

는 가운데 다른 한편으로는 전라우수군과 합세한 이후에 출전할 태세를 취하고 있었던 사실과 부합하는 면이 있는 듯하다. 즉, 전라좌수군의 입장에서는 4월 30일 이전에는 경상도 해역에 출전하려 하지 않았다. 경상우수사 원균이 여러 차례에 걸쳐 이영남을 전라좌수영에 파견해서 구원을 청했으나 전라좌수사 이순신은 각기 분담 구역이 따로 있으므로 함부로 관내를 벗어날 수 없다고 했다.[115] 그런데 정운은 경상도로 출진할 것을 강하게 주장한 것이다.

「충신정공운순의비」에서 민종현은 정운이 한산도 등에서 늘 선등(先登)한 사실[116]과, 몰운대에서 죽음을 예감하고도 힘써 싸운 사실을 서술했다. 그리고 이순신이 앞서의 손죽도 해전에서 순절한 녹도만호 이대원(李大源)의 흥양 사우에 정운을 함께 배향하게 해달라는 장계를 올렸던 사실을 적었다. 실제로 이순신은 부산포 해전의 승첩 장계보다 먼저 「청정운추배이대원사장(請鄭運追配李大源祠狀)」을 올렸다. 흥양의 사당은 1683년(숙종 9) 쌍충사로 사액되었다. 민종현은 이어서 선조가 정운의 공을 인정하여 종2품 가선대부에 추증한 사실을 적었다. 그러나 이후 정운은 선무공신에 책록되었다가 탈락되었다.[117] 정운에 대한 온당한 평가는 정조 때 이루어졌다. 민종현은 정운이 지위가 낮았지만 분투하여 국난을 막아낸 사실을 칭송하여, 당나라 안녹산·사사명의 난 때 강회(江淮)의 보장(保障)인 수양(睢陽)을 지킨 진원 현령 장순(張巡)과 태수 허원(許遠)에게 견주었다. 이 비유는 적절하다고 할 수는 없다. 무명이었던 정운의 이름을 드높일 수사적 선택이었다고 해야 할 것이다.

아아! 공은 평소 스스로를 드러내지 않아 벼슬이 가장 낮았으나, 난리를 당해서는 분발하여,

---

115 柳成龍, 『懲毖錄』 卷1. "(均)使英男往舜臣請援, 舜臣辭以合有分界, 非朝廷之命, 豈宣擅自越境? 均又使英男往請, 凡往返五六不已. 每英男回, 均坐船頭, 望見痛哭."; 조원래, 「이순신과 鄭運―녹도만호 정운의 활동을 중심으로―」, 『이순신연구논총』 11, 순천향대학교 이순신연구소, 2009, pp.1-14.

116 遇倭船於玉浦. 我師初見賊, 莫敢先試其鋒. 公促櫓鳴鼓, 出諸將前, 擊劍勵士, 士無不殊死戰, 遂破其五十餘艘而焚之, 進至泗川破賊船, 前後近百艘, 戰必先登爲之倡, 又出遇賊於固城巨濟之間, 氣甚盛. 公請於李公, 誘賊至閑山大洋, 麾旗回檣, 以與賊薄炮跏盪海, 矢石彌空. 賊氣奪不敢戰, 遂奮擊大破之, 盡燒其船. 蓋自寇亂以後, 剋捷之盛, 未之有也. 報聞行朝, 上超授折衝將軍, 將大用之. 公則不有其功, 益勵志滅賊, 進趨釜山. 未至遇賊于沒雲臺下.

117 이와 관련해서 박회원(朴會源)의 『국조충의제신열전(國朝忠義諸臣列傳)』에 따르면, 9월 1일 몰운대 전투에서 남해현령 기효근(奇孝謹)이 적선의 물건을 건져내느라 정운의 부하 군사들이 다치자 정운이 기효근을 꾸짖은 일이 있었다고 한다. 선무공신을 책록할 때 정승 기자헌이 반대하여 정운은 빠지고 기효근이 책록되었다는 설이 있다. 조원래, 「이순신과 鄭運―녹도만호 정운의 활동을 중심으로―」, 『이순신연구논총』 11, 순천향대학교 이순신연구소, 2009, p.12.

말은 장대하고 매웠으며 의리는 엄하고 올바랐다. 계책을 결정하고 용맹을 먼저 떨쳐, 죽더라도 후회하지 않았다. 그로써 적의 예봉을 꺾어 국난을 막아냄으로써 중흥의 기틀을 마련한 위대한 공적은, 비록 그 몸은 먼저 운명했다 할지라도 그 공로는 짝할 바 없다고 하겠다. 지난날 당나라 장순(張巡)과 허원(許遠)은 수양(睢陽) 땅 하나로 강회(江淮) 지방을 보호하고 끝내 몸이 죽었다. 사람들은 천하가 망하지 않은 것은 두 사람의 힘이라고 평가했다. 뒷날 이순신 공과 정운 공에 대한 평가가 분명 장순과 허원보다 아래로 떨어지지 않을 것이다. 공처럼 지위가 낮으면서도 일에 앞장설 수 있었으니, 공은 더욱더 위대하고 빼어나며 비상한 사람이었다고 할 것이다.[118]

왜란과 관련한 승전비나 현창비로는 그 밖에 다음 비들이 있다.

① 「김시민전성각적비(金時敏全城卻敵碑)」: 진주성 싸움을 승리로 이끈 김시민 장군의 공을 새긴 것으로, 진주성 안 비각에 보존되어 있다. 진주 백성들의 발원으로 세웠으며, 성여신(成汝信)이 글을 지었다.

② 「충신의사단비(忠臣義士壇碑)」: 1793년(정조 17)에 건립된 비로 경북 상주에 있다. 왜군과 싸우다 전사한 윤섬·이경류·박호 등 순변사 이일 휘하의 충신 3명과 김준신·김일 등 상주 출신 의병장 2명을 포함한 5명의 충절을 포상하기 위해 정조가 내린 단비(壇碑)이다.

③ 「십사의사묘정비(十四義士廟庭碑)」: 1876년(고종 13)에 건립된 비로 경북 청도군 이서면 학산리에 있다. 비문은 1792년 무렵 동몽교관 김시찬(金是瓚)이 지었다. 뒷면에 1795년 무렵 형조판서 이가환(李家煥)이 지은 「십사의사합전(十四義士合傳)」을 새겼다. 박씨 집안의 공을 세운 10명, 전사한 2명, 추가로 공을 세운 2명을 기리려고 건립했다.

(3) 토적비

이인좌의 난 이후 토적비

영조 때 이인좌의 난 이후에는 공훈을 세운 인물들의 공적비를 세웠다. 일부는 토적의 사실을 크게 강조해서 '토적비'로 불러야 할 듯하다.

118　嗚呼! 公之在平時, 不自表見, 官最卑. 及其臨亂奮發, 辭壯而烈, 義嚴而正, 決計倡勇, 至死不悔. 用能摧賊鋒, 而捍國難, 以基中興之偉績. 雖其身先殞而功莫與爲倫. 昔唐之張巡許遠, 以一睢陽, 而藩蔽江淮, 卒以身死之. 議者以天下之不亡, 爲二人之力. 後之視李公及公者, 必不在張與許之下. 若公之微, 而能首事, 尤可謂奇偉特絶非常之士矣.

이인좌(李麟佐, 1695~1728)는 본관이 전주로, 본명은 이현좌(李玄佐)이다. 청주 송면 출신으로 전라감사 이운징(李雲徵)의 손자이며, 윤휴(尹鑴)의 손서이다. 정희량·이유익·심유현·박필현·한세홍 등 소론 과격파 및 갑술환국(1694) 이후 정계에서 소외된 남인들과 공모하여 소현세자의 증손 밀풍군 이탄(李坦)을 추대해서 정권을 탈취하려고 했다. 이인좌는 대원수라 칭하고, 동생 이웅보(李熊輔)를 보내 안음과 합천의 수령들을 쫓아내고 정희량과 조성좌를 각각 수령으로 임명했다. 1728년(영조 4) 3월 15일, 이인좌는 청주성을 점령하고, 이후 목천·청안·진천을 거쳐 안성·죽산에 이르렀다. 하지만 사로도순무사 오명항(吳命恒, 1673~1728)의 관군과 싸워 안성에서 패하자 죽산으로 도피했고, 칠장사(七長寺)에 숨었다가 마을 사람에게 잡혀 서울로 압송되었다. 3월 26일, 이인좌는 친국에서 역모의 전모를 공술했으며, 다음 날 군기시 앞에서 능지처참되었다. 영조는 유공자들을 세 등급으로 분류하여, 모두 15명에게 분무공신의 훈호를 내렸다. 이인좌의 난이 평정된 16년 뒤인 1744년 6월에 경기도 안성 군민들은 안성의 낙원동에 「오명항토적송공비(吳命恒討賊頌功碑)」를 세웠다. 비문은 조현명(趙顯命, 1690~1752)이 짓고, 글씨는 박문수(朴文秀)가 썼으며, 전액은 이광덕(李匡德)이 썼다.[119] 조현명은 이인좌의 난 때 오명항의 종사관으로 종군했고, 그 공으로 분무공신 3등에 녹훈되고 풍원군에 책봉되었다. 조현명이 찬술한 비문은 서와 명으로 되어 있다. 서의 부분은 네 단락이다. ⓐ 영조가 즉위 초에 역신 김일경과 목호룡을 참수한 이후, 무신년(영조 4, 1728) 봄 역당들이 청주성을 야습하고 목천과 청안, 진천을 함락시켰다. 행 병조판서 오명항이 토벌을 자임하자 영조는 즉석에서 사로도순무사로 제수하고 상방검을 하사했다. ⓑ 황선(黃璿)은 3월 18일(무진) 기병과 보병 2천으로 출병하여 22일에 소사에서 묵고 대군을 지휘하여 샛길로 달렸다. 23일에 중군 박찬신을 독려하여 정예병을 이끌고 급히 계룡산에 주둔한 적들을 치게 했다. 24일에 죽산 주둔의 적을 쳐서 크게 깨뜨리고, 그들의 부원수 행민을 베고 괴수 이인좌를 사로잡았다. 청주 지역은 이미 진압되었다. 추풍령을 넘어 진격하려 하다가, 적들이 안성과 죽

---

119 전제(篆題)는 「朝鮮國四路都巡撫使吳公安城討賊頌功碑」이며, 비제는 「輸忠竭誠決幾効力舊武功臣大匡輔國崇祿大夫議政府右議政兼領 經筵事監春秋館事海恩府院君贈謚忠孝吳公安城平賊頌功碑銘」이다. 찬자·서자·전액자에 대해서는 "從事官輸忠竭誠奮武功臣大匡輔國崇祿大夫議政府右議政兼領 經筵事監春秋館事 豐原府院君趙顯命撰, 從事官輸忠竭誠決幾奮武功臣資憲大夫兵曹判書兼知 經筵春秋館事靈城朴文秀書, 從事官嘉善大夫戶曹叅判兼弘文館大提學藝文館大提學李匡德篆."이라고 밝혔다. 본문은 조현명의 『歸鹿集』에 실려 있다. 趙顯命, 「安城紀功之碑」, 『歸鹿集』 卷16 碑銘.

380

산의 소식을 듣고 괴멸했으므로 전주에서 크게 사민에게 향연을 베풀었다. ⓒ 4월 19일(기해) 개선하자 영조가 수급을 받고, 이후 오명항을 수충갈성 결기효력 분무공신 해은부원군에 책봉했다. ⓓ 안성 사민들이 비석을 세우기로 하고 조현명에게 명시(銘詩)를 부탁했다. 이 ⓓ 부분에서 조현명은 오명항의 공적비를 세우게 된 동기를 말하면서, 오명항이 안성 공격 때 불화살을 사용하지 않은 일화를 첨부해서 그의 덕성을 부각시켰다.[120] 명시는 4언 38연 76구의 장편이다. 4구마다 환운을 하여 29개 운을 사용했다.[121] 비의 뒷면에는 오명항을 따른 지휘관들과 군사들의 이름이 나열되어 있다. 종사관 김시형(金始炯, 1681~1750)이 글씨를 썼다. 김시형은 이인좌의 난 때 호남안무사 겸 순안어사로 파견된 일이 있다.

승전비나 기적비는 한 인물의 행적을 선전하여, 실상보다 과장하여 심지어는 실상과 동떨어지는 경우가 있다. 이인좌의 난 때 공적을 세웠다고 전하는 황선(黃璿, 1682~1728)[122]을 위해 세운 비가 그 한 예이다. 황선은 영조의 반대로 1748년 10월에 어렵게 녹훈되었다. 황선의 사적을 칭송한 「평영남비(平嶺南碑)」가 1780년(정조 4) 11월 영남제일관(嶺南第一關), 즉 경상감영 남문 대로변[지금의 대구시 수성구 만촌동 남귀산(南龜山) 아래]에 건립되었다. 비문은 대사헌인 노론의 이의철(李宜哲)이 짓고, 황선

---

120 於是安城之士相與語曰: "公之入吾安也, 差一日, 吾屬其有遺乎? 公之功, 在社稷, 在八路. 然吾安之人德於公者尤深." 遂鳩財伐石爲紀功之碑, 以銘詩屬顯命. 時公之歿, 己久矣. 嗚呼! 淮蔡之功, 固卓卓然, 昌黎氏文之益光偉著後世, 顯命豈足以任此? 猥幸從事幕府, 詳於戰功則有之 其可終辭? 始賊夜犯, 風雨晦冥, 顯命請以火箭燒邑村爲明, 公曰: "如民命何?" 不從. 嗚呼! 此仁人之心, 余則妄庸. 安人之生寔賴公再全, 此又不可不知者.

121 往歲之春, 盜據上黨. 凶鋒濯血, 日夜北上. 承於恬嬉, 勇者股栗. 朝野駭沸, 社稷一髮. 王命吳公, 仗鉞南討. 靑龍始蟄, 竹山旋揭. 餘威所蹙, 嶺威亦靖. 雷轟霧廓, 坤奠乾整. 凱歌徐還, 臨門以迎. 書于猉猣, 儗古燧晟. 豐功偉澤, 均于大東. 安乃私之, 匪諛則蒙. 安人曰否, 公我父母. 賊發於淸, 實逼吾土. 有積根械, 賊所猖睍. 藪有伏甲, 嶺燧爲契. 賊方圖我, 我則不戒. 公運鬼籌, 馬首中改. 轟轟鐵騎, 燁燁虹旌. 如決怒湍, 橫注于坑. 乃降從天, 嶽嶺蠻覆. 賊愕不動, 而卒吭斧. 鷄鳴犬吠, 百里安堵. 始我安人, 如肉于俎. 今我安人, 夫犁婦杼. 盍視淸鑞? 曁陰陝昌. 淪爲賊有, 民俘且戕. 守走或戮, 邑降而鄕. 我守日章, 王紀其勞. 篏錦之城, 去擁朱旄. 小吏如益, 亦以功甄. 孰安且榮? 而與我肩. 是宜永圖, 金石于鐫. 嗚呼我公, 文武智勇. 山雲之出, 天雨時降. 知公用公, 惟上克明. 汝毋頌公, 善將惟王. 汝毋私公, 我告八方.

122 황선의 본관은 장수, 자는 성재(聖在), 호는 노정(鷺汀)이다. 황경원의 작은 할아버지인 황처신(黃處信)의 장남이다. 1710년(숙종 36) 진사를 거쳐 증광 문과에 병과로 급제했다. 1721년(경종 원년) 승지가 되었으나 노론 사대신과 함께 박필몽(朴弼夢)에게 탄핵을 받아 무장(茂長)으로 유배되었다. 영조 즉위 후 1725년 복직되었다. 경상감사로 있던 1728년 3월 이인좌의 난이 일어났다. 대구에서 급사한 후, 박사수(朴師洙)·김재로(金在魯) 등이 포상을 논했다. 1788년(정조 12) 포상을 받았다. 시호는 충렬(忠烈)이다. 黃景源, 「嘉善大夫慶尙道觀察使兼兵馬水軍節度使巡察使大丘都護府使贈議政府左贊成諡忠烈黃公行狀」, 『江漢集』卷20 行狀.

의 조카로 이조판서인 노론의 황경원(黃景源)이 글씨를 썼다. 이의철은 1763년에 성주목사 이보혁의 묘지명도 지었다. 「평영남비」는 영남관찰사 황선을 찬양하면서, 소론인 도순무사 오명항의 공적을 폄훼했다. 비석도 없어지고 탁본도 전하지 않는다.[123] 비문의 구성은 다음과 같다.

ⓐ 무신년(영조 4, 1728) 봄 영남의 난을 관찰사 황선이 토벌했다. 한 달이 지나 난은 평정되었지만 그해 4월 11일(신묘) 생을 마쳤다. 황선은 의정부좌찬성 겸 양관대제학으로 추증되고, 충열(忠烈)의 시호를 받았다.

ⓑ 황선은 황정욱(黃廷彧)의 7세손이다. 진사에 급제하고, 대사간을 지냈다. 1727년 가을 경상감사를 제수받아 진(鎭)으로 나갔다가 이듬해 난을 만났다.

ⓒ 황선은 상주·안동의 군사를 충주에 집결시키고 여러 고을 병사들을 조련시켜, 군사들을 강령(江嶺)에 주둔시켜서 이인좌의 세력을 막았다. 또 정예병 300명을 합천으로 보내자, 조정좌(曹鼎佐)의 부하 김계(金洎)가 항복했다. 선산부사 박필건(朴弼健), 고령현감 유언철(兪彦哲)과 합세해서 이인좌의 아우 이웅보(李熊輔)를 생포하여 영남을 평정했다.

ⓓ 황선이 난을 평정하지 못했다면 국가가 위태로웠을 것이다. 황선은 백성을 다스리고 병사를 쓰는 것에 법도가 있었으며, 기의(機宜)에 들어맞았다.

ⓔ 합천현감 이정필(李廷弼)이 도주하여 죄수 조정좌가 탈출하게 놓아두었다는 이유로, 황선은 이정필을 붙잡아 조정에 죄를 청했다. 직후에 황선은 대구에서 죽었다. 정언 권혁(權爀)이 황선의 돌연사 진상을 조사하기를 청했으나, 관찰사 박문수가 '옥사를 느슨히 처리했다.'

ⓕ 황선이 죽은 지 13년 뒤 영남 백성과 선비들이 감영 남쪽 남귀산(南龜山) 아래 민충사를 세웠다. 다음 해에 조정은 공사(公祠)를 폐지했지만, 여러 사람이 다시 단을 쌓고 비석을 세우기로 하여 이의철에게 글을 구했다. 이의철은 황선이 국가를 보존했으나 불행히 죽어서 묘식(廟食)도 하지 못하므로 그 이치가 슬퍼할 만한 것이므로 서문을 쓴다고 했다.

묘주의 전투 성과를 기록한 ⓒ, 묘주가 급사한 것을 의문시한 ⓔ가 중심이다. ⓒ의 핵심 부분만 보면 다음과 같다.

123 찬자·서자·전액자는 "嘉義大夫司憲府大司憲兼同知經筵春秋館事弘文館提學李宜哲撰, 從子崇政大夫行吏曹判書兼知經筵事弘文館大提學藝文館大提學知春秋館事成均館事世孫右賓客景源書兼篆."이라고 명시했다. 건립 일자는 '崇禎紀元後三庚子(정조 4, 1780년)十一月▽日'이라 적었다. 조선총독부 편, 『조선금석총람』, 일한인쇄소인쇄, 1919; 아세아문화사, 1976 영인.

적의 괴수 이인좌는 호서에서 병사를 일으켜 밤에 청주를 습격하여 절도사 이봉상을 살해하고 상당성에 웅거했으며, 그의 동생 이웅보는 영우에서 일어나 도당인 정희량(鄭希亮)·나숭건(羅崇建)과 함께 안음·거창·함양·합천을 연이어 함락시켰다. 죄수 조정좌가 탈옥하여 군을 차지하고 삼가의 군대를 아울렀는데 이웅보의 원조를 받았다. 공은 우선 상주·안동의 군사를 일으켜 충주에 집결시켰고 여러 고을의 병사들을 더욱 조련시켰다. 그리고 그 군사들을 12채로 나누어 강령의 요충지에 주둔시켜서 이인좌의 세력을 막았다. 또 성주목의 이보혁(李普赫)에게 격문을 보내어 우방장으로 삼고 조정좌를 토벌하게 했다. 그리고 관군과 반란군이 경계에서 늘어서 진을 치며 서로 마주하고 있을 때, 이웅보는 거창에서 7만을 불러 모았다. 이에 대해 공은 5로로 병사를 진격케 하여 거창에 이르게 했다. 이보혁은 여러 병사들에게 맹서했고 사졸들로 하여금 '왕의 군사'라고 적어 가슴 앞에 표시하게 했다. 스님인 해림(海琳)과 철묵(哲默)으로 하여금 적진으로 들어가 무엇이 화가 되고 무엇이 복이 되는지를 알려주도록 하니 적은 크게 두려워했다. 공이 특별히 정예병 300명을 내보내서 우방의 장졸과 합하여 재빨리 합천으로 나아가게 하자, 조정좌는 크게 놀라고 군은 괴멸되었으며 조정좌의 장수 김계가 그를 베어 항복했다. 이에 이웅보는 형세가 고립되는 한편, 여러 군들이 모두 이곳에 결집되었으므로 그 무리들은 도망하여 흩어진 자들이 많았다. 공은 선산부사 박필건을 지례현으로 나아가게 하고 또 고령현감 유언철(兪彦哲)을 우두산 서쪽 계곡에 몰래 매복시켰다. 그러자 이웅보는 과연 밤에 거창을 버리고 서곡으로 나아가다가 매복군을 만나게 되었고 그는 되돌아 도망하던 중 총환을 맞고 성초역(省草驛)에 이르렀다. 관군들이 추격하여 희량과 숭건을 모두 사로잡아서 드디어 영남을 평정했다.[124]

명(銘)은 4언 50구의 장시이다.[125]

---

124 於是逆魁李獜佐, 自湖西起兵, 夜襲淸州, 殺節度使李鳳祥, 據上黨城. 其弟熊輔, 起嶺右, 與其黨鄭希亮·羅崇建, 連陷安陰·居昌·咸陽及陝川, 囚曹鼎佐脫獄, 據郡幷三嘉軍爲熊輔援. 公先發尙州·安東兵, 會忠州, 益調諸州兵, 分十二寨, 屯江嶺要害, 以遏獜佐之勢, 又檄星州牧李普赫爲右防將, 以討鼎佐, 而界上列成相望. 熊輔時在居昌, 衆號七萬. 公逾五路進兵, 薄居昌普赫, 誓衆令士卒皆書王師, 以表胷前. 得浮屠海琳·哲默, 入賊陣, 諭以禍福. 賊大懼, 公又別出精兵三百, 合右防將卒, 疾趨陝川. 鼎佐大驚, 軍潰, 其將金洎斬之以降. 於是熊輔勢孤, 而諸軍並集, 其衆多亡散. 公旣令善山府使朴弼健, 趨知禮縣, 又密遣高靈縣監兪彦哲, 伏牛頭山西谷中. 熊輔果夜棄居昌, 趨西谷, 遇伏, 還走, 中銃丸不殊. 至省草驛, 官軍追擊之, 希亮·崇建, 俱就擒. 嶺南遂平.

125 汨灘之難, 嶺盜兩猘. 首尾一身, 內連外綴. 不惟于則, 觀其敵□. 爲國督奸, 時維忠烈. 惟此忠烈, 文武之揭. 機神明鑑, 動無遺畫. 江關斷險, 勾卒連柵. 居昌虜巢, 其衆七萬. 旣翦陝援, 勢折乃頓. 牛頭宵覆, 賊遂死咋. 盖此姦萌, 非一日積. 士民詿誤, 嶺陬又甚. 今玆之役, 逆順酒審. 公惠在人, 於嶺尤偏. 功施甫卒, 公遽不還. 事有可疑, 仇者不得. 邦人恫慕, 日遠靡極. 何以醻之, 愍忠有祠. 歲事時修, 以揭以安. 闕于朝今, 去廟而壇. 其壇三成, 上有崇碑. 螭首龜趺, 文以詩之. 琴水悠悠, 南民之思. 公去無歸, 其存者長.

1791년(정조 15) 3월 초 진주에 도착한 정약용은 부친을 모시고 성주로 행차하여 황선을 기리는 비를 보고, 「부친을 모시고 성주에 행차하여[陪家君行次星州]」 시에서 비판적인 뜻을 드러냈다.[126] 왕양명, 즉 왕수인이 전투에 나가 공을 세우고 그 공적을 자신의 것만으로 삼지 않고 군관이 편비의 공훈까지 상주한 일을 말하여, 황선의 공적비에서 이인좌의 난 때 토벌의 공을 황선에게 돌린 것을 비판했다.

이인좌의 난을 진압한 관군의 공로를 기념한 또다른 비로 「이보혁무신기공비(李普赫戊申紀功碑)」가 있다. 1784년(정조 8) 지금의 경북 성주군 성주읍에 세운 것이다. 비문은 홍양호(洪良浩)가 짓고, 글씨는 조윤형(曹允亨)이 썼다.[127] 이보혁(1684~1762)은 이인좌가 반란을 일으켰을 때 성주목사로 있었는데, 안찰사가 우방장으로 임명하자 지례·거창·고령 세 고을의 군속들을 불러 군병을 모으게 했다. 그리고 성주 양장평에서부터 합천으로 쳐들어가면서 거창의 적로를 차단하고 북쪽 길도 봉쇄했다. 또 후방의 진에 격문을 보내 적이 달아날 남쪽 길도 차단했다. 이후 오명항의 승리 소식이 전해지자 이인좌의 무리였던 박필현(朴弼顯) 부자가 무너졌다. 난이 평정된 후 이보혁은 수충갈성분무공신에 책록되고 인평군이라는 작호를 받았다. 성주의 일부 사람들은 이보혁이 계책을 써서 적과 싸우지 않고도 적을 무너지게 했다고 평가했다. 홍양호는 비문의 서문 마지막에 다음과 같이 적었다.

변란이 바야흐로 일어났을 때, 승평의 나날이 오래되어 인심이 뒤흔들렸으며, 여러 고을들이 멀리서 바라만 보고도 달아나 숨고, 장수는 병사를 끼고도 관망만 했거늘, 오직 공만이 몸을 날려 무기를 손에 들고, 곧장 적의 소굴을 짓이겨 흉추들이 머리를 한데 모으고 죽자, 적을 섬멸할 것을 해를 가리키며 맹세했다. 공이 아니었더라면 영남과 영서는 나라의 것이 아니게 되었을 것이다. 그 공이 위대하여라! 더구나 방책에 따라 덫을 놓고, 토벌에 앞서 계책을 세워, 칼날을 접하여 교전하지 않고도 앉아서 모든 공을 거두었음에랴! 병서(『손자병법』「모공(謀攻)」—역자 주)에 "군사를 잘 쓰는 사람은 전투를 하지 않고도 상대의 군병을 굴복시킨다."라고 했는데, 이는 공을 두고 한 말이다. 성주 사람들은 당시 일을 어제 일처럼

匪我惟私, 邦家之光.

126 畫閣星州路, 黃璿有勒碑. 文章須直筆, 韜略出英姿. 未見鏖兵處, 長懷奏捷時. 陽明眞善士, 勞績訟褊神.

127 전제(篆題)는 「星山紀功碑」, 해서비제는 「仁平府院君忠貞李公戊申紀功碑」이며, 찬자·서자·전액자는 "嘉義大夫禮曹參判兼同知經筵春秋館事洪良浩撰, 通訓大夫前星州牧使秃用鎭兵馬節制使曹允亨書幷篆."이라고 밝혔다.

이야기하고는 하지만, 토벌에 참가했던 장교와 병사들이 늙고 죽어 장차 다 없어질 것이기에 기필코 돌에 새겨 후세에 전하려 하는 것이 아무래도 마땅하지 않겠는가?[128]

홍양호는 이 서문 뒤에 '시'를 이었다. 4언 18연 36구로, 매 4구마다 환운하는 형식이다.[129]

이보혁은 공명과 부귀를 누리고 자손은 번성했다. 하지만 이보혁은 이인좌를 따른 합천의 조성좌(曺聖佐)가 처형당한 후 경상도 합천 묘산면 도옥의 촌민을 학살했다는 비판이 있다. 안산 출생의 서얼 문인 성대중(成大中, 1732~1812)은 『청성잡기(青城雜記)』에, 사람들은 이보혁이 조성좌와 내통했다가 마을 사람들을 죽여 입을 막은 것이 아닌가 의심했으며, 이렇게 학살했으니 다음 무신년에는 집안에 재앙이 닥치리라 수근거렸다고 적었다. 다음 무신년인 1789년의 10월, 이보혁의 손자 이재간(李在簡)은 왕실과 조정을 비방한 상소를 했다고 하여 진도로 귀양 가던 길에 과천에서 객사했다. 사람들은 응보라고 여겼다.[130]

또한 이인좌의 난 때 죽은 이술원(李述原)을 기리는 「포충사묘정비(襃忠祠廟庭碑)」가 경남 거창군 웅양면 노현리에 있다.[131] 비문은 송환기(宋煥箕)가 짓고, 글씨는 송치규(宋穉圭)가 썼으며, 전액은 이계원(李棨源)이 썼다. 이술원은 거창 출신 무신이자 좌수로, 사헌부 대사헌에 증직되고 충강(忠剛)의 시호를 받았다. 포충사에 제향되었다. 이인좌가 북상하고 정희량이 안의현에서 합세할 무렵, 이술원은 거창현감 신정모(申正模)로부터 군사권을 위임받아 대적했다. 정희량에게 생포되어 모진 고문을 받았으나 굴하지 않다가 살해되었다. 「포충사묘정비」는 이술원의 가계와 이인좌의 난 때의 활

---

128 方亂之作也, 升平日久, 人心波蕩, 列郡望風而逃竄, 帥臣擁兵而觀望. 惟公奮身提兵, 直擣巢穴, 群醜騈首, 指日勦滅. 微公則大嶺西南非國家有也,其功偉矣! 況其隨方設機, 先事伐謀, 不待交鋒, 坐收全功! 兵志曰: '善用兵者, 不戰而屈人兵', 公之謂也. 星州之人尙說當時事如昨日, 而從征將士, 老死且壇, 則必欲鑱之石而傳諸後, 不亦冝乎?

129 惟戊之春, 方內弗靖. 三路搆亂, 實倡于嶺. 公仗厥義, 提戈剔藪. 不懾不疑, 談笑指顧. 揚威出奇, 前薄後扼. 不亡一矢, 羣盜自縛. 如火始炎. 撲之澆之. 如獸始噬, 畢之掩之. 王旅載旋, 旌旆燊燊. 士女齊迓, 牛酒嬉嬉. 王報公勞, 金珥鎔編. 血牲盟壇, 僅御土田. 施于孫子, 永世休顯. 匡勇曷奮? 匡忠曷勸? 星山□□, 其石不磨, 鑱公之績, 星人戶歌. 非我私公, 公跡攸起. 公去詩存, 徵于國史.

130 成大中,『青城雜記』卷4 醒言.

131 탁본이 성균관대학교 박물관에 있다. 전액은 「忠臣贈大司憲南公廟庭碑」이고, 비제는 「襃忠祠廟庭碑」이다. 찬자·서자·전액자에 대해서는 "崇祿大夫議政府右議政兼成均館祭酒宋煥箕撰, 通訓大夫司憲府執義兼經筵官宋穉圭書, 嘉善大夫吏曹參判兼同知 經筵春秋館義禁府事五衛都摠府副摠管李棨源篆."이라고 밝혔다. 송환기 찬술의 비문은『性潭集』에 들어 있다. 宋煥箕,「襃忠祠廟庭碑」,『性潭集』卷18 碑.

약상, 그리고 아들 이우방(李遇芳)이 아버지의 원수를 갚은 일화 등을 기록했다. 이 비문의 핵심은 영조 때 서원에 사액하고 1788년(정조 12) 윤음을 선포하고 치제했다는 사실이다. 즉, 비문은 첫머리에 "아! 생각건대 이 응양의 포충사는 바로 대사헌에 증직된 이 선생을 배향한 곳이다." 하고, "조정에서 그동안 포상하는 은전을 강구하지 않은 것이 없었고 마침내는 사원에 사액하게 되었으니, 아! 성대한 일이로다."라고 칭송했다. 글 마지막에는 "지난번 군탄의 옛 갑자[申]가 돌아오는 때에 정조가 윤음을 내려 추모하는 감회와 충절에 보답하는 뜻을 깊이 나타내시고 직접 공의 제문을 지으셨는데, 거기에 '사당에 나아가서 제사하고 녹(祿)이 후손에게 미치게 한다.'라고 했다. 아! 양양한 영령이 응당 한량없이 감격하여 목메어 울 것이로다."[132]라고 특별히 기록했다.

홍경래의 난 이후 기적비

1812년(순조 12) 4월 홍경래의 난이 진압된 후, 정주현감 이신경(李身敬)은 종사관 조수삼(趙秀三, 1762~1849)을 시켜 「정원난후효대소민인(定原亂後喩大小民人)」과 「정주진폐사목공이문(定州陣弊事目公移文)」을 짓게 하여 민심을 안정시켰다. 다음 해 정월 14일에 왕사로 죽은 이들을 제사 지내라는 왕명이 내리자, 19일 조수삼을 시켜 「제전망제장졸문(祭戰亡諸將卒文)」과 「제난사제인문(祭亂死諸人文)」을 짓게 했다. 1814년 9월에는 평안도 관찰사 정만석(鄭晩錫)이 정주성 전몰 장졸을 위한 기적비문(紀績碑文)을 조수삼에게 짓게 했다. 글을 새긴 기적비는 전하지 않는다. 조수삼은 홍경래의 난의 경과를 장편시 「서구도올(西寇檮杌)」에서 자세히 서술했다.[133] 이후 1822년(순조 22) 정월, 안주목사 유응환(兪應煥, 1763~?)[134]이 찬술한 비문을 새긴 승전기적비가 건립되었다. 전제(篆題)는 「승전비(勝戰碑)」인데, 비제는 「안주승전기적비(安州勝戰紀蹟碑)」이다.[135] 난을 진압하는 단계마다 공로자 명단을 열거한 특이한 글이다. 첫머리는

---

132 "曩値湺灘之舊甲云回, 正宗大王特降綸音, 深致追感酬忠之意, 御製祭公文有曰: '卽祠而祀, 錄及後裔.' 噫! 洋洋英靈, 應有以感泣靡極矣." 정조의 치제문은 『弘齋全書』 卷21에 「贈大司憲李述原褒忠祠致祭文」이라는 제목으로 수록되어 있다.

133 심경호, 『한국한시의 이해』, 태학사, 2000, pp.541~542.

134 본관은 기계(杞溪), 자는 덕보(德甫)이다. 1789년(정조 13) 식년시에서 진사 3등 21위로 합격하고, 1800년(정조 24) 별시에서 병과 16위로 급제했다. 1810년(순조 10) 홍문록에 뽑혔고, 1821년(순조 21) 사간원대사간에 임명되었다. 1822년(순조 22) 안주목사로 재직 때 비리가 적발되어, 평안남도 암행어사 박내겸(朴來謙)의 탄핵을 받았다. 1826년(순조 26)에 사면되어 재차 대사간에 임명되었으며, 1831년(순조 31) 사은부사로 중국을 다녀왔다.

135 조선총독부 편, 『조선금석총람』, 일한인쇄소인쇄, 1919; 아세아문화사, 1976 영인. 현재 탁본은 전하

임지환(林之煥)의 말을 인용하는 방식으로 그 의기를 현양했다.

홍경래가 난을 일으켰을 때 적에게 함락된 주군을 총괄하면, 박천(博川)·가산(嘉山)·정주(定州)·곽산(郭山)·선천(宣川)·철산(鐵山)·용천(龍川)·태천(泰川)이고, 성을 지켜 적이 범하지 못한 곳이 청북·의주·청남·안주였다. 떨쳐 일어나 자신을 돌보지 않고 위험에 닥쳐 목숨을 바친 자는 가산군수 정시(鄭蓍) 및 그의 아버지 정노(鄭魯), 의주인 허항(許沆), 정주인 한호운(韓浩運)·백경한(白慶翰), 가산의 김대택(金大宅), 영남의 제경욱(諸景彧), 안주의 임지환이다. 지환은 납서(蠟書: 밀서)를 가지고 의주로 갔으나 적을 만나서도 굽히지 않았고 죽음에 임하여 하늘을 우러러 불복하여, "나는 하늘의 해를 보고 죽으리라!"라고 했다.[136]

그 다음은 충의로 일어나 지혜와 용기를 다하여 적을 깨뜨리는 데 공을 세운 자들을 열거한 후, 1811년 11월 8일 홍경래가 안주를 쳤으나 목사 조종영(趙鍾永)이 고수하여 홍경래가 정주로 물러난 사실을 적었다.

신미년 11월 8일 적이 당을 모아 가산군수 정시를 죽이고 그대로 곧바로 안주를 치니, 성안 사람들이 두려워 떨자, 목사 조종영이 성을 넘어 도주하는 자를 참수하여 고시하자, 대중의 마음이 마침내 안정되었으므로 성을 닫고 굳게 지켰다. 이에 절도사 이해우(李海愚)가 우후 이해승(李海昇), 함종부사 윤욱렬(尹郁烈), 순천군수 오치수(吳致壽), 곽산군수 이호식(李祜植)을 보내서 병사를 이끌고 공격하니 적이 정주로 물러나 숨었다.[137]

그리고 관군이 출동한 사실을 간략하게 적고 정주성 공략은 적지 않은 채, "임신년 4월 19일 적이 토벌되자 성중에서 적을 따르던 자 2,000명을 참수했고, 토벌한 장사들을 논공했다. 김견신이 가장 두드러졌고, 수성장 오명협·변응렴, 절충 김려홍이

지 않으며, 기계유씨의 행장·비지·문헌을 정리한 『기계문헌』에도 들어 있지 않다.

136 兪應煥, 「安州勝戰紀蹟碑」. "摠景來稱亂而州郡之陷于賊者, 博川嘉山定州郭山宣川鐵山龍川泰川. 其守城而賊不敢犯者, 淸北義州淸南安州. 其奮不顧身臨危授命者, 嘉山郡守鄭蓍及其父魯義州人許沆定州韓浩運白慶翰嘉山金大宅嶺南諸景彧安州林之煥. 之煥賫蠟書往義州遇賊不屈臨死, 猶仰天不伏曰: '吾見天日而死!'"

137 辛未十一月八日, 賊聚黨掩殺嘉山郡守鄭蓍, 仍直擣安州, 城中惱懼, 牧使趙鍾永斬踰城而走者以徇, 衆心乃定, 閉城固守. 於是節度使李海愚, 遺虞候李海昇, 咸從府使尹郁烈, 順川郡守吳致壽, 郭山郡守李祜植, 將兵擊之. 賊退竄定州.

다."[138]라고 매듭지었다. 명(銘)은 4언 46구, 통압을 이용한 일운도저 형식이다.

승평 세월이 오래되어, 백성들이 병화를 몰랐기에

갑자기 적을 만나서, 날짐승 숨고 길짐승 달아나 듯하자

역적 홍경래와 요망한 이희저(李禧著)가, 제멋대로 발광하여

선천이며 정주며, 차례로 함락되었으며

적의 유격 기마가 먼저 이르러, 강 건너에 바라보이니

인심의 향배가, 적의 세력이 어떠한가에 달려 있을 때

아슬아슬 위태로운 그 상황에, 오로지 안주 병영만 남아

다행히 윤리를 굳게 지켜, 윗사람 친히 하고 어른 위해 목숨 바칠 뜻에서

역적과는 갈라서서, 충의로 선창하자

어떤 이는 앞에 나서길 자원해서, 불을 밟고 뜨거운 물로 달려들 듯하고

어떤 이는 머물러 지켜, 조만간 진지의 벽을 기어오를 기세였으며

어떤 이는 지모와 용기를 다하고, 어떤 이는 충정을 바쳤으며

어떤 이는 갑병을 수선하고, 어떤 이는 군량을 공급하니

적이 더 이상 버티지 못하고, 하나 남은 정주 성으로 달아났네.

조정에서 반란을 우려해서, 왕사가 서쪽으로 정벌하니

날씨는 춥고 눈도 내리거늘, 백성들이 호장(壺漿) 들고 맞이했네.

한편으로 전투하고 한편으로 지키며, 마침내 깨끗이 소탕했도다.

예로부터 서쪽 변방은, 자주 침략을 겪었지만

어찌 생각했으랴 토적이 일어나, 다섯 달이나 버틸 줄을.

죽은 자는 대의에 순절하고, 산 자는 높은 상을 받은 것은

오로지 열성조가, 강상을 부식하고 갑사를 배양한 덕이로다.

돌을 베어다가, 살수 가에 세우나니

천추만대에 이르도록, 여기 새긴 명을 보아라.[139]

---

138 壬申四月十九日賊平. 城中從賊者二千人悉斬之, 將士以次論功. 金見臣最顯守城將吳命協邊膺廉折衝金麗興.

139 昇平日久, 民不知兵. 猝然遇賊, 鳥竄獸驚. 逆景妖著, 得肆猖狂. 若宣興定, 次第淪喪. 游騎先至, 隔江相望. 人心向背, 賊勢重輕. 岌岌乎殆, 維安之營. 幸茲秉彝, 親上死長. 逆順自分, 忠義先猖. 或願居前, 蹈火赴湯. 或願留守, 朝暮乘障. 或殫智勇, 或效貞亮. 或繕甲兵, 或給餽餉. 賊不能支, 退走孤城. 朝廷憂之, 王師西征. 天寒雨雪, 壺漿以迎. 且戰且守, 卒乃廓清. 自昔西陲, 累經搶攘. 豈料土賊, 五月相抗? 沒殉大義, 生蒙顯賞. 亶由列聖, 扶植培養. 有斬其石, 澁江之汀. 千秋萬代, 視此鐫銘.

388

「안주승전기적비」는 홍경래의 난에 목숨을 바친 가산군수 정시, 의주 사람 허항, 진압에 공을 세운 안주 전 영장 최진일(崔鎭一) 등의 공로를 기념했다. 이에 비해 홍직필(洪直弼, 1776~1852)은 정시 부자와 제경욱의 의로운 죽음을 높이 평가했다. 주희가 「정충민절묘비(旌忠愍節廟碑)」에서 순절자 장숙야(張叔夜)와 정양(鄭驤)의 고사를 표창한 것을 본받아, 세 사람을 입전하려고도 했다.[140] 하나의 사건에서 승전(평정)을 강조하느냐 순절을 강조하느냐에 따라 입비·입전의 대상이 달라질 수 있는 것이다.

5. 사묘비, 고릉비, 묘정비

조선 조정은 기자를 문화의 조상으로 추숭하면서 평양에 기자 사당을 만들고 묘비(廟碑)를 세웠다. 그리고 국학을 정비하고 그 위상을 확립하고자 문묘비(文廟碑)를 세웠다. 조선 초의 변계량(卞季良, 1369~1403)이 「기자묘비명(箕子廟碑銘)」과 「유명조선국학신묘비명(有明朝鮮國學新廟碑銘)」을 찬술했는데, 전자는 기자 현창 사업을 대표하고, 후자는 국학 정비 사실을 알려준다. 두 글은 『동문선』에 실렸다. 조선 중기 이후 조선 조정은 전조의 왕릉에 비석을 세워 민심을 수습했다. 또 선정(先正)의 유적지에 기념비를 세웠다. 하지만 생사(生祠)를 세우지는 않았다.[141] 주요 학맥이나 지방의 유림들도 서원과 사당의 묘정비(廟庭碑) 건립에 적극적이었다.

(1) 기자묘비

변계량의 「기자묘비명」[142]은 기자 추숭의 기점이 된 글이다. 조선 중기에 윤두수(尹

---

140 洪直弼, 「與申洛淸(㟓)」(壬申), 『梅山集』卷20 書. "聞近故忠臣鄭公著殉節事實, 謄在尊丌云, 可能借示否? 西陲之警, 不過潢池之盜弄, 變生倉卒, 故列郡未及爲備, 望風奔潰, 不走則降. 獨鄭公父子, 不畏義死, 不榮幸生, 授命以成仁, 罵不絶口, 如顔杲卿·袁履謙, 闔門爭死, 如卞壺·劉琰, 未可謂二十四郡無一人義士也. 且諸公景或, 自願從征, 杖劍而下, 身先士卒, 親冒矢丸, 南門之役, 不旋踵而死, 眞隕其生而不悔者也. 鄭是名儒之孫, 諸是忠臣之後, 人不可以不觀世類也. 西土之役, 死者三人, 而咸出於山南. 山南風敎之美, 可見於此矣. 是爲一路之光, 竊爲執事者賀焉. 卽今兇醜幾殄滅無遺, 抑三人者英魂毅魄, 化厲以滅賊耶? 諸公晉州人, 距玆土伊邇. 可聞立薦事否? 竊附朱先生表章張忠文·鄭威愍故事, 欲爲三人立傳, 故要得其詳耳. 腐筆未足以不泐人, 而聊敍執鞭之願已矣."

141 李圭景, 「生祠生碑辨證說」, 『五洲衍文長箋散稿』, 人事篇, 論禮類, 墓冢祠碑.

142 卞季良, 「箕子廟碑銘幷序」, 『春亭集』卷12 碑誌; 卞季良, 「箕子廟碑銘」, 盧思愼·徐居正等, 『東文選』卷121 碑銘.

斗壽)의 『기자지(箕子志)』, 이이(李珥)의 『기자실기(箕子實記)』가 이루어지고, 조선 후기에 서명응(徐命膺)의 『기자외기(箕子外記)』가 편찬되었다. 평양에는 1691년(숙종 17)「평양정전석표(平壤井田石標)」가 건립되었다. 1889년(고종 26)에는 「기자능비(箕子陵碑)」, 「기자능표(箕子陵表)」, 「기자묘재실비(箕子墓齋室碑)」 등이 건립되었다.

1428년(세종 10) 4월 12일(갑자) 기자 사당이 낙성되자,[143] 세종은 비를 세우도록 명했다. 변계량이 지은 「기자묘비명」의 제1단은 세종이 입비(立碑)를 전지한 내용을 기록했고, 제2단은 기자 추숭의 이념을 길게 주장했다.[144] 즉, 기자가 사문에 끼친 공덕을 강조하고, 세종이 제전 의례를 마련한 것이 정당하다고 밝혔다. 제3단은 왕명으로 사당을 짓고 제전을 둔 일, 백성을 복호(復戶: 세금 면제)해주고 관리를 맡긴 일을 서술했다. 제4단은 4언 18연 36구의 장중한 명을 붙였다.

조선 조정은 『서전대전(書傳大傳)』과 『사기(史記)』의 기자동래설에 근거하여, 기자가 고대 한국에 문화를 전수하고 백성을 교화했다고 공인했다. 하지만 기자 일화에는 네 가지 쟁점이 있었다. 첫째, 기자의 양광(佯狂) 행위를 평가하는 문제이다. 『사기』「은본기(殷本紀)」를 보면, 기자는 비간(比干)의 죽음을 보고 두려워하여 거짓으로 미친 척해서 노복이 되었다고 했으나, 『논어』는 이 점을 거론하지 않았다. 둘째, 무왕이 기자를 조선에 책봉하되 그를 신하로 간주하지 않은[不臣] 모순이다. 셋째, 기자가 「홍범(洪範)」을 주나라 무왕에게 전수하면서 조선에는 8조만 전한 이유이다. 넷째, 공자가 말한 삼인(三仁: 箕子·微子·比干)과 맹자가 말한 삼성(三聖: 伊尹·柳下惠·伯夷)의 관련성이다.[145] 이 가운데 네 번째 문제는 박지원(朴趾源, 1737~1805)이 태공(太公)을 삼인이

---

143 당일은 왕세자와 백관들을 거느리고 황태자의 책봉을 축하하는 표전(表箋)을 배송한 날이다. 판한성부사 이종선(李種善)과 동지총제 김익생(金益生)이 표전을 받들고 갔다. 이날 세종이 기자묘비의 건립을 명한 것은 조선 문화의 구원성(久遠性), 정통성을 선포하려는 의도에서 비롯되었을 것이다.

144 臣竊惟孔子以文王箕子, 並列於易象, 又稱爲三仁, 則箕子之德, 不可得而讚也. 思昔禹之平水土也. 天錫洪範, 彝倫敍矣. 然其說未嘗一見於虞夏之書, 歷千餘年, 至箕子而始發, 向非箕子爲武王陳之, 則洛書天人之學, 後之人何從而知之. 箕子之有功於斯道也, 豈偶然哉? 箕子者, 武王之師也. 武王不以封於他方而于我朝鮮, 朝鮮之人, 朝夕親炙, 君子得聞大道之要, 小人得蒙至治之澤, 其化至於道不拾遺, 此豈非天厚東方. 界之仁賢, 以惠斯民, 而非人之所能及也耶? 井田之制, 八條之法, 炳如日星, 吾邦之人, 世服其敎, 後之千祀, 如生其時, 愀然對越, 自有不能已者矣. 洪惟我▽恭定王聰明稽古, 樂觀經史, 而我▽殿下以天縱睿哲之資, 緝熙聖學, 其於洪範九疇之道, 盖有神會, 而心融者矣. 所以作之述之, 以致其崇德報功之典者, 出於至誠, 實非前代君王所可得而儷也. 卿士若民, 相率而起, 是訓是行, 以近▽天子之耿光, 而得與於敷錫之福也無疑矣. 於戲盛哉!

145 『論語』「微子」. "微子去之, 箕子爲之奴, 比干諫而死. 孔子曰: 殷有三仁焉."; 『孟子』「萬章 下」. "孟子曰: 伯夷, 聖之淸者也; 伊尹, 聖之任者也; 柳下惠, 聖之和者也; 孔子, 聖之時者也."

나 삼성에 넣지 않은 것에 의문을 제기하고 삼인·태공·백이의 오인(五仁)을 상수(相須)의 관계로 설명해서 해결하게 된다.[146] 변계량의 비문은 이상의 네 가지 문제를 전혀 다루지 않고, 기자성인설과 기자동래설을 거듭 강조하기만 했다.

1576년(선조 9) 선조는 평양 창광산(蒼光山) 아래 서원을 세우고 강당을 설치하여 '홍범(洪範)'이라 명명하고, 1608년에는 인현(仁賢)으로 편액하도록 했다. 1612년(광해군 4) 봄에 광해군은 기자 사당을 개수하면서 숭인전으로 이름을 바꾸고 기자의 후예 선우씨를 대대로 전감이 되도록 정했다.[147] 여름에 이정귀(李廷龜)가 기자 사당의 전례에 대해 건의하자, 그에게 비문을 짓게 했다. 이정귀는 「기자묘비명병서」에서,"기자의 잔손(孱孫) 세 사람이 있었는데, 친(親)이라는 사람은 뒤에 한씨가 되고 평(平)이라는 사람은 기씨가 되었으며 양(諒)이라는 사람은 용강(龍岡) 오석산(烏石山)에 들어가 살다가 뒤에 선우씨가 되었다. … 홍무 연간에 선우경(鮮于景)이 중령별장(中領別將)이 되고 그 7대손 식(寔)이 태천(泰川) 기자묘 곁에 산 지 어언 10년이 되었다."라고 했다.[148] 기자동래설에 기자후손동래설을 덧붙인 것이다. 남용익은 1666년(현종 7) 7월에 사은 겸 진주부사가 되어 연경으로 가다가 평양의 기자묘비를 보고 변문으로 「평양기자묘비명」을 찬술했다.[149]

(2) 문묘비

변계량의 「유명조선국학신묘비명병서(有明朝鮮國學新廟碑銘幷序)」를 새긴 비를 「성균관묘정비」라 부른다. 조선의 태조는 재위 3년(1394)에 '인륜을 밝히고 인재를 이룬다[明人倫, 成人才].'[150]는 이념에 따라 문묘와 학궁 경영을 계획하여 여흥부원군 민제

---

146 심경호, 「연암 박지원의 논리적 사유방법과 闢異端論 비판」, 『대동한문학』 23, 대동한문학회, 2005, pp.109-142.

147 숭인전은 1325년(고려 충숙왕 12) 처음 창건되었다. 평양시 중구 서문동에 있는데, 현재의 숭인전은 원래 위치에서 길 건너로 이건된 것이라고 한다.

148 李廷龜, 「箕子廟碑銘幷序應製」, 『月沙集』 卷45. 『金石集帖』 001天(교001天:前朝殿陵/本朝穆翼度三王陵) 책에 탁본이 들어 있다. 전액은 「崇仁殿碑」로, 찬자·서자·전액자는 "李廷龜奉教撰, 金玄成奉教書, 金尚容奉教篆."이라고 밝혔다. "萬曆四十一年(光海君五年 癸丑 1614)三月▽日 金藎國奉教立石."이라고 건립 사실을 밝혔다. 1725년(영조 원년) 2월 「箕子宮舊基」 비가 건립되었다. 李廷濟의 識를 李眞洙의 글씨로 새겼다.

149 정사는 許積, 서장관은 孟冑瑞였다. 南龍翼, 「平壤箕子廟碑銘幷序」(奉使燕行時), 『壺谷集』 卷14 儷文.

150 鄭道傳, 『三峯集』 卷7 「朝鮮經國典」, '學校'; 正祖 命編, 『太學志』 上 卷1 '學舍·廟宇.'

(閔霽)에게 공사를 주관하게 했다.[151] 한양 천도 후 1395년(태조 4) 숭교방에 성균관을 건설하기 시작해서 1399년 명륜당·문묘·동재·서재·정록청·양현고·식당 등 96칸을 완성했다. 1400년(정종 2) 문묘가 불탔으므로 1407년(태종 7)에 재건했다. 1409년 학관 최함(崔誠)이 문묘비 건립을 청하자, 태종은 예문대제학 변계량에게 문묘 비문을 짓게 했다. 중종이 즉위하면서 문묘를 중수하고 명나라 예에 따라 문묘 묘정비를 세웠다. 변계량의「유명조선국학신묘비명병서」는 다음 사실을 차례로 적었다.[152]

ⓐ 비문 제술의 연기: 기축년(1409) 9월, 학관 최함의 요청을 받아들여 문묘비를 세우게 하면서 변계량에게 비문을 제진하게 했다.

ⓑ 문묘 개창의 역사: 갑술년(1394)에 태조가 문묘와 학궁의 터를 왕도의 동북쪽 구석에 잡고 여흥부원군 민제에게 공사를 주관하게 했다. 정축년(1397) 3월에 경영을 시작하고 무인년(1398) 7월에 완성했다.

ⓒ 문묘의 신축: 경진년(1400) 2월 문묘가 불탄 후, 11월에 태종이 송경에서 즉위하고, 을유년(1407) 환도하여 선성과 선사를 제사했다. 3년 후 정해년 정월 문묘 신축을 명했다. 성산군 이직(李稷)과 중군 동지총제 박자청(朴子靑)이 감독하여 4개월 만에 문묘가 낙성되었다. 신주(神廚)를 문묘 서쪽에 만들고, 동문과 서문을 동서 담장 아래에 만들었다. 밭과 노비를 더 주었다. 좌정승 하륜(河崙)의 헌의에 따라 증자와 안자를 배향 지위로 올리고 자장을 십철 지위에 올렸다.

ⓓ 문묘 신축의 의미: 우리나라 풍속은 예의를 숭상하고 기자 팔조에 심복하여 인륜이 퍼지고 전장과 문물이 중국에 필적한다. 따라서 문묘와 학궁을 경영해 세우고 문교를 일으켜 존중함이 다른 나라에 비할 바 아니다.

ⓔ 국가의 유학 추숭 칭송: 태조는 수도를 정한 처음에 유학 진흥책을 썼다. 군주가 격물치지·성의정심의 학문을 궁구하자, 훈친·대신·백관·관부·숙위가 모두 학문에 마음을 두었다. 문묘가 갖추어졌으니, 삼대처럼 인재가 성대하게 일어날 것이다.

ⓕ 명 23연 46구 5전운.[153]

---

151 1397년(정축) 3월 경영을 시작하여 1398년(무인) 7월에 완료했다고 하는데, 성균관 연혁과는 약간 차이가 있다.

152 卞季良,「有明朝鮮國學新廟碑銘幷序」, 盧思愼·徐居正等,『東文選』卷121 碑銘.

153 生·成·京: 平庚. 天·先·然: 平先. 文·勳·原: 平文·平元 통압[文·勳-文운, 原-元운]. 中·從·功: 平東·平冬 통압[中·功·同·公·隆·崇-東운, 從-冬운]. 懿·棄·治·侯: 去寘·上紙·上尾 통압[懿·棄·治-寘운, 侯·祀·視-紙운, 疊-尾운]

ⓒ 부분은 4언 제행과 잡언 산행을 안배하고, 평서문과 의문감탄문을 교묘하게 배합했다.[154] 또한 정치와 문교의 이념을 적시한 개념어들을 점철했다. 다음과 같은 개념어들이다.

① 應天順人: 정권의 정당성

② 崇聖祀, 興儒術: 문교 방법

③ 光紹先業: 정권 계승의 정당성

④ 極格致誠正之學: 성학(聖學)의 내용

⑤ 盡持守盈成之道: 정권 계승의 방법

⑥ 右文興化, 育養人材: 문교 이념

⑦ 弘大前烈, 躬行於上: 성학의 방법

1592년(선조 25) 왜란으로 성균관이 불타자, 선조는 1601년에 문묘를 재건하고 1606년에 명륜당을 중창했다. 1409년 건립의 문묘비도 왜란 때 훼손되었는데, 1626년(인조 4) 11월 명륜동 성균관에 개립되었다. 이때 비의 앞면에는 변계량의 원래 비문을 새기고 비의 뒷면에는 이정귀(李廷龜)의 글을 새겼다. 글씨는 이홍주(李弘胄)가 썼고 제액은 김상용(金尙容)이 썼다. 이정귀의 글에는 명을 부기하지 않았다.[155]

허균(許筠)의 「중수동해용왕묘비(重修東海龍王廟碑)」는 1604년(선조 37) 7월 양양부사 홍여성(洪汝成)의 청으로 제작한 비문이다. 비석은 전하지 않지만, 당시 용왕 신앙의 실상을 이해하는 데 중요한 자료이다. 조선의 지식인들은 음사(淫祀)를 비난하여, 지방관으로 나가면 사민(士民)들을 깨우쳐 음사의 사묘를 철훼한 일이 많았다. 정약용이 『목민심서』의 「예전(禮典)」 제1조 제사(祭祀)에서 이 문제를 다룬 것은 그 대표적 예이다. 그러나 해변 지역에서는 용신 숭배 관습이 장기간 지속되었고, 지방관도

---

154 恭惟太祖康獻大王, 應天順人, 草創洪業, 奄有東方, 定都之初, 即以崇聖祀興儒術爲先. 盖其尊德樂道之誠, 出乎天性, 而卓然有見於出治之本源, 當務之爲急矣. 所以貽謀垂裕, 淑人心而壽國脉者, 嗚呼至哉! 殿下仁孝謙恭剛健睿智, 光紹先業, 臨政之暇, 樂觀經史, 每至夜分, 卷不釋手, 以極格致誠正之學, 以盡持守盈成之道焉. 求之前古, 蓋亦絶無而僅有矣. 世道方亨, 人文宣朗, 一時勳親大臣百僚庶府, 以至宿衛之臣, 莫不嚮學. 非我太祖右文興化, 育養人材, 而我殿下弘大前烈, 躬行於上, 以鼓舞多士, 作新斯民之致然歟? 肄業有學, 承祀有廟, 周旋登降, 愀然對越, 觀感開發, 勉勉循循. 由門而堂, 以求其室, 成德達材, 致君澤民者, 接踵而出, 駸駸乎三代作人之盛可俟也. 豈惟改觀易聽, 焜耀一時而已哉? 實我朝鮮宗社萬世之福也.

155 비제는 「文廟碑銘幷序」, 전액은 「文廟碑銘」이다. 국립문화재연구소 문화유산연구지식포털 원문정보.

그 관습을 혁파하지 않았다. 동해의 해신 신앙은 신라시대 해가(海歌)의 고사로 소급된다. 현재 양양 조산리 솔밭에는 동해신묘가 복원되어 있는데,「용신도(龍神圖)」탱화 속에 광덕용왕(용왕을 사람으로 인격화함)을 모시고 있다. 허균은 1603년에 사복시정(정3품)에서 파직된 후 풍악을 여행하고 『풍악기행(楓嶽紀行)』을 엮고, 별도로「동정부(東征賦)」를 남겼다. 또한 친우 권필(權韠)에게 서찰을 보내면서 풍악 기행의 노정을 상세히 밝혔다. 홍여성에게서「중수동해용왕묘비」의 글을 부탁받은 것도 풍악 기행 때의 일이다.[156] 이 글은 서문에 해당하는 부분과 명의 부분이 균형을 이루고 있다. 서문은 양양부(襄陽府)의 어부가 궁벽한 섬에서 우연히 용왕을 만났고, 그 이야기가 향임을 통해 양양부사에게 전해진 사건으로부터 시작한다. 찬자의 논평이나 음사에 관한 대론이 없어 이야기 자체가 신비롭다. 어부에 대해서는 양양부 동산(洞山)에 사는 지익복(池益福)이라고 이름을 밝히고, 그 어부가 용왕을 만난 날이 1604년 7월이라고 구체적으로 적었다. 양양부사 홍여성이 용왕묘의 소재지를 조사해 보니, 용왕이 어부에게 말한 것처럼 본래 강릉부 정동촌(正東村)에 있던 것이 1536년(중종 31) 현재의 외딴 섬으로 이건되어 있었다. 홍여성이 원래의 곳으로 되돌리려 했지만 관찰사의 허락을 얻지 못했다. 1605년 7월 관동 지방에 큰바람이 불고 비가 내렸으며 특히 강릉에 피해가 심하자, 홍여성은 향임의 감독 아래 용왕묘를 중건하게 하고 제사를 지냈다. 이후 양양에는 재해가 없어졌다고 한다. 허균은 경(敬)과 성(誠)의 관점에서 이 중건 사실을 표창했다. 그리고 용왕묘의 이건 사실을 『신증동국여지승람』의 기록을 통해 확인하여 다음과 같이 논하고, 4언의 명(銘)을 이어 두었다.

我國設四海龍祠, 相度地理之中以置宇. 江陵爲東海之最中, 而正東尤其邑之中, 位置爽塏, 故名爲正東, 自新羅祭龍于是. 恭僖王朝, 府人沈彦慶·彦光兄弟秉魁枋, 以龍祠有費於府, 諷方伯, 啓聞, 無故移之. 方纂輿地書曰:"東海在襄陽, 至今未復舊."今祠地庫汚, 不合安靈, 宜其神之怒也. 彦光兄弟之敗, 其亦坐是, 而乙巳風水之變, 實可懼也. 神之明告人, 人不能信, 吁其惑也夫! 府伯之改修廟, 甚合於禮, 其可泯之乎? 遂備紀而係以之頌.

우리나라는 사해에 용왕사를 설치할 때 지리의 중앙을 헤아려 사우를 두었다. 강릉은 동해의 한가운데이고, 정동은 또한 그 고을의 한가운데이다. 위치가 탁 트여 밝으므로 정동이라

156 許筠,「重修東海龍王廟碑」,『惺所覆瓿藁』卷16 文部 13 碑.

고 이름하여, 신라 때부터 이곳에서 용왕에게 제사 지냈다. 공희왕(恭僖王, 중종) 때 강릉부 사람 심언경(沈彥慶)과 심언광(沈彥光) 형제가 장원급제를 했는데, 용왕의 사당에 부(府)의 비용이 든다고 방백에게 넌지시 말하여 방백이 조정에 아뢰어 까닭 없이 옮겨버렸다. 바야흐로 여지(輿地)를 편찬하고 있는데, "동해(동해 용사)는 양양에 있었으나, 지금까지 복구하지 못했다."라고 적었다. 지금의 사묘는 땅이 낮고 더러워서 신령이 안주하기에 적합하지 않으니, 신령이 노여워하는 것도 당연하다 하겠다. 심언광 형제의 몰락도 이것 때문일 것이며, 을사년 바람과 비의 변은 참으로 두려운 일이었다. 신이 사람에게 밝게 고한 것을 믿지 않는 것은 사람들이 미혹하기 때문이다. 양양부사의 사당 개수는 예에 아주 부합하니, 이 사실을 어찌 민몰시킬 것인가! 마침내 갖추어 기록하고 송(頌)을 이어둔다.

海於天地, 爲物甚鉅. 孰王其中, 以風以雨?	鉅·雨: 上語
矯矯龍神, 天用莫如. 降福降沴, 靈應孔孚.	如: 平魚 孚: 平虞
疇就其庫, 俾徙我宇? 惜其小費, 宜神之怒.	宇·怒: 上麌
神之所都, 貝闕珠宮. 俗之陬居, 奚戀以恫?	宮·恫: 平東
不然誠敬, 神所享者. 不敬者慢, 不誠則惰.	者: 上馬 惰: 上哿
掃地酌水, 誠敬則臨. 玉寢瓊饔, 慢則不欽.	臨·欽: 平侵
移以汚之, 卽惰卽慢. 豈以豐殺, 而爲忻歎?	慢: 去諫 歎: 去翰
告而不從, 宜水之洪. 溫溫邦侯, 事神以恭.	洪: 平東 恭: 平冬
乃新其構, 乃腆其饗. 神顧以喜, 風來悽愴.	饗: 上養 愴: 去漾
克敬克誠, 奚擇江襄? 願此永鎭, 資歲禳禳.	襄·禳: 平陽
民無札傷, 五兵不入. 於萬斯年, 祐我弊邑.	入·邑: 入緝

바다는 천지에서, 가장 거대한 것이니
누가 그 왕이 되어, 바람 불고 비 오게 하는가?
굳세고 굳센 용신은, 하늘의 조화가 더할 나위 없어
복 주고 화를 내려, 영험이 참으로 신실하다만
누가 저 낮은 곳에, 내 집을 옮기게 했는가?
그깟 작은 비용 아끼다니, 신의 노여움 마땅하리라.
신이 도움하는 곳은, 조개 집에 구슬 궁궐이거늘
세속의 외진 거처를, 어찌 얻지 못해 연연하랴?
그렇지 않고 공경하고 성실하면, 신은 흠양하나니

공경 않으면 방만하고, 성실하지 않으면 게으른 일.

땅 쓸고 물 떠 놓아, 성실하고 공경하면 강림하되

옥 침소에 화려한 옹기라도, 방만하면 흠향하지 않으리.

옮겨두어 더럽힌다면, 게으르고 방만한 짓이거늘

어찌 제수의 많고 적음에, 기뻐하거나 탄식하랴?

고하여도 따르지 않았으니, 침수 피해 마땅하네.

온화한 원님이, 공경스레 신을 섬겨

사당을 새로 짓고, 흠향을 풍성하게 하자

신이 돌아보고 기뻐하여, 바람같이 와서 섬뜩하여라.

공경하고 성실하면, 강릉이든 양양이든 가릴텐가?

여기에 영원히 진주하여, 해마다 풍년들게 하시고

백성들이 상하는 일 없고, 다섯 병기가 침입하는 일 없게 하서서

아아, 만년토록, 저희 고을을 보우하소서.

허균은 당시 『강릉읍지』를 새로 편찬하고 있으며, "용사(龍祠)가 양양에 있었는데, 지금까지 복구되지 못했다."라고 기록해 두었다고 밝혔다. 『신증동국여지승람』권44 「강원도 양양도호부」의 '동해신사(東海神祠)'조에 "부 동쪽에 있다. 봄가을 나라에서 향축을 보내 치제한다[在府東, 春秋降香祝, 致祭]."라고 되어 있으므로, 『신증동국여지승람』이 완간된 1530년(중종 25) 무렵까지는 양양에 동해 용왕묘가 있어서, 봄가을 제향이 이루어졌음을 알 수 있다. 허균은 이 「중수동해용왕묘비」에서, 중종 연간에 강릉에 세거한 삼척 심씨의 심언경(1479~1556)과 심언광(1487~1540) 형제가 용왕묘를 비습한 곳으로 이건하게 만든 것을 비판하고, 그들이 정치적으로 몰락한 것도 신령의 노여움을 샀기 때문일 수 있다고 했다. 사실 심언경 형제의 몰락은 그들이 김안로(金安老)의 당여였기 때문이었다. 김안로는 아들 희(禧)가 장경왕후의 딸인 효혜공주(孝惠公主)와 혼인하자, 1524년 이조판서가 되어 인사권까지 장악했다. 이때 조신들의 탄핵으로 풍덕(豊德)으로 유배되었으나, 동궁을 저주한 작서(灼鼠)의 변이 일어나서 1527년 동궁 보호의 명목으로 방환되었다. 이때 대사헌 심언광과 그의 형 심언경이 힘을 썼다고 한다. 하지만 심언광은 1536년 김안로가 자기 외손녀를 동궁 비로 삼으려는 데 반대하여 공조판서로 밀려나고 이듬해 함경도관찰사로 좌천되었다가 김안로의 실각 후 우참찬에 올랐다. 인종 즉위 후 탄핵을 받아 관직을 삭탈당했다. 1537년(중종 32) 김안로

는 중종의 제2계비 문정왕후를 폐위시키려고 하다가 발각되어 사사되고, 이듬해 심언광도 탄핵을 받고 파직되어 향리로 돌아와 1540년에 사망했다.

(3) 고릉비(古陵碑)

조선 왕조는 전조의 능묘에 대한 제사를 통해 역사적 정통성을 분명히 했다. 이것은 고대 중국의 주나라에서 새로운 왕조가 등장하면 민심을 수습하고 통치 기반을 다지기 위해 이전 왕조의 후예에게 관직을 내리고 조상들의 제사를 모시도록 했던 삼각(三恪)[157] 제도에서 기원한다. 조선 왕조는 선대 왕조의 시조를 모신 사당을 건립하고 전담 관리를 별도로 배치했다. 단군을 모신 구월산의 삼성사와 평양의 숭령전, 기자를 모신 평양의 숭인전, 신라 시조를 모신 경주의 숭덕전, 고려 시조를 모신 마전(麻田)의 숭의전 등이 대표적이었다. 1792년(정조 16) 이만수(李晩秀)가 경상도에 파견되어 김해의 수로왕릉과 경주의 숭덕전, 신라의 역대 왕릉을 간심(看審)한 것은 그러한 정책의 일환이었다.

『금석집첩』天 책에는 역대 왕릉비 탁본으로 다음과 같은 예들이 있다.

- 天03 新羅始祖王墓碑[新羅始祖王] 趙觀彬撰, 洪鳳祚書, 兪拓基篆. 崇禎紀元後三乙亥(英祖31年:1755)十月▽日立. [전액]新羅始祖王碑墓碑銘
- 天04 東明王碑(無陰)[東明王] 崇禎紀元後百有四年辛亥(英祖七年:1731)十二月▽日, 因本道觀察使金取魯請狀修改立碑. [전액]東明王墓 [비교 자료]洪良浩『耳溪集』「東明王墓」, 洪敬謨『冠巖全書』「東明王墓辭」.
- 天05 首露王陵碑[首露王] 許積識, 全榮書. 庚辰許曄修墓, 丙戌許積植碑. 同宗許穆·許崙·許崙·許垍幹其事, 工告訖功實丁亥(1647)仲春也. [해서비제]駕洛國首露王陵
- 天06 首露王妃許氏陵碑[首露王妃] 與王陵同日立. 丁亥(1647)仲春. [전액없음 [해서비제]駕洛國首露王妃普州太后許氏陵

(4) 묘정비

전남 장성군 삼계면 수옥리에 수강서원(壽岡書院)의 유허비가 있다. 이곳은 본래 영

---

157 삼각은 새 왕조가 선대 왕조의 자손을 제후로 봉하던 일로, 주(周)나라 무왕이 우(虞)·하(夏)·은(殷) 삼대의 후손을 봉하여 삼각(三恪)이라 한 데서 유래한다.『春秋左氏傳』襄公 25年 注. "周得天下, 封夏殷二王後, 又封舜後, 謂之恪, 幷二王後爲三國. 其禮轉降, 示敬而已. 故曰三恪."

광(靈光)에 속한 지역이었다. 1702년(숙종 28) 송흠(宋欽, 1459~1547)과 이장영(李長榮, 1521~1589)[158]을 향사하기 위하여 수강서원을 세웠으나, 고종 때 서원철폐령으로 훼철되었고, 1869년에 유허비가 세워졌다. 이에 앞서 1696년 7월에 송흠에게 효헌공의 시호가 내리자,[159] 1699년 11월 그의 신위가 장성군 삼계면 기영정 뒤에 있는 용암사에 봉안되었다. 용암사는 본래 1694년 윤증(尹拯)의 조부 윤황(尹煌)과 부친 윤선거(尹宣擧)를 모시기 위해 세워진 사당이었다. 송흠의 후손과 이장영의 후손은 신위 배향의 서열에 문제가 있다고 여겨 수강사를 별도로 세웠다. 송흠의 7세손인 송명현(宋命賢)은 양팽손의 후손 양득중(梁得中)에게 사우기와 묘비를 부탁했다. 양득중은 1711년「수강사우기」를 짓고,[160] 이어 1726년(영조 2)「수강묘비(壽岡廟碑)」를 지었다.[161] 양득중이 작성한「수강묘비」는 ⓐ 제사의 의류(義類)를 확인하고 양법(良法)을 백성에게 배푼 자를 제사 지내는 조목이 특히 중요하다고 했으며, ⓑ 수강사우에 송흠과 이장영의 신위를 모시게 된 것은 바로 그 조목에 해당한다고 강조하면서 두 인물의 행적을 분간하여 제시했다. ⓒ 시는 4언 52구 208자로, 4구마다 한 번씩 환운(전운)했다. ⓐ는 다시 두 단락으로 나뉜다.

　ⓐ-1 『예기』「제법(祭法)」에 "무릇 성왕이 제사를 제정함에, 백성에게 양법(良法)을 배푼 자를 제사 지낸다. 죽음을 무릅쓰고 나랏일에 힘쓴 자를 제사 지낸다. 노고를 아끼지 않고 국가를 안정시킨 자를 제사 지낸다. 큰 재해를 막은 자를 제사 지낸다. 큰 국난을 막은 자를 제사 지낸다[夫聖王之制祭祀也, 法施於民則祀之, 以死勤事則祀之, 以勞定國則祀之, 能禦大菑則祀之, 能捍大患則祀之]."라고 했다. 이 다섯 의류(義類)는 모두 사람들에게 공렬(功烈)이 있기 때문에 사당에 제사 지내 보답하는 것이다. 다섯 가지 중 양법을 백성에

158　이장영의 본관은 함평(咸平), 자는 수경(壽卿), 호는 죽곡(竹谷)이다. 1540년(중종 35) 진사가 되고, 1558년(명종 13) 식년 문과에 급제했으며, 1586년(선조 19) 선공감 정으로 있으면서 중시문과에 장원으로 급제했다. 품계는 통정, 관직은 부사에 이르렀다.

159　『肅宗實錄』卷30, 숙종 22년(병자, 1696) 7월 24일(무인). 판중추 송흠(宋欽)에게 효헌(孝憲)이라는 시호를 내렸다는 기록이 있다. 예조에서 효헌, 효정(孝貞), 간민(簡敏) 등 시호 3개를 올렸는데 효헌으로 낙점을 받았다.

160　송흠의 7세손 송명현은 묘정비를 세우려고 먼저 스승 윤증에게「수강사우기(壽岡祠宇記)」를 지어줄 것을 부탁했다. 윤증은 1683년에 이미 송명현의 부탁으로 묘갈명을 지어주었다는 이유로 기문 제작을 사양했다.

161　양득중은 박태초(朴泰初)와 윤증의 문인이다. 양득중은 별도로 이장영의 묘지명도 제작했다. 梁得中,「壽岡廟碑」(丙午),『德村集』卷10 碑狀.

게 시행한다는 조목은 그 해당된 것이 넓고 관계된 바가 막중하여, 사람에게 미친 공렬이 더욱 구원(久遠)하고 무궁하다. 그러므로 역대로 차례에 따라 제사를 지내는 법이 특별히 이에 대하여 극히 융성했다.

ⓐ-2 이 시대에는 쉬지 않고 바쁘게 사도(斯道)로 세교(世敎)를 유지하는 책임이 실로 사유(師儒)와 군자(君子)에게 있다. 덕학(德學)과 행의(行義)로 사도에 우익이 된 사람이라면, 비록 국가에서 제사하는 은전에 있지 않더라도 선비들이 숭봉(崇奉)하고 제사 지냈으며, 이를 계기로 그곳을 강업(講業)과 장수(藏修)의 곳으로 삼았다. 옛 성왕이 제정한 제사의 남긴 뜻이 여기에 있다.

ⓒ 시의 제29~36구는 「수강묘비」의 주제를 압축하여 제시했다. "오직 이 수강은, 두 현인을 함께 모시는 궁이요, 오직 두 선생은, 도와 공이 같으셨다. 도가 같다는 것은 무엇인가? 인륜의 법칙이다. 집안에서는 효제하고, 나라에는 충경을 다한다[惟玆壽岡, 兩賢同宮. 惟兩先生, 同道同功. 同道伊何, 人倫之則. 孝悌于家, 忠敬于國]." 그리고 그러한 실천에 대해 "아름다운 덕과 풍모는 세상의 본보기요, 맑은 절조는 세속을 바로잡았다[懿範規世, 淸操礪俗]."라고 평가했다.

한편 정호(鄭澔, 1648~1736)는 이이(李珥)를 제향한 강릉 송담서원(松潭書院)의 묘정비 비문을 짓고, 백제의 성충·계백·흥수와 고려 말 이존오를 제향한 부여 의열사(義烈祠)의 묘정비 비문을 지었다. 후자의 「부여의열사묘정비(扶餘義烈祠廟庭碑)」는 정호가 1722년(경종 2) 3월 상순에 찬술한 문장을 이간(李柬)이 글씨로 썼다. 비석은 이듬해(1723) 3월 8일(정해)에 건립되었다.[162] 부여 의열사는 1575년(선조 8) 현감 홍가신(洪可臣)이 건립하고 1577년 사액을 받았다. 이때 이이가 「부여현의사기(扶餘顯義祠記)」를 작성했다.[163] 의열사에는 광해군 때 화강(花崗) 정택뢰(鄭澤雷, 1585~1619),[164] 인조 때 지소(芝所) 황일호(黃一皓, 1588~1641)가 추가 배향되었다. 정호의 비문은 ⓐ 절개와 의

---

162 비석은 1723년(경종 3) 의열사와 함께 충남 부여 망월산에 있었으나, 1971년 의열사가 충남 부여군 부여읍 동남리 남령공원으로 이건될 때 같이 옮겨졌다. 비의 크기는 높이 153cm, 너비 59cm, 두께 29cm이다. 찬자·서자·전액자와 낙성자 및 건립 일자에 대해 "崇禎后歲壬寅季春上浣烏川鄭澔撰, 宣城李柬書, 完山李顯之篆. 掌議閔鎭翼與別有司朴尙淹, 院任兪潤基·柳相夏·朴泰新董成之. 癸卯三月上丁丁亥立."이라고 밝혔다.

163 李珥, 「扶餘顯義祠記」, 『栗谷先生全書』 卷13 記.

164 정택뢰는 정인지의 7대손으로 본관은 하동이다. 1615년(광해군 7) 인목대비 폐위론에 이원익(李元翼)이 반대하다가 유배당하자, 홍무적(洪茂績)·김효성(金孝誠)과 함께 상소하여 이원익을 변호하다가 남해로 귀양 갔다.

리를 지켜 죽는 이들을 현창하는 문제를 두고 대의론을 펼치면서 시작한다. 이어서 ⓑ 의열사의 연혁을 서술하고, ⓒ 고려 말 4인의 사적에 대해서는 이이의 「부여현의사기」를 인용해서 정리했다. ⓓ 조선 2인의 절의 사적에 대해서는 각각 장유 찬술의 묘지명, 송시열 및 이이의 논평을 인용하는 방식을 취하면서 분간하여 서술했다.[165] 즉, 각 인물의 절의 사적에 대해서는 '제노선생지론(諸老先生之論)'을 조술한 것이다.

① 성충, 홍수, 계백, 이존오: 이이 '사우기', 즉 「부여현의사기」.
② 정택뢰: 장유 찬 묘지명(전하지 않음),
③ 황일호: 송시열 논, 이이 논.

「의열사비」는 이에 이어서 ⓔ 여섯 현인은 '임금을 바르게 하려는 충성'에 죽거나 '존주의 의리'에 죽었으나, 그 이룬 바는 모두 '하늘에서 부여받은 이치를 온전히 하는 것'으로 귀결된다고 칭송했다. 그리고 조정에서 충절지사를 포상하고 구휼하는 은전이 일세를 교화시켜 인간의 기강을 세우는 데 효과가 있음을 주장했다. 이어서 ⓕ 사우의 유생 유상훈(柳相勛)의 요청으로 묘정비에 비문을 짓게 된 경위를 간략히 언급했다. 뒤에 명시(銘詩)는 부치지 않았다. 이 「의열사비」 가운데 ⓓ 부분은 절의 표창의 논리를 제시한 전형적인 의론문이다.[166]

조선시대에는 각지의 서원에 묘정비를 세웠다. 대표적인 것이 경기도 남양주시 지금동에 있던 석실서원(石室書院)의 묘정비이다. 석실서원은 노론의 핵심 서원으로, 1868년(고종 5)의 서원철폐령으로 훼철되었다. 겸재 정선(鄭敾)의 『경교명승첩(京郊名勝帖)』에 묘사되어 있을 정도로, 조선 후기에는 한강 수로에서 풍광이 두드러진 곳이이기도 했다. 석실서원이 없어진 후 「석실서원묘정비」는 남양주시 와부읍(瓦阜邑) 덕소(德沼) 5리로 옮겨졌다. 1987년 경기도에서 사곡(社谷) 조말생(趙末生) 묘역 입구에 석실서원 터를 알리는 화강암 비를 세웠다. 석실서원은 1656년(효종 7) 병자호란 때의

---

165 鄭澔, 「扶餘義烈祠廟庭碑」, 『丈巖先生集』卷15 神道碑; 조동원, 『한국금석문대계』 2, 원광대학교 출판국, 1981.

166 昔南軒張先生, 告於宋孝宗曰: "欲知伏節死義之臣, 當於犯顔敢諫中求之." 蓋人臣事君, 平時不能犯顔敢諫, 他日何望伏節死義乎? 或者曰: "夫子立言設敎, 必以仁爲首. 而節義二字, 終不表而出之者何也?" 曰: "仁道至大, 節義包在其中. 夫子稱夷齊之義則曰: '求仁得仁, 又何怨乎?' 稱比干之節, 則幷與微箕二子, 而謂之三仁. 曷嘗有節義而非仁, 仁而無節義者乎? 自夫聖遠言堙, 人不知至誠惻怛之義, 徒以硜硜爲節, 孑孑爲義, 而殺身成仁之道, 幾乎熄矣. 此後賢所以表章二字, 而眷眷焉者, 其亦衰世之意乎!"

척화신 김상용(金尙容, 1561~1637)과 김상헌(金尙憲, 1570~1652)을 기리기 위하여 건립되었다. 1663년(현종 4) 석실사(石室祠)라는 편액을 하사받았고, 1697년(숙종 23) 김수항(金壽恒)·민정중(閔鼎重)·이단상(李端相)을 배향하고, 이후 김창집(金昌集)·김창협(金昌協)·김창흡(金昌翕), 김원행(金元行)·김이안(金履安)·김조순(金祖淳) 등을 추가 배향했다. 묘정비는 서원이 세워진 뒤 17년 되는 1672년(현종 13) 3월 송시열이 글을 짓고, 석실산인(石室山人) 김수항의 손자 김수증(金壽增)이 그 글을 팔분체(八分體)로 쓰고 전액도 썼다. 송시열의 비문은 '일치(一治)'의 논리로 동아시아 역사를 조망하고, 화이론의 관점에서 김상헌의 행적을 칭송했다. '일치'의 논리란 『맹자』 「등문공 하(滕文公下)」에서 맹자가 자신이 부득이 변론을 해야 하는 이유를 설명하면서 "천하에 사람이 살아온 지가 오래되었는데, 한 번 다스려지고 한 번 어지러웠다天下之生, 久矣, 一治一亂."라고 하여, 난세에는 채택되지 않더라도 정당하고 올바른 의리를 주장하는 공언(空言)을 할 수밖에 없다고 변론한 데서 나온 말이다. 송시열은 척화가 비록 시행되지 못했지만 김상헌의 척화론은 정당하고 올바른 주장이라고 역설했다.

성인(공자)이 『춘추』를 지어 공문(空文)을 드리우자, 맹자가 이를 일치(一治)의 수에 해당시켰다. 무릇 만물의 흩어지고 모임이 모두 『춘추』에 있으나, 만약 그 대경(大經)·대법(大法)을 논한다면 주(周)나라를 높이고 이적(오랑캐)을 물리치는 데에 지나지 않는다. 천하는 언젠가는 어지러워지기 마련인데, 어지러움이 극도에 이르면 하늘이 다시 그 어지러움을 종식시킬 사람을 낸다. 그런데 그 사람이 토지의 기본과 인민의 세력을 소유한 것이 없으면, 역시 성인의 공문으로 대경과 대법을 밝힘으로써 이에 인류는 금수와 다르게 되고, 중국은 이적이 되는 것을 면하게 되는 것이니, 이 또한 일치(一治)일 뿐이다. 대체로 숭정 황제(명나라 의종) 병자(1636)·정축(1637) 연간에 천하의 어지러움이 극도에 달했다고 할 만했다. 이때 우리 석실선생이 몸소 예의 대종을 책임으로 삼아 이미 무너진 강상을 세웠고, 중인들이 서슴없이 창귀(도깨비)가 되려는 의논을 함에 이르러서도 그것이 그렇지 않다고 명언했다. 그리하여 그의 말은 더욱 막히게 되었으나 그의 기개는 더욱 뻗어나갔고, 그 몸은 더욱 곤경에 빠졌으나 그 도는 더욱 형통했다. 그러므로 난리는 더욱 심해졌으나, 그 다스림은 더욱 안정되었다. 퇴지(한유)의 "만일 맹자가 없었더라면 천하 사람이 모두 오랑캐 옷을 입고 오랑캐 말을 했을 것이다."라고 한 그 말이 진실이다.[167]

---

167 『金石集帖』 177罔(교169罔:大將/書院/古賢/遺墟/方伯/善政) 책에 탁본이 있다. 宋時烈, 「石室書院廟

「석실서원묘정비」에서 송시열이 제시한 논리는 조선 후기 정치에서 사실상 국시(國是)로 되었다.

(5) 공신비

조선 조정은 개국공신들에게 내린 녹권 가운데 현전하는 몇몇 예들에서 '비를 세워주라'는 왕명이 있었으나 국가의 명의로 비를 세워주지는 않았다. 다만 세종 때는 선왕 신도비의 뒷면에 공신의 명단을 새겨준 일이 있다. 즉, 세종은 개국·좌명·정사공신의 이름을 태종의 신도비 뒷면에 적어주었다. 당시 윤회(尹淮)는 「정사공신비음기(定社功臣碑陰記)」를 작성했다. 하륜의 문집 『호정집』의 부록에 들어 있다.

전하(세종)께서 개국·좌명·정사공신의 성명을 순서대로 정리해서 빗돌의 뒷면에 나란히 늘어놓으라고 명하셨다. 삼가 생각하건대, 옛날부터 왕 노릇 하시는 분이 일어날 때에는 반드시 세상에 이름난 신하가 시기에 부응해서 나와 대업을 보필해 이루었으므로, 이에 공종(功宗)을 기록하고 이정(彝鼎)에 명문을 새기는 은전이 있었으니, 그럼으로써 불후의 업적을 보이고 유구한 미래에 전하기 위한 것이었다. 우리 왕조로 들어와 임신년(1392)에 개창한 것과 무인년(1398) 제1차 왕자의 난과 경진년(1400) 제2차 왕자의 난에 적을 물리치고 난리를 평정한 것은 실로 하늘이 태종에게 천명을 열어 보여 억만년토록 무궁한 복조의 기틀을 조선에 마련해준 것이었다. 그러나 역시 장수와 재상이 자기 몸을 잊고 군주에게 목숨을 맡겨 군주를 도와 업적을 이루게 하고 정치를 보필해서 힘을 많이 보탠 것이므로, 곧은 돌에 명(銘)을 새겨 영세토록 보여주는 것이 마땅하다. 뒷날 이를 보는 사람들은 우리 전하께서 공신들의 광열(光烈)을 높이고 드러내며 원훈을 포상하고 장려하는 지극한 뜻을 잘 알기 바란다.[168]

윤회는 이 비음기에서 공신을 위해 '명을 새긴다'고 했으나 운문의 명이 별도로 있는 것은 아니다. 혹은 '전명(鐫銘)'을 복합어로 사용한 것일 수 있다.

庭碑」, 『宋子大全』 卷171 碑. "聖人作 『春秋』, 垂空文, 而孟子當之於一治之數. 夫萬物之散聚, 皆在 『春秋』, 而若論其大經大法, 則莫과於尊周而攘夷矣. 天下未嘗不亂, 而亂之旣極, 則天必生己亂之人, 而其人也無有土地之基本, 人民之勢力, 則亦只因聖人之空文, 以明夫大經大法, 而於是乎人類異於禽獸. 中國免於夷狄, 則是亦一治而已矣. 盖當我崇禎皇帝丙丁之間, 天下之亂, 可謂極矣. 我石室先生, 身任禮義之大宗, 以樹綱常於旣壞. 至於衆人不憚爲倀鬼之議, 則又有以明言其不然. 於是其言愈屈而其氣愈伸, 其身愈困而其道愈亨. 以故其亂愈甚, 而其治愈定. 退之曰: '向無孟氏則皆服左袵而言侏離', 其信然矣."

168 尹淮, 「定社功臣碑陰記」, 『浩亭集』 卷4 附錄.

예종은 즉위 원년인 1469년 5월 20일(계묘), 익대공신에게 공신 교서를 내리면서, 그 속에 공신비를 세워주겠다고 언급했다. 익대공신이란 1468년 남이의 옥사를 다스리는 데 공을 세운 사람들로, 1등 수충보사병기정난 익대공신(輸忠保社炳幾定難翊戴功臣) 유자광, 신숙주, 한명회, 신운, 한계순 등 5명을 비롯하여, 2등 수충보사정난 익대공신(輸忠保社定難翊戴功臣) 10명, 3등 추충정난 익대공신(推忠定難翊戴功臣) 22명 등 37명이었다. 이듬해 윤흠, 강희맹, 이존이 추록되어 공신은 모두 40명이 되었다. 이들은 1455년 세조 즉위년에 공신첩에 이름이 오른 좌익공신의 예에 따라 포상받았다. 익대공신 교서에서는 "산하대려(山河帶礪)[169]처럼 면면히 길이 함께 후손을 보전할지어다."라고 맹세했다. 그리고 "공신각을 세워 형상을 안치하고, 비를 세워 공적을 기록한다."라고 했다. 한나라 선제가 미앙궁 기린각에 곽광·장안세·한증 등 중흥 공신 11명의 초상을 안에 그려두었듯이, 공신의 초상을 각 속에 영구히 보존하겠다고 밝힌 것이다. 하지만 비를 세워 공적을 기록한다는 말은 수사적인 표현이었다. 1682년(숙종 8) 숙종은 백성을 징발하여 공신의 묘비를 세워주려 했지만, 좌의정 민정중(閔鼎重)은 기근이 심하므로 정지해야 한다고 요청했다.[170] 조선 조정은 국가 차원의 공신비는 물론 공신의 묘비도 세워주는 것을 주저했다. 망자의 평가는 영원히 차연(差延)될 수밖에 없었기 때문에 조정이 그 평가를 종결짓기를 보류했기 때문일 것이다.

(6) 표충비

북한 개성시 선죽동 자남산 동쪽 기슭의 작은 개울에 선죽교가 있다. 1392년(태조 원년) 정몽주(鄭夢周)가 이방원에 의해 피살된 장소이다. 원래 이름은 선지교(善地橋)였으나, 정몽주가 피살되던 날 밤, 다리 옆에 대나무가 났기 때문에 선죽교로 고쳤다고 한다. 1780년(정조 4)에 이르러 정몽주의 후손들이 석난간을 설치했다. 다리 동쪽에 한호가 '선죽교(善竹橋)'라고 쓴 비가 있고, 선죽교 서편에 영조와 고종이 정몽주의 충절을 찬양하여 1740년(영조 16)과 1872년(고종 9)에 각각 세운 2개의 표충비(表忠碑)가 있다.[171] 1740년에 건립된 표충비는 「어제어필선죽교시비(御製御筆善竹橋詩碑)」이

---

169 산하대려란 말은 한나라 고조(유방)가 공신들에게 각 나라를 봉(封)해 주면서, "황하가 띠같이 가늘어지고 태산이 숫돌같이 작아지도록 그대들의 나라가 영구히 존속하게 하고 그것이 후손들에게 미치도록 하리라."라고 한 데서 나왔다.

170 『肅宗實錄』 卷13, 숙종 8년(임술, 1682) 10월 12일(을유).

171 조선총독부 편, 『조선금석총람』, 일한인쇄소인쇄, 1919; 아세아문화사, 1976 영인; 한국역사연구회,

다. 이해 9월 3일(신미), 영조는 목청전(穆淸殿)에 들렀다가 선죽교에 이르러 정몽주의 절개를 기리고 성균관에 들러 선성을 알현했다.[172] 영조는 '도덕과 정충이 만고에 뻗어갈 것이니, 태산처럼 높은 절개, 포은공이로다[道德精忠亘萬古, 泰山高節圃隱公].'라는 14글자를 써서 유수로 하여금 비석에 새겨 선죽교에 세우게 했다. 또 대제학 오원(吳瑗)에게 사적을 기술하여 비석의 뒷면에 새기게 했다. 이 비석의 전제(篆題)는 '어제어필선죽교시(御製御筆善竹橋詩)'이고, 앞면에는 영조의 시를 해서체 글씨로 음각했다. 뒷면에 '어제어필선죽교소지(御製御筆善竹橋小識)'가 새겨져 있다. 내용은 다음과 같은데, 이것은 오원의 대필인지도 모른다.

내가 즉위한 지 16년째 되던 경신년(영조 16, 1740) 가을 9월 3일 목청전을 지나면서 보니 길가에 다리가 있었는데, 이곳이 고려조의 시중 포은 정 공이 절개를 지킨 곳이다. 다리에 멈추어서 시를 지어 비석을 세우니, 공의 도덕을 높이고 공의 정충(精忠)을 드러내고자 하는 것이지, 이것이 어찌 다만 내가 한때 우연히 감격하여 그런 것이겠는가? 또한 우러러 옛날 도를 높이고 충을 숭상하던 성대한 뜻을 체득하고자 해서이다.

영조는 이 비를 최천약(崔天若)에게 새기게 했다.[173] 그런데 박지원(朴趾源)의 「참봉왕군묘갈명(參奉王君墓碣銘)」에 고려 왕족의 후예들인 왕씨들이 선죽교 보수에 동원되었다는 일화가 기록되어 있다.[174] 1871년(고종 8) 5월 28일, 고종은 개성 유수 이인응(李寅應)에게 교서를 내려 주민을 잘 보살피도록 명하고, "너의 몸이 하나의 장성(長城)이 되면 동방이 의지할 것이며, 마음속에 1만 병갑(兵甲)을 간직하고 있으면 서적(西賊)이 놀랄 것이다."라고 교시했다. 1872년 고종은 표충비를 세우도록 명했다. 한편 개성시 영남면 용흥리의 정몽주 유허에는 이미 1530년(중종 25)에 「정몽주유허비」가 세워졌다. 현재 판독이 된 부분은 "고려충신정몽주지려(高麗忠臣鄭夢周之閭) … 가정 경인 8월 일(嘉靖庚寅八月▽日)" 정도이다. 한편 정몽주의 신도비문은 1699년에 송

『고려의 황도 개경』, 창작과 비평사, 2002.

172 『英祖實錄』卷52, 영조 16년(경신, 1740) 9월 3일(신미).

173 李圭象(1727~1799)은 18세기의 인물들에 관해 사적을 모아 엮은 『幷世才彦錄』의 「方伎錄」에 최천약에 관한 이야기를 실었다.

174 朴趾源, 「參奉王君墓碣銘」, 『燕巖集』卷2 煙湘閣選本.

시열이 찬술하고, 김수증이 글씨를 썼으며, 김수항이 전액을 썼다.[175]

한편 영남 밀양 재악산(載岳山)[영취산(靈鷲山)]에는 왜란 때 공을 세운 서산대사 휴정(休靜), 송운대사(松雲大師)[사명대사(泗溟大師)] 유정(惟政), 기허대사(騎虛大師) 영규(靈圭)를 배향한 표충사가 있다. 그 앞에 1742년(영조 18) 10월에 세운 비석이 있다. 본래 표충사는 송운대사를 위한 사당이었으므로 비 앞면에는 송운대사의 비명을 새겼다. 이 비문은 이의현(李宜顯)이 짓고, 김진상(金鎭商)이 글씨를 썼으며, 유척기(兪拓基)가 전액을 썼다. 1738년 봄, 송운대사의 법손 남붕(南鵬)이 영의정 김재로, 좌의정 송인명, 우의정 조현명의 도움을 받아 사우를 중수했다. 남붕은 승려 초윤(楚玧)에게 경산(慶山)의 돌을 깎아 오게 하고, 이의현에게 비문을 지어달라고 한 것이다. 표충사 비의 뒷면에는 휴정대사와 기허대사의 사적을 칭송한 비문을 새겼다. 비문은 이우신(李雨臣)이 짓고 윤득화(尹得和)가 글씨를 썼으며, 조명교(曺命教)가 전액을 썼다. 또한 비석의 왼쪽 면에는 「밀주영취산표충사사적비(密州靈鷲山表忠祠事蹟碑)」를 새겼다. 비문은 이덕수(李德壽, 1673~1744)가 짓고, 글씨는 서명균(徐命均)이 썼으며, 전액은 조명교(曺命教)가 썼다. 이덕수는 김창흡과 박세당의 문인으로, 영조 때 많은 석비와 비지의 글을 찬술했다. 사적비의 비문은 『춘추공양전(春秋公羊傳)』의 어법을 취해 승려들의 사당을 '표충'이라 하는 이유를 밝혔다.[176]

표충은 세간법이거늘, 출세간법을 공부하는 사람에게 그 표충이란 이름을 가져와 사당에 명명했으니, 어째서인가? 충성을 대단하게 여기기 때문이다. 충성을 대단하게 여기는 것은 출세법이 거기에 갇힐 수 없으나, 그렇게 표하는 것은 참으로 당연하다. 영남 밀양의 영취산에 서산대사·송운대사·기허대사의 혼령을 안치한 곳이 있다. 절이라 하지 않고 사당이라고 한 것은 속세의 법에 따라 그들의 공에 보답하려는 것이다. 목릉이 임어하시던 임진년(선조 25, 1592)에 섬 오랑캐가 국력을 기울여 침입해서 노략질하자, 팔도의 인민들이 풀 베이듯 베이고 모두 뒤집혔다. 이때에 서산이 승복을 버리고 갑옷을 입고서 창의하여 왜적을 토벌했다.

---

175 『金石集帖』 023冬(교23冬:先賢) 책에 탁본이 있다. 해서비제는 「皇明高麗守門下侍中益陽君忠義伯圃隱鄭先生神道碑銘幷序」이고, 전액은 「圃隱鄭先生神道碑銘」이다. 찬자·서자·전액자는 "宋時烈撰, 金壽增書, 金壽恒篆."이라고 밝히고 있으며, 건립 일자는 '崇禎紀元後己卯(仁祖十七年: 1639)'이라고 적었다. 追記는 "權尙夏記, 金鎭圭書."이다.

176 『金石集帖』 219傳(교208傳:釋寺) 책에 탁본이 있다. 해서비제는 「有明朝鮮國嶺南密州靈鷲山表忠祠事蹟碑」, 전액은 「表忠事蹟碑」이다. 한편 해남 표충사의 「西山大師長忠祠紀蹟碑銘」은 徐有隣의 글을 새겨 1791년에 세웠다. 김삼영, 『해남 표충사』, 대한불교조계종 불교사회연구소, 2014, pp.110~119.

송운대사가 이어서 의병을 통솔하여 누차 훌륭한 공을 세웠다. 이윽고 또 왜인의 서울에 재차 들어가 세치 혀로 무기를 대신하여 마침내 교활한 왜인의 두목으로 하여금 발호하지 못하게 했고, 왜인에게 잡혀간 노인과 어린이를 데리고 돌아온 것이 전후로 셀 수 없이 많았다. 기허대사는 진지에 나아가 싸우다가 의리를 위해 순국하는 일을, 극락세계로 나아가는 일보다 훨씬 크게 여겼다. 이것은 모두 대단한 충성으로, 사당을 세우게 된 이유이다.[177]

송운대사는 '영취산'에서 태어나 이 산에서 성장했고, 난리가 평정되자 돌아와서 동쪽 기슭의 두어 칸 되는 백하암(白霞菴)에 머물렀다. 그 후 여러 승지들을 떠돌며 유람하다가 생을 마쳤다. 후인이 백하암 터에 표충사를 지었으나 병자호란을 겪으면서 황폐해졌다. 1714년(숙종 40) 김창석(金昌錫)이 옛 터에 다시 사당을 지은 다음 행장(行狀)을 갖추어 순영에 보고했다. 안찰사 조태억(趙泰億)이 조정에 아뢰어 고을에서 전처럼 제수를 지급하도록 했다. 그리고 송운대사가 왜인의 서울로 들어갈 때 봉안했던 원불(願佛)을 대구 용연사(龍淵寺)에서 가져다가 사당의 왼쪽에 전(殿)을 하나 지어서 봉안했다. 이의현은 비문에 이상의 사항을 차례대로 적었다. 비의 오른쪽 면에는 시주질과 간역인 등의 명단이 있다. 영의정 김재로, 좌의정 송인명, 우의정 조현명 등 삼정승 다음에 판위(判位), 전현임 본도(本道) 관찰사, 본부(本府) 부사 명단이 이어진다. 그리고 단사로 단청을 맡은 신단(神丹), 비문 새기는 일을 맡은 기궐(剞劂), 비석의 석재를 운반한 부석(浮石)의 이름이 이어지고 있다.

(7) 유허비

종래에는 역사적 인물의 사적을 기리기 위해 그 인물의 일생에서 의미 있는 행적지에 유허비를 세웠다. 신도비나 묘비와 같은 내용도 있지만, 묘역에 세우는 것이 아니라는 점에서 그것들과는 구분된다.

경북 영주시 순흥면에 있는 순흥안씨 밀직공 안석(安碩) 관련 우물에 풍기군수 주세붕(周世鵬, 1495~1554)이 1545년(인종 원년) 9월 비석을 세운 것은 그 대표적 예이다.

---

[177] 表忠, 世法也, 而學出世法者, 取以名其祠焉, 奚? 大其忠也. 大其忠, 則出世法, 不足以囿也, 而其表之也固宜. 嶺南密州之靈鷲山, 有西山松雲騎虛三大師安靈之所. 不寺而祠, 遵世法而報其功也. 穆陵在宥之壬辰, 島夷傾國入寇, 八路剪焉. 傾覆. 于時西山捨緇而甲, 唱義討賊. 松雲繼帥義旅, 屢立奇勳. 旣又再入倭京, 以寸舌替鋩刃, 卒使狡酋戢其跋扈, 刷還髦倪, 前後不億. 騎虛臨陣殉義, 不啻如赴極樂界, 此皆忠之大而祠之所以設也.

고려 때 안석은 순흥의 호장으로서 과거에 급제했지만 벼슬에 나가지 않았으나, 축(軸)·보(輔)·집(輯) 세 아들은 과거에 급제하고, 또 장남과 차남은 중국의 제과(制科)에 급제했다. 문정공(文貞公) 안축은 문경공(文敬公) 안보, 좨주공(祭酒公) 안집을 가르쳤다고 한다. 주세붕은 그 사실을 기려서, 124자의 글을 써서 「사현정비(四賢井碑)」를 세웠다. 이후 1656년(효종 7) 의성 현령 안응창(安應昌)이 49자의 간단한 글을 작성해서 표석을 다시 세웠다.[178]

영조 때 이덕수(李德壽)는 이원(李黿, ?~1504)을 위해 「적거유허비(謫居遺墟碑)」의 글을 작성했다.[179] 이원은 1495년(연산군 원년) 봉상시에 재직하면서 김종직에게 문충의 시호를 줄 것을 제안했는데, 이 때문에 1498년의 무오사화 때 곽산(郭山)에 유배되었다. 4년 뒤 나주로 이배되어 고을 동쪽 복암(伏巖)에 머물다가 1504년 갑자사화로 참형되었다. 1506년 중종반정으로 신원되어 도승지에 추증되었다. 김상헌(金尙憲)이 묘비의 비갈문을 작성했다.[180] 이후 외증손 우복룡(禹伏龍, 1547~1613)이 나주목사로 와서 유허에 작은 비석을 세웠다. 그런데 1727년(영조 3) 이원의 7세손 이형곤(李衡坤)이 나주목사로 와서 그 유허비에 이원의 '화를 당한 세월'이 기재되어 있지 않은 것을 애석하게 여겼다. 그래서 이덕수에게 유허비문을 부탁한 것이다. 이덕수의 글은 크게 두 부분으로 나뉜다. 첫 번째 부분은 김상헌 찬술의 비갈문을 인용해서 이원이 기절(氣絕)과 문학(文學)으로 이름이 높았으나 김굉필·김일손과 함께 사화 때 희생되었다고 말하고, 이원이 화를 입은 것은 김종필의 시호를 청한 일 때문이며, 나주에서 이원이 적거한 곳은 복암임을 밝힌 후, 우복룡이 유허에 비석을 세운 일이 있었으나 지금 이형곤이 새 유허비를 세우려고 하면서 글을 부탁해 왔다고 덧붙였다. 두 번째 부분은 유허비를 세우는 의의를 논했다. 그 부분은 다음과 같다.

무릇 천하의 일은 필시 이목에 접한 이후에야 마음속에 움직일 수가 있다. 비록 의열(義烈)로 이루어 그 자취가 찬란하게 빛나더라도 오랫동안 눈앞에 교접하지 않는다면 갈수록 잊

---

178 安軸, 『謹齋集』 卷4 附錄 「四賢井碑陰記」(周世鵬); 「四賢井碑陰記」(安應昌).
179 李黿, 『再思堂集』 逸集 卷2 附錄 「謫居遺墟碑」(李德壽). 이원의 본관은 경주, 자는 낭옹(浪翁), 호는 재사당(再思堂)이다. 이제현(李齊賢)의 7세손이며, 부친은 현령 이공린(李公麟), 모친은 박팽년(朴彭年)의 딸이다.
180 李黿, 『再思堂集』 逸集 卷2 附錄 「墓碣銘」(金尙憲). 『金石集帖』 202行(교194行:韓鏡判/韓久菴/李舟思/華谷李相) 책에 「再思堂李公碣」의 탁본이 들어 있다.

히지 않는 것은 거의 없다. 이 또한 이군이 은미한 뜻을 둔 바이기도 하다. 이군의 사촌 아우 이명곤(李明坤)이 광주(光州)에 목사로 왔다가, 이 역사(役事)를 듣고 알았다고 한다.[181]

정조는 세손 시절부터 노론의 학자들에게 강의를 들어, 송시열을 선정(先正)으로서 추앙했다. 그 때문에 1779년(정조 3) 송시열 묘표를 직접 짓고 안진경의 글씨를 집자해서 비석에 새기게 했다.[182] 송시열은 1689년(숙종 15) 숙의 장씨 소생(뒤의 경종)을 세자로 책봉하는 것에 대해 시기상조라는 이유로 반대 상소를 올렸다가 제주로 유배되어 이도동에 위리안치되고, 그해 6월 국문을 받으러 서울로 압송되던 길에 정읍에서 사약을 받고 죽었다. 송시열의 정읍 수명지에는 이의현(李宜顯, 1669~1745)이 글을 쓴 「우암수명유허비(尤菴受命遺墟碑)」가 건립되었다.[183] 제주 적거지에는 김양행(金亮行)이 글을 지은 「송시열적려유허비(宋時烈謫廬遺墟碑)」가 건립되었다. 「송시열적려유허비」의 비문은 김양행의 글을 이극생(李克生)이 써서 1771년(영조 47) 건립되었다. 탁본이 성균관대학교 박물관에 있다. 이 글은 비석을 세우게 된 경위, 송시열의 적려 생활을 기록했으나, 많은 부분이 마멸되었다. 「우암수명유허비」는 이의현의 문집 『도곡집』에 들어 있어 내용을 잘 알 수 있다.[184] 그 글은 ⓐ "아아! 이곳은 우암 송선생이 후명을 받은 곳이다."라는 탄식으로 시작한다. ⓑ 1689년 2월 송시열이 제주로 귀양 갔다가 압송되어 올라오던 중 6월 8일 정읍에서 후명을 받은 일을 기록했다. ⓒ 송시열의 경우를 공자가 환퇴(桓魋)의 화에서 벗어난 것이나 주희가 여철(余嚞)의 화에서 벗어난 일보다 혹독한 경우라고 탄식했다. ⓓ 송시열이 북상 중 인현왕후 폐위 소식을 듣고 제자 권상하(權尙夏)를 영결하며 '애통함을 누르고 원한을 머금은 채로 절박하여 어쩔 수 없이 때를 기다린다[忍痛含冤, 迫不得已].'라는 8자를 전수한 사실과 "후명을 받

---

181 李耔, 『再思堂集』 逸集 卷2 附錄 「謫居遺墟碑」(李德壽). "凡天下之事, 必其接於耳目而後乃能動乎其中. 雖義烈所就, 其跡炳然, 苟曠日不交於前, 鮮有不浸遠而浸忘. 此又李君微意之所存也. 李君之堂弟明坤適牧光州, 亦與聞其役云."

182 『金石集帖』 037露(교037金石續帖露:無) 책에 탁본이 있다. 해서비제는 「有明朝鮮國左議政尤庵宋先生之墓」이며, 건립 일자는 '崇禎紀元後三己亥(正祖三年:1779)▽月▽日' 찬술이다. 왕명으로 안진경의 글자를 집자하여, 비석에서 '奉敎集唐顔眞卿字'라고 밝혔다.

183 『金石集帖』 179彼(교171彼:天將碑/栢田/謫墟/臺墟/菴墟/淸聖臺/東林城/灌田) 책에 탁본이 있다. 해서비제는 「尤庵宋先生受命遺墟碑」이고, 전액도 「尤菴宋先生受命遺墟碑」이다. 찬자·서자·전액자는 "李宜顯撰, 李亮臣書, 閔鎭遠篆."이라고 했으며, 건립 일자에 대해서는 "崇禎紀元後百四年辛亥(英祖七年:1731)六月八日立."이라고 밝혔다.

184 李宜顯, 「尤菴受命遺墟碑」, 『陶谷集』 卷12 碑.

기 하루 전에 흰 기운이 하늘에 걸쳐 있더니, 이날 밤 규성이 떨어지고 붉은 빛이 지붕을 꿰뚫은" 사실을 적었다. ⓒ 1694년 "성상(숙종)이 크게 뉘우치고 특별히 선생의 관직을 회복시키고 문정(文正)이라는 시호를 내렸다."라고 간략히 적었다. ⓕ 송시열의 명·자·생·졸을 적고, 효종과 뜻이 부합한 일, 숙종 때 재상직에 제수되어도 끝내 나가지 않다가 끝내 큰 화를 입은 경위를 간략히 기술했다. ⓖ 정읍 사람 임한일(任漢一)과 이후진(李厚眞)이 원우의 비석 건립을 주관했다고 기록했다. 명(銘)은 붙이지 않았다. 글 전체에서 가장 정채 있는 부분은 ⓓ이다. 이의현은 송시열이 권상하에게 팔자결을 주면서, 임종 때의 주희가 문인에게 '直' 자 한 글자를 주었던 일에 견주었다고 적었다. 즉, 송시열은 1683년 주희의 봉사(封事)를 경연에서 진강하면서, "주자의 학문은 요순, 공맹을 계승해 일언일구도 지극한 중정이 아님이 없습니다[一言一句, 無非大中至正]."[185]라고 말했다. 그렇기에 이의현은 유허비에서, 송시열이 "주자가 임종할 때 문인을 불러 곧을 직(直) 자 하나를 말씀하셨으니 내 말도 여기서 벗어나지 않는다[朱子臨終詔門人一直字, 吾言亦不外]."라고 영결한 말을 기록해 둔 것이다.

전북 전주 황학대에 1707년(숙종 33) 「희현당사적비(希顯堂事蹟碑)」가 건립되고, 1743년(정조 19) 「희현당중수비(希顯堂重修碑)」가 건립된 일이 있다. 사적비는 「완산희현당사적비(完山希顯堂事蹟碑)」라는 두전(頭篆)이 있다. 김시걸(金時傑, 1653~1701)이 전라도 관찰사로 있을 때 생원과 진사의 강학소였던 사마재 터에 희현당을 건립하자, 그가 떠난 후 주민들이 건립한 것이다.[186] 다만 비문에 따르면, 김시걸은 1699년 7월 24일 부임하여 1701년(숙종 27) 5월 10일 이임했으며, 당은 5월 15일 준공되었다. 따라서 이 비석은 유애비의 기능을 지닌다. 희현당에는 조선 후기의 상업 출판에 사용하던 희현당철자가 보관되어 있었다.[187] 순천부사를 지낸 유백승(柳百乘, 1652~1718)[188]이

---

185 宋時烈, 「進朱子封事奏箚箚疑箚」(癸亥六月二十八日), 『宋子大全』 卷18.

186 지금은 완산구 중화산동 신흥고등학교 교정으로 이전되어 있다. 김시걸의 본관은 안동이며, 1684년(숙종 10) 문과정시에 을과로 급제했다. 『숙종실록』에 따르면 1699년(숙종 25) 윤7월 7일 전라도 관찰사에 제수되었으나, 「희현당사적비」에 따르면 7월 24일 부임한 것으로 되어 있다. 金令行, 「先考家狀」, 『弼雲文稿』 冊八 雜著.

187 희현당철자는 1798년(정조 22) 무렵 처음 만들어졌다. 연세대학교 중앙도서관에 그 일부가 남아 있다. 이 활자는 김두종에 의해 '정리자체 목활자'로 잘못 일컬어졌다. 인본으로는 『정묘거의록(丁卯擧義錄)』·『남정일록(南征日錄)』 등이 있다. 주로 호남지방에서 사용했으나 한때 서울 근교와 충청도에서도 사용했으며, 1910년 이후까지도 사용했다. 윤병태, 『朝鮮後期의 活字와 冊』, 범우사, 1992, 제3장 '18世紀의 活字와 그 印本들', 제5장 '19世紀의 活字와 그 印本들'.

188 유백승은 본관이 문화, 자는 중거(仲車), 호는 불후당(不朽堂)이다. 전주 출신으로, 김집(金集)의 문인

「회현당사적비」의 비문을 짓고, 유학(幼學) 박초재(朴楚梓)가 글씨를 쓰고 전액을 올렸다. 회현의 희는 '현인이 되기를 희구하고 성인이 되기를 희구한다[希賢希聖].'라는 뜻이고, 현은 '입신양명하여 부모를 현달하게 한다[立身揚名, 以顯其父母].'라는 말이다.[189] 지방 강학소의 이중의 목표를 반영하는 명명이다. 유백승의 글은 대우와 배비구를 많이 사용하되, 전고가 없어 평순하다. 다음은 그 일부이다.

> 공은 또, 선비들이 희구하는 바가 없으면 활 쏠 때 과녁이 없는 것과 같아서 마음을 쓸 곳이 없고, 드러내길 바라지 않는다면 잠깐 부지런하다가도 곧 게을러져, 사람들을 권면할 수 없으리라고 생각했다. 그래서 특별히 희현 두 글자로 당의 이름을 삼았다. 희(希)는 무엇인가? 희현(希賢)과 희성(希聖)이 이것이다. 현(顯)은 무엇인가? 입신양명하여 그 부모를 드러냄이 이것이다. 아아! 선비이면서 뜻을 희현에 두고, 공부하면서 마음을 부모 현창에 둔다면, 취향이 바르고 습속이 아름답지 않겠는가! … 대개 공이 전주에서 자신을 검약하고 비용을 절감하여 세금 견감한 바가 많았으니, 그 은혜가 크다. 돈을 내어 백성을 돕고 폐단을 크게 개혁했으니, 그 덕이 성대하다. 하지만 자고로 우리 도를 안찰한 사람으로서 우리 백성에게 은택을 충분히 입힌 사람들이 대대로 그런 인물이 없지 않았으므로, 공의 덕택과 은혜는 정말로 따로 비길 분들이 있다고 하겠으나, 헤아릴 수 없는 재물을 내어 종전에 없던 당을 창건하여 우리 고을 사람들로 하여금 학에 강습할 수 있는 곳을 얻게 해서 울연히 학문과 도덕이 있는 고장이 되게 한 것은 공의 지극한 은혜요, 위대한 덕택이 아니랴![190]

유허비 가운데 노론 지식인들의 이상적인 은둔지로 추억되던 곳이 김창흡(金昌翕, 1653~1722)의 영시암(永矢菴)이었다. 김창흡에게는 '청기발속지운(淸奇拔俗之韻)'과

이다. 1713년 순천부사로 나갔으나, 전라감사 유봉휘(柳鳳輝)의 무고로 파직되었다. 숙종이 특명으로 유임시켰으나, 사퇴하고 물러났다.

189 앞의 말은 주돈이(周敦頤)의 『통서(通書)』「지학(志學)」에 "선비는 현인이 되기를 희구(希求)하고, 현인은 성인이 되기를 희구하고, 성인은 하늘처럼 되기를 희구한다[士希賢, 賢希聖, 聖希天].'라는 말에서 나왔다. 뒤의 말은 『효경』의 "입신하여 도를 행해서 후세에 명성을 드날려 부모를 현양시키는 것이 효도의 끝이다[立身行道, 揚名於後世, 以顯父母, 孝之終也]."에서 나왔다. 과거 급제를 통해 입사(入仕)하는 것을 말한다.

190 柳百乘,「希顯堂事蹟碑」. "公又以爲: '士無所希, 則如射無的, 無所用心矣. 不求其顯, 則乍勤輒懈, 人不能勸趨矣.' 故特拈希顯二字, 以爲堂名. 希者何? 希賢希聖, 是也. 顯者何? 立身揚名, 以顯其父母, 是也. 噫! 士焉而志在希顯, 學焉而心存顯親, 則趨向正而習尚美矣! … 大槩公於本州, 約己節用, 多所蠲減, 則其惠大矣. 發錢補民, 力革弊端, 則其德盛矣. 然自古按是道者, 澤洽吾民, 世不乏人, 則公之德惠, 固有其倫, 而惟其出不貲之財, 粉無前之堂, 使我州人, 得其講藝之所, 而蔚然爲絃歌之邦者, 是非公之至惠大德乎!"

'완심고명지학(玩心高明之學)'이 있었다고 한다. 김원행(金元行)이 지은 「삼연선생영시암유허비(三淵先生永矢菴遺墟碑)」에 나오는 말이다.[191] 전자는 세속의 저열함을 벗어던져 맑고 독특한 운치를, 후자는 마음을 전일하게 지녀 의지를 발양함으로써 고명한 경지에 이른 학문을 말한다. 김창흡은 산수 유람을 통해 '청기발속지운'을 추구했으며, 그것이 그의 '완심고명지학'을 존재하게 하는 원동력이 되었다. 영시(永矢)는 자연 속에서 학문하는 즐거움을 혼자 영원히 간직하기를 맹세한다는 뜻이다. 『시경』「위풍(衛風) 고반(考槃)」의 "은자의 오두막 언덕에 있으니 대인이 한가로이 머무네. 홀로 자고 깨었다가 다시 눕나니, 이 즐거움을 영원히 남에게 알리지 않겠노라 맹세하네[考槃在陸, 碩人之軸. 獨寐寤宿, 永矢弗告]."에서 가져왔다. 김창흡은 기사환국 때 부친 김수항이 사사되자 속세를 떠날 생각을 품고 있다가 모친상을 마치자 1705년(숙종 31) 9월에 설악산으로 들어갔다. 1706년 8월 아내를 잃은 후 이듬해 1707년 청평산을 거쳐 설악산으로 들어가 10월에 벽운정사(碧雲精舍)를 지었다. 이듬해 벽운정사가 불타자, 1709년 9월 조원봉 아래에 암자를 짓고 영시암이라 이름짓고 이곳에서 6년을 살았다.[192] 「삼연선생영시암유허비」는 홍봉조(洪鳳祚)의 글씨를 새겨 1749년(영조 25) 2월에 세웠다. 글을 지은 사람인 김원행의 이름은 비석에 밝히지 않았다. 대작(代作)이기 때문이었다. 김창흡은 69세 되던 1721년(경종 원년) 12월의 신임옥사로 맏형 김창집이 거제로 유배되고, 아우 김창업이 울분으로 죽자, 1722년 2월 19일 절필시를 짓고, 21일 김언겸(金彦謙)의 별장 가구당(可久堂)에서 세상을 떠났다. 4월, 포천현 묘곡(卯谷)에서 장사 지냈다. 4월 29일, 김창흡의 형 김창집은 성주로 이배되어 즉시 사사되었다.

광주시 광산구 비아동에 있는 「취병조형유허비(翠屏趙珩遺墟碑)」는 일반적인 비석과 달리, 화강석 1매로 비의 지붕과 몸체를 동시에 만들었으며, 비신은 높이에 비해 너무 넓다. 이 비는 조형(1606~1679)이 출생과 성장한 곳을 기념하여 그의 6세손 조운한(趙雲漢)이 광주목사로 있던 1873년 5월 13일 건립했다.[193] 조형은 부친 조희보(趙希輔)

---

191 金元行, 「三淵先生永矢菴遺墟碑」, 『渼湖集』 卷16. 『金石集帖』 179彼(교171彼: 天將碑/栢田/謫墟/臺墟/菴墟/淸聖臺/東林城/灌田) 책에 탁본이 있다.

192 김창흡은 59세 되던 1711년(숙종 37)에는 평강의 갈역(葛驛)(지금의 강원도 인제군 용대리)에 갈역정사를 짓고 1715년 가을에는 춘천도호부 곡운에 곡구정사(谷口精舍)를 지어, 평강과 춘천을 왕래했다. 1717년과 1718년에는 갈역에서의 생활을 추억하여 「갈역잡영(葛驛雜詠)」 392수를 연작했다. 68세 되던 1720년(숙종 46) 3월, 아들 김양겸(金養謙)이 현령으로 있는 황해도 문화(文化)로 갔다.

193 조운한은 1872년부터 1874년까지 광주목사로 있다가, 창녕현감이 된 듯하다. 경남 창녕읍 남지읍 성사리에 주민들이 1876년에 세운 「현감조후운한애민선정비(縣監趙侯雲漢愛民善政碑)」가 있다.

가 광주목사(1606~1611)로 재직할 때 칠굴재(七掘齋) 박창우(朴昌禹) 집에서 태어나서, 부친의 이임 때까지 이곳에서 자랐다. 자는 군헌(君獻)이고 호는 취병(翠屏)이다. 1630년(인조 8) 식년문과에 병과로 급제했다. 1651년(효종 2) 사은사 서장관으로 북경에 다녀왔고, 1655년 대사간이 되어 통신사로 일본에 다녀왔으며, 1663년(현종 4) 동지사로 청나라에 갔다가 이듬해 돌아와 판윤이 되었다. 시호는 충정(忠貞)이다.[194] 「취병조형 유허비」의 각자는 346자로, 내용이 간단하다. 앞면에는 이곳이 조형이 병오(1606) 10월 22일 정사 술시에 강생한 산실 구지(舊址)이며, 지명은 천곡(泉谷)이라고 기록했다. 그리고 계유(1873) 5월 13일 6세손 광주목사 운계(雲溪)가 세운다고 밝혔다.[195]

(8) 시사단 비명

1792년(정조 16) 3월 3일, 정조는 규장각 각신(검교직각) 이만수(李晚秀)로 하여금 도산서원에 치제하고 유생들에게 별시를 보게 했다.[196] 이후 영남 남인들을 중심으로 그 일을 기념하여 시사단(試士壇)을 쌓고 시사단비를 세우기로 하여 비문을 남인 재상 채제공에게 부탁했다. 그 글이 「도산시사단비명(陶山試士壇碑銘)」이다. 이보다 앞서 3월 1일에 정조는 가락국 시조의 능에 봄가을로 시향하는 의식을 정하고, 승지를 보내 한식에 사유를 고하게 했다. 다음 날 2일에는 각신 이만수에게 봉명하고 돌아오는 길에 박혁거세의 제전인 숭덕전에 치제하고 신라 여러 왕의 능을 함께 봉심하라고 명했다. 이어서 옥산서원에도 치제하게 했으며, 하루가 지난 3일에 다시 이황의 서원에 치제하고 반열에 참석한 유생들에게 응제를 명하게 한 것이다. 이만수는 3월 19일 옥산서원에서 이언적(李彦迪)의 영에 치제하고, 24일에 도산서원에서 이황의 영에 치제했다. 25일에 설장하고 어제의 부제(賦題)와 의제(義題)로 '문왕의 자손들은 본손과 지손이 백대를 전할 것이며 모든 주나라의 선비들도 현양되어 대대로 복을 누릴 것이다[文

---

194 조형의 묘는 충북 음성군 생극면에 있으며, 1645년(인조 23) 최석정(崔錫鼎)이 지은 비문을 새겨 1705년(숙종 31) 세운 신도비가 있다. 최석정의 문집에 비문이 수록되어 있다. 崔錫鼎, 「行禮曹判書趙公神道碑銘」, 『明谷集』卷21 碑銘. 『金石集帖』197詩(교189詩:李參知/趙禮判/尹忠義/李僉樞) 책에 탁본이 있다. 비제는 「行禮曹判書趙公碑」이며, 찬자·서자·전액자 및 건립 일자에 대해서는 "崔錫鼎撰幷篆, 男趙相愚書, 崇禎紀元周甲後十八年乙酉(肅宗三十一年:1705)▽月▽日立, 辛卯(肅宗三十七年:1711)九月▽日追刻."이라고 밝혔다.

195 有明朝鮮國大宗伯豐壤趙公諱珩字君獻號翠屏謚忠貞, 萬曆丙午十月二十二日戌時降生, 產室舊址地名泉谷, 癸酉五月十三日, 六世孫光州牧使雲溪謹竪.

196 『日省錄』, 정조 16년 임자(1792) 3월 3일(임신) 「綱」. "命閣臣李晚秀, 奉命回路, 致祭于陶山書院, 仍命參班儒生應製."

王孫子本支百世凡周之士不顯亦世].'[197]를 내걸고 영남의 유생을 시취했다. 입장인 7,228
명, 수권인(收券人) 3,632장이었다. 당일의 고시관은 직각 이만수, 수권관(收券官) 순흥
부사 허전(許脦), 금난관(禁亂官) 예안현감 윤영(尹瑩), 입문관(入門官) 봉화현감 이상영
(李尙榮)이었다. 4월 4일(임인) 정조는 응제 시권을 채점하여 부(賦)에서 29명, 의(義)에
서 1명, 총 30명을 입격시켰다.[198] 그리고 전교, 치제문, 각신과 차비관의 좌목, 입격한
사람의 방목, 입문한 유생의 수효, 시권을 거두어들인 수효, 입격한 사람의 시권 4장
을 『경림문회록(瓊林聞喜錄)』의 범례에 따라 책자를 만들어 본도에서 간행하여 바치게
했다.[199] 당시 편집된 『교남빈흥록(嶠南賓興錄)』 2권 1책은 그해 발간된 이후, 정조 연
간의 다른 빈흥록들과 함께 재간되었고,[200] 1922년 「도산시사단비명」·「반촌치제시일
기(頖村致祭時日記)」가 부록되어 중간되었다. 채제공의 「도산시사단비명」은 ⓐ 이만
수가 도산에서 시사하고 『교남빈흥록』을 간행한 경위, ⓑ 도내 선비들이 시사단을 축
성하고 채제공 자신에게 비문을 요청한 사실을 적었다. 이어서 채제공은 ⓒ 권계의 말
과 ⓓ 4언 8구의 명을 이었다. 핵심은 ⓒ이다.

이 선생은 우리나라의 부자(夫子: 孔子)이시다. 선생께서 전하신 것은 오직 부자의 도이다.
그런데 부자가 사람을 가르치는 데는 네 가지의 과목이 있었다. 대체로 사람은 성인이 아니
면 재주가 각기 한쪽으로 치우침이 있어, 비록 때 맞춰 내리는 비와 같은 교화라고 하여도
그 치우친 것을 완전한 것으로 하여 그 이룸을 집성하게 할 수는 없다. 그런 까닭에 그 과목
을 넷으로 마련하여 온 천하 사람으로 하여금 그 가운데 들어가지 못하는 자가 없게 하였으
니, 그 가르침이 지극하다. 지금 영남 인사들이 사학(邪學)에 물들지 않는 것은 진실로 어질
다. 그러나 만약 이것을 가지고 스스로 만족하는 데 그치거나 또는 혹여 공령문자로 성세의
과거에 급제한 것을 가지고 능사가 끝났다고 생각한다면, 공령문자가 성인 가르침의 어느
과목에 속할 수 있는지 모르겠다. 반드시 세속의 공리로 마음을 삼지 말고, 멀고 큰 것에 뜻

---

197 『시경』 「대아 문왕」에 나오는 말로, 주공(周公)이 주나라가 상(은)나라를 대신하여 천명을 받은 것이
   문왕의 덕에서 유래했음을 서술하여 성왕을 경계한 내용이다.
198 삼상(三上)으로 장원한 유학 강세백(姜世白, 1748~1824)은 영조 때 홍문관교리를 지낸 강박(姜樸,
   1690~1742)의 손자이다. 그 역시 홍문관응교 등을 역임했으나 낙향하여 정종로(鄭宗魯, 1738~1816)
   의 학문을 이었다. 또 다른 입격자인 생원 김희락(金熙洛, 1761~1803)은 1794년 규장각 강제문신(講
   製文臣)으로 뽑혀 순조 때 대사간을 역임한 그의 족형 김희주(金熙周)와 함께 궁중을 출입하게 된다.
199 『日省錄』, 정조 16년(임자, 1792) 4월 4일(임인) 「綱」. "考下嶺儒應製試券, 擢姜世白 金熙洛二人賜第,
   餘給省施賞有差."
200 正祖, 『弘齋全書』 卷184 羣書標記 6 命撰 2 '嶠南賓興錄二卷(刊本)'.

을 세워 죽은 뒤에 그쳐야만 바야흐로 위로는 성조(聖朝)의 인재 양성에 저버림이 없고 아래로 선정(先正)의 남긴 교화에 저버림이 없을 것이니, 그래야 역시 아름답지 않겠는가! 사랑하고 존중함이 돈독하기 때문에 사양하지 않고 권면함을 이와 같이 한다.[201]

'영남 인사들이 사학에 물들지 않는 것'을 인정하되, '세속의 공리로 마음을 삼지 말고 먼 것, 큰 것에 뜻을 세워 죽은 뒤에 그쳐야만' 한다고 권계했다. 이 권계는 '재주가 각기 한쪽으로 치우침이 있음'을 우려하는 목소리를 담고 있으며, 명에서도 그 목소리가 들린다.

陶水洋洋, 其上也壇. 壇有階級, 水有淵源.
登壇臨水, 觸類而伸. 先正之化, 聖主之恩.

도산의 물이 양양함이여, 그 위에 시사단이 있어
단에는 계층이 있고, 물에는 연원이 있도다.
단에 오르고 물에 임하여, 부류에 따라 펴나니
선정의 교화로다, 성주의 은덕이로다.

'부류에 따라 편다'는 말은 『주역』 「계사 상(繫辭上)」의 "이끌어 펴나가고 부류에 따라 응용하여 적용하면, 천하의 능사를 마칠 수 있다[引而伸之, 觸類而長之, 天下之能事畢矣]."에서 가져온 것이다. 부류라는 말에는 '재주가 각기 한쪽으로 치우침이 있음[才各有偏]'의 뜻이 함축되어 있는 듯하다.

1788년 이후 남인 세력은 사도세자를 복권시키려는 정조의 정책을 지지하면서 중앙 정계에서 영향력을 확대해 나갔다. 1791년 진산사건이 일어난 이후 1792년 3월에 정조가 영남 유생을 선발한 것은 영남 남인들을 격려하려는 의도를 지녔다. 영남 남인들은 사도세자의 임오의리를 공론화하는 데 크게 기여했다.

---

201 蔡濟恭, 「陶山試士壇碑銘」, 『樊巖集』 卷57 碑. "夫李先生, 我東夫子也. 先生所傳, 惟夫子之道, 而夫子教人有四科焉. 蓋人非聖人, 才各有偏, 雖以時雨之化, 不可皆得以全其偏而集其成也. 是以設其科以四, 使天下之人, 無不可以入其中者, 其教也至矣. 今夫嶺南人士之不染邪學, 誠賢矣. 若以是自足而止, 又或以功令文字之得雋於聖世, 意以爲能事畢矣, 則未知功令於聖人之教, 何科之可屬? 必也勿以世俗功利爲心, 立志於遠者大者, 死而後已, 方可以上不負聖朝作成, 下不負先正遺化, 不亦美哉! 愛重之篤也, 不辭而相勉如此."

(9) 관왕묘비와 무후묘비

관왕묘비

왜란 때 명나라 남부의 군사들이 참전하고 그들이 관왕묘 건립을 요청함에 따라 전국 여러 곳에 관우 사당이 건립되었다. 관왕묘는 원래 관우를 추모하기 위한 사당이었지만, 관우가 신격화되면서 종교사원이 되었다.[202] 명나라 군사는 1597년(선조 30) 정유재란이 일어난 겨울에 울산 왜군을 공격하다가 불리하자 이듬해 정월에 퇴각했다. 이때 명나라 유격(遊擊)인 진인(陳寅)이 탄환에 맞아, 서울로 돌아와 치료하면서 숭례문 밖 산기슭에다 관우 사당을 건립해 달라고 요구했다. 양호(楊鎬) 등 명나라 장수들이 은을 내고 조선 조정도 은을 냈다.[203] 1598년에 선조는 관우를 모신 사당을 건립하고, 관우의 생일인 5월 13일에 사당에서 큰 제사를 지냈다. 1599년 명나라 신종이 양호의 후임 만세덕(萬世德)에게 4천 금을 내려 관왕묘를 건립하도록 요구했다. 조선 조정은 홍인문 동쪽에 터를 잡고 공사를 시작하여 1601년 봄에 완공했다. 이때 명나라 황제의 뜻에 따라 편액을 '현령소덕왕관공지묘(顯靈昭德王關公之廟)'라고 했다.[204] 당시 허균(許筠)이 선조의 명으로 제술한 「칙건현령관왕묘비(勅建顯靈關王廟碑)」를 보면, 선조는 관우가 명군을 음우(陰佑)하여 왜군을 토벌한 공로가 있었고 조선이 재조될 수 있었기 때문에 명나라 신종의 관왕묘 건립 요구는 타당하다고 여겼다.[205] 허균이 비문을 지어 올리자 대제학 심희수(沈喜壽)가 비문 지은 사람의 벼슬이 낮다고 하면서 자

---

202 관우는 위진남북조시대에 형주 일대에서 토지신으로 숭앙되다가, 수나라 개황(開皇) 연간(581~600) 옥천산(玉泉山) 인근에 사당이 건립되면서 지역신으로 정착했다. 북송 철종 소성(紹聖) 연간에 현열왕(顯烈王)으로 일컬어지고, 휘종 대관(大觀) 연간의 『정남가봉기(鄭南加封記)』에서 무안왕(武安王), 선화(宣和) 연간의 『속통감장편(續通鑑長篇)』에서 의용무안왕(義勇武安王), 남송 효종 순희(淳熙) 연간의 『관제문헌휘편(關帝文獻彙編)』에서 의용무안영제왕(義勇武安英濟王)으로 일컬어졌다. 명나라 태조 홍무 연간의 『성적도지(聖蹟圖誌)』에서는 한나라 때의 수정후로 복호(復號)되었으나, 세종 가정 연간에는 한관제수정후(漢關帝壽亭侯)라 하여 제(帝)로 일컫기 시작했다. 만력 42년(1614)에는 삼계복마대제신위원진천존관성제군(三界伏魔大帝神威遠震天尊關聖帝君)이라 하여 천존으로 일컬었다. 李德懋, 『青莊館全書』 卷59, 「盎葉記 6」, '關矦封贈'.

203 柳成龍, 「記關王廟」, 『西厓先生文集』 卷16.

204 許筠, 「勅建顯靈關王廟碑」, 『惺所覆瓿稿』 卷16. "天子曰: 然. 亟以四千金付撫臣萬世德, 立祠於朝鮮王京以享之. 自庚子冬始其役, 越二年春訖工. 其塑像圖繪之容, 殿堂廡宇門廠鼓鍾之樓, 凡百餘間, 悉依中國制, 請額於朝, 今年奉聖旨, 令以勅建顯靈昭德王關公之廟榜之門, 仍賜祭一壇焉."

205 許筠, 「勅建顯靈關王廟碑」, 『惺所覆瓿稿』 卷16. "又能拯屬國之難, 以紓我聖天子東顧之憂, 而東土百萬生靈, 受祉以安. 宜東民之願崇廟宇, 以俾祀於無窮也已. 余仰惟天子之恩, 王之德, 不敢忘乎懷."

신이 다시 지으려 했다. 선조는 명나라 차관(差官)이 머무르는 등 번거로운 사태가 일어날까 우려하여 비를 꼭 세울 필요가 없겠다고 결정했다.

1785년(정조 9) 11월, 정조는 4조(숙종·영조·경모궁·정조)의 어제를 새긴 묘비를 동묘와 남묘에 세우겠다고 하교했다.[206] 숙종의 경우 족자에 도상명(圖像銘)을 썼는데, 규장각에 모사하여 올리게 했다. 영조의 묘기(廟記)는 어필을 집자하게 했다. 경모궁(사도세자)이 숙종의 도상명에 차운한 것은 예필을 집자하게 했다. 정조도 숙종의 도상명에 차운하여 묘비명을 짓고, 규장각으로 하여금 모사하여 올리게 했다. 장서각에 소장된 관왕묘비 탁본은 이때의 비석과 관련이 있는 듯하다.[207]

① 「숙종대왕관왕묘비」: 1695년(숙종 21) 숙종 어제어필 비석의 탁본
② 「숙종대왕관왕묘비」(중각): ① 비석의 중각 탁본
③ 「영조대왕관왕묘비」: 1730년(영조 6) 영조 어제어필 비석의 탁본
④ 「영조대왕관왕묘비」(중각): ③ 비석의 중각 탁본
⑤ 「경모궁관왕묘비」: 경모궁(사도세자) 예제예필(睿製睿筆) 관왕묘비를 1785년 입비할 때 제작한 탁본
⑥ 「장조의황제관왕묘비(莊祖懿皇帝關王廟碑)」: ⑤ 비석의 중각 탁본
⑦ 「정조대왕관왕묘비」: 1785년 정조 어제어필 관왕묘비의 탁본. 일명 「무안관왕묘비명(武安關王廟碑銘)」
⑧ 「정조선황제관왕묘비(正祖宣皇帝關王廟碑)」: ⑦ 비석의 중각 탁본

①과 ③은 동묘의 서무(西廡)에 있는 비석에서 각각 앞면과 뒷면에 새겼다. ⑤와 ⑦은 동묘의 동무(東廡)에 있는 비석에서 각각 앞면과 뒷면에 새겼다. 비문을 보면 ①과 ③은 서(序)와 명(銘)으로 이루어져 있고, ⑤와 ⑦은 운문의 명만 있다. ①의 비제는 「대한조충절무안왕찬양명(大漢朝忠節武安王贊揚銘)」, ③의 비제는 「현령소덕무안왕묘(顯靈昭德武安王廟)」, ⑤와 ⑦의 비제는 「무안왕묘비명(武安王廟碑銘)」이다. ⑤의 「무안왕묘비명」은 '경모궁예제예필(景慕宮睿製睿筆)'로, '임신년(1752년) 삼가 지었다[歲壬申謹撰].'라고 밝혔다. ⑦의 「무안왕묘비명」은 '당저신장홍재(當宁宸章弘齋)'로, '내가 즉

206 『正祖實錄』 卷20, 정조 9년(을사, 1785) 11월 15일(신유).
207 서울특별시, 『서울금석문대관』 제2집, 1992, pp.61~67; 한국학중앙연구원 장서각 편, 『조선왕실의 비석과 지석 탑본』, 한국학중앙연구원 출판부, 2019, pp.226~237.

|표 3-4| 장헌세자와 정조의 「무안왕묘비명」

莊獻世子 「武安王廟碑銘」	正祖 「武安王廟碑銘」
天地鍾英, 鼎氣雄雄. 功蓋萬禩, 威耀八戎.	王在帝傍, 魄毅神雄. 赤驥翠鉈, 廓掃蠻戎.
盱衡載籍, 侯莫與同. 偏神子雲, 卒伍老忠.	瓣香拜稽, 萬方攸同. 誕我肇祀, 匪直尙忠.
桃園盟血, 直盤皇穹. 恩兄義君, 首腹譬龍.	粢牲練日, 鐃鼓殷穹. 九旒琅璆, 決雲駕龍.
所征无敵, 海內靡風. 曁亦我旅, 伊貔伊熊.	怳兮儵兮, 肅然有風. 神之降矣, 河魁熊熊.
載揚豐烈, 爲漢之崇. 若唐若宋, 罔不致隆.	歆我胙饗, 格我欽崇. 永懷駿惠, 洵莫與隆.
皇朝秩典, 爵視王公. 逮我宣祖, 肇祀國中.	像配光嶽, 秩邁侯公. 麗牲有石, 于廟之中.
袞繪九章, 有儼晬容. 廟楣有刻, 兩聖紀功.	承承奎壁, 載烈象容. 華渚壽丘, 於萬頌功.
小子式欽, 先志是從. 我銘作歌, 以詔无窮.	神兮錫嘏, 龜筮叶從. 邦享五福, 民無四窮.
不奮董筆, 斬櫂戮蒙. 恭惟冥庥, 遂感而通.	顧瞻靡騁, 玄黃晦蒙. 一指風霆, 顯庥冥通.
誕聖顯靈, 大德鑄冐. 歲一精禋, 帕首甲衷.	環庭介士, 竪髮沾冐. 刻刻上下, 弗退敫衷.
靈如地水, 若朝暮逢. 冀垂英顧, 祚我大東.	神之迪矣, 如相攀逢. 地久天長, 永食吾東.

위한 지 9년째 되던 을사년(1785) 동짓달에, 이를 찬하고 또 전서로 써서 태상시(太常寺)에 넘겨주고, 이것으로 영신(迎神), 송신(送神) 그리고 전헌(奠獻)의 악가(樂歌)로 쓰도록 하였다[卽昨九年乙巳陽至, 撰幷篆書, 付太常, 作迎送神奠獻樂歌].'라고 밝혔다. 장헌세자(경모궁)의 비명은 숙종의 도상명의 형식을 따라 4언 44구로 격구마다 평성 東운을 일운도저했고, 정조도 충실하게 차운했다(표 3-4).[208]

정조의 『홍재전서』에 실린 「무안왕묘비명」은 한국고전번역원 번역문이 공개되어 있다. 장헌세자의 비명만 번역하여 소개하면 다음과 같다.

천지의 영기가 모여, 구정(九鼎) 있는 상공의 기운이 당당도 하여
공적으로 만년을 압도하고, 위엄은 팔융(八戎)에까지 빛나
온 서적 샅샅이 살펴보아도, 제갈무후 같은 이는 없었나니
자운(子雲)을 편비로 삼고, 노장 황충(黃忠)을 막하의 졸오로 삼았다.
도원에서의 맹세는, 곧바로 궁릉의 하늘에 서려
은혜로 맺은 형이요 의리로 섬긴 군주로, 용으로 비유하면 머리와 배와 같았으며
가는 곳마다 대적할 자 없어, 천하 인민들이 바람 앞에 풀이 쏠리듯 했나니
이와 더불어 무후의 군사들도, 표범과도 같고 큰곰과도 같았다.

---

208 莊憲世子, 「武安王廟碑銘」, 『凌虛關漫稿』 卷7 碑銘; 正祖, 「武安王廟碑銘」, 『弘齋全書』 卷15 碑.

이에 큰 공렬을 드날려서, 한(漢)나라의 숭앙을 받았고

당나라도 송나라도, 융숭하게 받들지 않은 적이 없으며

명나라에서는 벼슬을 우대하여, 왕공(王公)의 관작을 내렸으며

우리 선조(宣祖) 임금님께서도, 처음으로 도성 안에서 제사를 올렸다.

구장(九章) 수놓은 곤룡포 입히고, 얼굴은 위엄 있게 베껴내었으며

사당 기둥에는 글을 새겼으니, 선대 두 임금의 공적을 적은 것이로다.

소자(小子)도 삼가 흠앙하여, 선대의 뜻 따르려니

나는 명(銘)을 지어 노래로 불러, 영원토록 전하노라.

동호(董狐)의 직필을 쓸 것도 없구나, 손권을 참하고 여몽 죽인 일을.

삼가 저승의 신명이 보살펴, 마침내 감통한 결과이리라.

크고도 성스러운 현령(顯靈)을 위해, 큰 은덕을 가슴에 새겨

해마다 한 번씩 정성스레 제사하니, 머리에 띠 매고 갑옷 입고 지낸다오.

영험하게 지하의 물이, 마치 아침저녁으로 만나듯이

부디 영령께서 돌보아주셔서, 우리 대동에 복을 내리시기를.

왜란 직후에는 동묘와 남묘 이외에, 평양, 성주, 안동, 남원, 강진, 동래, 강화도, 개성 등지에도 명나라 장수의 발의로 관왕묘가 건립되었다. 1597년 모국기(茅國器)가 건립한 경상도 성주 관왕묘, 1598년에 진린(陳璘)이 건립한 전라도 고금도 관왕묘, 설호신(薛虎臣)이 건립한 경상도 안동 관왕묘, 1599년에 유정(劉綎)이 건립한 전라도 남원 관왕묘 등의 유적이 현재 확인된다.[209] 고금도 관왕묘와 관련해서 이이명(李頤命, 1658~1722)이 「고금도관왕묘비(古今島關王廟碑)」를 지었다. 안동 관왕묘와 관련해서는 배용길(裵龍吉, 1556~1609)이 「무안관왕묘비명(武安關王廟碑銘)」을 지었다. 뒷날 고종 연간에는 한양에 북관왕묘(1885)와 서관왕묘(1902)가 건립되었다. 또한 신기선(申箕善, 1851~1909)이 「관성제서묘비명(關聖帝西廟碑銘)」을 찬술했다.

---

209 손숙경, 「19세기 후반 關王 숭배의 확산과 關王廟 祭禮의 주도권을 둘러싼 東萊 지역사회의 동향」, 『고문서연구』 23, 한국고문서학회, 2003, pp.211-242; 한종수, 「조선후기 숙종대 關王廟 致祭의 성격」, 『역사민속학』 21, 한국역사민속학회, 2005, pp.73-106; 전인초, 「관우의 인물조형과 關帝信仰의 조선전래」, 『동방학지』 134, 연세대학교 국학연구원, 2006, pp.287-338; 남덕현, 「關羽 神格化의 요인 고찰」, 『중국연구』 46, 한국외국어대학교 중국연구소, 2009, pp.41-62; 구은아, 「중국의 關公信仰 고찰」, 『동북아 문화연구』 제30집, 동북아시아문화학회, 2012, pp.235-256.

무후묘비

　1686년(숙종 12)에는 평남 평원군(옛 평안도 평원군 영유현)의 무후묘(武侯廟)에 비석이 건립되었다. 무후묘는 한나라 승상 제갈량(諸葛亮) 충무후(忠武侯)를 제사 지내는 사당이다. 임진왜란 때 선조는 의주로 파천했다가 1593년 정월 서경(평양)이 회복되자 영유현에 머문 적이 있었는데, 그 이듬해 그곳에 무후묘를 짓게 했다. 1663년(현종 4)에 현종은 근신의 건의를 받아들여 중건을 명했다. 당시 비를 건립하도록 명했으나, 시행되지 못했다. 이후 숙종이 예문관에 비문을 짓도록 명했으므로, 이민서(李敏敍)가 「한승상제갈충무후묘비명병서(漢丞相諸葛忠武侯廟碑銘幷序)」를 지었다. 김수증(金壽增)이 글씨를 쓰고 제액은 김만중(金萬重)이 올렸다.[210] 이민서는 비문에서 영유현에 무후묘를 세운 것은 두 가지 은미한 뜻이 있다고 했다. 첫째, 선조가 머물던 영유현 서쪽에 와룡산이 있으므로 이 산 이름을 근거로 무후묘를 세웠다. 둘째, 한나라 문제가 흉노를 근심하면서 염파(廉頗)나 이목(李牧) 같은 장군을 얻지 못했듯이[211] 선조가 마음에 차는 신하가 없음을 한탄해서 무후의 일에 가탁했다. 이민서는, 임금의 뜻은 심원해서 깊이 헤아릴 수는 없지만, 옛 걸출한 위인을 표양하여 충의의 풍모로써 한 나라를 경동시켜 흥기시켰으므로, 영유 땅을 가상히 여겨 은혜를 끼친 것이 어찌 얕고 적다고 하겠는가 반문했다.[212] 명은 4언 60구의 장편이다.[213] 4구 1전운, 15개 운을 사

210　전액은 「漢丞相諸葛忠武侯廟碑」이고, 비제는 「平安道永柔縣漢丞相諸葛忠武侯廟碑銘幷序」이다. 찬자·서자·전액자에 대해서는 "正憲大夫吏曹判書兼弘文館大提學藝文館大提學知成均館事同知經筵事臣李敏敍奉敎撰, 通訓大夫行淸風都護府使忠原鎭管兵馬同僉節制使臣金壽增奉敎書, 崇政大夫行議政府右參贊兼知經筵事同知春秋館事弘文館提學臣金萬重奉敎篆."이라고 밝혔다. 마지막에 "丙寅五月▽日嘉善大夫平安道觀察使兼兵馬水軍節度使巡察使管餉使平壤府尹臣李世白奉▽敎立石."이라 했다. 이민서의 비문은 그의 문집에 들어 있고 『서원등록』에도 전재되어 있다. 李敏敍, 「永柔武侯廟碑」, 『西河集』 卷14 碑銘; 『書院謄錄』, 숙종 12년(1686) 정월 15일 「諸葛武侯碑文」.

211　염파와 이목은 전국시대 조(趙)나라의 명장이다. 염파는 효성왕(孝成王) 때 진(秦)나라의 공격으로부터 성을 굳게 지켰으며 연나라를 대파하고 평신군(平信君)에 봉해졌다. 이목은 10년 동안 흉노로부터 국경을 방어했다. 한 문제가 풍당(馮唐)으로부터 염파와 이목의 장재(將才)가 조나라 이제(李齊)보다 훌륭하다는 말을 듣고는 무릎을 치면서 "아, 나는 염파·이목과 같은 시대에 나지 못해서 그들을 장수로 삼을 수가 없으니, (그런 사람을 장수로 삼는다면) 어찌 흉노를 걱정하라[嗟乎! 吾獨不得廉頗李牧時爲吾將, 吾豈憂匈奴哉]?"라고 했다. 『史記』 卷102 「馮唐列傳」.

212　或曰: 上駐永, 久眷顧永不置. 邑西有臥龍山, 古稱武侯爲臥龍, 緣名置廟, 以榮貴其邑. 或曰: 屬時艱厄, 羣臣莫可當上意者, 思得古賢臣用之, 如漢文帝憂匈奴, 而恨不得廉頗李牧爲將, 故托意於武侯云. 聖意深遠, 固不敢隱度. 然表揚古昔傑然鉅人, 使忠義之風, 警動一方, 而興起之. 其嘉惠西土, 豈淺鮮哉?

213　猗歟武侯, 値漢季年. 學本于靜, 才禀其全. 正大之識, 王霸之略. 雄耀百代, 光耀八極. 龍蟠壠畝, 若將終身. 一朝奮興, 如昔天民. 人皆惛慢, 侯獨研精. 人皆慣慣, 侯獨稱停. 公誠爲理, 節制爲兵. 出師秦川, 四方震驚. 扶仁杖義, 信順爲資. 成謀在中, 厥靈四馳. 威振關隴, 志吞伊許. 紛紛狐鼠, 畏侯如虎. 成敗利鈍,

용했다. 주제는 '오매영걸(寤寐英傑) 호불아신(胡不我臣)', 즉 '영걸을 오매불망하거늘, 어찌하여 나는 그런 이를 신하로 삼지 못하는가?'이다. 이민서가 군주의 뜻을 대변하여 군신들에게 경고한 말이다.

숙종 때 무후묘에 무목왕 악비(岳飛)를 배향하게 한 듯하다. 숙종은 1709년(숙종 35) 악비의 정충(精忠)을 표창하여 『회찬송악악무목왕정충록(會纂宋岳鄂武穆王精忠錄)』을 재간하게 하면서 어제서문을 작성하기도 했다. 이미 1585년(선조 18)에 명판본을 저본으로 삼은 『회찬송악악무목왕정충록』 6권이 재주갑인자로 간행되었는데, 숙종 때 재간되었고, 1769년(영조 45) 무신자로 다시 간행되었다. 무신자본의 첫머리에 「숙종 어제서」와 「영조어제서」가 있으며[214] 첫머리에 무목상(武穆像)의 반신상, 무목상의 좌상이 나오고, 이어서 34도(圖)가 이어진다.[215] 1760년 제작된 한글 번역본 『무목왕정충록(무목정충전)』은 명나라 웅대목(熊大木)의 『대송중흥통속연의(大宋中興通俗演義)』 (80회)를 번역한 것인데, 삽화가 없다.[216]

1750년(영조 30) 영조는 경연에서, 영청현(永清縣)의 사당에 무후(제갈량)·악비와 함께 신국(信國) 문천상(文天祥)[217]을 배향하라고 하교했다. 영청현은 영유현의 옛 이름

不我者天. 神明之蘊, 曠古無傳. 聲氣之感, 則必有人. 士或名世, 侯宗超倫. 齊肩伊呂, 陋矣管樂. 私擬竊比, 不僭則惑. 昔我聖祖, 鉤履艱屯. 寤寐英傑, 胡不我臣. 立廟祀侯, 駐駕之所. 神孫嗣葺, 不改舊處. 新宮巋然, 鷹禩孔肅. 侯神在天, 有來不隔. 風馬雲車, 涉海揚靈. 從以關張, 導以六丁. 煌煌如在, 陟降庭堂. 無我戩遺, 式昭耿光.

214 「肅宗御製序」는 1709년 숙종이 쓴 글을 1769년 영조의 명으로 具允明이 필사한 것이고, 「英祖御製序」는 1769년 영조가 작성한 글을 그해에 李瀰가 필사한 것이다. 명판본 『會纂精忠錄後集』의 1501년 陳銓 「重刊精忠錄序」와 조선 선조의 명령에 따라 李山海가 지은 1585년(선조 18) 서문이 있다. 李山海의 「精忠錄序」는 『鵝溪遺稿』 卷6 序類에도 실려 있는데, 서문 작성 당시 職銜은 '崇政大夫 行吏曹判書兼判義禁府事 弘文館大提學 藝文館大提學 知經筵春秋館成均館事'이다. 문자본의 卷尾에는 명판본 『會纂精忠錄後集』의 1501년 10월 趙寬이 작성한 「精忠錄後序」와 1585년 3월 조선의 柳成龍이 작성한 발문이 실려 있다.

215 『악무목왕정충록도』는 남송 岳飛(1103~1142)의 행적을 그린 그림으로, 본래 명나라 판본 『新刊大宋中興通俗演義』의 권수에 수록된 34葉의 34圖이다. 명나라 嘉靖 31년(1562) 楊氏清江堂에서, 熊大木(熊鍾谷)이 교정하고 홍치 14년 鎭守浙江太監 麥福이 간행한 『新刊大宋中興通俗演義』(『大宋中興通俗演義』) 8권에 淸白堂刊 『會纂宋岳鄂武穆王精忠錄後集』을 합본한 『附會纂大宋岳鄂武穆王精忠錄』이 나왔다. 일본 국립공문서관 內閣文庫에 이 嘉靖板本 5책이 있는데, 목록의 서명을 『新刊大宋中興通俗演義』라고 했다.

216 필사 시기 미상의 『雲水志』도 전한다. 곽정식, 「새로 발굴한 고소설 『운수지』 연구」, 『한국문학논총』 46, 한국문학회, 2007, pp.61~102; 곽정식, 「『雲水誌』의 중국역사 수용양상과 그 의미」, 『한국문학논총』 53, 한국문학회, 2009, pp.37~64.

217 문천상(文天祥, 1236~1282)의 자는 송서(宋瑞)·이선(履善), 호는 문산이다. 남송의 이종(理宗)과 익왕(益王)을 섬겼고, 임안(臨安)이 함락된 뒤에도 단종(端宗)을 받들고 근왕군을 일으켜 원나라 군사와 싸

이다. 예조와 관찰사가 명을 받들어 길일을 택해 제사를 올리고 문천상의 초상을 걸었다. 남유용(南有容)이 왕명을 받들어 「제갈량묘악비문천상추배기사비(諸葛亮廟岳飛文天祥追配紀事碑)」를 지었다. 1755년(영조 31) 4월 이태중(李台重)이 교지를 받들고 비석을 세웠다. 서지수(徐志修, 1714~1768)가 전액을 올렸다. 탁본은 전하지 않는다.[218] 남유용은 무후묘에 이미 악비가 배향되고 있는데 다시 문천상을 배향하게 된 경위를 글의 앞부분에서 상세히 서술했다. 글의 후반부에서는 세 충신을 제사 지내는 의의를 논했다. 이때 자신의 말로, "이 사당에 들어와서 우러러 충신의 용모를 바라보고 그가 처했던 시대, 그가 평소 지녔던 뜻, 그가 잡았던 의리를 생각해 보고, 탁연히 마음에 흥기되고 기운이 용솟음침이 있은 후에 비로소 성인이 교화하신 자취를 엿볼 수 있을 것이다[入是廟而仰而觀其容, 俯而思其所遇之世, 與所齋之志, 所秉之義, 而趯然有興於心, 作於氣, 然後始可窺聖人教化之跡矣]!"라고 찬탄했다. 이어서 4언 64구 32연(4구 1환운, 16개 운 사용)의 명을 붙였다.[219] 문천상을 찬미하여 "척화의 표를 지었으며, 죽음에 임하여 [「정기가(正氣歌)」] 시를 지었네[斥和有表, 臨命有詩]."라고 했는데, 이것은 영조와 조신들의 반청척화 의식을 반영한다.

웠다. 위왕(衛王) 때 조양(潮陽)에서 패전하여 원군의 포로가 되어 연경에 3년 동안 억류되었다. 원나라의 회유에 굴하지 않고 「정기가」를 지어 자신의 충절을 나타내고 죽었다.

218 전액은 「宋岳武穆王文忠烈公追配碑」이고, 비제는 「漢丞相諸葛忠武侯廟宋少保岳武穆王丞相文忠烈公追配紀事碑銘并序」이다. 찬자·서자·전액자는 "嘉善大夫原任禮曹參判兼弘文館提學同知春秋館事五衛都摠府副摠管臣南有容奉教撰, 通政大夫原任成均館大司成臣徐志修奉教書, 資憲大夫議政府右參贊兼知經筵事臣洪鳳漢奉教篆."이라고 명시했다. 마지막에 건립 주체와 건립 일자를 "崇禎紀元後三乙亥四月▽日. 嘉善大夫平安道觀察使兼兵馬水軍節度使巡察使管餉使平壤府尹臣李台重奉教立石."이라고 밝혔다. 조선총독부 편, 『조선금석총람』, 일한인쇄소인쇄, 1919; 아세아문화사, 1976 영인.

219 有跂祠宮, 臥龍之丘. 云誰之享? 維漢武侯. 孰其配之? 鄂王信公. 配之維何? 寔寵其忠. 鄂王初起, 宋社既南. 痛深主辱, 志決身殲. 威靈外礜, 韜畫內殫. 中土日闢, 北轅將還. 三字獄成, 萬里城壞. 孰執彼讒? 豺虎以餧. 信公之世, 帝在舟中. 捧詔雪涕, 矢心皇穹. 一旅勤王, 成敗維天. 間關海嶠, 衝冒穹旐. 三年雪窖, 一死有地. 所學何事? 義盡仁至. 相古純忠, 孰如二臣? 論世考履, 維義與倫. 斥和有表, 臨命有詩. 流傳百世, 如讀出師. 肆我文考, 覽史興容. 亦粤聖后, 撫像紆思. 申舉懇章, 饗以籩俎. 何所無神? 必玆西土. 三人一心, 異世同歸. 英靈相感, 盻饗如期. 風響攸曁, 癢覽亦起. 山磨水竭, 曠慕何已? 曰此秉彝, 維性之根. 賦予者天, 扶植者君. 旣賦旣植, 易不勸忠. 百爾君子, 視此刻銘.

6. 영건수축기념비

(1) 축성비

고대국가 때부터 축성비가 건립되었다. 551년(신라 진흥왕 12) 건립되었으리라 추정되는 경주 「명활산성비(明活山城碑)」와 591년(신라 진평왕 13) 건립되었으리라 추정되는 경주 「남산신성비(南山新城碑)」는 이른 시기의 예들이다. 이 비석들의 비문은 한국식(이두식) 한문으로 작성되어 있다. 고려 때도 축성비가 있었으리라 추정되지만 현전하는 예는 확인하기 어렵다.

「장연성갈지」

조선시대에는 각 지역에 성곽을 수리하고 비석을 세우는 일이 있었다. 문헌상으로는 홍적(洪迪, 1549~1591)이 1583년 장연현감으로 부임하여 1586년 장연성(長淵城)의 수리를 마치고 세운 「장연성갈지(長淵城碣誌)」가 가장 이른 예인 듯하다. 성역(城役)의 경위, 성의 규모, 시설, 공사 책임자 등을 간단히 기록한 글이 홍적의 문집 『하의유고(荷衣遺稿)』에 전한다.

> 癸未秋, 余受命淵康鎭, 署牘已, 吏以城圮告. 越二年, 請方伯, 得軍一千一百九十, 役未幾, 命停之, 爲大侵也. 翼年二月, 又得軍如前數, 逮四月末, 功告成. 其延袤, 準營造尺四千四百五十九尺, 其高南凡二十七尺, 東西北十六尺, 女墻百八十三也. 所江宋僉使德潤, 主其事. 邑人之力于此者, 咸列名石陰. 嗚呼! 由我者人, 不我者天. 城之千萬世, 未敢知. 其不能千萬世, 亦莫知也. 吾於後之人, 惟不任其成毁是望云爾.
> 萬曆紀元之十四年丙戌五月日, 朝奉大夫行縣監節制都尉兼春秋館記事官, 唐城後人荷衣洪迪識.

계미년 가을, 내가 연강진(장연과 연강을 합한 지역)에 명을 받아 부임하여 공문에 서명하자, 아전이 성이 허물어진 사실을 알렸다. 2년 뒤에 군사 1,190명을 얻어 성역을 시작한 지 얼마 안 되어 정지하라고 명했으니, 큰 기근 때문이었다. 다음 해 2월, 군사를 앞서의 수만큼 얻어, 4월 말에 이르러 공역이 이루어졌다. 가로세로 면적은 영조척을 기준으로 4천 4백 59척이고, 높이는 남쪽이 27척, 동·서·북쪽이 16척이며, 여장(성가퀴)은 183개이다. 소강진(所江鎭) 첨사 송덕윤(1547~1603)이 일을 주재했다. 마을 사람 가운데 여기에 힘을 쓴 자들은 모두 비석의 뒷면에 나열한다. 아아! 나로 말미암은 것이 인간의 일이고, 나로 말미암지 않은 것은 하늘의 조화이다. 성이 천년만년 갈 지는 알 수 없다. 천년만년 갈 수 없으리란 것도 알 수 없다. 나는 뒤에 부임하는 사람에게, 성이 허물어지는 것을 내버려두지 않기를 바랄 따름이다.

만력 기원 14년 병술 5월 일, 조봉대부 행 현감 절제도위 겸 춘추관기사관, 당성(唐城)후인 하의(荷衣) 홍적(洪迪) 적는다.[220]

이 「장연성갈지」에는 축성의 의의에 대해 "나로 말미암은 것이 인간의 일이고, 나로 말미암지 않은 것은 하늘의 조화이다."라는 말로 요약했다. 거안사위(居安思危)의 뜻을 강조한 것이다.

「철옹축성비」

숙종 10년인 1684년에는 영변에 「철옹축성비(鐵瓮築城碑)」가 건립되었다. 비문은 류상운(柳尙運, 1636~1707)이 짓고 영변의 유학(幼學) 김구성(金九成)이 글씨를 썼다.[221] 철옹성의 원래 이름은 영변철옹성인데, 영변산성이라고도 한다. 약산성과 본성은 고구려 때 쌓은 것이고 신성은 1683년 본성안의 서남부에, 북성은 1684년 본성안의 서북부에 쌓은 것이다. 류상운의 「철옹축성비」는 신익상(申翼相, 1634~1697)이 '찬성(贊成)'하여 철옹성 개축이 이루어진 사실을 특필했다. 신익상은 1683년 3월 8일 평안도 관찰사에 제수되었는데, 이해 7월 16일 철옹산성 개축 논의가 일어났다.[222] 이듬해 1월 17일 신익상은 장계를 올려, 내성은 완전히 쌓았으나 봄이 되면 외성을 수선하려고 하는데 가까운 고을 백성을 징발하겠다는 뜻을 말했다. 하지만 신익상은 7월 27일 (신묘) 부제학에 제수되고, 류비연(柳斐然)이 후임으로 왔다. 류상운이 지은 「철옹축성비」는 문장이 간결하고 운문의 명도 없지만, 매우 풍부한 내용을 담고 있다. 제1단은 철옹성을 축성하게 된 경위를 적었다. 즉, 1416년(태종 16) 도안무사 신유정(辛有定)이 왕명에 따라 30,600명을 동원하여 27일 만에 31리 둘레의 성을 쌓고, 황희(黃喜)

---

220 洪迪, 「長淵城碣誌」, 『荷衣遺稿』 雜著.

221 조선총독부 편, 『조선금석총람』, 일한인쇄소인쇄, 1919; 아세아문화사, 1976 영인.

222 우의정 김석주(金錫胄)는 본도를 안찰한 이세화(李世華)·민유중(閔維重)과 지금의 방백 신익상의 견해를 들어서, 약산동대의 3겹 성에 다시 내성을 쌓을 것을 주장했다. 조정에서 수철(水鐵) 1만 근을 주고, 본도에서 관장하는 나무를 사용하고 승려를 동원할 것을 청했다. 숙종이 그 의견을 따랐다. 『國朝寶鑑』 卷46, 숙종조 6, 숙종 9년(계해, 1683).

의 건의로 연주·무주를 합하여 대도호부로 삼은 사실, 1682년(숙종 8) 겨울 용계군 이광한(李光漢)이 영변부사로 부임하여 다음 해 8월 본부 백성과 군인 3,000명을 이용하여 약산 아래 새 성을 수축한 사실을 차례로 밝혔다. 제2단에서는 운산군수 이집(李諿), 희천군수 장한상(張漢相), 태천현감 한신철(韓信哲) 등이 힘을 합하고 네 고을 군인 10,400명이 1684년 2월 11일에 공사를 시작하여 24일 만에 완료한 사실을 적었다. 제3단에서는 옹성 이외의 시설을 간결하면서도 빠짐없이 열거했다. 즉, 북산에 내성을 더 쌓고, 약산 아래 위에 쇠기둥의 원수대를 세웠으며, 천주사(天柱寺), 향일암과 망월암을 건축하고, 새 성의 아치형 쇠문을 만들었으며, 대장군포와 양의포 203개를 주조하고 대장군포를 삼군암(三軍巖)에 걸어 두었다고 했다.[223] 제4단은 방백의 장계에 의거해서 관여자들이 승자되거나 승진된 사실을 밝혔다. 제5단은 관찰사 류비연의 출자로 비석을 세우게 된 사실을 말했다. 한편 비의 뒷면에는 성역도감, 천주사 성조도감, 대시주, 양향도감, 성역색, 대포색, 성조색(成造色), 양향고직, 도화주의 이름을 나열했다. 양향고직은 '통정 노(奴) 지토리(只土里)'이며, 도화주는 '전 총섭승(摠攝僧) 지운(智運)'이다. 그리고 비의 뒷면에는 송시열의 현손 송능상(宋能相, 1709~1758)이 1758년 6월에 유람차 왔다가 기록한 간단한 내용이 추각되어 있다.[224] 송능상은 이해 묘향산에 들어갔다가 객사했다.

류상운의 비문에서, 약산성을 개축한 것이 '簀汁之憂'가 있기 때문이라고 했는데, 글자에 오자가 있는 듯하여 해석이 되지 않는다. 한족이 저항하면 청나라가 중원을 떠나 본거지로 돌아갈 터인데, 그때 조선의 국경을 넘어 들어와 개마고원을 경유하여 백두산 쪽으로 나갈 우려가 있다는 뜻인 듯하다. 탁본이 전하지 않으므로 확인할 길이 없다.

동래성 개축비

1731년(영조 7) 동래부사 정언섭(鄭彦燮, 1686~1748)[225]이 동래성을 대대적으로 개축

---

223 又於北山增築內城, 與藥山爲雌雄焉. 藥山上下, 建元帥臺, 柱皆用鐵. 峯下創置天柱寺八十餘間, 向日望月, 東西相翼. 新城門鑄鐵爲虹霓. 且鑄大將軍砲兩儀砲大小碗口, 並二百五位, 而大將軍砲則掛三軍巖, 聲震百里, 何其壯也!

224 宋能相. 東海宋子, 來遊兩西, 究觀三朝鮮舊蹟, 考求其制度之所極. 歷此以往太伯山. 時戊寅六月也.(藥山碑北).

225 본관은 동래, 자는 공리(公理)이며, 권상하(權尙夏)의 제자이다. 숙종 43년(1717) 사마양시를 거쳐 영

했는데, 1735년 10월 당시의 부사 최명상(崔命相)이 남문 밖 농주산(弄珠山)에 축성비를 세웠다. 비는 1765년 다른 곳으로 옮겨졌다가 1820년(순조 20) 다시 남문 자리로 옮겨지고, 일제강점기에 부산시 동래구 복천동으로 옮겨졌다. 동래성 축성비의 비문인 「내주축성비기(萊州築城碑記)」는 황산도찰방 김광악(金光岳, 1694~1759)이 짓고 송광제(宋光濟)가 썼으며, 현풍현감 유우기(兪宇基)가 전액을 올렸다.[226] 비문에 의하면, 1731년 정월 3일(정묘) 성터를 측량하고 4월에 성벽을, 5월에 성문을, 7월에는 문루를 완성했다. 경상도 64개 군에서 5만 2,000여 장정을 동원하고 쌀 4,500여 섬과 베 1,550필, 1만 3,400여 냥어치의 재물을 사용했다. 새 동래성은 예전보다 길어져 둘레가 2,880보로 8리 정도라고 했다. 축성이 끝난 뒤 동래부사 정언섭은 성안에 조미(租米) 4,000여 섬을 비축하고 수성창(守成倉)이라 했으며 수첩군관(守堞軍官) 200명이 지키도록 했다. 읍의 서쪽에는 시술재(時述齋)를 세워 양반의 강학처로 삼았다. 정언섭이 성을 쌓을 때 관찰사 조현명(趙顯命, 1690~1752)이 도왔으며, 8월 19일의 낙성연에는 조현명이 좌병사 이복휴(李復休)와 함께 참석했다. 김광악의 글은 크게 네 단락이다. 처음 단락은 자신이 1733년 겨울 승정원 당후(주서)로서 경연의 자리에 들어갔을 때, 어떤 중신이 평양성 축조를 계획하며 정언섭의 동래성 축조를 모범 사례로 언급하는 것을 들은 일이 있으며, 자신은 그 말을 『승정원일기』에 적었다고 했다. 이듬해(1734) 봄 황산의 역승(찰방)이 되었을 때 동래의 선비 송광순(宋光洵)이 축성 기록 2권을 가져와서 비문을 청하므로 글을 쓰게 되었다고 밝혔다. 두 번째 단락은 왜란 때 성이 허물어져 140년이 지났는데, 정언섭이 보수하게 된 경위를 적었다. 세 번째 단락은 축성부터 낙성까지의 경위, 새로 축조한 성의 규모 등을 서술했다. 네 번째 단락은 자신의 논평과 칭송의 운어를 부기했다. 두 번째와 세 번째 단락의 서술은 동래 선비 송광순이 지니고 왔던 축성 기록에 근거한 것이되, 두 번째 단락에서 정언섭의 처음 계획을 서술한 부분은 정언

조 원년(1725) 증광문과에 장원으로 급제했다. 영조 4년(1729) 동래부사가 되었다. 뒤에 호조·예조의 참판을 지내고 영조 17년(1741) 동지부사로 청나라에 다녀왔다. 동래부사 재임 시 「임진전망유해총비(壬辰戰亡遺骸塚碑)」를 썼다. 金邁淳, 「禮曹參判鄭公墓誌銘幷序」, 『臺山集』 卷11 墓誌.

226 제액은 「萊州築城碑記」이며, 찬자·서자·전액자를 "承訓郎行黃山道察訪金光岳記, 幼學宋光濟書, 通訓大夫行玄風縣監兪宇基篆."이라고 밝혔다. 경성대학교 부설 한국학연구소, 『부산금석문』, 부산뿌리찾기2, 부산광역시, 2002, pp.178-186; 국립문화재연구소 문화유산연구지식포털 원문정보. 김광악의 본관은 경주, 자는 동첨(東瞻)·수이(秀而), 호는 독좌와(獨坐窩)이다. 1726년 사마양시에 모두 합격하고 생원시에는 장원으로 선발되었다. 1733년 알성문과에 병과로 급제했다. 승정원 주서로 있다가, 황산도찰방으로 나갔다. 이후 중앙으로 돌아와 낭서(郎署)가 되고, 황해도도사, 현릉령(顯陵令), 흡곡현령(歙谷縣令)을 지냈다. 『문견록(聞見錄)』을 엮었다.

섭의 인품과 도량이 드러나도록 극히 정치하게 재편했다.

공이 처음 이르러 와서, 변방 설비가 성근 것을 크게 두려워하고, 장마에 대비하여 보수하는 계책은 시절이 태평하다고 소홀히 할 수 없기에, 개연히 보수할 생각을 가졌다. 어느 날 밤 미복으로 몰래 다니며 성터를 두루 살펴보고 돌아왔는데, 바깥사람은 몰랐다. 드디어 계획을 정하고 봉함하여 장계를 띄우니, 당시 관찰사 조공(趙公: 조현명)이 뜻이 맞아 계책을 이루는 것을 도와주었다. 신해년(1731) 정월 정묘(3일)에 성의 기초를 측량하고 일을 분담하여 각 패장에게 맡겼다. 기물과 기계, 물자와 인력은 전부터 이미 비축해두어, 어느 하나도 부족한 것이 없었다. 이에 호령하길 바람 만난 불처럼 하자, 감히 거역하는 자가 없었다. 기초를 파자, 화살촉을 맞은 해골이 쌓여 있었으니, 임진왜란 때 전사한 병사들이었다. 베와 종이로 염을 하여 관에 넣어 제사를 지내고 묻어주었다. 그 후 해골이 드러나면 모두 이렇게 해주었다. 날마다 부역하는 곳을 돌며 부지런한 자와 게으른 자를 일일이 독려하고 벌할 자는 조금도 가차가 없고 상 줄 자는 반드시 상을 주었으며, 술과 음식을 먹이고 돈과 베를 내려주길 흙이나 지푸라기 버리듯이 했다. 이로 말미암아 장수와 병사들이 흔쾌하게 용약하여 모두 사력을 다했다.[227]

마지막 단락은 찬자의 논평과 칭송의 운어로, 첫 단락과 조응한다.[228] '손순하여'부터 '이유가 있도다'는 부가한 운어이므로 비석에서는 두 글자를 띄어 두었다. 즉, 산문 구이지만 '爾[上紙]'와 '以[上止]'를 통압했다.

孫順遇聖上所褒, '予無南顧之憂'者, 豈偶爾也? 旣而按節湖西, 歷貫銀臺, 方尹東都, 有以也哉!

손순(孫順)하여 성상으로부터 '나는 이제 남쪽을 근심할 것이 없다.'라고 포상을 입은 것이 어찌 우연이겠는가? 그 후에 호서절도사로 나가고 승정원을 거쳐 동도(東都)의 책임자가 되

---

227 公始至, 大懼邊圉之疎虞, 而陰雨綢繆之策, 不可以時平而忽也, 慨然有意於修治. 一日夜以微服潛行, 周覽城址而還, 外人不知也. 遂定計封發狀啓, 時則觀察使趙公, 議以克合, 助其成之. 辛亥正月丁卯, 尺量城基, 分定各任牌將. 其器機物力, 宿已儲備, 無一之不給焉. 乃發號出令, 烈如風火, 無敢違拒者. 其開基也, 有積骸傍帶箭鏃, 盖壬亂戰亡士也. 斂以布楮, 納之櫃, 致祭以□[瘞]之. 後有骸骨發者, 咸如之. 日巡役處, 課其勤惰, 罰不少貸, 當賞必賞, 饋以酒食, 賜以錢布, 棄若土芥. 由是將士爭奮歡忻踴躍, 咸致死力.

228 余乃掩卷而嘆曰: "智以謀始, 勇以決機, 惠以得衆. 約己聚財, 而用於國. 身任一時之勞, 而爲邦家千百年固圉之圖. 武備旣飭, 而歸本於文敎. 卽此一事, 而衆美集焉. 籥也筵席之所陳, 特其一二之犗耳."

었으니, 이유가 있도다!

김광악은 영조가 "나는 이제 남쪽을 근심할 것이 없다."라고 칭송한 말을 인용했다. 영조의 칭송은 김매순(金邁淳)의 「예조참판정공묘지명」에도 언급되어 있다. 한편 「내주축성비기」 비석의 뒷면에는 '동래축성시차임(東萊築城時差任)' 명단이 추기되어 있다.[229]

「남성신수비」

남한산성은 조선 조정이 청에게 굴복한 곳이지만, 조선 후기에도 국난에 대처할 요새로서 종전처럼 극히 중시되었다.

남한산성의 축성과 동시에 조성된 사장대(四將臺) 중 오래도록 보존된 곳은 서장대이다. 단층 누각이었으나 1751년(영조 7) 왕명으로 유수 이기진(李箕鎭)이 2층 누각을 중축하고 내편을 무망루(無妄樓), 외편을 수어장대(守禦將臺)라 명명했다. 수어장대 아래 청량당(淸凉堂)은 1624년(인조 2) 축성 책임자 중의 한 사람인 이회(李晦)의 혼령을 받들기 위해 세운 것이다. 당시 총책임은 이서(李曙)가 맡고, 동남축성은 이회가, 서북축성은 벽암대사(碧岩大師)가 맡았다. 공사 중 이회가 축성에 성의를 보이지 않는다는 무고가 있어서 죽임을 당했다. 그의 부인은 남편의 처형 소식을 듣고 한강에 빠져 자살했다고 전한다.[230]

정조는 재위 3년(1779) 남한산성 보축 공사가 다 이루어지자 6월 18일(경오)에 수(守) 광주부윤 이명중(李明中)을 가자(加資)하고 수어사 서명응(徐命膺, 1716~1787)에게 고비(皐比)를 하사했다. 서명응은 원임 수어사 홍국영(洪國榮)이 비축한 1만 민(緡)을 토대로, 자신이 새로 수어사가 되어 쌀 900석을 보태어 보수했다. 서명응은 그 사실을

---

229 사원(使員)은 다대포첨사와 한량이 맡았다. 이하 도청(都廳), 책응(責應), 부석도감(浮石都監), 별감(別監), 비석도감(碑石都監), 감관(監官), 동소장(東所將), 도패장 겸 동문감(都牌將兼東門監)과 패장(牌將), 도패장 겸 남문감(都牌將兼南門監)과 패장, 북소장(北所將), 도패장 겸 북문감(都牌將兼北門監)과 패장, 서소장(西所將), 도패장 겸 서문감과 패장, 겸암문감(兼暗門監)과 패장, 이소장(二所將)과 패장, 삼소장(三所將)과 패장, 목물감(木物監), 무철감(貿鐵監), 반와감(潘瓦監), 무탄감(貿炭監), 각소색(各所色), 도색(都色), 책응색(責應色), 목물색(木物色), 동소색(東所色), 남소색(南所色), 서소색(西所色), 북소색(北所色), 암문색(暗門色), 부석색(浮石色) 등이 있다.

230 이회에 대한 기록은 이제신(李濟臣)이 작성한 이헌(李倪)의 신도비에, 이헌의 장남 이사주(李師舟)의 차녀가 이회에게 시집갔다는 기록밖에 나오지 않는다. 서울특별시사편찬위원회, 『동명연혁고 11: 강동구편』, 1986, pp.217~220; 李濟臣, 「折衝將軍守慶尙右道兵馬節度使李公神道碑銘」, 『清江先生集』 卷4.

「남성신수기(南城新修記)」에 밝혀 두었다. 하지만 서명응은 이 글을 자신의 문집 『보만재집(保晩齋集)』에 수록하지 않았다. 홍국영이 역적으로 판결난 이후에 홍국영의 이름을 게시한 글을 문집에 실을 수는 없었을 것이다. 서명응의 「남성신수기」는 『남한지(南漢志)』에 실려 있고, 그 글을 새긴 편석이 중부면 산성리 병암(屛岩)에 전한다. 그 비를 「남성신수비」라고 부른다.

우리 성상 정조 3년 기해 봄에 수어사 신 서명응이 "남한산성은 나라의 보장(保障)인데, 성의 장벽과 성가퀴가 깎이고 이지러지고 없어져서 어느 한 곳도 온전한 데가 없으니 보수하기를 청합니다."라고 아뢰었다. 상께서 "자금이 있는가?"라고 말씀하시기에, 신 명응이 "원임 수어사 홍국영이 1만 민을 비축했으니, 만일 여기에 쌀 900석을 보탠다면 보수할 수 있을 것입니다."라고 대답했다. 상께서 이에 900석을 보탤 것을 허락하셨다.

이에 신 명응이 명을 내려 전 영장 광주부윤 이명중으로 하여금 일을 감독하게 하고, 유영별장 황인영(黃仁煐)으로 하여금 그 공을 고과하게 하고, 호방 군관 유덕모(留德謨)와 병방 군관 김낙신(金樂愼)을 내외도청으로 삼고, 교련관 한광현(韓光賢)과 이언식(李彦植)을 도감관으로 삼았다. 벽돌 구운 사람은 양덕세(楊德世), 안한유(安漢維), 석치감(石致瑊), 권흥추(權興樞), 이석신(李碩臣)이고, 석회 구운 사람은 정덕찬(鄭德瓚), 한광범(韓光範), 박상풍(朴相豊), 진광우(秦光佑), 염혁(廉爀)이다. 벽돌과 석회 굽는 땔나무를 공급한 사람은 조한광(曹漢光), 안국태(安國泰)이고, 벽돌과 석회의 운반을 맡은 사람은 이현일(李顯一), 이운대(李運大), 이시범(李是範)이다. 이들은 남성의 집사와 초관들이었으며, 현일(顯一)은 송파 별장, 덕세(德世)는 경기 집사였다.[231]

정조는 그해 8월에 영릉(寧陵)에 전배(展拜)한다는 명목으로 남한산성의 행궁으로 행차했다. 영릉은 효종과 인선왕후 장씨의 능으로 경기도 여주군 능서면에 있다. 수행한 사람은 정광순과 홍국영이었다. 8월 11일(임술), 정조는 서명응에게 금번 행차에 배종한 인물들의 명부를 지어 바치라 하고, 또 산성에 관한 역사서를 엮으라고 했다.

(2) 교량비

금석문이나 문집 수록의 글 가운데 교량의 건립을 기념하여 찬술한 것이 39개 정

---

231 徐命膺, 「南城新修記」, 洪敬謀, 『南漢志』. 비식에 새길 때 글씨는 이명중이 썼다. 남한산성을 사랑하는 모임, 「남한산성 금석문탁본전」, 남한산성 만해기념관 전시실, 1999, pp.18-19; 심경호, 『국왕의 선물』 2, 책문, 2012, pp.304-317.

도 전한다. 1754년(영조 30) 4월 단양 우화교(羽化橋)에 건립된 비가 가장 유명하다. 「우화교신사비(羽化橋新事碑)」라고 부른다. 남유용(南有容)이 비문을 짓고 글씨를 썼다.[232] 죽령을 오가는 교통로에 있었다. 다리 위에서 바라보는 사람이 멀리 바라보면, 마치 천태산과 무릉에 들어가는 길처럼 여겨진다고 해서 신선으로 화한다는 뜻의 '우화'라고 했다고 한다. 본래 돌다리가 있었으나 없어진 지 100여 년이나 되어, 단양군에서 백성을 부역시키고 세금을 부과할 때마다 토목을 걸쳐서 다리 모양을 만들었는데, 비가 오면 무너지고 해서 여행자들이 근심하면서 강을 손가락질하며 욕했다고 한다. 마침내 단양군수 이기중(李箕重)이 1753년에 새로 돌다리를 놓고, 이듬해 남유용이 이기중의 청으로 비문을 지은 것이다. 다리는 3개월 만에 완공되었는데, 백성들이 노동력이나 재물을 제공한 것은 말할 것도 없고, 영남의 두세 고을도 재물을 내서 경비에 보태었다. 삼문 형태로 무지개가 강에 걸터타고 있는 형상이었으며, 높이는 3장(丈)이고 너비는 말 두 필이 나란히 지나갈 정도였다. 또한 다리에 걸쳐서 누각을 만들어, 협선(挾仙)이라고 했다. 현재 돌다리는 없어지고 높이 114cm의 비석은 남아 있다. 이기중은 본관이 한산(韓山), 자는 자유(子由)로, 고려 말 학자 이색의 13대손이다. 이희조(李喜朝)에게 사사했고, 1717년(숙종 43) 생원·진사시에 모두 합격하여 성균관에 들어갔다. 이후 여러 관직을 거쳐 1751년에 단양군수로 부임했다. 남유용은 이 다리에 자신의 글이 있고 없고는 중요한 문제가 아니며, 산수의 경치와 조망의 즐거움을 언젠가 누대에 올라 다시 노래하고 싶다고 했다.

---

232 『金石集帖』178談(교170談:洞里/墟台/堤城/橋島/救荒/恤民) 책에 탁본이 있으며, 예서 비제는 「羽化橋碑」이다. 「羽化橋記事碑」의 전액이 있다. 南有容, 「羽化橋碑」, 『雷淵集』 卷19 碑銘. "丹陽郡治之南, 有川焉. 其源發醴泉, 邐迤百折而爲川, 由川而沴焉, 繚而爲仙巖, 由川而沿焉, 放而入滄浪. 凡丹之勝, 皆是水之爲也, 川舊有石橋, 圻湖之客循竹嶺而左者, 必由是達焉. 然登橋而望, 林峀幽夐, 磴沙脩潔, 如入天台武陵之路, 故好事者名之曰羽化. 盖羽化之名, 至今在漁童樵老之口, 然橋之亡, 實百有餘年矣. 郡歲役民賦物, 架土木以狀橋, 而雨至輒壞. 徒費而寡功, 行旅之病涉者, 彷徨愁歎, 指川而怨詈. 嗚呼! 豈川之罪也哉? 今太守李侯子由, 茇玆郡三年, 旣政成而民暇矣, 乃割廩僦工, 輦石疏溝, 謀以復橋之故者. 民爭歡趨之, 壯者出其力, 老者出以粟. 嶺之南二三州縣, 亦捐財以助費, 甫三月而功告訖. 其制爲三門, 象偃虹以跨川, 崇三丈廣可幷馬, 橋之名仍羽化, 架橋而樓焉. 翼然峙乎淸流溶漾之中, 以攬邑中之觀者曰挾仙, 此又古無而今有也. 於是夏秋民不畏水, 冬春弛造杠之費, 而四方遊觀之士, 曳杖逍遙於橋之上, 解帶偃仰於樓之中, 忽焉若飄浮上騰, 與羡門安期, 揖讓於埃壒之外, 寧不奇哉? 旣而李侯請余記其事, 以鑴諸石. 余悅玆擧也, 又欲繼侯至者, 無廢前人之功而嗣以理之, 故樂爲之言. 記余十數年前, 置酒鳳棲亭上, 欲登所謂羽化橋者, 而流水而已, 乃歌曰: '仙之遊兮雲英英, 仙不來兮風珮鳴. 我願從之兮川無梁.' 客笑曰: '羽化者亦有待耶?' 余曰: '有御風乘鶴, 非有待者歟?' 相顧大噱. 今李侯又將待吾文以遺其迹, 無乃重爲客所笑乎? 聊爲附記其說, 以脩仙家一譴. 若夫溪山之好, 臨眺之樂, 余雖老矣, 尙待登樓而賦之."

한편 충청도 괴산의 청송심씨 심수현(沈壽賢) 후손가에 전하는 고문서에는 「광리교비명(廣利橋碑銘)」이라는 매우 정채 있는 글이 있다. 이 글은 경상도 기장에 귀양 가 있던 심열지(沈說之, 1707~1760?)가 광리교 건설에 조력한 어느 화자(化者) 대신에 작성한 것이, 광리교의 비에는 새겨지지 못했다. 시혜의 의미를 유불 공통의 관념에 뿌리를 둔 환상적인 언어로 구가했다.[233]

이 공역으로 말하면 고을의 수령이 백성들에게 이익을 주는 것을 즐거워한 결과이니, 봉급을 덜고 장정에게 명령을 했다. 끝내 공을 이룬 것은 경내의 모든 사람들이 그 힘을 다한 결과이다. 그런데 동부와 서부가 처음부터 일을 맡았고, 두 절의 대중도 균평하게 노동을 했다. 창도한 사람은 화자(化者)이되, 화답한 사람은 여러 압사(押司)이며, 시주한 사람은 약간 명이되, 상호(上戶) 송 아무개가 특히 비용의 삼분의 일을 대었다. 능히 재물을 흩을 수 있었으니 아마도 경사가 있으리라! 그렇기는 하지만 고을 수령의 정치가 상서로움을 맞아들여 협화를 가져와서 사역되는 것을 즐겨 하고 쓰이는 것을 달갑게 여기는 것이 없었더라면, 어찌 쌓인 폐단을 제거하여 끝내 길고 먼 이익을 이와 같이 이룰 수 있었겠는가? 이 다리에 올라서는 사람들은 그저 "집사의 사람이 능히 낙성했구나!"라고만 말하지 말라. 그래서 뭇 사람들에게 크게 선양하길, "바다 끝에 고을이 있어 남해에 가까운데, 강물의 근원인 용이 이른바 광리(廣利)가 아닌 줄을 어찌 알겠는가? 그러니 다리 아래의 돌은 실로 남해 신의 일곱 아들이로다. 하물며 수령이 이 역사를 행한 것은 실로 우리 국가의 백성을 이롭게 하려는 성대한 뜻을 미루어 행한 것이 아니겠는가? 그러니 이 다리를 광리라고 이름하지 않으랴?"라고 하자 모두 말하길, "좋습니다!" 했다. 마침내 화자(化者)에게 명(銘)을 쓰라고 부탁했으나 화자가 명을 지을 수가 없으므로 길에서 모색하다가, 어떤 봉두난발의 늙은이를 만났더니 구부정하니 앞으로 나오며 말하길, "저는 가난한 사람이라 재물로 시주를 할 수 없으니, 그대를 위해 명을 지어 공덕을 쌓듯이 하렵니다." 했다. 화자(化者)가 "(그것은) 바라던 바입니다." 하고, 그 사람 이름을 물어보았으니, 대답하지 않았다. 붓을 잡고 머리를 숙이고는, 이윽고 비명을 던지고 일어나면서, "나는 이름이 없는 자이니, 그대는 명을 얻으면 그만이지, 명을 지은 사람의 이름은 무엇에 쓰겠소?" 했다. 그를 붙들려고 했으나, 이미 떠나갔다. 그 명을 보시라.[234]

233 심규식(Sim Kyusik, 沈揆植), "Community, Outsider, and Literature: Memorial Stones for Stone Bridges of Chosŏn Dynasty and The Epigraph of Kwangnigyo Bridge", *Seoul Journal of Korean Studies* 35, Kyujanggak Institute for Korean Studies, 2021.
234 役也縣侯樂其利民也, 損捧命丁. 卒成之功, 四境畢致其力, 而東西部始終之, 兩(西)寺大衆均勞. 爲倡者

관서대로는 조선의 최대 대로이다. 경기도 고양시는 벽제를 거쳐 개성으로 향하는 길목이라서, 여러 교량이 일찍부터 수축되어 있었다. 1660년(현종 원년) 7월, 고양군수 심억(沈檍)이 덕수천에 돌다리인 덕수자씨교(德水慈氏橋)를 완공하고 기념비를 세웠다. 비의 앞뒤에 「고양덕수자씨교비명(高陽德水慈氏橋碑銘)」이라는 전액이 있다.[235] 비문의 서자, 각자는 물론 찬자도 알려져 있지 않다.[236] 이 비명에 따르면 돌다리 건설 때 파릉(巴陵) 거주 조선남(趙善男)이 주도적인 역할을 했다. 비문은 조선남을 도운 18명에 대해 언급하고, 말미에는 공사에 참여한 사람들을 기록했다. 조선남은 불교신자이자 석공거사(石工居士)로, 이미 검포군(黔蒲郡: 김포)의 천등교(天登橋)·금릉교(金陵校)와 안남부(安南府: 부평)의 계양교(桂陽橋)·천장교(天藏橋)를 건설했고, 2년 전인 1658년(효종 9)부터 덕수자씨교를 공사하기 시작했다. 조선남은 부친 상석수(上石手) 조막금(趙莫金)의 뜻을 이어 다리 건설에 일생을 바친 듯하다. 1658년에는 같은 고양군의 신원동에 덕명교가 건설되었는데, 「신원동덕명교비(新院洞德明橋碑)」에서 조선남이 석공거사로 활약했음을 알 수 있다.[237] 「신원동덕명교비」는 관서로의 신원동 곡릉천(曲陵川)에 다리를 놓고 세운 비석이다. 다리 옆 백사장은 국왕의 능행 때 주정소(晝停所)였다고 한다.

「고양덕수자씨교비명」은 조선남이 교통의 요로에 다리를 쌓는 일에 일생 헌신하여

誰卽化者, 和者諸押司, 施者若干人(釣), 而上戶宋某, 特當費三之一, 可爲能散者, 倘有慶哉! 雖然不由乎縣侯之政, 有以延祥而致和, 悅使而樂用者, 亦安能去積弊, 卒成長遠利若是哉? 躋玆梁者, 毋但曰: "執事者能旣落!" 而有屬于衆者曰: "縣于海而近南, 川源之龍, 安知其非所謂廣利者耶? 則橋下之石, 寔南海神之七子也. 況侯之董是役, 實將推廣我國家利民之盛意者乎? 盍名橋曰廣利?" 僉曰: "善哉!" 遂屬化者銘, 化者不能銘, 于途謀, 有蓬髮老夫, 瞥然而前, 曰: "僕貧者, 無以財爲檀越, 請爲君爲銘, 爲若功德." 化者曰: "願也." 問其名, 不答. 援筆頻首, 旣而投銘而起, 曰: "僕無名者, 子苟得銘而已, 何用銘者名?" 爲欲援之, 已行矣. 視其銘.

235 비석은 고양시 덕양구 동산동에 있었다. 원래 위치에서 조금 움직여 이건되어 있다. 고양시·한국토지공사토지박물관, 『고양시의 역사와 문화유적』, 고양시, 1999; 鄭後洙, 「德水慈氏橋碑銘硏究」, 『동양고전연구』 13, 동양고전학회, 2000, pp.157–183; 국립문화재연구소 문화유산연구지식포털 원문정보.

236 비문 마지막에 나오는 홍대립(洪大立)이 비문 찬술자일 가능성이 있다.

237 비는 경기도 고양시 덕양구 신원동에서 출토되었다. 크기는 높이 231cm, 너비 96cm, 두께 25cm이다. 탁본은 경기도 박물관에 있다. 찬자, 서자, 각자는 미상이다. 비 앞면의 전액에는 「京畿道高陽郡德明橋」라고 되어 있다. 앞면에는 전액 외에도 해서로 된 비문이 비신 전면에 새겨져 있다. 비의 뒷면에는 '高陽新院德明橋梁銘'이라 새겨져 있다. 그 아래 수십 명의 인명이 기록되어 있다. 건립자는 이한(李瀚) 이외에 고양군수 통정대부 유후성(柳後聖), 정헌대부 윤면지(尹勉之), 이상식(李尙植), 홍시우(洪時雨) 등 주민 760명이다. 고양시 고양문화원, 『고양금석문대관』, 고양시, 1998; 고양시·한국토지공사토지박물관, 『고양시의 역사와 문화유적』, 고양시, 1999; 국립문화재연구소 문화유산연구지식포털 원문정보.

백성들과 관리들 또 능행하는 군주에게 큰 혜택을 끼쳤으므로 선인(善人)으로 규정해도 좋다고 논했다. 마지막에는 4언 20구 10연의 명(銘)이 있다. 4구 1전운의 환운시이다. 본문 속에 소식(동파)의 시에서 전고를 끌어온 것 등으로 볼 때, 찬술자는 과거 공부를 한 유학자였을 것이다. 내용은 다음과 같다.

양자(양주)는 털 하나를 뽑아 천하를 이롭게 하려는 일도 하지 않았고, 묵자(묵적)는 이마를 깨뜨리더라도 천하에 이롭다면 했는데『맹자』「진심 상(盡心上)」에서 취해 왔다. ‒역자 주], 이 두 가지 도는 우리 유자들이 모두 배척하는 바이다. 만일 와서 귀의하는 자가 있으면 군자는 거절하지 않았다. 거절하지 않는다면 어째서인가? 선하다고 여겼기 때문이다.[238] 하물며 양자도 아니고 묵자가 아니면서, 그 공로가 장차 천하□□에 보답한다면, 역시 선인이라고 할 수 없겠는가? 군자인 사람이 그 선을 허여하여 칭찬해 주고 아름답게 여길 수 없단 말인가? 아전이든 상인이든 천한 자지만, 옛날 사람이 그에게 일을 맡기고 그에게 뇌문을 써주었던 것은 이 때문이 아니었겠는가? 그런즉 내가 이 글을 짓는 것은 마땅히 혐의가 없는 듯하거늘, 어찌 세인의 비난을 … (결락) …하겠는가? 하물며 설애(雪崖)[安士立]는 덕이 있는 선비요, 내가 좋아하는 사람인데, 이 글을 청하기를 두 번 세 번에 이르렀으니, 문장이 졸렬하다고 거절한다면 사람의 상정이 아닐 것이다.

파릉에 신사(信士)[청신사(淸信士), 즉 이포새(伊蒲塞)란 말을 의식한 표현인 듯하다. ‒역자 주가 있어, 조가 그 성이고, 선남이 그 이름인데, 들창코에 튀어나온 이마요,[239] 키는 장대하고 기개를 숭상했다. 젊어서 … (결락) …하여, 팔도를 두루 돌아다니면서 물에 다리가 없는 것을 보면 기필코 사람을 건널 수 있게 하려고 꾀하여, 평생을 고생하여, 하루인들 조금도 쉬지 않았다. 나는 검포군에 천등교라는 것이 있고, 금릉교라는 것이 있다고 들었는데, 그가 놓았다고 한다. 나는 안남부에 계양교라는 것이 있고 천장교라는 것이 있다고 들었는데, 이 또한 그가 놓았다고 한다. 무릇 네 곳 다리가 놓인 물은 혹 강의 지류이거나 큰 냇물이거

238 『논어』「자장(子張)」에서, 자하(子夏)의 문인이 자장에게 벗 사귀는 법을 묻자, 자장이 “군자는 어진 이를 존경하고 대중을 포용하며, 잘하는 이를 좋게 여기고 능하지 못한 이를 불쌍히 여긴다. 내가 크게 어질다면 남들에 대해 누구를 용납하지 못할 것이며, 내가 어질지 못하다면 남들이 나를 거절할 것이니 어떻게 남을 거절할 수 있겠는가[君子尊賢而容衆, 嘉善而矜不能. 我之大賢與, 於人何所不容, 我之不賢與, 人將拒我, 如之何其拒人也]?”라고 한 말을 이용한 표현이다.

239 전국시대 연(燕)나라 채택(蔡澤)의 형상과 닮았다. 관상쟁이 당거(唐擧)가 채택을 보고, “그대 코는 납작하고 어깨는 움츠러들고 이마는 튀어나오고 콧마루는 서지 않고 다리는 휘었으니, 옛말에 ‘성인은 관상을 보지 않는다.’ 한 것이 그대를 두고 말한 듯하오[先生曷鼻, 巨肩, 魋顔, 蹙齃, 膝攣. 吾聞聖人不相, 殆先生乎]!”라고 했다.『史記』卷79「范雎蔡澤列傳」.

나 하여 거마가 통행할 수 없는 곳이었다. 네 곳의 다리는 호수와 바다에 이어지고 도회지와 시골의 요충지라서, 백성들이 거치지 않을 수가 없거늘, 다리의 만듦새가 극히 크고 튼튼하며, … (결락) … 할 따름이니, 어찌 … (결락) … 하지 않겠는가? 사람 마음은 처음에는 부지런하다가도 뒤에는 방일하고, 자기의 능력을 자긍하다가 실효를 잃어버리거늘, 조선남은 그렇지 않았다. 공이 높을수록 자신을 낮추고 업이 넓을수록 더욱 부지런했다. 또한 □□(고양)군 신원에 덕명교를 세웠으니, 전후로 세운 다리를 모두 합치면 여기에서 다섯 번째가 된다. 공은 높고 업은 넓다고, 만 □(입)으로 한결같이 말하니, 보통사람 같으면 아무래도 쉽직도 하지만, 그렇거늘 짓쩍어하며 만족하지 못하여, 돌아보면서 한숨을 쉬며 말했다. "아아, 저 창릉(숙종 능) 아래는 바로 장안(서울)으로 가는 길이 있고 시내는 덕수인데, 아직 꼿꼿한 돌다리가 없으니, 어찌 이 길의 큰 흠결이 아니며, 뜻있는 인사들이 애통해하여 상심하지 않겠는가? 내가 다리 놓는 일을 일삼지 않으면 그만이다. 만일 다리 놓는 일을 일삼는다면, 이곳을 버려두고 일삼지 않을 수 있겠는가?" … (결락) … 일을 벌려 시작하니, 이해는 순치 무술년(효종 9, 1658)이었다. 재물과 인력이 쉽게 모이고 기계는 정교하고 예리하여, 삼각산에서 돌을 뜨니 삼각산이 민둥민둥해졌다. 무리가 날마다 북적대며, 혹은 풀무질하고 혹은 담금질하며, 혹은 쪼고 혹은 갈아, 두 몫씩을 함께 하여, 밤낮으로 일을 하니, 3년이 지나 경자년(현종 원년, 1660) 여름에 다리가 낙성되었다.

혹자는 말했다. "덕수의 근원은 삼각산의 중흥동에서 나오고, 다리는 중흥동 아래 10리 밖에 멀리 있어 여러 물이 합류하여 범람하는 것이 아니므로 배가 전복되어 그 배에 실었던 곡물이 썩을 염려도 없다. 이 다리로 말하면 있어도 좋고 없어도 좋거늘, 어디 공적이라 일컬을 만한가?" 나는 말한다. "그렇지 않소. 다리란 것은 큰 물 건너기에 이로움을 다하고 도로를 … (결락) …하는 도구이니, 물이 작고 크고는 어찌 따지겠소? 이 다리로 말하면 동쪽으로 왕성과는 고작 20여 리 떨어져 있고, 앞에는 희릉, 효릉, 공릉, 순릉, 장릉, 제릉, 후릉의 여러 능침들이 원근에 널려 있어 상감의 수레가 행차하거나 조정의 제관이 전알(성묘)하려면 반드시 이 다리를 경유해야 하니, 날마다 천 명 만 명 되는 여객들이 서울에서 용만(의주)까지 왕래하여 여기에서 하루도 사람이 끊어지는 날이 없는 것에 불과할 따름이 아니오. 그 물의 성질이 거세고 빨라서 비록 조금만 비가 오더라도 여울과 폭포에 놀라게 되니, … (결락) …[(揭厲) 바짓단을 걷고 건너기에] 합당하지 않고, 기미를 보아 잠시 지체할 수도 없소. 교량은 태평한 상고시대의 아름다운 제도지만, 우리 성조께서는 우연히 그 아름다움을 미처 닦지 못해 왔소. 부지런히 온 힘을 다하여 왕정을 보필한다면, 백성들을 이롭게 할 뿐만 아니라 치화(治化)의 도에도 비익되는 바가 있을 것이니, 제갈공명이 교량을 수선했던 일과 아름다움을 비교하고 훌륭함을 견주어도 옳을 것이오. 상감께서 공적을 시상하는 은총의 명령을 듣는다 해도 좋을 것이오, 사군자가 문묵(글)에 나타내어 그 공리의 두루 넓음을 드날린다 하여도 좋을 것이오."

아아! 마음에 억지로 하려는 바가 없이 선을 행한다면 진정으로 선한 것이다. 마음에 억지로 하는 바가 있어서 선을 행한다면 선이 아니다. 저 대대로의 업을 이을 생각에 허둥지둥 일하여 무언가 꾸며 만드는 자는 작위가 없이 그러는 것인가? 작위가 있어서 그러는 것인가? 내가 듣자니, 신사(조선남)는 불자라고 하는데, 윤회와 보응의 설에 현혹된 것이 아니겠는가? 아니면 별도로 구하는 바가 있는 것인가? 이것은 알 수 없다. 그렇지만 요로에서 죽반승(죽이나 밥만 먹고 수행하지 않는 승려같이 시위소찬하는 자)이 되어 희희거리며 하루하루 보내어 사욕을 좇아가고 공리에 위배되는 사람에 비하여 뛰어난 것이 아주 현격하다. 부자(공자)는 관중(관자)을 누르면서도 그 공적만은 인정해서 인(仁)하다고 했으니,[240] 내가 노불을 좋아하지는 않지만, 어찌 그 공적을 인정하지 않겠는가? 그렇다면 다른 사람을 건너가게 해주는 공덕을 두고, 이 사람을 선인이라고 칭하여도 역시 마땅하다. 그 무리가 아주 많지만 공이 큰 사람 몇을 들면, 장보한, 지남, 배손, 심현, 이인 등 18인이 이 다리에 공이 가장 많았다.[241]

---

240 『논어』「헌문(憲問)」제17장의 "자로(子路)가 관중은 인(仁)하지 못하다고 하자 공자가 '환공이 제후들을 규합하되, 무력을 쓰지 않은 것은 관중의 힘이었으니, 누가 그의 인만 하겠는가, 누가 그의 인만 하겠는가[桓公九合諸侯, 不以兵車, 管仲之力也, 如其仁, 如其仁]?'라고 한 것"을 말한다.

241 「高陽郡德水慈氏橋碑銘幷序」. "楊子不拔一毛利天下, 墨者不嫌摩頂利天下. 二道也, 吾儒之所斥, 而若有來歸者, 君子不拒, 不拒, 何與? 善也. 况不楊不墨, 而其功將酬於天下□□, 則亦不足謂善人乎? 爲君子者, 不可與其善而褒美乎? 胥也商也, 賤者, 古之人, 任之誅之, 其不以此歟? 然則余之爲此文, 宜若無慊, 而□□人□之訾警, 矧乎雪崖德士, 余所好, 爲之請, 至于再三, 則拒之以文拙, 亦非人情." 巴陵有信士, 趙其姓, 善男其名, 曷鼻黻顔, 身長大, 尚氣槩, 少□□□, 周游八路, 観水無窮, 必謀濟人. 平生勞苦, 未嘗一日少休焉. 我聞黔浦郡, 有若天登橋, 有若金陵橋, 其所建也. 我聞安南府, 有若桂陽橋, 有若天藏橋, 亦其所建也. 夫四橋之水, 或江而歧, 或川而鉅, 車馬所不通. 四橋之路, 連湖海, 控都鄙, 民不可不由, 而制作極其宏厚, □□□已, 不□□□? 人情先勤後佚, 或矜其能, 喪厥功, 而趙則不然. 功崇而自卑, 業廣而愈勤. 又於□□(高陽)郡新院, 建德明橋, 凡前後所建者, 第五橋於此矣. 功崇而業廣, 一談於萬□(口), 以衆人□之, 亦庶幾暇息, 迺歇然不自滿, 回顧而齋咨曰: '惟彼昌陵下, 爰有走長安道, 而德水其川, 尙無絙筏之石梁, 豈非斯道之一欠, 而志士之齎傷心乎? 吾不事橋梁則已. 如其事橋, 何忍拾此而弗事?' □□□□□經始之, 寔是歲順治戊戌也. 財力易鳩, 器械精利, 伐石于三角山. 三角盡禿, 徒衆旦繁, 或冶或鍛, 或琢或磨. 並手偕作, 晨夜展力. 越三年庚子夏, 橋成. 或曰: '德水之源, 出乎三角之重興洞, 橋之達[遠*]洞下十里, 無群水合流, 汎濫臭載之患. 斯橋也, 有亦可, 無亦可, 何足功云?' 余曰: '不然. 橋者, 制利涉□道路之具, 水小大, 曷足論?' 盖是橋也, 東距王城僅二十里, 前有僖孝恭順長齊厚諸陵寢, 羅列於遠近, 大駕行幸, □(祭)官展謁, 必由是橋. 非但日千萬行旅, 自國都往龍灣者, 絡繹於此而已也. 之水性勁疾, 雖值小雨, 驚湍暴, 不合於揭□(厲)□(而)□□, 不可機(1자 결)且難濟. 橋梁昭代美制, 而聖朝偶未及修厥美也. 矻矻盡力, 輔□王政, 則不惟利民, 亦且有神於治道. 雖與諸葛孔明之修繕橋梁, 匹美齊休, 可也. 雖受王者賞功之寵命, 可也. 雖使士君子形諸文墨, 揚其功利之普博, 亦可也, 呼! 心無所爲而爲善則善矣. 心有所爲而爲善則非善矣, 其所以思繼世□, 拮据營造者, 無所爲而然歟? 有所爲而然歟? 吾聞, 信士, 佛氏者, 何無乃惑於綸廻報應之說耶? 抑別有所求乎? 是未可知也. 雖然其賢於要路粥飯僧恬嬉度日, 而循私背公者,

명은 다음과 같다.

나는 보았네 장신에, 하늘이 교묘한 마음을 주었음을.

이미 돌을 잘 다룰 줄 아는 데다가, 또 쇠도 잘 녹이누나.

한 몸에 두 일을 맡기란, 성현도 오히려 어렵거늘

공적이 여섯 교량을 이뤘으니, 삼한에 으뜸이도다.

구물구물 공중에 비끼고, 황황하게 들에 비치누나.

비췻빛 돌은 어디에 쓸까? 위수에서 오는 배를 자랑마라.[242]

쇠 말이든 주물한 소든, 끝내 말 한 마리 빠지지 않기에

어찌 흉덕이라 하랴? 백성들을 편히 건네주는 것을.

만약 그 공적을 논하자면, 의당 치수했던 우임금 다음이라.

아이 업고도 숫돌 위 걷듯 하니, 이름이 동국에 남으리라.[243]

이 뒤에 "순치 17년(1660, 현종 원년) 경자 7월 일에 세움. 통훈대부 고양군수 심 공 [심억(沈檍)] 때이다."라고 밝히고, 모연(募緣) 참여자들의 명단을 나열했으며, "갑자 을 축 병인 정묘 무신 기사 홍대립"이라고 밝혔다.[244] 시주자는 전 화상과 여성, 백성들이 대부분이다.

(3) 대장각비

고려 때는 국가 주도로 대장경을 각판했을 뿐 아니라 개인이 불사의 일환으로 대장 경을 인쇄하거나 입수하여 사찰에 기진(寄進)했다.

강원도 문수사(文殊寺)에는 이제현(李齊賢)이 글을 짓고 이군해(李君侅), 즉 이암(李

其亦遠矣. 夫子抑管氏, 取其功, 許以仁. 余雖不喜老佛, 獨不取功? 然則以斯橋濟物之功德, 稱斯人曰善 人, 亦宜. 且其徒甚多, 就其大者, 張輔漢·池男·裴孫·沈玄·李仁等十八人, 最多功乎此橋."

242 소식(蘇軾)의 「중은당시(中隱堂詩)」제4수에서, "앵무새빛 닮은 비췻빛 돌이, 어느 해에 바닷가를 떠나 왔을까? 이 공물이 남국 사신을 따라, 위수 배를 납작 누르며 가득 실려 왔으리[翠石如鸚鵡, 何年別海 堧? 貢隨南使遠, 載壓渭舟偏]."라고 한 것에서 인용했다.

243 銘曰: 吾見長身, 天與巧心. 旣善治石, 又兼鎔金. 一身二任, 聖者猶難. 功成六梁, 雄冠三韓. 蜿蜒橫空, 煌䲜[*]照野. □(翠)石安用? 渭舟莫詑. 鐵□鑄牛, 鍾[終*]不陷馬. □□(何謂)凶德? 民利涉也. 若論厥功, 宜在禹下. 負兒若礪, 名留東夏.

244 順治十七年庚子七月日立」通訓大夫高陽郡守公之時也」前和尙雪眘(崖)安士立秦義賢鄭成祚女㐖今王 今心崔永男」李□益女其每女台玉女莫春金石秋金戒善金士男國㐖同金」起潤女點伊女順禮金貴賢女雲 春女」□□女玉順申永生金賢」民女厇介姜從男女志然黃秩一女於男姜㐖□施延安崔介豆」李世興崔大吉 女金伊介」甲子乙丑丙寅丁卯戊辰己巳洪大立.

嵒)이 행서로 쓴「문수사장경비(文殊寺藏經碑)」가 있었다. 고려 충숙왕 14년인 1327년 3월에 태정황후 김달마실리(金達麻實利)의 분부로 불경을 문수사에 기진하게 된 사실을 기록한 내용이다.[245] 원나라 사도(司徒) 강탑리중(剛塔里中)과 정원사(政院使) 홀독첩목아(忽篤帖木兒)가 사신으로 와서, 승려 성징(性澄)과 시인(寺人) 윤견(允堅) 등이 바친 불경 한 상자를 청평산 문수사에 보내고, 돈 1만 꾸미를 시주하여, 그 이식을 받아 황태자와 황자들을 위해 복을 빌되 각기 그들의 탄신에는 영구히 상례로 반승(飯僧)하도록 했다. 그러면서 '비를 세워 영구히 전하도록 하라.'고 했다고 한다.[246] 이제현의 비문은 1327년 3월 경자(庚子)에 첨의정승(僉議政丞) 흡(恰) 등이 궁중의 알자(謁者)를 시켜 왕에게 이상의 내용을 아뢴 것을 그대로 전재하는 방식을 취했다. 그리고 역시 흡 등의 말로, 금번의 대장경 헌납의 불사가 '불도만의 행복이 아니라 우리나라의 행복'이라고 칭송했다. 이어서 왕명에 응해 비문을 짓게 되었다고 밝히고, 4언 60구의 장엄한 명을 붙였다. 명은 4구 1전운으로 모두 15개의 운을 사용했다(표 3-5). 승려 성징 등의 불서는 대승불교의 경전이라는 점을 강조해서, 그것이 양거(羊車)·녹거(鹿車)보다 우월하다고 했다. 양거는 소승불교의 성문승(聲聞乘), 녹거는 소승불교의 연각승(緣覺乘)을 비유한다. 또한 명의 후반에는 태정황후 김달마실리의 명을 인용하고, 의종이 원나라 황제와 황후를 위해 축수한 말을 인용하는 식으로 구성했다.

1709년(숙종 35) 안변(지금의 강원도 고성) 석왕사(釋王寺)에 지난 1377년(고려 우왕 3)

---

245 달마실리는 '答里麻失里' 혹은 '達麻實里'로 표기했다. 태정제는 진종(晉宗, 재위 1323~1328)이다. 김정호의 『대동지지(大東地志)』에는 태정제의 황후가 고려 광주인(光州人) 화평부원군(化平府院君) 김심(金深, 1262~1338)의 딸이라고 했다. 『고려사』에 따르면, 김심의 차녀 달마실리는 인종(仁宗, 재위 1311~1320)의 편비(偏妃)였다가 태정제의 황후가 되었다고 한다.

246 『金石集帖』 221虛(교210虛·釋寺) 책에 탁본이 있다. 전액은 「文殊寺藏經碑」이고, 해서비제는 「有元高麗國清平山文殊寺施藏經碑」이다. 탁본에는 부전을 붙이고 세필로 보완한 부분이 있다. 사문 성징(性澄)과 봉사신(奉使臣) 불화첩목아(不花帖木兒) 등이 입석하고, 사문 계비(戒非)가 각자(刻字)했다. 비문은 이제현의 문집과 『동문선』에도 들어 있다. 李齊賢, 「有元高麗國清平山文殊寺施藏經碑」, 『益齋亂稿』 卷7 碑銘; 李齊賢, 「有元高麗國清平山文殊寺施藏經碑」, 盧思愼·徐居正等, 『東文選』 卷118 碑銘. 현재 이 비는 실물이 확인되지 않는다. 조선 후기 서종화(徐宗華, 1700~1748)의 「청평산기(清平山記)」(『藥軒遺稿』 卷5)에 장경비가 읽을 수 없을 만큼 부서져 있다고 했다. 신위(申緯, 1769~1845)의 「맥록(貊錄)」 4(『警修堂全藁』 卷13)에 의하면 신위의 아들 신명준(申命準, 1803~1842)이 1819년 청평산의 메워진 못가에서 다섯 조각난 비를 발굴하여 탁본 3본을 뜨고, 송파 장로에게 비를 절 처마 밑으로 옮기도록 했다고 밝혔다. '推誠亮節功臣重大匡金海君臣李' 이하의 글자가 떨어져 나갔으나 봉호로부터 이제현임을 알았고, 서자는 '內侍通直郎賜紫金通袋臣李君侅奉教書并篆額' 중 '內侍', '賜紫', '李'만 판독됐다고 했다. 조인영(趙寅永, 1782~1850)의 「청평산기」(『雲石遺稿』 卷10)에서는 이 비의 서자가 행촌 이암이라고 밝혔다. 『금석집첩』의 탁본은 조인영이 증언한 내용과 일치하되, 이군해의 이름은 보이지 않아도 관직명은 명료하다. '李'의 아래 백지 부전에 "君侅, 嵒之初名."이라고 세필로 적었다.

|표 3-5| 이제현의 「문수사장경비명」

於皇有元 旣世以仁	아아, 원나라가 대대로 인정을 펴서
陽春時雨 亭毒九垠」[247]	양춘의 봄비처럼 온 천하를 양육하매
乃眷金仙 無爲爲敎	이에 부처가 무위로 가르침 삼은 것을 돌아보고
用其土苴 利生禁暴」	그 나머지를 써서 삶을 이롭게 하고 포악함을 금하여
是崇是敬 厚復其徒	숭상하고 공경하여 그 무리를 후하게 복호하여
不徭不賦 顓習其書」	부역도 세금도 부과하지 않아 불서를 전습하게 했네.
其書千函 浩若煙海	그 책 1,000 상자가 연해(烟海)처럼 호한하여
妙析毫釐 廣包覆載」	묘함은 미세한 곳까지 분석하고 드넓기는 천지를 감쌌으니
律絲戒立 論自是興	율(律)을 오계 따라 세우고 논(論)도 이로써 흥하여
維經之演 維慧之明」	오직 경(經)을 부연하여 오직 지혜가 밝았도다.
路彼犧軒 卓乎羊鹿	흰 소 수레를 몰아 양거나 녹거보다 우뚝하여
載熏其香 一林薝蔔」	그 향기 물씬하니 온 숲에 담복화(치자꽃)이네.
俶袞于竺 曰葉與難	천축에서 처음 수집한 이는 가섭과 아난이요
俶播于震 曰騰與蘭」	진단(중국)에 전파한 이는 가섭마등과 축법란이다.
梁取其秕 我嚌維穀	양나라는 쭉정이 취했으나 우리는 알곡 먹고
訾石者唐 我剖維玉」	돌이라 비난한 것은 당나라, 우리가 쪼갠 것은 옥이었다.
伊澄伊堅 服異心同	성징과 윤견이 복색은 달라도 마음은 같아
旣成法寶 以奏爾功」	법보(불경)를 이루어 그 완성을 아뢰니
天后爾嘉 載謀之地	황후가 가상히 여겨 보낼 곳을 의논했네.
日維三韓 樂善敦義」	"오직 삼한이 선을 좋아하고 의리가 돈독하며
維時維王 我出我甥	지금 임금은 우리에게서 난 우리 외손이니
祝釐報上 允也其誠」	복 빌어 보답하길, 진실로 정성껏 하리라.
于國之東 之山之寺	그 나라 동쪽에 그 산과 그 절에
毋憚阻脩 置郵往施」	외지고 멀어도 꺼리지 말고 역마로 운수하여 베풀고
發繒內帑 俾轉食輪	내탕금 내어서 음식을 운수하게 하고
可繼以守 諉王曁臣」	대대로 지키도록 국왕과 신하에게 위임하라."
王拜稽首 天子萬歲	국왕이 머리 조아려 절하고, "천자는 만세 수를 누리시고
天后是偕 本支百世」	황후는 해로하며 자손은 백세에 이르시라."
鯷涔石爛 鰈海塵飛	제잠(鯷涔) 돌이 흙으로 되고 접해(鰈海)에 먼지 날기까지
維功德聚 不騫不墮」	공덕이 모일 것이며 이지러지지도 엎어지지도 말기를.

※ 」은 환운의 곳을 표시한다.

당시 동북면도원수 이성계 등의 대장경 봉안 사실을 기념하는 비석을 세웠다. 석왕사

---

247 정독(亭毒)은 양육한다는 뜻으로, 『노자』 제51장의 "도가 낳고 덕이 기르니, 키우고 기르며, 이루고 익히며, 먹이고 덮어 준다(道生之, 德畜之, 長之育之, 亭之毒之, 養之覆之)."라고 한 데서 가져왔다. 구은(九垠)은 구연(九埏)과 같은 말로, 온 천하를 말한다.

는 이성계가 무학(無學)대사로부터 자신의 꿈에 대한 해몽을 들은 곳이라 전하는데, 이 전부터 석왕사는 이성계와 긴밀한 관계가 있었다. 이성계는 강서(姜筮)·홍징(洪徵)·유원(柳源)·정몽주(鄭夢周)·이화(李和) 등과 함께 왕명을 받아 청주(淸州)에 머물다가 해양(海陽, 지금의 함북 길주) 광적사(廣積寺)가 병화를 입었다는 말을 듣고, 낭장 김남련(金南連)을 보내 광적사의 불경을 배로 옮기고 소실된 일부는 보완하여 그 전부를 석왕사에 두었다. 이성계는 그 사실을 간략히 기록하고, 불경을 기진하여 군주와 국가의 복수(福壽)를 빈다고 밝혔다.[248] 이 글은 본래 표지(標識)가 없었다. 그런데 숙종이 석왕사에 전하는 글을 얻어, '面·事·助·商·淸·毁·峯' 등 7자의 자획을 보완하고 그 글이 '태조대왕수필(太祖大王手筆)'이라고 밝혔다. 그리고 이듬해 비석을 세우게 했는데, 남학명(南鶴鳴)이 해서로 지(識)를 적고 이징하(李徵夏)가 전액을 올렸다. 숙종의 글 뒤에는 영조가 1757년(영조 33) 추기를 적었다. 이성계가 기록한 최초의 글, 숙종의 추기, 영조의 후기는 한꺼번에 목판으로 판각된 것 같다. 『금석집첩』에 어제비문과 남학명 비문의 탁본이 있다.

- 224聽(교194)「釋王寺藏經御題碑」

  洪武十年(高麗禑王三年丁巳:1377), 李成桂撰幷書(158자, 해서); 歲戊子(肅宗三十四年:1708)夏四月燈夕自書, 安邊釋王寺碑文追記; 洪武壬申(太祖元年:1392)後三百六十六年(英祖三十三年丁丑:1757)孟夏, 盥手敬書. [전액]없음 [해서비제]없음 [금석록]釋王寺藏經御題碑(三)

- 224聽(교194)「釋王寺藏經事迹碑」

  崇禎紀元周甲後己丑(肅宗三十五年:1709)正月, 南鶴鳴識(해서), 李徵夏篆, 金有哲刻. [전액]雪峰山釋王寺事迹碑 [해서비제]없음 [금석록]釋王寺藏經蹟碑

불경의 기진 사실과 관련된 비석으로, 경기도 여주 신륵사(神勒寺)의 대장각에 고려 말 이숭인(李崇仁)이 찬술한 기(記)를 새긴 비석이 전한다.[249] 당시 이색(李穡)은 나옹

---

248 東北面都元帥完山府院君李成桂, 上元帥判密直司事姜筮, 副元帥唐城君洪徵, 助戰元帥前簽書密直司事商議柳源, 前知密直司事商議鄭夢周, 前密直副使李和等, 於洪武十年夏受命而來, 次于淸州, 聞大藏一部, 及佛像法器, 在海陽廣積寺, 兵火之餘, 僧亡寺毁, 大寶幾於盡失, 心實惻然, 遣中郞將金南連, 舟載以來, 補其所失, 若干頤軸, 以成全部, 置于安邊府雪峯山釋王寺, 永爲壽君福國之資云.

249 李崇仁,「驪興郡神勒寺大藏閣記」,『陶隱集』卷4 文; 李崇仁,「驪興郡神勒寺大藏閣記」, 盧思愼·徐居正等,『東文選』卷76 記.『金石集帖』225禑(교213:釋寺) 책에 탁본이 있으나 비면 글자의 마모가 많다.

(懶翁)의 비명과 탑명을 지은 후, 부친 이곡(李穀)이 발원했던 대장경 불사의 뜻을 계승하여 나옹의 제자들과 함께 대장경을 간행한 뒤 신륵사에 대장각을 건립해 1부를 보관하고 이숭인에게 그 연유를 지어 달라고 했다. 그때 이숭인이 「여홍군신륵사대장각기(驪興郡神勒寺大藏閣記)」를 지었다. 비석에 새길 때 글씨는 권주(權鑄)가 썼다. 권주는 이색이 찬술한 「안심사지공나옹비(安心寺指空懶翁碑)」의 글씨를 쓴 인물이다. 「여홍군신륵사대장각기」에서 이숭인은 부친 이색으로부터 들은 내용을 서술하는 방식을 사용하고, 후반부에서 비로소 대장경 불사와 그 발원 내용을 언급했다. 글은 편년체를 도입했다.

대덕 경술년, 충선왕 2년(1310) 7월 3일, 이색의 조부인 정읍감무(井邑監務) 이자성(李自成)이 병몰했을 때 이색의 부친 가정(稼亭) 이곡(李穀)[문효공(文孝公)]은 당시 13세로 상례와 장례를 유감없이 치렀다.

지정 경인년, 충정왕 2년(1350) 10월 20일, 조모 홍례이씨[(李椿年)의 딸]가 병몰하자, 승려를 청해 고향의 승사(僧舍)에서 전경(轉經)하게 했다. 이때 좌원(座元: 수좌) 남산(南山) 총공(聰公)[가야산 남악무문(南嶽無聞)]이 부모의 명복을 빌기 위해 대장경 1부의 기진을 권유하자, 이색은 금선(金仙: 불상)을 향해 발원했다.

충정왕 3년(1351) 정월 1일, 이곡이 복상 중에 사망하여, 이색이 원나라에서 귀국했다. 이색은 총공에게 전경(轉經)을 부탁했는데, 부친이 서원한 일에 말이 미쳤다. 하지만 독례(讀禮) 중이라서[상중이라서 – 역자 주] 그 일을 행할 여유가 없었다. 이후 1353년(공민왕 2) 향시와 정동행성 향시에 1등으로 합격해 서장관이 되어, 원나라에 가서 1354년 제과(制科)의 회시에 1등, 전시에 2등으로 합격해 원나라에서 응봉한림문자 승사랑(應奉翰林文字承事郎)이 되었다. 이후 고려와 원나라를 왕래하면서 벼슬을 살았다. 1361년 홍건적의 난 때는 왕의 남행에 호종해서 1등 공신이 되었다. 1367년에는 대사성이 되었다.

홍무 신해년, 공민왕 20년(1371) 9월 26일, 이색의 모친 함창김씨[향교대현 김택(金澤)의 딸]가 사망했다.

공민왕 22년(1373) 이색은 한산군에 봉해졌다.

해서비제는 「高麗國驪興郡神勒寺大藏閣記」이다. 찬자와 서자에 대해 "洪武□□□□翊大夫版圖判書藝□□□□李崇仁謹□前奉翊大夫判校寺事進賢館提學權鑄□ 秋九月▽日."이라고 밝혔다. "저 사중(四衆)의 무리 중 재물을 바쳐 조력한 자는 그 성명을 모두 비석의 뒷면에 적어둔다."라고 했으나, 陰記는 탁본에 없다.

공민왕 23년(1374) 9월 23일 현릉(玄陵: 공민왕)이 승하했다. 이색은 예문관대제학에 임명되었으나 병으로 사퇴했다.

우왕 5년(1379) 74세의 총공이 이색을 방문하여, 부친 이곡의 서원을 이루고 왕의 명복을 빌라고 권유했다.

경신년, 우왕 6년(1380) 2월부터 나옹(懶翁) 문도 무급(無及)·수봉(琇峯)과 함께 모연(募緣)을 했다. 이보다 앞서 이색은 왕명으로 나옹의 탑명을 지은 인연이 있었다. 각참(覺㞦)은 순흥에서, 각잠(覺岑)은 안동에서, 각홍(覺洪)은 영해에서, 도혜(道惠)는 청주에서, 각련(覺連)은 충주에서, 각운(覺雲)은 평양에서, 범웅(梵雄)은 봉주(鳳州)에서, 지보(志寶)는 아주(牙州)에서 모연을 하고, 닥나무를 원료로 하여 종이를 만들고 흑연을 녹여 먹으로 만들어 인쇄 준비를 했다.

신유년, 우왕 7년(1381) 4월, 경·율·논 삼장을 인출하고, 9월에 장정을 마쳤다. 10월에 각주(覺珠)가 제목에 금박을 입히고, 각봉(覺峯)이 황복(黃複: 노란 비단 포장)을 만들었으며, 11월에 성공(性空)이 함을 제조했다.[250] 이때 국신리(國贐里)의 노파 묘안(妙安)이 화사(化士)들을 공양했다.

임술년, 우왕 8년(1382) 정월, 화엄(華嚴) 영통사(靈通寺)에서 전경하고, 4월에 배에 싣고 나옹이 시적한 여흥 신륵사에 이르렀다. 화산군(花山君) 권희(權僖)가 제목(題目)을 주맹(主盟)했으며[불사를 주도했으며—역자 주], 다시 여러 단월(檀越)들과 함께 재물을 시주했다. 동암(同菴) 순공(順公)이 공사를 감독하여 사찰 남쪽에 2층의 누각을 건립하고 각수(覺脩)가 단청을 입혔으며, 장경을 이곳에 안했다. 5월에 또 전경하고 9월에 또 전경했다.

금년, 계해년, 우왕 9년(1383) 정월에 또 전경하면서 대략 1년에 세 차례 전경하는 것을 상규로 삼았다.

이색의 장경 기진은 부친의 숙원을 이뤄드린 일이었다. 이곡은 충숙왕 때 과거에 합격하고 충숙왕 복위 원년(1332) 정동성 향시에 수석, 전시에 차석으로 급제한 후, 여러 벼슬을 거치며 정치의 중심에 있었다. 이때 남산무문 총공의 제안으로 장경 기진을 서원했다. 그러나 이곡이 그 이듬해인 1351년에 거상 중에 사망하자 이색은 급히 귀국했다. 이숭인은 「여흥군신륵사대장각기」에서 조부 이곡이 거상 중에 죽었다고만

---

250 「驪興郡神勒寺大藏閣記」는 함을 제소한 날짜를 밝혔는데, 『도은집』에는 "九月粧褙, 十月覺珠泥金題目, 覺峯造黃複, 十一月, 性空造函."이라 되어 있고, 『동문선』에는 "十二月, 性空造函."이라 되어 있다. 『금석집첩』의 탁본에는 '十一月'로 되어 있다.

했다. 이 무렵 이곡은 공민왕의 옹립을 주장했으므로 충정왕이 즉위하자 신변에 불안을 느껴 관동 지방을 주유했고, 1351년 향년 54세의 나이로 세상을 떠났다. 이러한 정치적 사실은 언급하지 않았다. 이색도 장경 기진을 서원했으나 상중이라 뜻을 이루지 못했다. 탈상하고서도 과거에 급제하여 벼슬 사느라 분주했다. 1371년에는 모친이 사망하고 자신도 병을 앓아 인성을 추진할 수 없었다. 당시 실직이 없어 생활에 곤란을 겪었다.[251] 이후 1374년 9월 23일 공민왕이 사망했다. 이숭인은 부친이 선왕의 각별한 은총을 입었으므로 왕의 죽음을 극히 애도한 말을 상세히 적었다. 이색은 1379년 (우왕 5) 염제신(廉悌臣)이 나옹 문도 각주(覺珠)의 청으로 「진당기(眞堂記)」 찬술을 청하자 그 글을 지어주었다. 그리고 그 무렵 「천보산회암사수조기(天寶山檜巖寺修造記)」, 「여강현신륵사보제사리석종기(驪江縣神勒寺普濟舍利石鐘記)」, 「향산안심사사리석종기 (香山安心寺舍利石鍾記)」, 「향산윤필암기(香山潤筆菴記)」 등 7곳의 기문을 지어 나옹 문도들과 결속했다. 남산무문이 다시 장경의 기진을 권유하자, 이색은 나옹 문도의 협력으로 서원을 이룰 수 있게 되었다. 공민왕의 기일 9월 23일에 맞춰 신륵사에 대장경을 봉안했을 것이다. 이숭인은 부친 이색의 말을 빌려, 장경 기진이 조부모의 명복을 빌려던 부친의 뜻을 완성하는 것뿐만 아니라 공민왕을 추원(追遠)한 것이기도 하다는 점을 밝혔다. 이색의 장경 기진은 재가신도인 단월들의 대규모 참여, 나옹 문도의 모연과 출판 준비 등으로 이루어진 대규모 행사였다. 더구나 매년 정월, 5월, 9월 3회에 걸친 전경 행사는 위력을 지니지 않을 수 없었다. 이숭인이 「여흥군신륵사대장각기」에서 언급한 혼수(混脩)는 1383년(우왕 9) 2월 국사가 된 승려이다. 『고려사』 「이색열전」에 따르면, 이색이 부친의 뜻을 이어 대장경을 완성하자, 우왕이 지신사 노숭(盧嵩)을 보내어 강향(降香)했다고 한다.[252] 이숭인은 전경 의식의 공간을 묘사하기를 "가운데는 화산군이 시주한 비로자나 등신불 1구(軀)와 당성군(唐城君) 홍의룡(洪義龍)이 죽은 딸을 위해 조성한 보현보살 1구와 강 부인(姜夫人)이 보시하여 조성한 문수보살 1구를 안치하여, 사중(四衆)이 첨례하며 경외하는 마음을 불러일으키게 했다."라고 적었다.

1381년(우왕 7) 이색이 발원하여 나옹 문도의 협조로 장경을 인쇄할 때 염제신의 아들

---

251 李穡, 「糶米行」, 『牧隱藁』 詩藁 卷4. "去冬乞米頻作書, 今春糶米還有餘. 老翁九年憂患中, 宰相郵乏哀窮廬. 病馬曾從象輅後, 錦韃照耀黃金輿. 論功稱德賜粟米, 一食一石眞非虛. 如今氣衰瘦骨聳, 無由竝駕群駒駼. 尙蒙異恩在天廏, 臨風一嘶畫不如. 會須振鬣快餘憤, 春風芳草滿郊墟." 이익주, 『『목은시고』를 통해 본 고려 말 이색의 일상: 1379년(우왕 5)의 사례』, 『한국사학보』 32, 고려사학회, 2008, pp.95-142.
252 『高麗史』 卷15, 列傳 8 李穡傳.

염흥방(廉興邦)도 역시 함께 발원했다. 염흥방 발원의 장경에는 이색이 '창룡 신유 구월 (蒼龍辛酉九月)', 즉 1381년 9월에 발문을 적었다.[253] 우왕은 재위 3년(1377) 북원이 우왕을 책봉하자, 이색에게 공민왕과 노국대장공주의 비문을 찬술하게 해서 재위 5년(1379) 비를 세웠다. 그 후 재위 6년에는 공민왕 추모를 위한 대장경 사경 사업을 일으켰다. 염흥방과 이색이 장경 인성의 사업을 행한 것은 이러한 정치적 맥락과 관련이 깊다. 염흥방과 이색은 우왕의 관심 아래, 해인사에서 각각 한 부씩 장경을 인성(印成)하여 사찰에 기진한 것으로 추정된다. 염흥방은 권한공(權漢功)의 외손이고 이색은 권한공의 손녀 사위로, 그들은 함께 권한공의 사촌회를 구성했다.[254] 이 무렵 이인임(李仁任)은 최영(崔瑩)·경복흥(慶復興) 등 무장세력의 협조로 권력 기반을 다진 후, 경복흥을 제거하고 정방에 임견미(林堅味)·염흥방을 두어 인사권을 장악했다. 이때 이색도 이들과 관계를 맺었다. 염흥방이 대장경 인성을 발원하고 이색이 발문을 쓴 1381년은 염흥방이 정치적 세력을 강화하던 때이다. 이색은 염흥방의 부친 염제신의 청으로 나옹을 위한 「진당기」를 작성하기도 했다. 「여흥군신륵사대장각기」 음기에 염흥방은 삼사좌사(三司左使)로서 단월 명부에 이름을 올렸다.[255] 염흥방이 발원하여 인성한 대장경에 이색이 작성한 발문에는 인성 협력자로 두 명의 대선사 등 모두 4명의 승려를 발원자에 올렸고,[256] 동원(同願)

---

253 1381년(우왕 7)의 인쇄 대장경이 일본 오타니대학(大谷大學) 도서관에 있는데, 염흥방이 발원하고 이색이 지은 발문이 붙어 있다. 조선 태종 14년인 1414년에 일본에 하사한 것이다. 朴相國, 「大谷大學의 高麗版大藏經」, 『海外典籍文化財調査目錄: 日本大谷大學所藏 高麗大藏經』, 국립문화재연구소, 2008, pp.370-395; 바바 히세유키(馬場久幸), 「日本 大谷大學 소장 高麗大藏經의 傳來와 特徵」, 『海外典籍文化財調査目錄: 日本大谷大學所藏 高麗大藏經』, 국립문화재연구소, 2008, p.438; 남동신, 「목은 이색과 불교 승려의 시문 교유」, 『역사와 현실』 62, 한국역사연구회, 2006, pp.115-157; 박종기, 「이색의 當代史 인식과 인간관」, 『역사와 현실』 66, 한국역사연구회, 2007, pp.354-359; 박용진, 「고려 우왕대 大藏經 印成과 그 성격: 이색 撰 고려대장경 印成 跋文과 신륵사 大藏閣記를 중심으로」, 『한국학논총』 37, 국민대학교 한국학연구소, pp.93-119.

254 이색은 권한공의 장남 권중달의 사위이고, 염흥방 부친 염제신은 권한공의 장녀의 후부(後夫)이다. 도현철, 「목은 이색의 정치사상 연구」, 혜안, 2011, p.194; 李穡, 「外舅花原君之內外孫 凡於慶弔迎餞 相聚日四寸會 藏二人掌其事 名曰有司 有司於歲終作會 以授其事於來歲之有司 蓋家法也 必遜父行一二人押座 庚申仲冬二十又四日 閔立及吾豚犬種學辦其會 僕與閔判事權判書在座 大醉而歸 日午始起 吟一首」, 『牧隱藁』 詩藁 卷7.

255 1382년(우왕 8) 우왕과 최영은 이성계의 협조 아래 임견미와 염흥방 등을 숙청했다. 1388년(우왕 14) 정월, 염흥방은 조반 의옥으로 제거된다.

256 이색은 다른 사람이 불경을 인성하여 사찰에 기진할 때 서문이나 발문을 써주기도 했다. 이색은 묘엄존자(妙嚴尊者) 무학(無學)의 「인공음(印空吟)」의 서문도 써주었고, 무학이 용문사에 대장경을 인성할 때 발문노 써주었다. 卞季良, 「朝鮮國王師妙嚴尊者塔銘幷序」, 『春亭集』 續集 卷1; 卞季良, 「妙嚴尊者塔銘」, 盧思愼·徐居正等, 『東文選』 卷121 碑銘. "師所著曰印空唫, 文靖公序其端. 印成大藏, 安于龍門, 文靖公跋其尾."

으로 경상도 지방관을 열기했다.[257] 이색 자신이 발원하여 대장경을 인성할 때도 그들의 도움이 있었을 것이다. 이숭인의 「여흥군신륵사대장각기」 음기에는 '대장 단월 사부중(大藏檀越四部衆)'으로 비구, 비구니, 우바새, 우바이를 열명했다. 비구에는 국사, 왕사, 내원당(內願堂) 고위 승직 등이 망라되었다. 우바새로는 국왕을 제외한 부원군을 비롯하여 최고 관직자인 문하시중에서 하위직 낭장까지 기록했다. 그리고 이 음기에는 1382년 9월부터 1384년 5월까지 총 8회의 전경 법회를 주관할 승속 명단이 새겨져 있다.[258] 이숭인은 「여흥군신륵사대장각기」에서 정치적 문제는 일체 언급하지 않고 불법의 청정고묘한 도를 칭송하고, 대장경 기진을 통해 임금과 어버이를 위해 '복전(福田)의 이익'을 받들 수 있게 되었다고 경하했다.[259]

7. 정려비와 의열비

(1) 정려비

조선 조정은 민간의 충·효·열을 고취시키려고 각 덕목을 실천한 뚜렷한 자취가 있을 경우에는 정려를 해주고, 해당 가문이나 마을에 정려비를 세웠다. 효자 정려비 가운데 시기가 빠른 것으로는 이첨(李詹, 1345~1405)의 「지남황효비음(誌南晃孝碑陰)」을 들 수 있다. 전 만경현령 남황(南晃)이 부친 남영신(南永伸)의 작고 후 3년간 여묘살이를 하자, 지군사 중훈대부 이윤(李胤)이 특별히 비를 세운 것이다. 정려비의 원형이라고 할 수 있는데, 비문은 모두 50자에 불과하다. 사실을 기록하는 데 치중하였으며, 마

---

257 同願者로 "同願江洲道兵馬使奉翊大夫晉州牧使兼管內勸農御使朴藏, 同願慶尙道按廉使兼監倉安集勸農使轉輸提點刑獄兵馬公事奉常大夫軍薄摠郎全五倫, 同願慶尙道上元帥兼都准問使推誠翊衛保理功臣重大匡宜春君南秩." 등 3명이 기록되어 있다.

258 李崇仁, 「驪興郡神勒寺大藏閣記」, 『韓國金石全文』中世下, 1984, pp.1217-1222. "逐年轉藏辦會題名. 石盡別立. 石□□無窮, 石可盡願不可盡. 壬戌正月, 諸化士等, 五月化釋□成, 九月華山君權僖, 癸亥正月前□王景元, 五月釋覺冏, 九月釋覺然·志□. 甲子正月, 釋覺普, 五月, 釋海雲·惠蘭, 九月 ⋯."

259 佛氏之道, 淸淨高妙, 不霑一塵, 超出萬物, 賢智者固已樂之矣. 其言又有所謂福田利益者, 於是忠臣孝子所以報君親之至恩, 無所不用其極者, 不得不歸焉. 其書之盛傳於世宜也. 稼亭先生旣作之, 牧隱先生又述之, 卒能成此法寶, 奉福利於君親, 斯乃忠臣孝子之無所不用其極者歟? 嗚呼! 孰非臣子哉? 自今至于千萬世, 其有所感發於所天者, 必於此而得之也, 無疑矣. 崇仁敢不樂爲之書. 若夫四衆之出財力以相助者, 其名氏具列於碑之陰云.

지막에 간단한 축언을 덧붙였다.[260]

정려의 심사에는 문헌 증거가 구비되어야 했다. 1799년(정조 23) 12월 10일, 정조는 고(故) 의사(義士) 왕득인(王得仁) 등 7인에 대해 정려하자는 논의를 그만두라고 명했다.[261] 임진왜란과 정유재란 때 호남에서 의사가 싸운 곳으로는 고제봉(高霽峯) 등 5인이 순절한 금산(錦山), 임충간(任忠簡) 등 7인이 순절한 용성(龍城)을 우선 꼽을 수 있다. 구례(求禮)의 선비들은 왕득인 등 7인이 순절한 석주(石柱)도 의사가 분전한 곳으로 꼽아야 한다고 여겼다. 전라도 유생 이이정(李爾鼎) 등이 상언하자, 예조에서 도신으로 하여금 실적을 자세히 탐문하여 보고하게 했다. 이에 대해 전라감사 조종현(趙宗鉉)은 구례현에 관문을 보내 통지했고, 구례현감은 첩정을 올렸다. 그 내용은 대개 다음과 같았다.

당시 현감이 이미 사망하여 조정에 보고할 사람이 없는 데다가 징험할 문헌이 없다. 그런데 작년에 본현 화엄사의 승당을 중수할 때 판각(板閣) 위의 먼지가 쌓인 상자에서 너덜너덜한 종이 한 장을 발견했는데, 바로 왕의성과 다섯 의사가 연명해서 절의 중에게 전한 격문이었다. 또한 중이 전사자 성명을 열거한 책자에서 『정유일기(丁酉日記)』의 낙장을 얻었는데, "군량 103섬을 석주 대장소에 운반했다[軍糧一百三石運下石柱大將所]." 13글자와 "승군 153명(僧軍一百五十三名)"과 "여러 의사가 그 속에서 함께 죽었다[諸義士同死於中]."라는 15글자가 있었다. 세파의 내력을 보면 이정익은 임영대군(臨瀛大君) 이구(李璆)의 5대손이고, 한호성은 양절공(襄節公) 한확(韓確)의 5대손이며, 양응록은 돈암(遯庵) 양능양(梁能讓)의 후손이고, 고정철과 오종 역시 본현의 사족이다. 일일이 거두어 장례를 치르지 못했으나, 왕득인의 초혼묘는 지금까지 전해 내려오고 있다.

예조는 구례현감 첩정이 연접된 감사의 장계를 검토하고, 상언 내용을 들어주지 않는 것이 좋겠다고 계달하여 정조의 윤허를 받았다.

조선시대에는 많은 효자와 열녀를 위한 정려가 많았다. 정려의 특수한 예로, 상궁을 위해 세워준 것이 있다. 1789년(정조 13) 2월 18일에 검교직제학 서유방(徐有防,

---

260 前萬頃縣令南晃爲其父典枝令永伸廬墓三年訖, 知郡事中訓大夫李胤立石以旌異之. 晃父亦曾如是. 碣石在玆, 孝有所傳云.
261 『日省錄』, 정조 23년(기미, 1799) 12월 10일(계사).

1741~1798)은 김형도(金亨道)의 상언에 대해 조사한 내용을 아뢰었다.[262] 김형도는 자신의 처의 고조 김효건(金孝謇)의 누이동생인 고 상궁 김씨의 정려에 관해 상언했다. 서유방의 계달(啓達)에 들어 있는 김형도의 상언은 다음과 같았다.

고 상궁 김씨는 여섯 살 때인 무인(1638, 인조 16) 대전 시녀로 선발되어 다섯 왕을 섬겨서, 궁녀가 된 지 8년인 을유년(1645, 인조 23) 효종께서 세자에 책봉되는 경사를 보았고, 을유년 이후 77년이 지난 신축년(1721, 경종 원년)에는 영조께서 세자에 책봉되시는 대례를 보았습니다. 이윽고 계묘년(1723, 경종 3)에 죽자, 영조께서 임술년(1742, 영조 18)에 어필로 4언 8구[263]를 내리시고 중관을 보내어 그 묘에 제사를 지내게 하셨으며, 16년이 지난 정축년(1757, 영조 33)에는 예관에게 명하여 정려하게 하셨습니다.[264] 김형도의 아비 김기중(金器重)이 상궁의 봉사인으로서 어필을 봉안해 오다가 죽어 지금 두세 칸 낡은 집도 보존할 수가 없게 되어, 어필을 성상께 바칩니다.

영조는 "해당 궁방으로 하여금 값을 내주어 여러 곳의 도장을 도로 찾아주라고 내수사에 분부하라."라고 명했다. 당시 정려비는 세우지 않았다.

조선시대에는 절부의 정려가 많았으므로, 이에 따라 절부의 징표도 많이 세워졌다. 조기의 절부 정표비로 신광한(申光漢, 1484~1555)의 「절부김씨정표지(節婦金氏旌表誌)」를 들 수 있다.[265] 이 비문은 최씨 가문 며느리가 되었던 강릉 김씨가 순절한 사실을 표창한 내용이다. 강릉도호부사 이원검(李元儉)의 건의로 성종의 명에 따라 정표를 하기로 하여, 이원검의 뒤를 이어 박인(朴認)이 건비의 일을 완수한 사실을 적었다. 최씨의 아들 최익령(崔益齡)은 신광한과 동년으로 벗이다. 즉, 중종 2년(1507) 정묘 증광시에서 최익령은 진사 3등을 했다.[266] 신광한은 「절부김씨정표지」에서 강릉김씨가 남

---

262 『正祖實錄』 卷27, 정조 13년(기유, 1789) 2월 18일(을사).

263 내용은 다음과 같다. "일백 세가 되도록 밤낮으로 나라를 위했다. 지금 옛날을 생각하여 중관을 시켜, 나이가 높은 데도 더욱 충성스러웠던 것을 내 일찍이 칭찬했으므로 32자 글로 내 마음을 표한다近百享年, 夙夜爲國, 今惟昔日, 玆令中官, 年高彌忠, 曾予稱賞, 三十二字, 用表其心]."

264 정축년(1757) 12월에는 「오조 궁인 구십일세 상궁 삼척김씨 정충지문(五朝宮人九十一歲尙宮三陟金氏旌忠之門)」의 어제를 내리고, 기(記)를 지어 주었다.

265 申光漢, 「節婦金氏旌表誌」, 『企齋集』 卷2.

266 『사마방목』에 따르면, 최익령의 본관은 강릉이며, 그 부친은 최세창(崔世昌)으로 성균생원이라고 밝혀져 있다. 모친 김씨는 열녀이다. 『신증동국여지승람』 강릉도호부의 '열녀'조에, "본조 김씨는 생원 최세창의 아내이다. 남편이 죽자 곡하고 울부짖으며 지극히 슬퍼했고, 복을 마치고도 오히려 아침저녁의

편이 산업을 돌보지 않는데도 주유(舟遊)하고 포복(匍匐)했다고 적었다.[267] 주유는 '방주유영(方舟遊泳)'의 준말로, 살림을 꾸려나간다는 뜻으로『시경』「패풍(邶風)·곡풍(谷風)」에서 유래한다. 포복의 의리는 모든 일을 제쳐 두고 급히 달려가는 의리를 말한다.『시경』「패풍·곡풍」편과『예기』「문상(問喪)」편에서 유래한다.[268]

열녀 정려비 가운데「열녀연옥정려비기(烈女鍊玉旌閭碑記)」는 여종의 신분이지만 수절한 여성을 위해 1688년(숙종 14) 5월 단양에 세운 비석이다. 연옥의 손자 박경(朴敬)이 비를 세우자, 송시열이 비문을 작성했다.[269] 조수항(趙壽恒)[270]이 단양에 우거하면서 연옥의 전(傳)을 지은 것에 근거한 듯하다. 연옥(1530~1629)은 관노 김가응(金加應)의 딸이며 정병 박세옹(朴世翁)의 처이다. 서른 살에 남편을 잃고 아흔 살에 죽을 때까지 고기를 입에 대지 않았다. 송시열은 복례(復禮)를 노비까지도 실천해야 하는 덕목으로 보았고, 여성과 노비도 그러한 덕목을 주체적으로 실현해야 한다고 보았다. 그렇기에 이 정려비는 연옥이란 묘주의 직접화법으로 행동의지를 표현했다. 즉, 연옥은 "상이 끝나자 그 길로 곧장 흰옷을 입고 고기를 먹지 않으면서, '신분이 천하여 남을 두려워하는 것은 겸손이 아니다.'라고 했다. 비록 관가에서 노인을 봉양하는 관례에 의거하여 고기를 줄 때에도 역시 사양하며, '먹지 않으면서 받는 것은 잘못이다.'라고 했다."[271] 또한 연옥은 남편이 죽은 지 60년이 되던 기사년(인조 7, 1629)에 남편과 같은 달, 같은 날, 같은 시각에 자신도 죽을 것을 예견했다. 송시열은 이를 북송의 학자

전(奠)을 폐하지 않았다. 지금 임금 13년(중종 13, 1518)에 정려했다."라고 되어 있다.

267 夫人姓金氏, 家世臨瀛, 處而賢有行. 及爲崔氏婦, 孝事親順事夫. 夫性喜酒親好士, 初不事產業, 夫人舟游匍匐, 卒歲無難色.

268 『시경』「패풍·곡풍」에 "깊은 물에 나아갈 때에는 뗏목을 타기도 하고 배를 타기도 하며, 얕은 물에 나아갈 때에는 헤엄을 치기도 하고 무자맥질을 하기도 했네. 사람들에게 궂은 일 있으면 힘을 다해 도왔지요[就其深矣, 方之舟之. 就其淺矣, 泳之游之. 何有何亡, 黽勉求之].'라고 했다. 또「패풍·곡풍」편에 "사람이 상사가 있을 적에는 포복하여 달려가 구원했노라[凡民有喪, 匍匐救之].'라고 했으며,『예기』「문상」편에 "포복해서라도 가서 곡(哭)을 해야 한다."라고 했고,『예기』「단궁 하」에 "상사(喪事)가 나면 부복(扶服)해서 도와주어야 한다."라고 했다.

269 『金石集帖』043麗(교043麗:死節)에 탁본이 있다. 전액은「烈女鍊玉之碑」로, 찬자·서자·전액자는 "宋時烈述, 金得沂書, 申以悌篆."이다. 건립 일자는 "崇禎周甲戊辰(肅宗十四年:1688)五月▽日."이라 했다.『송자대전』에 비문이 수록되어 있다(宋時烈,「烈女鍊玉旌閭碑」,『宋子大全』卷171 碑).

270 자(字)는 사구(士久), 호는 일한재(一閒齋)로, 임숙영(任叔英)의 문생이다. 1623년(인조 원년) 생원시에 합격하고, 봉림대군의 사부로 천거되었다. 1635년(인조 13) 소명이 있었으나 나아가지 않고 단양운암(雲岩)에 은거했다.『구개록(求蓋錄)』·『진수록(進修錄)』·『심경석의(心經釋疑)』·『근사록주해(近思錄注解)』·『태극음양선후천하낙도(太極陰陽先後天河洛圖)』등을 저술했다고 한다. 관련 글로는 丁範祖,「一閒齋集序」,『海左集』卷22 序 참조.

271 喪盡, 仍依白, 不肉, 曰: "身賤恐人不諒." 雖官家養老例賜, 亦辭曰: "不食而受, 非也."

정호(鄭顥)가 아주 어릴 때 숙조모가 비녀를 잃어버린 곳을 기억해 낸 일과 같다고 했다.[272] 정호의 사례는 예견력이라기보다는 강기(强記)의 특징을 말한 것이어서, 비유가 적절했는지는 알 수 없다. 송시열은 연옥의 열절을 국가의 백성 교화가 일으킨 공효라고 칭송했다.

아! 이 여종의 행적은 비단 하늘이 백성으로서의 떳떳한 윤리를 내려준 결과일 뿐만 아니라 역시 열성조가 백성을 교화한 결과이기도 하다. 사부(봉림대군 사부) 조수항 공이 일찍이 단양에 우거하면서 입전(立傳)하기를 아주 자세하게 했으니, 세상 교화에 보탬이 된 것이 크다. 주돈이 선생은 연(蓮)을 사랑하여, "진흙에서 나왔으되 진흙에 물들지 아니하고, 향기는 멀수록 더욱 맑다."라고 했다. 무릇 연은 식물인데도 사랑하기를 이렇듯이 했거늘, 하물며 사람에 있어서는 어떠하겠는가?[273]

송시열의 글은 후대에 회자되었다. 김평묵(金平默, 1819~1888)은 「김필대전(金弼大傳)」의 야사씨(野史氏) 사론도 송시열의 관점을 이었다. 김필대는 양민인데, 아내가 송산(松山)의 선비 최씨의 여종이었다. 최씨가 후사가 없어 신주를 땅에 묻으려 하자, 10년간 대신 제사를 받들고 이후에 그 후사를 세워주었다고 한다.

옛날 주희 선생은 당나라의 위난(危亂) 때 난적과 싸우다가 순절한 사람이면 보잘 것 없는 위사(衛士)이거나 오대산의 승려일지라도 그 충의를 표창했고, 우암 송 선생은 포사 이사룡(李士龍)[274], 사천(私賤) 강효원(姜孝元)[275], 관비 연옥이 행한 충의에 대해서도 주자가 하듯

---

272 송시열의 『주자대전』에는 이것이 '程子記叔祖指紙事'로 기록되어 있다. 지지(指紙)는 지채(指釵)의 잘못이다. 『근사록집주(近思錄集註)』「부설(附設)」의 주에 "선생은 나면서부터 신기가 빼어나서 범상한 아이들과 달랐다.[先生而神氣秀爽, 異於常兒.]"는 점을 말하고 다음 일화를 전했다. "아직 말을 할 줄 몰랐을 때, 숙조모 임씨태군(任氏太君)이 선생을 안고 가다가 비녀를 떨어뜨렸는데, 서너 날 지나서야 찾았다. 선생이 손가락으로 갈 곳을 가리켰으므로 그 지시대로 따라가 과연 비녀를 찾았다고 한다[未能言, 叔祖母任氏太君抱之行, 不覺釵墜, 後數日方求之. 先生以手指示, 隨其所指而往, 果得釵. 人皆驚異].

273 噫! 此婢非但天界民彝, 亦列聖敎化也. 師傅趙公壽恒, 嘗寓丹陽, 爲立傳甚悉, 其爲世敎助大矣. 周夫子愛蓮而曰: "出淤泥而不染, 香遠益淸." 夫蓮植物而猶愛之如此, 況於人乎?

274 1640년(인조 18) 청나라가 명나라 공격을 위한 지원을 요청해 오자 영병장(領兵將) 유림(柳琳)이 금주위로 파견되었다. 포사(砲士) 이사룡(李士龍)이 공포(空砲)로 응전하다가 청군에 발각되어 피살되었다. 宋時烈, 「砲手李士龍傳」, 『宋子大全』 卷213 傳에 나온다.

275 강효원(1603~1639)의 본관은 진주이다. 1637년 소현세자가 심양에 끌려갈 때 시강원 서리로 배종했다. 정뇌경(鄭雷卿)이 청나라 통역으로 횡포를 부리던 정명수(鄭命壽)를 제거하려 할 때 모의했다. 그러나 누설되어 정뇌경과 함께 처형당했다. 宋時烈, 「姜孝元墓表」, 『宋子大全』 卷190.

이 표창했다. 이는 충의를 포장하여 풍속의 아름다운 소리를 세우는 데는 귀천의 신분을 따지질 않는다는 뜻에서 나온 것이 아니겠는가![276]

이외에 유인(孺人) 한씨와 그 시누이 정씨(鄭氏)의 쌍절을 기린 「쌍절비명(雙節碑銘)」도 있다.[277]

(2) 의열비

기생의 의열비로, 논개의 순절을 기린 「의암사적비명(義巖事蹟碑銘)」이 유명하다.[278]

또한 왜란 때 평양 의기 계월향(桂月香)을 위한 「의열사기계월향비문(義烈祠妓桂月香碑文)」도 잘 알려져 있다. 그 비문을 탁본한 10절 18면 탁본첩이 규장각에 있다. 비문은 김경서(金景瑞, 1564~1624)와 평양 기생 계월향이 고니시 유키나가(小西行長)의 부장을 유인책으로 징벌한 사적을 다룬 내용이다. 고니시 유키나가의 부장은 나이토 조안(內藤如安)인데, 계월향 사적에 나오는 왜장이 그인지는 확실하지 않다. 고니시는 나이토 조안을 특별히 아껴 고니시 성을 주었으므로, 나이토 조안은 조선 측 기록에는 소서비탄수(小西飛驒守)로 나온다.[279] 「의열사비」는 평양감사 정원용(鄭元容, 1783~1873)이 1835년(헌종 원년)에 글을 지어 6월에 세운 것이다.[280] 비문은 정원용의 『경산집(經山集)』에는 수록되어 있지 않다. 비문 내용을 보면, 정원용이 진주 남강에 논개의 의열사가 있어 해마다 진주 백성들이 제향을 올리는 것을 보았는데, 뒤에 평안감사로 와서 늙은 기생 죽엽으로부터 계월향의 이야기를 듣고 그의 공이 논개에 못지

---

276 金平默, 「金弼大傳」, 『重菴集』 권52.
277 「雙節碑銘幷序」에는 찬자·전액자와 건립 일자를 "鄭經世撰, 曹友仁書幷篆額. 萬曆四十七年(光海君十一年己未 1619)三月▽日立."이라고 밝혔다. 『金石集帖』 043麗(교043麗:死節) 책에 탁본이 있다.
278 「義巖事蹟碑銘」에는 건립 일자를 '崇禎後九十五年壬寅(景宗二年:1722)四月▽日立'이라 밝혔으나 찬자와 서자는 밝히지 않았다. 탁본은 『金石集帖』 043麗(교043麗:死節) 책에 들어 있다.
279 나이토 조안은 일본 무로마치(室町)시대 히다노구니(飛驒) 태수로 본명은 나이토 다다도시(內藤忠俊)이다. 그리스도교인이라서 '존'을 일본식으로 조안이라 한 것이다. 후지와라노 조안(藤原如安)이라고도 한다. 일본 측 기록에는 고니시 유키나가를 따라 전쟁에 참가한 후 그 뒤에 낭인(浪人)이 되고, 그리스도교 추방령에 의해 마닐라로 추방되었다고 한다. 이러한 사실들을 보면 계월향 사적에 나오는 왜장이 나이토 소안일 수는 없을 것이다.
280 비제는 「義烈祠義妓桂月香碑文」이다. 찬자·서자에 대해서는 "平安道觀察使都巡察使原任弘文館提學同知成均館事奎章閣提學鄭元容撰, 平壤府庶尹管城將金應根書."라고 밝혔다.

않기에, 계월향이 김경서와 함께 왜장을 처치한 의거를 기록한 후, 사당과 비석을 건립하고 또 영신곡과 송신곡을 지어 춘추로 제향하게 한다고 했다. 비문 끝에 영신곡과 송신곡이 있으며, '을미(1835) 6월 세운다.'고 밝혀 두었다. 영신곡은 초사체 20구이며, 격구압운으로 평성 陽운 일운도저이다.[281] 송신곡도 초사체 16구이며, 격구압운으로 평성 尤운 일운도저이다.[282] 비문에서 계월향의 사적을 서사하고 논평한 부분만 보면 다음과 같다.

만력 임진년에 왜구가 왕경을 핍박하여 왕의 거가가 서쪽을 순수하고(파천하고) 왜장 고니시 유키나가가 평양성을 근거로 했을 때 그 부장이 용력이 절륜하여 고니시 유키나가가 의지하고 존중했는데, 계월향이 그에게 붙잡혔다. 계월향은 기발한 계책을 내어서 적을 속여 친속을 찾는다고 하면서 밤에 서성에 올라가 외치길 "오라버니 어디 있나요?"라고 했다. 이 때 양의공 김경서가 진중에 있다가 그 뜻을 알아차리고 응답하여 그리로 갔다. 계월향은 먼저 솜으로 장막의 방울을 소리가 나지 않도록 한 후 김 공을 인도하여 장막을 젖히고 들어갔다. 적장은 바야흐로 의자에 걸터앉아 깊이 잠들어 있으면서 눈을 부릅뜨고 쌍검을 손에 쥐고, 전혀 잠을 자는 형상이 아니었다. 계월향은 김 공에게 빨리 도모하라고 재촉했다. 김 공은 칼을 뽑아 그를 죽이고 그 머리를 허리에 차고 튀어나왔고, 계월향은 그 뒤를 따랐다. 김 공은 둘이 모두 보전할 수는 없음을 알고 칼로 계월향을 겨누자, 계월향은 웃으면서 칼을 받았다. 다음 날 새벽 적이 마침내 발견하고는 모두 넋이 나갔다.

수치를 씻고 난에 저항하며 적을 죽이고 몸을 바친 탁월한 의리와 매운 절개는 어찌 낭자군[수나라 말 이연(李淵)의 딸 평양공주(平陽公主)가 이끌던 여군－역자 주]이나 부인성(婦人城)[전진(前秦)의 부견(苻堅)이 양양(襄陽)을 공격하자 동진의 중랑장 양주자사(梁州刺史) 주서(朱序)의 모친 한부인(韓夫人)이 여종과 성안 부녀를 인솔하여 내성을 쌓아 부비(苻丕)의 공격을 막아낸 일－역자 주]의 정도에 그치겠는가? 산은 높고 물은 맑은데, 막연히 100년 사이에 혼령을 제사 지낼 한 구석도 마련하지 못했으니, 어찌 평양 사람들이 그 공을 잊어서

---

281 其章日: 光風轉而氾崇蘭兮, 娘之靈兮來揚. 人殲猛賊而殉身兮, 娘之功兮何可忘? 白露凄而木葉下兮, 靈歸來些莫彷徨. 暈月解而屯雲散兮, 名閲劫而彌芳. 像設娘而室靜安兮, 瑤席鑱兮羅幬張. 采白蘋兮翠荇兮, 實香醑於羽觴. 招具該而靈連蜷兮, 陳竽瑟而浩倡. 曳文縠而佩寶璐兮, 蛾眉曼睩而騰光. 城郭人民之依々々兮, 歡故舊兮□鄕. 旣惠顧而且留兮, 聊翱游兮樂康.」右迎神.

282 膏汀蘭而明燭兮, 藉岸芝而陳羞. 神旣醉而朱顔酡兮, 睠故居而夷猶. 錦繡之峯樹葱蒨兮, 綾羅之島水安流. 倏而來兮忽而逝兮, 辛夷車兮桂舟. 托高義於俠藪兮, 埽脂紛兮誰與儔? 糅芳澤而滕馥兮, 齎蕙紉與瓊糅. 一望煙渚而愁思兮, 雲杳杳兮風颼颼. 瓣心香而精格兮, 日吉辰良兮春復秋.」右送神.

이겠는가? 실로 겨를이 없었기 때문일 뿐이다.[283]

뒷날 조면호(趙冕鎬, 1803~1887)가 이 비를 보고 제시를 남겼으며, 시의 서문에 입비 경위를 상세하게 밝혔다.[284] 1815년(순조 15) 정만석(鄭晚錫, 1758~1834)이 선비들의 연단(聯單, 聯疏)에 의거하여 화상을 장향각(藏香閣)에 걸었다. 그리고 1835년 부기 죽엽(竹葉) 등이 순찰사 정원용에게 연장(聯狀)을 올리자, 정원용이 허락하여 성북에 의열사를 두고 진주 의열사와 마찬가지로 봄가을로 제례를 올리고 영신곡과 송신곡을 연주하게 했다. 또한 비문을 짓고 평양소윤 김응근(金應根)에게 글씨를 쓰게 해서 비를 세웠다. 사실상 김응근이 비를 세웠다고 한다. 조면호는 계월향의 죽음과 관련하여 다음과 같이 적었다. 기존의 전승과 미묘하게 다르다.

부의 기생 계월향이 그 자에게 붙잡혀서 벗어나려고 해도 그럴 수가 없자, 서쪽 성으로 가서 친족을 찾게 해달라고 청하자, 왜장이 허락했다. 계월향은 성에 올라 슬피 울부짖으면서, "오라버니 어디 있나요?"라고 하며 거듭거듭 외쳐 그치지 않았다. 김경서가 그 소리에 응해 가려고 하자, 계월향이 영접하여 말하기를 '만일 나를 벗어나게 해준다면 죽음으로 보답하겠습니다.'라고 했다. 김경서가 허락하고, 자칭 계월향의 친오라비라 하면서 성에 들어갔다. 계월향은 왜장이 한밤에 깊이 잠들기를 기다렸다가 김경서를 장막 안으로 인도했다. 왜장은 바야흐로 의자에 걸터앉아 자고 있었는데, 두 눈을 부릅뜨고 쌍검을 손에 잡고 있었으며, 얼굴이 온통 붉어 마치 사람을 베려는 듯한 형상이었다. 김경서가 칼을 뽑아 그를 베자, 왜장의 머리가 이미 땅에 떨어졌는데도 여전히 칼을 던져서, 하나는 벽에 붙고 하나는 기둥에 붙어서 칼날이 반 나마도 들어갔다. 김경서는 그의 머리를 허리에 두르고 문을 나오고, 계월향은 옷을 붙들고 그 뒤를 따랐다. 김경서는 둘 다 온전할 수가 없겠다고 헤아려 칼을 휘둘러 그녀를 베고는 성을 넘어 돌아왔다. 다음 날 아침 적은 왜장이 죽은 것을 알고는 크게 놀라고 동요하여 기운이 앗기고 기세가 위축되었다. 또 성 찰방(成察訪: 성해응)이 지

---

283 萬曆壬辰, 倭寇逼王京, 車駕巡西, 倭將行長據平壤城, 其副將勇力絶倫, 行長倚重之, 娘爲所獲. 娘出奇計, 紿賊審親屬, 夜登西城, 呼曰: "吾兄何在?"時襄毅公金景瑞在陣中[會]其意, 應聲往赴. 娘先以綿絮噤帳鈴, 引金公披帳入. 賊將方據椅熟睡, 張目手雙劒, 殊不似睡狀. 娘屬金公亟圖. 公按劒戮之, 佩其頭, 躍出, 娘隨後, 金公度不能兩全, 劒擬娘, 娘笑受之. 明曉賊乃覺, 皆喪魂. 其洒恥抗難隕賊殉身之卓義烈節, 奚啻如娘子之軍夫人之城哉? 山高水淸, 漠然百年之間, 尙未有一區侑靈之所, [豈]邦人忘其功哉? 實未遑耳.

284 趙冕鎬,「題義烈祠」序,『玉垂先生集』卷4 詩.

450

은「월향전(月香傳)」을 보면, 김 장군이 왜장의 머리를 허리에 차고 문을 나설 때 둘이 다 온전할 수가 없으리라 헤아려 칼을 뽑아 치려고 하자, 월향은 웃음을 머금고 칼을 받아 조용히 죽음에 임했다고 한다.

조면호는 성해응(成海應, 1760~1839)의 글을 인용했다. 성해응의 글은 『연경재전집』에 들어 있다. 성해응은 김응서(金應瑞)가 계월향의 의사를 묻지 않고, 둘 다 빠져나갈 수 없으리라 여겨 계월향을 살해했다고 적었다.[285] 김응서는 김경서의 이칭이다. 『연려실기술』에도 김응서로 되어 있다. 그리고 성해응은 계월향의 행동을 다음과 같이 높이 평가했다.

선인[『시경』「대아 생민지십(生民之什) 판(板)」의 작가−필자 주]은 말하길, '나무꾼에게도 물어보라.' 했다. 진주 기생은 병법을 잘 헤아렸지만 김천일(金千鎰)이 갑자기 살해한 것은 어째서인가? (1593년 가토 기요마사의 왜적이 진주성을 포위했을 때, 한 늙은 기생이 지난해 김시민의 수성 때는 장수와 군졸이 서로 아껴서 성공할 수 있었으나 지금은 기율이 문란하여 우려된다고 말하자, 김천일은 그 기생을 참수했고 며칠 후 성이 함락되었다.−역자 주) 선견(先見)을 요망(妖妄)이라 여기고 양책(良策)을 선혹(煽惑)이라 여기는 것은 장차 패하게 될 운명의 군대가 함께 두려워할 바이다. 지난날 신립(申砬)이 달천(㺚川)에 군진을 두었을 때 군관이 '왜가 옵니다'라고 말하자, 신립이 그를 참수했다. 김자점(金自點)이 황주(黃州)에 주둔했을 때 군관이 '청인이 옵니다'라고 알리자, 역시 그 군관도 거의 죽을 뻔 했다. 누가 용렬한 장수를 위해 변호해주겠는가? 한나라 고조가 여러 사람들의 계책에 굴복한 것은 바로 한 고조가 천하를 차지한 이유였다. 그보다 못한 자의 경우에야 더 말해 무엇하겠는가? 계월향은 비록 죽었지만 왜추 목이 달아났으니, 계월향에게는 영광이 있다.

이보다 앞서 홍양호(洪良浩)도 「김경서전」을 작성했는데, 김경서가 '부득이' 계월향을 죽였다고 서술한 부분은 성해응의 기록과 유사하다.[286] 2008년 국립민속박물관은 2007년 일본 교토의 고미술품 수집가가 소장한 계월향 화상을 구입했다. 그림에는 조면호의 글 앞부분이 적혀 있다.

---

285 成海應,『研經齋全集』卷54「草樹談獻 一」'晉州妓・桂月香'.
286 洪良浩,「副元帥金將軍景瑞傳」,『耳溪集』卷18 傳. "妓挽衣欲隨之, 景瑞恐被覺, 揮劍斬妓, 跳城出. 賊大驚喪氣, 於是天兵天兵進薄城. 景瑞帥麾下, 與天將駱尚志, 先登奪門, 遂復平壤."

충북 충주시 단월동의 충렬사에는 1747년(영조 23) 217cm 높이의 「임경업정부인정렬비(林慶業貞夫人貞烈碑)」가 세워졌다. 비문은 지중추사 이세환(李世瑍, 1664~1752)이 짓고 진사 이정하(李挺河)가 썼다. 전액은 전 현감 한덕일(韓德一)이 썼다. 비주는 임경업 장군의 부인 정부인 전주이씨(1595~1643)이다. 진안대군 7세손 이잠(李潛)의 딸로, 임경업이 명나라와 통하자, 청나라가 임경업 대신 가족을 보내라고 했다. 전주이씨는 1643년(인조 21) 9월 26일 심양 감옥에서 자결했다. 청나라에서 반장하게 했다. 1697년(숙종 23) 아들 임중번(林重蕃)이 신원을 호소하여 임경업의 관작이 회복되면서 부인에게도 정려문을 세우게 했다. 이후 실화되었으나 1745년(영조 21) 한덕필(韓德弼, 1696~1771)이 자금을 내어 비를 세우게 했다. 이세환의 본관은 벽진(碧珍), 자는 계장(季璋), 호는 과재(果齋) 또는 이우당(二憂堂)으로, 박세채(朴世采)·윤증(尹拯)의 문인이다. 충청도 음성에서 태어났다. 1721년(경종 원년) 학행으로 천거되어 연잉군 사부가 되고, 영조 즉위 후 지돈령부사가 되었다. 1752년(영조 28) 효헌(孝獻)의 증시를 받았다. 이세환은 전주이씨(완산이씨)가 심양 감옥에서 "남편이 대명을 위한 충신이니, 내 어찌 충신의 아내가 될 수 없겠는가!"라고 하며 칼로 자결하고, 청나라 사람이 그 절개에 탄복하여 널을 보호하여 돌아가게 했다는 사실을 특별히 글의 중심에 두었다.[287]

한편 1811년에 제주목사 조정철(趙貞喆)은 기생 홍윤애(洪允愛)를 위해 「홍의녀지묘비(洪義女之墓碑)」를 세웠다. 조정철은 장인 홍지해(洪趾海)의 정조 시해 미수 사건에 연루되어 제주도에 유배되었다. 홍지해는 사도세자를 죽게 만든 장본인의 한 사람으로, 정조의 이복동생을 왕으로 옹립하려고 모의에 가담했고, 그의 조카들은 궁중에 자객을 난입시켰다가 실패했다. 조정철의 유배가 결정되자 부인 홍씨는 자결했다. 조정철은 제주에서 홍윤애의 도움을 받았고, 그녀와의 사이에 아이를 낳기도 했다. 1781년 제주목사 김시구(金蓍耉)가 홍윤애를 통해 조정철의 추가 죄상을 탐지하

---

287 조동원, 『한국금석문대계』 2, 원광대학교 출판국, 1981. 전 현감 한덕일(韓德一)이 비제 「大明忠臣朝鮮林將軍慶業妻貞夫人完山李氏貞烈碑」를 썼고, 비문 끝에 찬자·입비 주체·서자에 대해 "崇禎紀元後再丁卯月日資憲大夫知中樞事李世瑍謹識, 幹事儒生潘文宗, 進士李挺河書."라고 밝혔다. 본문은 다음과 같다. "夫人鎭安大君七世孫潛之女, 萬曆乙未生, 乙卯入公門, 奉舅姑, 孝承君子, 順所性焉. 歲丁丑公自灣尹再掌平□, 益奮大義, 送僧天朝, 爲國通信, 虜人知之, 必欲縛致. 公因上國, 朝議迫於虜責, 代送家屬. 虜人□之獄. 夫人曰: '夫大爲大明忠臣, 吾獨不爲忠臣婦乎!' 遂引刀自決, 即癸未九月二十六日也. 胡虜服其節, 護櫬以還. 至肅廟丁丑, 其子重蕃訟冤, 特命復爵賜諡, 褒夫人死. 旌其閭. 後失火一 爇其門, 屠孫未能改竪. 乙丑韓侯德弼, 聞其狀, 出付百斛於忠烈祠任, 相斯役, 樹貞珉, 要記顚末, 以此復焉."

려 하자, 홍윤애는 불복하고 자살했다.[288] 홍윤애의 언니는 참판의 첩이었는데, 참판이 죽자 목숨을 끊었다. 조정철은 긴 유배에서 풀려난 후 제주목사로 부임했다. 「홍의녀지묘비」를 세워, 뒷면에 자신의 기서문과 칠언율시 1수를 새겼다. 홍윤애의 무덤은 1937년에 삼도동에서 현재의 애월읍 유수암리로 이장되었으며, 비석은 1940년에 중건되었다고 한다. 조정철의 시는 다음과 같다.

瘞玉埋香奄幾年? 誰將爾怨訴蒼旻? 黃泉路邃歸何賴? 碧血藏深死亦緣.
千古芳名蘅杜烈. 一門雙節弟兄賢. 烏頭雙闕今難作, 靑草應生馬鬣前.

옥을 묻고 향을 묻은 지 문득 몇 해인가?
너의 원한을 누가 하늘에 호소하랴?
황천길 아득한데 돌아가 누굴 의지하랴?
벽옥으로 변할 충정의 피를 깊이 묻었으니 죽음 또한 인연이로다.
천고의 꽃다운 이름이 두형처럼 열렬하고
한집에서 두 절의를 이뤄 아우 언니 어질었네.
검은색 쌍궐의 열녀문에서 다시 살아나기 어려워도
푸른 풀은 응당 말갈귀 같은 무덤에 돋아나리.

기념비 가운데는 종의 충직함이나 여종의 순절을 기린 기념비가 여럿 있다. 황보인(皇甫仁)의 여종 단량(丹良), 선조 연간에 순절한 홍해의 순량(順良), 고경명의 종 봉이(鳳伊)·귀인(貴仁), 전라도 신천강씨의 여종 사월(四月)과 그 남편 도생(道生), 화순의 종 목산(木山), 가야의 종 대갑(大甲), 순조 연간 송 과부의 여종 갑련(甲連) 등을 위한 기념비가 그 예들이다.

홍해의 순량을 위해서는 순량이 순절한 지 48년이 지난 1766년 8월에 홍해군수 조성(趙峸)이 현재의 포항시 홍해읍 곡강 기슭에 '충비순량순절지연(忠婢順良殉節之淵)'이란 비제의 마애비를 조성했다.

順良郡北興安里李娘婢也娘有幽恨沒

---

288 김봉옥, 『증보 제주통사』, 세림, 2001, pp.180-12.

于是淵婢欲下從憫其稚子隨後誘使歸
家卽赴淵抱娘屍而死乃己亥四月二十
四日也後四八年
崇禎三丙戌八月
行郡守趙峨書而識

순량은 (홍해)군의 북쪽 홍안리에 사는 이씨 낭자의 여종이다. 낭자가 극한 슬픔이 있어 이 못에 빠져 죽으니 여종도 뒤를 따르고자 했으나, 어린 자식이 자신을 뒤따를까 염려하여 꾀어서 집으로 돌아가게 한 뒤에 즉시 연못에 달려들어 낭자의 시신을 끌어안고 죽었으니, 바로 기해년(1719) 4월 24일이었다. 48년 뒤인 숭정 후 세 번째 병술년(1766) 8월, 행 군수 조성이 써서 표시하다.

이는 충복이나 충비를 위해 마애비를 조성해 준 것과 관련이 있는 듯하다. 1794년(정조 18) 7월 16일(신축)에, 예조는 정조의 윤리강상을 부식(扶植)하려는 정조의 정책에 따라 경술년(1790)부터 계축년(1793)까지 서울과 지방에서 보고된 효자와 열녀 170명의 실제 행적에 대해 회계(回啓)했다. 서경(署經)의 예와 같이 각각 별단으로 기록해 두었는데, 별단의 마지막에 충비(忠婢) 가운데 복호해줄 대상으로, 안동의 고 사비(私婢) 영매(英梅)를 기록해 올렸다. 상전인 두 부인이 집 앞 강가에서 베실을 빨다가 부인 한 명이 먼저 맨발이 미끄러져 물에 빠지니 다른 부인이 구하려다가 함께 빠졌는데, 영매가 물에 뛰어들어 두 부인을 구출했으나 자신은 물에 빠져 죽었다고 한다. 정조는 이 충비에 대해, "그 돌아 나가는 깊은 물에 있는 바위에 이 사실을 새기고 정려하고 제향을 올려 넋을 위로하라고 도신에게 분부하라."고 했다.[289]

「충비갑연지비(忠婢甲連之碑)」는 1830년 연일현(延日縣) 여점(旅店) 주인 송 과부의 24세 되던 몸종이 여주인을 따라 순절한 사실을 기리는 정표비로, 비문은 경상도관찰사 박기수(朴岐壽, 1792~1847)가 짓고, 전액은 이조판서 이면승(李勉昇)이 썼다. 본래 경북 포항시 북구 용흥동 연화재(솔개재)에 있었는데, 현재 포항시 흥해읍 영일민속박물관 뜰에 이건되어 있다.[290]

---

289 『日省錄』, 정조 18년(1794, 갑인) 7월 16일(신축).
290 비 앞면에 예서로 「忠婢甲連之碑」라 새겼고, 뒷면의 비제는 「忠婢甲連之碑銘幷序」이다. 비의 뒷면과 측면에 비문을 새겼다. 박기수의 본관은 반남, 자는 봉래(鳳來)이다. 洪直弼, 「判敦寧朴公墓表」(壬子),

舍生而取義, 殺身而成名, 君子事也. 然知義之可以舍生也則舍, 知名之可以殺身也則殺, 無異
甚焉. 惟不知義與名之爲可貴可重, 而能舍其生殺其身者, 眞出乎純心, 而不負其彝性之天也.
上之二十九年己丑, 余按節嶺南, 翌年, 南之延日縣有宋寡婦, 以旅店爲生, 人有侮其弱, 而奪
其業者, 凌辱之已甚, 寡力不敵, 憤罵而投于江. 其婢曰甲連, 年二十四, 而踵而號曰: "主死, 我
何獨生爲?" 遂瞥然赴水, 援而攀之, 浮而出水, 船人拯之, 寡婦幸不死. 連爲波濤所推盪, 入船
底, 久而得, 連已死矣. 于時, 隣里及船上, 四方商旅, 觀者莫不於悒, 奔走告于縣, 縣報省. 余
聞之, 喟然曰: "此非所謂不知義不知名, 而能舍生殺身者耶?" 撫其實, 以聞于朝, 上嘉其忠, 命
旌之. 鄕人重爲之鳩財立石, 圖所以壽其傳, 求志於余.

嗟呼! 名固非甲連之所求者, 又豈以非其所求, 而不爲之彰其名也? 余旣與其事以彰之, 余何辭
乎紀其事不朽之? 遂爲之銘曰: "天旣成汝之不獨生, 胡使汝獨死? 死而旌其里碣其水, 孰如生
而婢?"

嘉善大夫 行慶尙道觀察使 兵馬水軍節度使 大邱都護府 兼巡察使 朴岐壽 撰

資憲大夫 吏曹判書 兼知經筵 弘文館提學 李勉昇 篆

생명을 버려 대의를 취하고 몸을 죽여 이름을 이룸은 군자의 일이다. 그러나 대의를 위해
생명을 버릴 줄 알아서 죽고, 명성을 위해서 몸을 죽일 줄 알아서 죽는다면, 그다지 특이한
것이 없다. 생각하건대, 대의와 명성을 알지 못하고도 능히 그 생명을 버리고 그 몸을 죽인
다면, 진실로 순수한 마음에서 나오는 것이며 그 타고난 떳떳한 본성이 하늘에서 나온 것을
저버리지 않은 것이다. 금상(순조)이 즉위한 지 29년 되는 기축년(1829)에 내가 영남의 안
절사로 나간 다음 해, 남쪽의 연일현의 송씨 성을 가진 과부가 여관으로 생계를 꾸렸는데,
어떤 자가 그녀의 연약함을 업신여기고 그 여관업을 탈취한 자가 심히 능욕했으나 힘이 부
족하여 대적하지 못하여서 통분하여 욕하면서 강에 투신했다. 그 여종 갑련이 나이 24세였
는데, 송 과부를 뒤쫓으며 외치기를, "주인이 죽으면 내가 어찌 홀로 살겠습니까?" 하고는,
마침내 별안간 물로 달려들어, 잡아끌고 떠밀어서 위로 떠서 물 밖으로 나오게 하였으므로,
뱃사람이 구해내어 과부는 다행히 죽지 않았다. 갑련이는 파도에 밀리고 휩쓸려서 배 밑으
로 들어갔는데, 한참 만에 찾았으나, 이미 죽은 뒤였다. 이때에 마을의 이웃과 뱃사람, 사방
의 상인들이 보고 슬퍼하지 않는 이가 없어, 내달려서 고을에 알리고, 고을에서는 감영에 보
고했다. 내가 듣고서 감동하여, "이는 의리도 모르고 명분도 모르고도 능히 목숨을 버리고
몸을 죽일 수 있는 자가 아닌가?" 하고는, 사실을 수집해서 조정에 알리자, 상께서 그 충절

『梅山集』 卷37 墓表.

을 가상히 여기셔서, 정려를 하라고 명하셨다. 고을 사람들이 그를 위해 재물을 모으고 빗돌을 세워서, 그녀의 사적을 전하는 것을 오래도록 하려고 도모하여, 나에게 기록의 글을 구했다. 아아! 명성은 정말로 갑련이 구하는 바가 아니지만, 그렇다고 그가 구하는 바가 아니라는 이유에서 그를 위해 그 이름을 현창하지 않을 수 있겠는가? 내가 이미 그 일에 간여하여 현창했거늘, 내가 어찌 그 일을 기록하여 불후하게 하는 일을 사양하겠는가? 마침내 그를 위해 명을 다음과 같이 짓는다. "하늘이 이미 너를 홀로 살아가게 하지 않았거늘, 어찌 너를 홀로 죽게 하겠느냐? 죽어서 그 마을에 정표를 하게 하고 그 물가에 비갈을 세우게 했으니, 살아서 여종 신분인 것과 비교하여 어떠하냐?"

가선대부 행 경상도관찰사 병마수군절도사 대구도호부 겸 순찰사 박기수(朴岐壽) 찬(撰).

자헌대부 이조판서 겸 지경연 홍문관제학 이면승(李勉昇) 전(篆).

이 비문에 나타나듯, 노비의 충절은 순수한 본성에서 나온 것이지, 군자의 '생명을 버려 대의를 취하고 몸을 죽여 이름을 이룸'과는 구별된다. 노비를 위한 입비·건비는 사대부 군자의 그것과는 차별되는 일이었다.

(3) 복수비

강상 윤리를 중시하던 조선시대에는 부모의 원수를 사적으로 갚는 일에 대해 정상을 참작해주는 경우가 적지 않았다. 형제가 부친 살해범을 살해해서 복수한 것을 정당화하는 내용의 글을 새긴 비석이 있다. 송시열은 「김삭주형제복수전(金朔州兄弟復讎傳)」을 지었는데, 이이명(李頤命, 1658~1722)과 이재(李縡, 1680~1746)가 각각 김성일(金成一, 1593~1658) 형제의 동일한 사건을 두고 「김삭주형제복수비(金朔州兄弟復讐碑)」의 비문을 찬술했다.[291] 김성일의 본관은 광산, 초명은 현룡(見龍)이며, 자는 응건(應乾), 호는 세한재(歲寒齋)이다. 아버지는 우후 김준민(金俊民)이며, 어머니는 하동정씨(河東鄭氏)이다. 전라도 담양 향백동(香栢洞)에 살았다. 1629년(인조 7) 무과에 응시하러 간 사이에 작은아버지 김세민(金世民)의 종 금이(金伊)가 집안의 불미스런 일을 기화로 10월 30일 밤 김성일의 아버지를 죽였다. 김성일은 돌아와 동생 김성구(金成九)와 함께 동정을 살피다가 12월 15일 시장에서 금이와 그 부모를 죽이고, 즉시 담양

---

291 宋時烈, 「金朔州兄弟復讎傳」, 『宋子大全』 卷214 傳; 李頤命, 「金朔州兄弟復讐碑」, 『疎齋集』 卷14 碑; 李縡, 「金朔州兄弟復讐碑」, 『陶菴集』 卷30 碑. 『金石集帖』 184長(교176金石續帖長:無) 책에는 비제만 탑인(搨印)되어 있고 본문은 없다.

부에 가서 자수했다. 담양부사 이윤우(李閏雨)와 추관(推官) 광주목사 임효달(任孝達) 등은 복수면사의(復讎免死議, 군주와 부친의 원수를 갚은 경우 사형을 면하는 의논)를 끌어 대어 전라감사 송상인(宋象仁)에 보고하고, 송상인은 이를 조정에 보고했다. 1630년 9월 형조에서는 『대명률(大明律)』의 장벌조(杖罰條)에 의거하여 시행하기를 복주(覆奏) 했다. 『대명률』에 따르면 김성일 형제는 장(杖) 60의 벌을 받아야 했다. 하지만 인조는 그들의 효의(孝義)를 가상하게 여겨 특별 사면했다. 이에 승지 이경용(李景容)이 차지 (次知)하여 반하(頒下)했다. 이후 김성일은 이경여(李敬輿)·신경진(申景禛)의 막하에 들 어갔다가, 1636년 병자호란 때 인조를 남한산성까지 호종하여 선전관이 되었으며, 무 과에도 급제했다. 도총부경력(都摠府經歷)·영원군수 등을 거쳐 1657년(효종 8) 삭주도 호부사(朔州都護府使)가 되었다가 순직했다. 송시열은 「김삭주형제복수전」에서 당초 노복 금이가 김성일의 부친을 살해한 사실을 적고, 작은아버지 김세민의 아내 이름을 예합(禮合)이라 명기했으나, 김성일과 김성구 형제가 부친의 원수가 누구인지 알게 된 경위는 밝히지 않았다. 이에 비해 형제의 결의와 복수, 그리고 자수의 과정은 긴박하 게 서술했다. "형제가 굳게 결심하고 거적자리에 자고 창을 베개 삼으며, 장사 지내지 않고 적괴(賊魁)의 동정을 살폈다. 이해 12월 15일 시장에서 금이와 그 부모를 찾아 손 수 잡아 죽이고 그의 간을 잘라 내어 가인을 시켜 아버지의 빈전에 매달도록 했다. 그 리고는 즉시 부(府)에 나아가, 형제가 자수하여 죽여주기를 청했다. 준민이 죽은 지 불 과 45일 만이었다."[292] 그리고 송시열은 전(傳)의 마지막에서, 두 사람이 부친의 원수 를 갚기 전까지 장례를 치르지 않은 것을 두고, 『춘추』의 '적불토불서장지의(賊不討不 書葬之義)'에 부합한다고 칭찬했다. 그리고 주자의 설을 인용했다.

주자는 이렇게 말했다.[293] "『춘추』의 법에, 임금이 시해되었을 때 임금을 시해한 적을 토벌 하지 못했으면 장(葬)이라고 쓰지 않는 것은 바로 복수의 대의를 중히 여기고 장사 치르는 상례(常禮)를 가볍게 여겨, 만세의 신자(臣子)에게 반드시 적을 토벌해서 원수를 갚은 다음

---

292 俊民有弟曰世民, 其奴金伊, 奸世民妻禮合, 俊民痛憤, 將除去之, 未及發而金伊知之, 牽其父及二弟, 己 巳十月三十日夜, 突入俊民家, 斫殘肢體, 極其慘酷. 時成一赴擧于漢師, 聞訃而歸. 其弟成九嘔血失性. 於是兄弟相持, 寢苫枕戈, 不爲營葬, 伺察賊魁動靜. 是年十二月十五日, 場中獲得金伊及其父母, 手自 屠戮, 刳其肝, 使家人懸于其父殯前, 而卽詣府. 兄弟自首, 繫獄請死. 距俊民死, 纔四十五日也.

293 朱熹,「答張敬夫書」,『晦庵集』卷25 書(時事出處). "夫春秋之法, 君弑賊不討則不書葬者, 正以復讎之大 義爲重, 而掩葬之常禮爲輕, 以示萬世臣子, 遭此非常之變, 則必能討賊復讎, 然後爲有以葬其君親者. 不 則雖棺椁衣衾, 極於隆厚, 實與委之於壑, 爲狐狸所食, 蠅蚋所嘬, 無異. 其義可謂深切著明矣."

에야 그 군친(君親)을 장사 지낼 수 있음을 보이기 위함이다. 그런데 그렇지 못하면 비록 관곽(棺槨)과 의금(衣衾)이 더없이 융후(隆厚)하다 할지라도 실상은 시체를 산골짝에 버려서 여우와 너구리가 뜯어먹고 파리와 모기가 빨아먹도록 내버려두는 것과 같은 것이다."

이이명은 담양에 거주하는 김성일의 후손들이 비석을 세워 제면(題面)에 '복수'라는 글자를 새기려고 하면서 비문을 청하자, 흔쾌히 글을 지어주었다. 글의 첫머리는 김성일이 시장에서 복수하는 장면을 긴박하게 묘사하고, 이어 김성일이 관아에 가서 자수한 말을 직접화법으로 서술하는 방식으로 사건의 전모를 제시했다.[294] 그런데 이이명은 금이가 그들의 원수임을 알게 된 것이 부친과 함께 자던 서모가 깨어나 그의 얼굴을 알아보았기 때문이라고 밝혀두었다. 그리고 김성일이 담양부에 나아가 자수한 후 사면을 받기까지 경과를 적은 후 그 '의열'을 칭송했다. 글의 마지막에서는 "효종께서 특별히 간별하여 변방을 지키게 한 것은 장차 복심으로 삼아서 춘추의 의리를 협찬하게 하려고 했던 것이 아니겠는가! 그렇다면 공이 변새에서 늙어 죽은 것은 더욱 슬퍼할 만하다[孝廟之特簡守邊, 或將庸作腹心, 俾贊春秋之義歟! 然則公之老死塞上, 尤可悲也]."라고 덧붙였다. 청나라에 복수하지 못하고 있는 상황을 통탄한 것이다.

한편 이재는 비문의 문장을 간결하게 적되, 자수(自首), 복심(覆審), 형조의 복주(覆奏), 국왕의 판하(判下), 승지의 차지(次知) 반하(頒下)에 이르는 경과를 순차적으로 밝혔다. 송시열의 전에서는 담양부사의 보고를 승지가 받아 형조에 전한 것으로 되어 있으나, 이재는 담양부사의 옥안(獄案)이 형조에 전달되고, 형조의 복주에 대해 국왕이 판하하고, 그 내용을 승지가 반하하는 것으로 바꾸어 적었다. 또한 두 형제가 금이의 부친 살해 사실을 알게 된 것에 대해서도, "당시 성구가 향백리에 거처하여 부친의 거처에서 서너 리 떨어져 있었는데, 홀연 가슴이 뛰어서 마치 놀라 부르짖는 소리를 들은 듯하여 허둥지둥 난리의 곳을 달려갔는데, 길에서 피를 서너 말이나 쏟았다[時成九在香栢, 去寓舍數里. 忽然心動, 若聞有驚呼之聲, 蒼黃赴難, 路中嘔血數斗]."라고 했다. 사건

---

294 崇禎二年十二月十五日, 潭陽府市中, 有凶服二人, 拔劍躍入衆中, 手屠殺男婦三人, 斷頭刳肝, 一市驚擾. 二人者, 乃提血劍, 詣官門首罪曰: "我卽虞候金俊民之子成一·成九也. 季父世民, 隱宮而有婦, 其奴金伊烝之, 吾父憤痛欲誅. 奴先知其幾, 乃與其父若弟, 夜突入吾父寢所, 刳腹斫手而走, 吾庶母蘇脫身叫號, 血認其面目. 其時, 成一赴擧上都, 成九居別舍, 聞變嘔血幾死. 成一歸, 與弟枕戈誓天, 以爲不復讐不可葬吾親, 晝夜詗賊動靜. 今幸遇賊于市, 兄弟手刃金伊及其父母, 取其頭與肝, 使人懸于父殯之前, 歸身官獄, 死復何恨?"

의 전모는 이이명이 자세하고, 옥안의 처리 과정은 이재가 명료한 듯하다. 두 글은 모두, 송시열이 형제의 사실에 대해 『춘추』의 '적불토불서장지의'를 근거로 논평한 것에 기초하고 있다. 그런데 이재는, 송시열이 김성일 형제의 전을 지을 때 형 김성일이 인조를 호종하고 효종 때 삭주도호부사로 순직한 일만을 거론하고 아우 김성구에 대해서는 언급하지 않아 탈루(脫漏)가 있다고 아쉬워했다. 그래서 다음 사실을 덧붙였다.

성구는 변고가 있은 이후로 세상에 아무 뜻을 두지 않아 사진포에 정자를 짓고 날마다 문사들과 함께 어울리면서 바둑과 술로 즐기다가 일생을 마쳤다[成九自變後, 無意於世, 築亭沙津浦上, 日與文人韻士, 相周旋, 棊酒自娛, 以終其身].

김성구는 사면을 받았지만 상해의 죄과가 엄중하다고 여겼기에 은둔의 길을 간 것이다.

(4) 호성비

춘천 향교 홍살문 밖 동쪽 은행나무 아래에 「지계사호성비(池繼泗護聖碑)」가 있다. 앞면에는 「학생지계사호성비(學生池繼泗護聖碑)」라 새겨져 있다. 지계사는 본관이 충주이고 임진왜란 당시에 탄금대 전투에서 전사한 지응규(池應奎)의 아들이다. 지계사는 병자호란 때 교생으로서 향교에 봉안했던 오성(五聖: 공자·안회·증자·자사·맹자)의 위판을 모시고 대룡산 석굴로 들어가 피했다. 전쟁이 끝나고 돌아온 후 사람들이 그 바위를 '호성암(護聖岩)'이라고 불렀다. 1802년(순조 2) 춘천의 사림이 비를 세우려고 하여 춘천부사 이정현(李廷顯)에게 글을 부탁했다. 이정현은 지계사를 태학의 정복(鄭僕), 강릉의 함씨(咸氏)에 견주었다.[295] 비문에 시를 이어둔다고 했으나, 3구 1연에 불과하고, 평성 支운을 압운했다.

이는 지공의 비이니	是惟池公之碑
그 풍성(風聲)을 수립하나니	以樹其聲

---

[295] 춘천백년사편찬위원회, 『춘천백년사』, 춘천시, 1996, p.2140; 김용선·김태욱, 「춘천의 비문과 암각문」, 한림대학교박물관 편, 『춘천의 역사와 문화유적』, 1997, pp.229-230. 비문 마지막에 찬자를 밝혀 "崇禎紀元後三壬戌十月上澣, 通政大夫行府使李廷顯謹述."이라 새겼고, 감독·서자와 입비 주체를 밝혀 "都有司梁德洙, 掌議黃尙植. 李可臣謹書. 營建有司柳景行."이라고 새겼다.

영원토록 이지러지지 말기를　　　永世無**斁**

　비문을 보면 우선 도입부에서 지계사의 호성 사실은 의리를 돌보지 않고 제 목숨만
구한 자들을 부끄럽게 한다고 했다. 다음으로 지계사의 호성 사적을 서술했다. 다음
으로 지계사가 죽은 지 100여 년이 지난 지금, 고을의 선비들이 사적을 약술하여 교궁
에 걸고 재물을 모아 빗돌을 세웠다고 밝히고, 지계사의 방손이자 득룡(得龍)의 후손
응렴(應濂)과 도영(道泳)이 이 일을 주관했다고 덧붙였다. 그리고 자신은 지부에 있다
는 이유로 사람들이 글을 청했다고 했다. 네 번째 단락은 지계사의 이름이 태학의 정
복이나 강릉의 함씨와 함께 그 미담을 나란히 전하므로 고을 사람들이 비석을 만들어
불후함을 도모한 것은 마땅한 일이라고 했다. 그리고 『춘주지』와 『여지승람』의 기록
을 주워 모아 대략 서술한다고 겸손하게 말했다. 비문의 두 번째 단락인 지계사 사적
은 다음과 같다.

　이것은 지계사 공의 호성 유적이다. 지난날 병자의 난에 온 나라가 분탕(奔蕩)하여 군신 부
자의 윤리를 더 이상 알지 못하게 되었을 때, 공은 미약한 한 몸으로 칼날의 위협을 무릅쓰
고 화염을 밟아, 여러 성현의 위판을 지고 대룡산 암혈 속으로 들어가 성령을 편안하게 하여
병란의 앙화가 미치지 않게 했다. 후인이 그 바위를 호성암이라고 불렀다. 그 공은 대단히
성대하므로 이를 미루어 간다면 어느 곳이든 절개를 다하지 않는 곳이 없을 것이어서, 필시
어버이를 버리고 공(公)을 뒤로 돌리지 않을 것이니, 당시 의리를 돌아보지 않고 도망하여
목숨을 구한 자와 비교한다면 그 대처가 어떠한가?
　공은 충원(충주) 사람으로, 대대로 독실하게 충과 효를 다했다. 부친 응규는 임진난 때 신립
원수를 쫓아서 탄금대의 역에서 죽었다. 그의 족숙 득룡은 정묘년에 삭주로 부방(赴防)하러
갔다가 후금의 난을 당하자, 옷을 벗어 가인에게 맡기고 끝내 순사했다. 아아! 성현의 위판
을 보호한 공과 나라를 위해 목숨을 바친 충성은 자취가 비록 같지 않지만 의리는 서로 다르
지 않으니, 공은 여기에서 대개 집안의 전통을 받아 이은 것이다.
　그 선조로 소급하여 고찰하면, 또한 두 효자를 얻게 된다. 중해(重海)는 10세에 왜구를 피하
여 모친과 함께 숲속에 숨어 있으면서 마를 캐다가 공양했다. 혹은 밤을 타서 집으로 돌아
가 쌀을 가져다가 봉양했다. 몽구(夢句)는 그 아버지가 북진(北津)에서 죽자 시신을 찾아서
반장하고, 밤낮으로 무덤 앞에서 발을 굴러대며 곡을 하여 호랑이가 곁에서 울부짖어도 돌
아보지 않았으므로 고을 사람들이 불쌍하게 여겨 초가집을 지어 살게 했다. 두 일 모두 조

정에 알려져 작설(홍살문)이 늘어섰다.[296]

　전란 때 성현의 위판을 보호한 공이 있는 인물에 관한 이야기는 전국 향교에 적지
않게 편재할 것이다. 강릉의 함씨는 그 한 예이다. 경북 군위군 의흥현(義興縣)에는
'교속(校屬)'이었던 손기남(孫起男, 1539~1606)의 고사가 있다. 손기남의 본관은 밀양,
호는 돈암(遯巖)이고 자는 문선(文善)이다. 정유재란(1597)이 일어나 향교가 불에 타자
오성의 위판을 의흥현 동쪽 선암산(船巖山) 성재암(聖在巖)에 권안(權安)하고 매월 초
하루 보름이면[혹은 춘추 양정(兩丁)에] 분향했다. 분향 때마다 호랑이가 호위했으므로
의흥군수 신태철(申泰哲)이 격찬했다고 한다.[297] 그는 또 사림산(士林山)[혹은 조림산(鳥
林山)]에 움막을 치고 연로하신 부친을 8년간 모셨다. 1599년(선조 32) 수사(繡使) 민후
홍(閔候弘)이 장계를 올리니 선조가 복호(復戶) 4결을 내렸는데, 손기남은 2결은 나라
에 도로 바쳤다. 그의 사후 1607년에 증직되었고, 1699년(숙종 25) 화계사(華溪祠)가
건립되었는데 이것이 화계서원이 되었다.[298] 손기남이 성인 공자를 흠모한 것은 나생
(羅生)과 정복(鄭僕)의 몇 배나 되었다고 평가된다.

　손기남의 예에서 알 수 있듯이, 유행의 호성 공은 복호의 상을 받았다. 춘천 향교의
오성의 위판을 보호한 지계사에게도 그에 상응하는 상격이 있었겠으나, 그 사실은 자
세하지 않다. 다만 손기남의 경우 호성의 공을 새긴 비석이 없었고 후대에 유허비가
건립되었지만, 지계사의 경우에는 공적비가 세워져 있다.

296　公忠原人, 世篤忠孝. 父應奎, 壬辰從申元帥砬, 沒於彈琴臺之役. 其族叔得龍, 丁卯赴防於朔州, 値虜亂,
　　解衣付家人, 竟以身殉. 噫! 衛聖之功, 殉國之忠, 蹟雖不同, 而義無二致. 公於此, 盖有所受矣. 溯考其先,
　　又得二孝子. 重海, 年十歲避倭寇, 與其母竄伏於林下, 採薯蕷以供. 或乘夜歸家, 取米養之. 夢句, 其父死
　　於北津, 求屍歸葬, 日夜哭踴于墳前, 虎吼其傍亦不顧, 州人哀之, 構草廬以居. 幷事聞于朝, 棹楔相望.

297　『遯巖先生實記』 목판본; 「遯巖先生遺墟碑」. 그런데 목만중의 기록에는 호랑이의 호위 사실이 나오지
　　않는다. 睦萬中, 「記孫起男事」, 『餘窩先生文集』 卷13 記. "孫起男者, 慶尙道義興縣校屬也. 壬辰之難,
　　負先聖神版, 避兵山谷間, 値春秋兩丁, 必攝菜春粱, 致齋而薦之. 亂旣定, 負而還. 郡國凋弊, 廟貌未復,
　　起男歲歲虔祀, 一如避兵時. 十二年而廟始重建, 起男歿, 邑儒每當釋菜, 用先聖餕餘, 祀之於神門外, 至
　　今不替."

298　한국국학진흥원(http://www.koreastudy.or.kr); 군위군립숭덕박물관(군위역사문화재현테마공원 사
　　라온이야기마을 http://saraon.gunwi.go.kr).

8. 선정비와 거사비

조선시대에는 지방 수령이나 무관을 위한 선정비(善政碑)가 곳곳에 세워졌다. 송덕비(頌德碑), 불망비(不忘碑), 영세불망비(永世不忘碑), 거사비(去思碑), 유애비(遺愛碑)라고도 한다. 구체적인 정치 업적이 있을 때 특별히 선정비나 송덕비, 유애비라고 불렀다. 장기간 체류하지 않아도 은혜를 끼친 것이 있어 불망의 뜻을 강조하는 거사비도 있다. 조선 중기부터 후기에 걸쳐 이른바 '재조(再造)'에 공을 세운 명나라 장수를 위한 거사비도 세워졌다.

본래 선정비는 지역 주민인 백성들이 지방관의 선정(善政)을 회고하고 칭송하여 세우는 비석을 말한다. 『춘추좌씨전』 소공 20년에 정(鄭)나라 공손교(公孫僑), 즉 정자산(鄭子產)이 죽자 공자가 눈물을 흘리며 "옛날 사랑을 남긴 분이다[古之遺愛]."라고 칭송한 것이 '유애(遺愛)'란 말의 기원이다. 당나라 때 송덕비는 지방관의 임기가 끝난 이후에 하급관리와 백성들이 요청하여 주사(州司)가 문서로 상주하여 천자의 칙령에 의해 세울 수 있었다. 당나라 봉연(封演)의 『봉씨문견기(封氏聞見記)』 「송덕(頌德)」에, "관직에 있으면서 특출하게 뛰어난 정치를 하여 근무 평가가 이루어져 임기가 이미 끝나게 된 후 하급관리와 백성들이 비석을 세워 덕을 칭송하는 것은 모두 모름지기 사실을 자세히 살펴서 천자가 은혜로운 칙서를 내려 허락한 연후에 세울 수 있다. 그러므로 그것을 송덕비라고 하고 또 유애비라고 한다."[299]라고 했다. 유애비의 글로 진자앙(陳子昂)이 쓴 「임공현령봉군유애비(臨邛縣令封君遺愛碑)」 비문이 있다. 그런데 『구당서』 「최원전(崔圓傳)」에 보면, "숙종이 즉위하자 현종이 최원에게 명하여 방관(房琯)·위견소(韋見素)와 함께 숙종의 행재소로 가게 했는데, 현종이 친히 촉에서 유애비를 지어 총애했다."라고 했다. 현종이 최원을 위해 유애비를 세워준 이래로 당나라에서는 천자에게 유애비 수립을 요청하는 풍조가 있게 된 듯하다.

고려와 조선에서는 국왕이 지방관이나 무관을 위해 선정비를 세워준 예가 없는 듯하다. 조선 전기에는 지방 주민들이 전임 지방관을 위해 선정비를 세워주는 예가 많지 않았다. 조선 후기에 이르러 수령이나 무관을 위해 이름과 입비 연도만을 적은 거사비가 상당히 많이 세워졌다. 대부분 비석을 마련해 세웠지만, 마애비의 형태도 있다. 또

---

299 在官有異政, 考秩已終, 吏人立碑頌德者, 皆須審詳事實事, 州司以狀聞奏, 恩勅恩聽許, 然後得建之. 故謂之頌德碑, 亦曰遺愛碑.

한 수철비도 있다. 간혹 향리의 공적을 칭송하는 선정비도 세웠다. 선정비들은 관로의 '비석거리'에 늘어섰다. 김홍도(金弘道, 1745~?)가 1778년 제작한「행려풍속도병(行旅風俗圖屛)」제8폭 '노방노파(路傍爐婆)'에서 그 풍광이 잘 나타나 있다. 한편 서유방(徐有防)은 1782년 개성유수로 있으면서, 역대 개성에 부임했던 선조들의 유애비를 한곳에 모으고 비각을 세웠다. 서명서(徐命瑞, 1711~1795)는「숭양유애비각기(崧陽遺愛碑閣記)」를 작성하여 그 경위를 알렸다.[300]

(1) 목민관 칭송 선정비

1423년(세종 5) 황희(黃喜)를 위해 관동지방 백성들이 강원도 삼척시 원덕읍 노곡리에 돌을 모아 돌아 놓은 소공대(召公臺)는 지방관의 선정을 축원한 한 방식이었다. 임원항(臨院港)에서 서쪽 산의 능선을 타고 올라간 지점의 소공령, 즉 와현(瓦峴)에 유적이 있다. 당시 관동지방에 식량이 크게 부족했는데 황희가 관찰사로 부임해서 지방관의 비행을 바로잡고 백성들을 잘 구호했다. 관동 백성들은 황희를 중국의 소공과 같은 인물이라 우러러 황희가 쉬었다는 이 와현에 대를 만들었다. 1516년(중종 11) 황희의 4대손 황맹헌(黃孟獻)이 강원도 관찰사로 가면서 남곤(南袞, 1471~1527)에게 소공대의 사실을 적은 글을 부탁하여, 그 글로「소공대비(召公臺碑)」를 세웠으나 1577년 비바람에 부러지고 말았다. 1578년(선조 11) 황희의 6대손 황정식(黃廷式)이 삼척부사로 가서 남곤의 외손 송인(宋寅, 1517~1584)의 글씨를 받아 다시 건립했다.[301]「소공대명」의 비는 유허비지만, 소공대 자체는 지방관의 송덕의 뜻을 지닌 영조물이므로「소공대명」을 여기에 소개한다. 황희의 시호가 익성(翼成)이므로,「소공대명」에서는 황희를 '황익성' 혹은 '익성'이라고 일컬어 존숭했다.

삼척 감영 남쪽 70리에 와현이 있다. 그 고개 위에 돌무더기가 있는데 소공대라 한다. 옛날

---

300 徐命瑞,「崧陽遺愛碑閣記」,『晩翁集』卷2 文.

301 비문의 뒤에 추기가 있다. "정덕 11년 병자년(중종 11, 1516) 5월에 세웠다. 61년 뒤인 정축년(선조 10, 1577)에 비석이 바람에 무너져 부러졌다. 이듬해(1578) 익성공의 6대손 정식(廷式)이 마침 부사가 되어 마음속 깊이 사모하여 중건하고, 그 길로 나에게 글씨를 써 줄 것을 부탁했으니, 곧 만력 6년(1578) 8월이다. 지정(止亭) 외손, 봉헌대부 여성군 송인(宋寅)이 쓰다[正德十一年丙子五月立. 後六十一年丁丑爲風倒折翌. 歲戊寅翼成公六代孫廷式, 適爲府使, 感慕重建, 仍使余筆之. 是萬曆六年八月也. 止亭外孫, 奉憲大夫礪城君宋寅書]." 방동인,『영동지방 금석문자료집』1, 관동대학교 영동문화연구소, 1984. 또한『金石集帖』181麾(교173麾:城/海/橋/臺/寺/碑/天將碑) 책에 탁본이 있다.

황익성(黃翼成)이 부절을 머물던 곳이다. 영락 계묘년(세종 5, 1423)에 관동에 기근이 들자, 익성이 특별한 선발에 응하여 와서 그 지방 백성들을 진무(賑撫)했는데, 마음을 다해 진휼(賑恤)하고 단속하여 백성이 줄어들거나 쇠약해지는 일이 없었다. 상이 가상하게 여겨 일품관 의복을 하사하고 판우군부사(判右軍府使)로 삼았다. 공이 조정으로 돌아온 후에 백성들이 공의 덕을 사모하여 감히 잊어버리지 못하고, 서로 더불어 공이 머물러 쉬던 곳으로 나아가 돌을 쌓고 대를 만들어 감당(甘棠)의 회포를 부쳤다. 시대가 바뀌고 세월이 흐름에 덩굴풀이 우거져 대(臺)가 평평해져 평지가 되어갔다.

을해년(중종 10, 1515)에 지금 감사인 장원공(長原公)이 부절을 지니고 부임해 왔으니 익성의 4대손이다. 무릇 정사를 펴고 백성을 어루만짐에 한결같이 가법을 지켰다. 어느 날 공이 관내를 순시하다가 이른바 와현 등성이에 올랐다. 대 아래를 배회하면서 한편으로 선조를 사모하고 한편으로 슬퍼하던 중 어렴풋이 선조의 육성을 들은 듯했다. 이에 곧 다시 돌을 모아 부서지고 무너진 곳을 수축하고서 떠나갔다.

나는 듣고서 탄식하면서 말했다. "익성은 세종을 보좌하여 태평 시대를 이루었으므로, 그가 한 도에 은혜를 끼친 것은 다만 그 끄트머리일 따름이니, 대가 모양을 갖추고 있든 훼손되어 있든 공에게 무슨 상관이겠는가? 그러나 공이 가신 지 100년이로되 공의 덕이 사람에게 남아 있는 것이 어제와 같다. 대개 지금 살아 있는 사람들은 모두 공이 옛날 부지런히 애써서 목숨을 보전시켜 살게 한 백성의 자손들이다. 그 조상이 쌓은 대가 지금도 길가에 우뚝 서 있고, 공의 후예가 또 와서 그 백성의 자손들을 진무하고 옛 대를 수축하게 했으니, 이것이 어찌 익성이 일찍이 짐작이나 했던 일이며, 또 어찌 백성이 감히 바라기나 했던 일이겠는가? 하늘이 익성에게 두터이 보답하여 추모하기를 그치지 않는 백성의 정성을 보상해준 것이 아님이 없다. 이는 기록이 없어서는 안 된다."

익성의 휘는 희(喜)이며 사업과 명망은 국사에 실려 있다. 장원(長原)은 이름이 맹헌(孟獻)이며, 노경(魯卿)이 자(字)이다.[302]

---

302 三陟治之南七十里有瓦峴, 峴上有石碣曰召公臺. 蓋昔黃翼成駐節之所也. 永樂癸卯, 關東饑, 翼成特膺簡寄來, 撫其民, 竭心賑活, 民無損瘠, 上嘉之, 賜一品服, 判右軍府事. 公旣還朝, 民慕公德, 而不敢忘, 則相與就公所憩之地, 累石爲臺, 以寓甘棠之思. 時移歲積, 蔓草寒烟, 臺將夷爲平地矣. 歲己亥, 今監司長原公杖節來莅, 翼成之四代孫也. 凡發政撫民, 一守家法. 一日按部, 登所謂瓦峴之岡, 徘徊臺下, 且慕且悲, 優然如聞警欬. 廼更聚石, 修其陊圮而去. 僕聞而歎曰: "翼成佐世宗, 致太平, 其遺愛一道, 特緒餘耳. 臺之成毀, 何與於公乎? 然公去百年, 而公德之在人如一日. 蓋今之生, 皆齒公昔日勤劬全活之民之子孫也. 其祖先所築之臺, 尙巋然路傍, 而公之後裔, 又來撫其子孫, 使修其舊. 玆豈翼成之所曾料者, 又豈民之所敢冀者乎? 無非天所以厚報翼成, 以償其民追慕不己之誠心也. 是不宜無誌." 翼成諱喜, 事業聲名, 俱載國乘. 長原, 名孟獻, 魯卿其字云.

명은 4언 12연 24구로 4구마다 환운했다.[303]

현전하는 유애비(선정비) 가운데 가장 이른 시기의 것은 조식(曹植, 1501~1572)이 합천군수 이증영(李增榮, ?~1563)을 위해 작성한 유애비문을 새겨 1559년(명종 14) 10월 건립한 비석이다.[304] 비제는 「이영공유애비(李令公遺愛碑)」이며, 글씨는 황기로(黃耆老)가 썼다. 이증영의 본관은 덕산(德山)으로, 중종조의 문신이던 이번(李蕃)의 아들이다. 1534년(중종 29) 갑오(甲午) 식년시에 생원 3등 13위로 합격하고, 인종과 명종의 사부를 지냈다. 1552년(명종 7) 공조정랑을 지낼 때 이황(李滉)·주세붕(周世鵬)·이준경(李浚慶)과 함께 청백리에 녹선됐다. 1553년 한성부서윤이 되고, 이후 합천군수로 나갔다가, 1559년 지중추부사가 되었다. 1563년 청주목사로 재임 중 세상을 떴다. 조식의 비문은 수령과 고을 백성의 관계에 관한 일반적 의리, 합천군수 이증영과 합천군민의 관계, 이증영의 자애로운 선정 사실, 후임 군수에 대한 기대 등 4단락으로 이루어져 있다.

ⓐ 누구인들 부모가 없겠는가? 어느 부모인들 갓난아이가 없겠는가? 갓난아이가 어머니를 잃으면 다른 사람이 혹 거두어 길러주기도 하고, 부모가 갓난아이를 먹일 때에는 사랑에 때로 틈이 생기기도 한다. 유독 우리 공이 백성의 부모가 되어서는 사랑이 어찌 잠시라도 틈이 있었던가? 우리 갓난아이가 어머니를 여의면, 다른 사람이 어찌 거두어 길러주겠는가? 아침에 먹지 않으면 주리고 저녁에 먹지 않으면 아프며 세 번 먹지 않으면 시들 것이니 우리 갓난아이는 구렁과 골짝에 시신이 되어 뒹굴 것이로다! 불러도 오게 하지 못하고 빌려도 얻지 못하니, 백이며 만이며 모여서 무리를 이루어, 사람이 나이 오십에도 흠모한다. 큰 거리에서 오래도록 말하고, 그것을 돌에다 입힌다.

ⓑ 우리 부모는 누구인가? 학사 이증영이 그 사람이다. 우리 갓난아이는 누구인가? 합천군의 백성이다. 부모라는 사람은 무엇 하는 사람인가? 합천군수이다. 그가 올 때에는 여유로워 우리를 볼 때 상처 입은 사람 보듯 했으며, 떠날 때는 허둥허둥하며 한 섬도 실어 나르는 것이 없도다.

ⓒ 우리에게 밭두둑이 있으면 공은 농사짓게 해주었으며, 우리에게 뽕이나 삼이 있으면 공

---

303 溟州南畔, 悉直舊疆. 有臺臨路, 經始茫茫.」聞昔翼成, 德類召公. 飽饑燠寒, 惠留關東.」臺于峴上, 曰公所舍. 望慕涕淚, 于臺之下.」星霜換易, 公去臺存. 誰來嗣之, 公自有孫.」民懼相告, 寔我翼成. 新臺堰塞, 匪督匪程.」德之在人, 與臺俱新. 鐫詞貞石, 以詔千春.」

304 조식의 비문은 『남명집』에 들어 있고, 비석은 경남 합천군 합천읍 합천리 산2(연화사) 함벽루 입구 산기슭에 옮겨져 있다. 가로 87cm, 세로 202cm, 두께 17cm의 크기이다. 비문은 전체 13행, 각 행 평균 25자이다. 曹植,「李陜川遺愛碑文」(陜川名增榮),『南冥先生集』卷2 墓誌.

은 옷을 만들어 입게 해주었다. 나라에서 무거운 징용이 있을 때는 관아에서 대응했고, 백성들이 굶주린 기색이 있으면 자기 음식을 내밀어 고기를 먹여주었다. 향약을 일으킨 것은 윤리를 돈독하게 하기 위해서였고, 죽목의 주포(周布)를 증식한 것은 백성들의 노역을 덜어주기 위함이었다. 백성들이 외로운 송아지가 젖에 달려들 듯해도 성내지 않고 타일렀으며, 붉은 문 권문세가에서 뇌물을 요구하면 항상 빈 봉함을 보냈다.

ⓓ 이제 가버리시니, 사랑이 더 이상 나올 곳이 없도다. 다만 생각건대 갈 사람은 가고 올 사람은 올 것이니, 내일 부모일 사람이 자식 기르는 방법을 배우고 나서 오는 것이 아니고, 갓난아이도 어버이에게 사랑하는 것을 배운 뒤에 효도하는 것이 아니다. 만약 이러하다면 뒤이어서 무궁한 부모가 있게 될 것이요, 역시 무궁한 효사(孝思)가 있을 것이다. 다만 이 부모를 생각하여 사랑을 끼친 것을 표시할 뿐이지, 어찌 부모의 은혜를 간별할 것이랴?

ⓕ 황명 가정 38년 기미년 11월 일, 합천군 사람들이 세우다.[305]

문장은 대구의 구식, 2구 1문의 배비구 문장을 많이 사용하고, 자문자답의 표현, 억양의 수사법도 활용했다. ⓑ 단락의 "올 때에는 여유로워 우리를 볼 때 상처 입은 사람 보듯 했으며, 떠날 때는 허둥허둥하며 한 섬도 실어 나르는 것이 없도다[其來也于于, 視我如傷, 其去也柴柴[306], 無石以載]." 부분은 격구대를 사용했다. 이와 같이 완전한 문장을 이룬 거사비의 예는 조선 중기 이후 인물의 문집에 산견된다.

한편 문집에는 수록되어 있지 않지만 탁본이 전하는 유애비로 저명한 것은 순천의 「팔마비(八馬碑)」이다. 1617년(광해군 9)에 세워진 것으로, 전남 순천시 영동에서 출토되었다.[307] 순천에서는 재임했던 수령이 떠날 때 말 8필을 주는 것이 상례였는데, 고려 충렬왕 때 최석(崔碩)이 그 폐단을 없앴으므로 고을 사람들이 비를 세우고 팔마비라 했다. 정유재란으로 비가 훼손되었으나 1617년 다시 세워졌다. 비면에 '순천팔마비'

---

305 ⓐ 何人無父母乎? 何父母無赤子乎? 赤子之喪慈母也, 人或有收養之者. 父母之哺赤子也, 愛有時而間焉. 獨我公之爲父母也, 愛寧有時而間乎? 吾赤子之去慈母也, 人焉有收養之者乎? 朝不哺則飢, 夕不哺則瘁, 三不食則委, 吾赤子其填於溝壑乎! 呼之不可, 借之不得, 合百萬而爲羣, 人五十而慕焉. 長言之于康衢, 被之以石焉. ⓑ 我父母者誰? 李學士增榮, 其人也. 吾赤子者誰? 陝川郡民也. 爲父母者何? 陝川郡守也. 其來也于于, 視我如傷, 其去也柴柴, 無石以載. ⓒ 我有田疇, 公則稼之. 我有桑麻, 公則衣之. 國有重徵, 官自應之. 民有菜色, 推食肉之. 興鄕約者, 敦倫理也. 殖周布者, 舒民役也. 孤犢觸乳, 匪怒而敎. 朱門索賕, 每達空緘. ⓓ 今者去矣, 愛莫從之. 獨念去者去而來者來, 來日之爲父母者, 未有學養子而後來. 爲赤子者, 亦未有學愛親而後孝者. 若此則繼有無窮父母, 亦有無窮孝思. 唯以思此父母而表遺愛也已, 容焉有揀父母之恩乎? ⓕ 皇明嘉靖二十八年己未歲十一月日, 陝川郡人立.

306 '柴柴'는 '가지런하지 않다'는 의미인데, 여기서는 '허둥허둥하다'의 뜻인 듯하다.

307 전라남도 편, 『전남금석문』, 호남문화사, 1990.

466

라고 되어 있었으나 중각 때 '팔마비'라고 줄였다. 비의 뒷면에는 '순천군 중건 팔마비음기'라고 되어 있다. 종래 이 음기는 찬자·서자·각자 모두 미상으로 처리되어 왔으나, 찬자는 이수광(李睟光, 1563~1628)이다.

내가 전에 『동국여지승람』을 열람할 때 최석(崔碩)의 팔마비 일을 보고서 그를 흠모하게 되었다. 병진년(광해군 8, 1616)에 외람되이 이곳에 관리가 되어 와서 맨 먼저 그 옛 자취를 방문해 보니, 비석이 정유년(선조 30, 1597)의 병란으로 훼손되어, 복구되지 않은 지 20년이 되었다.

개연히 비석을 복구할 방법을 도모하여, 이에 고을의 어진 장자 허건(許鍵)과 생원 정지추(鄭之推) 등 몇몇이 재물을 모으고 돌을 깎고 다듬어 해를 넘기지 않고 완성을 고하게 되었다. 아! 최석 공이 이 고장을 다스린 지 400년이 되었는데도 백성들이 그의 덕을 하루같이 사모하니, 비석은 폐기되었지만 구비(口碑)는 그래도 남았다. 그러니 어찌 구차하게 돌에다 새기겠는가? 그러나 드러내고 알려 사람들에게 빠르게 풍화되도록 하는 것은 실로 여기에 달려 있으므로, 비각은 빠뜨릴 수가 없다.

예전 부사 최원우(崔元祐)는 그 넘어진 것을 일으키면서도 시를 지어 노래하여 자만했거늘, 하물며 지금 폐기된 것을 다시 건립하는 일의 경우에야 더 말해 무엇하겠는가? 이후로부터 이곳을 지나치는 이들 중에 염치 있는 선비들은 혼연히 공경심을 일으켜 더욱 그 절조를 면려할 것이고, 탐학한 자들은 두려워하여 마음을 움직여 자신의 착하지 못한 행동을 고치고자 하는 생각이 들 것이다. 그렇다면 이 비석의 건립이 관리인 자들에게 본보기로 힘써야 할 바가 될 뿐만 아니라 풍속과 기강에 관계됨이 아주 커서, 사람들이 말하는 '유애비'라는 것이 단지 한때 '거사(去思)'를 표하여 후세에 위엄을 보여줄 수 없는 것과는 거리가 아주 멀게 될 것이다.

가만히 이 일이 완성됨을 기뻐하고, 고을 사람들의 뜻을 더욱 가상히 여겨서, 그 전말을 얼추 이와 같이 적는다.[308]

---

308 李睟光, 「順天府重建八馬碑陰記」, 『芝峯集』 卷23 雜著. "余嘗閱『輿地勝覽』, 見崔碩八馬碑事而慕之. 歲丙辰忝吏于茲首, 訪其故, 則碑燬於丁酉兵燹不復者二十載矣. 慨然謀所以復之. 于是邑之賢長者許鍵, 生員鄭之推等若干人, 相與鳩材治石, 不踰歲而告成. 噫! 崔公之爲是府, 四百年于今, 而民思其德如一日. 碑雖廢而口碑尙存, 則安用區區刻石爲哉? 然所以表識而風厲乎人者, 實在於此, 碑閣固不可闕也. 昔府使崔元祐, 嘗起其踣, 而猶詩以誇之. 況今廢而重建者乎? 繼是以往, 凡趨而過之者, 其廉士也, 固欣然起敬以益勵其操, 其貪者亦將惕然動心, 思改其不善, 然則斯碑之立, 不惟爲吏者之所務式, 其關於風紀甚大, 視世之所謂遺愛碑, 只表去思於一時不能觀威於後世者, 相去遠矣. 竊喜茲事之有成, 而重嘉邑人之志, 粗記其顚末如此云."

이 아래에 또 고증의 안어(按語)가 있고, 입비의 날자를 적었다.

살펴보니, 최석은 고려 충렬왕조의 사람으로, 그에 관한 일은 『동국여지승람』에 자세히 실려 있어서 고찰할 수 있다.

최원우의 시에 이러하다.

"승평(昇平, 순천)을 신구 사또가 오고 가는 것이 사계절 바뀌듯 하는데,

맞이하고 보내면서 백성들의 농사철을 빼앗기에 매우 부끄럽네.

후세에 전할 만한 덕이 없다 말하지 마소,

최석의 팔마비를 다시 일으킨다네."

최원우는 어느 시대 사람인지 알 수 없다. [『지봉집』에 "원우는 고려 말 사람이다."라는 주가 있다. – 역자 주] 내가 차운한다.

"옛부터 산천이 몇 번이나 변했나.

기반이 폐기되고 매몰된 지 이미 오래되었다.

성명은 다시 돌에 새길 필요 없으리.

좋은 일을 전하니 입이 바로 비석이기에."

대개 비면에 옛날에는 '최석팔마비'라고 썼지만, 지금에 이르러서 나는 다만 '팔마비' 석 자만 쓰라고 하는 것은, 현산(峴山)의 타루비(墮淚碑)와 요양(遼陽)의 화표주(華表柱)가 성명을 물을 필요도 없이 그것이 양호(羊祜)와 정영위(丁令威)임을 아는 것과 같은 뜻에서이다.

만력 45년 정사년(광해군 9, 1617).[309]

1678년(숙종 4) 지금의 강원도 횡성군 횡성읍 마산리에 「구현감일관개이민몰세불망비(具縣監鎰灌漑利民沒世不忘碑)」가 건립되었다. 구일(具鎰, 1620~1695)이 1659년 현감으로 재직할 때 시냇물을 막아 백성을 이롭게 한 것을 주민들이 잊지 않기 위해 세운 송덕비이다. 비문은 이단하(李端夏)가 짓고 진괘(陳絓)가 글씨를 썼다.[310] 구일은 본

---

309 按: 崔碩高麗忠烈王朝人, 事詳載『輿地勝覽』, 可考也. 崔元祐詩云: "來往昇平節序移, 送迎多愧奪民時. 莫言無德堪傳後, 復起崔君八馬碑." 元祐不知何代人也.[『芝峯集』元祐乃麗季人也–인용자 주]. 余次之曰: "從古山川幾變移, 廢基埋沒已多時. 姓名不用重鐫石, 好事相傳口是碑." 盖碑面舊書 '崔碩八馬碑', 至是用余言, 只題 '八馬碑' 三字, 亦猶峴首之墮淚碑, 遼陽之華表柱, 不待問其姓名而知其爲羊公與丁令威也. 萬曆四五年丁巳.

310 李端夏, 「橫城縣監具侯(鎰)灌民田碑銘 幷序」, 『畏齋集』 卷8 碑銘. 『金石集帖』 179彼(교157:天將碑/栢田/謫墟/臺墟/菴墟/淸聖臺/東林城/灌田) 책에 탁본이 있다. 해서비제는 「縣監具侯鎰灌田碑」이며, 찬자·서자와 건립 일자는 "李端夏撰, 陳絓書. 崇禎紀元後三十二年己亥(孝宗十年:1659) 放五十一年戊午(肅宗

관이 능성(綾城), 아버지는 판서 구인기(具仁墍)이다. 글을 지은 이단하의 중표형(重表兄, 6촌 재종형)으로, 이단하는 구일보다 앞서 횡성현감을 지냈다. 구일은 1642년(인조 20) 진사가 되고, 1658년 횡성현감이 되었으며, 1668년 무과 별시에 급제했다. 1678년(숙종 4) 능평군(綾平君)에 봉해졌다.[311] 구일의 할아버지 구굉(具宏)은 인조의 외삼촌으로서 인조반정의 일등 공신이고, 아버지 구인기는 인조의 외사촌 동생이다. 구일이 봉호를 받은 해에 지역민이 그의 불망비를 세웠으니, 지역민의 어떤 희원이 숨어 있는 듯하다. 이단하는 구일이 읍민의 수백 수천 이랑 밭에 관개를 한 것은 그의 선정 가운데 일단에 불과하다고 칭송했다. 자신이 현감으로서 뜻하기는 했어도 이루지 못한 일을 구일이 이루어냈으므로 마치 자신이 해낸 일처럼 기뻐하며, 더구나 구일은 자신의 중표형이므로 기꺼이 그 업적을 서술한다고 했다.[312] 그리고 다음 4언 4구의 명을 이었다. 평성 尤운을 격구압운했다.

漑田萬畝, 流澤千秋. 黎黔之思, 尸素之羞.

만 이랑 밭에 물을 대어
은택을 천추에 흘려보냈네.
검은 머리 백성들이 그를 사모하나니
자리만 차지하고 일 못한 나는 부끄러워라.

부산시의 조선시대 중심지였던 동래 지역에는 송덕비가 많이 남아 있다. 향반들이 동래부사의 공덕을 찬양하여 세운 것이 많다.[313] 상좌도수군절도사의 감영과 부산진

四年:1678)刻立."이라고 밝혔다.

311 이듬해 영의정 허적(許積)의 아들 견(堅)의 죄를 다스리다가 무고를 입어 김해에 유배되었다. 1680년 한성부판윤 겸 총융사에 임명되고, 1688년 지돈령부사가 되었다. 1689년 기사환국으로 대간의 탄핵을 받아 삭직당해 송추에서 은거했다. 1694년 갑술환국으로 지훈련원사 등에 제수되었다. 하지만 병으로 사직했다.

312 余在橫城未朞年, 以喪去, 具侯鎰代余視篆, 大興水利, 引前川灌漑邑底民田數百千頃, 民到于今, 諸頌其功不衰, 將樹穹碑, 以寓沒世之思. 一日邑子鄭君洙業, 來請銘于余. 余尸官, 無涓滴惠澤及民, 顧嘗有意於斯役, 而亦未遑焉. 賴侯材力幹敏, 一擧而成丕績, 余爲邑民慶幸, 不啻若自吾身出. 況侯於余爲重表兄. 余故樂道其事, 而爲之序銘. 侯綾城人, 字重卿, 中壬午進士, 戊戌某月日莅任, 某年某月遞歸, 後登武科, 今爲漢城右尹. 侯在縣, 繕治廨宇, 觀瞻一新. 此又善政之一端, 而民之所頌, 特揭其重者云.

313 정경주, 「부산 금석문 해제」, 경성대학교 부설 한국학연구소, 『부산금석문』, 부산뿌리찾기2, 부산광역시, 2002, p.23.

첨사의 진영, 다대진첨사의 진영, 가덕진첨사의 진영이 있었던 수영구·동구·사하구 및 강서구 가덕도에도 해변 군졸이나 군뇌 사령의 이름으로, 수군 지휘관이 군역을 감면해준 것을 반기는 송덕비들이 있다. 이것들은 고과어(考課語)를 사용한 단순한 송덕비이다. 하지만 다대포 주민의 이름으로 1861년 건립된 「진리한광국구폐불망비(鎭吏韓光國捄弊不忘碑)」는 곽전(藿田)을 면세하는 데 공헌한 서리의 공적을 문언어법의 한문으로 기렸다. 낙동강 하류 사상구의 「부사이공경일축제혜민비(府使李公敬一築堤惠民碑)」(1788), 「부사박공제명축제혜민비(府使朴公齊明築堤惠民碑)」(1832), 「부사이공명적축제혜민비(府使李公明迪築堤惠民碑)」(1841)는 제방을 축조하여 수재를 막아준 지방관을 기리는 송덕비들이다. 「진리한광국구폐불망비」는 한국식 한문을 사용하지 않고 전고를 여럿 사용했으나,[314] 앞서 보았듯이, 「부사이공경일축제혜민비」는 전고를 이용하지 않았고 한국식 한문을 이용했다.

영세불망비 가운데는 구체적 사안을 거론하여 지방관의 덕을 칭송한 사례도 있다. 앞서 보았듯이, 관찰사 조엄(趙曮)의 사폐혁거(寺弊革祛) 영세불망단(永世不忘壇)인 「순상국조공엄혁거사폐영세불망단(巡相國趙公曮革祛寺弊永世不忘壇)」은 그 한 예이다.[315] 조엄이 동래부사일 때 향리의 영수였던 사람의 아들 조중려(趙重呂)가 조엄의 사후에 승려들의 요청에 의해 작성한 것으로,[316] 비의 건립 주체가 승려라는 점, 비문의 찬자가 향리 자제라는 점이 특이하다.

(2) 제언비 겸 혜민비

부산 동래에는 제방 축조를 기념하고 지방관의 공적을 기리는 비가 남아 있다. 이경일(李敬一, 1734~1820)이 1787년(정조 11) 2월에 동래부사로 부임하여 1788년 9월 파면되기까지 사상면에 제방을 쌓은 후, 1788년 12월에는 이를 기념하는 「부사이공경일축

---

314 「鎭吏韓光國捄弊不忘碑」. "三不朽, 立功立德, 居其二. 疇有功德而不酬? 玆州之有藿田, 固非連□□珠之往復, 而實是涪荔武芽之瘡痍. 數些浦戶, 以此幾無. 公病之, 呈營, 呈京司, 累濱死境, 始蒙朝家允旨, 乃乾隆二十八年秋八月也. 至今受賜爲如何哉? 本鎭關防, 古有候望之弊, 幷此俱革然, 則公之功德, 在山在水間, 殆壽於峴漢之碑也夫! 崇禎紀元後四辛酉八月日浦民立. 李元福·王先雄·李漢東, 金正之·金時天·金一元, 權允·金作沙·金東完. 化主崔尙運·金正元·田仁福." 당나라 현종 때 양귀비가 여지(荔枝)를 좋아하여 부주(涪州)의 주민들이 그 공납 때문에 고통을 겪은 사실을 곽전의 공납 사실에 견주었다.
315 경성대학교 부설 한국학연구소, 『부산금석문』, 부산뿌리찾기2, 부산광역시, 2002, pp.117~118.
316 비의 건립을 추진한 승려는 낭백(浪白) 또는 만행(萬行) 수좌(首座)라고 불렀던 낙안선사(樂安禪師)라고 전한다. 범어사 부도 다례축문에 이름이 나온다고 한다. 향리의 자제인 조중려의 사적을 다른 문헌에서 확인하지 못했다.

제혜민비(府使李公敬一築堤惠民碑)」가 건립되었다. 좌수 문명현(文命顯)이 글을 짓고 유학(幼學) 정유(鄭楡)가 글씨를 썼다. 감관은 황하정(黃河淨)이었다. 이경일은 순영에 보고해서 양산 제방 축조의 부역을 탈면하게 하고, 동래 제방 축조에 면 사람들을 조발한 다음, 동래부에 설치되어 있던 기병대인 별기위(別騎衛)의 별장(종9품) 이명천(李命天)으로 하여금 작업을 감독하도록 했다고 한다. 비문은 제언 축조의 구체적 사항을 적은 전반부와 동래부사 이경일의 공덕을 치하하는 후반부로 나뉜다. 전반부를 보면 이두 어를 사용하고, 서리 공문서의 어휘들을 점철했으며, 음차의 지명도 표기했다.

우리 사면(사하면)은 낙동강 하류에 처하여, 논이 수해를 입어, 해마다 씨 뿌리고도 수확이 없었을 뿐 아니라, 또한 인가마저 물에 잠겨 보전키 어려운 근심이 있었다. 부사가 동래부에 부임하여 비록 포흠으로 축난 곡식을 수쇄(收殺)하는 데도 겨를이 없었지만, 이 민간의 실정을 듣고는 순영에 보고하여 양산 제방 쌓는 일에 분담을 져서 부역하던 것을 탈면(頉免)시키고, 면 사람들을 조발하고, 별기장 이명천을 보내 처음부터 끝까지 공역을 감독하게 했다. 대개 모라촌 뒤쪽 키 모양의 석축이 270발[把], 같은 동네 상주울산 일원[員]의 방죽이 700발, 하주울산 300발, 덕포리 대암 일원 350발, 창거리(倉去里) 부상포 이하 모전 말단의 각 일원에 이르기까지 모두 1,050발, 그리고 감동도 일원에 돌을 세워 새로 물길을 낸 그 좌우의 방죽이 700발, 쾌내(掛乃)와 주례 두 동네 앞의 사목포에 새로 낸 도수도 왼쪽 방죽이 700발로, 모두 계산해 보면 그 공역이 넓고 큰 것이었음을 알 수 있다. 그리고 상포 아래위로 각각 2개의 통을 심어 물을 대고 빼는 데 편리하게 했다. 대개 10리 안에 있는 5,000여 마지기[斗地] 가운데 예전에 재난을 면했던 논은 조금 높은 곳에 있는 1,000여 마지기에 지나지 않았는데, 이제는 역력히 … 그 해(害)가 마침내 사라졌다. 둑을 쌓은 당년에 이미 효과를 보았으니, 부사의 공덕이 신통하고 속하다고 할 만하다. 둑 안쪽 앞으로 새로 개간할 수 있는 땅이 1,000여 마지기쯤 될 것이요, 또 몇 해 지나지 않는 사이에 갈대밭이 모두 논이 되어, 모두가 수해를 면한 좋은 땅이 될 것이다.[317]

317 文命顯,「府使李敬一築堤惠民碑」. "惟我沙面, 處洛江下流, 稻田被水患, 年年有播無穫, 且有人家沈沒難保之患. 侯臨府, 雖未遑於大遄收殺, 而聞此民情, 報巡營, 頉免梁堤劃赴之役, 發各面下, 遺別騎衛別將李命天, 終始董役. 盖毛羅村後石築如箕形者, 二百七十把, 同里上注乙山員防堰七百把, 下注乙山三百把, 德浦里大巖員三百五十把, 倉去里富商浦以下, 至茅田末端各員, 合一千五十把, 又甘同島員立石新開水道左右堰七百把, 掛乃周禮兩里前司牧浦新開都水道左邊堰七百把, 摠計之則其役之浩大可知, 而商浦上下, 各植二桶, 以便水之灌輿退. 大抵十里之內, 五千餘斗地, 水田之曾所免灾者, 不過稍高處千餘斗地, 今則歷歷▨▨上▨, 其害乃去. 築堤當年已見成效, 侯之功可謂神且速, 而堤內之將新墾者, 可爲千餘斗地, 且於不多年間, 蘆田必盡爲稻田, 而俱作免害之良土矣." 경성대학교 부설 한국학연구소, 『부산금석문』,

(3) 해운비와 조산비

조선 시대에 건립된 유애비 가운데 공적기념비를 겸하는 특이한 예로 임진왜란과 정유재란 때 서해안을 통해 명나라 원조의 곡식을 운수한 유근(柳根, 1549~1627)의 공적을 기리는 「미곶해운비(彌串海運碑)」가 있다. 글은 당시의 명문장가 최립(崔岦)이 찬술했다. 비문에 의하면, 명나라는 막대한 양의 군량을 확보하기 위하여 산동(山東) 지방 등의 미두(米豆)를 육로나 해로로 운송하여 평안도 의주(義州)나 용천(龍川)의 미곶(彌串)으로 실어 나르게 했다. 조선에서는 서쪽의 해로는 통행하지 못하도록 국법으로 정해 두었으므로, 평안조도사(平安調度使)가 황해와 경기 지방을 거쳐 왕경에까지 육로를 통해 군량을 수송하였다. 정유재란 때 유근은 지중추부사로서 서로(西路)의 사도도체찰사(四道都體察使)를 보좌하면서 그 일을 아울러 관장하다가, 얼마 지나지 않아서 검찰전운사(檢察轉運使)가 되었다. 유근은 수군에게서 공용의 배를 징발하고 어상(漁商)의 배를 빌리는 방식으로 모두 140여 척의 배를 마련하여, 미곶에 있던 미두(米豆) 42만 5,800석, 육로로 수송해 왔던 의주(義州)의 곡식 15만 석을 무사히 운반했다. 이로써 공사간에 편리하게 되었고 부수적인 수입도 상당히 얻게 되었다고 한다.[318] 최립은 이러한 사실을 기록한 후, 유근의 공적에 대해 다음과 같이 논평하고, 그를 현실적인 감각을 지닌 통유(通儒)라고 칭송했다.

선박의 구조를 조운에 편리하도록 건조한 데다가 해로가 갈수록 익숙해져서, 바람에 돛을 달아 한 번에 수백 리를 내달리므로, 지난날의 근심이 모두 제거되고 중국 군사들의 궤향(饋餉)도 결핍되지 않게 되었다. 그리고 [『한비자』 「오두(五蠹)」에 ─ 역자 주] "소매가 길면 춤을 잘 추게 되고, 돈이 많으면 장사도 잘하게 된다."라고 했듯이, 선박이 많아졌으므로 이익을 기대하지 않았거늘 이익을 거둘 수 있었다. 이로써 또한 곡식, 포목, 생선, 소금, 철광 등을 위에 보고드리고 탁지(度支: 호조)에 실어 나른 것이 수 만에 이르렀으니, 비단 이익이 공가로 돌아갈 뿐만 아니라 백성도 그 관대한 조처의 은혜를 입은 것이 또한 적지 않았다. 이에 위에서는 임금님이 그 공적을 가상하게 여기고 아래에서는 백성들이 은덕을 구가했으며, 유공을 모르는 자들은 신출귀몰한 솜씨라고 여겼지만, 유공을 아는 사람들은 공이 시대

부산뿌리찾기2, 부산광역시, 2002, pp.296-298.

318 임진왜란 때 명나라 군사의 군량미를 명나라 요동으로부터 수송해 왔으나 이후 병자호란 이전까지 조선에서 각 고을에 세금을 부과해서 '당량(唐糧)'을 조성했다. 최주희, 「16세기 말~17세기 전반 唐糧의 성격에 대한 검토」, 『조선시대사학보』 89, 조선시대사학회, 2019, pp.77-107.

의 위급함을 구제하는 뛰어난 재목이요 통유(通儒)로서 능히 해낼 수 있는 일이라고 믿어 왔다. 아, 이 얼마나 아름다운가![319]

유근은 1604년 호성공신 삼등에 오르고 진원부원군(晉原府院君)에 봉해졌다. 1613 년(광해군 5) 폐모론 정청에 참여하지 않아 삭직되었다가 곧 호조판서가 되었다. 1617 년 괴산(槐山)에 은거했으며, 1627년 정묘호란 때 강화로 왕을 호종하던 중 통진에서 죽었다.

최립의 「미곶해운비」는 4언구의 제언을 사용하지 않고, 장구와 단구를 조합하여 서 사와 논평을 적절히 구사한 글이다. 그 비석은 유애비의 특수한 유형으로서도 주목되 지만, 정유재란 당시의 군량 수송, 전후 국가 재정 상태를 이해하는 데도 매우 귀중한 역사 자료이다.

전남 영광에는 1745년 9월에 영광군수 이유신(李裕身, 1698~1766)의 '조산(造山)' 업 적을 기념하는 비석인 「조산황비(造山隍碑)」가 건립되었다.[320] 이유신이 감여가(풍수 가)의 설에 따라 임수(林藪)를 열식(列植)하여 보색공결(補塞空缺)한 것을 기리는 보허 조산(補虛造山) 기념비로, 선정비를 겸했다. 비보조산은 영남에서 그 사례가 많이 발견 되는데, 관련 비석은 아직 발견되지 않았다. 반대로 호남에는 관련된 연구 논저는 없 으나, 「조산황비」의 예처럼 관련 비석이 전하는 것이다. 비의 뒷면에는 '崇禎後再乙丑 九月日識'라고 밝히고, 화주승·별유사·감관 명단, 소요 전답의 마지기 수를 적었다. 앞면만 보면 다음과 같다.

武靈之谷, 西拆而水直流, 堪輿家多病之. 太守李公裕身, 損俸錢百緡, 且命邑子數人, 募財董 役, 遂鑿地以爲池, 築土以爲山, 列植林藪, 而予之田以守之. 噫! 我郡之設, 不知幾歲, 能補塞 空缺 爲生民遠圖者, 於我侯始覩焉. 嗚呼休哉!

319 崔岦, 「彌串海運碑」, 『簡易文集』 卷1 碑. "由其船制得宜, 海路益熟, 帆風一蹄數百里, 向之所患畢除, 而 天兵之餉不匱矣. 且長袖善舞, 多錢善賈, 船旣多, 則不與利期而可以濟利. 用是又得粟布魚鹽鐵之屬以 聞, 而輸諸度支者若干萬, 非直利歸於公, 而民蒙其所寬, 亦不貲矣. 於是嘉其有功, 下歌謳其德, 不知 者以爲神施鬼設, 而知者信其爲救時之良材, 通儒之能事, 嗚呼美哉!"

320 전액은 '造山隍'인데, '隍'의 전서 글자체에 잘못이 있다. 본문은 팔분체로 썼다. 비석의 존재는 고려대 학교 사범대학 역사교육과 이우경 군의 보고로 알게 되었다. 비석은 현재 영광군 영광읍 우산공원 정 상 공적비군에 이건되어 있다. 이유신(李裕身)은 1742년 4월 10일부터 1744년 1월까지 영광군수로 재임하였다. 영광문화원 영광군지편찬위원회, 『영광군지 제3권: 성장 발전하는 영광』, 영광군, 2013, p.151.

무령(武靈)의 골짜기는 서쪽이 터져서 물이 곧바로 흐르므로, 많은 감여가들이 그것을 병통으로 여겼다. 태수 이유신은 봉록에서 돈 100민(緡)을 덜고, 또 읍의 사람들 서너 명에게 명하여 재물을 모으고 공사를 감독하게 하여, 마침내 땅을 파서 못을 만들고 흙을 쌓아 산을 만들어, 나무숲을 줄 지워 세웠으며, 밭을 주어 그것으로 이를 지키게 했다. 아! 우리 고을이 설치된 것이 얼마나 오래되었는지는 알 수 없으나, 공결(空缺)의 곳을 보색(補塞)하여 생민을 위해 먼 계책을 세운 일은 우리 군수에게서 처음으로 보았다. 아, 아름답도다!

이유신은 1755년(영조 31) 12월 동래부사에 임명되어, 쓰시마섬에 표류한 경주 어민들이 송환되도록 주선하고 동래의 별기위(別騎衛) 300명에게 복시(覆試)를 면제해 줄 것을 조정에 요청한 일도 있어, 1757년 겨울 북면의 문병희(文秉喜)가 「부사이공유신청덕선정만고불망비(府使李公裕身淸德善政萬古不忘碑)」를 암석을 다듬어 만들었다. 영광의 「조산황비」는 선정의 내용을 기록한 비문을 팔분체로 새겼으나, 동래의 불망비에는 선정을 내용을 기록하지 않았다.

(4) 간이형 선정비

조선 후기에는 각 지역마다 지방관을 위해 세운 선정비(거사비, 유애비, 불망비, 송덕비)의 대부분은 문장을 이루지 못하고 칭송 대상이 되는 목민관의 성명과 입비의 시기를 알려주는 각자(刻字)가 있을 뿐이다. 영조 때부터 선정비 건립을 법으로 금했으나, 정조 초에는 다시 각 지방의 도로변에 선정비가 늘어섰다. 정조는 재위 13년(1789) 6월 19일(계유)에 다시 금령을 발했다. 하지만 그 풍습은 잦아들지 않았다.

김영수(金永壽, 1829~1899)는 전라도 무주수령으로 있을 때 향민들이 자신을 기리기 위한 불망비(유애비)를 세우고 비각을 만들자 철거하게 한 후 불망비에 대한 견해를 「비설(碑說)」에서 밝혔다.[321] 당나라 송경(宋璟, 663~737)은 광주(廣州)도독으로 있을 때 유애비를 세우는 것을 금하여 아첨하는 풍조를 혁파한 일이 있다. 조선에서도 이황은 백성들이 후갈(侯碣: 불망비)을 세우는 것을 경계하여, "우리 수령이 정치를 잘하면 앞의 수령에게 비갈이 없으니 그를 두고 정치를 잘하지 못했다고 하겠는가? 우

---

[321] 金永壽, 「碑說」, 『荷亭集』 卷5 說. 김영수는 본관이 광산(光山), 자는 복여(福汝), 호는 하정(荷亭)이다. 1870년(고종 7) 정시 문과에 을과로 급제하고, 1890년(고종 27)까지 예조·이조·호조·병조·공조의 판서를 두루 지냈다. 1891년 한성부판윤, 1892년 홍문관대제학, 1895년 궁내부특진관, 1896년 의정부찬정, 1897년 장례원경, 홍문관대학사, 1898년 의정부참정을 지냈다.

리 고을에서는 본받지 말라."라고 했다. 김영수는 당시, 조선의 8성(八省, 8도) 360주군(고을)에 역참과 변진마다 청덕(淸德), 선정(善政), 애민(愛民), 휼군(恤軍)을 칭송한다면서 돌을 깎고 구리를 주물하여 불망비가 분분하게 열을 이루지 않은 곳이 없다고 개탄했다. 전임 수령을 잊지 못하는 그리움이 실제 정치와 실제 은혜에서 나왔다고 해도 항간의 논의가 아부에 가깝지 않을까 혐의되거늘 하물며 정치의 득실을 논할 수 있겠느냐고 반문했다. 그리고 유독 영남 좌도의 안동과 예안에는 이황의 훈계가 있어 그러한 풍조가 없다고 덧붙였다.

경남 진주시 본성동 진주성에는 병사의 유애비가 많다. 대표적인 것이 1606년(선조 39) 건립된 이수일(李守一, 1554~1632)의 유애비이다. 귀부 위에 비신을 세우고 그 위에 개석을 얹었다. 높이는 174cm, 너비 83cm, 두께 17cm이다. 비제는 「병사겸목사이공수일유애비(兵使兼牧使李公守一遺愛碑)」이다. 비문은 광해군 때의 학자 하수일(河受一)이 지었다. 이수일의 본관은 경주로, 1583년(선조 16) 무과에 급제했다. 임진왜란 때 의병을 일으켜 분전했으나 예천·용궁에서 패했다. 하지만 경상좌도수군절도사에 발탁되어 왜적을 격퇴했다. 1624년(인조 2) 이괄의 난 때 평안도병마절도사로서 부원수를 겸해 길마재[鞍峴]에서 반란군을 무찌른 공으로 진무공신(振武功臣) 2등에 책록되고, 계림부원군(鷄林府院君)에 봉해졌다. 1628년 형조판서가 되었다. 사후 좌의정에 추증되었으며, 시호는 충무(忠武)이다.

한 지역의 영세불망비가 어떻게 분포하는지 살피기 위해 춘천 지역의 예를 살펴보자. 우선 소양로 비석군이 소양로 1가 3-3번지에 있다. 1940년 무렵 춘천 관내에 있던 비석들을 3열로 모아 두었다.[322] 선정비가 25기인데, 일제강점기의 것을 제외하면 24기이다.[323] 실제 직급이 높은 행(行) 자가 붙은 비는 13기로 모두 부사로 부임한 예에서 나타난다.[324] 24기 가운데 시기가 빠른 예만 보자.

---

322 1열은 비석의 지붕돌인 가첨석이 없는 비갈 양식의 비석을 모으고, 2열은 비석의 가첨석이 있는 양식으로 구분한 듯하다. 3열은 일제강점기에 강원도 관찰사를 지낸 이범익과 이승만 대통령의 비석을 세워 놓았다.

323 이범익 선정비는 앞면에 '德高鳳峀/江原道知事李公範益永世不忘碑/惠深昭江', 뒷면에 '昭和九年二月日建'이라 새겨져 있다. 이범익은 일제강점기에 8대 강원도지사를 지낸 친일자로 1929년 11월에 부임하여 1935년 3월에 이임했다.

324 춘천문화원, 『춘주지』, 춘천시·춘성군, 1984; 강원도사편찬위원회, 『강원도사』, 강원도, 2014; 춘천문화원, 춘천의 역사(http://archive.ccmunhwa.or.kr/archive).

① 유경창(柳慶昌, 1593~1662) 선정비: 「兼觀察(使柳)公慶昌(善政碑)」. 유경창은 문신으로 본관은 전주, 자는 선백(善伯), 호는 성탄(聲灘)·미천(薇川)이다. 1652년(효종 3) 5월 강원도 관찰사로 부임했다. 이임 일자는 미상이다.

② 엄황(嚴惶, 1580~1653) 선정비: 「行▽▽嚴公惶治行第一之□(碑)」. 엄황은 무신으로 본관은 영월이다. 1646년(인조 24)부터 1648년 9월까지 춘천부사로 있으면서 문소각과 문루인 조양루를 건립했다. 이듬해 소양정을 중수하고 선몽당(仙夢堂)을 지었으며 『춘주지(春州誌)』를 편찬했다.

③ 오정위(吳挺緯) 선정비: 「行府使吳公挺緯清白仁德愛民善政□(碑)」. 오정위는 춘천부사로 1658년(효종 9) 12월 부임하여 1659년 4월 이임했다.

④ 김덕함(金德諴) 선정비: 「行府使金公德諴清白善政之□(碑)」. 김덕함은 1630년(인조 8) 1월 춘천부사로 부임하여 1631년 4월 이임했다.

⑤ 유헌(兪櫶, 1617~1692) 선정비: 「行府使兪侯櫶▽興學愛民·清德善政▽永世不忘碑」. 앞면 "崇禎後三丙子八月▽日重刊". 뒷면 "兪侯(櫶)▽德愛民善政興學永(世不忘碑)". 유헌의 본관은 기계(杞溪), 자는 회백(晦伯), 호는 송정(松汀)이다. 1679년(숙종 5) 2월 춘천부사로 부임하여 1680년 이임하고, 1680년 5월부터 1681년 5월까지 강원도관찰사를 역임했다.

⑥ 경최선(慶寂善) 선정비: 「行府使慶公寂清簡愛民/之/碑」. 경최선은 1680년(숙종 6) 10월 춘천부사로 부임하여 1682년 6월 이임했다.

⑦ 이회(李禬) 선정비: 「(府)使李公禬清白愛民興(學)修武善政碑」. 앞면 "鳳儀山高, ▽公之▽, 昭陽水深, 找候之澤". 뒷면 "丙子季春公/孫鳳九重修改建". 이회는 1661년(현종 2) 4월 춘천부사로 부임하여 1663년 8월 이임했다.

⑧ 유홍(兪泓) 선정비: 「府使兪公泓善政之碑」. 앞면 "隆慶二年▽月▽日▽立". 뒷면 "十二世孫江原道知事/星濬按此道重刻移建/駿紬戊辰初夏下澣/杞溪兪氏忠穆公派/京畿道廣州宗中再重刊/西紀一九七三癸丑八月日." 유홍은 1566년(명종 21) 3월 춘천부사로 부임하여 1568년(선조 원년) 9월 이임했다. 1569년 그의 선정비를 세웠다. 1927년 5월 유길준의 아우 유성준(劉星濬)이 7대 강원도지사로 부임하여 1928년 초여름 유홍 선정비를 중각 이건했다. 1973년 8월 기계유씨 충목공파 경기도 광주 종중이 다시 새겼다.

⑨ 박장원(朴長遠, 1612~1671) 선정비: 「行府使朴公長遠清德善(政碑)」. 박장원의 본관은 고령, 호는 구당(久堂)·습천(隰川)이다. 1649년(인조 27) 12월 춘천부사로 부임하여 1652년(효종 3) 4월 이임하고, 1659년 4월 강원도 관찰사로 부임하여 1660년(현종 원년) 5월 이전 이임했다.

⑩ 조한영(曺漢英) 선정비:「行府使曺公漢英淸白愛民碑」. 뒷면 "甲戌三月日/八□(代?)孫 (秉)▽重修". 조한영은 1663년(현종 4) 9월 춘천부사로 부임하여 1665년 3월 이임했다.

⑪ 조원기(趙遠期) 선정비:「府使趙公遠期淸德善政碑」. 조원기는 1674년(현종 15) 3월 춘 천부사로 부임하여 1676년 5월 이임했다.

⑫ 유헌(兪櫶) 선정비:「觀察使兪侯櫶大興德化之碑」. 유헌은 1679년(숙종 5) 2월부터 1680 년까지 춘천부사, 1680년 5월부터 1681년 5월까지 강원도관찰사를 역임했다. 비는 1816 년(순조 16) 세웠다.

⑬ 오명신(吳命新) 선정비:「府使吳公命新善政碑」. 오명신은 1735년(영조 11) 4월 춘천부 사로 부임하여 1736년 5월 16일 이임했다.

⑭ 이시원(李是遠) 선정비:「(行)府使李公是遠淸德善政碑」. 이시원은 1839년(헌종 5) 2월 22일 춘천부사로 부임하여 1839년 11월 22일 이임했다.

이 밖에도 춘천 지역에는 여러 선정비가 산재해 있다. 다음 두 인물은 주목할 만하다.

① 서인원(徐仁元, 1544~1604) 선정비: 앞면 "行府使徐公仁元淸德善政碑". 뒷면 왼쪽 "萬 曆二十七年己亥立▽▽". 중앙 "咸豊七年丁巳八代孫顯道改刻新建". 오른쪽 "六代孫□□ □/八代孫▽道 三月▽日立". 서인원의 본관은 달성(達城), 자는 극부(克夫)이다. 춘천부 사로 1596년(선조 29) 8월 부임하여 1599년 8월 이임했다. 1603년 11월부터 1604년 8월 까지 강원도관찰사를 역임했다. 1604년 11월, 춘천에서 사망했다. 선정비는 남산면 광판 리 광판중학교 뒤편에 있다. 1599년에 세웠던 것을 8대 후손인 서현도가 1857년 다시 새 겨 세웠다.

② 이시수(李時秀, 1745~1821) 선정비: 소양 1교 봉의산 방향 강변 암벽 마애비이다. 명문 은 '觀察使李公時秀永世不忘之碑'이다. 이시수의 본관은 연안(延安), 자는 치가(稚可), 호는 급건(及健), 시호는 충정(忠正)이다. 춘천부사로 1783년(정조 7) 7월 부임하여 1783 년 11월 이임했다.

읍지 가운데는 「선정거사비적(善政去思碑蹟)」의 항목을 두는 예가 있다. 춘천 지역 의 불망비 가운데는 현전하지 않지만, 『춘천읍지』「선정거사비적」를 보면 14기가 목 록에 올라 있다. 신광하(申光夏)를 위한 「청백애민선정비(淸白愛民善政碑)」와 수철비는 그 한 예이다. 신광하는 1716년 7월 12일부터 1717년 5월까지 겸 부사로 있었다.

현재 각 지방자치단체마다 경내의 비석들을 조사하여 보고서나 번역서를 내고 있다. 그 가운데는 간이형 선정비가 상당히 많다.

(5) 명나라 장수 거사비

정유재란 이후 명나라 장수들을 위한 거사비가 여럿 건립되었다. 충남 공주시 금성
동에는 '제독 이공', 유격(遊擊) 남방위(藍芳威), 위관(委官) 임제(林濟)를 칭송한 3개의
비가 있다. 우선 '제독 이공'을 위한 「망일사은비(望日思恩碑)」는 이식(李栻)이 짓고 반
힐차관(盤詰差官) 황유계(黃維啓)가 겸수(兼修)했으며, 향관 이구호(李久濠) 등의 힘으
로 1599년(선조 32) 음력 3월 처음 건립했다. 이후 1713년(숙종 30) 8월 충청도관찰사
겸 순찰사 송정명(宋正明)이 추기를 지어 스스로 글씨를 쓰고 제천현감 이진유(李眞儒)
가 전액을 썼다. 이진유의 이름은 후대 사람이 지웠다.[325] '제독 이공'에 대해 이식은
"공은 예장(豫章: 강서성 예장도) 사람인데 사람됨이 강개하여 큰 절개가 있었으며, 지
혜와 용기로 이름을 떨쳐 중국과 오랑캐가 모두 그 위세에 감복했다고 한다."라고 적
었다. 송정명은 추기에서 "야사에, 이방춘(李芳春)이 부총병으로 남쪽으로 내려와 예
교(曳橋) 전투에서 좌협대장(左協大將)이 되었다고 했는데, 이 사람인지 모르겠다. 혹
총병을 제독이라고 잘못 쓴 것일까?"라고 했다.

남방위를 기리는 「유격장남공종덕비(遊擊將藍公種德碑)」는 정습(鄭霫)의 글을 새겨
1599년 4월 2일에 세워졌고, 1713년 7월에 김위성(金渭聖)이 추기를 쓰고 이진유가
전액을 쓴 비가 새로 세워졌다. 위관 임제를 위한 「위관임제지비(委官林濟之碑)」는 이
식이 짓고 공주목사 여유길(呂維吉)과 판관 여응주(呂應周)가 주관하여 1599년 3월 15
일 세우고, 1713년 7월에 이경열(李景說)의 추기를 김위성이 쓰고 이진유가 전액을 써
서 다시 세웠다.

그 외에 명나라 장수들을 위해 세운 거사비들을 보면 다음과 같다.

① 고상안(高尙顏, 1553~1623) 찬술: 「天朝游擊將軍葉公淸德碑銘」, 「天朝游擊將軍方公去
思碑銘」

---

325 『金石集帖』179彼(교171彼:天將碑/栢田/謫墟/臺墟/菴墟/淸聖臺/東林城/灌田) 책에 탁본이 있다. 전액
은 「望日思恩碑」이다. "成均館進士李栻撰, 萬曆二十七年(宣祖三十二年己亥:1599)季春朔日立. 刻匠:
張四·金堅. 改碑. 宋正明記幷書, 李眞儒篆(李眞儒라는 이름을 뭉개어 없앴음). 崇禎甲申後七十年(肅
宗39年癸巳: 1713)八月▽日改竪."

478

② 배용길(裵龍吉, 1556~1609) 찬술:「天將麻公頌功碑銘」,「天將薛侯頌德碑銘」,「天將吳侯頌德碑銘」

③ 이정귀(李廷龜, 1564~1635) 찬술:「皇明都御史楊公鎬去思碑銘」

④ 김류(金瑬, 1571~1648) 찬술:「欽差平遼便宜行事摠鎭左軍都督府都督同知毛公功德碑銘」

⑤ 이의현(李宜顯, 1669~1745) 찬술:「欽差都司吳公宗道江華府去思碑陰記」

⑥ 홍직필(洪直弼, 1776~1852) 찬술:「皇明都司充東援中軍施公遺墟碑」

임진왜란이 끝난 직후 조선 조정은 명나라 경략 양호(楊鎬)의 공덕비를 서울에 세웠다. 이것을 「양호거사비(楊鎬去思碑)」라고 한다. 모두 네 차례, 1598년(선조 31), 1610년(광해군 2), 1764년(영조 40), 1835년(헌종 원년)에 각각 세웠다고 한다. 선조 때 세운 것은 서울 명지대학교 교정에 있고, 헌종 때 만들어진 것은 서울 대신고등학교에 있다. 이의현(李宜顯)의 『도협총설(陶峽叢說)』에 따르면, 이정귀가 「양호거사비」를 지었고, 이이첨(李爾瞻, 1560~1623)이 「찬양호공덕시(讚楊鎬功德詩)」를 지었다. 이정귀의 거사비와 이이첨의 공덕시비는 광해군 2년 선무사(宣武祠)에 세운 것이다. 이정귀가 지은 비는 「황명도어사양공호거사비명병서(皇明都御史楊公鎬去思碑銘幷序)」로 대편이다. 이이첨의 시도 장편인데, 험운(險韻: 소속한 글자가 적은 운목)을 압운했다고 한다. 미국 버클리 대학 아사미문고에는 이정귀나 이이첨이 지은 것과는 별도의 비문 탁본이 두 종류 소장되어 있다. 이것은 선조 31년 8월에 세운 비석을 탁본한 것으로 비제는 「흠차경리조선도어사양공거사비(欽差經理朝鮮都御使楊公去思碑)」이다. 그 내용은 다음과 같다.

양공은 이름이 호이고, 호는 창서(蒼嶼)인데 하남인이다. 경진년에 진사가 되고, 만력 25년에 황제의 명을 받들어 조선을 경리했다. 가을에 왜적이 삼도를 유린하고 경성으로 밀려오자, 공이 평양에서 단거를 몰고 난리를 구하러 와서 여러 장수를 격려하여 왜적을 물리쳐서 조선을 보전케 했다. 겨울에 또다시 몸소 출전하여 왜적의 사기를 꺾었고, 장차 다시 출정하여 적을 섬멸하려고 계획했다. 얼마 있다가 유언비어 때문에 본적지로 되돌아가야 했다. 조선 백성들이 공이 조선에서 떠남을 막으려 했으나 머무르게 할 길이 없으므로 눈물을 흘리며 이 비를 세운다.

만력 26년 8월 일[326]

---

326 楊公, 名鎬, 號蒼嶼, 河南人, 庚辰進士. 萬曆二十五年奉命經理朝鮮, 秋倭賊蹂躪三道, 進逼京城. 公自平壤單車赴難, 督諸將擊却, 保全東國. 冬又親冒矢石催破賊鋒, 將圖再擧盡殲, 無何, 以流言回籍. 東民攀

양호는 명나라 진사 출신으로 여러 내외직을 거쳐 우첨도어사(右僉都御史)가 되었
으며, 1597년(선조 30) 조선의 군무를 경략하게 되었다. 울산에서 퇴각하다가 병사 2
만을 잃고도 거짓으로 승리했다고 보고했다. 찬획(贊畫) 정응태(丁應泰)가 양호와 사
이가 벌어져서, "양호가 군사를 잃어 나라를 욕보였으니 면직시켜 소환해야 한다."라
고 명나라 조정에 보고했다. 이때 조지고(趙志皐)가 구해 주어 파직되는 데 그쳤다. 조
선 조정은 양호를 구해 주기 위해 명나라 조정에 상주했다. 1598년 9월 2일에 정응태
가 또 참본(參本: 관리의 죄상을 적발하여 보고하는 글)을 올려 조선을 모함하자, 선조는
이정귀에게 변무 주문을 작성하게 해서 7월에 진주사 최천건(崔天健)이 가지고 가게
했다. 이후 병조판서 이항복을 임시로 우의정에 승진시켜 상사로 삼고 이정귀를 가선
대부로 올려 공조참판에 제수하고 부사로 삼았다. 1599년 이정귀의 변주문(辨奏文)이
올라가고, 명나라 조정 신하들의 복의(覆議)가 들어가자 만력제는 이 문제를 정신(廷
臣)에게 논의하게 했고, 급사 서관란(徐觀瀾)을 조선에 파견하여 사실을 조사토록 했
다. 총독 형개(邢玠)는 정응태가 눈썹을 깎고 머리털을 자르고 변란을 격발시킨 등의
사실을 중국 조정에 보고했다.[327]

1598년 조선 조정은 남문 안 서쪽에 선무사를 두어 '재조번방(再造藩邦)'이라고 어
필로 써서 걸고, 명나라 병부상서 형개(邢玠)와 함께 양호를 제향했다. 선조는 양호의
공덕비를 모화관 서쪽 사현(沙峴)에 세우려고 김현성(金玄成)에게 쓰게 했다. 광해군
은 재위 2년인 1610년 양호의 화상을 봉안했으며, 앞의 비가 작다고 여겨 이정귀에게
장편의 거사비 비문을 새로 짓게 했다. 한호에게 그 글을 쓰게 해서 신문 밖에 큰 비
석을 세웠다.[328] 1704년(숙종 30) 숙종은 주독(主櫝: 신주를 담는 나무 그릇)을 만들고 선
문사에 위판을 봉안하도록 했다. 1760년(영조 36) 영조는 사당 뜰 동쪽에 방을 들이도

轅莫留, 墮淚立碑. 萬曆二十六年八月▽日.

327 『선조실록』에 보면 선조가 재위 31년(1598) 7월 19일(임인)에 양호 경리의 신구(伸救)를 위해 여러 대
신들과 논의한 사실이 나온다. 이정귀의 『월사록』에 「무술변무록(戊戌辨誣錄)」과 「정각로제아문문
(呈閣老諸衙門文)」 등이 있다. 李廷龜, 「戊戌辨誣錄序」, 『月沙集』 卷21 辨誣錄; 李廷龜, 「呈閣老諸衙門
文」, 『月沙集』 卷21 呈文. 양호는 이후 복권되어 1610년에는 요동을 진무했다. 1618년에 청나라 군사
가 남하의 기세를 보이며 무순(撫順)을 함락시키자 병부우시랑으로 요동을 경략했다. 이듬해 초 47만
대군을 4도로 나누어 출격했는데 대설 때문에 살이호(薩爾滸)에서 청군의 반격을 물리치지 못하고 4
만 5천 명 이상의 군사를 잃고 대패했다. 그 죄로 하옥되어 1629년에 죽임을 당했다. 뒷날 박지원이 이
서구 대신에 양호의 제문을 지은 것이 전한다.

328 『일월록(日月錄)』에 "일설에 사현의 작은 비는 이해룡(李海龍)이 쓰고, 신문 밖의 비는 김현성이 썼다
한다."라고 했다. 한호가 썼다는 설은 사실이 아니라고 한다.

록 하고 명나라의 정동진(征東陣) 관군을 제향하고, 1764년 비석의 음기(陰記)를 친히 지었다. 이보다 앞서 1757년에 선무사의 「양경리거사비」를 재건하고 홍계희(洪啓禧, 1703~1771)의 음기를 새겼다. 홍계희는 사도세자의 폐위를 주장했으며 정조 즉위 후 정조 시해 미수 사건으로 처형당하고 역안(逆案)에 이름이 올랐다. 이 때문에 1797년 (정조 21)에 이르러 홍계희 음기의 비석은 훼철되었다.[329]

(6) 조사 거사비

1633년(인조 11) 최명길(崔鳴吉)은 「조사강왕양공거사비(詔使姜王兩公去思碑)」의 비문을 작성했다. 명나라 희종(熹宗)은 1626년(병인)에 한림원편수 강왈광(姜曰廣)과 공과급사중 왕몽윤(王夢尹)을 보내어 태자를 낳은 경사를 동방에 반포하도록 했다. 그들이 돌아갈 때, '평안도·황해도의 기로와 대부들 및 백성들과 천한 노비들'이 발의한 것을 근거로 관찰사가 비를 세우자는 장계를 올렸다. 예조에서는 조사(詔使)를 위해 비를 세우는 일은 이전에 없던 일이지만 백성의 뜻은 막을 수 없다고 하면서 허락할 것을 청했다. 하지만 정묘호란이 일어나서 비석 건립 논의는 중단되었다. 1633년 황해도관찰사 장신(張紳, ?~1637)이 부로들과 의논하고, 양관 대제학 최명길(崔鳴吉)에게 글을 구했다. 최명길은 이상의 경위를 먼저 서술한 후, 명나라와 조선의 우호 관계에 대해 서술하고, 후금이 요동 사행로를 끊은 이후 명나라 조사가 왔던 일을 회고했다. 최명길로서는 청론(淸論)의 지탄을 받고 있던 때라, 본인이 대명의리를 잊지 않았음을 드러내려고 한 듯하다. 비문에 다음 내용이 있다.

우리나라에서는 황제의 은혜를 너무도 흡족해 하고, 사신들의 풍모를 좋다 하고 흠모하여, 숙소 대접의 예절이나 음식 제공의 비용은 비록 나라의 힘이 다할지라도 사양하지 않았다. 무릇 지나가는 곳에서는 민요를 살피고 문장을 지었으므로 온 나라 사람들이 칭송하고 흠모하여 성대한 일로 여겼다. 그러나 요동의 길이 막히고 나서는 사신이 다시 동쪽으로 나오지 않았다. 이 무렵 모장군(毛文龍)이 군사를 바다 위에 주둔시키자, 꼴을 급히 보내고 군량을 실어 보내며 격문이 어지러이 오갔으므로, 평안도·황해도의 백성들은 번거로워했다. 이 때 두 선생이 천자의 명을 받들어 바다로 배를 타고서 오니, 나라 사람들이 모두 봉황새를

---

[329] 『日省錄』 정조 21년(정사, 1797) 3월 27일(정묘) 기사에 승지 신기(申耆)가 홍계희 음기의 삭제를 청하여, 정조가 따랐다고 되어 있다.

본 듯이 기뻐했다.[330]

이어지는 명(銘)은 4언 20운 40구로, 10개 운목을 환운했다.

황제가 우리 임금을 돌보기에, 봉함 받은 나라를 삼가 지켜왔다네.

마치 강물이 만 번 굽이쳐도, 쉬지 않고 바다로 흘러드는 것과 같아라.

이에 글 잘 하는 사신을 보내어, 훌륭한 말씀 내리셨도다.

훌륭한 말씀 매우 밝은데, 성대하게 여기에 이르렀구나.

저 아름다운 두 사신, 뛰어난 문장에 훌륭한 명예 지닌 분.

너울너울 나란히 소매를 휘날리는데, 옥대에 황금 어대(魚袋) 찼구나.

백성들 도탄에 빠졌기에, 우리 동쪽 땅 가엾게 여겼다네.

어찌 유람하러 나온 것이랴, 황제의 조서 반포하러 왔었지.

난새와 봉황새 같은 그 거동, 얼음이나 구슬 같은 그 절조.

서도의 백성들 기뻐하면서, 모두 둘러서서 서로 이야기하네.

천자의 은택을, 실로 공들이 가져와 반포했다네.

무슨 원통함인들 펴지 못하랴. 내 가서 하소연해야지.

공들이 이제 떠나시다니, 어찌 잠시 더 머물지 못하시오.

저 사신 행렬 바라보니, 명나라에 이르는 길 아득하구나.

공들은 어질고 깨끗한 분, 잊을 수 없도록 하는구나.

우뚝한 이 비석, 길가에 서 있도다.

공들 명나라 조정에 돌아가, 천자의 곁에 계셔도

그 이름은 동쪽 나라에 남으리, 이 돌이 오래오래 남아 있기에.

돌이야 그래도 닳아 없어질 수 있지만, 그 이름은 길이 남아 있으리라.

공들의 덕을 사모하는 사람들이여, 이 비석의 명문을 보소서.[331]

---

330 崔鳴吉,「詔使姜王兩公去思碑」,『遲川集』卷19 行狀 附碑誌. "本國侈皇上之恩私, 欽使華之風範, 其館
接之禮頓之費, 竭國力而不辭, 凡所遊歷, 詢訪風謠, 揮洒篇翰, 擧國稱艶, 以爲勝事. 自遼路阻梗, 使臣
不復東出, 而毛帥屯兵海上, 飛蒭輓粟, 羽書蜂午, 兩西之民蓋騷然矣. 及是兩先生承 天子命, 浮海而至,
國人咸有覩鳳之喜."

331 崔鳴吉,「詔使姜王兩公去思碑」. "帝眷我王, 恪守藩封. 如水萬折, 匪懈朝宗. 爰遣詞臣, 降玆德音. 德音孔
昭, 皇赫斯臨. 彼美兩使, 圭璋令譽. 聯袂翩翩, 玉帶金魚. 慇玆東土, 載罹塗炭. 匪寧觀遊, 圖宣渙汗. 鸞鳳
其儀, 氷玉其操. 西民欣欣, 壞以相告. 大子之澤, 公實來布. 執冤莫信, 我其往愬. 公今去矣, 寧莫少留. 瞻
彼星槎, 天路悠悠. 公仁且潔, 俾也可忘. 有崇其碑, 于道之傍. 公歸于朝, 天子左右. 名留海邦, 玆石之壽.
石猶可磨, 名則長存. 有思公德, 視此銘文." 운자와 운목은 다음과 같다. 封·宗:平冬. 音·臨:平侵. 譽·魚:

(7) 향리를 위한 불망비

부산 지역의 석비 가운데는 향리의 노고를 치하하는 뜻에서 세운 불망비가 있다. 「진상색장성규구해불망비(進上色張性珪救海不忘碑)」가 그 예이다. 진상색은 서울과 지방의 관원이 대전과 공비전(恭妃殿)에 공물을 바칠 때 그 진상을 맡아보던 아전이다.[332] 비의 내용은 목민관의 치적을 송덕하는 불망비의 마찬가지로 비제의 좌우에 4자 4구를 2구씩 늘어놓은 형태이다. 고과 평어가 아니라 공적 칭송의 말이다. 또 '伍'와 '浦'는 상성 虞운으로 압운했다. 비의 건립 일자는 비의 뒷면에 새겼다.

앞면

進上色張性珪救海不忘碑

咸曰良吏 始覩超**伍**

自減任眖 惠洽九**浦**

진상색장성규구해불망비

모두들 현량한 관리라고 말하니, 무리를 초월했음을 비로소 보았네.

스스로 맡은 급료를 덜어서, 은혜가 아홉 포구를 흠뻑 적셨도다.

뒷면

道光丙申九月日九浦並立

도광 병신년(1836) 9월 일 아홉 포구가 함께 세우다.

9. 영험비, 약조비, 시비

조선시대 건립된 석비 가운데는 비의 신성한 기능을 중시하거나 약조의 조항을 적어 두어 강요성을 지닌 비도 있으며, 망자를 추도하는 시들을 새긴 독특한 비들도 있다.

平魚. 炭·汗:去翰. 操·告:去號. 布·愬:去遇. 留·悠:平尤. 忘·傍:平陽. 右·壽:去宥. 存·文:平元.

332 경성대학교 부설 한국학연구소, 『부산금석문』, 부산뿌리찾기 2, 부산광역시, 2002, p.416.

(1) 영험비

종교적 서원을 새긴 비도 있는데, 매향비는 그 대표적 예이다. 매향은 곧 침향을 말한다. 매향비는 『미륵하생경(彌勒下生經)』에 근거해서 미륵불이 용화세계(龍華世界)에서 성불하여 수많은 중생들을 제도할 때 그 나라에 태어나고 싶다는 서원을 기록한 것이다. 현재 매향비로는 1309년(충선왕 원년)「고성삼일포매향비(高城三日浦埋香碑)」, 1335년(충숙왕 복위 4)「정주매향비(定州埋香碑)」(실전), 1371년(공민왕 20)「영광법성포매향비(靈光法聖浦埋香碑)」, 1387년(우왕 13)「사천흥사리매향비(泗川興士里埋香碑)」, 1403년(태종 3)「예산효교리매향비(禮山孝橋里埋香碑)」, 1405년(태종 5)「신안암태도매향비(新安巖泰島埋香碑)」, 1427년(세종 9)「서산해미매향비(瑞山海美埋香碑)」, 1430년「영암채지리매향비(靈巖採芝里埋香碑)」, 1457년(세조 3)「신안고란리매향비(新安古蘭里埋香碑)」등 9종이 보고되어 있다. 그 밖에 암각으로 1434년「장흥덕암리매향명(長興德巖里埋香銘)」등 5종이 더 있다.[333] 모두 14~15세기 것들이다. 현재까지 알려진 가장 오래된 매향비는 「고성삼일포매향비」로, 강릉도존무사 김천호(金天皓) 등 강릉 부근 지방관들이 9개 지역의 매향 사실을 적은 것이다. 비문은 4면 총 40행 369자가 알려져 있다. 비의 앞면과 오른쪽 면에 매향의 주관자 직명과 매향의 유래를 적고, 비의 뒷면에 매향처와 개수(開數), 왼쪽 면에 시납전답(施納田畓)의 양과 위치를 밝혔다.[334] 비의 앞면과 오른쪽 면의 글은 다음과 같다.

---

333 이해준,「내가 찾은 자료 '매향비'의 발견과 '안다니'의 속사정」,『역사비평』 20, 역사문제연구소, 1992, pp.382-387; 이해준,「민중의 염원 담긴 매향 의례와 침향」,『고전사계』 통권39, 한국고전번역원, 2020, pp.44-47.

334 정경일,「麗末鮮初의 埋香碑 研究」, 한국교원대학교 석사학위논문, 1993; 정항교,「고성 삼일포 매향비와 침향」,『제9회 강원도 향토문화사 연구발표회』, 전국문화원연합회 강원도지회, 1999; 울진군, 디지털울진문화대전, '삼일포 매향비'. 홍영호 해제. 1344년에 세워진「奄吉里埋香碑」, 1387년에 세워진「興士里埋香碑」, 1405년에 세워진「松谷里埋香碑」등에는 碑文 刻者가 표기되어 있으나「三日浦埋香碑」는 存撫使를 비롯 9개 고을 지방관의 관직과 이름만 표기되어 있다. 存撫使 金天皓와 江陵府使 朴洪秀는 다른 문헌에서 확인되지 않는다. 1309년 비를 세운 지 177년 뒤에 편찬된『新增東國輿地勝覽』卷45「高城郡 埋香碑」조에는 강릉도존무사 김천호 등이 승려 지여(志如)와 더불어 향나무를 해안 고을에 묻고 각 고을 지방관과 묻은 곳, 묻은 가짓수를 기록하여 단서암 곁에 세웠다고 되어 있다. 또한『陟州誌』의 기록에도 원나라 지대 2년(1309) 기유 8월 일에 도인 지여가 판에 새겼다고 나온다. 당시 승려 시여가 長燈賣 십단의 책임 인물이었던 듯하다. 정인보에 의하면, 일제강점기에 삼일포에 매향비가 있었다고 한다. 현재는 조각난 비의 탁본만 전하고 글자의 빠진 부분이 많다. 향토 연구 등 기왕의 보고를 토대로 가능한 한 글자를 복원했다.

앞면

高麗國江陵道存撫使金天皓, 知江陵府事朴洪秀, 判官金光寶, 襄州副使朴㻋, 登州副使鄭㻞,
通州副使金用卿, 歙谷縣令成乙臣, 杆城縣令邊裕, 三陟縣尉趙臣桂, 蔚珍縣令權㞠, 平海監務
朴椿等, 與諸樂善尊卑, 同發信願, 謹以香木一千五百條, 埋□(於)各浦, 開數于後, 以待龍華
會主彌勒下生之□(時), 同生會下, 供養三寶者.

歲▽元至大二年己酉八月▽日　造

고려국 강릉도존무사 김천호, 강릉부사 박홍수, 판관 김광보, 양주부사 박전, 등주부사 정
연, 통주부사 김용경, 흡곡현령 성을신, 간성현령 변유, 삼척현위 조신계, 울진현령 권분, 평
해감무 박춘 등은 함께 선행을 좋아하는 존비의 사람들과 함께 신원을 발하고, 삼가 향나무
1,500조(條)를 각 포구에 묻고, 비 뒷면에 개수를 적어, 용화회주이신 미륵이 하생하는 때를
기다려 함께 용화회 아래에 태어나 삼보를 공양하라.
원나라 지대 2년(1309) 기유 8월 일 삼가 조성한다.

오른쪽 면

皇帝🄍稔, 國王宮主, 福壽遐長」
弥勒前, 長灯寶, 各銀壹斤, 收管高城頭目」
歲己酉八月日」

원나라 황제(무종), 고려 충선왕과 왕비의 행복과 수명이 오래 지속되시라.
미륵불 앞 장등보(長燈寶)에서 각각 은(銀) 1근(斤)씩을 거두어, 고성(高城) 우두머리로 하
여금 관리하게 했다.
기유년 8월 일

앞면 본문의 마지막에 "同生會下, 供養三寶者"라고 하여 '者'로 끝맺은 것은 중국
의 고문서와 몽골어 직역체의 '~者'에서 영향을 받아 조선시대에 널리 사용되던 명령
형 종결사이다. 쿠빌라이 정권은 문서 행정을 원활하게 하기 위해 몽골어 직역체를 정
형화하는 한편, 지원(至元) 3년(1337) 10월 칙접(勅牒)의 구식을 고치고, 지원 5년에 중
서성과 어사대 등 관청 사이의 문서 서식의 체례를 정돈했으며, 지원 6년 2월에 파스
파문자를 반행(頒行)하고, 지원 8년에 몽골어 학교를 설립했다. 지원 5년의 문서 서식
은 『한묵전서(翰墨全書)』 등 유서(類書)에 게재되었다. 한국은 고려 때 원나라의 문서

서식을 채용하여 조선 초까지 활용했다. 일부 서식은 조선 말까지 일정한 영향을 끼쳤다. 국왕이 신하에게 관직·관작·자격·시호·토지·노비 등을 내려줄 때 발급하는 교지(教旨)에 "某爲某階某職者"라고 하여 어말에 '~者'를 사용하는 것은 그 일례이다. 그런데 「고성삼일포매향비」 오른쪽 면의 "皇帝▨穤, 國王宮主, 福壽遐長"은 본래 4언 제행의 기원(祝願)문이었을 것이지만 전사본에는 글자가 많이 빠져 있다. 만일 4언 4구였다면 앞의 2구는 원나라 황제를 위한 축수어, 뒤의 2구는 고려 왕을 위한 축수어였을 것이다. 하지만 '穤'은 풍년을 기원하는 글자이므로, '▨穤'의 부분은 한 글자만이 아니라 여러 구가 한꺼번에 탈락되었을 듯하다. 이 4언구는 용운(用韻)을 하지 않고 4언 이문의 제행을 채용했을 가능성이 있다.

「척주동해비」는 삼척부사 허목이 1661년(현종 2) 조수의 수재를 막기 위해 「동해송(東海頌)」을 지어 이듬해 입각(入刻)한 것이다. 비석에 새겨진 「동해송」은 전서(篆書) 192자로, 글자 자체가 신성성을 지닌 것으로 간주되어 왔다. 성호 이익은 "공(公)이 동해비(東海碑)를 지어 자필로 쓴 일이 있었는데, 어떤 사람이 귀신에게 홀려 병들었을 적에 그 비문 한 본을 가져다 곁에 두었더니 귀신이 감히 접근하지 못하고, 또 가져다 문병(門屏) 사이에 두었더니 귀신이 문밖에 그치고 문안을 넘어오지 못했다고 한다."라고 증언했다.[335] 허목은 29세 때인 1624년(인조 2) 경기도 광주 자봉산(紫峯山)에 들어가 고전팔분체(古篆八分體)를 완성했다. 전서의 자전인 『금석운부(金石韻府)』를 엮기도 했다. 다만 혹자는 그 글자들의 자본이 명확하지 않다고 비판했다. 1682년(숙종 8) 이정영(李正英)은 왕에게 허목의 전서를 쓰지 말도록 청했다.[336] 1660년에 인조 계비 조대비(趙大妃)의 복상과 관련한 예송논쟁에서 허목은 서인에게 밀려 삼척부사로 좌천되었다. 삼척은 오십천과 동해가 맞닿아 있어 폭우 때면 조수가 읍내로 밀려 들어왔다. 허목은 한유가 조주(潮州) 유배 시절 지은 「제악어문(祭鱷魚文)」의 고사를 근거로 축문 성격의 「동해송」을 1661년에 짓고, 다음 해인 1662년 전서체로 써서 만리

---

335 李瀷, 「東海碑」, 『星湖僿說』 卷29 詩文門.

336 許穆, 「不知山外事」, 『記言』 卷57 散稿 續集 詩, 注. "어떤 연신(筵臣)[李正英-역자 주]이 상께 아뢰어 고문체를 금하게 했다. 주(周)나라 때 사주(史籀)가 대전(大篆)을 만들었으나 창힐(倉頡)의 고문체를 금하지 않았고, 공자 때에는 전적으로 과두문자를 사용했고, 진(秦)나라 때 이사(李斯)가 소전(小篆)을 만들었으나 고문체는 그대로 있었다. 한(漢)나라 내 오수선(五銖錢)을 주조하고 왕망(王莽)이 화천(貨泉)을 주조하면서 모두 고문체를 사용했다. 이사가 백가(百家)의 서적을 태워 없앨 때에도 고문은 훼손하지 않았다."

도(萬里島)에 비석을 세웠다. 「척주선생안(陟州先生案)」에서는 이 비석을 「동해퇴조비(東海退潮碑)」라고 불렀다.[337] 1708년(숙종 34) 비석이 풍랑에 부러져 바다에 잠겼는데, 이듬해 부사 홍만기(洪萬紀)가 허목의 문하생 한숙(韓塾)에게서 원문을 구하여 모사해서 개각했다. 1709년 2월 부사 박내정(朴乃貞)이 북간도 동쪽에 비각을 짓고 옮겼으나 1969년 12월 6일, 삼척시 육향산(六香山) 산정으로 다시 이건했다. 허목은 1678년(숙종 4) 낭선군 이우(李俁)가 연경에서 구득해 온 「형산신우비(衡山神禹碑)」, 즉 「구루비(岣嶁碑)」 77자를 자본으로 삼아 「평수토찬(平水土讚)」을 쓰기도 했다.[338] 「형산신우비」는 1661년(현종 원년) 목판에 새긴 것이 삼척읍사에 보관되어 오다가 1904년(광무 8) 칙사 강홍대와 삼척군수 정운철 등이 왕명에 의해 석각하여 죽관도(竹串島)에 건립했다. 현재는 육향산 산정에 있다.[339] 「동해송」을 보면 다음과 같이 3구 1전운의 독특한 형식이다.[340]

陟州, 古悉直氏之地. 在獩墟南, 去國都七百里, 東臨大海. 其頌曰:
瀛海漭瀁, 百川朝宗, 其大無窮. 東北沙海, 無潮無汐, 號爲大澤.
積水稽天, 浡潏汪濊, 海動有曀. 明明暘谷, 太陽之門, 羲伯司賓.
析木之次, 牝牛之宮, 日本無東. 蛟人之珍, 涵海百產, 汗汗漫漫.
奇物譎詭, 宛宛之祥, 興德而章. 蚌之胎珠, 與月盛衰, 旁氣昇霏.
天吳九首, 怪夔一股, 飇回且雨. 出日朝暾, 轇輵炫熿, 紫赤滄滄.
三五月盈, 水鏡圓靈, 列宿韜光. 扶桑沙華, 黑齒麻羅, 撮䯻莆家.
蜒蠻之蠔, 爪蛙之猴, 佛齊之牛. 海外雜種, 絶儻殊俗, 同圍咸育.
古聖遠德, 百蠻重譯, 無遠不服. 皇哉熙哉, 大治廣博, 遺風邈哉.

척주는 옛날 실직씨의 땅으로 예나라 옛터 남쪽에 있으며, 서울로부터 700리이고 동쪽으로는 큰 바다에 임해 있다. 송은 이러하다.

---

337 허목이 1662년(현종 5년) 『척주지』를 편찬한 이후, 1842년(1842) 증보·편찬이 이루어지고, '선생안'도 부기되었다.
338 許穆, 「衡山碑記」(戊午), 『記言別集』 卷9 記. 실제로는 명나라 楊愼이 77자의 「岣嶁碑」를 판독한 데서 고전의 비들이 만들어진 듯하다. 「평수토찬」의 내용은 다음과 같다. "久旅忘家, 翼輔承帝. 勞心營知, 袞事興制. 泰華之定, 池瀆其平. 處水奔麓, 魚獸發形. 而岡弗亨, 伸鬱疏塞. 明門興庭, 永食萬國."
339 김정경·배재홍, 『삼척향토지』, 삼척시립박물관, 2016; 김태수, 『삼척문화 바로알기』, 삼척시립박물관, 2018.
340 許穆, 「東海頌」, 『記言』 卷28 下篇 山川下.

동해의 큰 바다 넓고 드넓어 온갖 강물 모여드니, 그 크기 무궁도 해라.

동북쪽 모래바다라서 밀물도 없고 썰물도 없어, 대택이라 부르네.

쌓인 물이 하늘에 닿아 출렁대고 콸콸 거려, 서북풍에 바다 일렁이면 음산한 구름이 끼누나.

밝고 밝은 양곡은 태양의 문이라, 희백이 공손히 해를 맞이하고

석목[동쪽 인방의 기(箕)·두(斗) 사이]의 위차이고 빈위[축방(丑方)의 기(箕)·미(尾) 별자리]의 궁이라, 해는 본시 그보다 동쪽이 없도다.

교인의 보배와 바다 가득 온갖 산물이, 한도 없고 끝도 없으며

기이한 품물이 괴이하게 변화하여, 서리서리 상서가 덕을 일으켜 나타나네.

조개 태의 진주는 달과 더불어 성쇠하고, 곁의 기운은 부슬부슬 올라가네.

천오(조양곡의 물귀신)는 머리가 아홉이요, 괴이한 기[동해 우파산(流波山)의 개명수는 다리가 하나, 회오리바람 돌고 비도 내리네.

솟아오른 해는 햇살 환하고 삐걱삐걱 굴러 찬란하여, 자줏빛 붉은빛이 뻗어가누나.

삼오야 둥실 뜬 달, 하늘의 수경이 둥글고도 영험하자, 뭇 별이 광채를 감추도다.

부상(동해 속 땅)과 사화(사할린), 흑치(중국 남부 광서장족 자치구)와 마라(동남아시아 말레이 반도의 나라), 상투 튼 보가족(중국 동남해 부족), 구조개 채취하는 연만족, 원숭이 많은 조와(파사국), 소 숭배하는 불제족(진랍과 파사 사이, 인도) 등,

바다 밖의 잡종들은 인종도 별나고 풍속도 다르건만, 같은 동산에 함께 자라나니

옛 성왕의 덕화가 멀리 미쳐 오랑캐들이 통역을 바꾸며 통하여, 먼 곳이라고 복종하지 않은 곳 없구나.

크도다 빛나도다, 큰 다스림이 넓고 드넓어 그 유풍 아득하여라.

「동해송」의 용운(用韻)은 다음과 같으므로, 번역에 유의해야 한다. 통압이 많은데, 일반 한시의 통압 범위를 넘어서는 것도 있다.

제1연 宗·窮: 상평성 제2 冬, 상평성 제1 東, 통압.

제2연 汐·澤: 입성 제11 陌.

제3연 潚·暗: 거성 제9 泰, 거성 제8 霽, 통압.

제4연 門·賓: 상평성 제13 元, 상평성 제11 眞, 통압.

제5연 宮·東: 상평성 제1 東.

제6연 産·漫: 상성 제15 潸, 거성 제15 翰, 통압.

제7연 祥·章: 하평성 제7 陽.

제8연 襄·霏: 상평성 제4 支, 상평성 제5 微, 통압.

제9연 股·雨: 상성 제7 麌.

제10연 熿·滄: 하평성 제7 陽.

제11연 靈·光: 하평성 제九 青, 하평성 제7 陽, 통압.

제12연 羅·家: 하평성 제5 歌, 하평성 제6 麻, 통압.

제13연 猴·牛: 하평성 제11 尤.

제14연 俗·育: 입성 제2 沃, 입성 제1 屋, 통압.

제15연 譯·服: 입성 제11 陌, 입성 제1 屋, 통압.

제16연 博·邈: 입성 제10 藥, 입성 제3 覺, 통압.

서울시 노원구 하계동 서라벌고등학교 인근에 있는 한글 영비(靈碑)는 '가정십오년 병신(嘉靖十五年丙申)', 즉 1536년(중종 31) 5월에 건립된 것으로, 「이윤탁한글영비(李允濯한글靈碑)」 혹은 「불인갈(不忍碣)」이라고도 한다.[341] 비의 앞면은 '권지승문원부정자이공윤탁안인신씨적고령합장지묘(權知承文院副正字李公允濯安人申氏籍高靈合葬之墓)'라 되어 있고, 왼쪽 면에 한글 경고문이 적혀 있으며, 오른쪽 면에 '不忍碣'이라는 한자가 적혀 있다. 소유 및 관리자는 성주 이씨 문경공파 정자공 문중이다. 이 비는 이문건(李文楗, 1494~1567)[342]이 부친 이윤탁의 묘를 모친 고령신씨의 묘와 합장하면서 세운 것이다. 현재의 비석과 묘는 원 위치보다 15m 가량 뒤로 물러난 것이라 한다. 이윤탁은 이문건이 7세 때 세상을 떠났는데, 그때 묘는 지금의 태릉 자리에 있었으나, 그 부지는 문정왕후의 능역으로 수용되었다. 1536년 정월에 모친 신씨가 돌아가자, 이문건은 현재의 묘를 조성하면서, 부친을 합장했다. 이때 이문건은 비와 묘역이 사람들에 의해 더 이상 훼손되지 않도록 경계문을 비의 양 측면에 한글과 한문으로 새겼다. 『묵재일기(默齋日記)』의 1535년 11월 1일부터 1537년 6월 3일까지의 기록에 전말을 기록해 두었다. 이 비에서 한글의 문구는 경계문이고, 실제 비문은 정통 한문으로 적혀 있다. 비는 부부 묘갈이다. 이윤탁·신씨 묘갈의 오른쪽(동쪽) 면, 왼쪽(서쪽) 면,

---

341 金洪哲, 「下溪洞所在 국문고비 연구」, 『향토서울』 40, 서울시사편찬위원회, 1982.

342 이문건은 본관이 성주, 자는 자발(子發), 호는 묵재(默齋)·휴수(休叟)이다. 이조년의 후손으로 세종 때 영의정을 지낸 이직(李稷)의 5대손이다. 중형 이충건(李忠楗)과 함께 조광조의 문하에서 공부했다. 1528년(중종 23) 별시문과에 병과로 급제했다. 1545년(인종 원년) 명종이 즉위하자 보익공신에 책록되고 우승지로 옮겼다. 을사사화 때 조카 이휘(李輝)가 택현설(擇賢說)을 주장했다가 화를 입을 때, 이에 연루되어 관작이 삭탈되고 고향 성주로 쫓겨났다. 괴산 화암서원(花岩書院)에 제향되었다.

뒷면에는 다음 비문이 새겨져 있다.

오른쪽(동쪽) 면

不忍碣

爲父母立此, 誰無父母, 何忍毁之? 石不忍犯, 則墓不忍凌, 明矣. 萬世之下, 可知免夫!

불인갈. 부모를 위하여 이것을 세우나니, 누구인들 부모가 없으려고, 어찌 차마 이것을 훼손시키랴? 비석을 차마 범하지 않으면 묘도 차마 능멸하지 못할 것이 분명하다. 만세의 아래까지 앙화를 면하리란 것을 알 수 있도다!

왼쪽(서쪽) 면

靈碑

녕혼비라 거운 사ᄅᆞᆷ 지화ᄅᆞᆯ 니브리라 이ᄂᆞᆫ 글 모ᄅᆞᄂᆞᆫ 사ᄅᆞᆷ ᄃᆞ려 알위노라

신령한 비라. 쓰러뜨리는 사람은 재화를 입으리라. 이는 글 모르는 사람에게 알리노라.

뒷면

考妣墓碣陰誌(篆題)

有明朝鮮國啓功郞權知承文院副正字李公府君安人高靈申氏夫人墓碣

孤哀子文楗書

「고비묘갈음지」는 세 부분으로 나뉜다. 첫 부분은 우선 부친(이윤탁)의 가계, 출생, 과환(科宦)과 내상(內喪), 작고의 사실을 차례로 적었다. 두 번째 부분은 모친(신씨)의 가계, 출생과 혼인, 부덕, 작고의 사실을 차례로 적었다. 세 번째 부분은 이어서 부부 합장 사실을 적은 후, 자손록을 덧붙였다. 그런데 이문건은 큰누이, 둘째 누이, 백형, 중형, 막내(자기 자신)의 과환과 가족사항을 차례로 적었다. 형제자매들을 연령순으로 정리하여 누나들을 먼저 적은 것은 조선 중엽의 족보에서와 같은 체제이다. 다음 세 번째 부분은 명이다.

父德母恩, 天高地厚. 旣孤且哀, 天呌地叩.
宅兆固安, 天長地久. 哀祝此已, 後人其負.

부친의 덕과 모친의 은혜, 하늘처럼 높고 땅처럼 두터워라.

부모 잃고 고아 되어, 하늘 향해 울부짖고 땅에 머리를 찧는다.

음택이 굳고도 편안하거니, 하늘처럼 땅처럼 무궁하리리라.

애달프게 비는 이 마음, 뒷사람이 어이 저버리랴!

그 밖에 한글 고비로는 경북 문경시 문경읍 상초리에 정조 때 세운 것으로 추정되는 「산불됴심비」가 있다. 또 경기도 포천시 영중면 양문리 산18-1에 선조의 제12왕자 인흥군(仁興君) 이영(李瑛, 1604~1651)의 묘역에도 한글 비가 있다. 비의 북면 하단에 20자 5행으로 '이비가극히녕검ᄒᆞ니싱심도사람이거오디말라'고 새겨져 있다. 이영의 묘비가 1682년(숙종 8)에 세워진 이후 한글 표석이 세워진 듯하다.

광주시 서구 금호동 병천사(秉天祠) 삼문 앞의 「제하상모자비(祭鰕商母子碑)」는 새우젓 장수 모자를 추모하는 특이한 비석이다. 비의 성립 경위로 보면 진혼(鎭魂)의 의미를 지닌다고 생각된다. 비는 장방형의 좌대에 홈을 만들어 호패형의 비신을 세웠다. 크기는 높이 140cm, 너비 46cm, 두께 27cm이다. 앞면에 1행으로 '祭鰕商母子碑'라 새겨져 있고, 뒷면에 글이 있다. 왼쪽 면에는 비를 세운 연대(기미, 1919)와 비문 지은이 정봉현(鄭鳳鉉), 글씨 쓴 사람 김교진(金敎珍), 비를 세운 사람 유사 이순범(李純範)을 밝혔고, 오른쪽 면에는 전남 담양 대전면 중옥리의 전답 면적을 적었다.[343] 이 비석의 사연은 『매일신보』 1918년 6월 26일 자 기사에 자세하다. 당시 전남 광주군 광주면 수기옥정(須奇屋町)에 거주하던 지응현(池應鉉, 1869~1959)은 19년 전(1900) 10월에 새우젓 장수 모자가 집에 유숙하고 쌀을 빌러 나간다 하고 10여 일이 지나도 돌아오지 않자, 그들이 두고 간 새우젓 8두, 쌀 5되, 목화 5근을 방매하여 22원 5전을 얻어, 그것을 한 달 서푼 이자로 6년 동안을 길러 이자 10원 97전 6리를 모았다. 그리고 그 돈으로 광주군 대치면 중옥산리 전평에 논 한 말 닷 되락을 사서 동중에 논을 맡겨 매년 한 섬씩을 받았다. 『황성신문』 1910년 4월 24일(음력 1910년 3월 15일) 기사에는 새

---

343 김정호, 「새우젓 장사 제사비」, 『무등일보』 '김정호 역사문화산책' 32, 2014. 3. 6.; 김정호, 『광주산책』 상, 광주문화재단, 2014, pp.246-250. 비석의 왼쪽 면에는 "己未十月(戊午四月-필자 주)日, 河東鳳鉉 誌. 慶州金敎珍書. 有事人, 咸平李純範."이라 새겼다. 『봉남실기』에는 '河東'이 '雲籃'으로 되어 있고, 김교진과 이순범의 이름은 싣지 않았다. 비석의 오른쪽 면에는 "潭陽郡大田面中玉里裳字畓一斗五升八五畓四百四十一坪."이 새겨져 있다.

우젓 상인 노파가 '돈 몇 환[金幾許圜]'을 임치(任置)했다고 되어 있다.[344] 지응현은 새 우젓 장수 모자가 나간 10월 15일을 제삿날로 정하고 하상단(蝦商壇)을 설치했다.[345] 안택승(安宅承)이 1907년 기(記)를 작성했고, 기우만(奇宇萬, 1846~1916)은 1908년에 「서안부해하파단기후(書安浮海蝦婆壇記後)」를 작성했다.[346] 지응현은 1918년 4월 동중 앞에 석비를 세웠고, 1919년 10월 개건했다. 비문을 지은 정봉현(鄭鳳鉉, 1852~1918) 은 곡성 옥과 포평리(蒲坪里) 출신으로 기정진(奇正鎭, 1798~1879) 문하에서 수학했다.[347] 문집으로 『운람집(雲籃集)』(10권 5책)이 전한다. 정봉현이 지은 「제하상모자비」 는 전고가 하나도 없는 단순 기사문이다. 비의 뒷면 글은 지응현의 문집 『붕남실기』에 도 전재되어 있으나, 글자에 착오가 있다.

새우젓 장수 모자는 모두 성명을 알 수 없다. 그 모자가 새우젓 8말, 쌀 5되, 면화 5근을 참 봉 지응현 댁에 두고 밖으로 나간 지 오래되었지만 돌아오지 않아 참봉은 그들의 죽음을 슬 퍼하며 이를 팔아서 논을 사서 옥산리 마을에 의탁했다. 모자가 나간 날이 경자년(1900) 10 월 15일이서 매년 제사를 지내도록 했으니 참봉의 덕의가 크도다. 그들 모자의 외로운 혼이 슬프도다. 마을에서 해가 오래되어도 혹시라도 제사를 폐하지 말라.[348]

(2) 약조비

숙종 연간에는 초량 왜관의 절목인 계해약조를 확정하여 비석에 새겼다. 「약조제찰

---

344 死者無恨 全南光州郡大峙面中玉里居ᄒᆞᄂᆞᆫ 前叅奉池應鉉氏家에 無子無家히 賣鰕老姿가 有ᄒᆞ야 幾年 往來間宿食ᄒᆞ다가 金幾許圜을 池氏에게 任置ᄒᆞ고 一去以後로 永永不歸ᄒᆞᄂᆞᆫ 故로 池氏가 死㐫의 患 이 有홈을 認定ᄒᆞ고 該姿의 情境을 矜憐ᄒᆞ야 其任置金으로 里中에 出付ᄒᆞ야 殖利貿土케ᄒᆞᆫ 後該土의 所收로 壇을 築ᄒᆞ고 里人으로ᄒᆞ야곰 每年一祭ᄒᆞ야 該婆의 靈을 慰安케홈으로 池氏의 高義를 擧皆稱 歎ᄒᆞ다더라.
345 지응현의 자는 형숙(亨淑), 호는 붕남(鵬南)이다. 기우만의 항일 의거 때 군량을 조달했고, 1924년에는 정몽주를 비롯하여 지용기·정충신·지계최·지여해 등을 모시는 병천사를 세웠다. 1934년 응세농도학 원(應世農道學園)을 설립하고, 『응세농민독본』을 간행했다. 1950년에는 원효사를 중창했다. 지응현의 문집인 『붕남실기(鵬南實記)』 3권 1책이 1939년 석인본으로 간행되었다.
346 奇宇萬, 「書安浮海蝦婆壇記後」, 『松沙先生文集』 卷22. "玉山池君里社爲壇, 俾祭蝦婆, 雖謂之絶世奇事 可也. 浮海安君記錄詳矣, 揄揚盡矣, 吾無容更喙, 而池君去赤猴年間, 國步艱難, 死生相隨, 吾知秉執有 素, 志事得伸, 則其事業綽有次第. 蝦婆爲祭, 雖惻隱之本心, 而在君亦疏節, 若其大節則幽而未闡, 吾不 言, 後人安得以知之?"
347 정봉현의 본관은 하동, 자는 언국(彦國), 호는 운람(雲籃)이다.
348 鰕商母子, 俱不知姓名, 其母子留鰕八斗米五升綿五斤于池叅奉應鉉宅, 出外久不還. 叅奉悲其死, 賣此 物, 買田, 托玉山里中. 以出行日庚子十月十五日, 使之歲祭. 叅奉之德義, 大矣. 其母子孤魂, 悲矣. 凡此 里中, 雖歲遠, 毋或廢祭.

비(約條制札碑)」라고 한다.[349] 1678년(숙종 4) 왜관이 용두산 공원 주변으로 이관되자, 동래부사 이복(李馥)은 7항목으로 된 '무오년 이관 후 절목[무오절목]'을 마련하여 표를 세웠다. 1682년(숙종 8) 파견된 통신사 윤지완(尹趾完)은 대마도 당국자와 협의하여 조문 내용을 조정했다. 동래부사 남익훈(南益熏)은 그해 11월에 장계를 올려, 7개 조항을 돌에 새길 수 있도록 4개 조항만 초출할 것을 허가해 주길 청했다.[350] 비변사는 '이를 범한 자는 왜관 밖에서 사형에 처한다'는 조항을 첨가했다. 1683년 8월 역관 박유년(朴有年)과 감정왜(勘定倭) 다이라 나리나오(平成尙)가 5개 조항을 확정해 왜관 안에 비석을 세웠다. 1683년 계해약조는 1609년(광해군 1) 기해약조와 함께 조선 후기 조일관계를 규정하는 양대 약조이다. 전체 5개 조항 가운데 3개 조항 이상 위반하면 사형에 처한다는 내용으로, 난출자, 노부세 관련자, 밀무역자는 모두 사형에 처한다는 규정과 사형 집행 장소를 명시했다.[351] 비석의 전문은 다음과 같다.

앞면

約條制札

一. 禁標定界外, 毋論大小事, 闌出犯越者, 論以一罪事.

一. 路浮稅現捉之後, 與者受者, 同施一罪事.

一. 開市時潛入各房密相買賣者, 彼此各施一罪事.

一. 五日雜物入給之時, 色吏庫子小通事等, 和人切勿扶曳毆打事.

一. 彼此犯罪之人, 俱於舘門外施刑事.

　在舘諸人, 若辦諸用告事, 舘司直持通札以於訓導別差處, 可爲往來者

349　높이 148cm, 너비 62~68cm, 두께 29~31cm이다. 1683년 당시 어디에 몇 곳이나 세웠는지 알 수 없다. 『증정교린지(增正交隣志)』 권4 '약조'에는 '정계지처(定界之處)'에 비석을 세웠다고 했고, 일본 측 자료에는 왜관 내 사카노시타(坂ノ下), 번소(복병소)에 세웠다고 했다. 그 후 용두산 공원 정상 조금 아래쪽으로 이전했다가, 다시 부산광역시립박물관으로 옮겼다. 부산역사문화대전(busan.grandculture.net) 참고.

350　『숙종실록』에 의하면, 남익훈은 1681년 2월에 부임하여 1683년 3월에 교체되었다. 『肅宗實錄』卷13, 숙종 8년(임술, 1682) 11월 7일(경술). "통신사 윤지완(尹趾完) 등이 왜국에서 돌아와 견문과 약조를 밝힌 일들을 치계했는데, 그 가운데 남익훈이 4조를 밝히자는 건의가 있다. 좌의정 민정중(閔鼎重)은 4조를 비에 새기자고 했고, 숙종도 따랐다. 왜사(倭使)가 왜관에 머무르고 있을 때 그것을 새긴 빗돌을 세우려고 했는데, 왜사 타이라 마사유키(平眞幸)가 일죄(一罪)는 너무 중하므로 그가 마음대로 단안을 내릴 수 없다며, 돌아가 도주(島主)에게 품하여 제례(制禮)를 써 보내겠다고 말하므로, 여러 차례 책망하며 타일렀으나 듣지 않았다. 마침내 약속을 어기고 돌아가버렸다."

351　김동철, 「조선 후기 통제와 교류의 장소, 부산 왜관」, 『한일 관계사 연구』 37, 한일관계사학회, 2010, pp.3-36.

也. 各條制札書立舘中, 以此爲明鑑者也.

1. 금지 표시한 정계(定界) 밖으로는 대소사를 막론하고 멋대로 나가 월경하는 자는 한 가지 죄(사형)로 다스릴 것.
1. 노부세(路浮稅)[왜채(倭債)]를 주고 받다가 현장에서 붙잡힌 후, 준 자와 받은 자 똑같이 한 가지 죄(사형)로 다스릴 것.
1. 개시(開市) 때 각 방에 숨어 들어가 몰래 서로 사고판 자는 피차 각각 한 가지 죄(사형)로 다스릴 것.
1. 닷새마다 잡물들을 공급할 때 색리(色吏)·고자(庫子)·소통사(小通事) 등은 화인(和人)을 끌고다니며 구타하지 말 것.
1. 피차 범죄인은 모두 왜관문 바깥에서 형을 집행할 것.
   왜관에 있는 여러 사람이 만약 품을 마련코자 한다면, 왜관의 사직(司直)이 통찰(通札)을 지참하여 써 훈도(訓導)와 별차(別差)의 곳에 왕래할 수 있다. 각 조의 제찰을 써서 왜관 안에 세워, 이것을 밝게 살피도록 하라.

뒷면

癸亥八月▽日

계해년(1683) 8월 일

항목마다 '~事'로 끝내는 것은 이두식 문서의 열거법을 따랐다. 죄벌을 규정하고 처벌 사항을 적는 방식은 『대명률』 이하 『경국대전』, 『속대전』, 『대전통편』의 표현법을 사용했다. '和人切勿扶曳毆打事'는 술어-목적어 구조가 아니라 한국어순을 따라 목적어-술어의 순서로 기록했다. "若辦諸用告事, 舘司直持通札以於訓導別差處, 可爲往來者也."는 가설법과 중문 문장에서 고문의 문체와 다르다. '以'는 이두어의 '~써'를 이용한 표현이다. '以此爲明鑑者也'는 본래 '~하라'의 뜻을 지닌 '~者'만으로 종결지을 수 있지만 '也' 자를 더 사용했다.

(3) 시비(詩碑)

어제시비

　신라 말 이후, 고려나 조선 국왕은 신하들에게 시를 내려 창화하게 하는 일이 빈번했다. 가장 유명한 것은 성종이 1476년과 1477년에 장인 한명회(韓明澮, 1415~1487)에게 내린 8수의 「압구정시(鴨鷗亭詩)」에 많은 문신들이 창화한 일이다. 한명회는 두모포 남쪽 언덕에 정자를 지어 압구정이라 이름했다. 북송의 명재상 한기(韓琦)도 압구정이란 정자를 두었으므로, 한명회는 스스로를 한기에게 견준 셈이다. 한명회는 처음에 압구정을 짓고 당대의 문인들에게 시를 청했다.[352] 한명회는 한 딸을 예종의 비(장순왕후)로 삼고, 또 다른 딸을 성종의 비 공혜왕후로 삼았다. 예종이 죽고, 성종이 즉위한 후 1474년(성종 5)에 공혜왕후가 죽었다. 그런데 한명회는 1476년 11월에 성종에게 청하여 율시와 절구 각 2수를 받았고,[353] 다음 해 7월에 다시 7언 4운의 시 4수를 받았다. 그리고 그 8수를 문신들에게 보이고 갱화를 요구했다. 은퇴의 뜻을 내비쳐 성종의 의중을 탐지한 듯하다.[354] 문인들의 갱화시를 토대로 성종의 어제시 형식을 유추하여 보면 다음과 같다.

①1476년 어제시 「鴨鷗亭」
　ⓐ 칠언율시 2수: 하평성 제11 尤韻 秋·洲·舟·愁(首句入韻 流字)
　ⓑ 칠언절구 1수: 하평성 제8 庚韻 榮·情(首句入韻 盟字)
　ⓒ 칠언절구 1수: 상평성 제11 眞韻 親·人(首句入韻 春字)

②1477년 어제시 「鴨鷗亭四時」 칠언율시 4수
　春: 하평성 제7 陽韻 廊·光·漿·傷(首句入韻 霜字)
　夏: 하평성 제7 陽韻 浪·長·牀·香(首句入韻 旁字)

352　서거정의 「한판서압구정시(韓判書狎鷗亭詩)」 칠언율시 1수, 강희맹의 「한상당압구정(韓上黨狎鷗亭)」 칠언절구 1수가 전한다. 김종직은 40세 되던 성종 원년인 1470년 겨울, 함양군수로 부임하게 되었을 때 한명회의 요청으로 고풍의 압구정 시와 함께 병서(幷序)를 붙인 「상당부원군의 시권에 쓰다上黨府院君詩卷」를 작성했다. 성종 3년인 1469년에는 이석형(李石亨)이 지은 「상당 정승의 시권에 제한다[題上黨政丞詩卷]」 칠언고시 12구가 있으므로, 당시 이미 시권이 있었음을 알 수 있다.
353　『成宗實錄』 卷73, 성종 7년(병신, 1476) 11월 6일(병오).
354　심경호, 『국왕의 선물』 2, 책문, 2012, 제18장.

秋: 상평성 제5 微韻 磯·飛·歸·衣(首句入韻 機字)

冬: 상평성 제12 文韻 紋·羣·勳·分(首句入韻 雲字)

　　1476년 어제시 4수에 대한 차운시로 온전한 것은 김흔(金訢)의 「삼가 어제 압구정
시에 차운한다[敬次御製狎鷗亭詩韻]」 4수이다. 그 밖에 ⓐ 칠언율시[하평성 제11 尤韻]에
대해서는 서거정(徐居正), 강희맹(姜希孟), 조위(曹偉)의 차운시가 남아 있다. 이승소(李
承召)의 「상당한상공(명회)압구정시병서[上黨韓相公(明澮)狎鷗亭詩幷序]」는 차운시이기
는 하되, 칠언고시 백량체로 형식을 완전히 달리했다. 1476년에 서거정은 한명회의
강권으로 「어제압구정시에 응제하다[應製狎鷗亭詩]」 시를 6수나 지었다.[355] 1476년의
어제시(ⓐ, ⓑ, ⓒ)와 문인들의 차운시들을 모은 시축에 대해 서거정은 「어제압구정시
서(御製狎鷗亭詩序)」를 작성했다. 1477년의 어제시(「鴨鷗亭四時」)에 대해서는 서거정·
강희맹·이승소의 차운시가 남아 있다. 또한 1476년 어제시와 1477년 어제시 전체에
대해 김종직(金宗直)과 성현(成俔)이 창화했다. 김종직은 8수가 모두 남아 있으나, 성
현의 경우는 ⓐ의 1수가 누락되어 모두 7수만 전한다. 1477년에 한명회는 1476년과
1477년의 어제시 및 갱재시를 모아 시축을 만들었다. 이 시축에는 기(記)·서(序)·부
(賦)·찬(讚)도 있었다.[356] 한명회는 다시 서거정에게 「압구정제명기(狎鷗亭題名記)」를
부탁했다.[357] 그리고 성종의 어제 8수를 돌에 새기고 그 뒷면에 예겸 이하 총 29인의
중국 사람과 월산대군 이하 총 75인의 조선 명신들의 이름을 새겼다.[358] 『성종실록』
의 편찬자들은 성종의 압구정 어제를 온당하지 않다고 여겨서인지 실록에 어제시를

---

[355] 제6수는 다음과 같다. "不必明時退急流, 委蛇退食樂淸秋. 溪山圖畫王維輞, 雲物風流謝朓洲. 事業幾年
留汗簡, 江湖無日不虛舟. 當時雅望歸王謝, 敢向河間賦四愁."

[356] 김수온의 「압구정기(狎鷗亭記)」, 서거정의 「압구정부(狎鷗亭賦)」, 김종직의 「압구정, 상당부원군이 짓
도록 청하다[狎鷗亭, 上黨府院君請賦]」, 김종직의 「앞의 것과 같은데, 다른 사람 대신 짓는다[同前 代
作]」 등은 1477년 이전에 지어졌지만 1477년 시축에 재수록된 듯하다. 서거정의 「상당한상공압구정시
(上黨韓相公狎鷗亭詩)」 30수는 창작 시기가 분명하지 않지만, 이것도 1477년에 수록되어 있었을
가능성이 있다.

[357] 徐居正, 「狎鷗亭題名記」, 『四佳集』 文集 卷3 記類.

[358] 예겸의 「압구정기」는 전하지 않는다. 기순(祈順)의 칠언율시 「제압구정(題鴨鷗亭)」 1수와 장근(張瑾)
의 칠언절구 「압구정」 1수가 『병신황화집(丙申皇華集)』에 전한다. 기순과 장근은 1475년(성종 6) 조선
에 왔는데, 서거정이 원접사로서 영접을 맡았다. 한명회는 조선에 온 중국 사신들에게도 일일이 제시
(題詩)를 청하여 그것들을 수집했다가 1477년의 시축에 수록했을 것이다. 『丙申皇華集』, 萬曆三十九
年引出本 皇華集, 臺北: 桂庭出版社, 1978 影印; 金守溫, 「狎鷗亭記」, 『拭疣集』 卷2 記類.

|표 3-6| 성종 대 압구정 관련 시문

시문의 제목과 형식	지은이와 수록 문헌
韓判書狎鷗亭詩 칠언율시 1수	徐居正, 「韓判書狎鷗亭詩」, 『四佳集』卷8 詩類
韓上黨狎鷗亭 칠언절구 綸(首句入韻)·濱·春	姜希孟, 「韓上黨狎鷗亭」, 『私淑齋集』卷1 七言絶句
鴨鷗亭記	金守溫, 「狎鷗亭記」, 『拭疣集』卷2 記類
	申用溉等, 『續東文選』卷13 記
鴨鷗亭賦	徐居正, 「狎鷗亭賦」, 『四佳集』卷1 賦類
鴨鷗亭 5언 40구 장편고시	金宗直, 「狎鷗亭, 上黨府院君請賦」, 『佔畢齋集』卷6 詩
鴨鷗亭 7언 22구 장편고시	金宗直, 「同前 代作」, 『佔畢齋集』卷6 詩
上黨府院君詩卷(성종 원년, 1470) 七言古風 26구 并序	金宗直, 「上黨府院君詩卷」, 『佔畢齋集』卷6 詩
*題上黨政丞詩卷(성종 3, 1469) 칠언고시 12구 上平聲四支韻[遲(首句入韻)·斯·池·維·時·詩·知]	李石亨, 「題上黨政丞詩卷」(己丑八月日), 『樗軒集』卷下 詩
應製狎鷗亭詩(次狎鷗亭韻)(1476년) 칠언율시 6수(모두 같은 운자) 下平聲十一尤韻[秋·洲·舟·愁(首句入韻 流字)]	徐居正, 「應製狎鷗亭詩」(居正旣序御製狎鷗亭詩 上黨求詩復切 謹依韻應製 六首), 『四佳集』詩集 卷30 第18 詩類
	姜希孟, 「次狎鷗亭韻」 1수, 『青坡集』卷1 詩
	曺偉, 「鴨鷗亭」 1수, 『梅溪集』卷2 七言律詩
	*尹鉉, 「次狎鷗亭板上應製韻」 1수, 『菊磵集』卷下 七言雜著
敬次御製狎鷗亭詩韻(1476년) 칠언율시 2수 下平聲十一尤韻[秋·洲·舟·愁(首句入韻 流字)] 칠언절구 1수 下平聲八庚韻[榮·情(首句入韻 盟字)] 칠언절구 1수 上平聲十一眞韻[親·人(首句入韻 春字)]	金訢, 「敬次御製狎鷗亭詩韻」, 『顏樂堂集』卷1 詩[제1수: 流·秋·洲·舟·愁(首句入韻 流字) 제2수: 流·秋·洲·舟·愁(首句入韻 流字) 제3수: 親·人(수구 春) 제4수: 榮·情(수구 盟)]
御製狎鷗亭詩序(1476년)	徐居正, 「御製狎鷗亭詩序」, 『四佳集』文集 卷5 序

시문의 제목과 형식	지은이와 수록 문헌
上黨韓相公(明澮)狎鷗亭詩(1476년) 칠언고시 柏粱體 24운 下平聲十一尤韻[幽·流·猶·悠·留·浮·舟·鷗 ·洲·酬·頭·謳·收·眸·由·愁·疇·稠·休·遊· 州·秋·儔·湫]	李承召,「上黨韓相公(明澮)狎鷗亭詩 幷序」, 『三灘集』卷6 詩(칠언고시 백량체 24운)
「上黨韓相公 狎鷗亭詩」 칠언율시 30수 東韻·冬韻·江韻·支韻·微韻·魚韻·虞韻·齊韻 ·佳韻·灰韻·眞韻·文韻·元韻·寒韻·刪韻·先 韻·蕭韻·肴韻·豪韻·歌韻·麻韻·陽韻·庚韻· 靑韻·蒸韻·尤韻·侵韻·覃韻·塩韻·咸韻	徐居正,「上黨韓相公 狎鷗亭詩」30수,『四佳 集』詩集 卷44 第20 詩類
應製狎鷗亭詩(應製狎鷗亭四時) 칠언율시 4수(1477년) 제1수:廊·光·漿·傷(수구 霜) 제2수:浪·長·牀·香(수구 旁) 제3수:磯·飛·歸·衣(수구 機) 제4수:紋·羣·動·分(수구 雲)	徐居正,「應製狎鷗亭詩 幷序」,『四佳集』詩 集 卷30 第18 姜希孟,「應製賦狎鷗亭四時」, 申用漑等,『續 東文選』卷7 七言律詩(『私淑齋集』 미수록) 李承召,「次御製重賦狎鷗亭詩」,『三灘集』卷 6 詩
恭和御製狎鷗亭詩 8수(1477년) 제1수(칠율):流·秋·洲·舟·愁(首句入韻 流字) 제2수(칠율):流·秋·洲·舟·愁(首句入韻 流字) 제3수(칠율):廊·光·漿·傷(수구 霜) 제4수(칠율):浪·長·牀·香(수구 旁) 제5수(칠율):磯·飛·歸·衣(수구 機) 제6수(칠율):紋·羣·動·分(수구 雲) 제7수(칠절):榮·情(수구 盟) 제8수(칠절):親·人(수구 春)	金宗直,「恭和御製狎鷗亭詩」8수,『佔畢齋 集』卷14 詩 成俔,「奉和狎鷗亭御製韻」7수,『虛白堂集』 卷6 詩[제1수: 流·秋·洲·舟·愁(首句入韻 流 字) 제2수: 廊·光·漿·傷(수구 霜) 제3수: 浪 ·長·牀·香(수구 旁) 제4수: 磯·飛·歸·衣(수 구 機) 제5수: 紋·羣·動·分(수구 雲) 제6수: 親·人(수구 春) 제7수:榮·情(수구 盟)]
狎鷗亭題名記(1477년)	徐居正,「狎鷗亭題名記」,『四佳集』文集 卷3 記類

*: 성종 대가 아니라 다른 시기에 지은 것임.

싣지 않았다. 『열성어제(列聖御製)』의 편찬자들도 성종의 압구정 시를 싣지 않았다.[359] 성종 대 압구정 관련 시문들로 문헌에서 확인되는 것은 표 3-6과 같다. 서거정이 당

---

[359] 윤현(尹鉉, 1514~1578)은 선조 때 압구정의 현판에 적혀 있는 시를 보고,「압구정 판상의 응제시에 차
운하다[次狎鷗亭板上應製韻]」시를 지었다.

시 지었던 「압구정제명기」는 문헌으로 전하지만, 한명회가 성종의 어제 8수를 새긴 비석은 아직 발견되지 않았다.

증별시비

1734년(영조 10) 건립된 「유철증별시비(俞㯙贈別詩碑)」는 증별시를 새긴 비이다.[360] 유철(1606~1671)이 연행을 하거나 효종 초 서변(徐忭) 옥사[361]로 귀양 가는 등 이별하게 되었을 때 친우들이 시를 지어준 8수의 시이다. 이재(李縡) 등 후인 8명이 베꼈는데, 그 글씨들을 모아 비에 새겨 건립한 것이다.[362] 행장은 김창협이 작성하고,[363] 신도비문은 송시열이 작성했으며,[364] 묘지명은 남구만이 작성했다.[365] 묘표는 김창협이 작성했으나 이름이 빠져 있었다. 김창협이 작성한 「유철묘표」는 가계, 관력, 장송의 사실을 논하고, 망자의 불우함을 애도한 후 배위의 생졸과 자손록을 덧붙였다. 망자의 삶을 논평한 부분을 보면 다음과 같다.

공은 미륜(彌綸: 국가 경영)의 재주와 홍광(弘曠)한 도량이 있었다. 위포(韋布: 가죽띠와 베옷)의 선비였을 때부터 장차 정승이 되리라는 기대를 입었다. 처음 조정에 들어가서는 인조의 지우를 입었고, 겨우 마흔의 나이로 지위가 아경(亞卿)에 이르러 늠름하게 나라에 크게 쓰이고자 했으나, 한 마디 말이 성지(聖旨)에 어긋나 거듭 벼락과 서리 같은 풍파를 만나 마

---

360 경기도 남양주시 화도읍 차산리에서 출토되었으며, 높이 123cm, 너비 35cm, 두께 34cm의 크기이다. 탁본이 경기도박물관에 있다. 남양주문화원, 『남양주금석문대관』, 남양주시, 1998. 『금석집첩』 100罪(교099罪:亞卿) 책에 탁본이 있는데, 망주석에 글씨를 새겼다고 했다. 유철은 본관이 기계(杞溪)이며, 1627년(인조 5) 생원, 1633년 식년문과에 병과로 급제했다. 경기도관찰사, 대사헌 등의 관직을 역임했다. 저서로 『취옹집(醉翁集)』이 있다.

361 1656년(효종 7) 승지 유도삼(柳道三)이 사석에서 인평대군(麟坪大君)과 말을 하다가 잘못하여 자신을 '신(臣)'이라고 칭하는 일이 있었는데, 서변(徐忭)이 고변을 하여 대군을 고발하고 유도삼의 일을 말했다. 효종이 서변을 주벌하고 유도삼을 체직시켰다. 이때 유철이 대사간으로 입시하여 유도삼을 파직하라고 청하자, 효종이 유철을 절해고도에 안치하라고 명했다. 이경석(李景奭)의 말로 인하여 평해(平海)로 이배되었다. 한 달 만에 장령 권시(權諰)가 또 말하여, 풀려나 광진(廣津)의 집으로 돌아갔다.

362 기계유씨 문헌을 모아둔 『기계문헌』에는 1671년 3월 7일 현종(顯宗)이 예조정랑 이영온(李英馧)을 보내고 유철(俞㯙)의 영령에 읽게 한 유제문(諭祭文)을 비롯하여, 이정기(李廷夔), 한붕익(韓鵬翼)의 제문이 있고, 이경석(李景奭) 이하 26수의 만시(挽詩)가 실려 있다. 남양주문화원, 『남양주금석문대관』, 남양주시, 1998; 유치웅 편, 심경호 역, 『국역 기계문헌(杞溪文獻)』 5, 기계유씨종친회·부운장학회, 2014.

363 金昌協, 「司憲府大司憲俞公行狀」, 『農巖集』 卷28. 한국고전번역원(구 민족문화추진회) 송기채 번역 참조.

364 宋時烈, 「大司憲俞公神道碑銘 幷序」, 『宋子大全』 卷168.

365 南九萬, 「大司憲俞公墓誌銘」, 『藥泉集』 卷15.

침내 간난 속에서 공적을 이루지 못하고, 지위가 승진이 더해지지 않아 끝내 재주를 드러내지 못하고 세상을 떠났으니, 군자들이 이를 애석해한다.

「유철증별시비」에 실린 시들은 다음과 같다.

① 「주천증별시(酒泉贈別詩)」: 호주(湖洲) 채유후(蔡裕後, 1599~1660) 지음. 부제학 이재(李縡, 1680~1746) 씀.

② 「동막언지시(東幕言志詩)」: 회국(晦谷) 조한영(曺漢英, 1608~1670) 지음. 우참찬(右參贊) 신임(申鈓, 1639~1725) 씀.

③ 「연행증별시(燕行贈別詩)」: 시남(市南) 유계(兪棨) 지음. 좌의정(左議政) 권상하(權尙夏) 씀.

④ 「은대술회시(銀臺述懷詩)」: 낙정(樂靜) 조석윤(趙錫胤) 지음. 삼연자(三淵子) 김창흡(金昌翕, 1653~1722) 씀.

⑤ 「영영증별시(嶺營贈別詩)」: 백주(白洲) 이명한(李明漢, 1595~1645) 지음. 이조판서 이건명(李健命) 씀.

⑥ 「모우내방시(冒雨來訪詩)」: 창주(滄洲) 김익희(金益熙, 1610~1656) 지음. 대제학 김진규(金鎭圭, 1658~1716) 씀.

⑦ 「영영증별시(嶺營贈別詩)」: 기천(沂川) 홍명하(洪命夏, 1607~1667) 지음. 해창위(海昌尉) 오태주(吳泰周, 1668~1716) 씀.

⑧ 「주천증별시(酒泉贈別詩)」: 잠곡(潛谷) 김육(金堉, 1580~1658) 지음. 우의정 조상우(趙相愚, 1640~1718) 씀.

명나라 장수의 시비

경남 남해군 남해읍에 있는 「장양상동정마애비(張良相東征磨崖碑)」는 「동정시비(東征詩碑)」라고도 한다. 화강암 바위를 깊이 5cm, 가로 1.31m, 세로 2.53m의 장방형으로 갈아내고 글씨를 새겼다. 독공정왜유격장군(督工征倭遊擊將軍) 장양상(張良相)이 정유재란 때 명나라 장수 이여송(李如松)과 진린의 행적을 시로 기록한 내용이다. 『금석집첩』 181麾(교173麾:城/海/橋/臺/寺/碑/天將碑) 책에 탁본이 있고, 비를 제작한 연도를 만력 37년 기해년(선조 32, 1599) 양월 상완 길단일(陽月上浣吉旦日), 즉 10월 상순에 건립했다고 밝혔다. 장양상은 정유재란 초 한반도에 들어올 계획이었으나, 전쟁이 끝난 뒤 1599년 5월에 수병 1,500명을 거느리고 조선에 왔다. 그 후 보령 오천(鰲川)의 충청수영, 남해의 남해 왜성 등을 거쳐 부산으로 갔다가 10월에 귀로에 올라, 남해 선소(船所)에서 마애비를 제작했다. 이후 해로로 돌아가다가 한동안 황해도에 머물고 이듬해 여름 중국으로 귀환했다.[366] 「동정시비」의 비제는 「동정시」이다. 본문은 장편의 서문이 있고, 7언 6구와 7언 8구 두 시를 보여주었다. 서문에서는, 장양상은 만세덕이 형개·진린과 협력하여 무공을 세웠다고 칭송했다. 서문에 의하면, 1598년(명나라 만력 26) 늦가을, 조선이 왜구의 침략을 당한 지 6, 7년이 되도록 명나라 원군이 승전했다는 보고가 없자, 명나라 신종 만력제가 진노하여 중승 만세덕으로 하여금 군사를 살피라고 명했다. 이에 경리(經理) 만세덕은 총독 대사마 형개, 도독 진린 이하 문무장신 10여 명과 함께 군사를 거느리고 조선에 모이도록 했다. 만세덕은 "웅대한 뜻이 드날리고 영명한 풍모로 범처럼 날카롭게 보되, 여러 장수들과 그 심력을 화합하고 충성스런 지모를 다하지 않음이 없었다."고 한다. 명나라 군사는 낙랑(평양)을 거쳐 계림(경주)을 넘어, "부산에서 군사를 빛내고 큰 고래(왜군)를 봉쇄한 뒤에 돌아왔다."고 한다. 그러자 태사씨 구대상(區大相, 1549~1616)은, 예로부터 제왕이 군사를 내어 장수에게 명하면 모두 칭송의 말이 있어서, 군대의 위용으로 국위를 떨친 것을 장대하게 여기고 원수를 같이 치는 우의를 펴며, 전역의 수고로움을 마음 아파해 왔다고 했다. 하물며 이번에는 천자의 군사로 이적을 정벌하여 난폭한 자들을 제거한 것이 만전의 계획에서 나와 순리의 다스림과 위엄이 성대했으므로 이방에 분명히 보여주고 미래에 영원히 알려야 한다고 했다. 구대상은 광동(廣東) 불산(佛山) 사람으로, 자는 용유(用孺), 호는 해목(海目)이다. 만력 연간의 문신이다. 장양상은 그 말에 따라 사(詞) 2장을 지었다.[367] 사 2장은 다음과 같다.

---

366 朴現圭, 「명 張良相의 南海〈東征磨崖碑〉고찰」, 『동아인문학』 38, 동아인문학회, 2017, pp.143-165.
367 張良相, 「東征詩」. "萬曆二十六年季秋, 國家復有事于東夷. 維時朝鮮受倭患, 至是六七年矣. 我師救之, 久未報捷, 天子赫然震怒, 乃命中丞萬公往視師. 經理與總督大司馬刑公, 都督陳公以下, 文武將臣十餘人, 兵會於朝鮮, 先後濟鴨綠江, 數道並進. 惟公壯志鷹揚, 英風虎視, 暨于羣公, 罔不協乃心力, 竭厥忠謀. 將轅樂浪, 踰鷄林, 耀師於釜山, 封鯨鯢而後返. 太使氏區大相, 以爲從古帝王出師命將, 咸有誦言, 以壯軍容宣國威, 伸同仇之誼, 軫於役之勞. 矧夫以天王之師, 征誅夷狄, 芟除暴亂, 箄出萬全, 事出必克, 順治威嚴, 于玆爲盛, 宜宣昭示遠服, 永詔來禳. 於是作詩二章. 雖乏孔碩之雅, 庶揚有□□□云爾." 마지막 문장은 불명의 글자도 있어 뜻이 분명하지 않다. "비록 위대한 아송(雅頌)에는 미치지 못하지만, 부디 드날리길" 등의 뜻인 듯하다.

皇赫怒兮定夷**亂**, 壯士奮兮不遑**宴**.

橫長戟兮簇勁**箭**, 組甲耀兮星辰**煥**.

蹴溟渤兮波濤**晏**, 倚長劍兮扶桑**岸**.

황제가 격노하여 오랑캐 난을 평정하려 하시니

장사가 분발하여 쉴 겨를 없이,

긴 창을 비켜 들고 화살집을 단단히 매고

갑옷이 번쩍이고 투구의 별이 빛났으니,

큰 바다를 박차자 파도가 잔잔하매

부상의 기슭에서 긴 칼에 기대노라.

四極奠兮鰲足斷, 皇靈震兮窮海**外**. 征不庭兮靜殊類, 甲旅悅兮從公**邁**.

封鯨鯢兮戢鱗介, 加日出兮極地**界**. 標穹碣兮際荒裔, 異域來兮嘉王**會**.

자라 발을 잘라 사방 끝 섬을 안정시키니

황령이 진노하여 해외까지 미쳤도다.

조회 오지 않는 이민족 정벌하여 이류를 고요히 만들었으니

갑옷 걸친 군대가 기뻐하며 공의 매진을 따랐도다.

큰 고래를 봉쇄하고 비늘을 움츠리니

해가 뜨는 곳까지 위세 더하고 땅 끝까지 미쳤도다.

중화로부터 먼 곳에서 큰 비에 표시하나니

이역에 와서 천자 군대의 모임을 축하하노라.

「동정시비」는 앞서 보았던 부산의 「만세덕기공비(萬世德紀功碑)」[부산자성비명(釜山子城碑銘)]와 성격이 같다. 「만세덕기공비」는 「동정시비」보다 앞서 1599년 8월 상순에 경리 만세덕이 낭중 가유약(賈維鑰)에게 짓게 했으며, 조선 조정은 그해 10월경 자성대에 그 비석을 세웠다. 「만세덕기공비」는 '비명'이라 칭한 반면에, 「동정시비」는 '시비'로 칭한 것이 다르다.

비지는 불교의 비와 사대부의 비, 서민의 비가 다르다. 불교 비석은 제3부에서 보았 듯이 기적비, 중수비 등이 발달했지만, 부도와 함께 세우는 탑비 또한 건립되었다. 탑 비는 부도 주인의 행적을 기록하는 비로, 부도비라고도 한다. 한편 사대부의 비지는 피장자의 신분, 품계(관직)에 따라 규모가 달랐다.

고려와 조선에서는 중국 사례를 고증하거나 전통 예제를 준거로 삼아 비지를 제작 했다. 조선시대에 서인 유계(兪棨)와 윤선거(尹宣擧)가 함께 집필하고 윤증(尹拯)이 증 보한『가례원류(家禮源流)』[1]는 북송 사마광(司馬光)이 제시한 품계별 비석 규모를 소개 했다. 이의조(李宜朝, 1727~1805)의『가례증해(家禮增解)』(간행은 1824년)도 같은 내용 을 소개했다.

사대부의 비석 가운데는 조상의 기일만 새긴 비석도 있다. 이것은 한 개인의 전기 를 적는 비지와는 다르다. 하지만 선영에 세우는 것이라는 점에서 비지류의 범주에 넣 을 수 있다. 경기도 양평군 양동면 쌍학리 덕수이씨 묘역의 세장비(世葬碑), 서울시 강 남구 수서동 광평대군묘 등 기록을 담은 세장기비(世葬紀碑)가 그 예이다.

---

1 『명재연보(明齋年譜)』의 무술년(1658) 9월과 계사년(1653) 윤5월 기록에, "윤증은 부친 노서(魯西) 윤선 거와 시남(市南) 유계가 함께 편찬한『가례원류』의 교정을 담당했다. 이로 인해 당파 간의 시비가 있었 다."라고 했다.

여기서는 고려와 조선의 탑비(석종)와 일반 비지 가운데 입전의 형식을 취한 비문을 대상으로 그 문체의 기본적 유형과 역사적 변모 양상을 살펴보기로 한다.

1. 탑비와 석종비

불교 비석은 고대 국가와 남북국시대에 이미 여러 부류로 나뉘어 발달했다. 다만 오늘날 실물과 문헌으로 확인되는 것은 고려 말, 조선의 것들이 많다.[2] 여기서는 부도와 함께 세우는 탑비(부도비)와 그 변형 형태인 석종비의 예를 살피기로 한다. 우선 7세기 중반(627~649)에 신라의 원광(圓光)과 혜숙(惠宿), 백제의 혜현(惠現) 등의 부도가 건립되었다는 기록이 있다.[3] 하지만 844년 제작된 「금동탑지(金銅塔誌)」가 나온 「염거화상탑(廉居和尙塔)」이 연대가 확인되는 가장 오래된 탑비이다. 이미 살펴본 최치원의 사산비명 가운데 「대숭복사비명」을 제외한 세 비명은 탑비이다. 후대의 예로 「신흥사노한당탑(新興寺盧閑堂塔)」(1582)은 복판 받침에 탑명과 간지가 새겨져 있다. 대개는 모체에 간단한 명문을 새기다가, 문장을 새긴 탑비를 부도와 별도로 세우게 되었다. 대표적 사리탑명으로 권근(權近, 1352~1409)의 「미원현소설산암원증국사사리탑명(迷源縣小雪山菴圓證國師舍利塔銘)」, 이현석(李玄錫, 1647~1703)의 「낙산사해수관음공중사리비명(洛山寺海水觀音空中舍利碑銘)」, 신유한(申維翰, 1681~1752)의 「법광사석가불사리탑중수비(法廣寺釋迦佛舍利塔重修碑)」, 허훈(許薰, 1836~1907)의 「팔공산동화사중수석가여래사리탑비명(八公山桐華寺重修釋迦如來舍利塔碑銘)」·「석함홍당비명(釋涵弘堂碑銘)」·「용악당선사비명(聳嶽堂禪師碑銘)」, 이건창(李建昌, 1852~1898)의 「경봉대사탑명(景峰大師塔銘)」·「이봉화상탑명(离峰和尙塔銘)」 등이 있다. 부도비의 명칭을 사용한 예로는 채팽윤의 「양산통도사석가부도비(梁山通度寺釋迦浮圖碑)」가 대표적이다.[4]

---

2 불교의 문헌으로 비문, 사적비, 상량문 가운데 중요한 것들은 이미 동곡일타(東谷日陀, 1927~1999)가 『동곡문헌(東谷文軒)』(불멸 2535년 신미=1991)에서 원문과 번역문을 수록한 바 있다.

3 원광 부도와 혜숙 부도의 건립 사실은 『三國遺事』 卷4 「義解」 5 '圓光西學'·'二惠同塵'에 나온다. 혜현 부도의 건립 사실도 『三國遺事』 卷5 「避隱」 8 '惠現求靜'에 나온다.

4 부도란 Buddha를 음역한 말로, 수행 높은 스님을 부처와 같은 대우를 한 데에서 나온 말인 듯하다. 후한 때부터 승려의 사리를 모신 탑도 부도라고 했다. 한자로는 부도(浮屠), 부도(浮圖), 부두(浮頭), 불도(佛圖), 부도(部圖), 포도(浦圖) 등으로 적는다. 탑을 부도라고 하는 것은 솔도파(窣屠婆, stupa), 즉 탑파(塔婆)의 음이 변전된 것이라고도 한다.

(1) 신라와 고려 초 화상비

「서당화상비」

원효는 속명이 설서당(薛誓幢)이었다. 그를 추모하기 위해 세운 비는 그 속명을 따서 「서당화상비(誓幢和尙碑)」라고 한다. 서당은 본명이 아니라 군직명이다. 1914년 경북 경주시 보덕동 고선사 터에서 원비 하반부에 해당되는 단석 3개가 발견되고, 1968년 경주시 동천동 동천사 터라고 전해지는 곳에서 원비의 향좌 상부에 해당되는 삼각형 단석이 발견되었다.[5] 뒤에 발견된 단비에 '貞元年'의 기록이 있어, 원비는 원효의 손자 설중업(薛仲業)이 779, 780년 일본에 사신으로 다녀온 후 김언승(金彦昇: 뒷날 헌덕왕)의 후원으로 9세기 초에 건립했으리라 추정된다. 비문의 찬자는 미상이다.[6] 원효 탄생의 서징(瑞徵)과 시적(示寂) 기록이 『삼국유사』 권4 '원효불기(元曉不羈)'조나 『삼국사기』 권46 '설총'전과 부합한다.[7] 「서당화상비」의 서는 몇몇 구절에 변문 투식이 확인되고, 사(詞)는 환운의 4언 고시이다. 비문의 판독은 이러한 문체적 특성을 고려해야 할 것이다. 마멸이 심하고 기존의 판독문으로는 단구(斷句)조차 어려운 면이 있다. 서에서 변문 투식을 확인할 수 있는 구절과 명에서 용운의 사실을 확인하여 판독의 범위를 확장해 나갈 필요가 있다(표 4-1).

몇몇 제행을 선별하여 평측을 살펴보면, 한 구절 안의 평측교호법을 지킨 사실을 알 수 있다. 특히 다음 예들은 앞 연의 짝수 번째 구와 이어지는 연의 홀수 번째 구의 평측을 일치시키는 염률도 지켰다. 다만 이러한 예들은 매우 적다. 판독의 오류 때문인지 알 수 없다.

6행　早應天成, 家邦□晏. 恩開大造, 功莫能宣.

　　　측측평평　평평□측　평평측측　평측평평

5　1914년 발견된 단석 3개는 비석의 하단부에 해당하는데, 높이 86cm, 너비 93cm, 두께 23cm이다. 현재 국립중앙박물관에 보관되어 있다. 1968년 발견된 단석은 세로 45cm, 가로 51cm, 두께 24cm로 앞서 발견된 단석과 아래위로 연결된다. 현재 동국대학교 박물관에 있다.

6　'音里火 三千幢主 級湌 高金□ 鐫'이라 하여, 각자를 밝히고 있다. 글씨는 2cm 정도의 행서로 모두 33행이다. 葛城末治, 『朝鮮金石攷』, 大阪屋號書店, 1935; 황수영, 『한국금석유문』, 일지사, 1976; 김상현, 「新羅誓幢和上碑의 재검토」, 『초우황수영박사고희기념한국미술사학논총』, 통문관, 1988.

7　한국고대사회연구소 편, 『역주 한국고대금석문』 Ⅲ, 가락국사적개발연구원, 1992, 남동신 번역 참조.

|표 4-1| 「서당화상비」 비문

행	기왕의 관독문과 단구(斷句) 시안
2	▨初無適莫. 慈迦如影隨形, 良由能感之心. 故所應之理, 必然大矣哉! 設欲抽法界, 括
3	▨相印, 登法空座, 作傳燈之□, 再轉法輪者, 誰其能之, 則我誓幢和上, 其人也. 俗
4	▨佛地, 命體高仙, 據此村名佛地. □是一途, 他將佛地, 我見丘陵, 何者? 只如聚
5	▨□, 母初得夢, 流星□入懷, 便□有□, 待其月滿, 分解之時, 忽有五色雲□, 特覆母居.
6	▨文武大王, 之理國也, 早應天成, 家邦□晏. 恩開大造, 功莫能宣. 爲蠢動之乾坤, 作黔
7	▨□啓□, 獨勝歡大師, 德惟宿植, 道實生知, 因心自悟, 學□從師, 性復孤誕. 滋情
8	▨昏衢, 拔苦濟厄, 旣發僧那之願, 研微析理, □□薩云之心矣. 王城西北, 有一小寺,
9	▨識記□□外書等, 見斥於世□. 就中十門論者, 如來在世, 已賴圓音, 衆生等
10	▨雨驟, 空空之論雲奔. 或言我是, 言他不是. 或說我然, 說他不然. 遂成河漢矣, 大
11	▨山而投廻谷. 憎有愛空, 猶捨樹以赴長林. 譬如靑藍共體, 氷水同源, 鏡納萬形, 水分
12	▨通融, 聊爲序述, 名曰十門和諍論, 衆莫不允, 僉曰善哉! 華嚴宗要者, 理雖元一, 隨
13	▨□□□□, 讚歎婆娑, 翻爲梵語, 便附□人, 此□言其三藏寶重之由也. 山僧提酒,
14	▨□后土立待, 更不曾移此顯冥心之倦也. 女人三禮, 天神遮之, 又表非入, 愛法來
15	□□□村主, ▨心法, 未曾□悉, □觀□□□□, □下之言, □□正講, 忽索瓶水, □西 □之言曰: 我見
16	大唐聖善寺, 被火災▨□□□□□□□, 灌水之處, 從此池成, 此□高仙寺, 大師房前, 小池是也.
17	倭南演法, □峯騰空, ▨而□□大師, 神測未形, 知機復遠, □□□歸, 移居穴寺, 緣以神廟非遙, 見神
18	不喜, 意欲和光, 故白日▨, 通化他方, 以垂拱二年, 三月卅日, 終於穴寺, 春秋七十也. 卽於寺之西峯, 權宜龕室,
19	未經數日, 馬騎成群, 取將髑體, ▨□萬善, 和上識中, 傳□佛法, 能者有九人, 皆稱大□, 大師在初, 蓋是毗讚.
20	玄風之大匠也. 大師曰: 我▨乎, 大曆之春, 大師之孫, 翰林字仲業, □使滄溟, □□日本. 彼國上宰, 因□語
21	知, 如是大師賢孫, 相歡之甚, 傾▨, 諸人□□期, 淨刹頂戴, 大師靈章, 曾無□捨, 及見□ 孫, □瞻□□, 論主昨來, 造
22	得頌文, 已經一紀, 雖不躬申, 頂禮親奉. ▨知神□, 有□□聲者, 有奉德寺, 大德法師, 三藏神將, 理□□與慈和, 知心空寂,
23	見法無生, 道俗咸稱, 僧龍法□, 奉尋▨行遇聖, 人攀靡絶, 追戀無從, 尤見□人頌文, 據尋□寺□覺幾焉, 寧知日□
24	更有千叔哉? 以此貞元年中, 躬▨像□, □是傷心, 乃苦□□倍增, 便策身心, 泥堂葺屋, 二□□□□□□池之□□

506

행	기왕의 판독문과 단구(斷句) 시안
25	造大師居士之形, 至于三月□▨□山輻湊, 傍野雲趣, 覩像觀形, 誠心頂禮, 然後講讚. □ □□□□□□□□□角
26	千金彦昇公, 海岳精, 乾坤秀, 承親▨三千心超, 六月德義, 資□□光□物, 見彼山中, 大德 奉□□□□□□□□方銘
27	歸心委命, 志在虔誠, 尊法重人. ▨之靈跡, 非文無以陳其事, 無記安可表其由? 所以令僧 作□, □□□□□□自揆無
28	能, 學不經, 邃辭, 不□免, 輒謏▨皆趣矣. 塵年不朽, 芥劫長在. 其詞曰: 偉哉法體, 無處不 形. 十方▨三明, 高仙大師, 佛地而生. 一代□言, 深窮正理. 此界他▨
29	□□赤弓, 向彼恒沙, 狂言▨(移□), 還爲居士(*土), 淡海之□, 溟東相府, 匡國匡家, 允文 允武, □□□□, □其祖父.
30	□□欲□, 不勝手舞, 惆悵▨海□, □□□身, 莊談□聖, 快說通神, 再修穴□(*土), □ □□□, 長辭帝闕(*闕),
31	不斷□窟. 經行樂道, 寂▨覺. 遺跡遺文, 盡蒙盡湮. 大師□當. □□□□, □□含啼. □月
32	每至. □□成臻, 啓讀日▨銘, □□穴寺, 堂東近山. 茲改□□. 恒□

＊: 판독하기는 어려우나 문맥상 추정한 글자

25행 □山輻湊, 傍野雲趣, 覩像觀形, 誠心頂禮, 然後講讚.

　　□**평측측 측측평평 측측평평 평평측측 평평측측**

비문의 서(序)를 판독한 문장은 오자와 탈문이 많으므로 염률(가위법)의 사실을 완전하게 검토할 수는 없다. 하지만 보조 서술에 필요한 산구(散句)보다는 전체적으로 4언 제행(齊行)으로 정돈한 것이 분명하다.

사(詞)는 4언시로, 환운을 했다. 압운의 구조를 고려하여 재배열하면 다음과 같다. 판독 불가능한 글자(□)의 경우도 대우법과 평측교호법을 고려해서 그 글자의 평측 정도는 추정할 수 있다(□̇).

偉哉法體 無處不形 十方□□ □□三明　：形–평青, 明–평庚

高仙大師 佛地而生 一代□言 深□窮正」：生–평庚, 正–평庚

理此界他 □□赤弓 向彼恒沙 狂言□□̇」：弓–평東, □̇–평東

□□移□ 還爲居士 淡海之□ 溟東相府　：土–상麌, 府–상麌

匡國匡家 允文允武 □□□□ □其祖父　：武–상麌, 父–상麌

□□欲□ 不勝手舞」　　　　　　　　：舞–상麌

惆悵□□ 海□□身 莊談□聖 快說通神」 : 身－평진, 神－평진

再修穴寺 □□□□ 長辭帝闕 不斷□窟」 : □－입월(혹은 통운), 窟－입월

經行樂道 寂□□覺 遺跡遺文 盡蒙盡渥」 : 覺－입각, 渥－입각

大師□當 □□□□ □□含啼 □月每至 : □－거실(혹은 통운), 至－거실

□□成臻 啓讀日□ □□□銘 □□穴寺」 : □－거실(혹은 통운), 寺－거실

堂東近山 玆改□□ 恒□   : 압운 미상

이 명에서 "理此界他 □□赤弓 向彼恒沙 狂言□□"의 부분은 '赤弓'의 판독이 옳
다면 평성 東운을 압운한 것이 된다. '弓'은 '弙'의 오자일 수 있으나, 방증 자료가 없
으므로 미상으로 처리한다. 또한 종래의 판독문에 따르면 마지막 '恒□' 두 글자는 구
법에 맞지 않는다. '玆改' 다음에 두 글자 이상 마모되었을 가능성이 있다.

원효는 고려 숙종 6년인 1101년에 의상(義相)과 함께 국사(國師)의 호를 받았다. 70
년 뒤 명종 때 최유청(崔惟清, 1095~1174) 찬술의 글을 새긴 「화쟁국사비(和諍國師碑)」
가 분황사에 건립되었다. 김시습(金時習)은 29세 때인 1463년에 분황사의 「화쟁국사
비」를 보고 「무쟁비(無諍碑)」라는 군불견체 칠언고시를 지었다.[8] 「화쟁국사비」는 김정
희의 지(識)가 새겨진 대좌가 분황사에 전할 뿐, 비문의 내용을 알 수 있는 문헌이 아
직 발견되지 않았다. 다만 김시습의 시를 통해 원효의 효를 피휘하여 '욱(旭)'으로 적
었으리라 추정할 수 있다.

「태자사낭공대사백월탑비명」

국립중앙박물관에는 신라 말 고려 초의 낭공대사(朗空大師) 행적(行寂, 832~916)을
기리는 「태자사낭공대사백월탑비명(太子寺郎空大師白月塔碑銘)」이 있다. 본래 954년
(고려 광종 5) 경북 봉화 태자사에 세워진 것이다.[9] 1509년(중종 4) 가을에 영천군수 이
항(李沆, 1506~1560)이 이 비를 찾아 관아에 옮겨 보관하고 추기를 적었다. 추기의 글씨
는 박눌(朴訥)이 썼다.[10] 1662년(현종 3) 3월 남구만(南九萬)이 영천에서 탑비를 본 기록

---

8 김상현, 『역사로 읽는 원효』, 고려원, 1994, pp.285-289; 심경호, 『김시습평전』, 돌베개, 2003, pp.212-217.

9 조선총독부 편, 『조선금석총람』, 일한인쇄소인쇄, 1919; 아세아문화사, 1976 영인; 劉喜海, 『海東金石
苑』 上, 亞細亞文化社, 1976; 李智冠 역, 『(校勘譯註) 歷代高僧碑文』 高麗篇 1, 伽山佛教文化研究院,
1994; 한국역사연구회, 『譯註 羅末麗初金石文』 上下, 혜안, 1996; 박윤진, 「高麗初 高僧의 大師 追封」,
『한국사학보』 14, 고려사학회, 2003.

10 비제는 「新羅國故兩朝國師教諡朗空大師白月棲雲之塔碑銘并序」이고, 찬자와 집자자에 대해 "門人翰林

도 있다. 남구만은 박눌이 쓴 이항 추기를 옮겨 적은 후, 탑비의 글씨가 김생의 것은 아니라고 추정했다.[11] 비문은 최인연(崔仁渷), 즉 최언위(崔彦撝)[12]가 짓고 신라 명필 김생의 행서 글씨를 승려 단목(端目)이 집자하여 승려 숭태(嵩太)·수규(秀規)·청직(淸直)·혜초(惠超) 등이 새겼다고 한다. 비문은 31행에 1행 83자씩 쓰여 있다. 낭공대사는 해인사에서 출가하고 사굴산문 범일의 제자가 되어 당에 건너가 석상경저(石霜慶諸)의 법을 잇고 돌아와 효공왕의 초빙도 받고 김해 호족 김율희의 귀의도 받다가 입적했다. 비문은 그 생애를 서술했다. 낭공대사의 입적 이듬해에 지었으나, 비를 건립한 것은 38년이 지난 954년의 일이다. 비의 뒷면에는 954년 비를 세울 때 순백(純白)이 낭공대사의 제자 양경(讓景)과 윤정(允正)에 대해 길게 서술하고 비문 찬자인 최인연에 대해서도 기술하여 그 내용을 새겼다. 마지막에 건립 담당 승려와 각자, 삼강직이 나온다.

비명의 서는 다음 내용으로 구성되었다.

ⓐ 철인(哲人)이 출세하고 개사(開士)인 도사(導士)가 나타나 진종(眞宗)을 나타내며 참된 방편을 널리 선양하여 중묘(衆妙)의 문으로 돌아가게 해주길 기대한다. 계주(髻珠)를 찾고 심인(心印)을 전수하여 이러한 경지에 도달한 분이 바로 낭공대사라 말했다.

ⓑ 대사의 법휘(法諱)는 낭공, 속성은 최씨이며, 부는 최패상, 모는 설씨이다.

ⓒ 대사는 학당에서 공부하다가 출가 수도하여, 가야사 해인사에서 종사(宗師)를 친견하고 경론(經論)을 탐구했다. 대중(大中) 9년(855) 복천사(福泉寺) 관단(官壇)에서 구족계를 받고, 굴산(崛山)으로 가서 통효대사(通曉大師)를 친견하고 입실했다.

ⓓ 함통(咸通) 11년(870, 경문왕 10) 비조사(備朝使) 김긴영(金緊榮)을 따라 중국으로 가서

學士守兵部侍郞知瑞書院事賜紫金魚袋 臣崔仁渷奉敎撰, 金生書 釋端目集"이라고 밝혔다. 버클리대학의 탁본은 3종이 있다. A본은 비양(碑陽: 비의 앞면)과 비음(碑陰: 비의 뒷면)을 탁본하여 원래의 크기대로 배접한 것이다. 이외에도 비의 앞면을 탁본하여 1행 12자씩으로 배열한 것이 두 종류, 비의 뒷면을 탁본하여 1행 12자씩으로 배열한 것이 두 종류가 더 있다. 이 4종의 탁본첩은 비양과 비음의 탁본을 짝 맞추기 어렵다. 탁본 첩의 겉표지 안쪽에는 '1908'이라는 연도 표시가 있다. 또한 버클리대학 소장 「신라국석남산고국사비명후기(新羅國石南山故國師碑銘後記)」의 탁본은 음기를 탁본한 이본이다.

11 南九萬, 「嶺南雜錄」, 『藥泉集』 卷29.

12 최인연, 즉 최언위의 본관은 경주로, 초명이 신지(愼之) 혹은 인연(仁渷)이었다. 시호는 문영(文英)이다. 885년(헌강왕 11) 당나라에 유학하여 문과에 급제, 909년(효공왕 13) 귀국한 뒤 집사성시랑서서원학사(執事省侍郞瑞書院學士)를 지냈다. 935년(태조 18) 고려에서 태자사부·문한을 거쳐 대상원봉대학사한림원령평장사(大相元鳳大學士翰林院令平章事)에 이르렀다. 최인연이 글씨를 쓴 비로는 「낭원대사오진탑비명(朗圓大師悟眞塔碑銘)」, 「정토사법경대사자등탑비명(淨土寺法鏡大師慈燈塔碑銘)」 등이 남아 있다. 「영월흥녕사지징효대사탑비」 비문을 지었다. 정광(政匡)에 추증되었다.

의종 황제를 만나 구법의 뜻을 말하고 총애를 받았다. 이후 오대산 화엄사(花嚴寺) 문수대성(文殊大聖) 앞에서 기도하다가 신인의 가르침을 받고 남방으로 향했다. 건부(乾符) 2년(875, 헌강왕 원년) 성도(成都)에 이르러 정중정사(淨衆精舍)에서 신라승 무상대사(無相大師)의 영당(影堂)에 참배하고 석상경제(石霜慶諸)를 찾아가 입방(入榜)을 허락받았다. 이후 형악(衡岳)과 조계산 및 사방을 두루 참방했다.

ⓔ 중화(和和) 5년(885, 헌강왕 11)에 귀국해서 굴령(堀嶺)으로 가서 다시 통효대사를 배알하고, 운수행각의 길을 떠나 천주사(天柱寺)와 수정사(水精寺)에 머물기도 했다. 문덕(文德) 2년(889) 4월 굴산대사의 임종을 지키고 삭주(朔州: 명주) 건자난야(建子蘭若)에 주석(住錫)했다.

ⓕ 효공대왕(孝恭大王)이 즉위하고(897) 선종을 흠모하여 대사를 경주로 불렀는데, 천우(天祐) 3년(906, 효공왕 10) 9월 초 서울로 갔다. 효공왕은 그를 국사의 예로 대우했다. 이듬해 늦여름 김해 지방에 가서 그 지역의 유력한 호족세력인 김율희(金律熙)의 후원을 받았다. 정명(貞明) 원년(915, 신덕왕 4)에는 신덕왕도 국사로 삼았다. 남산의 실제사(實際寺)에 머무르며 설법했다. 가을 7월에 여제자인 명요부인(明瑤夫人)의 요청에 따라 석남산사(石南山寺)에 머물렀다.

ⓖ 이듬해(916, 신덕왕 5) 봄 2월 12일 아침, 가부좌를 하고 입적하니, 나이는 85세, 승랍 61년이었다.

ⓗ 대사는 대각의 진신이며 관음의 후신으로, '살아서도 죽어서도 사람들을 감화하고, 처음부터 끝까지 도를 넓히셨다[存歿化人, 始終弘道].' 이에 여러 제자들이 왕에게 주달하여 비명 세우기를 청했다.

ⓘ 경명왕이 '낭공대사'라는 시호와 '백월서운지탑(白月栖雲之塔)'이라는 탑호를 내려주고 최인연에게 비문의 찬술을 명했다. 최인연은 스님으로부터 자비하신 가르침을 입었으며, 종맹(宗盟)으로써 임금의 보살핌을 입은 것에 보답하는 뜻으로 붓을 잡아 정성을 다했다고 썼다.

비문은 낭공대사의 행력을 따라 편년체(당나라 연호 사용)로 서술했다. 중국 내 고승들을 참알(參謁)한 내력을 서술한 ⓓ 부분에 "건부(乾符) 2년 성도에 이르러 이리저리 순례하다가, 사천성 성도의 정중정사에 도달하여 무상대사의 영당에 참배하게 되었으니 대사는 신라 사람이었다."라는 언급은 매우 중요하다. 무상대사, 즉 김화상의 선사상이 신라에 영향을 끼친 사실은 아직 더 논구할 필요가 있다. 그리고 허두의 ⓐ, 임종을 기술한 ⑧, 평가어를 기술하고 제자들이 비명을 세울 것을 청한 ⓗ의 세 부분은 시간 흐름을 따르지 않고, 의론과 칭송의 서술법을 취했다.

ⓐ 나는 들었노라. 진리의 경지는 볼 수도 들을 수도 없고, 현현(玄玄)의 세계로 가는 나루터는 멀고 드넓으니, 맑기는 푸른 바다와 같고, 아득하기는 높은 허공과 같도다. 분별지의 배로 어찌 그 끝까지 도달할 수 있으리오? 지혜의 수레로는 능히 그 끝을 찾을 수 없도다. 하물며 성인(부처)의 시대로부터 떨어진 것이 아주 멀고, 범부의 세계에 응체한 것이 이미 깊어서, 원숭이처럼 날뛰는 마음을 제어하지 못하고, 고삐 없는 말처럼 떠도는 의식을 조율하기 어려움에야 더 말해 무엇하랴? 이로 인하여 헛된 것만 따라가고 진실을 저버리는 자들이 모두 귀신을 허겁지겁 따르려는 뜻을 품고, 유(有)에 고집하고 공(空)의 이치에 미혹한 이들이 모두 욕망의 화염을 좇아가려는 생각을 일으키는 것과 다르지 않다. 만약 철인(哲人)이 세간으로 나오고 개사(開士)가 시기를 타서, 진종(眞宗)을 높이 부연하고 참된 유인을 널리 선양하지 아니하면, 어떻게 중중현현(重重玄玄)의 예를 끌어다가 중묘(衆妙)의 문으로 돌아가게 할 수 있겠는가? 가만히 계주(髻珠)를 인가받고 비밀리에 심인(心印)을 전수받아, 이러한 도에 이른 자가 어찌 다른 사람이겠는가? 낭공대사가 그런 분이시다.[13]

⑧ 그때에 구름과 안개가 캄캄하고 산봉우리가 진동했는데, 산 아래 사람이 산정(山頂)을 올려다보니 오색의 광기(光氣)가 하늘로 향해 뻗치고, 그 가운데 한 품물이 하늘로 솟아났는데 마치 금으로 된 기둥과 같았다. 이것이 어찌 지순(智順) 스님이 열반할 때 방안에 향기가 가득하고 하늘로부터 화개(花盖)가 드리운 것과 법성(法成) 스님이 입적(入寂)함에 염한 시신을 감마(紺馬)가 등에 업고 허공으로 올라가는 것뿐이라 하겠는가! 이에 문인들은 오정(五情: 오장)이 잘리는 것같이 애통해하여, 천속(天屬)을 잃은 듯이 했다.[14]

ⓗ 대사께서는 영정(靈精)을 하악(河嶽)에서 받았고, 기질은 성신(星辰)으로부터 얻어 신분은 누더기 걸치는 황납(黃衲)에 속하지만, 황상(黃裳)의 길상(吉相)에 응했다. 이에 일찍이 선경(禪境)에 깃들였고 오랫동안 객진번뇌(客塵煩惱)를 털어버렸으며, 두 임금을 양조(兩朝)에 걸쳐 보비(補裨)하고 군생을 삼계고해(三界苦海)에서 구제했다. 나라가 태평

---

13 聞夫眞境希夷, 玄津杳渺, 澄如滄海, 邈若太虛. 智舟何以達其涯? 慧駕莫能尋其際. 況復去聖逾遠, 滯凡旣深, 靡制心猿, 難調意馬? 由是徇虛弃實者, 俱懷逐塊之情, 執有迷空者, 盡起趨炎之想. 若非哲人出世, 開士乘時, 高演眞宗, 廣宣善誘, 何以返重玄之禮, 得歸衆妙之門? 潛認髻珠, 密傳心印, 達斯道者, 豈異人乎? 大師是也.

14 于時雲霧晦冥, 山巒震動, 有山下人, 望山頂者, 五色光氣, 衝於空中, 中有一物上天, 宛然金柱. 豈止智順則天垂花盖, 法成則空歆靈棺而已哉? 於是門人等傷割五情, 若忘天屬.

하고 마적(魔賊)이 귀항(歸降)했으니, 참으로 대각의 진신(眞身)이며 관음의 후신인 줄 알겠도다. 현관(玄關)을 열어 지묘(至妙)한 이치를 부양(敷揚)하고, 자실(慈室)을 열어 현도(玄道)의 무리를 흡인(汲引)하셨다. 살아서 열반을 보이심은 부처께서 학수(鶴樹)에서 진적(眞寂)으로 돌아가신 자취를 본받은 것이요, 화신(化身)이 살아 있는 듯함은 가섭존자가 계족산(鷄足山)에서 멸진정(滅盡定)에 들었던 마음을 좇으신 것이다. 살아서도 몰해서도 많은 사람을 교화하고, 처음이나 끝이나 도를 넓히시니, 정혜(定慧)가 무방(無方)하고 신통이 자재(自在)한 분이라고 이를 만하도다.[15]

ⓐ, ⓖ, ⓗ를 보면 변문의 구법과 평측법을 활용한 사실을 알 수 있다. 편년식으로 기술한 곳에서도 변문의 구법이 엄정하다. 한편 사(詞)는 4언 16연 32구이다. 8구(4연) 1전운의 환운 방식을 택했다.[16]

「오룡사법경대사비」

「오룡사법경대사비(五龍寺法鏡大師碑)」는 고려 태조 때 국사였던 법경경유(法鏡慶猷, 871~921), 즉 보조혜광(普照慧光)이 입적한 23년 후인 944년(혜종 원년), 황해도 오룡사에 세운 비석이다. 하단부가 마멸되어 알아볼 수 없다. 행서로 쓴 음기도 마모가 심하다. 하지만 비문은 서(序)와 사(詞)로 이루어져 있고, 서는 고문과 변문의 혼합 문체이며, 사는 7개 구만 판독되지만 일운도저의 오언고시임을 알 수 있다. 찬자는 최언위(崔彦撝)이고, 서자는 승려 선경(禪冏)이며, 각자는 미상이다.[17] 법경경유는 신라 말 충북 충주 개천산(開天山)에 정토사[18]를 창건했고, 고려 태조 7년(924) 국사의 대우를

---

15 大師資靈河岳, 稟氣星辰, 居縷褐之英, 應黃裳之吉. 由是早栖禪境, 久拂客塵, 神二主於兩朝, 濟群生於三界. 邦家安太, 魔賊歸降, 則知大覺眞身, 觀音後體. 啓玄關而敷揚至理, 開慈室而汲引玄流. 生命示亡, 效鶴樹歸眞之跡, 化身如在, 追雞峯住寂之心. 存歿化人, 始終弘道, 可謂定慧無方, 神通自在者焉.

16 至道無爲, 猶如大地. 萬法同歸, 千門一致. 粤惟正覺, 誘彼群類, 聖凡有殊, 開悟無異[去寘]. 懿歟禪伯, 生我海東. 明同日月, 量等虛空. 名由德顯, 智與融. 去傳法要, 來化童蒙[平東]. 水月油澄, 煙霞匿曜, 忽飛美譽, 頻降佳召. 扶贊兩朝, 闡揚玄教, 甁破燈明, 雲開月昭[平蕭]. 哲人去世, 緇素傷心, 門徒願切, 國生恩深. 塔封巒頂, 碑倚溪潯. 芥城雖盡, 永曜禪林[平侵].

17 李俁,『大東金石書』, 아세아문화사, 1976; 조선총독부 편,『조선금석총람』, 일한인쇄소인쇄, 1919; 아세아문화사, 1976 영인; 劉喜海,『海東金石苑』上, 亞細亞文化社, 1976; 허홍식,『한국금석전문(중세 상)』, 아세아문화사, 1984; 李智冠 역,『(校勘譯註) 歷代高僧碑文』高麗篇 1, 伽山佛敎文化硏究院, 1994; 한국역사연구회,『譯註 羅末麗初金石文』上下, 혜안, 1996; 崔柄憲,「羅末麗初 禪宗의 社會的 性格」,『사학연구』25, 한국사학회, 1975; 박윤진,「高麗初 高僧의 大師 追封」,『한국사학보』14, 고려사학회, 2003, pp.1~40.

18 현재 절터만 남아 있다. 이곳에서「정토사법경대사자등탑비」와「정토사법경대사자등탑」,「충주정토사

받았으며, 태조 24년(941) 63세로 입적했다. 시호가 법경이고, 탑명은 자등(慈燈)이다. 비문은 법경대사가 탄생하여 출가하여 당에 건너가 운거도응(雲居道膺)의 법을 전해받아 가지산문의 형미(逈微), 성주산문의 여엄(麗嚴), 수미산문의 이엄(利嚴)과 함께 해동 사무외대사로 불리며 활동하다가 귀국하여, 궁예와 태조에게 왕사의 예우를 받다가 입적한 사실을 기술했다. 비의 뒷면에 상좌(上座)·원주(院主)·전좌(典座)·도유(都維)·직세(直歲) 등 확대된 삼강직과 비사(碑事), 지리사(地理師) 등 비 제작에 관여한 승려직을 열거하고 태조와 호족, 최언위 등 재학제자(在學弟子)의 성명을 나열했다.

(2) 고려시대 탑비

『금석집첩』에 수록된 고려 탑비의 탁본으로 가장 오래된 것은 「해미보원사법인국사보승탑비문(海美普願寺法印國師寶乘塔碑文)」이다.[19] 충남 서산시 운산면 용현리 보원사지에서 출토된 것으로, 978년(고려 경종 3) 건립된 법인국사 탄문(坦文, 900~975)의 탑비이다. 탄문은 속성이 고씨(高氏)로, 경기도 광주 출신이며, 자는 대오(大悟)이다. 김정언(金廷彦)이 왕명을 받아 작성한 비문은, 탄문이 5세에 출가할 뜻을 품어 북한산 장의사(莊義寺) 신엄(信嚴)에게서 불경 등을 배우고 15세에 구족계를 받은 사실, 계행이 매우 높아 고려 태조가 별화상(別和尙)이라 칭한 사실, 왕후가 잉태하자 안산을 기원하니 영험이 있어 태조가 그의 법력을 빌려 광종을 낳게 되자 이에 특별한 대우를 한 사실을 적었다. 그리고 탄문이 『화엄경』과 『대반야경』을 강하여 이적을 보인 일화를 점철했다. 즉, 탄문이 구룡산사(九龍山寺)에서 『화엄경』을 강의할 때는 새가 날아들고 범이 뜰에 와서 엎드리는 일이 있어, 승려들이 그를 별대덕이라고 일컬었다. 942년(태조 25) 탄문이 『대반야경』을 강하니 염주(鹽州)와 배주(白州)의 황충이 없어졌다고 한다. 광종은 968년(광종 19) 국사·왕사의 2사 제도를 실시하여 혜거(惠居)를 국사로 삼고, 탄문을 왕사로 삼아 귀법사(歸法寺)에 머무르게 했다. 974년 국사가 되어 가야

지흥법국사실상탑(忠州淨土寺址弘法國師實相塔)」, 「충주정토사지흥법국사실상탑비」가 출토되었다. 실상탑과 실상탑비는 1915년 경복궁으로 옮겨 보관했다가 현재 국립중앙박물관에 수장되어 있고, 자등탑은 일본으로 반출되었다. 자등탑비는 비신 높이가 3.15m, 너비 1.42m로, 충주댐 건설로 인하여 수몰지인 원래 정토사 터에 있던 것을 1983년에 충북 충주시 동량면 하천리 177-1로 옮겼다.

19 『金石集帖』224聽(교212聽:釋寺) 책에 탁본이 있다. 전액은 「迦耶山普願寺故國師制贈諡法印三重大師之碑」이며, 찬자·서자·전액자에 대해서는 "光祿大夫太丞翰林學士前內奉令臣金廷彦奉制 撰, 儒林郎司天臺博士臣韓允奉制書幷篆額."이라고 밝혔다.

산(상왕산)으로 옮겨가, 다음 해 3월 75세(법랍 61세)로 가부좌한 채 입적했다. 광종은 978년에 '법인'이라 추시(追諡)하고 '보승'이라는 탑명을 내렸다. 김정언이 지은 비문은 변문이다. 첫머리에서 김정언은 탄문을 교선일치의 승려로 규정했다.

> 恭惟, 覺帝釋迦, 鵠樹昇遐之後. 儲君彌勒, 龍華嗣位之前. 代有其仁, 心同彼佛. 佛者覺耶, 師而行之. 故使蒸棗□(海)隅, 引玄津而更廣. 蟠桃山側, 撝慧日以重光. 卽以道之尊, 爲王者師. 德之厚, 爲衆生父. 況乃釋氏三藏有六義. 內爲戒定慧, 禪之根也. 外爲經論律, 敎之門也. 誰其全之, 實大師矣.

삼가 생각건대, 각제이신 석가모니가 구시나가라 곡수(鵠樹)[학수(鶴樹)인 사라쌍수] 사이에서 열반하신 후, 저군이신 미륵보살이 용화회상(龍華會上)에서 불위(佛位)를 계승하기까지, 대대로 인자(仁者)가 있어 마음이 저 부처님과 같았도다. 불(佛)이란 깨달은 자로, 그를 스승 삼아 의행(依行)하는 까닭에, 바다 구석의 증조(찐 대추)로 하여금 진리의 즙액을 이끌어 멀리까지 흐르게 하고, 산기슭의 반도(복숭아)로 하여금 혜일(慧日: 부처의 지혜)을 도와 더욱 빛나게 했습니다. 도(道)가 높으신 까닭에 왕의 스승이 되시고, 덕(德)이 두터우신 까닭에 중생의 아버지가 되셨습니다. 하물며 석씨의 삼장(三藏)에는 육의(六義)가 있으니, 안으로는 계정혜(戒定慧)로 선(禪)의 근본이요, 밖으로는 경율론(經律論)으로, 교(敎)의 본원이 아니겠습니까? 누가 그것을 온전히 갖추었습니까? 실로 대사이십니다.

경북 군위군 화산(華山) 기슭의 인각사에는[20] 보각국사 일연(一然, 1206~1289)의 탑비「인각사보각국사비(麟角寺普覺國師碑)」가 있다. 비제는「고려국의홍화산조계종인각사가지산하보각국존비명병서(高麗國義興華山曹溪宗麟角寺迦智山下普覺國尊碑銘幷序)」, 전액은「보각국존비명(普覺國尊碑銘)」이다. 비제에는 국존이라 했으나 제액에서는 국사라 했다. 1289년(기축) 6월 일연이 입적하자, 충렬왕이 제조(制詔)를 내려 시

---

20 인각사는 642년(선덕여왕 11) 의상대사가 창건했다고도 하고 643년(선덕여왕 12) 원효대사가 창건했다고도 한다. 고려 후기에는 가지산문의 대표적 사찰이었다. 『신증동국여지승람』에 따르면, 동구 석벽이 촉립해 있는데, 기린이 그 위에 뿔을 걸어두었으므로 절이 그런 이름을 갖게 되었다고 한다. 이색(李穡)의「인각사무무당기(麟角寺無無堂記)」(『牧隱集』卷1; 盧思愼・徐居正等, 『東文選』卷72 記)에 따르면, 본당 앞에 탑, 왼쪽에 회랑, 오른쪽에 이선당(以善堂)이 있고, 본당 뒤에 무무당이 있었다고 한다. 임진왜란 때 전각들이 불탔다. 1760년(영조 36) 경주부윤 홍양호가 아전을 보내어 불전루 밑에서 깨진 비를 찾아냈다(洪良浩, 「題麟角寺碑」, 『耳溪集』卷16 題跋). 이종문, 「인각사연구」, 『한문학연구』 15, 계명한문학회, 2001; 이종문, 『인각사 삼국유사의 탄생: 부러진 기린의 뿔을 찾아서』, 글항아리, 2010.

호를 보각(普覺), 탑호를 정조(靜照)라 하고, 그해 10월 탑을 인각사 동남쪽 속칭 부부
마을 뒷산에 세웠다. 운문사 주지 대선사 청분(淸玢)[21]이 일연의 행장을 지어 충렬왕
에게 올리자, 충렬왕은 민지(閔漬, 1248~1326)에게 비문을 짓게 했다. 민지는 서너 해
뒤 비문을 완성했다.[22] 문인 죽허(竹虛)가 왕희지 글씨를 집자해서, 1295년(충렬왕 21)
수성암 비석이 건립되었다. 보각국사비는 보각국사탑과 떨어져 석불좌상과 나란히
있다.[23] 비신은 극히 일부가 남아 있지만, 오대산 월정사(月精寺)에 비문의 사본이 있
다.[24] 민지의 비문은 서와 명으로 이루어져 있고, 서는 변문투의 제행, 고문의 산행, 삽
입시, 백화체 대화문을 얽어서 무애변지(無礙辯智)로 종횡했다. 비문은 대의론으로 시
작했다. 처음은 4언 중심으로 대우를 많이 사용하되 염률은 따르지 않고 평측교호를
행하더니, 차츰 고문의 산행으로 써 내려갔다.

夫淸鏡濁金, 元非二物. 渾波湛水, 同出一源.
其本同而末異者, 在乎磨與不磨, 動與不動耳.
諸佛衆生, 性亦如是.
但以迷悟爲別, 孰云愚智有種?
以至愚望大覺, 勢絶霄壤, 及乎一迴機, 便同本覺.
自迦葉微笑, 達磨西來, 燈燈相續, 直至于今者, 皆以此也.

---

21 뒷날 보감국사(寶鑑國師) 혼구(混丘)로, 자호가 무극(無極)이다.
22 민지의 본관은 여흥(驪興)으로, 자(字)는 용연(龍涎), 호는 묵헌(默軒), 시호 문인(文仁)이다. 1266년(원
   종 7) 문과에 장원 급제했다. 1290년(충렬왕 16) 세자 때의 충선왕을 따라 원나라에 가서, 원나라 조정
   에서 교지(交趾)에 대한 용병을 논의하는 데 참여해 사신을 보내 항복을 받도록 하는 것이 옳다고 함에
   따라 원나라 세조의 인정을 받아 한림직학사조열대부(翰林直學士朝列大夫)에 임명되었다. 정가신(鄭可
   臣)의 『천추금경록(千秋今鏡錄)』을 증수하여 『세대편년절요(世代編年節要)』를 만들고, 『본국편년강목
   (本國編年綱目)』을 편찬했다. 1321년(충숙왕 8) 수정승(守政丞)이 되고, 여흥군(驪興君)에 봉해졌다.
23 탑비는 1962년 인각사로 이건되었다. 정면에 '普覺國師靜照之塔'이라는 탑명(塔銘)이 있다. 탑비는 점
   판암으로 조성했으며, 행간을 음각으로 구획하고 명문(銘文)을 새겼다. 2006년 11월 일연스님 탄생 800
   주년 기념사업의 일환으로 보각국사 탑비를 복원하여 인각사에 새로 세웠다. 비의 앞면에 35행 2,295
   자, 비의 뒷면에 35행 1,670자로 총 3,965자를 왕희지체 글자로 집자했다.
24 비는 본래 크기는 높이 6척, 너비 3척 5촌이라고 한다. 해서 글자 크기는 6분(分)이다. 탁본이 20여 종
   남아 있다. 미국 버클리대학 동아시아도서관에 모두 4종의 탁본이 있는 것을 확인했다. 金相鉉, 「麟角寺
   普覺國師碑 陰記 再考」, 『한국학보』 62, 일지사, 1991; 한국역사연구회, 『譯註 羅末麗初金石文』 上下, 혜
   안, 1996; 李智冠 譯, 『(校勘譯註) 歷代高僧碑文』高麗篇 4, 伽山佛敎文化硏究院, 1997, pp.204~217; 박
   영돈, 「麟角寺 普覺國師碑 復元記」, 『불교와 문화』 29, 대한불교진흥원, 1999, pp.155~161; 銀海寺 一
   然學硏究院, 中央僧伽大學校 佛敎史學硏究所 編, 『麟角寺普覺國師碑銘帖 續集』, 銀海寺 一然學硏究院,
   2000; 정병삼 외, 『2004년 국립문화재연구소 주관 '인각사보각국사비재현'사업 복원본』.

傳其**心**, 得其**髓**, 迴慧日於虞**淵**, 曜神光於桑**域**者, 惟我國尊有焉.

國尊, 諱見明, 字晦然, 後易名一然. 俗姓金氏, 慶州章山郡人也.

考諱彥弼, 不仕, 以師故, 贈左僕射. 妣李氏, 封樂浪郡夫人.

金(평侵) 物(입物) 水(상紙) 源(평元)

異(거寘) 磨(거箇) 動(상董)

生(평庚) 是(상紙)

別(입屑) 種(거宋)

覺(입覺) 壤(상養) 機(평微) 覺(입覺)

笑(거嘯) 來(평灰) 續(입沃) 今(평侵)

心(평侵) 髓(상紙) 淵(평先) 域(입職)

대저 맑은 거울과 탁금(濁金)이 원래 두 가지 품물이 아니요, 혼파(渾波)와 담수(湛水)가 같은 근원에서 나왔다. 근본은 같으나 지말에서 다른 것은 가느냐, 갈지 않느냐, 움직이느냐, 움직이지 않느냐에 달려 있을 뿐이다. 제불과 중생의 본성도 이와 같다. 다만 헷갈리는가 깨닫는가에 따라 차별되니, 누가 어리석고 지혜로운 것이 종자가 다르다고 하겠는가? 지우(至愚)가 대각(大覺)을 바라는 것이 형세상 하늘과 땅보다도 더 떨어져 있다가도, 한번 기틀을 돌리면 곧장 본각(本覺)과 같아진다. 가섭이 미소하고 달마가 서천에서 온 이후, 법등과 법등이 이어져서, 곧바로 지금에 이르러 온 것은 모두 이 때문이다. 그 마음을 전함에, 그 골수를 얻어서, 혜일(慧日)을 우연(虞淵)에서 회전하고 신광(神光)을 상역(桑域)에 비추게 한 분은 오직 우리 국존이 있을 뿐이다.

국존의 휘는 견명(見明), 자는 회연(晦然)이었다가, 뒤에 일연(一然)으로 바꾸었다. 속성은 김씨요, 경주 장산군(章山郡) 사람이다. 아버지의 휘는 언필(彥弼)로 벼슬하지 않았는데, 선사(일연) 때문에 좌복야(左僕射)에 추증되었다. 어머니는 이씨이니 낙랑군부인에 봉해졌다.

이어서 보각국사 일연이 출가하여 승과에 급제한 일, 포산에서 수행하다가 몽골 침공으로 포산에 은거한 일, 선월사·오어사·인홍사·운문사 등에서 주석하다가 국사가 된 일, 인각사로 물러나와 입적한 일을 차례로 기술했다. 일연은 9세 때 1214년(고종 원년) 지금의 광주(光州) 지방인 해양(海陽)의 무량사에서 공부하고, 1219년(고종 6) 설악산 진전사(陳田寺)로 출가하여 대웅(大雄)의 제자가 되어 구족계를 받았다. 1236년 10월 몽고가 침입하여 병화가 전주 고부(古阜)까지 이르렀을 때 오자주(五字呪)[아라파

사나(阿囉跋捨那)]를 염하자, 문수(文殊)가 현신하여 "무주(無住)에 있다가, 명년 여름에 다시 이 산의 묘문암(妙門庵)에 거처하라."라고 했다. 보당암의 북쪽 무주암으로 거처를 옮겨, '생계는 줄지 않고 불계는 늘지 않는다[生界不減, 佛界不增]'라는 구(句)를 참구(參究)하다가 깨달음을 얻었다. 그 뒤 정안(鄭晏)의 초청으로 남해 정림사에 주석하면서, 남해 분사도감에서 간행되는 대장경을 접했다. 정안은 강화도 정부의 집정이던 최이의 처남이다. 최이가 죽고 정권을 이어받은 서자 최항(崔沆)은 정안과 대립했고, 결국 정안이 거세되었다. 이에 일연은 길상암으로 옮겼다. 1259년 고종이 죽고 1260년 원종이 등극했다. 일연은 남쪽의 포산·남해·윤산 등지에서 전란을 피하면서 수행에 전념하다가, 1261년(원종 2) 원종의 부름을 받고 강화도 선월사(禪月寺)에 주석하고, 지눌을 계승했다고 자처했다. 1275년 인홍사(仁弘社)를 확장하고, 조정으로부터 인홍사의 사액을 받았다. 이 무렵 일연은 가지산 문도를 동원하여 『역대연표』를 간행했다. 1277년(충렬왕 3) 왕명으로 운문사 주지가 되었다. 충렬왕은 일연을 찬양하는 시를 바쳤다.[25] 1279년(충렬왕 5) 『인천보감(人天寶鑑)』의 후지(後識)를 썼다. 1283년(충렬왕 9) 3월 국존으로 책봉되어 원경충조(圓徑冲照)의 호를 받았다. 이해 4월 왕이 거듭 만류했지만 고향으로 돌아와 어머니를 봉양했다. 1284년(충렬왕 10) 모친이 96세로 별세하자 인각사를 하산지지(下安之地: 임종처)로 삼았다. 1289년 6월 병이 들어 7월 7일 왕에게 올릴 글을 쓰고, 8일 새벽 선상(禪床)에 앉아 선문답을 나눈 뒤 방으로 돌아가 금강인을 맺고 입적했다. 민지는 일연의 입적을 서술한 뒤에 일연의 품성과 도력을 칭송했는데, 이 부분은 대우나 배비구를 피하고 고문으로 작성했다.

스님은 됨됨이가 말할 때 농담하는 일이 없고, 천성은 가식이 없었다. 진정으로 남을 만나고, 대중 속에 처해도 홀로 있는 것과 같으며, 높은 지위에 있어도 낮은 자리에 있듯 했다. 배움에 있어서는 스승의 가르침을 말미암지 않고 자연히 통달했다. 도에 들어가서는 온실(穩實)하며 무애변지(無礙辨智)로 종횡했다. 고인의 기연(機緣) 어구가 뿌리 서리고 뒤얽히며 소용돌이치고 물결 험하듯 한 곳에 이르러도, 단번에 가르고 시원하게 뚫어서, 넉넉하게

---

25 "밀전(密傳) 받으러 하필 구의(摳衣)하랴? 금지(金地)에서 만나 뵈니 이 또한 기연이로다. 대각회련(大覺懷璉) 같은 분을 궐하로 맞고 싶거늘, 어찌하여 백운 아래 가지만 늘 그리워하시는지[密傳何必更摳衣, 金地逢招亦是奇. 欲乞璉公邀闕下, 師何長戀白雲枝]!" 구의례를 하지 않고도 운문사에서 법강에 참여할 수 있게 된 것을 기뻐하되, 궁중에도 자주 내방하기를 바란다는 뜻을 말한 것이다. 백운지는 상림지(上林枝)와 반대되는 조어이다.

칼날이 틈새를 노닐 듯했다. 또한 선열(禪悅)의 여가에 장경(藏經)을 다시 열람하여 제가의 장소(章疏)를 궁구하고, 유서(儒書)를 곁으로 섭렵하며, 백가제서(百家諸書)를 겸하여 꿰뚫되, 방소에 따라 중생을 이롭게 하여 묘용(妙用)이 종횡했다. 무려 50년 동안 법도(法道)를 닦은 것이 으뜸이어서 머무는 곳마다 서로 다투어 경모(景慕)해서, 스님의 당하(堂下)에 참방하지 못한 것을 부끄럽게 여겼다. 비록 괴걸(魁傑)하다고 자부하는 자라도, 스님의 유방(遺芳)과 여윤(餘潤)을 얻기만 해도 심취하여 망연해하지 않는 이가 없었다. 어머님을 봉양해서 순수하게 효를 행하여, 목주(睦州) 진존숙(陳尊宿)의 가풍을 흠모해서 자호를 목암(睦庵)이라 했다. 나이가 모기(耄期)에 이르러서도 총명이 조금도 쇠하지 않았으며, 남을 가르침에 조금도 권태를 느끼지 않았다. 지덕(至德)과 진자(眞慈)가 아니라면 누가 능히 이와 같겠는가?[26]

민지는 일연이 시적하기 이전 문도들과 나눈 대화 내용을 자세하게 기록했다. 대화는 백화 구어체를 활용했으니, 상당(上堂)의 구어를 옮긴다는 의식을 분명히 드러내려고 문체를 선택한 것이다.[27]

ⓐ 어떤 스님이 앞에 나와 묻기를, "석존이 학림(鶴林)[구시나갈(拘尸那竭)]에서 시멸하셨고, 화상은 인령(麟嶺)에서 귀진(歸眞)하시니, 모르겠습니다, 상거(相去)가 얼마나 되는지요?"하자, 스님께서 주장자를 한 번 내리치면서, "상거가 얼마인가?" 했다. 나아가 이르되 "이렇다면 지금이나 옛날이나 떨어지는 일이 없을 것입니다. 분명하게 목전에 있습니다." 했다. 스님이 또 주장자를 한 번 내리치면서 "분명히 목전에 있다."라고 했다. 나아가 이

---

26 師爲人, 言無戲謔. 性無緣飾, 以眞情遇物. 處衆若獨, 居尊若卑. 於學, 不由師訓, 自然通曉. 旣入道, 穩實而縱之以無礙辯. 至古人之機緣語句, 盤根錯節, 渦旋波險處, 抉別疏鑿, 恢恢焉游刃有餘. 又於禪悅之餘, 再閱藏經, 窮究諸家章疏, 旁涉儒書, 兼貫百家, 而隨方利物, 妙用縱橫. 凡五十年間, 爲法道稱首, 隨所住處, 皆爭景慕, 唯以未叅堂下爲恥. 雖魁傑自負者, 但受遺芳餘潤, 則莫不心醉而自失焉. 養母純孝, 慕睦州陳尊宿之風, 自號睦庵. 年及耄期, 聰明不小衰, 敎人不倦. 非至德眞慈, 孰能如是乎?

27 ⓐ 有僧出問: "釋尊示滅於鶴林, 和尙歸眞於麟嶺, 未審, 相去多少?"師拈柱杖, 卓一下云: "相去多少?"進云: "伊麼則, 今古應無墜, 分明在目前."師又卓一下云: "分明在目前."進云: "三角麒麟入海中, 空餘片月波心出."師云: "他日歸來, 且與上人, 重弄一場."ⓑ 又有僧問: "和尙百年後, 所須何物?"師云: "只這箇."進云: "重與君王造箇無縫塔樣, 又且何妨?"師云: "甚麼處去來?"進云: "也須問過."師云: "知是般事便休."ⓒ 又有僧問: "和尙, 在世如無世, 視身如無身, 何妨住世轉大法輪?"師云: "隨處作佛事."ⓓ 問答罷, 師云: "諸禪德, 日日報之. 痛痒底, 不痛痒底, 模糊未辨."乃拈拄杖, 卓一下云: "這箇是痛底."又卓一下云: "這箇是不痛底."又卓一下云: "這箇是痛底, 是不痛底, 試辨看."ⓔ 便下坐, 歸方丈, 又坐小禪床, 言笑自若. 俄頃, 手結金剛印, 泊然示滅, 有五色光, 起方丈後, 直如幢, 其端煜煜如炎火, 上有白雲如蓋, 指天而去. 時秋暑方熾.

르되, "삼각 뿔의 기린이 바다에 들어가고, 허공의 조각달은 파심(波心)에서 나온다." 하자, 스님이 이르되 "뒷날 다시 돌아오면 상인과 더불어 거듭 한바탕 놉시다." 했다.

ⓑ 또 어떤 스님이 묻기를, "화상께서 100년 후에 구하는 바가 무엇입니까?" 하자, 스님이 이르되 "다만 이것뿐이라." 했다. 나아가 이르되 "군왕과 더불어 무봉탑(無縫塔) 모양을 만들어도 또한 무방하지 않겠습니까?" 하자, 스님이 이르되 "어느 곳으로 가지?" 했다. 나아가 이르되, "물어보아야지요." 하자, 스님이 "이런 일이라면 그만두시게." 했다.

ⓒ 또 어떤 스님이 묻기를 "화상은 세상에 있기를 마치 세상이 없는 것같이 하시고 몸을 보기를 몸이 없는 것같이 하시니, 세상에 머무시며 대법륜을 굴려도 무방하지 않겠습니까?" 하자, 스님이 이르되, "가는 곳마다 불사를 하느니라." 했다.

ⓓ 문답이 끝나자 스님이 이르되, "여러 선덕이여, 날마다 알려주오. 고통스러운지 고통스럽지 않은지, 모호하여 변별할 수가 없소." 하고는, 주장자를 들더니 한 번 내리치고 이르되, "이것은 고통스럽군." 또 한 번 내리치고 이르되, "이것은 고통스럽지 않군." 또 한 번 내리치고 이르되, "이것은 고통스러운지, 이것은 고통스럽지 않은지, 어디 시험해 보시게." 했다.

ⓔ 곧 고좌에서 내려와 방장실로 돌아가서 다시 작은 선상(禪床)에 앉아서 말하고 자약히 웃었다. 이윽고 잠시 후 손으로 금강인을 맺고 조용히 시멸했다. 오색 광명이 방장 뒤쪽에서 일어났는데, 곧기가 당간(幢竿)과 같았으며, 그 끝은 활활 타오르기를 불꽃같이 했다. 위에는 흰 구름이 덮개같이 있었다. 하늘을 손으로 가리키며 떠나갔다. 당시 가을 늦더위가 바야흐로 불타듯 했다.

'탁일하(卓一下)'는 선승의 교회의 한 방법이었다.[28] 그런데 ⓐ 부분에서는 『임간록(林間錄)』상(上)에 나오는 장사(長沙) 경잠선사(景岑禪師)의 「원적일게(圓寂日偈)」가운데 두번째 연(聯)인 7언 2구를 인용했다.

去年三月十有七, 一夜春風撼籌室.
三角麒麟入海中, 空餘片月波心出.
眞不掩僞, 曲不藏直.
誰人爲和雪中吟, 萬古知音是今日.

---

28 普濟 撰, 『五燈會元』卷12 南嶽下十世 汾陽昭禪師法嗣 滁州琅邪山慧覺廣照禪師; 卷19 南嶽下十一世 石霜圓禪師法嗣 袁州楊歧方會禪師.

지난해 3월 17일, 하룻밤 범바람이 주실(籌室)[증과지실(證果之室)]을 흔드니
삼각 뿔의 기린이 바다에 들어가고, 허공의 조각달은 파심(波心)에서 나오누나.
참은 거짓을 가리지 못하고, 굽은 것은 곧은 것을 감추지 못하는 법.
누가 설중음을 화답하랴, 만고의 지음이 바로 오늘에 있도다.

민지는 일연의 효성을 특별히 예찬하여, "목주(睦州) 진존숙(陳尊宿)[진포혜(陳蒲鞋), 도명(道明)]의 풍을 흠모해서, 자호를 목암(睦庵)이라 했다."라고 밝혔다. 그리고 민지는 저술 사실을 중시해서, 일연의 저술과 편수 목록을 실었다.[29] 이 「보각국사비문」 끝에는 일연의 덕을 칭송한 명(銘)을 붙였다. 4언 56구로, 매 4구마다 환운했다.

승번(勝幡)은 서천에 떨치고, 광장설은 대천세계 덮었나니
오로지 이 법인은, 비밀리에 단전(單傳)에 부쳤네.
축건(竺乾)에는 이십팔수 같은 조사, 중하에는 오엽(五葉)의 조사
세대는 떨어져도 사람은 같아, 빛나고 빛나게 서로 이어졌네.
육조(六祖)의 조계(曹溪) 일파가, 동쪽으로 부상국에 젖어들어
지일(智日)을 잉태하여 낳은 후, 우리 스님이 융창(隆昌)시켰네.
성인과 떨어짐이 멀수록, 세상의 도리가 교대로 훼상하여
지인(至人)이 아니면, 중생이 무엇을 우러르랴?
스님께서 나심은, 본디 중생을 이롭게 함이니
학문은 내전과 외전을 궁구하고, 기미는 만차(萬差)에 응했네.
제가를 깨닫고, 현묘한 진리를 수색하며
뭇 의심을 해부하여 풀기를 거울이 비추듯 했네.
선림(禪林)에 호랑이 울부짖듯 하고, 교해(敎海)에 용이 읊듯 하니
회오리바람 일고 구름 합하듯, 학승과 도반들이 침침(駸駸)히 모였다.
고해에 빠지고 윤락한 중생을 구중하매, 현공(玄功)이 시대를 뒤엎었네.
그사이 50년 동안이나, 사람들의 추대를 받았고
상께서 장차 청익(請益)하여, 원원(元元)의 백성들을 함께 다스리고자

---

29 저술은 『어록(語錄)』 2권, 『게송잡저(偈頌雜著)』 3권, 편수서적은 『중편조동오위(重編曹洞五位)』 2권, 『조파도(祖派圖)』 2권, 『대장수지록(大藏須知錄)』 3권, 『제승법수(諸乘法數)』 7권, 『조정사원(祖庭事苑)』 30권, 『선문염송사원(禪門拈頌事苑)』 30권 등 100여 권이 세상에 행(行)하고 있다고 밝혔다. 『삼국유사』는 들어 있지 않다.

국존으로 책봉하여, 존귀한 중에 더욱 존귀했도다.

보장(寶藏)은 길거리에 있고, 자항(慈航)은 나루터에 있어

궁자(窮子)가 비로소 돌아오니, 헷갈린 나루로 어찌 달려가랴?

장성(長星: 큰 별)이 홀연 떨어지고, 법당 서까래가 꺾였구나.

오고 감이 자기로 말미암거늘, 가는 것을 어이 재촉했나?

진공(眞空)은 공(空)하지 않고, 묘유(妙有)는 유(有)가 아니라네.

자취 끊기고 명상(名相)에서 떨어져, 그런 후에 영구할 수 있으리.

상(上)의 명령이 촉박하여, 신(臣)은 사양할 길이 없어

귀모필(龜毛筆) 잡고서, 몰자비(沒字碑)를 쓰노라.

괴겁(壞劫)의 불이 죄다 태워, 산하가 모두 소진하여도

이 비석만 홀로 남아, 이 글도 닳아 없어지지 않기를.[30]

민지가 자료로 삼은 일연의 행력기에는 꿈 이야기가 많았을 것이다. 민지는 일연의 '자신을 닦고 다른 사람들을 이롭게 하는 점[行己利人]'의 관점에서 해석할 수 있는 꿈만을 들고, 나머지는 생략했다.

처음 용검(龍鈐)이 (인각사 중수의 명을 받고) 올 때 마산 역리의 꿈에 어떤 사람이 나타나 말하기를, "내일 천사(天使)가 담무갈보살(曇無竭菩薩)의 주처(住處)를 보수하기 위해 이 길을 지나갈 것이다."라고 했다. 그 다음 날 과연 용검이 이르렀다. 스님이 자신을 닦고 다른 사람들을 이롭게 하는 점에서 보건대, 이 꿈이 어찌 헛된 것이겠는가? 그 나머지 이적과 기몽이 매우 많으나, 말이 괴이한 것에 관계될까 염려되므로, 그래서 생략한다.[31]

일연의 문인 산립(山立)은 음기[32]를 작성하면서 신이담과 꿈 이야기를 많이 복원했다.

---

30 勝幡西振, 舌覆大千. 唯是法印, 密付單傳[平先]. 竺乾列宿, 中夏五葉. 世隔人同, 光光相接[入葉]. 曹溪一派, 東浸扶桑. 孕生智日, 我師克昌[平陽]. 去聖逾遠, 世道交喪. 不有至人, 羣生安仰[去漾]? 惟師之出, 本爲利他. 學窮內外, 機應萬差[平歌·平麻通押]. 曉了諸家, 搜玄索妙. 剖釋衆疑, 如鏡斯照[去嘯]. 禪林虎嘯, 敎海龍吟. 飇起雲合, 學侶駿駸[平侵]. 拔陷拯淪, 玄功盖代. 五十年間, 被人推戴[去隊]. 上將請益, 思共元元. 册爲國尊, 尊中又尊[平元]. 寶藏當街, 慈航當渡. 窮子始歸, 迷津爭赴[去遇] 長星忽墜, 法棟已摧. 去來由己, 其去何催[平灰]? 眞空不空, 妙有非有. 絶跡離名, 然後可久[上有]. 上命旣迫, 臣無以辭. 把龜毛筆, 書沒字碑[平支]. 劫火洞燒, 山河皆爐. 此碑獨存, 斯文不磷[去震].

31 初龍鈐之來也, 馬山驛吏, 夢人曰: "明日當有天使修曇無竭菩薩住處行過此." 明日果至. 以師之行己利人觀之, 是夢豈虛也哉? 其餘異跡奇夢頗多, 恐涉語怪, 故略之.

32 寶鏡寺住持 通奧眞靜大禪師 山立이 지은 「麟角寺普覺國師靜照塔碑陰記」이다. 2004년 국립문화재연구

ⓐ 지금 행장을 살펴보니, 스님이 임종하실 때 대중을 사직하여 눈을 감으셔서 기(氣)가 끊어진 지 이미 오래되었는데, 지금 선원(禪源) 정(頂) 스님이 통곡하여, "탑 세울 곳을 여쭤볼 겨를이 없었으니, 후회한들 어찌하리오?" 했다. 여러 사람들이 모두 같은 마음이었다. 스님이 적정(寂定)에서부터 평온하게 일어나 사람들을 돌아보시며, "여기서 동남으로 4, 5리쯤 가면 숲이 있어, 기복하여 숨은 곳이 마치 옛 무덤 같으니, 이곳이 정말 길상의 터이니 안치할 만하다." 하시고, 다시 처음처럼 눈을 감으시니, 흔들어보매 이미 서거하셨다. 일이 괴이한 듯하므로 비문은 생략했다. 옛날 광복(廣福)의 승려는 섶나무 위에서 다비에 임했다가, 다시 일어나서 유나(維那)에게 남행자(藍行者)의 곳에 있는 쌀과 돈을 나누어주라고 부탁했다고 하여 사전(史傳)에서 칭송하니, 또한 무엇을 의심하겠는가?[33]

ⓐ에서 산립이 인증한 '광복선자(廣福禪者)'는 중국 이주(利州) 광복선원(廣福仙院)에서 수행하다가 죽은 가주(嘉州) 출신 승려를 말한다. 『태평광기(太平廣記)』에 나오는 가주승(嘉州僧) 이야기이다.[34]

ⓑ 또한 다비를 마치고 입탑(入塔)하려고 하는 때, 지금 운흥사(雲興寺) 인공(印公)이 암자에 머물 적에 마침 꿈에 일연 스님이 찾아옴을 보고 맞아들여 위로하고, "다비를 했거늘 다시 일어났으니, 이는 무슨 이치입니까?" 묻자, 스님이 이르되, "죽지 아니했기 때문이다." 했다. 나아가 묻되, "그렇다면 불이 태우지 못하는 것입니까?" 스님이 이르되, "그렇지, 그렇지." 또 묻되, "명일 탑을 세우는데, 모르겠습니다, 스님께서는 다시 들어가시럽니까, 그렇지 않으시럽니까?" 스님이 이르되, "들어간다." 나아가 말하되, "그렇다면 탑이

소가 주관한 '인각사보각국사비재현사업'으로 정병삼(鄭炳三) 교수가 중심이 되어 복원했다. 또한 李智冠 역, 『(校勘譯註) 歷代高僧碑文』高麗篇 4, 伽山佛教文化研究院, 1997 참조.

33 ⓐ 今案行狀, 於其終也, 辭衆斂目, 氣絶已久, 今禪源頂公, 失聲曰: "立塔之所, 未暇諮禀, 悔將何及?" 衆辭皆同. 師從寂定中, 安詳而起, 顧謂衆曰: "此去東南, 行四五許里, 有林麓, 起伏隱處, 若古塚, 是眞吉祥之地, 可安置也." 復斂目如初, 撼之已逝矣. 事涉怪異, 碑文略之. 昔有廣福禪者, 臨茶毗於柴棚上, 復起, 囑維那, 藍[監]行者米錢. 史傳稱, 又何疑也?

34 『太平廣記』卷96 異僧10 嘉州僧. "利州廣福禪院, 則故戎帥張處釗所創. 因請長老靈貴主掌, 以安僧衆, 經數年矣. 靈貴好燒鍊. 忽一日, 取衆僧小便以大鑊鍊而成霜, 穢惡之氣, 充滿衢路. 堂有一僧, 元自嘉州來, 似不得意, 咄咄焉. 靈貴覺之, 遂請收買衆僧食米, 冀其少在院內. 不旬日, 其僧盡將簿曆錢物, 就方丈納之, 云: '緣有小事, 暫出近地.' 遂欲辭去. 其夜, 於堂內本位跏趺, 奄然而逝. 衆僧皆訝其無疾. 告行常儀. 堂內有僧遷化, 即例破柴五十束, 必普請衆僧. 人擎一枝, 送至郊外, 壘而爲棚, 焚燒訖. 即歸院集衆, 以其所有衣鉢, 盡歸衆用, 以爲常例. 其日坐亡僧於柴棚之上, 維那十念訖, 將欲下火, 其僧忽然驚起, 謂維那曰: '有米錢二貫文. 在監[明鈔本監作藍]行者處.' 又合掌謂衆僧曰: '來去是常, 謝諸人遠來相送.' 瞑目歛手, 端然不動. 右脇火燃, 即成灰爐. 衆咸驚駭. 是知圓明眞往, 死而不亡, 或來或去, 得火自在者, 信有之矣." [出『野人閒話』]

되려 스님을 살리나요?" 대답의 말은 기억하지 못한다. 또 묻기를, "□□□□ 꿈에서 깨는 것이나 꿈을 꾸는 것이나 동열(同列)입니까?" 대답하되 "같다." 했다. 운흥사 인공이 꿈에서 깨어나 이상하게 여겨, "다비한 다음 다시 탑을 세우자 탑 속으로 들어가서 청풍이 왔다 가고 백운이 출몰하는 것 같았으니, 지인(至人)이 아닌가!" 하고, 마침내 찬사를 지어 스님을 추모하고 공경했다.[35]

ⓒ 또한 산립이 일연 선사의 기연(機緣)이 자못 기이한 점을 삼가 목도하고서, 범부(凡夫)의 위치에서는 도저히 이러한 이적을 나타낼 수 없으니, 그는 55위 중 어느 위치에 이르렀는가? 항상 저절로 의심을 했다. 하루는 꿈에 한 고찰에 이르니, 당시 그 절에 보연화좌(寶蓮花座)를 베풀고 스님께서 그 위에 앉아 마치 휴식하는 듯이 하다가, 이윽고 하좌(下座)하여 천천히 걸으며 기다릴 때 산립이 인홍사 인(麟) 스님과 함께 뒤를 따랐다. 이때 인홍사 인 스님이 나에게 이르기를, "우리 화상을 보시오. 이미 성과(聖果)를 증득한 까닭에, 맨발로 가도 버선이 구멍 나지 않는구려." 했다. 산립이 마음으로 공경하여, 앞서의 의심이 얼음 녹듯 풀렸다. 이상과 같은 서너 단(段)의 최후 입적할 때의 인연(因緣)에 의거하건대, 비록 '부자(夫子)의 원장(垣牆)이 서너 길 높이다.'라고 해도 그 안을 방불하게 엿볼 수가 있다. 그래서 "오는 것과 가는 것을 하나로 보고, 깨어남과 꿈꿈을 같게 여긴다."라고 하는 것이다.[36]

ⓓ 신인(神人)이 음부(陰符)의 군사라 칭하고 스님을 맞이하여 호위하고, 산령(山靈)이 단월(檀越)에게 고하여 스님에게 식량을 보내도록 한 것, 시붕(柴棚)에 단정히 앉아 있자 화염이 거꾸로 불고, 임종하여 떠나자 오색 줄기가 금당(金幢)같이 솟았다가 거꾸로 스러진 것 등, 이러한 영험한 자취와 기이한 상서는 모두 성인(聖人)의 분상(分上)으로 보면 말변사(末邊事)이므로, 이것들은 일일이 인증하지 않았다. 혹자는 말한다. "이상과 같은 서너 일은 모두 몽상(夢想)을 어둡게 하고 뒤흔들므로, 감응하면 혹 불자(拂子)로 털거나 주장자로 때리며, 갈(喝)을 하면서, '아니다!'라고 한다. 하지만 혹은 평상세계를 어둡게 하고 뒤흔들어, 늘 오십 일을 꿈꾸다가 한 번 깨는데, 깨어난 때를 허(虛)라고 여기

---

35 ⓑ 又茶毗, 將入塔, 今雲興印公, 住庵時, 適夢師至, 迎勢問所曰: "茶毗而復起, 此理如何?" 師云: "不死故." 進云: "惡麼則火不能燒?" 師云: "如是如是." 又問: "明日立塔, 未審, 師還入也無?" 師云: "入." 進云: "與麼則塔却活和尚也?" 答語不記. 又問: □□□□覺夢同列?" 答云: "同." 雲興印公, 覺而異之曰: "茶毗, 還立塔卽入, 淸風去來, 白雲出沒, 其惟是人乎?" 乃作讚以追敬之.

36 ⓒ 又山立, 伏覩機緣, 頗異尋常, 以爲凡夫地上, 必不能至是, 他是何等位中人耶, 常自懷疑. 一日, 夢至古刹, 當時設寶蓮花座, 師坐於其上, 似若休息, 頃之, 下座, 徐步遲際, 山立與仁興麟公隨之. 仁興謂余曰: "你看我和尚, 已證聖果故, 跣足不穿." 山立心敬之, 前疑氷釋. 據此數段, 最後因緣, 雖曰: '夫子之牆數仞', 亦可窺其髣髴矣. 所以云: "一去來, 同覺夢."

고 꿈꾸는 때를 실(實)이라 여기므로, 이 깨어남과 꿈꿈, 허와 실은 아무래도 확정할 수가 없다. 또 우리 국존은 삼세(三世)가 환몽 같음을 증득(證得)하여 출생과 입사(入死)에 몽환불사(夢幻佛事)를 항상 행했으니, 이 또한 스님께서 몽환중생을 자비로 교화한 것이다. 이러한 경지에 이를 수 있다면 무슨 회의를 할 것이며, 그 사이에 무슨 의심을 할 것인가? 이에 승려나 선비나 애모하고 귀부하기를, 마치 내몰리고 채찍질 받듯이 하여 말래야 말 수 없음이 있는 것처럼 하는 것이다."[37]

음기는 복원된 자료에 의하면, 문도를 세 가지 부류로 나열했다. 그것은 전법(傳法) 제자인 부법제덕(副法諸德), 수법(受法) 제자인 집사(執事) 제자, 재가단월(在家檀越)인 경사대부(卿士大夫)이다.[38]

「보각국사비명」은 일연의 편저에 대해 분명하게 기록했다. 이를테면 1256년(고종 43) 『조동오위(曹洞五位)』를 중편한 사실을 밝힌 것은 대표적 예이다. 그런데 「보각국사비명」은 일연이 『삼국유사』를 편찬한 사실을 명시하지 않았다. 『삼국유사』가 일연의 단독 편저가 아니었기 때문일 것이다. 『삼국유사』는 성립 층위가 서로 다른 몇 가지 자료에 의거하여 편찬된 것으로, 그 편찬자는 고기(古記)·사지(寺誌)·금석문·사서(史書)·성전(僧傳)·문집 등은 물론 구전 설화도 이용했다. 또한 『삼국유사』는 시가 양식 가운데 게송(偈頌)·시가(詩歌)·찬(讚/贊)·사(詞)·명(銘)·영사시(詠史詩) 등의 개념을 구분했고, 시가는 압운한 한시인 시와 향찰식 표기의 가로 구분했다. 『삼국유사』에는 45조항에 걸쳐 찬(讚)이 있는데, 그 대부분이 과거의 문헌에 있었을 가능성이 높다. 찬은 불찬(佛讚)이 주류이되 사찬(史讚)도 포함한다. 「기이(紀異)」의 '옥대(玉帶)' 조항에 한 번 나오고, 후반부 「홍법(興法)」 이하, 이적(異蹟)을 정리한 「탑상(塔像)」과 승려 및 현자의 일화를 모은 「의해(義解)」에 집중되어 있다.[39] 칠언절구를 지향한 형식이지

---

37 ⓓ 神人稱符兵而迎衛, 山靈告檀越而輸粮, 端坐而火燄逆吹, 臨去而金幢倒地, 如斯靈蹤異瑞, 皆聖末邊事, 此不具引. 或曰: "如上數事, 是皆昏擾夢想, 感或拂棒, 喝之曰: '不!' 然或昏擾平�, 常夢五十日, 一覺, 以覺時爲虛, 夢時爲實, 則此覺夢虛實, 亦未可定. 又我國尊, 親證三世如幻夢, 出生入死, 常行夢幻佛事, 此亦師之慈化夢幻衆生也. 有能至是, 何等懷疑, 何致疑於其間乎? 斯皆黑白, 所以愛慕歸附, 如有驅策, 而不能以已者也."

38 김상현, 「麟角寺 普覺國師碑 陰記 再考」, 『한국학보』 17-1(62), 일지사, 1991, pp.1055-1080.

39 『三國遺事』 卷3 「塔像」 4 '洛山二大聖·觀音·正趣·調信'에 보면, 조신(調信)의 전(傳) 다음에 의(議)가 있고, 그 뒤에 독자가 조신의 미집(迷執)과 회오(悔悟)에 감동하여 자신을 경계한 계사(誡詞)가 "乃作詞誡之曰"이라는 식으로 붙어 있다. "議曰: '讀此傳, 掩卷而追繹之, 何必信師之夢爲然? 今皆知其人世之爲樂, 欣欣然, 役役然, 特未覚爾.' 乃作詞誡之曰: '快適須臾意已閑, 暗從愁裏老蒼(蒼-인용자 추정)顔. 不須

524

만, 압운에서 제2구 말과 제4구 말을 인운(隣韻)으로 통압(通押)하거나, 한국 한자음으로 읽을 때 동일운으로 인식되는 글자를 놓거나, 거성과 평성을 통압한 사례가 있다. 『삼국유사』 권5 「피은(避隱)」의 '포산이성(包山二聖)'조에서는 관기(觀機)와 도성(道成)이 경상도 현풍 포산(包山=苞山, 琵瑟山)에 은둔했던 일을 기록했는데, 원문 중간에 찬이 착간되어 들어 있다.[40] 마지막에 "나는 일찍이 포산에 우거하여 두 법사가 끼친 아름다움을 기록한 것이 있어 지금 아울러 기록한다.[予嘗寓包山, 有記二師之遺美, 今幷錄之.]"에서의 '予'는 일연 자신을 가리킬 것이다. 그런데 '予'의 기록시는 7언 10구로, 『삼국유사』의 찬이 칠언절구에 가까운 형식을 취한 것과 다르다. 즉, 이 7언 10구는 평성 微운과 평성 支운을 통압했다. '予'의 기록시가 일연이 지은 것이라고 하면, 그 앞에 제시한 찬은 일연이 지었을 리 없다. 일연은 법사의 전기에 찬까지 붙어 있는 자료집을 보고서 이 기록시를 붙였을 것이다. 즉, 현전 『삼국유사』는 일연이 자편한 것이 아니라 이미 편집이 어느 정도 되어 있는 자료집에 일연이 자신의 시나 기록을 일부 덧붙인 것이며, 그 이후 다시 일연의 제자가 일부 기문을 더한 것으로 보아야 할 것이다. 그렇기에 일연의 시적 후 「보각국사비명」에는 『삼국유사』를 일연의 저술로 언급하지 않았을 것이다.

한편 고려 후기의 유학자 이색(李穡, 1328~1396)은 불교 관련 글을 많이 남겼는데,

更待黃粱熟, 方悟勞生一夢間. 治身臧否先誠意, 鰈夢蛾眉賊夢藏. 何似秋來淸夜夢, 時時合眼到淸凉." 이 계사는 찬과 달리 8구 환운 고시 형식이다. 또 2수가 아니라 1수이다. 『삼국유사』는 복수의 찬을 실을 때 각각 찬의 찬주(讚主)를 명시했다. 그 규칙에서 보면 이 계사는 2수가 아니다. 沈慶昊, 「三國遺事の詩歌における樣式區分」, 『Journal of Korean Culture』 32, 한국어문학국제학술포럼, 2016, pp.191~236.

40 "羅時有觀機·道成二聖師, 不知何許人, 同隱包山[鄕云:所瑟山, 乃梵音, 此云包也]. 機庵南嶺, 成處北穴, 相去十許里, 披雲嘯月, 每相過從. 成欲致機, 則山中樹木皆向南而俯, 如相迎者, 機見之而往, 機欲邀成也, 則亦如之, 皆北偃, 成乃至. 如是有年, 成於所居之後, 高嵓之上, 常宴坐. 一日自嵓縫間透身而出, 全身騰空而逝, 莫知所至. 或云:'至壽昌郡[今壽城郡捐骸焉.' 機亦繼踵歸眞. 今以二師名命其墟, 皆有遺趾. 道成嵓高數丈, 後人置寺穴下. 太平興国七年壬午, 有釋成梵, 始來住寺, 敞萬日彌陀道場, 精勤五十餘年, 屢有殊祥. 時玄風信士二十餘人, 歲結社, 拾香木納寺. 每入山採香, 劈析淘洗, 攤置箔上, 其木至夜放光如燭. 由是郡人項施其香徒, 以得光之歲爲賀, 乃二聖之靈感, 或岳神攸助也. 神名靜聖天王, 嘗於迦葉佛時受佛囑, 有本誓, 待山中一千人出世, 轉受餘報. 今山中嘗記九聖, 遺事則未詳. 曰: 觀機·道成·搬師·楪師·道義[有栢岩基]·子陽·成梵·今勿女·白牛師. 讚曰:'相過踏月弄雲泉, 二老風流幾百年. 滿壑烟霞餘古木, 偃昻寒影尙如迎.' 搬音般, 鄕云雨木, 楪音牒, 鄕云加乙木. 此二師久隱嵓叢, 不交人世, 皆編木葉爲衣, 以度寒暑, 掩濕遮羞而已, 因以爲號. 嘗聞楓岳亦有斯名, 乃知古之隱淪之士, 例多逸韻如此, 但難爲蹈襲. 予嘗寓包山, 有記二師之遺美, 今幷錄之. '紫茅黃精堅皮肚, 蔽衣木葉非蠶機. 寒松颼颼石犖矴, 日暮林下樵蘇歸. 夜深披向月明坐, 一半颯颯隨風飛. 敗蒲橫臥於憨眠, 夢魂不到紅塵羈, 雲遊逝兮二庵墟, 山鹿恣登人迹稀.'" 찬의 마지막 글자 迎은 延의 同字로, 延으로 읽으면 평성 先운이다. 이 칠언고시는 수구입운(首句入韻)했다.

중요한 비문들만 보면 다음과 같다.

① 「서천제납박타존자부도명(西天提納薄陀尊者浮屠銘)」: 선현(禪賢) 제납박타(提納薄陀, 1300~1361)의 비이다. 호는 지공(指空)이다. 1372년(공민왕 21) 9월 16일 왕명으로 회암사에 지공의 부도를 세운 후, 탑 속에 안치하려고 유골을 씻던 중에 사리 몇 과를 얻자, 그것을 기념하여 회암사 언덕에 비를 세웠다. 나옹혜근의 제자 모(某)가 지공의 제자이자 정업원(淨業院) 주지인 묘장(妙藏) 비구니와 함께 비석을 구입했다. 내전의 유지(有旨)에 따라 이색이 명(銘)을 짓고,[41] 한수(韓脩)가 글씨를 썼으며, 권중화(權仲和)가 전액(篆額)을 썼다.

② 「광통보제선사비명(廣通普濟禪寺碑銘)」: 광통보제선사는 휘의노국대장공주(徽懿魯國大長公主)의 정릉(正陵)과 경효대왕(敬孝大王) 공민왕의 현릉(玄陵)을 위해 명복을 비는 사찰로, 1372년(공민왕 21) 봄 착공하여 1377년(우왕 3) 겨울 완공했다. 이후 비를 세울 때, 왕명에 따라 이색이 글을 짓고, 한수가 글씨를 썼으며, 권중화가 전액을 썼다.[42]

③ 「보제존자시선각탑명(普濟尊者謚禪覺塔銘)」: 1376년(우왕 2) 8월 15일, 우왕은 회암사 북쪽 언덕에 나옹혜근의 부도를 세운 후, 1379년(우왕 5) 신륵사 승려들이 석종비를 세우게 되자 나옹에게 선각의 시호를 내렸다. 우왕은 이색에게 석종비의 명(銘)을 짓게 하고, 한수에게 글씨를 쓰게 했으며, 권중화에게 전액을 쓰게 했다.[43] 신륵사 각주(覺珠)가 염제신(廉悌臣)을 통해 이색에게 비문을 청했다고도 한다.

제납박타 지공은 고려말 불교계에서 가장 문제적 승려이다.[44] 부계로는 부처와 통하고, 모계로는 달마를 잇고 있다고 하며, 마갈타국(摩羯陀國)의 왕자로 8세에 출가하여 나란타사(那瀾陀寺) 율현(律賢, Vinaya-bhadra)에게서 체발하고, 능가국(楞伽國) 길상산(吉祥山)의 보명(普明, Samanta-prabha·sa)을 사사했다고 한다. 19세에 인도를 떠나 서역을 거쳐 중국에 왔다고 전한다. 1326년 3월, 원나라 제6대 황제 진종(晉宗)의

---

41 李穡, 「西天提納薄陀尊者浮屠銘幷序」, 『牧隱藁』 文藁 卷14 碑銘; 李穡, 「西天提納薄陀尊者浮圖銘幷序」, 徐居正等, 『東文選』 卷119 碑銘.

42 李穡, 「廣通普濟禪寺碑銘幷序」, 『牧隱藁』 文藁 卷14 碑銘; 李穡, 「廣通普濟禪寺碑銘幷序」, 盧思愼·徐居正等, 『東文選』 卷119 碑銘.

43 李穡, 「普濟尊者謚禪覺塔銘 幷序」, 『牧隱藁』 文藁 卷14 碑銘; 李穡, 「普濟尊者謚禪覺塔銘幷序」, 盧思愼·徐居正等, 『東文選』 卷119 碑銘.

44 제납박타는 범명(梵名) Dhyana-Bhadra의 음역(音譯)이다. 그 이름을 의역해서 선현(禪賢)이라고도 불렀다.

명으로 금강산에 향 공양을 올리기 위한 어향사(御香使) 신분으로 고려에 와서, 1328
년(충숙왕 15) 9월까지 2년 7개월을 머물면서 인도식의 선불교를 전파했다.[45] 경기도
장단(長湍) 보봉산(寶鳳山)에 있던 화장사(華藏寺)는 지공이 옛 계조암(繼祖庵) 터에 중
건한 절이다. 나옹과 백운경한(白雲景閑, 1298~1374)은 중국 오산(五山) 불교와 지공을
수용했다. 1370년에 지공의 영골(靈骨)이 고려로 들어오자, 1372년(공민왕 21) 양주(楊
州) 회암사(檜巖寺)에 그의 유골을 모셨다.[46] 이색이 「서천제납박타존자부도명병서」
를 지었다.[47] 이색의 비문에 의하면, 지공은 원나라 태정제(泰定帝, 1324~1328) 시절에
명망이 드러났다고 하는데, 태정제는 진왕(晉王)의 장남으로, 고려 충선왕의 제1비 계
국공주와 남매였다. 당시 고려는 원나라 대도에 광교사(光敎寺)를 세웠을 뿐만 아니라
복원사(福元寺)와 연성사(延聖寺)에는 고려 승려가 주지로 있으면서 천태종과 법사종
(法相宗)[유가업(瑜伽業)]을 발달시켰다. 태정제가 병사한 후 황제가 된 천순제(天順帝)
가 쿠데타로 제거되고 무종(武宗)의 아들인 명종(明宗)과 문종(文宗) 형제가 황권을 장
악하는 변화가 일어났다. 이때 고려인 환관이 용천사(龍泉寺)와 법왕사(法王寺)의 불
사나 중창에 기여하고, 고려 여인들은 흥복사(興福寺), 법원사(法源寺), 김손미타사(金
孫彌陀寺) 등의 창건에 간여했다.[48] 법원사는 바로 고려 여인이 지공을 위해 마련한 절
이다. 천력(天曆, 1328~1329, 충숙왕 15~16) 연간에 지공은 문종을 따르던 승려들의 모
함으로 승복을 벗어야 했다. 하지만 차칸티무르(察罕帖木兒)의 부인 김씨가 지공을 따
라 출가하면서 법원사를 열어 지공을 그곳에 머물게 했다. 차칸티무르는 홍건적의 난
을 평정한 인물로 『원사(元史)』에 입전되어 있다.[49] 나옹혜근은 1348년 3월부터 1358
년 3월까지 원나라에 머물러 있는 동안 법원사에서 세 차례 지공을 친견하고, 1353년
(공민왕 2) 3월에는 지공으로부터 법의·불자(佛子)·범자신서(梵字信書) 등을 받았다.
고려 말 무학(無學, 1327~1405)은 성이 박(朴)이고, 법명은 자초(自超)인데, 나옹 등에게

---

45 염중섭, 「여말선초(麗末鮮初)의 한국불교에 끼친 지공(指空)의 영향 검토」, 『동아시아불교문화』 39, 동
    아시아불교문화학회, 2019, pp.27-50.

46 회암사는 경기도 양주시 회암동 칠봉산 기슭에 있던 절이다. 고려 충숙왕 15년(1328) 지공화상이 중창
    하기 시작해 우왕(禑王) 2년(1376)에 나옹화상이 재건했다. 나옹은 지공의 비기(祕記)에서 "세 개의 산
    과 두 개의 물 사이에 절을 지으면 인도 대승 불교의 중심지인 나란타사(羅爛陀寺)의 경우처럼 불법(佛
    法)이 흥할 것"라고 한 말에 따라 회암사 중창 불사를 크게 일으켜 완공했다.

47 李穡, 「西天提納薄陀尊者浮屠銘幷序」, 『牧隱藁』 文藁 卷14 碑銘; 李穡, 「西天提納薄陁尊者浮圖銘幷序」,
    盧思愼·徐居正等, 『東文選』 卷119 碑銘.

48 윤기엽, 「在元 高麗人 관련의 大都寺院」, 『불교학연구』 11. 불교학연구회, 2005, pp.201-231.

49 『元史』 卷141 列傳 第28 '太不花 察罕帖木兒'.

|표 4-2| 이색 「서천제납박타존자부도명」

ⓐ-1 迦葉百八傳提納薄陀尊者禪賢, 號指空. 泰定間, 見天子于難水之上, 論佛法稱旨, 命有司歲給衣糧, 師曰: "吾不爲是也." 去而東遊高句麗, 禮金剛山法起道場, 有旨趣, 還燕.	가섭 이후 108번째 의발을 전해 받은 제납박타 존자 선현은 호를 지공(指空)이라 한다. 태정(泰定) 연간에 천자를 난수(難水)가에서 뵙고 불법을 논해 뜻에 맞자, 유사(有司)에게 해마다 의복과 식량을 지급하게 했으나, 스님은 "나는 이것을 원한 게 아니다." 했다. 그곳을 떠나 동쪽으로 고구려 땅에 노닐어 금강산 법기도량(法起道場)에 참례했다. 유지(有旨)로 재촉했으므로, 연경으로 돌아갔다.
ⓐ-2 天曆初, 詔與所幸諸僧講法內庭, 天子親臨聽焉. 諸僧恃恩, 頡頏作氣勢, 惡其軋己, 沮不得行. 未幾, 諸僧或誅或斥, 而師之名, 震暴中外. 至正后皇太子迎入延華閣問法, 師曰: "佛法自有學者, 專心御天下, 幸甚." 又曰: "萬福萬福! 萬中缺一, 不可爲天下主." 所獻珠玉, 辭之不受. 天曆以後, 不食不言者十餘年. 旣言, 時時自稱我是天下主, 又斥后妃曰: "皆吾侍也, 聞者怪之, 不敢問所以. 久而聞于上, 上曰: "渠是法中王, 宜其自負如此, 何與我家事耶?"	천력(天曆) 초, 조서를 내려, 총애하는 승려들과 내정(內庭)에서 강론하도록 하고 천자가 임어하여 들었다. 승려들이 은총을 믿고 등등하게 기세 부려, 자기와 알력 있을까 싫어하여 저지해서 스님이 행세하지 못했다. 얼마 뒤 승려들이 주살되거나 배척되자, 스님의 이름이 중외에 진동했다. 지정(至正) 연간에 황후와 황태자가 연화각(延華閣)으로 맞아 법문을 청하자, 스님은 "불법은 배우는 사람이 따로 있으므로, 천하 정치에 전념해 주시면 다행이겠습니다." 하고, 또 "만복 만복! 만 가지 중 하나라도 빠지면 천하의 주인이 될 수 없습니다." 하고, 주옥을 헌정 받았으나 사양하고 받지 않았다. 천력 이후 먹지도 않고 말하지도 않은 것이 무려 10여 년이었다. 일단 말을 하면 때때로 자칭 나는 천하의 주인이라 하고, 또 후비를 배척하여, "모두 나의 시녀다." 하니, 듣는 이들이 괴이하게 여기면서도 까닭을 묻지 못했다. 한참 뒤 보고되자, 천자가 "그는 법중왕(法中王)이기에 이렇게 자부하는 것도 마땅하다. 우리 집 일과 무슨 관계가 있나?" 했다.
ⓐ-3 中原兵將興, 師於廣坐語衆曰: "汝識吾兵馬之多乎? 某地屯幾萬, 某地屯幾萬." 師所居寺, 皆高麗僧, 一日, 忽語之曰: "汝何故叛耶?" 欲鳴鼓攻之而止. 數日, 遼陽省馳奏高麗兵犯界. 京師者, 衆之聚也, 每語其人曰: "速去之!" 旣而天子北狩, 中原兵入城, 立府曰北平, 師豈偶然者哉!	중원에서 전쟁이 일어나려고 하자, 스님은 대중이 모인 자리에서 "너희는 나의 병마가 얼마나 많은지 아는가? 아무 곳에 몇 만, 아무 곳에 몇 만이 주둔하고 있다." 했다. 스님이 거주하는 절은 온통 고려 승려들이었는데, 하루는 홀연히 "그대들은 왜 배반하느냐?"하고는 북을 울려 공격하려다가 그만두었다. 며칠 지나 요양성이, 고려 군사가 국경을 침범했다는 급보를 올렸다. 경사(연경)는 대중이 모이는 곳인데, 스님은 매번 사람들에게 "빨리 떠나라!" 했다. 이윽고 천자가 북쪽으로 피신한 가운데 중원 군사가 성에 들어와서 부(府)를 세워 북평이라고 했다. 스님이 어찌 우연히 그랬겠는가!
ⓑ-1 師自言: 吾曾祖諱師子脅, 吾祖諱斛飯, 皆王伽毗羅國. 吾父諱滿, 王摩	스님은 스스로 이렇게 말했다. 나의 증조는 휘(諱) 사자협, 조부는 휘 곡반으로, 모두 가비라국 왕이었다. 부친의 휘는 만(滿)으로 마갈제국의 왕이고,

竭提國, 吾母香志國公主. 吾二兄, 悉利迦羅婆, 悉利摩尼, 吾父母禱於東方大威德神而生吾. 吾幼也性樂清淨, 不茹酒葷. 五齡就師, 受國書及外邦之學, 粗通大義, 棄去. 父病, 醫莫效, 筮者曰: "嫡子出家, 王病可瘥." 父詢三子, 吾卽應, 父大喜, 呼吾小字曰: "婁恒囉哆婆, 及能如是耶?" 母以季故, 初甚難之, 割愛願舍, 父病立愈.

八歲, 備三衣送那蘭陁寺講師律賢所, 剃染五戒, 學大般若, 若有得. 問諸佛衆生虛空三境界, 師云: "非有非無, 是眞般若, 可往南印度楞伽國吉祥山普明所, 研窮奧旨." 時年十九. 奮發獨行, 禮吾師于頂音菴, 師曰: "從中竺抵此, 步可數否?" 吾不能答. 退坐石洞六閱月, 吾乃悟. 欲起, 兩脚相貼, 其王召醫圭藥, 立愈. 告吾師曰: "兩脚是一步." 吾師以衣鉢付之, 摩頂記曰: "下山一步, 便是師子兒, 我座下得法出身, 二百四十三人, 於衆生皆少因緣. 汝其廣吾化, 其往懋哉!" 號之曰蘇那的沙野, 華言指空. 吾以偈謝師恩已, 語衆曰: "進則虛空廓落, 退則萬法俱沈." 大喝一聲.

初吾之尋吾師也, 歷囉囉許國, 有講法華者, 吾說偈解其疑. 且哆國, 男女雜居, 棵形, 吾示以大道. 香至國王聞吾至, 喜曰: "吾甥也." □留不肯. 華嚴師廣說二十種菩提心, 吾喩以一

모친은 향지국 공주이다. 두 형은 실리가라파와 실리마니이다. 부모가 동방의 대위덕신(大威德神)에게 기도한 후 나를 낳았다. 나는 어려서부터 성격이 청정을 좋아하여, 술이나 훈채는 먹지 않았다. 5세에 스승에게 나아가 나라의 글과 외국의 학술을 배웠는데, 대의를 통하고는 버리고 떠났다. 부친이 병들어 의술을 써도 효험이 없었는데, 점술가가 "적자가 출가하면 왕의 병이 나을 것이다."했다. 부친이 세 아들에게 물었을 때, 내가 즉시 응하자 부친이 크게 기뻐하여 나의 소자(小字)를 부르면서 "누항라치바야, 그렇게 할 수 있겠느냐?"했다. 모친은 내가 막내이기 때문에 처음에는 난색을 표했으나, 사랑을 베어내고 희사를 발원하자, 부친의 병이 금세 나았다.

8세에 부친이 세 종류의 승복을 갖추어 나란타사 강사 율현(律賢)에게 보냈는데, 체발을 하고 오계를 받은 뒤 『대반야바라밀경』을 배우매 터득한 바가 있는 듯했다. 제불, 중생, 허공 등 세 경계에 대해 묻자, 스승이 "유도 아니고 무도 아닌 것이 참된 반야이다. 남인도 능가국 길상산의 보명(普明)에게 가서 심오한 뜻을 연구하라."했다. 이때 19세였다. 이에 분발하여 홀로 떠나, 정음암(頂音菴)에서 예알하자 스승이 "중축(중인도)에서 여기까지 몇 걸음인가?"했는데, 대답을 못했다. 물러나 석굴에 앉아 6개월을 보내다가 마침내 깨달았다. 일어나려 했으나 두 다리가 붙었으므로, 왕이 의원을 보내 처방하자 금방 나았다. 스승에게 "두 발 사이가 한 걸음입니다." 하자, 스승이 의발을 맡기고 정수리를 쓰다듬으며 수기(授記)하기를, "산 아래로 한 발자국만 내려가면 사자 새끼가 되겠다. 문하에서 법을 얻고 출신한 자가 243명이지만 중생과는 인연이 적었다. 네가 이제 나의 교화를 넓힐 것이니, 가서 힘쓰라!"했다. 호를 소나적사야(蘇那的沙野)라 했으니, 중국어로 지공이란 뜻이다. 게(偈)로 스승의 은혜에 감사드리고, 대중에게 "나아가면 허공이 비어 있고, 물러나면 만법이 모두 침몰한다!"라고 크게 할(喝: 수행자를 꾸짖는 소리)을 했다.

내가 스승을 찾아올 적에 나라허국을 거쳐 왔는데,『법화경』을 강하는 자가 있기에, 게를 설해서 의혹을 풀어주었다. 단치국(且哆國)에서는 남녀가 섞여 살면서 나체로 지냈으므로 대도를 보여주었다. 향지국 왕은 내가 오는 것을 듣고 기뻐하면서, "나의 조카이다."라며 머물게 했으나 응하지 않았다. 화엄법사가 20종 보리심에 대해 장광설을 하므로, 내가

即多多即一. 迦陵伽國海岸龜峯山, 梵志居之, 其語曰:"萬丈懸崖, 投身而死, 當得人天王身." 吾曰:"修行在心, 何與於身?" 令修六度十地等法. 結夏摩利支山, 乃至楞伽國焉. 旣辭吾師而下山也. 無縫塔主老僧半路相迓, 知吾有得也, 請吾演法, 吾頌塔而去. 于地國主信外道, 以吾有殺盜邪淫之戒, 召妓同浴, 吾帖然如亡人, 王嘆曰:"是必異人也!"其外道以木石作須彌山, 人於頭胸腿, 安立一山, 以酒膳祠山, 男女合於前, 名陰陽供養. 吾擧人天迷悟之理, 勘破邪宗, 佐理國, 主信佛, 吾以偈白之, 王答以偈, 吾復偈之, 王施以珍珠數珠. 會中有尼, 越衆問曰:"彼師此弟, 中間是誰?"吾一喝, 尼大悟, 有針眼中象王過之頌.

獅子國有如來鉢, 佛足迹, 一鉢飯能飫萬僧, 佛迹時放光明, 吾皆瞻禮. 麽哩耶囉國信梵志, 吾不入. 哆囉縛國, 正邪俱信, 吾據座下語, 有尼默契. 迦羅那國亦信外道, 其王見吾喜甚, 吾示以『大莊嚴功德寶王經』「摩醯莎羅王因地品」, 王曰:"法外更有正法!"外道欲害吾, 吾卽出城. 日已黑, 有虎至, 侍者知鳥音, 升木以避, 曰:"汝旣知禽語, 吾所說法, 能知否?"侍者無語, 痛行三十棒乃悟.

神頭國流沙茫茫, 不知所適. 有樹其實如桃, 飢甚摘食二枚, 未

'일즉다 다즉일'로 깨우쳐 주었다. 가릉가국 해안 귀봉산(龜峰山)에 범지(梵志)가 거처했는데, 그가 "만 길 절벽에서 몸을 던져 죽으면 인천(人天) 왕의 몸을 얻을 것이다." 했다. 나는 "수행은 마음에 있거늘 육신과 무어 관계 있는가?" 하고는, 육도(六度)와 십지(十地)의 법을 닦게 했다. 마리지산에서 결하(結夏)하고 마침내 능가국에 이르러, 스승을 하직하고 하산했다. 무봉탑(無縫塔) 주인 노승이 중도에서 맞아, 내가 터득함이 있는 것을 알고 법문을 청하기에, 탑송을 읊고 떠났다. 우지국(于地國) 주인은 외도를 믿었는데, 내가 살생·도적·사악·음난에 대해 계(戒)를 지키는 것을 알고, 기생과 함께 목욕하게 했으나 죽은 사람처럼 미동하지 않자, 왕이 "필시 이인이다!"라고 탄복했다. 그곳 외도가 목석으로 수미산을 만들면, 사람들이 머리·가슴·허벅지에 산 하나씩을 앉히고 술과 음식으로 산에 제사를 드리고, 남녀가 앞에서 교합을 하면서, 음양 공양이라 했다. 이에 인천(人天) 미오(迷悟)의 이치를 들어서 삿된 종교를 타파하고, 나라 다스림을 돕자, 주인이 부처를 믿었다. 내가 게를 가지고 아뢰자 왕이 게로 답하기에 내가 다시 게를 읊으니, 왕이 진주 서너 과를 보시했다. 회중 가운데 한 비구니가 대중 너머로, "저 스승과 이 제자 중간은 누구인가?" 묻기에, 한 번 할(喝)을 하자 비구니가 크게 깨닫고, "바늘구멍으로 상왕(象王: 부처)이 지나간다."라는 송을 읊었다.

사자국에 갔더니, 여래의 발우와 부처의 족적이 있어, 발우 하나로 일만 승려를 배부르게 할 수 있고, 족적은 때때로 광명을 발하므로, 내가 첨례했다. 마리야라국은 범지(梵志: 바라문)를 믿으므로 들어가지 않았다. 치라박국에서는 정교와 사교를 함께 믿었는데, 내가 자리에 걸터앉아서 법문을 설했더니 한 비구니가 묵계했다. 가라나국도 외도를 믿고 있었는데, 그 왕이 나를 보고는 매우 기뻐하기에, 내가 『대장엄공덕보왕경(大莊嚴功德寶王經)』의 「마혜사라왕인지품(摩醯莎羅王因地品)」을 교시했더니, 왕이 "법 이외에 다시 정법이 있구나!" 했다. 외도가 해치려 했으므로 즉시 성을 나왔다. 날이 깜깜해지고 호랑이가 오자, 시자가 까마귀 울음을 알아듣고 나무로 올라가 피하므로, "네가 새소리는 알아들으니, 내가 설하는 법문은 알아들을 수 있느냐?" 하자, 시자가 말이 없었다. 통렬하게 30방(棒)을 행하자 깨우쳤다.

신두국(神頭國)에 이르러 유사(流沙)가 망망하여 갈곳을 몰랐다. 복숭아 같은 열매의 나무가 있기에 허기져서 두 개를

竟空神句到空居廣殿. 老人正座云:"賊何不作禮?"吾曰:"吾佛徒也, 何得禮汝?"老罵:"旣稱佛徒, 何偸果爲?"吾曰:"饑火所逼."老云:"不與而取, 盜也. 今且放汝, 其善護戒!"使閉目. 須臾已至彼岸, 煎湯臥木之上, 乃大蟒也.

的哩囉兒國女求合, 以飢欲求食, 若將應之, 而問其馬之良者, 以實告. 吾卽騎之而走, 果如飛, 便至他境. 忽一人縛吾去, 使牧其羊. 會大雪, 入洞入定. 七日夜, 白光出洞, 其人除雪而入, 見吾趺坐大喜, 施以衣寶, 不受. 男女俱發心, 示吾正路.

行且久, 未見人, 忽遇諸途, 心甚悅. 其人捉吾至王所, 面跪曰:"天旱, 必此妖也, 請殺之." 王曰:"且縱之, 三日不雨, 殺,何遲?"吾燒香一祝, 大雨三日.

嵯楞陀國有顚僧見人來, 以牛頭三列於地, 置蒲團其上, 默而坐. 吾一見火之, 彼叫曰:"山河大地, 成一片矣." 阿耨池僧道嚴居其傍, 以草作小菴, 人來則焚之, 叫曰:"救火! 救火!"吾至, 才叫救火, 踢倒淨瓶, 道嚴曰:"可惜, 來何遲?"

末羅娑國, 事佛甚謹, 而邪正雜糅, 吾說破邪論, 外道歸正矣. 城東寶和尙墾其所居四面爲田, 置菜種一器, 人至則治田而已, 無一言. 吾以菜種從而下之, 僧叫曰:"菜生矣! 菜生矣!"其城中有織紗者, 人至不言織不□,

따서 먹는데, 다 먹기 전에 공신(空神)이 붙잡아서 공거천(空居天) 전각으로 데려갔다. 노인이 정좌하고는, "도적은 왜 절을 안 하는가?" 하기에, "불도가 절을 하겠는가?" 했다. 노인이 욕하여 "불도라며 왜 과일을 훔쳤는가?" 하기에, "주림이 핍박해서다." 하자, "주지 않거늘 취하면 도둑이다. 우선 놓아줄 것이니, 계율을 잘 지켜라!" 하고는 눈을 감게 했다. 순식간에 피안에 이르러, 누워 있던 나무에서 물을 끓이자, 그 나무는 바로 이무기였다.

적리라아국 여자가 교합을 청하기에, 굶주린 참이라 음식을 구하려고 응하는 척하면서, 양마가 있는지 묻자 사실대로 고했다. 즉시 말을 타고 달려 나는 듯이 가서, 다른 나라 경계에 이르렀다. 홀연 한 사람이 나를 결박해 가더니 자기 양을 기르게 했다. 마침 큰 눈이 내리기에 동굴로 들어가 선정에 들었다. 7일째 밤에 흰 빛이 동굴 밖으로 새어나가자, 그 사람이 제설하고 들어와 가부좌한 모습을 보고 크게 기뻐하며 의복과 보물을 시주했으나, 받지 않았다. 남녀가 발심하여 내게 바른길을 보여주었다.

길을 한참 가도록 사람이 보이지 않다가 홀연 길에서 사람을 만나 마음속으로 기뻐했다. 그 사람이 나를 붙잡아 왕이 있는 곳으로 가서 북면하여 무릎 꿇고, "가뭄이 필시 이 요괴 때문일 것이니, 죽이십시오." 했으나, 왕은 "놓아주었다가 사흘간 비가 내리지 않으면 죽여도 무어 늦겠는가?" 했다. 내가 향을 사르고 축원하자 큰비가 사흘간 내렸다.

차능타국에서는 미친 승려가 사람 오는 것을 보고, 소머리를 땅에 세 줄로 세워 놓고 부들방석을 그 위에 덮고 말 없이 앉아 있었다. 내가 보고는 불지르자, 그가 절규하며 "산하대지가 한 조각이 되었다." 했다. 아뇩지(아누지) 승려 도암(道嚴)이 옆에 살았는데, 풀로 작은 암자를 만들어 두고, 사람이 오면 태우면서, "불을 꺼라! 불을 꺼라!" 외쳤다. 내가 이르자 불을 끄라고 외쳤으므로, 정병(淨瓶)을 발로 차서 엎어 버리자, 도암이 "애석하다. 어찌 이렇게 늦었는가!" 했다.

말라사국은 부처를 매우 근실하게 섬기면서도 사론과 정론이 섞여 있었으므로, 내가 사론을 설파하자 외도가 바른길로 돌아왔다. 성 동쪽 보화상(寶和尙)이 거처의 사방을 밭으로 만들고 채소 씨앗 한 그릇을 옆에 두고는 사람이 와도 밭만 일굴 뿐 말이 없었다. 내가 채소 씨앗을 뿌리자, 승려가 "채소가 났다! 채소가 났다!" 외쳤다. 성안에 비단 짜는 사람이 있었는데, 사람이 와도 말하지 않고 짜는 일도 멈추지 않았

吾以刀斷之, 其人曰: "多年之
織畢矣!"

阿耨達國僧省一居窯中, 見人
來, 以煤塗面, 出舞而復入, 吾
以偈相喝. 早娑國僧納達居道
傍數年, 見來者曰: "好來!" 見
去者曰: "好去!" 吾便與三棒,
彼廻一拳. 的哩侯的國, 婆羅門
法盛行, 吾縮手而去. 挺伕哩
國, 眞邪同行, 遇盜棵剝. 禰伽
羅國王迎入內, 請說法, 有寶峯
者說經, 吾與之互相宣說.

東行數日, 有高山曰鐵山, 無土
石草木, 日照朝陽, 其勢如火,
又名火焰, 行七八日, 可達山
頂. 有國土, 凡十七八所, 橫接
天□北, 不知其幾千萬里. 其
東河水出焉, 兩岸高聳, □橋以
渡, 氷雪不消, 故號雪山. 孤身
飢窮, 啖野果以達西蕃之境焉.

ⓑ-2 吾之行化于中國也, 遇
北印度摩訶班特達於西蕃, 偕
至燕京. 居未久, 西游安西王
府, 與王傅可提相見, 提請留學
法. 吾志在周流, 語之曰: "我
道以慈悲爲本, 子之學倍是, 何
耶?" 提言: "衆生無始以來, 惡
業無算, 我以眞言一句, 度彼
超生, 受天之樂." 吾云: "汝言
妄也. 殺人者, 人亦殺之, 生死
相讎, 是苦之本." 提曰: "外道
也." 吾云: "慈悲眞佛子, 反是
眞外道." 王有獻, 却之.

西蕃摩提耶城, 其人可化, 呪師
疾吾, 以毒置茗飮. 適使臣至
都, 請吾同還欲師, 班特達互爲
揚化不契. 又去伽單, 呪師欲殺

다. 내가 칼로 잘라 버리자, 그 사람이 "몇 년 동안 짜던 일이
끝났구나!" 했다.

아누달국 승려 성일(省一)은 가마 속에 살면서 사람이 오는
것을 보면 검댕을 얼굴에 바르고 나와 춤을 추다가 다시 들
어갔는데, 내가 게로 일갈했다. 조사국(早娑國) 승려 납달(納
達)은 서너 해 길 옆에서 살면서, 오는 사람에게는 "잘 왔소!"
가는 사람에게는 "잘 가시오!" 했다. 세 번 몽둥이질 하자, 그
가 주먹질로 되갚았다. 적리후적국에서는 바라문법이 성행
하므로, 손을 움츠리고 떠났다. 정거리국에는 정교와 사교가
함께 횡행하여, 도적을 만나 알몸이 되었다. 예가라국에서는
왕이 안으로 맞아들여 설법을 청했는데, 보봉(寶峰)이라는
자가 불경을 설하고 있었으므로 그와 서로 강론을 했다.

동쪽으로 며칠을 가니 철산이라는 높은 산이 있어, 토석도
초목도 없이 해가 아침 볕처럼 내리쬐어 기세가 불같았으므
로, 또 화염이라고도 했다. 7, 8일을 가서 산마루에 이를 수
있었다. 국토가 모두 17, 8개로, 가로로 천□의 북쪽과 접해
있는데, 몇 천만 리인지 알 수 없었다. 그 동쪽으로 하수가 나
오는데, 양쪽 언덕이 높이 솟아 다리를 통해 건넜으며, 얼음
과 눈이 녹지 않으므로 설산이라고 불렀다. 외로운 몸에 굶
주림이 극심해서 들 열매를 따 먹으면서 서번(西番)의 국경
에 도달했다.

내가 중국에서 교화를 행할 때 북인도의 마하반특달을 서번
에서 만나 연경으로 함께 가게 되었다. 얼마 지나지 않아 서
쪽으로 안서왕 부중에서 노닐었는데, 왕의 사부 가제(可提)
가 만나보고는 머물면서 불법을 가르쳐 달라고 했다. 나는
뜻을 천하 주류에 두었기에, "나의 도는 자비를 근본으로 삼
거늘, 그대의 배움은 이와 어긋나니, 어째서인가?" 하자, 가
제는 "중생이 먼 옛날부터 악업이 헤아릴 수 없이 많으므로
진언 한 구절로 제도하여 생을 초월하여 하늘의 낙을 받게
하려는 것이다." 했다. 내가 "그대의 말이 망녕되다. 사람을
죽이면 남이 또 그를 죽여, 살아서든 죽어서든 서로 원수가
되니, 이것이 고(苦)의 근본이다." 하자, 가제가 "외도이다."
하기에, 내가 "자비가 참된 불자(佛子)요, 이 반대는 정말 외
도이다." 했다. 왕이 희사했으나 거절했다.

서번의 마제야성 사람들은 교화할 만했으나 주사(呪師)가 미
워하여 찻물에 독을 놓았다. 마침 사신이 연경에서 와서 함
께 돌아가자고 청했고, 반특달과도 교화를 펼쳐 보이기에는
뜻이 맞지 않았다. 다시 가단(伽單)으로 갔는데, 주사가 죽이

吾, 吾乃去蝦城. 主見吾大喜, 外道妬之, 打折吾一齒. 及將去, 欲要於路必殺之, 其主護送.

至蜀, 禮普賢巨像, 坐禪三年. 大毒河遇盜, 又赤立而走. 羅羅斯地界, 有僧施一禪被, 有女施一小衣. 乃應檀家供, 同齋僧得放生鵝, 欲烹而食之, 吾擊其婦, 婦哭, 僧怒見逐. 吾聞土官塑吾像, 水旱疾疫, 禱必應.

金沙河關吏見吾婦人衣, 髮又長, 怪而問奚自, 吾言語不通, 書西天字, 又非所知也. 於是留之. 晚隈石隙而臥, 不覺少間, 至彼岸, 渡子異吾禮拜, 雲南城西有寺, 上門樓入定, 居僧請入城, 至祖變寺. 坐桐樹下, 是夜雨, 旣明, 衣不濡. 赴其省祈晴, 立應. 坐夏龍泉寺, 書梵字般若經. 衆聚乏水, 吾命龍引泉濟衆.

大理國, 吾却衆味, 但食胡桃九枚度日. 金齒·烏撒·烏蒙, 一部落也, 禮吾爲師, 塑像廟之. 吾聞無賴子以吾像禪棒, 擲之地, 而不能擧, 悔謝, 取安如故. 安寧州僧問: "昔三藏入唐, 伏土知音?" 時吾已會雲南語, 應曰: 古今不同, 聖凡異路, 請說戒經, 燃頂焚臂, 官民皆然.

中慶路諸山請演法, 凡五會, 太子禮吾爲師, 羅羅人素不知佛僧, 吾至皆發心, 飛鳥亦念佛名. 貴州元帥府官皆受戒. 貓蠻·猺獞·靑紅·花竹·打牙·獦狫

려 하기에 하성(蝦城)으로 갔다. 성주가 보고 크게 기뻐했으나, 외도가 질투하여 나를 때려 이 하나를 부러뜨렸다. 떠나려 하자 그 외도가 중간에서 기다리다가 반드시 죽이려 들었으므로, 성주가 호송했다.

촉 땅에 이르러 큰 보현보살상에 예배드리고 3년간 좌선했다. 대독하에서 도적을 만나 또 발가벗은 채 달아났다. 나사 경계에서 어떤 승려가 선의(禪衣)를 주고 여자가 잠방이를 주었다. 마침내 단월가의 공양에 응했는데, 집에 함께 지내던 승려가 방생한 거위를 잡아 삶아 먹으려 하기에 아낙네를 때렸더니, 아낙네가 통곡하자 승려가 화를 내며 나를 내쫓았다. 들으니, 토관이 내 형상을 새겨두어 홍수·가뭄·질병 때 빌면 응험이 있다고 한다.

금사하 관문지기가 내가 여자 옷을 입고 머리가 긴 것을 보고 괴이해하며 어디서 왔는지 물었으나, 말이 안 통했고 서천 문자는 알지 못했다. 이에 나를 억류했다. 저녁에 바위 틈에 누웠는데, 어느새 저쪽 기슭에 이르렀으므로, 나루지기가 이인으로 여겨 예배했다. 운남성 서쪽에 절이 있어 문루에 올라가 선정에 들었더니, 그곳 승려가 성으로 들어가자 해서 조변사에 이르렀다. 오동나무 아래에서 좌선했는데, 밤비가 왔지만 날이 밝자 옷이 젖어 있지 않았다. 성(省)으로 가서 비 멎길 빌었더니 응험이 있었다. 용천사에서 하안거를 하며 범자로 『반야경』을 베꼈다. 대중이 모여 물이 부족했으므로, 용에게 샘물을 끌어오도록 명하여 대중을 구제했다.

대리국에서는 음식들을 물리치고 호두 9개만 먹으면서 날을 보냈다. 금치·오철·오몽은 같은 부락인데, 나를 예우하여 스승으로 삼아, 상을 만들어 사당에 모셨다. 들건대, 무뢰한이 상에 선봉(禪棒)을 쳐서 땅에 던졌지만 그 상을 다시 들 수 없어, 회개하며 사죄하자 전처럼 봉안할 수 있었다고 한다. 안녕주 승려가 "옛날 삼장법사는 당에 들어갈 때 땅에 엎드려 언어를 알았는가?" 물었다. 당시 나는 운남 말을 할 수 있어, "고금이 다르고 성인·범부는 길이 다르다."라고 응대했다. 계경(戒經)을 설해 달라 하면서 정수리와 팔을 지졌는데, 관리든 백성이든 모두 그랬다.

중경(中慶) 길 여러 산문에서 설법을 청했으니, 모두 다섯 법회로, 태자가 예우하여 스승을 삼았다. 나라(羅羅) 사람은 평소 부처나 승려를 모르다가 내가 이르자 모두 발심하여, 나는 새도 염불을 했다. 귀주(貴州) 원수부의 관원들은 모두 계를 받았다. 묘만·요동·청홍·화죽·타아·갈로 등 부락 만인

諸洞蠻, 俱以異菜來, 講受戒,
鎭遠府有馬王神廟, 舟過者必
肉祭, 不然舟摣, 吾一喝放舟.
行常德路, 禮金剛白鹿二祖師,
觀音自塑之像.
洞庭湖靈異頗多, 能住風雨, 吾
行適風作浪湧, 爲說三歸五戒,
唐梵互宣. 先時祭者, 夜獻絲
屨, 明則屨皆破, 後皆却其獻,
從素祭. 湖廣省參政欲逐吾去,
吾曰: "貧道, 西天人也, 遠謁皇
帝, 助揚正法. 汝不欲我祝皇帝
壽耶?"

過廬山東林寺, 見前身塔歸然,
骨猶未朽. 淮西寬問般若意, 吾
曰: "三心不可得." 楊州太子以
舟送吾至都. 大順丞相之室韋
氏, 高麗人也, 請於崇仁寺施戒.
旣而至灤京, 泰定之遇是已.

ⓒ 嗚呼, 師之游歷如是哉! 信
乎其異於人也. 師自天曆襀僧
衣. 大府大監察罕帖木兒之室
金氏, 亦高麗人也, 從師出家,
買宅澄淸里, 闢爲佛宮, 迎師居
之, 師題其額曰法源. 蓋天下之
水, 自西而東, 故取以自比焉.
師辮髮白髯, 神氣黑瑩, 服食極
其侈, 平居儼然, 人望而畏之.
至正二十三年冬, 內侍至, 師
曰: "爲我奏爾主, 我生日後去
耶, 生日前去耶?" 章佩卿速哥
帖木兒回旨, 留師小住一冬. 師
又曰: "天壽寺, 吾影堂也." 是
歲十一月二十日, 示寂于貴化
方丈, 師所構而師所名也, 有旨
省院臺百司具儀衛, 送龕于天

(蠻人)들은 특이한 채소를 가지고 와서 수계를 청했다. 진원부(鎭遠府)에 마왕(馬王) 사당이 있는데, 배로 지나는 자들은 고기로 제사를 지내야 하고, 그러지 않으면 배가 파손된다고 했으나, 나는 일갈하고 배를 풀었다. 상덕(常德)으로 가는 길에 금강·백록의 두 조사(祖師)와 백의관음상에 예배했다.

동정호에는 신령이 꽤 많아, 비바람을 머물게 할 수 있었다. 내가 가자 마침 바람이 흉포한 파랑을 일으켰으므로 삼귀(三歸)와 오계를 설하기를 중국어와 범어로 번갈아 선포했다. 전에 제사는 밤에 명주 신발을 바치면 아침에 신발들이 모두 찢겨 있었지만, 뒤에는 명주 신발의 헌정을 물리지고 소찬의 제사법을 따랐다. 호광성(湖廣省) 참정이 나를 쫓아버리려 하기에, 내가 "빈도(나)는 서천 사람으로, 멀리 황제를 뵙고 정법 선양을 도우려 한다. 너는 내가 황제를 위해 축수하길 바라지 않느냐?" 했다.

여산 동림사를 지나며 전신탑(前身塔)의 우뚝한 모습을 보았는데, 탑 안의 뼈는 썩지 않았다. 회서(淮西) 관(寬)이 반야 뜻을 묻기에, "삼심(三心)으로는 얻을 수 없다." 했다. 양주(楊州)에서 태자가 배에 태워 도성까지 보내주었다. 대순(大順) 승상 부인 위씨(韋氏)는 고려인인데, 숭인사(崇仁寺)에서 계를 베풀 것을 청했다. 얼마 후 난경(灤京)에 이르러 태정제(泰定帝)의 지우(知遇)를 입었다.

아아, 스님의 유력이 이와 같도다! 정말로 보통 사람과 다르다. 스님은 천력 연간 이후 승복을 벗었다. 대부대감 찰한첩목아(察罕帖木兒)의 부인 김씨 역시 고려인으로, 스님을 따라 출가한 후 징청리(澄淸里)의 집을 사서 불궁(佛宮)을 열어 스님을 맞아 거처하게 하자, 스님이 그 편액을 법원(法源)이라고 했다. 천하의 물이 서쪽에서 동쪽으로 흘러오기 때문에 이를 취해서 자신을 비유한 것이다. 스님은 변발과 흰 수염의 모습으로, 신체 기운이 검게 빛났으며, 의복과 음식이 아주 사치스럽되 평소에 엄숙했으므로 사람들이 바라보고는 외경했다.

지정 23년(1363) 겨울, 내시가 오자 스님이 "네 주인에게 아뢰라. 생일 뒤에 가야 하는가, 생일 이전에 가야 하는가?" 했다. 장패경(章佩卿) 속가첩목아(速哥帖木兒)가 회답하기를, 겨울 한 계절에 스님을 잠깐 머물러 있게 했다. 스님이 또 "천수사(天壽寺)가 내 영당이다." 하고는, 11월 20일 귀화방장(貴化方丈)에서 입적했으니, 스님이 건물을 짓고 이름 붙인 곳이었다. 황제의 유지로 성(省)·원(院)·대(臺)의 관아가 의례를 갖추어 감실(龕室)을 천수사로 호송했다. 이듬해 어

534

壽寺, 明年, 御史太夫圖堅帖木
兒, 平章伯帖木兒函香謁師, 用
香□泥布梅桂冰團塑肉身. 戊
申秋, 兵臨城茶毗四分, 達玄・
淸慧・法明・內正張祿吉, 各持
而去, 其徒達玄航海, 司徒達叡
從淸慧得之, 俱東歸. □壬子
九月十六日, 以王命樹浮屠於
檜巖寺, 將入塔灌骨, 得舍利若
干粒. 師自西天携『文殊師利無
生戒經』二卷而來, 參政危大朴
序其端. 手書『圓覺經』, 歐陽承
旨跋其尾. 師之偈頌甚多, 別有
錄, 皆行于世. 雲南悟無見能
言, 七歲投師, 出家時已云:"師
年甲子一周矣,"悟七十五而師
乃寂, 吉文江釋仁杰云.

ⓓ 門人前林觀寺住持達蘊謀
載道行, 愈久而愈廑. 司徒達
叡間關數千里, 奉師骨如事存,
以致送死無憾焉. 懶翁弟子某
曰:"吾師亦嘗師師, 師, 吾祖
也."與師之弟子淨業院住持妙
藏比丘尼, 買燕石, 將樹之檜巖
之崖. 揆諸天屬, 不日孝子順孫
歟? 事聞於內, 有旨臣稽銘, 臣
脩書, 臣仲和篆額.

ⓔ 臣稽曰:
師之身旣火而四分之矣, 未知
其餘立塔於何地而求銘, 以謀
其傳者誰與, 秉其筆者誰歟? 又
未知指空師在此歟, 在彼歟? 無
亦視爲蟬蛻, 不復顧籍, 而爲其
徒者, 思報其恩, 强而爲之歟,
臣於是不能無感焉, 祇慄承敎,
系之以銘.

사대부 도견첩목아(圖堅帖木兒)와 평장(平章) 백첩목아(伯帖木兒)가 향수를 상자에 담아 스님을 배알하고, 향수 뿌린 진흙에 매실과 계피와 얼음 덩어리를 깔아 육신을 소조했다. 무신년(1368) 가을 병림성(兵臨城)에서 다비하여 4등분했으며, 달현(達玄), 청혜(淸慧), 법명(法明), 내정(內正) 장녹길(張祿吉)이 각각 가지고 갔다. 제자 달현이 바다를 건너올 때 사도(司徒) 달예(達叡)가 청혜에게서 유골을 얻어 함께 동방으로 돌아왔다. 임자년(1372) 9월 16일, 왕명으로 회암사에 부도를 세우고 탑에 넣으려고 유골을 씻던 중 사리 몇 과를 얻었다. 스님은 서천에서 『문수사리무생계경』 2권을 가지고 왔는데, 참정 위태박(危太朴, 危素)이 서문을 썼다. 손수 『원각경』을 베꼈으며, 구양 승지[구양현(歐陽玄)]가 발문을 붙였다. 스님의 게송도 매우 많아, 별도로 기록이 있어, 모두 세상에 유행한다. 운남의 오(悟)가 식견은 없어도 말은 잘하며, 7세 때 스님에게 의탁했는데, 출가 때 벌써 "스님 나이가 60갑자를 한 번 돌았다." 했으며, 오의 나이가 75세일 때 스님이 입적했다고, 길문강(吉文江) 승려 인걸(仁杰)이 말했다.

문인 전 임관사(林觀寺) 주지 달온(達蘊)이 스님의 도행(道行)을 기록해 놓으려고 하여 갈수록 더욱 근실하다. 사도 달예는 수천 리를 고생하며 살아 있는 분을 섬기듯 유골을 받들어, 마지막 길에 유감이 없게끔 했다. 나옹의 제자 아무개가 "우리 스승도 스님을 스승으로 모셨으므로, 스님은 우리 조사(祖師)이시다." 하고는, 스님의 제자 정업원 주지 묘장(妙藏) 비구니와 함께, 연석(燕石)을 사서 회암사 언덕에 세우려 한다. 천륜으로 헤아려 본다 하더라도 효자요 순손(順孫)이라 하지 않겠는가? 일이 대궐에 보고되자, 유지로 신 색에게 명(銘)을 짓게 하고, 신 수에게 쓰게 하며, 신 중화에게 전액을 쓰게 했다.

신 색은 말합니다.
스님의 육신은 이미 다비로 4분되었는데, 다른 곳 어디에 탑을 세우고 명(銘)을 구하여 후세에 전하려고 꾀하는 사람이 또 누구이며, 붓을 잡은 자가 누구인지 모릅니다. 그리고 지공 스님은 여기 이쪽에 있는지, 저쪽에 있는지 모릅니다. 매미 허물 벗듯 여겨, 다시 거들떠보지 않을 텐데, 신도 된 자가 은혜에 보답하려고 억지로 이러는 것이 아닐까요? 신이 이에 감회가 없을 수 없으나, 황공해 하며 분부를 받들고 명을 잇습니다.

銘曰:	명은 이러하다.
維師之迹, 發軔西域.	스님 발자취는 서역에서 출발했으니
滿王之子, 普明之嫡.」	만(滿)왕의 아들이요 보명의 적전이었다.
灤京遇知, 允也其時.	난경에서 지우 입음은 참으로 시기에 맞는 일.
延華之訪, 云何其遲?」	연화각 초빙을 받음은 어이 그리 늦었나?
回視我轍, 靡國不歷.	나의 궤철을 돌아보면 유력하지 않은 곳 없으며
屋建之瓴, 水投之石.」	옥상에서 병 물을 쏟듯 하고 돌멩이를 물에 던지듯 했네.
天曆幸僧, 拂我以增.	천력의 총애 받는 승려가 나를 떨어버려도 명성이 더하고
服今之服, 道譽愈騰.」	지금 세상 옷을 입어도 도인의 명예는 더욱 솟았다.
狂言戲謔, 匪人攸測.	광언과 해학의 뜻을 헤아릴 이 없었고
談兵未嘗, 如析白黑.」	병란을 논하여 틈새 없이 흑백을 구별하듯 했네.
先見之明, 乃道之精.	선견의 명찰은 곧 도가 정밀했기 때문이니
或疑或謗, 師心則平.」	더러는 의심하고 비방했지만 스님 마음은 평안했도다.
舍利旣赫, 罔不竦息.	사리가 빛나자 움츠려 숨죽이지 않는 이 없나니
孰謂人性, 不協于極?」	사람의 본성이 극(極)에 화협하지 않는다고 누가 말하랴?
胥斯檜巖, 樹石以劂.	이 회암에 터를 잡고 돌을 세워 명을 새기나니
無敢或訛, 于永厥監.」	혹시라도 와전하지 말고 영구히 귀감을 삼으라.

배운 다음 조선 태조 등극 후에 왕사(王師)가 되어 한양 천도를 도왔다. 무학도 연경에 가서 지공에게 수학했다고 전한다. 이색의 「서천제납박타존자부도명」은 국왕의 명으로 찬술하는 글이기 때문에 지공의 극처를 표창하는 것에 주력하되, 지공의 출신과 수행 편력에 관한 '입증 불가능한 이야기들'은 지공이 '자신의 행적에 대해서 말한 것'을 간추리는 방식(표 4-2의 ⓑ)을 택했으며, 일인칭으로 서술했다. 권력의 요구로 지공의 부도명을 짓되, 찬자로서의 책무에서 벗어나 권력과 일정한 거리를 두기 위해 매우 지혜로운 방법을 택한 것이다. 고려, 조선의 비문 가운데 이 비문처럼 풍부한 이야기를 담은 예가 없으므로 표 4-2에 소개한다.

(3) 고려 말 석종비

승려의 사리를 봉안하고 보호하는 설치물을 석종이라고 하는데, 여기에 사리 봉안 사실을 기념하여 글을 적은 것을 석종비라고 한다.

목은 이색은 1379년 경기도 여주군 북내면 천송리 신륵사에 선각왕사(先覺王師) 나옹혜근(懶翁惠勤, 1320~1376)의 석종비를 세울 때 「신륵사보제존자석종비(神勒寺普濟

尊者石鐘碑)」 글을 작성했다. 나옹혜근의 속성은 아(牙)로, 강월헌(江月軒)·보제존자(普濟尊者)라는 별호가 있다. 1328년(고려 충숙왕 15) 지공(指空)으로부터 임제종의 심법을 이어받고 1352년 원나라 순제의 명으로 연경 광제선사(廣濟禪寺)에 머물다가 1358년(공민왕 7) 귀국했다. 1371년 공민왕의 왕사가 되었으나 1376년(우왕 2) 왕명으로 밀양 영원사(瑩源寺)로 거처를 옮기던 중 여주 신륵사에서 입적했다. 나옹이라는 호는 명찬선사(明瓚禪師)의 별칭 나잔(懶殘)에서 따온 듯하다.[50] 1376년 5월 15일 나옹혜근이 열반한 후 사리 155개가 나오자 승도들이 558개로 나누었다. 우왕이 그해 8월 15일 회암사 북쪽 언덕에 부도를 세우게 하자, 신륵사 각신(覺信)과 각주(覺珠)는 나옹혜근의 정골사리를 안치하고 석종으로 덮어 보호했다. 우왕은 나옹에게 선각(禪覺)의 시호를 내렸다. 1379년(우왕 5) 신륵사 승려들은 이색의 글을 받아 석종비를 세웠다. 비의 뒷면에는 나옹혜근 문하제자와 재가신도의 명단을 실었으며, 중창에 조력한 부존(扶尊)들, 번와, 석종, 석수, 목수 등 제작 승려, 감독 승려, 그리고 여흥군 토족들을 열거했다. 이색은 묘향산 윤필암(潤筆庵) 이외에 모두 7곳의 나옹혜근 비문을 썼다고 하는데, 널리 알려진 것은 다음 5기이다.

① 「신륵사보제존자석종비(神勒寺普濟尊者石鐘碑)」: 1379년(우왕 5) 경기도 여주군 신륵사에 건립되었다. 비문은 이색이 짓고, 한수(韓脩)가 글씨를 썼다.

② 「회암사지선각왕사비(檜巖寺址禪覺王師碑)」: 1377년(우왕 3) 왕사가 입적한 이듬해에 이색이 비문을 짓고 권중화(權仲和)가 글씨를 썼다. 비석은 1378년 5월에 경기도 양주시 회암동 회암사 터에 건립되었다. 1821년(순조 21) 경기도 광주 유생 이응준이 부친의 산소를 쓰려고 하여 훼손했다. 1828년 재건되었다.[51]

③ 「청룡사보각국사정혜원륭탑비(青龍寺普覺國師定慧圓融塔碑)」: 1394년(태조 3) 건립되었다. 충북 충주시 소태면 오량리 청룡사 터에 있다. 비문은 권근(權近)이 지었다.

④ 「정양사나옹탑(正陽寺懶翁塔)」: 1380년 전후 건립되었다. 1384년 건립된 「안심사석종비문」에서 금강산 정양사의 나옹탑을 언급하고 있다. 강원도 금강군 내강리 정양사에 있

---

50 명찬선사는 당나라 형악사(衡岳寺) 승려이다. 『태평광기』에 보면, 나잔은 성품이 게으르고 남이 상을 물리면 남은 음식을 먹었으므로 나잔이라 불렀다고 한다. 이필(李泌)이 절에서 독서를 하다가 그를 비범하게 여겨 한밤중에 찾아가자, 나잔은 쇠똥 화롯불을 뒤적여서 토란을 찾아내어 먹고 있다가, 이필에게 "말을 많이 하지 않으면 10년간 재상이 될 수 있을 것이오."라고 했다 한다.

51 엄기표, 「회암사지의 석조부도와 탑비에 대한 고찰」, 『문화사학』 21, 한국문화사학회, 2004, pp.765-805.

었다. 비문의 찬자는 미상이다.

⑤ 「안심사지공나옹비(安心寺指空懶翁碑)」: 1384년(우왕 10) 건립되었다. 평북 영변군 북신현면 묘향산 안심사에 있다. 나옹화상 혜근과 그의 스승 지공존자 선현(禪賢: 提納薄陀)을 함께 기리는 비로, 이색이 비문을 작성하고 권주(權鑄)가 해서로 글씨를 썼다.

「신륵사보제존자석종비」의 비문으로 이색은 「신륵사보제사리석종기」를 지어, 나옹의 입적 후 제자들이 석종을 만들어 사리를 봉안했으며 신륵사와 연관 있는 염제신을 통해 비문을 자신에게 부탁했다고 기술했다. 이색은 삶과 죽음의 무차별을 사리의 공능으로 깨닫게 된다고 밝히고, "세계는 비록 이루어지고 무너짐이 있다고 하지만 사람의 성품은 그대로 있을 것"이라는 결론을 도출했다.

보제(普濟)의 육신은 이미 불에 타서 없어졌으나, 여천강(驪川江)과 달은 지난날과 조금도 다름이 없다. 지금도 신륵사는 장강을 굽어 보고 있으며, 석종탑은 강변 언덕에 우뚝 서 있다. 달이 뜨면 달 그림자가 강물 속에 거꾸로 비치어서 하늘빛과 물색, 등불 그림자와 향불 연기가 그 가운데 한데 어울려 모이니, 이른바 강월헌(江月軒)은 진묵겁(塵墨劫)이 지나가더라도 보제선사 생존 시와 조금도 다름이 없을 것이다. 이제 보제의 사리는 사방으로 흩어져서, 혹은 하늘 높이 올라가 구름과 안개 중에 있고, 혹은 여염의 연기와 먼지 안에 있으며, 혹은 정수리에 이고 달리고, 혹은 팔에 걸고 잠을 자서, 극진히 봉지(奉持)하는 것이 생전에 보제가 생존해 있던 날보다 열 곱절 더 되는 데 그칠 정도가 아니다.[52]

한편 나옹혜근의 제자 지선(志先)이 나옹의 정골사리 봉안 후 영정을 만들어 모시고 찬시(讚詩)를 청하자, 이색은 「여흥신륵사선각진당시병서(驪興神勒寺禪覺眞堂詩幷序)」를 지어주었다. 이때 국신리(國贐里)에 사는 노파 묘안(妙安)이 지선을 이색에게 소개했다고 한다. 고려 말 불교가 재지 부호들의 후원을 받고 있었음을 짐작할 수 있다. 이색의 「진당시」는 4언 4구의 2수이다.[53] 제1수는 상성 유운(有)과 상성 미운(薇)을 통압

---

52 李穡, 「驪江縣神勒寺普濟舍利石鐘記」, 『牧隱藁』 文藁 卷2 記. "普濟之身, 旣火之矣, 而江與月猶夫前日也. 今神勒臨長江, 石鍾峙焉. 月出則影倒于江, 天光水色, 燈影篆香, 交樵于其中. 所謂江月軒, 雖歷墨劫, 如普濟之生存也. 今夫普濟舍利, 散而之四方, 或在崔嵬雲霧之中, 或在閭閻煙塵之內, 或頂而馳, 或臂而宿. 其所以奉持之者, 比之普濟生存之日, 不啻十倍加矣."

53 李穡, 「驪興神勒寺禪覺眞堂詩幷序」, 『牧隱藁』 文藁 卷9 序; 李穡, 「麗興神勒寺禪覺眞堂詩幷序」, 盧思愼·徐居正等, 『東文選』 卷87 序.

했다. 제2수는 평성 庚운(成·聲)을 압운했다.

道之云妙, 匪無匪有. 於戲畫像! 與衆孰愈?

도를 묘하다고 하나니
무도 아니고 유도 아니기에.
아아, 스님의 영정이여!
대중과 누가 더 나은가?

凜然其生, 秀色天成. 有來拜者, 如聞其聲.

살아 계신 듯 늠름하여라
빼어난 빛이 천연으로 이루어져,
찾아와 절하는 이들이
육성을 귀로 듣는 듯하리.

정도전(鄭道傳)은 1385년(우왕 11) 성균관 좨주 지제교로 있을 때 미지산 사나사의 석종에 새길 명을 작성했다. 「미지산사나사석종명병서(彌智山舍那寺石鐘銘幷序)」가 그 것이다. 전액은 「원증국사석종명(圓證國師石鐘銘)」이다.[54] 원증국사는 태고보우(太古普愚, 1301~1382)를 말한다. 1382년 고양 태고사(太古寺)에서 국사가 입적하고 4년 후인 1386년 10월 경기도 양평군 옥천면 용천리 사나사에 석종이 건립되었다. 원증국사 모친의 고향이자 원증국사가 태어난 양근에 세운 것이다. 석종에는 정도전의 글을 승려 의문(誼聞)이 해서로 써서 새겼다. 원증국사는 13세에 출가하여 회암사 광지(廣智)선사에게서 가르침을 받았다. 46세 때 원나라에 다녀왔는데, 이후 다시 원나라에 갔을 때에는 순제가 법의를 하사했다. 공민왕의 스승이 되기도 했으나 소설사(小雪寺)로 들어가 지냈고, 태고사에서 입적했다. 조정에서 삼한양조국사이웅존자(三韓兩

---

54 전액은 「圓證國師石鐘銘」이고, 비제는 「彌智山舍那寺石鐘銘幷序」이며, 찬자를 "中顯大夫成均館祭酒知製教鄭道傳撰."이라고 밝혔다. 비문의 명 다음에 "洪武十九年丙寅十月 日門人達心立石. 梓林寺住持禪師誼聞書. 薰谷·明昊刊."이라고 건비일, 건비 주체, 서자, 각자에 대해서도 기록해 두었다. 비의 뒷면을 보면 "助緣 版圖判書李中實 判司宰寺事李隝 三司右尹金子贇 司僕世李㵰 仁州事申天用 楊根郡事吳成式" 등의 명단이 이어진다.

朝國師利雄尊者)로 추증했다. 태고사에 1385년 건립한「원증국사탑비」가 별도로 있는
데, 비문은 이색이 짓고 권주가 글씨를 썼다. 정도전은「미지산사나사석종명병서」에
서 원증국사가 원나라에서 임제종을 전수받은 사실, 공민왕이 국사로 책봉하고 국사
의 고향을 군으로 승격시킨 사실, 고을 사람들이 국사를 위해 석종비를 건립한 사실을
차례로 적었다.

ⓐ 고려국사 이웅존자께서 소설산에서 입적하시자, 문인들이 화장했는데, 사리를 많이 얻
었다. 양근군에 사는 부로들이 지군사 강만령에게 청하여 원석을 캐서 다듬어 종탑을 만
들어 사리 10과를 넣고 사나사에 세웠다. 소요 경비는 서속 30섬, 면포 300필이었다. 계
해년(우왕 9, 1383) 9월 무신에 시작하여 그해 12월 경신에 끝났다. 문인 달심이 사실상
공사를 주관했다.

ⓑ 양근군은 본래 익화현이었는데, 스님의 어머니의 고향이다. 고을 서쪽에 큰 강이 있어
한강이라고 하며, 태백산 북쪽에서 발원하여 600리를 흘러 바다로 들어간다. 고을 동쪽
에는 미지산이 양광도와 교주도의 경계에 우뚝 솟아 있다. 산수의 맑고 깨끗한 기운이 영
걸을 잉태하고 수재를 낳았으니, 특별하고 기특한 인물을 이룬 것은 필시 여기에서 그런
것이리라!

ⓒ 원증국사는 양근군 대원리에서 태어났으며, 중국에 유학하여 임제종 제18대 법손 석옥
청공선사의 법을 이어받았으니, 국사는 임제의 19대 법손이다. 석옥이 법의(가사)와 선
장(주장)을 주어 계합의 뜻을 표했다. 동쪽으로 돌아오자 현릉(공민왕)이 예를 갖추어 왕
사로 추대하고 곧이어 국사로 책봉했다. 어머니 정씨는 삼한국대부인으로 봉하고, 익화
현을 양근군으로 승격시켰다. 조정 신하를 신중히 선발해 와서 고을 사람들을 위로하고
진무했으니, 국사를 존중하여 그가 태어난 곳을 소중히 여겼기 때문이었다.

ⓓ 이희계(李希桂)와 강만령(姜萬岭)은 모두 옛 어진 관리의 풍모를 지녀 이익을 일으키고
폐단을 개혁하여 백성들이 편안할 수 있었으니, 이는 국사가 내려준 은택이다. 국사가 이
고을을 다시 살린 덕이 있으므로 고을 백성들이 흠모하여 오래되어도 잊지 않아, 국사를
섬기던 태도로 사리를 섬기려고 하니, 이는 본심에서 발하여 말래야 말 수 없는 것이었
다. 따라서 명을 짓는 것이 마땅하지 않겠는가!

ⓔ 명은 이러하다.
용문산은 높디 높고, 한강은 넘실넘실.
능히 이인을 낳아, 왕국이 국사로 삼았으니
임제종 법을 전수받아, 조사의 덕을 잘 닮았도다!

현을 승격하여 군을 삼으매, 군민들은 편안해하며 기뻐하도다.

오로지 국사의 덕을, 군민들이 모두 사모하기에

이어서 사리도 섬겨, 국사가 여기에 계시듯 여겨

석종을 깎아 만들고, 나에게 시를 새기라 권하누나.

산문에 잘 남겨두어, 미래에 전하여 보이도록 하라.

ⓕ 홍무 19년 병인 10월 일, 문인 달심이 비석을 세우고

재림사 주지 선사 의문이 글씨를 썼으며

훈곡과 명호가 돌에 새겼다.[55]

(4) 조선시대 탑비

승려들을 위한 비문은 고려시대에 이어 조선시대에도 발달했다. 이를테면 조선 후기의 승려 연담유일(蓮潭有一, 1720~1799)의 「자보행업(自譜行業)」을 보면, 당시의 승려들은 선사(先師)의 비석을 제작하는 일을 매우 중요한 과업으로 여겼음을 알 수 있다.[56]

신사년(영조 37, 1761) 겨울에 함월(涵月) 노숙(老宿)이 장차 환성(喚惺) 스승의 비를 세우려고 하여, 멀리 나의 범제(凡弟)에게 부탁해서 함께 선사의 비를 도모하자고 했다. 이 일은 무익해서 그저 재물만 허비할 것이지만, 수상(手上)의 명령이라 거절하지 못하고, 낭송(朗松)과 함께 상경하여 두 비석을 사서, 서울에서 연마하고 새겨서 가지고 와서는 대둔사에 세웠다. 때는 임오년(1762) 봄이었다. … 정유년(정조 원년, 1777) 봄에 영남 종정(宗正)의 차출을 받아, 가서 춘향(春享)에 참예하고 해인사에 거처했다. 이해 겨울에 대둔사에서 계홍(戒洪)을 보내어 고하기를 "서산대사 비의 허리가 상했으니 다시 세우지 않을 수 없다."

---

55 ⓐ 高麗國師利雄尊者示寂小雪山, 門人火五得舍利甚多. 楊根郡父老, 請知郡事姜侯萬岭, 伐石爲鍾, 藏舍利一十枚, 置那寺. 凡用粟三十碩, 布三百匹. 始於癸亥秋九月戊申, 終於冬十二月庚申. 門人達心, 實主其事焉. ⓑ 夫楊根郡, 本益和縣之母家也. 郡之西有大江曰漢, 發源太白山, 北流六百里, 入海. 郡之東曰彌智山, 屹然據乎楊廣交州之境. 其山水淸淑之氣, 孕靈産秀, 爲環異奇特之人, 其必有得於是者歟! ⓒ 師生楊根郡大riz里, 游學中國, 嗣臨濟十八代孫石屋淸珙禪師之法, 則師於臨濟爲十九代之孫也. 石屋贈法衣禪杖以表相契, 東還, 玄陵禮以爲王師, 尋加國師封. 母鄭氏三韓國大夫人, 陞益和縣爲楊根屺郡. 遴選朝臣, 來撫郡人, 所以重師而推本其所由生也. ⓓ 若李侯希桂姜侯萬岭, 皆有古良吏之風, 利興弊革, 民得休息, 師之賜也. 師有再造是郡之德, 郡人慕之, 雖久不忘, 以其所以事師者事舍利, 其亦發於本心之不能已者然也. 銘之不亦宜乎? ⓔ 銘曰: 龍門崒屼, 漢水漣漪. 克生異人, 王國是師. 臨濟之傳, 式克肖之. 縣陞爲郡, 民安以嬉. 惟師之德, 郡人之思. 承事舍利, 如師在玆. 有礱石鍾, 勸我銘詩. 留鑱山門, 傳示後來. ⓕ는 각주 53번 참조.
56 有一, 「蓮潭大師自譜行業」, 『蓮潭大師林下錄』 卷4, 동국대학교불전간행위원회내 한국불교전서편찬위원 편, 『한국불교전서』 제10책, 동국대학교 출판부, 1989.

라고 했으므로 각 도에 발문(發文)해서 돈을 거두었다. 무술년(1778) 봄에 체임되어 상경해서, 좋은 돌을 사서 서울에서 갈고 새기기를 임오년의 예처럼 했다.

고려와 조선의 승려들 가운데서 시문에 뛰어난 인물이 많이 나왔다. 하지만 승려들은 사적비의 비문을 작성하거나 사적비의 뒷면에 글을 더하기는 했어도, 사대부를 위한 비지문을 작성하지 않았음은 물론, 부도비의 글도 작성하지 않은 듯하다.

9세기 전반에 선불교가 전래한 이후, 오히려 문자선이 발달하고, 문학하는 승려들이 많이 나왔다. 처음에 지장(地藏)의 심인을 전수받은 도의(道義)가 821년(헌덕왕 13) 귀국했으나 교종의 심한 비판에 직면하여 설악산(소설악)에 은거했다. 도의보다 5년 뒤 826년(흥덕왕 원년)에 귀국한 홍척(洪陟)은 828년(흥덕왕 3) 지리산 실상사(實相寺)를 창건하고 흥덕왕의 후원으로 선풍을 진작시켰다. 이후 선종은 아홉 산문을 세우기에 이른다. 선종은 시승을 많이 낳았고, 문장을 짓는 승려들도 많이 배출했다. 작가의 글이라고 논할 만한 시를 풍부하게 남긴 승려는 현재까지는 고려 중기 무의자(無衣子) 혜심(慧諶)이 처음이다.

조선의 승려들 가운데는 문장에 뛰어난 인물들이 적지 않았다. 침굉현변(枕肱懸辯, 1616~1684), 백곡처능(白谷處能, 1617~1680), 무경자수(無竟子秀, 1664~1737), 아암혜장(兒菴惠藏, 1772~1811) 등이 대표적이다. 이들은 변문에도 뛰어났다. 백곡은 어려서 선조의 부마(駙馬) 신익성(申翊聖)에게 글을 배워 시가 청신고건(淸新古健)했고, 문은 소탕(疏宕)했다.[57] 정약용은 아암혜장의 「대둔사비각다례축문(大芚寺碑閣茶禮祝文)」에 대해 "글자마다 치달리고 구절마다 기운이 용솟음침을 느낄 수 있다[覺字字跳盪, 句句聳竦]."[58]라고 칭송했다.

18세기 전후에는 각 사찰들이 사찰의 연기를 밝히는 문헌들을 제작하기 시작했다. 이때 승려들은 사찰과 승려의 사적에 관한 글을 많이 지었다. 대개 사찰의 역사를 산문으로 기록한 것이다.

그런데 경남 합천군 가회면 중촌리에 「합천가회면봉암당채환대선사비(陜川佳會面鳳巖堂采歡大禪師碑)」가 있다. 비제는 「선교양종부종수교봉암당대선사비명(禪教兩

---

57 효종은 잠저 때 백곡의 스승 벽암각성(碧巖覺性, 1575~1660)에게 서찰을 보내 백곡의 글을 칭송했다. 申晸, 「白谷處能師碑銘」, 『汾厓遺稿』 卷10.

58 혜장 저, 김두재 역, 『아암유집』, 동국대학교 출판부, 2015, p.96.

宗扶宗樹教鳳巖堂大禪師碑銘)」으로, 비문은 1779년(정조 3) 4월 채제공(蔡濟恭)이 찬술하고 글씨를 썼으며, 강세황(姜世晃)이 전액을 썼다.[59] 비는 채환선사의 수법제자들이 세웠다. 법사의 속성은 조(趙), 호는 봉암(鳳巖)이다. 대소헌(大笑軒) 조종도(趙宗道, 1537~1597)의 후손이다. 14세 때 산문에 몸을 의탁하여 16세 때 구족계를 받고 우암대사(雨巖大師)의 문하에서 수도했다. 매일 삼장(三藏)을 강론하여 마침내 뛰어난 제자가 되어 두루 지역 내의 유명 가람을 유람하면서 설법을 하자, 남악(南嶽)·환성(喚醒)·영해(影海)·호암(虎巖) 등 여러 법사들이 모두 대사에게 미칠 수 없다고 생각했다. 대사가 입적하면서 "매악(梅嶽)이 무너지면 내가 세상에 나올 수 있을 것이다."라고 했는데, 과연 대사가 입적하자마자 절 뒤쪽의 매악이 천둥소리를 내며 무너졌다. 채제공은 부도비문에서 대사가 본연의 허령한 마음을 잘 보존하여 이욕에 물들지 않고 실다운 도(道)를 깨우쳤다고 평가했다.

국사편찬위원회에 탁본이 있는 「천봉선사탑비(天峯禪師塔碑)」는 비제가 「조선국천봉대선사탑비명병서(朝鮮國天峯大禪師塔碑銘幷敍)」인데, 찬자·서자·전액자는 수관거사(水觀居士) 이충익(李忠翊, 1744~1816)이다.[60] 이충익은 조선 양명학의 계보인 강화학파의 한 사람으로, 노장·선불까지 깊이 공부했고, 범어 사전 『진언집(眞言集)』의 중간에 간여했다.[61] 심주(沁州), 즉 강화도 초피봉 아래 거주하여 초원(椒園)이라는 자호를 주로 사용했다. 「천봉선사탑비」는 이충익의 문집 『초원유고(椒園遺藁)』 책2에도 실려 있다. 천봉선사는 속명이 김태흘(金泰屹), 자는 무등(無等)이다. 서흥(瑞興) 김씨 김두필(金斗弼)의 아들이다. 16세에 유덕사(有德寺) 명탁(明琢)에게서 체발을 하고 도원(道圓)에게서 구족계를 받았다. 20세에 은월우점(隱月雨霑)에게 수학했으며, 만년에 배천(白川) 호국사(護國寺)로 돌아갔다. 풍계해숙(楓溪海淑)의 적통을 이었는데, 해숙은 백월옥혜(白月玉慧)의 고제이며, 청허(서산대사)의 5세 법손이다. 천봉선사가 84세, 도랍(道臘) 68년 되던 1793년(정조 17) 시적(示寂)하자, 제자들이 다비한 후 정골 2편으

59 李智冠 역, 『(校勘譯註) 歷代高僧碑文』 朝鮮篇 1, 伽山佛教文化研究院, 1999. 기왕의 판독에서 이 비문의 작성 연대를 1719년으로 보았으나, 채제공(1720~1799)의 생몰 연대와 맞지 않는다. 1779년으로 보아야 한다. 채제공의 관함은 '輔國崇祿大夫行判中樞府事兼兵曹判書判義禁府事知經筵春秋館事弘文館提學藝文館提學世孫左賓客 奎章閣提學'이고, 강세황의 관함은 '嘉善大夫漢城府左尹'이다.

60 심경호, 「이광운묘비명, 민가숙묘지명, 천봉선사탑비, 이참봉집, 정사일과, 동파문유·동파문유속 해제」, 『명미당 이건창가 자료해제집』, 국사편찬위원회, 2009.

61 심경호, 「椒園 李忠翊의 『談老』에 관하여」, 이종은 편, 『한국도교문화의 초점』, 아세아문화사. 2000, pp.437~479.

로 사리 64매를 만들어 배천 호국사, 문화 월정사(月精寺), 양주 망월사(望月寺)에 보관했다. 제자는 환열(幻悅)·묘일(妙一)·낭규(朗奎) 등 20여 명이다. 이충익은 「천봉선사탑비」에서 천봉선사의 심즉성 경지를 우선 논했다. 이어서 천봉선사의 출생, 도력, 시적, 제자록을 서술한 후, 자신이 80세의 선사를 만났던 이야기를 적고 문인 환열의 청으로 탑비를 적게 된 사연을 밝혔다.[62] 서의 첫 단락이 전체 글에서 양적으로도 길고 의미상으로도 중요하다.

나는 이른바 대선사란 사람들을 많이 보아왔다. 어깨를 세우고 눈을 내리깔고서 포단을 펴고 앉아 있어서, 사람들이 보고는 누군지 묻지 않아도 그가 대선사임을 안다. 저자도 어깨를 세우고 눈을 내리깔고서 포단을 펴고 앉아 있어서는 역시 스스로 나는 대선사라고 여긴다. 만약에 눈이 사람과 하늘을 함께 보고 마음이 범인과 성인의 경계를 같이하여, 사대(생로병사)가 축생 및 아귀와 함께 태어나 함께 죽으며, 생각이 담벼락의 기왓장·자갈과 함께 일어나고 함께 소멸해서, 일만 이천 사람이 함께 예배하며 공경하더라도 그 덕의 하나도 이름할 수 없지만, 일만 이천 사람이 함께 예배하며 공경하더라도 한 일념도 나 스스로 대선사라고 여기지 않는 것이 바로 천봉대선사가 대선사인 이유이다. 교(敎)에는 반(半)과 만(滿), 소(小)와 대(大)가 있으나, 문구(文句)와 의취(義趣)에서 나로서는 오로지 하나의 이(理)가 있을 따름이다. 선(禪)에는 몽둥이질, 불자를 세우는 일, 주먹으로 치는 일, 발로 차는 일 등이 있으나, 살활(殺活)과 여탈(予奪)에서 나로서는 오로지 하나의 성(性)이 있을 따름이다. 사람에게는 아첨과 곡해, 어리석음과 둔함이 있으나, 성실과 지혜에서 나로서는 오로지 하나의 자(慈)가 있을 따름이다. 수승(殊勝)의 기특(奇特)한 상(相)도 없고, 해탈(解脫)과 오입(悟入)의 상(相)도 없다. 이와 같다면, 그것을 불법(佛法)에서 얻는 바가 없다고 말해도 옳을 것이다. 어째서인가? 불법 속에는 본시 이 상(相)이 없기 때문이다. 언(言)이 곧 심(心)이고, 심(心)이 곧 성(性)이니, 가고 머물고 앉고 누우며, 옷 입고 밥 먹는 것이 바로 심이자 성이

---

62 師名泰屹, 字無等. 天峯, 其號也. 海西瑞興人金斗弼之子. 母, 趙氏. 十六, 披削於有德寺明琢長老, 受具戒於道圓師. 二十, 受業於隱月雨霑師, 遍游方內, 參問知識, 晚歸白川護國寺, 辭衆入禪. 嗣法於楓溪海淑師, 卽白月玉慧師之高弟, 而淸虛之五世孫也. 俗壽八十有四, 乾隆癸丑之歲, 示有微疾, 僧問: "師恒說苦空無常, 亦爲生死所使而不坐化?" 師曰: "坐不必是坐, 臥不必是臥." 又問: "師今示滅不滅安在?" 師良久點頭而逝, 顏色如平日. 入定時火浴, 頂[『초원유고』 *項骨不壞者二片[*字자 없음], 設利六十四[*七]枚, 建塔于護國及文化之月精, 楊州之望月諸寺分藏之. 道臘六十有八. 弟子得宗旨者幻悅·妙一·朗奎[*某某]等二十餘人, 受戒律者數百人. 余始[*始余]見師, 年已八十餘, 高頰權, 方口大耳, 目如曙星, 顧眄有彩, 與之語, 悃愊無華, 信乎其爲福慧具足人也. 今門人幻悅等來謁銘, 余以余所觀於師者擧似. 悅曰: "子以無所觀觀吾師, 故能知吾師也." (*: 인용자 교감.)

544

어서, 전체로서 발현하여 중간에 터럭 하나도 첨부하는 것도 없고 버리는 것도 없어서, 가는 곳마다 행하는 바가 있다. 이와 같다면, 이것을 순전히 부처의 심성이라고 말해도 옳을 것이다. 어째서인가? 불심과 불성은 본디 이와 같기 때문이다.[63]

명은 5언 32구로 4구 1전운의 형식이다. 찬어를 늘어놓은 것이 아니라, 서에서 언급하지 않은 깨달음의 경지를 이야기했다.

선사 들어간 곳에 보덕굴이 있어서, 지성으로 발원하여 서약하자, 홀연 물 긷던 우물에서, 세 가닥 물이 높이 내걸렸네. 물이 맺혀 찬란한 얼음이 되어, 씹어보니 입에 달고도 차가왔으니, 당시 한여름이 시작되던 때라, 모두 미증유의 일이라고 감탄했다네. 선사는 묵묵히 아무것도 보지 못한 듯이 했으니, 얼음과 물은 두 본성이 모두 공허하여, 융합하여 맺히고 솟아 흐르는 때에 나 자신은 보는 것이 같지 않음이 없다는 식이었네. 선사에게 양생의 도구가, 지금 모두 어디에 있는지 물어도, 오로지 나무 바리때 하나 있어, 밥을 담고는 들어 올려 예불했다네. 단지 바리때에 밥이 가득한 것만 알 뿐이고, 쌀로 밥을 짓는 것은 알지 못하며, 쌀로 밥을 짓는 것은 알아도, 돈으로 바꿀 줄은 알지 못했네. 하루아침에 밥이 익은 후에, 공양을 받아 배가 부르면, 나머지 분량은 주린 이에게 주니, 어느 누구도 좋다 말하지 않는 이가 없었네. 이 법은 불가사의하여, 범부의 일에서 벗어나지 않나니, 만약 범부의 일에서 벗어난다면 법이 불가사의한 것이 아니라네. 때와 얼룩에서 멀리 벗어났어도, 여전히 범부로 드러나니, 천봉의 취지를 알고자 한다면, 이 뜻이 절로 수승하다네.[64]

---

63 余多見所謂大禪師者矣. 竦肩垂睫, 敷座而坐, 人之見之, 不問而知其爲大禪師矣. 其竦肩垂睫, 敷座而坐也, 亦自以爲我是大禪師也. 若夫目與人天同視, 心與凡聖同界, 四大與畜生餓鬼, 同生同死, 念慮與墻壁瓦礫, 同起同滅, 萬二千人所同禮敬, 而不能名其一德, 乃爲萬二千人所同禮敬, 而無一念是我大禪師也, 是乃天峯大禪師所以爲大禪師者也. 教有半滿小大, 文句義趣, 我唯有一理. 禪有搯捹拳踢, 殺活予奪, 我唯有一性. 人有諂曲愚純, 誠實智慧, 我唯有一慈. 無殊勝奇特相, 無解脫悟入相. 若然者, 雖謂之於佛法中無所得, 可也. 何也? 佛法中本無是相故也. 言卽是心, 心卽是性, 行住坐臥, 着衣喫飯, 卽是心是性, 全體發現, 中間無有一毫或添或棄, 諸所有爲. 若然者, 雖謂之純是佛心性, 可也. 何也? 佛心佛性, 本如是故也.

64 師入有德窟, 至誠發願誓. 忽於所汲井, 三條水高揭[去霽]. 結爲璀璨氷, 嚼之甘寒口. 時當夏節始, 衆歡未曾有[上有]. 師默如不見, 氷水兩性空. 融結峙流際, 我見無不同[平東]. 問師養生具, 今皆何所在. 唯有一木鉢, 盛飯擎作禮[去隊·上薺通押]. 但知鉢盛飯, 不知米作飯. 但知米作飯, 不知將錢換[上阮·去翰通押]. 一朝飯熟後, 受享腹爲飽. 餘分及餓夫, 無人不道好[上巧·上晧通押]. 是法不思議, 不離凡夫事. 若離凡夫事, 法非不思議[去寘]. 垢濁盡遠離, 仍現是凡夫. 欲識天峯旨, 是義自勝殊[平虞].

2. 고려시대의 비지문

고려시대에는 지상에 세운 묘비는 대부분 승려들이 비주(碑主)였다. 그런데 고려 말에 이르러 이자춘(李子春)의 「고려국증순성경절동덕보조익찬공신벽상삼한삼중대광문하시중판전리사사완산부원군삭방도만호겸병마사영록대부판장작감사이공신도비명(高麗國贈純誠勁節同德輔祚翊贊功臣壁上三韓三重大匡門下侍中判典理司事完山府院君朔方道萬戶兼兵馬使榮祿大夫判將作監事李公神道碑銘)」과 김순부(金純夫)의 「부모묘표(父母墓表)」, 정운경(鄭云敬)의 「염의지묘(廉義之墓)」가 지상에 세워졌다. 고려시대에 지하에 묻는 묘지와 광지의 묘주는 승려, 사대부, 여성, 요절한 아이들 등이었다.

고려 때에는 화장의 풍습이 있었다. 사대부들은 망자를 화장한 뒤에 유골을 개성 부근의 선산에 다시 매장했다. 이후 지방에 있는 선산에 다시 매장하는 풍습으로 바뀌었다. 이때 묘지명을 함께 묻었다. 1105년(숙종 10) 10월 승려 응량(膺亮)이 작성한 「형양정대부묘지(滎陽鄭大夫墓誌)」를 통해 그 점을 알 수 있다.[65] 묘주는 정목(鄭穆, 1040~1105)으로, 본관이 동래(형양)이며, 정항(鄭沆)의 형으로 고익공(高益恭)의 사위이다. 죽을 때가 되자 절에 가서 죽었으며, 불교 예식에 따라 화장된 후 상여로 운구되어 서울(개성) 동북쪽 절에 가매장되었다가, 이듬해 다른 절 서남쪽 언덕의 장지에 묻혔다. 묘지명은 비의 앞면과 뒷면에 채워져 있다. 뒷면에 있는 졸장(卒葬) 서술 부분만 보면 다음과 같다.

그 후 요나라 건통(乾統) 5년(고려 숙종 10, 1105) 봄에 또 3품 관직에 임명되었다. 공은 ▨ 여러 해 동안 질병을 앓으면서 낫지를 않아 계속 약을 복용했는데 이해 3월 병이 심해졌다. 차남 점(漸)이 곁에서 간호하면서 근심하는 빛을 보이자, 공이 말하길, "도(道)가 장차 행하

---

65 정목은 1066년(문종 20) 성균시에 급제하고 1072년(문종 26) 예부시에 급제했다. 형부, 지제고, 사관 등을 역임하고, 고주(高州)·금주(金州)·영청현(永淸縣)의 지방관과 동북면병마판관을 역임했다. 『선종실록(宣宗實錄)』 편찬에 참여했다. 1071년(문종 25) 고익공의 장녀를 아내로 맞아, 네 아들을 낳았다. 묘지명은 1928년 3월 경기도 장단군 장도면(長道面) 상리(上里) 대덕산(大德山)에서 발견되었다. 발견 과정에 대해서는 정인보(鄭寅普)가 「복야공선천비문(僕射公先阡碑文)」(『舊園文錄』)에서 밝혔다. 비의 앞면에 비제가 있고, 뒷면에 제액 「滎陽鄭大夫墓銘」이 따로 있었던 듯하다. 鄭芝秀 刊編, 『東萊鄭氏一統譜』, 京城: 東萊鄭氏統譜刊行所京城, 1935; 이난영 편, 『韓國金石文追補』, 중앙대학교 출판부, 1968(아세아문화사, 1979); 김용선, 『고려묘지명집성』, 한림대학교 아시아문화연구소, 2001; 김용선, 『고려 금석문 연구—돌에 새겨진 사회사—』, 일조각, 2004.

는 것은 명(命)에 달려 있도다! 도가 장차 폐하는 것도 명에 달려 있도다! 너는 어찌하여 근심하느냐?"라고 했다. 5월 을묘일에 용흥사(龍興寺) 덕해원(德海院)에서 돌아갔다. 그달 신유일 불교 예식에 따라 절의 서쪽 언덕에서 화장했으며, 장례를 지내고 상여를 꾸미는 등의 일이 의례에 어긋남이 없었다. 경오일에 유골을 거두어 임시로 서울 동북쪽 안불사(安佛寺)에 모셔두었다. 그해 10월 9일 계유일에 권지태사감후 곽자인(郭子仁)이 음택을 점치고 와서 길일을 고해주었으므로, 갑신일 새벽에 홍호사(弘護寺) 서남쪽 언덕에 안장했다. 춘추는 66세였다.[66]

이 묘지명은 서의 마지막에서 "마침내 평생의 일을 지로 기록한다. 나머지는 비와 행장에 있다[逐以平生事誌之, 餘在碑與行狀云]."라고 했다. 이것을 보면 별도의 묘비가 있었거나 적어도 묘비를 세울 계획이 있었다고 생각된다. 고려 시대에는 관료 사대부의 묘비를 지상에 세우지 않았지만, 금지 사항은 아니었던 듯하다. 이 묘지 뒤에는 4언 10구(평성 删운·寒운 통압, 일운도저)의 명이 있다.

承傳之易, 創始之艱. 有嗣繁衍, 肇蹟孤寒.
昔聞貞諒,[67] 善壽以安. 今其何謬, 奄向幽關?
嗚呼已矣, 泣涕汎瀾.

잇고 전해주는 일은 쉬우나, 처음 시작하기는 어렵다기에
후손이 창성하여도, 조상의 자취는 외롭고 고단했네.
듣자니 바르고 신실하면, 수를 다하고 편안하기에 좋다 한다만
지금은 어찌 그릇되어 홀연 저승 문으로 향하는가?
아아, 그만두어라, 눈물이 줄줄 쏟아지누나.

장례는 불교식이다. 하지만 묘지명을 안치하는 것은 중국은 위·진시대 이래, 한국

---

66 越乾統五年春, 又拜三品官. 公▨數年已來, 有疾不瘳, 藥餌不絶, 及是年三月, 疾革. 二子漸侍側有憂色, 公云: "道之將行, 命也歟! 道之將廢, 命也歟! 兒何憂焉?" 五月乙卯卒于龍興寺德海院. 是月辛酉, 依佛制, 火葬于寺之西崗. 其祖送豚飾, 莫非如儀. 庚午, 拾骨假安于帝京東北安佛寺. 又其年十月九日癸酉, 權知太史監侯郭子仁, 卜宅兆, 來告吉, 甲申遲明, 歸葬于弘護寺西南原. 春秋六十六.

67 본래 貞과 諒은 복합될 수 없다. 『논어』 「위령공(衛靈公)」에 "군자정이불량(君子貞而不諒)."이라고 했다. 하지만 여기서는 諒을 신실하다는 뜻으로 사용해서 貞과 복합시켰다.

은 고대국가 이래 관습이었다. 그런데 이 정목 묘지명에는 과제(科題)와 정목의 자작시를 실어두었다. 11세기 말, 12세기 초 묘지명 작성의 한 방식이었던 듯하다. 당시의 과거제도와 문화 풍토를 이해하는 데 매우 중요한 자료이다.

      ⓐ 다음 해[함옹(咸雍) 8년 임자(문종 26, 1072)] 봄 성왕(聖王) 문종(文宗)이 친히 광전(廣殿)에서 선비를 뽑으면서, '명경지수는 형체를 비춘다[止水鑑形]'라는 시제와 '공자는 모든 임금의 스승이시다[仲尼爲百王師]'라는 부제(賦題)를 내려주었다. 임금이 먼저 시를 친히 지어, "낮에는 천자의 해를 엿보고, 밤에는 서민의 별을 품는다."라고 했다. 공이 수재들과 함께 시험에 나아갔는데, 글을 바치자 임금이 지은 한 구[句: 우리나라에서 二句一聯을 가리키는 말—역자 주]와 부합했다. 임금이 대단히 탄복하여 공에게 병과(丙科)의 급제를 내리고, 비서성 교서랑동정(校書郞同正)에 제수했다. 관리 명부에 미리 이름을 올리게 한 것은 □□(유례가 없는 은총이었다).⁶⁸

      ⓑ 공이 백부(白傅: 백거이)의 "벌레도 성명을 온전히 하려면 독이 없어야 하고, 나무가 천년의 수명을 누리려면 재목이 되어서는 안 되느니라."라는 글귀를 외워 자식들을 가르치고, 또 다음 시를 지어 경계했다.

      애들아, 내 말 좀 들어보아라.

      현달하여 조정에 올라도 길이 다르리니

      관리 되면 진실로 방현령(房玄齡)과 두여회(杜如晦)를 본받고

      유학을 하면 공자와 주공의 풍모를 끝까지 궁구해라.

      집안에서는 반드시 효를 이루길 뜻할 것이며

      국은에 보답하여 충성을 다할 것을 잊지 말아라.

      네가 만약 내 가르침대로 따라 행한다면

      이승에서 어찌 떠돌거나 궁하게 되겠느냐?⁶⁹

    ⓐ를 보면 고려 예부시는 시(詩)와 부(賦)로 시험을 했음을 알 수 있다. 문종이 낸 시

---

68 明年春聖考文宗親較士于廣殿, 賜題曰止水鑑形詩, 仲尼爲百王師賦, 上先自親製是詩有云: '書窺天子日, 夜孕庶民星.' 公與英髦輩偕赴, 比其進呈, 與御製一句相合. 上尤歎之, 賜公以丙第, 拜秘書省校書郞同正, 其預籍仕版□□.

69 嘗誦白傳詩 '虫全性命因無毒, 木得天年爲不材'之句, 以敎兒息. 又以詩誡之云: "爲言三四小兒童, 達已登朝路不同. 爲吏固遵房杜術, 業儒終究孔姬風. 在家必意皆成孝, 報國無忘其盡忠. 汝若依行余所訓, 此生何必致羈窮."

제는 『장자』 「덕충부(德充符)」에서 공자의 말을 인용한 구절에서 가져온 것이다. 즉, "사람은 흘러가는 물에는 비춰 볼 수 없고 고요한 물에 비춰 보아야 한다. 오직 고요한 것만이 고요하기를 바라는 모든 것을 고요하게 할 수 있다(人莫鑑於流水, 而鑑於止水, 唯止能止衆止)."라고 했다. 죄를 지어 다리가 잘린 노나라 왕태(王駘)에게 많은 제자들이 모여들자 공자의 제자가 그 이유를 물은 가운데 나온 이야기이다. 제목에서 운자를 택해서 10운시로 지었을 것이다. 부제는 7자이므로 4평 4측일 수 없다. 과부의 형식이 팔각운이 아니었던 듯하다. 정목은 평소 백거이를 좋아했다고 하는데 ⓑ를 통해 알 수 있다. 다만 정목이 외운 시는 현전 『백거이시집』에는 들어 있지 않아, 일시(佚詩)인 듯하다. 또한 정목이 칠언율시를 훈계에 이용한 사실도 한시사에서 주목할 일이다.

(1) 권력자의 묘지

고려시대 사대부는 묘지를 제작해서 묘지석을 땅에 묻었다.

고려의 사대부 묘주의 비문 예로 「최충헌묘지명(崔忠獻墓誌銘)」을 살펴보자.[70] 1219년(고종 6)에 제작된 비가 일본 도쿄국립박물관에 있는데, 크기는 세로 61.2cm, 가로 109.1cm이며, 해서의 글자 크기는 1.2cm 가량이다. 비문의 찬자는 '보문각대학사 금자광록대부 수사공 상서좌복야 정당문학 상장군 판예부사(寶文閣大學士 金紫光祿大夫 守司空 尙書左僕射 政堂文學 上將軍 判禮部事) 조충(趙冲)'이다. 서자는 알 수 없다. 최충헌(崔忠獻, 1149~1219)의 본관은 우봉(牛峰: 지금의 황북 금천군 우봉면)이고 초명은 난(鸞)이다. 상장군 최원호(崔元浩)의 아들로, 음보로 벼슬에 나아갔다. 1196년에 아우 최충수(崔忠粹), 생질 박진재(朴晉材) 등과 함께 미타산 별장에서 이의민(李義旼)을 제거하고 문무관을 학살하거나 귀양 보내고 정권을 장악했다. 1197년 왕을 창락궁에 유폐한 뒤 왕의 아우 평량공(平涼公) 민(旼)을 왕으로 추대했으니, 신종이다. 1198년(신종 원년) 만적의 난을 평정하고, 황주목사 김준거(金俊琚)의 반란을 진압했다. 1200년에는 삼중대광 수 태위 상주국(三重大匡守太尉上柱國)에 올라서 도방을 설치했다. 1204년 신종을 폐하고 태자를 옹립했으니, 희종이다. 희종은 그를 은문상국(恩門相國)

---

70 지제(誌題)는 「壁上三韓三重大匡翊聖靖國同心佐命致理訏謨逸德安社濟世熙載贊化夾輔翼亮商楫周藩漢柱唐鏡光贊羽翼復辟再造格天貫日勒鼎載常文經虎緯櫖理措安先機燭物轉籌決勝寒嶺早霖嶽降天授平衡保阿定典畫一金礪虁梅練事得體先□明□吒秦吒楚大畏小懷磐國鼎世帝賓人師輔相匡救摠管□事種德和民啓沃裁成濟川補哀變理綸燭幽定遠功臣特進金紫光祿大夫守太師開府儀同三司中書令上柱國上將軍判御史臺事食邑一萬戶食實封二千戶晉康公贈諡景成崔公墓誌銘」이다.

이라 불렀다. 1206년(희종 2) 진강후가 되어 흥녕부를 세웠다. 1209년 교정도감을 설치하고 스스로 그 우두머리인 교정별감이 되었다. 1211년에 내시낭중 왕준명(王濬明) 등의 계책으로 궁궐에서 죽을 뻔했다가 위기를 모면했는데, 이 일로 희종을 폐위하고 한남공 정(貞)을 즉위시키니, 강종이다. 이듬해 흥녕부를 고쳐 진강부라 했고, 자신은 문경무위향리조안공신(文經武緯嚮里措安功臣)에 봉해졌다. 1219년(고종 6) 죽은 후 경성(景成)의 시호를 받았다. 부인 송씨는 지추밀원사 상서좌복야 상장군으로 은퇴한 송청(宋淸)의 딸이다. 장남은 최이(崔怡)이고, 차남은 최향(崔珦)이다. 후처는 예부상서 임부(任溥)의 딸인데 수성택주(綏成宅主)로, 아들 최성(崔珹)을 낳았다. 조충은 최이의 청으로 최충헌의 묘지명을 작성했다. 상당히 길어서 2,280여 자에 이른다. 그 가운데 명은 4언 18구 72자로, 6구마다 환운했다. 최충헌의 일생을 서술한 부분은 편년체이다. 만년의 부분만 보아도 매우 세세한 기록임을 알 수 있다.

신미년(희종 7, 1211) 겨울 말, 관직을 제수받게 되어 왕을 뵈러 들어갔을 때 반대파(왕준명 일파)가 해치려 했으나 지장 뒤에 숨어 난을 면했다. "하늘이 공을 특별히 보전하고자 끝까지 보호하려 했음을 여기에서 볼 수 있을 것이다."라고 덧붙였다.

강종 즉위 후 '복벽재조 격천관일 늑정기상(復辟再造格天貫日勒鼎紀常)'의 칭호를 더했다. 치사하려 하자 임금이 머리에 비둘기 새긴 지팡이[鳩杖]와 금칠 안석[金几]을 갖추어 보냈으므로 다시 나가 국사를 보았다.

병자년(고종 3, 1216) 가을 거란족이 침략했을 때 군사를 동원하여 쓸어 없애자 왕이 국성(왕씨)을 내리고 왕실 족보에 이름을 올리게 했다.

병진년(명종 26, 1196)부터 당시(고종 6, 1219)까지 24년 동안 온화하고 한적하고 우아하게 처신했고, 군주의 각별한 총애를 받았다.

세시(歲時) 복랍(伏臘: 한여름의 삼복과 한겨울의 납일)이나 명절에는 주연을 베풀었는데, 올해(고종 6, 1219) 가을 병이 들었어도 보름날 저녁에 잔치를 베풀었다.

임종 때 병권과 뒷일을 아들에게 부탁하고, 금궤(金几)와 구장(鳩杖)을 봉하여 돌려보내고, 표(表)를 올려 예장을 내리지 말라고 사양했다. 악공 수십 명을 불러 음악을 연주하게 하고, 음악이 끝나자 숨을 거두었다.

이 묘지명은 지주(誌主) 최충헌의 '온화하고 한아하며 태연자약하게 처신하여 남들이 무어라 비난할 수가 없었음[雍容閑雅, 處之自若, 物莫得議]'을 부각시키려고 했다. 그리고 공적과 위세는 오래갈 수 없다는 통념을 부정했다. 당나라 이백(李白)은 「부사 이장용이 광릉으로 군진을 옮기는 것을 전송하는 서문[餞李副使藏用移軍廣陵序]」에서 "무릇 공적은 세상을 덮을 수 없고 위세는 군주를 떨게 할 수 없으니, 반드시 공적과 위세를 끼고 있으려는 자는 그것을 지킨들 어디로 가겠는가? 그래서 앞서 팽월은 젓으로 담가졌고 뒤에 한신은 주살되고 말았던 것이다[夫功未足以蓋世. 威不可以震主. 必挾此者, 持之安歸? 所以彭越醢於前, 韓信誅於後]."라고 말한 바 있다. 묘지명의 찬자 조충은 이백의 말을 부정하고, 최충헌이 주발(周勃)의 나라 안정, 이윤(伊尹)의 섭정(攝政), 곽광(霍光)의 옹립하는 위엄을 모두 갖출 만큼 권력자였음을 칭송했다. 칭송은 아첨을 수반한다. 찬술자의 '의도의 오류'라고 말할 수 있을 것이다.

최충헌 같은 권력자도 죽은 후 묘비를 세우지 않고 묘지를 묻었으니, 그것이 고려의 관습이었다는 사실을 확인할 수 있다.

(2) 여성 묘주의 묘지

고려시대에는 여성 비주의 묘비를 세우지 않았다. 하지만 상층 가문의 여성들은 장례 때 묘지(墓誌)를 시신과 함께 묻는 일은 많았다. 김용선에 의하면 현재까지 확인되는 여성 묘주의 묘지명은 51점이나 된다.[71] 일례로 이규보는 김원의(金元義)의 부인 인씨(印氏)를 위해 「금자광록대부참지정사상장군김공부인인씨묘지명(金紫光祿大夫參知政事上將軍金公夫人印氏墓誌銘)」을 작성했다. 이 글에서 이규보는 인씨가 친정에서 부모를 섬기던 마음을 옮겨 시부모를 예로 섬기고, 친정에서 형제와 우애하던 태도를 옮겨 남편의 친속들과 돈독했던 사실, 그리고 비첩을 관대하고도 중후하게 다스린 사실을 칭송했다.

부인은 아직 결혼하기 전에 실가에 있으면서 부모 섬기기를 매우 독실하게 하고, 형제와 우애하기를 매우 화목하게 했다. 출가해서는 부모 섬기던 정성을 옮겨서 시부모 섬기기를 예법에 맞게 하고 공경을 더했다. 또 형제간에 화목하던 우의를 옮겨서 남편의 친속과 화목하여 돈후을 더했다. 비첩을 다스리기를 너그럽고 중후하게 했지 가혹하고 세세하게 하지 않았으므로, 아랫사람들이 비록 경외하면서도 싫어하지 않았다.[72]

71　김용선, 『고려 금석문 연구 : 돌에 새겨진 사회사』, 일조각, 2004, p.378.

72　李奎報, 「金紫光祿大夫參知政事上將軍金公夫人印氏墓誌銘」, 『東國李相國集』 卷35 墓誌銘; 李奎報, 「金

그리고 이규보는 인씨가 실을 잣고 비단을 짜는 일을 그치지 않은 사실, 만년에는 부처를 정성스레 받들고 『금강경』을 읽은 사실을 예찬했다.

참정공은 원래 장수 출신이라, 정벌이나 변방 수비에 나갈 때 장속(裝束)과 지참물을 준비하거나 관례에 따라 금전이나 음식을 내어 술자리를 벌이고 잔치를 행하는 비용이 대단히 번잡하고 호환했으나, 부인은 그것들을 모두 손수 맡아서 정밀하게 마련하지 않음이 없었으며, 조금도 지친 기색이 없었다. 공이 여러 관직을 거쳐 재상에까지 이르기까지 부인의 내조가 있었다. 집안에 원래 재물이 풍부했으나, 부유하게 되었다고 해서 부녀자들이 행하는 길쌈 등의 일을 손에서 놓지 않았다. 자손들이 간하여 말리면, 부인은 "길쌈과 누에 치는 일은 부녀자의 직분이라서, 너희들의 문서나 필연과 같은 것이거늘, 어찌 잠시인들 놓을 수 있겠느냐?"라고 했다. 공이 재상의 지위에 이른 뒤에야 그만두어서 친히 하지 않고 모두 비첩들에게 맡겼다. 만년에는 부처 받들기를 대단히 정성스럽게 했으며, 항상 『금강경』을 읽었다.[73]

이규보는 부인의 언술을 삽입하는 방식을 통해 부인의 성품과 의지를 드러냈다. 또한 명에서는 잡언 형식으로 논평을 첨가했다.

肥其家不係財, 秉德之靜專. 功於國不必身, 有子之才賢.
嗚呼! 男子之無羨, 夫人其有焉.

집안을 살찌움은 재물에 관계되는 것만은 아니니
덕성이 고요하고 전일함에 관계되네.
나라에 공 세움은 자신이 꼭 해야 하는 것이 아니니
재능 있고 어진 자식이 있으면 된다.
아! 남자임을 부러워 않는다더니

紫光祿大夫參知政事上將軍金公夫人印氏墓誌銘」, 盧思愼·徐居正 等, 『東文選』 卷122 墓誌. "夫人自在家, 事父母甚篤, 友兄弟甚穆. 及嫁, 移所以事父母者, 事舅姑, 有禮而加敬焉. 移所以穆兄弟, 而惇夫之族加厚焉. 其御婢妾寬重不苟細, 故下雖畏而不厭."

73 參政公起自將官, 凡征戍裝齎及隨例酺釀宴飲之費, 煩浩不細, 夫人皆手親之, 無不精辨, 略無倦容. 公之歷位至宰相, 夫人有內助焉. 家本饒財, 然不以富故手縱女工. 子姓諫止之, 夫人曰: "紡績蠶織, 婦職也, 類若輩之文書筆硯, 烏可須臾離也?" 及公之至相位, 然後赧而不親, 一委妾侍. 晚節奉佛尤精, 嘗讀『金剛經』.

부인이 그러했도다.

'尃·賢·焉'은 평성 先운이다. '羨'은 거성 霰운과 평성 先운의 두 음이고, 거성 霰운으로 읽으면 선망(羨望), 평성 先운으로 읽으면 묘도(墓道)의 뜻이므로, 거성이어야 한다. 하지만 여기서는 평성으로 읽어, 압운했다.

고려시대 여성 묘주의 묘지[74] 가운데 「최루백처염경애묘지명(崔婁伯妻廉瓊愛墓誌銘)」과 「최윤의처김씨묘지(崔允儀妻金氏墓誌)」는 부군이 부인을 위해 묘지를 작성한 특이한 예다.

염경애(廉瓊愛, 1100~1146)는 25세에 최루백(崔婁伯, ?~1205)에게 시집가서 4남 2녀를 낳고 47세에 별세했다. 봉호는 봉성현군(峯城縣君)이다. 최루백은 효행으로 이름이 높아 『고려사』 열전에 입전되었고, 조선시대의 『삼강행실도』와 『오륜행실도』에 사적이 실렸다.[75] 1148년(의종 2) 남편 최루백이 지은 「최루백처염경애묘지명」은 구성이 완벽하다.[76] 이 묘지명은 ⓐ 염씨를 화장했다가 3년 뒤 장례 지낸 사실을 서술하고, ⓑ 염씨의 가계, 결혼, 자녀를 밝힌 후, ⓒ 염씨의 부덕을 개괄해서 제시했다. 이어서 ⓔ 최루백이 패주(貝州: 평양)와 중원(中原: 청주)의 원님이 되었을 때 동행했고, 군무에 종사했을 때는 규방을 지켰으며, 내직에 참여했을 때는 음식을 장만하는 등, 23년간 고생한 일을 말했다. 그리고 ⓕ 시아버지를 직접 섬기지 못했다고 하여 명절, 절기, 복일, 납일마다 제사를 드리고 몸소 옷을 지어 시누이에 바쳤으며, 재승들에게 버선을 시주하던 일을 잊지 못하겠다고 했다. ⓖ 염씨는 주부로서 여의치 못한 일이 많았으나 자신이 가난을 막느라 평생 애썼던 일을 잊지 말아달라고 했다. ⓗ 최루백이 우정언 지제고가 되자 염씨는 집안일에 연연하지 말고 간관의 직분을 다하길 바란다고 권계했다. 그때부터 병을 앓다가 임종했다. 이러한 말과 사실을 적은 후, ⓘ 최루백은 자신

---

74 김보경, 「李穡의 女性認識―女性墓主 墓誌銘을 중심으로―」, 『한문학보』 8, 우리한문학회, 2003, pp.33-80.

75 수원 아전이었던 아버지가 범에게 물려 죽자, 15세의 최루백은 산으로 가서 잠 든 범을 도끼로 죽이고 배를 갈라 아버지의 뼈와 살을 가져다가 장례 지내고 3년 동안 여막살이를 했다. 그 후 과거에 급제하여 벼슬이 국자좨주(國子祭酒)에 이르렀다. 경기도 화성 봉담면에 정려비각이 있는데, 그곳이 사패지(賜牌地)였다고 한다.

76 탁본이 국립중앙박물관에 있다. 비의 크기는 세로 30.3cm, 가로 69.7cm였다. 허흥식, 『한국금석전문(중세 상)』, 아세아문화사, 1984; 김용선, 『고려묘지명집성』, 한림대학교 아시아문화연구소, 2001; 김용선, 『고려 금석문 연구―돌에 새겨진 사회사―』, 일조각, 2004.

이 여러 번 관직과 품계를 옮기면서 후한 녹봉을 받은 사실을 간략히 서술하고, "집안을 돌아보면 먹고 입는 것이 아내가 부지런히 애써서 구할 때보다 못하니, 누가 그대를 두고 재주 없었다고 하겠는가?"라고 탄식했다. ⓘ 명은 3언 8구이다.[77] 이 묘지명에서 ⓓ는 당시 사대부 여성도 죽으면 화장을 했다가 3년상을 치른 후 매장을 하여 장례를 치렀다는 사실을 알려주고, ⓕ는 시부모 제사, 시누이 존중, 재승을 위한 진풍정 풍습을 말해준다. ⓖ와 ⓗ는 일인칭의 '予'와 이인칭의 '君'을 번갈아 사용하여 아내와 이야기하듯이 기록해서, 아내의 부덕(婦德)이 저절로 드러나도록 했다.[78]

> ⓖ 군은 평소 내게 이렇게 말했소. "당신은 글을 읽어 다른 일을 일삼지 않는 것을 귀중하게 여기고, 저는 주인 집안의 의복과 양곡을 주관하는 것을 직분으로 삼습니다. 그런데 부지런히 힘써서 구하더라도 뜻과 같지 않은 경우가 때때로 있습니다. 설사 불행히 뒷날 제가 목숨을 거두게 되고, 당신은 후한 녹봉을 누려서 일마다 모두 뜻에 부합하게 되더라도, 제가 재주 없었다고 여겨, 가난을 막았던 지난 일을 잊지는 말아 주세요." 이렇게 말을 하고서 그대는 크게 탄식을 했소.
> ⓗ 다음 해 을축년(인종 23, 1145) 봄에 내가 사직(司直)으로부터 우정언 지제고로 옮기자, 군이 얼굴에 기쁜 빛을 띠면서 "우리의 가난이 구제되려나 봅니다." 하기에, 내가 응대하여 "간관이 녹봉이나 지키는 자리는 아니오."라고 했소. 그대는 나를 꾸짖으며, "어느 날 당신이 궁전의 섬돌에 서서 천자와 더불어 국사의 시비를 쟁론하게 된다면, 비록 제가 가시나무 비녀를 꽂고 무명치마를 입은 채 삼태기를 이고 생계를 꾸려나가야 한다 하더라도 저는 달게 여길 것입니다."라고 했다. 이는 평범한 부녀자의 말 같지가 않았다. 그해 9월에 그대가 병이 들어서 병인년(인종 24, 1146) 정월에 위독해져 세상을 떠났으니, 나의 한이 어떠했겠는가?

최윤의(崔允義)는 아내 광양군부인(光陽郡夫人) 김씨(1110~1151)를 위해 「최윤의처 김씨묘지」[79]를 지었다. 최윤의의 증조부는 해동공자 문헌공 최충(崔沖), 누이는 예종의

---

77 "尋信誓, 不敢忘. 未同穴, 甚痛傷, 有男女, 如鴈行. 期富貴, 世熾昌." 평성 陽운忘·傷·行·昌을 압운했다.

78 ⓖ 平日嘗與我言曰: "子以讀書不事事爲尙, 吾以主家衣糧爲職. 雖復僶俛求之, 不如意者, 時或有之. 設或不幸, 他日我殞賤命, 而子饗厚祿, 動輒稱意, 無以我爲不才, 而忘其禦窮也." 言訖, 大息. ⓗ 越乙丑春, 吾自司直轉右正言知制誥, 君喜動於顏曰: "吾貧幾濟矣." 吾應之曰: "諫官非持祿之地." 君罵曰: "儻一日子立殿陛, 與天子爭是非, 雖荊釵布裙, 荷畚計活, 亦所甘心." 此似非尋常婦言也. 其年九月君疾作, 至丙寅正月疾篤而逝, 何恨如之?

79 박용운, 「고려시대 海州崔氏와 坡平尹氏의 家門 분석」, 『백산학보』 23, 백산학회, 1977, pp.121-154;

554

숙비(淑妃) 장신궁주(長信宮主)이다. 최윤의는 1234년(고종 21) 금속활자로 출판한『상정고금예문』의 편찬자이며, 의종의 묘정에 배향된 인물이다. 처 김씨는 호부상서 삼사사(戶部尙書三司使) 김의원(金義元)의 장녀로, 21세 때 혼인하여 2남 3녀를 낳았다.

이제현(李齊賢)은 이자성(李自成)이 부인의 무덤을 조성하고 묘지명을 청하자, 「대원제봉요양현군고려삼한국대부인이씨묘지명유서(大元制封遼陽縣君高麗三韓國大夫人李氏墓誌銘有序)」를 작성했다.[80] 이자성은 곧 이곡(李穀)의 부친이다. 그 부인 이씨는 흥례이씨 이춘년(李椿年)의 딸로, 1350년(충정왕 2) 10월 임인에 타계했다. 향년 83세였다. 이제현은 흥례이씨가 40년간 수절하면서 자식 교육에 힘써 그들을 출세시켰다고 밝혔다. 유교 관념이 짙다. 명(銘)은 4언 8구로, 환운을 했다.[81]

ⓐ 대부인의 성은 이씨이니, 흥례부(興禮府) 사람이다. 증조부의 휘는 순광(淳匡)으로, 사재주부(司宰注簿)이며, 조부의 휘는 우(祐), 부친의 휘는 춘년(椿年)으로, 모두 벼슬을 하지 않았다.

ⓑ 계례를 올린 후 한산 이씨 정읍감무 휘 자성(自成)에게 시집갔다. 두 집이 성씨를 얻은 내원을 따져보면 같은 이씨가 아니다.

ⓒ 3남 1녀를 낳았다. 장남은 배(培)이고, 차남은 일찍 죽었으며, 삼남은 곡(穀)이다. 딸은 장씨에게 출가했는데, 부인보다 먼저 죽었다.

ⓓ 정읍부군이 죽은 후 40년간 절개를 지켰다. 자질이 영리 민첩하고 자상하면서도 엄하여, 두 아들을 격려해서 과거에 합격하고 출세하도록 했다. 배(培)는 벼슬이 사복서승(司僕署丞)이다. 곡(穀)은 국가시험의 수재과(秀才科)에 오르고 또 황조의 제과(制科)에 올랐으며, 지금 봉의대부로서 정동행성 낭중이고 국상(國相)으로 있으며 한산군에 봉해졌다. 이로 말미암아 조정에서 정읍부군을 비서감승(秘書監丞)으로 증직하고 대부인은 현군

박용운,『고려사회와 문벌귀족가문』, 신서원, 2003.

80 李齊賢,「大元制封遼陽縣君高麗三韓國大夫人李氏墓誌銘有序」,『益齋亂藁』卷第7 碑銘; 李齊賢,「大元制封遼陽縣君高麗三韓國大夫人李氏墓誌銘幷序」, 盧思愼·徐居正等,『東文選』卷124 墓誌.

81 李齊賢,「大元制封遼陽縣君高麗三韓國大夫人李氏墓誌銘有序」. "ⓐ 大夫人性李氏, 興禮府人. 曾大父諱淳匡, 司宰注簿, 大父諱祐, 父諱椿年, 皆不仕. ⓑ 旣笄韓山李氏監井邑務諱自成. 原兩家所以得氏, 非一李也. ⓒ 生三男一女. 長曰培, 次夭, 次曰穀. 女適張氏先沒. ⓓ 井邑府君卒, 守節四十年. 明敏慈嚴, 勉二子宦學俾有立. 培, 官司僕署丞. 穀, 登國試秀才科, 又登皇朝制科. 今以奉議大夫, 爲郎中征東行省, 又爲國相, 爵韓山君. 由是朝命贈井邑府君秘書監丞, 大夫人封縣君, 而國命封三韓國大夫人. 當世榮之. ⓔ 年八十三, 至正十年壬寅卒. 其年十二月丙申, 葬韓原. ⓕ 銘曰: 持身有節, 訓子有則. 士也基難, 惟母時克. 身亨尊榮, 有子名邃. 刻文幽壙, 于永厥示."

(縣君)으로 봉작했다가 나라에서 명하여 삼한국대부인에 봉했다. 당세의 사람들이 영광으로 여겼다.

ⓔ 나이 83세로 지정 10년(충정왕 2) 10월 임인의 날에 세상을 마쳤는데, 그해 12월 병신일에 한산 둔덕에 장사 지냈다.

ⓕ 명에 이러하다.

몸가짐 절개 있고, 자식 교육에 법도 있었으니,

선비로도 어려운 일, 어머니로서 능히 했도다.

일신이 높은 영화 누렸으니, 자식들로 인해 이름이 높아졌네.

유허(幽墟)에 글을 새겨, 길이길이 보이리라.

(3) 요절자를 위한 묘지

이규보는 1222년(고종 9) 사미였던 아들이 요절하자 「상자법원광명(殤子法源壙銘)」을 석 자 목판에 새겨 광(壙)에 묻었다. 「승이법원묘지명(僧李法源墓誌銘)」이라고도 전하는 묘지명이 이것이다. 이 묘지명에 따르면, 이규보는 4남 2녀의 자식을 두었다. 네 아들은 관(灌)·함(涵)·징(澄)·제(濟)로, 장남 이관이 이규보보다 먼저 죽었다고 기록되어 있다. 이관이 법원일 가능성이 있다.[82] 이법원(李法源, 1210~1222)은 11세 되던 1220년 보제사(普濟寺) 규공(規公)[83]에게 가서 머리를 깎았으나 16개월 만에 죽었다. 「상자법원광명」은 3단으로 이루어져 있다.[84]

사미 법원은 내 아들인데, 내 성을 버리고 석씨를 따른 자이다. 11세에 선사 규공(規公)에게 투탁하여 머리 깎고 중이 되어 스승 섬기기를 매우 근실히 했다. 천성이 영민하여, 심부름이나 일을 시키면 즉시 스승의 뜻을 예측하여 행해서, 턱이나 손으로 지시할 필요조차 없었

---

82 李智冠 역,『(校勘譯註) 歷代高僧碑文』高麗篇 3, 伽山佛教文化研究院, 1996; 金春周,「『東文選』所載 墓誌銘 研究」, 홍익대학교 석사학위논문, 1999; 김용선,『고려묘지명집성』, 한림대학교 아시아문화연구소, 2001.

83 李奎報,「畫老松贊 幷序」,『東國李相國集』卷19 雜著 贊 小序. "普濟住老規公."

84 李奎報,「殤子法源壙銘」,『東國李相國集』卷35 墓誌銘; 李奎報,「殤子法源壙銘」, 盧思愼·徐居正 等,『東文選』卷122 墓誌. "沙彌法源, 吾子也. 捨吾姓而從釋氏者也. 年十一, 投禪師規公, 祝髮爲衲僧, 事師甚謹. 性警悟, 凡使令輒迎導其意, 不須頤指, 故師最愛之. 在寺暴得病, 至吾家臥一宵, 明日而化. 間三日, 瘞于山. 噫! 何其倏忽也如此. 歲金龍月黃鍾剃度, 年水馬律夾鍾反眞, 爲僧凡一十六月耳. 予逢爲銘詞, 刻三尺木板, 納于壙, 寓哀而已. 其身與銘, 不如速朽, 何必鑱諸石, 壽其傳哉? 銘曰: 僧其服, 一日足. 況二冬一夏! 汝死猶可."

기에 스승이 몹시 사랑했다. 절에서 갑자기 병을 얻어, 내 집에 와서 하루 누워 있다가 다음 날 죽었다. 3일 지나 산에 묻었다. 아! 삶을 마침이 어찌 이렇게 빠르단 말인가! 금룡의 해 (고종 7, 1220) 황종의 달(11월)에 체발했다가, 수마의 해(고종 9, 1222) 협종 율의 달(2월)에 저 세상으로 갔으니, 승려로 있던 것은 16개월뿐이었다.

내가 드디어 명사(銘詞)를 지어 석 자 나무 판에 새겨서 무덤 속에 넣으니, 슬픈 뜻을 부칠 따름이다. 몸뚱이와 묘지명은 빨리 썩는 것만 같이 못하거늘, 하필 돌에 새겨서 영구히 전하게 해야 하겠는가?

명은 이러하다.

승려 옷은 하루만 입어 보아도 족하거늘

하물며 두 해 겨울, 한 해 여름을 입었음에랴!

네가 죽은 것은 오히려 괜찮구나.

서(序) 부분은 짧고 간명하다. 명(銘)은 4구에 불과한데, 입성 屋운[服]과 沃운[足]을 통압하고, 상성 馬운[夏]과 상성 哿운[可]을 통압했다. 근음의 운자를 통압한 것이다. 또 3언과 4언(허사 況 제외)의 구를 차례로 놓아 무척 질박하다. 진성측달(眞誠惻怛)의 감정을 전해 준다.

이규보는 아들의 광지를 나무판에 새겨 무덤에 넣었다고 했다. 『의례』 「상복(喪服)」에 따르면 8세부터 11세 사이에 죽는 것을 하상(下殤)이라 하며, 그 나이 이상이 되어 죽었을 때 비로소 부모가 상복을 입었다. 여덟 살 이하로 죽었을 때는 옷가지 담은 상자를 작은 널에 넣어 장사 지내고, 기제사는 지냈으나 묘는 쓰지 않는 것이 관례였다.

(4) 자찬 묘지

후한 때부터 수장(壽藏)의 풍습이 있어서, 묘지와 묘비를 자찬(自撰)하기도 했다.[85] 수장의 묘지를 생지(生誌)라 하고 묘표를 생갈(生碣)이라고 한다. 『맹자』의 주석가 조기(趙岐)는 56세 때 「자명(自銘)」을 썼고, 당나라 사공도(司空圖)는 중조산(中條山) 왕관곡(王官谷)에 거처하면서 수장 속에서 손님들과 시를 짓고 술을 마셨다. 북송의 구양수(歐陽脩)도 「자표(自表)」를 지었다. 정향(程珦)은 스스로 묘지를 짓되, 관직, 품계 및

---

85 심경호, 『내면기행: 옛 사람이 스스로 쓴 58편의 묘비명 읽기』, 「餘滴」, 민음사, 2018.

경력, 졸년과 장사 일자는 죽은 뒤 자제나 문도가 채워 넣으라고 유언했다. 남송의 대학자 주희도 수장을 만들고, 그 이름을 순녕(順寧)이라 했다. 살아 있을 때는 천리에 순응하여 일을 행하고 죽을 때 마음이 편안하여 부끄러움이 없다고 했던 장재(張載)의 「서명(西銘)」에서 뜻을 취한 말이다. 자신의 비지를 자찬하는 풍조는 원·명·청으로 이어졌다.

한국에서는 광정대부정당문학보문각대학사동수국사(匡靖大夫政堂文學寶文閣大學士同修國史)로 치사한 김훤(金暄)의 묘지명이 자찬 비지의 초기 예이다. '대덕 9년 을사 2월 30일(大德九年乙巳二月三十日)'의 일자와 「도첨의찬성사김훤자찬묘지(都簽議贊成事金暄自撰墓誌)」라는 지제(誌題)를 지닌 묘지명이 그것이다. 지음(誌陰)에는 김훤의 사후, 봉익대부밀직사사문한사학승지(奉翊大夫密直司事文翰司學丞旨)로 치사한 이진(李瑱)이 묘주 김훤의 생평을 서술하고, 문생급제자인 고문계(高門啓)가 글씨를 쓴 문장을 새겨두었다. 김훤은 자찬 묘지명에서 자신의 성품과 처자식의 사항을 말하고, 묘지를 스스로 짓는 이유를 밝혔다.

> 훤은 어리석고 못나서 나라에 도움을 준 것이 없으나 벼슬과 수명이 이런 정도에 이르도록 재난이나 앙화가 없었던 것은 필시 남모르는 가호가 있었기 때문일 것이다. 일찍이 사는 곳 이름을 따서 호를 둔촌(鈍村)이라 하고, 또 족헌거사(足軒居士)라고 자호하기도 했다. 경자년(충렬왕 26, 1300) 4월에 아내 이씨가 먼저 세상을 떠났다. 딸 한 명과 아들 두 명을 두었는데 분수에 따르면서 효도로 봉양하고 있다. 평생 행적을 적지 않을 수 없으므로, 생애의 자초지종을 스스로 적어 대략 남겨두어 두 아들에게 보도록 한다. 세상을 길이 떠난 날짜와 돌아가 묻힌 곳은 마땅히 이어 적어서 분묘에 지(誌)로 남기도록 하라.[86]

김훤은 본관이 의성(義城)으로, 1260년(원종 원년) 문과에 급제했다. 1269년 임연(林衍)이 왕을 폐하고 안경공(安慶公) 창(淐)을 세우자, 원나라는 세자 심(諶: 뒷날 충렬왕)을 동안공(東安公)으로 봉하고, 군사를 보내 임연 일당을 토벌하려 했다. 이때 김훤은 성절사 서장관으로 원나라에 가서, 세자가 공으로 책봉되면 국내 민심이 임연에게 기

---

86 金暄, 「都僉議贊成事金暄自撰墓誌」, 국립중앙박물관 소장 탁본; 김용선, 『역주 고려묘지명집성』(하), 한림대학교 아시아문화연구소, 2001, pp.682–686. "暄爲人駑劣, 無補國家, 而爵壽至此, 終無災禍者, 未必無陰護也. 曾以所居爲鈍村, 又號足軒居士. 庚子四月, 細君李氏先逝. 有一女二男, 隨分孝養. 其平生行迹, 不可不記, 自書始終, 大略留示二子. 畢竟行李之月日, 歸葬之處, 所宜當繼書, 留誌于墳耳."

울어진다고 주장하여 원나라의 내정 간섭을 중지시켰다. 1270년 금주방어사로 있을 때는 밀성 사람 방보(方甫)가 난을 일으켜 진도의 삼별초와 호응하려고 하자, 경주판관 엄수안(嚴守安), 안렴사 이숙진(李淑眞)과 함께 이를 토벌했다. 1275년(충렬왕 원년) 전라주도부부사(全羅州道部夫使)로 부임했다가, 권세가의 미움을 받아 파직되었다. 이후 춘궁시독이 되어 원나라에 있는 세자(충선왕)를 시종했으며, 정당문학에 이르렀으나 무고를 당하자 귀국하고 관직을 그만두었다. 뒤에 찬성사가 되었다.[87] 김훤의 자찬 묘지명에서 명은 모두 4장이다. 각 장은 4언의 구로 정제하고, 각 장마다 통압의 범위를 지켜 압운했다.[88]

잔약한 몸뚱이를 돌아보라, 하늘 아래 군더더기
본질은 미약하고, 성격은 우직하다.
학업을 이루지 못하고도, 억지로 유학자라 해서
조정 반열에 외람되이 끼어, 붉은 인끈을 얻었구나.

오랫동안 조령(詔令)을 맡아 제작하다가, 핵심 요직에 올라
가까스로 착창(斲窓)을 면하고, 조정에서 염지(染指)했으며,
정당문학에 초배되었다가, 배척받자 늙음을 이유로 사직했나니
현달하지 않은 것도 아니고, 오래 살았다고도 할 만하다.

바탕 삼은 것을 따져 보면, 하나의 어리석은 몸뚱이
이것이 무슨 물건인가, 필경 어디로 가는 것일까?
오는 곳 징험하고 가는 곳 따져도, 이 이치를 구명 못하고
스스로 시말을 적어서, 자식에게 유언한다.

---

87 김훤은 1301년(충렬왕 27) 「김변묘지명(金賆墓誌銘)」을 작성했다. 그 끝에 '광정대부정당문학보문각대학사동수국사(匡靖大夫 政堂文學 寶文閣大學士 同修國史)'로 치사했다고 관함을 적었다.

88 「都僉議贊成事金晅自撰墓誌」辭 4章은 다음과 같다. "顧此孱軀, 下土之疣. 質微而弱, 性直且愚. 學無所就, 强名曰儒. 吹竽朝列, 濫得紅朱.[疣:平尤. 愚·儒·朱:平虞] "久叨演誥, 至登樞要. 僅免斲窓, 染指廊朝. 超拜政堂, 因擠退老. 不爲不達, 亦云壽考.[要·朝:平蕭. 老·考:上皓] "妻緣所資, 做一塊癡. 是什麼物? 畢竟何之? 徵來推去, 不可究斯. 自書始末, 屬子而遺."[癡·之·斯·遺:平支] "乾坤之化, 草木何謝? 養拙育頑, 造物私我. 一女二男, 不少不夥. 桃李在門, 此亦何訝."[謝·訝:去禡. 我·夥:上哿]. 심경호, 『내면기행: 옛사람이 스스로 쓴 58편의 묘비명 읽기』, 민음사, 2018, pp.27-29. '不可究斯'를 '不可突斯'로 보았으나, 문맥상 '突'은 '究'이어야 한다.

천지건곤의 화육(化育)을, 어느 초목인들 사양하랴?

졸렬함 기르고 완고함 키워주어, 조물주는 내게 각별한 사랑 주었네.

딸 하나 아들 둘로, 적지도 않고 많지도 않으며

복숭아와 배가 문에 가득하다니, 이 또한 의아하구나.

마지막 장의 '도리재문(桃李在門)'은 현달을 의미한다.[89]

김훤의 이 자찬 묘지명은 『장자』 「대종사(大宗師)」편에서 자상호(子桑戶)가 죽자 맹자반(孟子反)과 자금장(子琴張)이 노래를 불러, '삶을 붙어 있는 혹으로 여기고 죽는 것은 바로 그 혹을 터뜨려버리는 것으로 여긴 것'을 주요한 전고로 사용했다. 또한 재주가 모자람을 겸손하게 말하려고 착창(斲窓)과 염지(染指)의 고사를 인용했다. 착창은 다른 사람의 것을 모방한다는 뜻이다. 당나라 양도(陽滔)가 중서사인으로 있을 때 제사(制詞)를 지어 올리라는 급한 명을 받았는데, 열쇠를 가진 사관이 다른 곳에 있어서 구본을 참고할 수 없었다. 이에 창문을 뚫어 가져다가 보았으므로 사람들이 그를 착창사인이라 불렀다는 이야기가 『조야첨재(朝野僉載)』에 나온다. 염지는 분수 밖의 이익을 꾀하는 것을 뜻한다. 『춘추좌씨전』 선공(宣公) 4년 기사에, 초인(楚人)이 정나라 영공(靈公)에게 자라 음식을 올리자, 자공(子公)의 집게손가락이 움직였다. 자공은 "내 식지(食指)가 이러는 날에는 꼭 진미를 먹었다오."라고 했다. 영공이 대부들에게 자라 음식을 나누어 먹이면서 일부러 자공에게는 주지 않자, 자공은 노하여 솥에 손가락을 담가 맛보고 나갔다고 한다.

고려 유민 조운흘(趙云仡, 1332~1404)도 「자명(自銘)」을 지었다. 조선 중기의 이황(李滉, 1501~1570)은 자신을 '만은(晚隱)'으로 규정하고, 자명을 적었다. 이황은 비지를 행장과 함께 '공기(公器)'라든가 '공도(公道)'라고 간주하여,[90] 남의 비지문을 가볍게 제작해 주지 않았으며, 불가피하게 제작하게 되면 유묘(諛墓)를 하지 않기 위해 노력했다. 조선시대 지식인들은 자신의 삶을 공정하게 평가하고, 살아 있는 기간 동안에 도덕적 주체로서의 자기 자신을 확립하기 위해 묘지나 묘비를 자찬하는 일이 많아졌

---

89 『史記』 「李將軍列傳論」의 "복사꽃과 오얏꽃은 말이 없어도 그 아래에 저절로 길이 이루어진다[桃李不言, 下自成蹊]."에서 나왔다.

90 李滉, 「答許太輝」, 『退溪集』 卷15. "文章公器, 當取其可傳者傳之.";「與李剛而」, 『退溪集』 卷21. "大抵文章公道, 何可以情面而苟爲之耶?";「答宋台叟」, 『退溪集』 續集 卷3. "文章公器, 豈可一時緣情遷就, 貽譏後世乎?"

다.[91] 그러나 주자학을 받아들였다고 일컬어지는 고려 말 사대부의 경우, 묘표와 묘지의 자찬 사례는 더 보고된 것이 없다.

3. 고려 말 신도비와 묘표

(1) 신도비

고려 전기와 중기에는 사대부 계층의 신도비를 건립하지 않았다. 그러다가 1387년(우왕 13)에 이색(李穡)이 「이자춘신도비(李子春神道碑)」를 찬술하여, 이듬해 2월 신도비가 함경도 함주(咸州, 함흥)와 귀주(歸州)에 건립되었다. 비제는 「고려국증순성경절동덕보조익찬공신벽상삼한삼중대광문하시중판전리사사완산부원군삭방도만호겸병사영록대부판장작감사이공신도비명(高麗國贈純誠勁節同德輔祚翊贊功臣壁上三韓三重大匡門下侍中判典理司事完山府院君朔方道萬戶兼兵馬使榮祿大夫判將作監事李公神道碑銘)」이다.[92] 비주 이자춘(李子春, 1315~1361)은 이성계의 부친이며, 이름과 자가 모두 자춘으로, 본관은 전주이다. 1355년(공민왕 4) 고려에 귀부하여, 이듬해 유인우(柳仁雨)와 함께 쌍성총관부를 탈환했다. 개경에 머물다가 한 해 만에 삭방도만호 겸 병마사로서 함흥으로 돌아갔으나, 4년 만에 병사했다. 조선 태조 때 환왕(桓王)으로 추존되고, 태종 때 환조로 추존된다. 조선 태조 때 권근(權近)이 신도비문을 새로 찬술하고 정총(鄭摠)의 이름으로 입비(入碑)된다. 이색은 1387년 겨울, 이성계의 부탁을 받고 「이자춘신도비」를 지으면서 그 찬술 동기를 이렇게 밝혔다.

내가 계묘년(공민왕 12, 1363)에 외람되게도 밀직제학이 되고, 이듬해 판삼사(判三司) 공(이성계)은 추밀원부사가 되었다. 신해년(공민왕 20, 1371)에 판삼사공이 지문하(知門下)에 임명되었을 때 나는 사공(司空)에서 정당문학으로 옮겨 임명되었다. 현릉(공민왕)이 근신들에게 묻기를, "문신 색과 무신 성계가 같은 날 입성(入省)했는데 조정의 여론이 어떻다고 하느냐?" 했다. 대체로 자긍하는 말이었다. 그 후 수십 년 동안 동렬에 있던 자라고는 거

---

91 심경호, 『내면기행: 옛 사람이 스스로 쓴 58편의 묘비명 읽기』, 민음사, 2018.
92 조선총독부 편, 『조선금석총람』, 일한인쇄소인쇄, 1919; 아세아문화사, 1976 영인; 李穡, 「高麗國贈純誠勁節同德輔祚翊贊功臣 壁上三韓三重大匡 門下侍中判典理司事完山府院君 朔方道萬戶兼兵馬使 榮祿大夫判將作監事李公神道碑銘」, 『牧隱文藁』 卷15 碑銘; 같은 글, 徐居正等, 『東文選』 卷119 碑銘.

의 남아 있지 않았는데, 나는 공과 더불어 물처럼 담담하여 한결같았다. 우리가 오래도록 서로 공경하는 풍모를 보고, 사람들은 간혹 우리를 사모했다. 그러니 공의 아버지 보기를 나의 아버지 보는 것과 같이 하지 않을 수 있겠는가? 그런 까닭에 감히 사양하지 못하고 그 신도(神道)에 명(銘)을 쓴다.[93]

사대부가 사대부층의 인물을 위해 신도비를 지은 것은 종래에 없던 일이었다. 이색 자신도 그 사실을 모르지는 않았을 것이다. 그러나 당시 이성계는 공신호, 관함, 봉호 를 갖고 있을 만큼 세력이 강했다. 이색은 이성계의 권세를 고려하여, 처음으로 신도 비를 제작하게 되었을 것이다.

조선시대에는 당초 왕릉의 신도비로 귀부비(龜趺碑)를 세웠으나, 문종 이후의 능묘 에서는 신도비를 세우지 않았다. 국왕의 사적은 국사에 기록되어 있으므로 신도비를 세우지 않아도 좋다는 이유에서였다.[94]

(2) 부모 묘표

고려 말에는 사대부의 묘표가 묘 앞에 세워지기 시작했다. 이곡(李穀, 1298~1351)의 『가정선생문집(稼亭先生文集)』을 보면 권11과 권12에 비지문이 수록되어 있는데, 그 가운데 이달존(李達尊, 1313~1340)의 묘표인 「고려국봉상대부전리총랑보문각직제학 지제교이군묘표(高麗國奉常大夫典理揔郎寶文閣直提學知製敎李君墓表)」가 있다. 고려 후 기에 이제현·최해(崔瀣)·이곡·이색이 비지문을 작성한 묘주들은 대부분 사대부이거 나 그들의 조상 또는 부인임을 알 수 있다.

고려 말 사대부들은 조상의 묘를 확인하고 비를 세우는 일에 공을 들였다. 이색의 「전주이씨이거삭방이래분묘기(全州李氏移居朔方以來墳墓記)」는 그러한 풍습을 보여주 는 한 예이다.[95] 앞서 보았듯이, 1388년 겨울, 이성계는 이색에게 「이자춘신도비」를 지어달라고 했는데, 1389년 2월 을축의 날 묘차(墓次)에 이 비를 세울 때 다시 이색에

---

93 穡在癸卯, 承乏密直提學, 明年, 判三司公來爲副樞. 歲辛亥, 三司公拜知門下, 余以司空改政堂. 玄陵間近 臣曰: "文臣穡, 武臣成桂, 同日入省, 廷議以爲如何?" 蓋自矜也. 數十年間, 同列少在者, 而吾與公如水之 淡, 久敬之風, 人或慕之. 敢不視公父猶吾父乎? 是以不敢辭而銘其神道云.

94 今西龍, 「高麗諸陵墓調査報告書」, 朝鮮総督府古蹟調査委員会編, 『大正五年度古跡調査報告書』, 東京: 国書刊行会, 1974, pp.292~555; 今西龍, 『朝鮮考古資料集成』14, 東京: 創學社, 1983; 平勢隆郎, 『龜の 碑と正統』, 東京: 白帝社, 2004, p.54.

95 李穡, 「全州李氏移居朔方以來墳墓記」, 『牧隱文藁』 卷15 碑銘.

게 음기를 지어달라고 청했다. 그 음기가 이 분묘기이다.[96] 이성계는 여러 곳에 흩어져 있는 조상 묘의 위치를 기록해 두어 "위로는 조종의 미덕을 전해 받고 아래로는 자손의 효심을 계발하려고[上以傳祖宗之美, 下以啓子孫之孝]" 했다.

이색은 「이자춘신도비」 이외에 묘비문으로 「김순부부모묘표(金純夫父母墓表)」를 지었다.[97] 김순부는 본관이 문경(聞慶)으로, 흠곡(歙谷)에 거처했다. 이색과는 공민왕 2년(1353) 문과의 동년으로, 본명은 김원수(金元粹)이다. 명나라에 사신으로 갔다 왔으나 오랫동안 지방관에 머물렀다. 김순부는 92세로 작고한 부친과 87세로 작고한 모친을 합장하면서 묘비를 이색에게 부탁했다. 이색은 풍수지리설에 회의하면서도, 자식된 도리로 보면 그것도 부정할 수는 없다고 했다. 당시 부부의 합장, 음택의 점복과 길일의 선택 등이 이루어졌음을 짐작케 하는 글이다. 비주의 이름, 증조·조·부의 이름, 안장일, 장지는 모(某)로만 되어 있다.

어버이의 장례를 모시는 일은 대단히 중요한 일이므로 구차하게 해서는 안 된다. "반드시 정성스럽게 하고 반드시 신실하게 해야 한다."라고 『예기』에서도 이미 말한 바 있다.[98] 후세의 술가가 주장하는 산수일월의 설은 성인의 법이 아니기는 하지만, 자식으로서는 폐할 수가 없다. 내 몸의 길흉이나 자손의 화복에 대해서는 우리 부모님이 아주 염려하실 터이므로, 백세의 세월이 지난다 하더라도 잊지 않을 것이다. 자식으로서 부모의 마음을 체득하려는 사람은 음택 가리는 일을 실로 신중하게 해야 할 것이다.[99]

---

96 洪武丁卯冬, 今中公請予銘其先侍中萬戶公之神道碑, 明年春, 卜日得二月乙丑, 將樹碑于墓次. 公又謂予曰: "吾家譜可考者, 先生具書之. 其墳墓夷爲平地, 無從而知之, 豈不悲哉? 五世祖千戶公移居朔方以來, 年代稍近, 其所藏之地, 皆可知也. 苟不刻之碑陰, 又恐吾子孫如吾今日之所悲也. 先生其終惠焉." 予義不可辭. 按其狀, 千戶公墓在幹東倉, 今隷開元路. 曾祖贈贊成事墓在安邊府, 屬瑞谷北原. 曾祖妣崔氏墓在文州草閑里之東, 祖贈侍中墓在咸州東雲天洞, 祖妣朴氏墓在咸州南松原之東, 考贈侍中萬戶公墓在歸州之原, 妣夫人崔氏墓在其下. 嗚呼! 侍中公之用心, 周且遠矣. 上以傳祖宗之美, 下以啓子孫之孝, 使民德日益厚, 邦命日益新, 在於公之一擧矣. 可不重爲之書乎, 是爲記.

97 李穡, 「金純夫父母墓表」, 『牧隱文藁』 卷16 墓誌銘.

98 『禮記』 「檀弓 上」에 "사람이 죽고 3일 만에 殯禮를 할 적에 屍身과 함께 入棺하는 물품들을 반드시 정성스럽게 하고 반드시 신실하게 하여 뒷날 후회하는 일이 없도록 해야 한다. 그리고 3개월이 지나 장사할 적에 棺槨과 함께 陪葬하는 물품들을 반드시 정성스럽게 하고 반드시 신실하게 하여 뒷날 후회하는 일이 없도록 해야 한다[喪三日而殯, 凡附於身者, 必誠必信, 勿之有悔焉耳矣. 三月而葬, 凡附於棺者, 必誠必信. 勿之有悔焉耳矣]."라고 했다.

99 送死, 大事也, 不可苟也. 必誠必信, 禮已言之矣. 後世術家山水日月之說, 雖非聖人之法, 然亦人子之所不可廢也. 吾身之吉凶, 子孫之福禍, 吾父母之尤所當慮, 雖百世不忘也. 人子而能體其父母之心者, 宅兆之卜, 實謹之又謹者也.

(3) 사시묘표

고려 말, 조선 초에 활동한 정도전(鄭道傳)의 『삼봉집』에는 그가 제작한 비지문이 단 1편 수록되어 있는데, 자신의 부친 정운경(鄭云敬)을 위해 제작한 묘표인 「염의지묘(廉義之墓)」가 그것이다. 이 묘표는 한국의 비지문에서 유례가 드문 사시묘표(私諡墓表)이다.[100]

원나라 지정(至正) 26년(공민왕 15, 1366) 고려 검교밀직제학(檢校密直提學) 정 선생[정운경(鄭云敬)]이 영주(榮州)의 사제(私第)에서 졸하여, 그해 정월 을사(乙巳)에 영주(榮州)의 치소에서 동쪽 10리 되는 곳에 장사 지냈으니, 선영에 묻은 것이다.

친구 성산(星山) 송 밀직(宋密直)과 복주(福州) 권 검교(權檢校)가 이렇게 상의했다. "살아 있을 때는 자(字)를 가지고 그 덕을 표하고, 죽으면 시(諡)를 가지고 그 절조(節操)를 드러내는 것은 옛날부터의 전통이다. 그러나 작위가 시호를 받을 만하지 못하면, 붕우들이 시호를 내렸으니, 도연명(陶淵明)[도잠(陶潛)]을 정절(靖節)이라 일컫고 서중거(徐仲車)[서적(徐積)][101]를 절효(節孝)라고 일컬은 것이 이것이다. 세상을 뜬 정 선생은 일찌감치 현과(顯科: 과거)에 급제하고 화려한 관직을 두루 거치면서 역량을 발휘했으므로, 현달했다고 할 만하다. 그렇거늘 집에는 재물의 여유가 없고, 아내와 자식들은 굶주림과 추위를 면하지 못하되, 선생은 대처하기를 담담하게 여겼으니, 정말로 염(廉)하도다! 붕우들 사이에 조금이라도 환난이 있으면 몸소 구휼의 책임을 감당하고, 의리에 부합하지 않으면 비록 공경대부의 권세가 있는 사람이라 해도 그 사람을 아무것도 아닌 듯이 보았으니, 정말로 의롭도다!" 이에 그의 묘에 제액하기를 '염의선생'이라 한다.

정도전은 「염의지묘」에 부친의 서거와 장례 사실, 장지 등을 적은 후, 부친의 친구 송 밀직과 권 검교가 부친에게 사시(私諡)를 올리자고 상의한 내용만 서술했다. 묘표

---

100 鄭道傳, 「廉義之墓」, 『三峯集』 卷4 墓表. "有元至正二十六年, 高麗檢校密直提學鄭先生, 卒于榮州之私第. 其年正月乙巳, 葬榮州[註: 按鄭尙書卒於丙午正月二十三日乙巳, 而此日其年正月乙巳葬榮州, 兩說必有一誤.]治東十里, 附先塋也. 友人星山宋密直, 福州權檢校相與議曰: '生則字以表其德, 沒則諡以著其節, 古也. 然爵不應諡, 則朋友諡之. 若陶淵明之稱靖節, 徐仲車之稱節孝, 是也. 先友鄭先生, 早擢顯科, 揚歷華秩, 可謂達矣, 而家無宿貯, 妻子未免飢寒, 處之淡如也, 其廉矣乎! 於朋友少有患難, 以身任救恤之責, 非其義, 雖有公卿之勢, 視之蔑如也, 其義哉!' 於是題其墓曰廉義先生." 탁본이 전하지 않는다.

101 송나라 山陽人으로 이름은 積, 자가 仲車이다. 세 살 때 부친이 죽었는데 부친의 이름이 石이었으므로 종신토록 石器를 쓰지 않았고, 길을 걷다가 돌을 만나면 밟지 않았다. 政和 연간에 節孝處士의 諡를 내리고, 그의 외아들에게 벼슬을 주었다. 저서로 『節孝語錄』과 『節孝集』이 있다.

로서는 이례적이다.[102]

성해응(成海應)의 「난실총담(蘭室譚叢)」에 따르면 고려·조선에서 사시를 올린 예는 그리 많지 않다.[103] 정운경 이외의 다른 사람들은 비지문에 사시 추증 사실이 밝혀져 있지 않다.

고려 때 급제 오세재(吳世才): 현정(玄靜)

형부상서 정운경(鄭云敬): 염의(廉義)

조선 처사 김극일(金克一): 절효(節孝)

급제 성수종(成守琮): 절효(節孝)

처사 김익호(金翼㫌): 독성(篤誠)

진사 김유(金濡): 수효(粹孝)

감역 이익(李瀷): 홍도(弘道)[104]

4. 조선시대 국왕 및 왕족의 비지문

상고시대 국왕을 위한 비지문은 전하는 것이 매우 드물다. 「광개토왕비」는 능비가 아니라 전승비, 기념비라는 설이 있을 만큼, 왕릉과 비석의 관계가 명료하지 않다. 백제 지역에서는 무령왕릉에서 지석이 나왔고, 신라 지역에서는 「신라문무왕릉지비」가 있기는 하다. 하지만 그 외 왕의 묘비는 물론 지석도 아직 발견된 것이 없다. 2019년 9월 전북 익산에서 쌍릉 소왕릉의 발굴 조사 때 묘표석 2기가 발견되었으나 둘 다 무자

---

102 安鼎福, 『東史綱目』 第15上, 병오년 공민왕 15년(1366) 정운경 졸기. 정운경은 尙州司錄에 보임되었을 때 무고를 받은 龍宮監務를 문초하지 않았고, 福州判官으로 옮겨간 뒤에는 동문수학한 州吏 權援에게 우정을 표시하면서도 법을 어기면 법을 가할 것이라고 밝혔다. 또한 복주 소속의 瓮川驛에서 중이 도적의 몽둥이에 맞고 거의 죽게 된 獄事를 심리하여 진짜 범인을 찾아냈다. 全州牧使로 있을 때에는 帶妻僧이 살해된 사건을 조사하여 범인을 밝혔다. 知刑部가 되어서는 都堂으로부터 訟事가 내려오자 재상에게, "有司가 달리 있거늘 사사건건 廟堂을 경유하는 것은 직권을 침범하는 것입니다."라고 항의했다고 한다.

103 成海應, 「諡」, 『研經齋全集』 外集 卷58 筆記類 蘭室譚叢. "東國私諡, 高麗及第吳世才玄靜, 高麗刑部尙書鄭云敬廉義. 本朝處士金克一, 及第成守琮節孝, 本朝處士金翼㫌篤誠, 本朝進士金濡粹孝, 本朝監役李瀷弘道."

104 李瀷의 私諡는 蔡濟恭이 撰한 「贈資憲大夫吏曹判書行通政大夫僉知中樞府事星湖李先生墓碣銘幷序」에는 나타나 있지 않다.

비(無字碑)이다. 석실은 백제 사비기(泗沘期, 538~660)의 전형적인 단면 육각형 굴식인데, 입구에서 비스듬하게 세워진 석비형 묘표가 하나 발견되었고, 앞서 일제강점기에 훼손된 봉토 안에 누워 있는 석주형 묘표가 하나 발견되었다. 석주형은 중국 집안 태왕릉 부근 고구려 돌방흙무덤인 우산하(禹山下) 1080호 흙무덤에서도 나왔다. 그런데 두 석주형 묘표에는 모두 글이 새겨져 있지 않다.

고려시대에도 왕릉에 묘비나 묘지를 두었는지 확실하지 않다. 고려 인종(재위 1122~1146)이 죽은 후 아들 의종이 옥으로 만든 시책(諡冊)을 인종의 장릉(長陵)에 묻었다. 국립중앙박물관에 명문을 새긴 책엽(冊葉) 41개와 천부상(天部像)을 새긴 책엽 2개가 소장되어 있다. 2017년 8월 북한 개성 선적리(仙跡里)에서 고려 15대 숙종(재위 1095~1105)의 능이 발굴되었다고 조선중앙통신이 보도한 바 있으나, 묘비나 묘지의 존재에 대해서는 언급하지 않았다. 2019년 10월 22일 조선중앙통신에 따르면, 개성에서 고려 2대 혜종(재위 943~945)의 왕릉이 발굴되었는데, '표식'이 하나 있고 '고려왕릉'이라고 새긴 비석이 하나 있다고 한다.[105] '표식'과 '고려왕릉' 비석의 구체적인 내용은 알 수 없다.

조선시대의 국왕과 왕족을 위한 비지가 현재 일부 남아 있다. 또한 한국학중앙연구원 장서각에는 왕실 관련 비지문의 탁본이 188첩 보존되어 있다(표 4-3). 왕릉의 신도비는 세종의 영릉 이후에는 제작하지 않았다. 『세조실록』에 보면, 세조가 현릉(顯陵)에 비를 세우는 일에 대해 의정부에서 의논하도록 한 기록이 있다.[106] 이때 영의정 정인지(鄭麟趾)는 "임금의 공업(功業)은 국사에 기록하는데, 어찌 반드시 비석을 세워야 하겠습니까?"라고 반대했다. 그리고 전에 세종이 헌릉(獻陵)에 비석을 세우려고 할 때 변계량(卞季良)이 헌의(獻議)하기를, 명나라 태조의 황릉(黃陵)과 우리나라의 건원릉(健元陵)에 비석이 있는 것은 모두 창업한 연고 때문인데, 태종은 창업의 군주는 아니지만 개국하고 정사(定社)한 것이 모두 그 공적이므로 비석이 없을 수 없다고 부연했다. 세종은 정인지의 주장을 따랐다. 그 후 문종은 "세종께서는 대통을 입계(立繼)하여 우리 조정의 법제를 빛나게 모두 갖추어 후세에 끼쳤으므로 백세(百世)의 불천지주(不

---

105 이 보도에 의하면, 민족유산보호국 산하 조선민족유산보존사와 사회과학원 고고학연구소의 연구사들이 송도사범대학 교원, 학생들과 함께 발굴, 고증했다고 한다. 개성시 송도저수지의 북쪽 기슭 산릉선에서 발견된 무덤은 총 3개 구획으로 나누어져 있다고 하며, 가장 위의 구획에는 직경 13m, 높이 3m 규모의 봉분과 표식비가 있고, 발굴 과정에서 '高麗王陵'이라고 새긴 비석 등이 발견되었다고 전한다.
106 『世祖實錄』卷3, 세조 2년(병자, 1456) 1월 25일(을미).

|표 4-3| 장서각 소장 탁본 188첩 가운데 왕실 관련 비지문 탁본

구분	탁본 명칭	출토지와 제작 연도	내용
1	건릉지첩(健陵誌帖)	경기도 화성/1800년	정조 건릉(健陵) 묘지 탁본
2	경릉지석함첩 (景陵誌石函帖)	경기도 구리/1904년	효정왕후(孝定王后) 경릉(景陵) 지석(誌石) 탁본
3	경빈김씨묘비문 (慶嬪金氏墓碑文)	경기도 고양/1907년	헌종(憲宗) 후궁 경빈 김씨 묘비문 탁본
4	경빈묘지문 (慶嬪墓誌文)	경기도 고양/1907년	헌종(憲宗) 후궁 경빈 김씨 묘지문 탁본
5	경종대왕의릉(합부)비 (景宗大王懿陵[合祔]碑)	서울/1730년	경종(景宗)과 선의왕후(宣懿王后) 합부 비 탁본
6	경종대왕의릉비 (景宗大王懿陵碑)	서울/1724년	경종 의릉비(懿陵碑) 탁본
7	경종대왕의릉지문 (景宗大王懿陵誌文)	서울/1724년	경종 의릉지문(懿陵誌文) 탁본
8	고종어필숙릉비 (高宗御筆淑陵碑)	함남 문천군 도초면 능전리/1901년	추존왕 익조(翼祖) 비(妃) 정숙왕후(貞淑王后) 숙릉비(淑陵碑) 탁본
9	고종어필순릉비 (高宗御筆純陵碑)	함남 함주군 서호면 능전리/1901년	추존왕 도조(度祖) 비(妃) 순릉비(純陵碑) 탁본
10	고종어필안릉비 (高宗御筆安陵碑)	함남 신흥군 가평면 능리/1901년	추존왕 환조(桓祖)의 부인 효경왕후 안릉비(安陵碑) 탁본
11	고종어필의릉비 (高宗御筆義陵碑)	함남 함주군 운남면 운흥리/1901년	추존왕 도조(度祖) 의릉비(義陵碑) 탁본
12	고종어필정릉비 (高宗御筆定陵碑)	함남 함주군 동천면 경흥리/1901년	추존왕 환조(桓祖) 정릉비(定陵碑) 탁본
13	고종어필지릉비 (高宗御筆智陵碑)	함남 안변군 서곡면 능리/1901년	추존왕 익조(翼祖) 지릉비(智陵碑) 탁본
14	고종어필화릉비 (高宗御筆和陵碑)	함남 함주군 동천면 경흥리/1901년	추존왕 환조(桓祖) 비(妃) 화릉비(和陵碑) 탁본
15	공혜왕후순릉비 (恭惠王后順陵碑)	경기도 파주/1817년	성종 비 공혜왕후(恭惠王后) 능표석 탁본
16	단경왕후온릉비 (端敬王后溫陵碑)	경기도 양주/1807년	중종 비 단경왕후(端敬王后)의 온릉에 세운 표석 탁본
17	단의빈묘지문 (端懿嬪墓誌文)	경기도 구리/1718년	경종의 세자빈 단의빈(端懿嬪) 심씨 묘지문 탁본
18	단의왕후혜릉비 (端懿王后惠陵碑)	경기도 구리/1747년	경종 비 단의왕후(端懿王后) 능표석 탁본

구분	탁본 명칭	출토지와 제작 연도	내용
19	단종대왕장릉비 (端宗大王莊陵碑)	강원도 영월/1733년	단종의 장릉(莊陵)에 세운 표석 탁본
20	명성왕후숭릉지문 (明聖王后崇陵誌文)	경기도 구리/1684년	현종(顯宗)의 숭릉(崇陵)에 정비 명성왕후를 안장할 때 제작한 지석 탁본
21	명성황후홍릉비 (明成皇后洪陵碑)	경기도 남양주/1897년	명성황후 홍릉(洪陵)에 세운 표석 탁본
22	명종대왕강릉비 (明宗大王康陵碑)	서울/1753년	명종과 인순왕후(仁順王后) 강릉비 (康陵碑) 탁본
23	목조대왕덕릉비 (穆祖大王德陵碑)	함남 신흥군 가평면/ 1901년	대한제국 시기에 덕릉에 세운 표석 탁본
24	문정왕후태릉비 (文定王后泰陵碑)	서울/1853년	중종 계비 문정왕후(文定王后) 능비 탁본
25	문조익황제수릉추숭비 (文祖翼皇帝綏陵追崇碑)	경기도 구리/1902년	대한제국 시기에 익종과 부인을 추숭하고 세운 비석 탁본
26	문효세자효창묘신도비명(文孝世子孝昌墓神道碑銘)	서울 용산구 청파동/ 1786년	문효세자 효창묘 신도비명 탁본
27	사도장헌세자영우원비 (思悼莊獻世子永祐園碑)	경기도 양주 배봉산/ 1776년	사도 장헌세자 영우원 비석 탁본
28	사도장헌세자현륭원비 (思悼莊獻世子顯隆園碑)	경기도 화성/1789년	사도세자 현륭원 비석 탁본
29	소유영빈수경원비 (昭裕暎嬪綏慶園碑)	경기도 고양/1899년	영빈 이씨(暎嬪李氏) 능표석 탁본
30	선의왕후의릉지문 (宣懿王后懿陵誌文)	서울/1730년	선의왕후(宣懿王后) 의릉지문(懿陵誌文) 탁본
31	선조대왕목릉비 (宣祖大王穆陵碑)	경기도 구리/1747년	선조와 의인왕후(懿仁王后), 인목왕후(仁穆王后)의 목릉(穆陵) 표석 탁본
32	세종대왕영릉비 (世宗大王英陵碑)	경기도 여주/1745년	세종(世宗)과 소헌왕후(昭憲王后) 영릉비(英陵碑) 탁본
33	소현세자묘지문 (昭顯世子墓誌文)	경기도 고양/1645년	인조 장남 소현세자 묘지문 탁본
34	수릉지문(綏陵誌文)	경기도 구리/1846년	익종(翼宗)의 수릉(綏陵) 천장 때 제작한 지석 탁본

구분	탁본 명칭	출토지와 제작 연도	내용
35	숙빈최씨묘비 (淑嬪崔氏墓碑)	경기도 파주/1718년	숙종의 후궁이자 영조의 생모 숙빈 최씨 묘비 탁본
36	숙빈최씨소령묘갈 (淑嬪崔氏昭寧墓碣)	경기도 파주/1744년	숙종의 후궁이자 영조의 생모 숙빈 최씨의 소령묘에 세운 묘갈 탁본
37	숙빈최씨소령묘비 (淑嬪崔氏昭寧墓碑)	경기도 파주/1744년	숙종의 후궁이자 영조의 생모 숙빈 최씨의 소령묘에 세운 묘비 탁본
38	숙빈최씨신도비명 (淑嬪崔氏神道碑銘)	경기도 파주/1725년	숙종의 후궁이자 영조의 생모 숙빈 최씨 신도비명 탁본
39	숙종대왕명릉[합부]비 (肅宗大王明陵[合祔]碑)	경기도 고양/1720년	숙종과 계비 합부 비문 탁본
40	순명비유강원비 (純明妃裕康園碑)	서울/1904년	순명효황후(純明孝皇后) 유강원 (裕康園)에 세운 표석 탁본
41	순조숙황제인릉추숭비 (純祖肅皇帝仁陵追崇碑)	서울/1900년	대한제국 시기에 순조와 순원왕후 (純元王后)의 인릉(仁陵)을 추숭하 고 세운 비 탁본
42	순조인릉비 (純祖仁陵碑)	함경도/1857년	순조와 순원왕후 인릉에 세운 비석 탁본
43	순조인릉지문 (純祖仁陵誌文)	서울/1835년	순조 인릉에 매장한 지석 탁본
44	순조인릉천봉지문 (純祖仁陵遷奉誌文)	서울/1856년	순조 인릉 천봉 때 제작한 지문 탁본
45	순종대왕인릉비 (純宗大王仁陵碑)	경기도 파주시 탄현면 갈현리/1835년	순조 인릉 표석 탁본
46	순종대왕인릉천봉비 (純宗大王仁陵遷奉碑)	서울/연도 미상	순조 인릉을 천봉하고 세운 능비 탁본
47	순종대왕인릉합봉비 (純宗大王仁陵合封碑)	서울/1857년	순조 인릉에 순원왕후 능을 합봉하 고 세운 능비 탁본
48	순종효황제유릉지 (純宗孝皇帝裕陵誌)	경기도 남양주/1926년	순종 유릉(裕陵) 지문 탁본
49	신의왕후제릉신도비명 (神懿王后齊陵神道碑銘)	황해도 개풍군/1401년	태조 원비(元妃)의 제릉에 세운 신 도비명 탁본
50	연령군묘비 (延齡君墓碑)	서울 동작구 대방동(옛 경 기도 금천현)/1718년[107]	21세로 요절한 연령군(延齡君) 묘 비 탁본
51	영경묘비(永慶墓碑)	강원도 삼척/1899년	대한제국 시기에 목조(穆祖)의 생 모 이씨의 무덤 이름을 정하며 세 운 비석 탁본

구분	탁본 명칭	출토지와 제작 연도	내용
52	영원부대부인묘비 (鈴原府大夫人墓碑)	경기도 양주 답동/1851년	철종의 생모 영원부대부인(鈴原府大夫人) 묘비석 탁본
53	영조대왕원릉개상비 (英祖大王元陵改上碑)	경기도 구리/1890년	철종 예릉(睿陵) 표석 탁본
54	영종대왕원릉비 (英宗大王元陵碑)	경기도 구리/1776년	영조 원릉비(元陵碑) 탁본
55	영휘원비(永徽園碑)	서울/1911년	순헌귀비(純獻貴妃) 엄씨(嚴氏) 묘표 탁본
56	예릉지(睿陵誌)	경기도 고양/1878년	철인왕후(哲仁王后) 예릉(睿陵) 지문 탁본
57	완양부대부인묘비 (完陽府大夫人墓碑)	경기도 양주/1851년	철종 모친 완양부대부인(完陽府大夫人) 묘비석 탁본
58	원종대왕장릉비 (元宗大王章陵碑)	경기도 김포/1753년 작성	원종(元宗)과 인헌왕후(仁獻王后)의 장릉비(章陵碑) 탁본
59	은신군신도비명 (恩信君神道碑銘)	경기도 양주/1783년	은신군(恩信君) 신도비 탁본
60	은언군신도비명 (恩彦君神道碑銘)	경기도 양주/1851년	은언군(恩彦君) 이인(李䄄) 신도비 탁본
61	의소세손묘비 (懿昭世孫墓碑)	경기도 고양/1752년	의소세손(懿昭世孫) 묘표석 탁본
62	의소세손묘지문 (懿昭世孫墓誌文)	경기도 고양/1752년	의소세손 묘지석 탁본
63	이준공전하신도비문 (李埈公殿下神道碑文)	경기도 남양주/1904년	한말 황족 이준(李埈) 신도비 탁본
64	익종대왕수릉봉비 (翼宗大王綏陵合封碑)	경기도 구리/1890년	익종과 신정왕후(神貞王后) 수릉 합봉비(合封碑) 탁본
65	익종대왕수릉비 (翼宗大王綏陵碑)	서울 성북구 석관동/1835년	익종 수릉 표석 탁본
66	익종대왕수릉천봉비 (翼宗大王綏陵遷奉碑)	경기도 양주/1846년	익종 수릉 천봉 때 세운 비 탁본
67	익종대왕수릉천봉비 (翼宗大王綏遷奉陵碑)	경기도 양주 용마봉/1855년	익종 수릉 천봉 때 세운 능비 탁본
68	인경왕후익릉비 (仁敬王后翼陵碑)	경기도 고양/1724년	숙종 비 인경왕후 능표석 탁본
69	인릉천봉시지문 (仁陵遷奉時誌文)	함경도/1855년	순조 인릉(仁陵) 천봉 때 묻은 지문 탁본

구분	탁본 명칭	출토지와 제작 연도	내용
70	인선왕후영릉지문 (仁宣王后寧陵誌文)	경기도 여주/1674년	효종 영릉(寧陵)에 정비 인선왕후를 안장할 때 제작한 지석 탁본
71	인숙원빈인명원비 (仁淑元嬪仁明園碑)	경기도 고양/1779년	정조 후궁 원빈(元嬪) 홍씨(洪氏) 묘비 탁본
72	인열왕후장릉지문 (仁烈王后長陵誌文)	경기도 파주/1636년	인조 비 인열왕후 묘지문 탁본
73	인조대왕장릉천봉비 (仁祖大王長陵遷奉碑)	경기도 파주/1731년	인조 장릉 때 세운 비석 탁본
74	인조대왕장릉천봉지문 (仁祖大王長陵遷奉誌文)	경기도 파주/1731년	인조 장릉(長陵) 천봉 때 묻은 지문 탁본
75	인조대왕장릉지문 (仁祖大王長陵誌文)	경기도 파주/1636년	인조 장릉(長陵) 묘지석 탁본
76	인종대왕효릉비 (仁宗大王孝陵碑)	경기도 고양/1753년	인종과 인성왕후(仁聖王后) 효릉비(孝陵碑) 탁본
77	인현왕후명릉지문 (仁顯王后明陵誌文)	경기도 고양/1701년	숙종 계비 인현왕후 민씨 묘지문 탁본
78	장경왕후희릉비 (章敬王后禧陵碑)	경기도 고양/1853년	중종 계비 장경왕후(章敬王后) 능비 탁본
79	장렬왕후휘릉비 (莊烈王后徽陵碑)	경기도 구리/1747년	인조 계비 장렬왕후 휘릉(徽陵) 표석 탁본
80	장렬왕후휘릉지문 (莊烈王后徽陵誌文)	경기도 구리/1688년	인조 계비 장렬왕후 휘릉 묘지석 탁본
81	장순왕후공릉비 (章順王后恭陵碑)	경기도 파주/1817년	예종비(睿宗妃) 장순왕후(章順王后) 능표석 탁본
82	장조의황제융릉추숭비 (莊祖懿皇帝隆陵追崇碑)	경기도 화성/1900년	대한제국 시기에 사도세자를 황제로 추숭하고 세운 비석 탁본
83	전계대원군신도비명 (全溪大院君神道碑銘)	경기도 포천 선단리/ 1851년	전계대원군 이광(李壙) 신도비명 탁본. 역모죄로 강화부로 쫓겨난 은언군 이인의 아들인 이광은 전계군에 봉해졌다가 1849년 아들 이원범(李元範)이 철종이 되자 대원군에 추봉됨. 무덤은 여주로 이장됨.
84	정빈이씨묘비 (靖嬪李氏墓碑)	경기도 파주/1725년	영조 후궁 정빈(靖嬪) 이씨(李氏) 묘비 탁본
85	정성왕후홍릉비 (貞聖王后弘陵碑)	경기도 고양/1805년	영조 정비 정성왕후(貞聖王后)의 홍릉표석(弘陵表石) 탁본

구분	탁본 명칭	출토지와 제작 연도	내용
86	정순왕후원릉비 (貞純王后元陵碑)	충북 보은/1806년	순조 태실비 탁본
87	정순왕후원릉비 (貞純王后元陵碑)	경기도 구리/1805년	영조 계비 정순왕후(貞純王后)의 원릉비(元陵碑) 탁본
88	정조건릉천봉지문 (正祖健陵遷奉誌文)	경기도 화성/1821년	정조 건릉(健陵) 천봉(遷奉) 때 제작한 지문 탁본
89	정조선황제건릉추숭비 (正祖宣皇帝健陵追崇碑)	경기도 화성/1900년	대한제국 시기에 정조를 건릉으로 추숭하고 세운 비석 탁본
90	정종대왕건릉[합봉]비 (正宗大王健陵[合封]碑)	경기도 화성/1807년	정조와 효의왕후(孝懿王后)의 건릉(健陵) 합봉 비석 탁본
91	정종대왕건릉비 (正宗大王健陵碑)	경기도 화성/1800년	정조와 효의왕후의 건릉 표석 탁본
92	진안대군시정의공묘비명(鎭安大君諡靖懿公墓碑銘)	미상/1789년	진안대군(鎭安大君) 이방우(李芳雨) 묘비명 탁본
93	진종대왕영릉비 (眞宗大王永陵碑)	경기도 파주/1785년	효장세자(孝章世子)와 효순현빈(孝純賢嬪)의 추숭비 탁본
94	진종소황제영릉추숭비 (眞宗昭皇帝永陵追崇碑)	경기도 파주/1908년	진종(眞宗)과 효순왕후(孝純王后)를 추숭하고 세운 비석 탁본
95	창빈묘신도비명 (昌嬪墓神道碑銘)	서울/1683년	선조(宣祖) 조모 창빈(昌嬪) 안씨(安氏) 신도비명 탁본
96	철종대왕예릉비 (哲宗大王睿陵碑)	경기도 고양/1864년	철종 예릉(睿陵) 표석 탁본
97	철종대왕예릉지 (哲宗大王睿陵誌)	경기도 고양/1908년	철종 예릉 표석 탁본
98	철종어제회평군묘비문 (哲宗御製懷平君墓碑文)	경기도 포천/1859년	철종의 친형 회평군(懷平君) 묘비 탁본
99	철종장황제예릉추숭비 (哲宗章皇帝睿陵追崇碑)	경기도 고양/1908년	철종과 철인왕후(哲仁王后)를 추숭하고 세운 비석 탁본
100	태조고황제건원릉추숭비(太祖高皇帝健元陵追崇碑)	경기도 구리/1900년	대한제국 시기에 태조를 고황제로 추숭하고 건원릉에 세운 비석 탁본
101	태종대왕헌릉신도비명 (太宗大王獻陵神道碑銘)	서울/1424년	조선 태종의 헌릉에 세운 신도비명 탁본
102	헌경혜빈현릉원비 (獻敬惠嬪顯隆園碑)	경기도 화성/1816년	현륭원에 세운 혜경궁 홍씨 표석 탁본

구분	탁본 명칭	출토지와 제작 연도	내용
103	헌종경릉지문 (憲宗景陵誌文)	경기도 구리/1849년	경릉(景陵)에 매장된 헌종(憲宗) 지석 탁본
104	헌종대왕경릉합봉비 (憲宗大王景陵合封碑)	경기도 구리/1849년	헌종과 효현왕후(孝顯王后) 합봉 비석 탁본
105	헌종대왕경릉합봉비 (憲宗大王景陵合封碑)	경기도 구리/1908년	헌종과 효현왕후 합봉 비석의 제2 탁본
106	헌종대왕경릉합봉비 (憲宗大王景陵合封碑)	경기도 구리/1904년	헌종과 효현왕후 합봉 비석의 제3 탁본
107	현륭원비(顯隆園碑)	경기도 화성/1789년	현륭원에 세운 표석 탁본
108	현륭원지문 (顯隆園誌文)	경기도 화성/1816년	숙종 어제시를 판각하여 탁본한 첩(帖)
109	현목수빈휘경원비 (顯穆綏嬪徽慶園碑)	경기도 양주 배봉산(拜峯山)/1823년	정조 후궁 수빈(綏嬪) 박씨(朴氏)의 원인 휘경원(徽慶園) 표석 탁본
110	현목수빈휘경원천봉비 (顯穆綏嬪徽慶園遷奉碑)	경기도 양주/1863년	정조 후궁 수빈 박씨의 천봉 비석 탁본
111	현목수빈휘경원천봉비 (顯穆綏嬪徽慶園遷奉碑)	경기도 양주/1855년	정조 후궁 수빈 박씨의 천봉 비석의 제2 탁본
112	현종대왕숭릉(합부)비 (顯宗大王崇陵[合祔]碑)	경기도 구리/1684년	현종에 왕비를 합부하고 세운 비석 탁본
113	현종대왕숭릉지문 (顯宗大王崇陵誌文)	경기도 구리/1674년	현종을 숭릉(崇陵)에 안장할 때 제작한 지석 탁본
114	홍릉비(弘陵碑)	경기도 고양/1393년	영조 정비 정성왕후(貞聖王后)의 홍릉 표석 탁본
115	홍릉지(洪陵誌)	경기도 남양주/1919년	순헌 귀비(純獻貴妃) 엄씨(嚴氏) 묘표 탁본
116	화경숙빈소령원비 (和敬淑嬪昭寧園碑)	경기도 파주/1753년	숙종의 후궁이자 영조의 생모 숙빈 최씨의 소령원 앞에 세운 비석 탁본
117	환조대왕정릉신도비명 (桓祖大王定陵神道碑銘)	함경도/1393년	추존왕 환조(桓祖)의 정릉에 세운 신도비 탁본
118	효명세자연경묘비 (孝明世子延慶墓碑)	서울 성북구 석관동/1830년	효명세자(孝明世子) 연경묘(延慶墓) 표석 탁본
119	효순현빈묘지문 (孝純賢嬪墓誌文)	경기도 파주/1751년	효순현빈(孝純賢嬪) 묘지석 탁본
120	효장세자묘(합부)비 (孝章世子墓[合祔]碑)	경기도 파주/1752년	효장세자(孝章世子)와 세자빈 합부 비석 탁본

구분	탁본 명칭	출토지와 제작 연도	내용
121	효장세자묘비 (孝章世子墓碑)	경기도 파주/1729년	효장세자 묘표석 탁본
122	효장세자묘지문 (孝章世子墓誌文)	경기도 파주/1729년	효장세자 묘지석 탁본
123	효정왕후경릉지문 (孝定王后景陵誌文)	경기도 구리/1904년	경릉(景陵)에 매장한 효정왕후(孝定王后) 지석 탁본
124	효창묘비(孝昌墓碑)	서울 용산구 청파동/1786년	5세로 사망한 문효세자의 표석
125	효현왕후경릉비 (孝顯王后景陵碑)	경기도 구리/1843년	헌종 비 효현왕후(孝顯王后)의 능표석 탁본
126	휘경원지문 (徽慶園誌文)	경기도 남양주/1863년	정조 후궁 수빈 박씨 지문의 탁본
127	휘경원지문(徽慶園誌文) 이본	경기도 남양주/1863년	정조 후궁 수빈 박씨 지문의 탁본 이본

출처: 장서각 한국학자료센터 제공 자료; 한국학중앙연구원 장서각 편, 『조선왕실의 비석과 지석 탑본』, 한국학중앙연구원 출판부, 2019.

遷之主)이시다.”라고 하면서 영릉(英陵)에 비석을 세우게 했다. 「영릉신도비(英陵神道碑)」는 1452년(문종 2) 정인지가 비문을 짓고 안평대군이 비문(총 4,886자 추정)의 글씨와 전액을 썼다. 문종의 사후에 정인지는 문종이 재위 기간이 짧고 별달리 기록할 만한 일이 없으므로 비석을 세울 필요가 없다고 하여 그 주장을 관철시켰다. 그 후 1786년(정조 10)에 이르러 문효세자의 묘에 표석을 세우는 일과 관련해서 정조가 내린 다음 언교가 주목된다.[108]

『열성지장통기(列聖誌狀通紀)』를 상고해 보니, 능침에는 신도비가 있었고 또 표석이 있었다. 그런데 그 뒤 신도비를 신하가 지어 올리는 것은 사체가 거북스럽다는 이유에서, 근래에는 관례상 표석만 사용하고 있다. 이번에는 친히 지은 비명이 있으므로 세우기만 하면 되는데, 태어나고 죽은 날짜가 기록되어 있지 않으므로 별도로 표석을 세우지 않을 수 없다. 도감은 잘 알도록 하라.

---

107 연령군은 1871년(고종 8) 양고손자 홍녕군 이창응의 묘와 함께 충남 예산군 덕산면으로 이장되었다.
108 『正祖實錄』 卷22, 정조 10년(병오, 1786) 7월 4일(을사).

(1) 조선 초 산릉의 지석

조선시대 왕릉과 왕족의 지석 제도는 대개 세종 때 확립되었다. 1422년(세종 4) 태종이 서거한 후 산릉 제도를 정하여, 능에서 남쪽 가까운 곳(석상의 북쪽)에 땅을 5자쯤 파고 지석 두 쪽을 묻었다. 석비를 세우지 않고 2매 1조의 지석을 묻었는데, 영조척으로 길이 각 4자 4치, 너비 3자 4치, 두께 4치 5푼이었다. 하나는 개석(蓋石)으로 '헌릉 유명조선국태종성덕신공문무광효대왕지릉(獻陵有明朝鮮國太宗聖德神功文武光孝大王 之陵)'이라 새기고, 그 하나는 저석(底石)으로 지문(誌文)을 새겼다.[109] 이후 왕실에서는 지석에 묘지명을 적는 일이 관행으로 정착되어 갔다. 1424년 3월 6일 예문제학 윤회(尹淮)가 태종의 막내딸 정선공주(貞善公主)의 묘지명을 찬술했다.[110] 정선공주는 남이의 모친이다. 명은 4언 8구로, 4구마다 환운했다.

정선공주는 우리 태종의 비이신 원경왕태후의 막내따님이다. 여흥부원군 문도공(文度公) 민제(閔霽)가 그의 외조이다. 숭록대부 의산군(宜山君) 남휘(南暉)에게 출가했으니, 작고한 재상 의령부원군 충경공(忠景公) 남재(南在)의 손부(孫婦)였다. 공주는 나면서부터 어질고 고왔으며, 덕도 용모도 아름다웠다. 출가한 이후로 남편을 순순하게 받들고 시어머니를 예로 섬겼다. 치가(治家)는 부지런하고 검박하게 하여, 귀하고 세력 있다고 해서 자긍한 적이 없었다. 자식으로 아들 하나는 원손(元孫)이요, 딸도 하나인데, 모두 어리다. 영락 22년 정월 임인(25일) 병으로 돌아가니, 나이 21세였다. 모년 모월 모일에 모 고을 모 벌에 장사했다. 그 명(銘)은 이러하다.
하늘의 물결에서 흘러나왔고, 무성한 오얏나무에 광채가 더했다.
엄숙하고 화락한 공주의 자태로, 남편에도 마땅하고 시댁에도 마땅했도다.
수(壽)는 비록 짧다 하나, 남은 것은 길도다.
좋은 돌에다 명(銘)을 새겨, 오래도록 잊히지 않으리라.

---

109 『世宗實錄』 卷17, 세종 4년(임인, 1442) 9월 6일(경신). 태종의 신도비는 1444년(세종 6) 서울시 서초구 내곡동 헌릉에 세워졌다. 글은 변계량(卞季良)이 작성하고 글씨는 이덕성(李德成)이 썼다.

110 『世宗實錄』 卷23, 세종 6년(갑진, 1424) 3월 6일(임오). "貞善公主, 我太宗妃元敬王太后之季女也. 驪興府院君謚文度閔公諱霽, 其外祖也. 適崇祿大夫宜山君南暉, 故相宜寧府院君謚忠景公諱在之孫也. 公主生而淑婉, 德容雙美. 旣歸, 承其夫以順, 事其姑以禮. 其治家, 勤且儉, 未嘗以貴勢自矜. 生子男一人曰元孫, 女一人, 皆幼. 永樂二十二年正月壬寅, 以疾卒, 年二十一. 以某年某月某日, 葬于某州之某原. 其銘曰: 天潢演派, 穠李增華. 肅雍之德, 宜室宜家. 壽雖云短, 其存者長. 刻銘貞石, 以永不忘."

세종 때 왕녀의 예장에 묘표와 지석을 사용하고 묘비(신도비)는 세우지 않는 관행도 정착되었다.[111] 이보다 앞서 '2월 경자'에 세종의 장녀가 죽은 후,[112] 3월 23일 윤회가 묘지명을 작성하여[113] 4월 16일(신유) 경기도 고양현 북쪽 산리동(酸梨洞) 언덕에 장사 지냈다. 출토물을 보면 석제이다. 개석에 '유명조선국정소공주묘지(有明朝鮮國貞昭公主墓誌)'라 표제를 새기고, 저석에 '유명조선국정소공주묘지명(有明朝鮮國貞昭公主墓誌銘)'이라 하여 지문과 명을 새겼다. 다만 윤회가 지문을 찬술할 때는 시호가 정해지지 않은 때였다.

1424년 7월 21일(갑오) 예조에서, 삼한국대부인 송씨(?~1424)의 예장에 묘표와 지석을 쓰면서 여흥부원군 민제(閔霽)의 묘표와 지석을 병록할 것을 청해서 윤허를 입었다.[114] 송씨는 송선(宋璿)의 딸로, 민제와 송씨는 태종 비 원경왕후 민씨의 부모이다. 민제가 먼저 죽어 예장할 때 석양(石羊)과 석호(石虎)만 있었고 묘표와 지석이 없었으므로 이렇게 청한 것이다. 묘표는 음기가 없이, 비의 앞면에 건립 일자만 새겼다.[115] 이후 왕실의 예장에는 지석을 두게 했는데, 1425년(세종 7) 정궁(正宮) 소생으로서 8세 이상 관례와 계례를 하지 않은 왕자와 왕녀에 대해 묘표를 세우되, 지석을 쓰려면 반드시 특명을 받아 제작하게 했다.

현재까지 발견된 가장 이른 시기의 청화백자 묘지석인 「홍녕부대부인묘지명(興寧府大夫人墓誌銘)」은 세조의 장모이자, 정희왕후의 어머니인 인천이씨(1383~1456)가 묘주이다. 영평부원군(鈴平府院君) 윤번(尹璠, 1384~1448)의 부인이다. 1456년(세조 2) 청화백자판 6매로 제작되었다.[116] 장례 경위와 생전의 덕행, 가계와 후손들의 현황 등을

---

111 『世宗實錄』卷23, 세종 6년(갑진, 1424) 3월 10일(병술).

112 세종은 재위 6년 3월 3일(기묘)에 내관 최득룡(崔得龍)에게 명하여 왕녀에게 사제(賜祭)했다. 그때의 제문이 실록에 전재되어 있다. 『世宗實錄』卷23, 세종 6년(갑진, 1424) 3월 3일(기묘).

113 『世宗實錄』卷23, 세종 6년(갑진, 1424) 3월 23일(기해). 공주가 '2월 경자'에 죽었다고 했으나, 2월에는 경자의 날이 없다. 정월 경자(13일)의 잘못인 듯하다. 3월 27일(계묘) 정혜공주(貞惠公主)로 추증했다가, 4월 4일 태종의 딸과 시호가 같다 하여 정소공주(貞昭公主)로 바꾸었다. 경기도 고양시 대자동에서 석제 묘지가 출토되었다. 고려대학교 박물관이 소장하고 있다.

114 『世宗實錄』卷25, 세종 6년(갑진, 1424) 7월 21일(갑오). "禮曹啓: '驪興府院君禮葬時, 但有石羊石虎, 而無表誌石. 今三韓國大夫人宋氏禮葬, 依貞善公主例, 有墓表誌石, 請府院君表誌, 於夫人表誌幷錄之.' 從之."

115 『金石集帖』046出(교046出: 國初相臣二) 책에 탁본이 있다. 비제는 「東驪興府院君文度公閔氏之墓 西三韓國大夫人礪山宋氏之墓」로, "永樂二十二年(世宗六年甲辰: 1424)九月▽日立石."의 건립 일자만 있고, 음기가 없다.

116 2001년 5월 문중 후손들이 경기도 파주시 교하면 당하리 파평윤씨 정정공파(貞靖公派) 묘역에서 발견

적었다. 가로 13자, 세로 31~33자씩 글자가 배열되어 있으며, 인천이씨의 삼조(三祖),
묘주의 성품, 혼인, 정경부인 → 순화군대부인 → 홍녕부대부인으로 책봉된 이력, 자
녀에 관한 내용을 담았다. 묘지는 경태(景泰) 7년 병자년인 1456년 7월 14일에 대부인
이 죽자 10월 8일에 예를 갖춰 매장한 장례 경위를 밝히고, 묘주의 생전 덕행, 가계 및
후손들의 현황 등을 기록했다. "경태칠년병자동시월 일근지(景泰七年丙子冬十月 日謹
誌)"로 끝을 맺었으며, 찬자나 서자는 밝히지 않았다. 첫 부분은 인천이씨의 부군인 윤
번[117]의 장엄한 관함과 봉호를 호명하고나서 이씨의 졸(卒)과 장(葬)을 밝혔다.

景泰七年丙子秋七月十四日辛巳, 贈大匡輔國崇祿大夫領議政府事領經筵書雲觀事坡平府院
君行崇政大夫判中樞院事 諡貞靖公尹璠妻 興寧府大夫人李氏卒, 享年七十四, 是年十月初八
日甲辰, 葬于交河縣瓦洞里貞靖公之塋東南數十步, 禮也. 夫人, 仁川世家, 考諱文和, 正憲大
夫參贊議政府事寶文閣大提學兼判繕工監事 諡恭度公, 祖諱深, 奉翊大夫典工判書, 曾祖諱益
歲, 中正大夫中書舍人知制誥, 妣崔氏, 大匡輔國崇祿大夫右議政府事 諡良靖公諱濂之女也.

묘지명에서는 '世宗', '中宮', '主上'에서 대두법(擡頭法)을 사용했다. '지제고(知制
誥)'의 관함에서는 '制' 자 앞에 존대격의 공란을 두지 않았다. 부인의 삼조(三祖)를 기
록할 때는 증조-조-고의 순서를 따르지 않고 고-조-증조의 순서를 따랐다. 따라서
고(考)와 비(妣)가 멀리 떨어져 있으며, 이것은 후대의 기서법과 다르다. 마지막의 명
(銘)은 구마다 칸을 띄웠으나, 원앙쌍대격이 아니라 종서로 내려썼다. 4언 20구인데, 4
구마다 환운하여 5개의 운(평元, 입職, 상紙, 평眞·평文 통압, 평陽)을 사용했다.

夫人之先, 克濬其源. 世濟厥美, 積德于門.
緊惟夫人, 維婦之則. 乃誕淑德, 配我宸極.
有子有孫, 亦躋膴仕. 福履之繁, 夫孰與比?

했다. 6장의 백자 지석 중, 맨 앞과 맨 뒤의 지석은 순백자이며, 4장은 청화(靑華)이다. 제1부 각주 51
번 참조.

117 본관은 파평(坡平), 자는 온지(溫之)로, 고려 말 판도판서 윤승례(尹承禮)의 아들이다. 음보로 신천현
감(信川縣監)을 거쳐 1428년 군기시판관(軍器寺判官)을 역임했다. 딸이 수양대군의 부인이 되자 군기
시부정(軍器寺副正)에 승진되고, 이어 공조참의(工曹參議)가 되었다. 1440년 우참찬이 되고 공조판서
를 거쳐 중추원사에 이르렀으나 병으로 사직했다. 1447년 판중추원사가 되었고, 영의정에 추증되었으
며 파평부원군에 추봉되었다. 시호는 정정(貞靖)이다.

訃聞當宁, 哀動中宸. 靈轜西邁, 葬從夫君.
撰詞以藏, 誌其幽堂. 於千萬年, 永示無彊.

부인의 선조는, 그 근원의 물을 잘 길어서

대대로 아름다움을 이루어, 문중에 덕을 쌓아 왔으니

아아, 이 부인은, 부인들의 준칙이로다.

마침내 부덕을 갖춘 분을 낳아, 우리 존엄한 왕에 배합하게 했도다.

자식 있고 손자 두어, 역시 청화의 벼슬에 올랐으니

복리(福履)의 번성을, 그 누가 비할 수 있으랴?

부음이 당저에게 들리자, 궁중에 슬픔이 동했네.

영구가 서쪽으로 향하여, 부군을 따라 장사 지내네.

사(詞)를 지어서 묻어, 그 유당(幽堂)에 표지하여

아아, 천년만년토록, 무궁한 미래에 보이노라.

한편 윤번의 묘갈은 1456년(세조 2) 8월에 경기도 파주군 교하면 당하리에 건립되었다. 결자(缺字)가 많다. 찬자, 서자 미상이다.

왕과 왕비의 비지문은 왕의 재가가 필요했다. 이를테면 소헌왕후 심씨가 1446년(세종 28) 3월 21일 52세로 타계한 후 6월 6일에 예조판서 정인지가 「영릉지문(英陵誌文)」을 지어 올리자, 세종은 "지문(誌文)은 후세에 함께 보는 것이다. 지금 왕비는 간구하는 사사(私事)가 없었고, 아랫사람에게 미치는 은혜가 있어, 의심하고 꺼리는 바가 없었다. 이 뜻으로 인지(麟趾)에게 일러 아울러 싣게 하라."라고 했다.[118] 『세종실록』의 해당 날짜에 정인지가 작성한 「영릉지문」이 실려 있다.

왕후는 인자하고 어질며 성스럽고 선함이 천성에서 나왔다. 중궁에 정위(正位)한 이후 더욱 스스로 겸손하고 조심하여 빈(嬪)과 잉(媵)을 예(禮)로 접하고, 아래로 궁인에 미치기까지 어루만지고 사랑하여 은혜를 더하지 않음이 없었다. 후궁이 나아가 뵙는 자가 있으면 반드시 위로하고 용납함을 더했다. 상감께서 총애하여 이끄는 자의 경우에는 특별히 융성한 대우를 주어, 지극한 정이 사이가 없으셨다. 낳으신 여러 아들을 모두 후궁으로 하여금 기르

---

118 『世宗實錄』卷112, 세종 28년(병인, 1446) 6월 6일(임인). "麟趾具草以進. 上覽之, 謂承政院曰: '誌文, 乃後世所共見. 今王妃絶干謁之私, 有逮下之恩, 無所疑忌. 其以此意諭麟趾, 使幷載之.'"

게 하시니, 후궁이 또한 마음을 다하여 받들어 길러서 자기 소생보다 낫게 했다. 또 일을 위임하여 의심하지 않고 맡기시니, 후궁이 또한 지성껏 받들어 종순하여 감히 게을리함이 없었다. 이 때문에 빈·잉 이하가 사랑하고 공경하기를 부모 대하듯이 했다. 서출(庶出)의 자식 보기를 모두 소생 아들과 같이 했다. 어선(御膳)을 올리게 되면 반드시 몸소 살펴보아, 정성과 공경을 다하고자 힘썼다. 국모의 위의로 있은 지 29년 동안에 임금을 경계(儆戒)한 도움이 있고, 연안(宴安)을 사사로이 여는 일이 없었다. 한 번도 친척을 위하여 은혜를 구하지 않았으며, 또 절대로 바깥일에 참여하지 않고, 궁중의 일용의 자디잔 일이라도 반드시 위로 아뢰었지, 감히 임의로 하는 일이 없었다. 곤의(壼儀)가 바르자 덕화(德化)가 밖으로 흘렀다. 여러 아들들을 가르치는 데에는 반드시 의방(義方)으로 하여, 마침내 인지(麟趾)·종사(螽斯)의 경사가 있었다. 대개 하늘이 성인을 내매, 반드시 어진 배필을 지어서 지극한 다스림을 이루는 법이다. 주나라 태사(太姒)는 풍아(風雅)에 읊어지고 전파되어 천고에 빛이 난다. 지금 우리 전하께서 지극한 덕과 지극한 다스림으로 문왕의 뒤를 따랐는데, 왕후께서 또 이와 같은 덕과 행실이 있으니, 참으로 하늘이 지은 배합이 되어서, 예전의 문왕의 후비만 아름다움을 독차지하지는 못할 것이다.[119]

이 글은 초고가 아니라 세종의 지시로 정인지가 수정하여 최종 작성한 것인 듯하다. 세종이 '아울러 싣게 한' 내용이 모두 들어 있다.

(2) 능지

1641년 경기도 남양주 진건읍 송능리에 건립된 광해군의 묘갈 「광해군묘표석음기(光海君墓表石陰記)」는 광해군의 폐위 사실을 자세히 밝히고 있다. 찬자와 서자 모두 미상이다.

신사(辛巳) 7월 1일 병으로 제주에서 죽었다. 왕께서 3일에는 조회를 중단하도록 명하시고

---

119 后慈良聖善, 出於天性. 正位中宮之後, 益自謙謹, 禮接嬪媵, 下及宮人, 無不撫愛加恩. 後宮有進見者, 必加慰納. 若所寵引者, 特贈隆遇, 至情無間, 所生諸子, 皆令養之, 後宮亦盡心奉育, 過於己出. 又委之以事, 任之不疑, 後宮亦披誠奉順, 無敢懈怠. 由是嬪媵以下, 愛敬如待父母. 視庶出之子, 皆如所生. 御膳進則必躬自省視, 務盡誠敬, 母儀二十九年之間, 有儆戒之助, 無宴安之私. 一不爲親戚求恩, 又絶不與外事. 雖宮中日用纖細事, 必上聞, 無敢擅爲. 壼儀克正, 化流于外. 教誨多男, 必以義方, 乃有麟趾螽斯之慶. 蓋天生聖人, 必係賢匹, 以成至治. 周之太姒, 播詠風雅, 焜耀千古, 今我殿下, 旣以至德至治, 追踵文王, 而王后又有如是之德之行, 允爲天作之合, 而文王后妃, 不獨專美於前矣.

5일에는 소찬을 보내고 특별히 예조당상 낭청과 중사(中使)를 보내 호상해 오라고 했다. 또 각 도의 감사로 하여금 배행하게 하고 제전을 점검하여 바로잡도록 했다. 예조에서 왕자나 군(君)의 예와 같이 장사 치르기를 청했다. 왕(인조)께서 특별히 장생전(長生殿)의 관(棺) 한 부를 내려 관을 고치고 염(斂)하도록 하고 승지를 보내 제사를 지내도록 했다. 특별히 명령을 내려 수장(隧葬: 굴을 파서 통로를 만들어 관을 운반하는 국왕의 장례법)을 하게 하고, 딸의 자식들로 하여금 제사를 받들게 했으며, 밭과 택지, 종들을 내렸다.

10월 초 4일 양주(楊州) 적성동(赤城洞)에 장사 지냈는데 부인의 묘 오른쪽인 해좌(亥坐) 사향(巳向)의 언덕이었다. 예관과 중사(내시)와 경기감사가 처음부터 끝까지 호상하고 장흥동 사저에 반혼을 하고 아침저녁과 삭망, 사명일(四名日: 설·단오·추석·동지), 사중삭(四仲朔: 2월·5월·8월·11월)의 제전에 관아에서 제수를 보냈다.[120]

송시열은 1659년(현종 즉위년) 10월에 효종 능지인 「영릉지문(寧陵誌文)」을 작성해서[121] 효종의 효심을 부각시켰다.

『시경』의 「육아」편을 강의하는 자리에서는 서럽게 목이 메어 눈물을 흘리시며 "시란 성정에서 나온 것이라 하더니 사실이로구나. 하물며 나처럼 선왕의 뜻을 펴지 못하고 머금은 원통함이 하늘에 사무친 사람의 경우에야 또 어떠하겠는가?"라고 말씀하셨다. 경연의 자리에 나아간 신하들은 지금 막 상을 마치셨으므로 아직 그러실 터이다라고 생각했으나, 이후로도 말이 거기에 미치면 언제나 그렇지 않으신 때가 없으셨다. 이에 '종신토록 부모를 사모하셨던' 분이라 할 수 있으리라![122]

송시열은 이 「영릉지문」에서 '언제나 그렇지 않으신 때가 없으셨다[未嘗不然]'는 그 효성의 진정한 태도를 부각시키기 위해 그 앞에 '마침 그러실 터이다[適然]'라는 어구를 배치했다. 마지막에는 '종신토록 부모를 사모하셨던 분'이라고 논평하여, 효종의

---

120 辛巳七月初一日, 病卒於濟州. 命輟朝三日, 進素膳五日, 特遣禮曹堂上郎廳及中使護喪以來. 又令各道
     監司陪行, 檢飭祭奠. 禮曹請以王子君例一等禮葬. 上特賜長生殿棺一部, 改棺易斂, 遣承旨致祭. 特命隧
     葬, 以女子奉祀, 給其田宅藏穫. 十月初四日葬於楊州赤城洞, 夫人墓右, 亥坐巳向之原. 禮官中使京畿監
     司終始護喪, 返虞於長興洞私第, 朝夕朔望, 及四名日, 四仲朔祭奠官給其需.

121 宋時烈, 「寧陵陵誌」, 『宋子大全』卷181.

122 嘗講蓼莪詩, 悽咽泣下曰: "詩本性情, 信矣. 況予先志未伸, 含痛窮天者乎?" 筵臣以爲新免於喪, 是適然
     矣. 其後語及, 未嘗不然. 玆可謂終身而慕者歟!

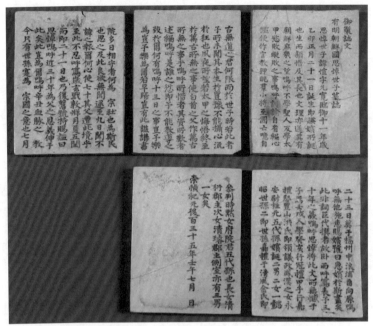

|그림 4-1| 「유명조선국사도세자묘지」 (국립중앙박물관 소장)

효심을 최대한 표창했다. 구양수의 「상강천표(瀧岡阡表)」를 모방한 것이다.[123] 구양수는 아버지의 효심을 '適然'과 '常然' 두 단어로 서로 대비시켜 부각하고, 마지막에 '너의 아버지가 봉양을 잘했다는 것을 알 수 있다.'라는 말로 끝맺은 바 있다.

국립중앙박물관에 「유명조선국사도세자묘지(有明朝鮮國思悼世子墓誌)」가 있다(그림 4-1). 영조가 1752년(영조 38) 7월 사도세자를 위해 작성한 묘지를 청화백자(가로 16.7cm, 세로 21.8cm, 두께 2.0cm) 5매에 새긴 것이다. 영조가 누워서 구술한 것을 문신이 글로 엮은 것이다.[124] 본래 앞부분(ⓐ와 ⓑ)은 5월 21일에 일단 작성하고, 뒷부분

---

123 歐陽脩, 「瀧岡阡表」, 『歐陽修全集』 卷2. "吾之始歸也, 汝父免於母喪. 方逾年, 歲時祭祀, 則必涕泣曰: '祭而豐, 不如養之薄也.' 間御酒食, 則又涕泣曰: '昔常不足, 而今有餘, 其何及也?' 吾始一二見之, 以爲新免於喪, 適然耳. 旣而其後常然, 至其終身, 未嘗不然, 吾雖不及事姑, 而以此知汝父之能養也." 송시열은 망자의 효심을 드러낼 때 「상강천표」의 이 부분을 가끔 인용했다. 宋時烈, 「義禁府都事贈參判李公墓表」, 『宋子大全』 卷195. "蓋女子之孝, 移天則亦從而移, 而夫人則誠益不衰, 耆艾則忘焉者滔滔, 而夫人則追慕益甚. 言及必歔泣, 眞所爲適然而其後常然, 終身未嘗不然者也."; 박관규, 「尤庵 宋時烈의 碑誌文 硏究」, 고려대학교 박사학위논문, 2011; 박관규, 「尤庵 宋時烈 碑誌의 撰作 性向 考察」, 『어문논집』 63, 민족어문학회, 2011, pp.195~235.
124 한국학중앙연구원 장서각, 『英祖子孫資料集』(李根浩·朴用萬 해제), 한국학중앙연구원 출판부, 2013.

(ⓒ~ⓔ)은 7월 23일 장사 지내기 직전에 마무리 지었다. 묘지명의 일반 형식과는 매우 다르며, 심경을 드러내는 표현과 비체계적인 서술이 많다. '오호(嗚呼)', '희(噫)' 등 감탄사를 다용했다.[125]

ⓐ 사도세자의 휘는 선이요, 자는 윤관이다. 재위 11년 을묘년(1735) 정월 21일 탄생했는데 영빈이 낳았다.

ⓑ 나면서 남달리 영특했고 자라면서 문리 역시 통하여, 조선이 거의 성인의 경역으로 나아가리란 희망을 가졌거늘, 아아! 성인을 배우지 않고 태갑이 욕망과 방종으로 패한 일을 배우고 말았다. 아아!『훈유(訓諭)』·『자성편(自省編)』·『심감(心鑑)』으로 타일렀으나 소인배 무리를 가까이해 나라를 망칠 지경이 되었다.

ⓒ 오호라! 자고로 무도한 임금이 어찌 없으랴만 세자 때 이런 자가 있었다는 말을 나는 들은 바 없다. 본디 풍요롭고 태평한 시절에 태어났으나 마음을 다스리지 못해 미치광이 짓으로 흘렀다. 새벽부터 밤까지 바란 것은 태갑이 뉘우친 것과 같은 일이었으나, 마침내 만고에 없던 일에까지 이르러서 백발의 아버지로 하여금 만고에 없던 일을 하게 했단 말이냐? 아아! 애석한 것이 그 자질이요. 한탄스러운 것이 저 저술이다. 아아! 이 누구의 잘못이란 말인가? 곧 내가 가르쳐 이끌지 못한 결과이니, 네게 무슨 잘못이 있으랴?

ⓓ 아아! 13일의 일은 어찌 내가 즐거워서 했겠느냐, 즐거워서 했겠느냐! 네가 만약 일찍 돌아만 왔다면 어찌 이런 시호가 있으랴? 세손 강서원에서 여러 날 지킨 것은 어째서였겠느냐? 종사를 위한 것이었고, 백성을 위한 것이었다. 이것을 생각하면서, 정말로 아무 나쁜 소식도 듣지 않기를 바랐지만, 9일 째 이르러 차마 말할 수 없는 보고를 들으니, 너는 어찌 칠십 애비로 하여금 이런 지경에 이르도록 했단 말이냐? 이에 이르러 차마 말을 불러

---

[125] ⓐ 思悼世子諱愃, 字允寬. 臨御十一年歲乙卯正月二十一日誕生, 卽暎嬪所誕也. ⓑ 生而穎悟, 及其長也, 文理亦通, 其有朝鮮庶幾之望, 嗚呼! 不學聖人, 反學太甲慾敗縱敗之事. 嗚呼!『訓諭』·『自省編』·『心鑑』, 便作言敎, 狎昵群小, 將至國亡. ⓒ 噫! 自古無道之君何限, 而於世子時若此者予所未聞. 其本生於豐豫, 不能攝心, 流於狂也. 夙夜所望, 若太甲之悔悟, 終至於萬古所無之事, 使白首之父, 作萬古所無之事乎? 嗚呼! 所惜者其資, 所歎者逑編. 嗚呼! 是誰之愆, 卽予不能敎導之致, 於爾何有? ⓓ 嗚呼! 十三日之事, 豈予樂爲? 豈予樂爲? 爾若早歸, 豈有此謚? 講書院多日相守者何? 爲宗社也, 爲斯民也. 思之此, 良及欲無聞, 逮至九日, 聞不諱之報, 爾何心使七十其父遭此境乎? 至此不忍呼寫. 歲玄黙敦牂月夏五閏而卽二十一日也. ⓔ 乃復舊號, 特賜謚曰思悼. 嗚呼! 近三十年爲父之恩義, 伸于此矣. 此豈于爾? 嗚呼! 辛丑血脈之敎, 今只有世孫, 寔爲宗國之意也. ⓕ 七月二十三日葬于楊州中浪浦酉向原. 嗚呼! 無他施惠, 賜嬪號曰惠嬪, 於斯盡矣. ⓖ 此非詞臣代撰者, 故臥而呼寫, 表予三十年之義. 嗚呼! 思悼將此文而無憾于予矣. ⓗ 壬戌入學, 癸亥行冠禮, 甲子行嘉禮, 娶豐山洪氏, 卽領議政鳳漢之女, 永安尉柱元五代孫. 嬪誕二男二女. 一薨昭世孫, 則一世孫. 嘉禮于淸風金氏, 卽參判時默女, 府院君五代孫也. 長女, 淸衍郡主. 次女, 淸璿郡主. 側室亦有三男一女矣. ⓘ 崇禎紀元後百三十五年壬午七月▽日.

582

주어 쓰게 하지를 못하겠으니, 해는 현묵 돈상(임오)이오, 달은 여름 윤5월이며, 곧 21일
이다.

ⓔ 마침내 옛 호를 복구하고 특별히 시호를 사도라고 내린다. 아아! 근 30년 동안 아비로 있
었던 은의가 여기에까지 뻗었다. 이것이 어찌 널 위한 것이겠느냐? 아아! 신축년(경종 원
년, 1721) 혈맥을 이으라시던 교명이 있었건만, 지금 다만 세손이 있으니, 이것은 종국을
위하는 뜻이다.

ⓕ 7월 23일 양주 중랑포 유향(서쪽) 들판에 장사 지낸다. 아아! 다른 시혜 없이 세자빈의 호
를 혜빈이라 내려주었으니, 이것에서 전부 끝이다.

ⓖ 이것은 신하에게 대신 짓게 한 것이 아니라, 누워 불러주어서 나의 30년 동안의 정의를
표하는 것이다. 아아! 사도여, 이 글을 보고 내게 원한 품지 말아라.

ⓗ 임술년(1742) 입학하고 계해년(1743) 관례를 했다. 갑자년(1744) 가례를 했는데, 풍산홍
씨를 취했으니, 즉 영의정 봉한의 여식이자 영안위 주원의 5대손이다. 빈은 2남 2녀를 낳
았다. 하나는 의소세손, 하나는 현재 세손이다. 가례는 청풍김씨와 올렸으니, 즉 참판 시
묵의 딸, 부원군의 5대손이다. 장녀는 청연군주, 차녀는 청선군주이다. 측실에도 3남 1녀
를 두었다.

ⓘ 숭정 기원후 135년(1762) 임오 칠월 일.

영조는 ⓑ, ⓒ, ⓓ에서 사도세자의 죄과를 성토하고 사도세자에 대한 실망을 격한
어조로 토로했다. 그러나 ⓔ에서는 세자에게 사도라는 시호를 내리고 왕통을 세손(뒷
날의 정조)에게 잇게 했다고 말하고, ⓕ에서 세자비에게 혜빈의 호를 내렸다고 밝혀,
아버지로서의 은의를 다했다고 강조했다. 그리고 ⓖ에서 아버지로서의 30년 정의를
표했으므로 더 이상 원한을 품지 말라고 당부했다. ⓗ는 묘지명이 갖는 양식적 요건
을 채워 자성(子姓)을 서술했다. ⓘ는 날짜를 적으면서 숭정 기원을 사용했다. 1762년
(영조 38) 윤5월 사도세자가 죽고, 그해 8월 세손은 동궁에 책봉되었다. 1764년 2월에
이르러, 영조의 요절한 장남 효장세자(孝章世子)의 후사로 종통을 옮기는 갑신처분(甲
申處分)이 있게 된다. 사도세자가 비운에 죽은 임오화변은 정조 연간까지 깊은 그림자
를 드리웠다. 1792년 5월 12일 방외 유생 박하원(朴夏源) 등이 유성한(柳星漢)을 공격
하는 소장에서, 사도세자가 영조 몰래 관서 지방을 다녀온 사실이 당시의 대사성 서명
응(徐命膺)이 사도세자에게 관련자 처벌을 요구하는 글을 올리면서 드러났다고 하여,
서명응을 공격하기에 이른다. 박하원 등은, 이정(李瀞)이 사도세자의 죽음을 항의하는

글을 올리다가 저지되자 스스로 목을 찔렀지만 그 행위는 거짓된 심사에서 나왔다고 비하하기도 했다. 서형수(徐瀅修)가 이노춘(李魯春)에게 보낸 서찰을 통해 사건의 진상을 짐작할 수 있다.[126]

(3) 사친 추존 비지

조선의 국왕 가운데 사친을 추존하고 비를 세운 예가 있다.

1573년(선조 6) 건립한 「덕흥대원군신도비(德興大院君神道碑)」는 중종의 제7남 덕흥대원군 이초(李岹, 1530~1559)가 비주이다. 경기도 남양주시 별내면 덕송리에서 출토된 이 비는, 1573년(선조 6) 홍섬(洪暹, 1504~1585)이 찬술하고 송인(宋寅)이 글씨를 썼다.[127] 이초는 중종의 후궁 창빈 안씨 소생이다. 13세 때 하동정씨 정인지의 손자 정세호(鄭世虎)의 딸과 결혼하여 3남 1녀를 낳았으며 30세에 병으로 세상을 떠났다. 이초의 형이 13대 왕 명종으로 왕위에 올랐으나 뒤 이을 자식이 없이 세상을 떠나자, 1567년 이초의 셋째 아들 하성군 이균(李鈞)이 즉위했다. 그가 선조이다. 선조는 재위 2년인 1569년에 생부를 대원군으로 추존했다.[128] 「덕흥대원군신도비」는 생몰과 추존, 자손의 기록에 치중하여 문체가 대단히 간결하다. 선조의 어휘(御諱)는 적지 않았다. 그런데 이 비는 덕흥대원군의 행적을 서술하기보다는 그의 사후에 배위 정씨가 1567년(정묘) 5월 18일 병몰하여 부인의 빈소가 차려져 있을 때 명종이 타계하여 선조가 대통을 이어받은 일을 크게 부각시켜, "천도가 의지하는 것은 쉽게 헤아릴 수가 없다." 라고 영탄했다.[129] 이어 망자가 대원군으로 추존된 사실을 적어, 공론을 얻은 것처럼

---

126 徐瀅修, 「答李君正(魯春)」, 『明皐全集』 卷6 書; 한국고전번역원 번역본 이승현 역(2017), [주−D015].

127 『金石集帖』 196染(교188:大院君/蔭官/儒士/相臣/瘞鶴/兩堤/武臣) 책에 탁본이 있다. 해서비제는 「有明朝鮮國德興大院君神道碑幷銘」이다. 전액은 「大院君之碑」이다. 찬자·서자에 대해 "萬曆元年癸酉八月▽日立, 大匡輔國崇祿大夫議政府左議政兼領▽經筵監春秋館事江原君洪暹撰, 奉憲大夫礪城君宋寅書."라고 밝혔다. 萬曆元年癸酉는 1573년(선조 6)이다. 또한 홍섬의 문집에도 비문이 있다. 洪暹, 「有明朝鮮國德興大院君神道碑銘 幷序」, 『忍齋集』 卷2.

128 선조는 생부의 묘를 능처럼 만들고자 했으나 신하들은 반대했다. 선조는 내관을 시켜 동문 밖 가게에서 기다리고 있다가, 나무와 숯을 실은 수레가 어디를 지나왔느냐고 물어 장사꾼이 덕흥대원군 묘를 지나왔다고 하면 가게 안으로 불러들여 밥과 술을 후하게 대접했으며, 높은 값으로 나무와 숯을 사들였다. 사람들은 덕흥대원군 묘를 덕릉이라 높여 부르게 되었다고 전한다. 이민식, 「조선시대 능묘비에 관한 연구」, 한성대학교 석사학위 논문, 1996; 김우림, 「朝鮮時代 神道碑·墓碑 硏究」, 고려대학교 석사학위 논문, 1998; 조연미, 「朝鮮時代 神道碑 硏究」, 숙명여자대학교 석사학위 논문, 1999.

129 夫人旣寡, 常恨未亡, 憂烈成疾, 丁卯五月十八日, 病不救, 痛哉! 夫人在殯, 明廟賓天, 今▽上入承大統, 天道倚伏, 未易量也.

분식했다. 이론이 있었다는 사실조차 언급하지 않아, 글이 단호하다.

경오년(1570) 봄에 대신이, 송나라 영종이 복왕(濮王)을 높인 고사로 주청하여, 덕흥군을 덕흥대원군으로 추숭하고 부인은 부대부인(府大夫人)을 칭하게 되었다. 나라에 제사가 있으면 황백부모(皇伯父母)라 칭하여 관리를 보내 가묘에 고하고 또 대군의 예를 사용했다. 제사받드는 아들은 종일품(從一品)을 올려주어 토지를 내려주고 제수를 넉넉하게 주었다.[130]

선조는 명나라 진건(陳健)이 편찬한 『황명통기(皇明通紀)』[131]의 권말에서 "홍헌제(興獻帝)의 추존이 이치상 당연하다."라고 강력히 주장한 말을 근거로 사친의 추존을 밀어부쳤다. 명나라 세종 때 장총(張璁)과 계악(桂萼)이 세종 가정제의 뜻에 영합하여 효종을 황백고(皇伯考)로 일컫고 생부 주우원(朱祐杬, 1476~1519) 홍헌왕을 황고(皇考)라고 칭해야 한다고 상소를 올렸다. 주우원은 묘호 예종, 시호 헌황제를 갖게 되었다.

이후 조선의 인조는 생부 정원군(定遠君)을 원종(元宗)으로 추존하고 능원인 홍경원(興慶園)을 장릉(章陵)으로 바꾸었다. 홍경원에는 표석이 있었으니, 장릉에는 비석을 따로 세우지 않았다.

(4) 왕족의 비지

경기도 고양시에 월산대군과 부인 박씨(朴氏) 묘소가 있고, 그 앞에 「월산대군이정신도비(月山大君李婷神道碑)」가 있다.[132] 조선시대 지역명으로는 신원동 능골마을, 기탄(岐灘) 서쪽이다. 월산대군 이정(李婷, 1454~1488)은 덕종에 추존된 의경세자 이장(李暲)의 장남으로 성종의 친형이다. 서울시 서초구 우면산은 월산대군의 태를 묻은 태봉이다. 1457년(세조 3) 아버지 의경세자가 급서했으나 궁중에서 자랐다. 1460년

---

130 庚午春, 大臣啓請依宋英宗尊濮王故事, 追崇德興君爲德興大院君, 夫人稱府大夫人. 國有祭告, 稱皇伯父母, 遣官告廟. 又用大君例, 陞奉祀子爵從一品, 錫以田土臧獲, 以優祀祭之具.

131 조선 조정은 『황명통기』에 조선 태조의 종계(宗系)와 휘(諱)가 잘못되어 있다고 비판했다. 하지만 명나라 역사를 이해하기 위해 이 편년체 사서를 중시했다. 이후 마진윤(馬晉允)이 명나라가 멸망한 1627년까지의 역사를 증보하여 『황명통기집요(皇明通紀輯要)』를 이루었다. 조선 조정은 1774년(영조 47) 왕명으로 『황명통기집요』를 첨삭해서 임진자로 간행했다.

132 비제는 「有明朝鮮國純誠明亮經濟佐理功臣月山大君贈諡孝文公神道碑銘并序」이다. 찬자에 대해 "□□□□□□□□□護軍臣任士洪奉教撰."이라고 밝혔다. 고양시·고양문화원, 『고양금석문대관』, 고양시, 1998; 고양시·한국토지공사 토지박물관, 『고양시의 역사와 문화유적』, 고양시, 1999; 李婷, 『風月亭集』 神道碑銘 「有明朝鮮國純誠明亮經濟佐理功臣月山大君贈諡孝文公神道碑銘有序」 (任士洪).

정의대부 월산군에 책봉되고, 1466년 8월 19일 병조참판 박중선(朴仲善)의 딸과 혼례를 올렸다. 1468년(예종 즉위년) 10월 8일 현록대부에 가자되었다. 11월 예종이 급서했는데, 월산대군은 병이 잦았다는 이유로 세자가 되지 못했다. 1471년(성종 2) 대군으로 진봉되었으며, 같은 해 3월에 신숙주와 한명회 등 73인에게 좌리공신의 훈명이 내렸는데, 월산대군은 2등에 책록되었다. 정희왕후와 한명회 등이 구성군 준(浚)을 제거하고 왕권을 강화하기 위해 계획한 것이라고 한다. 1473년 지금의 덕수궁 자리에 있던 집 뒤쪽에 풍월정을 짓고, 고양 북촌(지금의 경기도 고양시 신원동)에 별장을 두고 소요했다. 1476년 명나라 사신 기순(祁順)이 대군의 풍모를 흠모하여 시를 바쳤다. 1488년 10월부터 11월까지 모친 인수대비를 간호하다가 과로로 쓰러져, 1488년 음력 12월 21일 타계했다. 시호를 공간(恭簡)으로 정했다가, 성종이 효문(孝文)으로 개정했다. 1489년(성종 20) 3월 3일 경신(庚申)의 날에 지금의 경기도 고양시 덕양구 신원동 견달산(見達山)에 안장되었다.[133] 장례 달포 뒤에 성종의 명으로 임사홍(任士洪, ?~1506)이 신도비명을 찬술하고 글씨를 쓰고 비액도 써서, 신도비가 그해 건립되었다. 비액은 전서와 상형문자를 사용하여, 'ᗡᗺ大君碑銘'이라고 올렸다.

월산대군의 신도비명은 비제 30자, 4언 6구 15수의 명(銘)을 포함하여 전문 1,930자나 된다. 임사홍은 '인수(仁壽)' 논리에 대한 의문으로 비문을 시작하고, 성종이 애통해하며 신도비명 찬술을 명했다고 밝혔다. 임사홍은 성종과 월산대군의 우애를 강조했다. 우선 대군이 세조의 사랑을 받아 세조에게서 사어서수(射御書數)를 직접 배운 사실을 말하고, 월산군에서 월산대군으로 승급하는 과정을 요약해서 기록했다. 대군이 서사(書史)와 문학에 탐닉한 일, 성종이 풍월정을 찾아와 시를 지은 일, 1483년 봄 정희대왕대비, 인수대비, 인혜왕대비가 온양 온천에 행차할 때 호종한 일을 언급했다. 그리고 1488년 인수대비의 병 간호를 하다가 병에 걸려 서거한 일을 말하고, 성종이 비통해하며 장례를 치루어주고 시호를 내린 일을 말했다. 부인 박씨가 여막살이를 하면서 아침저녁으로 음식을 올린 일, 측실에게서 아들 둘을 둔 사실을 간단히 적고, 이어서 대군이 자질과 학문을 겸했건만 수명이 길지 못한 것을 애석해했다. 이때 『한서』와 『후한서』의 인물 칭송 방식을 따와 월산대군은 다음 두 가지를 겸했다고 극찬했다.

---

133 경기도 고양시 덕양구 신원동에 사당 석광사(錫光祠)가 있다.

ⓐ『한서(漢書)』「경십삼왕전(景十三王傳)」에 보면 하간왕 유덕(劉德)이 죽자 중위(中尉) 상려(常麗)가 하간왕에 대해, "왕은 몸가짐이 단정하고 행실이 세련되었으며, 온화하고 인자하며 공손하고 검소했으며, 독실하고 공경하여 스스로를 낮추었고, 밝게 알고 깊이 살피며, 고독한 이들에게 은혜를 끼쳤습니다[王身端行治, 溫仁恭儉, 篤敬愛下, 明知深察, 惠于鰥寡]."라고 하자, 대행령(大行令)이 "시호 짓는 법에 '총명하고 예지가 있는 것을 헌(獻)이라 하니 마땅히 헌으로 시호를 정해야 합니다[諡法曰: 聰明睿知曰獻. 宜諡曰獻王]." 라고 했다. 또 반고(班固)는 그 찬(贊)에서, "크게 우아하며 뛰어나 탁월하게 무리에서 벗어났으니 하간헌왕이 가깝다[夫惟大雅, 卓爾不羣, 河間獻王, 近之矣]."라고 했다.

ⓑ『후한서』「동평왕창전(東平王蒼傳)」에 보면, 장제(章帝)가 동평왕 유창(劉蒼)에게 내린 시책(諡策)에서, "아아, 왕은 예를 따라 지켜서 법도를 넘지 않았고, 아랫사람이 전하는 말을 들었거늘, 하늘이 불쌍히 여기지 않아서 상급의 어짊에 보답하지 않는구나[咨王率禮不越, 傳聞在下, 昊天不吊, 不報上仁]!"라고 했고, 범엽(范曄)은 논하길, "공자는 '가난하면서도 아첨하지 않고 부자이면서도 교만하지 않은 것이, 가난하면서도 도를 즐기고 부자이면서도 예를 좋아하는 것보다 못하다.'라고 했는데, 동평헌왕이야말로 예를 좋아한 사람이라고 할 수 있다[孔子稱貧而無諂, 富而無驕, 未若貧而樂道, 富而好禮, 若東平憲王, 可謂好禮者也]."라고 했다.

임사홍 찬술의 신도비문은 월산대군이 '크게 우아하며 뛰어나 탁월하게 무리에서 벗어났다'는 점과 '예를 좋아했다'는 점을 말하기 위해 이 전고를 길게 인용했다. 논리의 인용 방식이 생경하다. 또한 임사홍은 월산대군이 시학에 뛰어났음을 부각시키려고 그 문제를 비중 있게 다루었다.

대군의 고아한 성품은 고요하고 맑아 화려하고 소란스러운 것을 좋아하지 않아 음악과 사냥 같은 일에는 마음을 두지 않고 오직 서사(書史)에 파묻혀 지내서 이미 대의를 터득했다. 소장하고 있는 자부(子部)·집부(集部)의 서적들이 걸핏하면 수백 가에 이르는데, 각각 그 꽃술을 따고 꽃을 주워 모았으면서도 부족하다고 여겨, 새로운 책이나 알려지지 않은 글이 있다는 소문을 들으면 기어이 구매하여 두었고, 구한 책은 반드시 등불을 켜놓고 읽어서 간혹 새벽까지 이르기도 했다. 발휘하여 사장(詞章)을 이루어, 정치하고 순수하며 맑고 고우며, 격률이 절로 높아 자못 위진(魏晉) 풍미가 있었으므로, 당대의 문인과 시인들이 탄복하여, "우리나라의 왕자와 왕손 중에 일찍이 없었던 분이다."라고 했다. 여러 분들의 「한도십영(漢都十詠)」에 차운(次韻: 기존 시의 운자를 그대로 따라 지음)하여, 운자가 강운(强韻)이어도 적절하게 압운을 했으며, 어휘는 예스럽고 의미는 심원해서 풍치가 절로 다른 사람들과 달랐다. 이것 하나만 들어도 나머지는 짐작할 수 있다. 외물을 묘사하고 심회를 쏟아내는 데서도 자기만의 기틀을 내었지 고인의 궤철을 답습하지 않았으므로, 읽으면 맛이 빼어나고 깊다. 저술한 시고가 서너 권 있어, 이로써 전하께서 훌륭한 품조의 시들로 끊이지 않고 갱화(賡和)했으니, 우애의 정이 시어에 번번이 드러났다.[134]

월산대군이 「한도십영」에 차운하되 운자가 강운이어도 적절하게 압운을 했다고 평하여, 월산대군의 작시의 습숙도를 칭송했다. 강운이란 해당 운에 속하는 글자가 적어서 압운하기 어려운 운자를 말한다. 「한도십영」이란 조선 초 정도전의 「진신도 팔경시(進新都八景詩)」[135]와 권근의 「신도팔경(新都八景)」의 뒤를 이어 성종 연간에 서거정·강희맹·이승소·이식 등이 연작한 「한도십영」[136]을 통틀어 가리킨다. 이 시들은 한양의 수도로서의 상징성을 칭송하는 연작시이다. 사대부들의 한양 구가 대열에 대군으로서 유일하게 참여한 것이다.

성종은 풍월정 시 6수를 지어 문신들로 하여금 갱화하게 했다. 서거정이 지은 「월산대군 풍월정시에 응제하다(應製月山大君風月亭詩)」라는 제목의 6수가 현재 전하지만, 성종의 어제시는 전하지 않는다. 『성종실록』에는 사관들이 일부러 싣지 않은 듯한데, 『열성어제』에도 실리지 않은 것을 보면 일찌감치 흩어진 듯하다. 1477년(성종 8) 10월 28일(임술), 월산대군은 상서하여 풍월정 시를 내려주도록 청했다. 성종은 그 글을 승정원에 보이면서, "전일 풍월정을 두고 시를 지은 것은 시를 짓자고 지은 것이 아니라, 척령의 생각(형제의 우애)을 읊었을 뿐이었다. 대간들이 군주가 시 짓는 것은 잘못이라 말했기 때문에 명하여 이를 없애버렸다. 지금 월산대군의 이 글을 보니, 형제

---

134 大君雅性沖澹, 不喜紛華. 於聲樂鷹犬等事, 未嘗留意, 獨耽嗜書史, 已了大義. 所藏子集, 動至數百家. 各攬其菁而掇其華, 猶以爲不足, 聞有新書隱編, 必購求得之, 旣得之, 必篝燈讀之, 或至達曙. 發爲詞章, 精醇淸婉, 格律自高, 頗有魏晉風. 一時文人詩士, 莫不歎服曰:"吾東方王子公孫, 所未曾有也". 其次諸公漢都十詠, 韻强而押穩, 語古而意遠, 風致自與人殊, 擧一, 餘可知也. 至於狀物寫懷, 自出機杼, 不蹈襲古人遺轍, 讀之雋永. 所著詩藁若干卷, 由是宸章睿藻, 絡繹賡和, 友愛之情, 每形於辭.

135 정도전 저, 심경호 역, 『삼봉집』, 한국고전번역원, pp.267~271.

136 徐居正, 「漢都十詠」, 『四佳集』補遺 1 詩類東文選; 姜希孟, 「題四佳漢都十詠屛風 用四佳韻. 與李三灘同賦」, 『私淑齋集』卷4 七言古詩; 李承召, 「漢都十詠」, 『三灘集』卷7 詩; 成俔, 「漢都十詠 次徐達城韻」, 『虛白堂集』卷1 詩; 李湜, 「次達城相公漢都十詠」, 『四雨亭集』卷上 詩; 李婷, 「漢都十詠 次徐相國韻」, 『風月亭集』補遺 七言古詩.

간 정분을 금할 수가 없다. 다시 잘 써서 보내야겠다."라고 했다. 1484년(성종 15) 월산대군은 양화도 북쪽에 있던 효령대군의 희우정을 차지한 후 망원정이라 고쳐 부르고 그곳에 자주 나갔다. 임사홍의 신도비명은 이 사실을 언급하지 않았다. 이보다 앞서 1477년 윤2월 18일(병진)에는, 두 승려가 봉선사 조사의 심부름이라고 하면서 대군 집에 이르렀으며, 옥봉이란 자가 글 한통을 바쳤다. 그 글에 "이 땅을 셋으로 나누어서 국중은 귀산군을 세우고 동경은 강군을 세우고, 서경은 나를 세운다."라고 했으며, 끝에는 "대사월(大蜡月, 음력 12월) 재생명(음력 초사흘) 병조판서 이극배는 맹세하여 말한다."라고 적혀 있었다. 월산대군은 몸을 사려야 했다. 그의 마음을 다독이기 위해 성종은 경운궁으로 자주 행차했으며, 망원정에는 어제시를 현판하게 했다.[137] 임사홍이 작성한 월산대군의 신도비명은 이러한 갈등을 다루지 않았다. 오로지 인수(仁壽) 관념에 의문을 제기하고 성종과 월산대군의 우애를 강조했다. 임사홍의 「월산대군이정신도비」의 15수나 이어지는 명 가운데 제10수만 보면 다음과 같다.

東平之善, 河間之仁. 名高漢室, 疇敢與倫? 千載東方, 復有斯人.

동평왕의 선함, 하간왕의 어짊
그 이름이 한나라에 드높았으니, 누가 감히 비길 수 있었으랴?
천년 뒤 동방에, 다시 이 분이 있도다.

월산대군은 어머니를 간호하다가 죽었으며, 후손들은 불행했다. 장남 덕풍군은 22살의 나이로 요절했고, 덕풍군의 장남 파림군도 요절했다. 삼남인 전성도정은 을사사화 때 죽었다. 덕풍군의 차남 계림군은 성종의 서자 계성군의 양자로 들어갔다가 을사사화 때 역당으로 몰려 죽었다. 이로써 월산대군의 가계는 사실상 단절되었다.

1498년(연산군 4) 청풍군 이원(李源)이 양주(楊州) 군장리(群場里)(지금의 경기도 시흥

---

137 金宗直의 『佔畢齋集』에 실려 있는 「어제망원정(御製望遠亭)」 8수 가운데 첫 수는 다음과 같다. "화려한 정자가 푸른 숲 사이에 있어, 경치는 마치 그림을 구경하는 듯하다. 봄 강물은 비취빛으로 흐르고, 눈 산은 부용(연꽃)을 깎아 놓은 듯하다. 털끝 하나까지 물상은 또렷하기에, 일만 경관을 시선 끝까지 다 바라보노라. 하늘이 근심 없는 영역을 내주어, 끝내 낚싯대를 하나 드리웠구려[華亭翠靄間, 雲物畫圖看. 翡翠流春渚, 芙蓉削雪巒. 一毫明物象, 萬景極遊觀. 天借無憂域, 終垂一釣竿]."

군 군자면 군자리)에 이염(李琰, 1434~1467)의 신도비를 세웠다.[138] 이염은 1467년(세조 13) 2월 2일 견지방리(堅志坊里)의 사제에서 죽고, 3월 19일(갑신) 군장리에 장사 지내 졌는데, 12년 뒤 임사홍이 비문을 작성한 것이다. 비문에서 임사홍은 3월 4일(경자) 작 성했다고 밝혔다. 글씨는 3월 6일(임인)에 박경(朴耕)이 썼다. 임사홍이 전액을 올렸 다. 1900년(광무 4) 9월 17일 안산 군자산으로 이장되었다. 이염은 세종의 팔남으로, 어머니는 소헌왕후 심씨이다. 자는 명지(明之)이다. 1441년(세종 23) 영흥대군에 봉해 지고, 1443년 역양대군, 1447년 영응대군으로 개봉되었다. 해주정씨 참판 충경(忠敬) 의 딸과 결혼하고, 여산송씨 판중추 복원(復元)의 딸을 재취로 맞아들였다. 1450년 부 왕 세종이 그의 저택 동별궁에서 서거했다. 1463년(세조 9) 『명황계감(明皇誡鑑)』을 번 역하는 일에 참여했다. 시호는 경효(敬孝)이다. 임사홍이 지은 이염의 신도비명은 비 제 19자를 포함하여 1,018자인데, 자손록이 상세하다. 명은 4언 40구이다. 비문은 대 군이 세종, 문종, 세조의 각별한 사랑을 받은 일을 자세히 적었다. 세종이 대군에게 15 세 이전에는 자신을 '나으리[進上]'라 부르지 말고 아버지라고 부르게 한 일, 세종이 대 군을 즐겁게 하려고 인물 새긴 영등(影燈)을 진열했는데, 불꽃이 인형에 튀자 다섯 살 의 대군이 사람(사람 모양을 본뜬 인형)이 상할까 염려해서 빨리 끄게 한 일 등을 적었 다.[139] 세조의 사랑을 받은 이야기는 다음과 같다.

세조가 즉위한 이후로 보살핌이 더욱 돈독하여, 항상 궐내에서 만나보았고, 며칠 만 못 보면 중사(중관)가 안부를 묻느라 길에 이어졌다. 열흘 걸러 그 집으로 납시기를 거듭했다. 집안 사람끼리의 예를 써서, 대군이라 부르지 않고 어릴 때의 자[小字]를 불렀으며, 그 부인은 수 씨(嫂氏)라 불렀다. 술을 내오라 하여 담소를 그치지 않다가, 해가 진 뒤에야 파하곤 했다.[140]

---

138 『金石集帖』009日(교009日:宗臣) 책에 탁본이 있다. 비제는 「有明朝鮮國永膺大君諡敬孝公神道碑銘并 序」이다. 찬자·전액자·서자에 대해 "通政大夫前承政院都承旨兼 經筵參贊官春秋館藝文館弘文館直提 學尙瑞院正任士洪撰並篆額, 弘治十一年戊午春三月壬寅 禦侮將軍□□騎衛副司正朴耕書."라고 밝혔 다. 또한 경기도 편, 『경기금석대관』 2, 경기도, 1987 참조. 이장 후 비석에 후기를 새겼다. "광무(光武) 4년 경자년(1900년) 9월 17일 안산 군자산(君子山) 서쪽 인좌(寅坐: 동쪽 방향) 언덕에 이장한 뒤 경신 년(1920년)에 14세손 이덕증(李德增)이 기록하고, 16세손 이문수(李文洙)는 글씨를 씀."이라는 내용 이다. 비문에 따르면 청풍군 이원(李源)은 영응대군의 측실 소생이다. 조원지(趙元祉)의 딸에게 장가 들어, 2녀를 낳았다.

139 先是諸王子在宮中常稱上曰進上, 至於大君則教曰:"汝年十五以前, 呼我以父, 毋曰進上, 可也." 其見愛 重類如此. 世宗一夕爲大君觀玩設影燈, 有雕人物之狀, 火焰誤觸, 將燼. 大君方五歲, 指之驚駭, 亟諸撲 滅, 上問其故, 對曰:"恐傷人也." 上益異之.

140 光廟踐祚, 眷顧益篤. 常引見闕內. 若數日不接, 中使問候, 連絡於道, 旬日之間, 幸其第者再. 牽用家人

부인 여산송씨는 대방부부인에 봉해졌다. 송씨에 관한 이야기가 정사나 야사에 대단히 많지만, 임사홍은 「이염신도비」에서 송씨의 일화를 거론하지 않고 비주의 자손록만을 담담하게 기록했다.

(5) 국왕이 작성한 비지

정조는 재위 기간 중에 여러 편의 석비문과 비지문을 작성했다. 비지문은 진안대군(鎭安大君) 어제비가 대표적 예이다. 1789년(정조 13) 2월, 정조는 유학 이국주(李國柱)의 상언에 따라, 진안대군 이방우(李芳雨)의 묘를 수축하고 어제비를 세웠다.[141] 이국주에 따르면, 15대조 진안대군을 풍덕(豊德)에 장사 지냈는데, 병자호란 뒤 자손들이 유랑하다가 묘를 잃어버렸다가, 1787년 묘 옆이 장마에 깎여나가서 작은 묘갈이 형상을 드러냈다고 한다. 정조는 도신(관찰사)에게 명하여 무덤을 봉축하고 제청(祭廳)을 지어주게 했고, 따로 민호를 두어 수묘하게 했으며, 지방관이 춘추로 보살펴 감영을 통해 보고하게 했다. 그리고 본도로 하여금 비석을 새로 만들게 하고 어제 비문을 내렸다. 정조의 「진안대군묘비명」은 연기(緣機)를 밝힌 후에 서문을 적고 그 뒤에 명을 붙였다. 연기 부분은 다음과 같았다.

내가 즉위한 지 13년이 되는 기유년 2월에 선왕의 능침을 전알하고 돌아오다가 서울 근교에 머물렀는데, 충주에 사는 유학 이국주가 연로(輦路) 앞에서 머리를 조아리며 말했다. "신은 진안대군의 15대손입니다. 대군의 묘를 함흥에서 풍덕으로 옮겼다고 옛날부터 대개 그렇게 말해 왔습니다. 그러나 문헌은 병화로 인해 다 없어졌고 자손들은 먹고 살기 위해 바삐 돌아다닌 지가 지금 거의 100년이 가까우므로, 봉분하고 비석을 세웠다고 하더라도 그곳을 제대로 찾을 수 있겠습니까? 다만 가까운 친척도 먼 친척도 돈독하게 대해 주시는 조정의 은덕에 힘입어, 지난 정미년(1787) 풍덕에 물이 넘쳐흘러 짧은 묘갈이 나타났는데, 그 묘갈에 '진안대군처삼한국부인지씨지묘(鎭安大君妻三韓國夫人池氏之墓)'라고 쓰여 있고, 그 옆에는 '대군묘재좌(大君墓在左)'라는 다섯 글자가 새겨져 있었습니다. 그 앞에는 석인 한 쌍이 쓰러진 소나무와 가시덤불 속에 삐죽하게 나와 있고, 묘역 둘레에 몽긋몽긋한 것들은 모두 백성들의 무덤이었습니다. 그러니 신이 감히 그것들을 뭉개고 무덤을 장식할 수 없

禮, 不大君, 以小字. 其夫人以嫂氏, 命酌相酬. 談笑袞袞, 竟暮乃罷.

141 『正祖實錄』 卷27, 정조 13년(기유, 1789) 2월 16일(계묘); 정조, 「鎭安大君[芳雨]墓碑銘 幷序」, 『弘齋全書』 卷15 碑.

기에 이렇게 참람하게 아룁니다."

내가 이르기를 "아! 이분은 바로 우리 집안의 오태백(吳泰伯)이시다. 옛날 우리 선대왕께서 오랫동안 도를 행하시어 교화가 이루어졌고 덕 있는 이를 표창하고 공 있는 이를 보답함에 빠뜨린 일이 없으셨으므로 대군에게도 마침내 정의(靖懿)라는 시호를 주셨으나, 당시에는 묘가 어디에 있는지조차 알 수 없었다. 지금 떨어져나간 비문 조각과 깎여나간 글자를, 이 끼에 묻히고 돌이 부서진 뒤에 비로소 찾아냈으니, 내가 변변치는 못하지만 이 분을 세상에 드러내고 융숭히 보답하는 데 있어 어찌 감히 선대왕의 뜻과 일을 잘 계승하지 않을 수 있겠는가?"했다. 그리고 도신(관찰사)에게 명하여 재궁의 가까이에는 금장을 하게 하고 나라 법에 따라 물자를 대주어 다시 봉축하게 함으로써 특별한 은전을 보였다. 그해 12월 병자일에 큰 비를 다시 세워 서(序)를 짓고 명(銘)을 하여 영원히 전해지도록 한다.[142]

명(銘)은 산문체이지만 압운을 했다.

已, 苣, 紀, 史: 上聲四紙
中: 上平聲一東/宗: 上平聲二冬 (통압)
是: 上聲四紙 (동일 글자 중복 사용)
文: 上平聲十二文/然: 下平聲一先 (통압)

人亦有言: "周之所以爲周, 可知已. 源遠于漆沮, 思永乎豐苣, 施及周召畢閎之賢咸與之. 之綱之紀, 此天之畀周也特厚, 而周之德莫競乎靑史."

是誠然矣. 曾不知泰伯之三讓, 又爲之齮齕乎其中邪! 以古鏡今, 大君之在本朝, 由泰伯之在周宗也夫!

山有色嵐是也, 水有文波是也.

至於國, 獨無色與文邪! 百世之下, 聞其風而興起者, 孰使之然?

---

142 予卽阼之十三年己酉春二月, 祗謁于先寢, 反次于國郊, 忠州幼學李國柱, 稽首顰路言, "臣鑌安大君十五世孫也. 大君之墓, 自咸興遷于豐德, 古蓋云爾. 然文獻則兵燹於散佚, 子孫則衣食於奔走, 今且幾百年矣, 其封而樹者, 尙能徵其處乎? 惟是朝廷敦親睦遠之德, 以藉以庇, 前歲丁未, 水決于豐而短碣出焉, 題曰鑌安大君妻三韓國夫人池氏之墓, 旁刻大君墓在左五字. 前有石人一雙, 杈枒於偃松叢棘中, 而纍纍然環墓域者, 皆民塚也. 臣不敢夷之爲斧堂之飾, 僭以聞." 予曰: "嘻! 此我家之吳泰伯也. 昔我寧考, 久道化成, 旌德酬功, 靡有遺典, 而大君遂以靖懿易其名, 時則墓猶無聞也. 其在于今, 殘文醫翰, 始得於苫沒石泐之餘, 則予穀所以表章而崇報之者, 曷敢不于前寧人志事善述焉?" 乃命道臣宮步而禁葬, 準邦典給資而助築, 示特恩. 至冬十二月丙子, 改竪豐碑, 序以銘之, 以詔諸無窮.

592

사람들도 말한다. "주나라가 주나라가 된 까닭을 알 수 있다. 원천이 멀리 칠수(漆水)·저수(沮水)[143]에서 시작되고 풍수(豐水)에 기초(芑草)가 있는 데서[144] 기틀을 잡아 급기야 어지신 주공(周公)·소공(召公)·필공(畢公)·굉요(閎夭) 등이 모두 함께 하여, 그 강령과 그 기틀을 세운 것이로다. 이에 하늘이 주나라를 특별히 후하게 돌보아주어 주나라의 덕이 역사상 어느 누구도 겨룰 수 없게 되었다."라고.

이는 참으로 옳은 말이다. 그러나 일찍이 오태백이 세 번 사양했던 일이 그중에서도 더욱 찬란한 빛이 되었음을 모른 것이다. 옛일로 오늘을 비추어 볼 때 대군은 우리나라에 있어 주나라의 태백과 같은 존재로다!

산에도 색깔이 있으니 남기(嵐氣)가 그것이고, 물에도 무늬가 있으니 물결이 그것이다.

나라라고 하여 어찌 빛깔과 무늬가 없겠는가! 백세 이후에도 그 풍모를 듣고서 흥기할 자들이 있으리니, 누가 그렇게 만들겠는가?

5. 조선시대 사대부의 비지문

조선시대에는 국왕과 왕실 여성, 양반 사대부와 부인, 중인, 승려가 묘주인 경우에 그 신하, 자제, 지인 또는 문인으로서 문장에 능한 사람이 고인의 비지문을 작성했다. 생사(生祠)를 설립하고 거기에 비석을 세운 예는 없다. 따라서 묘비와 묘지는 대개 한 사람의 일생을 개괄하고 삶을 평가하는 내용을 담았다. 게다가 사대부들은 자기 스스로 비지를 작성함으로써 삶과 죽음에 대해 성찰하기까지 했다.

조선시대에는 공신과 달관의 신도비가 많이 건립되었다. 또한 묘주가 신원되거나 추증되면 신도비를 건립하는 사례가 많았다. 신도비는 묘정(廟庭)에 세우는 데 비하여, 신도표는 '대규지문(大逵之文)'이라고 불러 큰길에 따로 세우는 것을 원칙으로 삼았지만, 신도표를 묘정에 세우기도 했고 신도비를 큰길에 세우기도 했다. 신도비와 구별하여 신도표를 일컬은 예도 있었다. 신대우(申大羽, 1735~1809)가 스승 정제두(鄭齊

---

143 공유(公劉)가 칠수와 저수 지대에 나라를 정하고 다시 후직(后稷)의 유업을 닦아 농사에 힘써 축적을 늘리자 사방의 백성들이 주(周)에 귀의했으므로 망해가던 주(周)가 비로소 일어나게 된 고사를 인용했다. 『시경』 「대아(大雅) 면(綿)」과 『사기』 「주본기(周本紀)」 참조.

144 풍수 하류 지방인 호(鎬)가 물산이 풍요하기 때문에 무왕이 자손들에게 영원한 안락을 물려주기 위해 호경(鎬京)으로 천도한 고사를 인용했다. 기초(芑草)는 풀 이름인데, 시편의 시인이 이를 빌어 물산의 풍요를 비유한 것이다. 『시경』 「대아(大雅) 문왕유성(文王有聲)」 참조.

斗, 1649~1736)를 위해 지은 「하곡선생신도표(霞谷先生神道表)」는 그 일례이다. 하지만 신도비와 신도표를 구별한 사례는 더 확인되지 않는다. 신도비의 비제는 망자의 직함 앞에 '유명조선국(有明朝鮮國)'을 씌우는 예가 많다. '유진고려(有晉高麗)'나 '유원고려국(有元高麗國)'을 씌운 예도 있다. 황경원(黃景源)이 임경업(林慶業)을 위해 지은 「명총병관조선국정헌대부평안도병마절도사충민임공신도비명병서(明總兵官朝鮮國正憲大夫平安道兵馬節度使忠愍林公神道碑銘幷序)」는 명나라 총병관의 직함을 비제에 제시했다.

달관이나 추증자가 아닌 사대부 묘주의 묘역에는 신도비 이외에 묘비, 묘갈, 묘표를 세우고, 광중의 앞쪽에는 묘지를 묻었다. 유장원(柳長源)의 『상변통고(常變通攷)』 「상례(喪禮)」에 따르면, 묘비와 묘갈은 망자의 신분에 따라 구별해서 묘주의 품계가 5품 이상일 경우에는 비(碑)를 세우고 더 낮을 경우에는 갈(碣)을 세우는 것이 원칙이었던 듯하다. 형태로 보면, 비는 귀부(龜趺)의 높이를 9척 이하, 갈은 방부(方趺)의 높이를 4척 이하로 정했다. 『금석집첩』과 『금석속첩』에 수록된 탁본을 보면, 비석 가운데 신도비라 하지 않고 묘비명이라고 칭한 예가 있는데, 이것들은 갈과 구별되는 비를 가리킨다고 볼 수 있다. 하지만 그 탁본의 수는 23종 정도이며, 묘비명을 일컬은 것 가운데는 내용상 신도비문이나 갈문과 구별되지 않는 것도 있다.

한편 신도비와 묘갈은 형태로 구분되지만 묘갈명이 신도비에 입각(入刻)되는 경우도 있었다. 이춘원(李春元, 1571~1634)이 비주인 「충청도관찰사구완이공묘갈명병서(忠淸道觀察使九畹李公墓碣銘幷序)」는 김상헌(金尙憲)이 지었는데, 이춘원의 『구원집(九畹集)』에 신도비명으로 되어 있다. 김홍욱(金弘郁, 1602~1654)이 비주인 「황해감사김공묘갈명병서(黃海監司金公墓碣銘幷序)」는 송시열이 지었는데, 김홍욱의 『학주집(鶴洲集)』에 신도비명으로 되어 있다. 이로(李魯, 1544~1598)가 비주인 「증예조참의행사간원정언송암이공묘갈명병서(贈禮曹參議行司諫院正言松巖李公墓碣銘並序)」는 정종로(鄭宗魯)가 지었는데, 이로의 『송암집(松巖集)』 부록에 신도비명으로 되어 있다. 이현조(李玄祚, 1654~1710)가 비주인 「증이조참판행통정대부수강원도관찰사경연당이공묘갈명(贈吏曹參判行通政大夫守江原道觀察使景淵堂李公墓碣銘)」은 채제공이 지었는데, 이현조의 『경연당집(景淵堂集)』에 신도비명으로 되어 있다.

그리고 사대부 지식인은 비주(묘주)에게 역명이나 추증이 있으면 새로 비지를 제작했다. 이를테면 윤안성(尹安性, 1542~1615)의 지문은 황호(黃㦿)가 작성한 「참판윤공묘지명병서(參判尹公墓誌銘幷序)」와 이경석(李景奭)이 작성한 「병조참판파양군증이조판서윤공묘지명(兵曹參判坡陽君贈吏曹判書尹公墓誌銘)」이 있다. 윤안성은 1615년 능창군 추대 사건에 연루되어 사형당했다가 인조반정 이후 훈작이 복구된 인물이다. 묘주가 작고한 지 20년 뒤에 황호가 지명을 짓고 추증이 있자 이경석이 다시 지문을 지은 것이다. 또한 기왕에 찬술되어 있는 비지문에 배위의 졸장 기록과 자손록을 후기로 보완하는 일도 적지 않았다.

본서는 조선시대의 비지문을 검토할 때 신도비문, 묘갈문, 묘표문, 지문의 분류를 중시하기로 한다. 다만 신도비문과 묘갈문의 구분은 반드시 고정적인 것은 아니라는 점을 부언해 둔다.

(1) 신도비

조선 전기에는 공신이나 요로, 현달자를 위한 신도비문이 크게 중시되었다. 조선 시대에는 망자가 현직이든 증직이든 종 2품 이상의 관직과 품계를 갖추어야 묘역에 신도비를 세울 수 있었다. 한명회(韓明澮)의 신도비가 대표적 예이다. 비문은 서거정 (徐居正)이 작성하고, 왕명으로 이인석(李仁錫)이 글씨를 썼다.[145] 1488년(성종 19) 5월에 건립되었다. 탁본이 현전하는 오래된 신도비 가운데 하나이다.[146] 그해 정월 11일에 청주 장명리(長命里)에서 장례를 치른 후 한명회의 아들 낭성군(琅城君) 한보(韓堢)가 신도비문을 청했다고 한다. 한명회는 세조, 예종, 성종 3대에 걸쳐 무려 네 번이나 1등 공신에 오르고, 상당부원군(上黨府院君)의 봉호를 받았다. 두 딸이 예종 비 장순왕후(章順王后)와 성종 비 공혜왕후(恭惠王后)가 되었다. 공혜왕후는 1467년(세조 13) 자산군(者山君)과 가례를 올리고 1469년 자산군이 왕위에 오르자 왕비에 책봉되었으나, 1474년(성종 5) 19세의 나이로 소생 없이 죽었다. 이후 한명회는 위세가 조금 꺾였으나, 죽을 때까지 부귀를 누렸다. 시호는 충성(忠成)이다. 서거정은 그를 위해 작성한

---

145 『金石集帖』 190欲(교182欲:前朝宰相/本朝上黨梧陰/卿宰承旨蔭官) 책에 「上黨府院君韓公墓碑」의 탁본이 있다. 전액은 「忠成公碑銘」이고, 해서비제는 「有明朝鮮國輸忠衛社恊策靖難同德佐翼保社炳幾定難翊戴純誠明亮經濟弘化佐理功臣大匡輔國崇祿大夫議政府領議政兼領經筵春秋館藝文館弘文館觀象監事世子師江原黃海咸吉道都體察使兼判兵曹事上黨府院君贈諡忠成公神道碑銘并序」이다. 찬자・서자와 건립 일자에 대해 "徐居正撰, 李仁錫奉敎書. 弘治元年戊申(1488)夏五月日立石."이라고 밝혔다. 서거정 문집에 비문 본문이 수록되어 있다. 徐居正, 「議政府領議政上黨府院君韓公神道碑銘 并序」, 『四佳文集』 補遺 1 碑誌類.

146 이와는 별도로, 1507년(중종 2) 최숙생(崔淑生, 1457~1520)이 작성한 묘지문(墓誌文)을 새긴 분청사기로 제작된 묘지석 24매가 2000년대에 공주 계룡산 학봉리 가마터에서 발견되어 현재 천안박물관에 소장되어 있다.

신도비문에서 4언구 중심의 힘 있는 문체를 사용해서, 한명회를 난세의 군주를 보필한 재상에 견주었다. 그리고 그를 담대한 인물로 묘사했다.

공은 도량이 넓고 크며, 사려가 깊고 원대했다. 얼굴이 크고 체구가 우람하여, 바라보면 우뚝했다. 현달하기 전에 호걸들과 교제를 맺어 규모와 기개가 우뚝 무리에서 벗어나, 사람들이 모두 재상감으로 기대했다. 오랫동안 낮은 자리에 있으면서도 흡족하게 자득한 모습이더니, 급기야 세묘(세조)의 지우를 입게 되어서는 고굉이자 심장과 같은 신하가 되어, 지모를 운용하고 모책을 결정하여 큰 난을 평정했다. 포의의 신분에서 몇 해 안 되어 재보(宰輔)의 자리에 이르러, 대사를 논하고 결단함에 처결이 여유로웠다. 정치에서 대체에 힘썼지 세말은 일삼지 않았다.[147]

권균(權鈞, 1464~1526)의 신도비도 조선 전기 권력자가 비주인 대표적 예이다.[148] 권균은 기묘사화 때 훈구파에 속한 인물로, 묘역은 경기도 이천시 모가면 산내리에 있으며, 1529년(중종 24) 3월 17일 신도비가 건립되었다.[149] 전액은 「충성공신도비명」이며, 비문의 찬자는 좌의정을 역임한 이행(李荇, 1478~1534)이다.[150]

유홍(兪泓, 1524~1594)은 기계유씨 가문의 대표적인 명관이다. 정두경(鄭斗卿, 1597~1673)과 장유(張維)가 신도비문을 지었다. 유홍이 죽은 지 47년 뒤에 손자 유백증(兪伯曾)이 가장(家狀)을 가지고 가서 두 사람에게 각각 찬술을 부탁한 듯하다. 1636년(인조

---

147 公氣宇寬弘, 思慮深遠. 魁顏偉幹, 望之屹然. 其未達也, 結納豪傑, 規模氣槩, 卓爾不羣, 人皆以公輔期之. 久居下僚, 怡然自得, 及其遭遇世廟, 爲股肱心膂, 運籌決策, 夷靖大難. 自布衣, 不數年, 致位宰輔, 論決大事, 處之裕如. 政務大體, 不事瑣尾.

148 권균의 본관은 안동, 자는 정경(正卿), 호는 유연당(悠然堂)이다. 1486년(성종 17) 생원·진사가 되고, 1486년 별시문과에 병과로 급제했다. 연산군 때에 도승지를 역임하며 금대(金帶)를 하사받는 등 연산군의 신임이 두터웠다. 그러나 중종반정에 가담하여 정국공신(靖國功臣) 4등에 녹훈되고 영창군(永昌君)에 봉해졌다. 1508년(중종 3) 좌찬성에 올랐으나, 훈구파로 지목되어 예조판서로 체직되었다. 1518년 사은사로 명나라에 다녀오고 영창군에 봉해졌으나, 1519년에 공신호가 삭제되었다. 기묘사화로 다시 관직에 진출했다. 1521년 10월에 영창부원군이 되고, 1523년 우의정에 이르렀다.

149 신도비 비신은 높이 160cm, 너비 74cm, 두께 21cm이다. 묘소는 배위 선산김씨와 순응안씨와 함께 3위 3분으로 조성되어 있다. 원형의 봉분 앞에 碑座螭首와 碑座冠石 형태의 묘표도 있다.

150 비제는 「有明朝鮮國奮義靖國功臣大匡輔國崇祿大夫議政府右議政兼領▽經筵事監春秋館事永昌府院君權公神道碑銘并序」이다. 찬자·서자는 "大匡輔國崇祿大夫議政府右議政兼領▽經筵事監春秋館事弘文館大提學藝文館大提學知成均館事李荇撰, 奉訓郎行吏曹佐郎兼春秋館記事官承文院校檢李□書."라고 밝혔다. 비의 글씨는 마모가 심하다. 이행의 문집에는 수록되어 있지 않다. 경기도 편,『경기금석대관』2, 경기도, 1987.

14) 3월 신도비를 건립했는데, 이때는 정두경의 글을 비에 올렸다.[151] 뒤에 1813년(순조 13) 8월 장유의 글을 올려 비를 다시 세웠다.[152] 유홍은 1549년(명종 4) 사마시에 합격하고 1553년 별시 문과에 병과로 급제했다. 1557년 강원도 암행어사로 나가 민심을 수습하고, 1563년 권신 이량(李樑)을 탄핵했다. 이듬해 감시의 고관으로서 이이(李珥)를 뽑았다. 이이는 젊어서 선(禪)을 좋아해서 물의가 있었으나, 유홍은 그의 문장을 으뜸으로 두었다. 1565년 문정왕후 승하 뒤 통정대부에 올라 승지가 되었으나, 1566년(영종 21) 춘천부사로 나갔다. 서울로 돌아오자 부민이 유애비를 세웠다.[153] 1587년(선조 20) 명나라에 사신으로 가서 종계변무의 임무를 수행했다. 즉, 예부상서 심리(沈鯉)를 통해서 『대명회전』 개정본이 나오면 반사를 하리라는 명나라 신종(만력제)의 비답을 받았다. 산해관에 이르러 주사 마유명(馬維銘)이 시를 주었는데, 1588년 복명 후, 선조가 그 시에 화운하고 사신(詞臣)들에게도 화운하게 했다. 1589년 좌찬성으로서 판의금부사를 겸해 정여립의 역옥을 다스렸다. 1590년 종계변무 1등, 토역 2등에 책훈되고, 평난공신 호를 하사받고 보국숭록대부·기성부원군에 봉해졌으며, 이조판서·우의정에 올랐다. 1592년 임진왜란 때 선조가 파천하려고 백금과 미투리 등을 구입하는 것을 알고 서울과 종묘사직을 지킬 것을 간청했다. 충주 탄금대에서 신립(申砬)이

---

151 유홍의 문집 『松塘集』에 「有明朝鮮國輸忠貢誠翼謨修紀光國推忠奮義協策平難功臣大匡輔國崇祿大夫議政府左議政兼領經筵事監春秋館事杞城府院君贈諡忠穆兪公神道碑銘幷序」라는 제목으로 실려 있다. 정두경의 문집 『東溟集』에는 실려 있지 않다. 『金石集帖』 052關(교052關:相臣八) 책에 탁본이 있다. 비제는 「有明朝鮮國輸忠貢誠翼謨修紀光國推忠奮義協策平難功臣大匡輔國崇祿大夫議政府左議政兼領經筵事監春秋館事杞城府院君贈諡忠穆兪公神道碑銘幷序」, 전액은 「議政府左議政忠穆兪公神道碑銘」이다. 찬자·서자·전액자는 "鄭斗卿撰, 曹文秀書, 金光煜篆."이라 밝혔고, 건립 일자와 건립 주체를 "崇禎九年(仁祖十四年丙子: 1636)三月▽日, 孫兪伯曾立."이라고 새겼다. 탁본은 마모된 부분에 附箋하여 글자를 補塡한 곳이 많다.

152 장유의 글은 문집 『계곡집』에 들어 있다. 張維, 「輸忠貢誠翼謨修紀光國推忠奮義協策平難功臣大匡輔國崇祿大夫議政府左議政兼領經筵事監春秋館事杞城府院君贈諡忠穆兪公神道碑銘」, 『谿谷集』 卷14. 『杞溪文獻』에 수록할 때 자손록을 약간 더했다. 1813년 건립된 신도비에는 건립 일자와 찬자·서자·전액자를 "崇禎紀元後癸酉(순조 13년: 1813)八月立. 奮忠贊謨立紀靖社功臣資憲大夫行吏曹判書兼弘文館大提學藝文館大提學知春秋館成均館事同知經筵事世子左副賓客新豊君張維撰, 族孫漢芝篆額幷書."라고 밝혔다.

153 유홍은 1566년(명종 21) 3월에 춘천부사로 부임하여 1568년 9월에 이임했다. 1569년에 세워진 그의 선정비는 현재 강원도 춘천시 소양로에 보존되어 있다. 비제는 「府使兪公泓善政之碑」이고, 건립 일자를 "隆慶二年▽月▽日立."이라 새겼다. 뒷면에는 "十二世孫江原道知事/星濬按此道重刻移建/駿紳戊辰初夏下澣/杞溪兪氏忠穆公派/京畿道廣州宗中再重刊/西紀一九七三癸丑八月▽日."이라고 새겼다. 1927년 5월 유길준의 아우 유성준(劉星濬)이 7대 강원도지사로 부임하여 1928년 초여름에 유홍 선정비를 중각 이건했다. 유성준은 1929년 11월에 이임했다. 1973년 8월 기계유씨 충목공과 경기도 광주 종중이 다시 새겼다.

패한 보고가 올라오고 선조가 서쪽으로 파천하자, 유홍은 선조를 평양까지 호종했다. 이때 선조가 요동으로 내부(內附)하려 했으므로 극간했다. 선조는 의주로 향하고, 유홍은 선조의 명으로 왕비를 호종했다. 도중에 왕비가 산속으로 피신하려 하자 유홍이 반대하며 환관의 저지를 뿌리치고 장막 앞에서 간언하기까지 했다. 유홍이 의주에 이르자, 선조가 또 내부하려 했으므로 다시 극간했다. 유홍은 세자(광해군)의 분조를 따라가서 광성령(廣城嶺) 동북으로 가려고 했으나 철령이 함락되었다는 소식을 듣고 관서로 향했다. 종묘신주를 파묻자고 주장하는 자도 있었으나, 유홍은 불가함을 역설했다. 이천(伊川)에 이르러 여러 도에 격서를 발송했다. 이후 강화에 진주하여 양호(兩湖)의 병사와 함께 경성을 수복할 계획을 건의했으나 받아들여지지 않았다. 70세에 도체찰사에 임명되었다가, 체직되었다. 이듬해 왜적이 서울에서 물러나자, 서울에 먼저 들어가서 불탄 도성을 정리하고 이재민을 구호하는 데 힘을 기울였다. 1594년(선조 27) 우의정으로서 해주에서 왕비를 호종했다. 좌의정이 되었으나 탄핵을 당했고 그곳에서 죽었다. 1612년에 이르러 경기도 광주 검단산(黔丹山)에 개장되었다.

이상의 내용은 정두경 찬술이나 장유 찬술이나 거의 같다. 서술 순서가 다르지만, 비주의 가장을 바탕으로 했기 때문일 것이다. 다만 정두경의 찬술은 다음과 같은 특징이 있다.

ⓐ 정두경은 유홍이 언사의 기세가 늠연했으나 남의 질시를 받아 자주 탄핵을 받았다는 사실을 강조하고, 행력의 서술 뒤에 긴 논평문을 부기했다.

ⓑ 정두경은 유홍이 선조의 내부 계획을 무산시킨 일과 광해군의 분조를 따라가 수행한 구국 활동을 더 구체적으로 서술했다. 유홍이 선조의 명으로 왕비를 호종해 의주에 이르렀을 때 선조가 또 내부하려 하자 유홍이 종신(從臣)이 될 수 없다고 극간했다고 적었다. 조선을 독립된 제후의 나라로 보는 통념에 따르면 국왕의 신하들은 천자에 대해 배신(陪臣)에 해당한다. 하지만 국가가 독립성을 잃어버리면 조선의 신하들은 종신이 되고 만다는 말을 들어, 유홍은 선조의 내부 계획을 강하게 비판했다는 것이다.

ⓒ 유홍은 언젠가 친구들과 음주하고 밤에 걸어서 집으로 돌아오다가 거리에서 쓰러져 잠이 들었다. 밤중에 술이 깨고 보니 어떤 사람이 자기를 보호하고 있었다. 유홍이 중하게 보답하려고 그의 집 문에 들어가 돌아보니 사람이 보이지 않았다고 한다. 정두경은 이 일화를 특별히 적고, "사람이 아니었던 듯하다."라고 했다. 귀신의 가호가 있었음을 말한 것이다.

ⓓ 정두경은 유홍이 거처하는 성명방(誠明坊)의 주민들이 예조에 정려를 청하려 했으나 유

홍이 그만두게 했다는 일화를 삽입해 두었다.

정두경이 첨부한 인평은 다음과 같다.

공은 덕량과 기개가 일세에 으뜸이었으며, 조정에 나가서 수립한 바도 역시 아주 위대했다. 만년에 정승직에 있었지만 아첨꾼들의 배척을 받아서 큰 뜻을 펼 수가 없었다. 기자헌(奇自獻)과 이이첨(李爾瞻) 등은 늘 공을 측목(側目)했으며, 『선조실록』을 감수할 때에 공의 사실을 기록하면서 무함이 많았다. 하지만 세상에는 자연히 공론이 있으므로, 공을 비난한 자들의 사람됨을 알면 공의 사람됨을 알 수 있을 것이다.[154]

정두경은 유홍의 신도비에 4언 35연 70구의 장편 명을 붙여, "뜻은 컸으나 크게 펴지 못한 것은, 아첨하고 간녕한 무리 때문이다만, 공에게는 무슨 해가 되랴? 자고로 세상 이치는 그러한 법이거늘. 공에게 어진 손자가 있으니, 어찌 하늘의 보답이 없으랴? 세상이 혹과 백을 혼동하니, 누가 허와 실을 변별하랴?"라고 반문했다.[155] 한편 장유는 유홍의 신도비에 4언 14연 28구의 명을 붙여, "어려운 시대에 정승의 역할은, 영광은 커녕 괴로움의 연속이었네. 저 주둥이 샛노란 것들, 우리를 거듭 자빠지게 했지. 공의 몸은 죽었어도, 이름은 길이 역사에 남아, 충목이라는 공의 시호가 백대에 환히 빛나리라."라고 축원했다.[156]

조선 후기에는 묘주가 사후에 신원되고 추증되면 신도비를 건립하는 사례가 많았다.

유봉휘(柳鳳輝, 1659~1727)는 1725년 영조 즉위 직후 노론-소론 연립정권에서 우의정이 되고, 소론 4대신의 한사람으로서 좌의정에 올랐으나 신임옥사를 일으킨 주동자라는 노론의 공격을 받고 면직되었다. 이후 이봉익(李鳳翼)과 민진원(閔鎭遠) 등의 논척으로 경흥에 안치되어 1727년(영조 3) 그곳에서 죽었다. 형 유봉협(柳鳳協)이 영조

---

154 公德量氣槩雄一世, 出身所樹立, 亦甚偉, 然視公器不止此. 晚居台鼎, 又爲讒諛者所排, 不得大展. 奇自獻·李爾瞻等, 甞側目公. 及監修『宣廟實錄』, 錄公事多誣. 然世自有公論, 知嫉公者爲人, 則亦可以知公爲人矣.

155 18개 운을 바꾸어 사용했다. 제1연 6구 1운, 제11연과 제12연은 2구 1운이고, 기타는 격구압운 4구 1전운의 형식이다. 인용 부분의 원문은 다음과 같다. "志不大展, 讒佞之由. 在公何害? 自古以然. 公有賢孫, 豈無報焉? 世溷白黑, 孰辨虛實?"

156 4구 2연 1전운으로 모두 7개 운을 사용했다. 인용 부분의 원문은 "艱危作相, 匪榮伊瘁. 彼哉黃口, 俾我屢躓. 公身雖沒, 名在旂常. 易名忠穆, 百世耿光."이다.

의 사부였던 이유도 있어, 곧 관작이 복구되었으나, 이후 삭탈과 복관이 반복되다가 1755년(영조 31) 다시 반역죄로 몰려 추시(追施)되었다.[157] 1721년(경종 원년) 사직으로 있을 때 노론 4대신이 왕의 아우 연잉군 금(昑)을 왕세제로 책봉하려는 것에 반대했고, 왕세제의 대리청정이 실현되자 극간하여 철회하게 하고 노론을 실각시켰으므로 이 때문에 영조 즉위 후 곤욕을 당한 것이다. 부인 함안조씨는 유봉휘보다 먼저 죽었다. 외아들 유필원(柳弼垣)은 문과를 거쳐 승지를 지냈는데, 연좌되어 서쪽 변방으로 유배되었다. 유필원의 아들 유동혼(柳東渾)은 연좌되어 해도에 유배되었다가 물에 투신하여 죽었다. 고종 융희 무신년(1908)에 유봉휘는 직첩을 돌려받았다. 그 후손 전 결성현감 유한정(柳漢鼎)이 행장을 가지고 가서 이건방(李建芳, 1861~1939)에게 신도비명을 청했다. 유한정은 화를 두려워하여 유봉휘의 자손임을 말하지 않아 그나마 관직에 임명될 수 있었다.[158] 이건방은 유봉휘의 신축년 상소를 두고 "천지 사이에 세워도 어긋나지 않고 백세 후 성인을 기다려도 미혹됨이 없다."라고 단언하고, 유봉휘 신도비명을 다음처럼 구성했다.

ⓐ 영조 3년(1727) 정미 4월 아무 날, 원임의정부 좌의정 만암 유봉휘가 함경도 경원 귀양지에서 병으로 죽자, 임금께서 특별히 관작을 회복하라고 명하고 고명(誥命)을 내렸으며, 이어 비망기를 내려 "유 판부사가 예전에 올린 상소는 또한 선왕에게 충성을 다한 것이었다."라고 했다. 그리고 이조판서 오명항을 불러, "제사를 내려 그의 영혼을 위로하라." 명하고, 봉상시에 시호를 의논하게 해서 충정이란 시호를 내렸다.

ⓑ 논평: "아아! 옛날부터 신하가 충성스러운 마음을 품고도 모함을 당하여, 끝내 임금에게 스스로를 밝히지 못한 것은 모두 임금이 깨닫지 못했기 때문이다. 공이 원릉(영조)께 지우를 받고 원릉 또한 공을 매우 애석하게 생각했으니, 외로운 신하가 충성을 펼칠 수 없었던 점을 불쌍히 여기고, 참소의 말이 끝없었던 점을 애통해하며 탄식을 그치지 않았을 뿐 아니라 참괴하게 여기고 한스러워하기까지 했다."[159]

---

157 본관은 문화(文化), 자는 계창(季昌), 영의정 유상운(柳尙運)의 아들이다. 과거 급제 후 용인현령을 지내, 송덕비가 지금의 경기도 용인시 기흥구 마북동의 속칭 용화전 앞에 있다. 비의 앞면에는 "현령 유봉휘 청덕애민비(縣令柳鳳輝淸德愛民碑)"라 적혀 있고, 뒷면에는 '강희 을유년(1705년) 6월 입'이라는 간지가 있다. 장녀는 홍중오(洪重五)에게 시집가고 차녀는 남처관(南處寬)에게 시집갔다.

158 李建芳,「左議政晚庵柳公神道碑銘」,『蘭谷存稿』卷11 文祿.

159 嗚呼! 自古人臣之懷忠被誣, 卒不能自明於上者, 皆由人主不悟耳. 若公之受知於元陵, 元陵之深惜於公, 則憫孤忠之莫伸, 痛讒言之罔極, 悼歎之不已, 而繼之以愧恨.

ⓒ 정조가 즉위하여 김구주(金龜柱, 1740~1786: 영조 계비 정순왕후의 오빠)와 홍국영(洪國榮, 1748~1781) 등이 안팎에서 부추겨 마침내 관작과 시호를 빼앗았다.

ⓓ (행장을 근거로 유봉휘의 가계와 행적을 서술하고 유봉휘가 남긴 신축년 소와 사직소를 인용—필자 주) 경종 원년(1721) 8월 정언 이정소(李廷熽)가 상소하고 노론 4대신이 연잉군의 세제 책봉을 청하자, 유봉휘는 호남관찰사에서 서울로 돌아와 가선대부(종2품) 부사직으로서 소를 올렸다. 〈상소문 인용〉 왕세제가 소를 올려, "유 아무개의 말은 위험하여 간담이 떨어지는 듯했습니다." 하자, 대신부터 삼사까지 교대로 소를 올려 유봉휘를 죽이라고 청했다. 경종은 귀양을 명했으나, 제신들이 다투어 3개월 동안 시행하지 못했다. 10월에 집의 조성복(趙聖復)이 소를 올려 왕세제가 정무에 참여하도록 청하자, 경종은 비망기를 내려 모든 정사를 왕세제가 결정하도록 명했다. 경종은 은밀히 조태구를 불러 사직을 구하라는 말을 했다. 경종은 조태구의 청으로 대리청정의 명을 거두고, 유봉휘를 대사헌으로 삼았다. 유봉휘는 사직소를 올렸으나, 경종은 윤허하지 않았다. 갑신년(1724) 8월 경종이 승하하고 영조가 즉위한 후, 왕은 그를 우의정에 제수했다가 곧 좌의정으로 올렸다. 유생 이의연(李義淵), 훈도 이봉명(李鳳鳴) 등이 소를 올려 유봉휘에게 벌을 내리라 주장했고, 당인으로서 대각에 있는 이들은 소를 올려 죽이라고 청했다. 을사(1725) 7월 경원에 위리안치된 후 두 해 지나 병으로 죽었다. 향년 69세였다.

ⓔ (의론)

ⓕ 융희 무신년(1908) 유봉휘의 직첩을 회복시켜 돌려주자 후손인 전 결성현감 유한정이 이건방에게 명을 지어줄 것을 요청했다.

ⓖ 명(銘) 4언 50구.

ⓔ의 의론은 영조의 비망기를 이용하여, 유봉휘를 선왕에 대한 충의 관점에서 현양했다. 단정문이 아니라 반어문을 사용한 곳이 많다.

아아! 공이 죄를 얻은 후에 사람들은 그 원통함을 밝히지 못했다. 그러나 선왕에 충성한 자는 반드시 후왕에도 충성하는 법이니 원릉의 가르침이 아니더라도 그러한 것이다. 무릇 사람이라면 그것을 모르지 않는다. 이로써 공의 평생을 개괄해 보면 충성을 했는지, 반역을 했는지를 반드시 분별하는 자가 있을 것이다. 그렇다면 선왕에 충성하지 못한 자가 단지 후왕에 충성할 수 있겠는가? 무릇 불충이 반역이 되는 것은 당연하겠으나, 저들이 공을 반역자로 지목한 것은 어찌 무고가 아니겠는가? 공을 무고한 것은 그래도 말할 만하겠지만, 공의 충성은 원릉이 인정했거늘 공을 반역이라고 한다면 이것은 선왕을 무고하는 것이다. 선왕을 무고하는 것도 오히려 기꺼이 하는데, 또한 공에 대해서는 무슨 어려움이 있었겠는가? 허물을 들추어내어 사람을 반역했다고 무고하고, 억지로 가져다 붙여서 죄벌에 이르게 하고, 사람들을 주렁주렁 연좌시켜 갈고리로 파내듯 했으며, 정당하지 못한 위세로 학살을 자행했다. 더욱이 집을 뒤엎고 처자식을 노비로 만들며 그 친족과 인척을 금고시켜 십대가 지나도록 용서하지 않았다. 자손된 자들이 흩어지고 숨어 성명을 바꾸어 온 이래로 하루의 목숨이나마 이어나가려 해도 겨를이 없었거늘, 하물며 재물을 모으고 장인을 모아서 선조를 위하여 신도에 표할 것을 생각할 수 있었겠는가?[160]

명(銘)의 제33구부터 제42구까지는 정조가 유봉휘의 충정을 알았지만 당인의 참소 때문에 국정이 어지러워졌다고 논했다.

袁楊繼賢, 韋平趾美. 謠諑朋興, 金爍石陊.
公竄于北, 巨濤漫天. 薨薨蜈螘, 敗我良田.

한나라때 원씨·양씨처럼 선현을 잇고, 위현성(韋玄成)·평안(平晏)처럼 부덕을 밟았건만 참소가 무리지어 일어나, 쇠를 녹이고 돌이 무너질 만했도다.
공이 북쪽으로 귀양을 가매, 큰 파도가 하늘에 넘실거렸고
많고 많은 해충이, 나의 좋은 밭을 망치고 말았도다.

신도비 가운데는 신도표를 일컫는 것이 있다. 조선에서는 신도표를 '대규지문(大逵之文)'이라고 불러 묘정(廟庭)이 아니라 큰길에 따로 세우는 것을 원칙으로 삼았다. 하지만 묘정에 세우기도 했다.[161]
신대우(申大羽)가 지은 「하곡선생신도표(霞谷先生神道表)」는 비주 정제두(鄭齊斗, 1649~1736)가 죽은 지 67년 뒤에 작성한 글이다. 이때 신대우는 1736년(영조 12) 8월 윤순(尹淳, 1680~1741)이 정제두 영전에 읽은 제문을 먼저 인용하고, 자신의 견해를

---

160 嗚呼! 自公之得罪, 世莫能明其寃. 然忠於先王者, 必忠於後王, 不獨 元陵之敎, 然也. 夫人而莫不知也. 以此而槪公平生, 則其爲忠爲逆, 必有能辨之者矣. 然則不忠於先王者, 獨能忠於後王乎? 夫不忠之爲逆, 固也, 而彼顧目公以逆者, 寧非誣歟? 誣公, 猶可言, 公之忠, 元陵之所許也, 而謂公爲逆, 則是誣先王也. 誣先王, 猶且甘之, 又何有於公哉? 摘類索瘢, 誣人爲逆, 而傅會以致之, 株連以鉤之, 以逞淫威虐殺. 而甚且瀦宅收孥, 錮其族郎親姻, 至十世不宥. 爲其子孫者, 方自分竄伏匿, 變名姓以來, 延其一日之命之不暇, 其況能鳩財圧工, 爲祖先, 思所以表厥墓隆哉?

161 李裕元,「神道」,『林下筆記』卷33 華東玉糝編.

602

제시한 후 구체적 사실로 입증하는 방식을 취했다. 신대우는 정제두의 아들 정후일(鄭厚一, 1671~1741)의 사위이니, 정제두의 손자사위였다. 서울에서 강화도 옹일리(翁逸里)로 이사해서 정제두의 학문을 접했으며, 1802년(순조 2) 9월에 먼저 『하곡연보』를 엮고, 이어서 「하곡선생신도표」를 지었다.[162] 신대우의 아들 신작(申綽)의 『석천연보』에는 1808년(순조 8) 4월 17일(계미) 서영보(徐榮輔)의 글씨로 돌에 새겼다고 되어있다.

이보다 앞서 윤순은 정제두의 제문에서 "이 마음을 보존하여 만 가지 이치에 정밀하며 이 마음을 실하게 하여 만 가지 일에 응했던 것은, 선생의 학문이 밝고 깊어서 마침내 탄탄하게 태평하며 평안함에 이르렀던 까닭에서였다."라고 했다. 1726년(영조 2) 7월 이정박(李廷樸)이 정제두를 양명학자로 비난한 일에 대해서는 "비록 밖으로 내달린 자가 선생을 의혹하고 높아지길 좋아하는 자가 의심을 하더라도, 선생은 스스로를 믿으시고 후회하지 않으셨을 뿐만 아니라 남이 알아주기를 구하지 않으시어, 공자와 안연을 나의 스승이라 생각했던 것이다."라고 해명했다. 신대우는 윤순의 관점을 계승했다. 그런데 정제두는 서른 한 차례의 천거에 응하지 않다가 1711년(숙종 37) 7월 회양도호부사에 임명되자 8월에 부임한 일이 있다. 신대우는 정제두가 과감하게 세상을 잊는다는 것은 유교의 가르침이 될 수 없었기에 벼슬에 나아가도 영화를 취하려 하지 않았고 물러나서는 고고하다는 허명을 취하려 하지 않았다고 해명했다. 『논어』「이인(里仁)」에서 공자의 삶을 논평한 그대로, "주장하는 것도 없고[無適] 꼭 아니 하는 것도 없이[無莫], 오직 의로움만을 따랐다."라는 것이다. 윤순은 제문에서 정제두가 회양으로 나간 일에 대해, 정제두가 정호(程顥)의 마음가짐을 가지려고 했다[163]고 했으나, 신대우는 신도비에서 그 점을 언급하지 않았다. 신대우는 4언 12연 24구의 명(銘)에서, 정제두를 간세일출(間世一出)의 호걸로 형상화했다.[164] 『맹자』「진심 상」에서 말했듯이, "남이 나를 알아주어도 효효(囂囂: 자득하여 욕심이 없음)하고 남이 나를 알아주지 않

---

162 申大羽, 「霞谷先生神道表」, 『宛丘遺集』 卷6; 鄭齊斗, 『霞谷集』 附錄 「墓表」(申大羽).

163 정제두는 평소 "관리로 있으면서 백성에 임하는 것은 스스로를 다스리고 인민을 다스리는 것일 따름이다[居民莅民, 無過自治治人]."라고 했다. 중국 송나라 도학자 정호는 "말단 관리라도 만물을 사랑하는 데 마음을 둔다면 사람들에게 반드시 이로움이 있을 것이다[一命之士苟存心於愛物, 於人必有所濟]."라고 했다. 이 말은 『소학』과 『근사록』에도 실려 있어, 널리 알려져 있다.

164 六部分族, 鄭一爲氏. 鼻祖襄朗, 著節麗代. 憲憲侍中, 左海儒宗. 不羨其川, 而源其豐. 先生之作, 間氣懿德. 聰叡朗哲, 溫良淵篤. 功迫愼獨, 道在含章. 潛心會通, 默契遺經. 堯舜人同, 孔顏我師. 繇是囂囂, 人莫我知. 倬彼孔朗, 容光必照, 爰表景行, 永垂後燿.

더라도 효효했다."라고 매듭지었다.

신도비명 가운데 황경원(黃景源)이 지은 임경업(林慶業, 1594~1646) 비의 「명총병관
조선국정헌대부평안도병마절도사충민임공신도비명병서(明總兵官朝鮮國正憲大夫平安
道兵馬節度使忠愍林公神道碑銘幷序)」는 임경업이 명나라에서 받은 총병관의 직함을 비
제에 제시했다.[165] 주지하다시피 송시열의 「임장군경업전(林將軍慶業傳)」이 임경업의
행적을 존주의리·대명사대의식의 관점에서 표창한 이후 노론 지식인들은 그 관점을
계승했다. 황경원의 이 임경업 신도비문도 그 관점을 부연했다. 임경업의 본관은 평
택, 자는 영백(英伯), 호는 고송(孤松), 시호는 충민(忠愍)이다. 강원도 원주시 부론면(富
論面) 손곡리(蓀谷里)에서 임황(林篁)의 삼남으로 태어났다고 한다. 1618년(광해군 10)
무과에 합격하고, 1624년(인조 2) 이괄의 난 때 공을 세워 진무원종공신(振武原從功臣)
1등이 되고 가선대부에 올랐다. 1640년 안주목사로 있다가 청의 요청으로 주사상장
(舟師上將)에 임명되어 금주위(錦州衛)의 명군을 협공하기 위해 출병했다. 하지만 척후
장(斥候將) 김여기(金礪器)를 대릉하(大凌河) 앞 석성도(石城島) 근처로 보내 명군 부총
병 심세괴(沈世魁)에게 사정을 알리고 명군과 협력하여 청군을 치려는 계획을 세웠다.
1641년 가도(椵島) 주둔 명군 도독 홍승주(洪承疇)가 청에 투항하면서 이 사실이 드러
나, 1642년 청의 명으로 임경업은 조선군에 압송되었다. 이때 정승 심기원(沈器遠)이
은전 700냥과 승복, 머리 깎을 칼을 보내주어, 임경업은 황해도 금교역(金郊驛)에서 탈
출한 뒤 회암사(檜巖寺)에 들어가 승려가 되었다. 청은 조선으로 하여금 그의 부인 완
산이씨(전주이씨)를 만주 심양(瀋陽)으로 압송하게 했다. 임경업은 1643년 명으로 망
명의 길을 떠났고, 그의 부인은 9월 26일 심양 감옥에서 자결했다. 청은 부인의 시신
을 조선으로 돌려보냈다. 임경업은 명군의 총병이 되어 청나라와 싸우다가 사로잡혔
으며, 국내에서 심기원 모반에 연루되었다는 설이 돌아 조선으로 압송되어 친국 끝에
장살되었다. 1693년(숙종 19) 숙종의 특명으로 복관되고, 충주 충렬사(忠烈祠) 등에 배
향되었다. 황경원이 작성한 신도비명은 숭정 17년, 즉 1644년에 후금이 요양(遼陽)을
함락하자 임경업이 3,700리 바다를 건너 장산도(長山島)와 타기도(鼉磯島)를 거쳐 명
나라 군대에 종군해서 요양을 수복하겠노라 맹서했으며, 명나라 의종이 그 사실을 훌
륭하게 여겨 총병관으로 삼는다고 선언한 말로 시작한다. 그리고 3월 19일(정미) 명나

---

165 黃景源, 「明總兵官朝鮮國正憲大夫平安道兵馬節度使忠愍林公神道碑銘幷序」, 『江漢集』 卷13 神道碑.
『금석집첩』에는 탁본이 들어 있지 않다.

라 의종이 죽고 4월 9일(병인) 청나라 군사가 산해관에 들어오자 임경업이 석성도에서 체포되었으나 귀부를 거부한 사실을 적었다. 이어서 1646년 임경업이 귀국할 때 요양의 부로들이 눈물을 흘리며, "이 사람이 숭정황제의 옛 총병관이다."라고 했다는 일화를 기록했다. 심기원 옥사에 연루되어 친국을 받은 일에 대해서는 "김자점(金自點)이 공의 명성을 시기하여 매질하며 심문하자, 공이 호통을 치며, '천하의 일이 안정되지 않았으니, 나를 죽여서는 안 된다.' 했다."라고 밝히고, 이튿날 6월 20일(병술) 임경업이 53세로 세상을 떠났다고 적었다. 황경원은 임경업이 병자호란 때 백마산성을 수비하며 청군의 진격을 늦춘 일, 친명배금(親明排金)의 노선을 견지한 일을 부각시켰다. 또한 부인이 청나라 옥에 갇혀 있다가 자결했다고 특별히 기록하고, 숙종 때 장군의 관작이 회복되면서 부인에게도 정려를 내렸다고 적었다. 1747년(영조 23)에 이르러 충북 충주 충렬사에 「완산이씨정렬비(完山李氏貞烈碑)」가 건립되었다. 1791년(정조 15)에는 충북 충주 충렬사에 정조가 친히 비문을 짓고 이병모(李秉模)가 글씨를 쓴 「충주충렬사비(忠州忠烈祠碑)」가 건립되었다.

(2) 묘표

영조 때 암행어사로 저명했던 박문수(朴文秀, 1691~1756)의 묘비는 묘표의 양식이다. 지금의 충남 천안시 동남구 북면 은지리 은석산에 1756년(영조 32) 건립되었다.[166] 박문수의 본관은 고령으로, 1723년(경종 3) 문과에 급제하고, 이듬해(경종 4) 4월, 시강원 설서로서 왕세제였던 영조와 인연을 맺었다. 1727년(영조 3) 10월 경상도 별견어사가 되었다. 이것이 암행어사 전설을 낳았다. 이듬해 이인좌의 난에 오명항의 종사관으로 출전하여 공을 세우고, 분무공신 2등으로 영성군(靈城君)에 봉해졌다. 이후 예조판서, 우참찬에 이르렀다. 시호는 충헌(忠憲)이다. 박문수 묘표는 외종제 이종성(李宗城, 1692~1759)이 글을 지었고, 외종제 이종덕(李宗德, 1711~?)이 글씨를 썼다. 박문수의 부친 박항한(朴恒漢)이 경주이씨 이세필(李世弼) 딸을 부인으로 맞았는데, 이세

---

166 은석산에 위치한 박문수 묘의 오른쪽 정면에 세워져 있다. 비의 앞면에 「朝鮮行兵判書靈城君贈領議政忠憲朴公文秀墓」라 되어 있고, 건립 일자는 "崇禎紀元後三丙子月▽日立."이라 했다. 즉, 1756년에 건립되었다. 『金石集帖』089推(교088推:正卿) 책에 탁본이 있다. 비제는 「朝鮮行兵曹判書靈城君贈領議政忠憲朴公文秀墓」이며, 찬자·서자와 건립 일자에 대해 "內弟原任領議政李宗城述, 內弟掌樂院僉正李宗德書. 崇禎紀元後三丙子(英祖三十二年: 1756)▽月▽日立."이라고 밝혔다. 이종성의 문집에는 「外兄靈城君墓表」라는 제목으로 실려 있다. 李宗誠, 「外兄靈城君墓表」, 『梧川集』卷11 墓表.

필의 아들이 이종성과 이종항(李宗恒)이다. 이종성은 박문수 묘표의 맨 앞에, '금상 32년(1756)' 4월 24일 박문수가 타계하자 사대부, 아전, 군민들이 모두 애도했다는 사실, 성복한 다음 날 영의정에 추증되고 시장을 기다리지 않고 충헌의 시호가 하사된 사실을 적었다. 즉, 영조의 총례(寵禮)와 도념(悼念)이 각별했음을 말한 것이다. 그리고 박문수의 정술(政術)·이택(利澤)·정충(精忠)의 실화를 차례차례 현양했다. 이어서 박문수의 가계·관력·생몰·가족 관련 사실을 적었다. 마지막에 이르러, 첫머리와 호응시켜 망자에 대한 평결을 두었다. 운문의 명은 두지 않았다.

(첫 부분 평어) 아아! 공이 무엇을 베풀어 상하에 이러한 존경과 애도의 뜻을 얻었단 말인가? 전(傳)에 말하길, "살아서는 그 뜻을 빼앗을 수 없었고, 죽어서는 그 이름을 빼앗을 수 없었다."라고 했다. 공은 입조한 34년 동안 대란을 평정하여 기특한 훈공을 세웠고, 안팎 수십여 관직에 드나들며 군사·세곡·변방 등 중대한 일들을 맡았다. 두드러진 사업과 행실은 사람들이 귀로 듣고 눈으로 본 바로, 그 마음은 어질고 두루 사랑했으며 그 재주는 치밀하면서 능히 통했다. 군주를 사랑하고 나라 근심하는 정성은 신명에게 물어 알 수 있고, 곤란한 이를 구하고 궁한 이를 구제한 의리는 친소를 가리지 않았다. 의리상 마땅히 말해야 하는 것과 마음으로 옳지 않게 여긴 것에 대해서는 의분을 내어 꾸짖어 배척하여, 위세를 겁내거나 부월을 두려워할 줄 몰랐으니, 굽힐 수 없는 기세가 또한 이와 같았다. 그렇기에, 조처는 정술(政術)에서 발휘되고 이택은 백성들에게 미쳤으며, 깊은 정충(精忠)은 현명한 군주와 뜻이 맞아 지우를 입고 조야에 신뢰를 받았으니, 그가 몰하자 상하가 진정으로 아파한 것은 정말로 그 이유가 있다. 저 원수 갚기를 흔쾌히 여기고 당벌로 치달려서 교대로 헐뜯고 차례로 훼손하는 자는 말할 것이 못되며, 평소 좋아했거늘 우물에 떨어뜨리려고 엿보고 돌까지 떨어뜨리려고 꾸미는 자들은 무슨 마음이란 말인가? 아아 슬프다![167]
(끝부분 평어) 지난날 사마후(司馬侯)가 죽자 숙향(叔向)[양설힐(羊舌肹)]이 그의 아들을 어루만지며, "네 아비가 죽었으니 나는 함께 군주를 섬길 사람이 없구나!"라고 했다. 잗달게 굴어서 시대의 풍조에 아첨하는 자들은 정말 있다. 하지만 나라가 혼란한 판탕(板蕩)의 시

---

167 嗚呼! 公何施而得此於上下也? 傳曰: "生則不可奪其志, 死則不可奪其名." 公立朝三十有四年, 旣勘大亂樹奇勳, 出入中外數十餘官, 所莅者甲兵金穀鎭鑰之重也. 事行昭著, 在人耳目, 其心仁而泛愛, 其才密而能通. 愛君憂國之誠, 可質神明, 急困濟窮之義, 毋問親疎. 義所當言心所不是者, 憤發呵斥, 不復知威勢之可懾, 鈇鉞之可畏, 其氣之不可屈者又如此. 是以施措發於政術, 利澤及於民庶, 而惆惆精忠, 有可以結知於明主, 孚信於朝野, 則及其歿也, 上下之疼傷, 固其所也. 彼快恩讐逞黨伐, 交誣而迭毀者卽毋論, 若其生平好之睨落井而伺下石, 抑何心哉? 嗚呼悲矣!

기를 만나, 충정의 절개를 분발하고 일을 주관하여 공적을 세워, 우람하게 사직을 보위하는 자들은 반드시 우람한 인사의 힘을 빌려야 하거늘, 지금 공이 없어지고 말았으니, 다시 어찌 이런 인물이 있겠는가? 노쇠하고 병 많은 몸이 혼자 살아남아, 이리저리 돌아보면서 창망해 하니, 내가 어찌 양설힐과 같은 슬픔이 없을 수 있겠는가? 눈물을 훔치면서 사적을 쓰고, 구영으로 하여금 묘에 비갈을 세우게 하여, 장차 나의 그리움을 쏟아내노라.[168]

고려 말부터 선친을 위해 자제가 비문을 작성해서 묘표를 세우는 일이 있었으며, 조선 중기 이후로는 문집에 비문이 실리거나 묘역에 입비된 것이 적지 않다. 신흠(申欽, 1566~1628)도 부친 신승서(申承緖, 1531~1572)의 묘표를 직접 지었다.[169] 여기서는 또 다른 예로, 권찬(權儹)이 1692년(숙종 17) 봄에 익산군수로 있으면서 부친 권논(權碖, 1607~1683)의 묘표를 세운 사실을 보기로 한다. 권찬은 권논의 삼남이다. 권논은 권근의 후손으로, 부친은 가선대부 행강릉도호부사 권엽(權曄)이다. 1630년(인조 8) 경오 식년 사마시 생원에 3등으로 입격하고, 1651년(효종 2) 신묘 식년 문과에 을과 7등으로 급제했다. 여러 내외직을 거친 후 충주 서암(捿巖)에서 세상을 떠나, 선영인 충주 이안(利安) 검단리(檢丹里)[지금의 충주시 대소원면(大召院面) 검단리 학곡산]에 묻혔다. 봉분 앞에 1692년 권찬이 세운 묘표가 있어, 비의 앞면에 「유명조선통훈대부승문원판교겸춘추관편수관권공휘론지묘숙인풍천임씨부(有明朝鮮通訓大夫承文院判校兼春秋館編修官權公諱碖之墓淑人豐川任氏祔)」라 새겨져 있고, 비 뒷면에는 관력과 자손이 추기되어 있다.

공의 휘는 논(碖)이고 자는 사확(士確)이며 안동 사람이다. 시조는 행(幸)이고, 15대 뒤에 근이 있는데, 세상에서 양촌 선생이라고 불렀다. 근의 9대 후손 가선대부 행 강릉도호부사 엽(曄)이 공의 부친이다. 모친 숙부인 나주정씨는 증 좌승지 정호경(丁好敬)의 딸이다. 만력 정미년(1607, 선조 40) 2월에 공을 낳았다. 숭정 경오년(1630, 인조 8) 성균관에 선발되어 들어가고 신묘년(1651, 효종 2) 문과에 급제했으며, 관직은 승문원 판교에 그쳤다. 계해년(1683, 숙종 9) 8월에 병으로 자택에서 별세했으니, 향년 77세였다.

---

168 昔司馬侯死, 叔向撫其子曰: "其父死, 吾蔑與比而事君矣!" 世之硜硜而自好於一時者, 固亦有之. 至若際板蕩之會, 奮忠貞之節, 辦事建功, 隱然爲社稷衛者, 必藉乎卓犖奇偉之士, 公今亡矣, 復豈有斯人哉? 衰疾獨存, 顧瞻侫侫, 吾安得無羊舌之悲也? 抆涕書事, 使久榮竪碣於墓, 且以寫吾之思焉.

169 申欽,「先府君墓表」,『象村稿』卷26 墓表.

숙인 임씨는 증 도승지 임희지(任羲之)의 딸이다. 만력 신축년(1601, 선조 34) 7월에 태어나 그 다음 신축년(1661, 현종 2) 4월에 세상을 마쳤다. 그해 6월에 충주 이안 검단리에 있는 선영의 손향(巽向: 동남향) 언덕에 장사 지냈다가, 그로부터 23년 뒤 계해년 10월에 공을 장사 지내면서 합장했다.

3남 2녀를 두었다. 아들 혁(僙)과 성(偖)은 일찍 세상을 떠났고, 찬(儧)은 문과에 급제하여 장령을 지냈다. 딸들은 남중망(南重望)과 남중기(南重紀)에게 출가했다. 내외 자손이 남녀 50여 명쯤 된다.

숭정 기원 65년(1692, 숙종 18) 봄, 아들(찬)이 익산군수로 있을 때 세웠다.[170]

한편 권논의 외조카인 남구만은 권논의 장남 권혁(權僙)의 청으로 권논의 묘갈명을 별도로 지었다.[171] 그러나 묘갈명은 묘역에 건립되지는 않았다. 권혁이 얼마 후 죽어서 전본(鐫本)을 제작하지 못했던 듯하다.

이광사(李匡師)는 부친 이진검(李眞儉, 1671~1727)의 묘표를 유배지에서 지었다. 「선정헌대부예조판서겸지경연사동지춘추관사오위도총부도총관부군묘표(先正憲大夫禮曹判書兼知經筵事同知春秋館事五衛都摠府都摠管府君墓表)」(이하 「선부군묘표」)가 그것이다.[172] 이진검은 1721년(경종 원년) 동부승지로서 노론 이이명(李頤命)을 탄핵하다가 밀양에 유배되었다. 이듬해 풀려났으나 신임옥사때 노론 축출에 가담했다가 1725년(영조 원년) 소론 실각과 동시에 전라도 강진에 정배되어 그곳에서 죽었다. 노론 학자 황윤석(黃胤錫, 1729~1791)의 『이재난고(頤齋亂藁)』에 보면, 이광사의 「선부군묘표」가 인쇄되어 유통되었으리라 짐작케 하는 기록이 있다.[173] 황윤석이 온양수령 김재억(金載億)에게 부친 서간의 부본에 의하면 이광사는 자신이 지은 「선인묘지(先人墓誌)」,

---

170 公諱碻字士確安東人也. 鼻祖諱幸, 歷十五世, 有諱近, 世稱陽村先生. 陽村九世孫嘉善大夫行江陵大都護府使諱曎, 是公考. 妣淑夫人, 羅州丁氏, 贈左承旨諱好敬之女. 萬曆丁未二月生公, 崇禎庚午選上庠, 辛卯文科, 官止承文院判校. 癸亥八月以疾卒于第, 壽七十七. 淑人任氏, 贈都承旨諱義之之女. 萬曆辛丑七月生, 後辛丑四月終, 其年六月, 葬于忠州利安檢丹里先塋側巽向之原. 後二十三年癸亥十月, 以公葬同塋焉. 有三男二女. 男, 僙·偖, 早歿. 儧, 文科, 掌令. 女, 南重望, 南重紀. 內外諸孫, 男女五十餘人. 崇禎紀元之六十五年春, 男益山郡守時建.

171 南九萬, 「舅氏判校權公墓碣銘」, 『藥泉集』 卷26 家乘.

172 李匡師, 「讀南豊寄歐陽舍人書」, 『斗南集』(규장각본) 卷2 丙子(1759) 5월 6일 글. 『원교집선』 권7에도 수록되어 있다. 『원교집선』에는 "先公以伯氏澤軒公入後宗家, 爲贈公宗子. 先公與澤軒公, 同升于朝, 盡瘁所事, 守正不撓, 而先公更主□平, □論多之." 의 부분이 빠져 있다.

173 黃胤錫, 『頤齋亂藁』, 정조 11년(정미, 1787) 4월 5일(임인).

즉「선부군묘지명」을 진도 유배지에서 손수 적고 새겨서 널리 활인(活印)했다고 한다. 「선부군묘지명」은 전하지 않는다. 「선부군묘지명」이 실제로는 「선부군묘표」를 가리키는 것일 수 있다. 그런데 이광사의 「선부군묘표」는 부친의 타계 이후 집안에 들이닥친 죽음과 연좌 유배 사실들을 통렬한 어조로 서술하는 것으로 시작한다.[174] 이어서 부친의 휘·자·호를 적고 과환(科宦) 이력을 압축하여 서술했으며, 부친의 정치행동에 대해 편년식으로 기술하고 부친의 정치 업적을 열거했다. 이광사는 부친이 수찬으로 있을 때 만언소를 올려 숙종이 '건극(建極)'하지 못함을 비판하고, 교리로 있을 때 천법(薦法)을 엄히 하라고 계옥(啓沃)한 일을 적었다. 또 교리로 있을 때 내수사 폐지를 건의하는 상소를 했으며, 양주목사로 있을 때 잦은 원릉 행차에 대비해 별청을 둘 것을 제안했다는 내용도 있다. 평안도관찰사로 있는 두 해 동안 청나라 차사를 일곱 번이나 접반해야 했는데, 재물 징발을 여러 고을에 균평하게 부과했다고 한다. 다음으로 이광사는 부친이 경종 원년에 대신을 논핵하다가 밀양과 강진에 유배되었다가 정미년(1727) 7월 사면되었지만 병으로 타계하여 12월에 고양 선영으로 반장해야 했고, 계축년(1733) 9월 장단으로 개장했다고 적었다. 그 다음은 부친의 풍모, 조정에서의 관대한 언론, 이어 가정을 다스리고 붕우와 교제한 도리를 부각시켰다. 뒤이어 덕천군을 시조로 하는 가계를 서술하고, 모친(파평윤씨)의 가계와 졸장을 서술했다. 그런데 이광사는 부친의 묘표를 찬술하면서 비문의 기재 사항을 충실하게 채우는 것으로 그치지 않았다. 우선 부친과 백부 택헌공[이진유(李眞儒)]과의 관계를 언급했다. 부친과 백부가 모두 맡은 일에 진력하여 정도를 지켜 흔들리지 않았다고 평하되, "先公更主□平□論多之."라고 적었다. 누군가 글자를 지운 듯하다. 아마 "돌아가신 부친께서 더 화평(和平)을 주장하셔서, 중론(衆論)이 대단하다 여겼다."라는 뜻일 듯하다. 백부가 김일경 소두에 연명한 7인 가운데 한 사람으로 신임옥사를 일으킨 장본인이었으므로, 부친을 위해 그와의 관계가 소원했던 것처럼 서술하여 부친을 신원하려고 한 듯하다. 마지막으로 이광사는 첫머리에서 통렬한 슬픔을 담아 표현했던 집안의 앙화를 환기하고 현재의 참혹한 상황을 한탄하면서 글을 맺었다. 감정을 억제하듯 4언구를 연속

---

174 嗚呼! 先公下世三十年, 墓埏尙闕碑. 先公位至六卿, 家亡贏財. 諸子貧窮無以任, 始若有待. 仲子進士匡濟, 卒已十年. 宗子靖陵參奉匡泰又卒. 獨子匡昇·匡師·女柳氏婦在. 乙亥柳氏婦病死. 匡昇·匡師坐律謫北地. 神道之顯刻, 永無望矣. 匡師懼泡露奄溘. 謹次官歷世系, 幷大字敬書, 寄托宗孫生員世孝, 令貶衣食粲銖寸, 待爲墳前短表.

해서 놓았다. 6자구도 영자(領字)를 괄호에 넣으면 4언의 절주를 지니고 있다.

□□□鍾, 德器旣厚, 朝野之歸, 望不止斯, 而屢當菀枯之際, 跡不安朝, 再被行遣, 壽亦不延. 身歿之後, 世故家難, 竟至宗家覆滅, 子姪流竄, 累世篤行之家, 爲時廢僇. 尙忍言哉!

선공께서는 덕성과 기량이 풍후하셔서 조야의 귀의가 여기에 그치지 않았을 터이거늘, 성쇠가 급변하는 때를 여러 번 당하여, 자취를 조정에 편안히 둘 수 없었고, 거듭 쫓겨난 데다가, 수명도 늘일 수가 없었다. 돌아가신 이후에는 세상에 변고가 일어나고 집안에 난관이 생겨, 마침내 종가가 뒤엎어져 멸망하고 자제와 조카들은 유배되고 말아서, 수 세대에 걸쳐 독실하게 실천해 왔던 집안 사람들이 시속 때문에 폐기되고 죽임을 당했으니, 어이 차마 말을 하겠는가!

(3) 묘갈

조선시대에는 고려와 달리 사대부 묘주의 묘갈이 발달했다. 묘갈은 묘비명의 묘주보다는 관직이나 품계가 낮은 묘주를 위해 세우는 비석이다. 외형도 소박한 것이 보통이다.

퇴계 이황은 남의 비지문을 작성하는 일에 신중했다. 그런데 인천시 강화군 교동면 상룡리 산85-4[교동현 화개산 북쪽 남우동(南牛洞), 즉 대우동(大牛洞)]에는 이황의 글을 새긴, 강화도에서 가장 오래된 묘비가 있다. 김봉상(金鳳祥, 1496~1545)의 묘갈명으로, 1582년(선조 15) 건립되었다.[175] 김봉상의 본관은 청도, 자는 백응(伯應)이다. 막내 아우 김난상(金鸞祥, 1507~1570)이 이조참의로 있으면서 형의 행장을 적어서 1568년에 이황에게 글을 부탁했다. 1570년에 이황은 그 행장을 전재하는 방식으로 묘갈명을 짓고 글씨도 써 주었다. 김봉상의 부친은 강이습독관(講肄習讀官) 김현(金俔), 모친은 안동전씨 생원 전윤서(全允序)의 딸로, 한양 반송방에서 태어났다. 스승 김정(金淨)

---

175 강화군·강화문화원,『강화금석문집』, 강화문화원, 2006, pp.202-208. 비석의 높이는 163cm이다. 1582년에 건립되었다. 비 앞면의 해서비제는 「故通仕郞英陵參奉金君公」이고, 비 뒷면의 비제는 「通仕郞英陵參奉金君墓碣銘幷序」이다. 이황의 글은 『퇴계집』에 실려 있다. 李滉, 「통사랑영릉참봉김군묘갈명병서(通仕郞英陵參奉金君墓碣銘幷序)」, 『退溪集』卷47 墓碣誌銘. 비문에는 고조 김유손(金裕孫)의 추증 품계가 종4품 조봉대부(朝奉大夫)로 되어 있으나,『퇴계집』에는 종2품 가선대부로 바뀌어 있다. 비문의 '滉老病多'는 『퇴계집』에 '滉老而疢'로 되어 있고, 비문의 '李應懇責愈不怠'는 『퇴계집』에 '李應懇請愈不怠'로 되어 있다.

이 기묘사화(1519)로 화를 당하자, 두 아우 귀상(龜祥)·난상과 함께 충주 보련산 아래에 우거하려 하다가 뜻을 이루지 못했다. 1522년(중종 17) 임오 식년 사마시에 생원 2등·진사 3등에 합격했으나, '유사(有司)와 화협하지 못해서' 대과에는 합격하지 못했다. 1541년(중종 36) 태학생으로서 비로소 사재감 참봉이 되고, 1544년 영릉(英陵) 참봉에 제수되었다. 1545년(인종 원년) 3월 선영을 보살피다가 병을 얻어 생을 마쳐, 5월 화개산 남우동의 선영 곁에 장사 지냈다.[176] 아우 김난상은 자가 계응(季應), 호는 병산(瓶山, 絣山)이다. 을사사화(1545) 당시 사간원 정언으로서 윤원형을 탄핵하다가 파직되어 1547년(명종 2) 영주 병산으로 물러났으며 9월의 양재역 벽서 사건으로 해남에 유배되었다. 문정왕후 사후 단양에 이배되었다가, 19년 뒤 석방되어 1567년(선조 즉위년) 기대승의 건의로 사헌부 집의가 되고, 이후 대사간에 이르렀다. 1569년 서인 박점(朴漸, 자 景進)의 사류를 함부로 비난하는 죄로 논하다가 파직되었다.[177] 김봉상 묘갈명에서 이황은 김봉상 삼형제가 가난했지만 같은 집에 살며 같은 음식을 먹으며 홀어머니를 효로 섬긴 사실을 행장에 의거해 상세하게 적고, 그들에게 '장진(張陳)의 남긴 뜻'이 있다고 칭송했다. 장진의 장은 당나라 수장(壽張) 사람으로 9대가 한집에서 살았던 장공예(張公藝)를 가리킨다. 진은 후한 진식(陳寔)의 장남 진원방(陳元方)[진기(陳紀)]과 사남 진계방(陳季方)[진심(陳諶)]으로, 우애가 깊고 효성이 극진했다. 즉, '장진의 남긴 뜻'은 형제가 한집에 살면서 우의가 돈독한 것을 가리킨다. 이황이 김봉상 묘갈문의 마지막에 붙인 명은 4언 30구이다.[178]

---

176 김봉상의 전처는 충순위 김중진(金仲珍)의 딸이고, 후처는 전 부장 김언광(金彦光)의 딸이다. 차남 김호섭(金虎燮)이 아우 김난상의 후사로 갔다.

177 鄭宗魯, 「絣山先生金公墓碣銘幷序」, 『立齋集』 卷34; 李光庭, 「通政大夫司諫院大司諫絣山金先生行狀」, 『訥隱集』 卷18. 김난상은 청도김씨 영주파의 선조이다. 처음에 강화도 교동에 묘가 있었으나 1891년 영남 구성으로 이전되었다가 1919년 구수동으로 이장되었다. 비석은 1814년(순조 14) 강화도에 세워졌으나, 현재는 구수동으로 이전되었다. 김난상은 이황과 1528년 무자 식년사마시의 동방(同榜)이었다. 이황은 1570년에 「통사랑영릉참봉김군묘갈명(通仕郎英陵參奉金君墓碣銘)」을 짓고 글씨를 써주었는데, 그해 12월 8일 타계했다. 김난상은 자신의 후사가 된 김호섭에게 그 묘갈명을 전해주고 12월 25일에 죽었다. 이후 1582년에 김봉상의 묘갈이 건립되었다. 김봉상 삼형제의 둘째인 김구상(金龜祥, 1497~1561)도 1528년 식년 사마시의 진사시 2등으로 합격한 후 음보로 경산현령 등을 역임하고, 만년에 교동으로 돌아와 강학했다. 청도김씨 문중에서는 김봉상의 후손을 교동파라 부르고, 김난상의 후손을 영주파라 부른다. 화개산 선영은 김현(습독공) 후손들이 공동으로 관리하고 있다. 김난상의 『병산선생유고(絣山先生遺稿)』는 교동파의 김구보 씨 댁에 보관되어 있다가 2020년에 강화도역사박물관에 기증되었다. 양태부, 「강화, '석모도수목원'에서 2—청도김씨 교동파 김구보씨의 내력—」, 『문학과 의식』 121, 문학과 의식사, 2020, pp.153-176.

178 상평성 제13 元운으로 압운했다. "顯顯金君, 英憲雲孫. 孝友天畀, 才行世聞. 誠以事親, 義以持門. 苟因

이의현(李宜顯, 1669~1745)이 권욱(權煜, 1658~1717)을 위해 작성한 「선산부사권공묘갈명병서(善山府使權公墓碣銘幷序)」는 왕안석의 「탁지낭중묘지명(度支郎中墓誌銘)」을 모범으로 하면서 문장의 '풍신(風神)'이 드러나도록 고심했다. 이의현은 1722년 목호룡이 경종 시해 음모를 고변하여 일어난 임인옥사에 연루되어 함경도 운산으로 유배되었는데, 이때 권상하(權尙夏, 1641~1721)의 부탁으로 그 아들 권욱의 묘갈명을 지었다. 권욱의 모친 전주이씨는 이중휘(李重輝)의 딸로 이의현의 부친 이세백(李世白)과 이종사촌 간이므로, 권욱은 이의현의 중표형, 즉 모계 육촌재종형이다. 이의현은 권욱의 묘갈명을 찬술하면서 김재로(金在魯)와 서신을 통해 전고의 활용, 속어와 상투어의 표현, 구법의 차용 등에 관한 의견을 주고받았고, 묘주의 호칭에 관한 문제, 가학을 서술하는 방식, 효행의 서술 방법, 병으로 죽는 상황의 묘사 수법, 덕행을 드러내기 위해 일화를 삽입하는 방안 등에 대해 논했다.[179] 그러면서도 김재로의 의견에 반대하고, 「탁지낭중묘지명」의 구성법을 채용해서 묘주의 관력·학문·공적·덕행 등을 나누어 서술하면서 각 단락의 끝에 매듭어를 두었다.[180] 「탁지낭중묘지명」은 묘주의 관력을 전체적으로 개괄한 뒤 세부 내용을 분절하고, 단락 끝에 그 주제를 개괄했는데 이의현도 그러한 방식을 택한 것이다. 이의현은 권욱 묘갈명의 허두에서 묘갈명 찬술 경위를 말했다. 그리고 서(敍)의 첫 부분에는 성(姓), 휘(諱), 씨출(氏出), 즉 본관, 고(考), 조고, 증조고, 비(妣), 생(生), 졸(卒), 장(葬), 배(配), 자성(子姓)을 기록했다. 이어서 망자의 관력을 차례로 서술하고, 가학과 사우의 연원을 밝혔으며, 지방관으로서의 업적을 들고, 남들이 칭송하는 평생의 아름다운 일화를 소개한 후, 자신이 알고 있는 아름다운 일화를 덧붙였다. 명(銘)은 잡언 6구로 짧다.[181] 이 묘갈명에서 정채 있는 부분은 사우의 연

泣生, 荊豈私分. 鴻羽青冥, 共期騰騫. 胡柰數奇, 事多遭屯. 壽僅中身, 官止寢園. 季復退謫, 飛急鶺原. 仲也踽踽, 遠宦羈魂. 理極必反, 終被王恩. 季始來歸, 幽明載欣. 酒追送逝, 慰歿收斤. 宛如君在, 合堂同飱. 君志不墜, 君門以芬. 往者奚憾, 慶垂來昆." 비문에서 명은 왕양쌍대격으로 새겨져 있는데, 『강화금석문』은 해독의 순서가 잘못되었다. 당시 이황은 1568년(선조 원년) 8월 양관 대제학이 되었으나 사직하여 체차하고 판중추부사가 되었다. 1569년(선조 2) 1월, 이조판서가 되었으나 취임하지 않고 3월에 판중추부사가 되지만 도산(陶山)으로 돌아갔다.

179 李宜顯, 「與金仲禮」(第2書), 『陶谷集』 卷31; 李宜顯, 「與金仲禮」(第3書), 『陶谷集』 卷31.

180 李宜顯, 「與金仲禮」(第3書), 『陶谷集』 卷31. "至於句法無於古云云, 王荊公葛郎中誌, 正用此法, 而文字裁剪, 不盡如此. 若一從其法, 長短大小, 無少參差, 則乃是摸擬之甚者. 非但僭猥, 亦是文字之病, 故如是而已矣." 이의현은 각 단락의 마지막에 '此公之官歷也', '此公之修於家若師資淵源者也', '此公政績之施於民者也', '此又公之平生懿聞, 爲人所稱道者也'라는 요약어들을 두었다.

181 樂有賢父兄, 而克稱其家. 嗟今之人, 孰如其嘉? 銘以著之, 百世不磨.

원을 말한 대목(ⓐ)과 지방관으로서의 업적을 기술한 대목(ⓑ)이다.

ⓐ 수암(遂菴) 선생(권상하)은 도덕이 세상 선비의 으뜸이셨는데, 공은 어린 시절부터 선생에게 훈도를 받아 눈으로 보고 감동하여 올바른 가르침을 떠나지 않았다. 동춘 송 선생(송준길)이 한번 보고는 원대하게 성취할 것을 기대했다. 약관 시절에 우암(송시열) 선생의 문하에 출입했는데, 우암 선생은 공을 몹시 애지중지하여 그 표덕[字]을 지어줄 적에 병산(屏山)[유자휘]이 주자에게 나무[晦木]를 비유로 들어 가르친 뜻으로 거듭 말씀하자, 공은 더욱 감동하고 분발하여 몸을 삼가고 행실을 닦아 선생이 인정해 주신 것을 저버리지 않겠다고 생각했다. 그리하여 공은 『주자대전차의(朱子大全箚疑)』를 교정하고 문집을 정리함에 이르기까지, 마음과 힘을 다하여 조금도 게을리하지 않았다.[182]

ⓑ 보은현감으로 있을 적에 음사(淫祀)를 없애고 억울한 옥사를 다스렸다. 단양군수로 있을 적에 공에게 더부살이하다가 죽은 자가 있었는데, 곤궁하여 염습을 할 수 없었다. 공은 그를 가엾이 여겨 관에서 온갖 비용을 지급해서 하나도 부족함이 없게 해주자, 그의 자식과 미망인이 감격하여 눈물을 흘렸다. 수령이 새로 부임하면 으레 세마전(貰馬錢)을 민간에서 거두었는데, 그 액수가 적지 않았다. 공은 "나는 집이 가까워 말을 수고롭게 할 필요가 없거늘, 어찌 세마전을 쓰겠는가?" 하고는 모두 면제했다. 고을에서는 물건을 사게 되면 반드시 값을 미리 정해서 돈을 적게 주고 물건을 많이 취했으므로, 백성과 아전이 지탱하지 못하여 어떤 자들은 파산하기까지 했다. 공은 전후로 고을을 다스릴 적에 옛날의 잘못을 혁파하여 오직 현재의 값대로 사서 사용하니, 가난한 백성들이 크게 화협하여 칭송의 소리가 넘실넘실했다.[183]

이의현은 근거 있는 어휘를 중시했다. ⓐ에서 나오듯 송시열은 권욱에게 유회(幼晦)라는 자(字)를 지어주며 '병산회목(屏山誨木)'의 뜻을 신술했다.[184] 남송의 유자휘(劉子

---

182 遂菴先生, 道德爲世儒宗, 公自幼薰襲観感, 不離典訓. 同春 宋先生一見, 期以遠到. 弱冠, 出入尤菴先生門下, 尤菴先生深加愛重, 爲命其表德, 申以屏山誨木之意, 公益感勵, 飭躬砥行, 思不負知遇. 以至訂校『箚疑』, 釐整文集, 盡其心力, 未嘗少懈.

183 "在報恩, 毁淫祀, 理冤獄. 在丹陽, 有寓公物故, 窮無以爲斂. 公哀之, 官給百需, 一無所缺, 孤寡感泣. 守令新到, 例收貰馬錢於民間, 其數不貲. 公謂! '吾家近, 不勞馬, 烏用是爲哉?' 悉除之. 郡邑凡有市易, 必預其直, 廉與而厚取, 民吏不能支吾, 或至壞産. 公前後爲邑, 擺舊謬, 唯視行價貿用, 蔀屋大穌, 頌聲洋溢." 묘갈명에 권욱이 세마전을 받지 않은 이야기가 있는데, 세마전은 지방관의 교체 때 말을 빌려 쓴 대가로 지불하는 삯을 뜻한다. 이의현은 '刷馬'라고 표기했는데, 김재로는 '貰馬'로 고치라고 했다. 이의현은 고문에도 속어를 사용한 예가 있다며 반박했다. 하지만 현전하는 글에는 '貰馬'로 되어 있다.

184 李宜顯, 「善山府使權公墓碣銘幷序」, 『陶谷集』 卷13. "弱冠, 出入尤菴先生門下, 尤菴先生深加愛重, 爲

霍, 1101~1147)가 주희에게 자를 지어주며 '나무는 뿌리를 잘 감추어야 봄에 잎이 무성해지고, 사람은 몸을 잘 감추어야 정신이 안에서 살찐다.'라고 축원한 고사에서 취한 것이다.[185] 이의현은 유자휘의 자설을 근거로 '誨木'이 아니라 '晦木'이 타당하다고 보았다.[186]

문사 이시항(李時恒, 1672~1736)은 재주가 있지만 평양인이란 이유에서 차별을 받아 불우하게 일생을 마친 인물이다. 소론계 문신으로 영조 때 활약한 이종성(李宗城)이 이시항 부인의 청으로 이시항의 묘갈명을 작성했다. 이시항의 본관은 수안, 자는 사상(士常)으로, 평양 화포(和浦)의 지명에서 따와 호를 화은이라 했다. 만년에는 화포 수선방(水仙舫) 별서의 당을 보만당(保晚堂)이라 하고 호를 만은이라 했다.[187] 이시항은 평양인으로서 자부심이 강하여, 국가행정의 평양 차별에 분개해서 「관서변무소(關西辨誣疏)」를 올리려고 하다가 그만두었다. 『관서통지(關西通志)』를 편찬하기도 했다. 1736년 화포에서 죽은 뒤 운산 선영으로 반장되었다. 이듬해 1737년(영조 13) 아내 숙인 김씨가 노비를 팔아 문집 『화은집』을 목판으로 간행했다. 이때 김씨는 남편의 제자 장생(張生)을 보내어 이덕수(李德壽)의 서문을 받아 문집 권두에 실었다. 이시항은 임진왜란 때 활약한 무장인 김경서(金景瑞)의 『김장군유사(金將軍遺事)』를 집필했는데, 1738년(영조 14) 『김장군유사』를 간행한 것도 숙인 김씨였을 것이다. 숙인 김씨는 남편의 묘갈명을 역시 남편의 문도를 시켜 이종성에게 청했다. 이시항의 발신 과정과 문학적 성취에 대해서는 이덕수가 지은 「화은집서」에 상세하다.[188] 이종성은 1737

命其表德, 申以屛山誨木之意, 公益感勵飭躬砥行, 思不負知遇."

185 朱熹, 「名堂室記」, 『晦菴集』 卷78. "屛山獨嘗字而祝之曰: 木晦於根, 春容燁敷; 人晦於身, 神明內腴.". 주희는 건양(建陽) 고정서원(考亭書院)의 주련으로 "무두질한 가죽을 찬 것은 부친의 훈도를 따르는 것이고, 나무처럼 뿌리를 잘 감추는 것은 스승의 전함을 근수하는 것이다(佩韋遵父訓, 晦木謹師傳)." 라고 남겼다. 김우정, 「陶谷 李宜顯 墓道文의 다층적 성격」, 『한문고전연구』 25, 한국한문고전학회, 2012, pp.141-176.

186 李宜顯, 「與金仲禮」(第3書), 『陶谷集』 卷31. "誨木, 朱子詩曰: '佩韋遵父訓, 晦木謹師傳.' 以此觀之, 晦字似是矣."

187 성종 연간에 6대조 이신동(李信仝)이 작은 죄목으로 운산군에 편관(編管: 지방 호적에 편입시켜 지방관의 통제를 받게 함)된 이후 자손들이 그곳에서 살았다. 이시항은 유상운(柳尙運, 1636~1707)의 도움으로 학업을 하여 1700년(숙종 26) 증광문과에 병과로 급제했으나, 과거시험에 부정행위를 한 자가 있어 파방되고, 이듬해 다시 설치된 과거에서 급제했다. 관직은 내직으로는 병조정랑에 그쳤다. 변문에 뛰어나, 1727년(영조 3) 사은사 겸 진주사 심수현(沈壽賢)의 종사관으로 청나라에 갔다 왔다. 이후 어천(魚川) 찰방으로 나갔고, 덕천군수에 임명되었으나 부임하지 않은 듯하다.

188 李德壽, 「和隱集序」, 『西堂私載』 卷3 序. "雲陽距京都千有餘里, 在關西最爲窮僻而地近邊, 異時人士, 以弓馬武力相尙, 罕有業詩書者. 李君士常始自奮蓬蓽下, 南遊漢師, 與其文人藝士, 相磨勵爲詩文. 旣連取

년 8월에 작성한 「병조정랑이군묘갈명병서(兵曹正郎李君墓碣銘并序)」에서, 이시항의 7대조 이하 가계, 과환(科宦), 부연(赴燕), 졸장에 대해 서술한 후,[189] 이시항이 어버이를 효로 섬기고 선영의 보호를 위해 제전을 구입하고 표갈을 세웠으며, 종족 가운데 가난한 이들을 구휼한 사실을 적었다. 지방관이 되어서는 과조(科條)를 잘 받들고 제생들과 시서를 강했으며, 찰방으로 있을 때는 불의의 일에 대비해서 역리들에게 습사(習射)를 신칙했다고 밝혔다. 그리고 이시항이 권세에 아부하지 않았기 때문에 현달하지 못했다고 아쉬워했다. 또한 만년에는 노모 봉양을 위해 찰방으로 나갔으나, 모친이 죽은 이후에는 제자들을 기르고 소탈한 삶을 즐겼다고 했다. 이종성은 이시항이 유상윤에게 배우고 심수현(沈壽賢)의 종사관으로 연경에 다녀 온 사실, 『관서통지』 등 저술을 많이 남긴 사실을 적었으며, '서주 호걸지사'인 이시항이 현실에서는 불우했으나 편찬 서적 때문에 후세에 불후의 이름을 남기리라고 기대했다.

아아! 이와 같이 재능이 있고도, 끝내 영락하여 불우하게 죽게 만들었으니, 세상의 도리가 어떤지 볼 만하다. 그렇기는 하지만 군은 궁벽한 먼 지방에서 일어나 학문에 힘써서 게을리

大小科, 而不以是自足, 益浸淫肆力, 其嗜書如屈到之芰·子反之飮, 非寢與食不捨也. 於文, 於詩, 於辭賦, 於騈儷, 投之所向, 無不精能. 不爲叫呶激詭之辭, 而務平穩典實, 如布帛菽粟之適於世用. 其作超然臺六偉文, 及龍溪書院延額序, 文苑諸公皆加歎賞, 至比之益州夫子碑(王勃作−인용자 주), 其才斯亦奇矣. 然當路者不喜引用西士, 故君登第後官不過郞署州縣而已, 不能以徑寸之管草天誥而掌國詞命, 唯嘗以別從事赴燕, 而亦不能展其才, 識者至今恨焉. 君沒後其配金淑人袞君遺稿爲四編, 斥賣臧穫, 謀所以災木, 而因張生受訓求弁卷之文於余. 余少而識君, 又同登丙子司馬, 又嘗同爲郞於騎省. 其後仕出入異路, 不相見者久. 及余自燕還則君已逝矣. 行過西京, 愴然有夕陽聞笛之感. 旣又心賢淑人之爲, 遂不辭而爲之. 始柳約齋相公按節關西, 君以童子謁見於嘉平館, 姿貌玉雪, 出語驚人, 柳公大奇愛, 遂携以歸, 使與諸公同筆硏 君之能久留洛中, 得專其業, 繁柳公▨是賴, 至今西士之喜談君美者, 無不并稱柳公云. 君諱時恒, 士常其字也. 戊午四月, 全義李德壽序."; 심경호, 「조선시대 문집 편찬의 역사적 특징과 문집체제」, 『한국문화』 72, 서울대학교 규장각한국학연구원, 2015, pp.101−130.

189 李宗城, 「兵曹正郎李君墓碣銘并序」, 『梧川先生集』 卷11 墓碣銘; 李宗城, 「通訓大夫行兵曹正郎兼春秋館記事官李公墓碣銘并序」, 李時恒, 『和隱集』 卷8 附錄. "君姓李氏, 諱時恒, 字士常, 自號和隱, 遂安人. 遠祖侍中連松顯于麗, 遂安人至今祭之社. 入本朝, 世襲冠冕. 韓山郡守植根生信公, 諱雲山, 家焉. 君七代祖也. 曾祖啓達, 別檢. 祖, 東義, 贈工曹佐郞. 考, 廷翰, 贈司憲府持平. 並以孝義有祕典. 妣原州邊氏, 僉樞賢質女. 君以顯宗壬子生, 丙子成進士. 己卯, 闈增廣文科, 榜中有行賂竊科者, 事覺罷榜. 庚寅復其科, 分隸成均館, 序陞典籍·直講·義禁府都事·禮兵曹佐郞·正郞, 兼春秋館記事·編修官. 出爲泰川縣監·魚川察訪·德川郡守. 間差慶尙道黃腸木敬差官, 以陳奏使別從事官赴燕. 丙辰, 卒于平壤和浦別業, 歸葬秀雲山先兆枕乙之原." 『金石集帖』 159毀(교155毀:關西人) 책에 탁본이 들어 있다. 찬자 이종성의 직함은 '嘉善大夫行弘文館副提學兼經筵參贊官春秋館修撰官藝文館提學'이다. '崇禎紀元後一百一年八月▽日' 찬으로 되어 있으나 '一百一年'은 '一百十年'의 잘못인 듯하다. '숭정기원후 101년'은 1728년(영조 4)이므로, 이시항이 병진년, 즉 1736년(영조 12) 졸했다는 기록과 맞지 않는다.

하지 않아, 문예로 이름이 나서 세상에 한번 쓰일 수 있었고, 마지막에는 다시 전원으로 돌아와 후진을 이끌고 추켜주어 한 지방의 문풍을 일으켰으니, 이 일은 정말 남들이 하기 어려운 일이다. 또한 10여 년을 사색을 깊이 하여 완전한 서적[『관서통지』 편찬을 가리킴−역자주]을 이루어낼 수 있었으므로, 공적인 문헌이든 사적인 문헌이든 후대에 반드시 여기에서 징험하는 바가 있을 것이요, 군도 또한 이에 힘입어서 불후하게 될 것이다. 그 일생을 논평하자면 역시 '서주 호걸지사'라고 할 만하다. [190]

이종성은 이시항이 양자를 두었고, 첩에게서 네 자녀를 둔 일, 부인 숙인 김씨가 문집 5권을 간행하고 다시 문생을 자신에게 보내어 묘갈명을 청한 일을 적었다. 그리고 자신의 선친이 재상으로 있을 때 이시항이 매화시를 헌정한 사실이 있으므로 이 묘갈명 찬술을 거절하지 못한다고 덧붙였다. 명은 4언 24구이다. [191]

경기도 안성시 고삼면 삼은리 유명건(兪命健, 1664~1724)의 묘 앞에 세워진 묘갈은 상당히 화려하여 특이하다. 높이 2.57m, 너비 0.69m, 두께 0.35m의 크기이며, 화강암과 대리석을 사용했다. 유명건은 본래 양주 선산에 안장되었다가 1744년(영조 20) 이곳으로 이장되었다. 이 비는 영의정으로 있던 조카 유척기(兪拓基)가 세웠다. 이재(李縡)가 비문을 짓고 김수증(金壽增) 글씨를 집자했으며 유척기가 전액을 썼다. 유명건은 본관이 기계이며, 자는 중강(仲强)이다. 처음 이름은 명우(命禹), 자는 구중(久中)인데, 송시열의 명에 따라 이름과 자를 바꾸었다. 혼척인 박필주(朴弼周)가 행장을 지었고, [192] 이의현(李宜顯)이 묘지명을 지었다. [193] 이후 안성으로 이장할 때 이재가 묘갈명을 지은 것이다. 두 글의 번역문만을 비교하면, 이재는 유명건이 "음사(蔭仕) 중에서 공보(公輔: 정승)의 기대가 있었던 분이었지만 불행한 시기를 만나 재능을 펴지 못하고 말았다."는 사실을 더 부각시켰다.

정조는 규장각 초계문신과 성균관 상재생에게 제술을 부과하여 문풍을 순정(醇正)

---

190 嗟乎! 有才如此, 使終留落不遇而死, 亦足以觀世道矣. 雖然君起自退鄉, 力學不勌, 能以文藝名聞嘗世, 卒復故田, 誘掖後進, 以興一方, 斯已難矣. 又能覃思十載, 勒成全書, 公私文献, 後必有徵於斯, 而君亦可以藉手不朽. 考論平生, 亦可謂西州豪傑之士矣.

191 蒼光之下, 淇水洋洋. 亭臯靚深, 花樹芬芳. 有美一人, 於焉倘佯. 爰初奮躬, 質粹材良. 進以外史, 衣被天光. 分麾奏績, 載筆出疆. 惜不大施, 故卧江鄉. 十載編磨, 有書盈箱. 西土之斐, 惠訓孔長. 身退學進, 跡詘名彰. 雲中之阡, 降魄攸藏. 載鑱銘詩, 永詔茫茫.

192 朴弼周,「羅州牧使兪公行狀」,『黎湖集』卷30 行狀.

193 李宜顯,「羅州牧使兪公墓誌銘」,『陶谷集』卷18 墓誌銘.

하게 만들려고 했다. 당시의 정책에 순응한 인물의 후일담을 알게 해주는 비지문으로, 이병운(李秉運, 1766~1841)이 이인행(李仁行, 1758~1833)을 위해 지은 「신야이공묘갈명병서(新野李公墓碣銘幷序)」가 있다.[194] 1790년 12월 6일 정조는 초계문신 10월 과시(課試)에 어제(御題) 책제인 「중용」을 내걸고, 같은 책제로 상재생도 응제하게 했다. 이때 이인행이 상재생으로서 응제하여 높은 점수를 얻어 온릉참봉에 발탁되었다. 하지만 이후 김달순(金達淳, 1760~1806)의 비위를 거슬러 벼슬길이 순탄치 못했다. 아들 이연호(李淵浩)가 유사(遺事)를 가지고 이병운이 거처하던 석름 객관으로 찾아가서 비문을 부탁했다. 이병운은 그 비문에서 이인행을 두고, 정조 때 등용된 선류 가운데 한 인물이자 정조의 사후에 선류로서 배척을 당한 사례라고 우선 규정했다.[195] 이어서 이인행의 이름, 자, 세계, 부모, 출생, 성장을 적고, 환력, 좌절, 소요, 징소, 사직, 사망의 사실들을 세세하게 서술하면서 허두에 제시한 대론을 입증하는 방식을 택했다. 이인행은 1802년(순조 2)에 위원(渭原)으로 유배되었다가 이듬해 봄에 사면받았으나, 김달순이 계를 올리는 바람에 장연군으로 이배되어 1805년에야 풀려났다. 이후 1822년(순조 22) 세자익위사 익위로 불려 갔지만 당세에 뜻이 없어 곧 그만두고 조용히 지내다가 죽었다. 이병운은 이인행의 졸장을 적은 후, 이인행의 인품과 학술에 대한 총평을 하고, 마지막 단락에서 이인행의 혼인, 자손, 그리고 자신의 비문 제작 경위를 밝혔다. 총평에서는 "공과 같은 분은 명이(明夷)의 정(貞)이 아니겠는가?"라고 규정했다. '명이의 정'이란 『주역』 명이괘의 육오(六五) 효사에서 "기자의 명이이니, 정함이 이롭다[箕子之明夷, 利貞]."라고 한 말을 취한 것이다. 기자가 어리석은 군주의 치세에 고난을 겪으면서도 절개를 잃지 않았음을 뜻한다. 명이는 밝은 태양이 땅속으로 들어간 상(象)으로, 혼암한 군주의 시대를 상징한다. 이병운은 도리가 통하지 않는 시대에도 묘주 이인행이 절조를 잃지 않았다는 뜻으로 '명이의 정'이라 말한 것이겠지만, 당시를 혼암한 군주의 시대로 지칭한 것은 본의야 어떻든 불경하다는 혐의를 면하기 어렵다. 다만 이인행의 실제 의도는 이인행을 평가한 다음 말에서 유추할 수 있을 것이다. "공의 온전한 덕은 여기에 있지 않다. 일상의 떳떳한 도리에 힘을 들이고 고상한 척 내세

---

194 이인행의 자는 공택(公宅), 호는 만문재(晚聞齋)·일성(日省), 본관은 진성이다. 경상도 영천(榮川) 신천 출신으로, 이황의 형 이해(李瀣)의 후손이다.

195 李秉運, 「新野李公墓碣銘幷序」, 『俛齋集』 卷4. "健陵之世, 化理淸明, 善類彙征, 時則有李公宅先生, 以經學被寵擢. 及遺弓之後, 群壬用事, 而遂遭斥逐. 公退外一布衣也. 顧乃道隆與隆, 道屈與屈, 斯可謂與時消息者歟?"

운 적이 없었고, 일상의 덕행을 삼가 행하고 남과 다르게 하여 잘하는 것처럼 하려 하지 않았다. 악을 싫어하는 데에 엄격하여 선을 좋아하는 뜻이 컸고, 자신을 위하는 일은 소홀하면서 남의 어려움을 다급하게 여기는 의리가 많았다."[196] 이병운은 1790년 응제 때에, 정조와 묘주가 주고받은 대화문을 삽입해서, 정조 연간을 군신제우(君臣際遇)의 성세로 부각시켰다.

계묘년(1783) 가을 생원시에 입격하고 경술년(1790) 성균관에 들어갔다. 상이 어제(御題)「중용」으로 초계문신에게 친시를 하고 또 태학생에게 글을 지어 올리게 했으나, 한 사람도 성상의 뜻에 맞는 이가 없었다. 상이 공을 1등에 발탁하고 즉시 이조에게 공을 임용하게 하니, 온릉참봉으로 첫머리에 의망하여 낙점을 받았다. 사은숙배하러 나아가자니 상이 입시를 명하고, "그대는 경의(經義)에 뜻을 두고 있는가?"라고 하문했다. 공이 사양하고 감히 자처하지 않자, 상이 "관심을 갖지 않고서야 이렇게 할 수 있겠는가?"라고 했다. 이어서 착실하게 독서하라 권면했다. 공은 특별한 대우에 감격했다.[197]

또한 이병운은 이인행이 유배지에서 부처요 신선이라고 칭송되었다는 일화를 제시했다.

공이 조용히 방에 거처하면서 날마다 글을 읽으며 즐기자, 고장 사람들이 공을 가리켜 부처라고 했다. 한번은 배소(配所)를 보수하는데 벽 바르는 자가 웃으며 "지금 큰비가 쏟아져 줄줄 새거늘, 손님은 어떤 큰 죄를 저질렀기에 오래 머무르려 하십니까?" 하자, 그 집 사람이 "내가 듣자니, 군자는 환난에 처하여 일생을 마칠 듯이 한다고 했네. 자네가 어찌 알겠는가?" 했다. 계해년(1803) 봄 사면될 참이었으나 김달순이 방해하는 계를 올리는 바람에 장연군(長淵郡)으로 배소를 옮기게 되었다. 옮긴 뒤에도 위원에 있을 때처럼 했다. 고을 사람 강익주(姜翼周)는 관서의 이름난 선비였는데, 집에 세들어 가르침을 청하면서 정성을 다해 모셨다. 한번은 "집사람이 손님을 신선이라고 부르니, 글을 읽으시며 세상 걱정이 없으시기 때문입니다." 하자, 공이 웃으며 "위주(위원) 사람은 부처라 부르더니 그대 집에선 신선이

---

196 若公者, 豈非所謂明夷之貞者耶? 雖然公之全德不在是矣. 用工於日用之常, 而未嘗以標致爲高. 謹於庸德之行, 而不欲以崖異爲能. 嚴於嫉惡, 而好善之意長. 疎於謀身, 而急人之義多.

197 癸卯秋中生員試, 庚戌遊泮宮. 上以中庸親策抄啓文臣, 又令太學生製進, 無一人稱旨. 上親擢公爲第一, 卽令選部調用, 以溫陵首擬蒙點. 出肅日, 命入侍下問: "汝於經義留意乎?" 公辭謝不敢. 上曰: "不留意而能如是乎?" 仍勸令着實讀書. 公感激殊遇.

라 부르는구려. 신선과 부처는 이단이니, 이것이 남에게 배척받는 이유가 아닌가!" 했다.[198]

「취묵와김군묘갈명(醉黙窩金君墓碣銘)」은 박지원(朴趾源)이 김형백(金亨百, 1726~
1789)이란 인물의 행적을 기록한 글이다. 명문가 출신이 아닌 묘주를 위해 그 내면의
덕을 과장 없이 진실되게 그려냈다. 김형백의 본관은 해풍, 자는 석여(錫汝)이다. 박지
원이 젊어서 개성 근처 연암에 거처할 때 개성에서 알았던 인물이다.

첫째 단락은 김형백을 송경에서 처음 만난 일화를 소개하여 그 사람에 대한 기억을
통해 글을 쓰기 위한 단초를 제시했다. 박지원은 시골의 음사(飲射)에서 예의 바르게
행동하는 김형백의 모습을 묘사하고, '호의낙선(好義樂善)' 4자로 그 인물을 논평했다.
둘째 단락은 김형백의 가계, 가정교육에 대해 기록하고, 그리고 김형백이 과거를 포기
하고 집안의 여러 일에 모든 힘을 다해 노력한 사실, 친인척과 소작인에게 많은 혜택
을 베풀어주었던 모습을 부각시켜 세도가의 행태와 대비시켰다. 이 단락에서는 가정
의 훈도로 김형백의 효성과 인품이 형성되었다고 강조하여, 김형백의 부모가 "마침내
바깥일을 사절하고 보육에 전적으로 뜻을 두어, 부부가 서로 권해서 보시를 경계하고
적선을 두텁게 하여 아이를 위해 복을 기르는 것이 철저했다[遂謝外事, 專意保育. 夫婦
相勸, 戒普施厚積善, 爲兒養福備至]."라고 적었다. 김형백은 7세에 부친을 여의고 가문의
안녕을 책임져야 한다는 의무감을 자각해서, 성장한 이후에 족보 편찬, 친척에 대한
원조, 장원 관리 등을 위해 전념했다. 박지원은 그 행적을 시간의 흐름에 따라 적어나
갔다. 그리고 김형백이 벼슬을 하지 않았어도 충성을 다했고 백성을 다스리지 않았어
도 인자로움을 지녔다는 사실을 강조했다. 이어서 김형백이 금강산과 묘향산을 탐방
하며 속세로부터 벗어나고자 했던 마음을 암시했다. 셋째 단락의 명시(銘詩)는 4언 16
구로, 묘주의 인생을 압축하고 논평했으며 그의 은택이 묘역의 소나무에게 미치고 있
는 것을 보면 그의 사후에 집안이 정녕코 번성하리라고 축원했다.

조선 후기의 몰락한 선비들은 집안 사람이 묘비를 작성하는 경우가 많았다. 「이광
운묘비명(李匡運墓碑銘)」은 그 한 예이다. 묘비라고는 해도 묘갈의 규모였다고 생각된

---

198 公靜處一室, 日以書史自娛, 郡人指以爲佛. 嘗修補鵬舍, 坊者笑曰: "方今大需滂流, 客負何大罪爲久計
耶?" 館人曰: "吾聞君子處患若將終身, 若烏能知之乎?" 癸亥春宥, 因達淳防啓, 量移長淵郡. 旣移配,
一如渭源時. 郡人姜翼周, 西路名士也, 傲屋請業, 至誠服事. 嘗曰: "家人呼客爲仙, 以其讀書而無思慮
也." 公笑曰: "渭州人呼爲佛, 君家呼爲仙. 仙佛皆左道, 此其所以爲人排擯耶!"

다. 전액은 「조선학생전주이공광운지묘배고령박씨부좌(朝鮮學生全州李公匡運之墓配高靈朴氏祔左)」이다.[199] 찬자는 이광운의 후사인 이민효(李閔孝), 서자는 이광사(李匡師), 각자는 미상이다. 전액도 이광사의 글씨인 듯하다. 이광운(1690~1710)은 전주이씨 덕천군 이후생(李厚生)의 후손으로, 이진양(李眞養)의 삼남이다.[200] 자는 성계(聖啓)로, 1710년(숙종 36) 2월 6일에 돌아갔으므로, 향년 20세에 불과하다. 이광운은 박항한(朴恒漢)의 딸(1689~1743)을 아내로 맞았으니, 어사 박문수(朴文秀)의 매형이다. 묘택은 충북 충주 장미산(長尾山)에 합부했다. 비문의 찬자인 이민효는 이광일(李匡一, 1684~1707)의 차남인데, 이광일의 재종제인 이광운의 양자로 들어갔다. 이광일은 이광사의 종제, 홍대서(洪大敍)의 딸과의 사이에 두 아들을 두고 24세로 요절했다. 장남 증효(曾孝)도 23세로 요절했다. 이민효는 1751년에 도사(都事)로 승진하고서 이 묘지명을 지으며, 부친 이광운이 생전에 지은 「대동강시(大同江詩)」에서 노래한 맑은 기상이 묘역의 정경과 부합하므로 일종의 시참(詩讖)이 아니었는가 하면서 오열했다. 한편 이광일의 묘표는 1751년(영조 27)에 경기도 성남시 분당구 석운동에 건립되었는데, 이광운 묘비와 마찬가지로 이민효가 글을 짓고 이광사가 글씨를 썼다. 이광일 묘표 뒷면의 글씨는 이경석(李景奭) 묘표의 예서체와 비슷하여, 삼국시대 위나라 황초(黃初) 원년(220) 건립된 「수선비(受禪碑)」(「受禪表」碑)의 서체에 가깝다. 이민효의 친형 이증효(李曾孝, 1701~1723)의 묘도 석운동에 있으며, 그 묘표는 1751년(영조 27) 심추(沈錐)가 짓고 이광사가 팔분체로 썼다. 이광일 집안의 석운동 세장지에는 이경석(李景奭), 이진양, 이광일, 이광일의 부인 남양홍씨, 이증효의 묘표가 남아 있으며, 비문은 모두 1751년 이광사가 서로 다른 서체로 썼다. 「이광운묘비명」도 그것들과 같은 해에 이광사가 쓴 것이다.[201]

묘갈명 가운데 승려의 부친이 묘주인 특이한 예가 전한다. 변종운(卞鍾運, 1790~

---

199 국사편찬위원회에 1974년 9월 10일 기증된 문헌이다. 탑본(榻本) 1책으로, 제책을 하면서 위쪽의 한 글자씩을 누락시키고 말았다. 심경호, 「이광운묘비명, 민가숙묘지명, 천봉선사탑묘, 이참봉집, 정사일과, 동파문유·동파문유속 해제」, 『명미당 이건창가 자료해제집』, 국사편찬위원회, 2009.

200 덕천군으로부터 5대 뒤 동지중추부사 증의정부영의정(同知中樞府事 贈議政府領議政) 유간(惟侃)-백헌공(白軒) 경석(景奭)-철영(哲英)-익성(羽成)-진양(眞養)의 가계에서 태어났다. 그런데 유간(惟侃)-석문(石門) 경직(景稷)-후영(後英)-익성(翼成)-문학(聞學)으로 이어지는 가계를 이었다. 즉, 이문학과 대구서씨 사이에 자식이 없자 그 후사로 들어갔다.

201 이광사의 문학과 글씨에 대해서는 정양완·심경호, 『江華學派의 文學과 思想(4)』(한국정신문화연구원, 1999)와 심경호·길진숙·유동환 공편, 『신편 원교 이광사 문집』(시간의 물레, 2005)을 참고.

1866)이 지은 「이경정묘갈명(李敬亭墓碣銘)」이 그것이다.[202] 변종운은 화암사(花巖寺)의 70세 되는 승려 원철(圓澈)의 청으로 그 부친 이여림(李如臨, 1730~1776)의 묘갈명을 작성했다. 이여림은 자가 계심(戒深)이며, 본관은 완산(전주)으로, 후릉(정종)의 후예라고 한다. 보첩(譜牒)에서는 확인되지 않는다. 증조부 이섬(李暹)은 교관, 조부 이원회(李元會)는 간성군수를 지냈으며, 모친은 남양홍씨로 현령 아무개의 딸이다. 산수 유람을 좋아했는데, 중년에 부여(扶餘) 해석강(海石岡)에 거처를 마련하고 방을 경정(敬亭)이라고 편액했다. 부인은 곡산노씨로 학생 노유린(盧幼麟)의 딸이다. 이여림의 묘는 해석강에 있었다. 변종운은 「이경정묘갈명」에서 비주의 출신과 졸장 사실을 충실하게 적었다. 이것은 여타의 비지문과 다를 바 없다. 그런데 승려 원철의 구술을 근거로 묘주 이여림의 행력을 적은 부분은 당시 양반-선비층이 몰락하게 되는 과정을 전형적으로 보여준다. 승려 원철은 유복자이고, 집안에 증빙할 문건도 없으므로 부친의 행적을 자세히 알 수 없었다. 그가 구술한 것은 모친에게서 들은 내용이고, 그것도 어려서 들은 이야기이다. 따라서 사실을 전달한다는 묘지문의 기서 원칙에서 보면 그 구술 내용은 간략히 적어도 좋았을 것이다. 하지만 변종운은 그 내용을 매우 길고도 자세하게 기록했으며, 이여림의 심중을 깊이 헤아려 좌절의 심리를 생생하게 드러냈다. 구술에 따르면, 이여림은 약관도 되기 전에 부모를 모두 여의었다. 그러나 문예에 뛰어나서 17세에 향시에 합격하고 18세에 한양으로 회시를 보러갔다. 마침 알성시가 있어서 입장(入場)했는데, 거의 수만 명이 응시했거늘 불과 몇 시간 만에 방방(放榜)하는 것을 보고 선발이 결코 공정할 수 없다는 것을 깨달았다. 또 입장한 거자(擧子)들도 대부분 남의 글과 남의 글씨를 빌려서 명지(名紙: 과거 답안지·시권)를 제출하는 것을 보고 세태에 실망하여 회시를 포기했으며, 이후 과거 공부를 아예 그만두었다.[203] 이여림은 무지 애를 써서 수백 금을 모아 이웃의 부자에게서 진펄 밭 다섯 이랑을 200금에 구입해서 3년간 경작하여 많은 돈을 모았다. 이웃의 부자는 그 밭에서 수확을 하지 못해 왔고 아전의 징세가 성가셔서 팔았던 것인데, 이여림의 수확을 보고 되돌려

---

202 卞鍾運, 「李敬亭墓碣銘」, 『歗齋文鈔』 卷3 墓文.

203 我先人幼有至性, 纔免於懷, 已能知悅親, 不幸未弱冠, 繼喪怙恃, 逮老而追慕焉. 文藝夙就, 十七擧于鄕, 十八赴會試於京師, 適値調聖而設科. 先君入場, 出而歎曰: "多士之應試者, 殆數萬人, 日未移晷, 榜已出矣. 未知主文者, 能具千眼與千手歟? 幸而中, 有不足爲榮矣. 況借人之文, 借人之筆者, 什而七八乎哉? 登科將欲以進身而事君也, 奈之何發軔之初, 上以欺吾君, 下以自欺也? 爲其父若兄者, 又紛紛然敎子弟以欺君, 斯民也非三代之民乎? 吾其歸歟!" 乃稱病不赴禮闈之試, 遂廢公車文.

달라고 했다. 이여림은 돈도 받지 않고 문권을 내주었다. 뒤에 그 주인이 연년 수확이 없고 관세만 납부해야 하는 것을 보고, 이여림은 그 밭을 200금을 주고 다시 구입했다고 한다. 이상과 같은 구술은 미화된 면이 있기는 하지만, 조선 후기 몰락 양반들의 생활상을 여실하게 드러내주는 면이 있다. 원철이 태어날 때 모친의 꿈에 늙은 비구니가 품에 염주를 던져주었는데, 부친 이여림은 염주의 모양이 둥글고 색이 투철한 것을 이유로 아들을 낳을 것임을 예지(預知)하고 그 아이 이름을 원철이라고 지어주었다고 한다. 출가한 사람이 자신의 부친을 불후하게 하기 위해 묘지문을 구한 일은 달리 유례가 없고, 승려의 구술만을 토대로 몰락 양반의 삶을 재구성한 서술도 매우 희한하다. 변종운은 산문구에 압운하는 형식으로 명(銘)을 작성했다.

人方磨肩, 我獨掉臂, 竟不赴南宮之試, 彼槐花黃而忙者, 審不心之愧也?	試·愧: 去寘
老農勤力于沃土, 耕也餒在其中, 是何山下之薄田, 人棄而我豐?	中·豐: 平東
指腹而命名, 有若預知, 不見兒之生? 顧名而思義, 又豈非能預知兒之一生?	生·生: 平庚
白馬之陽, 海石之岡, 三百株長松, 欝乎蒼蒼, 是皆遺腹兒手植, 閟我一世高士之藏.	
	岡·蒼·藏: 平陽
夫誰知花巖山裡, 乃有此出家之孝子.	裡·子: 上紙

남들은 어깨 부딪히며 들어갈 때, 나 홀로 팔 흔들고 떠나, 마침내 남궁 시험(회시)에 나아가지 않았으니

회화나무 노란 꽃 필 때 황망한 자들이, 어찌 마음속에 부끄럽지 않으랴?

노련한 농사꾼이 옥토에서 부지런히 일해도, 경작한들 굶주림이 그 속에 있다 했거늘

어떻게 산 아래 척박한 밭을, 남은 버렸어도 나는 풍성한 수확을 얻었던가?

뱃속의 태아를 가리켜 이름을 지어, 예지의 능력이 있는 듯이 했으니, 아이 태어난 것을 보지 않았는가?

이름을 보고 뜻을 생각하면, 어찌 아이의 일생을 예지할 수 있었던 것이 아니랴?

백마의 남쪽, 해석의 벼랑에

300그루 장송이, 울울창창한 곳

이는 유복자가 손수 심어, 우리 시대 고사(高士)의 장지를 숨겨둔 곳이라네.

누가 알았으랴 화암산 속에, 출가한 효자가 있을 줄을.

변종운은 이 묘갈명에서 운명을 예지(預知)하고 운명에 순응하는 일의 어려움을 제1 주제로 삼았다. 그렇기에 비주 이여림이 선발의 불공정을 예지한 일, 척박한 땅의 효용을 예지한 일, 태아의 출생 후 일생을 예지한 일을 나열하여 그를 칭송했다. 사실 『사기』「백이열전(伯夷列傳)」에서 공공연하게 논했듯이, 천도(天道)의 불확실성은 인간 삶의 최대 난문(難問)이다.

(4) 묘지명

고려·조선시대의 비지문 가운데 수량 면에서 가장 많고, 인물의 전기 자료로서 비중이 높은 것이 묘지명이다. 대개 명이 붙어 있다.

앞서 석비문의 「임명대첩비」를 논하면서 언급했던 허균(許筠)의 「성균생원신공묘지명(成均生員申公墓誌銘)」은 정문부의 '임명대첩'을 언급한 초기의 비지문이다.[204] 묘주 신로(申櫓)는 허균의 큰형 허성(許筬)과 교분이 있었다. 허균은 신로의 아우 신부(申桴)의 청으로 비문을 지었다. 신로는 본관이 고령으로, 자는 제이(濟而)이다. 1567년(선조 즉위년, 정묘) 사마시에 합격한 생원이다. 그러나 시의(時議) 때문에 대과를 보지 못했다. 허균은 신로의 성격이 뻣뻣하여 세상과 어긋나 급제할 수 없었다고만 적었다. 『선조실록』을 보면 1574년(선조 7) 3월 3일(무인)에 사헌부가 고 현감 신석하(申石河)의 시양자 신로가 신석하의 아내 노씨(盧氏)와 음증(淫蒸)했으므로 추국할 것을 청하여 선조가 그대로 따라 조옥(詔獄)에 내려보냈다는 기사가 있다. 시의란 이 사실과 관계가 있다. 허균은 신로 묘지명을 작성하면서 망자의 부조(父祖)와 처부, 자손을 적을 때 구체적인 사항을 숨기고('父某某官'의 예), 집안이 명문이라는 사실만 알 수 있도록 표기했다('祖某, 尙主封高原尉. 曾祖某, 禮曹參判'의 예). 신로는 1589년(선조 22) 정여립 모반사건을 계기로 발생한 기축옥사 때 이발(李潑)의 억울함을 역설하여 눈물까지 흘린 지사다운 면모가 있었다. 이 때문에 자신의 중형 허봉(許篈)이 그를 믿었다고 허균은 적었다. 그리고 허균은 신로의 시문을 높이 평가했다. 즉, 그의 고문은 『춘추좌씨전』·『국어(國語)』의 문법처럼 간엄(簡嚴)하고, 그의 시는 송나라 진사도(陳師道)·진여의(陳與義)에 연원을 두어 연심(淵深)하고 경절(警絶)했으며, 그의 사육문(四六文)은 왕조(汪藻)·홍매(洪邁)에 견주어질 정도인 데다가 수백 편이나 전한다고 했다. 신로는

---

204 許筠, 「成均生員申公墓誌銘」, 『惺所覆瓿稿』 卷17 文部 14 墓誌.

임진왜란(1592) 때 허성과 함께 북방으로 피난하다가 곡구역(谷口驛)에 이르러 명종의 기일을 당하여 울면서 역관(驛館) 벽에 시를 적었다. 시어와 뜻이 대단히 서글퍼서 홍성민(洪聖民)과 김우옹(金宇顒)이 칭찬할 정도였다. 뒷날 허균은 『학산초담(鶴山樵談)』에 그 시를 소개했다. 허균은 신로의 묘지명에서 신로가 단천(端川)에 이르러 의병의 봉기를 촉구하는 격문을 지었다는 사실을 기록하고, 북방의 관민들이 정문부를 장수로 추대하여 육진(六鎭)을 회복한 것은 신로가 처음 계획을 수립한 결과라고 논평했다. 그리고 허성이 생전에 신로의 처지를 두고, 세상 사람이 남의 진정한 면을 알아보기란 어렵다고 말했다는 일화를 덧붙였다. 이 부분이 묘지명의 중심이다.

> 到端川, 勸郡守姜燦擧義, 爲作檄文, 聞者皆涕下. 及賊攎二王子于會寧, 君在圍中不屈, 僅獲免, 隱於石幕, 與其宗人石潾勸鄭見龍等起兵, 推評事鄭文孚爲帥, 卒破賊復六鎭, 皆君首謀, 而其徇國之誠, 終始不懈如此. 余語伯兄曰: "申公, 眞烈士哉! 世之訾者並及兄, 殊可恨也." 兄笑曰: "知人本不易. 人固未易知也."

단천(端川)에 이르러서는 군수 강찬(姜燦)에게 의병을 일으키도록 권하고 그를 위해 격문(檄文)을 지었는데, 듣는 이들이 모두 눈물을 흘렸다. 그러다가 적(국경인)이 회령(會寧)에서 두 왕재임해군(臨海君)과 순화군(順和君)]를 사로잡았을 때, 신로는 포위 중에 있으면서도 굴하지 않고 가까스로 빠져나와 석막(石幕)에 숨어 종인(宗人) 석린(石潾)과 함께 정현룡(鄭見龍) 등을 권하여 기병하게 했으며, 평사(評事) 정문부(鄭文孚)를 추대하여 장수로 삼아서 마침내 적을 무찔러 육진을 회복했으니, 이것은 모두 군이 수모(首謀)한 것으로, 나라 위해 죽으려는 정성이 처음부터 끝까지 게으르지 않았음이 이와 같았다. 내가 백형에게 "신공이야말로 참된 열사로군요! 세상의 비방이 형에게까지 미치는 것이 참으로 한스럽습니다."라고 하자, 형은 웃으면서 "사람을 알아보기란 본디 쉽지 않아. 사람은 정말 쉽게 알 수 없어."라고 했다.

허균은 신로의 졸, 선계(先系), 자손을 적고, 앞서 보았듯이 시문의 성취를 말했다. 신로는 북관에서의 공으로 5품관을 제수받았으나 나아가지 않았으며, 죽을 때 자신의 명정(銘旌)에 관함을 적지 말고 '상사(上舍)'라고 적어달라고 했다고 한다. 이어서 허균은 자신이 신로의 아우의 청으로 묘지를 작성했다고 밝히고, 다음의 짧은 명(銘)을 붙였다. 평성 眞운의 屯·身·人 자를 운자로 놓았다.

君子之**屯**, 以羸其**身**, 俾遺乎後**人**.

군자의 곤혹함은
그 몸을 파리하게 만들지만
뒷사람에게는 은혜를 끼친다네.

　최창대가 작성한 「임명대첩비」에는 석린(石潾)의 이름은 물론 신로의 이름도 나오지 않는다. 임명대첩을 기록한 다른 문헌들도 그러하다. 게다가 여러 문헌에 따르면 정현룡(鄭見龍, 1547~1600)이 기병한 것도 신로의 권유에 의한 것은 아니었다. 정현룡은 종성부사로서, 경원부사(慶源府使) 오응태(吳應台) 등과 함께 정문부와 합세하여 국경인 일당을 주살하고 북관 지역을 수복했으며, 그 공로를 인정받았다. 그러나 박동량(朴東亮)의 『기재사초(寄齋史草)』 「임진일록(壬辰日錄) 4」에는 "종성 부사 정현룡이 표(表)를 써서 적을 맞이하여 항복하고자 하면서 심지어, '나를 위무해 주면 임금이고 나를 학대하면 원수이니, 누구를 부린들 신하가 아니며 누구를 섬긴들 임금이 아니랴?'라는 문구까지 있었다. 판관 임순(林恂)과 함께 그 글을 내던지고 도망가려고 했다."라고 기록되어 있다. 또한 정문부는 1593년에 병마평사직에서 일시 체차되었는데, 그것도 정현룡의 무고 때문이라고 한다. 이러한 일들이 사실이라면 정현룡은 '무치(無恥)'하다 하겠다. 허균의 기록은 별도의 자료에 근거했을 듯하다. 그리고 여기서 문헌이 과연 역사의 시비를 가리는 데 근본 자료가 될 수 있을까 새삼 생각하게 된다.

　사대부 묘주의 비지문은 환력을 서술할 때 제수, 체직, 승천, 폄출의 사실을 간략히 적고, 표창할 만한 일화를 거론하는 것이 일반적이다. 그런데 유몽인(柳夢寅)의 「통정대부순천부사송공기묘지명병서(通政大夫順天府使宋公圻墓誌銘幷序)」는 구성 면에서는 다른 묘지명과 다를 바 없으나, 환력을 서술할 때 해당 관직의 직무를 간략히 주기했다. 『주례(周禮)』의 문장법을 의작(擬作)한 것이다.[205] 묘주는 송기(宋圻, 1553~1611)로, 중종의 부마 여성군 송인(宋寅)의 손자이다. 유몽인이 송기를 위해 작성한 묘지명은 다음 내용으로 구성되었다.

　ⓐ 고사를 상고하여 여산송씨 가문의 인물들을 소개했다.

205　묘는 경기도 양주시 은현면 선암리 소래산에 있다.

ⓑ 1553년 8월 병술일 송기가 태어나 1611년 3월 59세로 세상을 떠나기까지 관력을 차례로 기록하고, 그가 현달하지 못한 것을 아쉬워했다.

ⓒ 묘주의 부친은 송유의(宋惟毅), 조부는 송인이다. 광주김씨와의 사이에 2남 4녀를 낳았고, 두 아들은 송희업(宋熙業)과 송영업(宋榮業)이라고 적었다. 측실과의 사이에도 두 아들이 있다고 했다. 자손록에 손자 항렬까지 기록했다.

ⓓ 묘주와 함께 서울에서 태어났고 그보다 5살 어리지만 행적이 달라 두세 번 밖에 만나지 못했다. 자신의 중종손(重從孫) 사위[유숙(柳潚)의 딸과 혼인했음]이기도 한 송영업이 부모를 위해 묘지명을 받겠다고 하고, 송해(宋垓)가 또 그 형(송기)의 묘지를 부탁하므로 송기의 생애 전말을 순서대로 기술했다고 찬술 연기를 밝혔다.

ⓔ 명은 4언 40구로 10개의 운을 번갈았다.[206]

ⓑ 부분은 관력을 세세하게 나열했다. 송기는 음직으로 사포서 별제에 제수되었다가, 1576년(선조 9) 식년시 진사 2등으로 합격 후 보안도찰방, 종부시직장 등을 지냈다. 1583년 별시 문시에 급제한 후, 호조정랑, 홍주현감, 내섬시 정(正) 등 내외직을 지냈다. 1605년(선조 38) 3월 공신의 적장자로서 회맹연에 참석하여 규례대로 통정대부 절충장군 품계에 올라 오위장에 충원되었다. 1606년 관압사를 겸하여 연경에 가서 과하마를 공납했다. 1607년 순천부사로 나갔다가 병들어 돌아왔다. 1611년(광해군 3) 3월 9일 회갑 잔치를 열기 전에 세상을 떠났다. 유몽인은 관력을 서술할 때 짧은 어구를 툭툭 던지다가 긴 문장으로 매듭 짓는 방식을 이용했다. 그 일부만 보아도 의고체의 특징을 알 수 있다.

이듬해 계미년(1583) 가을 문과의 모과(갑을병의 아무 과)에 급제하여 자문을 지니고 의주에 가서 궁마를 점검했다. 돌아와 사축(司畜)[종6품-역자 주]에 올랐으니, 희생을 기르는 관직의 우두머리였다. 전적(典籍)[정6품-역자 주]으로 옮겼으니, 태학 선비들의 경적을 주관하는 관직이었다. 또 형조좌랑[정6품-역자 주]으로 옮겼으니, 옛날 육부 중 추관의 주사랑이다. 오래지 않아 파직되었다가 그해 겨울 감찰[정6품-역자 주]에 올랐으니, 옛날의 전중

206 景彼壼山, 世鍾其英. 靑銀紫金, 絢煥勳盟. 載諸史氏, 倬績脩名. 逮我淸朝, 濟美揚聲. 靑雲縱步, 有燦懷黃. 翩翩碼城, 手分天章. 繇尉而君, 不顯前光. 維公穎脫, 思繼裘箕. 言貌英發, 厥施可知. 外而不內, 不崇而卑. 瞻彼軒墀, 豈盡龍夔? 墨綬銅章, 匪公攸期. 終三十年, 仕道欽崎. 星環五衛, 玉弭晩輝. 豈不我榮? 猶媿先徹. 顧玆巨室, 世業紆餘. 式宴賓朋, 觀水南湖. 歌姬舞姝, 聊以自娛. 一朝永辭, 翳如山原. 繁華雲逝, 是似寧論?

어사이다. 그러나 조부 여성군의 상을 마치지 않아 벼슬하지 않았다. 이듬해 호조좌랑[정6품-역자 주]으로 있다가 어떤 사건에 연루되어 파직되었다. 얼마 지나지 않아 승문원교검(校檢)[정6품-역자 주]에 제수되었다. 이듬해 호조좌랑을 거쳐 정랑[정5품-역자 주]으로 승진했다. 승문원은 국서를 받들어 천조에 바치는 일을 하며, 호조는 옛날 육부 중 지관이며 정랑은 옛날의 원외랑이다. 이듬해 어떤 사건에 연루되어 파직되었다. 다음 해에 경기도 마전군의 수령으로 나갔다가 3년이 지난 신묘년(1591)에 파직되었다. 그해 모친상을 당하고, 3년이 지나 상복을 벗고 관직에 복귀했다.[207]

송기의 관력을 서술한 뒤에 유몽인은, 송기가 벼슬에서는 재주와 기량을 다 펼치지 못했으나 조부 송인이 동호에 지은 수월정(水月亭)에서 풍류를 즐긴 일을 아름답게 회상했다.

공은 용모가 단아하고 언사가 명민했으며 벌열가에서 태어나 관리로서의 능력을 타고났으며, 제대로 보고 제대로 들어 익히지 않고도 능숙했다. 관리가 되어 여유 있게 일을 처리했음에도 불구하고 한 번도 청현직에 올라 당세에 명성을 떨치지는 못했다. 저 평범한 품계로 산직을 전전하여 공의 재주와 기량을 능히 다 펼치지 못했으니, 그렇게 만든 자는 누구인가? 하늘이 정한 일인가? 그러나 대대로 녹을 먹은 집안이라서 남에게 손을 빌리지 않아도 여유가 있어 매양 절기이거나 좋은 날에는 한강의 수월정에 손님을 초대하여 흥을 풀었으니, 그 즐거움을 돌아보면 어찌 이것으로 저것을 바꾸겠는가?[208]

그런데 유몽인은 인조반정이 일어난 직후 금강산 유점사 승려 영운에게 보낸 서찰인 「여유점사승영운서(與楡岾寺僧靈運書)」에서, 자신이 일찍이 소북의 권세가 조국필(趙國弼)의 은파정(恩波亭)에 대해 써준 기(記)에서 "물과 달은 외척과 관계 없다."라고 밝혔다고 언급하고 있다. 이를 두고 유몽인이 개결한 인물이라고 평하지만, 반드시 그

207 明年癸未秋, 登文科某科, 賁否文如龍灣點弓馬. 已還, 陞司畜, 實犧牲飼養官之長. 移典籍, 實太學儒士主經籍之官. 又移刑曹佐郎, 卽古六部中秋官主事郎也. 尋罷官, 其年冬, 爲監察, 卽古殿中御史者也. 因祖父礪城喪未葬, 不仕. 明年, 以戶曹佐郎, 坐事罷. 未幾, 除承文院校檢. 明年, 由戶曹佐郎, 陞正郎, 戶曹, 承文院奉國書享天朝, 而戶曹卽古六部中地官, 而正郎卽古員外郎也. 明年, 因事罷. 明年, 出守京畿之麻田郡. 越三年辛卯歲, 坐罷. 其年, 丁內憂, 越三年, 褫服, 復官.

208 公容貌端雅, 言辭明敏, 胚胎閥閱, 陶揉吏能, 聞閘見見, 不習而聞. 及其當官莅事, 綽有餘裕, 而一未隮淸班, 振敭于時. 彼凡資例秩, 局局于冗散, 匪能盡公之才器, 而使之然者, 誰哉? 吾未知天耶? 然而世家也, 不丐而贏, 每佳辰麗日, 速賓于漢江之水月亭以自遣, 顧其樂, 豈以此易彼哉?

렇지는 않은 듯하다. 상황에 따라 관점을 달리한 것만 같다.

소론의 학자이자 명필인 이광사의 묘지는 사촌 아우 이광려(李匡呂, 1720~1783)가 작성했다. 이광사가 귀양지 신지도에서 타계한 후, 이광사의 두 아들 이긍익(李肯翊)과 이영익(李令翊)이 부친을 경기도 장단으로 반장하고, 묘지를 서울 평동에 살던 이광려에게 청한 것이다. 지제는 「원교선생묘지(員嶠先生墓誌)」로, 운문의 명을 붙이지 않았다. 이광사는 백부 이진유의 을해옥사(1755)에 연좌되어 함경도 부령으로 귀양 갔다가 호남의 신지도로 이배되었다. 23년간 유배생활 중 신지도에서 16년을 지내다가 1777년 죽었다. 이광려는 자신의 부친 이진수(李眞洙, 1684~1732) 묘지의 글과 글씨를 이광사에게 부탁했는데, 글을 받아놓고도 가난해서 묘지를 돌에 새기지 못한 상황이었다. 「원교선생묘지」에서 이광려는 그 사실을 언급하며 집안의 몰락을 서글퍼했다. 그런데 이광려는 「원교선생묘지」에서 묘주의 생몰과 가계, 혼배, 자손, 일생 행적에 대해 기술하는 데 중점을 두지 않았다. 이광사의 글씨에 대한 세인의 평가가 반드시 이광사의 글씨를 알고 하는 것이 아니거늘, 하물며 이광사의 성정과 덕행에 대해 어떻게 제대로 알겠느냐 하는 물음에서 출발했다.[209] 그리고 묘지의 중간중간 모두 5개 단락에 걸쳐 이광사의 서법을 언급했다. 그 다섯 번째 단락은 조선의 서예사를 서술하면서 이광사의 위상을 부각시켰다.

우리 집안 윗대 분들이 모두 붓을 잘 다루셨는데 효간공[이정영(李正英)]이 특히 글씨[전서(篆書)와 주서(籒書)−역자 주]로 명인이었으며 공(이광사)에 이르러 윤백하[윤순(尹淳, 1680~1741)]에게서 처음으로 필법을 배웠다. 공은 스스로 말하길, "나는 서른 살 이후 옛 분(왕희지)을 전공했다. 그렇지만 필의를 독창적으로 알게 된 것은 백하에게서 터득했다."라고 했다. 선생은 백하를 언급할 때마다 항상 존경심을 나타냈는데, 백하가 아버지(이진수)의 가까운 벗이기 때문만이 아니었다. 공의 글씨 쓰는 공부는 송나라를 거쳐 당나라를 넘어 위·진시기의 서법을 힘써 추종했다. 그래서 진서·초서·전서·예서 여러 서체를 하나로 꿰어 터득하는 일은 수백, 수천년 만에 원교공에서 시작되었다. 세상 사람들은 원교공의 전서와 예서가 진서와 초서보다 훨씬 뛰어나다고 평가하기도 한다. 공이 전서와 예서에 전념하

---

209 李匡呂, 「員嶠先生墓誌」, 『李參奉集』 卷3 文; 李匡師, 『圓嶠集』 墓誌 「墓誌」(李匡呂). "然自員嶠公在時, 世爭得員嶠公一字以爲寶, 若之者以其書而已. 夫墨蹟在紙, 得人人見之, 人人貴重之, 而今之人竟未有 眞知員嶠公書者, 書猶如此, 況於性情德行, 又況於久遠之後乎?" 『이참봉집』에서는 일인칭으로 광려(匡 呂)를 사용했으나, 『원교집』에서는 모(某)를 사용했다.

여 옛날 비문을 연구한 것은 또한 40세부터이다. 아마 서도가 점차 크게 진보하며 학문이 더욱 옛것에 가깝게 되었기 때문일 것이다. (60세에) 『서결(書訣)』 5,000~6,000자를 기술하여 왕희지와 (왕희지가 배운) 위부인(衛夫人)의 깊은 뜻을 밝히고, 나중에는 「후편」을 써서 내용을 확장시켰다. 「후편」이란 것은 차남 이영익이 대신 서술한 것으로, 다 이루어지자 공이 수정했는데, 또 1만 자가 넘었다. 공이 이렇게 좋은 글을 남겨놓았다지만, 정성을 다하여 마음을 집중시켜 배우려는 사람이 세상에 없다면 이 서도는 곧 인멸하여 옛날처럼 될 것이다. 세상의 일이란 고심하는 사람만이 알 수 있을 따름이다.[210]

이광려는 이광사의 험난한 가족사를 잘 알고 있으면서도 「원교선생묘지」를 작성하면서 이광사의 서예예술상의 성취를 강조하기 위해서 그의 형제 가족의 존몰 사항을 대부분 생략했다. 그리고 이광사와 양명학의 관계에 대해 다음과 같이 서술했다.

선생은 오경과 사서를 공부하시면서 여러 곳에서 선유(주자)를 억지로 따를 수 없었기 때문에 하곡 정제두 선생을 존중하고 스승으로 모셨는데, 하곡 선생은 왕양명 학술을 위주로 했다. 공은 왕양명 학술과 관련하여 치양지(致良知)의 설에는 아무래도 계합하지 않았으나, 평소 깊은 의리와 기이한 견문을 말할 때면 자주 하곡 선생을 일컬었다. 하곡 선생께서 돌아가시자 제자로서 상복을 입고 장례에 참례했다. 어려서 백하 윤 선생에게서 필법의 이치를 들었으므로 백하 윤 공이 돌아가시자 마찬가지로 상복을 입고 장례에 참례했다.[211]

이광려는 이광사가 왕양명의 치양지설에는 계합하지 않았다고 하여 이광사와 양명학의 관계를 긴밀하다고 보지는 않았다. 이 점은 조선 후기 강화학파의 사상 계보를 개괄할 때 주목해야 할 사실이다.

조선 후기 한글학자로 유명한 정동유(鄭東愈, 1744~1808)의 비와 지는 이광사·이광려의 재종질로 소론의 한사(寒士)인 이충익(李忠翊), 소론의 성공한 정치가인 이만수

---

210 我家先世皆善筆翰, 孝簡公尤以書名家, 至公而始聞用筆於尹白下, 公自言: "余三十以後, 專學古人. 然余創知筆意, 得之白下." 公語及白下, 常致敬焉, 不但爲其先友也. 公臨池之學, 度越宋唐, 力追魏晉. 眞草篆隷, 異體而一貫, 數百千年以來, 發之自員嶠公. 世或謂員嶠公篆隷, 遠過眞草. 公之留心篆隷, 衆碑學習, 亦在四十以後. 蓋書道益進而問學益近古也. 述 『書訣』 五六千言, 發明王衛意旨, 又有 「後編」 以廣之. 「後編」者, 令翊代述, 旣成而公加修訂, 又萬餘言, 公雖有斯文, 世無精心求之者, 則斯道之湮廢, 猶夫前矣. 天下事, 其苦心者自知之而已矣.

211 公於諸經四書, 多不能曲從先儒, 尊事鄭霞谷先生, 而先生主王氏. 公於王氏, 亦未契致良之說, 平日精義異聞, 屢稱鄭先生. 先生喪, 服麻會窆. 少聞筆法於白下尹公, 尹公喪亦如之.

(李晩秀)가 각각 작성했다.[212] 정동유는 이른바 회동정씨(서울 회동에 거주한 동래정씨 일문)의 문사로, 훈민정음학에 관심을 두어, 성주목사 윤광수(尹光垂)와 30조목에 걸쳐 성운학에 대해 토론한 왕복 서한을 모은 「자음왕복서(字音往復書)」를 남겼다. 정태화(鄭太和)의 장남인 정재대(鄭載岱)의 후손으로,[213] 이광려와 중부 정경순(鄭景淳)으로부터 학문을 익혔고, 또 조지명(趙祉命)의 사위가 되면서 그로부터도 가르침을 받았다. 이만수의 계부 이학원(李學源)의 처남이기도 하다. 정동유는 34세 되던 1777년(정조 원년) 사마시에 합격하고 이듬해 동몽교관이 되었다. 1782년(정조 6) 공조정랑이 되었는데 모친상을 당하여 벼슬을 쉬었다. 1784년 익위사 위솔(위수)로 문효세자를 모셨다. 1791년 선혜청 낭청을 지냈고 이듬해 홍주목사로 나갔으나 1796년 호서암행어사 정만석(鄭晩錫)의 탄핵을 받았다. 1808년 장악원정에 임명되었지만 1월 20일 본가에서 세상을 떴다. 정동유가 죽은 후, 가장(家狀)에 근거해서 이만수는 묘갈명(1765자, 1자 결)을 짓고 이충익은 묘지명(800자)을 지었다. 둘 다 고문 서와 4언 명으로 이루어져 있다. 먼저 이만수가 지은 묘갈명은 다음과 같이 구성되었다.

ⓐ "아아, 이것은 장악원정 동래 정공의 묘이다."로 시작한다. ⓑ 망자가 찬자 이만수의 계모 정 부인의 아우이며, 망자의 선대부, 백씨가 모두 일찍 죽고 명문의 전형이 망자에게 있었다고 서술했다. ⓒ 휘, 자, 본관, 가계. 고비(考妣). ⓓ 탄생과 태어날 때부터의 자품, 기우(器宇). ⓔ 명망가에 태어나 중부 수정공(脩井公, 정경순)과 이만수의 계부 강계공(江界公, 李學源), 이광려, 장인 조지명에게 훈도를 받고 학문을 배웠다고 한다. ⓕ 과거, 출사, 환력, 모친상, 홍주목사를 지냈다. ⓖ 을묘년(1795) 봄, 수정공이 무함을 받자 벼슬을 버리고 돌아갔다. 무진년(1808) 장악원정에 배수되었으나, 병으로 숙명(肅命)하지 못했다. ⓗ 졸장. ⓘ

---

212 李忠翊,「掌樂院正鄭君墓誌銘」,『椒園遺藁』冊2 文; 李晩秀,「掌樂院正鄭公墓碣銘」,『屐園遺稿』卷11 玉局集 墓碣銘.

213 정대재는 덕선(德先)·욱선(勗先)·각선(覺先)·혁선(赫先) 등 네 아들을 두었다. 정욱선의 장남 정석명(鄭錫命)이 일찍 죽자, 차남 정석경(鄭錫慶)의 아들 정원순(鄭元淳)을 후사로 삼았는데, 그 아들이 정동유이다. 정인보는 정동유가 이충익과 함께 정음학을 정밀하게 연구하여 유희(柳僖)에게 전했다고 평가한 바 있다. 문집『현동실유고(玄同室遺稿)』와 함께『한고동(閒古董)』이 버클리대학에 있고 국내에『주영편(晝永編)』이 전한다. 조성산,「玄同 鄭東愈와『晝永編』에 관한 연구」,『한국인물사연구』3, 한국인물사연구소, 2005, pp.241-270; 김동준,「18세기 소론계 학통의 다각적 조명; 소론계 학자들의 자국어문 연구활동과 양상」,『민족문학사연구』35, 민족문학사학회, 2007, pp.8-39; 이종묵,「鄭東愈와 그 一門의 저술」,『진단학보』110, 진단학회, 2010, pp.301-328; 정동유 저, 안대회 외 역,『주영편』, 휴머니스트, 2016.

배위, 4남 1녀의 근황. ⓙ 효우, 인륜 애호. ⓚ 만년의 경전 연구와 유집. ⓛ 경제의 재능을 시험하지 못하고 군주의 지우를 입지 못했다. ⓜ 존몰의 사실을 슬퍼하며 행장에 근거하여 비문을 작성한다. ⓝ 명 20구. 4구 1전운(5개 운)[214]

이충익이 지은 묘지명의 구성은 다음과 같다.

ⓐ 휘, 자, 본관. 가계. ⓑ 묘주는 일찍 급제하고 한림원에 들었으나 불행히 단명했으며 졸관은 사간원 정언이다. ⓒ 회동정씨가의 명망. ⓓ 묘주의 천품, 사승, 덕망. ⓔ 34세에 진사가 되고, 벼슬길에 올랐으나 홍주목사를 그만두고 돌아왔으며, 만년에 장악원정에 제수되지만 나아가지 않았다. ⓕ 졸장. ⓖ 묘주의 아들들이 부탁하여 묘지명을 작성한다. ⓗ 묘주는 『주역』의 대연설책(大衍揲策)에 뛰어났다. ⓘ 덕과 재능을 지니고도 침륜한 것을 슬퍼한다. ⓙ 배위 조 숙인(趙淑人)의 졸장, 4남 1녀의 혼취. ⓚ 후래자의 모범이 서거한 것을 슬퍼한다. ⓛ 명 4언 20구. 일운도저.[215]

행장을 기초로 찬술했으므로 두 글은 내용이 유사하다. 그런데 이만수는 정동유의 학술에 대해 자세히 서술했으나, 이광려는 정동유의 학술 지취를 잘 모르므로 서술하지 않는다고 했다. 이광려의 말은 겸어일 것이다. 이만수는 정동유가 "학자들이 전주(箋註)에 얽매이고 성명(性命)을 허담(虛談)하는 것을 병폐로 여겼다."라고 했다. 당시 학자들이 사서오경대전이나 주자설에 얽매이고 성리의 설을 공담하는 것을 비판했다는 말이다. 또한 이만수는 정동유가 역학에서 '대연괘륵지수(大衍掛扐之數)'에 관해 독창적 견해가 있었고, 건문지지(乾文地志)·산수의약(筭數醫藥)·구류백가(九流百家)의 서적을 섭렵했으며, 시문 제작은 악착스레 하지 않아서 답습하거나 억지로 연마한 태도가 없이 '청진이아(淸眞爾雅)'하다고 평가했다. 그런데 이만수는 정동유가 홍주목사를 그만둔 이유에 대해, 수정공(정경순)이 무함을 받자 그만둔 것이라고 밝혔다. 명시하지 않았지만, 정동준(鄭東浚, 1753~1795)의 일로 동래정씨의 사환자들이 당시 고통

---

214 允矣君子, 玄同之室. 不夷不惠, 葆我明哲. 行在蓼莪, 志觀韋編. 下掃糠粃, 而時淵泉. 胡不棟樑, 於我巨廈. 武城絃歌, 以民上社. 寧考曰杏, 許爾種德. 庭有槐陰, 孫枝攸殖. 不朽者三, 先立其大. 過者必式, 古之遺愛.

215 維誦服古, 維已德神. 有淈其源, 濫爲暴私. 維公與仁, 維博其施. 君斂于躬, 家事之治. 曷不邦用, 郡縣之爲. 不翔于庭, 曠野之儀. 胡來一角, 鉏商獲之. 壞麟球圖, 光氣上馳. 潤厥楸櫃, 欝欝斡枝. 鐫辭納幽, 故人之悲.

을 겪었으리라 짐작할 수 있다. 중부 정경순은, 족질 정동준이 역적의 죄목을 입고 자살한 날에 갑자기 중풍을 맞아 세상을 떠났다. 당시 여론이 정경순도 정동준과 함께 역모를 도모했다고 몰아갔다.[216] 이만수와 달리, 이광려는 이 사실을 전혀 언급하지 않았다. 그렇지만 이광려도 이만수와 마찬가지로 정동유가 경제의 재능을 지녔거늘 군주의 지우를 입지 못한 점을 서글퍼했다. 이광려는 『논어』 「공야장(公冶長)」에서 공자가 복자천(卜子賤)을 칭송하여 그 군자다움이 후대의 모범이 되리라고 했던 말을 인용하여, 정동유를 후대 사풍의 모범으로 강조했다.[217]

소론의 한사였던 이충익은 자신의 친형으로 역시 불우하고 빈한하게 살다가 죽은 이문익(李文翊, 1735~1761)을 위해 69세 때 그의 묘지명을 지었다. 을해옥사 때 부친 이광현(李匡顯)이 경상도 기장현으로 유배되자, 그 차남 이충익이 모시고 가고 장남 이문익은 둥그재 아래의 세거지에서 모친을 모시고 독서했다. 둥그재의 '원(圓)'과 '과(窠)'는 같은 의미라서 과산자(窠山子)라 자호(自號)했다. 본래 가난했지만 1755년 을해옥사 이후 더욱 궁핍하게 되었으므로 이문익의 처 정씨(鄭氏)는 호서 청양으로 귀녕을 가고 말았다. 이문익은 누이동생을 시집보낸 후 장기로 갔으나 거처가 좁아 오래 있지 못했다. 청양으로 가서 부인을 기장으로 데리고 가서 집을 늘려 짓고 부친을 모시고 살 심산이었으나, 게를 잘못 먹고 복창으로 죽었다.[218] 이충익은 과산자(이문익)를 반장하지 못한 데다가 문집마저 오유로 돌아가자 통탄했다.

영묘 을해년(1755) 군의 나이 스물 하나일 때 선군께서 가난(家難)을 만나 영남의 기장현으

---

216 정동준은 1795년 화성 행차를 앞두고, 노론계 권유(權裕)로부터 화성 축성과 관련하여 매관매직이 횡행하고 있다는 유언비어를 퍼뜨리고 임금의 위세와 권력을 훔쳐 농단했다고 비판받자, 음독 자결했다. 『正祖實錄』 卷42, 정조 19년(을묘, 1795) 1월 18일(신축)의 기사에 전 판서 정경순의 졸기가 있다. "동준이 죄를 얻어 스스로 목숨을 끊던 날 경순이 중풍으로 갑자기 죽자, 그를 시기하고 미워하던 자들이 동준과 함께 죽었다고 없는 사실을 날조하여 탄핵했으나, 상이 실정을 환히 알고서 밝게 해명해 주었다."라고 했다. 『일성록』에 보면, 정조 20년 병진(1796) 2월 1일, 어사의 서계에서 정동유가 홍주목사로 있으면서 잉여분을 차지했다는 논열이 있었으나 무죄임이 판명되었는데, 정조는 "그의 숙부 일이 애매하게 된 것은 지금도 애석하다."라고 하면서 특별히 풀어주도록 하라고 명했다.

217 이충익의 이 논평은 묘지명의 구성에서 ⓙ와 ⓚ에 해당한다. ⓙ "君之德之才, 可以澤利萬物, 而沈淪未著者, 未必盡知之也. 世運滔滔, 而斯人不常值, 忠翊所以流連歡悼而不能已者, 誠有異於方外之交, 宗理而遺情者乎?" ⓚ "昔孔子稱宓子賤之賢曰:魯無君子者, 斯焉取斯. 君不但生質之美, 猶能及見先輩長者, 以自淬染成就. 老而德義彌高, 猶爲後來者模範. 君今逝矣, 不可復見也已."

218 이영익(李令翊)은 종조형 이문익이 1761년(영조 37) 8월 23일 죽은 후 1주기 때 「과산자애사(窠山子哀辭)」를 지어 슬픔을 적었다.

632

로 유배를 가니, 차남 충익이 따라갔다. 군은 막내 동생 홍익(弘翊)과 지금은 돌아가신 모친을 모시고 서울에 남았다. 누이동생이 아직 시집을 가지 않은 이유도 있고 해서, 집안이 평소 가난했는데, 이때에 이르러 더 잔파하여, 며칠 동안 아무것도 먹지 못하기까지 했다. 형수 정씨는 호서 청양의 친정으로 귀녕했다. 그렇게 참혹한 이별을 당하여 남들은 근심과 고통을 견디지 못할 것이지만, 군은 종일 모친 곁에서 책을 읽었다. 모친이 "책 읽으면 배고프지 않느냐?" 묻자, 군은 "배가 고파서 책을 읽어 잊으려는 것입니다. 그리고 어머님께서 제가 병이 나지 않을 줄 아시라고 그러는 것이기도 합니다."라고 했다. 산업과 경영을 알지 못하고, 혹 누가 시혜를 하면 문득 얼굴이 붉어지며 부끄러워했다. 백모 유부인(柳夫人)이 군을 놀리면서, "너는 옷이나 밥이 나무에서 생겨난다고 생각하느냐?"라고 했다. 이로부터 지려(志慮)를 딴 데 나누지 않아서 학문이 나날이 더욱 성취하여 경(經)과 예(禮)로 귀결했다. 저술한 것은 경(經)을 우익(羽翼)한 것이 많다. 시도 맑고 경발하며 범상치 않고 빼어나서, 겉꾸미고 아로새기기를 일삼지 않았다. 항시 스스로를 엄정히 하여, 종형인 범옹[이성원(李性源)]과 재종제 신재[이영익 유공(幼公)]와 함께 수련하고 권면하는 일을 즐거움으로 삼아 일신의 궁핍과 기아를 알지 못했다. 경진년(1760, 영조 36) 봄에 이르러 비로소 누이동생을 시집보냈다. 이해 여름에 온 집안이 부친 계신 곳으로 갔으나, 집이 좁아 함께 살 수가 없고 가난은 더욱 심해졌다. 한 해를 넘기고 군은 서울로 돌아갔다가, 다시 청양의 처가로 가서 아내와 딸을 데리고 와, 거실을 조금 늘리고 영남 사람이 되더라도 한스러워하지 않겠다고 여겼다. 그런데 우연히 게[도해(稻蟹)]를 먹다가 복창을 앓아 그날 밤으로 죽었으니, 때는 신사년(1761, 영조 37) 8월 23일이었다. 나이 겨우 스물일곱이었다.[219]

국사편찬위원회에 「민가숙묘지명(閔可肅墓誌銘)」 탁본 1책 7장(낙장본)이 있는데, 비제는 「조선국학생민공가숙묘지명병서(朝鮮國學生閔公可肅墓誌銘幷書)」로 찬자는 이충익이다.[220] 민가숙은 민경속(閔景涑, 1751~1794)으로, 가숙은 자(字)이다. 본관은 여

219 李忠翊, 「伯兄窠山子墓誌銘」, 『椒園遺藁』 册2. "英廟乙亥, 君年二十一, 先君遭家難, 竄配嶺南之機張縣, 仲子忠翊從. 君與稚弟弘翊, 奉先妣, 留漢京. 以妹未行故, 家素貧, 至是益殘破, 至累日不食. 嫂鄭氏往寧於湖西之靑陽. 此離乖闊, 人不堪其憂苦, 君終日於先妣側讀書. 先妣曰: '讀無饑乎?' 君曰: '饑故讀書以忘之. 亦要母氏知我不至病也.' 不識産業經紀, 遇人有振施之, 輒赧然愧沮. 伯母柳夫人戱語君曰: '汝將謂衣飯樹上生邪?' 由是志慮不分, 學日益成, 而歸之經禮. 所著述, 多所羽翼. 詩亦淸警擢拔, 不爲態色華艶. 恒自整飭, 與從兄凡翁性源·再從弟信齋幼公, 相摩厲以爲樂, 不知身之窮餓也. 至庚辰春, 始歸妹. 是夏盡室就先君, 屋狹不能容, 貧益深. 踰年君還京, 復至靑陽婦氏家, 將以妻女來, 稍拓其居室, 遂爲嶺南人, 不恨. 偶食稻蟹, 病脹, 厥宿昔(夕의 오자인 듯함─필자 주)卒, 卽歲辛巳之八月二十三日, 年財二十七."
220 이충익의 문집 『초원유고(椒園遺藁)』 책2에 「민가숙묘지명」이라는 제목으로 실려 있다. 『초원유고』

홍이며, 부친 민욱상(閔旭祥)은 후릉참봉을 지냈다. 1792년(정조 16) 임자년 반제에서 급분(給分)을 받았으나 과거에 합격하지는 못했다.[221] 1795년(정조 19) 3월 28일 죽어서 5월 15일(을미) 평산(平山) 수월봉(水月峯) 선영 곁에 묻혔다.[222] 한편 생전의 민경속은 『삼조요전(三朝要典)』을 남에게서 빌려다가 베꼈는데, 이충익이 1권부터 3권까지 거들었고, 1798년(정조 22)에 「서삼조요전후(書三朝要典後)」를 적었다.[223] 『삼조요전』은 명나라 위충현(魏忠賢)이 동림당을 해치려고 내각대학사 고병겸(顧秉謙)·황입극(黃立極)·풍전(馮銓)을 시켜 엮게 한 책으로, 24권이다.[224] 민경속과 이충익은 신임옥사와 을해옥사를 거치면서 노론 중심의 옥안에 불만을 느껴, 옥안의 새로운 구성을 막연히 기대했던 듯하다. 이충익의 「민가숙묘지명」에서 묘주의 품성을 부각시킨 부분(ⓐ)과 학문을 부각시킨 부분(ⓑ)을 보면 다음과 같다.

ⓐ 가숙이 병들어 죽게 되었을 때 내가, "마음이 평소와 다른가?" 묻자 "다른 게 없네." 했다. 말하고 싶은 것이 있느냐고 묻자, "선대에 관해 하고 싶은 말이 많았는데 그럴 수가 없으니 이 때문에 한스럽지, 달리 하고 싶은 말이 없네." 했다. 이어서, "내가 죽거든 그대

수록분과 국사편찬위원회 탁본첩을 대조해 보면, 탁본첩은 "左議政文孝公翼五世孫也"이하(이 책의 635쪽 ⓑ와 명)가 낙장이다.

221 正祖, 「便殿召見泮製被抄諸生 賜賞物有差 饋之酒 時穀雨霏微 春意藹然 以春雨瓊林讌綠袍爲題 仍拈春字 與諸生及在筵者聯韻」, 『弘齋全書』 卷6. 閔景涑은 "몸은 성상의 은택 속에 노닐며 헤엄치는데, 소매에는 천향이 풍기어 가깝고도 친하구려[身霑聖澤游斯泳, 袖惹天香近更親]."의 句를 읊었다.

222 이충익은 민경속의 조부 민창연(閔昌衍)의 묘지명도 지었다. 민경속은 생전에 이의경(李毅敬, 1704~1778)의 만시(輓詩)를 써서, 이의경의 『동강유고(桐岡遺稿)』에 전한다. 이의경은 1748년 익위사 부솔(부수)에 제수되었으며, 1762년 임오화변 이후 벼슬에서 물러났다. 죽는 날, 영정에 '익위사 부솔'이라고만 쓰라고 유언했다. 이광려는 「영당춘추축(影堂春秋祝)」을 짓고, 신작(申綽)은 이의경 행장을 지었다. 민경속도 이의경과 마찬가지로 강화학파 인물들과 교유했다. 정양완·심경호, 『江華學派의 文學과 思想(4)』, 한국정신문화연구원, 1999; 심경호, 「椒園 李忠翊의 『談老』에 관하여」, 이종은 편, 『한국도교문화의 초점』, 아세아문화사, 2000. pp.437-479; 김성애, 「초원유고 해제」, 한국고전종합데이터베이스.

223 李忠翊, 「書三朝要典後」, 『椒園遺藁』 冊2.

224 『三朝要典』의 처음 이름은 『從信鴻編』이고, 다른 이름은 『三大政紀』이다. 1626년(天啓 6) 4월 10일 급사중 霍維華는 상소하여 劉一璟·韓爐·孫愼行·張問達·周嘉謨·王之寀·楊漣·左光斗·周朝瑞·袁化中·魏大中·顧大章 등을 공격해서 梃擊案·紅丸案·移宮案을 뒤집으려고 했다. 魏忠賢은 그것을 격찬하고, 동림당을 압박하기 위해 『삼조요전』 찬수에 들어갔다. 즉, 곽유화 상소에 기초해서 顧秉謙·黃立極·馮銓을 총재로 삼고 禮部侍郞 施鳳來, 楊景辰 및 詹事府詹事 姜逢元 등을 부총재로 삼아 萬曆·泰昌·天啓 삼조의 檔案을 엮고 안어를 덧붙였다. 『삼조요전』이 이루어진 뒤 얼마 안 가서 熹宗이 죽고 崇禎이 즉위하여 閹黨을 소탕했다. 倪元璐는 『삼조요전』 훼기를 청했다. 마침내 5월 상순에 『삼조요전』 훼기 조칙이 내렸다. 『四庫全書』에서 『삼조요전』은 禁毁書目에 들어 있다.

가 내 묘에 비명을 쓰되, 지나친 칭예가 없게 하게나." 했다. 나는 웃으며, "그대가 말을 안 해도, 내가 어찌 그대 묘에 아첨하는 자이겠는가?"라고 대답했다. 위태하게 되자 빌린 서적들을 돌려보내고, 정신이 흐트러지지 않은 채 홀연히 서거했다. 아아, 애석하다. 아아, 쓰라리다![225]

ⓑ 처음에 가숙의 부친이 선대의 사적과 행실을 편찬해서, 비지(碑誌)·애뢰(哀誄)의 글부터 국사와 야승에 이르기까지 한마디라도 언급한 것들은 모두 모아서 책을 이루려 했으나 미처 완성하지 못하고 졸했다. 가숙이 뒤이어 완성하여 옛 책보다 훨씬 상세하고 치밀했다. 『지선록(知先錄)』이라고 서명을 붙였으니, 모두 여러 권이다.[226]

「민가숙묘지명」의 명은 다음과 같다.

子之始亡, 謂是理之常, 不太懷傷.
久而益思, 思而不獲見, 子旣捨我而先歸, 而不再來. 吁其悲![227]

그대 처음 죽었을 때는, 이는 이치의 심상한 것이라, 그다지 슬퍼할 것이 못 된다고 여겼건만, 오래될수록 더욱 그립고, 그리운 데도 볼 수가 없거늘, 그대가 나를 버리고 먼저 돌아가서는 다시 오지 않다니, 아아 슬프다!

조선 후기에 부인과의 이절(離絶) 사건 때문에 불행한 일생을 마친 인물의 묘지가 있다. 통훈대부 좌수운판관을 지낸 유정기(兪正基, 1645~1712)를 위해 정호(鄭澔, 1648~1736)가 작성한 묘지인 「고판관유공묘지명(故判官兪公墓誌銘)」이 그것이다.[228] 유정기는 1690년(숙종 16) 8월, 후실 신태영(申泰英)을 한악(悍惡)하고 부모에게 불순했다는 이유로 쫓아냈다. 작고한 모친의 유서가 결정적인 증거였다. 1704년(숙종 30) 신씨의 죄상을 예조에 올려 이절을 청했으나 거부되었으므로 능행하는 어가 앞에서

---

225 「閔可肅墓誌銘」은 탁본과 문집 수록본 사이에 인용 부분의 차이가 없다. "可肅病, 將死, 余問曰: '心裏 與平日異同?' 曰: '無所異也.' 問有所欲言也, 曰: '吾於先世事, 多欲爲而未能, 以是爲恨, 無所欲言也.' 仍 曰: '我死, 子爲銘其墓, 無過譽.' 余笑曰: '子雖無言, 我豈諛子墓者?' 及殆, 還所借書籍, 精神不亂, 翛然 而逝. 烏乎惜哉, 烏乎痛哉!"

226 始可肅之先人, 纂次先世事行, 自碑誌哀誄之文, 以至國史野乘, 語所及者, 蒐粹爲書, 未及就而卒. 可肅 踵成之, 比舊益詳密. 名之以『知先錄』, 凡幾卷.

227 下平聲七陽(亡·常·傷), 上平聲四支(思)/上平聲五微(歸)/上平聲四支(悲) 통압이다.

228 鄭澔, 「故判官兪公墓誌銘」, 『丈巖集』卷13 墓誌銘.

상언하기까지 했다. 다음 해 6월 신씨와 함께 심리를 받고 1706년(숙종 32) 4월에 풀려났다. 1712년 유정기가 죽은 후 1713년 4월에 그 아들 유언명(兪彦明)이 『대명률』의 '남편을 구타한 경우에는 이절을 들어준다[毆夫聽離]'라는 율문에 의거하여 이절을 청하자, 지평 김유경(金有慶)이 허락을 청하는 상소를 올리고 판중추부사 이여(李畲)가 찬성하는 의론을 올렸다. 하지만 공조판서로서 의금부도사를 겸대하고 있던 김진규(金鎭圭)는 "태영(신태영)이 그 남편을 알소(訐訴: 헐뜯어 일러바침)한 것은 매(罵)이지 구(毆)가 아닙니다. 다시 대신과 유신에게 순문(詢問)하여 처리하십시오."라고 반박했다. 끝내 이절은 허락받지 못했다.[229] 그 후 정호는 전처의 아우 예산(禮山) 이점우(李漸于)의 부탁을 받고 유정기의 묘지명을 작성했다. 정호는 서 부분에서 행장을 정리하는 방식으로 망자의 일생을 서술하고, 사(辭)에서는 망자가 이절 문제에서 의리로 대처했으므로 뒤에 알아줄 이가 있으리라고 위로했다. 서에 첨부한 논평이 상당히 자세하다.

전후로 해당 부서에서 죄를 논정하여 아뢴 내용 가운데 하나는, "『대명률』에서는 남편을 구타한 경우 이혼을 허락한다는 법문이 있는데, 지금 신씨는 남편을 매도하기는 했으나 남편을 구타하지는 않았으므로 이절을 허락할 수 없다."라는 것이다. 다른 하나는, "이 길을 한 번 열어두면 세상에서 자기 아내를 미워하여 이절하려는 자들이 줄이어 일어나 뒷날의 폐단을 막기 어렵게 될 것이다."라는 것이다. 아아! 이것이 무슨 의견이란 말인가? 남편을 구타하고 남편을 매도한 악행을 하찮고 작은 일로 여기고, '이혼의 길을 열면 세도의 폐단이 있을까 염려된다.'라고 하다니, 옛날부터 성현이 유독 뒷날의 폐단을 생각하지 않아서 예(禮)에 칠가거(七可去)의 가르침이 있었단 말인가? 저 무식한 속견은 정말로 말할 것이 없다. 하지만 전후 죄를 논정한 신하들 가운데 독서인이 없는 것이 아니거늘 그런데도 근거 없는 설로 힘을 허비하여 저지하면서, 그것이 예법에 배치되고 법률을 어기게 된다는 점을 깨닫지 못했다니, 정말로 기이하다! 혹자는 언명(유정기의 아들)이 대각에 있을 때 일을 말한 하나의 상소가 당로자의 노여움을 심하게 격발시켜서 이러한 화가 있게 되었다고 한다. 그것이 정말이라면 어찌 그럴 수가 있단 말인가? 나는 일찍이 정보(正甫, 유정기) 부자가 만난 비상한 일을 슬퍼하여 그 자초지종을 말한다.[230]

---

229 『肅宗實錄』卷53, 숙종 39년(계사, 1713) 4월 27일(갑술).

230 前後該府奏讞, 一則曰: "『大明律』有「毆夫者聽離」之文, 今申女則罵夫而非毆夫, 不可許離." 一則曰: "此路一開, 世之欲嫉其妻而離棄者, 將接迹而起, 後弊難防." 吁! 此何意見? 毆夫罵夫之惡, 視爲薄物細故,

사에서는 다음 3개의 배비구로, 자신의 견해를 강하게 드러냈다. 이 시는 하평성 先운의 '千, 天, 焉'을 운자로 썼다.

事有當於理義而不見疑於俗者, 蓋十一於百**千**.
然其理終不可舛而義終不可違兮, 其幾在人而其定者**天**.
今正甫處義之無可疑兮, 後必有知者知之, 是將有待**焉**.

일에는 이치와 의리에 마땅하여 세속에서 의심받지 않는 것이 백에 하나, 천에 하나이로다. 하지만 그 이치는 끝내 모순될 수 없고 의리는 끝내 어길 수 없어라, 기미는 인간에 있지만 정하는 것은 하늘이기에.
지금 정보(유정기)가 의리에 대처한 것은 의심할 것이 없어, 뒤에는 필시 지혜 있는 이가 알 것이리니, 이것을 장차 기다리노라.

정호는 유정기의 묘지문을 작성하여 유정기의 이절을 의리에 대처한 일이라고 규정했다. 하지만 김진규의 묘지명[231]에서는 김진규가 이절을 부당하다고 논단한 일을 긍정하는 듯이 기록했다. 즉, 정호가 지은 김진규의 묘지명에 다음 단락이 있다.

공은 박의(駁議)하기를, "태영이 그 남편을 알소한 것은 매(罵)이지 구(毆)가 아닙니다. 청컨대, 다시 대신과 유신에게 물어서 처리하십시오."라고 했다. 끝내 이절을 들어주지 않았다.

정호의 이 기록은 남유용(南有容, 1698~1773)의 김진규 시장(諡狀)[232]과 관련이 있을 것이다. 남유용이 지은 글에서 다음 단락이 주목된다.

공은 논박하여 이렇게 말했다. "법률에, 남편을 구타한 경우에는 이절을 들어준다고 했습니다. 지금 태영이 남편을 매도한 것은 구타는 아닙니다. 정기는 요망한 첩에게 미혹하여 집

謂: '開離異之路, 慮爲世道之弊', 從古聖賢獨不念後弊, 而禮有七可去之訓乎? 彼無識俗見, 固不足道. 前後議讞之臣, 非無讀書之人, 而乃以無稽之說, 費力沮之, 不自覺其背禮違律之歸, 良可異也! 或者以爲彥明在臺閣時, 言事一疏, 深激當路之怒, 有以致此禍, 其然, 豈其然乎? 余嘗悲正甫父子所遭之非常, 故終始言之.

231 金鎭圭, 『竹泉集』 卷2 「墓誌銘(鄭澔).

232 南有容, 「禮曹判書竹泉金公諡狀」, 『雷淵集』 卷26 諡狀.

안을 다스리지 못했으니, 역시 정기에게도 죄가 있습니다. 또한 그 몸이 죽었으니 이이(離異)의 법을 어디에 시행하겠습니까? 남의 부부가 이절하는 것도 가벼이 여길 수 없거늘, 하물며 남의 모자를 이절시킬 수 있겠습니까?" 조정이 마침내 공의 의론을 따랐다.

(5) 순절·거의인의 비지

경기도 용인시 모현읍의 「오달제대낭장비(吳達濟帶囊藏碑)」에 새겨진 비문은 대단히 파격적이다. 비문의 서는 의론이 중심이고, 명시는 비주의 일생 사적을 개괄한 서사시이다. 한유의 「유통군비(劉統軍碑)」와 같다. 비주 오달제(吳達濟, 1609~1637)는 병자호란 때 청나라로 끌려가 죽임을 당했는데, 종이 그의 황금색 비단주머니[黃錦囊]와 허리띠[衣帶]를 가지고 귀환했다. 오달제의 계배(繼配) 남씨 부인이 그 유품을 지니고 있었으며 남씨 부인이 죽자 그 유품을 오달제의 두 부인의 묘 사이에 묻었다. 1824년 (순조 24)에 이르러 오달제의 후손 오경원(吳慶元)이 묘비를 세우려고 김조순(金祖淳)에게 비문을 청했다.[233] 김조순 역시 척화신 김상헌의 후손이다. 이상황(李相璜)이 글씨를 쓰고 김사목(金思穆)이 전액을 써서 1828년에 비를 세웠다. 김조순의 비문은 서의 전반부에서 척화론을 전개하고 삼학사를 추모했으며, 마지막 단락에서 대화문 형식을 이용해서 비문 작성의 경위를 밝힌 후, 오달제의 의리를 현양했다. 마지막 단락은 다음과 같다.

지금 왕의 갑신년(1824, 순조 24)에 충렬 오공의 후손 경원(慶元)이 조순에게 말했다. "처음에 우리 선조께서 화를 입었을 때에 홍익한과 윤집 두 공은 모두 옷과 관으로 장례를 지냈으나 유독 우리 선조께서는 차고 있던 황금색 비단주머니와 허리띠를 남겨서 중국에 수행했던 종이 받들고 돌아왔습니다. 공의 두 번째 부인인 남 부인은 혼을 불러 장례 지내는 것은

---

233 비의 크기는 높이 200cm, 너비 83cm, 두께 36cm이다. 비문 끝에 '崇禎紀元後四戊子立'이라 했으니, 1828년에 건립되었음을 알 수 있다. 탁본은 성균관대학교 박물관에 있다. 전액은 「有明朝國吳忠烈公帶囊藏碑銘」이고, 비제는 「有明朝鮮國通訓大夫行弘文館副校理兼經筵侍讀官春秋館記注官知製敎贈大匡輔國崇祿大夫議政府領議政兼領經筵弘文館藝文館春秋館觀象監事世子師諡忠烈吳公囊藏碑銘幷序」이다. 찬자·서자·전액자에 대해 "後學輔國崇祿大夫領敦寧府事兼弘文館大提學藝文館大提學知成均館事永安府院君金祖淳謹撰, 大匡輔國崇祿大夫議政府左議政兼領經筵事監春秋館事世子傅李相璜謹書, 大匡輔國崇祿大夫領中樞府事金思穆謹篆."이라고 밝혔다. 『楓皐集』卷11 碑銘에 「吳忠烈公帶囊塚碑銘」으로 실려 있는데, 글자가 다른 부분이 있다. 조동원, 『한국금석문대계』 5, 원광대학교 출판국, 1979; 박용익·홍순석 공편, 이두희·박용규 공역, 『용인군금석유문자료집 上』, 용인향토문화연구회, 1990.

예가 아니라고 하면서 항상 그 띠와 주머니를 지니고 밤낮으로 잠시도 떼놓지 않았습니다. 부인이 돌아가시고 용인현 모현촌의 남향 언덕에 전 부인 신 부인과 쌍분으로 모셨는데 남기신 허리띠와 주머니는 양 분묘 사이에 묻었으므로 선조께서는 마침내 묘가 없이 되었습니다. 경원은 세월이 멀어지면 민멸할까 두려워서 비석을 세워 표지하고자 합니다. 공은 문정공(김상헌)의 후손이시므로 비문을 구한다면 공이 아니고서야 누가 있겠습니까? 그리고 선조께서 의리를 행하다가 돌아가시자 실로 주화론자들이 마음으로 달게 여겼거늘, 세상에 부끄러움이 없는 자들이 혹 이르기를 주화론자들은 우리 선조를 원수같이 본 적이 없다고 하므로, 공께서 밝혀 주시지 않으면 안 됩니다.”

조순은 말했다. “그렇습니다. 사람이 죽으면 체백이 아래로 내려가므로 묘소를 설치하는 것이고, 혼기가 위로 올라가므로 훈호(焄蒿: 제사 향이 올라가 신령의 기가 엄습함)의 제사 향으로 감응하는 것입니다. 공께서 돌아가신 일로 말하면, 체백이 내려오는 곳은 비록 그곳을 모르지만 영렬(英烈)한 혼령의 정기는 필시 비린내 나는 오랑캐 땅에 편안히 있지 못하여 [『장자』 「대종사」에서 말했듯이-역자 주] 정신을 말[馬]로 삼고 꽁무니가 수레바퀴로 변하였을 것이니, 어찌 허리띠와 주머니를 따라 동쪽으로 돌아오지 않았다고 할 수 있겠습니까? 그렇다면 허리띠와 주머니를 묻은 곳은 비록 공의 체백이 계실 곳은 아니지만 밝은 신령이 의지하는 바와 자손이 훈호의 제사 향에 감응하는 바가 오로지 여기에 있지 않겠습니까! 어찌 비석을 세우지 않겠습니까?” 이에 삼가 공이 인(仁)을 이루신 위대한 절개를 서술하여 목욕재계하고 글씨를 쓰고, 또 공의 평생을 집약하여 시를 이어둔다.[234]

시는 7언 46연 72구 일운도저의 장편이다. “평생을 집약한다[撮公平生].”라고 밝혔듯이, 서사시풍이다. 비문에 새길 때 2구 1연마다 빈칸을 두었다.

수양(해주) 오씨 집안의 벼슬아치, 훌륭한 후손 멀리까지 성대하여라.
선행 쌓아 경사 겹쳐 상제도 감동하여, 상제가 공을 내려보내 앞길 알렸네.

---

234 今上甲申, 忠烈吳公之孫慶元謂祖淳曰: “始先祖之被禍也, 洪尹兩公, 皆以衣冠葬. 獨吾先祖有所佩黃錦囊及遺衣帶, 陪奴奉而歸. 公繼配南夫人謂: ‘招魂而葬, 非禮也.’ 常佩持其帶囊日夜不釋舍. 及夫人卒, 葬于龍仁縣慕賢村坐子之原, 與配申夫人成雙墳焉. 以遺衣帶囊, 瘞于雙墳間, 先祖遂無墓矣. 慶元懼其世遠而浸泯也. 欲樹石而標之. 公, 文正孫也. 求是文, 舍公伊誰? 且先祖雖蹈義而死, 實主和者之所甘心也, 而世之無恥者, 或謂主和者, 未嘗讐視吾先祖也. 公不可以不明.” 祖淳曰: “然. 人之死也, 體魄下降, 塚墓之所由設也, 魂氣上升, 焄蒿之所由感也. 若公之死, 體魄所降, 雖不知其處, 英魂正氣必不安於腥羶之域, 風馬尻輪, 安知不隨帶囊而東歸乎? 然則帶囊之瘞, 雖非公體魄所藏, 明靈之所憑依, 子孫之感焄蒿, 不專在於是歟! 烏可以不碑?” 乃謹述公成仁之大節, 盥沐而書之, 又撮公平生而系之詩.

만력 기유년(1609) 여름 마지막 달(6월), 날짜는 초8일 시간은 진시.

달제는 그 이름, 자는 계희, 추탄(楸灘, 오윤겸)은 큰아버지, 만운(晩雲, 오윤해)은 아버지.

어머니는 선마 최형록 따님, 여성 법도에 허물없어 태아를 벌써 교육하여

난초 향기와 단 샘물로 성품이 이루어져, 효도 우애가 진작에 넉넉했다.

14세에 오랑캐 토벌소 올리려 했으나, 신유년(1621)에 요동 심양이 함락되었도다.

을축년(1625) 신씨 부인에게 장가들고, 2년 뒤 사마시 합격해 성균관에 들어갔으니

임계(林溪, 윤집)와 회곡(晦谷, 조한영)이 함께 합격했기에, 지금 생각해도 역시 멋지구나.

21세에 부친 여의어 거상하고, 25세 계유년(1633)에 부인상 당해 슬퍼했다네.

갑술년(1634) 봄 별시에서 책문으로 장원급제하니, 세상에서 다투어 읊으며 보배로 여겼다.

처음 전적에 임명되고 가을에 귀근하고, 다음 해 봄 남식 딸과 재혼했으며

예조와 병조 낭관 지내고 뇌사(雷肆: 시강원)에 들어갔고, 사간원과 사헌부로 옮겼다.

병자년(1636)에 부수찬에서 수찬으로 승진했고, 시정 8조목의 간절한 상소를 올렸다.

이해 여름 5월 오랑캐와의 화친을 배척하여, 늠름하기가 남송의 호전(胡詮)이 주화신 진회
(秦檜)와 왕륜(王倫)의 목을 베어야 한다고 주장한 것 같았다.

명성이 혁혁하여 조야를 진동시켰으나, 어쩔 수 없이 간사한 사람들과 거스르게 되었도다.

겨울 12월 갑신의 날, 오랑캐 말이 동쪽에서 울고 전란의 먼지 가득하자

공은 걸어서 남한산성에 올라가, 형제가 함께 임금의 피난을 호위했으며

충정공(윤집)과 연명으로 차자(箚子) 올리니, 웅혼한 글과 강직한 기개가 우뚝하여

간사한 자를 베라고 청하여 사람들을 놀래키자, 왕께서도 와신상담의 뜻을 굳히셨네.

독전어사는 그저 이름뿐이요, 의리로 스스로 정화하여 몸을 깨끗이 했도다.

간사한 자가 적의 위세에 기대 왕을 업신여겨, 척화신 찾아내야 한다고 하자

열한 명 신하들이 다투어 죽음으로 나아가, 같은 마음과 같은 말로 주저하지 않았네.

성군께서 눈물 흘리시며 결단 못하시자, 조정 의론이 어지러워 날만 보내던 참에

공이 강개하게 충정공에게 이르길, 그대와 나라면 저 강한 이웃을 막을 수 있고말고.

충정공이 흔쾌히 함께 상주하길, 오랑캐 칼이 예리해도 두려워 않겠다고 했지.

간사한 무리는 서두르라 핍박하고, 사나운 장교와 거만한 군병이 궁궐을 어지럽힐 때

온 사람이 울면서 서문에서 전송하니, 곡성이 아아! 하늘까지 닿았도다.

하늘은 감감하고 태양은 너무도 뜨거운데, 봄바람에 남국 죄인이 북쪽 수레를 따랐네.

행로에 세 서찰을 지어 형에게 부치고, 어머니와 부인 위로하는 시 처량하고 신선했도다.

오랑캐가 혀를 차며 공의 충성과 순수함을 떠벌리고, 맛난 음식 바치길 손님 대하듯 공경했다.

심양 관문 깊고 어두워 호랑이굴이 입 벌리고 있는 듯, 알유(猰貐: 사람 먹는 맹수)가 고기

다투어 입술이 핏빛이듯 했다만

공이 항거하여 개 같은 오랑캐라고 욕하니, 오랑캐가 공을 해칠 수는 있어도 꾸짖진 못했지.

초여름 무자의 날은 어떤 날인가? 공이 호연지기 타고 홀연 돌아가신 날이라네.

북방은 잠시도 머물 수 없네, 낮에는 개·양 같은 오랑캐 보고 밤에는 귀신불 깜빡이기에.

나비로 변하여 왕의 꿈에 들어가니, 평생 신령과 합하여 진한 술 마시는 듯했네.

자고로 누군들 죽지 않으랴만, 맹자는 의리를 취하고 공자는 인(仁)을 이루었도다.

하늘의 떳떳한 도리를 실추 않으니, 백성이 금수를 면한 것은 공의 신명 덕이라네.

공의 신령이 하늘에서 일월같이 밝아, 그 광휘를 동쪽 바다 우리나라가 먼저 입노라.

열성조가 통한했거늘 조문하지 않으랴? 절의를 포상하여 윤음을 내렸으며

정승으로 증직하고 충렬 시호를 주어, 사당에 제향하고 후손들 기록하여 신민을 장려했네.

용천(龍阡)에 쌍분이 우뚝하여, 두 배위가 앞뒤로 나란하니 곧 음택이로다.

남기신 허리띠와 주머니를 거기에 묻었으니, 행인은 가리키며 눈물을 흘리네.

아아! 어진 후손이 추모의 뜻에서, 흰머리 이 노인에게 글을 구해 비석 세우려 하기에

붉은 붓 사필을 잡아 거듭 팔에 힘을 주나니, 200년 전 일이 어제 일 같아라.

아아! 하늘 무너지고 땅이 꺼진다면야, 공의 이름과 영혼이 인멸하리라.[235]

오경원은 조상인 오달제의 죽음이 대의에 부합하는 순절임을 분명히 하여 주화론

---

235 탁본과 『楓皐集』 卷11 碑銘 수록 「吳忠烈公帶囊塚碑銘」의 일부 글자가 다르다. 즉, '林溪晦谷皆同榜'이 문집에는 '滄溪晦谷皆同榜'으로 되어 있고, '列聖含痛憫不弔'가 문집에는 '列聖銜痛憫不弔'로 되어 있다. "首陽之吳族簪紳, 華冑遙遙繼振振. 慶積善累厥感帝, 帝降我公筏迷津. 萬曆己酉夏之季, 其日初八其時辰. 逵濟其諱季輝字, 伯父楸灘晩雲親. 母崔夫人洗馬女, 女儀無愆敎自娠. 蘭薰醴源性幷習, 孝友從幼富不貧. 十四擬進討虜疏, 遼藩皆沒歲在辛. 乙丑委禽娶于申, 再翌司馬登成均. 林溪晦谷皆同榜, 至今追思亦彬彬. 廿一苫杖孝憂宅, 廿五癸酉腹悲呻. 戊春射策魁別試, 其文爭誦傳世珍. 初拜典籍秋榮觀, 續紾南楣迨明春. 歷郎禮兵于雷肆, 薇垣栢府遷官頻. 丙子由副陞修撰, 八條懇懇時政陳. 是年夏五斥虜和, 凜如胡生誅檜倫. 聲名赫赫動朝野, 自此無奈忤憸人. 冬十二月日甲申, 牧馬東嘶漲腥塵. 公時徒步上南漢, 兄弟相携厲去邠. 却聯忠貞拜短箚, 雄辭直氣兩嶙峋. 請斬憸人警大衆. 聖志堅守膽與薪. 督戰御史徒名耳, 義惟自靖爲潔身. 憸人挾寇訌君父, 謂言急索斥和臣. 惟十一賢爭就死, 同心同辭不逡巡. 聖主垂涙不忍決, 廷議紛紜日因循. 公復慷慨語忠貞, 子與吾可塞強隣. 忠貞欣然共草奏, 虜劒雖利臣不嚬. 群奸迫脅計愈急, 悍校驕兵鬧楓宸. 萬人哭送西門道, 哭聲嗚嗚干蒼旻. 蒼旻懵懵白日苦, 春風南冠隨北輪. 路上三裁寄兄札, 慰母與妻詩凄新. 胡兒嘖舌誇忠純, 獻以肴羞敬如賓. 潘關深黑呀虎窟, 猰貐競肉血染脣. 公抗其辭罵羯狗, 虜敢殺公不敢嗔. 首夏戊子是何日? 公乘浩氣奄歸眞. 北方不可以止些, 晝見犬羊夜鬼燐. 化爲蝴蝶托君夢, 平生神契如飮醇. 古來人生孰無死, 孟云取義孔成仁. 天常人紀永不墜, 民免禽豚繄公神. 公神在天如日月, 光華先被左海垠. 列聖含痛憫不弔? 褒獎節義垂恩綸. 贈之上相謚忠烈, 侑祠錄後勵臣民. 龍阡雙墳屹相並, 兩配後先卽玄窀. 遺衣帶囊其間瘞, 行人指點涕沾巾. 嗟爾賢嗣思不匱, 白首乞文謀貞珉. 余搦彤毫屢扼肘, 二百年事如隔晨. 嗚呼天壞復地塙, 公名公靈乃可湮."

자들의 모호한 포섭을 비격해줄 것을 김조순에게 요청했다. 김조순은 「오달제대낭장비」의 서와 명에 순절의 사실을 척화와 강력하게 연계시켰다. 특히 명에서는 오달제의 청론을 남송의 호전이 주화신을 주살할 것을 주장했던 척화론에 견주에 그 주의·주장을 선명하게 드러냈다.

이의현(李宜顯)이 찬술한 「증예조참판송공신도비명병서(贈禮曹參判宋公神道碑銘幷序)」의 비주는 문관이면서 정묘호란 때 안주에서 후금과의 싸움에서 전사한 송도남(宋圖南, 1576~1627)이다. 송도남은 광해군 때 대북파의 미움을 사서 평안도평사로 좌천되었으나 부임하지 않다가 탄핵을 받아 영유현령으로 좌천되었다. 이때 정묘호란이 발발하자, 후금과의 전투에서 순국했다. 이의현은 송도남이 안주 전투에서 죽기까지의 과정을 여러 극적인 장면을 점철하여 제시했다. 병마절도사 남이흥(南以興, 1576~1627)이 철갑옷을 건넸으나 송도남이 그것을 나무에 걸어둔 일(ⓐ), 후금 군사들이 유린하자 남이흥과 안주목사 김준(金浚, 1582~1627)이 분신한 일(ⓒ) 등을 서술한 뒤, 송도남이 온 몸에 적의 화살을 맞고도 분전하다가 죽은 후 걸쳤던 옷가지조차 구하지 못해 겸인(傔人)이 화살로 초혼한 사실(ⓓ)을 적었다. 그러한 서술 사이에, 송도남이 참전하기 직전 두 아들과 작별하면서도 한마디 말을 하지 않다가 임종에 이르러 여덟 글자를 써서 집안에 부친 일(ⓑ)을 삽입해 두어, 묘주의 순국 의지를 부각시켰다.[236]

ⓐ [정묘년(1627, 인조 5)] 정월 21일 새벽, 적들이 나무 사다리를 이용해 성을 침범했다. 남공(南公)은 성의 남쪽은 낮아 남쪽부터 함락될 것이라 판단하고, 공에게 북쪽을 지키게 하고 또 철갑옷을 보내주었다. 공은 철갑옷을 나무 위에 걸어놓고 말하기를, "성이 함락되려 하는데, 철갑옷을 입고 몸을 보호하여 무엇하겠는가?"라고 했다.

ⓑ 처음에 공이 안주로 달려갈 적에 두 아들을 대면하고도 집안일은 한마디도 언급하지 않았는데, 이때에 이르러 손수 '남아의 사업이 오늘 결판난다[男兒事業, 今日決矣.]'라는 여덟 글자를 써서 집에 보냈다.

---

236 李宜顯, 「贈禮曹參判宋公神道碑銘幷序」, 『陶谷集』卷10. "ⓐ 正月廿一日曉, 賊以木梯犯城. 南公已慮城必陷, 城南低北高, 陷必自南始, 令公守北, 且遺鐵衣. 公掛之樹上曰: '城將陷矣, 衛身何爲.' ⓑ 始公將赴安州, 招二子面之, 無一語及家, 至是手書'男兒事業今日決矣'八字以貽家. ⓒ 是夕, 賊攀梯蟻附, 我兵用槍劍相搏, 勢不能敵. 俄頃, 賊已彌滿, 鏖殺狼藉. 南·金二公知事不濟, 遂放火硝黃自燒死. 軍민散亂, 賊悉驅而魚肉之, 降者踵相接. ⓓ 公着戰袍, 立城頭, 彎弧射賊, 賊射中公頰, 血淋漓被面. 公色亡變, 徐拔佩刀, 斫衣裹瘡, 至死終不釋弓. 賊矢如蝟集, 公遂枕堞而絶, 傔人金承李·縣屬韋典等, 收公屍, 以矢復之, 享年五十二."

ⓒ 저녁에 적들이 사다리 타고 개미 떼처럼 성벽에 붙어 올라오자, 병사들이 창검을 가지고 대적했다. 그러나 잠깐 사이에 적이 성안에 가득하여 사람들을 마구 죽였다. 남 공과 김 공은 염초와 유황에 불을 질러 스스로 타 죽었고, 군사와 백성들 가운데 항복하는 사람들 이 줄 이었다.

ⓓ 공은 전포를 입고 성 머리에서 적을 활로 쏘고 있다가, 적 화살에 맞아 볼에서 피가 줄줄 흘렀다. 공은 패도를 뽑아 옷을 찢어 상처를 싸매고는 죽을 때까지 활을 놓지 않고 싸웠 다. 적의 화살이 고슴도치 털처럼 공에게 쏟아지자 성가퀴 위에 쓰러져 숨을 거두었다. 겸인(傔人) 김승이(金承李)와 현속(縣屬) 위전(韋典) 등이 공의 시신을 수습하여 화살을 가지고 초혼했으니, 향년 52세였다.

정의번(鄭宜藩, 1560~1592)의 본관은 영일(迎日)로, 임진왜란 때 아버지 정세아(鄭世雅, 1560~1592)와 함께 경상도 영천에서 의병을 일으켰다. 8월의 영천 탈환 전투에서 승리했으나 8월 21일 경주 서천에서 종 억수(億壽), 영천 12사와 함께 순국했다.[237] 부친 정세아가 22일 경주를 탈환하고 화살촉으로 초혼하여, 고향에 돌아와 생전에 절친한 벗들에게 만시(挽詩)를 받고 옷과 신발을 더하여 장사를 지냈다. 그 무덤을 '참찬관 백암정공시총(參贊官栢巖鄭公詩塚)'이라 부른다. 김성일(金誠一)이 장계로 보고하여 호조정랑에 추증되었다. 이후 1732년(영조 8) 좌승지에 증직되었다. 영천 환고사(環皐祠)에 제향되었다. 정조가 정려(旌閭)해주자, 이헌경(李獻慶)과 채제공(蔡濟恭)이 정려 기를 지었다. 또한 신지제(申之悌)가 「정위보총문(鄭衛甫塚文)」을 남겼고, 유명천(柳命天)은 묘갈문을 지었다. 오광운(吳光運)도 「총문(塚文)」을 지어 1764년(영조 40) 비가 건립되었다.[238] 정의번의 부친 정세아는 호가 호수(湖叟)이고, 시호는 강의(剛義)이다. 정세아와 관련하여 권두인(權斗寅)의 행장, 조현명(趙顯命)의 신도명, 홍양호(洪良浩)의 시장이 전한다. 홍양호의 시장은 조현명이 찬술한 신도명에 근거했다.[239] 1782년(정조

---

237 정의번의 자는 위보(衛甫), 호는 백암(栢巖)이다. 1585년 소과에 합격했다. 부친 정세아의 자는 화숙 (和叔), 호는 호수(湖叟)이다.

238 申之悌, 「鄭衛甫塚文(按公號栢巖, 贈戶曹正郎, 後又贈左承旨), 『梧峯先生文集』 卷7 墓誌; 柳命天, 「贈 戶曹正郎成均進士鄭公墓碣銘」, 『退堂集』 卷3 碣銘; 吳光運, 「贈通政大夫承政院左承旨兼 經筵叅贊官 栢巖鄭公詩塚 贈淑夫人寧越辛氏祔」, 鄭熙奎編, 『湖叟先生實記』. "嘉善大夫龍驤衛副司直兼弘文館提 學同知義禁府春秋館事吳光運撰, 崇禎後再甲申五十年十月日立."

239 權斗寅, 「明故承議郎行黃山道察訪贈嘉善大夫兵曹參判兼同知義禁府事五衛都摠府副摠管湖叟鄭公行 狀」, 『荷塘集』 卷7 行狀; 趙顯命, 「贈兵曹判書鄭公神道銘」, 『歸鹿集』 卷16 碑銘; 洪良浩, 「贈兵曹判書 鄭公諡狀」, 『耳溪集』 卷38 諡狀.

6) 정세아의 6대손 정일찬(鄭一鑽)이 『호수실기(湖叟實記)』를 간행하고, 1874년(고종 11)에는 9대손 장희규(鄭熙奎)가 목판본 『호수실기』 9권 2책을 중간했다.[240]

신지제의 「정위보총문」은 묘지로 사용되었다. 그 글을 보면, 고문의 서와 함께 4언 16구의 사(辭)가 있다. 서는 고문이기는 해도 대우와 배비구가 많다.[241] 다음은 서의 일부이다.

공의 아버지 진사 공(정세아)이 의병을 일으켜 군부(君父)의 치욕을 씻기로 맹세하고서 금년 8월 21일에 월성(경주) 전투에 달려갔는데, 교전을 벌인 지 얼마 안 되어 대장은 벌써 달아나버렸고 적군은 승세를 타고 압박해 들어왔다. 공이 이미 성을 빠져나왔을 때 진사 공은 아직 적중에 있었는데, 공이 위용을 떨치며 포위를 무너뜨린 덕분에 진사 공이 살아서 빠져나올 수 있었다. 공은 사력을 다해 적을 무찔렀지만 적의 군대가 사방에서 모여들자 강한 활이 힘을 못 쓰고 예리한 화살도 먼저 바닥났기 때문에 공의 충성스런 간담이 금세 땅에 떨어지고 말았다. 아! 난리에 임하여 절의를 바쳤으니 충정이 크고, 적진에 달려가 아버지를 구했으니 효성이 지극하다. 그러나 공의 7척 육신을 찾으려 해도 아득한 초원에 백골이 나뒹굴어 참으로 옥석을 구분할 수 없게 되었다. 수없이 고비를 겪은 공의 영령을 생각해 보건대, 일월을 꿰뚫어 지금까지 빛나고 있는 것은 그의 충정이 아니겠는가! 산하가 되어 나라를 굳건하게 한 것은 그의 기상이 아니겠는가!

내가 공의 죽음을 듣고서 한편으로 그 충의를 장하게 여기고 한편으로 그 지조를 가련하게 여겼지만 한창 전쟁 중이어서 술 한 잔 올려 애통한 마음을 표할 기회가 없었다. 근래 옥산(玉山)(지금의 경북 구미시 인동)의 장정보(張正甫)[장내범(張乃範, 1563~1640)]를 통하여 진사 공께서 공이 평소 교유했던 사람들로부터 애도하는 글을 수집해 무덤을 만들어서 충효를 완수한 혼백으로 하여금 영원토록 의탁할 곳이 있도록 한다는 말을 들었는데, 이는 옛사람이 형상을 조각하여 장사 지냈던 뜻과 같다. 시문은 공이 평생 일삼은 것이므로 읊조리는 즈음에 이미 많은 뜻을 알게 될 것임은 이승에서나 저승에서나 차이가 없을 것이니, 진사 공이 시를 수집해 무덤을 만들려는 뜻이 또한 애처롭지 않은가! 나는 공의 친구이므로 진사 공의 뜻을 저버려 공을 위로하는 말 한마디가 없을 수 없다.[242]

---

240 중간본에는 정범조(鄭範祖)의 1781년 초간본 서문, 박규수(朴珪壽)의 1874년 중간서(重刊序), 목만중(睦萬中)의 1782년 초간본 후서(後敍), 조성교(趙性敎)의 1873년 중간발(重刊跋)이 있다.

241 申之悌, 「鄭衛甫塚文」, 『梧峯集』 卷7 墓誌; 김기엽·김홍구·천성원 역, 『국역 오봉집』, 한국국학진흥원, 2019.

242 公大人進士公倡起義旅, 期雪君父之恥, 今八月二十一日, 赴月城之戰, 交兵未幾, 元戎已北, 賊乘勝躐踏.

일제강점기에 이건방(李建芳)은 구한말, 의리를 지킨 인물인 안효제(安孝濟, 1850~1912)를 위한 「안교리묘지명(安校理墓誌銘)」을 지었다.[243] 안효제는 본관이 순흥으로, 경상도 의령 출신이며, 1883년(고종 20) 식년문과에 급제하여 관직 생활을 시작했다. 1889년 정언으로 있을 때 무당 진령군을 참수시킬 것을 상소하여 고종의 노여움을 사서 추자도로 귀양 갔다가 1894년 풀려났다. 1910년 나라가 일제에 강제로 병합된 이후 중국으로 망명하여 그곳에서 죽었다.[244] 이건방은 안효제의 묘지명에서, 송나라 증공(曾鞏)이 안진경(顏眞卿)의 묘지명에서 한 말을 끌어와, '의(義)' 한 글자를 주제어로 삼았다. 증공은 안진경이 안녹산의 난 때 순절한 일을 논평하여, 형세에 궁하여 의리상 죽은 것이 아니라 평소 스스로를 믿어 의리에 살다가 의리에 죽었다고 논평한 바 있다.[245] 이건방은 「안교리묘지명」을 지을 때 같은 종류의 일화를 통합하고 이 주제를 발양하는 방식으로 재편했다.

ⓐ 1889년 공이 정언으로 있으면서 무당 진령군을 참수시킬 것을 상소한 일.

ⓑ 1884년 의복 제도를 바꿀 때 공이 「청물개의제소(請勿改衣制疏)」[246]를 올려 선왕의 법복은 고칠 수 없다고 주장한 일. 1888년 겨울, 좁은 소매의 옷을 입자고 청하는 자에 맞서 저지하는 소를 올린 일.

ⓒ 1889년 6월 일본의 강요로 정부 조직이 개혁될 때, 홍문관 수찬이 되었다가 흥해군수로

公旣出城, 而進士公尙在賊中, 公奮勇潰圍, 進士公賴以得全. 公發憤討賊, 賊兵四集, 強弓無力, 利鏃先竭. 公之忠肝義膽, 已塗地矣. 嗚呼! 效一節於臨難, 忠之大也. 全所天於賊陣, 孝之篤也. 而求公七尺之軀, 則彌茫莎草, 白骨崢嶸, 玉石之分, 固無所據. 想公九死之靈, 則貫日月而耀來今者, 非其忠歟! 作山河而壯本朝者, 非其氣歟! 余聞公之死, 一以壯其義, 一以憐其志. 方在兵中, 未寓一觸之痛. 近因玉山張正甫聞, 進士公欲裒集哀辭於公之素交, 以爲之塚, 而使忠魂孝魄, 永有所依歸. 此古人刻像以葬之遺意, 而若詩章是公平生事業, 吟詠之際, 已領多少意味者, 不以幽明而有間, 則進士公求詩作塚之意, 不亦慘乎! 余公之友也, 不可負進士公之意而無一語以慰公.

243　李建芳,「安校理墓誌銘」,『蘭谷存稿』. 위당 정인보의 필적이라고 첫 장에 표기되어 있다.

244　문집『守坡集』8권 3책이 1927년에 활자로 간행되었으며, 허채(許埰)가 서문을 썼다.

245　1056년에 聶厚載와 林慥가 안진경의 사당을 撫州에 세우고 記文을 써달라고 요청하자 曾鞏은「撫州顏魯公祠堂記」를 지었다. "공(안진경)이 죽음에 대처할 수 있었던 일로는 공의 위대함을 볼 수 없으니, 어째서인가? 형세가 다하여 의(義)의 관점에서 죽지 않을 수 없다고 한다면, 보통 사람이라도 힘쓸 수 있거늘, 하물며 공이 스스로 믿음을 가진 일을 두고 말할 수 있으랴? 여러 번 간교한 자들에게 미움을 받아 넘어지고 깨지는 일이 일고여덟 차례에 이르도록 시종 생사와 화복을 추호도 고려하지 않는 것은 도에 독실한 사람이 아니면 이렇게 하기 어렵다. 이것이 공의 위대함을 보기에 충분한 것이다[公之能處其死, 不足以觀公之大, 何則? 及至於勢窮, 義有不得不死, 雖中人可勉焉, 況公之自信也歟? 維歷忤大奸, 顚跌撼頓, 至於七八, 而終始不以死生禍福爲秋毫顧慮. 非篤於道者, 不能如此, 此足以觀公之大也]."

246　安孝濟,「請勿改衣制疏」,『守坡集』卷2.

나가 진휼에 힘쓴 일. 관직을 그만둔 후, 스스로 성품이 강직하여 세상에 부합되지 못함을 알고, 후한의 주섭(周燮)이 '동쪽 묏부리의 언덕을 지켰다[守東岡之陂].'[247]라고 했던 말을 취해서 '수파'라 자호하고 다시 세상에 나오지 않겠다는 뜻을 보인 일.

ⓓ 1895년 을미사변이 일어나자 달려가 문상한 일. 1905년 이토 히로부미가 정부를 협박해 조약을 맺자, 도적의 참수를 청하는 소를 지어 서울로 갔다가 통곡하고 돌아온 일. 1910년 국변이 일어나자 슬피 울며 7일 동안 곡기를 끊은 일. 일본이 주는 이른바 은사금을 수령하지 않은 일.

ⓔ 홍승헌(洪承憲, 1854~?), 정원하(鄭元夏, 1855~?), 이건승(李建昇, 1858~1924)을 따라 안동[지금의 중국 요령성 단동(丹東)]으로 들어간 일. 찬자 이건방도 1914년 겨울 안동에서 안효제를 알았다.

ⓕ 공의 자, 가계.

ⓖ 안효제가 어려서부터 호방하고 절의를 좋아했던 사실. 약관일 때 산재에 벼락이 쳐서 다른 사람들이 모두 죽자 그들의 시신을 거두어 매장한 일. 『맹자』의 말과 같이 '일에 임함에 소홀하지 않고 반드시 마음에 충분하기를 구함'[248]이 이러했다.

ⓗ 졸장. 매장지의 주인인 중국인이 충신을 묻는 일이라며 땅값을 받지 않은 일화를 부기.

ⓘ 배위, 자손.

ⓙ 명(銘). 산문구의 압운 형식.[249]

이 구성에서 볼 수 있듯이 「안교리묘지명」은 허두를 두지 않고 곧바로 안효제가 교리로서 진령군의 일을 논한 일화로 시작했다. 안효제의 의리에 따른 형세에 궁하여 그런 것이 아니라는 점을 드러낸 것이다.

태황제(고종) 30년 계사년(1893, 44세), 북묘의 노파가 복을 비는 제사로 총애를 얻어 위세를 확장함이 심했다. 이에 앞서 임오년(1882)의 병란이 일어나 명성황후는 충주로 숨었는

---

247 『後漢書』卷83 「周燮傳」에 보면, 주섭은 뛰어난 인재였으나 때가 아니라고 생각하여 벼슬길에 나아가지 않고 평생 은거하자, 혹자가 "선대 이래로 훈총(勳寵)이 이어져 왔는데, 그대는 홀로 어찌하여 동쪽 산등성이 비탈을 지키는 것이오[自先世以来, 勳寵相承, 君獨何爲守東岡之陂乎]?"라고 했다.

248 원문은 '필구겸어심(必求慊於心)'이다. 『맹자』「공손추 상(公孫丑 上)」에 "이는 의(義)를 모아 생기는 것이고 의가 엄습하여 취하는 것이 아니니, 행함에 마음에 충분하지 않음이 있으면 굶주리게 된다. 나는 그러므로 '고자는 일찍이 의를 알지 못했다'고 말한 것이니, 그가 의를 밖이라고 해서이다[是集義所生者, 非義襲而取之也. 行有不慊於心, 則餒矣. 我故曰: 告子未嘗知義, 以其外之也]."라고 했다.

249 汐之人嗟哉! 恤窮宙不復齋. 以殀白蜺婁于莆, 式大鳥之鴥鴥, 維魄麗腊, 竟彼鬱永, 維安玆室.

데, 이씨 노파란 자가 관왕의 신녀라 자칭하면서 황후를 위해 복위를 점쳐 월일을 짚어 대답했다. 기약한 때에 이르러 과연 징험이 있었으니, 황후는 그를 신으로 여겼다. 궁으로 돌아와서 궁성 동북쪽 구석에 관왕묘를 크게 일으켜 북묘라 칭하고 노파에게 주관하도록 하고, 호를 내리길 '진령군'이라 했다. 진령군은 궁궐의 내전을 멋대로 출입했으며, 황후는 그가 하는 말을 따르지 않음이 없었다. 대신으로부터 목사와 수령에 이르기까지 벼슬을 받거나 승진하려고 노파에게 뇌물을 주어 뜻을 얻는 일이 많았다. 사대부 중에 부끄러움이 없는 자들은 다투어 그에게 달려가 노파를 어머니나 누이라고 부르는 자까지 있었으며, 한밤중에도 왕래하며 뇌물을 바쳐 썩은 냄새가 낭자하여 이루 다 기록할 수 없을 정도였다. 이로 말미암아 정사는 날로 어지러워지고 기강은 크게 무너졌다. 이에 전 지평 안효제 공이 소[250]를 올려 북묘의 요녀를 참수하고 이로써 나라 사람들에게 사죄할 것을 청했다. 소가 들어가자 여러 승지들은 두려워서 다리를 떨며 감히 곧바로 임금께 올리지 못하고, 밤이 되어서야 전달했다. 상은 진노하여 그 소를 머물러 두게 하고 내려보내지 않았다. 노파의 양아들인 민영주(閔泳柱)와 이유인(李裕寅) 등은 삼사 관리들을 은밀히 부추겨 공의 목을 베라는 소청을 하게 했다. 상은 평소 어지신 데다가 간신(諫臣)을 죽였다는 오명을 싫어하여 주저하기를 오랫동안 하셔서, 사형에서 감하여 추자도에 안치되었다. 섬은 바다 남쪽에 있어서 매우 험악했으므로, 이곳에 귀양 가면 몸을 보전할 수 있는 사람이 드물었다. 또한 말들이 자자하기를, "노파의 당여가 흰 칼날을 끼고 길가에서 엿본다."라고 해서, 사람들이 두려워 떨어 감히 전별하는 이가 없었다.[251]

(6) 무인의 비지

조선시대에는 무인이 묘주인 비지문도 많이 나왔다. 그러나 그것들이 모두 무인으로서의 무공을 칭양하는 데 치중한 것은 아니다.

무인의 신도비로 가장 이른 예는 1490년(성종 21) 4월 건립된 박중선(朴仲善, 1435~1481)의 신도비이다. 경기도 남양주시 와부읍 도곡리[양주 금대산(金臺山) 도혈리(陶穴

---

250 安孝濟, 「請斬北廟妖女疏」(1893), 『守坡集』 卷2.

251 太皇帝三十年癸巳, 北廟媼以禱祠得寵, 勢張甚. 先是, 壬午兵變起, 明成后潛遷于忠州, 有李媼者, 自稱關王神女, 爲后筮復位, 剋月日以對. 及期驗, 后以爲神. 及還御, 大起關王廟宮城東北隅, 稱北廟, 俾媼主之, 賜號曰: 眞靈君. 闌出入宮壼, 所言無不從. 自宰執至藩臬牧守, 遷除多賄媼以得之. 士大夫之無恥者爭趨之, 至有呼媼爲母若姊者, 而昏夜通往來賂遺, 臭穢狼藉, 不可殫記. 由是政日亂, 綱紀大壞. 於是前持平安公孝濟上疏, 請斬北廟妖女, 以謝國人. 疏入, 諸承旨股慄, 不敢卽以聞, 至夜乃徹. 上震怒, 留其疏不下. 媼假子閔泳柱·李裕寅等, 陰嗾三司官, 疏請誅公. 上素仁, 且惡殺諫臣名, 猶豫久之, 得減死, 安置楸子島. 島在大海南, 絶險惡, 謫于是者, 鮮獲全. 且語藉藉謂: "媼之黨, 挾白刃, 伺路旁." 人惴恐莫敢餞者.

里)] 그의 묘 앞에 있다. 박중선은 세종의 비 소헌왕후의 이질(姨姪)이다. 아버지는 부지돈령부사 박거소(朴去疎)이고, 어머니는 심온(沈溫)의 딸로, 소헌왕후의 동생이다. 월산대군 이정(李婷)의 장인이며, 뒷날 중종반정의 공신 박원종(朴元宗)이 그의 아들이다. 박중선은 음보로 등용되었다가, 1460년(세조 6) 7월 무과에 장원한 이후 여러 관직을 역임했다. 1481년(성종 12) 8월에 타계하고 12월에 장례가 이루어졌다. 시호는 양소(襄昭)이다. 신도비는 사후 10년 뒤 건립되었는데, 비문의 찬자·서자·전액자는 임사홍(任士洪, 1445~1506)이다.[252] 비문의 전반부는 신도비 건립 경위를 밝힌 후, 묘주 박중선의 어린 시절의 일화, 관로에 들어선 과정을 차례로 서술했다. 중반부는 박중선이 1467년(세조 13) 이시애의 난 때 평로장군으로서 공을 세워 적개공신 1등에 책록된 일, 1468년 9월 평안중도절도사로 나갔다가 이듬해 호조판서에 임명되고 선성군에 봉해진 일, 1468년 10월 남이의 옥사에 공을 세워 정난익대공신 3등에 책록되고 병조판서에 재임되어 서정 계획을 수립한 일, 이듬해 7월 평양군으로 봉해지고 10월에 전라도포도주장(捕盜主將)이 되어 도둑 떼를 소탕한 일을 서술했다. 그리고 1471년 3월 성종 즉위에 공을 세워 좌리공신 3등에 책록된 일, 4월에 영안북도절도사에 임명되었으나 병으로 사양한 일을 차례로 기록했다. 후반부는 묘주의 성품을 칭송하고, 후손록을 간략하게 작성했다. 이어서 4언 70구 일운도저의 명을 붙였다. 1,454자의 박중선 신도비문에서 주목되는 것은 허두의 찬술 경위이다. 월산대군의 부인으로 망자의 장녀인 승평부부인 박씨가 신도비문을 부탁했다고 밝혔다.

승평부부인 박씨가 서제의 사위 소위장군 이인석(李引錫)[253]을 내게 보내 말했다. "선친이

---

252 비제는 「有明朝鮮國精忠出氣布義敵愾保社定難翊戴純誠明亮佐理功臣崇政大夫敦寧府事平陽君贈大匡輔國崇祿大夫議政府領議政諡昭襄朴公神道碑銘」이고, 찬자·서자·전액자와 건립 일자는 "折衝將軍行武衛大護軍任士洪撰書井篆額, 弘治三年庚戌夏四月▽日立石."이라고 밝혔다. 남양주시 남양주문화원, 『남양주금석문대관』, 남양주시, 1998; 김우림, 「朝鮮時代 神道碑·墓碑 硏究」, 고려대학교 석사학위 논문, 1998; 남양주시 한국토지공사토지박물관, 『남양주시의 역사와 문화유적』, 남양주시, 1999; 조연미, 「朝鮮時代 神道碑 硏究」, 숙명여자대학교 석사학위 논문, 1999. 『금석집첩』에는 탁본이 들어 있지 않다.

253 1468년(세조 14) 정월에 전 목사 이백상(李伯常)의 아들 이인동(李引銅)·이인석(李引錫) 형제가 그 어미의 처첩(妻妾)을 분간할 수 없다 하여 정거(停擧)한 지가 오래되었는데, 이에 이르러 상언하기를, "과거에 나아가게 하소서." 하니, 세조가 허락했다. 『성종실록』의 사관은 "이인동의 어미는 실상은 이백상의 첩이었다."라고 적었다. 『世祖實錄』 卷45, 세조 14년(무자, 1468) 1월 11일(임신). 1492년(성종 23) 3월에 사직 이인석은 어머니가 후처이거늘 서얼이라 규정되어 벼슬길이 막히게 되자, 억울함을 상언했다. 『成宗實錄』 卷263, 성종 23년(임자, 1492) 3월 27일(정유).

국가에 공로가 있고 지위와 품질도 높았습니다. 그렇거늘 작고하시자 자식들이 모두 어려 비록 장례는 남들보다 박하게 치르지는 않았지만 묘의 신도에는 신도비명을 세우지 못했습니다. 어찌 한두 가지 기록하여 돌 위에 새길 만한 일이 없겠습니까? 근래 주상이 대군의 서거를 애통해하시며 그대에게 비문을 지으라고 했는데, 내 꿈에 대군이 나타나 그 비문을 재촉하여, 두 번 읽고 기뻐하기를 마치 평소와 같아서 꿈을 깬 뒤 옷깃이 젖을 정도로 눈물을 흘렸습니다. 나는 저승의 사람도 감응하고 통한다는 이치를 정말 잘 알고 있습니다. 자식으로서는 부모에 대해 정말로 성의를 다해야 합니다. 청컨대, 그대의 글을 얻어서 후세에 영구히 전하길 도모하고자 합니다." 나는 엎드려 재배한 뒤 의리상 사양하지 못하여, 삼가 그 행장을 근거로 대략 순서를 매겨 적는다.[254]

그런데 임사홍이 찬술한 박중선의 신도비에서 가장 중요한 부분은 마지막의 자손록이다.

공은 가선대부 행호군 허균(許稛)의 딸을 부인으로 맞아 1남 7녀를 두었다. 아들 원종(元宗)은 병오년 무과에 급제하여 지금 훈련원판관 겸 내승으로 있고, 장녀가 바로 승평부부인으로 월산대군의 처이다. 차녀는 선전관 신무승(辛武昇)에게 출가했고, 3녀는 사용봉사 이탁(李鐸), 4녀는 군기판관 한익(韓翊), 5녀는 윤여필(尹汝弼), 6녀는 김준(金俊)에게 출가했고, 7녀는 제안대군(齊安大君)의 부인이 되었다. 측실 소생은 5명이다.[255]

율곡 이이가 지은 「충훈부도사이후묘지명(忠勳府都事李侯墓誌銘)」은 묘주가 이로(李櫓, 1509~1566)이다. 자는 제옹(濟翁)으로, 효령대군 보(補)의 5대손이다. 아버지 이대(李薱)는 용강현령을 지냈고 호조참판에 추증되었다. 어머니 정부인 정씨는 내자시정 정종보(鄭宗輔)의 딸이다. 이 묘지명은 전형적인 묘지명의 서술 구조를 따랐다. 묘주의 가계(성씨, 본관 등)를 기록하고, 성장 과정, 관력, 행적을 차례로 적었으며, 찬자의

---

254 昇平府夫人朴氏, 介庶弟之婿昭威將軍李引錫, 謂余曰: "先考有勳勞於國家, 位秩亦崇. 其卒也, 諸孤幼, 雖葬之禮, 殆無簿於人, 墓之道, 無銘焉. 豈無一二可記事, 以刻諸石上? 近上慟惜大君之逝, 命子撰碑, 姜夢大君, 促其文, 讀再過, 欣欣若平昔, 覺而流涕沾襟. 吾固知幽明有感通之理. 子之於親, 固所自盡請得子文以圖傳久." 不佞俯伏, 再拜, 義不可辭, 謹據其狀而畧序之.

255 公娶嘉善大夫行護軍許稛之女, 生一男七女. 男曰元宗, 中丙午武科, 今訓諫院判官兼內乘. 女長即昇平府大人, 月山大君室也. 次適宣傳官辛武昇. 次適司饔奉事李鐸. 次適軍器判官韓翊. 次適尹汝弼. 次適金俊. 次齊安大君夫人. 側室子女五人.

평어를 덧붙였고, 죽음과 장사, 배위와 자손록을 서술했다. 마지막에 4언 8구의 명을 두어, 묘주에 대한 평론과 애도의 뜻을 드러냈다.[256] 비주의 적자와 서자 사이에는 이름의 돌림자가 다른 것이 특이하다. 하지만 비주가 무인이란 점을 특별히 강조한 기색은 없다. 일생 행적을 서술한 부분은 매우 간결하다.

> 군은 젊어서 무술을 익혀 여러 번 과거를 보았으나 급제하지 못하고 가정 정미년(1547)에 여러 장수의 재주를 시험 보일 때 참가하여 선전관에 제수되었다. 이어 사옹원주부에 올랐다가 통례원인의와 전생서주부에 전직되었다. 이천(伊川)현감과 횡성현감으로 나갔는데, 모두 임기를 채웠으며, 들어와 충훈부도사에 임명되었다. 병인년(1566) 여름 수안군수에 제수되었으나, 부임하기 전에 병이 나서 7월 9일에 정침에서 작고하니 향년 58세였다. 군은 평생 술을 즐기고 소소한 일을 개의치 않았으며 남과 사귀는 데 정의를 다했으므로 부음을 들은 사람마다 탄식하며 애석해했다.[257]

오정방(吳定邦, 1552~1625)은 임진왜란 때 참전하고 인조 초까지 활약한 무인이다. 계축년(1613) 폐모론 때 "신은 무부로서 『사략(史略)』 초권(初卷)의 '점점 다스려 간악한 데에 이르지 않게 했다[烝烝乂不格姦].'라는 말만 읽었습니다."라고 말하여 기개를 드러냈다. 이 때문에 파직당했다. 이경석(李景奭)은 1653년(효종 4) 오정방 신도비명을 지어 그 사실을 특별히 부각시켰다. 오정방의 본관은 해주, 자는 영언(英彥), 호는 퇴전당(退全堂)이다. 경기도 안성 사람으로, 묘는 안성시 양성면 덕봉리에 있으며, 신도비가 1698년(숙종 24) 세워졌다. 글씨와 전액은 김수증(金壽增)이 썼다. 비문 제작 후 46년 만에 비석을 세운다는 추기가 있다.[258] 오정방은 1583년(선조 16) 무과에 장원급제하고, 니탕개가 종성을 침범하자 이일(李鎰, 1538~1601)의 휘하에서 종군했다. 1592년 임진왜란 때 도총부도사로 영흥 지방에서 전공을 세웠으며, 1603년 가선대부

---

256 李珥, 「忠勳府都事李侯墓誌銘」, 『栗谷全書』拾遺 卷6 墓誌銘. "有貌頎頎, 有言諄諄. 坦懷酬觴, 惟質之淳. 耳順非天, 五馬不卑. 卜玆幽宮, 慶縣蓋斯."

257 君少肄武業, 累擧不第. 嘉靖丁未, 試諸將才, 授宣傳官. 陞司饔院主簿, 轉通禮院引儀, 典牲署主簿. 出伊川橫城兩縣, 皆滿秩, 入拜忠勳府都事. 丙寅夏, 除遂安郡守, 未赴而疾作, 七月九日, 逝于正寢, 享年五十有八. 君平生, 杯觴自娛, 未嘗以小故介意, 與人交, 必盡其情, 聞訃者, 莫不嗟惜.

258 『金石集帖』148髮(교145髮:武將/武臣) 책에 탁본이 있다. 비제는 "有明朝鮮國嘉善大夫慶尙右道兵馬節度使兼晉州牧使海州吳公碑銘幷序"이고, 전액은 「慶尙右道兵使吳公墓銘」이다. 이경석의 문집에 본문이 수록되어 있다. 李景奭, 「慶尙右道節度使吳公神道碑銘」, 『白軒集』卷42.

에 올랐다. 이듬해 전라도병마절도사가 되고, 이어 경상우도병마절도사 겸 진주목사와 황해도병마절도사를 역임했다. 광해군 때 인목대비 폐위를 반대하다가 삭직당했으며, 1623년 인조반정으로 포도대장에 등용되어, 경상좌도병마절도사에 이르렀다. 1624년 이괄의 난 때 왕을 공주까지 호종했다. 뒤에 병조판서에 추증되었고, 시호는 정무(貞武)이다.

이의현은 선조 때 무장인 이일(李鎰)을 위해 「순변사장양이공신도비명병서(巡邊使壯襄李公神道碑銘幷序)」를 작성했다. 한유가 같은 종인의 한홍(韓弘)을 위해 신도비문을 지어 사적을 상술했던 것처럼, 이의현도 관향이 같은 이일의 사적을 자세히 기록한다고 했다.[259] 그런데 한편으로 이의현은 무신으로서, 국가에 헌신한 인물의 전형을 제시하고자 했다. 이를 위해 서두에서 『시경』 「대아·면(綿)」의 "내 말하기를 분주하는 자가 있으며 내 말하기를 어모하는 자가 있다 하노라[予曰有奔奏 予曰有禦侮]."라고 한 말을 인용하고, 임금의 덕을 알려 천하 사람들이 달려오게 하는 문신의 분주(奔奏)의 일에 대비시켜, 이일이 무장으로서 어모(禦侮)의 공적을 수립한 사실을 부각시켰다. 이렇게 묘주의 업적을 제시하고, 이일이 니탕개와 마니응개(亇尼應介)의 변란을 진압한 사적과 왜란에서 활약한 양상을 서술한 뒤에, 그가 좌의정으로 추증되고 장양공으로 추시되는 등 국가로부터 합당한 포상을 받았다고 밝혔다.

1791년(정조 15) 7월 21일(갑오), 정조는 임경업(林慶業)의 어제비명을 충주 달천사(獺川祠)에 새겨 세우도록 명했다.[260] 이 비명은 비지문이 아니지만, 정조가 무장을 추모한 방식을 보여주기 위해 언급하기로 한다. 임경업은 숙종 때 충민(忠愍)의 시호를 받았으며, 영조 때 충주 사람들이 달천에 사우를 세우자 국가에서 충렬(忠烈)로 사액했다. 정조는 1788년에 임경업에게 부조지전(不祧之典)을 내리고 공덕을 새긴 비명을 짓게 했다. 그리고 1791년 7월 21일, 명나라 신종의 봉실에 망배하고 '대명(大明)에 대절(大節)를 갖추고 대의를 떨친' 임경업의 사적을 기념하는 어제비명을 충청감사에게 내려보내게 하고 추수 후 역사한 다음 인본(印本)을 올려 보내라고 내각으로 하여금 하유토록 했다. 임경업에 대한 노론 측의 평가를 답습한 조처이다. 어제비명은 장문

---

259 李宜顯, 「巡邊使壯襄李公神道碑銘幷序」, 『陶谷集』 卷10. "不佞卽公之宗人也, 微子言, 固將表章之不暇, 其敢辭旃! 遂取其所爲狀, 隱括而爲之叙. 昔韓文公撰許國公碑, 以其同宗也, 叙事特詳. 今余於公前後戰功, 悉書具載, 不避煩絮者, 盖亦韓公之意也."
260 『正祖實錄』 卷33, 정조 15년(신해, 1791) 7월 21일(갑오); 『日省錄』, 정조 15년 7월 21일.

의 서를 두었는데, 대론 ⓐ로 시작하여 대론 ⓑ로 마무리 지었다. ⓐ는 절개를 천하의 절개, 한 나라의 절개, 한 개인의 절개로 나누되, 임경업의 절개를 천하의 절개로 규정했다. ⓑ는 명나라 멸망 이후 귀척과 대신들도 항복했거늘 명나라 조정의 신하도 아닌 임경업이 명나라를 위해 절의를 다했다는 사실을 칭송했다.

ⓐ 천하의 절개가 있는가 하면, 한 나라의 절개도 있고, 또 한 개인의 절개도 있다. 비록 후자는 지역에 한정되고 분수에 국한되어 그런 것이지만, 기량의 크고 작음에 따라 그렇게 되는 것이다. 그러므로 도랑에서 목매 죽는 것을 군자는 인정하지 않는 것이지만, 때로는 우뚝한 충신이나 열사라도 왕왕 사려가 강역의 한계를 벗어나지 못한다. 아, 천하에서 절개라는 것은 그야말로 행하기 어려운 일이로다! 그렇거늘 자취를 한 나라에서 일으키고도 천하에 없는 큰 절개를 세운 고 임경업 장군 같은 경우는 더 어려운 일이라고 하지 않을 수 있겠는가!²⁶¹

ⓑ 갑신년(1644, 인조 22) 변란에 천자의 귀척과 대신들로서 목숨을 보존하고 이록(利祿)을 얻으려고 청나라에 항복하여 머리를 조아린 자들이 얼마나 많았던가! 그런데 장군은 분주하게 국사를 맡아 해야 할만큼 지난날 군주의 은혜를 입은 것도 아니었고, 그렇다고 유사시 힘을 다해 달라는 군주의 부탁을 받은 일도 없었거늘, 의롭게 죽을지언정 차마 불의를 저지르면서 부귀를 누릴 수는 없다고 하여 생명이 보장되지 않는 곳에 몸을 던져, 지위나 신분으로 보아 그렇게까지 할 필요가 없었는데도 강상을 수립하여 온 천하 사람들이 모두 장군의 절의를 알게 해서 나라가 굳건하게 서 있을 수 있게 했으니, 기량의 크기가 과연 어떻다고 하겠는가? 아, 불이 제아무리 타도 해와 별은 그대로 빛나고, 물결이 제아무리 거세더라도 갈석(碣石)은 버티는 법이다. 지사 가운데 비를 보고 혹시라도 거듭 탄식해 마지않을 이가 있을런지!²⁶²

정조는 임경업의 행적을 시간순으로 서술하면서 임경업이 명나라를 위해 절의를 지킨 사실을 부각시키고, 병자호란 후 청나라가 선봉으로 삼으려 했으나 회피한 사실

---

261 有天下之節, 有一國之節, 有匹夫之節. 雖其限於地而局於分, 亦由器量之大小, 使之然爾. 故自經於溝瀆, 君子莫之許, 而忠臣烈士之磊落相望者, 往往思不出疆場之外. 嗚呼! 節之於天下也, 難矣哉! 然則跡起一國, 而辦天下之大節, 若故將軍林慶業者, 可不謂尤所難也乎!

262 夫甲申之變, 天子之貴戚大臣, 搏顙殊庭, 以丐全其性命利祿者, 何限也! 乃將軍非有奔走服事之舊, 緩急心膂之託, 寧以義死, 不忍以不義而富且貴, 捐一身於所必幸, 而樹綱常於地分之所未必皆然, 使天下之人, 皆知有將軍之節, 而國與有立焉. 此其器量之所範圍, 果何如也? 嗚呼! 劫火熸而日星炳, 狂瀾倒而碣石在, 志士之於是刻也, 儻有染歊而不能自已者夫!

도 특별히 기록했다. 그리고 임경업이 비밀리에 승려 독보(獨步)를 명나라에 보내 자문을 전달하게 한 사실을 언급했다. 이때 독보의 밀파가 최명길(崔鳴吉)과의 협의 끝에 실행한 것이라는 점은 언급하지 않았다. 각 단락의 내용을 요약하면 다음과 같다.

ⓐ 임경업은 무과에 급제하여 1633년(인조 11, 숭정 6) 청북방어사가 되었는데, 공유덕(孔有德)과 경중명(耿仲明)이 우가장(牛家庄)을 점거하자 명나라 군대와 힘을 합해 격파했다. 명나라는 총병직을 제수했다.

ⓑ 1636년(인조 14, 숭정 9) 임경업이 의주부윤으로서 성을 굳게 지켰으므로 청나라 군사는 청천강을 건너 와서 광주(廣州)를 포위했다. 임경업은 경기(輕騎)로 심양을 습격하려 하다가 절도사의 만류로 그만두고, 귀환하는 후금 군사 300기를 추격하여 장수의 목을 베었다.

ⓒ 이듬해(1637) 청나라 군사가 동강(東江)을 치려고 임경업을 선봉장으로 세우려 했으나, 임경업은 저들의 탐욕을 부추겨 선봉을 모면했다. 1640년 오랑캐가 금주(錦州)로 쳐들어 갈 때 임경업은 평안도절도사로서 징집당했으나 출동을 늦추었으며, 개주(蓋州)에서 명나라 군대와 마주쳤을 때 실탄을 빼고 포(砲)를 쏘게 했다. 또 군사 둘을 명나라 군영에 보내 조선이 명나라를 배신하지 않을 것임을 전하게 했다. 청나라 군사가 눈치채고 임경업을 동쪽으로 돌아가도록 했다.

ⓓ 1642년(인조 20, 숭정 15) 금주가 격파되고 도독 홍승주(洪承疇)가 청나라에 항복했다. 임경업은 석성(石城)에 있을 때 배 세 척을 금주로 보내 홍승주와 내통했고, 승려 독보(獨步)를 명나라에 보내 자문을 전달하게도 했는데, 청나라 놈들이 사자를 보내 체포하려 했다. 임경업은 중으로 변장하고 수곡상(輸穀商)을 부추겨 배로 등주(登州)로 향하다가 바람 때문에 해풍현(海豐縣)으로 들어갔다. 등주의 장수가 사람을 보내 막부로 초치하여 병사에 관한 일을 상의했다.

ⓔ 1644년(인조 22, 숭정 17) 연경이 함락된 후 임경업은 북으로 끌려가 항복을 권유받았으나 굽히지 않았다. 본국 조정에서 심기원(沈器遠) 옥사가 일어나 사신을 청나라에 보내 임경업을 송환해 왔는데, 적신 김자점(金自點)이 옥사를 꾸며 그를 죽이고 말았다. 53세였다.

이어 정조는 다음의 사(詞)를 썼다. 격구압운이면서 환운했다.[263]

---

263 平元(呑)/平寒(寒) 통압, 平陽(常)/上養(爽) 낙운, 去漾(上·䣈), 平支(之·離), 入職(國·食), 平文(芬·

劒湖月古兮, 江流吐呑. 達巷人去兮, 曼聲慫寒.

老柏荒祠兮, 千秋綱常. 雲車霓旌兮, 英威颯爽.

臣拜稽首兮, 天子在上. 偕彼熊袁兮, 左右虎韔.

于何夕降兮, 魂翺翔乎常所之? 眷言周道兮, 禾黍離離.

舍魯安適兮? 父母之國. 毋遽廢徹兮, 神嗜飮食.

爐升一炷兮, 豆實百芬. 蘊義融結兮, 歎息如聞.

瞻前忽後兮, 風歸肅然. 晨星有嘒兮, 問光恠乎斗牛之躔.

검호의 오랜 달이여, 강물이 삼켰다가 토하누나.

달항(충주)의 사람이 떠나자, 배따라기 소리도 끊어질듯 차가워라.

늙은 잣나무의 황폐한 사우여, 천년 강상의 전형이로다.

구름 수레에 무지개 깃발이여, 영명한 위의가 산뜻하도다.

신하로서 공손히 조아리나니, 천자는 위에 계시고

저 곰 같은 원숭환(袁崇煥)과 함께 하여, 좌우에 호피와 활집 벌여 두었을 터.

어이하여 밤이면 내려와, 혼이 가던 곳에 너울대는가?

명나라 서울 길을 돌아보니, 기장만 무성하거늘.

노나라 조국을 버리고 어디로 가랴? 부모 나라인 것을.

급하게 철상을 말아라, 신령이 음식을 즐기니.

화로에 향 심지가 타고, 제기에 제물이 향기로우며

의기가 뭉쳐 있어, 탄식 소리 들리는 듯하네.

앞에 있는 듯하다가 홀연 뒤에 있고, 바람 따라 사라지니 숙연하여라.

새벽별이 반짝일 때, 두우 별자리의 괴이한 빛이 무엇인지 물어보리.

허쟁(許崝, 1573~1663)은 1627년(인조 5) 정묘호란 때 위장(衛將)으로 인조를 강화에 호종하고, 1636년 병자호란 때 내승 겸 선전관으로 인조를 남한산성에 호종했다. 허목(許穆)이 1665년(현종 6) 묘음기를 지어, 허쟁의 가계와 1606년(선조 39) 증광시에 급제하여 선전관에 제수된 이후의 관력을 연도순으로 서술했다. 명은 이어두지 않았다.[264]

聞), 平先(然·躔). '爽' 자는 숙상(鷫爽)이라는 말[馬]의 이름일 때 평성 陽운으로 읽는다. 여기서는 상성 養운이어야 하는데, 평성으로 읽었다.

264 허쟁의 자는 탁보(卓甫), 본관은 양천이다. 부친 용(容)은 병조참판에 추증되었으며, 모친 풍양조씨는 고려 태조 때 공신인 조암(趙巖)의 후손이다. 조암은 풍양조씨 시조로, 후대에 조맹(趙孟)으로 불렸다.

허쟁은 남한산성 호종의 공으로 동지중추부사로 승진했고, 그 뒤 낙안과 장흥의 수령을 지냈다. 1641년(인조 19) 모친 조씨 부인이 별세하자 삼년상을 마친 후 시골에서 노년을 보냈다. 1652년(효종 3) 80세의 나이로 자헌대부에 가자되고, 1662년(현종 3) 90세의 나이로 정헌대부에 가자되었으며, 이듬해 정월 17일 타계했다. 허목은 허쟁이 옛 성현의 격언을 벽에 써 놓고 바라보면서 자신을 반성한 일을 언급하고, 그가 여섯 번이나 지방의 병영이나 고을을 다스렸지만 재산을 축적한 적이 없었다고 칭송했다. 그리고 배위 인천채씨와 자녀, 사위에 대해 적고, 측실에게 네 명의 자녀를 두었다고 적었다.

손종로(孫宗老, 1598~1637)는 병자호란 때 전직 군인으로서 근왕(勤王)을 하려다가 순국하여 정조 때 충신 정려를 받았다. 채제공이 그를 위해 「충신증훈련원정손공묘갈명(忠臣贈訓鍊院正孫公墓碣銘)」을 작성했다. 다음 대목은 손종로의 말을 인용하여 묘주의 무부다운 기개를 부각시켰다.[265]

"장부는 전쟁에 나아가 말가죽에 시체가 둘둘 싸여 돌아오는 일이 있을지언정 썩어 빠진 유자는 될 수 없다[丈夫當馬革裹尸, 腐儒不可爲也]."
"(군왕이 욕을 당하면) 신하 된 자는 의리상 마땅히 죽어야 하거늘, 대대로 충훈을 세워 임금의 은혜로 먹고사는 집안이라면 더 말해 무엇하겠는가[臣子義當死, 況家世忠勳而食君之食者乎]?"

손종로의 본관은 경주, 자는 고경(考卿)이다. 경북 경주 양동마을 출신으로, 6대조에서 고조에 이르는 손사성(孫士晟)·손소(孫昭)·손중돈(孫仲暾)의 3대가 문과 출신으로 당상관을 지냈다. 증조·조부·부친도 각기 별좌·부사직·판관을 지냈다. 손종로는 21세 되던 1618년(광해군 10) 무과에 응시하고 벼슬길에 들어섰으나, 서궁 사건(인목대비 폐위)이 일어나자 낙향했다. 1634년(인조 12) 남포현감이 되었지만 도체찰사 김류(金瑬, 1571~1648)의 탄핵을 받고 파직되었다. 1636년 12월 병자호란이 일어났을 때 남한산성으로 근왕하러 달려갔으나, 이천(利川)에서 막혀 전라도 쌍령(지금의 전남 함평군 나산면 고개)에 주둔하고 있던 경상좌병사 허완(許完, 1569~1637)의 막하에서 활동하다가 1637년 전사했다. 훈련원정을 증직 받았다. 1783년(정조 7) 가을, 5대손인 상사생

許穆, 「許同樞墓陰記」(乙巳), 『記言』 別集 卷21 丘墓文.

265 蔡濟恭, 「忠臣贈訓鍊院正孫公墓碣銘」, 『樊巖集』 卷52.

손정구(孫鼎九)가 상언하고 예조의 계청으로 '충신손종로지문(忠臣孫宗老之門)'의 정려가 내렸는데, 정려 곁에는 함께 순국한 종 억부(億夫)를 위해 '충노억부지문(忠奴億夫之門)'을 두었다.[266] 채제공은 「충신증훈련원정손공묘갈명」에서, "신하는 임금을 위해 죽고, 종은 주인을 위해 죽었으니, 의리는 한가지이다[臣死君, 奴死主, 其義則一]."라고 했다.[267] 여러 사람이 손종로의 충절을 찬양하는 시를 지었다.[268] 1816년(순조 16) 8월에 손종로는 다시 증직되었다.

채제공이 지은 손종로의 묘갈명은 1783년 가을 손정구가 연로(輦路)에서 5세조 손종로의 절의를 국가에서 숭보한 것이 미진하다고 하소한 사실을 먼저 기술한 후, 왕명에 따라 영남관찰사가 손종로의 사적을 조사해서 보고한 내용에 따라 그의 가계와 성장, 순절의 행적을 서술했으며, 감회를 토론하고 의론을 진술하고, 자성을 간략히 기록하고 잡언의 단형 명(銘)[269]을 부기했다. 그리고 손종로의 순국 사실을 다음과 같이 긴박한 문체로 서술했다.

병자 12월, 오랑캐의가 침략해서 다급하자, 상께서 남한산성으로 들어가셨다. 공이 듣고서 울면서, "신하 된 자라면 의리상 마땅히 죽어야 하거늘, 대대로 충훈을 세워 임금의 은혜로 먹고사는 집안이라면 더 말해 무엇하겠는가?" 하고는 당장에 활과 칼의 행장을 챙기고 어머니와 작별했다. 어머니는 "정말 그 할아버지의 손자 같구나!"하고, 반팔 솜옷을 내어서 입혀 주었다. 공은 가인을 돌아보며, "어머니를 잘 봉양하시게. 다른 날 내 시신을 찾으려거든 왼쪽 어깨에 까만 점이 있을 걸세. 솜옷도 징험이 될 것이네." 했다. 두 종과 향인 신상뢰(辛商賚)·박홍원(朴弘遠)을 데리고 출발했다. 중간에 신상뢰가 계책을 내어 죽령 길로 해서 원주의 군진으로 가자고 했으나, 공은 "남한산성의 급난에 죽을 따름이지, 우회로를 택해 살길을 모색할 수는 없네." 했다. 이천의 경계에 이르자 오랑캐가 남한산성을 열 겹으로 에워싸서 들어갈 수가 없었다. 당시 영남좌우절도사가 근왕의 군사를 통솔하고서 쌍령에 벽을

---

266 경주부윤 홍양호(洪良浩)가 지은 「증훈련원정손공종로정려기(贈訓鍊院正孫公宗老旌閭記)」에 관련 내용이 자세하다.

267 蔡濟恭, 「忠臣贈訓鍊院正孫公墓碣銘」, 『樊巖集』卷52.

268 孫國濟 編, 『樂善堂先生實紀』, 1907년 목판본, 국립중앙도서관 소장; 강석근, 「孫宗老의 생애와 추모시」, 『동방학』 29, 한서대학교 동양고전연구소, 2013, pp.325-353; 尹愭, 「慶州烈士孫宗老 以前藍浦縣監 丙子亂 奮身勤王 死節于雙嶺之下 已蒙褒贈之典 當宁癸卯 其後孫上舍鼎九上言于朝 又獲棹楔之榮 人多贈以詩 余亦和之 以寅詠歎歆艶之意云爾」, 『無名子集』 詩藁 册1.

269 "臣死君, 奴死主. 其義則一, 卓絶千古." 上聲七麌(主·古)의 운이다.

치고 있었다. 공은 부득이 좌절도 허완의 군영에 투신하여, 적을 활로 쏘아 반드시 죽였다. 공은 울면서 여러 장사들에게, "포위된 성이 저기에 있으니, 나는 그대들과 함께 제 곳에 죽으려오." 했다. 여러 장사들도 울었다. 이윽고 불이 포약 상자에서 일어나 군진이 어지러워졌는데, 오랑캐가 철기를 풀어서 좌영을 유린했다. 박홍원이 공의 소매를 끌면서, "목책을 넘어가서 뒷날의 공효를 도모하지 않겠소?" 했으나, 공은 "군주의 어려움을 구하려 하면서 급난에 죽지 않는다면 나의 뜻이 아니오." 했다. 그리고 한 종을 돌아보며, "너는 돌아가 집에 알려라." 하고는, 한 종과 함께 꼿꼿이 서서는 미동도 하지 않아, 둘 다 해를 당했다. 정축년 정월 3일이다.[270]

고종 때 이건창(李建昌, 1852~1898)은 강화 사기리(沙器里)에 거처하면서 두 차례의 양요(洋擾)를 직접 경험했을 뿐 아니라 병인양요 때에는 조부 이시원(李是遠)이 유소(遺疏)를 적고 종조부 이지원(李止遠)과 함께 순국하는 것을 목도했다. 이건창은 양요에서 순국하고 충절을 다한 인물들을 위하여 「공조판서양공묘지명(工曹判書梁公墓誌銘)」, 「이춘일전(李春日傳)」, 「진무중군어공애사(鎭撫中軍魚公哀辭)」 및 「애사후서(哀辭後書)」 등을 남겼다. 「이춘일전」은 병인양요 때 프랑스 군대가 강화에 상륙하자 강화 남성의 수문장 이춘일이 적의 칼에 찔려 죽을 때까지 욕설을 그치지 않았던 사실을 생생하게 적었다.[271] 「진무중군어공애사」와 「애사후서」는 신미양요 때 광성진 전투에서 순국한 진무중군 어재연(魚在淵, 1823~1871)을 다루었다.[272] 「공조판서양공묘지명」의 묘주는 병인양요 때 순무영(巡撫營) 우부천총(右部千總)으로 정족산성(鼎足山城)에서 프랑스 군대를 격파했던 양헌수(梁憲洙, 1816~1888)이다. 이건창은 양헌수의 막부에서

---

270 丙子十二月, 虜搶急, 上入南漢城. 公聞之泣曰: "臣子義當死, 況家世忠勳而食君之食者乎?" 立治弓刀裝辭母. 母曰: "若眞若祖孫也!" 出繭絮半臂以衣之. 公顧家人曰: "善養母. 異日覓吾屍, 有左肩黑痣在. 繭絮衣, 亦足爲驗." 從二奴及鄕人辛商賁·朴弘遠發. 半途商賁議取竹嶺路, 趣原州鎭. 公曰: "南漢急死耳. 不可爲迂路生." 及至利川界, 翟圍南漢十重入不得. 時嶺南左右節度使統勤王師, 壁雙嶺. 公不得已, 投左節度許完營, 射賊必殪. 泣謂諸將士曰: "圍城在彼, 吾與若等死得所." 諸將士亦泣. 已而火發砲藥櫃軍亂, 翟縱鐵騎躪左營. 朴弘遠引公袖曰: "盍超柵以圖後效?" 公曰: "急君難而不死於急, 非吾志也." 又顧謂一奴曰: "若歸報家." 因與一奴, 植立不動, 並遇害. 丁丑正月三日也.

271 李建昌, 「李春日傳」, 『明美堂集』 卷15 傳. "賊旣薄門, 春日俛取衣衣, 且拔劍. 賊怪問, 何爲者, 獨不走. 春日張目罵曰: '我南城門將也. 我守此門, 羯狗, 汝不得入. 必欲入者, 殺我乃可.' 賊怒而刃割之, 酒氣拂拂腹中出, 而口益罵, 至死不絶."

272 어재연은 대신들의 추천으로 즉일 광성진에 부임했고, 부임한 지 9일 만에 미군이 광성진을 쳐들어왔다. 경영병(京營兵)이 달아난 뒤 백병전을 벌이게 되자, 어재연은 천총 김현경(金鉉暻)과 함께 500여 군사들을 독려했다. 이 전투에서 어재연과 포의였던 동생 어재순(魚在淳)도 전사했다.

종사한 일이 있다. 1866년(고종 3) 10월, 양헌수는 글을 남겨 자식들과 영결하고, 통진에 진주한 중군(中軍)에게 출전하도록 건의했으나 받아들여지지 않자, 손돌의 무덤에서 기도하고 500여 명 병사에게 이틀분 양식을 지니게 하고 배를 타고 정족산성으로 들어가 매복하고 있다가 프랑스 군대를 쳐부수었다. 이 공으로 가선대부에 오르고 진무영(鎭撫營) 중군이 되었다. 이후 정헌대부에 오르고, 지훈련원사가 되었다.[273] 또한 이건창은 고군산도에서 알게 된 임신원(林愼源)을 위하여 「관수옹묘갈명(灌水翁墓碣銘)」을 적어, 섬진별장 임신원이 동학군 수천 명의 위협을 받으면서도 굴하지 않았던 사적을 적었다. 만약 호남의 여러 관리들이 모두 임신원 같은 사람들이었다면 비적이 병기를 훔쳐 가고 양식을 훔쳐 가게 놓아두고, 지키는 성과 인끈을 잃어서 천하 사람들의 비웃음을 받으며 조선은 사람이 없는 나라라고 여기게 하는 지경에 이르지 않았을 것이라고 했다. 그랬다면 외국이 틈을 엿볼 때 죽음으로 막는 사람이 없어 나라를 나라다울 수 없게 만드는 지경에 이르지는 않았으리라고 주장했다.[274]

한편 『금석집첩』에 수록된 무장 비석의 탁본은 다음과 같다.

① 144方(교141方:黃莊武/李忠武/鄭起龍/李義立/閔濟章)

方01「工曹判書黃莊武公墓碑」[黃衡]. 玄孫尹昉撰, 五代孫尹棨書, 金尙容篆. 天啓元年(光海君十三年辛酉:1621)十月▽日. [전액]工曹判書莊武公黃公神道碑銘 [해서비제]有明朝鮮國正憲大夫工曹判書兼五衛都摠府都摠管知訓鍊院事贈諡莊武公黃公神道碑銘幷序

方02「李忠武公鳴梁大捷碑」[李舜臣]. 李敏敍撰, 李正英書, 金萬重篆. 崇禎後乙丑(肅宗十一年: 1685)三月▽日書, 全羅右道水軍節度使朴新冑. 戊辰(肅宗十四年:1688)三月▽日, 監役出身韓時達. [전액]統制使忠武李公鳴梁大捷碑 [해서비제]有明朝鮮國統制使贈諡忠武公鳴梁大捷碑

方03「行知中樞鄭公起龍墓碑」[鄭起龍]. 宋時烈撰, 李世載書, 金壽增篆. 崇禎紀元後卅十七年庚辰[甲辰](顯宗五年:1664)八月▽立. [전액]行知中樞府事鄭公神道碑銘 [해서비제]有明朝鮮國輔國崇祿大夫行知中樞府事兼五衛都摠府都摠管鄭公神道碑銘幷序

---

273 金允植,「正憲大夫工曹判書兼知義禁府三軍府訓鍊院事五衛都摠府都摠管梁公行狀」,『雲養集』卷13 行狀附家狀行錄.

274 李建昌,「灌水翁墓碣銘」,『明美堂集』卷20 墓碣銘. "賊之始起, 猶民也. 苦官吏貪暴, 聚而誅之, 官吏便跳去, 賊遂生心取其軍資, 或不跳者, 賊要借軍資, 便手開庫鎖而奉之謹. 以此馴令民, 盡操軍器爲賊, 而禍蔓延, 至國不可以國. 向令湖南刺史以下諸官吏, 皆翁者, 豈至資寇兵齎盜糧, 失城喪印綬, 貽天下笑謂朝鮮無人之國, 而至令外國闖其隙, 卒亦無人以拒以死, 以至如今國不可以國哉!"

方04 「水使李公義立墓碑」[李義立]. 宋徵殷撰, 洪禹傳書幷篆. 崇禎紀元後九十六年癸卯(景
宗三年:1723)十月▽日, 孝孫李東相建. [전액]贈兵曹判書行慶尙水使李公神道碑 [해서
비음제]有明朝鮮國贈資憲大夫兵曹判書兼知義禁府事行嘉善大夫慶尙左道水軍節度使
李公神道碑銘幷序

方05 「統制使閔公濟章墓表 贈貞夫人崔氏祔右 贈貞夫人洪氏 贈貞夫人韓氏祔左」[閔濟
章]. 李縡撰, 宗人閔鎭遠書. 崇禎後再丁巳(英祖十三年:1737)八月▽日立. [전액]없음
[해서비제]嘉善大夫三道統制使兼慶尙右道水軍節度使閔公濟章之墓 贈貞夫人全州崔
氏祔右 贈貞夫人南陽洪氏 贈貞夫人唐津韓氏祔左

② 145蓋(교142蓋:武將)

蓋01 「同知中樞李公允儉墓碑」[李允儉]. 金安國撰, 朴浚書. 皇明嘉靖二十五年丙午(明宗
元年:1546)三月▽日建. [전액]朝鮮國同知中樞府事李公碑

蓋02 「柳判樞節度使墉墓表」[柳墉]. 丁卯(肅宗十三年:1687), 五代孫柳重起重建, 弟柳重發
書. [전액]없음 [해서비제]崇祿大夫判中樞府事兼慶尙左道水軍節度使柳公墉之墓 貞敬
夫人坡平尹氏祔葬

蓋03 「柳統制使珩墓表」[柳珩]. 萬曆丁巳(光海君九年:1617)立石. 男柳忠傑追記, 曾孫柳星
輔書. 崇禎二十七年淸順治十一年甲子(孝宗五年:1654)六月▽日立. [전액]없음 [해서비
제]嘉義大夫三道統制使兼慶尙右道水軍節度使宣武原從一等功臣柳珩之墓

蓋04 「呂訓都摠管裀吉墓表 贈貞夫人閔氏祔左」[呂裀吉]. [전액]없음 [해서비제]贈資憲大
夫兵曹判書兼知義禁府事行嘉義大夫訓鍊院都正兼五衛都摠府副摠管呂公諱裀吉之墓
配贈貞夫人驪興閔氏祔

蓋05 「原溪君元公裕男墓表 貞敬夫人韓氏祔篆」[元裕男]. 崇禎紀元後八十年丁亥(肅宗
三十三年:1707)十二月▽日立. [전액]없음 [해서비제]有明朝鮮靖社功臣正憲大夫知中樞
府事原溪君贈右議政諡忠肅元公諱裕男墓 貞敬夫人上黨韓氏祔前

蓋06 「金大將應海墓碑」[金應海]. 趙絅撰, 朴慶後幷篆書. 崇禎甲申紀元後四十一年甲子
(肅宗十年:1684)九月▽日立. [전액]統制使金公之神道碑銘 [해서비제]有明朝鮮國嘉善
大夫三道統制使兼慶尙右道水軍節度使金公神道碑銘幷序

蓋07 「判尹具公鎰墓表」[具鎰]. 上二十八年壬午(肅宗二十八年:1702), 朴世堂識. 崇禎紀元
後再丁亥(肅宗三十三年:1707)七月▽日, 男具志禎書. [전액]없음 [해서비제]없음

蓋08 「金統制使是聲墓碑」[金是聲]. 權瑎撰, 朴慶後書, 權珪篆. 今王卽位元年乙巳(英祖元
年: 1725)八月▽日, 曾孫金世鍵立. [전액]統制使金公神道碑銘 [해서비제]有明朝鮮國嘉
善大夫三道統制使兼慶尙右道水軍節度使金公神道碑銘幷序

蓋09「金左尹世翊墓碑」[金世翊]. 李德壽撰, 徐命均書, 趙顯命篆. 崇禎紀元後再癸亥(英祖十九年:1743)▽月▽日立. [전액]漢城府左尹金公之神道碑銘 [해서비]제]有明朝鮮國嘉善大夫漢城府左尹兼五衛都摠府副摠管金公神道碑銘幷序

蓋10「張大將鵬翼墓表 貞敬夫人鄭氏祔左」[張鵬翼]. 崇禎後再丁巳(英祖十三年:1737)三月▽日, 男張泰紹書. 有追記. [전액]없음 [해서비]제]朝鮮國上將軍張公鵬翼之墓 貞敬夫人草溪鄭氏祔左

③ 146此(교143此:武臣)

此01「宋鍾城崒碑 貞夫人愼氏祔葬」[宋崒]. 隆慶二年戊辰(宣祖元年:1568)三月▽日, 男宋彥愼立石. 追記: 萬曆己亥(宣祖三十二年:1599)十月▽日, 男宋彥愼書. [전액]없음 [해서비]제]通政大夫行鍾城都護府使宋公之墓 贈嘉善大夫兵曹參判兼同知義禁府事 烈婦貞夫人居昌愼氏祔葬

此02「平陽君金公舜皐墓表 貞夫人金氏祔」[金舜皐]. 萬曆四年丙子(宣祖九年:1576)十二月▽日立. [전액]없음 [해서비]제]資憲大夫知中樞府事兼知訓鍊院事五衛都摠府都摠管平陽君金舜皐墓 貞夫人慶州金氏祔

此03「花山君權公應銖墓表」[權應銖]. 金世鎬撰, 曾孫權復衡書. 崇禎甲申後五十八年辛巳(肅宗二十七年:1701)十月▽日, 改立. [전액]없음 [해서비]제]效忠仗義協力宣武功臣資憲大夫花山君兼五衛都摠府都摠管贈崇政大夫左贊成兼判義禁府事贈諡忠毅公權公之墓

此04「工曹參判裵公興立碑」[裵興立]. 姜栢年撰, 許穆篆, 裵正徽書. 追記: 歲戊寅(肅宗二十四年:1698)八月▽日, 四代孫裵泰來識. 崇禎丙子後六十四年己卯(肅宗二十五年:1699)三月▽日立. [전액]工曹參判贈左贊成裵公興立公神道碑 [해서비]제]有明朝鮮國嘉義大夫工曹參判兼五衛都摠府副摠管守知訓鍊院事贈崇政大夫議政府左贊成兼判義禁府事五衛都摠府都摠管知訓鍊院事裵公神道碑銘幷序

此05「昌興君成公夏宗碑」[成夏宗]. 宋時烈撰, 李光佐書, 尹德駿篆. 崇禎紀元後再戊戌(肅宗四十四年:1718)鐫. [전액]贈兵曹判書昌興君成公神道碑銘 [해서비]제]有明朝鮮國贈資憲大夫兵曹判書兼知義禁府事行嘉善大夫咸鏡北道兵馬水軍節度使兼鏡城都護府使昌興君成公神道碑銘幷序

此06「水使朴公泓表」[朴泓]. [전액]贈資憲大夫兵曹判書兼知義禁府事行折衝將軍慶尙左道水軍節度使朴公泓之墓 贈貞夫人江陵崔氏祔

此07「申漆谷溏墓碑」[申溏]. 李玄逸撰, 孫申益淳書, 孫申益恒篆. 崇禎丙子後八十年乙未(肅宗四十一年:1715)▽月▽日立. [전액]贈兵曹參判申公墓碑銘 [해서비음제]朝鮮國故贈嘉義大夫兵曹參判兼同知義禁府事行通訓大夫漆谷都護府使漆谷鎭兵馬僉節制使平

山申公墓碑銘幷序

此08「北虞候洪有量表」[洪有量]. 南九萬撰, 李德成書篆. 崇禎甲申後五十七年(肅宗
二十六年庚辰:1700)八月▽日立. [전액]없음 [해서비제]贈嘉善大夫兵曹參判同知義禁府
事行折衝將軍咸鏡北道兵馬虞候洪公有量墓 贈貞夫人全州李氏祔左

此09「北虞候洪有量碣」[洪有量]. 南九萬撰, 李德成書篆. 崇禎甲申後五十七年(肅宗二十六
年庚辰:1700)八月▽日立. [전액]贈兵曹參判洪公墓碣銘 [해서비제]有明朝鮮國贈嘉善大
夫兵曹參判同知義禁府事行折衝將軍咸鏡北道兵馬虞候洪公墓碣銘幷序

此10「統制使李公澤碑」[李澤]. 尹鳳朝撰, 金鑌商書, 趙尙綱篆. 崇禎紀元後一百四年辛亥
(英祖七年:1731)五月▽日立. [전액]三道統制使李公神道碑銘 [해서비제]有明朝鮮國嘉
善大夫三道統制使兼慶尙右道水軍節度使李公神道碑銘幷序

④ 147身(교144身:武將)

身01「柳琳神道碑銘幷序」[柳琳]. 南九萬撰, 男柳之發書, 洪受疇篆. 崇禎紀元後六十八年乙
亥(肅宗二十一年:1695)八月▽日立. [전액]贈左議政柳公神道碑銘 [해서비제]有明朝鮮國
贈大匡輔國崇祿大夫議政府左議政兼領經筵事行資憲大夫三道統制使兼慶尙右道水軍節
度使柳公神道碑銘幷序

身02「李汝發神道碑銘幷序」[李汝發]. 朴世堂撰, 柳尙運書, 尹德駿篆. 崇禎甲申後五十八年
辛巳(肅宗二十七年:1701)八月▽日立. 後二年癸未五月移葬于同府鳥洞之雲谷去舊山三
里許. [전액]知中樞韓興君李貞益公神道碑銘 [해서비제]有明朝鮮國資憲大夫知中樞府事
兼五衛都摠府都摠管韓興君贈諡貞翼李公神道碑銘幷序

身03「李基夏神道碑銘幷序」[李基夏]. 尹淳撰, 徐命均書, 曹命敎篆. 崇禎紀元甲申後九十四
年丁巳(英祖十三年:1737)八月▽日立. [전액]工曹判書幹城君諡貞僖李公神道碑銘 [해서
비제]有明朝鮮國資憲大夫工曹判書兼知訓鍊院事五衛都摠府都摠管韓城君贈諡貞僖李
公神道碑銘幷序

身04「羅弘佐神道碑銘幷序」[羅弘佐]. 崔錫鼎撰, 趙相愚書, 尹德駿篆. 崇禎甲申後六十九年
壬辰(肅宗三十八年:1712)七月▽日立. [전액]左尹羅公神道碑銘 [해서비제]有明朝鮮國嘉
義大夫漢城府左尹兼五衛都摠府副摠管御營大將羅公神道碑銘幷序

⑤ 148髮(교145髮:武將/武臣)

髮01「守知中樞李公秉正表」(無陰)[李秉正]. [전액]없음 [해서비제]嘉善大夫守知中樞府事
兼五衛都摠府副摠管訓鍊院都正贈諡襄胡公李秉正之墓

髮02「吏岙守知中樞李公秉正碣」[李秉正]. 李思鈞撰, 金希壽書. 正德十二年丁丑(中宗十二
年:1517)九月▽日立. [전액]없음 [해서비제]有明朝鮮國嘉善大夫守知中樞府事贈諡襄胡

公墓碣銘幷序

髥03「平安兵使李公思曾表」(無陰)[李思曾]. 洪天民撰, 閔起貞書. 隆慶二年(宣祖元年戊辰:1568)八月▽日立. [전액]없음 [해서비제]嘉義大夫同知中樞府事兼五衛都摠府副摠管李公之墓 貞夫人全州李氏

髥04「平安兵使李公思曾碣」[李思曾]. 洪天民撰, 閔起貞書. 隆慶二年(宣祖元年戊辰:1568)八月▽日立. [전액]없음 [해서비제]有明朝鮮國嘉善大夫同知中樞府事兼五衛都摠府副摠管李公墓碣銘幷序 [금석록]平安兵使李公思曾碣(無篆)

髥05「統制使元公均表」(無陰)[元均]. [전액]없음 [해서비제]贈效忠仗義廸毅協力宣武功臣崇祿大夫議政府左贊成判義禁府事原陵君行資憲大夫知中樞府事全羅左道水軍節度使兼三道統制使元公之墓

髥06「慶尙兵使捕將吳公定邦碑」[吳定邦]. 李景奭撰, 金壽增書幷篆. 碑文成於孝宗四年癸巳:1653)而四十六年乃克書刻碑, 崇禎甲申後五十五年戊寅(肅宗二十四年:1698)七月▽日立. 有追記. [전액]慶尙右道兵使吳公墓銘 [해서비제]有明朝鮮國嘉善大夫慶尙右道兵馬節度使兼晉州牧使海州吳公墓碑銘幷序

髥07「南兵使李公景顔表 貞夫人權氏祔左」[李景顔]. 孫李行成記, 孫李奎成書. 崇禎紀元後再癸未(肅宗二十九年:1703)八月▽日立. [전액]없음 [해서비제]折衝將軍守咸鏡南道兵馬節度使兼北靑都護府使李公諱景顔之墓 貞夫人安東權氏祔左

髥08「忠淸水使摠管嚴公愰表」(無陰)[嚴愰]. [전액]없음 [해서비제]贈兵曹判書行同知中樞府事兼五衛都摠府副摠管嚴公諱愰之墓 貞夫人光州李氏祔左

髥09「忠淸水使摠管嚴公愰碣」[嚴愰]. 李敏求撰, 金佐明書, 福昌君楨篆. 崇禎紀元後乙巳(顯宗六年:1665)七月▽日. [전액]贈兵曹判書嚴公墓碣銘 [해서비제]有明朝鮮國贈資憲大夫兵曹判書兼知義禁府事行嘉善大夫同知中樞府事兼五衛都摠府副摠管嚴公墓碣銘幷序

髥10「北兵使金公俊龍碑」[金俊龍]. 許穆撰, 吳始復書幷篆. 崇禎紀元後五十三年庚申(肅宗六年:1680)書, 五十八年乙丑(肅宗十一年:1685)四月▽日立. [전액]贈兵曹參判行北道節度使金公神道碑銘 [해서비음]朝鮮國贈嘉善大夫兵曹參判兼同知義禁府事行折衝將軍守咸鏡北道兵馬水軍節度使兼鏡城都護府使金公神道碑銘幷序

髥11「李金海泰英表」[李泰英]. 姻姪黃世楨撰, 男李行成書. 崇禎紀元後再癸未(肅宗二十九年:1703)八月▽日立. [전액]없음 [해서비제]없음 [금석록]李金海泰英表

髥12「田營將始元表 貞夫人李氏祔左」[田始元]. 金在魯撰, 孫田光國書. 崇禎紀元後三戊寅(英祖三十四年:1758)▽月▽日立. [전액]없음 [해서비제]朝鮮贈嘉善大夫兵曹參判行折衝將軍洪州鎭營將田公始元之墓 貞夫人韓山李氏祔左

⑥ 149四(續) (교146金石續帖四:無)

四01「朴宗發神道碑銘幷序」[朴宗發]. 同副承旨尹東洙撰, 左議政徐命均書. 大司諫曹命教
篆. 崇禎紀元後百七十[百七]年甲寅(英祖十年:1734)▽月▽日立. [전액]贈贊成咸豊君朴
公神道碑銘 [해서비음제]有明朝鮮國贈純忠積德補祚功臣崇政大夫議政府左贊成兼判義
禁府事世子貳師五衛都摠府都摠管咸豊君行通政大夫昌原大都護府使朴公神道碑銘幷序

(7) 자찬 비지

자찬 비지의 찬술 전통

조선시대의 사대부들은 사회적·역사적·신체적 제약을 자각하면서 자신의 삶이 지
닌 의미를 반추하여 스스로 비지문을 제작하기도 했다. 본래 후한 때부터 생전에 자
신이 들어갈 무덤을 만드는 풍습이 있었다. 그러한 무덤을 수장(壽藏)이라 하고, 그 무
덤에 묻을 묘지명을 생지(生誌)라 한다. 송나라 때 정향(程珦)은 스스로 묘지명을 지었
고, 주희(朱熹)도 수장을 만들었으며, 명나라 유대하(劉大夏)는 스스로 수장기(壽藏記)
를 지었다. 한국의 근대 이전 지식인들도 영원한 것에 도달하지 못한다는 사실을 깨닫
고 번민했으며, 자기 자신을 되돌아보는 빛을 찾아내어 죽음으로부터 살아 돌아왔다.

조선 후기의 윤기(尹愭, 1741~1826)는 「협리한화(峽裏閒話)」에 '자찬 묘지' 항목을 두
고, 자찬 묘지의 기원을 도연명의 「만가시(挽歌詩)」 3수와 「오류선생전(五柳先生傳)」에
서 찾았다. 그리고 당나라 배도(裴度)가 화상찬(畫像贊)을 스스로 짓고, 백거이가 「취
음선생전(醉吟先生傳)」과 묘지명을 지은 일이 모두 그로부터 파생되었다고 보았으며,
송나라 소옹(邵雍)이 「무명공전(無名公傳)」을 짓고, 장영(張詠)이 화상찬을 자작한 것,
진요좌(陳堯佐)가 묘지를 자작한 것을 중요한 사례로 꼽았다. 또한 조선에서는 노수신
(盧守愼)이 지문(誌文)을 자작한 일이 있다고 언급했다.[275] 노수신의 자찬 지문은 후대
에 큰 영향을 주었지만, 자찬 비지문의 예는 그뿐만이 아니었다. 남유용(南有容)은 정
형복(鄭亨復)을 위해 「묘표자제(墓表自題)」를 제작했고, 이용휴(李用休)도 살아 있는 친
구의 묘지를 써주었으며, 윤정현(尹定鉉)도 이유원(李裕元)을 위해 수장기(壽藏記)를 지
어주었다. 한명욱(韓明勖)은 자신의 묘지의 서를 스스로 짓고 이경석(李景奭)에게 명을

---

275 尹愭,「峽裏閒話 六十五」,『無名子集』文稿 册13 文.

부탁했다.[276]

고려 때 김훤(金晅)이 묘지를 자찬한 이후 조선시대에는 적어도 60여 편의 자찬 비지문이 확인된다. 그 가운데 다음 자찬 비지들은 필자가 이미 다른 책에서 그 핵심 주제를 논한 바 있다.

① 김훤(金晅, 1258~1305)「자찬묘지(自撰墓誌)」

② 조운흘(趙云仡, 1332~1404)「자명(自銘)」

③ 조상치(曹尙治)「자표(自表)」

④ 박영(朴英, 1471~1540)「묘표(墓表)」

⑤ 상진(尙震, 1493~1564)「자명(自銘)」

⑥ 이홍준(李弘準)「자명(自銘)」

⑦ 이황(李滉, 1501~1570)「자명(自銘)」

⑧ 노수신(盧守愼, 1515~1590)「암실선생자명(暗室先生自銘)」

⑨ 성혼(成渾, 1535~1598)「묘지(墓誌)」

⑩ 송남수(宋枏壽, 1537~1626)「자지문(自誌文)」

⑪ 홍가신(洪可臣, 1541~1615)「자명(自銘)」

⑫ 권기(權紀, 1546~1624)「자지(自誌)」

⑬ 이준(李埈, 1560~1635)「자명(自銘)」

⑭ 김상용(金尙容, 1561~1637)「자술묘명(自述墓銘)」

⑮ 윤민헌(尹民獻, 1562~1628)「태비자지(苔扉自誌)」

⑯ 한명욱(韓明勖, 1567~1652)「묘갈(墓碣)」

⑰ 금각(琴恪, 1569~1586)「자지(自誌)」

⑱ 이식(李植, 1584~1647)「택구거사자서(澤癯居士自敍)」

⑲ 김응조(金應祖, 1587~1667)「학사모옹자명병서(鶴沙耄翁自銘幷序)」

⑳ 박미(朴瀰, 1592~1645)「자지(自誌)」

㉑ 허목(許穆, 1595~1682)「자명비(自銘碑)」

㉒ 이신하(李紳夏, 1623~1690)「자지문(自誌文)」

---

276 이경석은 묘지나 만사를 지은 사례가 있지만 객습(客習)의 열에 있는 사람에게 미리 명을 지어주는 것은 예법에 맞지 않을 뿐 아니라 의리로 보아도 불가하다고 하면서, 그것 대신「율헌사(栗軒詞)」를 지어주었다. 李景奭,「栗軒詞」(栗村一號),『白軒先生集』卷14 詩稿.

㉓ 박세당(朴世堂, 1629~1703) 「서계초수묘표(西溪樵叟墓表)」

㉔ 이선(李選, 1631~1692) 「지호거사자지(芝湖居士自誌)」

㉕ 유명천(柳命天, 1633~1705) 「퇴당옹자명(退堂翁自銘)」

㉖ 남학명(南鶴鳴, 1654~1722) 「회은옹자서묘지(晦隱翁自序墓誌)」

㉗ 이재(李栽, 1657~1730) 「자명(自銘)」

㉘ 김주신(金柱臣, 1661~1721) 「수장자지(壽葬自誌)」

㉙ 박필주(朴弼周, 1665~1748) 「자지(自誌)」

㉚ 이의현(李宜顯, 1669~1745) 「자지(自誌)」

㉛ 권섭(權燮, 1671~1759) 「자술묘명(自述墓銘)」

㉜ 유척기(兪拓基, 1691~1767) 「미음노인자명(渼陰老人自銘)」

㉝ 김광수(金光遂, 1696~?) 「상고자김광수생광지(尙古子金光遂生壙誌)」

㉞ 원경하(元景夏, 1698~1761) 「자표(自表)」

㉟ 남유용(南有容, 1698~1773) 「자지(自誌)」

㊱ 조림(曺霖, 1711~1790) 「자명병서(自銘 幷序)」

㊲ 임희성(任希聖, 1712~1783) 「재간노인자명병서(在澗老人自銘幷序)」

㊳ 강세황(姜世晃, 1713~1791) 「표옹자지(豹翁自誌)」

㊴ 서명응(徐命膺, 1716~1787) 「자표(自表)」

㊵ 정일상(鄭一祥, 1721~1792) 「자표(自表)」

㊶ 조경(趙璥, 1727~1787) 「자명(自銘)」

㊷ 오재순(吳載純, 1727~1792) 「석우명(石友銘)」

㊸ 김종수(金鍾秀, 1728~1799) 「자표(自表)」

㊹ 유언호(兪彦鎬, 1730~1796) 「자지(自誌)」

㊺ 유한준(兪漢雋, 1732~1811) 「저수자명(著叟自銘)」

㊻ 이만수(李晩秀, 1752~1820) 「자지명(自誌銘)」

㊼ 신작(申綽, 1760~1828) 「자서전(自敍傳)」

㊽ 남공철(南公轍, 1760~1840) 「사영거사자지(思穎居士自誌)」

㊾ 정약용(丁若鏞, 1762~1836) 「자찬묘지명(自撰墓誌銘)」

㊿ 서유구(徐有榘, 1764~1845) 「오비거사생광자표(五費居士生壙自表)」

○51 서기수(徐淇修, 1771~1834) 「자표(自表)」

○52 유정주(兪正柱, 1796~1869) 「자지(自誌)」

○53 이유원(李裕元, 1814~1888) 「자갈명(自碣銘)」

(54) 김평묵(金平默, 1819~1891)「중암노옹자지명병서(重庵老翁自誌銘幷序)」
(55) 전우(田愚, 1841~1922)「자지(自誌)」
(56) 김택영(金澤榮, 1850~1927)「자지(自誌)」
(57) 유원성(柳遠聲, 1851~1945)「모옹자명(帽翁自銘)」
(58) 이건승(李建昇, 1858~1924)「경재거사자지(耕齋居士自誌)」

『금석집첩』에 수록된 자찬 비지 탁본 가운데 다음 비문들에 대해서는 필자의 다른 저술에서 언급한 바 있다.[277]

025閏(고025閏:先賢)「退溪先生墓碣銘」[李滉]. 退溪自銘. 皇明隆慶六年(宣祖五年壬申:1572)十一月▽日奇大升記, 萬曆五年丁丑(宣祖十年:1577)二月▽日立. 琴輔書. [해서비제]退溪晩隱眞成李公之墓

052闕(고052闕:相臣八)「大匡輔國崇祿大夫議政府領議政兼領經筵弘文館藝文館春秋館觀象監事盧公之墓 貞敬夫人廣陵李氏祔」[盧守愼]. 暗室先生自銘. 柳成龍記, 許筬隷. 萬曆二十四年(宣祖二十九年丙申:1596)五月▽日. [예서비제]

063芥(고063芥:相臣十九)「領議政陶谷李公墓表」[李宜顯]. 李宜顯撰. 追記:崇禎後再丙寅(英祖二十二年:1746)九月甥金致萬識幷序. 前面集韓濩字. [전액]없음 [해서비제]領議政奉朝賀李公宜顯墓 贈貞敬夫人咸從魚氏祔上右 贈貞敬夫人恩津宋氏祔下左 [비음제]有明朝鮮大匡輔國崇祿大夫議政府領議政兼領經筵弘文館藝文館春秋館觀象監事致仕奉朝賀陶谷李公自銘

090位(고089金石續帖位:無)「元判書景夏墓表」[元景夏]. 居士自表. 集唐褚遂良書. [전액]없음 [해서비제]有明朝鮮蒼霞退隱元公諱景夏之墓

094虞(고093虞:亞卿)「副提學蒼石李公埈墓表」[李埈]. 先生自銘. 戊申(英祖四年:1728)秋七月甲子曾孫李性至記. [전액]없음 [해서비제]弘文館副提學贈吏曹參判蒼石李先生之墓 贈貞夫人善山文氏祔在後 貞夫人綾州具氏祔于左

109垂(고108垂:文堂上)「工曹參議尹公民獻碣」[尹民獻]. 右錄乃泰昌庚申年間王考自銘者也. 孫尹趾完附識, 孫尹趾仁書, 尹德駿篆. 崇禎紀元後八十二年己丑(肅宗三十五年:1709)▽月▽日立. [전액]贈左贊成行工曹參議尹公墓碣銘 [비음제]有明朝鮮國贈崇祿大夫議政府左贊成兼判義禁府事知經筵春秋館成均館事弘文館大提學藝文館大提學五衛都摠府都摠管

277 심경호,『내면기행: 옛 사람이 스스로 쓴 58편의 묘비명 읽기』, 민음사, 2018.

行通政大夫工曹參議尹公墓碣銘

현전하지 않는 자찬 비지도 있다. 김수흥(金壽興, 1626~1690) 찬술의 「좌참찬김공묘지명(左參贊金公墓誌銘)」에 보면, 묘주 김광욱(金光煜)이 일찍이 묘명(墓銘)을 스스로 서술했다고 되어 있다.[278] 정형복(鄭亨復, 1686~1769)은 「묘표자제(墓表自題)」를 남겼는데, 남유용(南有容)이 「판돈령부사정공묘표부기(判敦寧府事鄭公墓表附記)」를 덧붙였다. 오원(吳瑗, 1700~1740)은 「본생고자술묘지후기(本生考自述墓誌後記)」에서 생부 오진주(吳晉周)의 자술 묘지에 대해 언급했다.[279] 이만수(李晚秀)의 친구 성정주(成鼎柱)도 533자의 「자지(自誌)」를 지었다. 이만수는 추가로 명을 지어 주었다고 한다.[280]

다음은 『금석집첩』에 들어 있는 자찬 비지의 탁본 가운데 필자가 기왕에 언급하지 않은 것이다.

052闕(교052闕:相臣八)「有明朝鮮國大匡輔國崇祿大夫議政府右議政兼領經筵事監春秋館事致仕沈公墓碣」[沈守慶]. 沈守慶自撰. 萬曆二十九年辛丑(宣祖三十四年:1601)五月▽日立. 男沈日就追記. [전액]右議政致仕沈公墓碣 [금석록]右相沈公守慶碣

심수경(沈守慶, 1516~1599)은 본관이 풍산으로, 심정(沈貞)의 손자이다. 1546년(명종 원년) 문과에 장원급제한 후 여러 관직을 거쳤다. 1590년 우의정에 오르고 기로소에 들어갔다가, 임진왜란 때 삼도체찰사가 되어 의병을 모집했다. 1598년(선조 31) 4월 여든의 나이에 영중추부사로 치사하고 금천으로 물러나 이듬해 생을 마쳤다. 양천현 서면 개화리(지금의 서울시 강서구 방화동) 선영 곁에 묻혔으며, 1601년 비가 건립되었다. 벼슬을 그만둔 직후 스스로 묘표를 지었다. 심수경의 자표(自表)는 가계와 과환(科宦), 장졸(葬卒), 배위와 자손록을 간단히 서술했으며, 운문의 명(銘)은 붙이지 않았다. 심수경은 선조의 조모 안빈의 사당을 생부 덕흥대원군의 묘정으로 옮기도록 건의한 장본인이다. 안빈의 신주는 종전까지 사촌형 홍녕군의 사당에 있었다. 이 때문에 율곡 이이는 그를 비난했다. 심수경은 자표에서 이 일을 언급하지 않았다. 자표에서

---

278 金壽興, 「左參贊金公墓誌銘」, 『退憂堂集』 卷10.
279 吳瑗, 「本生考自述墓誌後記」(乙巳), 『月谷集』 卷11 墓誌銘.
280 李晚秀, 「成伯象鼎柱自誌追銘」, 『屐園遺稿』 卷11 玉局集.

심수경은, "일찍이 여러 아들들에게 말하길, 내가 외람되이 1품의 지위에 올랐으므로 법에 따르면 묘도에 응당 비를 세워야 할 것이지만, 기록할 만한 일이 없으니 비를 세우지 말라."고 당부한 일이 있다고 스스로 밝혀두었다. 그 아들 심일취(沈日就)는 부친이 지은 자표 뒤에 몇 글자를 추기해서 묘갈을 만들었다. 즉, 부친이 평소 과미(誇美)를 좋아하지 않아 친히 '비갈'의 글을 초하고 끝에 "다른 날 고치치 마라."고 써두었다고 했다. 그러면서 부친의 글이 견사(遣辭: 어휘 구사, 표현)가 아주 엄하여 한 글자도 더하지 못하고, 또 명(銘)을 다른 사람에게 구하여 사적을 찬양할 수도 없다고 한탄했다. 아울러 부친의 충효와 청백, 문장과 덕업은 치사교서(致仕敎書)에 대략 실려 있으므로 그것을 참고하라고 덧붙였다.

자찬 비지를 남긴 사람들은 심수경의 예처럼, 평소 스스로를 과장하거나 남이 미화하는 것을 달가워하지 않은 사람들이 대부분이었다. 형식 면에서 보면 조선시대의 자찬 비지는 일반적인 비지문이 그러하듯, 운문과 산문을 결합하는 방식이 일정하지 않고 다양했다. 다만 그 찬자들은 스스로의 죽음을 예견하면서 삶의 가치를 재확인하고자 했다는 점에서 공통성을 지닌다.[281]

자찬 묘비와 묘지를 통해 자신이 진리라고 믿는 것을 진술하는 방식은 고백의 기술을 훈련한 후에 이루어진 것이 아니었다. 서양 중세에는 완전히 자기를 포기하여 사목자의 권력에 종속시켰으며, 죄과의 목록과 일치하는 자신의 불미스러운 행동과 심리를 고백했다. 중국과 한국의 근대 이전에도 불교의 예참문(禮懺文)이나 도교의 공과격(功過格)에 비추어 자신의 죄를 공식적으로 인정하는 일이 없지 않았다. 하지만 문화권력자였던 근대 이전의 지식인들은 죄를 인정하기보다는 자기 변호를 존중했으며, 숨은 욕망, 내면의 움직임을 조사하고 해독하고 명언하기보다는 자신의 행적을 정당화하려고 시도하고 타자에게도 정당한 평가를 촉구했다. 그러나 문면의 하부에는 허전함과 불안감을 감추어 두었다.[282]

---

281 이 경향은 명나라 말의 문인 원굉도(袁宏道, 1568~1610)가 「난정기(蘭亭記)」에서, 죽음의 두려움을 자각하지 못하고 자신의 삶의 진정한 가치를 되묻지 않는 속인들을 비판했던 태도와 통하는 면이 있다. 원굉도(袁宏道), 「난정기(蘭亭記)」, 『원중랑집』 권10 해탈집(解脫集)3, 심경호 외 역, 『역주 원중랑집』 제3책, 소명출판사, 2004.

282 심경호, 『내면기행: 옛 사람이 스스로 쓴 58편의 묘비명 읽기』, 민음사, 2018, pp.11~15.

자찬 비지의 형식

병서(幷序)와 명(銘)으로 이루어진 예

산림으로 정계에 진출했던 허목(許穆)은 86세 때 130 글자의 「자명비(自銘碑)」를 지었다. 그 서에서 "혼자 지내며 내키는 대로 즐기되, 옛사람들이 남긴 교훈을 좋아해서 마음으로 따랐다. 하지만 평소 자기 자신을 다잡아 일신의 허물을 줄이려 했지만 잘되지 않았다."[283]라고 적고, 명에서도 "말은 행동을 덮지 못하고, 행동은 말을 실천하지 못했다."[284]라고 자책했다. 그렇지만 별도로 음기를 남겨, 출처사수(出處辭受)에서 옛 성현을 닮으려 했다고 술회했다. 적어도 정치적 행보와 관련해서는 일생 후회가 없다고 자부한 것이다.

이의현(李宜顯)은 1735년에 영의정이 되었으나 탄핵을 입어 관작을 삭탈당했다. 이때 묘지를 스스로 지어, 숙종 말, 경종·영조 연간을 거치면서 노론의 당론을 이끌기도 하고 남인과 소론의 당화를 입기도 했던 사적을 상세하게 기록했다. 유언하기를 "기록할 만한 훌륭한 점이 조금도 없거늘, 다른 사람의 허탄한 찬사를 빌린다면 혼령도 부끄러울 것이다. 그래서 내 평생을 대략 기술하니 무덤 곁에 묻도록 하라. 장례 날짜만 첨가해서 적으면 된다."[285]라고 했다. 이 묘비명을 쓴 뒤 얼마 안 있어 판중추부사가 되었고, 1742년에야 벼슬에서 완전히 물러났다. 실제 비에는 자찬 묘지의 뒤에 행적을 다시 첨가했다.

정약용(丁若鏞)은 1822년 무덤에 묻을 묘지와 문집에 실을 묘지를 스스로 작성했다. 두 글의 끝에는 각각 4언시의 명을 붙였다. 무덤에 묻을 묘지명에서는 하늘이 자신에게 시련을 내린 것은 자신을 연마하게 만든 것이라고 술회했고,[286] 문집에 둔 묘지명에서는 남은 생애 동안 소사(昭事)에 힘쓰겠다고 했다.[287] 천명의 존재를 믿고 천명에 순응한다는 뜻을 드러낸 것이다.

---

283 許穆, 「自銘碑」, 『記言年譜』 卷2 附錄. "好稀闊自娛, 心追古人餘敎, 常自守, 欲寡過於其身而不能也.".

284 許穆, 「自銘碑」, 『記言年譜』. "言不掩其行, 行不踐其言."

285 李宜顯, 「自誌」, 『陶谷集』 卷18 墓誌銘. "而旣無片善可紀, 借人虛贊, 魂亦負愧. 玆略述平生, 俾瘞壙側, 卒葬日月, 惟在後人之添補云爾."

286 丁若鏞, 「自撰墓誌銘(壙中本)」, 『與猶堂全書』 第1集 詩文集 第16卷. "憪人旣張, 天用玉汝. 斂而藏之, 將用矯矯然遐擧."

287 丁若鏞, 「自撰墓誌銘(集中本)」, 『與猶堂全書』 第1集 詩文集 第16卷. "俔焉昭事, 乃終有慶."

삶에 대해 성찰한 장편 산문의 예

박세당(朴世堂)은 숙종 연간에 노론의 지탄을 받고 수락산에 은둔할 때 「서계초수묘표(西溪樵叟墓表)」를 지었다. 그는 '남들로부터 좋은 사람이라고 여겨지면 그걸로 옳다.'라는 식의 향원(鄕愿)과는 동떨어져 차라리 외롭고 쓸쓸하게 지내더라도 저들에게 마음으로 항복하지 않겠다고 다짐했다.[288] 그는 독창적인 견해로 경전 해석과 노자와 장자의 재해석을 시도하여 진정한 학문을 수립하고자 했다.[289] 고투의 외관과 내면 풍경이 스스로 남긴 「묘표」에 녹아 있다.

강세황(姜世晃)은 54세 되던 1766년에 스스로 묘지를 적었다.[290] 그는 어려서부터 예술 방면에서 탁월한 재능을 발휘한 반면에 세상길이 험난하여 다른 사람들에게 마음을 열 수가 없었던 사실을 교차시켜 이야기했다. 또 부친이 늘그막에 낳은 아들로서 부친의 각별한 사랑을 받은 일과, 작은 형수의 상 때 부친이 음택을 구하러 멀리 진천으로 가셨다가 유명을 달리하신 일을 추억했다. 한편으로 그는 자신이 어려서부터 행서와 회화에 뛰어났던 점, 옛글에 전념해서 당·송의 작품을 암송한 일, 영조의 명으로 한때 필묵의 기예를 중지하게 된 일 등을 부각시켰다.

박학(樸學)에서 일가를 이루었던 신작(申綽)은 문과에 합격했으나, 부친의 임종을 지키지 못한 것을 일생의 한으로 여겨 벼슬을 살지 않았다. 60세 되는 1819년에 「자서전(自敍傳)」을 지었는데,[291] 그것이 경기도 광주 무갑산의 묘 앞 묘비에 「자표(自表)」로 새겨져 있다. 신작은 대지팡이에 삿갓 쓰고 맑은 물에서 물장난하고 우거진 숲에서 나무새를 가리며, 때때로 넘치고 출렁거리는 물가에서 낚시질하고, 작은 배로 고기잡이하는 삶을 살기에 벼슬과 봉록을 마음에 걸어두지 않았다고 했다. '군자탄탕탕(君子坦蕩蕩)'의 자세를 지켜왔다고 자부한 것이다.

농법서와 백과사전을 아우른 『임원경제지』의 편찬자 서유구(徐有榘)는 스스로 묘지를 작성해서, 자신은 인생에서 이룬 것이 없고, 다섯 가지 방면에서 낭비만 했다고 했다.[292] 그는 『중용』에서 말하는 '넓을' 비(費)와 달리, 자신의 삶은 '낭비였다'는 뜻에서

288 朴世堂, 「西溪樵叟墓表」, 『西溪先生集』 卷14 墓表. "蓋深悅孟子之言, 以爲寧踽踽涼涼無所合以八, 終不肯低首下心於生斯世爲斯世, 善斯可矣者, 此其志然也."
289 朴世堂, 「西溪樵叟墓表」. "嘗著『通說』, 明詩書四子之指及註『老』·『莊』二書以見意."
290 姜世晃, 「豹翁自誌」, 『豹菴遺稿』 附錄, 한국학중앙연구원(구 한국정신문화연구원), 1971.
291 申綽, 「自敍傳」, 『石泉遺稿』. 卷3 雜著.
292 徐有榘, 「五費居士生壙自表」, 『楓石全集』 金華知非集 卷6.

비(費)라는 글자를 핵심어로 사용했다.

생몰년과 삶에 대한 단상(斷想)만 단편 산문으로 적은 예

수양대군의 왕위 찬탈에 울분을 느낀 조상치(曹尙治)는 경상도 영천 마단(麻丹)에 숨어 살면서 큰 돌 하나를 구해서 쪼지도 않고 꾸미지도 않고서 그 표면에 '노산조부제학포인조상치지묘(魯山朝副提學逋人曹尙治之墓)'라고 새겼다. 그리고 벼슬 품계를 쓰지 않은 까닭, 부제학이라 쓴 이유, 포인이라 쓴 이유를 짤막하게 밝혔다. 포인은 '죄짓고 도망간 사람'이라는 뜻인데, 송나라가 원나라에 의해 멸망될 때 사방득(謝枋得)이 포신을 자처한 일을 본뜬 것이다.

상진(尙震)은 명종 때 14년간 재상으로 있으면서 조야의 신망이 두터웠는데, 「자명(自銘)」을 지어 부족할 것 없던 삶을 되돌아보았다.[293] 집안에 미관말직을 지낸 어른도 없었는데 자신은 문과에 급제하고 청요직을 고루 지냈으며 마침내 영의정에 이르렀다고 안도했다. 북송의 진요좌가 자찬 묘지를 지은 것과 유사하다. 진요좌는 82세 때 같은 연령대의 여러 사람과 함께 어울리고, 스스로 묘지를 지어 "나이가 여든둘이니 요절이 아니고, 경대부와 정승으로 봉록을 받았으니 욕되지 않다."라고 했다. 상진도 그 뜻을 따랐다.

허균의 젊은 시절 친우였던 금각(琴恪)은 폐결핵으로 죽어가면서 불과 25자의 묘지를 적었다. "봉성(鳳城) 사람 금각은 자가 언공(彦恭)이다. 일곱 살에 공부를 하기 시작해서 열여덟 살에 죽었다. 뜻은 원대하지만 명이 짧으니 운명이로다."[294]라고 하여, 불운한 자신을 애도했다.

운문의 명(銘)만 있는 예

이황(李滉)은 죽기 전에 「자명(自銘)」을 지어 묘표에 사용하도록 하고, 예장을 치루지 않도록 유언을 남겼다. 그 묘표에서 이황은 "시름 가운데 즐거움 있고, 즐거움 속에 시름 있도다."[295]라고 간략히 삶을 개괄하고, "승화하여 돌아가리니, 다시 무엇을 구하

---

293 尙震, 「自銘」, 『泛虛亭集』 卷5 銘. "起自草萊, 三入相府. 晚而學琴, 常彈感君恩一曲, 以終天年."
294 許筠, 「琴君彦恭墓誌銘」, 『惺所覆瓿稿』 卷17 墓誌. "鳳城人琴恪字彦恭. 七歲而學, 十八而沒. 志遠年夭, 命矣也夫."
295 李滉, 「墓碣銘」, 『退溪先生年譜』 卷3 附錄. "憂中有樂, 樂中有憂."

라."[296]라고 하여 죽음에 대한 두려움을 내비치지 않았다.

　조선 후기 영남 유학을 대표하는 이재(李栽)는 56세 되는 1712년에, 조기(趙岐)가 자명을 지은 때와 같은 나이라는 사실을 깨닫고 느끼는 바가 있어서 「자명(自銘)」을 썼다. 「자명」에서 그는 "뜻은 있었으되 재주도 없고 시운도 없으니, 감암(嵌巖)에서 말라 야위어감이 참으로 마땅하다. 빛나도다, 내 마음가짐이여. 전철(前哲)을 뒤따르고, 나의 즐거움을 즐기나니 다시 무엇을 구하리오."[297]라고, 천명에 순응하겠다는 뜻을 드러냈다. 1723년에는 「자서(自序)」를 지어, 자신이 천명에 순응해 왔음을 회고했다.[298]

　조선 말기의 이유원(李裕元)은 1882년에 전권대신으로서 일본 관리공사 하나부사 요시모토와 제물포조약에 조인한 장본인이다. 제물포조약 이후 경기도 양주의 천마산 아래 가오곡에 은둔하면서 『임하필기(林下筆記)』를 집필했다. 1882년 가을부터 1884년 봄까지 병을 심하게 앓고 부인을 잃는 슬픔까지 더해져서 죽음에 대해 사색하게 되어 「자갈명(自碣銘)」을 지었다. 생전에 스스로의 도상을 만들고 부지옹(不知翁)이라 적고는, "남들은 알겠다고 하지만, 나는 누구인지 모르겠소."[299]라 했고, 또 "내가 비록 스스로 알지라도, 남들은 알지 못하네."라고 했다. 자기 실체가 나에게도 남에게도 미지의 존재로 남아 허무한 느낌에 사로잡힌 것이다. 「자갈명」에서는 "태어나 성인을 만나고, 돌아가 성인을 따르리라. 성인이란 사람은, 이른바 그 사람을 가리킨다."[300]라고 했다. 그 사람이란 만나야 하지만 만나지 못하는 성군을 암시하며, 나의 존재의 의미를 충족시켜주는 타자를 뜻한다. 이유원은 자신의 결함상을 인식했고 그 때문에 고독해했다.

자찬 비지의 예

　조선시대 자찬 비지의 대표적 예로 풍석자(楓石子) 서유구(徐有榘)의 「오비거사생광자표(五費居士生壙自表)」를 들 수 있다. '오비거사'라는 자호를 풀이하는 방식으로 구성했다.

296　李滉, 「墓碣銘」, 『退溪先生年譜』卷3 附錄. "乘化歸盡, 復何求兮."

297　李栽, 「自銘」, 『密菴先生文集』卷14 箴銘. "有志無才又無時. 枯癯嵌巖固其宜. 光余佩兮趾前休. 樂吾樂兮又奚求."

298　李栽, 「密菴自序」, 『密菴先生文集』卷23 行狀.

299　李裕元, 「不知翁畫像自贊」, 『嘉梧藁略』冊13 雜著. "人曰知之. 吾不知之. 知者知之. 是謂知之."

300　李裕元, 「自碣銘」, 『嘉梧藁略』冊16 墓碣銘. "生逢聖人. 歸從聖人. 聖人之人. 所謂 伊人."

풍석자(楓石子)가 부인 송씨의 광중을 단주(湍州, 장단) 백학산 서쪽 선영의 아래에 옮기고 난 뒤, 그 오른쪽을 비워 수장(壽藏) 자리로 삼았다. 어떤 사람이 "옛날 사람 가운데도 그렇게 한 사람이 있었죠. 그대는 스스로 묘지를 짓지 않나요?" 하기에, 풍석자는 "아! 제가 무슨 뜻이 있어서 묘지를 적겠습니까?" 했다.

그런데 전에 내가 친척 아우 봉래(朋來)[서유락(徐有樂, 1772~1830)]에게 답한 서찰에서 삼비(三費)의 설을 말한 것이 있다. 처음에 내가 중부 명고 공(明皐公)[서형수(徐瀅修, 1749~1824)]에게서 『예기』 「단궁(檀弓)」과 『주례』 「고공기(考工記)」, 『당송팔가문』을 배울 때는 우람하게 유종원과 구양수의 문장을 배울 뜻이 있었다. 얼마 있다가 『시』, 『서』와 사서를 읽게 되면서는, 또 정사농(鄭司農, 정중)의 명물설과 주자양(朱紫陽, 주희)의 성리설을 떠들게 되었다. 바야흐로 빠져들기는 괴로울 정도로 깊이 빠져들었으면서 터득한 것은 없었으되, 도끼를 잡고 몽치를 던지는 수고를 이루 다 표현할 수 없을 정도로 했다. 하지만 얼마 있다가 부친의 유업을 잇느라 저지당하여 뜻이 흔들렸고, 벼슬살이하느라 유혹당하여 뜻을 빼앗겨서, 지난날 배운 것을 지금은 모두 잊었다. 이것이 첫 번째 낭비이다. 신하의 명부에 이름을 올린 초기에 정묘(정조)께서 앞서의 악을 전부 씻어주시는 은혜를 내려, 영화로 통하는 서반(군직이나 중추부 관직)의 청직에 숫자나마 채우도록 반열에 끼워주셨으므로, 조비(曹조)의 계고(稽古)와 유향(劉向)의 교서(校書)를 직분으로 삼으려고 망령되이 기약했다. 바야흐로 분발해서 온 힘을 쏟아부어 손에 굳은살이 박이고 눈이 흐릿하게 되는 엄청난 수고를 해 나갔다. 하지만 얼마 있다가 양장구곡(羊腸九曲) 같은 험한 벼슬길이 눈앞에 있고 구당협(瞿塘峽) 같은 험난한 일이 뒤에 있어, 수레의 굴대가 꺾이고 배의 키를 잃어버려 머뭇거리기만 하고 앞으로 나아가지 못했다. 이것이 두 번째 낭비이다. 무릇 그런 뒤에 폐기되어 진(秦)나라 동릉후(東陵侯, 소평(召平)]의 오이, 집운경(葺雲卿)의 채소, 한(漢)나라 범승(氾勝)의 호박, 후위(後魏) 가사협(賈思勰)의 나무에 관한 농법을 고개 숙이고 묵묵히 따라 익혔다. 경영하고 계산해서 날과 달을 쌓아나가기에 다툼이 없는 경지라고 할 수 있겠지만, 역시 조물이 인색하게 굴어 착오를 일으키고 칭칭 얽어매어, 꽃부리가 맺기를 바랐건만 마침내 동량재가 꺾이고 집이 엎어져서 만 가지 인연이 기왓장 깨지듯 부서지고 말았다. 이것이 세 번째 낭비이다.

이것은 병인년(1806, 순조 6) 가을과 겨울 사이에 있었던 것을 두고 말한 것이다. 그 이후 다시 두 가지 낭비가 있었다.

계미년(1823) 명고(서형수) 공이 섬에서 육지로 이배되셨다가 갑신년(1824)에 유배 명부에서 이름이 영원히 씻겨 없어지셨고, 나는 다시 조정의 반열에 끼게 되어, 봄빛이 아름답게 쪼이자 마른 풀뿌리가 다시 피어나듯 해서 화려하고 후한 벼슬을 차례로 거치게 되었다. 하지만 재주가 짧고 성격이 성글고 게을러, 조정에 들어와 군주와 정치를 논해 협찬하는 행적도 없었고 벼슬살이를 하면서 군은을 보충하거나 군은에 보답하는 공적도 없었다. 그러다가 심지어 사려로 기력이 소모되어 휴가를 청했으니, 지난 자취를 회상하면 마치 물에 뜬 거품처럼 환몽과도 같다. 이것이 추가된 첫 번째 낭비이다. 남들과의 교유를 끊고 피하던 처음에는 우환 속에 있으면서 우환을 잊기 위해서 자료들을 두루 모으고 널리 채집해서 『임원경제지(林園經濟志)』를 편찬했다. 부(部)는 16개로 나누고 국(局)은 120개로 나누어, 혁혁하게 단연(丹鉛: 교정을 보는 데 쓰는 단사와 연분)으로 교정하고 갑을로 편집하는 수고를 한 것이 앞뒤로 30여 년이나 되었다. 하지만 책이 완성되려는 참에, 한 삼태기가 모자라 구인(九仞)의 봉우리를 이루지 못하듯 공력이 부족해서, 그것을 목판으로 새기자니 재력이 없고 그것을 간장독이나 덮는 데 쓰도록 폐기하자니 조금 아쉬움이 남았다. 이것이 또 추가된 두 번째 낭비이다.

낭비한 것이 다섯 가지나 되므로 남은 것이라고는 거의 없다. 살더라도 남에게 이익 됨이 없고 죽더라도 후세에 이름이 나지 않을 것이다. 살아간다고 하기에는 짐승이 새가 숨을 깔딱거리고 있는 것을 보는 것과 같을 따름이며, 죽었다고 하기에는 풀이 시들어가되 아직 끝나지 않은 것과 같을 따름이다. 이와 같고도 이를 두고 이루었다고 말할 수 있다면 남들은 이미 다 이룬 셈이요, 이와 같기에 이를 두고 이루었다고 말할 수 없다면 이룬 것 없는 자가 무슨 말을 기록으로 남겨 후세 사람들이 잊지 않도록 하겠는가?

아, 정말로 산다는 것이 이처럼 낭비일 뿐이란 말인가? 그렇지 않다면, 역시 낭비는 잠깐이고 거둔 것이 있어 오래간다는 말인가? 저 입언(立言)과 입공(立功)이 탁월해서 불후의 땅에 발을 똑바로 세운 사람들은 그 정신과 기백이 반드시 백세나 천세 이후까지 몸과 이름을 끌어안고 보호할 텐데, 이것은 하루아침에 엄습해서 취할 수 있는 것이 아니다. 나는 젊어서는 성실했으나 장성해서는 근심이 많았고 늙어서는 어둑어둑하다. 그러므로 시원을 따져보고 끝에서 처음으로 되돌려 몸뚱이와 함께 변화해 스러지지 않을 것을 찾아본다고 해도, 끝내 그림자와 음향처럼 방불한 것을 얻을 수가 없다. 게다가 80년 세월을 죄다 낭비해 버린 뒤에 뻔뻔하게 붓을 잡고 편석(片石: 비석)을 빌려 문장으로 꾸미면서, 휑하게 아무것도 없다는 사실을 스스로 모르고 있다니, 아무래도 크게 잘못된 것이 아니겠는가? 그렇기에 손자 태순(太淳)에게 이렇게 말한다. "내가 죽은 뒤에는 우람한 비를 세우지 말고, 그저 작은 비석에 '오비거사(五費居士) 달성 서 아무개 묘'라고 써준다면 족하다."[301]

---

301 徐有榘, 「五費居士生壙自表」, 『楓石全集』 金華知非集 卷6. "楓石子旣遷夫人宋氏之堋于淄州白鶴山西先壟之下, 虛其右爲壽藏. 或慂之曰: '昔之人有行之者, 子盍自爲之志?' 楓石子曰: '噫! 吾何志哉?'昔吾答叔弟朋來書有三費之說焉. 始吾從仲父明皐公受檀弓·考工記·唐宋八家文, 嘐然有志於柳子厚·歐陽

서유구는 넋두리를 빌려 대화문을 통해 스스로를 정립하고 또 그것을 허물어나가는 방식을 취했다. 그는, 원회(元會)의 운세(運世)는 12만 9,600세인데, 자신이 살아 있는 시간은 고작 1,620분의 1이거늘, 이미 79년을 허비했으므로, 자신의 일생은 작은 구멍 앞을 매가 획 날아 지나가는 것과 다름이 없었다고 회상했다. 한 해의 날을 다 채우지 않는다면 하상(下殤: 8~11세 사이에 죽음)과 구별이 되지 않을 것이요, 그렇다면 어린아이를 묻는 옹기 관을 쓰면 되고 벽돌로 광곽을 만들면 될 것이니, 무슨 명을 쓸 필요가 있겠는가 탄식했다. 서유구는 낭비 '비(費)' 자를 핵심어로 사용했으며, 그 글자를 『중용』에서 말하는 넓을 비(費)와 달리 사용했다. 『중용』에서 "군자의 도를 '비이은(費而隱)'이라 했고, 주희는 "비(費)란 용(用)의 광범위함이요, 은(隱)이란 체(體)의 은미함이다."라고 주석했다. 하지만 서유구는 자신의 쓰임이 '낭비'였을 뿐이라는 자괴감을 나타내려고 비(費) 자를 핵심어로 사용했다.[302]

서유구는 농법서와 백과사전을 아우른 『임원경제지』의 편찬을 자부했다. 하지만 이 「자표」에서는 그것도 아쉬운 부분이 있어 결국 지적 낭비라고 했다. 서유구는 중부 서형수에게 문장을 배우고, 이의준(李義駿)에게서 명물 고증학과 성리학을 배웠다. 1790년(정조 14)의 문과에 합격했으나, 벼슬살이를 달가워하지 않고 학문에서 즐거움을 찾았다. 1792년에 규장각대교, 예문관검열이 되었으며, 이후 주로 관찬 서적을 교열하거나 편찬하는 일을 맡았다. 그런데 1805년(순조 5) 12월에 노론 벽파인 김달순

永叔之文章. 旣而讀詩·書·四子書, 則又說鄭司農之名物, 朱紫陽之性理, 方其溺苦而未有得也. 不勝其斧之握而推之投也. 亡幾何, 而幹蠱以沮撓之, 遊宦以誘奪之, 昔之所學, 今皆忘之, 則一費也. 策名之初, 荷正廟湔拂之恩, 使得備數於通英西淸之列, 則復安自期子桓氏之稽古, 劉中壘之校書. 方其策動而陳力也, 不勝其手之胝, 而目之蒿也. 亡幾何, 而羊腸在前, 瞿塘在後, 轍折㘯失, 逡如而不前, 則二費也. 夫然後廢然俛就于東陵之瓜, 雲卿之蔬, 氾勝之賈, 恩豐之樹蓻, 經營籌度, 積有日月, 不謂無競之地, 亦且有物靳之, 齟齬絆攣, 顧莫之遂, 而卒之生棟覆屋, 萬緣瓦裂, 則三費也. 此其說在丙寅秋冬之際, 而自茲以還, 又有二費焉. 歲癸未, 明皐公自海而陸, 甲申謫籍永滌. 而余復厠于朝, 春陽照煦, 枯荄再榮, 歷踐華膴, 致位崇顯, 而才短性疎慵, 入朝無吁咈之謨, 居官無補報之績. 及其季至慮耗, 丐休酒休. 追惟迮跡, 幻若浮漚, 此一費也. 屛避之初, 爲在憂忘憂老, 薈萃博采, 纂『林園經濟志』, 部分十六. 局分百十, 弊弊乎丹鉛甲乙之勞者, 首尾三十餘年. 及其書潰乎成, 以之壽梓則無力, 以之覆瓿則有餘, 此又一費也. 蓋費之至五, 而存者無幾矣. 生無益於人, 死無聞於後. 其生也, 禽視鳥息已矣. 其死也, 艸亡卒已矣. 若是而可謂之成耶, 人盡成也. 若是而不可謂之成耶, 無成者又何語? 志之, 勿忘也. 嗟夫! 人之生也, 固若是費乎? 抑亦有費則暫, 而收則久者耶? 彼立言立功, 卓然樹足于不朽之地者, 其精神氣魄, 必有以擁護身名於千百世之後, 此不可一朝襲而取之也. 吾少而恂恂, 壯而慜慜, 老而悟悟, 原始反終, 求其不與身俱化者, 終未得影響近之者, 猶且以八十年費盡之餘景, 覥然操筆, 假片石而文飾之, 不知其枵然無有也. 不亦愼乎? 顧謂孫太淳曰: '吾死之後, 勿樹豐碑. 但以短碣書之日五費居士遠城徐某之墓. 可矣.'"

302 심경호, 『내면기행: 옛 사람이 스스로 쓴 58편의 묘비명 읽기』, 민음사, 2018, pp.533-543.

의 옥사가 일어나 숙부 서형수가 연좌되었다. 우의정 김달순은 지난날 사도세자를 비판하는 상소를 올렸다가 정조 때 흉도로 규탄되었던 박치원(朴致遠)과 윤재겸(尹在兼) 등을 신원할 것을 주장했다가 노론 시파의 공격을 받았다. 이때 서형수는 김달순의 배후자로 지목되어, 여러 귀양지를 떠돌다가 1823년 전라도 임피에서 사망했다. 김달순 옥사 때 서유구는 홍문관부제학으로 있다가 1806년 1월 18일 상소를 올려 사직했다. 1824년에 친구 남공철(南公轍)의 주선으로 가까스로 회양부사가 되었다. 1834년에는 전라감사로 있으면서 『종저보(種藷譜)』를 편찬했다. 만년에 이조판서, 병조판서를 거쳐 봉조하에 이르렀지만 낭비의 자괴감은 불식되지 않았다.

19세기 후반에 기정진(奇正鎭, 1798~1879)이 민재남(閔在南, 1802~1873)을 위해 작성한 「모산일인묘갈명서(茅山逸人墓碣銘序)」는 자찬 묘명에 별도의 인물이 서를 작성한 특별한 예이다. 민재남의 본관은 여흥, 자는 겸오(謙吾), 호는 청천(聽天)·자소옹(自笑翁)·회정(晦亭)·모산일인이다. 경상도 함양의 외가에서 태어났으며, 외삼촌 노광복(盧光復)에게 배웠다. 1851년(철종 2) 강학처로 회정정사(晦亭精舍) 서재를 지었으며, 문집으로 『회정집』을 남겼다. 화계노인(花溪老人) 희암(希菴) 유광진(柳光鎭, 1729~?)이 일체 하늘에서 명을 받으라는 뜻에서 청천이라는 호를 지어주었다.[303] 기정진은 민재남에게 「회정기」를 지어주어 천하의 일은 한 번 어두우면 한 번 밝아진다는 사실을 잊지 말고 부단히 수행하라는 뜻으로 권면했다.[304] 1873년에 민재남이 죽은 후, 기정진은 그의 묘갈명을 지었는데, 이때 '회(晦)'에 대한 풀이를 겸했다.[305]

모산(茅山)은 집안의 산이고, 회정은 편액인데, 주인이 홀연 고인이 되었으니, 민군 겸오(謙

---

303 閔在南, 「祭柳希菴光鎭文」, 『晦亭集』 卷8 祭文.

304 奇正鎭, 「茅山逸人墓碣銘序」, 『蘆沙先生文集』 卷26 墓碣銘; 奇正鎭, 「晦亭記」, 『蘆沙先生文集』 卷21 記. "方吾之不見謙吾也, 朦然不知頭流山陰有閔高士謙吾, 此一晦也. 謙吾一日以一驢一僮, 僾然過我門, 使我一夜讀十年書, 於是晦者明矣. 謙吾旣去, 一年而二年, 二年而三年, 又朦然不知謙吾作何調度, 兼亦不知謙吾之不忘我, 能如吾之不忘謙吾否, 此又一晦也. 今日讀謙吾書, 知謙吾無恙, 又知向者一年二年, 二年三年, 皆肝膈上光陰, 於是晦者明矣. 第恨謙吾所居之亭, 其面勢若何, 結構若何, 洞之深淺若何, 山之高低若何, 孤山一幅, 世無工畫者, 雖復著意想像, 終是晦夜摸影, 若得芒鞋布襪, 一朝東遊, 與主人翁把酒臨風, 可以破此一晦, 而老且病, 末由也. 於是知世間萬事, 一晦一明, 有相禪者, 亦有終不能相禪者, 請問謙吾坐此亭上, 讀天下之書, 觀天下之物, 其晦明之相禪者幾何, 終不能相禪者幾何, 抑良將眼前無堅壁, 有不晦, 晦則必明, 不似瞽者坐在一半黑窣窣地耶! 謙吾苟有哉生明一著, 無忘此老友則幸矣, 聞謙吾之亭以晦爲扁, 故請書此以爲之記."

305 奇正鎭, 「茅山逸人墓碣銘序」, 『蘆沙先生文集』 卷26 墓碣銘; 閔在南, 『晦亭集』 附錄 「墓碣銘序」. "昭陽作噩蜡月(12月)上浣, 幸州奇正鎭撰."

폼)이다. 겸오의 이름은 재남이거늘, 비석 앞면에 모산일인이라 한 것은 유언을 따른 것이다. 20년 전, 내가 겸오를 위해 「회정기」를 지은 일이 있는데, 정자를 회라 한 것은 멀리 내력이 있으니, 내가 아무리 혼몽하다고 해도 어찌 몰랐겠는가? 주인이 바야흐로 자회(自晦: 스스로를 감춤)하거늘 객이 이러쿵저러쿵 본지를 설파한다면 적절치 못하지 않은가? 그래서 장두(藏頭) 문자(은어)를 이용해서 냉담한 말(알맹이 없는 말)로 한 편을 마쳤다. 겸오가 살아 있을 때 그 사실을 알았는가, 몰랐는가? 얼마 있다가 겸오가 침랑(재랑) 벼슬을 하나 했으니, 겸오의 감춤은 아무래도 다 감추지는 못하지 않았던가? 나는 이 점이 의심스러웠다. 얼마 전에 겸오가 서찰을 보내와 만년의 계책(죽은 후 비석 세우는 일)을 내게 부탁했으니, 이 점 또한 의심스러웠다. 겸오의 본지를 추적하면 아무래도 장차 때가 되면 떠나서 허공의 뜬구름과 함께 한 번 스쳐 지나가 다시는 존재하지 않고자 했던 것이려니, 이수 머리의 빗돌에 새기는 이 세세한 글이 어찌 영대(마음)에 흡족했겠는가? 그렇지 않고 삼불후(三不朽) 가운데 세 번째(입언)는 고명한 사람이라도 유념하길 면하지 못했단 말인가? 그렇기는 하지만 당시 겸오는 아직 강녕한 데다가 나이도 나보다 아래였으므로, 결단코 지극한 말이 아니었고 한때의 해학에서 그런 것일 따름이었다. 그래서 해학으로 답하고, 또 "비명의 글을 스스로 짓는 일은 선배도 그런 일이 있었거늘 어찌 본받지 않소?"라고 말했다. 누가 그날의 장난이 실제 일이 될 줄 알았던가, 아아, 슬프다!

달인들은 모두 황천에 있으므로, 겸오로서는 벗 얻는 즐거움이 있을 터이지만, 홀로 쓸쓸한 자는 내가 아니겠는가? 계유년(1873) 9월에, 겸오가 아무 서찰이 없기에 내가 놀라서 겸오가 아프다는 것을 알고는 자세히 서찰을 적어, 내가 먼저 가는 걸 기다렸다가 「해로(薤露)」 1장(만장, 제문)을 써주고 천천히 진퇴를 꾀하라고 했으나, 서찰이 이르기 전에 겸오가 끝내 이달 19일 대귀(大歸: 타계)하고 말았다. 장례를 앞두고 그 맏아들 치순(致淳)이 겸오가 스스로 지은 명문과 자손을 경계한 절필 시문을 보내왔는데, 대개 명에는 반드시 서(序)가 있어야 한다면서 이 버려진 자에게 부탁하기 위해서였다. 아아! 망우가 이미 나의 권고로 스스로 명을 지었거늘, 내가 어찌 망우의 부탁을 저버려 서를 짓지 않을 수 있겠는가! 평생의 수양과 존심은 명 속의 한 구절이 다 개괄했으니, "독락(獨樂)이 어이 즐거우랴? 근심하지 않아도 역시 근심한다."라고 했다. 백세 후에 남의 말을 제대로 아는 사람이라면 이 뜻을 알리라. 마침내 그 성씨와 가계, 자손을 대략 서술하고, 명의 글을 아래에 새기게 한다.[306]

---

306 茅, 家山也, 晦亭, 額也, 主人忽爲古人, 曰閔君謙吾. 謙吾, 諱在南. 石面曰茅山逸人者, 其治命云. 二十年 前, 正鑌爲謙吾作晦亭記, 亭之爲晦, 遠有來歷, 正鑌雖懵陋, 豈不知之? 主人方自晦吾矣, 客乃曉曉然說破 本旨, 不亦不相當乎? 是庸藏頭, 以冷淡語了篇. 謙吾在世時知也無? 旣而謙吾一命寢郎, 謙吾之晦, 亦有 未盡晦者耶? 吾疑焉. 年前謙吾寄書來, 以萬年之計, 托於正鑌, 又一疑焉. 迹謙吾本旨, 殆將來時而去, 順

민재남은 자명(自銘)에서 "근심하지 않아도 역시 근심한다."라고 했다. 천명을 알아 자신의 거취와 평가에 대해서는 근심하지 않지만 도가 행하지 않는 세상에 대해서는 역시 근심하지 않을 수 없다는 뜻이다. 기정진도 민재남의 성씨, 가계, 자손에 관한 사항은 매우 간단하게 서술했다. 그리고 자회(自晦)와 불우(不遇)의 문제를 주안점으로 삼아,[307] 구한말 지식인들이 마음속에 지닌 독락(獨樂)과 우세(憂世)의 갈등을 담아냈다. 민재남이 생전에 작성한 자명은 그의 『회정집』 원집에 있다.[308]

6. 조선시대 요절자를 위한 비지문

『예기』「단궁 상(上)」에 보면 공자의 제자 복상(卜商)은 서하(西河)에 있을 때 아들을 잃고 지나치게 슬퍼해서 실명했다고 한다. 주희는 장남 주숙(朱塾, 1153~1191)을 잃고 스스로 「망사자광기(亡嗣子壙記)」를 지었다. 고려·조선시대의 지식층도 자신보다 먼저 세상을 뜬 자식을 위해 애절한 심경에서 광지(壙誌)나 묘표(墓表)를 작성했다. 한강(寒岡) 정구(鄭逑)가 46세로 죽은 아들 정장(鄭樟, 1569~1614)을 위해 「망자광기(亡子壙記)」를 지은 예가 대표적이다.

조선에서는 특히 17세기 이후 유배를 가거나 혹독한 가난(家難)을 겪은 사람들 중에 어려서 죽은 자식에 대한 절절한 그리움을 토로한 예가 적지 않다. 이식(李植, 1584~1647)은 「망아노농광지명병서(亡兒老農壙誌銘幷序)」에서 역병에 걸려 일곱 살에

與太空浮雲一過而不復有, 彼螭龜細字, 何足以入我靈臺也? 抑不朽之三, 雖高人亦不免有留情者耶? 雖然是時, 謙吾尙康寧, 年又後我, 決是非至言, 一時戲劇然耳. 遂以戲劇答之, 又曰: "自作銘文, 先達有之, 盍效諸?" 誰知今日戲事, 反爲實境, 嗚呼悲夫! 達人盡在黃壤, 在謙吾, 有得朋之喜, 踽踽者非我耶? 癸酉九月, 謙吾有便無書, 正鑌驚告, 知謙吾殆病矣, 卽具棺斂其待我先路, 寫「薤露」一章, 徐謀進退, 書未及達, 而謙吾竟以是月十九日大歸矣. 葬有日, 其胤致淳, 寄君所自爲銘文及戒子孫絶筆來, 蓋銘必有序, 以屬荒頹者. 噫! 亡友旣以正鑌之勸, 自爲銘矣. 正鑌其忍負亡友之托而不爲之序乎! 其平生行己有心, 銘中一句盡之, 曰: "獨樂何樂? 不憂亦憂." 百世之下, 知言者知之. 遂畧叙其姓系子孫, 而俾刻銘文于下方.

307 閔氏系出驪興, 而其世居山淸, 自高麗節臣安富始. 諱重爽, 諱禛坤, 諱鏞, 諱以瓛, 高祖以下四世也. 禛坤公, 號竹齋, 有隱德. 妣, 豐川盧氏稷之女. 君以純廟壬戌四月十六日生, 娶星山李憲烈之女, 有二男二女. 男長卽致淳, 次致況. 女適愼在弘. 致淳男昌鎬, 女鄭在玉. 致況男龍鎬·鳳鎬, 女愼炳楫·鄭煥彧·姜輔永·李浚喆. 愼在弘子炳台. 曾玄, 不盡錄.

308 閔在南, 「新沙阡自銘」, 『晦亭集』 卷9 墓碣銘. "憶予晚進, 虛負昌時. 性簡志拙, 知淺行卑. 寡過未能, 奈此學迷. 居今好古, 心也大癡. 訪友山水, 遇師詩書. 谷明亭晦, 爰得我居. 獨樂何樂? 不憂亦憂. 聽天所命, 與物無求. 乘化歸盡, 萬事自休."

죽은 아들 노농(老農, 1612~1618)을 애도했다.[309] 또한 정약용은 1802년 세 살로 죽은 아들 농아를 위해 귀양지 강진에서 「농아광지(農兒壙誌)」를 지어 마재 집으로 보내 장남에게 아이의 영전에 읽어주라고 시켰다. 이때 정약용은 이기양(李基讓)의 말을 인용하여, 요절한 자녀들의 생년월일과 이름, 생김새 및 죽은 날짜를 적어두어 뒷날의 증거가 될 수 있게 하고 그 애들이 태어난 흔적이 남게 해야 한다고 했다.[310] 「농아광지」 등 영아를 위한 광지가 진명(眞銘: 실제로 광중에 묻은 묘지명)이었는지는 알 수 없다. 다만 이 시기에 지식인들이 아동에 대해 깊은 관심을 지니게 되면서 요절한 아이들에 대해서도 각별한 방식으로 애도하게 되었던 것은 분명하다.

(1) 망아의 묘표와 광지

홍무적(洪茂績, 1577~1656)이 차남 홍구연(洪九淵)을 위해 작성한 「중자구연묘지명 (仲子九淵墓誌銘)」은 요절한 자식을 위해 친부가 작성한 묘지명 가운데서도 제작 동기가 대단히 가슴 아프다. 홍구연(1606~1629)의 본관은 남양, 자는 이정(而靜), 호는 마경헌(磨鏡軒)이다. 1615년(광해군 7) 홍무적이 인목대비 폐모론에 반대하다가 거제도로 귀양 가게 되자, 14세의 구주(九疇)와 10세의 구연 두 아들이 따라갔다. 1622년에 구주는 거제도에서 풍토병으로 죽었다. 1623년(인조 원년) 부친의 유배가 풀려 서울로 돌아왔으나, 구연은 1629년에 예전에 걸린 풍토병이 재발하여 그해 10월 30일에 24세로 죽었다. 구연은 현감 강연(姜遭)의 딸과 혼인하여 두 딸을 낳았는데, 그가 죽었을 때는 두 딸이 모두 어렸다. 다음 해 4월 4일 선영에 구연을 장사 지내면서 홍무적은 이 묘지명의 글을 묻었다. 1635년(인조 13)에 이르러 홍무적은 이식(李植)의 서문을 받아 아들의 문집 『마경헌집』을 간행하면서 이 묘지명을 수록했다. 「중자구연묘지명」에서 홍무적은 8년 사이에 두 아들을 연이어 잃고, 아비로서 두 아들의 묘지명을 적어야 하는 사실에 기막혀했다. 사실상 이 묘지명은 두 아들의 묘지명을 합찬한 형식이다. 즉, 장남 구주와 차남 구연의 어짊을 적고 두 형제가 병으로 죽어간 상황을 차례로 기록했다. 그리고 다음과 같은 논평을 덧붙였다.

---

309 李植, 「亡兒老農壙誌銘」, 『澤堂集』 卷10 墓誌.
310 丁若鏞, 「農兒壙誌」, 『與猶堂全書』 第1集 詩文集 第17卷. "茯老常云: '子女之夭折者, 宜備書其生年月日名字面貌及死之年日, 俾有徵於後, 使其生有跡.' 其言甚仁."

아아! 사람이 제 수명을 얻지 못하고 죽는 경우, 반드시 운명의 탓으로 돌리고 스스로를 위로한다. 하지만 어찌 모두 운명 탓이겠는가? 백어(伯魚)가 부친 공부자보다 먼저 죽은 것은 천명에 이르렀던 일이라서 성인이라고 해도 어찌할 수가 없었다. 이것은 운명 탓이라고 해도 좋다. 구주 형제의 경우 나의 죄악에서 말미암아 장독(瘴毒)에 걸려 차례로 사망했으므로, '그 운명 탓이 아니라 그 아비 때문에 죽었다.'라고 말하는 것이다. 이것이 내가 길이 통곡해 마지않는 이유이다. 더욱이 애통한 것은 구연이 빼어난 재주를 품고도 세상에 시행하지 못한 사실이다. 유고가 수백 편 가까이 있으므로, 후세에 혹 알아주는 사람이 있다면 반드시 이 사실에 탄식을 일으켜 애석해할 것이다.[311]

이 글에서 홍무적은 인간사의 유불리를 운명의 탓으로 돌리는 통념을 부정했다. '일을 운명의 탓으로 돌린다[諉之於命]'는 것은 인간 현실의 모순을 설명하는 손쉬운 방법이자 나약한 책략이다. 『주역』「설괘전(說卦傳)」에 "물리(物理)를 궁구하고 인성(人性)을 극진히 하여 천명에 이른다[窮理盡性, 以至於命]."라고 했다. 이 말은 먼저 물리와 인성의 실상을 살피고 그 근원까지 따져서 천명의 합당한 인식에 이르고 천명에 순응해야 한다는 뜻이다. 궁리(窮理)와 진성(盡性)을 통해 장재가 말한 "살아서는 하늘에 순응하고 죽어서는 내가 편안하다[存吾順事, 沒吾寧也]."의 경지에 이를 수 있다. 일마다 운명의 탓으로 돌리는 것은 '스스로를 속이는[自欺]' 작태이다. 홍무적은 깊은 성찰을 통해, 자신의 두 아들이 요절한 일은 그들의 운명 탓이 아니라 바로 자신 때문이라고 탄식했다. 그리고 4언 제언과 잡언 장구를 뒤섞은 명(銘)을 붙였다. 입성의 운자를 사용하여 통압하다가 평성의 운자로 환운하면서, 아이들을 잃은 슬픔을 절절하게 토로했다.

奇葩異萼, 開發萌苗, 狂飆一振, 榮華搖落.	苗: 入質　落: 入藥
驚雷過電, 其光燁燁, 須臾濟止, 闃然泯滅.	燁: 入葉　滅: 入屑
九淵文章, 昭如星日, 孰與其有不使其施, 而埋藏欝塞,	日: 入質　塞: 入職
精氣光忙, 雖其埋沒而未出?	出: 入質
意其不化爲朽壤, 而爲金玉之精,	精: 平庚

311　洪九淵, 『磨鏡軒集』 墓誌銘 「仲子九淵墓誌銘」[洪茂績]. "嗚呼! 人之不得其壽而死者, 必諉之於命而以自寬焉. 然豈皆命也? 伯魚先夫子而死焉, 至於命也, 雖聖人末如之何矣. 是則雖謂之命可也. 若九疇兄弟, 由余罪惡, 橫罹毒疾, 相繼而沒, 故曰: '非其命也. 由其父而死'也. 此余所以長慟而不已者也. 尤可慟者, 九淵抱逸才而不得施於世. 有遺藥僅數百篇, 後世或有知者, 必有興喟而惜之者矣."

不然生長松之千尺, 產靈芝之九莖,   莖: 平庚

愈久遠而馨**香**, 垂百歲而蒼**蒼**.   香·蒼: 平陽

기특한 꽃망울과 이상한 꽃받침이 벌어져 피어나고 싹이 돋던 참에

미친 회오리가 한바탕 불어 화려한 꽃들이 떨어지고 말았네.

무서운 천둥소리와 번득이는 번개 같아 그 빛이 황황하다가

잠깐 사이에 다 그치고 적막하게 민멸했다만

구연의 문장은 해와 별처럼 빛나니

시행하지 못하게 묻어버리고 꼭꼭 덮어서

정기의 괴이한 광채가 한 인물이 매몰되도록 나오지 못하게 하는 경우와 비교하여 어떠랴?

아마도 썩은 흙으로 변화하지 않고서 금과 옥의 정수로 되거나

그렇지 않으면 천 자 장송으로 자라나고 아홉 줄기 영지를 낳아

오래되면 오래될수록 향기가 짙어져 백 년토록 창창하리라.

김창협(金昌協, 1651~1708)은 50세 되던 1700년(숙종 26) 10월에 아들 군산(君山), 즉 김숭겸(金崇謙)이 19세로 죽자 12월 26일 양주 동남쪽 봉두산(鳳頭山) 남쪽에 묻고 「망아묘표(亡兒墓表)」를 지어 아들의 미덕을 논평했다.[312] 김창협은 이 묘표에서 아들의 죽음을 슬퍼하는 것으로 그치지 않고 아들이 피운 '빼어난 꽃[秀]'을 하나하나 환기했다. 『논어』 「자한(子罕)」에 "싹이 나고도 꽃이 피지 못하는 경우도 있고, 꽃은 피었어도 열매를 맺지 못하는 경우도 있다."라고 했는데 김창협은 아들 김숭겸의 죽음을 '꽃은 피었어도 열매를 맺지 못한[秀而不實者]'으로 명확히 규정한 것이 문체 면에서도 제행(齊行)과 정대(正對)를 피하고 배비구의 평판성을 배격해서, 애상의 심리를 극복하려는 고투가 배어나온다. 그래서 많은 사람들이 그 글을 읽고 군산의 재주를 애석해했다. 김창협은 「망아묘표」에 운문의 명을 붙이지 않았다. 상실의 심경을 외재율로 재단해 낼 수는 없었던 듯하다. 다음은 본문의 일부이다.

태어난 것은 숭정 기원 임술년(1682, 숙종 8) 10월 30일 자시(子時: 한밤중)이다. 어려서부터 탁월하게 빼어나고, 바르고 곧으며 어질고 미더웠으며, 명백하고 통달했다. 글씨를 배울

---

312   金昌協, 「亡兒墓表」, 『農巖集』 卷28 墓表. 김창협은 이단상(李端相)의 딸과 결혼하여 아들 김숭겸과 다섯 딸을 두었다. 김숭겸의 아명은 숭아(崇兒)였다.

때에는 고분고분 먹을 치는 것만이 아니라, 정묘하게 알고 오묘하게 해득하여, 남들보다 훨씬 앞섰다. 언론은 재기가 발하여 통쾌하게 마치 날카로운 칼로 썩은 대나무를 쪼개듯 했다. 대단히 강개하여 높은 기상이 있어 세상의 속 좁고 자질구레한 자들은 그 뜻을 감당할수가 없었다. 재화와 이익, 음악과 여색은 확연하여 마음에 머물러 두지 않았다. 좋아하는것은 오로지 산수(자연)와 문장뿐이었다.

아비 창협이 집안의 환난을 만나 벼슬을 하지 않았던 까닭에 그는 어려서부터 아비를 따라농암(農巖)과 삼주(三洲) 사이를 드나들며 밭 갈고 고기를 잡으면서 책을 읽었다. 간간이 풍악산과 천마산을 유람하고 화산(삼각산) 절정에 올라 팔극을 휘젓는 뜻이 있었다. 전후에 지은 시가 수백 편인데, 대체로 모두 준엄하고 노숙하여 근래의 진부하고 여린 말을 짓지 않았으므로, 보는 사람들이 모두 놀라고 감탄하며 소릉(두보)의 격조와 법식을 얻었다고 평했다.그러나 평소 유독 옛사람의 대절(大節)을 흠모하여, 장구나 따지는 작은 유자로 자임하려 하지 않고, 일을 경영하고 사물을 종합하여 유용의 학문을 하려고 했다. 그의 생각과 계획에대해서는 한두 벗만이 듣고 알아 깊이 허여했으니, 아비라 하여도 다 알지는 못했다.[313]

김숭겸이 죽은 지 6년 후인 1706년, 김숭겸의 장인 신정하(申靖夏)는 황해도관찰사박권(朴權)에게 서찰을 보내어 김숭겸의 시집을 황해도에서 간행해 줄 것을 부탁했다.김창협과도 많은 서찰을 주고받았다. 김창협이 아들 김숭겸을 묻고 지은 묘표나 김숭겸의 문집을 간행하기 위해 박권과 주고받은 서찰은 인간 보편의 슬픔을 환기시키고,인간 삶의 부조리를 심정적으로 확인하게 만든다.

이의현(李宜顯)은 1740년(영조 16) 4월 29일에 아들 이보문(李普文, 1715~1740)을 잃고 「망자묘지(亡子墓誌)」와 「망자묘표(亡子墓表)」를 지었다. 자식을 잃은 애끓는 정을드러내되, 감정의 과잉으로 흐르지 않도록 스스로를 억눌렀다.[314] 「망자묘표」와 「망

---

313 其生以崇禎紀元壬戌十月三十日子時. 少卽卓爾不羣, 正直仁信, 明白通達, 學書不帖帖行墨, 精識妙解,
     捷出人先. 言論英發, 痛快如利刃破朽竹. 尤慷慨有高氣, 視世之齷齪猥瑣, 無足當其意. 貨利聲色, 廓然
     不留情. 所好者, 獨山水與文章耳. 其父昌協, 遭家難不仕, 自少從出入農巖三洲間, 耕漁讀書, 間則游楓
     嶽天摩. 登華山絶頂, 有揮斥八極之意. 前後賦詩數百篇, 類皆奇峻蒼老, 不作近時熟軟語, 觀者咸驚咤,
     謂爲得少陵格法. 然雅獨慕古人大節, 不肯以章句小儒自命, 意欲經事綜物, 爲有用學. 其所商略講畫, 惟
     一二朋友聞而深許之, 雖其父亦不盡知也.
314 李宜顯, 「亡子墓誌」, 『陶谷集』卷18. “余亦倚爲克家之能子, 賴以忘憂, 亦喜繼述先懿之有人也. 每於風
     簷月軒, 父子相對, 或談經評史, 或論文說詩, 以及斯文是非之關, 世道汚隆之幾, 有叩必韻, 如響斯應, 盖
     與余胸中所經緯, 無一違整, 古所謂: ‘相視而笑, 莫逆於心’者, 不過是矣. 惟此天倫之至樂, 實非人人所可
     得, 乃被鬼神之猜媢, 致有今日之酷禍, 尙何言哉!”

자묘지」는 아들이 정학(유학)을 믿고 의지하여 위독한 중에도 책을 보고 연구하는 것을 그만두지 않았다는 점, 일찍이 『동해신단(東海神丹)』을 저술해서 사우(士友)들이 그의 훌륭한 식견을 추앙했다는 점을 특별히 밝혔다. 또한 아들이 재기(才氣)가 민첩하고 글씨가 아름다웠으며 자학(字學)에 조예가 깊고, 아울러 전문(篆文)과 주문(籀文)에 능통했다는 점도 밝혀두었다. 김창협이 그러했듯이 이의현 역시 아들의 죽음을 '꽃은 피었어도 열매를 맺지 못한 것'으로 명료하게 부각시켰다. 그런데 「망자묘지」는 아들의 학문과 인간됨을 자세히 서술하고 부자간의 정의를 말하여 비통한 심경을 드러낸 데 비하여, 「망자묘표」는 아들의 학문과 인간됨을 공론에 부칠 수 있도록 최소한의 내용만 개괄했다. 또 「망자묘지」에서는 아들이 평산신씨를 아내로 맞았으나 후사가 없다고 적은 데 비하여, 「망자묘표」에서는 아들이 양자를 둔 사실을 밝혔다.[315] 묘표를 묘지보다 뒤에 작성했음을 알 수 있다.

구한말 이건방은 15세로 죽은 딸을 위해 「상녀광지(殤女壙誌)」를 지었다. 딸은 1889년 7월 11일에 태어나 1903년 2월 13일에 죽었고, 죽은 지 사흘 만에 이건방의 본생부 이상안(李象晏)의 묘 옆에 묻혔다. 「상녀광지」는 "구덩이를 만들어 길상산의 남쪽 동산에 묻었으니 전주 이건방의 여식이다."라고 시작한다. 이어서 이건방은 딸이 어려서부터 조숙해서 어미의 가르침을 번거롭게 하지 않았고, 늙은 할머니를 잘 간호해드려 할머니의 사랑을 받은 사실을 말했다. 딸이 가난한 살림을 떠맡아 하다가 열다섯에 죽었을 때 옷가지도 남루하여 염습도 제대로 할 수 없다는 사실, 죽기 몇 개월 전에 어미가 아이의 젖을 먹이다가 심하게 천식을 앓자 어미를 안고 울었던 사실을 회상했다. 일화의 서술은 순간순간의 회상에 의존하고 있다.

---

315 李宜顯,「亡子墓表」,『陶谷集』卷20. "李普文, 字止仲, 龍仁人. 祖諱世白, 左議政忠正公, 相肅宗, 著扶倫大節. 父宜顯, 領議政, 典文衡, 年至奉朝賀. 母宋氏, 圭菴裔孫. 崇禎後再乙未生. 有至行, 事後母, 尤盡孝. 志尚高介, 好古守素. 雅以文章節義爲重, 終歸依正學, 疾殆而不廢溫繹. 嘗著『東海神丹』, 士友推其識見. 爲人, 才思捷疾, 筆翰華美, 深於字學, 兼通篆籀. 詩文亦多可觀, 其進未可量也. 特坐其父竊位, 早歿弗逢, 年甫廿六. 葬于楊州金村母墓傍, 距祖考藏十里. 娶判府事申思喆女, 有繼子學祚."「망자묘표」는 『金石集帖』154惟(續)(교219) 책에 탁본이 있다. 『승정원일기』에 보면, 이보문이 죽은 그해(1740년) 11월 3일 기사에, 예조에서 이의현의 차자(箚子)에서 아뢴 대로 종형 이의록(李宜祿)의 아들 이보중(李普中)의 차남 이증언(李曾彦)을 이의현의 죽은 아들 이보문의 후사로 세워 문건을 작성하여 지급한다고 아뢰는 내용이 있다. 하지만 곧 파양된 듯하다. 이의현은 1741년(영조 17) 2월 20일 선산에 「망자묘표」를 세운 후, 죽은 아들의 묘에 고한 제문에서 이의익(李宜益)의 손자 이학조(李學祚, 1737~1772)가 후사라고 밝혔다. 「망자묘표」에도 후사가 이학조라고 기록했다.

집이 매우 가난하여 어미 임씨가 실로 꿰매고 베 짜는 일, 삶고 간 맞추는 일, 씻고 빨래하고 찧고 빻는 일 등 하인이 하는 잡다한 일들을 가르쳤으므로 잠시도 쉴 수 없었는데, 음식이나 의복을 모두 억제하여 오라비들보다 좋지 않게 했다. 어미는 말하길, "너는 여자이니 남보다 좋게 할 수 없다. 또 괴로움과 즐거움은 하늘의 도이니, 네가 오늘 괴롭다가 자라서 즐겁기를 바라는 것이 훌륭하지 않겠느냐? 그렇지 않고, 지금 편안해도 후에 고달파서 더욱 어려워지는 것보다는 낫지 않겠느냐?" 했다.

딸이 열다섯 살에 죽기까지 부지런히 물 긷고 절구질 하는 사이에 수족이 모두 갈라지고 동상에 걸려, 몸은 솜과 비단의 따스함을 몰랐고 입은 달고 깊은 맛을 알지 못했으며, 죽어서 염하는데 옷이 남루하여 몸뚱이를 다 가릴 수가 없었으므로, 그 부모가 이로 인해 슬픔이 더욱 심했다. 죽기 몇 개월 전에 아버지가 호남 지방에 가서 미처 돌아오지 않았는데, 어미가 젖 먹이다가 병이 나서 심하게 기침을 하자, 딸이 어미를 끌어안고 울어서 눈이 퉁퉁 부었다. 시간이 지나 어미의 병이 낫고, 아비도 돌아오자, 딸이 매우 기뻐하며 손을 이마에 대더니만 어미의 품에 달려들어, 어루만지며 바라보기를 오래도록 했다. 딸이 죽게 되자 어미가 그 몸뚱이를 붙잡고 탄식하기를, "지난번 내 병이 심할 때, 네가 문밖에 나가 어머니를 대신하여 아프길 원한다고 낮은 목소리로 말했다는 이야기를 듣고서, 화들짝 땀이 나고 갑자기 정신이 번쩍 들었더니, 지금 네가 끝내 나를 대신한 것이냐?" 했다.

딸은 언젠가 오라비들과 도란도란 이야기하다가 홀연 슬퍼하며, "내가 수명이 짧아 오래 살 수 없을 것 같으니, 어떡하지?" 했다. 오라비들이 이상하게 여기며 무슨 말인지를 몰랐는데, 얼마 지나서 과연 죽었다.[316]

명(銘)은 산행이지만, 운문이다. 즉, 之와 悲가 상평성 제4 支운에 속한다.

而去而父母兄弟, 而獨安所**之**?

維祖考邁止, 而尙安無**悲**.

---

316 家簑甚, 母林教以縫紉組絧及烹飪, 調醯辛以至瀚濯舂磨, 雜婢媼操作, 不得息, 而於食飲被服, 牽抑而使下兄弟. 曰: "若女子也, 不可以上人. 且苦而樂, 天之道也, 爲汝今日苦, 長而樂, 願不優歟? 苟不爾, 不猶愈於今佚而後苦之爲尤難耶?" 以故女生十五年而死, 矻矻井臼間, 手足皆皸瘃斜互, 而體不識絮帛之爲溫, 口不知甘濃之爲味, 死而斂衣襤褸不能掩蔽, 其父母由是悲益甚. 死之前數月, 父適湖鄕未返, 母乳而病, 喘急, 女抱其母, 泣目盡腫. 旣而母病良已, 父且歸, 女喜甚, 手加額, 投母懷中, 撫視良久. 及女死, 母持而歎曰: "曩吾疾亟時, 聞汝出門外絮語願以身代母, 懍然汗出, 頓有省, 今汝竟代我耶?" 女嘗與兄弟燕語, 忽悽然曰: "吾心短宜若不能久者, 奈何?" 兄弟皆怪之, 不省何謂, 已而果然.

네가 부모형제를 떠나는구나. 네 홀로 가는 바가 어디냐?

조고(祖考) 가까이 이르렀으니, 너는 부디 편안하여 슬퍼하지 말라.

(2) 요절자의 비지문

유몽인(柳夢寅, 1559~1623)은 27세로 죽은 사위 최현(崔衡)을 위해 묘갈명을 작성했다.[317] 생년이나 졸장의 시기를 기록하지 않은 특이한 묘도문이다.

아! 가련하도다! 나의 사위 최현의 자는 지회(之晦)로 대사간 철견(鐵堅)의 아들이다. 19세에 장가 와서 27세에 죽었는데, 두 딸만 있고 모두 어리다.

태어나서부터 사람됨이 단정하고 정결하며 온화하고 욕심이 없으며 말수가 적고 행동거지가 예법에 맞았다. 게다가 저술에도 부지런하여 권면하지 않아도 스스로 노력해서 소과와 대과의 초시나 회시, 복시 등에 거듭 급제했으므로, 사람들이 모두 인재라 여겼다. 부모와 여러 형들을 효도와 우애로 섬겨 부모가 먼저 음식을 맛보고 나머지를 종복에게 주면 달라고 청하여 나머지를 형제들과 나누어 먹었는데 얼굴색이 변하지 않았다. 모친상을 당해서는 슬픔이 예를 지나쳐 날마다 미음을 마시고 생강과 육계(肉桂)[318]로 몸을 추스르지 않아 병들고 수척해져 상을 채 마치지 못하고 세상을 떠났다.

마을에서 한성부에 보고하니 한성부에서는 예조에 공문을 보내 조만간 정려하기로 했다. 때마침 비갈이 먼저 완성되었다. 몽인은 원래 아들딸이 적어 사위를 몹시 아끼며 내가 죽은 뒤의 일을 부탁하려 했다. 갑자기 그대가 나보다 먼저 세상을 떠날 줄 어찌 알았겠는가! 통곡하며 명을 짓는다.

정결하여 찌끼 하나 없었거늘, 육신이 쉽게 무너지다니!

재주와 행실이 복에 막혔으니, 어찌 하늘이 이러하단 말인가?

딸 또한 복이 없구나. 그대가 이리 되다니!

---

317 柳夢寅, 「崔甥衡墓碣銘幷序」, 『於于集』 後集 卷5 墓道文. "嗚呼! 可憐哉! 吾之甥崔生衡字之晦, 大司諫鐵堅子也. 十九來吾家, 二十七逝, 只有二女皆稺. 生爲人端潔, 雍容寡慾, 罕言語, 擧止中禮, 復勤於記述, 不勸自勖, 累捷大小試, 人咸才之. 事親事諸兄, 孝且友, 親嘗別與僮僕, 請歸之, 餘分同腹不色. 丁母喪, 哀踰禮日溢米, 不滋薑桂, 病瘠未終喪而沒. 鄕里告京兆, 京兆移禮部, 朝夕將旌閭, 會碣先成. 夢寅素鮮男女, 愛子深, 將托以死生, 豈意子先我溘然? 痛哭而銘之曰: 潔而不滓, 其身易壞. 才行禦福, 豈上天緯? 女也無祿, 子所以乃!"

318 원문은 '강계(薑桂)'이다. 『예기』 「단궁 상」에 "증자가 이르기를 '거상 중에 병이 나면 고기를 먹고 술을 마시되 반드시 초목의 반찬을 곁들여야 한다.' 하니, 생강과 계피를 말한다[曾子曰 喪有疾 食肉飮酒 必有草木之滋焉 以爲薑桂之謂也]."에서 인용한 말이다.

유몽인은 『어우야담』 166회에 이 비문과 관련된 일화를 남겼다. 묘소에 표석을 세우는 일은 황천의 망자를 감동시키는 까닭에 결코 소홀히 해서는 안 된다는 교훈을 담았다.

진사 박제생(朴悌生)이 돌아가신 장인 신 공(申公)[신여관(申汝灌, 1533~1587)]을 위하여 묘갈명을 부탁해 내가 그것을 지었다.[319] 그 선조의 세계(世系)와 자손의 사속(嗣續)을 매우 상세히 기록했는데, 신공이 죽은 지가 이미 오래된 지라 그 글에 잘못된 것이 많았다. 글을 다 짓고 나서 깨끗이 써서 박 진사의 처소로 보냈다. 그날 밤 꿈에 손님들이 나타났는데 모두가 해골의 형상으로 문전 가득 몰려와 지게문을 밀치고 들어와서 나에게 감사하기를 매우 정성스럽게 했다. 꿈을 깨자 나도 모르게 정신이 번쩍 들고 머리털이 쭈뼛 솟았다.

또한 전에 죽은 사위 최현을 위해 비석을 세우면서 내가 음기를 짓고 석공으로 하여금 새기게 했는데, 석공이 종에게 말했다. "어젯밤 꿈속에 한 젊은 유생이 나타났는데, 정신이 맑고 외모도 준수해 보였다. 그가 다가와서 묻기를 '너는 어떤 사람이냐?' 하길래, 내가 '아무 땅 사람이며 이름은 아무개입니다.'라고 대답했다. 또 '이 돌의 품질은 어떠한가?' 묻기에, 내가 '매우 좋습니다.'라고 대답했다. '하루에 몇 자나 새기는가?' 하기에, 내가 '수십 자는 새깁니다.'라고 대답했다. 그러자 '네가 새긴 글자가 매우 좋구나. 부디 신속히 할 것이지, 게으름을 피우지 말라.'라고 했다." 다음 날에도 똑같은 꿈을 꾸었으며 모습도 똑같았다고 했다. 종복이 그 모습을 묻자, 이러이러하다고 대답했는데, 죽은 사위의 모습과 같았으므로 집안 사람들이 듣고는 슬피 울었다.

아아! 죽은 사람을 위해 묘소에 표석을 세우는 것을 어찌 소홀히 할 수 있겠는가! 평생의 사적을 기록해 썩지 않게 전함이 어찌 유독 산 사람이 죽은 사람에 대한 예로써만 하는 일이겠는가? 비록 망자라 할지라도 반드시 황천에서 감동하고 기뻐하는 것이다. 옛 사람은 예문(禮文)을 찬술함에 있어 축문과 재문이 있었고, 술사들에게는 부적과 주문 등의 글이 있었다. 이는 헛된 문식이 아니라 능히 귀신의 이치를 아는 자가 만들었다.

조귀명(趙龜命, 1693~1737)은 처남 이창조(李昌祚)가 12세로 죽자 애사(哀辭)[320]를 쓰

---

319 柳夢寅, 「禦侮將軍訓鍊院副正申公汝灌墓碣銘幷序」, 『於于集』 後集 卷5 墓道文.

320 「哀李童子文」은 아이의 어머니, 즉 조귀명의 장모가 조귀명에게 아이의 행적을 이야기해 주는 부분이 대부분을 차지한다. "兒之面貌, 常寄於吾夫婦之目, 兒之音聲, 常寄於吾夫婦之耳. 吾夫婦在, 而兒猶在也. 吾夫婦不在, 而誰復知有兒者? 吾則冥頑, 尚忍以兒平生之事, 發諸口而筆諸書矣, 乃其父寧其泯沒無傳, 而不忍發不忍筆也." 趙龜命, 「哀李童子文」, 『東谿集』 卷9.

고, 다음 해 「이유자묘지(李孺子墓誌)」를 남겼다. 조귀명의 장모 광산김씨(김장생의 손녀)는 22세 때 시집와서 딸을 하나 낳고는 득남을 포기했으나 딸이 19살일 때 뜻밖에도 아들을 얻었다. 아이의 아버지 이성제(李誠躋)는 장헌대왕의 후손으로 삼형제였지만 대 이을 사내가 달리 없었으므로, 늦게 얻은 아이를 집안 전체가 보중했다. 그러나 아이가 조몰하자, 이성제는 "화복의 변천이 극도로 현란한 사실에 슬퍼하고 조화옹이 교묘하게 생명을 앗아가는 작태에 서글퍼져, 오래되어도 그 슬픔을 이기지 못했다."[321] 했다. 「이유자묘지」의 앞부분은 망자의 가계 및 행적을 기록하고, 생과 사에 관한 의론을 전개했는데, 조귀명은 『열자』 「역명(力命)」에 나오는 위나라 사람 동문 오자(同門吳者)의 설로 논리를 폈다.

아아! 저 동문 오자의 이야기를 듣지 못했는가? 동문 오자가 아들이 죽었는데도 슬퍼하지 않자, 그의 가신이, "공은 천하에 둘도 없이 아들을 사랑했거늘, 지금 아들이 죽었는데도 근심하지 않는 것은 무슨 까닭입니까?"라고 물었다. 동문 오자는 말했다. "나는 일찍이 아들이 없었을 때 아무 근심도 하지 않았다. 지금 아들이 죽었으니 이는 지난번 아들이 없었을 때와 똑같은데, 내가 왜 근심하겠는가?" 밀랍을 깎아 봉(鳳)을 만들고 진흙을 주물러 사람을 형상하여 완연히 닮지 않은 것이 아니지만, 그것이 허물어져도 아까워하는 마음이 없는 것은 그것이 환(幻)이기 때문이다. 달자의 관점에서 본다면 사람이나 동물은 하나의 니랍(泥蠟)이며 사생은 한 번의 성훼(成毁)이다. 만들어져 오래가는 것이 장수이고, 허물어져 빨리 없어지는 것이 요절이되, 모두 조화가 환희(幻戲)하는 일이다. 공이 당한 일은 환(幻)의 심한 사례이니, 그 때문에 그 일을 두고 기뻐하거나 슬퍼하거나 한다면 아무래도 수고롭지 않겠는가? 아! 일에 따라 기뻐하고 슬퍼하는 것은 환이요, 내가 환이라고 말하는 것도 환이다. 환을 기록하여 무덤에 묻어 천고의 환을 깨뜨리니, 지(誌) 또한 환이다.[322]

달자의 관점에서 보자면 인간의 삶과 죽음은 니랍의 성훼에 불과하다. 니랍의 성훼는 환(幻)이다. 그렇다면 인간 존재가 소멸되어도 그 사실이 우주에 아무 영향을 주지

---

321 公怛禍福變遷之極, 感造化與奪之巧, 久而不勝其哀.

322 嗚呼! 不聞夫東門吳之說乎? 其子死而不憂, 相室曰: "公子愛子, 天下無有, 今死而不憂何?" 曰: "吾嘗無子而不憂, 今子死, 迺與無子時同, 奚憂焉?" 且夫斷蠟爲鳳, 搏泥象人, 非不宛然肖矣, 毁之而無惋惜之心, 爲其幻也. 自達者觀之, 人物一泥蠟也, 死生一成毁也, 成之久者爲壽, 毁之速者爲殤, 均之造化之所幻戲. 而公之所遇, 幻之尤者也, 從而置欣戚於其間, 則不亦勞乎? 嗚呼! 從而欣戚者, 幻也, 余謂之幻, 亦幻也. 誌其幻, 埋之壙, 以破千古之幻, 誌亦幻也.

못할 뿐더러, 그 존재가 존재했다는 사실 자체도 남에게 기억되지 않는다. 조귀명은 인간의 삶도 죽음도 실재성을 갖지 못하므로, 삶과 죽음을 기뻐하고 슬퍼하는 것은 모두 무의미하다고 여겼다. 장자의 논법과 같다.[323] 그런데 「이유자묘지」에서 조귀명은 불경의 신이한 내용들이 『장자』의 우언(寓言)과 같다고 여겼다.[324] 화복과 변천의 지극함도, 조화와 여탈의 공교함도, 영허(盈虛: 가득하다가 비게 됨)와 승제(乘除: 곱했다가 나눔)의 논리(세상사의 자연스런 추이)로 바라보았다. 인간은 천하만사의 변전을 통제는커녕 예측도 할 수 없다. 그렇다면 정신을 평온하게 지님으로써 외부에 의해 유린당하지 말아야 한다고 다짐했다.

한편 조귀명은 요절한 호남의 최명창(崔命昌)을 위해 「최유자묘지명(崔孺子墓誌銘)」을 지어 하늘의 주재 권력에 대해 비력(非力)의 항의를 했다.[325] 이때 '차마 재차 거절하지는 못하여' 호서의 요절한 권씨 아들을 대비시켜 서술했다. 두 집의 부모가 각기 작성한 두 행장을 기초로 하면서도, 행장의 편년을 따르지 않고 인생의 이치를 되물었다.

ⓐ 호서의 권씨에게 재능 있는 아들이 있었으니 민이다. 태어나 몇 해가 되어 천둥소리를 듣고 그 아버지에게 물었다. "이것은 무슨 소리인가요?" 아버지가 말했다. "하늘이 우는 거란다." 민이 깊이 생각하다가 한참 만에 말했다. "이것은 하늘이 우는 것이 아닙니다. 하늘과 땅 사이의 기가 쌓여 있다가 엷어지면서 소리를 이루니, 제 배가 음식을 먹어 부르게 되면 울리는 것과 같습니다. 구름이 어두운 것은 쌓여 있기 때문입니다." 언젠가 공자가 어떤 사람인지 물었는데, 아버지가 "성인이시다."라고 하자, '공자' 두 글자를 써달라고 하여 글씨를 주었더니, 벽에 붙여 두고 매일 무릎 꿇고 마주했다. 자라서 문장과 행실이 나날이 진보했으나 불행히도 22세에 죽었다.

ⓑ 호남의 최씨에게 재능 있는 아들이 있었으니, 명창(命昌)이다. 6세에 눈밭의 닭 발자국을 보고 아버지에게 말했다. "이것은 문자의 형상과 같습니다. 저는 이제 창힐이 글자 만든 뜻을 깨달았습니다." 마침내 읊조려 말했다. "눈밭에 닭 발자국 있으니 글자 만들던

---

323 『莊子』「齊物論」. "夢飮酒者, 旦而哭泣, 夢哭泣者, 旦而田獵. 方其夢也, 不知其夢也. 夢之中又占其夢焉, 覺而後知其夢也. 且有大覺而後知此其大夢也. 而愚者自以爲覺, 竊竊然知之. 君乎, 牧乎, 固哉! 丘也與女, 皆夢也. 予謂女夢, 亦夢也. 是其言也, 其名爲弔詭. 萬世之後而一遇大聖, 知其解者, 是旦暮遇之也."

324 유호선, 「17C後半-18C前半 京華士族의 佛敎受用과 그 詩的 形象化-金昌翕, 崔昌大, 李德壽, 李夏坤, 趙龜命을 중심으로-」, 고려대학교 박사학위논문. 2002; 유호선, 『조선 후기 경화사족의 불교인식과 불교문학』, 태학사, 2006.

325 趙龜命, 「崔孺子墓誌銘」, 『東谿集』 卷3.

때이런가?" 10세 때 설월(雪月)을 감상하고는 탄식하며, "이것이 요순의 심계(心界)로구나!"라고 했다. 자라서 문장과 행실이 나날이 진보했으나 불행히도 17세에 관례도 하지 못하고 죽었다.[326]

조귀명은 ⓐ, ⓑ에 이어서 노나라 교외에 기린이 잡히자 공자가 왕자의 상서로움이 다하여 성치(聖治)를 회복하지 못할 것을 알고 소매를 걷고 울었던 일을 환기하며, "두 어린이는 재능이 같고 살았던 곳이 가까우며 태어난 것이 서로 1년 차이가 나는데, 끝내 장성하지 못하고 갑자기 요절했으니, 아, 세도를 알 수 있겠구나!"라고 탄식했다. 다음으로 최명창의 어머니가 유방의 병으로 위태롭자 아이가 여름에 앵두를 따서 손으로 움켜 드리니 3일 만에 효과가 있었고 5일 만에 좋아졌던 일을 기록하여 이이의 효성을 부각시켰다. 그리고 최명창이 동학에게 "5월에 내가 이롭지 못할 것이다."라고 말하더니 과연 그 달에 죽었던 일을 소개하여, "술수에 통달한 것이 또한 이와 같았다."라고 논평했다. 서의 마지막에는 최명창 묘의 위치와 그 가계에 대해 기술하고, 묘명을 짓게 된 이유를 밝혔다. 그 뒤에 명을 이었다. 각구압운으로, 6차례 환운했다.

維古之**時**, 氣醇不**漓**.」 淸與厚**並**, 壽以德**享**.」
降而橫**決**, 天命爲**裂**.」 楊烏蘇福, 尤其酷者.」
嗟孺子**乎**! 奈何**爾乎**? 尙余銘之不**泐**, 以補天工之**闕**.」

아주 옛날에는, 기가 엷지 않고 순수해서
맑음이 두터움과 함께 하여, 장수를 덕과 함께 누렸다.
시대가 내려와 곁으로 터져, 천명이 찢기게 되었으니
양오(揚烏)와 소복(蘇福)[327]은, 아주 심한 사례였도다.

---

326 ⓐ 湖西權氏有才子, 曰儆. 生數歲, 聞雷, 問其父曰: "此何聲也?" 父曰: "天鳴也." 儆沈思良久曰: "是非天鳴也. 兩間氣鬱, 薄而成聲, 譬兒腹飽則鳴. 雲陰者, 鬱也." 嘗問孔子何人, 父曰: "聖人也." 請書孔子二字, 賜之, 帖壁間, 日日跪對之. 長而文行日進, 不幸二十二而歿. ⓑ 湖南崔氏有才子, 曰命昌. 生六歲, 見雪上鷄迹, 謂其父曰: "是類文字形. 兒今而悟倉頡造書之意也." 遂吟曰: "雪上有鷄迹, 疑是造書時?" 十歲, 因賞雪月歎曰: "此堯舜心界也." 長而文行亦日進, 不幸十七, 未冠而沒.

327 楊烏는 揚雄(기원전 53~18)의 아들이며 7세에 『太玄經』의 제작에 참여했으나 9세에 죽었다. 『華陽國志』에 나온다. 蘇福은 명나라 때 요절한 천재이다. 『稗官雜記』에 보면 "명나라의 소복이 8세 때에 초하룻날 밤 달을 보고 지은 시에, '기운이 초하루에 차고 비어 다시 시작하니, 달의 밑쪽이 절반이나 없구나. 없는 곳에 분명 있으니, 하늘이 생기기 이전의 태극도와 같구나(氣朔盈虛又一初, 嫦娥底事半分無.

아, 아이들이여! 너희들을 어찌할까?

부디 나의 명이 마멸되지 않아, 조물주의 결함을 채웠으면.

조귀명은 두 어린이를 한나라 양웅(揚雄)의 아들로 9세에 요절한 양오(揚烏)와 명나라 때 천재로 14세에 죽은 소복(蘇福)의 경우에 견주었다. 아이들의 요절은 천도의 존재를 의심케 만든다. 조귀명은 그들의 묘지명을 작성함으로써, 그들의 천재성을 알려 불후하게 하는 것이 조물주의 결함을 메울 수 있는 방법이었으면 좋겠다고 여겼다.

정약용의 「형자학초묘지명(兄子學樵墓誌銘)」은 정약용이 중형 손암(巽菴) 정약전(丁若銓)의 아들 학초의 죽음을 유배지에서 전해 듣고 놀라 애석해하며 지은 글이다. 정학초의 자는 어옹(漁翁)이며, 아명은 봉륙(封六)으로 1791년 2월 10일 태어나 1807년 7월 19일 17세로 요절했다. 묘는 초부(草阜)(지금의 경기도 남양주시 조안면) 조곡(鳥谷: 샛골)의 산발치에 있었다. 정약용은 그를 위해 지은 명(銘)에서, 학초가 호학했으나 요절했음을 비통해하면서 자신의 학문을 이어나갈 이가 없어졌음을 슬퍼했다. 또 양자 세우는 법과 관련하여, 서출이 있으면 다른 후계자를 세울 수 없다는 독특한 견해를 내세웠다.

7. 조선시대 여성 묘주의 비지문

중국에서는 당나라 때부터 여성 묘주 묘지가 많이 찬술되었다. 고려에서도 여성 묘주 묘지가 많이 작성되었다. 앞서 말했듯이 현재까지 51점이 확인된다. 조선 전기부터 사대부 지식인들은 집안의 여성을 위한 행장을 적극적으로 작성하고, 주로 여성 묘주의 지문(誌文)을 많이 남겼다. 주희의 경우도 「부인여씨묘지명(夫人呂氏墓誌銘)」 등 여성 묘주를 위한 묘지명을 남겼으므로,[328] 그 사실도 참고로 했을 것이다. 조선 후기에는 사대부 가문에서 집안 여성의 삶을 기록하여 후손들에게 알리려고 내의(內儀)를 작성하거나 죽은 어머니의 삶을 추억하며 선비행장(先妣行狀)을 짓는 일이 많았으며 그에 따라 비지문도 정치한 문체로 발전했다. 국왕의 직첩을 받은 외명부(外命婦)의

却於無處分明有, 恰似先天太極圖].' 했는데, 그는 14세에 죽었다."라고 했다.

328 朱熹, 「夫人呂氏墓誌銘」, 『晦菴集』 卷91 墓誌銘.

집안 여성들이 묘지는 물론이고 묘표도 갖는 일이 많아졌다.

비빈의 경우는 조선 초에 이미 묘비가 건립되었다. 이를테면 세종의 후궁인 신빈(愼嬪) 김씨가 1464년(세조 10) 9월 4일 죽은 후, 1465년 5월 20일 경기도 양주 은성리(銀城里)(지금의 경기도 남양주시 금곡동)의 묘역에 묘비가 세워졌다. 이때 김수온(金守溫)이 찬술한 글을 안혜(安惠)가 글씨를 써서 전본(鐫本)을 만들었고, 안혜가 전액도 올렸다.[329] 신빈 김씨는 본관이 청주로, 김원(金元)의 딸이며, 6남을 낳았다. 장남 증(增)은 계양군(桂陽君), 차남 공(玒)은 의창군(義昌君), 삼남 침(琛)은 밀성군(密城君), 사남 곤(琨)은 익현군(翼峴君), 오남 장(璋)은 영해군(寧海君), 육남 거(琚)는 담양군(潭陽君)이다. 이증(?~1464)은 수양대군의 측근이 되어 계유정난을 도왔고, 1455년 세조가 즉위하자, 좌익공신 1등에 책봉되었다. 이침(1430~1479)의 자는 문지(文之)로, 세종의 다섯째 서자이며, 세조가 잠저에 있을 때부터 우애가 돈독했다.[330] 김수온이 지은 신빈의 묘비는 내용이 상당히 충실하다. 가계와 출생, 졸, 장례, 자손의 사실을 모두 갖추었고, 신빈 김씨가 성장기에 이미 후덕했고, 13세에 후궁으로 들어가 세종의 은총을 입어 소용(昭容), 숙의(淑儀), 소의(昭儀), 귀인(貴人), 신빈으로 책봉된 사실, 세종이 승하한 후 축발하고 자수궁(慈壽宮)에 거처하다가 1464년 9월 4일 정실(正室)에서 임종한 사실, 12월 6일 예장한 사실을 상세히 서술했다. 뿐만 아니라 마지막에는 4언 26구의 명도 첨부했다. 각 구마다 압운을 하고 모두 6개의 운을 사용했다. 신빈 김씨의 묘비를 세운 것은 이 명에서 말하듯이 신빈이 세조의 특별한 은총을 입었기 때문일 것이다.

帝眷大東, 生我世宗. 文王麟蹤, 后妃斯螽.」

懿厥金氏, 年逾十二. 內于入侍, 敬誠無墜.」

昵受殊恩, 雨露日新. 旣爲貴人, 又冊於嬪.」

鼎湖旣遠, 儵馭不返. 蒼梧雲晩, 祝髮鹿苑.」

生六封君, 皆上弟昆. 玉葉彌繁, 慶衍璿源.」

---

329 『金石集帖』215表(교189:嬪公/翁主/駙馬/婦人) 책에 탁본이 있다. 전액은 「愼嬪金氏墓碑」이고 해서비제는 「愼嬪金氏墓碑銘」이다. 찬자·서자·전액자와 건립 일자는 "工曹判書金守溫撰, 攝護軍安惠書幷篆. 有明成化元年乙酉(世祖十一年: 1465)五月二十日立."이라고 밝혔다. 안혜는 평양 부원군 조준(趙浚)의 비첩 소생으로, 형은 안유(安愈), 아우는 안충(安忠)이다.

330 이침은 세조 때 오위도총부도총관, 의금부도위관 등을 역임하고, 1468년(예종 즉위년) 익대공신(翊戴功臣) 2등, 1471년(성종 2) 좌리 공신(佐理功臣) 2등에 각각 책록되었다. 시호는 장효(章孝)였으나 뒤에 효희(孝僖)로 개시(改諡)되었다.

有美南陽, 山聳海洋. 具禮來藏, 寔荷寵光.

千載幽堂, 耀此銘章.」

천제가 동국을 돌아보사, 우리 세종을 낳으시니

어진 군주가 기린 발 디디듯하고, 후덕한 왕비는 많은 자식 두었네.

의젓한 김씨는, 나이 열둘에

궁에 들어와 곁에 모셔, 궁실의 가르침을 실추함이 없었기에

특별한 은총을 입어, 우로 같은 군은이 나날이 새로워

귀인이 되고는, 또 신빈에 책봉되었다가

군왕이 떠나가 멀어져서, 신선 수레 돌리지 않고

창오산에 저녁 구름 끼자, 머리 깎고 녹야원(사찰)에 기탁했네.

여섯 아들 낳아 군에 봉해지니, 모두가 상감의 형제

옥 잎사귀 번성하고, 경사스런 물은 신성한 근원에서 넘쳐났도다.

남양(양주)의 아름다운 곳은, 산이 솟아나고 큰 물이 넘실넘실

예법에 맞게 여기에 묻어, 은총과 광영을 입었나니

천년토록 그윽한 무덤에, 이 명의 노래가 빛나리라.

신빈 김씨 이후로 중종의 후궁인 희빈 홍씨(熙嬪洪氏, 1494~1581)의 비지문이 1582년 9월 송인(宋寅)에 의해 작성되었다. 『금석집첩』에 묘표로 되어 있으나, 송인의 문집에 묘지명으로 명기되어 있다.[331] 본관은 남양으로, 중종반정 때 정국공신(靖國功臣) 홍경주(洪景舟)의 딸이다. 중종의 총애를 배경으로 조광조 등 사림파 제거에 앞장섰다.[332]

조선 후기에 이르면 정치적 이유에서 비빈의 비지를 작성하는 일이 적지 않았다. 정조의 후궁 원빈(元嬪)은 바로 홍국영(洪國榮)의 누이로, 정조 3년인 1779년 5월 7일(경인) 갑자기 죽었다. 그 졸기(卒記)가 해당 날짜의 『정조실록』에 실려 있다. 그 기록에 따르면 이휘지(李徽之)가 표문(表文), 황경원(黃景源)이 지장(誌狀), 송덕상(宋德相)이 지명(誌銘), 채제공(蔡濟恭)이 애책(哀册), 서명선(徐命善)이 시책(諡册)을 지었다고 한

---

331 『金石集帖』 215表(교189:嬪公/翁主/駙馬/婦人) 책에 탁본이 있다. 해서비제는 「熙嬪洪氏之墓」이다. 宋寅, 「熙嬪洪氏墓誌銘」, 『頤庵遺稿』 卷3 文集1 墓誌銘.

332 나뭇잎에 '走肖爲王(주초위왕)' 네 글자를 꿀로 써서 벌레가 먹도록 만들었다고 전한다. 1545년(인종 원년) 윤여해(尹汝諧)·유희령(柳希令)의 모반사건에 연루되어 대간의 탄핵을 받기도 했다. 금원군(錦原君) 영(岭)과 봉성군(鳳城君) 완(岏)을 낳았다.

다.[333] 원빈 홍씨가 죽었을 당시에 임금이 26일 동안 조의를 표하는 공제(公除)를 지내야 한다는 주장도 있었다.[334]

사대부 여성의 비지문은 지하에 묻는 지문이 대부분이었다가 조선 초부터 여성 묘주의 비석이 땅 위에 세워지기 시작했다. 처음에는 강혼(姜渾)이 1507년(중종 2) 김겸광(金謙光)의 부인 정부인 진씨(陳氏)의 생졸과 사적을 기록한 예처럼, 부군의 비 뒷면에 묘표를 적었다.[335] 그 후, 소세양(蘇世讓, 1486~1562)은 41세 때인 1526년(중종 21) 2월 부인 창녕조씨(昌寧曺氏)를 잃고, 이후 묘표에 새길 비문을 작성했다.[336] 부인은 조호(曺浩)의 딸이다. 소세양은 1541년(중종 36) 3월 모친 개성왕씨(1455~1542)를 잃고, 역시 묘표에 새길 비문을 작성했다.[337] 이수경(李首慶)의 모친 용인이씨(1491~1553)의 묘표에 새길 비문도 작성했으며,[338] 양흔(梁忻)·양희(梁喜)의 모친인 진주강씨(1482~1558)의 묘갈명에 새길 비문도 작성했다.[339] 다른 글들은 소세양의 문집『양곡집』에 수록되어 있으나, 부인 조씨를 위해 작성한 묘표는『양곡집』에 들어 있지 않다.

조선시대 여성 묘주의 비문은 사실 부부의 생몰년과 장지를 하나의 묘비 뒷면에 새기는 경향이 주류였다. 이를테면 유척기(兪拓基)는 돌아가신 모친 정경부인 용인이씨[유명악(兪命岳)의 처(1667~1749)]를 위해 묘표를 지었는데,[340] 집안의 문헌에 의하면 '청주공(淸州公)의 묘표 뒤에 추각'했다. 이후 여성 묘주의 비석은 주로 묘갈이나 묘표의 형태로 건립되었다. 입언자에 따라 집안 여성의 일생을 회고하여 비지문을 작성하는 이들이 늘어났기 때문인 듯하다. 또한 여성 묘주의 가격(家格)과도 밀접한 관련이

---

333 『正祖實錄』卷7, 정조 3년(기해, 1779) 5월 7일(경인).

334 홍국영이 실각하자 원빈 홍씨의 묘소인 인명원(仁明園)을 돌보는 이가 없게 되었다. 정조가 지은 「어제인명원만사(御製仁明園挽詞)」도 전하지 않는다. 묘소 유적은 서울시 성북구 안암동 고려대학교 공과대학 부지 안에 '애기능'이란 이름으로 전한다. 묘는 1950년 경기도 고양시 서삼릉의 묘역으로 이전되었으며, 무덤 앞의 표석도 이건되었다.

335 「貞夫人陳氏表」의 탁본이 『金石集帖』068淡(교058:正卿) 책에 있다. 별도의 비음제가 없다. '謹撰夫人世系書于公之碑陰'이라 했으며, "姜渾撰. 正德二年(中宗二年丁卯: 1507)二月▽日."의 기록이 있다. 『금석록』에는 「左參贊恭安金公謙光夫人陳氏表」로 저록했다.

336 「夫人曺氏墓表」의 탁본이 『金石集帖』071羽(교061:正卿) 책에 있다. 찬술 시기와 찬자에 대해 "嘉靖紀元之五年(中宗二十一年丙戌: 1526)五月十五日, 蘇世讓哭誌."라고 밝혔다. 전액은 없으며, 해서비제는 「貞夫人曺氏之墓」이다.

337 蘇世讓, 「妣貞敬夫人墓表」, 『陽谷集』卷11 碑.

338 蘇世讓, 「令人李氏墓碣銘 幷序」, 『陽谷集』卷12 碑.

339 蘇世讓, 「夫人姜氏墓碣銘 幷序」, 『陽谷集』卷13 碑.

340 兪拓基, 「先妣墓表」, 『知守齋集』卷12 墓表.

있었을 것이다. 여성 묘주를 위한 신도비는 태종의 명을 받아 권근이 1403년(태종 3) 찬술한 태조의 정비 신의왕후(神懿王后) 한씨(1377~1391)의 「신의왕후제릉신도비(神懿王后齊陵神道碑)」가 가장 이르다. 그러나 숙종 연간 이후에는 왕가 여성이나 국왕을 낳은 생모와 외조모의 신도비도 여럿 세워지게 되었다.

17세기 이후 여성을 대상으로 한 행장, 행록, 묘지명, 제문, 전(傳), 유사(遺事), 사건 기록, 관련 풍속 논변이 급증한다. 17세기 이후 기록 자료들이 전체적으로 증대한 것도 한 원인이겠지만, 여성의 삶에 대한 관심이 높아지게 된 것도 분명하다.[341]

19세기 후반 기우만(奇宇萬, 1846~1916)은 여성 묘주의 묘표를 다수 작성했는데, 대개 여성의 열(烈)을 강조하되, 자신의 마음으로 마음을 삼지 않고 죽은 남편의 마음으로 마음을 삼아야 비로서 열(烈)이라고 할 수 있다는 '순열론(純烈論)'의 관점에서 여성의 행적을 재구성해서 표창했다.[342] 여성관은 여전히 전근대적이었다. 다만 '부인은 남편을 따른다[夫人從夫].'는 관념을 벗어나, '남편의 무덤으로 일컬어지지 않음[不稱以夫墓].'[343]으로 나아간 사실은 주목할 만하다. 여성의 열절, 여사로서의 행실을 세상에 알리는 뜻이 강하다.

(1) 사대부 여성의 묘지

여성을 위한 비지문을 작성하는 관습은 고려시대 때 형성되어, 조선시대에 계승되었다. 그런데 고려와 조선 초에는 부인 묘주를 위해 단독의 묘비를 지상에 세우지는 않았다. 이색이 지은 「김순부부모묘표(金純夫父母墓表)」는 부모의 묘표이지 여성 묘주의 묘표는 아니다.

조선 중엽에 이르러 김창협(金昌協)은 문집에 묘지명 17편, 신도비명 1편, 묘갈명 3편, 묘표 6편을 남겼는데, 여성 묘주의 묘표로 「이관찰상녀묘표(李觀察殤女墓表)」·「숙인신씨묘표(淑人申氏墓表)」·「이공인묘표(李恭人墓表)」 등 3편이 있다. 영조 때 문장가

---

341 정형지·김경미·황수연·김기림·조혜란·이경하 역주, 『17세기 여성생활사 자료집』(1-4), 보고사, 2006; 황수연·이경하·김경미·김기림·김현미·조혜란·강성숙·서경희·김남이 역주, 『18세기 여성생활사 자료집』(1-8), 보고사, 2010; 홍학희·김기림·김현미·서경희·황수연·차미희·강성숙·김경미·이경하·조혜란 역주, 『19세기·20세기초 여성생활사 자료집』(1-9), 보고사, 2013.

342 奇宇萬, 「孺人宋氏(丁珉祚妻)墓表」(孺人宋氏, 1802~1878), 황수연 외 역주, 『19세기·20세기 초 여성생활사 자료집』 8, 보고사, 2013, p.124.

343 曺兢燮, 「烈婦李氏墓碣銘」[烈婦 李氏(1844~1864), 李俊臣의 딸], 차미희 외 역주, 『19세기·20세기 초 여성생활사 자료집』 9, 보고사, 2013, p.326.

이의현(李宜顯)의 경우, 여성 묘주의 지문을 많이 남겼고 여성 묘주의 묘표도 「파평윤씨묘표(坡平尹氏墓表)」·「영빈안동김씨묘표(寧嬪安東金氏墓表)」·「증정부인반남박씨묘표(贈貞夫人潘南朴氏墓表)」·「정부인김씨묘표(貞夫人金氏墓表)」 등 4편을 남겼다.

조선 중기까지 여성의 독립된 묘표는 드물었다. 이이(李珥, 1536~1584)의 부인 곡산노씨(谷山盧氏)의 예를 통해서 그 점을 살필 수 있다. 이이는 22세 때 성주목사 노경린(盧慶麟, 1516~1568)의 딸을 아내로 맞았고, 부실로 용인이씨와 광산김씨를 두었다. 1583년(선조 16) 4월 시무 6조의 봉사(封事)를 올렸다가 동인의 탄핵을 받아 해주 석담(石潭)으로 낙향했다. 그해 9월 이조판서에 기용되었으나 이듬해 정월 6일, 서울 인사동 집에서 49세로 세상을 떴다. 묘역은 경기도 파주 자운산(紫雲山) 기슭에 있다. 부인 노씨는 임진왜란 때 시녀와 함께 왜적에게 살해당했는데, 시신을 수습했으나 누가 노씨인지 몰라 이이의 묘 뒤편에 안치했다. 현재 자운산 묘역에는 1631년(인조 9) 이항복(李恒福)이 글을 짓고 신익성(申翊聖)이 글씨를 썼으며, 김상용(金尙容)이 전액한 신도비가 우람하다. 묘 앞에는 이정귀(李廷龜)가 글을 짓고 신익성이 글씨를 쓴 묘갈이 있다. 본래 1632년에 묘표로 세운 것인데, 1716년에 묘갈로 다시 세우면서 이여(李畬)의 후기를 민진후(閔鎭厚)의 글씨로 새겼다. 1683년(숙종 9)에는 좌의정 송시열이 지은 「자운서원묘정비명병서(紫雲書院廟庭碑銘幷序)」를 김수증의 예서 글씨로 새긴 묘정비가 별도로 건립되었다. 이이가 죽은 지 70년 후에 이이 서출의 딸을 첩으로 삼은 김집(金集)이 이이의 묘지명을 지었다. 김장생(金長生)이 작성한 행장에서는 이이의 정실 노씨의 행적이 소상하지만, 비명, 묘갈, 묘지명에서는 노씨에 관한 기록이 매우 간단하다.

① 김장생(金長生), 「율곡행장」(1597)

갑신년(1584, 선조 17) 봄 선생의 궤연(几筵, 靈座)을 모시고 해주로 내려가서 아침저녁 상식을 드리되, 반드시 두 첩과 함께 친히 깨끗이 장만했고, 삼년상을 지낸 뒤에도 초하루·보름이 되면 반드시 곡하면서 제수를 올렸다. 지성스러운 마음으로 조상의 제사를 받드는 서자를 어루만지고 아껴서 집안의 모든 대소사를 전부 주관하게 하고 자기는 간여하지 않았다. … 임진왜란 때 적들이 바다를 건넜다는 소문을 듣고 자식과 조카들에게 말하기를, "나는 본래 병이 있는 사람이라 말을 탈 수 없고, 또 이 왜적들이 온 나라에 꽉 들어찼으니 반드시 살기를 도모할 곳이 없을 것이다. 타향으로 전전하다 죽는 것보다는 차라리 파산(坡山) 산소 옆에 가서 죽는 것이 나을 것이다. 나는 뜻을 정했으니, 너희들은 내 걱정은 말고 왜적을 잘 피해 있다가 이다음에 난리가 평정되거든 내 뼈를 산소 옆에

잘 묻어다오." 했다. 자식과 조카가 "어떻게 그럴 수 있겠습니까?" 하자, 부인은 웃으면
서 "너희들은 내가 죽는 것을 그리 어렵게 생각하느냐? 내가 하늘로 섬기던 분을 잃어버
린 지 벌써 8년이나 되었으니, 내 목숨도 모질지 않느냐? 더욱이 큰 난리를 만났는데 산
소 옆에서 죽지 않고 구차스럽게 살려고 하는 건 무슨 의리냐? 내 뜻이 결정되었으니 다
시 더 말하지 말아라." 했다. 4월 그믐날 임금의 수레가 서쪽으로 파천하자, 신주를 모시
고 파주 산소가 있는 곳으로 돌아갔다. 적군이 몰려오는데도 처음 뜻을 그대로 지켜 산소
옆을 떠나지 않았는데, 5월 12일 적을 만나 굴하지 않다가 마침내 살해당했다. 이듬해 임
금이 조정으로 돌아온 후, 정려를 하게 했다.[344]

② 이항복(李恒福), 「율곡신도비」(1631)

묘는 파주 자운산 아래에 있는데, 부인 노씨를 부장했다. 부인은 바로 노경린(盧慶麟)의
딸인데 아들이 없었다. 측실에서 낳은 아들은 경림(景臨), 경정(景鼎)이다. 노 부인은 임
진년의 변란을 만나서 신주를 받들고 산기슭으로 돌아가다가 적에게 욕을 하고 해를 당
했는데, 그 일이 조정에 보고되어 정려되었다.[345]

③ 이정귀(李廷龜), 「율곡이선생묘표」(1632)

부인 노씨는 종부정 경린의 따님으로, 어질어서 지극한 행실이 있었다. 임진왜란에 집안
사람에게, "나는 가장을 잃은 지 8년이다. 나의 운명이 너무도 모질거늘, 구차히 살아서
무엇하리오?" 하고 신주를 받들고 파산으로 돌아갔다. 적을 꾸짖고 선생의 묘소 옆에서
해를 입으니, 선생 무덤의 뒤쪽 혈에 장사했다. 이 일이 보고되자 정려하게 했다. 아들은
없다.[346]

---

344 李珥, 『栗谷全書』卷35 附錄 3 「行狀」(門人金長生撰); 金長生, 「崇政大夫議政府右贊成兼弘文館大提學
藝文館大提學知經筵春秋館成均館事栗谷李先生家狀」, 『沙溪先生遺稿』卷7.

345 李珥, 『栗谷先生全書』卷36 附錄4 「神道碑銘幷序」(領議政李恒福撰); 李恒福, 「有明朝鮮國崇政大夫議
政府右贊成兼知經筵春秋館成均館事弘文館大提學藝文館大提學贈大匡輔國崇祿大夫議政府領議政兼
領經筵弘文館藝文館春秋館觀象監事 世子師諡文成公栗谷李先生神道碑銘幷序」; 『金石集帖』025閏(교
025閏:先賢); 李恒福, 「栗谷先生碑銘」, 『白沙集』卷4上 碑銘. "墓在坡州紫雲山下. 夫人盧氏祔焉. 卽宗
簿正慶麟之女, 無子. 側室子曰景臨·景鼎. 盧夫人遇壬辰亂, 奉主歸山足, 罵賊遇害, 事聞, 表其閭."

346 李珥, 『栗谷先生全書』卷34 附錄5 「墓表陰記」(右議政李廷龜撰); 李廷龜, 「右贊成贈領議政諡文成公栗
谷李先生[珥]墓表」, 『月沙集』卷49 墓表. "夫人盧氏, 宗簿正慶麟之女, 賢有至行. 壬辰之變, 謂家人曰:
'吾喪所天八年矣. 吾之命已頑, 苟生何爲?' 奉神主, 歸坡山. 罵賊被害, 於先生墓側, 葬同原後穴. 事聞旌
閭. 無子."

④ 김집(金集), 「문성공율곡이선생묘지명(文成公栗谷李先生墓誌銘)」

부인 노씨는 관향이 곡산으로, 종부시정 노경린의 딸인데, 성품이 인자하고 온화했다. 임진년(1592)에 선생의 신주를 안고 묘소 곁으로 돌아갔다가 적을 꾸짖던 끝에 화를 당했다. 그 일이 보고되어 정려하게 했다. 아들은 없다.[347]

조선시대에도 여성 묘주의 비는 묘지가 대부분이었다. 앞에서 언급한 김창협이 남긴 묘지명 가운데는 오진주(吳晉周)에게 시집가서 한 해 만에 죽은 셋째 딸 운정(雲貞)을 위해 쓴 「망녀오씨부묘지명(亡女吳氏婦墓誌銘)」이 있다. 김창협은 숙종 때 남인의 집권으로 부친 김수항(金壽恒)이 철원에 유배되자 영평의 응암으로 이주했고, 거기서 셋째 딸을 낳았다. 경신대출척으로 부친이 영의정에 배수되자 김창협도 대사성·대사간·승문원부제조 등을 거치게 되지만, 시국에 관한 상소가 숙종의 노여움을 사서 청풍부사로 좌천되었다. 기사환국 때 부친이 진도로 유배되었다가 후명을 받자 장례를 치르고 다시 응암으로 들어갔다. 갑술환국 이후 실직을 제수받았으나 사퇴했다. 「망녀오씨부묘지명」에서 김창협은 집안의 흥망은 서술하지 않고, 기사환국의 환난에 대해서만 "그 명년에 거사는 의정공(부친 김수항)을 따라 서울로 돌아왔다가, 9년 만에 기사의 화를 만나서 다시 영평의 산속으로 들어왔다[其明年, 居士從議政公還京師. 九年而遭己巳之禍, 復入永平山中]."라고 언급했다. 이 묘지명에서 김창협은 오두인(吳斗寅) 집안과 친사(親事)를 맺게 된 경위, 셋째 딸의 사망과 장례 사실만을 서술하고, 일화의 중첩과 대화문의 삽입으로 딸의 성품을 여사(女士)의 전형으로 제시했다. 김창협은 셋째 딸의 장례 직후 외아들[김숭겸(金崇謙)]의 죽음, 다음 해 백부[김수증(金壽增)]의 죽음, 그 뒤 둘째 딸[이태진(李台鎭) 처]과 모부인[나씨(羅氏)]의 죽음을 차례로 겪었는데, "비애가 고통스럽고 혹심하여 다시는 글을 지을 수가 없었다."라고 응축해 표현했다. 그리고 생전의 셋째 딸이 "여자로 태어났을 바에야 부친의 묘지를 받아 이름을 후대에 남길 수 있다면 그것이 가장 행복한 일이에요."라고 농담처럼 한 말이 현실로 일어났다는 사실에 큰 슬픔을 느꼈다.[348] 김창협의 셋째 딸이 "저는 여자예요. 아무 공덕도 세

---

347 李珥, 『栗谷先生全書』 卷36 附錄4 「墓誌銘幷序」(愼獨齋金集撰); 金集, 「文成公栗谷李先生墓誌銘」, 『愼獨齋集』 卷8 墓誌. "夫人盧氏, 籍谷山, 宗簿正慶麟之女, 仁順慈和. 壬辰, 抱先生主, 歸于墓側, 罵賊遇害. 事聞族閭. 無子."

348 金昌協, 『農巖集』 卷27 墓誌銘, 「亡女吳氏婦墓誌銘幷序」. "居士昔嘗爲一家殤女作墓文. 女時見之曰: '是尙得翁文爲不朽, 其死非不幸也.' 間又謂明仲: '吾女子也, 恨無功德見於世. 無寧蚤死, 得吾父數行文,

상에 드러날 것이 없어 한스러워요."라고 한 말은, 재덕을 겸비한 여성이 봉건사회에서 소외되었던 사실을 환기시키는 가슴 아픈 말이다.[349]

박지원(朴趾源)이 쓴 「백자증정부인박씨묘지명(伯姊贈貞夫人朴氏墓誌銘)」은 널리 알려진 여성 묘주 묘지명이다. 주지하듯이, 윤광심(尹光心, 1751~1817)의 『병세집(并世集)』에 수록된 「백자유인박씨묘지명(伯姊孺人朴氏墓誌銘)」이 초고에 해당하고, 『연암집』에 수록된 그 글은 여성 묘주 박씨가 정부인에 추증되고나서 개작한 것이다.[350] 276자의 단형이면서 감성의 토로가 구성과 비유 등 형식적인 요건과 어우러진 탁월한 문장이다. 명은 칠언절구 형식으로, 수구(首句)에도 압운했다.[351] 묘지명의 서는 현재의 객관적 사실과 누이에 대한 회상, 주변 경관의 묘사를 교차시켜 슬픈 심회를 은은하게 드러냈다. 문장 마침에 종결사를 드물게 사용했다.

ⓐ 유인(孺人)의 이름은 아무이니, 반남 박씨이다. 그 동생 지원(趾源) 중미(仲美)가 묘지명을 써서 다음과 같이 말한다.

ⓑ 유인은 16세에 덕수 이택모(李宅模) 백규(伯揆)에게 시집가서 딸 하나 아들 둘을 두었고, 신묘년 9월 1일 세상을 뜨니, 득년 마흔 셋이었다. 지아비의 선산이 아곡(鵶谷)인데, 장차 그 경좌(庚坐: 서향)의 음택에 장사 지내려 한다.

ⓒ 백규가 어진 아내를 잃고 나서 가난하여 살길이 막막하자, 어린 것들을 이끌고, 계집종 하나, 솥과 그릇, 옷상자와 궤짝을 가지고 강물에 배를 띄워 협곡으로 들어가려고 상여와 더불어서 함께 출발했다. 나는 새벽에 두포(斗浦: 두모포)의 배 가운데서 이를 전송하고, 통곡하고는 돌아왔다. 아아!

ⓓ 누님이 시집가던 날 새벽 화장하던 일이 어제만 같다. 나는 그때 막 여덟 살이었다. 장난

以鑱墓石?' 今女旣死矣, 而吾不以時爲銘, 卽一朝溘然, 父子之目俱不瞑於土中矣. 遂忍痛泣書, 以掩諸幽. 嗚呼, 是誠讖耶, 其果得其幸願者耶!"

349 심경호, 「고문의 형식미」, 『관악어문연구』 13, 서울대 국어국문학과, 1998, pp.127-150; 김창협 저, 송혁기 역, 『농암집: 조선의 학술과 문화를 평하다』, 한국고전번역원, 2016, pp.265-271.

350 정민, 『비슷한 것은 가짜다』, 태학사, 2000, p.317.

351 ⓐ 孺人諱某, 潘南朴氏. 其弟趾源仲美誌之曰: ⓑ 孺人十六歸德水李宅模伯揆, 有一女二男, 辛卯九月一日歿, 得年四十三. 夫之先山曰鵶谷, 將葬于庚坐之兆. ⓒ伯揆旣喪其賢室, 貧無以爲生, 挈其穉弱, 婢指十, 鼎鎗箱篋, 浮江入峽, 與喪俱發. 仲美曉送之斗浦舟中, 慟哭而返. 嗟乎!ⓓ 姊氏新嫁曉粧, 如昨日. 余時方八歲, 嬌臥馬驪, 效婿語, 口吃鄭重, 姊氏羞, 墮梳觸額. 余怒啼, 以墨和粉, 以唾漫鏡. 姊氏出玉鴨金蜂, 賂我止啼. 至今二十八年矣. ⓔ 立馬江上, 遙見丹旐翩翩, 檣影逶迤. 至岸轉樹, 隱不可復見. 而江上遙山, 黛綠如鬟, 江光如鏡, 曉月如眉. 泣念墮梳. 獨幼時事歷歷, 又多歡樂, 歲月長, 中間常苦離患, 憂貧困, 忽忽如夢中. 爲兄弟之日, 又何甚促也! ⓕ 去者丁寧留後期, 猶令送者淚沾衣. 扁舟從此何時返? 送者徒然岸上歸.

치며 누워 말이 흙에 비벼대듯 몸을 뒹굴거리면서 새신랑의 말투를 흉내 내어 말을 더듬거리며 점잔을 빼자, 누님은 부끄러워하며 빗을 떨구어 내 이마를 맞추었다. 나는 성나 울면서 먹을 분에 뒤섞고, 침으로 거울을 더럽혔다. 그러자 누님은 옥 오리, 금 벌 따위의 패물을 꺼내 내게 뇌물로 주면서 울음을 그치게 했다. 지금부터 스물여덟 해 전이다.

ⓔ 강가에 말을 세우고 멀리 바라보니, 붉은 명정은 바람에 펄럭거리고 돛대 그림자는 물 위에 꿈틀거렸다. 언덕에 이르러 나무를 돌아가더니 가려져 다시는 볼 수가 없었다. 그런데 강 위 먼 산은 검푸른 것이 마치 누님의 쪽진 머리 같고, 강물 빛은 누님의 화장 거울 같으며, 새벽달은 누님의 눈썹 같았다. 그래서 울면서 옛날에 빗을 떨어뜨렸던 일을 추억했다. 유독 어릴 적 일은 또렷하고 또 즐거운 기억이 많았거늘, 세월이 길어, 그사이에 언제나 이별의 근심을 괴로워하고 가난과 곤궁을 근심했으니, 홀홀하여 덧없음이 꿈속과도 같다. 형제(남매)로 지낸 날들이 또 어찌 이다지 짧더란 말인가!

ⓕ 떠나는 이는 간곡하게 뒷날 기약을 남기지만
오히려 보내는 사람으로 하여금 눈물이 옷깃을 적시게 하네.
조각배 이제 가면 언제나 돌아올까?
보내는 이는 하릴 없이 언덕 위로 돌아가네.

ⓐ의 도입은 돌연하다. ⓑ는 묘주의 가족관계를 간략히 기술했다. 누이는 나이 16세에 덕수이씨 이택모(李宅模)에게 시집가서 2남 1녀를 두고 1771년(영조 47) 9월 초하루에 43세의 나이로 죽었고, 아곡(옛 경기도 지평현의 골짜기)에 있는 남편의 선산에 장례를 치른 사실을 서술했다. 이택모는 뒤에 이름을 이현모(李顯模, 1729~1812)로 바꾸고 자(字)도 백규에서 회이(誨而)로 바꾸었다. 택당 이식(李植)의 후손으로, 홍국영과 아주 가까운 인척이었던 듯하다. 정조 초 황해도사를 지냈고, 나중에 종2품 동지중추부사에 이르러, 그 선친 이유(李游)에게 참판이 증작되었다. 부인 박씨도 그때 정부인에 추증된 듯하다. ⓒ는 이택모가 어린 자식들과 계집종 한 명, 솥과 그릇, 옷상자와 궤짝을 배에 싣고 산골로 들어가는 상황을 서술하고, 자신이 두모포에서 전송하며 통곡하고 돌아오는 장면을 묘사했다. 묘주의 행적에 대해서는 아무 기술이 없다. 하지만 이택모가 '어진 아내를 잃고 생계가 막연하여'라고 한 말에서, 생전의 누이가 가계를 훌륭하게 꾸렸고, 그 남편이 누이를 의지했다는 사실을 가만히 드러나게 했다. ⓓ는 28년 전 자신의 어린 시절 누이가 시집가는 날 새벽으로 급작스럽게 장면이 전환한다. 그 새벽의 추억은, 두모포에서 누이의 상여를 전송하는 새벽이라는 시간과 연계

되어 어린 날의 회억과 현실 광경의 지각을 교차하게 만들었다.

(2) 사대부 여성의 묘표와 묘갈

고려와 조선 초에는 여성이 죽음 이후에도 부군에 연계되어 기억되었지만, 조선 중엽에 이르러 지체 높은 여성이나 학자-문인의 모친 혹은 배필이 죽었을 경우에 그들을 비주로 하는 신도비, 묘표, 묘갈이 건립되기 시작했다. 그리고 그 비문에서는 여성의 열절(烈節)이나 여중군자의 덕이 여성의 독자적 가치로서 존중되기에 이르렀다.[352] 그러나 여성 찬자가 여성 묘주의 비지문을 작성한 예는 아직 발견되지 않았다.

「좌찬성공안김공부인진씨묘표(左贊成恭安金公夫人陳氏墓表)」는 1507년(중종 2) 건립된 정부인 진씨(陳氏)의 묘표이다. 비문은 강혼이 찬술했다.[353] 부인의 아버지 진계손(陳繼孫)은 무과에 합격하여 중군 사직에 이르렀다. 공안(恭安) 김공은 김겸광(金謙光, 1419~1490)으로, 부인은 그의 계배이다.[354] 초배는 진주류씨[류양식(柳陽植)의 딸], 삼배는 문화유씨이다. 강혼이 찬술한 묘표는 중반부에서 진씨의 부도(婦道)를 부각시키고, 후반부에서는 후손의 번성 상황을 밝혔다. 그리고 "아! 부귀하게 살면서도 교만하지 않으며, 남이 낳은 자식을 기르되 이간질하는 말이 없으며, 남편을 이미 사망한 뒤에 섬기되 살아 있는 사람 섬기는 것 같이 했으니, 이 세 가지는 사람들이 잘하기 어려운 것이다. 오직 부인만이 이 세 가지를 겸해서 잘했다. 많은 선행으로 오복(五福)을 향유했고 또 어진 자손들이 많았으니, 이것이 그 징험일 것이다."라고 했다.[355] 명(銘)은 3언 16구이다.[356]

선조 초 정사룡(鄭士龍, 1491~1570)은 여성 묘주의 묘비로 「숙용안씨묘갈명병서(淑

---

352 심경호, 「조선시대 여성 묘비에 관한 일 고찰」, 『한문학논집』 49, 근역한문학회, 2018, pp.273-350.

353 출토지는 충남 논산시 연산면 연산리이다. 『金石集帖』 068淡(교058:正卿) 책에 탁본이 있다. 찬자에 대해서는 "秉忠奮義靖國功臣崇祿大夫晉川君兼知經筵事弘文館大提學知成均館事姜渾撰."이라고 밝혔다. 1507년 2월에 夫人의 世系를 김겸광 비의 뒷면에 해서체로 새겼다.

354 김겸광의 본관은 광산, 자는 위경(撝卿)으로, 좌의정을 지낸 김국광(金國光)의 아우이다. 1453년(단종 1) 식년 문과에 정과로 급제, 1460년(세조 6) 장령으로 있으면서 신숙주의 종사관이 되어 건주위 야인의 정벌에서 공을 세우고, 이듬해 평안도관찰사를 역임했다. 1469년(예종 1) 예조판서에 재임되고, 1471년 좌리공신 3등으로 광성군(光成君)에 봉해졌으며, 1475년 정조사로 명나라에 다녀왔다. 1485년 좌참찬을 거쳐 1486년 세자좌빈객이 되었다. 시호가 공안(恭安)이다.

355 嗚呼! 處富貴而不驕, 撫他人子而無間言, 事良人於已死而如事存. 玆三者人所難能也. 惟夫人能之而兼之. 以衆善其享有五福而又多. 賢子孫斯其徵也歟!

356 猗碩人, 配名卿. 修婦道, 恊坤貞. 和而莊, 內治成. 富而壽, 享尊榮. 哀所天, 疚惸惸. 居墓側, 祭必誠. 生同室, 死同塋. 紀玆德, 昭令名.

容安氏墓碣銘并序)」³⁵⁷와「정신옹주묘비명병서(靜愼翁主墓碑銘并序)」³⁵⁸의 두 문장을 지어 문집에 그 글들을 전하고 있다. 숙용 안씨(1499~1549)는 선조의 조모로 창빈 안씨를 말한다. 뒷날 숙종의 명으로 신도비가 세워졌다. 정신옹주는 숙용 안씨, 곧 창빈 안씨의 딸로 한경우(韓景祐)의 처 이씨(1526~1552)이다. 정사룡이 두 여인의 비문을 제작한 것은 선조가 즉위한 후 조모를 추존한 것이 그 계기가 되었다.

선조 때 오운(吳澐, 1540~1617)은 퇴계 이황의 전 부인 허씨의 묘갈명인「퇴계이선생배정경부인허씨묘갈명(退溪李先生配貞敬夫人許氏墓碣銘)」을 지었다.³⁵⁹ 비석을 세운 시기는 비정하지 못했으나, 조선시대 건립된 여성 묘주의 묘갈명 가운데 초기의 것이라 하겠다. 이황은 21세인 1521년(중종 16)에 경상도 영주 초곡(草谷, 사일, 푸실) 출신인 김해허씨 집안의 진사 묵재(黙齋) 허찬(許瓚, 1481~1535)의 장녀에게 장가들었다. 이황과 동갑이었다. 처 외조부는 창계(滄溪) 문경동(文敬仝)으로 2녀를 두었는데, 허찬은 그의 맏사위이다. 허찬은 의령(宜寧)에서 영주 초곡으로 이주해 처부모를 봉양했으며, 문경동의 재산을 물려받았다. 이황의 처외조부 문경동과 이황의 숙부 송재 이우(李堣)는 친분이 깊었다. 허찬의 묘는 경남 의령읍 소지동에 있고, 그 외손자이자 이황의 차남 이채(李寀)와 허찬의 아들 몽재(蒙齋) 허사렴(許士廉)의 묘도 거기에 함께 있다. 허찬의 사후 이황의 처가는 영주에서 의령으로 옮겨간 듯하다. 이황의 처조부는 예촌(禮村) 허원보(許元輔)로, 소과를 거친 선비인데, 고성에서 의령 가례(嘉禮) 마을로 이주했다. 허찬은 허원보의 차남으로, 형은 참봉 허수(許琇), 아우는 허경(許瓊)과 허근(許瑾)이다. 허근의 손자 허언심(許彦深)은 곽재우(郭再祐)의 매부이다. 이황의 부인 허씨는 1522년 10월 18일 장남 이준(李寯)을 낳고, 1527년 11월 차남 이채를 낳은 한 달 후 타계했다. 향년 27세였다. 이준의 아들은 이안도(李安道)·이순도(李純道)·이영도(李詠道)로, 각각 상계파·의인파·하계파를 이루었다. 이황은 허씨를 잃은 3년 후 1530년(중종 25) 권질(權礩, 1483~1545)의 딸을 부인으로 맞았다. 이황의 부인 허씨를 위해 묘갈명을 지은 오운은 경상도 함안 모곡리에서 태어났다.³⁶⁰ 19세(1558) 때 김해

357 鄭士龍,「淑容安氏墓碣銘并序」(據知樞鄭公子仁所著行狀敍述),『湖陰雜稿』卷7 碑誌.
358 鄭士龍,「靜愼翁主墓碑銘并序」,『湖陰雜稿』卷7 碑誌.
359 吳澐,『竹牖先生文集』, 吳慶鼎 編, 1824년 목판본, 6권 3책, 국립중앙도서관 소장; 심경호,「聚友亭 安灌의 생애와 학문」, 함안의 인물과 학문(XI): 취우정 안관 선생과 그 후예들, 주최: 함안군, 주관: 함안문화원, 후원: 함안군의회, 장소: 함안문화원 2층 대공연장, 2019. 12. 6.
360 오운의 본관은 고창, 자는 대원(大源), 호는 죽유(竹牖)·죽계(竹溪)·백암(白巖)·율계(栗溪)이다. 부친

산해정(山海亭)으로 남명 조식을 찾아 가 그의 제자가 되고, 25세(1564) 때는 도산서당(陶山書堂)으로 가서 퇴계 이황의 제자가 되었다. 27세(1566) 때 문과에 급제하여 벼슬을 살기 시작했다. 48세 때는 함안군수 정구(鄭逑)와 함께 『함주지(咸州誌)』를 편찬했다. 53세(1592) 때 의령 집에서 임진왜란을 맞아 곽재우를 도왔고, 경상도 초유사 김성일(金誠一)의 아래에서 소모관(召募官)으로 활약했다. 61세(1600) 때 『퇴계집』 간행에 참여하여 「퇴계연보」를 교정했다. 청송부사로 재임 중 병을 얻어 사임하고 돌아와, 1617년(광해군 9) 3월 영주 집에서 별세했다. 광해군이 제문을 내렸는데, 그 글에 "도학은 퇴계를 존모하고, 학문은 남명을 으뜸으로 삼았다[道慕退陶. 學宗山海]."라고 했다. 그보다 앞서 1615년에 이황의 손자 이영도가 영천군수로 와서 조모 허씨의 표갈을 세우려고 하여 오운에게 글을 청했다. 허씨가 죽은 지 88년 되던 해였다.[361]

은 참봉 오수정(吳守貞)이다. 10대조 오세문(吳世文)은 동각학사(東閣學士)를 지냈다. 조부 오언의(吳彦毅)는 진사에 급제하여 전의현감을 지냈다. 오언의는 이황의 숙부 이우(李堣)의 사위가 되었다. 오운은 18세를 전후하여 의례 가례동천(嘉禮洞天)에 세거하던 허사렴의 맏사위가 되었다. 허사렴은 이황의 큰처남이다. 오운은 이황의 처남의 사위가 되었으므로, 이황에게 처질서가 된다. 허사렴은 딸만 둘이어서, 맏사위였던 오운이 집과 밭을 상속받았다. 『죽유선생문집(竹牖先生文集)』 6권 3책을 남겼다. 1600년 5월 15일 『퇴계집』 간행을 마치고 쓴 시(「退溪先生文集刊訖 庚子五月之望 祭告于陶山祠 雨後五大人 登天淵臺 次金止叔三絶 却寄兼呈月三才 求教」), 송암(松巖) 이로(李魯)가 찬한 『학봉유사사적』에 쓴 발문(「書金鶴峯龍蛇事蹟後」) 등이 있다. 순흥안씨와 관련된 문자로는 안석(安碩)의 표묘인 「고려국급제증밀직제학안공표묘(高麗國及第贈密直提學安公墓表)」가 있다. 오운은 문헌에 해박하고 많은 서적을 편집했지만, 안관에 관해서는 『함주지』에 짧은 기사를 실었을 뿐이다.

361 吳澐, 「退溪李先生配貞敬夫人許氏墓碣銘幷序」, 『竹牖集』 卷4. "判中樞府事贈領議政文純公退溪李先生, 配貞敬夫人許氏, 墓在榮川郡東未嚴里石峰之東麓, 而表碣久未竪. 夫人之孫詠道, 承朝命, 守玆土, 甫莅郡, 謀刻石, 徵銘於澐. 澐受先生教誨之恩, 忝許門瓜葛之末, 不敢以耄惛文拙辭. 謹按許氏, 先出自金海, 世傳首露王後. 中移于固城. 高祖諱惟新, 靈山縣監, 曾祖諱旅忠, 順衛. 祖諱元輔, 成均生員, 始家于宜春. 考諱瓚, 成均生員, 娶甘泉文氏司成諱敬女. 以弘治辛酉, 生夫人於榮川草谷之第. 夫人稟性貞淑, 端恭淵靜. 司成公無胤子, 有二女. 夫人娣居長, 溫淸甘旨, 唯妣裕蠱. 夫人生長膝下, 爲司成公所鍾愛, 選所宜歸, 夙諧先生, 文行間世, 將必爲大人. 歲辛巳以夫人歸先生, 相敬如賓. 至於以物授受之際, 必盛之以筐而敬進之, 居必異處. 家人見其不相親昵, 疑其琴瑟不友, 久乃知之. 夫人事君子, 僅七春秋. 生二男季孫, 纔閱月, 而夫人卒. 寔嘉靖丁亥十一月初七日, 享年二十七. 從葬司成公墓側, □坐□向原. 男曰僑, 義城縣令. 寀, 早世. 縣令娶訓導琴梓女, 生三男. 安道, 直長. 純道, 儒士, 早歿. 詠道, 郡守. 女壻二. 判官朴櫶, 奉常正金涌. 直長生三女. 郡守洪汝栗, 郡守琴愷, 進士朴弘慶, 其壻也. 判官生三男, 成範·文範·景範. 景範, 縣監. 儒士生一男, 崒, 今氷庫別座. 二女, 莪禁都事金止善, 生員金是樞. 奉常正生五男. 是柱, 文科. 是楗·是楨·是楞·是相. 是楨, 生員. 二女, 裴尙益, 李廷俊. 郡守生二男, 岐·嶷. 嶷, 後直長爲宗孫. 妾產有三女一男, 皆幼. 夫人下世, 今八十有八年. 門無舊老, 世乏張林之筆. 閨範內則, 無由得其萬一. 竊伏惟聞, 先生慟早喪佳耦, 到暮境念不置, 其賢行可知. 譬諸幽蘭早殞, 香不及聞遠, 而餘馥久不歇. 澐聞餘馥, 謹誌其梗概, 繼以銘. 銘曰: 夫人本宗, 肇首露裔. 育鞠外家, 爰載生藏. 行端合聞, 逑選名賢. 眉齊歸日, 蘭殞芳年. 厚稟嗇壽, 彼蒼杳冥. 睠彼石峰, 虬虎互形. 葬卜其兆, 從司成藏. 白璧鑴彩, 更幾星霜. 山湊寧芝, 水流于東. 茫茫九原, 思曷其窮. 有子有孫, 酒省酒享. 琢銘貞珉, 過者瞻仰."

702

|표 4-4| 조선시대 문집에 수록된 여성 묘주의 묘갈과 묘표

여성 묘주	비명	찬술자와 문집
仁嬪金氏(1555~1613)	仁嬪金氏神道碑銘幷序	張維, 『谿谷集』 神道碑
孝恭王后李氏(12?~?)	蘆洞東山二墓記	許穆, 『記言』 墓記
孝懿王后金氏(1753~1821)	健陵表石陰記	南公轍, 『金陵集』 表石陰記
李湛妻鄭氏(1490~1566)	先妣貞夫人鄭氏碣陰	李楨, 『龜巖集』 碣陰
李植妻禹氏(1455~1539)	淑人禹氏墓碣銘	申光漢, 『企齋集』 墓碣
李象賢妻宋氏(1634~1668)	鎭川宋氏墓表	許穆, 『記言』 墓表
李偉妻許氏(1547~1593)	愼人陽川許氏墓表	許穆, 『記言』 墓表
李允宇(1503~1552)	祖考妣墓碣識	李春元, 『九畹集』 墓碣識
李允宇妻崔氏(1511~1590)	祖考妣墓碣識	李春元, 『九畹集』 墓碣識
李以蕃妻曺氏(14?~1520)	先祖妣贈淑夫人曺氏碣陰	李楨, 『龜巖集』 碣陰
李恒福妾吳氏(1574~1648)	貞夫人錦城吳氏墓碣銘	李裕元, 『嘉梧藁略』 墓碣
林悌女(15?~1584)	處子林氏墓表	許穆, 『記言』 墓表
林㤠妻朴氏(1571~1637)	淑夫人朴氏墓碣銘	許穆, 『記言』 墓碣
裵權妻權氏(13?~14?)	七代祖司憲府持平府君恭人權氏墓表	裵龍吉, 『琴易堂集』 墓表
裵巘妻朴氏(1486~1548)	曾祖考贈左承旨府君淑夫人朴氏墓表	裵龍吉, 『琴易堂集』 墓表
裵以純妻金氏(1458~1548)	高祖妣淑人金氏墓表	裵龍吉, 『琴易堂集』 墓表
裵孝長妻權氏(?~14?)	六代祖錄事府君令人權氏墓表	裵龍吉, 『琴易堂集』 墓表
吳斗寅妻黃氏(1646~1704)	貞敬夫人尙州黃氏墓碣銘 甲申	崔昌大, 『昆侖集』 墓碣
鄭錥妻李氏(1774~1811)	鄭錥妻李孺人墓碣銘	鄭元容, 『經山集』 墓碣
趙嵘妻成氏(15?~16?)	漢陽趙公節婦成氏雙墓銘	許穆, 『記言』 墓銘
車允閑妻李氏(1709~1770)	姑母車氏婦墓表附錄	李元培, 『龜巖集』 墓表
沈鍵妻李氏(1518~1584)	宜人李氏墓碣銘	崔岦, 『簡易集』 墓碣
許橺妻姜氏(1523~1603)	祖母宜人晉州姜氏墓碣陰記	許穆, 『記言』 墓碣陰記
許橺妻姜氏(1523~1603)	祖妣貞敬夫人姜氏墓碣陰記(改撰)	許穆, 『記言』 墓碣陰記
許喬妻林氏(1575~1647)	先妣貞敬夫人羅州林氏墓碑	許穆, 『記言』 墓碑
許穆女(1638~1645)	殤童女殯表	許穆, 『記言』 殯表
許穆妻李氏(1597~1653)	貞敬夫人全州李氏墓銘	許穆, 『記言』 墓銘
許懿妻李氏(1603?~1651?)	宜人李氏墓銘	許穆, 『記言』 墓銘
許磁妻李氏(1490~1574)	贊成公夫人墓碣陰記	許穆, 『記言』 墓碣陰記
許磁妾金氏(1512~1573)	妾曾祖姑金氏墓表	許穆, 『記言』 墓表
許厚女(1623~1647)	許氏少娘子銘	許穆, 『記言』 銘
許翮妻李氏(1634~1656)	子婦李氏葬表	許穆, 『記言』 葬表

사대부 여성은 조선 중기 이후 묘갈이나 묘표를 갖기도 했는데, 그 비주(묘주)는 비문 찬자의 모친, 조모, 선대의 조모, 딸, 며느리 등이 대부분이다. 예외적으로 허목(許穆)이 첩증조고(妾曾祖姑)를 위해 작성한 묘표가 있다. 민족문화추진회(현 한국고전번역원)의 『한국문집총간 (정·속)』을 근거로 조선시대 문집에 기록된 여성 묘주의 묘갈과 묘표를 조사한 결과는 표 4-4와 같다. 빈(嬪)을 위해서 신도비를 세워 주고, 왕후를 위해서 묘표음기를 작성한 예도 있다.

정온(鄭蘊, 1569~1641)은 1633년(인조 11) 8월, 모친 정부인 강씨의 묘표에 음기를 지었다. 「정부인강씨묘표음제(貞夫人姜氏墓標陰題)」이다.[362] 정온은 앞서 62세 되던 1630년 7월 2일 모친 강씨(1538~1630)를 잃고 10월에 장사 지낸 후 여묘살이를 했는데, 이때 이르러 모친의 묘지를 쓰고 묘표를 지었다.[363] 별도로 묘지명도 지었다.[364] 「정부인강씨묘표음제」는 모두 네 단락이다. 첫 단락은 부인의 성, 본관, 가계, 생년을 적었다.[365] 두 번째 단락은 부인의 덕을 현양했다. 세 번째 단락은 1630년 강씨가 93세로 안음(安陰) 고현(古縣)의 집에서 임종한 후, 부친이 묻힌 성산(城山)의 동쪽 지맥 문주동(文冑洞)이 너무 좁아 부장하지 못하고 10월 1일 용산 언덕에 장사 지낸 사실을 말했다. 또 강씨가 3남 1녀를 두었는데, 차남인 자신이 1627년 가선대부로 승직되면서 정부인에 증직된 사실을 기록했다. 네 번째 단락은 비로소 묘지를 묻고 표석을 세워 대략을 기록한다고 덧붙였다. 모친 강씨의 덕을 현양한 두 번째 단락은 옛 인물전형에 대비시켜 일화의 의미를 드러내는 방식을 택했다.

부인은 성품이 온순하고 덕이 많아, 실가에 있을 때에 위의 없는 행동이라고는 없었다. 우리 선군에게 시집와서는 시부모를 섬기되 효성으로 하고 남편을 보좌하되 거슬림이 없었다. 늘그막에 내가 시사(時事)에 대하여 말하다가 화를 입어 북쪽으로 귀양 가기도 하고 남쪽으로 귀양 가기도 하면서 갖은 고초를 겪는 일을 만났지만, 부인은 그다지 걱정하지 않고,

---

362 문중 소장 문서는 결자(缺字)가 있다. 崔承熙, 『增補版 韓國古文書硏究』, 지식산업사, 1989; 『古文書集成 23: 居昌草溪鄭氏篇 影印本』, 한국정신문화연구원, 1995; 『古文書集成 80: 居昌草溪鄭氏篇 正書本』, 한국학중앙연구원, 2005. 『金石書帖』 161女(교143:婦人) 책에 탁본이 있다. 해서비제는 「貞夫人姜氏之墓」이며, 전액은 없다. 건립 일자를 "崇禎六年歲在癸酉(仁祖十一年:1633)八月 日建."이라고 밝혔다. 정온의 문집에 글이 들어 있다. 鄭蘊, 「貞夫人姜氏墓標陰題」, 『桐溪集』 卷4 墓誌.

363 鄭蘊, 「貞夫人姜氏墓誌」, 『桐溪集』 卷4 墓誌.

364 鄭蘊, 「兵曹參議羅君先夫人金氏墓誌銘幷序」, 『桐溪集』 卷4 墓誌.

365 夫人之姓, 出晉州. 國子博士啓庸之後. 曾祖諱利敬, 縣監. 祖諱漢. 縣監. 考諱謹友, 將仕郞. 娶龍城梁應麒之女, 以嘉靖戊戌八月三日生夫人.

"저가 이미 관직에 나아갔으니 직분상 마땅히 이래야 할 것이다." 하셨다. 도성 사람들이 모두 "훌륭하다! 범방(范滂)의 어머니에 견줄 만하다."라고 했다.[366]

이 묘표음기와 마찬가지로 묘지명도 강씨의 '성품이 온순하고 덕이 많음'을 주제어로 삼았다. 하지만 묘지명은 강씨의 일화를 훨씬 구체적으로 서술했다. 이를테면 친정의 분재 때 강씨가 노비나 전답을 받으려고 하지 않았고, 분배받더라도 품질이 나쁜 것을 취한 사실을 적었다.[367] 묘표와 묘지명은 기서 방식이 조금 다르다는 사실을 알 수 있다. 그런데 정온은 묘표음기에서 모친을 '범방(范滂)의 어머니'에 견주었으나, 묘지명에서는 그러한 비교를 하지 않았다. 『후한서』「당고열전(黨錮列傳)」에 보면, 범방이 당고의 화를 당하여 죽게 되어 어머니에게 영결을 고하자, 어머니가 "너는 지금 이응(李膺)이나 두밀(杜密)처럼 명성이 높으니 죽은들 무슨 여한이 있겠느냐?" 했다고 한다. 훌륭한 명성이 있고 또 오래 살기를 구한다는 것은 있을 수 없다는 의미에서 그런 것이다. 이 고사에 비의하는 것은 모친의 덕을 높이는 데는 도움이 될지 모르지만, 찬술자 정온의 자부를 드러내는 것일 수도 있다. 그렇기에 묘지명에서는 그 고사를 언급하지 않은 듯하다.

한편 송시열이 문집에 남긴 74편 묘지(墓誌) 가운데 여성 묘주의 글이 22편이나 된다. 조선시대 다른 찬자들보다 여성 묘주를 위해 지은 글의 비율이 높다. 『송자대전(宋子大全)』 권187은 정명공주(貞明公主)를 비롯해 부부인(정1품 종친), 정경부인(1품), 정부인(2품), 숙부인(3품 당상관), 숙인(3품), 공인(5품), 의인(6품), 유인(9품) 등은 외명부직을 받은 부인들을 묘주로 하는 글들을 모아두었다. 또 108편의 묘갈문에도 여성 묘주의 글로 「유인청풍김씨묘갈명(孺人淸風金氏墓碣銘)」·「낭선군부인성씨묘갈명(朗善君夫人成氏墓碣銘)」이 있다.[368]

「유인청풍김씨묘갈명」은 친우 이유태(李惟泰, 1607~1684)의 청으로 그의 모친을 위

---

366 夫人性順德惠, 在家無非儀. 歸于我先君, 事舅姑孝, 佐君子無違. 晚遭不肯言事之禍, 北謫南遷, 備嘗艱危, 夫人不甚爲戚曰: "渠旣委質, 職分當如是." 國人皆曰: "賢哉! 比之范滂母"云.

367 鄭蘊, 「兵曹參議羅君先夫人金氏墓誌銘 幷序」, 『桐溪集』 卷4 墓誌. "自在家爲父母所偏愛, 田産藏獲, 多所揀給, 而夫人懇辭不受. 分産之日, 亦擇薄劣者自執."

368 송시열이 찬술한 묘갈 108편 가운데는 성수침(成守琛)·송익필(宋翼弼)·권필(權韠)·윤집(尹集)·윤선거(尹宣擧) 등 도학가와 문장가를 대상으로 한 것과 「학생양군황묘갈명(學生梁君槐墓碣銘)」 등 일반 평민을 대상으로 한 것이 들어 있다. 여성 묘주의 묘갈 두 편은 『송자대전』 편집 때 묘갈문을 모은 권172~180 가운데 권180 맨 뒤에 배치해 두었다.

해 지은 것이다. 이유태의 모친 청풍김씨는 총명하고 식도(識度)가 있었다. 아주 어려서 부친을 잃고 또 네 살에 모친상을 당하자 부모의 신주를 내가 감당해야 한다고 주장하고 상례를 치렀다고 한다.[369] 『예기』「상복소기(喪服小記)」에서 "시집가지 않은 딸이 부모의 상을 당하여 남자 형제가 없을 경우 그 상을 주관하는 자가 지팡이를 짚지 않으면 딸 혼자서 지팡이를 짚는다[女子子在室, 爲父母, 其主喪者不杖, 則子一人杖]."라고 하는 예문(禮文)에 따랐을 것이다. 숙종 초의 환국으로 군은이 자주 내렸으나 김씨는 미망인으로서 홀로 영화를 누릴 수는 없다고 하여 화려한 옷을 걸치지 않았으며, 웃고 말하는 일도 드물었다. 자식들에게 학문에 힘써 가업을 이어나갈 것을 격려하여, 다섯 아들들이 문행에 힘썼다. 3남인 초려 이유태는 계상(지금의 충남 계룡시 두마면의 사계)에서 김장생(金長生)에게 집지하고 김집(金集)의 문하에서 졸업할 수 있었다.[370]

김씨는 늙어서도 모시 짜는 일을 그만두지 않았다. 김씨의 근면과 부도(婦道)와 관련한 일화를, 송시열은 "여러 자제분들이 공보의 말을 말씀드렸으나 그래도 삼과 모시 짜는 것을 그만두지 않았다[諸子雖進公父言, 猶不釋麻枲]."라는 11글자로 함축했다. 『국어』「노어(魯語)」에 나오는 경강(敬姜)의 일화에 나오는 표현을 빌려다가, 자식들이 귀하게 되었어도 김씨가 늙도록 근면한 생활을 했다고 현창한 것이다. 경강의 일화는 『소학』의 「계고(稽古)」에도 수록되어 있으므로 김씨가 『소학』을 통해서 이 일화를 접했을 수 있다. 노나라 공보문백(公父文伯)이 그 어머니 경강이 방적하는 것을 보고 "우리 집 주모께서 길쌈을 하신단 말입니까?" 하면서 길쌈을 말렸다. 그러자 경강은 탄식하며, "노나라가 망하겠구나, 식견이 부족한 어린애에게 관직을 맡기다니! 옛날에 왕후는 직접 검은 담(관모 앞에 드리우는 검은 끈)을 짜고, 제후의 부인은 면류관을 매는 끈인 굉(紘)과 면류관 덮개인 연을 더 만들었으며, 경의 부인은 여기에 겸하여 큰 띠를 만들고, 명부는 제복을 만들며, 열사의 아내는 조복을 더하고, 서사(庶士) 이하는 모두

369 宋時烈,「孺人清風金氏墓碣銘 幷序」,『宋子大全』卷180 墓碣. "孺人金氏, 其籍清風, 其考諱養天. 其夫子月城李公諱曙, 其子惟澤·惟孚·惟泰·惟益·惟謙. 我孝宗大王召惟泰至京, 辭以母老, 命給食物以慰之. 今上元年, 又特授惟澤畿邑以便養. 蓋欲惟泰之來仕都下也. 旣不果, 則累降恩賜以惠養之. 八年丁未, 幸溫泉, 復下食物之命. 其六月三日, 孺人沒, 又命題給喪需. 人榮之曰: '人也宜其有是也.' 蓋孺人聰明有識度, 始呱失怙, 又四歲, 仍以一人杖問曰: '父母神主, 我當主之乎!' 聞者憐而奇之."

370 旣寡, 放倒家事, 謂諸子曰: "汝父素不事生業, 今使知舊言之曰: 某死而妻子無所庇賴, 豈不可也?" 自聖考初, 恩賚便蕃, 孺人懼而且悲曰: "何未亡之獨享斯榮也?" 不御華靡, 笑語甚稀. 見者疑其新免於喪者. 嘗曰: "汝兒曹旣不得從父而死, 則宜勉於學以世其家也." 故諸子皆力於文行. 其第三草廬君從文元公金先生於溪上, 卒業愼齋之門, 實有所受敎也.

그 남편의 옷을 만들어 입혔다."라고 꾸짖었다고 한다.

「낭선군부인성씨묘갈명(朗善君夫人成氏墓碣銘)」은 낭선군 이우(李俁)의 전 부인으로 26세에 죽은 창녕성씨(1636~1662)의 묘갈명이다. 성씨가 군부인에 추증되자, 낭선군의 후사 전평군(全坪君) 이곽(李澂)[생부는 낭원군(朗原君) 품(偘)]이 비석을 세우려고 하여 송시열에게 비문을 청했다.[371] 낭선군의 첫 번째 부인은 창녕군부인 성씨, 두 번째 부인은 성산군부인 이씨이다.[372] 창녕성씨는 이조판서에 추증된 성운한(成雲翰)의 딸이다. 여러 번 임신을 했으나 자식을 얻지 못해, 낭선군은 조정에 청하여 그 아우 낭원군의 장남 전평군을 후사로 취했다. 송시열은 성씨의 묘갈명에 이 사실을 기록하고, 『의례』「자하전(子夏傳)」에서 "남의 후사가 되기 위해서는 지자(支子)라야 된다."라고 했지만 조정에서 장효공(靖孝公), 즉 인흥군 이영(李瑛)을 제사할 수 있도록 특례를 살펴 허락했다고 밝혔다. 낭선군의 자품이 오르자, 성씨에게도 군호가 내렸다. 이때 성씨는 자식의 일이 불리하다고 여겼다. 성씨는 전평군을 훈도하기를, 『시경』「소아 육아(蓼莪)」에서 "나를 돌아보고 나를 또 돌아보시며 나가고 들어옴에 나를 마음속에 두셨다."라고 했던 것과 같은 식이었다. 전평군은 이 사실을 회고하면서, 이희조(李喜朝)를 중개로 송시열에게 묘지의 글을 청했고, 송시열은 그 일화를 특별하게 취급해서 성씨의 부덕을 밝혔다.[373]

송시열은 『송자대전』에 251편의 묘표를 남겼다. 여성 묘주(비주)의 글이 14편이다.[374]

① 朴承樞夫人任氏墓表(권200 수록)

---

371 夫人有身者數, 而終不能無災, 卒以無育. 朗善請於朝, 以其弟朗原君偘長子全坪君澂爲後. 禮有支子可之文, 而朝廷拔例許之. 蓋爲靖孝公廟祀也. 朗善累增資, 今視上公爵, 故夫人亦追加郡號. 於是全坪君泣而言曰: '余生未晬, 夫人自知不利於子, 顧我復我, 出入復我, 今無以報其恩. 唯有篆石阡道, 以圖不朽而已.' 遂介於延安李喜朝同甫, 以請余文. 余與成察訪有雅焉.

372 낭선군은 선조의 열두 번째 아들 인흥군 이영(李瑛)의 장남으로, 낭선군의 신도비는 남구만(南九萬)이 작성했다. 南九萬,「朗善君孝敏公神道碑銘」,『藥泉集』卷17 神道碑銘.

373 宋時烈,「朗善君夫人成氏墓碣銘幷序」,『宋子大全』卷180 墓碣. "夫人有身者數, 而終不能無災, 卒以無育. 朗善請於朝, 以其弟朗原君偘長子全坪君澂爲後. 禮有支子可之文, 而朝廷拔例許之. 蓋爲靖孝公廟祀也. 朗善累增資, 今視上公爵, 故夫人亦追加郡號. 於是全坪君泣而言曰: '余生未晬, 夫人自知不利於子, 顧我復我, 出入復我, 今無以報其恩. 唯有篆石阡道, 以圖不朽而已.' 遂介於延安李喜朝同甫, 以請余文."

374 송시열이 지은 묘표는 金尙憲·金壽恒·宋浚吉·黃廷彧·李端相 등 師友·知友에 대한 글, 宋甲祚·宋基憶·宋基隆 등 부친·일가들에 대한 글들이 대부분이다. 여성 묘주의 묘표는 묘표문을 모아 둔 권189~201 가운데 권200에 10편, 권201에 3편, 습유 권8에 1편이 있다.

송시열이 1677년(숙종 3)에 찬술한 「자부이씨묘표(子婦李氏墓表)」는 아들 송기태(宋基泰, 1629~1711)의 배위 전주이씨(중종 5세손 李挺漢의 딸, 1627~1661)를 애도하여 '심통(甚慟)'의 뜻을 나타내는 글자를 많이 사용했다. 매우 이례적인 글이다. 송기태는 송시영(宋時瑩)의 아들로 태어나 송시열에게 입양되었으며, 은진현감, 예빈시정 등을 지냈다. 송시열은 1675년(숙종 원년) 6월부터 경상도 장기에 위리안치되어 있었고, 1677년 3월 22일 부인 이씨의 상을 당한 뒤라서, 비애의 감정이 극에 달해 있었다. 「자부이씨묘표」에서 송시열은 자부가 향년 35세로 사망하여 수원 무봉산(舞鳳山) 만의리(萬義里)에 매장된 이후 그 묘를 들를 때마다 오열하며 차마 자리를 뜨지 못했으며, 지금까지 15년 동안 자부의 죽음을 슬퍼해 왔다고 했다. 그리고 "내가 자부의 죽음을 슬퍼하는 것이 아니라 자부의 어짊이 나로 하여금 슬픔을 마지못하게 만든다[非余之悲子婦, 子婦之賢, 能使余悲不能已也]."라고 했다. 전체 글의 문안(文眼)은 '어질 현(賢)'이다. 또한 자부는 귀한 집의 부유한 환경에서 태어났지만 겸손하며 근면했으며, '후전운(侯轉運)'의 칭송이 있되 염결(廉潔)했고, 서사(書史)를 공부하지 않았지만 행실이 예법에 부합했다고 했다. '후전운'이란 넉넉하지 못한 집안 살림을 잘 꾸려나가는 아내를 칭찬하는 말이다. 북송의 정호와 정이 형제의 집이 식구가 많고 가난했으나 어머니 후씨(侯氏)가 살림을 잘 꾸려나갔으므로 남편 정향(程珦)이 아내를 가리켜 "훌륭한 전운사의 재주다[良轉運使才].”라고 한 말에서 나왔다. 자부는 송시열을 정성과 공경으로 섬겼으므로 자신도 자부를 사랑하고 존중했다고 했다. 그래서 자부가 복을 누리고 종족과 실가에 많은 복을 가져다주리라 기대했거늘, 하늘이 긴 수명을 내리는 것에 인색하여 난초의 바탕을 일찍 시들게 만들어 버려 너무도 애통하다고 했다. 그 다음에, 중종대왕의 6세손인 자부가 18세에 아들 송기태에게 시집와서 5남 1녀를 두었음을 밝혔다. 자부가 관저(關雎)와 인지(麟趾)의 규범375을 왕실에서 익혀 정순(貞順)의 덕을 지녔지만, “그 운수가 대단히 국촉한 것은 역시 그 기운이 맑은 데서 연유하여 그런 것이다[其數之甚局, 亦由其氣淸而然].”라고 생각도 해 보지만, “슬픔을 그칠 수 없는 것은 자부의 어짊을 잊을 수가 없기 때문[悲猶不能已者, 以賢之不能忘也].”이라고 했다. 마지막으로 자부가 죽어갈 때 시아버지 마음을 헤아려 슬퍼했다는 일화를 덧붙였다.

자부가 죽어갈 때 곁엣사람에게 “시아버지께서 늘 나를 사랑하셨는데, 나의 죽음을 들으시면 슬픔이 필시 극심하실 것이다.”라고 말했다고 한다. 아아! 이는 더욱 슬퍼할 일이다. 어떻게 해야 나의 슬픔을 풀어 그 효성스런 마음을 위로할 수 있으랴? 나는 풍토병 많은 남토에서 처벌을 기다리면서 언제 소멸될 지 모르는 상황이고, 시의(時議)는 “저 송 아무개는 그 죄가 죽음의 벌을 받아야 마땅하다.”라고 한다. 나는 이제라도 후명이 내려 자부의 어짊을 결국 민멸시키지 않을까 두려워하여, 급히 묘표의 글을 쓴다.376

이것은 앞서의 “자부의 어짊이 나로 하여금 슬픔을 마지못하게 만든다.”라는 말과 호응한다.

전북 완주군 용진면 녹동마을에 있는 「정부인광산김씨지묘(貞夫人光山金氏之墓)」는, 앞면에는 추사 김정희의 예서가 새겨져 있고, 뒷면에는 창암 이삼만(李三晩, 1770~1847)의 해서가 새겨져 있다.377 광산김씨는 이조판서 김응수(金應壽)의 후손으로, 아

---

375 「關雎」와 「麟趾」의 규범은 『詩經』周南의 「關雎」편과 「麟之趾」편에서 나온 말이다. 『近思錄』「治體」에 程顥의 말로, “반드시 「관저」와 「인지」의 아름다운 뜻이 있은 뒤라야 周禮의 법도를 행할 수 있다[必有關雎麟趾之意, 然後可以行周官之法度].”라고 했다. 「관저」는 文王과 后妃의 盛德을 찬미한 내용이고, 「인지」는 문왕의 자손들이 후덕하고 성한 것을 찬미한 시이다. 군주가 夫婦和樂하여 그 덕이 자연히 아랫사람에게 미침을 뜻한다.

376 宋時烈, 「子婦李氏墓表」, 『宋子大全』 卷201 墓表. “子婦亡時, 謂侍者曰: ‘舅常愛我矣. 聞吾死, 悲必甚矣.’ 嗚呼! 是尤可悲也. 何以則紓吾悲以慰其孝心也? 余待刑瘴土, 朝夕就滅, 時議皆曰: ‘彼宋某其罪宜死.’ 余懼一朝有命, 使子婦之賢終泯, 亟書墓表之文焉.”

377 『연합뉴스』, 「완주서 추사 김정희선생 글씨 비석 발견」, 2009. 7. 7.

버지는 김윤해(金潤諧), 어머니는 곡산노씨 노휘석(盧徽錫)의 딸이다. 부군 최창익(崔昌翊)의 계배(繼配)인데, 부군이 가선대부의 품계에 오르자 정부인에 봉해졌다. 슬하에 3남 2녀를 두었으며, 장남 최성철(崔性喆)과 차남 최성전(崔性全)의 효행이 뛰어났다. 광산김씨의 비문은 1833년(순조 33)에 손자 최한중(崔翰重)이 지었다.[378] 6년 후 1838년(헌종 4) 장남 최성철이 효행으로 정려의 은전을 입었다. 비문의 마지막에 이 사실이 추록되어 있다. 최한중은 비문에서 조모의 가계·출생·결혼·졸년·장사·천장의 사실을 적고, 시댁의 가계를 간략히 밝힌 후, 3남 2녀의 자손록을 적었다. 그리고 조모가 가정 교육에 힘을 쏟아 뭇사람의 칭송을 들었다고 기록했다. 즉, 장남과 차남이 효성이 깊었고 장남의 효행으로 정려하게 된 사실을 두고 사람들이 말하길, "맹자 모친의 교육이 효과를 보았다는 것은 거짓이 아니다[孟母之敎, 不誣矣]."라고 했다고 한다. 다른 서술들은 저자의 감정으로 색칠하지 않았다.[379] 명은 산문의 구법이다.[380] 후기가 있어, 김정희와 이삼만이 글씨를 쓴 사실을 밝혔으며, 1838년에 장남이 정려의 포은을 입은 사실도 기록했다.[381]

한편 정조는 재위 10년(1786) 5월에 문효세자가 5세 나이로 죽은 후, 9월 14일에 문효세자의 생모인 의빈(宜嬪) 성씨(成氏)가 죽자, 직접 비문을 작성했다. 그리고 금성위 박명원(朴明源)에게 앞면의 전자(篆字) 비제를 쓰게 하고 뒷면을 이조참의 서용보(徐龍輔)에게 쓰게 해서 11월에 비를 세웠다. 「성의빈묘표(成宜嬪墓表)」가 그것이다.[382]

---

378 崔性喆의 墓狀石銘 탁본 11면과 아들 崔翰重의 친필 묵서 발문 6면으로 구성된 표제 『先考墓狀石銘』 單帖이 세간에 알려져 있다. 최성철은 '學生'이며, 자는 明老이다.

379 崔翰重, 「貞夫人光山金氏之墓」. "祖妣金氏, 系光山, 遠祖諱興光, 以新羅王子, 始籍于光, 世襲簪組, 爲東方望族. 後世有諱應壽, 吏曹判書, 諱得立, 司諫院獻納, 諱麗南, 金堤郡守, 諱端, 通德郞, 諱潤錫, 是欽寔祖妣六世, 而妣谷山盧氏諱徽錫之女. 生于英廟己未八月二十八日, 及長歸于我祖考嘉善公諱昌翊繼配也. 封貞夫人, 卒於當宁乙丑十一月初七日, 享年六十七. 初葬不吉, 至辛巳, 遷窆于州之北草谷面渴鹿峙癸坐原. 祖考與前配鄭氏合墓, 在淳昌耳巖面山內里後麓坐癸之地. 我崔出全州, 麗朝寶文閣大提學晩六先生諱濚之後, 內外世系已具於祖考墓碣, 今可略也. 祖妣性沈重勤儉, 治家循法度. 有三男二女, 性喆·性全·性侃·柳宗榮·李國曄. 性侃已出也. 長男·仲男, 俱有孝行, 爲世所稱, 仲男蒙旄褒之恩, 人皆曰: '孟母之敎, 不誣矣.' 長房孫翰重, 仲房孫鉉仲, 季房孫宅重. 翰重子畿輔鑌璜·鑌鋧·鑌爽, 鉉仲子鑌岳·鑌喬·鑌岢. 餘未盡載. 係之以銘曰: 渴鹿之峴, 坐癸之原, 惟我祖妣貞夫人金氏之藏, 托在玆焉. 後千百年, 尙知其爲天官冢宰之女孫, 旌閭孝子之母親. 崇禎紀元后四癸巳五月日. 不肖孫翰重謹識."

380 '原[平元] 焉[平仙] 孫[平魂] 親[平眞]'의 네 글자를 통압했다.

381 비액의 예서를 쓴 사람과 비문의 서자에 대해 "通政大夫承政院左承旨奎章閣待敎慶州金正喜隷, 完山李三晚書."라고 밝히고, 추기를 적어 "後六年戊戌, 長男蒙恩旌閭."라고 했다.

382 의빈 묘는 효창묘 왼쪽 언덕에 있었다. 『金石集帖』 013辰(교203) 책에 "成宜嬪墓表"가 있다. 전자(篆字) 비제는 「宜嬪昌寧成氏之墓」이다. 비문은 正祖御製로, 앞면과 뒷면의 서자를 구분해서 "錦城尉朴明源奉敎前面謹書, 吏曹參議徐龍輔奉敎陰記書."라고 적었다. 건립 일자는 "崇禎紀元後三丙午(正祖十

(3) 비빈·후궁의 신도비와 공주의 묘표

조선시대 여성 묘주의 신도비문도 여러 편 전한다. 왕비의 신도비로는 권근(權近)이 1403년(태종 3)에 지은 「신의왕후제릉신도비(神懿王后齊陵神道碑)」가 가장 이르다.[383] 비석은 개성의 풍덕 북율촌에 있는 태조의 정비 신의왕후 한씨(1337~1391)의 제릉에 세웠다. 신덕왕후를 폄출하고 신의왕후를 추존하려는 태종의 계획에 따른 것이다. 본래 태조는 수릉(壽陵) 자리를 물색하다가, 신덕왕후가 승하하자 경복궁 서남방 황화방에 능침을 만들고 자신의 능침도 오른쪽에 조성했다. 하지만 태종은 양주 검암산 아래에 태조의 능을 조영하고, 계모 신덕왕후의 능도 옮겼다. 양주 검암산은 지금의 경기도 구리시 동구릉이 있는 곳이다. 1409년(태종 9) 건원릉에 태조의 신도비를 세웠는데, 그 신도비문도 권근이 지었다. 글씨는 성석린(成石璘)이 쓰고, 전액은 정구(鄭矩)가 썼으며, 비음기는 변계량(卞季良)이 작성했다. 「신의왕후제릉신도비」의 원비는 임진왜란 때 없어졌다. 1744년(영조 20)에 권근이 찬술한 비문을 서명균(徐命均)이 쓰고 이의현(李宜顯)이 추기를 하여 비석을 중건했다.[384]

왕과 왕비가 죽으면 문형이 지문과 행장, 신도비명 등을 찬술하여 덕행을 칭송하고 공업을 기렸다. 고종이 태조·장조·정조 등의 표석음기를 직접 찬술한 것처럼 국왕이 짓는 경우도 간혹 있었다. 현재 서울대학교 규장각에는 태조와 신의왕후의 표석음기와 신도비, 정종과 정안왕후(定安王后)의 표석음기, 현종 비 명성왕후(明聖王后)의 지문, 숙종 비 인경왕후(仁敬王后)의 지문, 장조(莊祖, 사도세자)와 헌경왕후(獻敬王后, 혜경궁 홍씨)의 표석음기, 정조와 효의왕후(孝懿王后)의 표석음기, 정조의 건릉(健陵) 지문, 순조와 순원왕후(純元王后)의 인릉천장봉지문(仁陵遷奉誌文)과 표석음기, 헌종의 경릉(景陵) 지문 등이 소장되어 있다. 이 글들은 『열성지장통기(列聖誌狀通紀)』에도 모두 실려 있다.

「신의왕후제릉신도비」 이후, 정종(1357~1419)과 안정왕후(1355~1412)의 개성 후릉(厚陵)에 세울 표석음기가 제작되었으나 작자는 알 수 없다. 비석은 1755년(영조 31)

年: 1786)十一月▽日立."이라고 밝혔다.

383 權近, 「有明朝鮮國承仁順聖神懿王后齊陵神道碑銘幷序」, 『陽村集』 卷37 碑銘類.

384 李宜顯, 「神懿王后齊陵碑陰記」(甲子), 『陶谷集』 卷8 應製錄. "嗚呼! 是惟我太祖康獻大王元妃神懿王后韓氏齊陵也, 爲甲坐庚向. 太宗癸未二月, 吉昌君臣權近撰進碑文, 甲申二月建. 中值壬辰倭難, 毀破無存. 今上十七年辛酉, 道臣有以重豎舊碑爲請者, 而時詘未遑. 甲子, 宗臣申言之. 遂命有司具新石刻舊文, 宗伯掌其禮, 司徒忙其事. 仍命臣宜顯附識其下. 臣謹拜手稽首而言曰: '歷累百載, 闕典始修, 而聖后夾贊化家之偉烈, 因是益彰. 我聖上追遠之孝, 又可以仰窺, 一擧而衆美具焉.' 猗歟盛哉!"

2월 세워졌다. 정조(1752~1800)와 효의왕후의 건릉에 세운 표석음기인 「건릉표」는 1900년(광무 4)에 이르러서야 찬술되었다. 건릉은 경기도 화성시 안녕동 화산(花山)에 있다. 「정종대왕건릉지(正宗大王健陵誌)」는 윤행임(尹行恁)이 1800년(순조 즉위년) 11월에 지었고, 「조선국정종대왕건릉비」는 전서로 '조선국정종대왕건릉(朝鮮國正宗大王健陵)'(서자 미상)이라고 쓴 글씨를 새긴 비석이 1800년에 건립되었다. 장조와 헌경왕후의 융릉(隆陵)에 세운 「융릉표」는 고종이 1900년(광무 4)에 지었다. 융릉도 경기도 화성시 안녕동 화산에 있다.[385]

왕후의 비지문은 지문의 형태가 더 많다. 이를테면 현종 비 명성왕후 김씨(1642~1683)의 「숭릉지문(崇陵誌文)」은 송시열이 1683년(숙종 9)에 지었으나 1689년(숙종 15) 송시열이 사사되자 이듬해 민암(閔黯)이 숙종의 명을 받아 「명성왕후지문」을 다시 지었다. 숙종 비 인경왕후 김씨(1661~1680)의 「익릉지문(翼陵誌文)」도 본래 송시열이 지었으나 그가 사사된 후 권유(權愈)가 숙종의 명을 받아 1690년에 「인경왕후지(仁敬王后誌)」를 다시 지었다.[386]

그런데 몇몇 후궁의 묘역에는 신도비가 건립되어 있다. 장유(張維, 1587~1638)는 「인빈김씨신도비명(仁嬪金氏神道碑銘)」을 지었고, 신흠(申欽)도 「인빈김씨신도비명」[387]을 지었다. 인빈 김씨(1555~1613)는 선조의 후궁이다.[388] 인빈 김씨의 본관은 수원, 부친은 감찰 김한우(金漢佑)이며, 모친은 충의위 이성(李誠)의 딸이다. 명종의 후궁인 숙의 이씨의 외종으로 궁중에서 자랐는데, 14세 때 명종 비 인순왕후가 보고 선조에게 청하여 후궁으로 두게 했다. 선조의 총애를 받아 정원군(원종)을 포함해서 4남 5녀를 두었다. 정원군은 인조의 생부이다. 영조 때 시호를 경혜(敬惠), 궁을 저경(儲慶), 원호를 순강원(順康園)으로 정했다. 장유에 따르면, 인빈 김씨가 별세한 11년 뒤에 인조가 즉위하고 그 뒤 5년이 지난 1627년(인조 5) 인빈의 묘도에 비석을 세울 것을 명하고 신흠에게 그 글의 서술을 분부했다고 한다. 하지만 신흠은, 1633년(인조 11) 11월에 인조가

385 「융릉표」의 탁본이 규장각에 있다. 정재훈, 「王室의 淵源」, 『왕실자료해제해설』, 서울대학교 규장각한국학연구원 홈페이지.

386 두 지문은 규장각 소장 『仁敬王后明聖王后改修誌文』에 합철되어 있다.

387 張維, 「仁嬪金氏神道碑銘」, 『谿谷集』 卷13 碑銘; 申欽, 「仁嬪金氏神道碑銘」, 『象村稿』 卷27 神道碑銘.

388 선조는 정비 의인왕후(懿仁王后) 박씨, 계비 인목왕후(仁穆王后) 김씨를 두었고, 후궁으로 공빈(恭嬪) 김씨, 인빈(仁嬪) 김씨[저경궁(儲慶宮)], 순빈(順嬪) 김씨, 정빈(靜嬪) 민씨, 정빈(貞嬪) 홍씨, 온빈(溫嬪) 한씨 등 빈(嬪) 6명과 귀인 정씨(鄭氏), 숙의 정씨(鄭氏), 소원 윤씨 등 3명을 두었다.

"인빈의 묘도에 비를 새겨서 드러내는 일을 지금까지 하지 못했는데, 이는 소홀히 하려고 해서가 아니라 그 시기가 오기를 기다렸기 때문이다. 장차 악석(樂石: 비갈)을 세우려 하니, 그대가 명(銘)을 짓도록 하라."라고 명했다고 했다. 인조가 인빈 김씨의 신도비를 2회에 걸쳐 제작하게 한 것은 정원군의 추존과 관계가 있다. 그런데 신흠은 장유가 제술한 신도비문에 대해서는 언급하지 않았다. 그 이유는 알 수 없다.

이경석(李景奭, 1595~1671)은 1645년(인조 23)에 「정빈홍씨신도비명(貞嬪洪氏神道碑銘)」[389]을 지었다. 정빈 홍씨(1563~1638)는 선조의 후궁 가운데 한 사람으로, 본관은 남양이다. 정빈 홍씨 소생은 선조의 아홉 번째 아들인 경창군(慶昌君) 이주(李珘, 1596~1644)와 아홉 번째 딸인 정정옹주(貞正翁主)이다.[390] 정정옹주는 광해군 때 인목대비 폐위에 반대한 것으로 유명하다. 이경석은 「경창군신도비명(慶昌君神道碑銘)」도 작성했다.[391] 경창군은 군부인 조씨[조명욱(曺明勗)의 딸]와의 사이에 4남 3녀를 두었는데, 장남 창원정(昌原正) 이준(李儁), 차남 양녕군(陽寧君) 이경(李儆)은 일찍 죽고, 3남 평운군(平雲君) 이구(李俅)는 신성군(信城君)의 양자가 되었다. 4남은 창성정(昌城正) 이필(李佖)이다. 1638년(인조 16) 정빈 홍씨가 사망하자, 평운군 이구가 가장(家狀)을 가지고 와서 이경석에게 비문을 청했다. 이경석은 「정빈홍씨신도비명」을 지으면서, 홍씨의 출생과 사망, 천장, 가계는 물론, 일생의 일화를 모두 가장(家狀)을 직접 인용하는 방식으로 작성하고, 마지막에 자신의 감회를 적은 후 명을 붙였다. 주희가 범중보(范仲黼) 어머니 왕씨의 명을 지을 때 노도(盧蹈)가 작성한 행장을 전부 인용한 방식을 따른 것이다. 정빈 홍씨의 묘는 경기도 김포시 애기봉 오르는 곳에 있는데, 신도비는 세워져 있지 않다. 하지만 「정빈홍씨신도비명」에는 궁중 여성의 생활을 알 수 있는 몇 가지 중요한 일화가 실려 있다. 빈 이하 내명부의 여인들은 친국 등 국가의 중대사에 자기 의견을 피력한다는 사실, 내수사의 노비를 상당히 많이 하사받는 것이 일반적이라는 사실, 국왕이 붕어하면 궁 바깥에서 살게 된다는 사실 등이다.

선조대왕께서 숙의를 선발했을 때는 나이 18세였다. 궁중에 들어온 지 얼마 되지 않아서 봉하여 빈을 삼고, 이름을 정(貞)이라 했다. 정조가 굳건하고 마음이 평안한 덕이 있기 때문

---

389 李景奭, 「貞嬪洪氏神道碑銘」, 『白軒集』 卷44 神道碑.
390 정정옹주 묘는 경기도 안산시 상록구 부곡동 산50-40에 있다.
391 李景奭, 「慶昌君神道碑銘」, 『白軒集』 卷43 文稿 神道碑.

이었다. 언어와 행동이 예법에 맞으며, 굽어보고 우러러봄에 혹 실추시킴이 없으니, 궁인들 가운데 현철하다고 일컫지 않는 이가 없으며, 지난날의 여사(女史)에서 구하여도 그 짝이 드물다고 했다. 선조께서 일찍이 『춘추호씨전(春秋胡氏傳)』을 강독하실 때에 외우다가 혹 빠뜨린 구절의 말은 조비(祖妣)께서 문득 아시고서 일러주시니, 선조께서 매우 기이하게 여기셨다.

기축년(1589, 선조 12)의 역변에 이발(李潑)의 어미를 국문하려 하는데 나이가 이미 80세였다. 조비께서 의견을 올려 "악한 아들을 생산한 것은 정말 죄입니다. 하지만 흉악한 모의는 거의 죽을 나이에 이른 어미가 반드시 미리 알 수는 없습니다." 하자, 선조께서도 아주 그렇게 여기셨다. 선조께서 내수사의 노비를 하사하려고 하시자, 조비께서 사양하여, "나라에 정해진 늠료가 있어 자녀에게 자본으로 넉넉하거늘 어찌 나머지를 구하겠습니까? 나라가 태평하고 백성이 편안하기만을 바랄 따름이옵니다." 했다. 선조께서 더욱 가상하게 여기셨다. 좌우의 시녀로는 급사(내시부 정9품)만을 취하고 뜰에는 여종 하나도 더 늘리지 않으며 들에는 한 이랑의 밭도 더 늘리지 않아서, 궁중이 썰렁한 것이 여염집과 같았다.

선조께서 편찮으시자 조비께서 주무시지도 않고 먹지도 않으시며, 밤낮으로 경건히 기도하셨다. 선조께서 붕어하시자 어물과 장을 끊으시어 거의 운명할 지경에 이른 일이 잦았다. 집상이 끝난 뒤로는 궁성 밖의 집에 거처하며 상례를 지키기를 궁중에 있을 때와 같이 하셨다. … 무인년(1638, 인조 16) 3월 초일에 병으로 경성 동학동(지금의 서울시 종로구 종로 6가) 집에서 졸하시니, 향년 76세였다.[392]

명은 4언 16구로 일운도저했다. 서(序)의 내용을 압축했다.[393]

숙종 때는 중종의 후궁이자 선조의 조모 창빈 안씨(昌嬪 安氏, 1499~1549)의 신도비가 세워졌다. 창빈 안씨는 안탄대(安坦大)의 딸로, 1507년(중종 2) 입궁하여 22세때 상궁, 31세때 숙원, 이어서 숙용에 올랐으며, 영양군, 덕흥대원군, 정신옹주를 낳았다. 1544년 중종 승하 후 궁중의 법식대로 승려가 되려 했으나 문정왕후의 특명으로 궁에

392　宣祖大王選淑儀, 年十八而入宮中, 無何封爲嬪, 號曰貞, 以其有貞靜之德也. 言動中禮法, 俯仰無或失墜, 宮人莫不賢之, 以爲求之女史, 亦罕其匹. 宣祖嘗讀春秋胡傳時, 誦之或遺句語, 祖妣輒識以告, 宣祖甚異之. 己丑逆變, 李潑之母, 且鞫而年已八十矣. 祖妣進言曰: "產惡子, 固其罪也. 然兇謀, 必非垂死之母所與知也." 宣祖亦頗然之. 宣祖欲賜以內需臧獲, 祖妣辭曰: "國有常廩, 足以資子女, 敢求其餘? 只願國泰民安而已." 宣祖益嘉之. 左右侍女, 纔取給事, 庭不增一婢, 野不增一畝, 宮中蕭然若閭家焉. 宣祖違豫, 祖妣不寢食, 日夜虔禱. 逮賓天, 絶水漿, 幾殞者數. 喪畢而處外第, 守禮如禁中時. … 戊寅三月初一日, 疾卒于京城東學洞之第, 享年七十有六.

393　奉上奉先, 以敬以誠. 居內居外, 惟儉惟貞. 有始而終, 其死猶生. 不飾其袟, 永昭厥聲.

머물렀다. 1549년(명종 4) 10월 세상을 떠나 경기도 양주 장흥에 예장되었다. 이때 정사룡(鄭士龍)이 「숙용안씨묘갈명병서(淑容安氏墓碣銘幷序)」를 지었다.[394] 이후 경기도 과천 동작(지금의 서울시 동작구)으로 이장되었다. 하성군이 선조로 즉위하자 1577년(선조 10) 창빈으로 추존되고 묘도 동작릉이라 불렸다. 안씨의 장남 영양군이 아들이 없어서 족후손 흥녕군(興寧君)을 후사로 삼아 안씨의 제사를 모셨는데, 선조가 안씨의 사당을 덕흥대원군의 묘정으로 옮기고 자신의 큰형 하원군에게 제사를 모시게 했다. 선조 당시에는 신도비를 세우지 않고, 숙종 9년인 1683년에 신도비를 세웠다.[395] 신도비의 비문은 신정(申晸, 1628~1687)이 지었고,[396] 글씨는 행판돈령부사 이정영(李正英)이 썼으며, 이항(李杭)이 전액을 올렸다. 「창빈안씨신도비」가 세워진 후, 전평군(全坪君) 이곽(李澔)의 계청이 있자, 숙종은 「창빈묘지명」의 찬술을 남구만(南九萬)에게 명했다.[397] 창빈 안씨 비지문 가운데 가장 이른 시기의 것인 정사룡 찬술의 묘갈명은 정세호(鄭世虎, 1486~1563)가 작성한 행장에 의거했다. 정세호는 정인지의 손자이며 덕흥대원군의 장인으로, 하동부원군에 봉해졌다. 정사룡은 안씨의 일생을 편년식으로 정리하고, "장엄하고 근실하여 스스로를 지키고, 일을 헤아리기를 주밀하고 상세하게 했다[莊謹自守, 料事周詳]."라고 논평했다. 또한 안씨가 사람을 잘 감별했으며, 옷과 이불 한 벌씩을 마련해 두고 겉에다 "이 옷과 이불을 덮어주어 장례에 대비하라."라고 써두었다고 특별히 기록했다.[398] 신정이 찬술한 「창빈안씨신도비」는 비주(묘주)의 생졸, 가계, 처신, 자손에 대해 간결하게 적고, 정사룡과 같은 논조를 취하되, '역대 비빈들이 영광스럽고 귀한 지위에 처해 있었던 것으로 말하면'의 '처(處)' 자를 전체 글의 문안(文眼), 즉 핵심 주제어로 삼았다. 그리고 『주역』「이괘(履卦) 상구(上九) 효사」

---

394 鄭士龍,「淑容安氏墓碣銘幷序」(據知樞鄭公子仁所著行狀敍述),『湖陰雜稿』卷7 碑誌.

395 창빈의 묘는 국립서울현충원 내에 있다. 신도비는 지반석과 좌대석이 하나의 돌로 되어 있으며 비신은 정사각형이다.

396 비제는 「有明朝鮮國昌嬪安氏神道碑銘幷序」, 전액은 「昌嬪安氏神道碑銘」이다. 찬자·서자·전액자는 "崇政大夫行禮曹判書兼知經筵事弘文館提學臣申晸奉教撰, 輔國崇祿大夫行判敦寧府事臣李正英奉教書, 嘉德大夫東平君兼五衛都摠府都摠管臣杭奉教篆"이라 밝혔고, 건립 일자는 "崇禎紀元後五十六年癸亥(肅宗九年:1683)十二月▢日建."이라 했다. 『金石集帖』215表(교189:嬪公/翁主/駙馬/婦人) 책에 탁본이 있고, 신정의 문집에 비문이 있다. 申晸,「昌嬪神道碑銘幷序」,『汾厓遺稿』卷10 碑誌.

397 南九萬,「昌嬪墓誌銘」,『藥泉集』卷14 應製錄.

398 淑容平生莊謹自守, 料事周詳. 事中廟幾三十年, 恒戒愼不自滿, 故能終始保其榮寵, 常訓勅所出有義方, 接遇比列, 得歡心, 又善鑑別人曰: "某後當然." 已而果然. 素不尙禱祀, 不爲禍福所動, 視死生如順處. 嘗疊衣衾, 各爲一套, 識其外曰: '襲衣衾以備送終', 其亦達於理矣.

의 "행동을 살펴보아 길흉을 상고하되, 주선한 것이 완벽하면 크게 길하리라[視履考祥 其旋元吉]."라는 말을 인용하여, 창빈 안씨의 처신이 올발랐기에 마침내 손자 항렬에서 국왕이 나오는 경사가 있게 되었다고 칭송했다.

창빈은 장엄하고 경건하고 몸가짐을 조심했으며, 부녀의 덕을 순수하게 갖추었습니다. 중종의 승은을 입어 은우 받은 삼십 년 동안 겸손하고 말수가 적어 비빈들 누구에게나 환심을 샀습니다. 게다가 감식이 있어서 사람의 길흉과 사업의 성패를 예언하면 대부분 들어맞았습니다. 자녀를 가르칠 때는 반드시 의방(義方)을 따라서 순순하게 경계하라고 타일렀습니다. 또 생사의 이치를 알아서 평소 푸닥거리하거나 귀신에게 비는 일이 없었습니다. 일찍이 옷과 이불을 미리 지어서 궤짝에 담고는 뚜껑에다 '염구'라고 써놓아 죽은 후의 장례에 대비했습니다. 달통과 식견이 이와 같았습니다.

신이 역대로 비빈들이 영광과 부귀에 처해 있을 때의 일을 살펴보건대, 겸손과 공경으로 복을 받고, 방자와 교만으로 절도를 망가뜨리지 않는 사례가 없었으니, 이는 이치가 그러한 것입니다. 창빈은 아주 어린 나이에 선발되어 궁중에 들어가서 마침내 임금의 사랑을 받아 육궁의 지위에까지 올랐습니다. 그 성실하고 깊은 덕과 조심조심하는 절조는 정말로 후궁의 역사에서 휘황하게 빛이 납니다. 하늘의 아름다운 명을 받아 돈독하게 성손을 낳았으니, 우리 왕조의 천년만년에 이를 영원한 왕업의 자취를 빛나게 열었습니다. 이러한 성사를 가져온 것이 어찌 아무 유래하는 바 없이 그런 것이겠습니까? 『주역』에서 "행동을 살펴보아 길흉을 상고한다."라고 한 것이 정말로 거짓이 아닙니다.[399]

명은 7언 10구 고시이다. 각구 압운의 백량체(柏梁體)이면서 2구마다 운을 바꾸어 모두 5개의 운을 썼다.

天錘淑靈挺異**質**, 凤邁芳徽備四**德**.」 入御青規承寵**光**, 含章履貞啓厥**祥**.」
賢嗣誕聖應橫**庚**, 赫赫中興奠三**靈**.」 重熙累洽流景**福**, 善慶之徵斯理**晢**.」
鬱彼崇岡豎貞**珉**, 鑱茲銘詩詔後**人**.」

---

399 嬪莊敬飭躬, 婦德純備, 承中廟, 恩遇幾三十年, 持以巽嘿, 終始靡懈. 宮闈之間, 俱得歡心. 且有識鑑, 或逆言人之休咎, 事之成敗, 擧皆懸合. 教子女, 必循義方, 諄諄戒飭. 能知死生之理, 平生不事祈禱. 嘗預製衣衾, 置一笥, 識其外曰斂具, 以備送終. 其達識如此. 臣竊觀歷代妃嬪之處榮貴者, 莫不以謙恭挹遜, 獲其祐, 放肆驕溢, 敗其度, 卽其理然也. 嬪以幼齓被選, 卒承光寵, 備位六宮. 其塞淵之德, 翼翼之操, 固已輝映於肜管矣. 克迓天休, 篤生聖孫, 光啓我本朝於千萬年之業跡. 其所以臻斯盛者, 抑豈無所自而然哉? 易曰: "視履考祥." 儘不誣矣.

716

맑은 영기가 모여 특이한 자질이 빼어나서

일찍부터 아름다운 덕 닦고 닦아 네 가지 덕 갖추었네.

어전의 청포석 자리에 들어가 은총과 영광을 입고

함장(含章)하여 곤덕을 실천해서 상서를 열었도다.

어진 후사가 성인 낳은 일이 거북 등의 가로 무늬[대횡경경(大横庚庚): 왕으로 즉위할 왕자
의 점괘]에 부응하니

혁혁하게 중흥하여 세 성령[천신(天神)·지기(地祇)·인귀(人鬼)]을 제사하네.

어진 임금 대대로 이어 나와[400] 큰 복을 흘러주시니

적선은 경사의 조짐이라는 그 이치가 분명하도다.

울창한 저 높은 언덕에 곧고 아름다운 비석을 세우고

이 명시를 새겨서 후세 사람에게 알리노라.

경기도 파주시에 있는 숙빈 최씨(1670~1718)의 능에는 1725년(영조 원년)「숙빈최
씨신도비(淑嬪崔氏神道碑)」가 세워졌다. 박필성(朴弼成, 1652~1747)이 비문을 짓고 이
방(李枋)이 글씨를 썼으며, 이요(李橈)가 전액을 올렸다.[401] 숙빈 최씨의 본관은 수양이
고, 아버지는 충무위 부사과 최효원(崔孝元)이다. 1676년(숙종 2) 입궁하여 1694년 영
조를 낳아 숙의로 승진하고, 1695년 귀인으로 승품했으며, 4년 뒤 1699년 숙빈이 되
었다. 1718년 장동(壯洞) 사가에서 요양하던 중 3월에 사망하여, 5월 12일 경기도 양
주(지금의 파주시)에 묻혔다. 영조는 즉위 후 숙빈 최씨의 사당을 순화방(順化坊) 북쪽
기슭에 세웠고, 1744년(영조 20) 숙빈 최씨의 묘호를 육상(毓祥)으로, 묘호를 소령(昭
寧)으로 격상시켰다. 1753년 숙빈은 화경(和敬)의 시호를 받고 묘는 원(園)으로 격상되

---

400 중회누흡(重熙累洽)은 대대로 현명한 임금이 나와 태평성대를 이어간다는 뜻이다. 한나라 반고(班固)
   의 「동도부(東都賦)」에 "영평(永平)의 때에는 거듭 빛나고 대대로 화합했다[至於永平之際, 重熙而累
   洽]."라고 했다. 광무제가 이미 밝은데 명제가 또 이었기 때문에 이렇게 말한 것이다.

401 비는 경기도 파주시 광탄면 영장리에 있다. 높이 263cm, 너비 84cm, 두께 29cm이다. 『金石集帖』187
   冊(교162:昭寧園/僚東伯廟/忠武公廟) 책에 「有明朝鮮國淑嬪崔氏神道碑銘幷序」의 탁본이 있다. 즉, '昭
   寧園舊碑'로, 篆額은 「淑嬪崔氏神道碑銘」이다. 찬자·서자·전액자는 "綏祿大夫錦平尉兼五衛都摠府摠
   管臣朴弼成奉敎撰, 顯祿大夫礪山君兼五衛都摠府都摠管臣枋奉敎書, 綏德大夫西平君兼五衛都摠府都
   摠管臣橈奉敎篆."이라고 밝혔다. 건립 일자는 "皇明崇禎紀元後九十八年乙巳(英祖 元年:1725)▽月▽
   日建."이라고 했다. 또 1920년대 제작된 탁본이 국사편찬위원회에 소장되어 있다. 그리고 1753년 和
   敬의 봉호를 받은 뒤에 건립된 新表도 『금석집첩』187冊(교162:昭寧園/僚東伯廟/忠武公廟) 책에 탁본
   이 있다. 영조가 신표의 비제를 서사(書寫)하고, "皇明崇禎戊辰紀元後百二十六年卽祚二十九年癸酉六
   月戊戌日上謚封園嗚呼是年卽私親封爵回甲也前後面皆歉泣自寫."라고 밝혔다.

었으며, 이후 여러 차례 존호가 더하여 휘덕안순수복(徽德安純綏福)이라 일컬어졌다. 소령원 앞에 표석과 농석(籠石)이 있으며, 혼유석 아래에 지석이 봉안되었다. 박필성이 찬술한 신도비문의 핵심어는 '근신지심(謹愼之心)'이다. 우선 영조 원년, 숙빈 사후 8년 되는 해에 영조가 자신에게 비문을 지으라고 명했다고 밝혔다. 이하 박필성은 행록을 근거로 가계, 입궁, 숙의 승진, 귀인 승계, 숙빈 봉위 등을 연대별로 서술하고, 숙빈 최씨가 인현왕후·혜순대비·자경대비로부터 각별히 대우받은 사실을 말했다. 그리고 병졸, 조문, 예장의 사실을 말하고, 자손과 자부 및 손자부를 열거했다. 다음은 숙빈 최씨에 대한 인물평인데, 변문의 대우 구법을 차용했다. 염률은 지키지 않았으나 ⓐ, ⓔ의 후반, ⓕ의 대우는 평측을 교호시키기도 했다. 이것은 그 앞부분의 서술이 고문 문체인 것과 구별된다.

ⓐ 竊伏念, 嬪柔**嘉**其**性**, 淑**愼**其**儀**.

ⓑ 敦**重**靚**穆**, 溫**恭**和**順**.

ⓒ 承寧考恩遇, 垂三十戴, 而勤儉自持, 卑巽以牧. 罔敢以榮貴, 少移所守,

ⓓ 肆惟壺閣之間, 德**意**之融**洽**, 誠**信**之篤**至**, 於休無間,

ⓔ 可以輝**暎**彤**管**, 儷**美**徃**牒**, 則其迓**迎**天**休**, 篤**生**聖**人**,

ⓕ 承列**聖**艱大之**投**, 綿宗**祊**千億之**祚**者, 其必有由然矣.

嘉(平麻) 性(去敬) 愼(去震) 儀(平支)

重(去宋) 穆(入屋) 恭(平冬) 順(去震)

遇(去遇) 戴(去隊) 持(平支) 牧(入屋) 貴(去未) 守(去宥)

意(去寘) 洽(入洽) 信(去震) 至(去寘)

暎(去敬) 管(上旱) 美(上紙) 牒(入葉) 迎(平庚) 休(平尤) 生(平庚) 人(平眞)

聖(去敬) 投(平尤) 祊(平庚) 祚(去遇)

엎드려 생각하건대, 빈께서는 성품이 부드럽고 훌륭하시며, 몸가짐은 현숙하고 삼가셨다. 진중하고 화목하시며 온공(溫恭)하고 화순하셨다. 영고(寧考, 숙종)의 은혜로운 우대를 받은 지 30년이 되어가는 동안에 근검으로 스스로를 지키시고 낮추고 겸손하심으로 덕을 기르셔서, 감히 영예롭고 귀해졌다고 하여 지금까지 지켜오던 것을 조금도 바꾸려 하시지 않았다. 이에 궁중 안에 있으며 덕의(德意)가 무르익어 흡족하며, 신뢰가 독실하며 지극해서 아아, 아무 틈새가 없었다. 그 행적은 동관(彤管)으로 기록하는 궁중여성의 역사에 휘황하고, 지난날 내명부로 임명한 첩지에 환하게 빛날 수 있었다. 하늘의 휴징(休徵)을 맞이하여, 성인을 돈독히 낳으시어, 열성이 나라를 여신 지극히 어려운 투기(投企)를 이으시고, 종팽(宗祊)의 천년억년에 이르는 국조(國祚)를 이어나가게 되는 것은 그것이 반드시 연유가 있어 그러할 것이다.

명은 4언 20구로, 매 4구마다 전운했다.

天鍾異姿, 旣淑且**靈**. 塞淵其德, 緊自稺**齡**.」　靈·齡: 平靑
夙被睿眷, 承以巽**順**. 誠心內蘊, 孚洽宮**壼**.」　順: 平震 / 壼: 平阮
乃膺禎弨, 誕我聖**躬**. 卜叶大橫, 天佑吾**東**.」　躬·東: 平東
丕承丕顯, 祚命靈**長**. 善慶之徵, 厥理式**章**.」　長·章: 平陽
鬱彼崇岡, 有碑斯**豊**. 稽首綴銘, 用詔無**窮**.」　豊·窮: 平東

하늘이 기운 뭉쳐 낸 특이한 자태로, 현숙하고도 신령하셨나니
성실하고 웅숭 깊은 그 덕은, 아주 어려서부터 형성되었네.
일찌감치 임금님 사랑을 입어, 겸손함과 온순함으로 받드셨으며
정성스런 마음이 내면에 온축되어, 믿음이 빈전에 흡족하셨다.
이에 큰 복이 부응하여, 우리 임금님을 낳으셨으니
점은 대횡경경[402]에 들어맞았고, 하늘은 우리나라를 보우했도다.
크게 이어받고 크게 드러나서,[403] 복조와 천명이 길이 이어졌도다.
적선이 많은 경사를 가져온다 했으니, 그 이치가 이에 드러났도다.
울창한 저 높은 언덕에, 비석이 우람하여라.
머리 조아려 명을 지어, 이로써 무궁한 미래에 고하노라.

한편 정조는 왕가의 여성 묘주를 위한 묘표나 묘갈을 제작하도록 명했다. 우선 재

402　漢나라 고조 유방의 사남 劉恒이 代王으로 있을 때 거북점을 치니 '大橫庚庚余爲天王'이란 점괘가 나왔다. 이를 풀이하는 이가 '제후로서 황제가 된다는 뜻'이라고 했다. 유항은 뒤에 황제가 되었다. 그 뒤로 橫庚은 왕이 될 조짐을 비유하는 말로 쓰였다.
403　『서경』「주서(周書) 군아(君牙)」의 "크게 드러났도다, 문왕의 계책이여. 크게 계승했도다, 무왕의 공렬이여[丕顯哉, 文王謨! 丕承哉, 武王烈!]"에서 온 말이다.

위 15년(1791) 단종의 비(정순왕후 송씨) 능인 사릉(思陵)에 참배하고 송씨의 어머니 여흥민씨 무덤에 대한 묘표를 경기도 관찰사에게 짓게 했다. 윤행임(尹行恁)이 「여흥부부인묘표(驪興府夫人墓表)」를 대작했다. 재위 22년(1798) 가을에는 덕종 회간대왕의 경릉에 전알했다가 명숙공주 묘에 참배하여 4언 16구의 「명숙공주묘치제문(明淑公主墓致祭文)」[404]을 읽었고, 이후 당양위 묘에 제사하게 하고 어제 4언 8구의 「당양위홍상묘치제문(唐陽尉洪常墓致祭文)」[405]을 내렸다. 이때 채제공에게 묘표석 음기를 작성하게 했다.[406] 명숙공주(1455~1482)는 의경세자와 소혜왕후의 소생으로 성종의 누나, 월산대군의 누이동생이다. 1466년(세조 12) 당양위 홍상(洪常, 1457~1513)에게 하가했으나, 28세로 타계했다. 처음에는 태안군주로 불렸고, 부친 의경세자가 덕종으로 추숭되고 모친 수빈 한씨 또한 인수대비로 진봉되자 공주 신분으로 승격되었다.[407] 홍상은 각별한 군은을 입었으나 연산군 때 귀양을 갔다 왔고 외아들이 32세에 요절한 데다가, 봉사손은 유락해 있었다. 정조는 봉사손인 11세손 홍원건(洪元健)에게 역마와 식량을 내려주고, 서울로 불러와서 비갈 수립을 주관하게 했다.

채제공의 「명숙공주묘표석음기(明淑公主墓表石陰記)」는 정조가 1798년 가을 명숙공주의 비갈을 고쳐 세우게 하고 당양군(당양위)에게 제사 지내어, '결코 다함없는 효성을 미루어 확충하신' 사실을 적었다. 그리고 이보다 앞서 공주가 죽은 뒤 성종이 애륜(哀綸)을 내려, "송나라 때 장공주(長公主)의 상에 조시(朝市)를 정지하기를 닷새간 했는데, 지금도 또한 이 예를 따르라."라 하며, 경릉의 대안(對案)에 장례 지내라고 명한 사실을 적었다. 공주는 사가(私家)에 속했고, 사가의 장례에서는 능침과 형국에서 국제를 따르지 않았으므로 공주의 시아버지 좌의정 홍응(洪應)이 차자를 올려 사양했으나 성종은 허락하지 않았다. 소혜왕후는 공주를 위해 도량을 설치하고, 진산군 강희맹(姜希孟)이 「찬불참회문(讚佛懺悔文)」을 지어 명복을 빌었다고 적었다. 조선시대의 묘

---

404 正祖, 「明淑公主墓致祭文」, 『弘齋全書』 卷24 祭文 6.

405 正祖, 「唐陽尉洪常墓致祭文」, 『弘齋全書』 卷24 祭文 6.

406 蔡濟恭, 「明淑公主墓表石陰記」, 『樊巖集』 卷54 墓表. '戊午(1798년) 9月' 찬이며, 채제공의 직함은 '大匡輔國崇祿大夫原任議政府領議政兼領經筵弘文館藝文館春秋館觀象監事奎章閣檢校提學'이다.

407 명숙공주의 묘는 현재 경기도 고양시 덕양구 용두동에 있다. 묘비는 높이 142cm, 너비 53cm, 두께 22cm로, 채제공의 글을 의금부도사 吳琰이 썼다. 당양위 홍상은 洪應의 아들로, 중종반정 이후 원종공신에 봉해졌으며, 시호는 昭夷이다. 묘는 부친의 묘가 있는 경기도 구리시 아천동에 있다. 홍상의 신도비가 있는데, 높이 130cm, 너비 73cm, 두께 23cm 크기이며, 1514년(중종 9년)에 李荇(1478~1534)이 작성하고 金希壽(1475~1527)가 해서로 쓴 「洪常神道碑」가 새겨져 있다.

비에 찬불참회문이 실린 예는 이 묘비가 유일한 듯하다.

公主下嫁華門, 執婦道而彌勤,
上奉諸殿, 極孝誠而靡虧.
懿範表諸戚里, 令聞流于邦家.
此可驗聖朝家邦之化, 致王姬肅雝之美也歟!

공주께서 벌열 집에 하가하시어, 부인의 도를 고수하여 더욱 근면했으며
위로 여러 전(殿)을 받들어, 효성을 다하여 어그러짐이 하나 없어서
아름다운 규범은 척리에 드러나고, 훌륭한 명성은 나라에 흐르도다.
이는 성군의 조정에서 나라와 가정이 교화되어, 왕실의 공주가 엄숙하고 화평한 미덕을 불
러왔음을 징험할 수 있도다!

홍상도 성종의 특별한 우대를 받았으며 어찰을 여러 번 받았다. 퇴계 이황은 「구첩
발(九帖跋)」[408]을 지어, "한 번 하사하고 한 번 부름이 지극한 정리의 드러남이 아닌 것
이 없었다."라고 칭송했다. 채제공은 묘표석 음기에 이런 사실들을 세세하게 언급했
다. 그런데 홍상은 연산군의 뜻을 거슬러 거제에 안치되고 제주에 위리안치되었다가,
중종반정 후 원종공신의 호를 받았다. 이행(李荇)이 지은 「홍상신도비」에는 홍상이 유
배 사실만 적고, 그 이유는 밝히지 않았다. 채제공은 「명숙공주묘표석음기」에서 홍상
이 유배된 것이 충직한 간쟁 때문이었다고 언급하여, "간쟁은 반드시 의빈(부마)의 책
무라고 할 수 없으나, 공의 천성이 그러했던 것이다."라고 했다. 하지만 『연산군일기』
의 기록을 보면, 홍상이 간쟁한 기록은 없다. 이극균(李克均, 1437~1504)이 연산군을
두고 '말을 잘 달린다.'라고 한 말이, 사복시 관원을 통해 전해 들은 말일 것이라고 의
심되어 사복시 관원들이 처벌을 받을 때, 홍상이 당시 사복시 제조로 있었기 때문에
처벌을 받은 것이었다.[409] 채제공은 홍상의 행적을 의도적으로 포장한 것이다.

---

408 李滉, 『退溪集』 卷43 跋 「三朝御書帖跋」. 「九書帖」은 三朝御書帖의 하나이다. 洪常의 증손 洪仁壽 집
     안에 전하던 것을 홍인수와 혼척인 생원 尹彦誠이 구매하여 소장하게 된 것이다. 이황의 글에는 "其一
     賜一受, 一約一召, 無非至愛之所形, 而其間高原之客數, 若將以賜之助費也. 其教以有故勿來, 不欲以君
     命妨其私也."라고 되어 있다.
409 『燕山君日記』 卷53, 연산군 10년(갑자, 1504) 5월 15일(갑진). "이에 앞서, 이극균 등이 아뢴 '말을 잘
     달린다[能走馬].'고 한 것을 왕이, 사복시 관원이 극균 등에게 전파한 것이 아닌가 하여, 그때의 제조(提

(4) 여대사 묘주의 비명

조선시대에 '여대사(女大師)' 묘주를 위한 비명으로는 오직 1편이 전한다. 채제공이 여승 정유(定有)를 위해 작성한 「여대사정유부도비명(女大師定有浮屠碑銘)」이 그것이다.[410] 여성의 구도 행력, 여승에 대한 추억 등을 치밀하게 착종시킨 명문이다. 단을 나누어 번역하면 다음과 같다.

ⓐ 대사(大師)의 속성은 강(姜)으로, 평양 양민의 딸이다. 품성이 고요하고 깨끗하여 인욕이 없었으며, 어려서부터 불조(佛祖)에 마음을 귀의하여, 입에 짐승의 비린내와 피를 가까이 하지 않고 웅얼웅얼 패엽의 서적(불경)을 외워, 아침저녁의 시간이 가는 것도 잊었다. 마침내 이름난 산수를 오고가기를 마치 집 문턱을 넘듯이 했다. 밤이 깊으면 반드시 뜰에서 북두성에 절을 하고, 방에 들어와서는 벽을 마주하여 적막하게 있기를 마치 앉아서 잠자듯이 하되 실은 잠을 자는 것이 아니었다.

ⓑ 영종 을미(영조 51, 1775), 내가 관서 관찰사의 부절을 바치고 종남산 옛집으로 돌아왔는데, 하루는 대사가 알현하겠다고 청했다. 내가 "멀리서 오느라 정말 고생했소. 뜻이 어디에 있는가?" 묻자, 대사는 "관서의 백성들이 어르신의 은택을 입은 것이 끝이 없거늘 몸이 비록 여인이라고 해도 어찌 와서 감사드리지 않을 수 있겠습니까?" 했다. 그 길로 나의 가실 정경부인 후실 안동권씨[권상원(權尙元)의 딸—역자 주]을 모시어, 서너 달 머물러 있다가 떠났다. 명년에도 이와 같이 했고, 또 명년에도 이와 같이 했는데, 그 용모가 조금도 고단해지지 않았다.

ⓒ 내가 전에 가솔을 데리고 명덕산 속에 거처하자,[411] 대사가 와서, 승려 쾌호(快浩)란 자와 모자의 인연을 맺어서 늙은 몸을 부탁할 수 있을 것 같다고 말하고는 쾌호와 함께 와서 나를 만났다. 나는 춘성당(春星堂)을 소제하고 대사와 쾌호란 자를 머물게 했다. 매일 밤이 깊으면 지팡이에 의지하여 빛이 연못에 그림자를 떨어뜨리게 했는데, 멀리 보면 많은 나무들이 울창하게 우거진 속에서 외로운 등불이 활활 타올라 창을 비추며, 경을 읽는 소리가 혹은 높았다가 혹은 낮았다가 하여서, 솔바람 소리와 시냇물 음향과 서로 응답하

調) 홍상(洪常), 정(正) 김극회(金克恢), 판관(判官) 심담(沈淡), 주부 원여(元畬)를 의금부에서 국문하게 했는데, 제조 신수근(愼守勤), 첨정(僉正) 윤구(尹遘)는 특별히 버려두고 묻지 않았다."

410 蔡濟恭, 「女大師定有浮屠碑銘」, 『樊巖集』卷57 碑.

411 1780년(정조 4) 홍국영의 세도가 무너지고 소론계 공신 서명선(徐命善)을 영의정으로 하는 정권이 들어서자, 홍국영과 친분이 있었고 사도세자의 신원에 대한 과격한 주장으로 정조 원년에 역적으로 처단된 인물들과 연관이 있어 그들과 동일한 흉언을 했다는 죄목으로, 공격을 받아 이후 8년간 현재의 서울시 강북구 번동(樊洞) 오패산 골짜기인 명덕동(明德洞)에서 은거 생활을 했다.

는 것 같았으니, 대사가 잠들지 않고 있음을 알 수 있었다. 그러면 나는 문득 기뻐하면서, "이는 산중 거처의 기이한 일이다." 했다.

ⓓ 얼마 있다가 대사는 떠날 차비를 하면서, "장단(長湍)의 화장암(華藏菴)으로 돌아가 머리를 깎고 승려가 되려 하여, 이제 이별을 하렵니다." 했다. 당시 대사의 나이는 이미 60여 세였다. 나는 대사를 위로하며, "무엇하러 스스로 사서 고생하길 이와 같이 하오?" 했다. 대사는 말하길, "죽음이 멀지 않았는데, 지극한 바람은 열반에 있으니, 머리를 깎지 않으면 소원처럼 할 수가 없을 것 같습니다." 했다. 그러면서 눈물을 떨구며, "뒷날의 기약이 없을 듯하여, 이 때문에 슬프군요." 했다. 그 뒤 서너 달이 지나, 화장암에 있으면서 서찰을 보내왔다. "아무 날에 축발을 했습니다. 법명은 정유대법사(定有大法師)이며, 계율에 따라 암자에서 먹고살고 있습니다."라는 내용이었다.

ⓔ 임인(정조 6, 1782) 11월 15일 대사가 화거(化去)했으니, 승랍 66세이다. 열반하기에 이르자 사리주가 튀어나왔으므로, 쾌호가 관서의 칠성암(七星菴)에 탑을 세우고 안치하려고 하면서 나에게 글을 청하여 그 일을 기록해달라고 했다.

ⓕ 생각해 보니 내가 무술(정조 2, 1778) 여름, 연경에 사신으로 갔다가 돌아오다가, 밤에 청천강을 건넜는데, 대사가 평양에서부터 도보로 200리를 와서 배에서 나를 기다리고 있다가, 나를 만나 보고 대단히 기뻐하면서 서과(西瓜: 수박)를 갈라서 바쳤으니, 그 뜻을 어찌 잊을 수 있겠는가? 뒤에 또 나를 위해 액막이 푸닥거리 하느라, 깊은 산에 들어가 목욕재계하고, 새벽에 이르기까지 신에게 기도하여, 백일이 다 되어서야 그만두었다. 그의 뜻과 일을 보면, 나에게 보탬을 줄 만했고, 죽어가면서도 아무 군말이 없었다. 아아! 오늘날과 같은 세상에 어찌 이런 사람을 다시 얻겠는가? 나는 대사의 뜻을 저버릴 수가 없어서, 병든 몸을 억지로 일으켜 그를 위해 명을 짓는다.

ⓖ 명은 이러하다.
이 세계가 무엇이 괴로우며, 서방 극락이 무엇이 즐거운가?
관곽이 무엇이 싫으며, 다비는 무엇을 바란단 말인가?
관곽에 넣든 다비를 하든 따질 것 없이, 모두 무로 돌아가나니, 필경 무슨 차이가 있을까?
나는 그렇기에 말하나니, "하늘과 땅의 사이를 가득 채운 백 가지 천 가지 만 가지 일은 바랄 것도 없고 또 바라지 않을 것도 없다."라고.
돌아가 석가모니를 알현하여, 한번 내 말로 물어보게나.[412]

412 ⓐ 大師俗姓姜, 平壤良家女也. 性恬淨無人欲, 自少歸心佛祖, 口不近葷血, 喃喃誦貝葉書, 以忘晨夕. 意至行來名山水若蹈閾然. 夜分必庭拜北斗, 入室面壁寂然若坐睡, 實非睡也. ⓑ 英宗乙未, 余納關西節, 歸終南舊第, 一日師請謁. 余問曰: "遠來良苦, 意何居?" 師曰: "關西民被老爺恩澤無終極, 身雖女人乎, 安

글은 문체 구성상으로는 ⓐ~ⓕ/ⓖ의 둘로 나뉜다. 시간순으로는 ⓐ~ⓑ/ⓕ①/ⓒ~ⓓ/ⓕ②/ⓔ~ⓖ이다. 인과 순서로는 ⓔ→ⓕ→ⓑ~ⓓ→ⓐ→ⓖ이다.

ⓐ 대사의 출생, 성장. 구도의 출발: 대사는 강씨이며, 평양 양민의 딸임. 어려서부터 불가에 귀의하여, 혼자 면벽 수행한 사실.

ⓑ 영조 51년(1775), 채제공이 관서 관찰사를 그만두고 종남산 옛집으로 돌아온 이후, 대사가 서울로 방문하고, 이후 서너 해 동안 정기적으로 찾아와 서너 달 머물며 채제공의 가실을 모신 일.

ⓒ 정조 4년(1780) 이후 채제공이 명덕산에 은둔하게 되었을 때 대사가 양아들로 삼은 승려 쾌호를 데리고 와서 춘성당에 머문 일. 한밤중 대사의 독경은 '산중 거처의 기이한 일'이라고 말함.

ⓓ 대사가 열반을 서원해서, 장단 화장암으로 가서 승려가 되어 정유대법사의 법명을 지니게 된 일.

ⓔ 정조 6년(1782) 11월 15일 대사가 승랍 66세로 화거(化去). 사리가 나오자 쾌호가 관서의 칠성암에 탑을 세우고 안치하면서 채제공에게 부도비명(탑명)을 청한 일.

ⓕ 대사의 뜻을 저버릴 수가 없어서 명(銘)을 짓게 된 사연: ① 정조 2년(1778) 여름 채제공이 연경에서 돌아오다가 밤에 청천강을 건널 때 대사가 평양에서부터 와서 자신을 기다렸다가 서과(西瓜)를 갈라서 바친 일. ② 뒤에 대사가 채제공을 위해 액막이를 해준 일.

ⓖ 산문 형태이되 압운한 명(銘): "하늘과 땅의 사이를 가득 채운 백 가지 천 가지 만 가지 일은 바랄 것도 없고 또 바라지 않을 것도 없다."라고 체념함.

이 글을 지을 당시 체제공은 여전히 명덕산에 은거하고 있었다. 이 엄중한 시기에

得不一來謝?"仍侍吾室貞敬夫人, 留數月以去. 明年如之, 又明年又如之, 其容不少倦. ⓒ 余嘗盡室居明德山中, 師來言以僧快浩者, 結爲母子, 老身庶可有託, 仍以快浩見. 余掃春星堂, 使師與快浩者留. 每夜深, 倚杖光影池上, 望見萬木叢翳中, 孤燈炯然照窓, 經聲或高或低, 與松風澗響相答應, 可知師之不眠也. 余輒喜曰: "此山居奇事." ⓓ 未幾, 師俶裝曰: "將歸長湍之華藏菴, 祝髮爲僧, 從此辭." 時師年已六十餘, 余慰之曰: "何自苦乃爾?"師曰: "死不遠, 至願在涅槃, 不祝髮恐不得如願." 仍泣下曰: "後期有無, 以是悲耳." 後數月, 在華藏菴有書曰: "已於某日祝髮, 法名曰定有大法師, 曰律菴食活云." ⓔ 壬寅十一月十五日師化去, 臘六十六. 及涅槃, 舍利珠跳出. 快浩將安塔於關西之七星菴, 乞余文以記其事. ⓕ 念余戊戌夏使燕還, 夜渡淸川江, 師自平壤徒步二百里, 待我於舟中, 相見喜甚, 剖西瓜以進, 其意何可忘也? 後又爲余禳災, 入深山齋沐, 達曙禱神, 盡百日乃止. 觀其意事, 可以益余, 死亦無辭. 嗚呼! 於今世何可復得也? 余不忍負師, 强疾而爲之銘. ⓖ 銘曰: "此界何苦? 西方何樂? 棺槨何厭? 茶毘何欲? 無問棺槨與茶毘, 歸於無, 畢竟奚間? 吾故曰盈天地百千萬事, 無可願, 亦無不可願. 歸謁釋迦牟尼, 試以吾言問之."

자신을 위해 액막이 기도를 해주기까지 한 정유대법사의 은혜를 잊지 않았다. 그러면서 세인들의 번복무상을 비판하여, "그의 뜻과 일을 보면, 나에게 보탬을 줄 만했고, 죽어가면서도 아무 군말이 없었다. 아아! 오늘날과 같은 세상에 어찌 이런 사람을 다시 얻겠는가?"라고 했다.

(5) 요절한 여성의 묘표

조선시대에는 일찍 죽은 여성을 위한 묘표도 적은 수이지만 글이 전한다.

송준길(宋浚吉)은 홍진으로 열 살 때 죽은 누이(1583~1592)를 위해 70년 뒤에 「상자묘표(殤姊墓表)」를 지었다.[413] 첫 문장이 "아! 이곳은 일찍 죽은 누나의 무덤이다[嗚呼! 此我殤姊之墓].",로, 갑자기 시작된다. 이어 은진송씨의 가계를 간단히 기술했다. 그리고 누나의 자품과 성품을 말하고, 어머니[김은휘(金殷輝) 딸]의 작은 삼촌인 목사공 김공휘(金公輝)와 그 부인 단양우씨(丹陽禹氏)가 데려다가 키운 사실을 말했다. 임진왜란 때 김공휘는 온 가족을 거느리고 호서 지방 정산현으로 피난했는데, 바로 송준길 어머니의 종형인 사계 김장생이 그 고을의 현감으로 있었다. 송준길의 누나는 정산 현아에서 홍진에 걸려 겨우 열 살에 죽고 말았다. 이 사실을 적고, 송준길은 "아! 짧도다. 부모님께서는 마침 회덕의 집에 계셨으므로 미처 영결도 하지 못했으므로, 더욱 슬프다."라고 적었다. 누이는 연산(連山) 거정리(居正里)의 외조부모 묘 아래 묻혔는데, 70년 뒤 현종 9년(병오, 1666) 자신이 성묘하러 갔다가 무덤의 흙을 돋우었다고 밝혔다. 서(序)의 마지막에서는 자신이 어려서 부모님을 잃고 형제도 없으며 노경에 외아들마저 잃은 처지를 애통해했다.

> 아! 나는 일찍 부모님을 여의고 형제도 없는데, 노경에 또 외동아들마저 잃었으니, 신세가 처량하고 심정이 애통하다. 그렇기는 하지만, 죽어서도 지각이 있다면, 머지않아 지하에서 모이게 되지 않겠는가! 이것으로 스스로를 위로할 뿐이다. 아, 슬프다![414]

운문의 명(銘)은 연계하지 않았다. 이 글은 양반가의 딸을 외조부의 형제 댁에서 기르는 사례가 있었다는 사실을 알려주는 자료이기도 하다.

---

413 宋浚吉,「殤姊墓表」,『同春堂集』卷18 墓表.
414 噫! 余旣早失怙恃, 終鮮兄弟, 臨老又喪獨男, 身世悲涼, 情理痛迫. 雖然死而有知, 幾何而不相聚於泉下耶! 惟用是自慰, 嗚呼悲哉!

(6) 기생의 묘표

강원도 춘천 소양로의 소양정 언덕에 「춘기계심순절지분(春妓桂心殉節之墳)」 비석이 있다. 묘는 도시계획에 따라 강원도 춘천시 삼천동의 선산으로 이장되었다고 전한다. 뒷면에 7언 20운 장편고시의 비문이 있다. 계심의 성은 전(全)으로, 아전의 처였다. 1796년(정조 20) 5월에 당시 귀양객이던 박종정(朴宗正, 1755~?)[415]이 지었다. 글씨는 류상륜(柳尙綸)이 썼으며, 입비는 김처인(金處仁)이 감독했다. 전설에는 전계심이 '춘천부사 김처인'의 후실이었다고 하지만 사실이 아니다. 이 시는 칠언고시의 주류를 이루는 4구 1전운의 형식으로, 각 연의 수구를 보면 첫 4구의 수구에만 운자를 썼다. 운자는 평성 陽운과 평성 庚운을 환운하되 마지막에 평성 靑운을 혼용했다. 평성 庚운의 운자는 名·更·京·聲·精·鳴·旌·營·盈이고, 평성 靑운의 운자는 銘이다. 칠언고시는 형식으로서는 상당히 파격이다. 글자의 마모가 심하므로 문맥에 따라 추정한 글자를 괄호 안에 밝혀둔다.

(節妓全姓)桂心名, 少仍母賤籍敎坊.
簡潔之姿幽靜性, 持身無異處閨房.」
十七(于歸府)吏家. 與子成諾許不更.
退然自守粉黛中, 不學他人嬌笑呈.」
尙方移屬(被誰囑), 收拾嫁衣入漢京.
長安狹斜惡少多, 料得行露遭暴强.」
裙帶秋蓮囊儲(藥), (鴻毛)一擲矢自戕.
臨別慇懃托所天, 弱息猶關鐵肝腸.」
腹中自物添自累, 忍(能割)愛手墮傷?
垢衣毀容便自汚, 會須一死心采剛.」
月白人靜中元夜, 從容飮(毒如)飴糖.
傍人驚救已無及, 奄奄厪辨喉間聲.」
賣髢備柩屬後事, 肥膚勿露殯(斂精).
三度家書繫腰間, 面面訣語哀其鳴.」
夫壻抱襁還萬里, 一靈難泯夢感塲.

---

415 박종정은 1778년(정조 2) 무술 알성시에 갑과 1등(장원)을 했다. 자는 사문(士文), 본관은 반남(潘南)이다.

(玉)碎珠沈等碧綠, 節義方之逾秋霜.」

巡相李公聞其事, 錦水瓊娘雙表旌.

亟(令)伐石替綽楔, 工費辨給出上營.」

新莅明府且捐俸, 墳前標立三尺盈.」

春州羇(客)立傳者, 掇取餘意述此銘.」

(嘉慶)元年丙辰年五月▽日 錦城朴宗正撰 文化柳尙綸書 看役夫金處仁.

절개를 지킨 기생은 전계심, 어머니가 천하여 교방에 적을 두었지만

단출한 자태와 고요한 성품에, 몸가짐은 규방 여성과 다름없었다.

열일곱에 고을 아전 집으로 시집가서, 두 지아비 섬기지 않기를 약속하여

분단장 기생들 속에서 스스로 지키며, 교태와 웃음 바치길 안 배웠건만

상방(尙方: 상위원)으로의 이속은 누구의 위촉이었나, 혼례복 챙겨 한양으로 가게 되었으니

서울 기방에는 악한들이 많아, 이슬 젖은 길에 포악한 자를 만나리라 헤아려

치마에는 연꽃무늬 호신용 칼 차고 주머니에는 독약 넣어, 기러기 털처럼 가볍게 몸을 던져 죽으리라 다짐했다.

이별할 때 하늘 같은 부군에게 간절히 부탁했으니, 약한 숨결이어도 무쇠 같은 간장이었네.

배 안에 태아 있어 누를 더할까 염려하거늘, 어이 차마 할애하여 손수 떨구고 상하게 하라?

옷 더럽히고 몸 망가져 더러워지니, 한 번 죽기를 각오하자 마음 더욱 굳어져서

달 밝고 인적 고요한 중원의 밤에 조용히 독약 마시길 사탕 먹듯 했으니

옆 사람 놀라 구했지만 이미 늦어, 간신히 가는 소리를 알아들을 정도.

가체 팔아 관 준비하고 뒷일 부탁하며, 살갗 안 드러나게 염습해달라 했네.

세 통 집안 서찰은 허리에 매두었고, 사람마다 영결하여 울음소리 슬펐도다.

남편이 안아서 호리(선영)로 돌아오니, 영혼이 사라지기 어려워 꿈에서도 감동했네.

옥 깨지고 구슬 물에 빠져 벽록의 물빛 같고, 절의로 지켜내니 가을 서리보다 매섭구나.

도순찰사 이 공[이병정(李秉鼎)]이 말 듣고, 금수(錦水)의 경낭(瓊娘)과 함께 쌍 정표를 하게 하여

속히 돌 다듬고 홍살문으로 바꾸라 하고, 비용을 감영에서 지출하게 했으며

신임 부사[한용화(韓用和)] 또한 녹봉을 덜어서, 묘 앞에 석 자 남짓 묘비 세우려 하매

춘천에 죄 짓고 온 이 나그네가 입전자 되어, 남은 뜻을 모아 이 비명을 짓노라.

가경 원년 병진년(1796) 5월 일. 금성 박종정이 짓고 문화 류상륜이 썼다. 간역은 김처인이다.

경북 경주시 도지동 형제산 가지의 작은 언덕(동광포 도원)에는 기생 최계옥(崔桂玉, 1778~1822)의 무덤이 있고 그 앞에 「동도명기홍도지묘(東都名妓紅桃之墓)」의 비가 있다. 최계옥이 45세로 죽은 후 28년이 지난 1851년(철종 2) 8월 밀양 풍류객들과 교방 영기(伶妓)들이 '악부의 사종(師宗)'을 기념하여 돈을 모아 세운 것이다.[416] 비의 뒷면에 388자의 글을 새겼는데, 전 첨지 최남곤(崔南崑, 1793~1866)이 지었다.[417] 최계옥의 자는 초산월(楚山月)로, 상궁으로 있을 때 정조가 홍도(紅桃)라는 호를 내렸다. 아버지는 가선대부(종2품) 최명동(崔鳴東)이고, 어머니는 동도(경주)의 세습 기생이었다. 홍도 최계옥은 20세에 상의원에 선발되어 들어갔다가, 국구 저동(苧洞) 박상공, 즉 박준원(朴準源, 1739~1807)의 외부(첩)가 되었다. 박준원이 타계하자 최계옥은 삼년상을 마치고 고향에 돌아와 '수홍(守紅)'했다. 임오년(순조 22, 1822) 병으로 죽었다. 비석을 처음 발견하고 연구한 최효식(崔孝軾) 씨는 다음 사실을 밝혀냈다.

ⓐ 최계옥의 부 최명동(崔鳴東)은 향리로, 경주부윤 송전(宋銓, 재임 1794~1795) 때 경주부 관청에서 수령 직속의 공문 담당직인 상조문(上詔文)으로 일하고 있었다. 『경주선생안』 「상조문선생안(上詔文先生案)」에 따르면, 당시 상조문의 향리는 최종원(崔宗元), 부조문(副詔文)은 손수대(孫守大)·이한일(李漢逸), 유사(有司)는 최명동이었다. 선영이 도지(道只) 형제산(兄弟山)에 있었던 것으로 보아 최명동은 감사공파 최대지(崔大智) 계인 듯하나, 족보에는 이 이름이 보이지 않는다.

ⓑ 국구인 저동(苧洞)에 사는 박 상공은 박준원(朴準源)이다. 정조는 박준원이 원자의 외조로서 매우 청빈한 것을 알고, 성남의 집을 사주었다. 그 집은 지금의 중구 저동 2가 69번지로, 영락교회가 위치하고 있다. 박준원은 1790년 호조참의, 1795년 형조참의를 거쳐 순조 즉위년(1800) 형조판서에 장악원 제조를 맡았다. 최계옥이 상의원에 선발되어 들어간 것은 정조 21년(1797)경이다. 박준원이 장악원 제조로 있으면서 최계옥을 알게 되었을 것이다. 박준원은 1806년 중풍이 들고 1807년 2월 7일 세상을 떴다.

ⓒ 비문을 쓴 최남곤은 무과 급제 후 강무당에서 병방, 장무, 행수 등을 맡았다. 경주 현곡면 나원 1리 마을 입구 동쪽 산 정상에 「절충장군행용양위부호군월성최공지묘(折衝將軍行

---

416 2005년 5월경에 묘와 비석이 소실되었다. 1990년 최효식 씨 등이 처음 발견했을 당시, 묘는 둘레 10m, 높이 2m 정도로 일반 묘보다 2배 내외로 커 보였고, 비석은 화강암으로 되었는데 반으로 깨진 것을 시멘트로 붙여 놓은 상태였다고 한다. 비의 높이는 높이 1.2m, 너비 50cm, 두께 50cm로 비가 깨지면서 글자도 몇 개 파손된 상태라고 한다.

417 崔孝軾, 「東都의 명기 紅桃 崔桂玉」, 『신라문화』 30, 동국대학교 신라문화연구소, 2007, pp.225-241.

龍驤衛副護軍月城崔公之墓)」 비가 있다. 비문은 진사 남기항(南基恒, 1809~1888)이 지었으며,[418] 남기항의 문집 『해창집(海蒼集)』 권6에는 최남곤의 비문이 「최호군묘갈명(崔護軍墓碣銘)」이란 제목으로 실려 있다. 최남곤은 『강무당선생안』을 새로 정리할 때 그 서문을 썼다. 최계옥의 비를 세울 때 감역은 한량 김주해(金周海), 절충 장두인(張斗寅)이었는데, 이들은 경주 강무당에서 병무를 맡았던 인물들일 것이다.

비면의 순서를 따라 새로 판독문을 작성하고 번역문을 제시하면 다음과 같다.[419]

동도 명기 홍도의 묘

소리꾼 이상복(李尙福)

기생 윤혜(允惠) 송절(松切)

ⓐ 낭(郞)의 성은 최(崔)요, 이름은 계월(桂月)이며, 자는 초산월(楚山月)이다. 세상에서 홍도(紅桃)라 부르는 것은 그가 상궁(尙宮)이었을 때 임금께서 내린 별호이다. 아버지는 가선대부(종2품)로 휘(諱)는 명동(鳴東)이고, 어머니는 □□인데 동도(東都)의 세습 기생이었다. 낭은 무술년(정조 2, 1778)에 태어났는데, 천자(天姿)가 출중했다. 나이 겨우 10세에 시(詩)와 서(書)에 통하고 음률을 깨우쳤으며, 14세에 얼굴과 재주가 모두 뛰어났다. 20세에 상의원(尙衣院)에 선발되어 들어가 노래와 춤으로 장안에서 독보적 존재가 되고 이름을 온 나라에 떨쳤다.

ⓑ 국구(國舅)인 저동(苧洞) 박 상공[박준원(朴準源)]이 보고 좋아하여, 외부(外婦: 첩)로 들여서, 깊이 거처한 지 수십 년이 되었다. 박 상공이 놀려 말하기를, "너는 근래 어찌하여 이와 같이 야위었느냐?" 하자, 최랑은 앵무시를 지어 자기의 뜻을 밝혀 말하기를, "푸른

---

418 1850년(철종 원년) 4월 22일 유학(幼學) 남기항이 경주부윤 이원조(李源祚)에게 올린 간찰이 한국국학진흥원에 있다.

419 비제 「東都名妓紅桃之墓」의 다음에 "伶 李尙福, 妓 允惠 松切"의 이름을 열기했다. 본문은 다음과 같다. "ⓐ 娘之姓崔, 名桂玉, 字楚山月. 世以紅桃稱者, 其尙宮時, 御賜別號也. 父嘉善大夫諱鳴東, 母□□, 東都世妓也. 娘生於戊戌, 天姿穎異. 年才十歲, 通詩書, 曉音律. 十四歲, 色藝雙絶. 二十, 選入于尙醫[衣의 오자인 듯함―필자 주]院, 以歌舞獨步長安, 名振三國. ⓑ 國舅苧洞朴相公, 見而悅之, 納爲外婦. 深居數十年, 朴相公戲之曰: '汝近何銷瘦也?' 娘題鸚鵡詩, 喩意曰: '綠衿紅裳鳥, 每向雲霄鳴. 雕籠深鎖久, 那得不銷形?' ⓒ 及相公捐館, 服闋後, 歸鄕里, 守紅. 歲壬午, 遘疾. 疾革, 取筆, 書身後事, 以無后嗣, 家貲[貲]物, 施親戚. 投筆, 就枕而逝, 得年四十五. ⓓ 葬于東都之兄弟山先隴下, 負艮原. ⓔ 逮至辛亥, 州之風流諸俠及敎坊諸伶妓, 以娘之爲樂府師宗, 不欲泯晦, 各損[捐]若干財, 立石表其墓, 屬余爲文. 余以娘之實蹟, 書而歸之, 傳之不朽云爾. ⓕ 爲之銘曰: 有美一人兮擅大東, 容之丰兮藝之工. 詩以歌兮諸律音, 山花寂寂兮月蒼蒼. ⓖ 崇禎后四辛亥八月 日立. 前僉知崔南崑識. 監役, 閑良金周海, 折衝張斗寅, 敎坊有司方□範, 妓有司福節·雲悅."

옷깃에 붉은 치마의 새는, 매양 구름 하늘을 향해 울고 있네. 조각한 새장에 오래도록 깊이 갇혀 있음에, 어찌 형모가 야위지 않으리오?" 했다.

ⓒ 박 상공이 죽자 상을 마친 뒤에 고향에 돌아와서 수홍(守紅)을 했다. 임오(순조 22, 1822)의 해에 병에 걸려, 위독해지자 붓을 취하여 죽은 뒤 부탁할 일을 적기를, 후사가 없으니 가재를 친척에게 보시하라고 했다. 붓을 놓고는, 베개를 베고는 죽으니 나이 45세였다.

ⓓ 동도의 형제산 선영 아래 간(艮: 북동) 방향을 등진 언덕에 장사 지냈다.

ⓔ 신해년(철종 2, 1851)에 이르러 고을의 풍류 협객들, 교방의 여러 악공과 기생들이 최랑을 악부(樂府)의 사종(師宗)으로 여겨, 이름이 민멸되지 않게 하기 위해 각자 약간의 재물을 내어 빗돌을 세워 무덤을 표시하면서, 나에게 비문을 부탁했다. 나는 최랑의 실적을 써서 주니, 불후하게 전하게 할 따름이다.

ⓕ 그를 위해 명(銘)을 붙여 이렇게 말한다.

한 미인이 있어 동방을 주름잡았으니

용모는 풍만하고 재예는 공교로웠다.

시(詩) 짓고 노래하면 음률에 맞았고

산에 꽃은 적적하고 달은 창창하도다.

ⓖ 숭정후 4년 신해 8월 일에 세우다.

전 첨지 최남곤(崔南崑)이 글을 썼다.

감역은 한량 김주해, 절충(折衝) 장두인이고,

교방 유사(有司)는 방□범(方□範), 기유사(妓有司)는 복절(福節)과 운열(雲悅)이다.

비문의 '수홍(守紅)'은 수절한다는 뜻이다. 최계옥은 귀향 후 밀양 교방에서 영인과 기생에게 기예를 가르쳤으리라고 상상된다.

생전에 최계옥은 박준원에게 자신의 뜻을 드러내는 시를 읊었다. 이 시는 오언고시 형식이다. 제2구의 鳴이 평성 庚운, 제4구의 形이 평성 靑운으로, 인운을 통압했다. 하지만 각 구의 평측 안배법이나 연과 연 사이의 염률은 지키지 않았다. 즉흥시였을 것이다. 최계옥 비의 뒷면 글을 작성한 최남곤은 글 마지막에 명을 덧붙였는데, 이 글은 초사체 구법을 이용한 운문이다. 제1구의 東과 제2구의 工은 평성 東운, 제4구의 蒼은 평성 陽운이므로, 압운 방식이 근체시의 그것과는 아주 다르다. 최계옥이나 최남곤이 근체시에 능통했으리라고 보기는 어렵다.

'동도명기홍도지묘(東都名妓紅桃之墓)'라는 비제 아래 '伶 李尙福', '妓 允惠 松切'의 이름이 있는데, 이들은 양자인 듯하다. 사대부의 신도비에서는 비주의 후사(後嗣)를 비제 다음에 적은 예가 없다. 교방의 특수한 기서법이라고 해야 할 것이다.

(7) 만시각자비(挽詩刻字碑)

여성 묘주의 비석 가운데 특수한 사례로, 정묘호란 때 평안도 안주에서 순절한 남이홍(南以興, 1576~1627)의 부실 연안김씨[김여란(金如蘭)]의 묘 앞에 건립된 「남충장공별실연안김씨지묘(南忠壯公別室延安金氏之碑)」가 있다. 남이홍은 임진왜란 때 노량해전에서 전사한 남유(南瑜, ?~1598)의 아들로, 충남 당진시 대호지면 충장1길에 묘역이 있다. 김씨의 비에는 정충신(鄭忠信)이 연안김씨를 애도하여 쓴 만시가 새겨져 있다.[420]

夫死於君妻死夫, 一家全節世眞無.
廣陵南畔留雙塚, 千古行人起悵呼.

낭군은 임금 위하여 죽고 부인은 낭군 위하여 죽으니
일가의 의절은 세상에 다시없도다.
광릉 남쪽 언덕에 쌍분의 묘가 있어
천고의 과객에게 비통함을 안겨 주네.

김씨의 묘비는 김씨가 어떤 인물이고 어떤 행적을 남겼는지 전하지 않는다. 남이홍이 정묘호란 때 안주성에서 순국하자, 한양에서 그 소식을 전해 들은 24세의 김씨가 만삭의 몸으로 자결했다고 한다. 정충신이 김씨를 애도해서 지은 만시를 새긴 이 비는 「김씨절개찬양비」로도 알려져 있다. 묘표나 묘갈로 보지 않는 것이다. 정충신이 문집에 남긴 만시에 남이홍을 의춘군으로 일컬었으나, 이 비에서는 그가 '충장공'으로 되어 있다. 1663년(현종 4) 9월 29일(계사) 남이홍에게 시호가 내린[421] 이후 후손들이 묘역을 정리하면서 새긴 비임을 알 수 있다.

---

420 鄭忠信,「挽宜春君妾」,『晚雲集』卷1 詩. "夫死於君妾死夫, 一家全節世眞無. 廣陵南畔留雙塚, 千古行人起悵呼." 김씨를 비에서는 '妻'로 불렀으나 문집 수록의 이 시에서는 '妾'으로 불렀음을 알 수 있다.

421 『顯宗實錄』卷7, 현종 4년(계묘, 1663) 9월 29일(계사).

8. 중인·서얼·군인·평민·내시·노비의 비지문

17세기 중엽에는 의원, 역관, 아전, 서리 등도 분총에 큰 비석을 세우기도 한 것 같다. 1663년(현종 4) 5월 4일(신미) 대사헌 김상헌은 다음과 같이 계문했다.

국가의 기강이 해이해져 사치 풍조가 이루어진 탓으로 백성들이 법을 두려워하지 않고 날로 참람스러운 짓을 더해가고 있습니다. 근래 의원·역관·이서(吏胥)·공사천(公私賤)들의 분총에 모두 5, 6척이나 되는 큰 비석을 세우고 있으며, 앞면과 뒷면에 재신의 묘표와 똑같이 직함을 음기하고 있는데, 심지어는 호조·형조·공조·한성부·의금부·도총부까지도 모두 겸직한 것으로 써넣고 있으니, 그 간특하고 참람하게 행동한 죄를 징계하지 않을 수 없습니다. 한성부로 하여금 일일이 엄하게 조사하도록 하여 모두 그 죄를 다스리게 하고, 묘표를 모조리 철거토록 하소서. 그리고 이조를 신칙하여, 사대부가 아닌 경우에는 추증을 절대 허락해주지 말고, 육조·경조 및 금오(의금부)·총부(도총부)의 겸직을 이미 추증한 것들은 모두 환수하여 참람한 폐단을 막도록 하소서.[422]

이에 대해 헌종이 의윤(依允)했는지는 『헌종실록』에서 알 수가 없다. 설령 이와 같은 지적이 있어 금령을 발했다고 해도 그 금령이 효력을 발휘했을지는 의문이 든다. 그런데 조선시대를 통틀어 의원·역관·이서·공사천의 묘비는 그다지 건립되지 않은 듯하다. 이서와 공사천의 묘비는 말할 것도 없고, 의원과 역관의 묘비도 실물이 매우 적다. 서얼이나 중인층의 문집에도 그들을 묘주로 한 비지문이 별로 없다. 전체적으로 보아 묘비와 묘지가 19세기에 들어와서 급증했으나 일반 백성이나 환관 등의 묘비는 발견되지 않는다. 서얼로서 문학적 재능이 있었던 이들의 경우에는 그나마 관련 비지문이 문헌상으로 확인된다.

---

422 『顯宗實錄』 卷6, 현종 4년(계묘, 1663) 5월 4일(신미). "大司憲金壽恒等 … 又啓曰: '國綱解弛, 奢侈成習, 民不畏法, 僭僞日增. 近來醫譯吏胥, 公私賤墳塚, 敢樹豐碣, 長皆五六尺. 前後面職銜陰記, 一如宰臣之墓表, 至以戶刑工曹漢城府義禁府都摠府, 具兼職書塡. 其奸僞僭濫之罪, 不可不懲. 請令漢城府, 一一嚴查, 竝治其罪, 盡令撤去墓表. 且勅吏曹, 非士大夫, 則追贈切勿許. 六曹京兆及金吾摠府兼職, 曾已追贈者, 則竝令還收, 以防僭越之弊.' 上從之."

(1) 중인의 비지, 중인이 찬술한 비지

조선 시대에는 여항인의 무덤에 묘지를 제작한 사례가 없지 않다. 예를 들면, 조선 전기의 중인으로서 한글 연구에 지대한 공적을 남긴 최세진(崔世珍, 1468~1542)의 경우 지석이 발굴되어 있다.[423] 최세진은 본관이 괴산, 자는 공서(公瑞)이다. 그의 지석에 새긴 글자는 90자에 불과하다. 기존 연구 논문에 공개된 자료는 다음과 같다.

A판

嘉善大夫同知中樞

府事兼五衛將崔公

世珎之墓東爲貞夫人

永川李氏之墓夫人

嘉靖辛丑九月葬(夫人年/四十七終)

B판

年至七十五嘉靖壬

寅以疾終同年四月

二十日葬于果川縣

午坐子向之原夫人

先公一年七月二十九日終

최세진의 졸기가 『중종실록』의 중종 37년(1542) 2월 10일(신유) 기사에 실려 있다.[424] 최세진은 집안이 한미했으나, 생원시를 거쳐 문과에 합격했다. 『사마방목』에 따르면, 최세진은 1486년(성종 17) 병오 식년시에 합격하여 생원이 되었다. 또한 『문과방목』에 따르면, 습독관을 지내고 동지중추부사로 있던 1503년(연산군 9) 계해 별시

---

[423] 장방형 백자도판(白磁陶板) 2매가 1999년 11월 경기도 과천시 한 아파트 공사장에서 발견되어 성암고서박물관에 수장되었다. 지문은 백자도판 2매에 새겨져 있다. 무계(無界)이고, 각각 5행에 행마다 7~11자를 새겼다. 부인의 나이는 쌍행 협주로 새겼다. 안병희, 「최세진의 생애와 연보―그의 지석 발견을 계기로 하여―」, 『규장각』 22, 서울대학교 규장각 한국학연구원, 1999, pp.49~67.

[424] 『中宗實錄』卷97, 중종 37년(임인, 1542) 2월 10일(신유). "同知中樞府事崔世珍卒. 史臣曰: '世珍系出卑微, 自小力學, 尤精於漢語. 旣登第, 凡事大吏文, 皆自主之. 得蒙薦擢, 官至二品. 有著『諺解孝經』·『訓蒙字會』·『吏文輯覽』, 行于世.'"

에서 책문(策問)의 대책(對策)으로 2등 2위(3/8)의 탐화랑이 되었다. 부친은 최정발(崔正潑)로 나온다. 최세진은 이문에 밝았기 때문에 동지중추부사의 직함을 지니고 한어습독관으로 일했으며, 마지막에는 겸오위장의 군직을 겸대했다. 그런데 최세진의 지석에서 주목할 점은 부인 영천이씨의 졸장 기록과 최세진의 장례 기록이 착종되어 있다는 점이다.

- 부인 영천이씨: 嘉靖辛丑九月葬. 夫人年四十七終. 夫人先公一年七月 二十九日終.
- 최세진: 年至七十五嘉靖壬寅, 以疾終. 同年四月二十日葬于果川縣

최세진은 75세 되던 가정 임인년, 즉 가정 21년(중종 37, 1542) 병으로 죽어 4월 20일 과천현에 묻혔다. 이에 비해 부인은 한 해 전인 가정 신축년, 즉 가정 20년(중종 36, 1541) 7월 29일에 47세로 죽어서 그해 9월에 삼월장이 치뤄졌다. 묘지에서는 부인의 경우 졸한 해의 달까지 적었으나, 최세진의 경우는 졸한 해의 달을 적지 않았다. 실록의 졸기로 보면 최세진도 삼월장을 지냈거늘, 부부의 졸장 기록 방식이 서로 다르다. 묘지에서 A판과 B판 2매의 기록이 연속되어 있다고 가정한다면, 부인의 장례 기록이 먼저 나오고 B판의 처음에 '年至~'의 방식으로 다시 최세진의 기록이 나오는 점 또한 기이하다. 부인의 장일(葬日)과 종일(終日)을 분리하여 적은 것도 기이하다. 이것은 이 지석이 2매 1조로, A는 개석(蓋石), B는 저석(底石)이라고 추정할 때 의문이 풀린다. 부인이 먼저 죽었을 때 무덤을 쓰되, 지석을 만들지 않았다. 다음 해 최세진이 죽자 2매 1조로 지석을 만들면서, A의 지석 기서에 부인의 장지를 부군의 동쪽이라고 적어 넣고 저석 B의 지문 뒷부분에 부인의 졸일을 부기했다고 보아야 할 것이다.

중인의 문인 홍세태(洪世泰, 1653~1725)의 경우는 그의 『유하집(柳下集)』[425]에 다음 4편의 비지문을 남겼다. 홍세태는 『금석집첩』의 탁본 가운데 비제에 유일하게 '시인(詩人)'으로 명기되어 있는 인물이다.

① 「유촌은묘지명(劉村隱墓誌銘)」: 유희경(劉希慶, 1545~1636) 묘지명. 유희경의 본관은 강화(江華), 자는 응길(應吉), 호는 촌은(村隱).

---

[425] 『한국문집총간』의 영인본은 芸閣印書體字로 1730년에 펴낸 초간 원집 14권·부록 합 6책(서울대학교 규장각 소장)을 저본으로 삼았다.

② 「정공인묘지명(鄭恭人墓誌銘)」: 이창의(李昌誼) 처 정씨(鄭氏, 1700~1722) 묘지명.

③ 「김군묘갈명(金君墓碣銘)」: 김자욱(金自煜, 1640~1658) 묘갈명.

④ 「김중옹묘갈명(金仲雍墓碣銘)」: 김상요(金尙堯, 1631~1681) 묘갈명. 역과에 합격한 후 선천훈도를 지냈다.

「정공인묘지명」은 묘주인 이창의 처 정씨를 효부로 현창했다.[426] 정씨는 17세에 혼인하여 처사 이태제(李泰躋)의 며느리로서 호서 아산의 시댁에서 한 해 동안 효순구고(孝順舅姑)했다. 23세에 죽자, 시부가 특히 한스럽게 여길 정도였다. 정씨는 병이 심해지자 부군에게 시아버지를 영결하지 못하는 것이 한스럽다고 말하고, 다른 사람에게 머리를 빗겨달라고 한 후, 부군을 내보내고 조용히 죽어갔다고 한다.

「김군묘갈명」은 북리 자제이면서 19세로 요절한 김자욱을 위한 묘갈명으로, 편폭이 매우 짧다. 하지만 생졸, 가계, 행적, 자손들을 기록하는 것으로 만족하지 않고, 묘주에게 옛날 절협(節俠)의 풍모가 있었다는 점을 강조했다. 구체적인 일화는 제시하지 못했다.[427] 명(銘)은 수요(壽夭)와 재행(才行)의 모순에 대한 견해를 밝혔는데, 그 관념은 한유가 친우 이관(李觀)을 위해 작성한 「이원빈묘지(李元賓墓誌)」의 사(辭)에서 개진했던 관점을 따왔다.

「김중옹묘갈명」에 보면, 묘주 김상요의 집이 궁핍했지만 그 부인 최씨가 생계를 잘 꾸린 사실, 친정이 관가 빚을 지고 있었으나 최씨가 오랫동안 바느질로 빚을 다 갚았다는 사실을 특별히 기록했다.[428] 묘주보다 그 부인의 근검절행을 더 강조하여 특이하다.

---

426 洪世泰, 「鄭恭人墓誌銘」, 『柳下集』 卷10. "完山李昌義有賢配曰恭人鄭氏, 參議壽期之女. 其大舅禮曹判書諱彦綱, 舅處士泰躋. 恭人胚胎詩禮, 生而端粹穎悟. 年十二三, 則成人. 十七歸李氏, 大姑權夫人性嚴正少可人, 見恭人喜甚. 時夫人方在判書公憂, 年七十, 過毳尙食素, 至是爲恭人進一湆焉. 一家咸賀得孝婦. 事舅姑有禮, 遇婢僕嚴而有恩, 性貞靜, 未嘗爲閑笑語. 尤於巫禱事, 遠之若浼焉. 凡所以處置箱奩等物, 亦皆井井有序. 歿後家人檢視之果然. 處士公居湖西之牙山, 恭人嘗往覲, 經歲乃歸, 恨不久侍, 常慕思之. 及疾革語其夫曰: '病今死矣, 此世無可係戀者. 獨念尊舅遠不得訣, 可恨也.' 促令人梳髮, 揮夫子出, 顏色無變, 夷然就盡, 年二十三. 哀哉!"

427 洪世泰, 「金君墓碣銘」, 『柳下集』 卷10. "余少時聞有金氏兄弟八人秀傑雄北里, 後其子侄兒昌從余遊, 因又得聞其第三志行尤卓, 曰: 其容體偉麗, 弱不好弄, 讀書過目輒不忘. 居家孝友, 以及乎友朋. 輕財赴義, 有古節俠風, 人皆愛慕之. 不幸早夭, 則又莫不嗟惜. 噫! 天生如此才, 而卒不究其成, 若始予而反奪之者, 何哉? 自古而然, 奚獨金氏子? 余爲之一嘅. 盖其名曰自煜. 崇禎庚辰生, 戊戌卒, 得年僅十九. 父某祖某曾祖某, 金海首露王之後. 娶劉氏女, 無子, 以其季讚煜子兒恒爲后. 墓在高陽南青潭先壠下. 銘曰: '才之夭, 壽於彭, 彼黃耇而無稱, 其孰曰生?'"

428 洪世泰, 「金仲雍墓碣銘」, 『柳下集』 卷10. "夫人生有異質, 溫仁貞正, 有識度, 綜核事理, 精女紅諸事. 及歸當家業破亡之餘, 本家欠官債千金, 夫人苦心經紀, 累年治殖, 盡償其債, 俾兩家復舊, 香火不絶, 事姑

홍세태의「유촌은묘지명」은 편폭도 비교적 길지만, 내용이 풍부하고 곡절이 있다. 묘주 유희경은 서얼 시인이다. 그가 죽은 지 70년 만인 1698년(숙종 24) 김창흡(金昌翕)이 묘표를 작성하고 신정하(申靖夏)가 글씨를 써서 1715년(숙종 41)에 건립했다.[429] 그런데 유희경의 증손 유태웅(劉泰雄)이 홍세태에게 다시 묘지명을 청했으므로, 홍세태가 묘지명을 지었다.[430] 유희경은 박순(朴淳)으로부터 당시(唐詩)를 배우고 서경덕의 문인 남언경(南彦經)으로부터『주문공가례(朱文公家禮)』를 배웠다. 광해군 때 이이첨의 요구를 거절하고 인목대비 폐서인의 상소를 올리지 않아 고초를 겪었으나, 인조반정 후 가선대부에 올랐고, 80세 때 가의대부를 제수받았다. 집 뒤의 시냇가에 돌을 쌓아 대를 만들어 '침류대(枕流臺)'라고 이름 짓고, 스스로 호를 촌은이라고 했는데, 부마인 영안위 홍주원(洪柱元)이 자주 왕래했다. 또한 같은 '천인' 신분의 백대붕(白大鵬)과 함께 풍월향도(風月香徒)를 결성해서 박계강(朴繼姜)·정치(鄭致)·최기남(崔奇男) 등과 어울렸다. 뒤에는 조광조를 흠모하여 도봉서원을 창건하는 데 힘을 보탰고, 죽은 뒤 도봉산 아래에 묻혔다. 그 후 아들 유일민(劉逸民)의 원종(原從)으로 자헌대부 한성판윤에 추증되고, 1731년 10월에는 정려가 내려졌다. 1732년 무렵 정선(鄭敾)은「유촌은임장도(劉村隱林庄圖)」를 그렸다. 홍세태는 묘지명에 묘주의 명, 자, 본관을 언급한 후 유희경이 13세 때 부친상을 당하고 3년 동안 시묘살이를 한 사실을 먼저 기록했다. 그리고 유희경이 남언경에게『주문공가례』를 배운 일, 왜란 때 선조가 관서로 파천하자 의병을 불러 모은 일, 중국 사신의 접대 비용을 마련하는 방안을 백인호(白仁豪)와 함께 마련하여 그 공적으로 통정대부에 오른 일을 서술했다. 이어 홍세태는 유희경의 관력 가운데 중요한 것들만 제시했다. 첫째, 1618년(광해군 10) 이이첨이 인목대비 폐위를 획책하자 그와 절연했으므로 반정 후 특별히 작질을 올려 받은 일, 둘째, 박엽(朴燁)이 의주를 맡아 사람을 함부로 죽였지만 유희경의 아들은 놓아준 일을 말했다. 이어서 유

敬順. 及卒祭祀必誠, 老而不怠. 母夫人病革, 思西苽未得, 後見苽輒泣不食. 鄭公及繼室金氏之喪, 哀痛如考妣. 金氏有姪女窮無歸, 割舍以處之. 教訓子孫, 嚴而有法, 二孤旣成立, 安養四十餘年. 癸卯四月十五日終, 春秋八十有六, 擧三男一女."

429 金昌翕,「劉村隱墓表」,『三淵集』卷30 墓表. 서울대학교 규장각 소장『金石集帖』173得 책에 탁본이 있다. 해서비제는「有明朝鮮嘉義大夫行龍驤衛副護軍贈資憲大夫漢城府判尹劉希慶之墓 貞夫人陽川許氏祔左」이다. 찬자·서자·건립 일자는 "安東金昌翕撰, 弘文館修撰申靖夏書, 崇禎甲申後五十五年戊寅撰文後十八年乙未五月▽日立."이라고 밝혔다.

430 홍세태가 지은「유촌은묘지명」은 김창흡이 지은「유촌은묘표」를 약간 보완했다. 다만 묘표는 유희경의 조부와 부친의 이름을 명시했다. 그러나 내용에는 큰 차이가 없다. 洪世泰,「劉村隱墓誌銘」,『柳下集』卷10 文墓誌銘; 劉希慶,『村隱集』卷2 附錄「墓誌銘幷序」(洪世泰).

희경이 정업원 아래 침류대에서 유유자적하며 박순(朴淳)·홍주원(洪柱元) 등 사대부들과 교유한 일, 조광조를 흠모하여 도봉서원 창건을 사실상 경영한 일을 말했다. 그리고 졸장과 추증에 대해 적고, 향년 92세였다고 밝혔다. 뒤이어 조, 부, 배, 자성(子姓)을 기록하고, 유희경을 명의(名義)를 추구한 군자라고 논평했다. 홍세태는 유희경이 처음에 상례로 알려졌고, 뒤에는 절의로 칭송되었으며, 마지막에는 시로써 알려지게 되는 변화의 과정을 짚어나갔다. 그러면서 유희경이 충절을 수립해서 명의를 돌보지 않는 자들을 부끄러워하게 만든다는 점, 군자로서 덕을 숭상하는 분들이 미천한 신분의 사람과 교유를 꺼리지 않았다는 점을 부각시켰다.[431] 명은 잡언으로, 마지막에 상평성 東운에 속하는 重과 冢을 압운했다. 사대부 사이에 예가 사라져, 진정한 예가 민간의 시인에게 있다는 점, 그 사람은 미미해도 수립한 바가 우뚝함을 칭송한 내용이다.

禮失而求諸**野**. 若公所樹立, 有出於當世之在位**者**.
其人雖眇, 其名則**重**. 嗟後其式, 毋視枯**冢**.

예가 상실되면 재야에서 구하는 법.
공이 수립한 바로 말하면 당세의 관직에 있는 자들보다 뛰어난 바가 있네.
그 사람은 비록 미미하다고 해도, 그 이름은 무겁도다.
아, 후대 사람들은 그에게 경의를 표하라, 묵은 무덤으로 보지 말아라.

野와 者는 상성 馬운으로 압운하고, 重은 거성 宋운, 冢은 상성 腫운으로 서로 통압했다.

한편 홍세태의 『유하집』(1730년 간행) 부록과 정래교(鄭來僑)의 문집 『완암집』에는 정래교가 작성한 홍세태 묘지명이 있고, 조현명(趙顯命)의 문집 『귀록집』에는 조현명이 작성한 홍세태 묘표가 있다.[432] 중인을 위해 사대부인 조현명은 지상에 세우는 표의 글을 작성해 주고, 같은 중인층의 문인인 정래교는 묘지명의 글을 작성해준 것이다.

그런데 18세기에는 '여항인(閭巷人)'들이 비갈의 글씨를 비변사 서리 엄한붕(嚴漢

---

431 公以詩禮聞於當世, 而其忠節尤卓卓, 可以愧死夫世之不卹名義而唯利之得者. 余竊嘗慕公之風, 有不同時之歎. 嗚呼! 公固賢矣. 然而非當時諸公有君子尙德之美, 則執肯以卿相之尊而從褐之父遊, 而其愛重之若此? 夫以諸公之愛重而公之賢益可見矣.

432 鄭來僑, 「滄浪洪公墓誌銘」, 『浣巖集』 卷4 墓文; 趙顯命, 「洪世泰墓表」, 『歸鹿集』 卷14 墓表.

朋, 1685~1759)에게 다투어 청했다는 기록이 있다.[433] 엄한붕은 초서와 예서에 뛰어나고 쌍구곽전(雙鉤廓塡)을 잘했다. 쌍구곽전은 북칠(北漆)을 가리킨다. 그에게 비갈을 다투어 청했다는 것으로 보아, 당시 여항인들이 입비하는 일이 많았으리라 짐작된다. 이때의 여항인이란 일반 백성들을 비롯해 중인과 서얼을 포함하는 말인 듯하다.

(2) 서얼의 비지, 서얼 문인이 찬술한 비지

조선시대에는 양반의 후손 가운데 양인 신분의 첩이 낳은 서자(庶子)와 천민 신분의 첩이 낳은 얼자(孼子)를 합하여 서얼이라고 불렀으며, 서얼의 후손도 서얼이었다. 조선 후기에는 서얼 자신의 일대(一代)를 업유(業儒)·업무(業武)라 부르고, 아들 대부터는 유학(幼學)으로 부르기도 했다. 서얼은 통청을 요구하여, 그 결과 1772년에는 문관의 승문원과 무관의 선전관에, 1777년에는 지방의 향임직에도 임용될 수 있었다. 정조는 원년(1777)에「서얼허통절목」을 공표하고, 재위 3년(1779) 규장각에 서얼 지식인을 위한 검서관직을 설치했다. 하지만 서얼에 대한 차별은 여전했다. 1791년(정조 15) 4월 16일에 정조는 희정당에 거둥하여 초계문신의 친시·과강과 일차유생(日次儒生)의 전강(殿講)을 행하면서 대사성 유당(柳戇)에게 일명인(一名人: 서얼)의 서치(序齒: 양반과 구별하지 않고 나이 순서로 자리를 정함) 문제를 거론하고, 5월에 성균관으로 하여금 서치법을 제대로 시행하도록 신칙했다. 이덕무는 『서치사실(序齒事實)』을 기록하여 보관해두었다고 한다. 비지문의 경우도 사대부가 서얼 묘주를 위해 찬술한 예가 드물고, 서얼이 양반 묘주를 위해 찬술한 예도 좀처럼 찾아보기 어렵다.

서얼 가운데 학문이나 문학이 뛰어난 인물들을 위해 사대부 학자가 비지문을 찬술한 사례가 없는 것은 아니다. 선조 때 서얼 출신의 학자 송익필(宋翼弼, 1534~1599)을 위해 송시열은「귀봉선생송공묘갈명(龜峯先生宋公墓碣銘)」을 찬술하고 김진옥(金鎭玉)은「묘표음기(墓表陰記)」를 지었다. 송익필은 할머니가 안돈후(安敦厚)와 비첩 사이에서 태어난 서녀였으므로 신분이 서얼이었다. 아버지 송사련(宋祀連)이 안돈후의 손자 안처겸(安處謙)의 역모를 고변하여 안씨 일가를 멸문시켰다. 그러나 1566년(명종 21)에 안씨 일가에 직첩이 환급되면서, 송익필은 출세의 길이 막혔다. 현재의 경기도 고양(高陽) 귀봉산 밑에서 학문을 닦았으므로, 호를 귀봉이라 했다. 그러나 1586년(선조

433 이규상 저, 민족문학사연구소 한문분과 역, 『18세기 조선 인물지: 幷世才彦錄』, 창작과 비평사, 1997, p.132.

19) 환천(還賤)되었다. 1589년의 기축옥사에 연관되어 유배를 갔다. 충남 당진군 당진읍 원당리 144번지에 송익필의 묘가 있는데, 처음 비석은 송시열이 송준길과 의논한 후 묘갈문을 짓고 비석을 세웠다고 한다. 이 비석이 유실되자, 1720년(숙종 46) 김진옥이 음기를 더하여 비석을 새로 세웠다. 1752년(영조 28) 충청도관찰사 홍계희의 증직 상소로 송익필은 통덕랑 사헌부지평에 증직되었다. 1910년(융희 4) 7월 20일 규장각 제학에 추증되고, 문경(文敬)의 시호가 내려졌다. 1993년 신의식이 그의 비문을 새로 짓고 새 비석을 세웠다.

박세당은 서얼인 박사(朴瀃, 1629~1692)를 위해 「중부참봉박군묘표(中部參奉朴君墓表)」를 써주었다.[434] 박사는 출신이 서자라서 과거에 응시할 수 없음을 한탄해서 변산(邊山)으로 이주한 뒤로는 본분을 지키며 마을 사람들과 함께 문사(文史)를 즐겼다. 지방의 사류 중에 배우려는 자가 많았고, 당대의 문인 신익상(申翼相)이 찾아와 담론하기도 했다. 박세당이 지은 묘표는 묘주가 '좌참찬 금계군 휘 동량 측실자(左參贊錦溪君 諱東亮側室子)'로, 모친은 장택고씨 고부매(高傅梅)의 딸이라고 명시했다. 이어 생몰년을 적은 후 향년 64세로 벼슬이 중부참봉에 그쳤다고 적었다. 박사는 7세에 부친 박동량을 여읜 후, 분서 박미(朴瀰)와 중봉 박의(朴漪) 두 형을 극진히 섬기고 모친상을 당해 애훼(哀毀)가 지나칠 정도였다. 기유년(1669) 이후로 과거 공부를 접고 만년에 가까스로 중부참봉이 되었으나 분수를 지키려고 병을 핑계로 사직했다. 갑인년(1674, 숙종 즉위년) 이후 권귀의 유혹이 있었으나 가솔을 이끌고 변산으로 가서 생활했다. 박세당은 박사의 묘표에서 묘주가 죽을 때까지 '충효백직(忠孝白直)'의 가훈을 지켰음을 말하고, 윤증(尹拯)·이세화(李世華)·박태보(朴泰輔)가 진심으로 그를 아꼈다고 밝혔다. 박세당은 측실 소생 박씨들 가운데 훌륭한 이로, 박경(朴耕)·박주(朴洲)와 나란히 박사를 거론하고 박사와 그들을 비교했다. 박경은 중종 때 글씨로 이름이 났고 일세의 영현(英賢)들과 교유했으나 악을 미워하는 것이 너무 심해 지혜롭게 보신하지 못했다. 하지만 박사는 행의(行義)가 순수하게 구비되어, 박경과 같은 종말을 보지 않았다. 한편 박주는 선조 초 경학에 깊이 통달하여 공경의 자제들과 준재들을 가르쳤으며, 동서의 당론이 일어나자 원주와 여주 사이에 은거하여 생을 마쳤다. 그렇지만 박주도 박경

---

434 박사의 본관은 반남, 자는 중정(仲淨)이다. 할아버지는 대사헌 박응복(朴應福)이고, 아버지는 금계군(錦溪君) 박동량(朴東亮)이며, 어머니는 금계군의 측실 장택고씨이다. 朴世堂, 「中部參奉朴君墓表」, 『西溪集』 卷14 墓表.

과 마찬가지로 문사(文詞)가 전하는 것이 없다. 그들에 비해 박사는 재능을 드러내려고 하지 않았으면서도 시문집 4~5권을 남겼다. 게다가 그의 이복형 박미가 이반룡(李攀龍)·왕세정(王世貞)을 좋아했던 것과 달리, 박사는 순정 고문을 좋아했다.[435] 이러한 비교를 통해 박세당은 박사를 행의가 있고 문사에 뛰어난 인물로 부조해냈다. 박세당은 박사와 나이가 같은데 박사가 죽은 지 10년이 되어, 그 아들 박세진(朴世楮)이 묘표를 부탁하므로, 인생살이의 감회가 더욱 깊어 이 묘표를 찬술한다고 밝혔다. 박세당은 '묘표'에 대개 운문의 명을 부치지 않는데, 이 「중부참봉박군묘표」에도 운문의 명을 부치지 않았다.

노론의 문장가 황경원(黃景源)은 도암(陶庵) 이재(李縡)의 문인으로, 이천보(李天輔)·오원(吳瑗)·남유용(南有容)과 더불어 영조 시대의 4가로 꼽힌다. 황경원은 서얼 출신의 걸출한 예술가 이인상(李麟祥, 1710~1760)을 위하여 「이원령묘지명병서(李元靈墓誌銘并序)」를 찬술했다.[436] 이인상의 본관은 전주, 자는 원령(元靈), 호는 능호관(凌壺觀) 혹은 보산자(寶山子)이다.[437] 고조부는 인조 때 영의정을 지낸 이경여(李敬輿)이지만 증조부 이민계(李敏啓)가 서자였다. 1735년(영조 11) 진사시에 합격한 후, 음보로 한양 북부 참봉을 지낸 후, 내자시주부와 경상도 사근역(沙斤驛) 찰방을 거쳐, 1750년 음죽현감이 되었다. 이인상은 관아 동헌에 직접 대전(大篆)으로 써서 목판에 새긴 한죽당(寒竹堂) 편액을 걸었으며, 기와 정자를 나무 사이에 세우고, 문의(文義)현령인 송문흠(宋文欽)이 팔분체로 쓴 '수수정(數樹亭)' 세 글자를 내걸었다. 북쪽 기둥에는 왕유 시의 뜻을 취하여 다음과 같이 써서 걸었다. "옛사람을 닮았지, 거만한 관리가 아니기에, 스스로 세상 경영하는 사무를 빠뜨렸네. 우연히 미관말직에 기탁하여, 두어 그루 나무 아래 너울거린다오[古人非傲吏, 自闕經世務. 偶寄一微官, 婆娑數株樹]."[438] 서화와 문사에 탐닉하면서

---

435 嗚呼! 朴氏側出之良, 前耕後洲. 耕當中宗之世, 善書碑版尙存, 游皆一時英賢, 其人可知. 獨疾惡太甚, 失保身之智. 洲當宣祖初, 通經邃學, 公卿子弟及才俊從學者多至數百千人. 後東西論起, 門人夢然, 人人異說, 從其父兄而不聽於師, 洲懼而遁去, 隱居原驪之間以終身. 此又賢於耕遠矣. 然二人皆未有文詞之傳, 又豈若君內而行義純備, 一門所歸賢, 外而文詞高雅, 有足稱於後者? 尤能深自韜晦, 不欲以才見於時. 此其資識卓然, 視前二賢, 不止數倍過矣. 君詩文可四五卷, 文尤長. 汾西喜王·李, 君獨否?

436 黃景源, 「李元靈墓誌銘幷序」, 『江漢集』 卷17 墓誌銘.

437 경기도 양주군 회암면에서 태어났다. 호 보산자는 천보산(天寶山)에서 따왔다. 서울 남산의 집을 능호관이라고 했다. 宋文欽, 「凌壺觀記」, 『閒靜堂集』 卷7; 심경호, 『옛그림과 시문』, 세창출판사, 2020, pp.37-38.

438 李德懋, 『靑莊館全書』 卷68 「寒竹堂涉筆 上」 '數樹亭'. 국립중앙도서관에는 화가 미상의 이인상 초상이 한 점 있다. 복건에 야복을 한 좌안 7분면의 반신상이다.

도 이치(吏治)를 잘했던 듯하지만, 1750년 음죽현감으로 나갔다가 1752년 관찰사와의 불화로 사직한 후, 음죽현 설성(雪城)에 종강모루(鍾崗茅樓)를 짓고 은거했다. 그 뒤 단양의 구담(龜潭)에서 여생을 보냈다. 황경원은 「이원령묘지명병서」에서, 이인상이 이경여의 현손임을 강조했다. 이경여가 명나라 홍광(弘光)·융무(隆武)·영령(永曆) 등 남명 황제를 위해 대의를 지켰듯이 이인상도 복수설치(復讎雪恥)를 주장했다고 서술했다. 그리고 송문흠(宋文欽)·신소(申韶)와 종유하며 방약무인하여 사대부의 지탄을 받은 사실도 거론했다.[439] 그리고 이인상의 과환(科宦)과 만년의 단양 은거, 졸년에 대해 적고, 그의 강개한 성격과 문장에 '홍광유사(弘光遺士)'의 풍모가 있었음을 말했다.[440] 황경원은 이인상의 초장과 개장, 배위, 자식 등에 대해 기술한 후, 그가 서예·산수화·가시(歌詩)에 능했던 사실을 밝혔으며, 능호자라는 호와 유고에 대해 언급했다. 그 뒤의 명은 잡언 6구이다. 평성 眞운의 '神' '馴', '循' 자를 운자로 놓았다.

> 聲於詩爲逸, 書於篆爲**神**.
> 趣於畵爲邃, 言於理爲**馴**.
> 匪直也藝, 惟義之**循**.

> 성운은 시에서 빼어났고, 글씨는 전서에서 신묘했으며
> 아취는 그림에서 깊숙했고, 언어는 이학(理學)의 방면에서 순수했다.
> 단지 기예만 뛰어난 것이 아니라, 오직 의리를 따랐도다.

황경원은 이인상을 존주의식의 화신으로 그렸다. 예술적 성취에 대해서도 "「도화선지(桃花扇識)」를 지어 '명나라 황실은 건주(建州) 오랑캐에게 망한 것이 아니라 영남백(寧南伯) 좌양옥(左良玉)의 손에 망한 것이다.'라고 말했다."라고 적었다. 자신의 존주의식을 투영한 것이기도 하다.

---

439 君諱麟祥, 字元靈, 姓李氏, 議政府領議政文貞公諱敬輿之玄孫也. 文貞公爲明先帝, 守大義, 嘗自傷曰: "亡國大夫, 不死, 苟耳." 君少讀文貞公書, 爲之歎曰: "弘光, 吾先帝也. 隆武·永曆, 亦吾先帝也. 明雖已亡, 吾豈忘吾祖之讐哉?" 乃與恩津宋士行·平山申成甫二子者遊. 二子者, 又好大義, 嘗被酒, 悲謌慷慨, 賓客莫不憐其志也. 君平居, 傲世獨立, 縱觀山水, 爲文章, 以泄其憤. 見士大夫有過惡, 往往譏罵, 旁若無人, 士大夫皆不悅也.
440 '홍광'은 명나라 신종의 손자 주유숭(朱由崧)이 남명의 황제로 즉위하고 사용한 연호이다. '홍광유사'란 후금과 청을 배격하고 명나라에 대한 의리를 지킨 인사라는 뜻이다.

정조 초 검서관으로 활약하여『규장전운(奎章全韻)』의 초고를 완성하고 죽은 이덕무(李德懋, 1741~1793)를 위해서는 박지원이 「형암행장(炯菴行狀)」을 작성하고, 윤행임(尹行恁)이 「이무관묘갈명병서(李懋官墓碣銘幷序)」를 찬술했다.

서얼의 경우 자신의 명의로 비지문을 찬술한 예는 많지 않다. 다만 박제가(朴齊家, 1750~1805)는 4편의 비지문을『정유각집(貞蕤閣集)』에, 1편의 비지문을『초정전서(楚亭全書)』에 남겼다.[441] 모두 일화를 점철하여 묘주의 덕성과 재기를 생생하게 그렸다.

① 「조선가선대부행용양위부호군겸오위도총부부총관이공묘전혼유석명(朝鮮嘉善大夫行龍驤衛副護軍兼五衛都摠府副摠管李公墓奠魂遊石銘)」: 무과 출신으로 지방관을 역임한 이관상(李觀祥, 1716~1770)의 혼유석명이다. 박제가는 묘주의 행장도 작성했다.

② 「장환묘지명(張瓛墓誌銘)」: 장환(張瓛, 1781~1793)은 위장(衛將) 장세경(張世經)의 아들로, 12세에 장가들고 이듬해 요절했다.

③ 「상생이군행묵묘지명(庠生李君行默墓誌銘)」: 묘주 이행묵(李行默, 1774~1799)은 주부 이응정(李應鼎)의 아들, 서유년(徐有年)의 사위이다.

④ 「망녀윤씨부묘지명(亡女尹氏婦墓誌銘)」: 묘주는 차녀(1776~1799)로 윤후진(尹厚鎭)의 아내였다. 윤후진은 현감 윤가기(尹可基)의 아들이다.

⑤ 일본 정가당문고(靜嘉堂文庫) 소장『초정전서(楚亭全書)』수록 비지문[442] 「이동자묘지명(李童子墓誌銘)」: 이백손(李伯孫)의 묘지명이다. 이백손의 부친은 완산 이제(李濟)이다.

「장환묘지명」은 묘주 장환이 '어려서부터 아름다운 자질을 지녀 아버지의 뜻에 잘 순종한[瓛幼有美質, 能順父志]' 점을 알려주는 두 일화를 들었다. 아버지가 군주의 호위 때문에 집안을 돌보지 못하는 경우가 많았는데, 장환은 손님을 잘 접대하고 비복들을 잘 다스렸으며, 대소 서찰이나 문서도 빠짐없이 장부에 적거나 머리에 기억하여 아버지를 일깨워 드렸다.[443] 꽃구경 철에 생도들이 모두 놀러 나갔으나 장환은 어버이에게 고하지 않았다고 하여 사양하고 가지 않았다. 그의 재기에 대해서도 하나의 일화를 들

---

441 『한국문집총간』표점본은 필사 시집 5책 문집 4권 합9책(시집 초~3집: 국립중앙도서관 소장본, 4~5집: 규장각 소장본, 문집: 규장각 소장본)을 저본으로 삼았다.

442 박제가 저, 정민·이승수·박수밀 외 역,『정유각집 (하)』, 돌베개, 2010, pp.238-239.

443 朴齊家, 「張瓛墓誌銘」, 『貞蕤閣文集』卷3. "瓛幼有美質, 能順父志. 父職近密, 不數視家. 瓛能外接賓客, 內御婢僕, 儼然如成人. 至於大小書札, 籍記無遺, 以警省其父."

었다. 즉, 장환은 훈민정음에 잠심해서 스스로 반절법을 익혀, 규방의 아름다운 이야기를 한글로 옮겨 누이에게 보여주기도 했다.[444]

「상생이군행묵묘지명」의 묘주 이행묵은 어릴 때부터 슬기로워, 집안을 관리하고 노비를 다스리며, 문서를 살피고 서찰을 쓰는 일에 이르기까지 어른들을 대신했다.[445]

「망녀윤씨부묘지명」은 차녀 윤씨 부(婦)를 위해 지은 것이다. 망자를 이인칭으로 부르면서 자신과 망자의 행적을 교차시켜 추억하는 특이한 구조이다. 박제가가 27세 되던 1776년 12월 27일 태어난 차녀는 박제가의 50세 생일이 지난 1799년 5월 6일에 죽었다. 향년 23세에 불과했다. 차녀는 15세 되던 때인 1791년 겨울, 윤후진에게 시집갔는데, 박제가는 그해 5월 연행사행에 참여해서 열하로 가서 9월에 돌아왔으나 왕명을 따라 곧바로 다시 연경으로 가느라 혼례에 참석할 수 없었다. 박제가는 비궁(匪躬)의 의리를 지키느라 딸의 혼례에 참여하지 못했던 서운함을 말하는 것으로 차녀의 묘지명을 시작했다. '비궁'은 『주역』「건괘(蹇卦) 육이(六二)」에 "왕의 신하가 국가의 어려움에 충성을 다하는 것은 자신의 몸을 위해서가 아니다[王臣蹇蹇, 匪躬之故]."라고 한 데서 나왔다. 그런데 박제가는 한 개인이 국사를 위해 진력해야 한다고 말하지 않았다. 대의리로 간주되는 것만 추구하는 일이 과연 무슨 의미가 있는지 묻고자 한 듯하다. 이 묘지명은 처음부터 끝까지 찬자 자신과 차녀, 그리고 주변 사람들의 소소한 관계를 확인해 나갔다. 1791년부터 1799년까지 찬자 자신과 차녀는 기쁨과 슬픔이 번전하는 것을 겪었는데, 개인은 그 번전을 중지시킬 수도 없고 예견할 수도 없으며 그 의미를 반추할 수도 없었다고 했다. 차녀가 죽어 땅에 묻히거늘 자신은 함경도 종성의 유배지에 있어 경계를 넘어 하관에 임할 수도 없었다고 슬퍼하기도 했다.[446] 박제가의 이 글은 실제 현실을 그려내기 위해 한국식 한자어를 사용했다. 이를테면 '병갹(病㾕)'과 '방아(放衙)'와 같은 어휘들이 그것들이다. '병갹'은 '병이 심해졌다'는 뜻이다. '방아'는 공무가 파하여 향리나 아전들이 물러간 것을 말한다.

---

444 朴齊家,「張瓛墓誌銘」,『貞蕤閣文集』卷3. "見訓民正音潛心數日, 自得其翻切之法, 於是乎譯閨門嘉話以示其妹."

445 朴齊家,「庠生李君行默墓誌銘」,『貞蕤閣文集』卷3. "君夙慧甚, 十三持母沈氏喪如成人. 以至治門庭御婢僕, 審契券, 作書札, 長者悉倚辦焉."

446 朴齊家,「祭仲女文」,『貞蕤閣文集』卷3 祭文. "壬戌五月初六日, 父在鐘城, 使兒長稔哭于亡女尹婦之神位而言曰: … ."

다음 해(1791) 네 남편이 남궁시(소과 회시)에 발해했는데, 그때 양가 부모가 모두 생존하여, 그 조숙한 성취를 경하하고, 네가 시댁에 잘 맞는 것을 복록으로 여겼다. 그 다음 해(1792) 내가 부여의 수령으로 나갔는데, 네 엄마가 집에서 죽었다. 또 4년 뒤(1796) 네가 네 시아비를 따라 단성의 임소로 가고 한 해 뒤 시어머니 상을 당하여 네가 마침내 안주인이 되어 일을 잘 한다는 칭송이 있었으나, 나는 그리 기뻐하지 않았다. 네가 어린 나이에 자주 비애를 겪은 데다가, 또 집안일까지 감당하자면 의당 지칠 것이라고 여겼기 때문이다. 상이 끝나자마자 과연 병이 났거늘, 시댁에서는 임신이라 여겼지, 속앓이임을 몰랐다. 10월에 내가 너를 영평 현아로 데리고 갔으니, 네게 엄마가 없어 거처가 시댁보다 낫지는 않았지만, 피로를 풀어주려고 한 때문이었다. 조섭하고 치료한 지 수십 일에 가까스로 안정이 되었다. 11월에 너의 누이 남씨 부를 시집보내고, 너도 그와 함께 서울 집으로 갔다. 금년 봄 너의 시아버지가 금산군으로 옮겨가서 장차 태부인을 맞아오려 했으나 너의 병이 심하여 그러지를 못했다. 나는 영평이 가깝기에 다시 데리고 가려고 했으나, 네 시아버지가 또 관의 일로 금오(의금부)에서 대감(待勘)하여 아직 판결이 나지 않았다. 나는 떠나가면서 자주 너를 돌아보았는데, 수척한 것이 너무 안쓰러워서 반년 만이라도 지탱하기를 바랐단다. 단양일(단오일)이라서 관아 공무를 쉬고 혼자 앉아 있었는데, 네가 위태하다는 소식이 이르렀기에, 그날 밤으로 너의 두 어린 아우들을 싣고 비를 무릅쓰고 팔십 리를 달려가다가 말 위에서 부음을 듣고 들에서 곡을 했다.[447]

시집간 지 십 년이 넘어도 자식을 낳지 못하고 죽은 딸을 위한 글이다. 조물주가 주었다가 빼앗아가는 것이 야속하다고 했다. 앞서 박제가는 꿈에 깊은 숲에 들어갔더니 도끼로 나무를 벤 흔적이 있었고, 또 어린 아들을 어루만지며 슬퍼했다고 한다. 이날 차녀의 부음에 곡을 한 이후에 그 경지가 무엇인지 비로소 깨달았으니, 운명이 미리 정해져 있다는 생각이 들었다.[448] 유배된 처지라 천안군 삼기점에 묻힐 때 가보지 못하고, 광중에 넣을 묘지를 보내 후대 사람들이 망자가 누구인지 알게 하겠노라고 다짐

---

447 翌年汝夫發解南宮試, 其時兩家父母俱存, 慶其夙就, 福祿宜家也, 又翌年秋, 吾宰扶餘, 而汝母歿於家. 又四季汝從汝舅丹城任所, 又一年遭姑之喪, 汝遂主饋, 頗有幹稱, 吾不甚喜, 以汝冲年數悲哀, 又揮擋家事, 宜悴也. 喪甫畢而果病, 舅家以爲胎也, 不知其癥. 十月吾將汝永平縣衙, 汝無慈母, 非其居之勝於舅家也, 釋勞故也. 調治數十日稍安. 十一月嫁汝妹南氏婦, 汝與之同來京第, 今春汝舅遷金山郡, 將迎太夫人, 以汝病頷不果. 吾以永平近, 欲復帶之, 而汝舅又以官事, 待勘金吾未決也. 吾去時數顧汝, 甚惡其瘠, 猶冀其支半年也. 端陽日放衙獨坐, 有危報至, 卽夜載汝兩幼弟, 冒雨馳八十里, 馬上聞訃, 逐哭于野.

448 先是吾夢入深林, 有斫柴痕, 艸色杳然, 撫汝穉弟, 悽愴若有求, 覺而不樂. 是日哭然後始悟其境也. 豈前定歟? 吾入而汝已斂, 聞汝以不見爲恨也.

했다. 명은 잡언 4구로, 거성 霰운(霰·面)을 압운했다.

茫茫厚地, 哀此婉孌. 生之訣兮, 不見父之面!

망망하게 두터운 땅 위에서, 이 어여쁜 너를 슬퍼한단다.
살아서 이별하고는 아비의 얼굴을 못 보누나!

(3) 군인의 묘비

군인의 묘지문도 매우 간단한 형식이었다. 박진(朴蓁, 1507~1582)의 예를 보자. 5행 10자에 불과하다. 제목을 행갈이 하지 않고 적었으니, 맨 앞 6자가 지제에 해당한다. 그것을 제외하면 본문은 44자에 불과하며, 휘, 자, 본관, 부모, 생몰, 장일, 장지를 간략히 밝혔을 따름이다. 지제를 근거로 박진의 최종 직위가 내금위 소속이었음을 알 수 있다.

內禁衛朴公墓公諱蓁字
茂叔密陽人父閏文母羅
氏正德丁卯正月十日生
萬曆壬午五月十六日終
癸未正月六日葬于德洞

(4) 평민의 묘비

중국의 경우 명나라 때 상인의 비지문이 많이 작성되었다. 문호로서 이른바 후칠자(後七子)의 영수였던 왕세정(王世貞, 1526~1590)의 예를 들면, 『엄주사부고(弇州四部稿)』 수록의 비지문 85편 가운데 상인 및 상부(商婦)의 것이 13편, 『엄주속고(弇州續稿)』 수록의 비지문 241편 가운데 상인 및 상부의 것이 35편이나 된다.[449] 일본의 경우 교토 겐닌지(建仁寺) 료소쿠인(兩足院)에 상인의 묘인 「나파우열행재선부군지묘(那波友悅幸齋先府君之墓)」가 있다. 묘주의 아들 나바유요(那波祐予)가 1693년 작성한 「선고

---

449 陳建華, 『中國江浙地區十四至十七世紀社會意識與文學』, 上海: 學林出版社, 1992; 박경남, 「金昌協의 비판을 통해 본 王世貞 散文의 진면목: 商販 碑誌文을 중심으로」, 『한국한문학연구』 46, 한국한문학회, 2010, pp. 163-213.

이군묘갈명병서(先考二君墓碣銘并叙)」를 새긴 비가 묘 앞에 있다.[450] 그 비문에는 비주가 호상(豪商)으로서 거둔 성공을 칭송하는 어구는 없지만, 암시하는 내용은 들어 있다. 에도시대에 상인을 위한 한문 묘비가 건립된 유일한 예이다. 한국에서는 근세 이전 상인을 위한 묘표가 아직 발견되지 않았다.

조선시대에 농민을 묘주로 하는 묘표는 경기도 죽산면 칠장리에 있는 「가선대부행동지중추부사신공지묘(嘉善大夫行同知中樞府事申公之墓)」의 비석이 유일하다. 다만 그 묘주 신길만(申吉萬)은 농민으로서 묘비를 갖게 된 것이 아니라 가선대부의 품계를 받고 '행동지중추부사'의 명예직을 얻었기 때문에 묘비를 갖게 되었다. 즉, 1728년(영조 4) 이인좌의 난 때 죽산의 농민 신길만은 마을 사람 24명과 함께 이인좌를 사로잡아 바쳐 가선대부의 품계에 오르고 동지중추부사의 직을 받았다. 이해 3월 24일(갑술), 도순무사 오명항이 장항령(獐項嶺)을 넘어 죽산으로 들이닥치자 이인좌는 죽산 칠장사로 숨어들었는데, 신길만 등이 승려들과 함께 그를 붙잡았다. 3월 26일(병자)에 영조는 인정문에 거둥하여 이인좌에게 형신을 가하여 역모 사실을 자백받았다. 4월 26일(병오), 이인좌의 난을 평정한 공신들의 훈호를 '수충갈성 결기효력 분무공신(輸忠竭誠決幾効力奮武功臣)'이라고 정하고, 오명항을 1등에 두었다. 이날 영조는 신길만에게는 상으로 은 1,000냥을 지급하고 2품의 관직을 제수하라고 명했다. 4월 29일(기유)에 영조는 오명항을 해은부원군으로 삼고 이어 우찬성에 임명했으며, 다른 공신들도 모두 군에 봉하고 승급시켰다. 이날 영조는 장전(帳殿)에서 신길만을 인견하고 상현궁을 하사했다. 신길만에 대한 상격은 상현궁과 은을 내리고, 명예직인 행 동지중추부사에 제수하는 것으로 그친 것이다.[451]

조선 후기에는 일반 양민도 지석을 마련하여 묻었을 가능성이 있다. 19세기 전반의 이규경(李圭景, 1788~1856)이 『오주연문장전산고』의 「동작석거오각대지석변증설(銅雀石車螯殼代誌石辨證說)」에서 비갈과 지석의 재료에 대해 서술하고, 석재나 청자·백자뿐만 아니라 조개껍질을 사용할 수도 있다는 새로운 방안을 제시한 것은 그러한 사

---

450 비문의 끝에 "元祿癸酉(1693)八月丙戌望安厝, 孝事終矣. 孤哀子那波氏遯菴宗仲祐予立."이라 했다. 상인의 비는 메이지(明治)시대에 들어와 더 많이 제작되었다. 兩足院에는 大村彥太郎(1636~?)의 墓가 있지만, 그의 「大村氏元祖如翁道慈居士碑銘」은 明治 19년 9월에 前住妙心賜紫沙門鄧嶺이 제작하여, 그 비가 東京 東北寺에 있다고 한다. 金文京, 「建仁寺兩足院藏書について」, 『동아시아 각국의 장서루와 그 문화사』, 성균관대학교 국제학술회의 발표논문집, 2009. 1. 16.

451 심경호, 『국왕의 선물』 2, 책문, 2012, pp.230-241.

정을 방중한다. 조선 후기에 서민들까지도 묘지를 광중에 묻게 되면서, 가난한 선비나 중인, 서민들은 묘지의 재료 비용을 낮추고자 고심했으리라 짐작된다.[452] 이규경은 번지(燔誌)의 방법에 대해서까지 상세하게 논했을 뿐 아니라, 신갑(蜃甲)을 지석에 이용하는 방법까지 제안했다. 대략 다음과 같다.

ⓐ 예로부터 비갈과 지명은 좋은 돌을 구하여 연마해서 글씨를 써서 신도에 세우거나 광내에 묻었으나, 돌의 글씨는 지워지기도 하고 묘지는 출토되기도 하여, 모두 후세의 금석 고증의 물건으로 될 뿐이다.

ⓑ 우리나라에서는 강화의 애석(艾石)이나 남포(藍浦)(충남 보령 부근)의 오석을 구하여 비갈로 사용하지만 오래가지는 못한다. 지명(誌銘)은 묘를 잃어버렸을 때에 묘를 찾는 주요한 증거가 되어 효용이 높다. 부귀한 집에서는 옥이나 백자에 회청으로 글씨를 써서 구워서 지석을 만든다. 청나라 왕사정(王士禎)[왕사진(王士禛)]의 『지북우담(池北偶談)』에 보면, 요주부(饒州府) 추관이 요호(窯戶)를 모아 청자 『역경』을 만들었다는 말이 있는데, 그것과 유사한 방법이다. 우리나라 자요(瓷窯)는 경기도 광주부 분원의 백자 요법이 뛰어나며, 근래는 홍반(紅礬)을 사용하여 자색을 띠기도 한다. 하지만 가난한 사람은 석회로 지석의 투판(套版)에 인쇄하고 서각(書刻)에는 전목(塡木)과 탄말(炭末)을 이용한다. 아주 가난한 사람은 이렇게 하지도 못한다.

ⓒ 김주신(金柱臣)의 『수곡집(壽谷集)』[권11 산언(散言) 하편]에는 동작진 흑색 자마석(自磨石)을 사용하는 법이 실려 있다. 그러나 전각(鐫刻)이 어려우므로 유행하지 않는다. 『물리소지(物理小識)』에 따르면, 명나라 때 왕빈명(王賓明)이 「방융계운거웅선사탑비(方融啓雲居膺禪師塔碑)」 위에 고전(古錢)을 덮어두었는데, 동전이 덮여 있던 곳은 글자가 마모되지 않았다고 한다. 따라서 비지를 동으로 입히면 오래갈 수 있을 듯하다. 각석에는 연란법(軟爛法)이 있고, 서석(書石)에는 불멸방(不滅方)이 있으며, 또 『박물고변(博物考辨)』에는 홍말법(紅沫法), 즉 서석심단지술(書石沁丹之術)도 있다.

ⓓ 나는 신갑(蜃甲)을 지석으로 사용하는 방법을 제안하고 싶다. 데라지마 료안(寺島良安)의 『화한삼재도회(和漢三才圖會)』[권47 개패류(介貝類) 모려(牡蠣)]를 보면 굴 껍질을 땅속에 묻어 행수거습(行水去濕)한다고 했다. 실제로 한나라 무덤에는 신갑 수십 석을 묻어 거수피습법(去水辟濕法)으로 활용했다. 지명뿐만 아니라 저술도 조개껍질에 적어 묻으면 영원히 전할 것이다.

---

452 심경호, 「朝鮮時代 墓道文字의 歷史的 特性」, 『Journal of Koren Culture』 15, 한국어문학국제학술포럼(The International Academic Forum of Korean Language and Literature), 2010.

(5) 내시의 비갈

19세기 초에는 내시의 비갈이 존재했던 듯하다.[453] 사복시 서리를 지낸 여항문인 임광택(林光澤, ?~1800)의 『쌍백당유고(雙柏堂遺稿)』(필사본)에 「환시비갈설(宦侍碑碣說)」이 있어, 그 사실을 추정할 수 있다.[454]

> 내가 일찍이 환시의 비갈 문자를 보니, 그 생가의 세계를 쓰지 않고 다만 양가(養家)의 내력을 적었기에 놀라지 않을 수 없었다. 나무는 뿌리에서 나고 풀은 풀뿌리에서 나며, 사람은 부모에게서 나지, 공상(空桑)[455]에서 나오는 자는 없거늘, 어찌 본가 부모를 잊을 수 있겠는가? 잊을 수 없다면 어찌 민멸할 수 있겠는가? 태어나서 환관이 된 것은 정말 불행하다. 비록 슬퍼할 만하지만, 수치스럽다고 숨겨서는 안 된다. 마땅히 먼저 생가의 세계를 서술하여 자세히 밝히고, 다음으로 환관이 되어 남의 양자로 나간 연유를 적는다면 어찌 안 된단 말인가? 무릇 양부와 양자라는 것은 같은 종족으로 자기 집에서 나가 남의 뒤를 잇는 것을 말하거늘, 이는 세속에서 말하는 이른바 시양(侍養)이요, 언(諺)에서 일컫는 명령(螟蛉)이니, 어찌 양자인가? 비록 단지 생가를 서술하여 연계한다고 해도, 양가는 다만 시양부의 성명만 단독으로 제기해도 불가할 것이 없다. 그렇지 않다면 앞면에만 쓰고 음기는 없어도 된다. 어찌 친친(親親)의 의리를 멸시하여 스스로 윤리를 어그러뜨리고 훼손시키는 죄에 빠진단 말인가? 또한 환시는 배필을 두는 법이 없다. 설령 배필이 있더라도, 집안을 칭하는 것이 정직하다. 근래에는 장적(帳籍)에 대부분 부인(夫人)을 쓰고, 또 비면에 쌍서(雙書)하는데, 적절한 것인지 알 수 없다. 만일 저들이 이 말을 듣는다면, 필시 나를 망령되다고 하여, 기롱하고 비난하는 말이 분분하게 일어나 걷잡을 수 없을 것이지만, 나의 견해는 단연코 이러하다. 예법을 아는 사람이 나오길 기다려 다시 헤아려보련다.

이 글을 보면, 적어도 19세기에는 내시도 비갈을 만들었으며, 내시의 비갈은 비의 뒷면에 본생가 부모의 세계를 기록하지 않고 시양가의 내력을 기록했음을 알 수 있다.

---

453 심경호, 「朝鮮時代 墓道文字의 歷史的 特性」, 『Journal of Koren Culture』 15, 한국어문학국제학술포럼(The International Academic Forum of Korean Language and Literature), 2010.

454 林光澤, 「宦侍碑碣說」, 『雙柏堂遺稿』.

455 이윤(伊尹)의 어머니가 임신했는데, 꿈속에서 신이 "절구에서 물이 나올 것이니, 동쪽으로 달아나라."라고 하므로, 다음 날 절구에서 물이 나오는 것을 보고 동쪽으로 달아나 10리쯤에서 동네가 물에 모두 잠긴 것을 보고 그대로 속이 빈 뽕나무가 되어버렸다. 얼마 후 어떤 여인이 뽕잎을 따다 우연히 그 나무 안에서 갓난아이인 이윤을 발견하고 임금에게 헌상하게 되었다. 이후 부모에게서 태어나지 않고 다른 데서 뚝 떨어진 사람을 말할 때 '공상에서 났다.'라고 말하게 되었다. 『呂氏春秋』 「本味」에 나온다.

조선시대에 내시도 비갈을 만들었다면, 비지문과 관련하여 어떠한 금령이나 공식적인 제한이 없었던 것인지, 의문이 든다. 소급하면, 고려시대에 사대부의 묘비가 말기에 이르러서야 나오게 된 것도 금령 때문인지, 관습 때문인지, 앞으로 밝혀내야 할 과제이다.

(6) 노비의 묘표

조선시대에는 노비의 충절을 기리기 위해 무덤에 묘표를 세운 사례가 있다. 송시열 조모의 여종 헌비(憲菲)를 위해 충북 옥천군 이원면(伊院面) 원동리(院洞里)에 건립된 묘표가 그것이다.[456] 헌비는 송시열의 부친 송갑조(宋甲祚, 1574~1628)의 어머니 이씨의 몸종으로, 송갑조의 유모이기도 했다. 헌비의 묘 옆에는 헌비의 아들 강수문(姜叟文)의 묘가 있다. 묘표의 앞면에 "증영의정수옹송공유모헌비지묘자강수문묘재좌숭정육십일년이월▽입(贈領議政睡翁宋公乳母憲菲之墓子姜叟文墓在左崇禎六十一季二月▽立)"이라 새겼고, 비의 뒷면에는 글씨를 새기지 않았다. '숭정 61년'은 1688년(숙종 14)에 해당한다고 간주되어, 그해 송시열이 제주도에 유배가기 전인 2월에 이 비를 세웠다고 알려져 왔다. 그런데 송갑조는 생전에 관직이 사옹원봉사로 그쳤고, 영조 때 영의정에 추증되었다. '숭정육십일년(崇禎六十一季)'은 '숭정재육십일년(崇禎再六十一季)'의 뜻으로, 1748년(영조 24)을 가리키는 듯하다. 이 비석은 송시열이 제주도 유배 직전에 세운 것이 아니다.

충북 음성군 생극면 방축리의 권근 묘역에는 충복 천쇠(千釗)의 무덤이 있고, 그 앞에 후대인이 세운 「충복천쇠묘(忠僕千釗墓)」 묘표가 있다. 또한 경북 영천군 자양면의 오천정씨 묘역에는 임진왜란 때 의병으로서 순국한 정의번(鄭宜藩)의 종 억수(億壽)의 묘가 있고, 「충노억수지묘(忠奴億壽之墓)」 묘표가 있다. 두 묘표 모두 비음기가 없다. 이러한 묘표들은 종의 충직함이나 여종의 순절을 기린 기념비와 성격이 유사하여, 군자의 '사생취의(捨生取義)'와는 달리 인간의 병이(秉彝)에서 우러나온 행위를 표창하는 뜻을 담았다. 1894년(고종 31) 법제상 공사노비를 폐지했으나, 사실상 노비 계층은 오랫동안 남아 있었다. 중인 홍세태가 골육같이 가깝게 지냈던 금비(琴婢)를 선묘의 발꿈치에 묻어주고 죽어서도 주인을 모시라고 축원한 것은 노비에 대한 시각을 잘 말해준

---

456 한은섭, 「양반사회의 여종의 묘비와 정려문」, 『향토사연구』 1, 한국향토사연구전국협의회, 1989, pp.17-23.

다.[457] 금비는 홍세태 집의 유일한 여종으로, 홍세태의 아우 홍세굉(洪世宏)이 만호가
되어 부산 가덕도의 천성(天城)으로 가자 그의 시중을 들기 위해 따라갔다가 병이 들어
죽었다. 홍세태는 금비를 위한 제문에서 그녀의 충성을 칭송하고, 그 혼백이 자신의
돌아가신 부모를 곁에서 모시고 그들의 부림을 받으며 "복종하여 근면하고 정성되고
진실하기를 평소와 한결같이 하리라(服勤誠恪, 一如平昔)"라고 상상하기까지 했다.

457 洪世泰,「祭琴婢墓文」,『柳下集』卷10 文 祭文. "嗚呼! 汝年十一, 入吾家爲婢役, 奉我慈母, 朝夕于側.
吾年後汝數歲, 相視生長, 以至于老, 名雖奴主, 情則骨肉. 吾家素貧, 無他臧獲, 而汝獨當門戶井竈之役,
蓋其勤甚矣. 至於中歲, 家難厄困, 與共死生. 夫以憂傷怵迫之情切於內, 而飢寒艱苦之患逼於外, 實生人
之所不可堪者, 而汝獨食茶如薺, 無一怨色. 苟非其忠誠出於天者能乎? 公遠天城之行, 汝從之往. 實爲
其兒養, 不忍捨故也. 南中瘴毒, 汝不能免, 竟以枯骨歸, 哀哉! 吾嘗謂汝於吾家, 功多報薄, 思欲一豐其食
衣, 以慰其心, 而力未能焉, 常以此爲恨. 及余赴蔚, 而汝亡已久, 痛莫之追. 時與室人道汝平日事, 未嘗不
潸然出涕也. 然汝之葬得近於先隴之下, 想其魂魄, 陪衛使令, 服勤誠恪, 一如平昔, 而四時香火, 霑得餕
餘, 庶無餒而之歎. 爲吾家子孫者, 亦必永遵而不敢廢矣. 然則於汝亦不可謂不幸矣. 今余以一觴告汝, 汝
其聞余此言否? 雖汝不知, 吾且盡吾心而已矣. 嗚呼哀哉!"

1. 비문의 찬술과 입비

(1) 비문 찬술과 입비 과정

석비문과 비지문은 찬술되고 입비(入碑)되기까지 난관이 적지 않았다. 비를 건립하고 지를 묻는 과정도 간단하지 않았다. 입언자가 석비를 찬술하려면 사적이나 사건의 경과와 관련 인물의 간여 상황을 서술한 기본 자료가 있어야 하고, 비지를 찬술하려면 고인의 행장이나 연보가 갖추어져 있어야 한다. 입언자가 충실한 자료들을 바탕으로 찬술했더라도 역사 서술의 주체나 고인의 가족 및 문인들이 초고의 자구, 편장, 주제 등을 면밀하게 검토했다. 석비의 비문이나 비지의 문장이 입비되었다 하더라도, 사적과 사건에 대한 평가가 수정되거나 역명(易名, 賜諡)과 추증(追贈)이 있으면 후대인이 비문을 새로 작성하고 별도의 석비나 비지를 제작해야 했다.

특히 비지문의 찬술과 입비는 복잡한 과정을 거쳤다. 퇴계 이황(李滉)을 비주로 하는 비지문을 통해 그 사실을 살펴보자. 이황을 비주로 하는 비지문은 이황 자신이 생전에 작성한 자명(自銘), 이황의 자명과 기대승(奇大升)의 서후(敍後)[병서(竝序)]를 합한 묘갈명, 그 일부를 사용한 묘지(墓識), 박순(朴淳)이 찬술한 묘지명, 이덕홍(李德弘)이 찬술한 묘지명, 기대승이 찬술한 광명(壙銘) 등이 있다(표 5-1). 실제로 사용된 것도 있고 폐기

751

|표 5-1| 이황을 위한 비지문

구분	비제·지제	비지문 제작 시기와 찬자	수록 문헌
1	退溪先生墓碣銘[先生自銘並書] 銘(운문)과 敍後(산문). 敍後의 중간에 辭.	自銘(李滉 自撰) 敍後: 1571년(선조 4, 신미) 3월 21일 안장 이후 奇大升 찬.	奇大升,『高峯集』卷3; 李滉,『退溪集』年譜 卷3 附錄
2	退溪李先生墓識 장단구 운문. 生平部와 頌讚部. [논점 어구: "先生官雖高而不以 自取, 學雖力而不以自有."]	1571년(선조 4, 신미) 生平部: 趙穆 찬. 頌讚部: 奇大升 찬.	『退溪集』年譜 卷3 附錄
3	退溪先生墓誌銘(幷序) 序(산문)와 銘(운문)	1571년 3월 6일	朴淳,『思菴集』卷4 文
4	退溪先生墓誌銘 4언 30구(운문)	李德弘 찬.	李德弘,『艮齋集』卷7 雜著
5	退溪先生壙銘(退翁壙銘) 「退溪李先生墓識」의 頌讚部 [논점 어구: "先生官雖高而不自 以爲有, 學雖力而不自以爲後."]	奇大升 原撰. 논점 어구 약간 수정. 1596년(선조 29, 병신) 윤8월 14 일(무인) 趙穆,「告退溪先生埋誌 文」낭독.	『高峯集』卷3「退 翁壙銘」

된 것도 있다.

이황은 선조 3년(1570) 12월 8일(신축), 분매에 물을 주게 하고 한서암에서 세상을 떠났다. 1576년 12월 문순(文純)의 시호가 내렸고, 1596년(선조 29, 병신) 윤8월 14일 (무인) 예안(禮安) 토계동(지금의 경북 안동시 도산면 토계리) 건지산(搴芝山) 남쪽 기슭의 묘소에 지석이 묻혔다. 이황은 생전에 종1품 정승의 지위에 있었으므로, 사후에 예조에서 도감을 설치해 장례를 치르는 것이 당연시되었다. 하지만 이황은 별세 나흘 전 조카 영(寗)을 불러, 예장(禮葬)을 사양하라고 명했다. 비석은 세우지 말고 작은 돌 앞면에 '퇴도만은진성이공지묘(退陶晚隱眞城李公之墓)'라고 새기고, 뒷면에는 향리 (鄕里)·세계(世系)·지행·출처를 간단히 쓰고, 자신이 초를 잡아둔 명(銘)을 쓰라고 했다. 이황은 당시 4언 24구 6회 환운의 「자명(自銘)」으로 일생을 정리해 두었다.[1] 그러

1　生而大癡, 壯而多疾. 中何嗜學, 晚何叨爵.」學求猶邈, 爵辭愈嬰. 進行之路, 退藏之貞.」深慙國恩, 亶畏聖 言, 有山巍巍[『고봉집』에는 '巍巍', 『퇴계집』에는 '巖巖'로 표기되어 있다.─필자 주], 有水源源. 婆娑初 服, 脫略衆訕. 我懷伊阻, 我佩誰玩.」我思古人, 實獲我心. 寧知來世, 不獲今兮.」憂中有樂, 樂中有憂. 乘 化歸盡, 復何求兮.」제1단(1~4) 疾, 爵: 入質(疾)과 入藥(爵) 통압, 제2단(5~8) 嬰·貞: 平庚, 제3단(9~12) 言·源: 平元, 제4단(13~16) 訕·玩: 去諫(訕)과 去翰(玩) 통압, 제5단(17~20) 心·今: 平侵, 제6단(21~24)

나 유명에도 불구하고 장례는 예장으로 치러졌다. 다만 묘소는 매우 검약하다. 묘비도 묘전비(墓前碑)라고 부를 정도로 소박한 묘갈 양식이다. 앞면에는 '퇴도만은진성이공지묘'라고 적혀 있고, 뒷면에는 이황의 「자명」과 1571년(선조 4) 45세의 기대승(1527~1572)이 지은 서후(敍後)가 새겨져 있다.

1571년 봄, 김성일(金誠一, 1538~1593)은 선생의 지문이 3월 7일이나 8일쯤 되어야 완성될 듯해서 회장(會葬)에 맞추지 못할 것이라고 걱정하며, 조목(趙穆, 1524~1606)과 금난수(琴蘭秀, 1530~1570)에게 서찰을 보냈다.[2] 당시 오수영(吳守盈, 1521~1606)이 엮은 「퇴계선생이력초기(退溪先生履歷草記)」[3]를 바탕으로 예조판서 박순(1523~1589)이 「퇴계선생묘지명병서(退溪先生墓誌銘并序)」를 작성하고 있었다. 박순은 이후백(李後白, 1520~1578)과 함께 반복해서 고찰한 다음 3월 6일에 글을 내었다. 김성일은 박순이 찬술한 지문에 불만을 느껴, 기대승이나 노수신(盧守愼, 1515~1590) 또는 조목이 지문을 찬술했더라면 좋았을 것이라고 하면서, 처리 방안을 묻는 서찰을 조목에게 내었다. 그리고 건지산에서 있을 회장에 참석하지 못한다고 알리면서, "지문은 6일에 비로소 찬출했는데, 퇴계의 성대한 덕과 크나큰 사업에 대해서는 아주 온당치 못한 점이 있습니다."라고 했다.[4] 류성룡(柳成龍, 1542~1607)도 박순이 지은 묘지명을 흡족해하지 않았다.[5] 김성일은 구봉령(具鳳齡, 1526~1586), 오겸(吳謙, 1496~1582), 우성전(禹性傳, 1542~1593)에게 두루 의논하여 온당치 못한 부분에 찌를 붙인 다음, 오겸으로 하여금 변증하게 했다. 박순은 수정을 거부하여, "큰 사업을 서술한 곳은 이미 흠결이 없게 되었으므로, 지문의 체례(體例)를 깨뜨려서는 안 된다."라고 했다. 구봉령은 조목에게 보낸 서한에서, 박순이 찬술한 묘지명에 연도가 잘못되고 문자가 난삽한 흠이 있지만 비판은 옳지 않다고 말했다. 그러면서 행장은 조목이 맡아 별도로 제작해주기를 부탁했다.[6] 이황의 제자 김부륜(金富倫, 1531~1598)은 벗들에게 보낸 별지에서, 지문을 다시 고쳐 지으려고 하면서 그 일을 기대승에게 부탁하고, 또 그에게 행장도 같이 지

　　憂·求: 平尤.

2　金誠一, 「與趙月川琴聞遠」(辛未), 『鶴峯集』 續集 卷4. "伏問僉尊履若何?" 운운.

3　吳守盈, 「退溪先生履歷草記」, 『春塘集』 卷4 雜著.

4　金誠一, 「與趙月川(穆)」(辛未), 『鶴峯先生文集』 卷之四 書. "春來, 侍履若何?" 운운.

5　金誠一, 「與趙月川琴聞遠」(壬申, 1570, 선조 5 겨울), 『鶴峯集』 續集 卷4; 金誠一, 「與趙月川(癸酉)」(1573 歲暮), 『鶴峯集』 卷4; 具鳳齡, 「答趙士敬書」, 『栢潭集』 卷8; 金富倫, 「答同門諸友別紙」, 『雪月堂集』 卷3; 趙穆, 「與同門諸契 論退陶先生碣文誌文未穩處」, 『月川集』 卷3.

6　具鳳齡, 「答趙士敬書」, 『栢潭集』 卷8.

어달라고 하는 것은 전례가 없으며, 선현의 언행을 중설(衆說)에서 고찰해야 신뢰하게 되는 통념에도 어긋난다고 했다.[7] 그리고 "옛날 성현의 사업은 모두 행장과 여러 기록에 갖추어져 있거늘 어찌 반드시 묘지 때문에 존중되고 경시되고 하겠습니까?"라고 반문했다. 이를테면 북송의 학자 정호(程顥)의 묘지는 정호의 학문을 전혀 발명하지 않았어도 정호의 도덕에 손해를 입히지 않았고, 북송의 정이(程頤)나 장재(張載), 남송의 주희(朱熹)도 모두 묘지가 없다는 사실을 언급했다. 김부륜은 또한 예천 돌은 얻기 어렵고 충주 돌은 운반하는 일이 지난하므로 문경 석편을 사용하자고 제안했다. 또한 조정에서 예장이 내렸으므로 비갈 앞면에 포증 받은 작위를 쓰고 뒷면에 '만은(晚隱)'이라 쓰는 것이 좋을 듯한데, 그렇게 되면 선생의 유언을 어기는 것이므로 어찌할지 모르겠다고 했다.[8] 그리고 비갈에 이황의 「자명」만 새기는 것에 반대하여, 비갈은 '문'이 있어야 '명'이 있는 것이 항례라고 했다.[9] 선생의 겸허한 뜻을 존중하되, 비갈의 뒷면에 향리·세계·지행·출처를 간략히 적는 것이 좋겠다고 했으며, 주희가 찬술한 채원정(蔡元定) 묘갈의 문구가 "아! 송나라 채계통 보의 묘이다[嗚呼! 有宋蔡季通父之墓]."라는 10자였다는 고사를 들어, 사(辭)를 새겨 넣을 필요는 없다고 했다. 김부륜은 시장을 올려 선생의 시호를 청할 필요가 있다고도 했다. 하지만 선생의 뜻이 아니라는 노수신의 주장이 있었기 때문에,[10] 문인들은 당장 시호를 청하지는 않았다.

김부륜은 이미 박순이 묘지를 작성했으므로 그것을 개찬할 필요는 없다고 보았다. 『주자어류』에서 주희가 누군가 묘명(墓銘)을 구하자 "사람이 죽은 후 다시 이런 것을

7 金富倫,「答同門諸友別紙」,『雪月堂集』卷3.

8 金富倫,「答同門諸友別紙」,『雪月堂集』卷3.

9 金富倫,「答同門諸友別紙」(3),『雪月堂集』卷3. "先生謙德, 至易簀猶未衰. 自比於尋常人, 故遺命於碣陰, 畧書鄉里世系志行出處耳. 以今日之事言之, 不必盡從其自謙之命, 如何? 趙章泉哭蔡西山詩曰: '嗚呼季子延陵墓,' 不待鐫辭行可知. 前賢已有碣不鐫辭之例矣. 今雖不詳, 豈有不可者乎? 但凡碣必有文, 然後有銘. 則無文而只書自銘, 其體例如何? 稱之曰墓表, 而書自銘於其下, 則尤非表體, 如何? 且前面書贈爵, 則後面當叙隱號之由, 前面書隱號, 則後面可叙贈爵之事. 以此言之, 恐終不得無文也. 先生嘗欲製文而未果, 今承遺意, 畧叙大槩於銘後, 俾成一篇, 亦何害? 但鄉里以下等語, 雖不言, 或無妨." 김부륜이 趙章泉의 '哭蔡西山詩'라고 말한 것은 착오이다. 주희의 시를 『시인옥설(詩人玉屑)』의 '조장천(趙章泉)' 조항에서 인용했다.

10 金富倫,「答同門諸友別紙」(4),『雪月堂集』卷3. "持狀請諡, 果是因循之習. 何必效之? 昔橫渠先生卒, 門人欲諡爲明誠中子, 以質明道. 明道問溫公. 溫公曰: '諸君欲諡子厚, 不合於古禮, 非子厚之志.' 遂止之. 今請諡非古, 又非先生之志, 蘇齋之敎至當. 凡此皆非愚見所及, 而旣承俯問, 終不可無言. 敢此獻愚. 幸十分商量如何. 大抵此等議論, 其是非非如白黑之分明. 問甲者之言, 則似有理, 問乙者之言, 則亦似有理. 可否之間, 莫能適從. 此平日無實見之致, 甚可愧歎."

구하여 무엇을 하겠는가?"라고 한 말을 환기시키기까지 했다.[11] 여러 벗들에게 보낸 별지의 추고(追告)에서 김부륜은 다음과 같이 말했다.[12]

주자는 또 '파공(동파 소식)이 사마온공(사마광)의 신도비를 지어 서사(敍事)를 아주 간략하게 했는데 이는 그가 행장을 이미 지었기 때문이다.' 운운했소. 그렇다면 고인도 역시 행장과 비문을 함께 제작한 일이 있었던 것이오. 다만 당시 낙중(洛中) 현인들같이 친히 아는 사람이 없어서 파공의 문자(글)만을 취했던 것인지, 이는 알 수 없소. 파공이 둘 다 짓되, 하나는 상세히 하고 하나는 간략히 한 차이가 있는데, 지금 그것을 반드시 본받을 필요는 없소. 어떠한가?

결국 중론에 따라 이황의 자명을 앞에 두고 기대승이 '서후(敍後)'를 붙이는 방식으로 '퇴계선생갈문(退溪先生碣文)'을 완성했다. 그 글이 기대승의 문집 『고봉집』에는 「퇴계선생묘갈명선생자명병서(退溪先生墓碣銘先生自銘並書)」로 실려 있고, 이황의 『퇴계집』 부록에는 「묘갈명(墓碣銘)」으로 실려 있다. 기대승이 작성한 '서후'의 구조는 ⓐ 이황의 졸장(卒葬), ⓑ 이황의 명·자·호·선계, ⓒ 이황의 관력, ⓓ 이황의 유언, ⓔ 찬자의 평어와 각오, ⓕ 사(辭), ⓖ 이황의 배위 및 자손 등으로 짜여 있다. 한편 박순이 별도로 찬술 「퇴계선생묘지명병서」의 구조는 ⓐ 이황의 졸장, ⓑ 이황의 명·자·호·선계, ⓒ 이황의 관력, ⓓ 이황의 유언, ⓔ 찬자의 평어, ⓕ 이황의 출처 진퇴, ⓖ 이황의 저술, 도학의 발양, ⓗ 이황의 '천명정학(闡明正學) 개도후생(開導後生)', ⓘ 이황의 배위 및 자손, ⓙ 명(銘) 등으로 짜여 있다. 박순이 찬술한 묘지명은 이황의 출처 진퇴를 옹호하고, 이황의 저술, 이황의 정학 천명, 이황의 후생 개도 등을 상세하게 제시한 것이 특징이다. 기대승이 지은 '서후'보다 친절하지만 ⓒ는 잡박하다. 설령 그것이 사실을 기록한 것이라 하더라도 상정(常情)과 부합하지 않는다는 느낌을 주며, 결국 묘주의 덕행과 공적을 드러내기에는 설득력이 없다.[13]

---

11 『朱子語類』卷107 朱子 4(內任. 丙辰後雜言行) 孝宗朝 '賀孫'錄.

12 金富倫, 「答同門諸友別紙·追告」, 『雪月堂集』 卷3. "朱子又云: '坡公作溫公神道碑, 敍事甚略. 是他已爲行狀'云云. 然則古人亦有俱製行狀碑文者矣. 但當時豈無相知如洛中諸賢, 而獨取坡公文字耶? 殊不可知也. 坡公俱製, 而有商畧之異, 今不必效之, 如何?" 주희의 말은 『朱子語類』卷130 本朝 4 '自熙寧至靖康人物'에 나온다.

13 박순이 지은 퇴계의 묘갈명 가운데 ⓒ 부분은 다음과 같이 (ㄱ)~(ㅅ)으로 세분할 수 있다. "(ㄱ) 是歲甲辰十一月, 中廟登遐, 公知製敎, 製告訃, 請諡兩表, 又手書之, 表至中朝, 禮部尙書等, 覽表歎服曰: "表文旣好, 書

그런데 조목은 기대승이 찬술한 '퇴계선생갈문', 즉 '서후'의 문제점을 지적했다.[14]

① 사(辭)(⑤)에서 '중년 이후로는 부귀공명을 단념하고[中歲以後, 絶意外慕]'에 대해: "선생의 기품은 영특하고 자질이 독실하여, 젊어서부터 고요하게 학문을 좋아하셔서 세상 이익과 분잡함에 대해서는 담박했거늘, 어찌 중년이 된 이후에야 외물에의 사모를 완전히 끊었다고 하겠습니까?"
② 사(辭)에서 '저 공·맹과 정·주의 말씀으로 헤아려 보면 부합하지 않는 것이 적다[揆諸孔孟程朱之言, 其不合者寡矣].'에 대해: "그렇다면 부합하지 않는 것이 여전히 있는 것이어서 진선이라고는 할 수 없습니다. 그렇거늘 이에 이어서 '역시 천지 사이에 우뚝 서서 어그러지지 않고, 귀신에게 질정하여도 의심이 없다고 이를 만하니' 운운했습니다. 위 구절을 기준으로 보면 아래 구의 어휘 사용이 너무 무겁고, 아래 구절을 기준으로 보면 위 구절의 어휘 사용이 너무 가볍습니다. 어떠하신지요?"
③ 전체 글에 대해: "이 글은 정신도 있고 기력도 있어서 대요를 잘 초촬(抄撮)해서 묘도에 게시하여 후대에 고할 수 있을 것 같습니다. 다만 그 뜻은 궁격·논의·처사 등을 위주로 했지, 선생께서 평일 독실하게 실천하고 단적으로 공부를 하신 한 가지 일에 대해서는 친철하게 말하지 못한 것 같습니다."

기대승이 작성한 '서후' 가운데 ⑤의 사(辭)는 산문의 구법이지만 2구가 하나의 의미 단위를 이루는 배비구(排比句)를 누적시켜 음수율을 고려했다. 변문과 달리 평측교호법이나 염률의 외재율은 지키지 않았다.

先生幼而端序, 長益涵揉.　　　　　序(上語) 揉(平尤)
中歲以後, 絶意外慕.　　　　　　　後(上有) 慕(去遇)

法亦妙." 使臣歸啓其言, 仁廟特令賞賜. (ㄴ) 力乞補外, 出守丹陽郡, 爲政淸愼慈恕, 民自愛服. 郡有佳山水, 每於公暇, 遊陟吟詠, 且記其勝以留郡, 後人傳以爲寶. (ㄷ) 是時, 大行未葬, 人皆疑其去就. 公曰: '昔考亭, 以煥章閣待制, 不待孝宗發引而行, 義所當去, 不得不爾也.' (ㄹ) 入京城之日, 走卒咸擧手加額曰: '退溪至矣.' 上亦不名, 呼以判府事. 朝議患軍額多缺, 將丁改籍. 公啓曰: '今年水旱, 民迫餓莩, 宜少緩以俟豐稔.' 上曰: '爲國而不聽卿言耶?' 卽命停之. (ㅁ) 拜吏曹判書, 都人相賀曰: '某也秉銓衡, 請托自今絶矣.' 公又辭不受, 仍處舊職. (ㅂ) 時朝議德興君追崇名號及立家廟事, 公言當稱德興大君, 又作廟祀之儀, 皆不見用. 且明廟當祔文昭殿, 公欲於此時, 依三代廟制, 正太祖東向之位, 昭穆南北之序, 大臣禮官以爲不可, 各以其意啓之, 公言竟廢. (ㅅ) 暨寢疾, 慮家人或有祈禱之事, 切戒禁之."
14 趙穆, 「與同門諸契 論退陶先生碣文誌文未穩處」, 『月川集』 卷3.

專精講究, 洞朗微妙.	究(去宥) 妙(去嘯)
充積發越, 人莫能測,	越(入月) 測(入職)
而方且謙虛卑遜, 若無所有.	遜(去願) 有(上有)
蓋其日新上達, 有不能已者.	達(入曷) 已(上紙)
至於出處去就, 相時度議[義].	就(去宥) 義(去寘)
務求吾心之所安, 而終亦無所詘焉.	安(平寒) 詘(入物)
其所論著, 反覆紆餘.	著(上語) 餘(平魚)
光明俊偉, 粹然一出於正.	偉(上尾) 正(平庚)
揆諸孔孟程朱之言, 其不合者寡矣.	言(平元) 寡(上馬)
亦可謂建諸天地而不悖, 質諸鬼神而無疑也.	悖(去隊) 疑(平支)
嗚呼至哉!	至(去寘)[哉(平灰)]

선생은 어려서 조리 있으셨고, 자라서 더욱 함유(涵揉)[15]했으며

중년 이후로는, 바깥(부귀공명)의 사모를 단념하고

학문 탐구에 전적으로 정밀하여, 미묘한 진리를 환히 꿰뚫고

충적하고 발양하여, 사람들이 측량할 수가 없었거늘

선생은 겸허하고 공손하시어, 마치 아무것도 가지지 못한 듯이 하셨다.

대개 날마다 새로워 위로 천리를 달하여, 말래야 말 수 없는 것이 있으셨다.

출처와 거취에 있어서는, 때를 보고 의리를 헤아려

내 마음의 편히 여기는 바를 구하려 힘썼기에, 끝내 굽히는 바가 없었다.

그 논하여 저술한 바는, 반복하며 완곡하며

광명하고 우뚝하여, 순수하게 한결같이 정도에서 나왔기에

공자·맹자, 이정·주자의 말로 헤아려 보면, 부합하지 않는 것이 적으니

역시 천지 사이에 건립하여 어그러지지 않고, 귀신에게 질정해도 의심 없다고 이를 만하도다.

아, 지극하여라!

첫 구의 '단서(端序)'나 '함유(涵揉)'는 생소하다. 이러한 어휘의 문제에 대해서 퇴계 문하의 제자들은 거론하지 않았다.

1572년(선조 5) 겨울, 김성일은 돌을 구해 오천으로 보냈는데, 그 돌에 흠이 난 곳이

---

15 함유는 함양(涵養)하고 유치(揉治)했다는 말로 스스로를 다잡았다는 뜻이다.

있다고 하여 오천 사람들은 빗돌로 사용하는 것에 주저했다. 그러자 겨울에 김성일은 조목과 금난수에게 서찰을 보내, 자신이 구한 돌이 예천에서 캔 돌만큼 넓고 두터울 것이며, 석공도 함께 보내니 돌을 쪼아 흠을 제거해 보라고 권고했다. 이어서 기대승이 찬술한 갈문, 즉 '서후'는 의심스러운 부분이 있지만 이미 기대승이 작고한 뒤라서 물어볼 수 없으며, 많은 사람들이 별 의문을 가지지 않으므로 그대로 사용해야 할 것이라 말했다. 기대승은 이해 11월 1일 46세로 작고한 뒤였다. 김성일은 자신이 지문(誌文)의 일을 김취려(金就礪, 1526~?) 및 오천 어른과 의논했는데, 김취려의 뜻이 강하여 들으려고도 하지 않으므로 어떻게 하면 좋을지 모르겠다고 했다. 전에는 기대승이 찬술한 것['묘지(墓誌)'를 말하는 듯함−필자 쥐을 쓰는 것이 옳을 듯했는데, 지금은 기대승이 작성한 선생의 행장이 없거늘 모양새를 갖추지 못한 지문만 쓰는 것은 미진한 듯하다고 했다. 이제는 초상 뒤이므로 초상 때 박순이 짓기를 기다리지 않은 뜻과는 몹시 다르다고 했다.[16] 1573년(선조 6) 여름, 김성일은 김부필(金富弼, 1516~1577)에게 서찰을 보내, 묘갈명을 새길 돌을 못 쓰게 된 것을 아쉬워했다. 또한 지문에 대한 곡절은 의흥(義興)[이황의 아들 이준(李寯)]이 돌아가서 상세히 말씀드릴 것이므로 다시 길게 쓰지 않겠다고 했다.[17] 초가을에 김성일은 다시 김부의(金富儀)·김부륜에게 서찰을 띄워, 이황이 서거한 지 두 돌이 되었건만 묘갈을 세우지 못했고, 지문은 쓸 수 없으며, 행장은 다시 부탁할 사람이 없다고 한탄했다. 또 채석이 어려우므로 예전 돌 가운데 하나를 사용하자고 제안했다.[18]

1573년에 양사(兩司)는 작고한 이황에게 시호를 내려주길 청했다. 선조는 행장(시장)이 찬술되길 기다리지 않고서 시호 내리는 것은 불가하다고 했다. 우의정 이산해(李山海)와 이이(李珥) 등은 묘지와 묘갈 및 문인들의 서술에 의거하여 이황의 시호를 정하자고 청했다. 홍문관 관원들이 다시 차자를 올린 다음에야 윤허를 받았다. 이렇게 하여 이조에서는 이황의 문중에 이황의 묘지와 묘갈, 그리고 문인의 서술을 요구했다. 우성전과 김취려는 박순이 찬술한 묘지는 사용할 수 없으므로 차라리 행장 찬술을 마친 뒤 시호를 정하자고 했다. 경연의 자리에서 김성일도 묘지를 올릴 수 없다고 했다. 하지만 선조는 듣지 않았다. 이해 세모에 김성일은 조목에게 서한을 부쳐, 묘지를 올

---

16 金誠一,「與趙月川琴聞遠(壬申)」,『鶴峯集』續集 卷4.
17 金誠一,「與金後凋(富弼)(癸酉)」,『鶴峯集』卷4.
18 金誠一,「與金愼仲(富儀)惇叙(富倫)」,『鶴峯集』卷4.

리라는 왕명이 이미 내린 데다가, 조정에서 시호의 미오(美惡)를 정할 때 묘지만 참고하려는 것은 아니므로, 묘지를 올려 보내라고 했다.[19] 1575년 봄, 김성일은 오천 어른들에게 서찰을 보내 문집은 아직 편집을 마치지 못했고, 묘갈을 새길 돌은 양양에 있어 봄이 되어야 운반해 올 수 있다는 말을 들었다면서 걱정했다. 덧붙여서, 이황의 아들 이준이 관직에 있어 일을 주관하기 어려운데, 손자 봉원(逢原)[이안도(李安道)]이 부친의 권유로 성균관에 들어가 과거 볼 계획을 세운 것은 내외와 경중의 구분을 잃은 것이 아니냐며, 그를 잘 인도해 달라고 청했다.[20] 김성일은 1576년 겨울 김부륜에게 보낸 서찰에서, 이황의 시호를 청하는 일은 곡절이 많다고 하고, 이안도에게 잘 헤아려 처리하도록 주의를 주라고 했다.[21] 이해 12월, 이황에게 문순(文純)의 시호가 내렸다.[22]

이황이 타계한 지 16년 되는 1596년 윤8월 14일에 이르러서야 지석이 묘역에 매립되었다. 기대승이 지은 글을 돌에 새겨 광(壙) 남쪽에 묻은 것이다.[23] 이때 조목이 27년 전 작성한 「고퇴계선생매지문(告退溪先生埋誌文)」을 낭독했다. 기대승의 「퇴계선생광명(退溪先生壙銘)」은 이미 1571년에 조목과 기대승이 합찬한 「퇴계이선생묘지(退溪李先生墓識)」[24]의 송찬부(頌讚部) 부분(기대승 작)만 약간 수정한 것이다(표 5-2 참조). 이때 조목은 기대승이 찬술한 「묘지」 가운데 허두의 산문 부분은 범범하다고 논평했다.[25]

19 金誠一, 「與趙月川(癸酉)」, 『鶴峯集』 卷4.

20 金誠一, 「與烏川諸丈」(乙亥), 『鶴峯集』 續集 卷4.

21 金誠一, 「與金惇叙」, 『鶴峯集』 卷4. "先生請諡事, 曲折甚多. 愼仲丈備知首末, 故不復縷縷. 緣此議論紛起, 幸與逢原十分商量裁處, 勿令有悔也. 誠一乞縣之計已左, 又忝匪據之選. 此身狼狽, 不可言也."

22 李滉, 『退溪集』 年譜 卷2 「退溪先生年譜」, "萬曆四年丙子十二月. 贈諡曰文純. [道德博聞曰文, 中正精粹曰純.]"

23 趙穆, 「告退溪先生埋誌文」, 『月川集』 卷6; 李滉, 『退溪集』 年譜 卷3 「埋誌告文」. "維萬曆二十四年歲次丙申閏八月十四日戊寅, 門生趙穆等敢以清酌庶羞, 敬告于先師退陶李先生之靈. 噫! 惟我先生厭世, 今至二十有七年之久, 而墓道之誌尙闕. 良由時事之推薦, 論議之靡一. 玆以高峰奇大升所撰文, 謹刻而埋于壙南土之吉. 猗歟! 先生, 道德之藏, 精金鏤彩, 美玉埋光. 江英嶽靈, 呵禁不祥. 秋千世億, 永保無疆. 尙饗." 『퇴계집』에는 '維萬曆' 이하 '先生之靈'까지가 더 있다.

24 李滉, 『退溪集』 年譜 卷3 附錄 「有明朝鮮國故崇政大夫判中樞府事兼知經筵春秋館事贈 大匡輔國崇祿大夫 議政府領議政 兼領經筵弘文館藝文館春秋館觀象監事 退溪李先生墓識」, "先生諱滉, 字景浩. 居于禮安, 系出眞寶. 自少好學, 不喜爲官. 行年七十, 考槃之寬. 嗚呼! 先生官雖高而不以自取, 學雖力而不以自有. 俛焉孜孜, 庶幾無咎. 視古先民, 孰與先後? 山可夷, 石可朽. 吾知先生之名, 與天地而並久. 嗚呼! 維衣與屨兮, 託在玆阜. 千秋萬世, 無或躪蹂也."; 奇大升, 「退翁壙銘」, 『高峯先生文集』 卷3. 1596년에 류성룡이 조목에게 보낸 서한을 보면, 본래 「퇴계이선생묘지」는 조목과 기대승의 합작이었음을 알 수 있다.

25 趙穆, 「與同門諸契 論退陶先生碣文誌文未穩處」, 『月川集』 卷3.

|표 5-2| 기대승의 「퇴계이선생묘지」와 「퇴계선생광명」

退溪李先生墓識[誌文]		退溪先生壙銘(退翁壙銘)[誌文] (「退溪李先生墓識」의 일부)
有明朝鮮國故崇政大夫判中樞府事兼知經筵春秋館事 贈大匡輔國崇祿大夫議政府領議政兼領經筵弘文館藝文館春秋館觀象監事退溪李先生墓識	篆額	
先生諱滉, 字景浩. 居于禮安, 系出眞寶. 自少好學, 不喜爲官. 行年七十, 考槃之寬.	生平部 [趙穆 撰]	
嗚呼! 先生官雖高而不以自取, 學雖力而不以自有. 俛焉孜孜, 庶幾無咎. 視古先民, 孰與先後. 山可夷, 石可朽. 吾知先生之名, 與天地而竝久. 嗚呼, 維衣與履兮, 託在玆阜. 千秋萬世, 無或躪蹂也.	頌讚部 [奇大升 撰]	嗚呼! 先生官雖高而不自以爲有, 學雖力而不自以爲厚. ('先生'이하 2구가 앞서의 글과 약간 다름 ―인용자 주) 俛焉孳孳, 庶幾無咎. 視古先民, 孰與先後. 山可夷, 石可朽. 吾知先生之名, 與天地而竝久. 維衣維履兮, 託在玆阜. 千載而下兮, 尙無躪蹂也. ('維衣'이하 4구가 앞서의 글과 다름―인용자 주)
(記年)		

ⓐ '視古先民, 孰與先後.': "이 구절은 범범하여 아무 긴말하게 연결되는 곳이 없는 듯한데 어떻습니까[此句似泛然無所著落, 如何]?"

ⓑ '山可夷' 이하: "호화스럽고 경발하며 위곡하고 돈좌하여 천년 뒤 사람의 마음을 감동시킬 만합니다[豪華警發, 委曲頓挫, 足以感人心於千載之後矣]."

류성룡은 김부륜의 견해를 끌어와 허두 부분을 제거하는 것이 좋겠다는 뜻을 밝혔다. 그리고 류성룡은 기대승이 찬술한 「묘지」에서 '先生官雖高而不以自取' 구절이 선생의 뜻과 어긋난다고 여겼으나, 기대승의 글은 이덕홍(李德弘, 1541~1596)이 찬술한 것과 비교한다면 그대로 쓰는 것이 좋겠다고 조목을 설득했다.[26] 조목은 행장 제작에

---

26 柳成龍, 「答趙士敬」(丙申), 『西厓集』卷10.

더 큰 의미를 두고, 권우(權宇, 1552~1590)에게 보낸 서찰에서 이렇게 말했다.[27]

행장의 일은 제가 평소 식견이 없거늘 어찌 감히 망녕되게 따지겠는가? 다만 당나라 이 문공[이고(李翱)]의 말(「百官行狀奏」)[28]에 "사람들의 사적은 큰 선이거나 큰 악이 아니면 뭇사람들이 알 길이 없다. 그러므로 옛 관례에는 모두 사람들을 찾아가 묻고, 또 행장을 취해 근거로 삼았다. 지금 행장을 만드는 사람들은 문생이 아니면 옛날의 관리였다." 운운했으며, 지식의 고하를 따지지 않았소. 또 『주자대전』을 고찰하니, 연평 선생[이동(李侗)]은 벼슬을 살지 않았지만 주자가 행장을 만들었고, 남악처사 회숙(晦叔) 오익(吳翌)은 처사였지만 주자가 행장을 만들었소. 고인은 아무래도 관직이 있고 없음에 따라 행장을 만들거나 그렇지 않거나 한 것이 아니었소. 다시 살펴주기 바라오. 다만 이러한 문자는 손을 대기가 아주 어려우며, 말의 경중에 절로 척도가 있소. 그대의 조감(藻鑑)에 달려 있다고 생각되오.

이후 조목은 지문과 행장에 불만을 지녀 별도로 「퇴계선생언행총록(退溪先生言行總錄)」을 찬술했다.[29] 김성일도 「퇴계선생사전(退溪先生史傳)」과 「퇴계선생언행록(退溪先生言行錄)」을 지었다.[30] 김성일은 이미 1589년(선조 22) 여름에 행장의 제작을 조목에게 권한 바 있다.[31]

(2) 비문 찬술의 자료

비문은 입언자가 일정한 자료를 확보한 후에 찬술한다. 기념비와 같은 석비는 근거 자료가 일일이 확인되지 않는 경우가 많은 데 비해, 비지문은 대개 행장이나 연보를 확보하는 경우가 많았다. 행장은 묘주(비주)의 집안 사람이 작성한 '가장(家狀)'을 이용하는 일이 적지 않았다. 노론 학자인 도암 이재(李縡, 1860~1746)는 많은 비지문을 찬술했는데, 그는 문하생들에게 비주의 세계(世系)와 이력(履歷)을 초찰하게 하고 논

---

27 趙穆,「與權定甫(宇)」,『月川集』卷3.
28 李翱,「百官行狀奏」,『李文公集』卷10.
29 趙穆,「退溪先生言行總錄」,『月川集』卷5.
30 金誠一,「退溪先生史傳」·「退溪先生言行錄」,『鶴峯集』續集 卷5 雜著.
31 金誠一,「答趙月川」,『鶴峯集』續集 卷4. "先生行狀, 至今未撰, 豈非斯文之不幸耶? 近者敬讀尊丈所製行蹟, 親切的確, 無有餘蘊, 非高明足目俱到, 豈能形容如此耶? 鄙意, 行狀不必他求, 尊丈不得不任其責也. 願勿善讓, 亟以時撰出, 何如?"

단(論斷)의 부분만 직접 기술했다고 한다.[32]

정약용(丁若鏞)은 「자찬묘지명(自撰墓誌銘)」 두 본을 포함하여 24편의 묘지명을 남겼다. 그 가운데 가족에 관한 묘지명이 8편, 신유옥사 연루 인물 묘지명이 11편이다(표 5-3). 정약용이 작성한 비지문 가운데 가장 이른 것은 1796년(정조 20) 윤용겸(尹用謙, 자 季淵)의 생부 윤명상(尹命相)을 위해 작성한 묘지명이다.[33] 윤씨 집안과 정약용 집안은 통가(通家)의 관계였다.[34] 정약용은 이해 11월 2일 우부승지에 낙점되고 좌부승지로 승진했다가 12월 3일 체직된 후 부호군에 단부(單付)되었다. 12월 11일에는 병조참지로서 입시했다. 이 무렵 윤명상의 묘지명을 작성한 듯하다. 그런데 정약용의 족부 정범조(丁範祖, 1723~1801)는 윤용겸이 작성해둔 가장을 다시 정리해 윤명상의 행장을 작성했다.[35] 정범조가 찬술한 행장은 망자의 효성을 말한 후, '효도를 미루어 나감[孝道之推]'과 '공의 성질과 지행의 대개[公性質志行之大槩]'를 서술의 두 축으로 삼았다. 하지만 묘주의 집안에서 정리해 준 자료를 바탕으로 행문을 바꾸는 방식이어서, 실제 견문하거나 전문한 일화를 점철하지는 않았다. 이에 비해 정약용이 지은 비지문은 족부가 짓기 이전의 가장(家狀)을 자료로 삼았으며, 자신이 직접 본 자료와 집안에서 들은 이야기를 활용했다. 묘주의 행력을 서술하기 이전의 서두만 대비해 보면, 정약용의 글은 묘주의 집안에 보관된 자료와 자신의 부친이 들려준 말을 적극 활용해서 행문 자체가 생동감이 있다(표 5-4 참조). 이 두 행문의 차이는 하나가 행장이고 하나가 묘지명이어서 문체와 기능이 다르다는 점에서 비롯된 것이 결코 아니다. 입언자가 망자를 어떠한 거리에서 바라보는가 하는 점에서 그 차이가 발생한 것이다. 정약용은 묘지의 명에서 묘주가 자신의 부친과 우의가 있었다는 사실을 특히 강조했다.[36]

정약용도 비지문 찬술 때 망자의 집안에서 작성한 가장을 근본 자료로 삼은 것은 사실이다. 예를 들어 정약용은 최천주(崔天柱) 묘지명을 지을 때 묘주의 현손 최종운

---

32 이규상 저, 민족문학사연구소 한문분과 역, 『18세기 조선인물지: 幷世才彦錄』, 창작과비평사, 1997, pp.13~14.

33 丁若鏞, 「承文院副正字尹公墓誌銘」(丙辰), 『與猶堂全書』 第1集 詩文集 第6卷 雜文.

34 정약용은 4월 9일 부친의 제사에 참석하기 위해 소내(초천)로 가서, 4월 8일 윤용겸을 만나 시를 지어주었다. 4월 13일에는 윤용겸의 지정(池亭)을 방문하여 시를 썼다. 丁若鏞, 「苕川遇尹逸人」, 『與猶堂全集』 第1集 詩文集 第2卷; 「題尹逸人池亭」, 『與猶堂全集』 第1集 詩文集 第2卷.

35 丁範祖, 「正字尹公行狀」, 『海左集』 卷36. "用謙有文行, 嘗樂與不侫遊. 一日持其先大人狀, 造不侫而言曰: '吾先人遺體, 獨用謙在. 用謙之所欲藉而表先人事行者, 獨執事在. 失今不圖, 恐成無窮之恨, 敢以請.' 不侫業因士友間, 畧聞公一二, 今按狀而益知其所不知, 故謹撰次其大畧如此, 用備秉筆君子採擇焉."

36 銘曰: 先子寡儔, 唯公是親, 孝友有施, 其輔也仁.

|표 5-3| 정약용의 비지문(『여유당전서』 및 제 이본의 대조)

『與猶堂全書』卷次	文體	碑題·誌題	규장각본『與猶堂集』수록 상황	『洌水全書』卷次	墓主(碑主) 및 작성 시기
第一集 詩文集 第十五卷 文集	墓誌銘	貞軒墓誌銘	규장각본 미수록	洌水全書 續集 8, 1-1 (秘本)	李家煥(1742~1801) 묘지명. 해배 이후, 자찬 묘지명을 짓기 이전에 작성한 것으로 추정함.
		茯菴李墓誌銘	규장각본 미수록	續集 8, 2-1 (秘本)	李基讓(1744~1802) 묘지명. 1818년 해배 사실을 언급.
		鹿菴權墓誌銘	규장각본 미수록	續集 8, 2-2 (秘本)	權哲身(1736~1801) 묘지명.
		梅丈吳墓誌銘	규장각본 미수록	續集 8, 2-3 (秘本)	吳錫忠(1743~1806) 묘지명
		先仲氏墓誌銘	규장각본 미수록	續集 8, 2-4 (秘本)	丁若銓(1758~1816) 묘지명. 1822년 작성.
第一集 詩文集 第十六卷 文集	墓誌銘	自撰墓誌銘	규장각본 미수록	續集 8, 3-1 (秘本)	1822년 6월 16일 회갑 이후 작성.
		自撰墓誌銘	규장각본 미수록	續集 8, 3-2 (秘本)	1822년 6월 16일 회갑 이후 작성.
		聲漢先生昌原都護府使孫公墓誌銘	규장각본 29책, 1(권76)-1	續集 9, 1-1	孫起陽(1559~1617) 묘지명. 1822년 회갑 이후 저작으로 추정.
		南皐尹參議墓誌銘	29책, 1(권76)-2	續集 9, 1-2	尹奎範(持範, 1777~1821) 묘지명. "辛巳秋公歿, 厥明年, 公之子鍾杰以公詩文遺藁二十餘卷寄之曰: … 選之編之, 序以弁之, 惟翁之爲也, … 辛巳夏除五衛將, 八月二十五日以疾終, 享年七十, 越三月二十一日, 葬于南陽府瑚璉山癸坐之原."
		司憲府持平尹墓誌銘	29책, 1(권76)-3	續集 9, 1-3	尹无咎(?~1815) 묘지명.
		司憲府掌令錦里李墓誌銘	29책, 1(권76)-4	續集 9, 1-4	李周臣(?~1822.1.19.) 묘지명.
		司諫院正言翁山尹公墓誌銘	29책, 1(권76)-5	續集 9, 1-5	尹書有(?~1821.7.1.) 묘지명. 「朝夕樓記」와 관련. 호는 翁山.

『與猶堂全書』卷次	文體	碑題·誌題	규장각본『與猶堂集』수록 상황	『洌水全書』卷次	墓主(碑主) 및 작성 시기
第一集 詩文集 第十六卷 文集	墓誌銘	季父稼翁墓誌銘	29책, 2(권77)-3	續集 9, 2-3	丁載進(?~1812.3.14.) 묘지명. 5월 1일에 용인에 장사함.
		先伯氏進士公墓誌銘	29책, 2(권77)-4	續集 9, 2-4	丁若鉉(1751~1821.9.4.) 묘지명. 정재원의 전처 소생.
		庶母金氏墓誌銘	29책, 2(권77)-5	續集 9, 2-5	서모 김씨(?~1813.7.14.) 묘지명. 1818년 해배 이후 이장 때 작성.
		兄子學樵墓誌銘	29책, 2(권77)-6	續集 9, 2-6	丁學樵(1791~1807) 묘지명. 자는 漁翁, 아이 때 이름은 封六. 정약전 아들로 17세로 조몰. "仲氏諱若銓, 仕止兵曹佐郞, 樵死之越十年, 卒於海中." 정약전 사후(1816), 해배 이후 지은 듯함.
		兄子學樹墓誌銘	29책, 2(권77)-7	續集 9, 2-7	丁學樹(?~ 1817.9.13.) 묘지명. "樹之死, 在丁丑九月十三日, 其葬在馬峴之東岡, 伯氏墓前數武之地, 亦同艮坐." 정학연과 정학초 사후 작성.
		孝婦沈氏墓誌銘	29책, 2(권77)-8	續集 9, 2-8	둘째 며느리 靑松沈氏(1773.10.17.~1816.8.10.) 묘지명. "年十四而歸于我, 卽嘉慶庚申春也. 是年夏, 健陵賓天, 厥明年辛酉春, 余謫嶺南, 冬轉而謫康津, 越十有六年丙子八月初十日, 孝婦死. 旣死之越三年戊寅秋, 余還鄕里, 其墳已草宿矣."
		承文院副正字尹公墓誌銘 [丙辰]	14책, 2(권40)-2	雜文 6, 2-2	尹命相 묘지명. 尹用謙(자季淵)의 생부. 윤용겸은 尹復相 양아들임. 본관 해평. 「承文院副正字尹公命相墓誌銘」병진년(1796).
		上谷崔處士墓誌銘	14책, 2(권40)-3	雜文 6, 2-3	崔天柱가 1698년 84세로 사망한 후 1798년 작성.
		太學生鄭公墓誌銘	14책, 2(권40)-4	雜文 6, 2-4	鄭文孫(~1554) 묘지명. 작성 시기 미상.

『與猶堂全書』卷次	文體	碑題·誌題	규장각본『與猶堂集』수록 상황	『洌水全書』卷次	墓主(碑主) 및 작성 시기
第一集 詩文集 第十六卷 文集	墓誌銘	尹季軫墓誌銘 (戊午)	14책, 2(권40)-5	雜文 6, 2-5	尹持翼 묘지명. 1798년 작성.
		丘嫂恭人李氏墓誌銘	14책, 2(권40)-7	雜文 6, 2-7	큰형수 경주이씨 묘지명. "歲庚子, 隨先君往醴泉郡, 患疫而歿, 四月十五日也. 返葬于忠州荷潭負辛之原." 1780년 4월 15일 타계하여 충주 하담에 반장. 1800년 4월 하담 성묘 때 지은 것일 수 있음.
		節婦崔氏墓誌銘	14책, 2(권40)-8	雜文 6, 2-8	재종제 丁象如 처 묘지명. "辛酉之春, 余謫長鬐, 而象如有母之喪, 不與別." 강진에서 작성한 듯함.
第一集 詩文集 第十七卷 文集	墓碣銘	咸鏡北道兵馬節度使洪公墓碣銘	14책, 2(권40)-1	雜文 6, 2-1	1791년 4월 29일 장인 洪和輔가 사망한 후 작성.
	墓表	曺臺瑞墓表 (庚申春)	14책, 2(권40)-6	雜文 6, 2-6	1800년 봄 작성.
		幼子懼㦂壙銘	14책, 2(권40)-9	雜文 6, 2-9	1791년 4월 2일 구장 사망.
		幼女壙志	14책, 2(권40)-10	雜文 6, 2-10	1794년 정월 초하루 어린 딸 사망.
		幼子三童瘞銘	14책, 2(권40)-11	雜文 6, 2-12	1798년 9월 4일 삼동 사망.
		農兒壙志	14책, 2(권40)-12	雜文 6, 2-11	1802년 11월 30일 사망. 12월 작성.
	碑銘	華嶽禪師碑銘	29책, 3(권78)-12	續集 9, 3-12	華嶽文信 비명. "沙門惠藏, 過余于寶恩山院, 爲余言其祖華嶽事, 丐余文其石." 1805년 장남 丁學淵이 강진에 와서 겨울에 함께 보은산방에서 지낼 때 쓴 글.
		兒巖藏公塔銘	29책, 3(권78)-13	續集 9, 3-13	兒巖惠藏 탑명. "辛未秋得疾, 以九月幾望, 示寂于北菴, 其臘僅四十. … 厥明年冬, 二徒以其狀至曰: "吾師不可以不塔, 先生不可以不銘."" 1812년 작성.

|표 5-4| 정범조가 정리한 「윤명상행장」과 정약용이 찬술한 「윤명상묘지명」의 서두 비교

丁範祖,「正字尹公行狀」,『海左集』卷36	丁若鏞,「承文院副正字尹公墓誌銘」(丙辰),『與猶堂全書』第1集 第6卷 雜文
ⓐ 公姓尹氏, 諱命相, 字莘叟, 號一齋, 本善山府海平縣人也. 在高麗有諱君正, 事元宗有平賊功, 官至金紫光祿大夫司空尙書左僕射. 四傳至諱思修, 仕本朝, 嘉善大夫知議政府事, 寶文閣提學. 又四傳至諱殷弼號東岡, 嘉善大夫吏曹參判, 當中廟時北門禍, 抗言諍, 事在己卯錄, 英廟特贈議政府領議政. 議政之孫諱承吉, 號南嶽, 資憲大夫議政府左參贊贈議政府領議政, 諡肅簡. 肅簡生諱璿, 通訓大夫平壤府庶尹贈承政院左承旨. 承旨生諱昌遠, 通訓大夫義禁府都事贈戶曹參判, 寔爲公五世祖也. 高祖諱尙閔, 通訓大夫龍仁縣令. 曾祖諱世周, 通德郎. 祖諱銄, 成均進士. 考諱澤普. 妣泗川睦氏, 參判叙欽之曾孫, 佐郎林寏之女也. 肅廟四十二年丙申十一月二十一日生公. ⓑ 公兒時重遲, 不戲若成人. 甫長, 力學攻程文. 二十九, 中司馬, 越九年壬申, 擢庭試丙科, 選補承文院正字. 戊寅八月二十一日卒, 壽四十有三.	ⓐ 昔我王父之喪, 故正字尹公弔焉, 望門騎且哭, 下馬入帷, 一慟而氣垂絶, 盡室爲之號掰, 聲震四鄰, 人到今言之. ⓑ 公字曰莘叟, 故家藏王父詩一卷, 其云'憶莘叟'·'寄莘叟'·'莘叟至'·'別莘叟'者, 殆三之一, 斯可以知其際也. 某嘗以是請于先君子曰:"友蓋至此乎?"曰:"亡佗, 尹公孝子也. 尹公繼母洪孺人, 性嚴又蚤寡, 情不欲生, 以故少可意, 公奔走承之, 容色慈戀, 遇事湛乎若無事, 愁乎若無知, 唯靜而俟洪孺人命, 始搖手啓吻. 旣命之西, 又命之使東, 亦唯洪孺人命, 奉之愈謹. 嘗與友約昏, 旣納吉, 孺人意欲與他人, 公則移就之. 友慍, 人亦頗以是謗公. 然公竟屈首, 不謂是洪孺人意也. 弟妹之孺人出者, 愛之彌篤, 凡有願慕, 必竭力營辦. 方柝産, 盡予其美腴, 自取惡劣, 孺人亦感動. 晚歲閨門之內, 藹然雍睦, 此其所以友也."

(崔鍾運)이 제공한 가장을 이용했다.[37] 정문손(鄭文孫, 1473~1554)을 위한 「태학생정공묘지명(太學生鄭公墓誌銘)」을 지을 때는 묘주의 후손 정수암(鄭遂嵒)이 제공한 가장을 이용했다.[38] 정문손은 기묘사화(1519) 때 200여 진사와 함께 조광조의 신원을 상소했으나 뜻을 이루지 못하자 고향 나주로 낙향하여 금강십일인계(錦江十一人契)를 조직하고 금사정(錦社亭)에서 소요했다. 기대승이 「사마재연회서(司馬齋宴會序)」에서 정문손

---

37 丁若鏞,「上谷崔處士墓誌銘」,『與猶堂全書』第1集 詩文集 第16卷. "公諱天柱, 字子安, 學者稱上谷先生. 系出全州. … 卒且百年, 其玄孫鍾運, 以鄕邦士友之所誦慕爲狀者, 爲來請銘. 鏞取而讀之, 公蓋君子人也. 孝於事親, 恬於進身, 勇於逃名, 堅於鏟跡, 劌於取物, 嚴於觀人, 規行矩步, 動容中禮. 非君子者, 能如是乎?"

38 丁若鏞,「太學生鄭公墓誌銘」,『與猶堂全書』第1集 詩文集 第16卷 墓誌銘. 『사마방목』에 따르면, 정문손은 1507년(정묘, 중종 2) 식년시에 생원 3등 65위(95/100)으로 합격했다. 정문손의 문집 『慕孝公文集』(1928년 간행) 목판본 3권 1책(계명대학교 동산도서관과 전남대학교 도서관 소장)이 있으나, 정약용이 찬술한 묘지명은 들어 있지 않다.

이 나이 여든에 사마재 연회에 참여한 모습을 묘사하고, 그의 절의와 효성을 칭송한 바 있다. 또 정약용에 앞서 홍양호(洪良浩)도 별도로 정문손의 묘갈명을 작성했다.[39] 1822년(순조 22)에 영암 유림들은 전남 영암군 신북면 모산리 백촌마을 뒤에 하동 정씨 문중 사우인 모산사를 창건했다.[40]

한편 정약용은 서모 김씨의 묘지명을 작성할 때 가장 등의 행장에 의존하지 않고 스스로 목도한 사실을 기준으로 삼았다. 서모 김씨는 사역원정 동지중추부사 김의택(金宜澤)의 딸로, 본관은 잠성(岑城)이다. 1773년(계사, 영조 49) 정약용의 부친 정재원(丁載遠)이 두 번째 측실로 맞았다. 그때 나이 20세였다. 정약용은 「서모김씨묘지명(庶母金氏墓誌銘)」에서, 서모 김씨의 심리를 읽어내지 않고, 부친의 잦은 전근을 시간순으로 서술하고 마지막에 '서모가 다 따라다녔다.'라는 말로 서모의 근신(謹愼)과 노고(勞苦)를 은연중에 드러냈다.

우리 집은 본디 가난했다. 병신년(1776, 영조 52) 봄 부친이 다시 벼슬을 하셔서 호조좌랑이 되시고 명례방에 우거하시다가 정유년(1777, 정조 원년) 가을에 화순현감으로 나가시고, 경자년(1780, 정조 4) 봄에 예천군수로 옮기셨다가 겨울에 체직되셔서 7년 동안 집에서 관직 없이 지내셨다. 정미년(1787, 정조 11) 여름 다시 벼슬을 하셔서 한성서윤이 되시고 다시 명례방에 사셨다. 기유년(1789, 정조 13) 여름 울산도호부사로 나가셨고, 경술년(1790, 정조 14) 겨울 진주목사로 옮기셔서 임자년(1792, 정조 16) 여름 임소에서 졸하셨다. 서모가 다 따라다녔다. 부친과 고락과 영췌(榮悴)를 같이한 사실을 미루어서 알 수 있다.[41]

정약용은 1798년(정조 22) 윤지익(尹持翼, 1771~1798, 자 季軫)의 묘지를 작성할 때도 행장에 의존하지 않았다. 해남 윤씨의 윤지운(尹持運)·윤지섬(尹持暹)·윤지홍(尹持

---

39 洪良浩,「慕孝齋鄭公墓碣銘 幷序」,『耳溪集』卷31 墓碣銘. 정문손의 후손 정평암(鄭枰嵒)이 행장을 가지고 와서 부탁했다고 한다. 정약용을 찾아간 정수암(鄭邃嵒)과는 형제간인 듯하다.

40 창건 당시에는 전라도 나주군 비음면에 속했으나 1805년 행정구역 개편으로 영암군에 속하게 되었다. 정문손 이외에 기대승의 문인으로 고창현감을 역임한 정운룡(鄭雲龍, 1542~1593), 임진왜란 때 녹도만호로 재직하면서 몰운도 전투에서 순절한 정운(鄭運, 1543~1592)을 배향하고 있다. 서원철폐령이 내려진 1868년(고종 5) 훼철되었다가 1942년에 복설되었다.

41 丁若鏞,「庶母金氏墓誌銘」,『與猶堂全書』第1集 詩文集 第16卷 墓誌銘. "吾家素貧. 丙申春, 先君復仕爲戶曹佐郎, 僑居明禮坊, 丁酉秋, 出宰和順縣, 庚子春, 移守醴泉郡, 至冬而遞, 七年家食, 丁未夏, 復仕爲漢城庶尹, 再居明禮坊, 己酉夏, 出爲蔚山都護, 庚戌冬, 移晉州牧使, 壬子夏, 卒于官. 庶母皆從焉. 其苦樂榮悴, 可推而知也."

弘)·윤지철(尹持哲)·윤지익(尹持翼)·윤지식(尹持軾) 등은 처외가 인물들로 윤선도(尹善道, 1587~1671)의 6대손들이다. 현륭원 조성 이후 정조의 이주 정책에 따라 수원으로 가서 살았다. 「윤계진묘지명」에서 정약용은 묘주 윤지익의 가계, 졸장, 행적, 배우자 등 일반 주기 사항을 글의 뒷부분에 간략하게 서술했다. 글의 첫머리에서 처음 윤지철의 풍모와 문장을 접하고 감탄했던 일을 회상하고서, 다음 단락에서 윤지철의 아우 윤지익이 장인 이빈(李彬)이 제공한 창덕궁 남쪽 작은 집으로 정약용을 불러 묵게 했던 일을 적었다. 또 다음 단락에서는 윤지익이 정약용의 저술을 흠복하고는 했던 과거를 회상했다. 이어 다음 단락에서 정약용은 시참(詩讖)을 거론했다.

> 내가 곡산으로 부임할 적에 계진(윤지익)이 술 한 잔을 따라서 나에게 권하는데 그 안색이 참담했다. 수개월 지나 계진이, 절구 30여 수를 학가(學稼)[정약용의 장남 정학연–역자 주]편에 부쳐서 내게 보여주었다. 내가 열람하고는 눈물을 흘리면서, "계진이 죽겠구나!" 했더니, 학가가 "무엇 때문입니까?" 물었다. 나는 말했다. "시사(詩詞)가 처량하고 스산하며 그 윽하고 흐느껴 우는 듯하여 귀어(鬼語)가 많고, 자획이 삼엄하고 우뚝하여 진토의 기미가 한 점도 없으니, 이 세상에 오래 살 사람이 아니다." 수개월 뒤 부음이 이르니, 그때 나이 28세였다. 아, 애석하도다.[42]

이 일화는 다른 사람이 알 수 없는 내용이다. 정약용은 이 뒤에 산행 6구 격구압운의 명을 두어, 인생사에서 진(眞)과 희(戲)의 번전이 무상함을 반추했다.[43]

비지문의 작성 때 찬자가 기왕에 작성된 행장에 의존하지 않고, 망자의 신원이나 특정 사실의 해명을 위해 관련 자료를 수습하여 작성하는 경우가 있다. 정약용의 경우, 이른바 '비본 비지문'을 작성해 두었는데, 그것들은 스스로 관련 자료를 수습하여 작성한 것이다. 정약용은 자신을 비롯해 이기양(李基讓, 1744~1802)·이가환(李家煥, 1742~1801)·권철신(權哲身, 1736~1801)·오석충(吳錫忠, 1743~1806)·정약전(丁若銓, 1758~1816)·정약현(丁若鉉)의 묘지명 7편을 작성했다.[44] 이 '비본 비지문'의 묘주

---

42 丁若鏞, 「尹季軫墓誌銘」(戊午), 『與猶堂全書』第1集 詩文集 第16卷 墓誌銘. "余之赴谷山也, 季軫酌一淺勸余, 其色慘然. 旣數月, 季軫寄所作截句三十餘首於學稼, 令以示余. 余覽之流涕曰: '季軫死矣!' 學稼曰: '何哉?' 余曰: '其詞悽酸幽咽, 多鬼語, 而字畫森竦, 無一點塵土氣, 非久於世者也.' 後數月而訃書至, 時年二十八. 嗚呼惜哉!"

43 其來也翩翩, 其逝也翩翩. 視之不見其跡, 思之如覩其嬋娟. 以戲爲眞而受之, 呵呵拍手者羣仙.

44 『洌水全書』續集(한국학중앙연구원 소장)에 들어 있다. 표지에 '秘本'이라고 써놓았다. 비본 묘지명 7

들은 모두 1779년 겨울 이벽(李蘗)이 참가한 주어사 강학회에 참여했거나 이벽과 모종의 관계가 있었다. 1785년(을사년) 3월 추조(秋曹)의 적발이 있었을 때 그들에게 서학과의 관계가 추궁되었다. 1795년 주문모 사건이 일어난 후 7월에 공서파 박장설(朴長卨)은 목만중(睦萬中)의 사주를 받아 정약전과 이가환을 탄핵하는 소를 올렸다. 이때 정약전은 서교도의 죄목에서 벗어났고, 정약용은 서교와 결별했다. 1797년 가을 정약용은 곡산부사로 나가고, 7월 11일 정약전은 승륙하여 성균관전적에 임명되었다가 12월 19일 병조좌랑에 낙점되었다. 1799년 4월 29일 신헌조(申獻朝)의 탄핵이 있자 정약전은 체직을 청하여 허락을 받고, 8월 2일 낙향해서 당호를 '뉘우칠 회(悔)'의 글자를 파자하여 '매심(每心)'이라고 했다. 하지만 1800년 6월 28일 정조가 붕어하고 1801년 정월에 일어난 정약종(丁若鍾)의 책롱(冊籠) 사건에 연루되어, 3월에 경상도 장기(長鬐)로 유배되었다. 그리고 황사영 백서 사건이 일어나 한양으로 압송되어 심문을 받고 전라도 강진으로 이배되었다. 1818년 강진 유배에서 풀려난 이후에 정약용은 이가환·이기양·권철신·오석충·정약전 등 다섯 사람의 묘지문을 작성하면서, 사헌부의 계문이나 옥안을 자료로 삼지 않고, 묘주 각자의 상소와 대계, 차자, 비답을 배치하고 자신의 의론을 삽입한 후, 명(銘) 뒤에 한화조(閒話條)를 붙이기까지 했다.[45] 「정헌묘지명(貞軒墓誌銘)」에서는 이가환이 서교와 전혀 관련이 없는데도 정치적 반대파에 의해 억울하게 죽었다고 주장했다. 「선중씨묘지명(先仲氏墓誌銘)」에서는 1776년 봄 부친이 한양에서 벼슬하게 되자 19세의 정약전이 상경하여 이윤하·이승훈·김원성과 사귀면서 이익의 학문을 이어받아서 수사학(洙泗學)을 공부했다고 강조했다. 그리고 정약전이 이벽과 어울리며 역수학(曆數學)과 『기하원본(幾何原本)』을 탐구한 반면, "신교의 설을 듣고 흔연히 기뻐했으나 온몸으로 종사하지는 않았다[遂聞新敎之說, 欣然以悅. 然不以身從事]."라고 서술해서, 정약전과 서교와의 관련성에 대해 선을 그었다.[46]

편은 1885~1886년(고종 22~23) 어람용으로 베껴 적은 『與猶堂集』 78책(서울대학교 규장각 소장)에 수록되지 않고, 신조선사본 『與猶堂全書』에 처음 수록되었다. 『俟菴先生年譜』에 의하면 1816년 정약전이 흑산도에서 세상을 떠나자 정약용이 그 묘지명을 지었다고 한다. 崔益翰은 『實學派와 丁茶山』(1955)에서 1818년에 다섯 사람의 묘지명을 지었다고 하고, 「茶山年譜」에서는 「自撰墓誌銘」을 지은 1822년에 다섯 사람의 묘지명을 지었다고 했다. 崔益翰, 『實學派와 丁茶山』, 국립출판사, 1955; 한국문화사, 영인본, 1996, p.201, p.494.

45 정석종, 『조선 후기의 정치와 사상』, 한길사, 1995, pp.340-341; 김봉남, 「다산 묘지명의 주제와 양식적 특징─신유옥사에 연루된 5인에 대한 묘지명에 관하여」, 『어문논집』 49, 민족어문학회, 2004, pp.244-272.

46 정약전은 1801년 2월 8일 신유교안에 연루되어 체포되었지만, 서교와의 관계를 끊은 것이 밝혀져 2월

「녹암권묘지명(鹿菴權墓誌銘)」에서는 권철신이 "격물이란 물유본말(物有本末)의 그 물(物)을 격(格)하는 것이며 치지는 지소선후(知所先後)의 그 지(知)를 치(致)하는 것이다."라고 강설한 점을 언급했다.

정약용은 목만중·홍낙안(洪樂安)·이기경·홍의호(洪義浩) 등 공서파를 신유옥사(1801)의 주범으로 간주했다.[47] 정약용은 신유옥사 때 죽은 이가환이 생전에 올렸던 상소문을 절록해서, "저들의 말은 인륜을 거스르고 상도를 어지럽히는 무부무군(無父無君)의 설이므로, 그것을 물리치는 것을 나의 임무로 삼아서, 기필코 멸하여 끊어버리자 맹세했습니다."라고 천명한 사실을 대치시켰다.[48] 또 이가환이 서양 서적에 호기심을 가진 것은 역상법(曆象法)에 관심을 가졌기 때문이었다고 변호하고, 그 사실을 재상 이시수(李時秀)의 말로 방증했다.[49] 나아가 정조가 수리와 역상의 본원을 밝힌 책을 편찬하고자 했으나 이가환이 당시 세인들이 역상을 배척하므로 역상의 연찬이 성덕에 누가 될 것이라는 이유로 사양했다는 사실도 덧붙였다.[50] 권철신의 경우, 1800년(경신) 신주가 없다는 이유로 죄안에 걸렸으나 정약용은 그 죄안이 완전히 날조라고 주장했다.[51] 또 악인들이 정주성(鄭周誠)을 개차해 보내어 군수 유한기(兪漢紀)를 파면시키고 선비 조상겸(趙尙謙)을 하옥한 뒤 무고한 50여 명을 죽이거나 유배시켰다고도 했다. 이기양의 경우는, 그가 서학의 서적을 보지도 않았으나 권철신·홍낙민·이가환 등과 어울리고 그들과 혼척이라는 이유만으로 체포되어 심한 고문을 받았고 목만중의 무고로 단천(端川)으로 유배되었다가 세상을 떠났다고 추단했다. 오석충의 경우는, 그가 고문을 못 이겨 1776년 가을 홍낙임(洪樂任)을 한 번 만난 적이 있다고 거짓 자백

25일 차율이 적용되었다. 이후 신지도에서 유배 생활을 하다가, 1801년 10월 황사영 사건으로 서울로 압송되어 추국을 받았지만 무죄가 밝혀져 11월 5일 흑산도 유배가 결정되었다.

47　丁若鏞, 「貞軒墓誌銘」, 『與猶堂全書』 第1集 詩文集 第15卷. "睦萬中洪樂安等, 密附當路, 堅以公爲魁率, 使中外洶洶之聲, 咸湊公身. 彼聲氣相遠, 不知本末, 旣閭巷日滋月熾, 而又聞某某爲魁率, 其感憤激烈, 欲爲民除害固當. 沈煥之徐龍輔等當軸大臣, 如之何其不圖也. 萬中等, 又自造題目, 以蟄以煽曰: "李家煥等, 惡斥邪諸臣, 有四凶八賊之目." 半則自居, 半指當路之人. 相逢輒云: '公等愼之, 朝夕且有變.'"

48　丁若鏞, 「貞軒墓誌銘」, 『與猶堂全書』 第1集 詩文集 第15卷.

49　丁若鏞, 「貞軒墓誌銘」, 『與猶堂全書』 第1集 詩文集 第15卷.

50　丁若鏞, 「貞軒墓誌銘」, 『與猶堂全書』 第1集 詩文集 第15卷; 姜在彦 저, 이규수 역, 『西洋과 朝鮮』, 학고재, 1998, p.174.

51　음모자들이 권철신 집의 신주를 훔쳐 없애버린 뒤 그의 집을 수색하여 신주가 없음을 확인해서 이것을 증거로 권철신을 얽어매었다는 것이다. 丁若鏞, 「鹿菴權哲身墓誌銘」(附見聞話條), 『與猶堂全書』 第1集 詩文集 第15卷.

한 것 때문에 임자도(荏子島)로 유배되었다고 환기시켰다.[52]

정약용은 그 다섯 사람을 묘주로 하는 묘지문을 작성하면서 각각의 인품을 잘 알게 해주는 일화들을 포치했다. 「복암이(기양)묘지명[茯菴李(基讓)墓誌銘]」에서는, 중형 정약전이 이천(利川)의 단천초옥(丹川草屋)으로 이기양을 만나러 갔던 이야기를 들려준 일이 있다고 하면서 그 일화를 실었다. 독자들로 하여금 묘주와 감성적으로 교감하게 해서 찬자의 해명 의도를 순순히 받아들이도록 궁리한 것이다. 원문은 인물들의 대화를 그대로 옮겨 매우 생동적이다.

작고한 중형이 충주 하담의 성묘에서 돌아오는 길에 비를 맞으며 단천의 초옥[이천(利川) 땅에 있음]으로 복암 공을 방문했더니 공이 마침 집에 없었다. 동자에게 묻고는 그 동자와 함께 이웃집으로 가서 보니, 허물어진 한 칸 집에 장맛비가 새고 물이 스며들며, 진흙물이 부엌에 가득한데, 복암 공은 부뚜막 곁에서 작은 솥을 걸쳐두고 땔나무를 주워다가 멀건 죽을 끓이는데, 땔나무가 젖어서 불이 타오르지 않았다. 공이 망가진 깃털부채를 손에 들고 부치느라, 폭폭 팍팍, 필필 포포 소리가 났다. "어찌 된 일입니까?" 묻자 복암은 "절할 것 없네!"라고 했다. 얼마 있다가 멀건 죽을 떠서 방으로 들어가는데, 보아하니 괴이한 모습의 노파가 맨몸뚱이로 축 늘어져 있으면서 설사를 마구 하여, 냄새가 고약해서 견딜 수가 없었다. 복암은 노파를 부축해서 일으키고는 몸을 기울여 마시게 하면서, 온화한 말로 먹으라고 권했다. 노파는 중얼중얼하면서 연거푸 얼굴을 찡그리고 신음을 했다. 공은 유도하고 비위를 맞추어주어, 노파가 죽을 다 마신 후에 다시 눕히고는, 그제야 손님인 중씨를 이끌고 초옥으로 돌아갔다. 중씨가 "웬 노파입니까?" 하자, 복암은 "내게는 여종이 없는데, 내가 병 들었을 때 이 노파 덕에 살아났소. 노파는 또 자녀도 친척도 없고, 마을이 외져서 이웃이 없으므로, 내가 그래서 이렇게 하는 것이오."라고 했다. 두 분이 마주보며 크게 웃었다고 한다. 중형이 이 일을 이야기할 때마다 사람을 마음으로 감복하게 한다.[53]

52 丁若鏞,「梅丈吳錫忠墓誌銘」,『與猶堂全書』第1集 詩文集 第15卷.

53 丁若鏞,「茯菴李(基讓)墓誌銘」,『洌水全書』續集 册8. "先仲氏嘗於忠州歸路, 雨中訪公于丹川草屋[利川地], 公不在矣. 間之童子, 借適鄰舍, 見破屋一間, 久雨滲漏, 泥水滿竈. 公方於竈旁設小土銼, 拾薪煮糜粥. 薪濕不燃, 公手持破箑煽之, 膈膈膊膊, 畢畢逋逋. 間曰: '何事?' 茯菴曰: '勿拜!' 俄而取糜粥入房, 見有怪貌老嫗, 赤身委頓, 痢下無度, 臭惡難當. 茯菴扶而起之, 傾而飲之, 溫言以勸之. 嫗羅縷多響呻, 公誘之順之, 卒飲, 還臥之, 乃攜客還草屋. 仲氏曰: '何物嫗?' 茯菴曰: '吾無婢, 吾病賴此嫗以活. 嫗復無子女親戚, 村孤無比鄰, 吾故如此.' 相與大笑. 仲氏每言此事, 令人心服."

2. 비지문의 찬자

비지문은 계급성을 지닌다. 비지문은 대개 사대부가 사대부나 왕가를 위해 작성했다. 조선 후기에는 과거에 오르지 못한 선비도 향촌이나 도시의 일정한 집단 내에서 입언자로서 위상을 유지하여 비지문을 작성했다. 중인과 서얼의 지식인은 주로 서울에서 시사(詩社)에 참여하여 문학적 위상을 높이고, 같은 계층의 인물들을 위해 비지문을 찬술했다. 그런데 사대부가 중인이나 서얼을 위해 비지문을 짓기는 했지만 중인이나 서얼이 상층 사대부의 비지문을 작성하지는 않았다. 서얼 이봉환(李鳳煥)이 유형원(柳馨遠)의 묘지명을 찬술한 예가 있으나, 이때 이봉환은 '찬자'가 아니라 홍계희(洪啓禧)의 대작인(代作人)이었다.

(1) 가족 및 친족의 입언자

비지문은 공기(公器)·공물(公物)로 간주되었다. 그 때문에 비지문의 찬자는 묘주에 아첨하지 않으려고 주의하거나, 적어도 객관적인 관점을 취하는 듯이 '가장'했다. 어떤 집안은 심지어 찬자를 외부에서 구하지 않고, 자식이 부모를 위해, 부친이 자녀를 위해, 아우가 형을 위해, 형이 아우를 위해 입언하는 경우도 많았다. 예를 들어, 유몽인(柳夢寅, 1559~1623)은 모두 18편의 비지문을 문집 『어우집(於于集)』에 남겼는데, 조부, 부친, 백형, 중형, 사위, 조카, 외조카, 먼 친척, 형의 아내의 친족을 위한 비지문이 그 속에 들어 있다(표 5-5 참조).[54]

유몽인이 찬술한 「증의정부영의정행사섬부정유공신도비명(贈議政府領議政行司贍副正柳公神道碑銘)」은 중형 유몽표(柳夢彪)가 묘주이다. 유몽인은 "글은 공물(公物)이니, 한집안 사람으로 사정(私情)을 두어서야 되겠는가? 그러나 옛사람 중에는 글을 지어 부모형제의 무덤을 표시한 자가 얼마나 많았던가!"라고 하면서 중형의 신도비명을 스스로 지었다. 유몽인은 비문의 앞부분에서 가계를 자세히 기록하고, 묘주의 행적과 인품을 자세히 그리면서 유몽표의 부인 철성이씨의 덕행도 함께 서술했다. '공과 부인의 인애함은 모두 본성에서 나왔다[公與夫人仁愛俱出性].'는 주제를 담되, 부인에 관한

---

54 『한국문집총간본』에 수록된 『어우집』은 1832년 활자 중간본 원집 6권, 후집 6권 합 6책을 저본으로 삼았다. 유몽인이 작성한 비지문 가운데 「박기종묘갈」은 『金石集帖』 151五 책에 탁본이 있다. 찬자·서자·건립 일자는 "柳夢寅撰, 金玄成書, 萬曆四十四年(光海君八年丙辰:1616)九月▽日."로 밝혔다.

|표 5-5| 유몽인이 찬술한 비지문

비지	묘주 및 찬술 경위
贈議政府領議政行司瞻副正柳公神道碑銘	중형 유몽표(柳夢彪, 1543~1616)의 신도비명. 유몽표의 자는 응병(應炳).
贈禮曹參判行平海郡守車公神道碑銘	차식(車軾, 1517~1575)의 신도비명. 차식의 본관은 연안(延安), 자는 경숙(敬叔), 호는 이재(頤齋). 아들 차천로(車天輅)·차운로(車雲輅)와 함께 삼소(三蘇)에 견주어졌다.
王考司諫院司諫府君墓碑陰記	조부 유충관(柳忠寬, 1496~1539)의 묘비 음기. 유충관의 자는 홍중(弘仲)이고 부인은 신공제(申公濟)의 딸.
皇考濟用監主簿府君墓碑陰記	부친 유당(柳樘, 1518~1567)의 묘비 음기. 유당의 자는 대지(大支).
贈禮曹判書行承文判校申公墓碣銘	백형 유몽사(柳夢獅, 1538~1610)의 아내의 친족인 신숙(申熟)을 위한 묘갈명.
贈吏曹參判行司憲府掌令宋公墓碣銘	송승희(宋承禧, 1538~1592)의 묘갈명. 그의 아들 황해도관찰사 송일(宋馹, 1557~1640)의 부탁으로 1614년(광해군 6) 지음. 송승희의 본관은 여산(礪山), 자는 경번(景繁), 호는 국헌(菊軒).
贈吏曹參判權公墓碣銘	먼 친척 권곡(權鵠)의 묘지명. 1620년(광해군 12) 권곡의 처 정씨(鄭氏)가 세상을 떠나자, 그의 아들 공홍도 병마절도사 권여경(權餘慶)이 부모의 행장을 편차하여 찾아와 부탁해서 지은 글이다.
兵曹參議柳君墓碣銘	조카 유광(柳洸, 1562~1620)의 묘갈명. 유광의 본관은 홍양(興陽), 자는 무숙(武叔). 아버지는 유몽인의 백형인 유몽사이다.
禦侮將軍訓鍊院副正申公墓碣銘	신여관(申汝灌, 1533~1587)의 묘갈명. 신여관은 먼 친척으로, 훈련원부정을 지냈다. 그의 부인 목씨(睦氏)가 1611년에 세상을 떠나 합장된 후, 신여관의 조카 진사 박제생(朴悌生)이 부탁하여 쓴 글이다.
朴公墓碣銘	박기종(朴起宗, 1519~1581)의 묘갈명. 박기종은 유몽인과 함께 사마시에 합격한 도사 박로(朴輅)의 아들로, 박문형(朴文泂)의 외조부이다. 박문형은 본관이 충주, 박기종은 본관이 영동이다. 박문형은 유몽인의 아들 유약(柳瀹)과 사마시·문과에 함께 합격했다. 박문형의 부탁으로 1616년(광해군 8) 찬술했다.
崔甥墓碣銘	사위 최아(崔衙)의 묘갈명. 최아의 자는 지회(之晦). 대사간 최철견(崔鐵堅)의 아들로, 19세에 장가 와서 27세에 세상을 떠났는데, 두 딸을 두었다.
資憲大夫漢城府判尹崔公墓碣銘	최준해(崔俊海, 1540~1620)의 묘갈명.

비지	묘주 및 찬술 경위
通政大夫順天府使宋公墓誌銘	송기(宋圻, 1553~1611)의 묘지명. 송기의 본관은 여산(礪山), 자는 민지(民止). 여성위(礪城尉) 송인(宋寅)의 손자, 선교랑(宣教郎) 송유의(宋惟毅)의 아들.
禦侮將軍副司果李公墓誌銘	이광균(李光均, 1524~1593)의 묘지명. 이광균은 유몽인의 제자 심명(沈溟)의 외조부.
亡兄奉直郎繕工監役官柳公墓誌銘	백형 유몽사의 묘지명.
文義縣令許公墓誌銘	허주(許宙, 1562~1621)의 묘지명. 허주의 자는 원경(遠卿). 허균의 친족이지만 허균과는 거리를 둔 인물이다.
懷仁縣監李公墓誌銘	이간(李衎, 1579~1617)의 묘지명. 외조카 사위 이몽룡(李夢龍)이 그의 생질 이원귀(李元龜)의 부친의 묘지명을 부탁해서 찬술했다.
務功郎南宮公墓表銘	남궁구(南宮構, 1549~1617)의 묘표명. 남궁구의 본관은 함열, 조부는 남궁희(南宮憘), 부친은 전라도도사 남궁활(南宮活). 유몽인의 친우 남궁격(南宮格)의 친척이자, 장인 신박(申樸)의 친구이다.

서술 비중이 높아서, 비지의 서술 구조가 매우 특이하다. 제1 단락은 묘주의 인애한 품성을 말했으나 제2 단락, 제3 단락, 제4 단락은 부인의 인애한 성품을 말했다. 제5 단락은 부인의 졸수(卒壽)를 기록하고, 여경(餘慶)을 제시하여 부인의 현실 인식이 탁월함을 다시 강조했다. 제4 단락을 살펴보자.

임진년 왜란에 서쪽 변방으로 전전하여 온 집안이 추위에 떨고 굶주렸다. 부인의 얼족 유사종(柳師從)의 딸이 양친을 잃고 여기저기 구걸하러 다니다가 문에 이르러 왔는데 부인은 집에서 길러주어 그녀를 입히고 먹였으며, 비녀 꽂을 나이가 되자 혼수품과 재물을 갖추어 시집보내었다. 부인의 꿈에 유사종이 붉은색 장의를 입고 뜰에서 백배 올리며 사례했다. 부인은 잠에서 깨어나서 꿈에 대해, "어젯밤 꿈에 사종이 와서 사례하길, 내가 딸을 살려주어서 그런다고 합디다. 그런데 몸에 붉은 장의를 입고 있었습니다. 장의는 부녀자 복장인데, 참으로 이상하지요?"라고 말했다. 유사종 딸이 곁에 있다가 대성통곡하며, "제 아비가 난리에 죽었을 때 염습할 옷이 없어 제 어미가 자기 옷을 벗어서 입혔습니다. 저승에서 입고 있는 옷이 필시 그 옷일 것입니다."라고 했다. 이야기를 들은 사람들이 모두 눈물을 흘리며, "공과 부인의 어짊은 모두 천성에서 나와서, 남의 고아를 길러 혼인시켜, 집안의 짝 없는 남녀들에게 돌아갈 가정이 있게 했습니다. 선을 쌓은 집안의 남은 경사가 세 아들과 두 딸로 하

여금 모두 영화롭고 존귀하며 천록을 누리게 한 것이 마땅하군요!"라고 했다.[55]

유몽인은 이 단락에 이어서 비주의 생졸, 자손을 적고, 4언 38구(7전운)의 명을 적었다.

소론의 명인 이광사(李匡師)는 전주이씨 덕천군파 이경직(李景稷)의 자손으로, 이대성(李大成)의 진유(眞儒)·진검(眞儉)·진휴(眞休)·진급(眞伋) 등 4형제 가운데 이진검의 아들이다.[56] 정본 문집[57]을 보면 시조부터 족친에 이르기까지 가문의 인물들에 관한 비지문을 정성들여 작성했음을 알 수 있다(표 5-6 참조).

유한준(兪漢雋, 1732~1811)은 『흠영(欽英)』 24책을 남긴 유만주(兪晩柱, 1755~1788)의 부친이다. 유만주는 유한준의 아들이지만 백부 유한병(劉漢邴)의 후사로 갔으며, 유한준의 계자는 유환주(劉晥柱)이다. 유만주는 호를 통원(通園)이라 하고, 통(通)을 '편벽되어 막힘의 반대'라고 규정했다.[58] 유만주는 수양오씨에게 장가들어 유구환(兪久煥, 1773~1787)을 낳았으나, 오씨는 계사년(1773)에 타계했다.[59] 유만주는 후처 반남박씨[박치일(朴致一)의 딸와의 사이에 1남 2녀를 두었지만 아들 유구환이 1787년에 15세로 요절하고, 유만주 자신도 아홉 달 후 1788년 정월 그믐에 죽었다. 유한준은 '무

55 柳夢寅,「贈議政府領議政行司贈副正柳公神道碑銘竝序」,『於于集』卷6 墓道文. "壬辰之亂, 流轉西塞, 擧家寒餓. 夫人孼族柳師從之女喪二親, 行丐到門, 夫人畜於家, 衣食之, 及可筓, 具資財嫁之. 夢見師從衣紫長衣, 百拜于庭以謝之. 覺而說其夢曰: '昨夢師從來謝, 以我活其女也. 但身着紫長衣. 長衣女服也, 何其異耶?' 其女在傍放聲哭曰: '吾父死亂離, 斂無衣, 吾母脫己衣衣之. 冥中所着必其衣也.' 聞之者皆下涕曰: '公與夫人仁愛俱出性, 能字人之孤而嫁娶之, 俾門中怨曠者有歸. 宜夫積善餘慶致三子二女之俱榮貴享天祿也!'"
56 1755년(영조 31) 나주괘서사건(을해옥사) 때 주모자 윤지(尹志)의 문서 상자에서 백부 이진유(李眞儒), 부친 이진검(李眞儉), 이광사의 서찰이 발견되어, 윤지와 통했다는 죄목으로 3월 6일 친국을 받았다. 3월 30일 본률에 의거하여 2천 리 밖 유배가 결정되었다. 부인 유씨는 3월 11일 목매어 자살한 뒤였다. 함경도 부령(富寧) 유배지에 사람들이 글과 글씨를 배우러 모여들자 사헌부 계청으로 절해고도 이배령이 내렸다. 1762년(영조 38) 신지도(薪智島)로 유배되어 대평리(大坪里)에 머물다가 1777년(정조 4) 죽었다.
57 李匡師,『斗南集』, 서울대학교 규장각 소장 필사본 1책;『斗南集』, 일본 天理圖書館 소장 필사본 1책;『員嶠集選』, 서울대학교 규장각 소장 필사본 10권;『員嶠集選』, 한국정신문화연구원 장서각 소장 필사본 10권;『員嶠集選』, 고려대학교 도서관 소장 필사본 10권; 심경호·길진숙·유동환 공편,『신편 원교 이광사 문집』, 시간의 물레, 2005.
58 유치웅 편, 심경호 역,『국역 기계문헌(杞溪文獻)』, 기계유씨종친회·부운장학회, 2014.
59 수양오씨의 고조는 형조판서 충정공(忠貞公) 오두인(吳斗寅)으로, 인현왕후 폐위 때 반대하다가 죽었다. 증조는 공조정랑 오진주(吳晉周), 조부는 학생 오관(吳瓘), 부친은 진사 오재륜(吳載綸)이다. 유한준은 며느리 수양오씨를 위해서 제문, 제묘문, 묘지명을 지었다. 兪致雄 편,『杞溪文獻』卷13, 杞溪兪氏宗親會·富雲獎學會, 1963; 유치웅 편, 심경호 역,『국역 기계문헌』, 기계유씨종친회·부운장학회, 2014.

권차	비지문	묘주 및 작성 일자
제2권: 을해옥사 이전 산문	承憲大夫新宗君(李孝伯)墓誌銘	9세조 李孝伯의 묘지명.
	族父同知中樞府事李公(眞卿)墓誌銘	족부 李眞卿의 묘지명.
	始祖德泉君(李厚生)神道碑銘	시조 덕천군 李厚生의 신도비명.
	族父黃海道觀察使府君(李眞洙)墓碣銘	족부 李眞洙의 묘갈명.
제4권: 을해고 (1755)	從父弟匡敏墓誌銘(季行墓誌銘)	종부제 李匡敏의 묘지명.
	亡妻安東權氏墓誌銘	망처 안동권씨의 묘지명. 을해(1755) 12월 3일 지음.
제6권: 병자고 (1756)	先正憲大夫禮曹判書兼知經筵事同知春秋館事五衛都摠府都摠管府君墓表	부친 李眞儉 묘표. 규장각본 『두남집』 권2 수록. 병자(1756) 정월 6일 작성. 『원교집선』은 권7에 수록.
	亡室孺人文化柳氏墓誌銘	망실 문화유씨의 묘지명.
제8권: 정축 무인 (1757~1758)	先妣貞夫人坡平尹氏墓誌銘	모친 파평윤씨의 묘지명. 정축(1757) 12월 중하순 작성.
제12권: 부령적소 신사 임오고 (1761~1762)	無妄軒先生墓誌銘	백형 李匡泰의 묘지명.
제14권	驪興閔夫人(柳宗垣妻)墓誌銘	장모 申夫人 묘지명. 장인 柳宗垣은 앞서 타계. 처남은 柳東賓.
	平安道節度使曹公墓誌銘	曹允成의 묘지명.
	吏曹參判曹公墓誌銘	曹命教(1687~1753) 묘지명. 묘주의 본관은 昌寧, 자는 彝甫, 호는 澹雲, 관결사 曹夏奇의 아들.
	李君仁墓表	李仁耆의 묘표.
	李子明(光喆)墓誌銘	李光喆의 묘지명.
	曹幼安(允明)墓誌銘	曹允明의 묘지명. 沈錥(1685~1753)의 제자.
	曹伯涵(海振)墓誌銘	曹海振의 묘지명.
	伯嫂申恭人(李匡泰妻)墓誌銘	백형 李匡泰 처 고령신씨의 묘지명. 1775년 70세 이후 찬술.
	族叔全羅水軍節度使李公(眞哲)墓表	족숙 李眞哲의 묘표.
	尙州牧使金公(光遇)墓誌銘	尙古堂 金光遂의 형 金光遇(尙州牧使)의 묘지명. 신지도에서 죽기 한 해 전인 병신년(1776)에 찬술. 이광사의 글씨를 새긴 묘지명 탁본이 서울대 가람문고에 있음.

신년 4월 계사'의 삭전(朔奠)에 제문을 읽어, "양웅(揚雄)이 자운(子雲: 양웅 자신)을 기다리고 한유가 구양수를 얻은 일이 모두 후세에 있었으니, 이제 내가 너의 저서들을 거두어 보관하고 또 너의 묘를 '통원유자지묘(通園兪子之墓)'라고 제(題)하여 특별히 드러내는 것은 너의 이른 죽음이 애석해할 만했다는 사실을 후세 사람들이 혹여라도 알아주기를 기대해서이니, 대개 모두 나의 비통하고 절박한 마음을 담은 것이다. 하지만 너의 죽음에 무슨 보탬이 있겠느냐? 아아, 슬프도다!"라고 했다.[60] 1790년(정조 14) 유만주의 재기(再朞)에 유한준은 묘지명을 작성했다.[61] 아들이 백형의 양자로 나갔으므로 그 묘지명에 「종자만주묘지명(從子晚柱墓誌銘)」이라는 지제(誌題)를 썼다. 그 서(序)에서는 가계를 언급하고, 유만주가 백부에게 입양된 사실을 말한 후, 문예와 학문에 종사한 사실을 상세히 밝혔다. 묘주가 자신의 아들이지만, 묘주를 객관적으로 지칭하기 위해 '공(公)'이라는 삼인칭을 사용했다.

공이 본 서적은 경사에서부터 제자백가, 기문(奇文)과 벽서(僻書), 산경(山經)과 지지(地誌), 패관잡설, 외진 변방이나 환역(寰域)의 기괴한 기(記) 등 모두 50여 권이었다. 속에 지닌 바를 내놓으면 함양하고 축적한 것이 깊고 넓고 무한하여, 아무리 취하여도 다하지 않는 것이, 마치 부자가 창고 속에 재물을 쌓아두고 마음껏 쓰는 듯이 했다. 학문은 역사에 뛰어났다. 『통감강목』이 실은 주자의 미정고였는데 속수(涑水: 사마광)가 『자치통감』에서 멋대로 그르친 곳이 많음을 병통으로 여기고, 주(周)나라 위열왕(威烈王) 이전의 시대도 기록할 만하다고 보아[개벽부터 춘추시대 획린(獲麟)까지 10기(紀) 가운데 — 역자 주], 선통기(禪通紀)·소흘기(疏仡紀)에서부터 원·명의 말세에 이르기까지 기록해서 상하 일만 일천 년의 전사(全史)로 엮었다. 그러나 하늘이 수명을 부여하지 않아 완성을 보지 못했다.

이어서 유한준은 아들 유만주의 인간됨을 언급하고 배위를 밝혔으며, 다시 '기일

---

60 유한준은 아들의 죽음을 애통해하여 여러 제문과 비지문을 짓고 아들의 저술에 몇몇 서문을 작성했다. 『杞溪文獻』(兪致雄 편, 杞溪兪氏宗親會·富雲獎學會, 1963)과 유한준의 『自著』를 보면 유한준이 유만주를 추모하여 남긴 글로, 「제문(祭文)」, 「제묘문(祭墓文)」, 「제대상문(祭大祥文)」, 「묘지명(墓誌銘)」, 「통원고서(通園藁序)」, 「흠영기일서(欽英記日序)」 등이 있다. 유한준은 아들이 백형의 양자로 갔으므로 제문에서 아들을 '종자(從子)'로 불렀다.

61 兪漢雋, 「墓誌銘幷序」, 兪致雄 편, 『杞溪文獻』 卷13, 杞溪兪氏宗親會·富雲獎學會, 1963; 兪漢雋, 「從子晚柱墓誌銘幷序」(庚戌), 『自著』著草 雜錄.

(記日)의 서책'인『흠영』을 아들의 유언과 달리 잘 보존해서 임로(任魯, 1755~1828)[62]에게 부탁하여 정리한 사실을 밝혔다.

공이 지은 사장(詞章)은 현원(玄遠)하고 정소(精昭)하며 꾸미지 않고 투식을 쓰지 않았다. 대부분이 어지러운 초고이고 아직 정서(正書)하지 못한 상태였다. 임종 때 유언으로 태워달라고 부탁했으나, 그 아버지가 울면서 말하기를, "이 아이의 정신, 지업(志業), 명리(名理), 언론(言論), 식취(識趣)가 전부 모인 것이거늘, 어찌 없앨 수 있겠는가?" 하고는, 서하(西河) 임로(任魯)에게 부탁하여 정리하도록 했다. 임로가 온 마음을 다하여 주차(州次: 고을 관아)와 부거(部居: 개인 사택)에서 3년간 작업하여 책이 비로소 완성되었으니, 모두 100여 권이며 시문집이 2권이다. 임로는 현명하고 신의를 중히 여기며 외물의 유혹을 끊고 학문에 뜻을 오로지 했다. 만주와 가장 친했는데 만주 또한 마음을 쏟았다. 마침내 그 노력에 힘 입었다.

명은 7언 6구로, 각구 압운, 2구 1전운의 형식이다.[63] 제2연은 평성 覃운과 거성 勘운을 통압했으나, 사실상 낙운(落韻)이다.

徘徊四敎歸則**儒**, 簡言敦行內以**腴**.」 平虞(儒·腴)
漁獵百家史其**擔**, 孔經朱綱抱慘**憺**.」 平覃(擔)과 去勘(憺)의 통압
年三十四返玄**宅**, 有志無命徠者**盡**.」 入陌(宅)과 入職(盡)의 통압

네 종교를 배회하다가 유교로 돌아오니
말은 간약하고 행실은 돈독하여 내실이 아름다웠네.
백가를 섭렵하되 역사를 자담(自擔: 자기 임무로 받아들임)하여
참담한 마음으로 공자의『춘추』와 주자의『강목』을 끌어안았지.

---

62 임로(任魯)의 본관은 풍천(豊川)이고, 자는 득여(得汝), 호는 영서거사(穎西居士)이다. 1777년(정조 1) 아버지 임종주(任宗周)가 홍국영(洪國榮)의 질시로 단천에 유배되어 죽은 뒤 벼슬을 단념했다. 순조 때 충원현감으로 있다가, 충청좌도 암행어사 서좌보(徐左輔)의 탄핵을 받아 1822년 충청도 진천으로 귀양 갔다가 이듬해 석방되었다. 임성주(任聖周)를 스승으로 모셨다.

63 『기계문헌』수록본을 따른다. 문집『自著』수록본과 다른 부분이 있다. 문집에는 "徘徊四敎歸則儒, 簡言敦行內以腴. 漁獵百家要則史, 孔經朱綱抱厥擬. 年三十四反玄宅, 有志無命徠者盡."으로 되어 있다. 제2연에 上紙(史·擬)를 압운 규칙대로 사용하여 낙운이 아니다.『기계문헌』은 집안에 전하는 원고를 토대로 했을 것이다. 유한준이 아들의 광중에 묘지명을 묻은 이후, 문집에 수록할 때 원래의 원고를 수정한 듯하다.

서른넷에 저승으로 돌아가니

뜻은 있으나 수명이 없었기에 길가는 이들도 애통해하누나.

한편 1787년 5월 12일 손자 유구환이 병으로 죽자, 유한준은 5언 92구 환운의 애사(哀詞)를 지어 통곡했다. 그해 6월 광주(廣州) 지동(智洞)의 선영 곁에 장사 지냈다가, 1788년 10월 부평 하오정(下梧亭)의 부모 묘 아래에 이장했다.[64] 1790년에는 유구환을 위해 3언 32구의 묘명을 짓고, 이후 유구환의 묘지명을 별도로 지었다.[65]

(2) 친우와 지인

비지문의 입언자는 묘주의 친우나 지인인 경우도 상당히 많다. 일례로, 일제강점기의 이건방(李建芳)은 딸의 광지, 부인과 조부의 묘지명도 자찬 문집에 남겼지만,[66] 친우 김택영(金澤榮, 1850~1927)을 위해 김택영의 아들 김광고(金光高)의 청으로 묘갈명을 지어 문집에 남겼다. 김택영의 묘갈명은, 1927년 '구한국 통정계 중추원 참서관' 김택영이 중국 강소성 남통(南通)에서 병으로 죽자, 통주에 사는 친우 장건(張謇, 1853~1926)과 그 형 장찰(張詧)이 장례를 주관해서 낭산 아래에 장사 지낸 사실부터 쓰기 시작했다. 망자는 생전의 뜻에 따라 당나라 낙빈왕(駱賓王), 송나라 문천상(文天祥)의 묘가 있는 곳에 묻혔으며, 무덤 앞에는 '한국시인김창강지묘(韓國詩人金滄江之墓)'라는 표지가 세워졌다. 이어서 이건방은 묘갈명을 작성하게 된 계기를 밝히고, 김택영의 자, 호, 본관, 생년을 적고, 생전의 김택영이 찬자의 재종형 이건창(李建昌)의 인정을 받아 명성을 얻었으며, 황현(黃玹)·박문호(朴文鎬)와 친밀했다고 밝혔다. 김택영은 42세 때 신묘년(1891) 사마시에 합격하고 이후 정부 내각에서 여러 벼슬을 살았다. 그보다 앞서 임오년(1882)에 중국의 진보적 지식인인 장건이 청나라 군사를 따라 조선에 왔는데, 1883년에 김택영은 그와 교분을 맺었다. 1905년 을사늑약이 이루어지

---

64 兪漢雋, 「廣富二山營兆遷墓始末記」, 『自著』準本 1 記.

65 유한준은 62세 되던 1793년(정조 17) 계하에 유구환의 시 8편과 문 23편을 2편으로 엮고 『묵암영고(默菴零藁)』라고 한 후 「묵암영고서(默菴零藁序)」를 지었다. 兪漢雋, 「默菴零藁序」, 兪致雄 편, 『杞溪文獻』卷13, 杞溪兪氏宗親會·富雲奬學會, 1963; 유치웅 편, 심경호 역, 『국역 기계문헌』, 기계유씨종친회·부운장학회, 2014.

66 이건방의 필사본 문집 『난곡존고(蘭谷存稿)』에는 딸(1889~1903)을 위한 광지(「殤女壙誌」), 부인 임씨(林氏)를 위한 묘지명(「故室孺人墓誌銘」), 본생 조부 이희원(李喜遠, 1804~1870)[이면백(李勉伯, 1767~1830)의 아들, 이상만(李象曼)의 부친을 위한 묘지명 등도 수록되어 있다.

자 국망의 조짐을 감지하고 처자식을 이끌고 중국으로 갔으며, 죽기 몇 달 전 머리카락을 잘라 주머니에 넣고 자신의 사후에 부모의 무덤 아래에 묻어달라고 유언을 남겼다. 이건방은 김택영이 시문에 뛰어났고, 『소호당집』 21권, 『한국역대소사』와 『신고려사』[『교정삼국사기(校正三國史記)』의 잘못인 듯하다-필자 주]를 남겼다고 밝힌 후, 다음 명을 부기했다. "아아, 우림이여! 오직 음률에만 독실했고, 오직 옛 것에만 더불어 참여했네. 어지러운 곳에서 머뭇거리다가 회수 물가를 넘어가 열사가 되었으니, 그 향기 영원하리라[嗟哉于霖, 維篤于音. 維古與參, 乃遭于紛. 越在淮之濆. 尙攬烈士, 以永厥芬!]" 이건방은 이 「김창강묘갈명」에서 '겉으로만 드러난 것을 사모했지, 공의 시나 문을 능히 아는 자가 없었다[陽浮慕之, 而卽君之詩若文莫能知者].'라고 개탄하고, 그나마 조선의 이건창과 중국의 장건이 그의 시문을 알아주었다고 안도했다.[67]

군은 사람됨이 온순하고 극기심이 있었고, 안으로는 굳은 참을성을 품었으며, 일을 맞닥뜨리면 시원하게 재단하고 돌아보지 않았다. 이에 이르러 바깥의 근심이 날로 사나워져 국가가 거의 망할 지경에 이른 것을 보고, 마침내 관직을 사직하고 처자식을 이끌고 상선에 몸을 부쳐, 상해에 도달하여 계직(季直, 장건)을 만났다. 계직은 급제하여 한림의 관직에 있었는데, 서구의 세력이 날로 치성해지는 때를 만나 신학문으로 자강(自彊)하고자 하여 그 형 숙엄(叔儼, 장찰)과 함께 서국[한묵림서국(翰墨林書局)]을 만들어 동서의 서적을 수집하고 있었다. 이에 군으로 하여금 그 안에서 교열을 보게 하고, 늠봉을 주어 자급하도록 해주었다. 이로부터 통주(남통주)에 수십 년간 우거하며 남방의 여러 선비들과 상당히 활발하게 교유했다. 몇 차례 그 시문이 간행되어 그것이 지금까지 세상에 유통한다. 죽기 몇 달 전에 스스로 머리카락을 잘라 주머니에 넣고, 반장하여 부모의 무덤 아래에 묻어달라는 유언을 남겼다. 죽음에 이르러, 계직은 이미 죽었고, 숙엄만 생존해 있어서, 숙엄이 군의 부인과 자식을 친척처럼 돌보아주었다고 한다.[68]

---

67 이건방은 김택영의 묘갈명 첫머리에서 "通州張大夫謇·叔儼, 實經紀其喪."이라 하고, 중간에 "卒之前數月, 自翦其鬚髮, 貯之囊, 遺令歸埋父母墓下. 及歿, 季直已前卒, 惟叔儼在, 撫其嫠孤如親戚云."이라 했다. 김택영이 죽기 전에 이미 장엄이 죽었다고 하면서 장엄이 김택영의 장례를 주관했다고 적은 것이다. 우연히 잘못 적은 것 같다.

68 李建芳, 「金滄江墓碣銘」, 『蘭谷存稿』 卷12 文錄 墓誌. "君爲人溫克而內函堅忍, 遇事能割斷勿顧. 至是見外憂日棘, 國濱亡, 乃辭其職, 挈妻子附商舶, 以達於上海, 見季直. 季直以登第官翰林, 値西勢日盛, 欲以新學自彊, 與其兄叔儼創書局, 蒐集東西書籍. 乃使君校閱其中, 而食稟以自給. 自是寓通州數十年, 頗得交南方諸士. 屢刊其詩文藁, 行于世. 卒之前數月, 自翦其鬚髮, 貯之囊, 遺令歸埋父母墓下. 及歿, 季直已前卒, 惟叔儼在, 撫其嫠孤如親戚云."

앞에서 보았듯이, 조선 후기 노론 문장가 이의현(李宜顯)은 많은 비지문을 남겼다. 그는 특히, 김창협과 송상기의 뒤를 이어 1725년에 양관대제학에 오름으로써 문망을 얻은 후 당대의 입언자가 되었다. 문집 『도곡집(陶谷集)』 28권 가운데 12권이 비지문이며, 별행본들을 제외한 문장 총 370제(題) 434편 가운데 비지문이 196편이나 된다.[69] 비주는 정맥·학맥·문맥으로 엮인 인물들이다. 이의현은 비지문을 통해 노론 정론·의리론을 강하게 주장했는데, 몇몇 비지문들에서는 묘주의 진실한 충정과 현실 대처 감각을 부각시키는 데 성공했다. 이의현은 경신환국을 '양복(陽復)'으로 표현하는 등,[70] 인물 행적의 서술에서 당파성을 드러냈다. 이민적(李敏迪, 1625~1673)[71]을 위한 「대사헌죽서이공신도비명병서(大司憲竹西李公神道碑銘幷序)」에서는 윤선도를 '흉인'으로 규정하고, 송준길의 관점을 이어받아 허적(許積, 1610~1680)을 당나라 덕종 때의 간신 노기(盧杞)에 비유했다. 이민적은 윤문거(尹文擧)의 문인으로, 사간과 응교로 있으면서 언사가 쟁쟁해서, 그가 지은 「옥당조진시폐차(玉堂條陳時弊箚)」는 현안의 정곡을 찌른 명문으로 알려져 있다. 이민적의 두 아들인 이사명(李師命, 1647~1689)과 이이명(李頤命, 1658~1722)은 각각 기사환국과 신임옥사에 희생되었다. 이의현은 이민적이 허적에게 맞섰던 일을 두고 '곡강(曲江)의 선견지명'에 견주었다. 당나라 현종 때 재상 장구령(張九齡)은 광동성 곡강 출신인데, 안녹산의 주벌을 청했다. 이의현은 장구령의 소청이 받아들여지지 않아 안녹산의 반란이 일어났듯이, 이민적이 허적을 견제했으나 받아들여지지 않아 갑인예송에서 서인이 축출당하고 말았다고 과거사를 해석한 것이다. 그리고 '용과 호랑이가 떠나가면 살쾡이와 드렁허리가 방자하게 구는 법'이라고 개탄했다.[72] 이의현은 공론 성격의 통념, 송준길을 위한 변호 등을 교차시켜, 묘주 이민적의

---

69 이의현의 碑誌文은 『도곡집』 권9~20에 걸쳐 神道碑銘 31편, 碑銘 3편, 碑 5편, 墓碣銘 65편, 墓誌銘 54편, 墓表 44편이 수록되어 있다. 墓表 뒤에는 行錄 1편도 수록되어 있다. 권8 『應製錄』에 수록된 碑陵記 1편과 陵誌 1편까지 포함하면 『도곡집』에 전하는 비지문은 모두 204편이다. 紀功碑나 宮室廟宇碑에 속하는 글을 제외한 순수한 비지문은 196편이다. 김우정, 「陶谷 李宜顯 墓道文의 다층적 성격」, 『한문고전연구』 25, 한국한문고전학회, 2012, pp.141-176.

70 李宜顯, 「右議政忠憲金公神道碑銘幷序」, 『陶谷集』 卷10. "時姦壬秉政, 世道否塞, 制除, 遂退居湖西之靑陽, 課耕讀書, 庚申陽復, 始赴擧."

71 이경여(李敬輿)의 아들로, 작은아버지 이정여(李正輿)에게 입양되었다. 양모는 파평윤씨로 대사간 윤황(尹榥)의 딸이다. 본관은 전주, 자는 혜중(惠仲), 호는 죽서(竹西)이다.

72 李宜顯, 「大司憲竹西李公神道碑銘幷序」, 『陶谷集』 卷10. "其明年顯廟上陟, 羣兇遂大逞, 至己巳而極, 壬寅而尤酷, 公而兩子前後羅慘而族盡赤矣. 談者以爲'公而在者, 必能竭誠持危, 使大界淸平, 陰翳罔干, 己巳之禍, 初不得萌, 而永無今日之梦梦矣'. 龍虎逝而狸鱔肆, 奈何乎天. 嗚呼, 唏矣!"

'입조하여 행한 언론(言論)과 조의(朝議) 가운데 사람들이 귀로 듣고 눈으로 본 일[立朝言議之在人耳目者]'을 제시했다.

처음에 효묘(효종)가 돌아가셨을 적에 여러 유신들이 대비가 입을 상복을 의논하면서 '차적장자는 기년의 복을 입는다.'라는 예제를 적용했는데, '흉인' 윤선도가 종통·적통의 설을 만들어내어 어진 이들을 해칠 계책으로 쓰려 했다. 성상이 그 간악함을 통촉하시고 변방으로 귀양 보내도록 명하셨다. 이때에 이르러 수찬 홍우원(洪宇遠)이 글을 올려 윤선도를 구원하자, 공이 차자를 올려 논변하고 배척했다.[73]

허적이 정사를 전횡했으나 성상이 깨닫지 못하시고 그를 더욱 총애하고 신임하시자, 동춘(송준길)이 상소하여 논핵하면서 허적을 노기(盧杞)에 비유했다. 그러나 성상은 당색이 다른 자를 공격하는 것이라고 여겨 배척하셨다. 공은 탄식하며, "국가의 은혜를 받은 것이 매우 크고 또 사대부 자제의 직책을 맡고 있으므로, 선비의 기개를 진작시켜 바로 세워야 한다. 어찌 말하지 않을 수 있겠는가!" 하고는, 마침내 소를 올려 한나라와 당나라의 당금(黨禁)의 일을 하나하나 들어 거듭거듭 간절히 간했다. 하지만 좌천시키라는 명이 내렸다. 대신과 여러 신하로부터 성균관의 유생들에 이르기까지 번갈아 글을 올려 서울에 머물게 할 것을 청했으나 받아들여지지 않았다. 그 후 공의 말이 하나하나 들어맞자, 사람들은 이를 곡강(曲江)의 선견지명에 비유했다.[74]

이의현은 김재로의 부친인 김구(金構)의 신도비문을 찬술하면서 남인을 '간신'이라 하고, 소론 오도일(吳道一, 1645~1703)은 '오씨 성을 가진 자'라고 불렀다.

오씨 성을 가진 자가 요직에 앉아 몹시 무례하고 사특하게 굴었는데, 공은 그의 행동을 미워하여 좋지 않게 보았다. 이로 인해 그 사람이 유감을 품고서도 겉으로 드러내지 못하고 있던 터에, 마침 중론이 공을 추천하여 전조(이조)에 들이려고 하자(이조전랑으로 앉히려 하자) 마침내 자신의 무리를 사주하여 저지했다.[75]

---

73 初孝廟喪, 諸儒臣議大妃服, 用次適朞制, 兇人尹善道刱宗統嫡統說, 欲售戕賢計. 上燭其奸, 命竄邊. 至是修撰洪宇遠投章伸救, 上箚辨斥.

74 積專, 上不悟, 愈加寵任, 同春疏論, 比之盧杞. 上斥以伐異. 公慨然曰: "吾受國恩甚厚, 職又教冑, 當扶植士氣, 其可不言!" 乃上疏, 歷擧漢, 唐黨禁事, 反復切諫, 而謫官之命下矣. 大臣諸臣, 以至太學章甫, 交章請留, 不能得. 後公言一一符合, 人以比曲江先見.

75 李宜顯,「右議政忠憲金公神道碑銘幷序」,『陶谷集』卷10. "有姓吳人處要地, 夑慝亡狀, 公惡其爲, 不直視. 其人銜未發, 會羣議將推轂公入銓, 遂嗾其黨遏之."

(3) 대작

문인의 대작(代作)은 오랜 관습이다. 중국에서도 비지문의 대작이 적지 않았다. 구양수의 문집에 서무당(徐無黨)이 지은 「서씨부인묘지명(胥氏夫人墓誌銘)」과 초천지(焦千之)가 지은 「양씨부인묘지명(楊氏夫人墓誌銘)」이 있다. 이 두 부인을 각각 부군의 묘에 부장하려 할 때 구양수는 어머니 정부인의 상을 당한 처지였으므로 서무당과 초천지 두 문인에게 대신 명(銘)을 짓게 했다. 그러나 혹자는 실제로는 구양수가 그 두 글을 지었다고 옹호했다.[76]

한국의 비문에도 대작이 적지 않았으리라 추정된다. 이러한 비문의 예로, 유형원(柳馨遠, 1622~1673)의 비문을 소개하기로 한다.

유형원 묘는 경기도 용인시 처인구 백암면 석천리에 있으며, 묘표가 1768년(영조 44) 세워졌다. 비음기 끝에 '崇禎三戊子夏行判中樞府事致仕奉朝賀洪啓禧謹識'라고 되어 있어, 홍계희(洪啓禧, 1703~1771)가 비문을 지은 것으로 알려져 있다.[77] 홍계희는 영조 때 판서와 대제학을 거쳐 봉조하가 되었고, 율곡 이이의 학맥을 이어 문화적으로도 중요한 업적을 많이 이룬 인물이다. 하지만 1748년 임오화변 때 사도세자를 죽게 만든 장본인으로 지목되었고, 죽은 후 정조 시해 미수 사건으로 두 아들과 손자가 모두 처형되자 그도 관작이 추탈되었다. 유형원은 20년 동안 부안에 은거하면서 『반계수록』을 저술했는데,[78] 100년 후 그 저술이 영조의 찬사를 받아 벼슬을 추증받았다. 그러자 죽산부사 유언지(兪彦贄)가 묘비 건립을 추진했다. 그런데 유형원 묘표의 비음기와 완전히 같은 글이 서얼 문인 이봉환(李鳳煥, 1710~1770)의 『우념재문초(雨念齋文鈔)』에 '묘지(墓誌)'로 실려 있다. 비문 끝의 '홍계희 근지'가 없을 따름이다.[79] 이봉환

---

76 모곤은 구양수의 작품으로 확신하지 못해서 『당송팔대가문초』에 선발해 놓지 않았다. 金昌協, 『農巖雜識』 外篇 121. "歐集有徐無黨・焦千之所作胥・楊二夫人銘, 蓋公遭母鄭夫人喪, 將以二夫人祔葬, 以方在制, 故命二門人代爲銘, 而實公作也. 觀其文辭體制, 可見二銘皆佳甚. 而茅鹿門不以入於八大家文鈔, 豈未詳其爲公作耶!"

77 국립문화재연구소 문화유산연구지식포털의 금석문 검색에서는 홍계희가 글씨도 썼다고 해설했다. 탁본을 보면 비의 앞면에 「有明朝鮮國進士贈執義兼進善磻溪柳先生馨遠之墓 贈淑人豐山沈氏祔左」로 새겨져 있다('祔左'는 작은 글씨로 2행 처리했다.). 『금석집첩』에 이 탁본이 수록되어 있지 않다. 경기도 편, 『경기금석대관』 3, 경기도, 1993.

78 유형원의 본관은 문화, 자는 덕부(德夫)이다. 두 살 때 아버지 유흠이 유몽인의 역모 사건에 연좌되어 옥사했다. 진사시에 합격했지만 과환에 뜻을 두지 않고 부안에 은거하여 『반계수록(磻溪隨錄)』을 집필했다. 李瀷, 「磻溪先生傳」, 『星湖先生集』 卷68.

79 李鳳煥, 「磻溪柳先生墓誌」, 『雨念齋文鈔』 卷9.

은 오광운(吳光運)이 작성한 행장[80]을 기초로 하되, 『반계수록』의 특성과 성립을 탐구하는 방식으로 '묘지'를 찬술했다.

ⓐ 반계 유 선생이 돌아가신 지 30년에 저서 『반계수록』이 나왔다.

ⓑ 선생은 천계 임술년(광해군 14, 1622)에 태어나 숭정 후 계축년(현종 14, 1673)에 사망했으며, 인조·효종·현종의 3대를 거쳤으나 징소되지 못하고 포의로 호해의 물가에서 일생을 마쳤다.

ⓒ-1 선생은 7세 때 「우공」에 제도(帝都)의 기주(冀州)가 가장 먼저 나오는 것을 보고 대의를 알아차렸다. 열서너 살 때 성현의 학문에 뜻을 두고 「사잠(四箴)」과 「자경(自警)」을 지었다.

ⓒ-2 갑신년(1644) 이후 가족을 이끌고 부안의 반계에 돌아가 학문을 했으며, 터득한 바를 질서(疾書: 메모)했다. 중간에 조부의 유명에 따라 과거에 응시하여 진사에 합격했다.

ⓒ-3 세상을 구원하려는 측달의 마음에서 『반계수록』을 저술했다. 정전(井田)을 근본으로 삼고, 교사(敎士)·선재(選才)·명관(命官)·분직(分職)·반록(頒祿)·제병(制兵)·설군(設郡)·치현(治縣)의 법을 거기서 추론해냈다.

ⓓ-1 선생의 휘는 형원, 자는 덕부로 본관은 문화이다. 아버지는 유흠으로 예문검열을 지냈고, 어머니는 여주이씨이다.

ⓓ-2 본국의 분야(하늘의 대응하는 별자리 위치)를 논하고, 혜성을 보고 신해년(1671) 큰 흉년을 예견하고 대비했다. 복수설치의 뜻을 잊지 못했으며, 정미년(1667) 여름 복건 사람 정희 등 표류인을 만나 황통이 끊어지지 않았음을 알았다.

ⓓ-3 배 4, 5척을 두고 준마를 길렀으며 양궁, 미전(美箭) 및 조총을 가동들에게 가르쳤다. 명나라로의 수로 행록을 모으고 역참 상황을 상세히 기록했다.

ⓓ-4 정묘년(1747) 영조가 홍계희에게 선생의 전(傳)을 지어 올리라 명하고 또 『반계수록』을 들이라고 명했다. 간행을 청했으나 뜻을 이루지 못했다.

ⓓ-5 계유년(1753) 집의 겸 진선에 증직할 것을 명했다.

ⓔ-1 배위는 풍산심씨 부사 심은(沈誾)의 따님이다. 이하 자손록을 기록했다.

ⓔ-2 선생의 묘는 죽산부 서북 정배산 유좌에 있으며 숙인을 합장했다. 현 부사 유언지가 비석을 세우려 하여 모(某)에게 비문 작성을 부탁했다.

ⓔ-3 숭정 세 번째 무자년(1768) 여름에 작성했다.

---

80 柳馨遠, 『磻溪隨錄』 附錄 行狀(吳光運 撰).

ⓐ의 서두는 돌발적이다. 부분적으로 변문의 구법을 사용하여 논리를 강렬하게 제시했다.

반계 유 선생이 돌아가신 지 30년에 저서 『반계수록』이 나왔다. 아아! 선생은 왕을 보좌할 재질이다. 전체(全體)와 대용(大用)이 이 책에 모두 드러났다. 천덕과 왕도에서 발원하되 우활하지도 비루하지도 않아, 성인에게 질정하여도 부끄러움이 없을 정도라고 말해도 옳다. 비록 당시에는 쓰이지 못했으나 백세 아래에는 반드시 법으로 취하는 자가 있으리니, 아아, 참으로 위대하도다! 『주례』는 주공이 만년에 쓴 책인데, 선유는 천리를 난만하게 활용하므로 물을 채워도 새지 않는다고 평했다. 선생의 책도 이것을 주로 하여, 범례를 세우고 강목을 찬연히 하여 고금을 저울질함이 손금 들여다보듯 했다. 가슴속이 영롱하고 심산(心算)이 치밀하여 백대 이래 정치제도에 관련된 서적들을 훑훑 열람하여 왕천하의 제도를 주물해내는 사람이 아니라면 어떻게 이같이 난만하게 배열하여 아무 틈새도 없이 할 수 있겠는가?[81]

ⓒ-3은 ⓐ의 '전체와 대용이 이 책에 모두 드러났다.'라는 사실을 구체적으로 언급하고, '전체와 대용'이 세상을 구원하려는 측달의 마음에서 비롯되었다고 규정했다. 그리고 유형원이 추구한 학술의 내용을 열거하고, 학술의 주제를 손익(損益)의 짐작(斟酌)과 포서(鋪舒)의 조요(照耀: 환하게 비춤)로 귀결시켰다. 손익의 짐작은 제도의 통시적 연구, 포서의 조요는 왕패론의 공시적 연구를 말한다.

세상을 구원하려는 측달의 마음은 천성에서 얻어진 바여서 평생의 온축을 글에 적었으니 이로써 『수록』이 나오게 된 것이다. … 왕도와 패도의 구분을 밝게 보고 옛날과 지금의 마땅함을 통찰했으므로, 그 말은 천리에 근저를 두고 인사에도 통달했다. 손익을 짐작하고 포서를 조요해서, 크게는 우주에 참여하고 작게는 호망(털끝같이 미세한 것)에도 들어가, 착착 들어맞고 정정하여 어지럽지 아니했으며, 또 반드시 옛 선왕이 만든 제도의 극과 회합했으니, 새는 곳을 임시로 넝쿨 끌어다가 때우는 식으로 공리를 추구하고 편파적인 패도를 추구하는 후세의 학술이 어찌 만에 하나나마 흉내낼 수 있겠는가?[82]

---

81 磻溪柳先生卒三十年而所著『隨錄』出. 噫! 先生, 王佐才也. 全體大用盡於是書. 蓋發源於天德王道, 不迂而不陋, 謂之質諸聖人而無媿, 可也. 雖不能見施於當時, 而百世之下, 必有來取法者. 嗚呼偉哉! 『周禮』, 周公晩年之書也, 先儒稱之以爛用天理盛水不漏. 若先生之書, 專以是爲主. 發凡起例, 綱目燦然. 秤量古今, 若數掌紋. 苟非胷次玲瓏, 心筭縝密, 掀翻百代之典章, 陶鑄一王之制作, 夫豈能若是之爛漫排張無一罅漏哉?

82 至於救世惻怛之念, 得之天性. 平生精蘊, 筆之於書. 於是乎隨錄成矣. … 惟其灼見王霸之分, 洞察古今之

홍계희는 정치사와 학술사에서 매우 중요한 인물이지만 그가 남을 위해 찬술한 비지문은 발견된 것이 없다. 홍계희의 부친 홍우전(洪禹傳, 1663~1728)의 묘표는 이관명(李觀命)이 짓고 이재(李縡)가 글씨를 썼다. 홍계희의 장인 김유(金楺, 1653~1719)의 신도비는 이관명이 비문을 지었고 윤득화(尹得和)가 글씨를 썼으며 유척기(俞拓基)가 전액을 썼다. 1759년(영조 35) 전북 완주군 운주면 안심사에 「안심사사적비(安心寺事蹟碑)」가 건립되었는데, 이때 홍계희가 비문의 글씨를 썼다. 하지만 비문을 지은 사람은 김석주(金錫冑)이며, 전액은 유척기가 썼다.[83] 이러한 사실로부터 유추하면, 유형원의 묘표 비음기는 이봉환이 대작한 묘지를 사용한 것으로 추정할 수 있다. 글의 주제나 구성까지 대작자가 창안하지는 않았겠지만 전적으로 구술자가 의도했다고는 단언하기 어렵다.

조선시대 문집에는 저자 중복의 예가 간혹 있는데, 묘비의 글에도 그러한 예가 있다. 예를 들면 이수경(李首慶, 1516~1562)과 그 아우 이중경(李重慶)의 모친 용인이씨(1491~1553)의 묘갈명은 지은이가 박승임(朴承任, 1517~1586)인지 소세양(蘇世讓, 1486~1562)인지 명확하지 않다.[84] 박승임의 문집에 수록된 「영인이씨묘지명(令人李氏墓誌銘)」에서는 이수경과 이중경이 상을 당하고 나서 장사를 며칠 앞두고 행장을 가져와 묘명을 지어달라고 청했다고 되어 있다. 묘지명 찬자가 용인이씨의 부군 이영부(李英符, 1487~1523)를 '군'으로 칭하고,[85] 또 그의 지우를 입었다고 했는데, 박승임은 이영부가 1523년 만 37세로 타계할 때 불과 7세였으므로 '지우를 입었다'는 표현은 맞지 않는다. 박승임은 이영부가 아니라 그 아들 이수경과 수창한 일이 있다.[86] 박승임은 1517년 태어날 때부터 7세 때인 1523년까지 고향인 경상도 영천군(榮川郡) 두서리

宜, 故其言根於天理, 達於人事, 斟酌損益, 照耀鋪舒, 大而參於宇宙, 細而入於毫芒, 鑿鑿中竅, 井井不亂. 又必會其有極於古昔(者-인용자 주), 先王之制, 此豈後世牽補架漏, 功利偏霸之學, 所能萬一哉?

83 전북대학교박물관, 『전북지방 문화재조사 보고서 1』, 전북대학교박물관, 1979~1983; 조동원, 『한국금석문대계』 1, 원광대학교 출판국, 1979. 『金石集帖』 227惡(교215惡·釋寺) 책에 탁본이 있다.

84 박승임의 『소고집(嘯皐集)』에는 묘지명, 소세양의 『양곡집(陽谷集)』에는 묘갈명이라 했다. 권경열, 「문집 번역시 산견되는 저자 중복 사례 및 저자 비정」, 『고전번역연구』 8, 한국고전번역학회, 2017, pp.30-33.

85 朴承任, 「令人李氏墓誌銘」, 『嘯皐集』 卷4. "李司藝首慶曁其弟溫陽郡守重慶, 旣喪厥妣, 葬有日矣. 自爲狀. 徵墓銘於余. 余交李生父子間久. 辱知且親. 義不可辭. … 僉正娶監察李昌原之女. 以辛亥正月十四日生. 淑愼裏性. 聰慧過人. 歲癸亥. 擇配歸于李君英符."

86 박승임 연보에는 1546년(명종 원년) 지재(止齋) 이수경(李首慶), 눌암(訥庵) 홍섬(洪暹) 등과 수창했다는 내용이 있고, 『소고집』에는 박승임이 이수경의 시에 차운하거나 그에게 준 시가 있다. 「次止齋李伯喜渡臨津韻」, 「聚勝晩酌洪參判退之金同知仲任兩使相金醇之地主李學士伯喜話別」, 「嘲李學士伯喜」 등.

(杜西里)에 있었고, 그 무렵 이영부는 조정에서 벼슬을 살고 있었으므로 두 사람의 접점을 추측하기 어렵다. 한편 「영인이씨묘갈명(令人李氏墓碣銘)」을 자신의 문집에 수록해 둔 소세양은 이수경 형제의 사마시나 문과시의 주시관이었을 가능성이 있다. 이수경은 1537년 진사시, 1538년 문과에 급제했고, 아우 이중경은 1543년 생원시, 1546년 문과에 급제했다. 박승임이 평소 이수경과 친했기 때문에 이수경 집안의 비지문이 박승임의 문집에 혼입되었을 것으로 추정된다.[87]

3. 복수의 비지문

비지는 비주(묘주)에게 역명이나 추증이 있게 되면 새로 찬술되고 새로 입비되는 일이 많았다. 이 경우 동일 인물의 비지문이 복수로 전하게 된다. 그런데 정치적 사건이나 당파적·학맥적 이유에서 후인에 의해 비지문이 수정·개찬되거나 아예 별도의 찬자가 글을 새로 짓는 예도 있었다. 정경세(鄭經世)는 「학봉신도비명(鶴峯神道碑銘)」을 스스로 세 번이나 고쳐 찬술했다. 특히 '유현문자(儒賢文字)'의 수정 사례는 주목받아 왔다. 이항복이 찬한 「율곡선생신도비명(栗谷先生神道碑銘)」을 이항복의 사후에 김장생(金長生)·정엽(鄭曄)·오윤겸(吳允謙) 등이 주동이 되어 산개한 예, 정인홍(鄭仁弘, 1535~1623)이 「남명신도비명(南冥神道碑銘)」을 지은 후 허목, 조경(趙絅), 송시열이 각각 다시 조식(曺植)의 신도비명을 작성한 예, 신흠이 「한강신도비명(寒岡神道碑銘)」을 지었으나 정구(鄭逑) 문인 내부에서 퇴계 추존론과 남명 존숭론이 길항하다가 남명계 문인이 퇴계 연원을 표방하면서 신도비명의 개정이 논의된 예는 대표적 사례들이다.[88]

---

87 영인이씨가 1553년 사망하고 1554년 장사 지낼 때 소세양은 1543년 탄핵을 받고 체직되어 선산이 있는 전라도 익산에 머물렀다. 영인이씨의 남편 이영부가 전라도 임피에서 세상을 떠난 것으로 보아 영인이씨도 임피에서 타계했을 것이다. 이때 소세양이 영인이씨의 묘갈명을 지었을 가능성이 있다. 권경열, 「문집 번역시 산견되는 저자 중복 사례 및 저자 비정」, 『고전번역연구』 8, 한국고전번역학회, 2017, pp.30~33.

88 이원주, 「栗谷先生神道碑銘과 그 刪改事實에 對하여」, 『한국학논집』 15, 계명대학교 한국학연구원, 1988, pp.75~93; 서정문, 「남명 신도비 4종에 나타난 南冥像의 비교 검토」, 『조선시대사학보』 34, 조선시대사학회, 2005, pp.35~82 ; 김학수, 「寒岡(鄭逑) 神道碑銘의 改定論議와 그 의미」, 『조선시대사학보』 42, 조선시대사학회, 2007, pp.51~119; 정경훈, 「17세기 비지문 창작양상 고찰—4종의 남명신도비를 중심으로—」, 『동방한문학』 51, 동방한문학회, 2012, pp.7~37. 또한 행장을 수정한 사례도 있다. 홍인우(洪仁祐)가 「정암행장(靜菴行狀)」을 작성했으나, 이황이 그것을 소략하다고 보아 직접 「정암조선생

여기서는 고려 말 이색이 「이자춘신도비(李子春神道碑)」를 지은 후 조선에 들어와 권근(權近)이 환왕(桓王) 신도비명을 새로 짓고 정총(鄭摠)이 왕명에 따라 「조선환조정릉신도비(朝鮮桓祖定陵神道碑)」로 개찬한 사례, 병자호란 때의 주화파 최명길(崔鳴吉)에 대한 역사적 평가와 관련하여 그의 신도비가 복수로 제작된 사례 등을 살펴보기로 한다.

(1) 신도비문의 신찬

『태조실록』권4의 태조 2년 9월 18일(경신)의 기록에, 문하시랑찬성사 성석린(成石璘)을 동북면 함주에 보내어 환왕(桓王)의 정릉비(定陵碑)에 글을 써서 이를 세우게 했다는 기록이 있고, 그 날짜의 기사에 비문의 전문을 실어 두었다. 환왕은 이성계의 부친 이자춘으로, 태종이 환조로 추중했다. 1361년(신축) 봄에 이자춘은 영록대부 판장작감사에서 삭방도만호 겸 병마사로 나갔다가, 곧 호부상서로 승진했으나 4월 경술에 병이 나서 46세로 타계했다. 함흥부 신평부(信平府) 귀주동(歸州洞)에 장사 지냈다. 이보다 앞서, 『태조실록』권1 「총서」에 보면, 환조(환왕)가 동북면으로 돌아가다가 죽자 이성계가 함흥부에서 그를 장사 지냈으며, 후에 능호를 정릉(定陵)이라 했다는 기록이 있다. 또 『태조실록』권3에 보면, 태조 2년 정월 25일(신미) 첨서중추원사 정총(鄭摠)에게 명하여 정릉의 비문을 짓게 했다는 기록이 있다. 그리고 『태종실록』의 태종 17년 11월 20일(신미)의 기록에는 예조에 유지를 내려 이색(李穡)이 지은 「정릉신도비문」을 거두었다는 기사가 있다.[89]

앞서 보았듯이, 고려 말인 1387년(우왕 13) 12월에 이색은 이자춘을 비주로 하는 「이자춘신도비」를 찬술했다. 이때 이색은 이자춘의 혼인이 세 번 있었다고 밝혀, "공은 모두 세 번 아내를 맞았다. 이씨는 아들을 낳았으니 원계이다. … 최씨는 아들을 낳았으니 성계이다. … 김씨는 아들을 낳았으니 화이다. … 딸은 조인벽 공에게 시집갔으니, … 최씨의 소생이다[公凡三娶, 李氏生男曰元桂 … 崔氏生男曰成桂, 金氏生男曰和 …

행장(靜菴趙先生行狀)을 작성한 예나, 장현광(張顯光)이 조호익(曺好益)의 행장을 작성했으나 인조 연간에 임고서원(臨皐書院)의 병배(幷陪) 제향 논쟁이 일어나 조호익의 문인들이 김육(金堉)으로 하여금 조호익의 행장을 새로 짓게 한 예가 잘 알려져 있다.

89 『太宗實錄』卷34. 태종 17년(정유, 1417) 11월 20일(신미), 이색(李穡)이 찬한 함흥부 정릉 비문을 서울과 외방의 대소 원인(大小員人)이 인출하여 집에 간직하고 있는 것이 있으면 구하여 바치라고 했다.

女適趙公仁璧 … 崔氏出也』."라고 기록했다.[90] 그런데 조선 개국 후 정총이 「환왕정릉신
도비」의 글을 새로 지어, '공은 모두 세 번 아내를 맞았다'는 표현과 초취 이씨(이원계
의 모), 삼취 김씨(이화의 모) 및 그 자손을 삭제했으며, 비문의 말미에 따로 환왕의 '서
자손록(庶子孫錄)'을 설정하고 여기에 이씨와 김씨를 '비(婢)'로 규정해 두었다.[91] 정총
명의의 이 비문은 실은 권근(權近)이 지은 것을 개작한 것이다. 권근의 문집인 『양촌
집』에 「유명조선국환왕정릉신도비명병서(有明朝鮮國桓王定陵神道碑銘幷序)」라는 제목
으로 실려 있다.[92] 권근이 지은 원래의 신도비는 선계(璿系)의 본손과 지손을 상세하게
밝힌다고 표방했고, 이자춘의 '삼취(三娶)' 사실을 명확히 밝혔다. 그런데 정총 명의의
신도비명에서는 이자춘의 '삼취' 사실을 은폐한 것이다. 권근은 환왕의 신도비명에서
이성계의 회군과 왕요(王瑤) 추대, 이성계의 개혁정치, 이성계가 추대에 의해 왕위에
오르고 개국한 사실을 적었으며, 우왕과 공양왕 때 이성계의 활동을 서술하면서 정몽
주의 훼방을 이겨낸 사실을 특기했다. 이어서 조선 개국과 국호를 정한 사실, 왕실과
선대 계보, 이자춘과 배위로 이씨·최씨·김씨를 들고, 이성계의 배위로 한씨(韓氏)와
'계실(繼室)' 강씨(康氏) 및 그 자녀·자손들을 서술한 후, 칭송의 말을 덧붙였다. 명은 4
언 16연 32구, 8운 환운의 형식이다. 이를테면 권근은 「유명조선국환왕정릉신도비명
병서」에서 공양왕 때 이자춘의 활동에 대해 다음과 같이 적었다.

요(瑤, 공양왕)는 혼미하여 대체에 어두워, 간사한 자를 신봉하고 충직한 신하를 내쫓으며,
부녀와 환관의 말을 듣고 전제의 바른 제도를 어지럽히고, 사친과 근신을 임용하여 명기(名
器)의 공정함을 문란케 하며, 정령이 무상하여 국법을 무너뜨리고, 용도(用度)가 절제 없어
백성의 재물을 해롭게 했다. 여러 소인들의 피부 속까지 파고드는 참소를 믿고, 전하의 나

---

90 환조 연무성환대왕(淵武聖桓大王)의 침원 정릉(定陵)과 환왕의 비 의혜왕후(懿惠王后)의 침원 화릉(和
陵)이 귀주(歸州) 동일원(洞一原)에 있는데, 능 아래 홍무 26년 건립한 신도비가 있었다.

91 鄭摠, 「高麗國贈純誠勁節同德輔祚翊贊功臣壁上三韓三重大匡門下侍中判理司事完山府院君朔方道萬
戶兼兵馬使榮祿大夫判將作監事李公神道碑銘」. 이 신도비명을 찬술할 때 정총의 직함은 '純忠佐命開國
功臣藝文館春秋館學士都評議司使西原君'이다. 문하시랑 찬성사 집현전대학사(門下侍郞贊成事集賢殿
大學士) 성석린(成石璘)이 글씨를 썼고, 문하시랑 찬성사 집현전대학사 권중화(權仲和)가 전액을 썼다.
영춘추관사(領春秋館事) 하윤(河崙) 등이 편찬한 『태조실록』에는 태조 2년 9월 18일(경신일)의 기사에
정총 명의의 「환왕정릉비신도비문」을 실었다. 이상백, 「서얼차대의 연원에 관한 일문제」, 『진단학보』 1,
진단학회, 1934; 이태진, 「서얼차대고」, 『역사학보』 27, 역사학회, 1965.

92 權近, 「有明朝鮮國桓王定陵神道碑銘幷序」, 『陽村集』 卷36 碑銘類. 『동문선』 수록 때는 삼취(三娶) 사실
을 삭제하고 의비(懿妃) 최씨(崔氏)만 남겨두었다. 盧思愼·徐居正等, 「有明朝鮮國桓王定陵神道碑銘幷
序」, 『東文選』 卷120 碑銘.

라를 광복시킨 공을 시기해서, 마침내 그 재상 정몽주와 더불어 늘 전하를 모함했다. 몽주는 그의 무리 가운데 대간의 직에 있는 사람을 몰래 사주하여, 훈공 있는 신하와 직언하는 사람에게 죄를 가하려고, 나직(羅織: 죄를 꾸며 만듦)하여 글을 올려, 장차 전하에게 미치게 되어, 앙화가 예측하기 어려운 상태에 있었으니, 나라 사람들 가운데 분개하고 원망하지 않는 사람이 없었다.[93]

권근의 글을 정총의 명의로 개찬한 비문을 새긴 「환왕정릉신도비」는 왜란 때 '적이 부쉈다.' 이후 1611년(광해군 3) 함경도 관찰사 한준겸(韓浚謙)이 함흥 능에 관해 보고하자, 광해군은 재위 4년(1612) 길일을 점쳐 비석을 고쳐 세우고, 글은 옛날 찬술을 사용하게 했다. 이때 홍문관 교리 오익(吳翊)에게 빗돌에 글을 쓰게 했고, 한성부판윤 김상용(金尙容)에게 전액을 쓰게 했다.[94] 이어서 이정귀(李廷龜)에게 자초지종을 비의 뒷면에 기록하게 했다.[95] 이정귀는 부로의 집에 전하는 등본을 볼 수 있었다고 한다.

(2) 신도비문의 교체

과거에는 찬자의 정치적 향배를 고려하여, 기왕에 작성한 비문을 사용하지 않고 새로 다른 사람에게 부탁하는 사례가 적지 않았다. 그 한 예로, 최연(崔演, 1503~1549)의 신도비를 들 수 있다. 최연의 본관은 강릉, 호는 간재(艮齋)이다. 1545년(인종 원년) 을사사화 때 소윤에 가담하여 위사공신(衛社功臣) 3등에 책록되고 동원군(東原君)에 봉해졌다. 1548년 명나라에 사신으로 나갔다가 이듬해 귀로에서 아우가 죽자 양친이 슬퍼하실 것을 걱정하다가 그도 평양에서 병사했다. 시호는 문양(文襄)이다. 1607년(선조 40) 4월에 그 손자 최용(崔瑢)이 진주(眞珠), 즉 삼척의 부사이던 허균에게 신도비명

---

93 瑤乃昏迷, 闇於大體, 崇信奸回, 廢黜忠直. 聽婦寺而亂田制之正, 任私昵而紊名器之公. 政令無常以壞國法, 用度無節以傷民財. 信輩小浸潤之譖, 忌殿下匡復之功. 迺與其相鄭夢周常謀陷之. 夢周陰嗾其黨之在臺諫者, 欲加功臣及直言者罪, 羅織上書, 將及殿下, 禍在不測, 國人莫不憤怨.

94 『光海君日記』卷57, 광해군 4년(임자, 1612) 9월 2일(계사). 예조는 정릉 비문을 고쳐 쓰는 일로 병조정랑 오익(吳翊)이 내려갈 것이라고 아뢰었다. 그리고 비면 제1행에는 '유명조선국환조연무성환대왕신도비명병서(有明朝鮮國桓祖淵武聖桓大王神道碑銘幷序)'라고 써야 하며, 전액은 「환조정릉신도비(桓祖定陵神道碑)」라고 해야 한다고 말했다. 환왕 비 의혜왕후(懿惠王后)는 정릉과 같은 곳에 있되 별도로 화릉(和陵)이라 부르나, 화릉에 신도비가 없으므로 그 전체를 정릉비라 칭하는 것도 무방하다고 보았다.

95 당시 이정귀의 직함은 '崇祿大夫 行禮曹判書 兼弘文館大提學 藝文館大提學 知經筵春秋館成均館事 世子左賓客'이었다.

을 청했다.[96] 허균이 지은 최연의 신도비문은 편폭이 그리 길지 않지만 최연의 생전 업적을 평가하는 데 중요한 내용을 모두 포괄했다. 을사사화 때의 처세와 관련해서는 "소심하게 남과 권세를 다투지 않음으로 해서 심정(沈貞)·김안로(金安老)·이기(李芑)의 시대에도 온전하여 끝내 해를 입지 않았다."라고 완곡하게 표현했다. 그리고 최연의 문장이 뛰어나 국가의 주요한 글들을 대부분 작성했다는 사실에 방점을 두었다. 즉, 최연이 중종 때 외교문서와 조정의 책문(冊文)들을 대부분 작성하여 경국(經國)과 화국(華國)의 문장에서 공적을 남긴 사실을 말하고, 중종과 인종의 승하 때 당시 문병(文柄)을 쥐고 있던 신광한(申光漢)의 추천으로 애사(哀詞)·시장(諡狀)·사(赦) 등의 글들을 모두 지었다고 구체적으로 언급했다. 당시 허균이 지은 신도비문이 비석에 입각(入刻)되었는지는 알 수 없다. 이후 최연의 9세손 최병현(崔秉鉉)과 최하연(崔夏鉉)은 신도에 비를 세우기 위해 영남의 학자 정종로(鄭宗魯, 1738~1816)에게 글을 청했다. 아마도 허균이 역적으로 죽은 인물이기 때문에 그의 글을 다시 정민(貞珉; 굳고 고운 돌, 비석)에 새길 수는 없었을 것이다. 허균이 최연의 '사은사행'을 병오년(1546)의 일로 기록하고 당시 묘주가 죽은 지 1주갑(60년) 되는 해라고 추산한 것도 문제가 되었을 듯하다. 허균에게 글을 청할 때 손자가 제공한 가장(家狀)에 착오가 있었던 듯하다. 정종로는 최연이 '동지사행'으로 나간 해가 무신년(1548)이라고 정정했다. 그런데 정종로는 최연의 신도비문에서 을사사화와 관련된 사항을 전혀 언급하지 않았다. 그리고 신광한이 최연의 문장을 추대했다는 점을 부각시켜, 신광한이 문형(文衡: 문병)을 그에게 넘기려고 했다고 언급했다. 하지만 최연이 어떠한 문체의 글들을 지었는지는 언급하지 않았다.[97] 정종로의 글은 유심춘(柳尋春)이 글씨를 써서 비석에 새겼으며, 정원선(鄭元善)이 전액을 썼다.

묘주의 후손이 이미 작성된 신도비문의 입론에 불만을 지녀 다른 사람에게 새로운 신도비문을 부탁한 예도 있다. 최명길(崔鳴吉, 1586~1647)의 신도비명은 저명한 사례이다.

최명길은 병자호란 후 심양으로 잡혀가 감옥에서 「북비가(北扉歌)」를 지어 스스로

96　許筠, 「資憲大夫漢城府判尹兼藝文館提學同知春秋館事崔公神道碑銘」, 『惺所覆瓿藁』 卷16 文部13 神道碑.

97　崔演, 『艮齋先生文集』 卷12 碑銘 「神道碑銘」(鄭宗魯撰); 鄭宗魯, 「資憲大夫漢城判尹諡文襄公艮齋崔公墓碑銘并序」, 『立齋先生文集』 卷33 碑銘. "申企齋光漢主文衡, 深服公, 臨有所著, 常令代撰. 又屢章解柄欲授公, 以其中道歿, 未果焉."

의 사업을 "권도를 먼저 하고 경법을 뒤로 돌렸다가 다시 의로 돌아왔다[先權後經回換義]."라고 했다. 그는 "신하된 도리는 자기의 군주에게 충성을 다하면 된다."라는 전제에서, 명나라에 대한 무조건적인 사대가 진정한 충군애국이 아니라고 생각했다. 하지만 사대의 '의리'를 완전히 무시하지는 못했다. 당시로서는 어느 누구도 '의리'의 장벽을 넘기가 어려웠다. 의리의 문제는 다음 세대가 되면 더욱 고착화되었다. 1686년(숙종 12) 남구만(南九萬)은 최명길의 손자 최석정(崔錫鼎)의 청탁으로 「영의정문충최공신도비명(領議政文忠崔公神道碑銘)」을 작성하면서, 병자호란 때의 강화는 어쩔 수 없는 선택이었다고 하여 최명길의 행적을 '의리' 두 글자에 연결시키지 않았다. 이에 최석정은 장문의 서찰을 그에게 보내어 최명길의 행적이 의리에 부합하는 행동이었다고 변론했다.[98] 남구만이 끝내 '의리' 두 글자를 넣어주지 않자 최석정은 그 비문을 사용하지 않았다. 그리고 박세당(朴世堂)에게 신도비문의 신찬을 청했다. 1702년에 박세당이 지은 「영의정완성부원군최공신도비명(領議政完城府院君崔公神道碑銘)」은 최명길의 외교와 정국 운영을 '의리'로 확실하게 규정했다. 5,500여 글자에 이르는데, 그 일부는 남구만의 3,000여 글자 신도비명의 내용을 가져다 썼다. 특히 남구만이 찬술한 신도비명의 서두 부분을 박세당이 적극적으로 이용했다.[99]

아아, 지난날 인조 중흥의 여러 신하들 가운데, 그 충성이 족히 자기 몸을 잊을 만했고, 재주가 족히 사물을 운행시킬 만했으며, 명철함이 족히 사물을 분명하게 비출 수 있었고, 용기가 족히 기미(機微)를 결단할 수 있어서 치욕을 참고 위험을 무릅쓰고서 끝내 삶과 죽음, 명예와 오욕 때문에 그 내면의 마음이 흔들리지 않으면서, 종묘사직으로 하여금 빠져들어 없어지지 않게 하고 민물(民物)로 하여금 썩어 문드러지지 않게 했던 사람은, 실은 지천 최 상국

---

98 崔鳴吉,「南藥泉答明谷書」·「明谷答藥泉請改碑文兼爲卞白書」·「藥泉又有答明谷書」·「明谷又答南藥泉請改碑文兼爲卞白再序」,『遲川遺集』卷23: 최병직·정양완·심경호 공역,『증보역주 지천선생집』제3책, 속집 권4, 도서출판 선비, 2008; 심경호,「한문산문 연구에 관한 몇 가지 제안」,『동방한문학』31, 동방한문학회, 2006, pp.7-34.

99 南九萬,「領議政文忠崔公神道碑銘」,『藥泉集』卷17. 일부만 인용한다. "維昔仁祖中興諸臣, 其忠足以忘身, 才足以運物, 明足以燭我, 勇足以決機, 忍恥辱冒危險, 終不以死生毀譽撓其中, 使宗社不至於淪滅, 民物不至於糜爛者, 實遲川崔相國其人也. 然觀公所處, 究其效, 雖鑿鑿中竅, 問其事, 皆與衆蓍立. 是以其功不可掩, 而其謗亦不已也. 苟非苦心血誠, 專君無他, 越拘攣之見, 信必然之畫者, 其誰肯置身於一世之所訾謷而確然不顧也哉? 雖然自公歿及今四十餘年, 先生長者並公時而稱公者, 其言漸出, 學士大夫後公時而談公者, 其論漸平, 至於壹惠之襃, 朝無異議. 苟有其實, 終必自明者, 果不信歟!" 박세당이 찬술한 글은 그의 문집에 수록되어 있다. 朴世堂,「領議政完城府院君崔公神道碑銘」,『西溪先生集』卷11 碑銘.

이 그 사람이었다. 하지만 공의 대처한 바를 살펴보고 그 공효를 구명하여 보면 비록 착착 정확한 곳에 들어맞았으나, 그 사업을 따져보면 모두 뭇사람들과 대치하여 모가 났다. 그러므로 그 공적을 가릴 수 없었으면서 그 비방도 역시 그치지를 않았다. 진실로 고심과 혈성(血誠)으로 오로지 군주만을 위하고 다른 마음을 두지 않아서, 손발 움직이지 못하는 병[구련(拘攣)]에 걸린 것과 같은 견해를 초월하고, 반드시 그러하리라고 여기는 계획을 믿는 사람이 아니라면, 누가 선뜻 한 시대의 비난과 시기 속에 자신의 몸을 두고서도 확고하여 좌고우면하지 않을 수 있을 것인가? 비록 그러하기는 하지만, 공이 죽은 지 지금 40여 년에, 선생과 장자들로서 공과 같은 시대를 살아서 공을 칭송하는 사람들은 언론이 차츰 나오고 있고, 학사 대부로서 공보다 뒷시대에 태어나 공을 이야기하는 사람들은 그 논평이 차츰 공평해지고 있다. 심지어 일혜(壹惠, 賜諡)를 내리는 포상에 관해서도 조정에서는 아무 이의가 없을 정도이다. 정말로 온당한 실질이 있으면, 결국 반드시 스스로 밝혀지게 된다는 것이 과연 그러하지 아니한가?

남구만은 최창대(崔昌大)가 조목별 서술의 형태로 작성한 「완성군유사(完城君遺事)」를 토대로 최명길의 신도비명을 작성했다. 병자호란 때 숭례문 회의에서, 후금의 군대를 일시적으로 저지하기 위해 이경석(李景奭)과 함께 적진으로 담판하러 떠나게 된 것도 그 한 예이다. 「완성군유사」에 따르면, 최명길은 사현(沙峴: 홍제원 고개)에 이르러 후금 병사를 만나, 맹서를 어기고 군대를 몰고 온 것을 힐책했으며, 고의로 이야기를 길게 끌어 해가 저물 때까지 후금의 군사를 이동시키지 못하게 했다. 이에 인조는 세자 및 백관을 거느리고 드디어 남한산성에 들어갔다고 한다. 박세당은 「영의정완성부원군최공신도비명」을 작성할 때 병자호란 때의 숭례문 행적을 서술하면서 남구만의 글을 계승했다. 하지만 1702년 유백증(兪伯曾)을 위해 작성한 「이조참판기평군유공시장(吏曹參判杞平君兪公諡狀)」에서는 최명길의 이 행적을 거론하지 않았다. 남인의 채유후(蔡裕後, 1599~1660)는 1647년에 「최명길 애사(哀詞)」를 지어, 최명길이 시간을 벌기 위해 오랑캐와 담판했던 공적을 인정했다.[100] 그렇지만 같은 소론에 속한 윤휴(尹鑴, 1617~1680)는 이성구(李聖求)의 시장에서 최명길을 비판했다.[101] 윤휴는 최명길이 "오랑캐 진에 나아갔다가 오랑캐를 인도하고 들어와서 장사들에게 오랑캐 병사들과 교

---

100 蔡裕後, 「崔相國(鳴吉)挽」, 『湖洲先生集』 卷4 七言律詩. "崇禮門樓駐蹕時, 相公單馬向西馳. 明倫大義初皆服, 臨難孤忠晚共推. 黃閣只應餘古迹, 雲臺猶復宛淸儀. 天曹舊吏頭如雪, 淚盡公私一樣悲."

101 글 제목은 「大匡輔國崇祿大夫議政府領議政兼領經筵弘文館藝文館春秋館觀象監世子師李公諡狀」이다.

전하지 말도록 경계했으며", 그 때문에 장사들은 화포와 화살을 쏘지 못하고 있다가 오랑캐의 급습을 받아 전사했다고 적었다. 최명길에 대한 평가는 같은 소론 내에서도 상당히 엇갈렸음을 알 수 있다.

(3) 후기와 추기

묘표나 묘비 등 지상에 세운 비는 입비 이후에 추기를 더하는 예가 많았다. 증시, 증직, 정려가 있을 때 그 사항을 추가로 기록하거나, 묘주의 장례 이후 배위의 장졸을 더 추가하기도 하며, 후대의 자손록을 보완하기도 했다. 간혹 정국의 변화 등으로 묘주의 억울함이 풀리게 된 사실을 추기한 예도 있다. 여기서는 상세한 자손록이 추기된 사례로, 한호(韓濩, 1543~1605)의 묘비를 보기로 한다.

한호는 본관이 청주이고, 자는 경홍(景洪)이다. 석봉이란 호로 널리 알려져 있다. 2010년 북한은 황북 토산군에서 한호의 묘를 확인하고 묘갈의 존재 사실을 발표했다.[102] 비신 앞면 위에는 '한석봉묘갈명(韓石峯墓碣銘)'이라 새겨 있다고 한다. 전액(篆額)인 듯하다. 한호의 묘갈명은 이정귀(李廷龜)가 작성해서 그의 문집 『월사집』에 「한석봉묘갈명병서(韓石峯墓碣銘并序)」라는 제목으로 수록되어 있다. 다만 이를 통해서는 입비 시기를 알 수 없다. 작성 일자도 빠져 있어 알 수 없다.[103] 「한석봉묘갈명」의 비면을 탁본한 것이 『금석집첩』에 수록되어 있고, 한국학중앙연구원 장서각에도 별도의 탁본이 있는데, 내용은 같다.[104] 이에 의하면, 이정귀는 1618년(광해군 10)에 한석봉의 묘갈명을 작성했다. 이해 정월, 이정귀는 폐모 계청의 정청(庭請)에 참여하지 않아, 2월 양사의 탄핵을 입었다. 이 무렵 한호의 묘갈명을 지었다. 이듬해(광해군 11) 10월, 진주상사가 되고 이어 판중추부사가 되었다.

한호의 가계는 군수를 지낸 5대조 한대기(韓大基)부터 확실하다. 한호는 개성에서 태어나 24세 되던 1567년(명종 22) 진사시에 합격했으나, 대과에는 급제하지 못했

---

102 대남 라디오 방송인 평양방송이 2010년 5월 12일 보도했다. 개성 고려박물관 연구사들이 개성시와 인접한 황북 토산군(兎山郡) 석봉리(石峯里) 석봉산(石峯山)에서 한호(韓濩)의 묘비(墓碑)를 발견했으며, 묘비에는 「朝鮮國通訓大夫加平郡守贈承旨韓公之墓」라고 쓰여 있다고 했다. 묘비 앞면의 비제일 것이다.

103 李廷龜, 「韓石峯墓碣銘并序」, 『月沙先生集』 卷47 墓碣銘 下.

104 『금석집첩』의 해서비제는 「有明朝鮮國▽贈通政大夫戶曹參議行通訓大夫加平郡守兼楊州鎭管兵馬節制都尉韓公墓碣銘并書」이다. 『금석집첩』 수록분과 『월사집』 수록분은 글자의 차이가 있다. 번역은 한국고전번역원이 제공하는 이상하의 번역(2004)을 참조한다.

고, 이후 승문원의 사자관으로 활동했다. 1572년(선조 5) 상사 정유길(鄭惟吉)을 따라, 1582년(선조 15) 이이를 따라, 1601년(선조 34) 이정귀를 따라, 중국에 갔다. 1581년(선조 14)과 1593년(선조 26)에는 주청사 사자관으로서 중국에 갔다. 선조가 문반 벼슬을 제수했으므로, 한호는 가평군수 등을 역임했다. 죽은 후에는 승지의 직을 추증받았다. 이정귀는 「한석봉묘갈명병서」에서, 자신이 폐축되어 있을 때 한호의 아들 한민정(韓敏政)이 찾아와 3년 전에 청했던 비지문을 다시 청한 일부터 기술했다. 그리고 자신과 한호와의 관계를 말하고 한민정이 마련한 행장에 의거해서 한호의 일생을 서술한다고 밝혔다. 조선의 조정이 중국 사신을 영접하거나 중국에 주청사를 보낼 때마다 한호가 특별히 뽑혀 참여했다는 사실, 명나라 문호 엄주(弇州) 왕세정(王世貞)이 조선 사행과의 필담에서 한호의 글씨를 칭찬하여 "노한 고래가 바위를 가르고 목마른 천리마가 샘으로 달려가는 것과 같다[如怒鯢決石, 渴驥奔泉]."라 하고, 명나라 사신 한림 주지번(朱之蕃)이 "석봉의 글씨는 왕우군·안진경과 우열을 겨룰 만하다[石峯書, 當與王右軍·顏眞卿相優劣]."라고 칭찬한 사실을 기록해 두었다. 또한 한호가 이백을 좋아하여 왕왕 아취가 있다고 덧붙였다. 그 뒤에 한호의 삶을 총평하여 다음과 같이 말했다.

대저 선비가 재예를 품고서 현달과 총애를 도모하는 이가 어찌 적은 수이겠는가? 그러나 혹자는 남에게 배척을 당하고 혹자는 흠결을 드러내고 마니, 끝까지 신명(身名)을 잘 지키고 군은을 보전하는 이는 드물다. 한때 공명이 기세를 떨치더라도 한갓 모기가 귓가를 스쳐가는 것일 뿐이니, 죽은 뒤에 누가 알아주겠는가? 석봉과 같은 이는 초야에서 일어나 세 치 길이 붓을 잡고 군주로부터 세상에 드문 지우를 입어, 권세를 다투는 자도 이간하지 못하고 비방을 잘하는 자도 감히 헐뜯지 못했다. 명랑하게 살다가 아름다운 일생을 마쳤고 명성은 후세에 뻗었으니, 역시 훌륭하다![105]

이정귀는 이 묘갈명에서 행장을 인용했다. 그 행장에는 한호의 출생에 얽힌 기이한 꿈 이야기와 한호가 꾼 기이한 꿈 이야기가 들어 있다. 이정귀는 그 꿈 이야기들을 그대로 전재해서 서예의 달성이 인간 활동에서도 신이한 영역에 속한다는 점을 강조했

---

105 夫士之抱才藝圖顯寵者何限? 或爲人傾奪, 或未免疵累, 其卒能完身名保主恩者鮮矣. 一時功名薰灼, 特蚊蝱之過耳, 死後誰知之者? 若石峯起草萊, 操三寸管, 與人主結不世之知遇, 爭權者不能間, 工毀者莫敢議. 昭朗令終, 聲施於後世, 亦韙矣!

다. 또 한호가 서예에서 이룩한 달성을, 선조의 은우를 입은 사실과 중국 제독 및 문인, 유구 사람까지 칭송한 사실을 통해서 방증하고자 했다. 이정귀는 그 행장을 근거로 하면서, 기예 있는 사람들은 남에게 배척을 당하거나 스스로 흠결을 드러내어 끝까지 신명을 잘 지키고 군은을 보전하는 이가 드물지만 한호는 그렇지 않았다고 칭송했다. 최대의 찬사는 "명랑하게 살다가 아름다운 일생을 마쳤고 명성은 후세에 뻗었다."라는 개괄에 있다. 실은 이정귀 자신이 '폐축되어 택반(澤畔)에 거처하고' 있어도 미래의 불후함을 바라는 심경을 이 개괄에 가탁해둔 듯하다. 그렇기에 이정귀는 한호가 서예에서 이룩한 달성 자체에 초점을 두어 그의 묘갈명을 작성하면서도, 한호 서예의 결정(結晶)이나 정수(精髓)가 어떤 작품들인지는 언급하지 않았다.

『금석집첩』에 수록된 「한석봉묘갈명병서」 탁본에는 '숭정 갑신 후 73년 병신', 즉 1716년(숙종 32)에 금천군수 홍중주(洪重疇, 1672~?)가 작성한 추기, 한호 자손록, 한호 현손 한숙(韓璹)의 지(識)가 있다. 자손록이 매우 상세하다. 인물들 사이에 빈칸을 두었는데, 항렬의 차이를 조견하게 한 것이 아니라, 같은 항렬에서 형제간의 이름을 구별했다. 이러한 예는 다른 묘비에 유례가 없다. 홍중주는 이정귀의 누이의 손자로, 이정귀를 추모하여 그가 찬술한 이 묘갈명에 깊은 관심을 두었다. 그래서 한호의 후손에게 비갈을 다시 세우게 한 것이다. 이때 이진검(李眞儉)이 이정귀가 찬술한 묘갈명을 썼고 유명건(兪命健)이 전액을 썼다.

4. 비문 문체의 이론

조선시대에 제출된 비문의 수사미학에 관한 자료들을 개괄하면 다음과 같다.

(1) 이황의 비문 행장 공기론

앞서 말했듯이, 퇴계 이황은 행장과 비지를 공기(公器)로 간주했다.[106] 이황은 문집 『퇴계집』에 총 45편의 비지를 남겼다. 대개 휘(諱)·자호·조선(祖先)·출생·관력·위인·공적·졸수(卒壽)·장일(葬日)·장지·배(配)·자녀를 서술하고 명(銘)을 붙인다는 틀

---

106 본서 제4부 p.560 참조.

을 지켰다. 다만 「권적묘갈명(權勣墓碣銘)」·「유공묘갈명(柳公墓碣銘)」·「신공묘갈명(辛公墓碣銘)」 등은 인간 삶에 대한 일반론을 먼저 제시하고 비지의 기재 사항을 서술했다.[107] 이황은 행장에서 특정인의 생평을 서술할 때 실상을 중시했는데, 그러한 서술 태도는 역시 전기(傳記)의 요소를 갖추어야 하는 비지문에서도 일관되었다. 이황은 조광조(趙光祖)의 행장을 지으면서, 조광조에 대해 '천자고처(天資高處)'를 극언하면서도 그의 '학력심처(學力深處)'에 대해서는 말하지 않았고, 이언적(李彦迪)의 행장을 지으면서 이언적의 '학력심처'를 극언하면서도 그의 '천자고처'는 가볍게 다루었다.[108] 조광조 행장에서는, 그가 도학을 창명한 공적은 실마리조차 찾을 수 없으므로 그 공적을 함부로 적지 못하겠다고도 했다.[109] 이황은 평소 조선의 문장 대가 가운데 이언적만이 흉중으로부터 유출하여 의리가 밝고 올바른 글을 남겼다고 평가했으나, 이언적을 위한 행장을 지을 때는 그의 천자(天資)에 대해 비중을 두지 않았다. 그리고 윤구(尹衢)가 지은 이중호(李仲虎) 행장에 기묘사화 이후 『소학』이 금지되었을 때 이중호가 홀로 근본 공부를 창도하여 『소학』의 학문이 다시 흥기했다고 논한 부분을 두고, '당년의 그 사람'을 서술하지 못했다고 지적했다.[110] 1569년(선조 2) 4월 26일 노수신(盧守慎)이 조부모와 부친의 표석에 새기기 위한 글을 부탁하면서 행장을 적어 보내고 별첩을 동봉하여 자문하자,[111] 이황은 4월 28일 완곡하게 거절하는 서신을 보냈다.[112]

이황은 1564년(명종 19) 주위 사람들의 간곡한 부탁으로 정지운(鄭之雲, 1509~1561)을 위하여 「추만거사정군묘갈병병서(秋巒居士鄭君墓碣銘幷序)」를 작성했다. 이 글은 이황이 산야인(山野人)으로서 처사의 심경을 잘 파악했다는 평이 있었다. 그 때문에 이이(李珥)는 성수침(成守琛, 1493~1564)의 지명(誌銘)을 이황에게 부탁할 정도였다.[113]

---

107 李滉, 『退溪集』에 수록된 제목은 각각 「江華府使贈大匡輔國崇祿大夫議政府領議政兼領經筵觀象監事權公墓碣銘幷序」, 「通訓大夫行杆城郡守柳公墓碣銘幷序」, 「寧越辛公墓碣銘幷序」이다. 안병렬, 「退溪碑經誌文字考察」, 『퇴계학』 창간호, 안동대학교 퇴계학연구소, 1989, pp.73-98.

108 權斗經 編, 『退溪先生言行通錄』 卷5 議論 第4 論人物. "某於靜菴行狀, 極言天資高處, 而其說學力處少. 晦齋行狀, 極言學力深處, 而其說天資高處較輕."

109 李滉, 「答柳仁仲 論趙靜菴行狀 別紙」, 『退溪集』 卷12. "趙先生倡明道學之功固大. 然由今而欲尋其緒餘, 不知何書何言而有所稱述耶? 鄙意, 推尊先正, 雖曰務極揄揚, 然亦當從其實而言之, 不可以捏虛誇能, 而爲之辭, 以欺後人也. 故如是云云. 今雖承誨而不能從."

110 李滉, 「論李仲虎碣文 示金而精」, 『退溪集』 卷29. "大抵爲人紀行傳後, 須勿爲虛張過逞之語, 乃眞是其人之事. 若不問當否, 惟務贊揚, 則後世雖有見之者, 是別有一般人, 其實非當年李風后也. 何益之有?"

111 盧守慎, 「寄退溪先生」, 『穌齋集』 內集 下篇.

112 盧守慎, 「寄退溪先生」(附「答盧監司書」), 『穌齋集』 內集 下篇 問答錄乙.

113 이황은 이이에게 보낸 서한에서 "남의 자취를 알아서 덕행을 말하여 후세에 전하는 것은 그 글 짓는 사

「추만거사정군묘갈명병서」에서 이황은, 정지운이 서울 서문 안에 우거하면서 처첩이 삼베를 짜서 끼니를 이어야 했으나 가난을 근심한 적이 없었으며, 신설된 동몽학에 천거되었으나 사절한 사실을 서술하고, '마음이 형체에 사역을 당하지 않았던[不以心爲形役]' 그의 삶을 칭송했다. 하지만 "만약 군이 엄사(嚴師)와 외우(畏友) 사이에 시종 주선하며 학문을 확충했더라면 그 성취를 어찌 쉬이 헤아릴 수 있었겠는가?"[114]라고 하여, 정지운에게 사승이 없었음을 애석해했다. 이 점을 보면 이황이 비지문에서 허과(虛誇)의 서술을 배격했음을 잘 알 수 있다.

한편 이황 문하의 김부륜(金富倫)은 행장이나 지문이 반드시 한 인물의 도덕과 행사를 다 드러내는 것은 아니라고 보았다.[115] 앞서 언급했듯이, 김부륜은 정호의 묘지가 정호의 학문을 발명하지 않았어도 정호의 도덕에 해를 입히지 않았고, 정이·장재·주희에게 모두 묘지가 없다는 사실을 환기했다.

(2) 송시열과 정호의 주빈 배치론

송시열은 효종의 서거 후 작성한 「영릉지문(寧陵誌文)」에서, 효종이 요·순·우·탕·문·무를 근본으로 삼았고, 한나라 고조와 광무제는 효종과 같다고 진술했다. 효종을 주(主)로 삼고, 한나라 고조·광무제를 빈(賓)으로 삼은 것이다. 정호(鄭澔, 1648~1736)가 조태동(趙泰東)과 논한 내용에 이에 대한 해설이 자세하다.[116] 조태동은 효종이 한나라 고조·광무제와 같다고 한다면 이해되지만, 한나라 고조·광무제를 효종과 같다고 한다면 주객이 도치된 듯하다고 비판하고, 정호에게 송시열의 의도를 밝히라고 요구했다. 이에 대해 정호는 송시열이 정명도(程明道, 程顥)의 주빈 배치법[117]을 따른 것이라고 해명했다. 실은 송시열이나 정호는 『맹자』의 성지(性之)와 반지(反之)의 구별을

람의 풍의(風義)와 문장 여하에 달려 있을 뿐인데, 어찌 그가 조(朝)에 있는가 야(野)에 사는가를 가릴 것이 있겠습니까?"라며, 찬자를 조신 가운데서 구하거나 아니면 이이 스스로 지으라고 거절했다. 하지만 결국 성수침의 묘갈명을 지었다. 그런데 이 성수침의 묘갈명에서 이황은 자신의 은둔 지향의 뜻을 가탁해 두었다. 李滉, 「答李叔獻」(甲子), 『退溪集』 續集 卷3; 李滉, 「聽松成先生墓碣銘」, 『退溪集』 卷47.

114 李滉, 「秋巒居士鄭君墓碣銘幷序」, 『退溪集』 卷46. "如使君終始周旋於嚴師畏友之間, 以充其學, 則其所就, 又豈易量哉?"

115 金富倫, 「答同門諸友別紙」(1), 『雪月堂集』 卷3.

116 『宋子大全』 卷19 語錄 「記述雜錄」, 鄭澔 錄; 박관규, 「尤庵 宋時烈의 碑誌文 硏究」, 고려대학교 박사학위논문, 2011.

117 『孟子』 「盡心 下」에 "孟子曰: 堯舜, 性者也. 湯武, 反之也."라고 했다. 정호(程顥)는 이를 근거로 하되, "文王之德則似堯舜, 禹之德則似湯武."라고 표현했다.

중시해서, 요·순은 선천적 성현이고 탕·무는 후천적인 노력으로 성현이 되었다는 이유에서 요·순을 제외한 우·탕·문·무를 동격으로 보았다. 그리고 송시열과 정호는, 요·순·우·탕·문·무는 성인이므로 효종이 그들을 본받았지만 한나라 고조·광무제는 현군이므로 효종과 동격으로 보았다. 그렇기에 조태동은 정호의 해명을 받아들이지 않고 "자신이 좋아하는 사람에게 아부하여, 선배의 과실을 분식한다."라고 화를 내었던 것이다. 어떻든 이 논란을 통해 조선의 문인들이 인물 평가에서 주빈의 배치에 궁리를 했던 사실을 엿볼 수 있다.

(3) 김창협의 비지 문체론

비지문은 인물의 일생 행적을 기록한다는 점에서 사전(史傳)과 유사하다. 하지만 문장가들은 비지문과 사전은 문체상 차이가 있다고 강조했다. 이를테면 김창협(金昌協)은, 사전은 사건이나 인물을 입체적으로 이해할 수 있도록 '해섬(該贍)'을 지향해야 하지만, 비지문은 독자에게 인물의 공적이나 덕행을 전달해야 하므로 '간엄(簡嚴)'을 추구해야 한다고 주장했다.[118] 또 김창협은 각 찬술자마다 비지문의 풍격이 다르다고 했다. 이를테면 한유의 비지문은 엄약(嚴約)·심중(深重)·간고(簡古)·기오(奇奧)하지만, 구양수의 비지문은 풍신(風神)이 생동적이라고 구분했다.[119] 한유는 『상서』와 『좌전』의 법을 모범으로 삼았고, 구양수는 『국풍』·『이소』·『사기』의 본지를 체득했기 때문이라는 것이다. 사실 한유의 비문은 직서가 많고 구양수의 비문은 착종이 많다. 한유의 문체는 근엄하되 자구의 단련이 기이하고, 구양수의 글은 아순하되 편장의 변화가 특이하다. 한유의 글은 방정하고 기운이 크며, 구양수의 글은 호방하고 바탕이 원만하다.[120]

---

118 金昌協, 『農巖雜識』外篇 9. "碑誌與史傳, 文體略同, 而史傳猶以該贍爲主, 至於碑誌, 則一主於簡嚴. 故韓碑敍事, 與『史』·『漢』大不同, 不獨文章自別, 亦其體當然也. 歐陽公雖學司馬遷, 而其爲碑誌, 猶不盡用史傳體, 亦以此耳."

119 金昌協, 『農巖雜識』外篇 41. "鹿門『八大家文鈔』論云: '世之論韓文者, 共首稱碑誌, 予獨以韓公碑誌, 多奇崛險譎, 不得『史』·『漢』序事法. 故於風神或少遒逸, 至於歐陽公碑誌之文, 可謂獨得史遷之髓.' 鹿門此論, 似然矣. 然碑誌史傳, 雖同屬敍事之文, 然其體實不同. 況韓公文章命世, 正不必摸擬史遷, 其爲碑誌, 一以嚴約深重, 簡古奇奧爲主. 大抵原本『尙書』·左氏, 千古金石文字, 當以此爲宗祖. 何必以史遷風神求之耶? 然其敍事處, 往往自有一種生色, 但不肯一向流宕, 以傷簡嚴之體耳. 若歐公則其文調本自太史公來, 故其碑誌敍事, 多得其風神. 然典則則亦本韓公, 不盡用史漢體也."

120 金昌協, 『農巖雜識』外篇 110. "韓本『尙書』·左氏之法, 歐得風·騷·太史之旨."; 外篇 108. "韓碑多直敍, 歐碑多錯綜. 韓體謹嚴, 其奇在於句字陶鑄. 歐語雅馴, 其奇在於篇章變化."; 外篇 109. "韓格正而力大, 歐調逸而機圓."

김창협은 『농암잡지(農巖雜識)』 외편에서 비지문에 관한 자신의 논점을 제시해 두었다. 중요한 주제들만 살펴보면 다음과 같다.

① 비지는 죽은 이의 이력과 생몰을 차례로 기록하되 사실에 근거하여 그대로 써야 하며, 고어를 인용할 필요는 없다. 용사(用事)를 할 경우라도 적합한지 잘 살펴야 한다. 비지에 '척이함비(戚易咸備)'나 '역책(易簀)'이란 어구는 부적절하다. '척이함비'는 '절차'만 따르는 것을 병통으로 여겨 차라리 '슬퍼함'을 취한다고 했던 뜻이므로 그 둘을 병치시킬 수 없기에, 구양수와 왕안석의 비지에도 이런 말이 없다.[121] '역책'은 성현의 정종(正終)[수종정침(壽終正寢)]에 쓰는 일이다.[122]

② 비지는 강령을 이끌어내고 관절을 배치하는 데 법도가 있어야 한다. 간략하면서도 갖추어져 있고 상세하면서도 번잡하지 않아, 의도는 여유롭지만 사정은 곡진해야 한다. 다만 풍신의 묘사는 그림과 같아야 좋다. 사전은 사건이 정확하고 내용이 풍부한 것을 위주로 하지만, 비지는 간략하고 엄정함을 위주로 해서, 편법은 간략하면서 대체(大體)는 상세하게 적어야 한다. 이 점에서 구양수의 비지가 '사마천의 정수를 얻었다.'[123] 명나라 왕세정은 반고와 사마천을 배웠다고 자부했지만, 자구만 모방하려고 했으므로 대소경중을 따지지 않고 사실을 모조리 기록해서 수미와 본말에 신축 변화가 없다.[124] 구양수는 사마천을 배우되, 비지에 모두 사전체만 쓰지는 않았다. 명나라 사람들은 사전체로 비지를 지어, 비지의 간략하고 엄정한 법도를 잃어버렸다.[125] 구양수는 왕단(王旦, 956~1017)의 비문(「太尉文正王公神道碑銘」)과 범중엄(范仲淹, 989~1052)의 비문(「資政殿學士戶部侍郎文正范公神道碑銘」)을 지었는데 2,000자를 넘지 않으면서도 재상으로서의 사업과 평생의

---

121 金昌協, 『農巖雜識』 外篇 5. "孔子曰: '喪與其易也, 寧戚.' 後人作碑誌文字, 言人善居喪, 類多云'戚易咸備'. 其意, 蓋曰: '禮文與哀痛俱備也.' 然聖人之意, 正以易爲病, 而寧有取於戚? … 然先輩文字中, 用此語甚多. 恐一時偶然失誤, 而承襲用之, 不復深察也. 又意此語之誤, 恐始於明人, 歐王碑誌中, 無此語." (以下, 辛未·壬申間所錄)

122 金昌協, 『農巖雜識』 外篇 6. "又碑誌文字襲謬可笑者, 無如'易簀'二字. 夫易簀, 固聖賢正終之事. … 朱子'祭延平文', 雖有擧扶語, 而亦與直說易簀者有間. 且祭文異於碑誌, 不可援例也."

123 명나라 모곤(茅坤, 1512~1601)은 『唐宋八大家文鈔』에 쓴 「唐宋八大家文鈔論例」에서 "世之論韓文者, 共首稱碑誌. 予獨以韓公碑誌, 多奇崛險譎, 不得『史』·『漢』序事法. 故於風神處, 或少遒逸. 予間亦鐫記其旁. 至於歐陽公, 碑誌之文, 可謂獨得史遷之髓矣."라고 했다.

124 金昌協, 『農巖雜識』 外篇 7. "王弇州自謂學班馬, 其爲碑誌叙事, 極力摹畫. 若將以追踵古人, 而其實遠不及宋之歐王."

125 金昌協, 『農巖雜識』 外篇 10. "碑誌與史傳, 文體略同, 而史傳猶以該贍爲主, 至於碑誌, 則一主於簡嚴. 故韓碑叙事, 與『史』·『漢』大不同, 不獨文章自別, 亦其體當然也. 歐陽公雖用學司馬遷, 而其爲碑誌, 猶不盡用史傳體, 亦以此耳. 至明人, 始純用史傳體爲碑誌, 而又不識古人叙事之法. 故其文, 遂無體要, 而碑誌簡嚴之法, 掃地矣."

절의를 빠짐없이 서술했다. 반면 왕세정은 묘지와 전을 지을 때 해당 인물의 일생 행적을 거론하고 자질구레한 일까지도 『사기』와 『한서』의 서사법을 모방했다. 구양수는 범중엄의 신도비에서 범중엄이 출사하여 이룬 업적과 높은 절의만 서술하고, 의전(義田)을 두어 지역민을 도와주고 상 당한 사람에게 보리를 배에 실어 보내[맥주(麥舟)] 장례를 도운 일까지 모두 생략했다.[126] 구양수가 지은 「태위문정왕공신도비명병서(太尉文正王公神道碑銘幷序)」는 왕단의 재상으로서의 업적만 서술했고, 「호선생묘표(胡先生墓表)」는 호원(胡瑗)의 사도(師道)만 서술했으며, 「매성유묘지명병서(梅聖兪墓誌銘幷序)」는 매성유의 시학만 서술했다.[127] 그리고 전약수(錢若水)의 말을 인용해서 왕단이 재상의 자질임을 증명하고, 진종과 전약수의 문답을 이용해서 왕단이 앞으로 크게 쓰일 것이라는 조짐을 드러냈다.[128]

③ 비지문은 속사비사(屬辭比事: 어구를 잇고 사항을 나열함)하되 기사본말(紀事本末)의 방식을 택해야 한다. 『예기』 「경해(經解)」에 보면 '속사비사가 춘추의 가르침이다.'라고 했다. 속사는 말을 시간순으로 연결하는 것이고 비사는 열국의 일을 나란히 기록해서 포폄의 뜻을 가탁하는 것이다. 비지는 속사비사를 골간으로 하지만 연월 시간순으로 서술해서는 안 된다. 구양수의 비지는 속사비사의 방식을 썼으나 연월의 선후를 따르지 않았다. 「태위문정왕공신도비명」의 경우, 왕단이 평장사에 제수된 일을 적고, 왕단이 고사를 근거로 힘써 실행한 사실을 적었으며, 재상 자리에 있던 10여 년 동안의 사적을 적은 후, 왕단이 지금까지도 어진 재상으로 칭송받고 있다는 말로 총괄했다. 그 뒤로 세 단락으로 나누어 서술했다. 하나는 인사를 등용하고 추천한 일, 다른 하나는 간묵(簡默)하게 결단한 일, 또 다른 하나는 군주의 노여움을 풀게 하고 죄의 경중에 따라 처리한 일 등이 그것이다. 그리고 단락마다 각각 서너 가지 일화로 실증했으므로, 왕단이 재상으로서 행한 사업

---

126 金昌協, 『農巖雜識』 外篇 11. "范文正公, 宋朝第一人物也. 其平生行事, 可爲後世法者極多. 而歐陽公作神道碑, 只叙其出處事業, 終始大節, 而其餘嘉言善行, 皆略之. 如義田及麥舟事, 尤古人所難能, 而碑猶不載也. 其叙事簡嚴, 不苟如此矣." 송나라 재상 범중엄(范仲淹)은 아들 범순인(范純仁)을 고소(姑蘇)로 보내 보리 500곡(斛)을 배에 싣고 오게 했는데, 범순인은 도중에 단양(丹陽)에서 부친의 벗 석만경(石曼卿)을 만나 장례 비용으로 주고 왔으며, 범중엄은 그 사실을 듣고 흡족해 했다. 또 범중엄은 종족 가운데 가난한 이들의 혼례와 장례 비용을 도와주려고 의전(義田)을 마련했다. 구양수는 범중엄의 비문 「자정전학사호부시랑문정범공신도비명병서(資政殿學士户部侍郎文正范公神道碑銘幷序)」를 지으면서 이 두 사실을 기록하지 않았다. 『냉재야화(冷齋夜話)』 권10에 언급되어 있다.

127 金昌協, 『農巖雜識』 外篇 138. "歐文「王文正碑」, 專叙相業, 「胡安定表」, 專叙師道, 「梅聖兪誌」, 專叙詩學, 他事言皆略之. 其叙事有體要, 如此."

128 金昌協, 『農巖雜識』 外篇 139. "「王文正碑」, 自爲進士至翰林學士, 所叙廑二百言, 而其叙入相以後, 幾千餘言. 中間自翰林學士, 歷樞密院爲參知政事處, 先書其爲人大略以見相品. 又引錢若水語, 以證相器, 又書眞宗與若水問答語, 以見大用之兆. 然後方書其拜相事, 此等具有至法."

이 일목요연하다. 『사기』 열전의 구성을 사용한 것이다.[129]

④ 비지는 『사기』와 『한서』의 묘처를 본떠 서사와 의론을 종횡으로 엮어야 한다. 한유의 「장중승전후서(張中承傳後叙)」는 단락별로 서술을 착종시켜, 법도가 갖추어져 있다.[130] 청 초 전겸익(錢謙益)도 대편 비지에서 서사와 의론을 종횡으로 엮어 사건 서술에 막힘이 없었다.[131]

⑤ 비지에서는 용사(用事)는 가차할 수 있어도 지명은 가차해서는 안 된다. 전겸익이 경사(京師)를 '장안'이라고 말한 것은 잘못이다. 장안은 본래 관중의 일개 작은 현으로, 한·당 때 이곳에 도읍을 정했기 때문에 '경사'라고 불리게 된 것이다. 명나라의 경사는 연나라 땅에 있었으므로 관중 땅의 일개 작은 현의 이름으로 부를 수는 없다.[132]

⑥ 묘지명은 서(序)와 명(銘)이 서로 보완하고 호조(互照)해야 좋다. 또 서에는 상소 등을 실어 인물의 대체(大體)를 드러낼 수 있다. 한유의 「공좌승묘지(孔左丞墓誌)」는 서에서 묘주의 관력과 업적을 서술하고 명에서는 '얼굴이 훤하고 키가 컸으며 웃음과 말수가 적었다[白而長身寡笑與言].'라는 여덟 글자만으로 묘주 공규(孔戣)의 용모와 기상을 뚜렷이 묘사해냈다. 그리고 그 서에 한유 자신이 공규를 머물게 해달라고 청한 상소문을 실어 놓았는데, 거기에 '절개가 청고하고 논의가 공평 정대했습니다[守節淸苦, 論議正平].'라든가 '나라 걱정에 집안일도 잊고, 용의가 주도면밀했습니다[憂國忘家, 用意至到].'라고 한 부분은 인물의 대체를 잘 드러내준다. 「왕홍중지(王弘中誌)」도 명에서 묘주 왕홍중의 성품과 행실을 간결하면서도 온전히 드러냈다.[133]

---

129 金昌協, 『農巖雜識』 外篇 140. "歐文碑誌叙事, 一用屬辭比事之法, 不但以年月先後爲次序. … 若如後人叙事, 但用年月爲次, 則此等事後先錯出, 無以領其要矣. 歐公叙事, 大抵本太史公, 熟觀『史記』諸傳, 可見其所自來."

130 金昌協, 『農巖雜識』 外篇 43. "韓文「張中承傳後叙」, 叙事極錯落. … 凡此逐段叙述, 錯出互見, 而皆有至法, 正是『史』·『漢』妙處, 後人所當參究. 其中城陷一段, 讀者最易蹉過. 曾見尤翁云: '此當爲老人說.' 誠然."

131 金昌協, 『農巖雜識』 外篇 36. "牧齋碑誌, 不盡法韓·歐. 其大篇叙事議論, 錯綜經緯, 寫得淋漓. 要以究極事情, 模寫景色. 又時有六朝句語, 錯以成文, 自是一家體. 如「張益之墓表」·「陳愚母墓誌」等數篇, 其風神感慨, 絶似歐公. 明文中所罕得也."

132 金昌協, 『農巖雜識』 外篇 37. "牧齋碑誌中, 說京師處, 多云'長安', 此殊未當. 長安本關中一小縣也. … 凡詩文用事, 有可假借者, 而惟地名不可. 詩猶可, 而文尤不可. 他文猶可, 而碑誌叙事之文, 尤不可."

133 金昌協, 『農巖雜識』 外篇 44. "韓文如「孔左丞墓誌」, 叙歷官行事, 頗該, 而顧不詳其爲人, 似簡略. 然銘云: '白而長身, 寡笑與言,' 只此八字, 孔公之容貌氣象, 宛在目中. 又序中載公請留疏云: '守節淸苦, 論議正平', '憂國忘家, 用意至到', 則其爲人大體, 尤可具見, 固不待復煩叙述也. 「王弘中誌文」, 亦於銘中, 詳其爲人曰: '氣銳而方, 又剛而嚴. 愛人盡己, 不倦而止. 與其友處, 順若婦女', 王之資稟性行, 盡於此. 皆可法也."

(4) 이광사의 순정구문무익론(循情求文無益論)

이광사(李匡師)는 비문에 관한 여러 글을 남겼다. 그의 비문 미학은 '개인의 사정을 따라 문식을 구하는 것이 무익하다[循情求益]'는 논리로 수렴할 수 있다. 이광사는 1755년 12월 「독평회서비(讀平淮西碑)」에서, 한유의 「평회서비(平淮西碑)」의 명(銘)이 문기(文氣)가 지나치다고 비판했다.

한유의 「평회서비」를 두고, 옛 사람들은 단연코 서(序)는 『상서(尙書)』와 같고 명(銘)은 『시(詩)』와 같다고 했다. 예나 지금이나 문장을 논하는 사람들은 전부 한유의 가장 득의의 문장이라고 일컬었으므로, 뒷사람이 감히 의론할 수는 없다. 다만 찬찬히 논한다면, 명(銘)은 역시 서(序)만 못해서 문기(文氣)가 너무 지나치므로, 일세의 이목에 빛나게 할 수는 있더라도, 각 사람들을 설복하려는 뜻에서는 전엄(典嚴)의 면이 아주 부족하여, 위로 반연(班掾, 반고)의 『한서』 서전찬(敍傳贊)에 뒤지고, 가까이는 원수부(元水部)[원결(元結)]의 「마애송(磨崖頌)」에 부끄럽다. 무릇 한유 공의 4언시는 이러한 병통이 많은데, 「원화성덕시」에 이르러서는 최하이다. 나의 말이 한유의 평가를 결정지을 수는 없으나 뒷날 진실로 내 뜻에 계합할 이가 있으리라.[134]

1757년 11월 27일에 이광사는 진시황제가 역산(嶧山)에 세웠다고 하는 비석의 유무를 논하여 「논역산비(論嶧山碑)」를 지었다.[135] 후위 태무제(太武帝, 탁발도)가 「역산비」를 넘어뜨렸으나 그 모본(摹本)이 전하고 있다고 전해 왔다. 하지만 이광사는 입비의 과정을 유추하여 역산에 애당초 비문이 없었고 돌을 먼저 세웠을 뿐이므로, 현전하는 「역산비」는 모두 안품(贋品)이라고 주장했다. 이광사의 글은 긴 논문인데, 일부만 보면 다음과 같다.

---

134 李匡師, 「讀平淮西碑」. "韓公「平淮碑」, 古人斷謂: '序如『書』, 銘如『詩』.' 古今談文章者, 擧謂: 韓公第一得意文, 後人宜不敢議. 第厚論之, 銘亦不如序, 過爲文氣, 使有耀一世耳目, 令每人說服意, 殊不足典嚴, 上遜班掾叙傳贊, 近愧元水部「磨崖頌」. 大抵韓公四言詩多是病, 至「元和聖德詩」, 最下矣. 匡師言之不可以輕重, 後固有契焉者."

135 李匡師, 『斗南集』(규장각본) 卷3에 수록. 정축(1757) 11월 27일에 지었다고 했다. 원문의 '其所撫斯相嶧山碑'는 『원교집선』을 따른다. 규장각본 및 덴리대본(天理大本) 『두남집』은 제목을 제외하고 본문의 嶧 자를 모두 繹 자로 적었다. 이하 동일하다. '美則美矣'는 규장각본 『두남집』과 『원교집선』을 따른다. 덴리대본 『두남집』에는 矣가 누락되었다. '僞中又有僞'는 규장각본 『두남집』과 『원교집선』을 따른다. 덴리대본 『두남집』은 '又有僞'를 '有又僞'로 적었다.

역산은 애당초 비문이 없었기 때문이다. 그렇다면 어째서 돌을 세웠는가? 답한다. "진나라 법에 먼저 돌을 세우고 뒤에 각석을 했는데, 시황이 만약 다시 역산에 올랐다면 당연히 각석을 했을 것이다. 「진시황본기」를 고찰해 보면, 다시 역산에 이르지 않았다." 먼저 돌을 세우고 뒤에 각석하는 것을 어떻게 아는가? "먼저 '추역산에 올라 돌을 세웠다.'라고 하고, 아래에서 '각석을 의론했다.'라고 했으니, 먼저 돌을 세우고 뒤에 각석하는 것이 아니었겠는가? 진시황의 순행에 또 태산에 올라가 돌을 세우고 제사를 지낸 후 사당 아래서 비바람을 만나, 양보(梁父)에서 봉선(封禪)하고, 마침내 세워두었던 돌에 글을 새겼다. 진시황의 순행에 또 지부(之罘)에 올라, 돌을 세워 진나라 덕을 칭송했다. 그 명년에 다시 지부에 올라 돌에 새겨 비로서 사(辭)가 있게 되었으니, 어찌 아주 분명하지 않은가?"

여섯 송의 문장이 각각 다르되, 법은 일률적이어서 환운의 곳에는 관례상 모두 '황제' 글자로 일으켰는데, 추역산의 글만 유독 황제 글자로 일으키지 않았으니, 위작한 자가 감정을 하지 못했던 것이 의심의 여지가 없다. 여섯 송은 모두 예스럽고 질박하여 광망(光芒)이 드러나지 않아서, 얼른 읽으면 마치 마을의 항담과 같고 어린아이의 물정 모르는 말과 같으며 먼 나라의 이방 풍속의 말과 같아서 그다지 절실하지도 요긴하지도 않아서, 숙독하지 않고 눈으로 뚫어지게 보지 않으면 그 부려(富麗)하고 현궤(絢繢)함을 쉬이 깨달을 수가 없어서, 사마자장(사마천)을 만나지 않았더라면 필시 기록되지 않았을 것이다. 「역산비」의 문장은 그렇지 않아서, 글자마다 속태에 들어맞는다. 착제(著題)는 늙은 거인(擧人)이 과거 공부하면서 연마한 말과 같아서, 진나라 사람의 구기(口氣)에서 나오지 않은 것이 아주 분명하므로 역시 가짜를 만들되 똑똑하지 못한 자가 있었던 것이다. 이세(二世)가 동쪽으로 군현을 순행하여 갈석(碣石)에 이르고 아울러 해남(海南)을 방문하고 회계(會稽)에 이르러, 진시황이 세우고 새겼던 돌에 모두 글을 새겨서, 돌의 곁에 대신으로서 시종한 사람들의 이름을 적었다. 그런데 「역산비」는 비의 아래에 다만 이세(二世)의 조칙만 새겼고 진시황 대에 시종한 자들의 이름을 새기지 않았으니, 역시 아주 소홀하다. 지금 이세(二世)의 조칙을 새긴 것을 보면 필의가 아주 연약하고 완만하여 앞의 새긴 글씨에는 아주 뒤떨어지므로, 가짜 중의 또 가짜가 있어서, 한 사람의 손에서 나온 것이 아니다.

이광사의 종형 이광찬(李匡贊, 1702~1766)은 『두남평어』에 다음 논평을 실어 두었다.

비(碑)가 이미 가짜이므로 비문 역시 마땅히 가짜일 터인데 전배 가운데는 이를 알아낸 자가 없었다. 이 글은 고거(考據)가 정밀하고 정확하여 글을 보는 눈이 달 같다고 할 만하다. 구양

영숙(구양수)이나 왕원미(왕세정) 같은 자가 보더라도 손뼉 치며 속 시원타 할 것이다.[136]

또한 이광사는 「고인비지례(古人碑誌例)」를 지어, 비지에서 관명과 인명을 제기하는 관례에 대해 논했다.[137]

고인들이 지은 비문과 행장은 하급 관청의 하급 관료라 하더라도 관직명을 모두 써서 매우 길었다. 우리나라 사람들은 단지 이판(吏判)이라 하고 이참(吏參)이라 하며 또한 배상(拜相)이라고 이르며 어떤 관청인지 말하지 않고 관명만 쓰는데, 후세에는 무엇에 의거하여 그 때의 관제를 알 수 있겠는가? 판서는 곧 상서이고 참판은 곧 시랑인데, 이상(吏尙)이라고 하거나 이시(吏侍)라고 한다면 말이 되겠는가? 이러한 것과 무엇이 다르겠는가? 고인들은 태어난 해나 날을 쓰는 경우가 전혀 없고 향년과 죽어 장사 지낸 연월일과 장지만을 엄격히 적었다. 비의 경우도 죽고 장사 지낸 것으로 마감했으니 태어남에 비중을 두지 않았다. 그러므로 장지도 좌향을 적지 않았는데, 좌향을 반드시 적게 된 것은 후세에 방술의 비중이 커졌기 때문이다. 고인들은 아들과 사위를 쓰고 자부 및 손자·손녀는 쓰지 않았다. 자신의 소생은 쓰지 않을 수 없었고, 사위를 쓰지 않으면 여식의 존재를 알릴 방법이 없었기 때문이다. 나머지는 관례적으로 생략했다. 통상적으로 모친의 성씨와 외가는 쓰지 않았는데, 혹 모친에게 일이 있으면 쓰기도 하되 역시 성씨를 말하지 않는 경우가 많았다. 한유는 격식에서 벗어나 몇 군데에서나 모친을 기록했으니, 옛사람들이 글쓰기에서 자세히 하거나 소략히한 뜻을 볼 수 있다. 유종원은 선군의 묘표에서 선군이 모친을 봉양한 사실을 자세히 이야기하면서도 선군의 모친의 성씨는 말하지 않았으며, 아들 하나와 여식 하나를 쓰면서도 시집간 것과 장가간 것에 대해서는 말하지 않았다. 그 모부인의 지(誌)에서도 그러했다. 부인인 양씨의 지(誌)에서는 '모(母)'라고만 썼으며, 시집온 해와 부군의 이름, 시집의 세계와 시아버지 및 시어머니의 성명은 적지 않았다. 한유와 유종원이 부인의 비지(碑誌)를 지을 때 모두 그렇게 한 것은 부군의 지(誌)가 있기 때문이었다. 어떤 지방의 사람인지를 반드시 쓴 경우는 태어난 땅을 중히 여겨 그런 것이다. 처가의 세계는 동장(同葬)한 경우에만 밝혔다. 자녀들은 일찍 죽었더라도 반드시 적었다. 이는 모두 문장의 격식에 관련된 것은 아니다.

---

136 李匡贊, 「評斗南論嶧山碑」, 『斗南評語』. "碑旣僞, 文亦當僞, 而前輩無識破者. 此文考據精確, 可謂看書眼如月. 若使永叔 元美輩見之, 亦當鼓掌, 稱快矣."

137 원고(元藁)에는 「서한유비지후(書韓柳碑誌後)」로 되어 있었다. 규장각본 『두남집』권1 끝에 제목만 실려 있다. 1755년 12월에 지은 것이라 생각되지만, 다른 곳에서는 병자(1756년) 작이라고 했다. 『원교집선』권8에 전문이 수록되어 있다.

하지만 뒷사람들이 대부분 그 관례를 잊고 있으므로 알아두지 않으면 안 된다. 혹자는 고금에 적절하다고 여기는 것이 다르기 때문이라 말하지만 결코 그렇지 않다.

이광사는 1758년 3월 14일에 「독남풍기구양사인서(讀南豐寄歐陽舍人書)」를 적었다. 송나라 증공(曾鞏)은 구양수에게 보낸 서찰에서 후세의 명지(銘誌)가 실질적이지 못한 폐단을 논한 바 있는데, 이 「기구양사인서(寄歐陽舍人書)」가 『당송팔대가문초(唐宋八大家文鈔)』에도 선록되어 있다. 이광사는 그 서찰을 읽다가 느낀 바가 있어서, 고생스럽게 비지문을 일삼는 자들로 하여금 남의 요구에 응하여 지은 글은 생명력이 없다는 사실을 알리고자 했다. 증공은 "도덕은 쌓지 않고 문장에만 능한 자가 쓰면 공변되지도 못하고 옳지도 못하여 세상에 행할 수도 없고 후세에 전할 수도 없다."라고 했는데, 이광사는 이 말에 크게 동의했다. 그래서 전에 이덕수(李德壽, 1673~1744)를 만나 비지문을 청하면서 주고받은 말을 기억했다.[138] 이광사는 "사람들이 자잘한 행사까지 시시콜콜하게 적은 가장(家狀)을 가져와서 비지문에 모두 드러내길 청하면, 감히 스스로 지어내어 주장하지를 못하므로 볼 만한 글이 전혀 없습니다. 당나라 한희재(韓熙載, 902~970)처럼 비폐(碑幣)를 수레에 실어 돌려보내지를 못하니, 비지를 후대에 전하려고 하지만 어찌 전할 수 있겠습니까?"라고 했다. 이덕수는 "후세의 비지가 예스럽지 못한 것은 그 때문만이 아니네. 문장의 기세가 점점 떨어져 경중과 거취를 모르게 되었기 때문이네. 『사기』와 『한서』의 장처는 전(傳)을 세울 때마다 먼저 그 사람의 성품과 행실을 서너 구로 표하고, 그 아래 수백 수천 언어가 모두 여기에서 연유하네. 이것은 화가가 전신(傳神)하는 것과 같았지. 뒷사람들은 이런 안목이 없고 이런 필력이 없어서, 사람의 덕을 형상할 때마다 온갖 행실을 다 적으므로 흐물흐물하여 볼 만한 것이 없네."라고 했다. 이광사는 이덕수의 말에 동의하면서도, 전신의 글이 나올 수 없는 이유를 두 가지로 해석했다. 첫째, 옛사람에게는 일단의 두드러진 장처가 있어, 한 평생 행한 일이 모두 여기에서 나왔고, 남보다 뛰어난 곳도 모두 이 때문이었으며,

---

138 李匡師, 「讀南豐寄歐陽舍人書」, 『斗南集』(규장각본) 卷3. 戊寅(1758) 3월 14일 글. 『원교집선』에는 권8에 수록되어 있다. 이덕수는 남의 비지문을 수백 편이나 남긴 작가이다. 정원용(鄭元容)은 이덕수의 봉사손 이현오(李玄五, 1780~?, 자 致久)에게서 이덕수의 글을 가져다 보고 처음에는 평범하다고 여겼으나 다시 펴 보니 "말을 구사한 것들이 조금 더하려 해도 더할 수가 없고 조금 삭제하려 해도 삭제할 수가 없었다. 그제야 그의 문장이 한 등급 높다는 것을 알았다."라고 했다고 한다. 李裕元, 『林下筆記』 卷32 旬一編 「論西堂文」.

과실을 저질러 죄를 얻는 것도 역시 이 때문이었다. 하지만 후세에는 풍기가 문드러져서, 오로지 세속에 아부하는 것을 일삼기에 자신만의 개성이 없다. 둘째, 옛사람은 글을 지을 때 자신의 장점을 장점으로 삼았지, 두루 이를 수 없는 것을 부끄럽게 여기지 않았건만, 후인은 유고 속에 한 법(양식)이라도 불비하지 않을까 우려하여 죄다 효빈(效嚬)을 하여 한 가지 기예도 우람한 것이 없다.

이광사와 같은 학맥의 고문가인 신대우(申大羽)는 1757년(영조 33) 이유간(李維簡)이 조부 이정섭(李廷爕)의 유사(遺事)를 가지고 와서 행장을 써달라고 청하자, 그 행장을 윤문하여 「조선고통훈대부행공조좌랑이공행장(朝鮮故通訓大夫行工曹佐郎李公行狀)」을 찬술했다. 그 글 첫머리에서 신대우는 비지문의 예를 들어 인물 행적을 기술할 때 생략법 병용 원리에 대해 언급했다.

돌아가신 어른의 기실(紀實)은, 어른의 맑은 덕을 흠모했기에 선뜻 지었고 감히 사양할 수 없었네. 하지만 아름다운 행실과 높은 전범이 누락된 것이 많아 송구스러우이. 무릇 기사(紀事)의 문체는 소절(疎節)은 생략하여 대강을 표하는 법이라네. 그래서 한유가 지은 「마소감비(馬少監碑)」는 황제가 이름 하사한 일을 싣지 않았고, 「이금오비(李金吾碑)」는 회서(淮西) 평정의 공을 싣지 않았으며, 구양수가 지은 「범문정비(范文正碑)」는 맥주(麥舟)와 의장(義莊)의 일을 싣지 않았고, 「왕위공비(王魏公碑)」는 물설(勿泄) 유도(留都)의 일을 싣지 않았던 것일세. 행실을 다 싣지 않아도 되니, 실록에서 기필하면 되는 것이요, 언사를 지나치게 다 실을 필요가 없으니, 적중함을 귀하게 여겨서네. 문장은 화려할 필요가 없으니 간엄해야 전해지기 때문이네.[139]

신대우가 예시한 비문 가운데 「왕위공비」 관련 사항은 비주를 착각한 듯하다. 그런

---

139 申緯, 「先府君事狀」, 『石泉遺稿』 卷1 行狀. 이 글에서 말하는 「범문정비」는 구양수가 송나라 재상 범중엄을 위해 작성한 「資政殿學士戶部侍郎文正范公神道碑銘幷序」를 말한다. 범중엄의 '맥주'와 '의장'의 일은 제5부 각주 126번을 참조한다. 「왕위공비(王魏公碑)」는 구양수가 지은 「太尉文正王公神道碑銘幷序」를 가리키는데, 흔히 줄여서 「王魏公神道碑」라고 부른다. 이 비석의 비주는 왕단(王旦)으로, 위국공에 봉해졌으며 문정이라는 시호를 받았다. 그런데 신대우는 그 비주를 왕안석의 아우인 왕안례(王安禮)로 착각한 듯하다. 왕안례는 위국공(魏國公)에 봉해졌으며, 『송사(宋史)』 권327 「왕안석전」에 이어 입전되어 있다. '물설(勿泄)' 고사는 소식(蘇軾)이 '오대시안(烏臺詩案)'에 걸려 위태로울 때 왕안례가 조용히 간언하자 송나라 신종이 그 간언을 들어주되 소식을 미워하는 자들의 미움을 살 수 있으므로 '말을 누설하지 말라[勿漏言].'라고 말한 일을 가리킨다. '유도(留都)' 고사는 왕안례가 우승(右丞)으로서 개봉부(開封府)지사를 맡은 일을 가리키는 듯하다. 개봉부지사로 있을 때 역모 투서 사건이 일어났으나 그것이 부호를 무고한 것임을 밝혀낸 일이 『절옥귀감(折獄龜鑑)』 권6에 실려 전한다.

데 신대우의 소절 생략법은 수법에 관한 내용이기는 하지만, 이광사가 비문 순정(循情) 세태를 비판한 것과 같은 의미를 함축하고 있다.

한편 성해응(成海應)은 비지 문체에 대해 다음과 같이 논했다.[140]

비지와 전은 체격이 같지 않지만 요컨대 말은 간결하고 일은 정직하여 그 사람을 온전하게 파악하여 그려내는 데 그칠 따름이다. 옛날에 전을 짓는 경우에는 뇌뢰낙락하여 우뚝한 자가 아니면 끼어들 수가 없었다. 황헌(黃憲, 75~122)의 풍지언론(風旨言論)[141]도 풍지를 저록한 것이 없어서, 한 시대의 명현들이 칭송한 것을 고찰해야 어렴풋이 볼 수가 있다. 대개 전을 짓는 체격은 먼저 그 사람의 품행과 기절(氣節)을 서너 구로 표방하는데, 그 아래의 수백 수천의 말이 모두 이것에서 부연되어 나온다. 만약에 사람과 사건이 해당 전에 싣기에 적당하지 않으면 다른 전으로 옮겨 실어둔다. 이를테면 회남왕 유안(劉安)이 무왕의 남월 정벌에 대해 간한 상소가 엄조(嚴助)의 전에 있는 것과 같은 것이 이것이다.

이하 '비지의 체단'을 말한 내용은 이광사의 설과 유사하다.

비지의 체단은 아주 엄하여, 비록 작은 관서의 작은 관직이라도 반드시 그 직책을 전부 적는다. 태어난 해와 날짜는 하나도 없고, 다만 연수(年壽) 및 졸장(卒葬)의 연월일 및 장지에 대해서는 근실하게 적으며, 장지도 좌향을 적지 않는다. 자녀를 적으며, 일찍 죽었어도 빠뜨리지 않는다. 사위는 반드시 적되, 며느리와 손자는 적지 않는다. 어머니의 모씨나 외계는 적지 않는다. 혹 모친에게 일이 있으면 씨를 적으나, 역시 모친의 씨를 적지 않는 경우가 많다. 한문공(한유)은 격외로 여러 곳에서 모친의 씨를 기록했다. 또한 반드시 아무 땅 사람이란 사실과 처의 세계(世系)와 관서(官署)를 반드시 적는데, 그 제도를 고찰하기 위한 것이다. 연수와 졸장 연월을 적는 것은 비가 성립한 이유이다. 좌향을 적지 않는 것은 방술을 중히 여기지 않기 때문이다. 자녀를 적는 것은 나에게서 태어났기 때문이다. 사위의 이름을 적는 것은 딸을 표시하기 위한 것이다. 모씨는 부친의 묘지를 통해 보여준다. 땅을 기록하는 것은 태어난 바탕을 중하게 여기기 때문이다. 처를 이어두는 것은 함께 묻히기 때문이다.

성해응은 비지에서 좌향을 적지 않는 것이 옛 체단이라고 했으나, 고려와 조선의 비

---

140 成海應, 『硏經齋全集』外集 卷58 筆記類 蘭室譚叢 '碑誌體'.
141 『後漢書』卷53 「黃憲傳」에 "黃憲言論風旨, 無所傳聞, 然士君子見之者, 靡不服深遠, 去玼吝."이라 했다.

지는 좌향을 갖추어 적었다. 방술을 존중했기 때문에 그런 것이 아니라 묘역의 위치를 후대에 고증할 수 있도록 한 것이다.

(5) 박지원의 원방장단론(圓方長短論)

박지원은 당대인들이 비지문에서 상투적인 글을 지어 묘주의 정신이나 감정을 제대로 드러내지 못하고 전형을 상상할 수도 없게 한다고 비판했다.

돌아가신 부친은 또 일찍이 이렇게 말씀하셨다. 나는 글에서 달리 특장이 없고, 오로지 사실을 기록하고 품물을 그려내는 것이 지금 사람보다 조금 낫다. 요새 사람들이 지은 비지(碑誌)는 대개 판에 박은 듯하여 한 편의 글을 여러 사람에게 써먹을 수 있다. 그러니 대체 돌아가신 분의 정신과 모습을 어디서 떠올릴 수 있겠느냐? 그래서 삼연(三淵, 김창흡) 공께서는 "우리나라 사람들 문집은 상가집 곡비(哭婢)의 울음소리와 같다."라고 하신 것이다. 옛사람은, "얼굴이 둥글면 모난 데를 그리고 얼굴이 길면 짧은 부분을 그린다."라고 했으니, 사마천의 열전과 한유의 비문이 읽을 만한 것은 이 때문이다. 지금 사람들은 이 뜻을 모르고 종이 가득히 진부한 말과 죽은 구절만 채워 넣고 있다. 그러면서 "이렇게 해야만 법도에 맞고 충실한 글이 된다."라고 한다. 나는 이것이 무슨 글 쓰는 법인지 모르겠다.[142]

박지원은 묘주의 관향·가계·관력·행적·자손 등을 평면적으로 기술하는 것으로는 그 인물의 본질을 제대로 그려낼 수 없다고 보았다. 그래서 둥근 모습은 모나게 그리고[貌圓方寫] 긴 모습은 짧게 그리는[貌長短寫] 초상화 기법을 예로 들었다. 실제의 모습을 그대로 모사하는 것이 아니라 오히려 데포르마시옹(déformation)을 통해서 인물의 본질에 접근할 수 있게 해야 한다는 것이다.

---

142 朴宗采 저, 김윤조 역, 『過庭錄』, 태학사, 1997. "先君又嘗言: 吾於文無他長, 惟紀事狀物之才, 稍勝於今人. 今人碑誌之作, 大抵多印板例套, 一篇之作, 可移用於人人而其人之神精典型, 從何想見? 此三淵翁所謂東人文集, 如人家哭婢聲者, 是也. 古人所謂貌圓方寫, 貌長短寫者, 馬傳·韓碑所以可讀, 而今人不知此義, 但取累累滿池陳談死句, 曰: '如此然後, 可謂典實.' 吾不知此爲何許文法?"

5. 비문의 문체와 정치

(1) 현창과 신원

　비문은 한 인물의 생평, 한 사건의 경위, 한 영조물의 건립 과정을 단순히 기록하는 데 그치지 않고 현창과 신원의 목적성을 지니는 경우가 많다. 대표적 예로 윤선도(尹善道)가 1661년(현종 2) 정뇌경(鄭雷卿, 1608~1639)을 위해 작성한 신도비명을 들 수 있다.[143] 정뇌경은 윤선도의 '고씨(姑氏)의 손자사위'였다. 정뇌경의 아들 정유악(鄭維岳)은 여러 차례 가승을 가지고 와서 윤선도에게 비문을 청했고, 윤선도가 삼수로 유배되자 서신을 보내 재차 비문을 청했다. 결국 윤선도는 정뇌경의 신도비명을 작성했다. 정뇌경은 1636년 병자호란으로 인조가 남한산성에 피난 갈 때 교리로서 호종했다.[144] 이듬해 봄 소현세자가 볼모로 청나라 심양에 잡혀가자 수행했으며, 1639년 필선으로서 세자를 보위했다. 당시 청나라에서는 1618년(광해군 10) 건주위 정벌 때 도원수 강홍립을 따라갔다가 포로가 된 정명수(鄭命壽)·김돌(金突)이 양국 간의 통역을 담당하면서 조선에서 보내는 세폐를 도둑질했는데, 정뇌경은 청나라 사람을 시켜 그 죄상을 고발했다. 그러나 박로(朴簹)가 반대의 설을 내고 증거도 남아 있지 않아 도리어 처형당했다. 뒷날 신원되어 충정(忠貞)의 신호를 받았다. 윤선도는 「정뇌경신도비명」에서, 정뇌경이 국가 사직을 위해 순국한 사실을 부각시켰다. 전체는 크게 네 부분으로 구성했다. 첫 번째 부분은 경전의 글들을 인증하여, 군자는 공경의 태도를 지녀야 하고 부모의 명예를 지키려면 '선한 일을 행할 적에 반드시 과감해야' 하며 군자가 군주를 섬기려면 자신의 몸을 바쳐야 한다고 강조하고, 충과 신이야말로 군자의 중요한 덕목이라고 역설했다. 두 번째 부분은 이 기준에 맞추어 정뇌경의 행적을 하나하나 예증하고, 이어서 자신이 정뇌경의 신도비를 작성하게 된 연유를 밝혔다. 세 번째 부분은 가승(家乘)을 인용함으로써 정뇌경의 생몰과 행적을 자세하게 기록했다.[145] 네 번째 부

---

143 尹善道, 「贈嘉善大夫吏曹參判行通訓大夫侍講院弼善鄭公神道碑銘幷序」(辛丑), 『孤山遺稿』 第5卷 下 碑銘.

144 본관은 온양, 자는 진백(震伯), 호는 운계(雲溪)이다. 고조부 정순붕(鄭順朋, 1484~1548)은 을사사화의 원흉으로, 임백령(林百齡)·정언각(鄭彦慤)과 함께 을사삼간(乙巳三奸)으로 불린다. 할아버지는 진사 정지겸(鄭之謙)이고, 아버지는 생원 정환(鄭睆)이며, 어머니는 증 병조참판 서주(徐澍)의 딸이다. 1630년(인조 8) 별시 문과의 장원으로 벼슬길에 올랐는데, 대간에 임명되자 간신의 현손임을 들어 스스로 탄핵했다.

145 세 번째 단락은 가승을 인용하여 정뇌경의 이력, 행적, 사후 포상을 적고, 칭송을 덧붙였다. ① 姓, 諱,

분은 명인데, 칠언절구를 짧게 붙였다. 첫 번째 부분을 보면 다음과 같다.[146]

장횡거(장재)는 말하기를 "어린아이를 가르치되 먼저 안정되고 조용하며 공손하고 공경함을 요한다."라고 했고[『소학집주』「가언(嘉言)」−역자 주], 자사자는 "군자는 독실하고 공경하게 행함으로써 세상이 본받아 안정되게끔 한다."라고 했다[『중용』제30장−역자 주]. 그렇다면 공경이야말로 군자가 처음과 끝을 이루고 위와 아래를 철저하게 하는 도라고 할 것이다.

『예기』「내칙(內則)」−역자 주]에 "부모가 돌아가셨으나, 장차 선한 일을 할 적에는 부모에게 아름다운 이름을 끼칠 것을 생각하여 반드시 결행해야 한다."라고 했다. 하우(夏禹)도 이 때문에 땅이 안정되고 천기가 이루어지며[『서경』「대우모」−역자 주] 육부(六府)[수·화·금·목·토·곡(穀)−역자 주]와 삼사(三事)[정덕·이용·후생−역자 주]가 잘 다스려졌으며, 채중(蔡仲)도 이 때문에 법도를 조심하며 행할 수 있게 되었으니, 오직 충성스럽고 효성스러워서 모두 전인의 허물을 덮을 수가 있었던 것[『서경』「채중지명(蔡仲之命)」에 따름−역자 주]이다. 그렇다면 선한 일을 행할 적에 반드시 결행해야 하는 것이 바로 군자가 선조에게 아름다운 이름을 끼칠 것을 생각하는 도라고 할 것이다.

자하는 말하기를 "임금을 섬기면서 자기 몸까지도 바칠 줄 알아야 한다."라고 했고[『논어』「학이」−역자 주], 난공재[익(翼)의 대부 난성(欒成)−역자 주]는 "어버이는 나를 낳아주시고, 스승은 나를 가르쳐주시고, 임금님은 나를 먹여주시므로, 이 분들은 나를 살아가게 해주신 점에서 똑같다. 따라서 하나같이 섬겨야 할 것이니, 이 분들 중 어느 분과 있든 목숨을 바쳐야 마땅하다."라고 했다[『국어』「진어(晉語)」−역자 주]. 그렇다면 몸을 바치고 목숨을 바치는 것이 바로 군자가 임금을 섬기는 도이다.

공자는 "충과 신을 위주로 해야 한다."라 하고[『논어』「학이」·「자한」·「안연」−역자 주], 또 "예로부터 사람은 누구나 다 죽음이 있거니와, 사람은 신의가 없으면 설 수 없는 것이다."라고 했다[『논어』「안연」−역자 주]. 그렇다면 충과 신은 또 군자가 도에 있어 귀하게 여기는 바이다.

氏出(본관), 考, 祖考, 曾祖考, 妣, ② 生, ③ 官歷, ④ 事績之著聞[정명수 사건], ⑤ 返葬과 褒賞, ⑥ 사적 관련 부기: 강원(講院) 아전 강효원이 함께 화를 당한 사실, ⑦ 卒, 藏, 配, 子姓, 陰宅, ⑧ 후일담: 효종의 정유악 우대, ⑨ 묘주와 관련 인물에 대한 撰者의 稱道: 강효원과 정유악 칭도 등이다.

146 尹善道,「贈嘉善大夫吏曹參判行通訓大夫侍講院弼善鄭公神道碑銘幷序」, "張橫渠曰: '敎小兒, 先要安詳恭敬.' 子思子曰: '君子篤恭而天下平.' 然則所謂恭者, 乃君子成始成終徹上徹下之道也. 記曰: '父母雖沒, 將爲善, 思貽父母令名, 必.' 夏禹以地平天成, 六府三事允治, 蔡仲以克愼厥猷, 惟忠惟孝, 幷能蓋前人之愆. 然則所謂爲善必果者, 乃君子思貽先世令名之道也. 子夏曰: '事君能致其身.' 欒共子曰: '父生之, 師敎之, 君食之, 生之族也. 故一事之, 唯其所在, 則致死焉.' 然則所謂致身致死者, 乃君子事君之道也. 孔子曰: '主忠信.' 又曰: '自古皆有死, 民無信不立.' 然則忠信又是君兮所貴乎道者也."

이 첫 번째 부분은 두 번째 부분의 다음 주제와 연결되어, 정뇌경의 행적을 부각시키기 위한 전제가 되었다.

세상 사람들은 이록이 있는 것만 알 뿐, 오륜이 있는 것은 다시 알지 못하며, 오직 권모술수를 일삼기만 할 뿐, 의리가 어떤 것인지를 다시 알지 못하거늘, 원하는 것이 삶보다 더한 것이 있고 싫어하는 것이 죽음보다 더한 것이 있는 자가 어찌 있겠는가? 계략이 통했다고 여겨 혹 진백(震伯, 정뇌경)을 기롱하며 비난하는 자가 있는 것도 당연한 일이다.[147]

윤선도는 정뇌경 신도비의 세 번째 부분에서, 정뇌경이 심양에서 정명수를 고발한 사적을 기록할 때, 심리를 뒤집은 박로의 설을 최명길이 그대로 따라서 조정에서 항의하지 못하게 막았다고 지탄했다. 이름을 명기한 것은 그가 문제의 장본인임을 밝혀 응징하는 뜻을 담은 것이다.

당시 박로가 빈객으로 심양에서 세자를 모시길 오랫동안 하여, 청인과 친하게 지냈는데, 박로가 그 설을 뒤집어 심리가 마침내 뒤집어져 사태가 예측할 수 없는 지경에 이르렀다. 세자는 사람 숫자가 많으면 청나라에서 죄다 죽일 수 없으리라 생각하고는 공으로 하여금 심양관(瀋陽館)의 여러 신하들을 끌어들이게 했으나, 공은 듣지 않고 홀로 감당했다. 인조는 처음에 구해서 풀어줄 방도를 쓰려고 했으나, 박로가 치계하여, "본국이 엄한 말로 죄를 청하면 그들이 혹 용서할 수도 있겠지만, 만약 구해주려고 변호하면 다만 그들의 화를 돋울 것입니다."라고 했다. 재상 최명길도 그 말이 옳다고 하자, 상이 그 의견을 따랐으므로, 조정에서는 그를 위해 해명할 수가 없었다. 공은 기묘년(1639, 인조 17) 4월 18일 심양에서 화를 당했으니, 나이 32세였다.[148]

이의현(李宜顯)은 황혁(黃赫, 1551~1612) 신도비문을 작성하여, 황혁을 위해 신원하고자 했다. 황혁은 임진왜란 때 부친 황정욱(黃廷彧, 1532~1607)과 함께 임해군과 순화군을 호종하여 관북으로 피신했다가 왜적에게 사로잡힌 뒤 우리 군민에게 항복을

147　世人徒知有利祿, 不復知有五倫. 惟事於權謀術數, 而不知義理之爲何物, 焉有所欲有甚於生, 所惡有甚於死者也? 宜乎其自以爲得計而或有譏議於震伯也.

148　時朴簹以賓客陪世子在瀋久矣, 與淸人暱, 朴簹反其說, 理遂顚倒, 事至不測. 世子以爲人衆則淸亦不可盡殺, 令公引在館諸臣, 公不聽獨當. 仁祖初欲爲救解之道, 朴簹馳啓以本國嚴辭請罪則彼或假貸, 若有伸救則祗益其怒. 宰相崔鳴吉以其言爲是, 上從之, 不得與明. 公以己卯四月十八日遇禍於瀋陽, 年三十二.

권하는 글을 썼다는 이유로 왜적에게 풀려난 후 유배되었다. 윤근수 등 서인들이 신원에 힘썼으나 황혁은 류성룡 등 동인의 비판으로 유배를 가야 했고, 광해군 때 이이첨의 무고로 인해 옥사하고 말았다. 이의현은 황혁이 왜장의 협박에 굴하지 않은 모습을 묘사하고, 두 왕자를 지키기 위해 항복 권유서를 썼지만 본뜻이 아님을 알리는 글을 몰래 보냈다는 점을 부각시켰다. 전자의 부분은 대화문을 사용해서 긴박감을 고조시켰다.

반란민 국경인이 두 왕자와 공의 부자를 포박하여 가토 기요마사에게 바쳤다. 공은 감분하여 단도를 품고 있다가 자살하려고 하고 또 목매 죽으려고 했으나 적에게 발각되었다. 왕자 또한 유시하여 그만두라 했으므로 결행하지 못했다. 이윽고 가토 기요마사가 부관을 보내 공을 끌어내게 하고, "만약 나에게 굴복한다면 죽지 않을 것이다."라고 공갈했다. 공은 "나는 본래 죽기만 바라는 사람이거늘 어찌 굴복을 하겠는가?"라고 했다. 적이 검을 빼들고 죽일 듯이 했으나 공은 미동하지 않았다. 또 부사를 시켜 위협하기를, "항복하지 않으면 장차 왕자들을 죽일 것이다!"라고 했다. 공이 꾸짖으면서, "네가 너희 나라 군주를 폐위시키고는 천자를 배반하고 남의 나라를 멸망시킨 데다가 지금 또 우리 왕자까지 죽인다면, 나는 네가 패망하는 것을 기어이 볼 것이다."라고 했다. 이때 왜구는 공을 빨리 항복시키려고 했지, 왕자들을 죽일 생각은 아니었으므로 한참 있다가 그만두었다. 이듬해 경성(서울)에 이르자 가토 기요마사가 공의 어린 손자를 끌어다가 공의 앞에 두고 검을 뽑아 손자의 머리에 대고는 공을 협박했다. 어린 손자는 겨우 8세여서, 놀라고 두려워하여 공을 바라보며 울었지만 공은 미동도 하지 않았다. 가토 기요마사가 크게 노하여 검으로 손자의 목을 베어 죽이고는 검을 휘두르며 공을 향해 겨누었으나 공은 걸터앉은 자세로 뜻을 더욱 꿋꿋하게 지녔다. 이에 가토 기요마사도 그 절개를 기특하게 여겨 부관에게 말하기를, "어렵구나, 이 사람은!"이라 하고는, 이때부터 관함을 불렀지, 이름을 부르지 않았다.[149]

---

149 李宜顯,「贈左贊成獨石黃公神道碑銘幷序」,『陶谷集』卷11. "叛民鞠敬仁縛二王子及公父子, 獻淸正. 公感憤懷刃欲自殺, 又自經, 爲賊所覺, 王子亦諭解, 不果. 已而, 淸正遣其副, 牽公出喝曰: '若屈於我, 當不死.' 公曰: '吾固死是求, 屈何有焉?' 賊遂擧劍擬之, 公不動. 又使副喝曰: '不降, 吾且殺王子!' 公罵之曰: '汝廢汝國君, 畔背天子, 滅人之國, 今又殺我王子, 吾見汝將覆亡也.' 時倭欲趣降公, 殊無必殺王子意, 良久乃已. 明年至京城, 淸正牽公幼孫置公前, 拔劍臨幼孫首以脅公. 幼孫始八歲, 驚懼視公泣, 公猶不動. 淸正大怒, 劍斬幼孫, 已揮劍擬公, 公踞坐, 意益偃. 於是淸正亦奇其節, 語其副曰: '難哉, 此人!' 自此稱其官, 不名也."

(2) 생략 혹은 은폐

비지는 사실의 기록을 존중한다. 하지만 찬술자는 비주의 행적을 미화하지는 않더라도 비주의 평가에 부정적인 영향을 줄 수 있는 경력을 생략하는 예가 많았다. 주세붕(周世鵬, 1495~1554)이 찬술한 방유령(方有寧, 1460~1529)의 묘갈명인 「병조참판방공묘갈(兵曹參判方公墓碣)」은 그 대표적 예이다.[150] 주세붕이 지은 글은 성수침(成守琛)의 글씨로 비석에 새겨졌고, 비석은 1561년(명종 16) 8월에 건립되었다. 방유령은 김맹성(金孟性)·김종직(金宗直)의 문인으로, 1489년(성종 20) 식년 문과에 병과로 급제했다. 1503년(연산군 9) 사헌부지평으로 있을 때 '막동이 사건'을 심문하다가, 연산군의 비위에 거슬려 파직되었다. 하지만 1504년의 갑자사화 이후, 사헌부집의를 거쳐 성균관사성이 되었다. 1506년 중종반정이 일어나자 통정대부로 승품되고, 제주목사, 함경남도병마절도사, 좌부승지, 대사간을 거쳤다. 1516년(중종 11) 6월 19일 의정부와 성균관의 의논으로, 성균관의 사유(師儒)에 합당한 인물로 선임되었다. 이 때문에 조광조와 대립하게 되었다.[151] 1519년 11월 15일 병조참판으로 있으면서 조광조 등이 붕당을 맺었다고 중종에게 무고했다. 1523년 경상도관찰사가 되었는데, 찬성 이원(李沅)이 성묘를 왔을 때 병으로 문안하지 못한 일로, 이듬해 동지성균관사로 좌천되었다. 주세붕은 1522년(중종 17) 급제하고서 서울 장의동(藏義洞)으로 방유령을 찾아간 일이 있다. 그리고 1529년 방유령의 병이 위독할 때 문병을 가자, 방유령은 "내 평생에 별로 부끄러울 일이 없었으나, 유독 한 가지 매우 부끄러운 일이 있었다." 말하고, 묵묵히 있다가, "백이가 있고, 강태공이 있으니, 어찌하겠는가?"라고 했다. 3일 뒤 죽었다. 주세붕은 비문에서, "이것은 대개 일찍이 연산군을 섬긴 일을 부끄럽게 여기고 이런 말씀을 한 것이다[蓋公曾事燕山而懷慙也]."라고 해석했다. 그러므로 주세붕은 방유령의 묘갈명에서 연산군 때의 관력(官歷)을 모두 빼버렸다. 명에서도 주세붕은 방유령의 심리를 탐색

---

150 방유령(方有寧)은 본관이 온양이고, 경상도 상주(尙州) 군위(軍威)에 거처했다. 묘소는 경상도 합천(陜川) 우산(于山)에 있다. 자는 태화(太和), 호는 무기당(無期堂)이다. 『金石集帖』190欲(교182欲:前朝宰相/本朝上黨梧陰/卿宰承旨蔭官) 책에 탁본이 있다. 해서비제는 「兵曹參判方公墓碣」이며, 전액은 없다. 찬자와 서자는 "周世鵬撰, 成守琛書."로 밝혔으며, 건립 일자는 "嘉靖四十年(明宗十六年辛酉:1561)八月▽日立."이라고 했다. 주세붕의 문집에는 '묘지명'으로 표기되어 있다. 周世鵬,「故兵曹參判方公墓誌銘」,『武陵雜稿』권8 原集 墓誌碣.

151 1517년(중종 12) 대사헌에 임명되었으나, 우의정 김응기(金應箕)를 탄핵하는 문제로 신진 대간들의 배척을 당해 고향 상주로 돌아갔다. 1518년(중종 13) 병조참판에 임명되었다가, 성절사로서 질정관 최세진(崔世珍), 서장관 한충로(韓忠盧) 등과 함께 북경에 다녀와서 한성부우윤이 되었다.

하여 '만세토록 명백하다.'라고 해명해주었다.[152]

자신을 성찰하는 대표적 글쓰기라고 할 자찬 비지의 경우에도 정치적 이유에서 특정 사실을 생략하거나 은폐하는 일이 있었다. 한명욱(韓明勗, 1567~1652)이 80세 되던 1646년(인조 24년) 스스로 지은 묘갈(墓碣)에서 그러한 면을 살필 수 있다. 한명욱은 자신이 고관(考官)이었던 과거 시험에서 장원급제했던 이민구(李敏求, 1589~1670)에게 묘갈의 명을 부탁했다. 6년 뒤 1652년(효종 3년) 10월 4일 광릉 율리의 정사에서 죽어, 11월 24일 영장산 서쪽 기슭(지금의 경기도 성남시 분당구 율동 산6-2)에 묻혔다. 전처는 합장하고, 후처는 위쪽에 부장했으며, 비는 1743년(영조 19) 8월에 건립되었다. 경기도박물관에 소장된 탁본에 따르면, 전면에 "사헌대부지돈령부사한공명욱지묘(司憲大夫知敦寧府事韓公明勗之墓) 정부인고령박씨지묘(貞夫人高靈朴氏之墓) 정부인동래정씨지묘(貞夫人東萊鄭氏之墓)"라 새겨져 있다. 그리고 후면에 자갈(自碣)이 「자헌대부지돈령부사한공묘갈명(資憲大夫知敦寧府事韓公墓碣銘)」이라는 제목 아래 새겨져 있다. 비를 세울 때 이유(李秞)는 한명욱의 글과 이민구의 명에 이어 한명욱의 사망과 장례 일자, 그리고 가족 관계를 더 기록했다.

청주한씨의 후예로 이름을 명욱이라고 하고 자를 욱재(勗哉)라고 하는 사람이 있어, 광릉(廣陵) 선영 아래에 있는 율리(栗里)라는 마을로 가서 살면서 스스로 율헌(栗軒)이라 호칭했다. 늘그막에 이르러서 묘도의 글을 서술하기를 다음과 같이 했다.
아버지는 참판을 지냈고 좌찬성에 추증된 술(述)인데, 서평군(西平君)에 봉해지고 시호는 문정공(文靖公)인 계희(繼禧)의 5대손이다. 어머니는 정경부인 이씨로 태종대왕의 8대손이다. 명욱은 본디 재주와 지식이 부족하지만 얼추 가업을 익혀 늦게나마 소과와 대과에 합격했다. 처음에는 문음으로 벼슬하다가 중간에 대성(臺省)을 거쳐 지방의 고을을 맡았고 재상의 품계에 올랐다. 모두 분수의 극한에 이른 것이되, 돌아보면 칭찬할 만한 자취가 아무것도 없다. 또 여러 번 나라를 걱정하는 상소를 올렸으나 조정에서 채택한 적이 없고, 너러 사람들이 비방을 하기도 했다. 이것이 바로 내 일생의 대략이다.
평소 음률을 좋아하고 복서(卜書)를 보았으나 모두 그 묘리를 깊이 궁구하지는 못했고, 단지 옛 법식에 의거해서 몇 편의 책만 저술했을 뿐이다. 일찍이 활쏘기를 좋아해서 게을리하지 않았고, 기어코 술을 마련해서 마시되, 한두 잔에 불과해도 마음에 드는 만큼만 마셨다.

---

152 飾幅者疲, 穿窬內欺. 事心者怡, 其光熙熙. 與其巧於一時而卒不得掩之, 曷若公之明白萬世而無疑者乎?

취하게 되면, 피리 불 줄 아는 노복과 거문고 탈 줄 아는 아이를 불러다가 날마다 번갈아 연주를 시키고, 때로는 스스로 노래하고 읊조려서 그에 화답했다.

나이가 90세를 바라보니 장수를 한 것이요, 지위가 지중추부사에 올랐으니 높은 벼슬을 한 것이다. 벼슬에서 물러나 선영이 있는 곳에 거처하여 젊은이와 노인네를 맞아 바둑을 두기도 하고 장기를 두기도 하며 혹은 시를 읊조리면서 매화나무 정원과 대나무 숲을 배회하며 생을 마칠 생각이다.

전후로 고령박씨와 동래정씨에게 장가들었는데, 이들 두 성씨는 다 이름난 문벌이다. 후처에게서 둔 딸은 사인 이운배(李雲培)에게 출가했고, 아들 항은 좌랑을 지낸 이유(李柚)의 딸에게 장가들었다. 소실에게서 아들 셋 딸 하나를 낳아 모두 출가시켰다. 이들의 자녀가 10여 명에 이른다.

옛날 당나라의 두목(杜牧)과 송나라의 요부(堯夫, 소옹)는 스스로 자신들의 묘지문을 지었다. 나 또한 대략 서술하여 후손에게 보이고, 장원에 급제한 과거 때의 시험관인 참관 이관해(李觀海, 李敏求) 공에게 명을 지어달라고 청했다.[153]

한명욱은 음보로 관직에 나가 현감 벼슬을 하다가 그만두고 정철과 성혼의 문하에서 수학했다. 뒤늦게 1606년(선조 39) 진사가 되어 성균관에 들어갔다. 1612년(광해군 4) 증광시 문과에 병과로 급제하고 사과(司果)에 제수되어 『선조실록』 편찬에 참여했다. 1615년에 세자시강원사서에 제수되고 이어 사간원과 사헌부의 여러 직을 거쳤다. 인조반정 이후로도 여러 관직을 지냈다. 1630년(인조 8) 동지 겸 성절사로 중국에 다녀오고, 1634년에 재차 문안사로 명나라에 다녀왔다. 1646년 자헌대부에 올라 지돈령부사가 되어 기로소에 들어갔는데, 이해 율리에 정착하여 이 자갈(自碣)을 지었다. 그런데 한명욱은 젊어서 지평으로 있을 때 허균 일당의 '흉역'을 적발하여 허균을 참

153 경기도 편, 『경기금석대관』 5, 경기도, 1992; 「韓明勖墓碣」, 국립문화재연구소 문화유산연구지식포털 원문정보. "淸州韓氏之裔, 有日明勖, 字勗哉, 就廣陵先墓下栗里鄕, 仍自號栗軒. 年至耄, 乃叙爲墓道之 文曰: 考叅判贈左贊成諱述, 西平君諡文靖公諱繼禧五代孫也. 妣貞敬夫人李氏, 太宗大王八代孫也. 明 勖素乏才識, 粗習箕裘之業, 晩占大小科. 初筮蔭仕, 中歷臺省, 典州郡, 陞宰秩, 皆涯分所極, 顧無可稱之 蹟. 屢抗憂國之章, 朝無所採人, 或見詆. 此其始末梗槩也. 平生好音律, 閑卜書, 皆未能究妙. 祗依古法, 抄著數篇, 嘗射而不倦. 必有酒, 飮不過一二杯, 取適而止. 醉則命篴奴琴兒日與迭奏, 時自歌詠以和之. 齡, 垂九裘壽也. 位, 躋知樞崇也. 休官, 退處松楸, 邀少長, 或棊或博, 或賦詩, 倘佯於梅庭竹塢之間, 以 終吾生. 前後娶, 高靈朴氏, 東萊鄭氏, 俱名閥也. 後有女, 適士人李雲培, 子亢, 娶佐郞李柚女. 庶有男三 女一, 皆婚嫁, 有子有女, 至十餘. 昔唐之杜牧, 宋之堯夫, 自誌其墓文. 愚亦略叙以示後昆, 而請銘于壯元 李參判觀海公."

형당하게 만든 장본인이다. 김시양(金時讓)의 『하담파적록(荷潭破寂錄)』에 관련 일화가 실려 있다.[154] 한명욱은 자갈에서 그 사실을 일절 언급하지 않았다. 또 『속잡록(續雜錄)』에 따르면, 한명욱의 전처 고령박씨는 병자호란 때 볼모가 되어 심양으로 갔다가 '환향'했지만 한명욱은 그 사실에 대해서도 침묵했다. 비록 합장하기는 했지만 필시 말하기 어려운 사정이 있었던 듯하다.

(3) 비문의 어휘 선택과 정치

경기도 성남시 분당구 석운동의 이경석(李景奭, 1595~1671) 묘에는 묘표와 신도비가 있다. 묘는 부인 전주유씨와의 합장묘이다. 묘표는 1751년(영조 27) 건립되었다.[155] 비문은 현손 이광회(李匡會)가 찬술하고 종현손 이광사(李匡師)가 팔분체로 썼다. 휘, 자, 호, 가계, 생, 관력, 몰, 장지(5대조 묘 곁), 효자 정려, 증시, 배위, 자성(子姓)의 사항만 간단히 기재했으며, 상세한 내용은 박세당의 신도비에 있다고 밝혀두었다. 명은 없다. 묘표는 신도비보다 앞서 건립되었으나, 묘표문의 찬술은 신도비문의 찬술보다 뒤에 이루어졌다. 신도비는 1754년에 건립되었는데,[156] 박세당이 1703년(숙종 29) 비문을 지었다. 신도비를 세울 때 이광사가 글씨를 쓰고 전액도 썼다. 신도비에는 4언 20

---

154 金時讓, 『荷潭破寂錄』. "무오년(광해군 10) 무렵 건주(建州)의 후금이 중국에 침입한다는 경보(警報)가 일어나자, 허균이 고급서(告急書)를 조작하고, 또 익명서(匿名書)를 지어서 '어느 곳에 역적이 있으니 어느 날이면 일어날 것이다.' 하여 성중 사람들의 마음을 동요시켰다. 한편으로는 밤마다 사람을 시켜 산에 올라가 '성안 사람이 나가서 피난하면 못 속의 물고기와 같은 재앙을 면할 수 있을 것이다.'라고 부르짖게 했다. 그러자 서울 안의 민가가 열에 여덟아홉 채는 비게 되었다. 허균은 하인준(河仁俊)을 시켜서 새벽에 지평 한명욱을 찾아보고는 '익명서가 숭례문에 붙어 있으니 필시 흉적이 틈을 엿보고 있을 것입니다.'라고 말하게 했다. 그때는 하늘이 아직 밝지 않아 글자를 알아보기 어려운 때였다. 한명욱은 매우 의심하여 날이 밝은 뒤 숭례문에 가서 벽서를 보니, 과연 하인준이 말한 것과 같았다. 한명욱은 하인준을 국문해야 한다고 주청했다. 하인준과 그의 일당 현응민(玄應旻)이 낱낱이 죄를 자복하여 허균과 그의 일당이 모두 옥에 갇혔다. 이이첨은 허균을 국문하면 진술이 자기에게 관련될 것을 두려워하여 '하인준 등이 이미 죄를 전부 자복했으므로, 허균은 다시 문초할 것이 없습니다.'하고는, 당장 저자에서 참형해야 한다고 청했다. 김개(金闓)는 장형을 맞다 죽고, 원종(元悰), 이강(李茳) 등은 멀리 귀양 갔는데, 계해년 인조의 반정 후에 원종과 이강 등은 모두 저자에서 참형되었다."

155 찬자와 서자에 대해 "崇禎甲申後再辛未月▽日, 玄孫戶曹正郎廣會謹識, 從玄孫匡師謹書."라고 밝혔다. 비신은 대리석이고, 예서체 비문이 4면에 새겨져 있다. 앞면에 세로 3열로 「有明朝鮮國領議政文忠公白軒李先生景奭墓 貞敬夫人全州柳氏祔左」의 비제가 있다.

156 비석에 "壬午後五十二秊甲戌立"이라고 밝혔다. 비신은 4면에 비문이 있으며 상부 4면에 걸쳐 「領議政諡文忠公神道碑銘」이라 전액(篆額)했다. 비제는 「有明朝鮮國大匡輔國崇祿大夫議政府領議政領經筵弘文館藝文館春秋館觀象監事世子師贈諡文忠公李公神道碑銘幷序」이다. 마모가 심해서 1975년 새 신도비를 세웠다. 성남시·성남문화원, 『성남금석문대관』, 성남시, 2003.

구(4구 1전운, 5개 운 사용)의 명이 있다. 그 명에 "함부로 거짓말을 하고 멋대로 속이는 것은, 세간에 그런 사람 있다고 들었네. 올빼미는 봉황과는 본성이 달라, 화를 내기도 하고 꾸짖기도 한다만, 선하지 않은 자가 미워한다고, 군자가 무슨 흠이 되랴[姿僞肆 誕, 世有聞人. 梟鳳殊性, 載怒載嗔. 不善者惡, 君子何病]!"라고 했다.

이경석은 1636년 병자호란 때 대사헌과 부제학의 직책으로 인조를 남한산성으로 호종했고, 1637년「대청황제공덕비(大淸皇帝功德碑)」의 비문을 왕명에 따라 지었다.[157] 1645년(인조 23) 우의정, 1648년 좌의정을 거쳐, 1649년 영의정에 올랐다. 1650년에 효종의 북벌계획이 청에 간파되자 이경석은 자신의 책임이라고 자담해서 1년간 백마산성에 구금되었다가 풀려났다. 1664년(현종 5) 기로소에 들어갔고 1668년 궤장을 하사받았다.[158] 지금의 경기도 성남시 분당구 판교동에서 살다가 뒤에 취현동(석운동)에서 만년을 보냈다. 시호는 문충(文忠)이다. 그런데 1668년에 송시열은 이경석의 사궤장연(賜几杖宴)을 축하하는「궤장연서(几杖宴序)」를 작성하면서 '수이강(壽而康)'이라는 표현을 썼는데, 이후에 그것이 이경석의 행실을 비판하려는 의도였다고 밝혔다.[159] 송시열은 본래 이경석이 효종 초 영의정으로 있으면서 암혈유일지사(巖穴遺逸之士)로 천거한 바 있다. 이경석은 1669년(현종 10) 3월에 온양으로 행차하는 어가를 호종하고, 4월에 글을 올려 임금이 병들어 멀리 왔는데 아무 일도 없고 늙어 병들지도 않았으면서 행차에 달려와 배알하지 않는다면 그것은 분의(分義)에 부당하며 나라의 기강과 의리에 관계되는 일이라고 했다. 송시열은 상소하여, 이경석이 '삼전도비문'을 지은 일을 손적(孫覿)의 사례에 견주어 비난했다. 손적은 송나라 흠종 때 금나라가 요구하는 항복문을 지어 송나라를 지나치게 비하한 인물이다.[160]

---

157 인조는 당시 예문관제학이었던 이경석과 장유(張維)·이경전(李慶全)·조희일(趙希逸)에게 비문을 짓게 했으나, 이들의 글은 청나라 사신이 좋아하지 않았다. 인조는 이경석에게 사태가 격화되지 않도록 하라고 당부했다.

158 이경석은 정종의 아들 덕천군의 6대손이다. 본관은 전주이고, 자는 상보(尚輔)이다. 호는 쌍계(雙磎)·백헌(白軒)이다. 양관(홍문관과 예문관) 대제학을 거쳐 영의정에 올랐다. 게다가 궤장을 받기까지 했다.

159 '수이강(壽而康)'은 한유(韓愈)의「반곡으로 돌아가는 이원을 전송하는 글[送李愿歸盤谷序]」에서 "먹고 마시고 하여서 장수를 누리고 또 건강하니, 부족함이 없나니 무엇을 달리 바라랴[飮且食兮壽而康, 無不足兮奚所望]!"라는 말에서 나왔다. 본래 축수의 말이다. 송시열은 뒷날에 이 말을, 송나라 손적(孫覿)이 흠종(欽宗)을 따라 금나라에 잡혀가 그들에게 아첨해 부귀를 누렸다는 고사에 연결시켰다.

160 송시열은 상소하여, "병 때문에 길을 지체했다가 출발하는데, 신을 비난하는 문서를 보고 깜짝 놀랐습니다."라고 말하고, "금나라에 항복문서를 바친 송나라 역적 손 종신(孫從臣)처럼 장수하고 건강한[壽而康] 사람이 나를 비난한다."라고 했다.『顯宗實錄』卷16, 현종 10년(기유, 1669) 4월 14일(병자).

1703년에 이르러 박세당은 이경석의 신도비명을 찬술하여, 묘주를 노성인(老成人)이라 부르고 봉황에 비유하는 반면, 송시열에 대해서는 불상인(不祥人)이라 부르고 올빼미에 비유했다. 노론은 그 비문이 선정(先正)을 무함하고 모욕했다고 규정하고 비문을 말살해야 한다고 주장했다. 그리고 아직 간행되지 않았지만 이미 내용이 알려져 있던『사변록(思辨錄)』을 문제 삼아 박세당을 사문난적으로 파문했다. 관학 유생 180명은 연명 상소를 올려 박세당의 문죄를 요구하고 이경석의 삼전도비문 찬술을 불의로 규탄했다. 이에 숙종은『사변록』과 신도비문을 수거하여 말살하도록 하고, 박세당의 관직을 삭탈하고 전라도 옥과에 유배시켰다. 이경석의 손자인 이하성(李厦成)은 조부를 위해 「변무소(辨誣疏)」를 올리고, 소론의 영수 남구만은 임종 때 아들에게 「논백헌회곡서계(論白軒晦谷西溪)」를 받아 적어 이경석을 신원하려고 노력했다.[161]

비문 자체에는 비난의 언사가 없지만, 비주의 후손과 찬술자 및 후손들 사이의 정치적 갈등으로 입비(入碑)가 취소된 예도 있다. 송시열은 조익(趙翼, 1579~1655)을 위해 신도비문을 쓰고, 윤선거(尹宣擧, 1610~1669)를 위해 묘갈문을 작성했다. 윤선거의 묘갈문에는 학문과 정치와 관련하여 비판의 뜻을 실었으나, 조익의 신도비문에는 그렇지 않았다. 그보다 앞서 1652년(효종 3)에 윤휴(尹鑴)가 주희의『중용집주』를 비판하자, 송시열은 1653년 충청도 논산 황산서원에 문도들을 모아 그를 사문난적으로 지목했다. 김장생의 동문인 윤선거는 윤휴를 두둔했는데, 1665년(현종 6) 가을 송시열은 동학사에서 윤선거와의 절교를 선언했다. 한편 조익은 우의정·좌의정과 중추부 판사·영사의 자리를 역임했고, 김육(金堉)과 함께 대동법을 확대 실시하는 데 기여한 인물이다.[162] 1655년 3월에 조익이 죽자 1656년 12월 천장 직후 윤선거는 묘지명을 짓고,[163] 숙종 초 송준길은 시장(謚狀)을 작성했으며,[164] 1683년(숙종 9) 송시열은 신도비문을 찬술했다.[165] 그런데 1680년(숙종 6)에 김석주(金錫胄)와 김익훈(金益勳)은 허견

---

161 강혜선, 「백헌 이경석의 생애와 시세계」,『청천강을 밤에 건너며[白軒詩選]』, 태학사, 2000. pp.415-448.

162 趙復陽이 찬술한 「評事趙公翼救荒碑」의 탁본이『금석집첩』178談(교170談:洞里/壚臺/堤城/橋島/救荒/恤民) 책에 들어 있다. 조복양이 '萬曆三十六年(光海君卽位年, 1608)七月二十一日'에 작성했는데, 비는 '己酉(顯宗十年: 1669)十一月初十日'에 건립되었다.

163 조익의 묘는 충남 예산군 신양에 있다. 尹宣擧, 「左議政文孝公浦渚趙先生墓誌銘」,『魯西先生遺稿』卷18 墓誌銘.

164 宋浚吉, 「大匡輔國崇祿大夫議政府左議政兼領經筵事監春秋館事世子傅浦渚趙公謚狀」,『同春堂集』卷22 謚狀.

165 宋時烈, 「浦渚趙公墓表」,『宋子大全』拾遺 卷8 墓表; 宋時烈, 「浦渚趙公神道碑銘幷序」,『宋子大全』卷

(許堅)이 복창군 정(楨), 복평군 연(㮒)과 함께 복선군 남(柟)을 추대하려는 역모를 한다고 고변했는데, 이때 조익의 손자 조지겸(趙持謙) 등 서인 소장파들은 김익훈을 탄핵하라고 요구했다. 하지만 송시열은 '우리 사문(師門)의 자제'라는 이유에서 탄핵에 반대했다. 그러자 소장파들은 윤선거의 아들 윤증을 중심으로 소론의 당색을 이루고, 송시열을 사류로 인정하지 않았다. 그래서 송시열이 1683년에 작성한 조익의 신도비문은 방치되었다. 1688년(숙종 14) 3월에 박세채가 조익의 행장을 짓고, 1707년(숙종 33)에 남구만이 조익의 묘표를 찬술했다.[166] 송시열이 지은 조익의 신도비문은 1927년에 이르러서야 비석에 새겨졌다.

(4) 묘주의 위상 변화와 일화 첨가

서울시 동작구 노량진동 육신묘에는 옛 비석이 있다. 미국 버클리대학 아사미문고(淺見文庫)에 이 비석에 대한 1930년대의 탁본이 있다.[167] 비문은 조관빈(趙觀彬, 1691~1757)이 1747년(영조 23)에 작성한 「노량육신묘비명병서(露梁六臣墓碑銘幷序)」이다. 글씨는 당나라 안진경의 「근례비」 등 글씨를 집자했고, 비액은 「유명조선국육신묘비명(有朙朝鮮國六臣墓碑銘)」을 전서로 써서 새겼다. 1747년 당시 입비된 것은 아니다. 민절사 유사 이동직(李東直) 등이 빗돌을 준비하고 박팽년의 후손인 전 현감 박기정(朴基正)이 진력하여 1782년(정조 6)에 비를 세웠다. 이때 원임 영의정 이휘지(李徽之, 1715~1785)가 추기해서 영조 때 사육신에게 은전을 내린 사실을 적고 비석을 세

---

162 碑.

166 朴世采, 「議政府左議政諡文孝浦渚先生趙公行狀」, 『南溪集』 卷82 行狀; 南九萬, 「浦渚趙文孝公墓表」(丁亥), 『藥泉集』 卷21 墓表.

167 비석은 높이 214cm, 너비 79cm, 두께 42cm이다. 미국 버클리대학 동아시아도서관 아사미문고 소장 '有朙朝鮮國六臣墓碑銘幷序' 탁본, 1930년대; 심경호, 「버클리大學 아사미文庫 所藏 六臣墓碑 拓本을 통해 본 金時習 六臣墓 造成 傳說의 定着 過程」, 『어문연구』 39-2, 한국어문교육연구회, 2011, pp.269-290. 버클리대학 아사미문고 소장 육신묘비 탁본을 통해서 조관빈이 1747년(영조 23) 지은 묘비명과 이휘지가 1782년(정조 6) 덧붙인 지어를 판독할 수 있다. 아사미문고 소장 탁본('大宗伯太學士趙觀彬撰, 集唐顏眞卿書')은 조관빈 문집의 수록 글(趙觀彬, 「露梁六臣墓碑銘 幷序」, 『悔軒集』 卷之十七 碑銘)과는 몇 군데 다른 곳이 있다. 문집 수록 글에는 홍인한(洪麟漢, 1722~1776)의 이름이 있으나 탁본에는 빠져 있고, 문집 수록 글에는 심우(沈鍝)의 성만 있었으나 탁본에서는 이름을 추가했다. 홍인한은 우의정과 좌의정 등을 지냈지만 벽파로서 정조의 즉위를 반대했다가, 정조가 즉위하자 유배되어 위리안치된 후 사사되었다. 그 이름을 비석에 남겨둘 수 없었기 때문에 입비 때 삭제한 듯하다. 심우의 이름을 명시한 경위는 확실하지 않다. 비문의 판독은 한국금석문종합영상정보시스템에서 제공했던 「육신묘비」 판독문을 참고로 하되, 아사미문고 소장 탁본과 대조하여 일부 조정했다.

운 전말을 기록한 후 '崇禎三壬寅▽月▽日立'이라고 일자를 적었다. 앞면의 비문은 매 행 40자, 뒷면의 후기는 매 행 39자이다. 조관빈은 비문에서 우선 노량진 너머 다섯 무덤이 육신의 묘라고 전한다는 사실을 말하고, 추강 남효온의 『병자육신열전(丙子六臣列傳)』을 언급하며 육신의 충절을 회상했다. 그리고 역대로 육신 추숭이 이루어진 경위를 상세히 밝혔다. 선조와 효종은 후손을 녹용했다. 숙종은 1679년(숙종 5) 노량진에서의 열병 때 묘도를 수리하라 명하고 사당을 세워 육신을 나란히 제향하게 했으며, 1691년 장릉(인조의 아버지 원종의 능)에 거둥하다가 육신의 복관을 명하고 사당에 민절(愍節)의 편액을 내렸고, 1703년에는 단종을 태묘(종묘)에 부묘하고 관원을 보내 육신 사당에 제사했다. 조관빈은 이러한 사실들을 열거한 후, 묘역에 성씨라는 표지가 있는 두 무덤을 성삼문과 그 부친 성승(成勝)의 묘로 추정하고, 하위지의 묘는 영남의 선산에 있으나 유성원의 묘는 소재지를 알 수 없다고 밝혔다. 이어서 1456년 6월의 '병자화(丙子禍)' 때 승려 김시습이 육신의 시신을 지고 가서 이곳에 묻어 주었는데, 황급해서 무덤에 제대로 표지를 남기지 못했다고 추정했다.[168] 또한 육신의 충절을 명나라 방효유(方孝孺)에 견주어 칭송했다. 그리고 육신의 후손 가운데 박팽년의 유복손만은 화를 면하여 7대손 박숭고(朴崇古)가 묘를 증축하고 육신의 묘를 분변한 사실과, 금상(영조)이 정묘년(1747, 영조 23)에 경연관의 계청에 따라 경기관찰사에게 명하여 묘도에 비석을 세우게 하자 민절사 유사 장보(유생) 민백홍·심우 등이 자신에게 비문을 부탁한 사실을 밝혔다. 당시 조관빈은 예조판서로서 홍문관제학을 겸하고 있었다. 이 비문 끝에 조관빈은 4언 104연 208구의 명을 이어 두었다. 4구 1전운으로 13개 운목을 사용한 장편이다.[169]

이보다 앞서 윤순거(尹舜擧)는 병자화 때 희생된 신하들(성삼문·박팽년·이개·하위

---

168 維漢師迤南越露梁津向午之岸, 有五塚同域, 各樹片石, 只書姓氏如婦人之表, 而過者皆下馬, 指點咨嗟曰: '萬古忠臣之葬.' 卽所謂六臣墓也. … 噫! 惟玆五墓, 旣表以朴·兪·李·成姓氏, 則其爲六臣中, 四公無疑. 又有一成氏, 此則成公之父勝, 同時被禍, 葬此云. 而河公墓在嶺南善山, 只藏一體. 柳公墓, 則獨不聞所在, 盖當日禍作, 家族盡夷, 無人收骸, 有僧負其屍瘞之. 或云, 梅月堂金公時習, 而維時猝急, 事多未遑, 堂斧相錯, 亂昧難辨, 則河·柳之葬, 亦安知不混於此中耶!

169 人紀有五, 臣節無二. 聖祖培植, 以遺後嗣.」有若六臣, 爲端宗死. 何用諱例, 直筆在史.」露湖之岸, 纍纍其瘞. 碑不書名, 傳疑幾世.」故老日信, 此足可攷. 塋域久秘, 衣履終保.」河則別阡, 柳無抔土. 事在倉卒, 莫詳厥故.」無亦二公, 混閟此隧. 四時無薦, 義士抆淚.」惟我肅考, 忠節是獎. 睠墓而感, 建祠以享.」皎日洞照, 衰草始曠. 追崇魯陵, 神人允協.」於王之德, 退不廟配. 君臣一體, 忠哉公輩.」昔者忌諱, 今則顯誦. 前所荒廢, 後乃虔奉.」幷薦芬苾, 醉琴之裔. 王命穹碑, 舊典是繼.」道臣治石, 士林董役. 秋傳尤記, 正論不易.」大書貞珉. 臨江屹立. 江水滔滔. 遠通越峽.」

지·유성운·유응부 등)의 사적을 집성해서 『노릉지(魯陵誌)』를 편찬했으나, 사육신의 묘를 고증하지는 않았다. 효종 초에 박팽년의 6세손(7대손)인 좌익찬 박숭고가 묘소를 수축한 다음 허목(許穆)에게 비문을 청했는데, 허목은 1651년(효종 2) 5월 하지에 「육신의총비(六臣疑塚碑)」를 찬술하여 노량진 묘를 '의총(疑塚)'으로 규정했다.[170] 이 「육신의총비」는 건립되지 못했다. 1679년 숙종은 육신묘 곁에 사우를 창건하게 하고, 1691년에 민절(愍節)의 편액을 내렸으며, 1703년 2월에는 유생들의 소청에 따라 영월 사우에 창절(彰節)의 편액을 내렸다. 1708년(숙종 34) 박숭고의 손자 청안현감 박경여(朴慶餘)가 노량진 육신묘의 신도에 비를 세우려고 남구만(南九萬)에게 비문을 청하자, 남구만은 「노량육신묘비(露梁六臣墓碑)」를 찬술했다.[171] 1737년(영조 43) 오원(吳瑗, 1700~1740)은 관악산 유람길에 육신묘를 돌아보고, 허목이 '의총'이라 본 것은 잘못이고, 장릉 복권에 반대했던 남구만의 비문은 비석에 새길 수 없다고 비난했다. 이때까지 어떤 글도 김시습이 육신의 시신을 수습했다고 언급하지 않았다. 1747년에 이르러 조관빈이 「노량육신묘비명병서」를 찬술할 때 처음으로 김시습의 육신 시신 수습설을 언급했다. 11년이 지나 장릉 복위 주갑이 되는 1758년(무인, 영조 34)에 영조는 육신에게 시호를 내렸다. 그 후 1782년(정조 6) 4월, 정조는 김시습·원호·남효온·성담수에게 이조판서를 특별히 추증하고, 육신사(六臣祠)에서 제사를 올렸다.[172] 이후에 민절사 유사 이동직이 빗돌을 준비해서 조관빈의 「노량육신묘비명병서」를 새긴 비를 건립했다.

(5) 비지문의 기능

비지는 망자의 표창 때에 중요한 근거가 되었다. 정조는 재위 23년(1799) 12월 10일, 임진왜란 때 순국한 증 이조판서 이정란(李廷鸞, 1529~1600)에게 시호를 내리는 일

---

170 許穆, 「六臣疑塚碑」, 『記言』 卷17 中篇 丘墓一. "嗟乎! 六臣之死, 不知其收葬者爲誰, 刻石表其葬者又爲誰. 蓋皆沒其跡, 後世莫知也. 六臣者, 親戚皆死, 噍類不遺, 必有賓客慕義, 不以禍故相負, 竊各識其屍, 列葬之如此, 因刻石表其處, 而故匿其名, 爲某氏某氏, 如婦人之表耶? 其心良苦. 有秋江處士, 作六臣列傳, 又著書時之賢人節士之行, 頗記之詳矣, 然而不言六臣之葬, 何也? 此皆當時事, 不可知者也."

171 南九萬, 「露梁六臣墓碑」(戊子), 『藥泉集』 第19 碑.

172 正祖, 「寧越六臣祠致祭文」, 『弘齋全書』 卷21 祭文 3. "端廟有臣, 曰維六忠. 生旣竭力, 死又樹風. 焄蒿悽愴, 左右陟降. 錦湖雲水, 往事傷心. 明月孤樓, 杜宇千林. 睠言祠屋, 密邇龍寢. 行路咨嗟, 指彼綱常. 不泯英靈, 長近耿光. 景練危節, 千古同芳. 列朝相承, 旌褒優恤. 名留竹簡, 享遍芬苾. 矧玆越廟, 豈任頹缺. 爰賁爰飭, 以葺以繕. 采楹重新, 籩豆有踐. 伻致洞酌, 文則親撰."

을 대신에게 하문했다.[173] 1592년 금산을 점거한 왜군이 웅치를 넘자 나주판관 이복남, 의병장 황박, 김제군수 정담, 남해현감 변응정 등이 막았으나 모두 전사했다. 왜군이 전주로 향하자, 순찰사 이광(李洸)은 도망갔고, 전 전적 이정란이 백성들과 함께 성을 지켰다. 정조의 명에 따라 전라감사 조종현(趙宗鉉)은 여론을 채취하고 문적을 상고하여 책자로 만들어 예조에 올려보냈다. 그 책자에 따르면, 그보다 앞서 증손 고 상신 이상진(李尙眞, 1614~1690)이 존귀하게 되었을 때 이정란은 이조판서에 추증된 바 있다. 그런데 이때에 이르러 이정란의 공적에 대해서 이의가 있었다. 1774년(영조 50) 봄, 호남 선비 권일언(權一彦)이 임진왜란 때 전주부윤으로 있다가 병몰한 조상인 권수(權燧, 1535~1592)의 묘갈을 세우기 위해 가첩(家牒), 권수가 살던 곳의 『주자동지(鑄字洞誌)』, 호남 선비들의 정문(呈文)을 기초로 행장을 엮어 안정복(安鼎福)에게 글을 청한 일이 있다. 안정복은 「권수묘갈명」에서 이정란이 권수의 공을 가로챘다고 기록했다.[174]

공이 흩어진 백성들을 불러 모아 충의로써 결박시키고 목숨을 걸고 지켜야 한다는 뜻을 깨우치자, 군중들이 모두 감격의 눈물을 흘리면서 따랐다. 이에 해자를 깊이 파고 성가퀴를 수리하며 화기를 설치하고 말린 양식을 갖추었다. 또 정예병을 선발하여 기린봉과 황화봉에 잠복시켜 적을 기다렸다. 배치가 이미 끝났는데 공의 병이 위독해지자 여러 장리(將吏)들을 불러 부탁하기를, "내가 죽었다고 해서 조금도 소홀히 하지 말고 이 성을 잘 보전하여 내가 눈을 감을 수 있게 하라." 하고, 길게 탄식하고는 세상을 마치니, 바로 7월 2일이었다. 여러 장리들이 공의 유계(遺戒)를 받들어 따랐는데, 이윽고 적들이 이르러 수비가 매우 엄한 것을 보고 달아나버렸다. 성이 온전할 수 있었던 것은 실로 공의 힘이었다. 휘하의 이정란이 자기의 공이라 하여 임금의 은총을 입어 발탁되고 공은 알려지지 않게 되었다. 후에 남방 고을 사람들이 억울함을 따지자 관찰사가 장계로 보고하여 특별히 이조참판에 추증되었다.

이정란의 공과에 대해서는 다툼의 여지가 있었지만, 전라도 유학 유휘주 등은 이정란의 시호를 청했고, 정조는 예조에 하문했다. 예조에서 조사하니, 이정란의 공은 본

---

173 『日省錄』, 정조 23년(기미, 1799) 12월 10일(계사).
174 安鼎福, 「通政大夫守全州府尹贈嘉善大夫吏曹參判權公墓碣銘幷序」(甲午), 『順菴集』 卷21 墓碣. "公招集散民, 激以忠義, 諭死守之意, 衆皆感泣聽從. 於是浚濠脩堞, 設火器偫糗粮. 又選精銳, 伏麒麟皇華二峯以待賊. 布置旣畢, 而公病革. 召諸將吏屬之曰: '毋以我死而少忽, 克保此城, 使死者瞑目.' 因長吁而逝, 卽七月二日也. 諸將吏遵公遺戒, 未幾賊至, 見守備甚嚴遁去. 城之得全, 公之力也. 麾下李廷鸞以爲己功, 被寵擢而公無聞焉. 後南人頌冤, 道臣狀聞, 特贈吏曹參判."

읍의 읍지 및 『해동명신록』에 실려 있었다. 뿐만 아니라, 이정귀가 찬술한 묘비명(「全州府尹李公神道碑銘幷序」)에서는 그의 사적을 중흥의 공적으로 인정했으며, 송시열이 찬술한 묘표(「全州府尹贈判書李公墓表」)에서는 그의 공을 조헌의 공에 비기기까지 했다. 1799년 12월 14일(정유) 이정란에게 시호를 내리라는 명이 내려졌다. 홍양호(洪良浩)가 「소모사증이조판서이공시장(召募使贈吏曹判書李公諡狀)」을 작성했다.

비지는 묘역의 표지로서, 공간 점유의 정당성을 선언하고 가계의 격조를 추인 받는 기능을 한다. 이규경(李圭景)은 『오주연문장전산고』에서 지명(誌銘)의 가치에 대해 이렇게 말했다.

지명의 경우는 깊이 저장되어 출토하지 않으므로 역시 오래 전할 수가 있어서, 후세에 묘를 잃어버린 자는 어느 땅에 있는지 기억하기만 하면 말갈기 형태로 봉분의 모습을 하지 않아도 초동과 목동이 손으로 가리켜 인정하는 곳이 있어 혹 발굴하여 묘지가 드러난다면 그대로 조상의 선영을 찾는 일들이 연이어 전하니, 지명(誌銘)은 특히 효력을 볼 수 있다.[175]

이를테면 영조가 계유정난 때 희생당한 정분(鄭苯)을 복권시킨 후 그 후손을 녹용할 때 지석이 후손 확인의 가장 큰 자료가 되었다. 심재(沈鋅, 1722~1784)의 『송천필담(松泉筆譚)』에 관련 기록이 있다.[176] 정분의 어린 아들은 시사가 나날이 그르게 되자 집을 떠났다가, 정분이 낙안(樂安)의 적소에서 후명을 받는 날에 봉두난발로 찾아왔다. 정분은 "광노(狂奴) 놈, 빨리 꺼져라!"라고 했다. 영조 때 정분의 관작을 복구해주고 후손을 찾았다. 당시 장흥 땅에 정씨 성의 사람이 있었는데, 시조의 이름이 광로(光露)였다. 이때 마씨 성의 사람이 정씨를 미천하다고 여겨 마씨 족보에서 사위 정씨의 이름을 지우자, 정씨 집에서 소송을 걸었다. 이에 주쉬(主倅: 그 고을 수령) 황인영(黃仁煐)이 정씨들을 시켜 시조묘를 파게 하여 지석을 찾아냈다. 지석은 백반(白燔: 흰색 고령토)의 자기에 석간주(石間朱)로 이렇게 쓰여 있었다. "공의 성은 정(鄭)으로 이름은 광로이다. 아버지는 '급제 분(苯)'이고, 어머니는 하동정씨이니, 지금 좌의정 인지(麟趾)

---

175 至於誌銘, 深藏不出, 則亦可久傳, 而後世失墓者, 但記在於某地, 而馬鬣無封, 只有樵牧所指認處, 或發而誌見, 仍尋祖塋者, 比比流傳, 則誌銘尤可用力.

176 沈鋅,『松泉筆譚』第2冊 494話, 고려대학교 도서관 소장 필사본; 정명기 편,『韓國野談資料集成』18~19, 啓明文化社, 1992; 신익철·조융희·김종서·한영규 공역,『교감역주 송천필담』3, 보고사, 2009, pp.233-234. 표점은 일부 바로잡았다.

의 성이다. 공은 처음에 호서 성승(成勝: 성삼문 아버지)의 딸을 아내로 맞았으나, 배우자를 잃고 대인의 명으로 호남에 숨었는데, 진사 백 아무개[옥봉 백광훈(白光勳)의 조상]가 마음속으로 알고 불쌍하게 여겨 딸을 아내로 주어, 아들 아무개를 낳았다.” 정분이 아들을 살리려고 내쫓을 때 말한 '광노(狂奴, 미친 놈)'와 시조의 이름 '光露'는 동음이라고 판정되었다. '급제 분'이라 일컫은 것은 정분이 앙화를 입고 삭직되었기 때문이라고 간주되었다.[177] 심재는 이 일화를 소개하고, 지석을 굽는 방식에 대해 해설했다. 회회청으로 굽는 방법이 최상이고, 백반(白燔)으로 굽되 사면에 수회를 발라두는 것이 그 다음이라고 했다. 석간주를 바르는 것은 오래가지 않는다고 덧붙였다.

청주한씨의 경우, 고려 초 한란(韓蘭, 威襄公, 853~916)이 거처하던 청주 방정리(方井里)의 무농정(務農亭)에 조선 중엽의 한준겸(韓浚謙)이 비문을 지어 비를 세웠으나 가산(駕山)의 묘는 실전되었다. 1688년(숙종 14) 여름에 후손 한익저(韓益著)가 한란의 묘표와 무농정 비문을 각각 작성하여 비를 세웠다.[178] 1689년(숙종 15)에 일족이 선산을 되찾으려고 관아에 소송을 냈는데, 조정에서는 경조랑(京兆郞)을 파견하여 묫자리를 파보게 해서 '믿을 만한 자취'를 얻었다. 또 그 집안 사람들이 우물을 수리하다가 깨진 비갈을 얻었다. 이 때문에 청주한씨 일족은 승소할 수 있었다. 한익모(韓翼謩, 1703~1781)가 그 사실을 한란의 신도비에 상세히 적었다.[179]

---

177 文宗朝, 右相鄭苯, 始生男三日, 其大人, 以擧而視之曰: "十年後, 吾家與國家, 俱有大禍, 而吾家賴此兒不墜." 兒長, 見時事日非, 見其父公, 而請長往. 公曰: "以死自請, 無可及矣." 出送其子, 不知所之. 及端宗遜位, 世祖受禪, 苯奉祖先神主於謫所. 一日睡起, 使隨行僧精飯以祀, 旣祭, 盡焚其神主. 俄而使者至, 公受後命於樂安謫所. 時忽有蓬頭兒來, 扶而痛哭. 公揮之曰: "狂奴子亟去!" 英宗朝, 復鄭公官爵, 命錄用後孫, 燕岐晉州鄭姓人, 俱稱公後孫, 至有爭訟, 朝家不能辨. 長興地有鄭姓人, 而只傳七八代世譜, 其中始祖者, 名光露. 鄕里有馬姓人, 以馬譜中, 鄭氏卑微, 連婚凌踏之, 以至起訟. 時主倅黃仁煒, 使鄭家人, 始破其所謂始祖光露墓, 尋得誌石. 白燔磁器, 書以石間朱曰: "公姓鄭, 名光露. 父及第苯, 母河東鄭氏, 今右相麟趾址也. 公初娶湖西成勝女, 喪耦, 以大人命隱於湖南, 進士白某[玉峯光勳之祖], 心知而憐之, 以女妻之, 生子某"云云. 盖狂奴爲名者, 右相公被禍時來哭之兒, 卽其子, 而斥以狂奴故也, 而子孫以光露書者, 取其同音也. 此誌石出而至於登聞御覽, 始知燕晉之僞, 馬譜之誤, 而錄用長興人. 乃如誌石之可貴, 而事若有神助者矣. 及第鄭苯云者, 被禍而削職故也. 盖聞燔誌之法, 用囘囘靑, 則過千年不渝, 石間朱則僅五百年云. 今距公之世, 只及四百年, 而只水灰於前面, 故自後面朽破, 字多透落. 此後燔誌者, 宜加四面水灰, 以圖永久不破也.(勝, 三問父.)

178 『金石集帖』 190欲(교182欲:前朝宰相/本朝上黨梧隂/卿宰承旨蔭官) 책에 「高麗太師韓公蘭表」와 「務農亭碑」의 탁본이 있다. 두 비문 모두 찬술 일자와 찬자를 "崇禎後戊辰(肅宗十四年:1688)夏 後孫生員韓益著撰."이라고 밝혔다.

179 韓章錫, 「譜圖序」, 『眉山集』 卷7. 한란의 신도비는 1768년(영조 44)에 지금의 충북 청주시 상당구 남일면의 묘역에 건립되었다.

비지의 기능을 가장 잘 알려주는 사례가 최용기(崔龍起) 신도비의 일화이다.[180] 구전에 따르면 최용기는 고려 말에 태어나 세종 때 사망했고, 태조 때 공을 세워 일등공신에 녹훈되었으며, 호조전서를 지냈다. 최용기의 행적은 문헌에 달리 기록이 없다. 하지만 예장을 치른 흔적이 있고, 최용기가 공신으로 하사받은 집과 토지가 평안도 숙천에 대대로 전해 왔다. 1739년(영조 15) 해주최씨 일족은 비석을 세우기로 결정하여, 평양서윤 최상정(崔尙鼎, 1677~?)이 비문을 작성했다. 최상정은 최규서(崔奎瑞)의 아들로, 남행(음사)으로 관직에 나갔으며 1756년(영조 32) 정월에는 좌윤에 임명되었다. 최상정은 최용기의 신도비문에 사패지와 유적지를 세세하게 기록했다. 최상정의 최용기 신도비 찬술은 숙천 토지를 그 일족의 사패지로 확인하는 의미를 지녔다.

조선시대에는 가문마다 선조들의 묘역을 확인하고 후대에 징신(徵信)의 자료로 삼도록 선대묘표첩(先代墓表帖)을 편찬했다. 최석정(崔錫鼎)이 선영에 비표(碑表)를 새로 세운 이후 그 첩을 만든 일은 그 좋은 예이다.[181]

6. 비문의 서자

비석에 비문을 새길 때는 서자(書者)의 전본(鐫本)을 마련해야 했다. 또한 비의 두액(頭額)에는 전서(篆書)로 비제(碑題)를 새겼다. 조선시대에는 전서를 쓸 수 있는 전문가를 조정에서 양성하기도 했고, 16세기 이후에는 사대부 문인 가운데서도 전액에 뛰어난 인사들이 여럿 나왔다. 조선 후기 전학(篆學)에 대해서는 필자의 『한국한문기초학사』 1(태학사, 2012) 제3장 제6절 '조선 후기 서체학·금석학과 토속 한자 분석'을 참조하기 바란다. 여기서는 서자에 대해서만 간략히 살펴보기로 한다.

(1) 고대 비문의 서자

삼국시대, 남북국시대, 고려시대의 많은 비들은 비문의 찬자는 밝혀도 서자는 밝히

---

180 『金石集帖』 091讓(교090讓:亞卿) 책에 「戶曹典書崔公龍起碑」의 탁본이 있다. 찬자·서자·전액자와 건립 일자는 "平壤庶尹崔尙鼎撰, 司憲府掌令安晟書, 進士安正魯篆. 崇禎紀元後再己未(英祖十五年: 1739)六月▽日立."이라고 밝혔다. 전액은 「有明朝鮮國戶曹典書崔公龍起神道碑銘」, 해서비제는 「有明朝鮮國戶曹典書崔公龍起神道碑銘幷序」이다. 1920년대 제작으로 추정되는 탁본이 국사편찬위원회에 있다.

181 崔錫鼎, 「先代墓表帖跋」, 『明谷集』 卷12 題跋. 제1부 각주 118번 참조.

지 않은 경우가 많다. 신라의 경우 「단속사비명(斷俗寺碑銘)」을 쓴 영업(靈業)이라든지, 「지증대사비명」을 쓴 혜강(慧江) 등 승려 출신의 명필로 알려져 있다. 그러나 대부분의 비문은 서자가 불분명하다. 예를 들어 「무장사비」는 왕희지 서풍의 글씨로 새겨져 있는데, 조선시대의 『대동금석서』를 편찬한 낭선군 이우, 『금석청완』의 편찬자, 홍양호, 홍양호의 손자 홍경모, 김정희 등은 신라 김육진의 글씨로 보았다. 반면에 청나라 옹방강은 집자비라고 주장했다.[182] 최영성은 황룡사 승려의 글씨라고 주장했다. 비문 첫줄에 "…. 守大奈麻臣金陸珍奉　敎□□ …. 皇龍 …."이라 되어 있어 떨어져나간 '□□'에는 '撰幷書' 석 자가 들어갈 수 없으며, 그 밑의 '황룡' 운운은 서자와 관련된 사항이라고 보았다.[183] '敎' 자 바로 아래가 깨져 있다면 그렇게 볼 수도 있을 것이다.

(2) 조선시대의 대표적 서자

조선시대에 들어와서도 서자를 명시하지 않는 관습이 지속되었다. 하지만 서자를 밝힌 예들도 많다. 신도비에 전액할 경우에는 대개 전액을 쓴 이의 이름을 밝혔다. 조선시대에 비문의 서자는 서예에 뛰어난 왕족이나 사대부 층과 전문 서예가 층이었다. 이유원(李裕元)은 우리나라 글씨는 반드시 김생(金生)을 근본으로 삼는데, 글씨가 미려하며 진체(晉體)에 가깝다고 하고, 조선시대 영조 때까지의 대표적인 서예가를 촉체(蜀體)와 진체(晉體)로 분류했다.[184] 이들은 대개 비문의 서자이기도 했다.

① 촉체: 박경(朴耕), 성석린(成石璘), 박팽년(朴彭年), 정난종(鄭蘭宗), 소세양(蘇世讓), 안평대군(安平大君), 강희안(姜希顔), 성수침(成守琛), 이제신(李濟臣), 성혼(成渾), 이우(李瑀), 김인후(金麟厚), 이산해(李山海), 김현성(金玄成), 장유(張維), 이홍주(李弘胄), 신익성(申翊聖), 윤순거(尹舜擧), 윤선거(尹宣擧), 김좌명(金佐明), 박태보(朴泰輔) 등

② 진체: 김구(金絿), 이황(李滉), 이해룡(李海龍), 양사언(楊士彦), 한호(韓濩), 윤근수(尹根壽), 허목(許穆), 윤문거(尹文擧), 윤신지(尹新之), 이정영(李正英), 조윤형(曺允亨) 등

182　옹수곤(翁樹崑, 1786~1815), 『해동금석원』에 「제사(題辭)」를 쓴 이혜길(李惠吉), 조선총독부의 『조선금석총람』 편찬을 주도한 가쓰라기 스에지(葛城末治)도 그 견해를 따랐다.

183　최영성, 「무장사 아비타불 조상비 연구」, 『무장사 아미타불 조상사적비 정비 연구보고서』, 경주시, 2009; 최영성, 「신라 무장사 비의 書者」에 관한 연구, 『신라 무장사비 국제학술회의 논문집』, 경주시, 2010.

184　李裕元, 『林下筆記』 卷30 春明逸史 '東國書體'.

서예사에서는 조선시대를 통틀어 안평대군, 자암(自菴)(김구), 봉래(양사언), 석봉(한호)을 4대가로 본다. 세종의 삼남인 안평대군 이용(李瑢)은 조맹부체(송설체)에 뛰어나서, 여러 문헌에서 거듭 칭송되었다. 안평대군은 비문도 많이 썼으리라 추정되지만 현존하는 것이 거의 없다. 세종의 「영릉신도비(英陵神道碑)」는 정인지가 글을 짓고 안평대군이 전액과 비문을 썼다. 1450년 지금의 서울시 서초구 내곡동에 영릉을 조성해서 1452년에 신도비를 세웠다. 그 후 1469년(예종 원년) 경기도 여주로 천장할 때 천장도감이 비를 그 자리에 묻었다. 1973년 발굴되어 현재 세종대왕기념관에 있다. 몇몇 글자만 확인된다. 경기도 수원시 영통구 이의동에 있는 심온 묘의 묘표(수원광교박물관 소장)도 안평대군이 썼다. 심온은 세종의 비인 소헌왕후의 부친으로, 청천부원군에 봉해졌고 영의정으로 배수되었다. 안평대군은 심온의 외손이다. 경기도 의왕시 내손동 능안마을[185] 뒤쪽 모락산(慕洛山)에 있는 임영대군묘 옆에 비석이 있는데, 이 비의 앞면에 새겨진 '조선국왕자임영대군정간공지묘(朝鮮國王子臨瀛大君貞間公之墓)' 14자는 안평대군의 글씨를 집자했다. 뒷면에는 '개국오백삼십삼년알봉곤돈병월일중건신좌(開國五百三十三年閼逢困敦丙月日重建辛坐)' 19자가 있다.[186]

정난종(鄭蘭宗, 1433~1489)[187]도 조맹부체로 유명했으나, 『금석집첩』에는 그의 글씨를 올린 비석 탁본이 2점밖에 없다.

- 047崑(교047崑:相臣三)「有明朝鮮國輸忠佐翼純誠明亮經濟弘化佐理功臣大匡輔國崇祿大夫議政府領議政兼領經筵藝文館弘文館觀象監事茂松府院君贈諡文憲尹公神道碑銘幷序」[尹子雲] 徐居正撰, 鄭蘭宗書, 男尹瀚等立石. [전액]贈諡文憲公神道碑

- 137化(교134化:蔭官)「僉樞尹公三山碑」[尹三山] 徐居正撰, 鄭蘭宗書. 成化二十二年丙午(成宗十七年:1486)六月▽日立. 追記:尹坡尹汝霖等監造, 禮曹佐郎金壽童書. [전액]贈鈴川府院君尹公碑 [해서비제]有明朝鮮國贈輔國崇祿大夫領中樞府事鈴川府院君行通政大夫僉

---

185 『槿城書畵徵』에는 果川으로 되어 있다.

186 높이 142.5cm, 너비 50cm, 두께 22cm로 조그마한 묘표이다. 석질은 근대에 많이 사용한 보령남포오석(保寧藍浦烏石)이다. 알봉곤돈(閼逢困敦)은 고육갑(古六甲)의 간지로 갑자년이며, 개국오백삼십삼년은 1924년이다. 본래 다른 비석이 있었으나 땅에 묻고 현재의 묘표를 세웠다고 하므로, 원래의 비는 안평대군의 글씨였을 가능성이 있다.

187 정난종의 신도비 「吏判翼惠鄭公蘭宗碑」는 『금석집첩』 065海(교055:正卿) 책에 탁본이 있다. 찬자와 서자는 "南袞撰, 姜澂書."라 밝혔고 건립 일자는 "嘉靖四年乙酉(中宗二十年:1525)八月▽日立石."이다. 전액은 「翼惠公神道碑銘」, 비제는 「有明朝鮮國純誠佐理功臣資憲大夫議政府右參贊兼同知經筵事東萊君贈諡翼惠鄭公神道碑銘幷序」이다.

知中樞府事尹公神道碑銘幷序

정치적 이유로 지탄 받은 임사홍(任士洪)도 성종, 연산군 때 서자로 존중되었다. 『금석집첩』에 임사홍 찬(撰), 서(書), 전액(篆額)의 묘비 탁본이 들어 있다. 비문을 짓고 글씨도 쓴 '찬병서(撰幷書)'와 비문을 짓고 전액도 쓴 '찬병 전액(撰幷篆額)' 등 다양하다. 「박중열신도비명」은 임사홍이 찬하고 글씨를 썼을 뿐 아니라 전액도 했다.

奉教撰書幷篆額 1종

- 009日(교007日:宗臣) 「有明朝鮮國純誠明亮經濟佐理功臣月山大君贈諡孝文公神道碑銘幷序」[李婷] 任士洪奉教撰書幷篆額. 弘治紀元二年己酉(成宗二十年:1489)秋八月▽日立石. [전액]月山大君碑銘

撰幷篆額 1종

- 009日(교007日:宗臣) 「有明朝鮮國永膺大君贈諡敬孝公神道碑銘幷序」[李琰] 任士洪撰幷篆額, 弘治十一年戊午(燕山君四年:1498)春三月壬寅朴耕書. [전액]永膺大君神道碑

撰幷書 1종

- 068淡(교067淡:正卿) 「兵判敬憲李公繼孫碑」[李繼孫] 任士洪撰幷書. 弘治四年(成宗二十二年辛亥:1491)三月▽日立. [전액]없음 [비음제]有明朝鮮國敬憲李公碑銘幷序

附:行狀 撰 1종

- 010月(교010月:大君/王子/宗室) 「有明朝鮮國輸忠保社靖難翊戴純誠明亮經濟佐理功臣密城君諡章孝公碑銘幷序」[李琛] 徐居正撰, 安琛書幷篆. 成化十六年庚子(成宗十一年:1480)四月十有一日立. 附:豐德郡夫人閔氏行狀(弘治十二年己未(燕山君五年:1499)三月▽日任士洪撰. [전액]章孝公神道碑銘

書幷篆額 3종

- 046出(교046出:國初相臣二) 「有明朝鮮國輸忠衛社協贊靖難同德佐翼功臣大匡輔國崇祿大夫議政府左議政領經筵事西原府院君贈諡襄節韓公神道碑銘幷序」[韓確] 魚世謙撰, 任士洪書幷篆額. 弘治八年(燕山君元年乙卯:1495)八月▽日建. [전액]襄節韓公神道碑銘

- 048崗(교048崗:相臣四) 「有明朝鮮國推忠定難翊戴純誠明亮佐理功臣大匡輔國崇祿大夫議政府領議政兼領經筵弘文館藝文館春秋館觀象監事宣城府院君贈諡文匡盧公神道碑幷序」[盧思愼] 洪貴達撰, 任士洪書幷篆. 弘治十三年庚申(燕山君六年:1500)五月▽日立石. [전액]文匡公神道碑銘

- 049劍(교049劍:相臣五)「有明朝鮮國大匡輔國崇祿大夫議政府右議政兼領經筵事監春秋館事鈐原府院君贈諡平靖公尹公墓碑銘」[尹壕] 魚世謙撰, 任士洪書幷篆額. 弘治九年丙辰(燕山君二年:1498) 十二月▽日立. [전액]右議政尹公碑銘
- 『금석집첩』 이외의 탁본:「有明朝鮮國精忠出氣布義敵愾保社定難翊戴純誠明亮佐理功臣崇政大大夫敦寧府事平陽君贈大匡輔國崇祿大夫議政府領議政諡昭襄朴公神道碑銘」[朴仲說] 折衝將軍行武衛大護軍任士洪撰書幷篆額. 弘治三年庚戌夏四月▽日立石.

　　중종 때의 문신 김희수(金希壽, 1475~1527)는 명필로 유명했다. 본관은 안동이다. 1507년(중종 2) 중종이 아무것도 쓰지 않은 병풍을 홍문관에 내리면서 잠계(箴戒)를 써서 들일 것을 명했다. 최숙생(崔淑生)과 성몽정(成夢井) 등이 구잠(九箴)을 지었는데, 김희수가 써서 올리자, 중종은 "내용과 글씨가 모두 훌륭하다." 하고 녹비와 현궁(弦弓)을 내려 시상했다.[188] 김희수의 글씨로 된 「계주문(戒酒文)」 등 3건과 그 아들 김로(金魯)의 글씨로 된 「동국송(東國頌)」 1건을 모각(摹刻)하여 탁본한 『이가서법(二家書法)』이 전한다. 1524년(중종 19)에 김희수는 선우추(鮮于樞)·김생 등의 진적(眞蹟)을 묘사하여 간행하기를 계청하기도 했다. 김희수는 심응(沈應, ?~1504)의 신도비를 세울 때 글씨를 썼다. 관함은 '통정대부 승정원도승지 겸 경연□□□□□□□□□□□□직제학 상서원정(通政大夫承政院都承旨兼▽經筵□□□□□□□□□□□直提學尙瑞院正)'이었다. 비제는 「유명조선국증순충보조공신자헌대부병조판서겸지□□□□□산군행□충□기적개공신□의대부□산군시양호공심공신도비명병서(有明朝鮮國贈純忠輔祚功臣資憲大夫兵曹判書兼知□□□□□山君行□忠□氣敵愾功臣□義大夫□山君諡襄胡公沈公神道碑銘幷序)」이다. 남곤이 비문을 찬술하여, '대광보국숭록대부 의정부영의정 겸 영경연홍문관예문관춘추관관상감사 세자사 남곤 찬(大匡輔國崇祿大夫議政府領議政兼領▽經筵弘文館藝文館春秋館觀象監事▽世子師南▽袞撰)'이라 밝혔다.

　　조선 선조 때 석봉 한호는 조맹부체를 대체하는 독특한 서체를 만들어냈다. 조맹부는 우리나라의 서화와 활자체에 영향을 끼쳤지만 한호는 조맹부가 아니라 왕희지를 배웠다고 한다. 이정귀에 따르면, 한호는 세자 시절의 광해군에게 '서예'로 총애를 입

---

188 『中宗實錄』 卷2, 중종 2년(정묘, 1507) 1월 16일(경인); 『國朝寶鑑』 卷18, 중종조 1, 중종 2년(정묘, 1507).

었다.[189] 한호는 많은 비석의 전본(鐫本)을 썼고, 그 글씨는 집자(集字)되어 입각(入刻)되기도 했다.

또한 선조와 광해군 때 김현성(金玄成, 1542~1621)도 명필로 꼽혔다. 본관은 김해, 호는 남창(南窓)이다. 봉상시주부, 양주목사, 동지돈령부사 등을 역임했다. 조정에서 명나라 양호(楊鎬)의 거사비를 모화관 서쪽 사현(沙峴)에 세우려 했을 때, 김현성이 전본(鐫本)의 글씨를 썼다. 광해군 때는 신문 밖에 큰 비를 다시 세웠는데, 이때는 이정귀가 비문을 짓고 한호가 글씨를 썼다. 그런데 『일월록(日月錄)』에 따르면, 사현의 작은 비는 이해룡(李海龍)이 쓰고, 신문 밖의 비는 김현성이 썼다고 한다. 양호 공덕비를 세울 때 당시의 명필로 한호, 김현성, 이해룡이 동원되었으리란 것을 짐작할 수 있다.

정사호(鄭賜湖, 1553~?)는 「연성대첩비」의 서사자이다. 본관은 광주이고, 자는 몽여(夢輿), 호는 화곡(禾谷)이며, 장령 정이주(鄭以周)의 아들이다. 1573년(선조 6) 사마시에 합격하고, 1577년 별시 문과에 병과로 급제했다. 1607년 황해도관찰사가 되었으나 정철(鄭澈)의 아들 정종명(鄭宗溟)을 안성군수로 삼은 책임을 지고 파직되었다. 광해군이 즉위하자 병조참판에 복직되고, 이조참판에 올라 동지춘추관사가 되어 『선조실록』 편찬에 참여했다. 1612년 평안도관찰사가 되었으나 김직재 무옥에 연루되어 파직되었다가 이듬해 경기도관찰사·형조판서 등을 지냈다. 정인홍·이이첨 등을 탄핵했다. 시호는 충민(忠敏)이다.

선조의 부마였던 동양위 신익성(申翊聖, 1588~1644)은 서법에서 명성이 높았을 뿐아니라 전서에도 뛰어났다. 신익성 자신이 문장가였으므로 비문을 찬술한 것도 많다. 『금석집첩』에 수록된 신익성 찬술 비문의 탁본을 열거하면 다음과 같다. 이 가운데 131在 책에 들어 있는 송대립(宋大立)의 비갈「지평송공대립갈(持平宋公大立碣)」은 '찬병서(撰幷書)'로 신익성이 글을 짓고 글씨도 썼다. 227惡 책의 송광사의 개창비(「전주송광사개창비(全州松廣寺開創碑)」)는 '찬병전(撰幷篆)'으로 신익성이 글을 짓고 전액을 썼다.

- 079人(교078人:正卿)「吏曹判書李公顯英墓碑」[李顯英] 門人申翊聖撰, 吳竣書, 呂爾徵篆. 崇禎甲申(仁祖二十二年:1644)二月 立. [전액]贈議政府領議政謚忠貞李公神道碑銘 [비음

---

189 李廷龜, 「贈韓景洪濩」 小序, 『月沙集』 卷10 東槎錄下. "韓石峯隨我西來. 辭朝時, 東宮特賜柚子石榴. 蓋以書藝受知, 玆其示渥也. 東皐崔公, 有文以侈其榮. 余爲長句."

제]有明朝鮮國贈大匡輔國崇祿大夫議政府領議政兼領經筵弘文館藝文館春秋館觀象監事世子師行資憲大夫吏曹判書兼知經筵義禁府春秋館事世子右賓客藝文館提學同知成均館事五衛都摠府都摠管李忠貞公神道碑銘幷序

- 106朝(교105朝:文堂上)「左承旨李公德溫墓碣銘」[李德溫] 申翊聖撰, 洪益亨書. 追記: 崇禎丁丑後二十七年癸卯(顯宗四年:1663)十一月▽日男李愼徵追記. [전액]없음 [해서비제]通政大夫承政院右副承旨李公德溫之墓 淑夫人順天朴氏祔 [비음제]有明朝鮮國通政大夫承政院右副承旨兼經筵參贊官春秋館修撰官李公碣銘幷叙

- 107間(교106間:文堂上)「永興府使李公壽俊表」[李壽俊] 外甥申翊聖撰, 朴瀰書, 男李碩基篆. 崇禎四年(仁祖九年辛未:1631)五月▽日立. [전액]없음 [해서비제]贈大匡輔國崇祿大夫議政府領議政兼領經筵弘文館藝文館春秋館觀象監事世子師通政大夫行永興大都護府使永興鎭兵馬僉節制使李公壽俊之墓 贈貞敬夫人安東權氏(在公墓後之右) 贈貞敬夫人陽川許氏(在公墓後之左) 貞敬夫人陽川許氏(祔公墓之左)

- 107間(교106間:文堂上)「永興府使李公壽俊表」[李壽俊] 外甥申翊聖撰, 通家生朴瀰書, 男李碩基篆. 崇禎四年(仁祖九年辛未: 1631)五月▽日立. [전액]忠貞李公墓表 [해서]有明朝鮮國贈大匡輔國崇祿大夫議政府領議政兼領經筵弘文館藝文館春秋館觀象監事世子師通政大夫行永興大都護府使李公墓表

- 126賓(교123賓:駙馬)「礪城尉宋公碑」[宋寅] 申翊聖撰, 吳竣書, 金光炫篆. 崇禎十七年甲申(仁祖二十二年:1644)三月▽日曾孫宋熙業立. [전액]礪城尉文端公頤庵宋公神道碑銘 [해서비음제]有明朝鮮國奉憲大夫礪城君兼五衛都摠府都摠管贈諡文端宋公神道碑銘幷序

- 131在(교128在:名蔭)「持平宋公大立碣」[宋大立] 申翊聖撰幷書. 崇禎紀元戊辰後六十二年己巳(肅宗十五年:1689)四月▽日立. [전액]없음 [비음제]有明朝鮮國朝奉大夫白川郡守宋公墓碣銘幷叙

- 225禍(교213禍:釋寺)「深源寺霽月堂敬軒碑」[釋敬軒] 東陽尉申翊聖撰, 義昌君李珖書幷篆. 崇禎九年(仁祖十四年丙子:1636)八月▽日立碑, 雪玄. [전액]霽月堂大師碑銘 [해서비제]有明朝鮮國虛閑居士敬軒大師碑銘幷序

- 227惡(교215惡:釋寺)「全州松廣寺開創碑」[松廣寺] 東陽尉申翊聖撰幷篆, 義昌君李珖書. 崇禎丙子(仁祖十四年:1636)淸明. [전액]全州府松廣寺開創之碑 [해서비제]有明朝鮮國全羅道全州府松廣寺開創碑銘幷序

『금석집첩』 탁본 가운데 신익성이 전본(鎸本)을 쓰거나 전액한 예를 살펴보면 다음과 같다.

• 008荒(교008荒:嬪/王子君/大君/宗室/金監察/金貴人)「有明朝鮮國仁嬪金氏神道碑銘幷
序」[仁嬪金氏] 李玒奉教書, 申翊聖奉教篆, 張維奉教撰. 崇禎九年丙子(仁祖十四年:1636)
十一月▽日立. [전액]仁嬪金氏神道碑銘

• 009日(교009日:宗臣)「有明朝鮮國永昌大君贈諡昭愍公神道碑銘幷序」[李㼁] 申欽奉教撰
申翊聖奉教書, 金尙容奉教篆. 天啓五年(仁祖三年乙丑:1625)三月▽日立. [전액]永昌大君
昭愍公神道碑銘

• 025閏(교025閏:先賢)「有明朝鮮國崇祿大夫議政府右贊成兼知經筵春秋館成均館事弘文
館大提學藝文館大提學贈大匡輔國崇祿大夫議政府領議政兼領經筵弘文館藝文館春秋館
觀象監事世子師諡文成公栗谷李先生神道碑銘幷序」[李珥] 李恒福撰, 金尙容篆, 申翊聖書.
崇禎四年(仁祖九年辛未:1631)四月▽日立. [전액]文成公栗谷李先生神道碑銘

• 028歲(교028歲:先賢/學逸)「有明朝鮮國朝散大夫行工曹正郎峒隱先生李公墓碣銘幷序」
[李義健] 申欽撰, 申翊聖書, 金光炫篆. 崇禎九年(仁祖十四年丙子:1636)十一月▽日. [전액]
峒隱先生李公墓碣

• 030呂(교030呂:先賢)「有明朝鮮國贈資憲大夫吏曹判書行嘉義大夫刑曹參判沙溪金先生
神道碑銘幷序」[金長生] 張維撰, 申翊聖書, 金光炫篆. 崇禎七年甲戌(仁祖十二年:1634)八
月▽日立. [전액]沙溪金先生之神道碑銘

• 035致(교035致:學問/文臣)「有明朝鮮國贈大匡輔國崇祿大夫議政府右議政兼領經筵事監
春秋館事崇政大夫行議政府左參贊兼同知經筵春秋館事世子副賓客成均館大司成贈諡文
肅鄭公神道碑銘幷序」[鄭曄] 李廷龜撰, 申翊聖書, 金光炫篆. 皇明崇禎十年丁丑(仁祖十五
年:1637)二月▽日立. [전액]贈議政府右議政諡文肅鄭公神道碑銘

• 036雨(교036雨:學問)「有明朝鮮國沙溪居士唐城房公墓碣銘幷序」[房應賢] 李廷龜譔, 金尙
容篆, 申翊聖書, 李潚額. 崇禎紀元後七十八年乙酉(肅宗三十一年:1705)十月▽日刊立. [해
서비제] 沙溪居士唐城房公之墓 孺人海州吳氏之墓 [전액]沙溪房公墓碣銘

• 042生(교042生:節義)「忠臣通政大夫敦寧府都正沈誢之墓 烈婦淑夫人礪山宋氏祔左」[沈
誢] 申翊聖撰, 韓汝溟書. 崇禎十一年(仁祖十六年戊寅:1638)五月▽日立. [앞면 해서비제]

• 070潛(교069潛:正卿)「吏曹判書申公鎬墓碑」[申鎬] 申欽撰, 金尙容篆, 申翊聖書. 崇禎元
年戊辰(仁祖六年:1628)五月▽日. [전액]贈左贊成文節申公神道碑銘 [비음제]有明朝鮮國
行贈崇政大夫議政府左贊成兼判義禁府事知經筵春秋館事世子貳師資憲大夫吏曹判書兼
知經筵同知春秋館成均館事贈諡文節申公神道碑銘幷序

• 073龍(교072龍:正卿)「禮曹判書李公好閔神道碑銘幷序」[李好閔] 李明漢撰, 申翊聖篆, 金
柱宇書. 崇禎八年(仁祖十三年乙亥:1635)三月▽日立. [전액]延陵府院君贈諡文僖李公神

道碑 [비음제]有明朝鮮國忠勤貞亮效節恊策扈聖功臣輔國崇祿大夫延陵府院君兼判義禁府
事禮曹判書弘文館大提學藝文館大提學知經筵春秋館成均館事五衛都摠府都摠管贈諡文
康李公神道碑銘幷序

- 075火(교074火:正卿)「禮曹判書金公添慶墓碑」[金添慶] 李廷龜撰, 申翊聖書幷篆, 皇明崇
  禎八年(仁祖十三年乙亥:1635)歲舍乙亥八月▽日建. [전액]大宗伯金公神道碑銘 [해서비
  제]有明朝鮮國資憲大夫禮曹判書兼知義禁府事同知經筵春秋館事金公神道碑銘幷序

- 077鳥(교076鳥:正卿)「知中樞尹公昕墓表」[尹昕] 洪瑞鳳撰, 申翊聖書. 崇禎十三年(仁祖
  十八年庚辰:1640)二月▽日. [전액]없음 [해서비제]資憲大夫知中樞府事尹公昕之墓 贈貞
  夫人全州李氏之墓

- 098民(교097民:亞卿)「工曹參判沈公命世墓碑」[沈命世] 張維撰, 申翊聖書幷篆. 皇明崇禎
  七年(仁祖十二年甲戌:1634)十月▽日立. [전액]青雲君贈左贊成沈公神道碑 [해서비음제]
  有明朝鮮國奮忠贊謨立紀明倫靖社功臣贈資憲大夫議政府左參贊知義禁府事五衛都摠府
  都摠管行嘉義大夫工曹參判兼五衛都摠府都摠管青雲君沈公神道碑銘幷序

- 104湯(교103湯:文堂上)「監司安公宗道碑」[安宗道] 孫順陽君安夢尹竪石. 李睟光撰, 申翊
  聖書, 金尙容篆. 崇禎四年辛未(仁祖九年:1631)八月▽日立. [전액]觀察使安公墓碣銘 [비
  음제]有明朝鮮國通政大夫守忠清道觀察使兼兵馬水軍節度使安公墓碑銘幷序

- 108道(교107道:文堂上)「左承旨姜公緒表」[姜緒] 鄭經世撰, 申翊聖書. 崇禎四年辛未(仁祖
  九年:1631)三月▽日立. [전액]없음 [해서비제]贈議政府領議政行通政大夫承政院左承旨兼
  經筵參贊官春秋館修撰官姜公之墓 贈貞敬夫人丹陽禹氏祔

- 116首(교114首:文堂下)「舍人趙公廷機碣」[趙廷機] 金尙憲撰, 申翊聖書, 金尙容篆. 崇禎六
  年(仁祖十一年癸酉:1633)五月▽日. [전액]議政府舍人趙公墓碣 [비음제]有明朝鮮國朝散
  大夫守議政府舍人知製教兼春秋館編修官趙公墓碣銘幷序

- 116首(교114首:文堂下)「兵曹佐郎朴公孝男表 贈貞夫人鄭氏祔 贈貞夫人金氏祔」[朴孝男]
  金塗撰, 申翊聖書. 辛巳(仁祖十九年:1641)八月▽日. [전액]없음 [해서비제]贈嘉善大夫吏
  曹參判行通訓大夫兵曹佐郎朴公孝男之墓 贈貞夫人延日鄭氏祔 贈貞夫人慶州金氏祔

- 131在(교128在:名蔭)「持平宋公大立碣」[宋大立] 申翊聖撰幷書. 崇禎紀元戊辰後六十二年
  己巳(肅宗十五年:1689)四月▽日立. [전액]없음 [비음제]有明朝鮮國朝奉大夫白川郡守宋
  公墓碣銘幷叙

- 136場(교133場:蔭官)「德川郡守李公碩明碣」(無篆)[李碩明] 金尙憲撰, 申翊聖書. 崇禎四
  年辛未(仁祖九年:1631)▽月. [전액]없음 [비음제]有明朝鮮國贈通政大夫承政院左承旨兼
  經筵參贊官行通訓大夫德川郡守李公墓碣銘幷序

- 136場(교133場:蔭官)「開城都事申公承緖表」[申承緖] 男申欽記, 孫申翊聖書. 萬曆四十二
  年(光海君六年甲寅:1614)九月▽日. [전액]없음 [해서비제]없음

- 138被(교135被:儒士)「玉果縣監沈公悏碑」[沈悏 靑松府院君] 尹昉撰, 申翊聖書幷篆. 崇禎
  七年甲戌(仁祖十二年:1634)十月▽日. [전액]贈領議政沈公墓碣銘 [해서비음제]有明朝鮮
  國贈純忠積德秉義補祚功臣大匡輔國崇祿大夫議政府領議政兼領經筵觀象監事靑川府院
  君行通訓大夫玉果縣監南原鎭管兵馬節制都尉沈公墓碑銘

- 138被(교135被:儒士)「夫人具氏表」[沈悏夫人具氏(具思孟女)] 金尙憲撰, 申翊聖書. 崇禎
  三年庚午(仁祖八年:1630)十一月▽日. 追記: 崇禎丙子十二月乙酉祔. 碑陰刻: 申翊聖記幷
  書篆. [전액]贈貞敬夫人具氏墓表 [해서비제]有明朝鮮國贈貞敬夫人具氏墓表

- 159毁(교155毁:關西人)「韓正禹臣碣」[韓禹臣] 金起宗撰, 申翊聖書. 崇禎五年(仁祖十年壬
  申:1632)正月▽日. [전액]없음 [해서비제]有明朝鮮國通訓大夫內資寺正韓公墓碣銘幷序

- 162慕(교158慕:盧玉溪世/康舟川世德/李懿簡世德)「文孝公玉溪盧公碑」[盧禛] 李廷龜撰,
  申翊聖書, 金尙容篆. 崇禎四年辛未(仁祖九年:1631)十月▽日. [전액]文孝公玉溪盧先生神
  道碑銘 [해서비제]有明朝鮮國資憲大夫吏曹判書兼同知經筵春秋館事藝文館提學贈諡文孝
  公玉溪盧先生神道碑銘幷序

- 163貞(교159貞:廣平大君以下子孫德)「鳳山郡守李公碣」[李郁] 申欽撰, 金尙容篆, 申翊聖
  書. 崇禎六年癸酉(仁祖十一年:1633)▽月▽日. [전액]贈判書完山君李公墓碑銘 [해서비제]
  有明朝鮮國贈純忠補祚功臣資憲大夫戶曹判書兼知義禁府事五衛都摠府都摠管完山君行
  通訓大夫鳳山郡守黃州鎭管兵馬同僉節制使李公墓碑銘幷序

- 165男(교160男:淸江三代)「淸江李公墓碑」[李濟臣] 女婿申欽撰, 外孫申翊聖書, 孫李碩基
  篆. 天啓四年甲子(仁祖二年:1624)十月▽日. [전액]贈領議政淸江李公神道碑銘 [해서비제]
  有明朝鮮國贈大匡輔國崇祿大夫議政府領議政兼領經筵弘文館藝文館春秋館觀象監事世
  子師嘉善大夫咸鏡北道兵馬節度使兼鏡城都護府使淸江李公神道碑銘幷序

- 215表(교206表:嬪公/翁主/駙馬/婦人)「貞淑翁主墓表」[貞淑翁主 宣祖女] 申翊聖撰書幷
  篆. 崇禎元年(仁祖六年戊辰:1628)六月▽日. [해서비제]有明朝鮮國貞淑翁主之墓 [전액]貞
  淑翁主墓表

- 222堂(교211堂:釋寺)「淸虛堂休靜大師碑」[釋休靜] 李廷龜撰, 申翊聖書幷篆. 皇明崇禎五
  年(仁祖十年壬申:1632)三月十日, 彦機·雙仡立. [전액]賜國一都大禪師淸虛堂碑銘 [해서
  비제]有明朝鮮國賜國一都大禪師禪敎都摠攝扶宗樹敎普濟登階尊者西山淸虛堂休靜大師
  碣銘幷序

- 223習(교218千字文不明:釋寺)「妙香山淸虛堂休靜師碑」[釋休靜] 領議政李廷龜撰, 東陽尉

申翊聖書(해서)并篆. 崇禎紀元後八十四年辛卯(肅宗三十七年:1711)九月▽日改立. 平海人黃自顯模刊. [전액]淸虛堂碑銘 [해서비제]有明朝鮮國賜國一都大禪師禪敎都摠攝扶宗樹敎普濟登階尊者西山淸虛堂休靜師碑銘并序

- 227惡(교215惡:釋寺)「全州松廣寺開創碑」[松廣寺] 東陽尉申翊聖撰并篆, 義昌君李珖書. 崇禎丙子(仁祖十四年:1636)淸明. [전액]全州府松廣寺開創之碑 [해서비제]有明朝鮮國全羅道全州府松廣寺開創碑銘并序

인조, 효종, 현종 때 국가에서 제작하는 금석의 글씨는 오준(吳竣, 1587~1666)이 전본(鐫本)을 쓴 것이 많다. 오준이 「삼전도비」의 글씨를 쓴 사실은 널리 알려져 있다. 오준은 1642년(인조 20) 일본 에도 막부의 요구로 조선이 만들어 보낸 닛코산(日光山) 동조궁(東照宮) 동종의 명문 글씨도 썼다. 일본 에도 막부는 닛코(日光)의 도쿠가와 이에야스의 권현당 곁에 사당을 건립하고 왜차 다이라 유키나리(平幸成)를 보내 편액과 시문을 청하고 동종과 서명(序銘)을 구했다. 인조는 종을 주조하고, 그 명문을 새기게 했는데, 이명한(李明漢)에게 서(序)를 짓게 하고 이식(李植)에게 명(銘)을 짓게 했다. 다만 현재 닛코에 있는 동종에는 서와 명을 모두 이식이 지었다고 밝혀져 있다. 오준이 전본(鐫本)을 썼다.[190]

17세기에는 한구(韓構, 1636~1715)와 김시걸(金時傑, 1653~1701)이 글씨로 유명했다. 한구의 글씨는 동활자의 자본(字本)이 되기까지 했다고 전한다.[191] 그러나 『금석집첩』 현전본에는 김시걸이나 한구의 글씨를 전본으로 삼은 비문의 탁본이 한 점도 없다.

17세기 말~18세기 초에 윤덕준(尹德駿, 1658~1717)은 서법에 뛰어나, 사대부들 사이에 윤덕준의 '금석지각(金石之刻)'이 유행했다. 윤덕준의 본관은 남원, 자는 방서(邦

---

190 동조궁은 도쿠가와 이에야스(德川家康)를 신격화한 도쇼다이곤겐(東照大權現)을 모시는 신사이다. 에도 막부는 조선 조정에 닛코산 동조궁에 동종을 기진(寄進)할 것을 요청하여, 조선 조정에서는 대응책을 마련하느라 부심했다. 또한 에도 막부가 통신사에게 닛코의 동조궁에 참배하기를 집요하게 요청하자, 조선에서는 절목(節目)을 마련하고 제문(祭文)을 준비하여 동조궁을 참배하기에 이르렀다. 심경호, 「일본 일광산(동조궁) 동종과 조선의 문장」, 『어문논집』 65, 민족어문학회, 2012, pp.315~347.

191 한구의 글씨를 자본으로 하는 활자를 한구자 활자라고 한다. 숙종 때 김석주(金錫胄)가 만든 동활자이다. 다만 한구의 글씨가 아니라 그 윗대의 글씨를 자본으로 했다는 설이 있다. 이에 대해서는 추후 연구가 필요하다. 김석주는 조부 김육(金堉), 외조 신익성(申翊聖), 외숙 신최(申最)의 문집을 1682년부터 1684년 사이에 이 활자로 간행했다. 김석주가 죽은 뒤 1695년(숙종 21) 3월 호조에서 그 활자를 구입하여 교서관에 보관해 왔다. 1782년(정조 6) 평안도관찰사 서호수(徐浩修)가 이른바 한구자 글씨를 자본으로 다시 8만여 자의 활자를 만들었다.

瑞), 호는 일암(逸庵)이다. 1679년(숙종 5) 정시 문과에 을과로 급제했으며, 1701년 대사간으로서 민언량(閔彥良) 옥사에 관련된 장희재(張希載)의 죄를 다스렸다. 예조판서, 공조판서 겸 종부시제조, 판의금부사 등을 역임했고, 시호는 효정(孝靖)이다.[192] 『금석집첩』에는 윤덕준이 전액을 올린 비석의 탁본이 여럿 있다. 112章(교100) 책의 박원도(朴元度)의 묘갈(「우승지박공원도묘갈(右承旨朴公元度墓碣)」)은 '서병전(書幷篆)'이다.

- 027成(교027成:先賢碑碣/書院碑)「忠賢書院事蹟碑銘幷序」[忠賢書院] 崔奎瑞撰, 趙相愚書, 尹德駿篆. 崇禎再壬辰(肅宗三十八年:1712)十月▽日立. [전액]忠賢書院事蹟碑銘

- 039爲(교039爲:死節)「有明朝鮮國贈大匡輔國崇祿大夫議政府領議政兼領經筵弘文館藝文館春秋館觀象監事世子師行嘉善大夫平安道觀察使兼兵馬水軍節度使平壤府尹巡察使南寧君贈諡忠烈洪公神道碑銘幷序」[洪命耈] 金尙憲撰, 金壽增書, 尹德駿篆. 追記(楷書): 金昌協記, 孫洪得禹書. 崇禎甲申後五十七年庚辰(肅宗二十六年:1700)八月▽日建. [전액]贈領議政諡忠烈南寧君洪公神道碑銘

- 082制(교081制:正卿)「吏曹判書尹公絳碑」[尹絳] 宋時烈撰, 尹趾仁書, 尹德駿篆. 追記: 右文成於崇禎庚申年間而未及竪石 … 崇禎紀元後八十二年己丑(肅宗三十五年:1709)▽月▽日立. [전액]贈領議政行吏曹判書尹公神道碑銘 [비음제]有明朝鮮國贈大匡輔國崇祿大夫議政府領議政兼領經筵弘文館藝文館春秋館觀象監事世子師行崇祿大夫吏曹判書兼判義禁府事知經筵五衛都摠府都摠管尹公神道碑銘幷序

- 100罪(교099罪:亞卿)「望柱所刻挽詞別章」(篆書行書)[兪橚] 挽詩送行辭等 ① 南龍翼撰 金昔沢篆 ② 金壽恒撰 金昌國篆 ③ 李景奭撰 李邦彥篆 ④ 李翻撰 李徵夏篆 ⑤ 洪杜元撰 尹德駿篆 ⑥ 李蕙撰 男兪命健篆 ⑦ 李廷夏撰 孫兪拓基篆 ⑧ 李端夏撰 金濟謙篆 ⑨ 洪命夏撰 吳泰周書 ⑩ 金堉撰 趙相愚書 ⑪ 蔡裕後撰 李縡書 ⑫ 曹漢英撰 申鉦書 ⑬ 李明漢撰 李健命書 ⑭ 金益熙撰 金鎭圭書 ⑮ 兪棨撰 權尙夏書 ⑯ 趙錫胤撰 金昌翕書 [전액](篆書行書隸書)

- 101周(교100周:亞卿)「吏曹參判宋公光淵碑」[宋光淵] 崔錫鼎撰, 婦姪李眞儉書, 尹德駿篆. 崇禎甲申後七十年(肅宗三十九年癸巳:1713)▽月▽日立. 乙卯(英祖十一年:1735)移葬. [전액]吏曹參判宋公神道碑銘 [비음제]有明朝鮮國嘉善大夫吏曹參判兼同知成均館事宋公神道銘幷序

- 109垂(교108垂:文堂上)「工曹參議尹公民獻碣」[尹民獻] "右錄乃泰昌庚申年間王考自

192 洪良浩,「吏曹判書逸菴尹公諡狀」,『耳溪集』卷37.

銘者也." 孫尹趾完附識. 孫尹趾仁書, 尹德駿篆. 崇禎紀元後八十二年己丑(肅宗三十五年:1709)▽月▽日立. [전액]贈左贊成行工曹參議尹公墓碣銘 [비음제]有明朝鮮國贈崇祿大夫議政府左贊成兼判義禁府事知經筵春秋館成均館事弘文館大提學藝文館大提學五衛都摠府都摠管行通政大夫工曹參議尹公墓碣銘

- 112章(교111章:文堂上/蔭參議同入)「右承旨朴公元度墓碣」[朴元度] 崔錫鼎撰, 尹德駿書幷篆. 崇禎後再甲午(肅宗四十年:1714)十月立. [전액]右承旨朴公墓碣銘 [비음제]朝鮮通政大夫承政院右承旨兼經筵參贊官春秋館修撰官朴公墓碣銘幷序

- 134駒(교131駒:名蔭/儒)「同樞西巖李公震白墓碣」[李震白] 南九萬撰, 尹德駿篆, 男李沈書. 崇禎紀元後戊子(仁祖二十六年:1648)七月二十日立. [전액]同知中樞府事李公墓碣銘

- 146此(교143此:武臣)「昌興君成公夏宗碑」[成夏宗] 宋時烈撰, 李光佐書, 尹德駿篆. 崇禎紀元後再戊戌(肅宗四十四年:1718)鐫. [전액]贈兵曹判書昌興君成公神道碑銘 [해서비제]有明朝鮮國贈資憲大夫兵曹判書兼知義禁府事行嘉善大夫咸鏡北道兵馬水軍節度使兼鏡城都護府使昌興君成公神道碑銘幷序

- 147身(교144身:武將)「李汝發神道碑銘幷序」[李汝發] 朴世堂撰, 柳尙運書, 尹德駿篆. 崇禎甲申後五十八年辛巳(肅宗二十七年:1701)八月▽日立. 後二年癸未五月移葬于同府鳥洞之雲谷去舊山三里許. [전액]知中樞韓興君李貞益公神道碑銘 [해서비제]有明朝鮮國資憲大夫知中樞府事兼五衛都摠府都摠管韓興君贈諡貞翼李公神道碑銘幷序

- 147身(교144身:武將)「羅弘佐神道碑銘幷序」[羅弘佐] 崔錫鼎撰, 趙相愚書, 尹德駿篆. 崇禎甲申後六十九年壬辰(肅宗三十八年:1712)七月▽日立. [전액]左尹羅公神道碑銘 [해서비제]有明朝鮮國嘉義大夫漢城府左尹兼五衛都摠府副摠管御營大將羅公神道碑銘幷序

- 162慕(교158慕:盧玉溪世/康舟川世德/李懿簡世德)「禮判懿簡李公碑」[李增] 鄭斗卿撰, 外五代孫李震休書, 外五代孫尹德駿篆. 追錄: 玄孫李溗識. [전액]禮曹判書鵝川公贈領議政諡懿簡李公神道碑銘 [해서비제]有明朝鮮國贈大匡輔國崇祿大夫議政府領議政兼領經筵弘文館藝文館春秋館觀象監事世子師鵝川府院君諡懿簡公行推忠奮義平難功臣正憲大夫禮曹判書兼知義禁府事五衛都摠府都摠管鵝川君李公神道碑銘幷序

- 211名(교202名:勳武/戰功/天朝碑)「北關大捷碑」[北關大捷碑] 崔昌大撰, 李命弼書, 尹德駿篆. 崇禎甲申後六十五年(肅宗三十四年戊子:1707)十月▽日立. [전액]北關大捷碑 [해서비제]有明朝鮮國咸境道壬辰義兵大捷碑

18~19세기에는 걸출한 서예가들이 많은 전본(鐫本)을 썼다. 서지수(徐志修, 1714~1768)의 본관은 달성, 자는 일지(一之), 호는 송옹(松翁)·졸옹(拙翁)이다. 양관 제학과

대사헌, 이조판서 등 청요직을 지냈다. 시호는 문청(文淸)이다. 영유(永柔)의 「제갈량 묘악비문천상추배기사비(諸葛亮廟岳飛文天祥追配紀事碑)」와 양주(楊州)의 「풍덕부사 서명무갈(豊德府使徐命茂碣)」을 썼다. 『금석집첩』에는 「제갈량묘악비문천상추배기사 비」 탁본만 있다.

- 174能(교153:廟閭/井壚/書院/旌閭)「永柔岳文二公追配碑」[岳武穆王] 南有容奉教撰, 徐志 修奉教書, 洪鳳漢奉教篆. 崇禎紀元後三乙亥(英祖三十一年:1755)四月▽日, 李台重奉教 立石. [전액] 宋岳武穆王父忠烈公追配碑 [해서비제]漢丞相諸葛忠武侯廟宋少保岳武穆王 丞相文忠烈公追配紀事碑銘幷序

류이복(柳以復, 1724~1789)은 본관이 전주로, 자는 천심(天心), 호는 신암(愼菴)이다. 곡산 출신으로, 정조 때 학행으로 천거되었다. 류이복의 글씨를 새긴 비석의 탁본이 『금석집첩』에 1점 있다.

- 101周(교100周:亞卿)「工曹參判李公慣表」[李慣] 李畬撰, 柳以復書. 崇禎紀元後七十三 [七十四]年辛巳(英祖三十七年:1761)立. [전액]없음 [예서비제]有明朝鮮嘉善大夫工曹參判 李公諱慣之墓

소북의 문인 강세황(姜世晃, 1713~1791)은 회화와 서예에서 모두 명성을 떨쳤다. 그 가 서사한 비문의 탁본이 현재 여럿 전하지만, 그의 생존 시기에 『금석집첩』이 편찬되 기 시작해서인지, 『금석집첩』에는 강세황의 글씨를 올린 비석의 탁본이 들어 있지 않 다. 한편 강세황의 『표암고(豹菴稿)』에는 쌍천(雙川) 손석휘(孫錫輝)의 글씨에 대해 평 한 글이 37편 있다. 강세황의 사후 아들 강빈(姜儐, 1745~1803)이 부친의 시문을 정리 할 때 신의측(申矣測)이 손석휘의 글씨에 대한 부친의 평어들을 깨끗하게 베껴 가져왔 으므로, 그것들을 문집에 싣게 되었다고 한다.[193] 손석휘는 안평대군 서첩을 임서하기

---

193 신의측은 남인의 이용휴(李用休, 1708~1782)와 소론의 신대우(申大羽)와 교분이 있었다. 이용휴가 신의측에게 '참된 나를 찾는 방법'과 관련하여 「환아잠(還我箴)」을 써준 것은 유명하다. 정우봉, 「이 용휴 문학론의 일고찰: 그의 양명학적 사고와 관련하여」, 『한국한문학연구』 9, 한국한문학회, 1987, pp.227-241. 손석휘 역시 남인, 북인, 소론의 문인들과 두루 교유한 듯하다.

도 했다.[194] 손석휘는 외조부 장순겸(張順謙, 1653~1722)을 위해 이성중(李聖中)이 찬한 「연안장공순겸개성이씨합묘(延安張公順謙開城李氏合墓)」의 묘표를 썼다. 장순겸의 4 녀 가운데 셋째가 밀양손씨 가선대부 손진걸(孫振傑)에게 시집갔으며, 그가 4남 1녀를 두었는데, 그 장남이 손석휘였다. 비석은 1779년(정조 3) 10월 건립되었다. 당시 손석 휘는 관함이 '어모장군 전 행 훈련판관(禦侮將軍前行訓鍊判官)'이었다. 장순겸의 묘표 글씨는 구양순 해서체에 가깝다. 손석휘는 외조부 묘표를 세울 때 자신이 글씨를 쓴 사실을 기록해 남겼다. 앞으로 그가 전본(鐫本)을 제작한 비석이나 비문 탁본이 속속 발견될 것이라고 생각된다. 한편 장순겸의 묘표 비문을 찬한 이성중은 자가 사집(士 執), 호는 장와(壯窩)로, 초시에만 10번 합격했다. 처음 호는 죽와(竹窩)였는데, 노년에 영조 앞에서 강의(講義)할 때 기가 장하다고 칭찬을 들었으므로 실호를 장와로 바꾸었 다고 한다.[195] 이성중이 지은 또 다른 비지문으로는 박세걸(朴世傑)의 묘표가 전한다. 여항 문인이었던 이성중은 여항인이나 무신의 비문을 여럿 지었을 듯하다.

18세기의 비지문 서법과 관련하여 이규상(李奎象, 1727~1799)은 『병세재언록(幷世 才彦錄)』에서 다음 사실들을 증언했다.[196]

① 18세기 초 노론 사대부 집안에서는 이재(李縡) 찬술 비지문을 김진상(金鎭商, 1684~1755)의 글씨로 쓴 것을 비판(碑板)으로 많이 사용했다.

② 시직(侍直) 김치만(金致萬, 1697~미상)은 금석문자에 뛰어났다.

③ 18세기 중엽에 소론의 비석이나 판액은 조명채(曺命采, 1700~1764)의 글씨를 많이 사용 했다.

④ 18세기에 여항인들은 비변사 서리 엄한붕(嚴漢朋)에게 비갈의 글씨를 청했다.

⑤ 김상숙(金相肅, 1717~1755)은 비를 쓸 때 여러 체로 썼다. 종요(鍾繇)체, 왕희지체, 안진 경체, 유공권체, 김생체, 한석봉체에 두루 능했다.

⑥ 황운조(黃運祚, 1730~1800)는 경관(京官)이 된 1년 동안 50여 개 비문의 글씨를 썼다고 한다.

---

194 강세황이 「제안평첩(題安平帖)」이란 짧은 글을 남겼다. 강세황 저, 박동욱·서신혜 역주, 『강세황 산문 선집』, 소명출판, 2008, p.194. 표점과 해석을 약간 수정한다. "我東書法, 當以安平公子爲第一. 至若勝 國之金生杏村, 當矣無論, 效法安平者, 後來甚鮮. 唯雙川翁爲方弗衣."; 심경호, 『안평』, 알마, 2018.

195 이용휴(李用休)와 장혼(張混)이 그의 시집에 서문을 써 주었다. 李用休, 「壯窩集序」, 『㷅㷅集』 序; 張混, 「壯窩詩鈔引」, 『而已广集』 卷12 引.

196 이규상 저, 민족문학사연구소 한문분과 역, 『18세기 조선인물지: 幷世才彦錄』, 창작과비평사, 1997.

이삼만(李三晩, 1770~1847)은 이광사(李匡師)에게서 글씨를 배워 자신의 서법을 수립한 인물로, 다수의 비문을 썼다. 본관은 완산, 자는 윤원(允遠), 호는 창암(蒼巖)·강암(强巖)·강재(强齋, 剛齋)이다. 그의 초서체를 창암체라 한다. 전북 정읍 출생으로, 만년에는 전주에 거주했다. 전라도 여러 사찰에서 그가 쓴 편액을 볼 수 있으며, 경남 하동 칠불암(七佛庵)의 편액도 그가 썼다. 전주판 칠서(七書)도 그의 필적이라고 한다.[197]

정조의 딸 숙선옹주에게 장가든 영명위 홍현주(洪顯周, 1793~1865)는 신석우(申錫愚, 1805~1868)가 찬술한 김정경(金定卿, 1345~1419)의 신도비문 「유명조선좌명공신이조전서연성군시위정김공신도비명(有明朝鮮佐命功臣吏曹典書蓮城君諡威靖金公神道碑銘)」을 비에 새길 때 글씨를 쓰고 전액도 썼다. 비는 1863년(철종 14) 4월 지금의 경기도 하남시 감북동 산 40번지 안골에 세워졌다. 김정경은 본관이 안산이며, 고려에서 벼슬했으나 이성계를 지지하여, 조선 개국 후 삼군절도사를 거쳐 이조전서를 지냈다. 1400년 이방간의 난이 일어나자 한성부윤으로서 이방원에 협력하여 좌명공신 4등에 책록되고, 연성군에 봉해졌다. 이후 공안부윤에 이르렀다. 시호는 위정(威靖)이다. 김정경이 죽은 지 300년이 지나 묘비가 마모되었으므로 1726년(영조 2) 김필(金珌)의 6대손 형조정랑 김정오(金定五, 1660~1735)가 비석을 다시 세우려고 하여 이의현에게 추기를 요청했다. 이의현은 8대조 이종형(李宗衡)이 김정경의 손자 김맹강(金孟鋼)의 사위였다는 인연으로 추기를 작성해주었다. 그 글은 이의현이 편찬한 『국조인물고』에 실려 있다.

(3) 집자비

한국에서는 선대 유묵에서 글자를 골라 짜깁기하여 이를 비신에 새기는 집자비가 발달했다. 신라 때부터 이미 있었다고 한다. 고려 「진공대사비」는 940년(고려 태조 23) 7월 왕사(王師) 충담(忠湛)이 죽자, 태조가 친히 비문을 지은 다음 최광윤(崔光胤)에게 명하여 당나라 태종의 글씨를 모아 모각하게 한 '집당태종서비(集唐太宗書碑)'이다.

고려 때에도 중국 서예가의 글씨를 집자한 예들이 상당히 많았을 것이다. 그 관습은 조선시대로 이어졌다. 한편 조선 후기에 이르러서는 석봉 한호의 글씨를 집자한 비석들이 나왔다. 경기도 용인시 처인구 원삼면 학일리에 있는 조중회(趙重晦,

---

197 이삼만은 전주 제남정(濟南亭) 편액도 썼다. 갑오개혁 때 제남정은 소실되었으나 편액은 불타지 않았다는 일화도 있다. 오세창(吳世昌)은 "창암은 호남에서 명필로 이름났으나 법이 모자랐다. 그러나 워낙 많이 썼으므로 필세는 건유(健愈)하다."라고 평했다.

1711~1782)[198] 묘표의 앞면은 한호의 글씨를, 뒷면은 안진경의 글씨를 집자했다. 경기도 성남시 수정구 고등동에 있는 이혜(李嵇) 묘와 이희유(李喜濡) 묘에서도 한호와 안진경의 글씨를 저본으로 삼은 집자비를 볼 수 있다.

7. 근현대 공간의 비문

1910년 이후 지식인의 석비문과 비지문은 구래의 관습을 보존하고, 나아가 민족의식을 발양했다. 이에 대해 일제는 이른바 황국신민 의식을 침투시키기 위해 비석을 활용했다.

1937년에 조선총독부 학무국은 일왕에 대한 충성을 강요하기 위해 일본어로 「황국신민의 서사(皇國臣民ノ誓詞)」를 제정해서,[199] 학교, 관공서, 은행, 공장, 상점 등의 조회와 회합에서 제창하게 했다. 학무국 촉탁 이각종(李覺鍾)이 문안을 만들고, 학무국 사회교육과장 김대우(金大羽)가 관련 업무를 집행했다. 1937년 10월 2일 미나미 지로(南次郎) 총독이 결재함으로써 공식화되었다. 이때 각급 학교에서는 서사를 비석이나 바위에 새겼다.[200]

이러한 상황에서도 민족의식을 담은 한글 비석이 건립되었다. 경남 하동 안산(案山) 서재곡(書齋谷)에 있었다는 하우(何尤) 김홍권(金弘權, 1892~1937)의 묘역에 1939년 세워진 「고하우김홍권지비(故何尤金弘權之碑)」에는 김시평(金始平)이 국한문으로 지은 비문이 뒷면에 새겨져 있다. 김홍권은 상해 임시정부 의정원 의원을 지낸 인물이다. 김시평은 김홍권의 일생을 개괄하여, "남북 풍상 二十여 년 그동안 한 일도 적지 않엇스나 이룬 것 바이 없스니 본데 수히 이룰 수 없는 일에 뜻한지라 그 이루지 못한 데서

---

198 조중회의 본관은 함안(咸安), 자는 익장(益章), 시호는 충헌(忠憲)이다. 생육신의 한 사람인 증 참판 조여(趙旅)의 10대손이다. 1743년(영조 19) 11월 정언으로 있으면서 상소하여, 영조가 생모 숙빈 최씨의 사당 육상궁(毓祥宮)에 자주 전배(展拜)하는 것에 대해 간했다. 영조가 노하여 열흘이 넘게 신하들을 인견하지 않고 모든 공무를 중단했으며, 동궁에게 전위(傳位)하겠다고 선포하기까지 했다. 탕평책을 반대하는 윤급(尹汲)을 변호하다가 파직되고, 장헌세자(莊獻世子)가 뒤주에 갇혀 죽을 때 극간(極諫)하다가 무장(茂長)에 유배되기도 했다.

199 朝鮮總督府, 『施政三十年史』, 1940, p.790.

200 「대구 초교 운동장서 일제시대 비석 발견」, 『연합뉴스』, 2011. 11. 4.; 한밭교육박물관(삼성초), '황국신민서사지주(皇国臣民誓詞之柱)—한밭교육박물관', 2016. 5. 16.

도로혀 뜻 서러운 심곡을 볼 것이며"라고 의미심장하게 말했다. 이 비는 현재 경남 하동군 양보면 운암리 173-5 도로변에 있다.[201] 김홍권도 생전에 1920년 3월 하동 출신 지사 이병홍(李炳鴻, 1896~1919)의 묘비문을 국한문으로 작성한 바 있다.

그러나 일제강점기와 해방 직후에도 비문은 한문의 기서가 주류를 이루었다. 정인보(鄭寅普, 1892~1950)의 문집 『담원문록(薝園文錄)』에 수록된 석비문과 비지문은 81편으로 전체 시문에서 그 비중이 매우 높다.[202] 석비문으로는 사찰 중수비문, 착지(鑿池) 기념비문, 유허비문, 공적비문(기의비문), 열절비문 등이 있다. 비지문으로는 능지문, 선사 탑비문, 세장천비문(世葬阡碑文), 남성 묘주 묘비문(묘비·각석·묘갈·묘갈명·묘표), 남성 묘주 지문(묘지·광지명후), 생광 각석문, 여성 묘주 묘비문, 여성 묘주 지문, 부부 합장 묘갈문, 내시 묘갈명 등이 있다. 비지문에서 세장천비문의 비중이 높고, 남성 묘주 묘비문에 신도비문이 없다는 점이 주목된다. 정인보는 국한문 혼용의 산문, 시조, 한시문을 자신의 문체로 활용했다. 한문은 명 말의 고문가 귀유광(歸有光)의 문체를 배웠다고 전한다. 「여박승도서(與朴勝燾書)」에서는 당송 고문의 껍데기만 배우고 본질을 놓친 시류의 문체를 비판하고, 글은 의(意: 주제 사상)를 위주로 하되 의(意)는 기(氣: 기세)를 따르는 것이므로 글을 잘 지으려면 기를 떨쳐야 한다고 논하고, 그 기는 생활체험에 따라 활성을 지니게 된다고 보았다. 정인보는 석비문과 비지문에서 단순히 망자의 가계를 현양하는 데 그치지 않고, 민족사를 정리하고 시대의 공의(公議)를 사색했다. 그 지향은 정인보가 『동아일보』에 1935년 1월 1일부터 12월 31일까지 158회, 1936년 1월 7일부터 8월 28일까지 282회, 2년간 440회에 걸쳐 「오천년간 조선의 얼」을 연재하여 '우리 정신 방면에 도움 될 만한 왕적(往蹟)'을 발양한 것과 맥이 통한

---

201 「일제강점기 한글표기 '하동 김홍권 비석' 문화재 추진 : 경남독립운동연구소, 양보면 소재 1910~1937년 27년간 독립운동가 행적 담겨」, 『진주신문』, 2019.11.04.

202 鄭寅普, 『薝園文錄』, 연세대학교 출판부, 1967 영인; 鄭寅普 저, 鄭良婉 역, 『국역 담원문록』, 태학사, 2006. 정인보는 11세 되던 1903년에 경기도 양근(양평)으로 낙향하고, 1907년 충북 진천으로 이주했다가 1910년 서울 서강에 거처를 마련했다. 이 무렵 난곡(蘭谷) 이건방(李建芳)의 제자가 되었다. 정인보는 조선의 학문에서 '구시구진(求是求眞)'의 계보를 중시했다. 그 계보가 강화학(江華學)이다. 정인보는 하곡 정제두 이후의 강화학을 단순한 양명학이 아니라 천문·역산을 방학하고 조선의 정신을 추구한 학맥으로 서술했다. 또한 민족 자존과 관련되는 역사적 사실을 발굴하고 그것을 통하여 대중을 계몽했다. 을지문덕의 사실을 논한 것은 대표적 사례이다. 이 외에 숙종 38년(1712) 「백두산정계비」를 세울 때 목극등(穆克登)의 망동에 저항한 늙은 교졸 한치익(韓致益)의 일을 예찬한 시(「記韓致益事」)를 짓거나 부산의 수졸(水卒) 안용복(安龍福)이 왜(倭)의 울릉도(독도) 점거에 맞서 그 땅을 우리에게 되돌리게 했던 사적을 찬미했다.

다.[203] 정인보가 찬술한 석비문 가운데 중수비문, 기념비문, 공적비문의 양식은 후대에까지 이어지지만 열절비문은 사라졌다. 비지문 가운데 능지문은 더 이상 제술되지 않게 되었고, 지석문은 비중이 낮아졌다. 서와 명으로 구성된 비문에서 명은 3언, 4언이나 잡언에 압운한 예가 많다.

『담원문록』의 석비문

ⓐ 사찰 중수비문

- 「백양사기적비(白羊寺紀蹟碑)」: 1925년 7월 찬. 전남 장성(長城) 백양사(白羊寺)의 주지 만암종헌(曼菴宗憲, 1876~1956)이 절을 중수한 후 주봉(舟峰) 승려의 청으로 지은 비문. 서와 4언 42구 명.

- 「유점사기적비(楡岾寺紀蹟碑)」: 1935년 찬. 강원도 고성군 서면 백천교리 금강산에 있는 유점사가 1882년에 불에 탄 후 우은(愚隱)이 이듬해 준공하고, 이후 금담증준(錦潭證俊), 얼암서호(蘗菴西灝)을 거쳐, 운악(雲岳)의 부탁으로 지은 비문. 서와 4언 48구 명.

ⓑ 착지 기념비문

- 「이원한당비(利原寒塘碑)」: 함남 이원(利原) 한당리(閑堂里) 거주 정씨(鄭氏)·오씨(吳氏)·박씨(朴氏)가 1940년에 연못을 조성하자 이를 기념하여 지은 비문. 서와 4언 44구 명.

ⓒ 유허비문

- 「신호이공유허비(莘湖李公遺墟碑)」: 1940년 찬. 이용의(李龍儀, 1825~1893)가 거처하던 전남 담양 신곡(莘谷)에 제자들의 후손들이 유허비를 세울 때 지어준 비문. 이용의는 노사(蘆沙) 기정진(奇正鎭)의 제자로, 담양 동문령(東門嶺)에 묻혔다. 서와 4언 32구 명.

- 「향산이공순절유허비(響山李公殉節遺墟碑)」: 1947년 찬. 경술국변에 순절한 이만도(李晚燾, 1842~1910)의 유허비문. 비는 예안(禮安) 청구촌(靑邱村) 율리(栗里)(지금의 경북 예안군 인계동 율리)에 세워졌다.

- 「첨로당이선생기절비(瞻魯堂李先生紀節碑)」: 한산이씨 목은 이색의 후손으로 함경도 경성(鏡城)에 살았던 이분(李蕡)의 지절을 기리기 위해 지은 비문. 이분은 단종 때 수절한 것으로 추정된다. 비는 함경도 경성 산성동(山城洞) 목은영각(牧隱影閣) 뜰에 세웠다. 서와 4언 28구 명.

- 「이조판서문효공옥계노선생당주서원유허비(吏曹判書文孝公玉溪盧先生溏洲書院遺墟碑)」: 노진(盧禛)을 주향하는 경남 함양군 지곡면 공배리 당주서원(溏洲書院)의 유허비

---

203 정인보의 이 저술은 뒷날 『조선사연구』 상·하(서울신문사, 1947)로 간행되었다.

문. 서와 4언 60구 명.

ⓓ 공적비문(기의비문)

• 「선무공신삼도수군통제사식성군이공기적비(宣武功臣三道水軍統制使息城君李公紀蹟碑)」: 1949년 찬. 경남 통영에 세운 이운룡(李雲龍, 1562~1610) 기적비의 비문. 서와 4언 36구 명.

• 「의승장기허당대사기적비(義僧將騎虛堂大師紀蹟碑)」: 기허영규(騎虛靈圭)의 기적비 비문. 1950년 충남 산업국장 정낙훈(鄭樂勳)과 공주군수 가정로(賈廷魯)가 충남 공주 북산(지금의 계룡산 갑사)에 비를 세웠다. 서와 4언 104구 명.

• 「김죽봉기의비(金竹峯紀義碑)」: 1950년 찬. 의병장 김준(金準, ?~1908)을 위한 기의비 비문. 김준은 1906년 전남 나주에서 아우 김율(金律)과 함께 의병을 모집하여 이듬해 기참연(奇參衍)이 소집한 호남창의회맹소(湖南倡義會盟所)의 선봉장이 되어 활동하다가 전사했다. 함평 주민들이 비를 세웠다. 명은 없다.

• 「순난의병장사공묘비(殉難義兵將士公墓碑)」: 1906년에 순국한 충남 홍주(洪州)의 의병 장사를 추도하는 비문. 1949년 충남 산업국장 정낙훈(鄭樂勳)이 홍주 간동(諫洞)(지금의 홍성군 홍성읍 대교리) 왼쪽 기슭의 의병 장사 매장지에 비를 세웠다. 서와 4언 108구 명.

ⓔ 열절비문

• 「김유인기절비(金孺人紀節碑)」: 1940년 찬. 서재준(徐在準)이 죽은 후 가정을 잘 보호하다가 죽은 그의 아내 덕수김씨(1877~1940)의 절개를 기념하여 지은 비문. 황현(黃玹)의 아들 황위현(黃渭顯)의 청으로 지었다. 전남 순천(順天) 황전면 용서리(龍棲里)의 집 앞에 비석을 세웠다. 서와 4언 32구 명.

• 「박유인기열비(朴孺人紀烈碑)」: 장기석(張基奭, 1860~1911) 부인 박유인(朴孺人)의 열절을 기념하여 지은 비문. 장기석은 왜경을 때린 죄목으로 대구경찰서에 수감되자 단식사했다. 1936년에 고을 사람들이 경북 성주(星州) 가곡리(家谷里)[지금의 경북 성주군 벽진면(碧津面) 가곡리에 '해동청풍(海東淸風)' 비를 세웠는데, 이듬해 왜가 비를 눕혀 부수려 한다는 말을 듣고 박유인이 비에 수건을 묶어 목을 매달아 순절했다. 서와 4언 41구 명.

『담원문록』의 비지문

ⓐ 능지문

• 「유릉지문(裕陵誌文)」: 1926년 찬. 순종의 서거 후 제술관 윤용구(尹用求, 1853~1939)를 대신하여 지었다. 다른 의견이 있어 돌에 새기지는 않았다. 명은 없다.

ⓑ 선사 탑비문

- 「운악선사비(雲岳禪師碑)」: 1922년 찬. 운악선사(雲岳禪師, 1852~1922)가 전남 순천(順天) 선암사(仙巖寺)에 입적한 후 석전상인(石顚上人, 朴漢永, 1870~1948)의 요청으로 경운원기(擎雲元奇, 1852~1936)가 지은 행장을 토대로 작성했다. 서와 4언 29구 명.
- 「경운대사비(擎雲大師碑)」: 선암사 경운원기의 탑비명으로, 영호정호(映湖鼎鎬), 즉 석전 박한영의 청으로 지었다. 경운원기는 경붕(景鵬)의 법사(法嗣)이다. 서와 4언 38구 명.

ⓒ 세장천비문

- 「단양이씨세장천비(丹陽李氏世葬阡碑)」: 1937년 8월 찬. 평안도 용천(龍川) 장기(長機) 내동(內洞)의 단양이씨 선조 이응남(李應男) 이하 세장지에 비를 세울 때 써준 비문. 서와 4언 36구 명.
- 「곽산이씨세천비(郭山李氏世阡碑)」: 평안도 곽산(郭山) 이동(梨洞)의 경주이씨 묘역에 비를 세울 때 써준 비문. 서와 4언 28구 명.
- 「장단선천비(長湍先阡碑)」: 1940년 겨울 찬. 경기도 장단(長湍)의 동래정씨 선산(정항(鄭沆)의 무덤)]에 비를 세울 때 써준 비문. 서와 4언 92구 명.
- 「선우씨용천파세적비(鮮于氏龍川派世蹟碑)」: 선우씨 용천파의 세적비. 서와 4언 36구 명.
- 「진주김씨세장비(晉州金氏世葬碑)」: 경기도 양주(지금의 서울시 도봉구 창동)에 거주할 때 김재평(金在平)의 청으로 함경도 이현(利縣)[이원(利原)] 남쪽 나항산(羅項山) 상기봉(上起峰)의 진주김씨 세장지의 기념비 비문. 서와 4언 24구 명.

ⓓ 남성 묘주 묘비문

- 「월남이공묘비(月南李公墓碑)」: 1927년 2월 찬. 월남(月南) 이상재(李商在)가 죽은 후 지은 비문. 서와 4언 30구 명. 이상재의 묘는 충남 한산의 선영에 있었으나 1957년 경기도 양주군 장흥면 삼하리로 이장되었다. 현재 비석의 글은 변영로(卞榮魯)가 지었다.
- 「남강이공묘비(南崗李公墓碑)」: 1930년 찬. 남강(南崗) 이인환(李寅煥, 1864~1930)이 5월 6일 죽자, 윤치호(尹致昊, 1865~1946)가 주관하여 오산 기슭에 매장한 후 세운 비의 비문. 서와 4언 20구 명. 이인환은 이승훈(李昇薰)의 호적명이다.
- 「신천이씨선묘비(信川李氏先墓碑)」: 1933년 찬. 황해도 신천(信川)의 이영식(李永植, 1857~1886)이 죽은 후 손자 이계천(李繼天)의 청으로 지은 비문. 서와 4언 44구 명.
- 「김군성윤혜적각석(金君晟允惠蹟刻石)」: 부산 인사들이 김성윤(金晟允)의 민족주의 행적을 기린 비석을 세울 때 쓴 비명. 김성윤은 대한제국 참서관(參書官)을 지냈고, 일제강점기에 푸성귀를 팔아 모은 돈으로 1909년 낙동강 합수처인 용예(龍汭)를 개간하고 진영(進永)[지금의 경남 김해군 하계면(下界面) 진영리]에 여러 학교를 세웠다. 4언 62구 일운

도저(거성 霽韻)의 운문.

- 「해주강군묘갈명(海州姜君墓碣銘)」: 이건방이 해주 선비 강택희(姜澤熙)의 청으로 그 부친 강선형(姜萱馨, 1869~1923)의 갈명을 짓게 되자 대신 쓴 글. 서와 4언 28구 명.
- 「주감찰묘갈명(朱監察墓碣銘)」: 개성 사람 주남영(朱南英, 1866~1924)의 묘갈명. 서와 3언 8구 명.
- 「하정여공묘표(荷亭呂公墓表)」: 1934년 찬. 여규형(呂圭亨, 1848~1921)을 위해 그 부인 고씨의 청으로 지은 묘표 2종. 첫 번째 글은 비용 문제로 입비(入碑)하지 못하고 다시 지었다. 명이 없다.
- 「하정여공묘갈(荷亭呂公墓碣)」: 1934년 찬. 여규형을 위해 다시 쓴 묘갈. 서와 3언 64구 명.
- 「예별좌묘갈명(芮別坐墓碣銘)」: 1944년 찬. 충청도 면천현沔川縣(지금의 충남 당진) 북쪽 유동(柳洞)의 부계예씨(缶溪芮氏) 선산에 묻힌 중종 때 인물인 예형보(芮馨甫)를 위해 지은 묘갈명. 서와 6구 잡언 명.
- 「성사간묘갈명(成司諫墓碣銘)」: 경상도 거창 용산촌(龍山村)(지금의 경남 거창군 가북면 용산리) 석대(石臺) 뒤에 묻힌 세종·세조 때 인물인 성자량(成自諒)의 묘갈명. 서와 6구 잡언 명.
- 「종조형참판공묘표(從祖兄參判公墓表)」: 조선어학회 주필인 정인승(鄭寅昇, 1859~1938)의 묘표. 정인승은 우의정 정범조(鄭範朝)의 아들로, 경기·충청관찰사를 지냈다. 병서 없이 3언 36구의 명만 있다. 정인승의 묘는 현재 국립대전현충원에 있다.
- 「죽파정군묘갈명(竹坡鄭君墓碣銘)」: 1938년 찬. 정헌모(鄭憲謨, 1852~1914)의 묘갈명. 서와 6구 잡언 명.
- 「조여성묘갈명(趙汝聲墓碣銘)」: 경남 함안 조천서(趙天敍)의 청으로 그 부친 조용뢰(趙鏞雷, 1889~1927)를 위해 지은 묘갈명. 서와 7언 11구 백량체 명.
- 「직량재손공묘갈명(直諒齋孫公墓碣銘)」: 손덕부(孫德夫)의 청으로 그의 조부 손최수(孫最秀, 1851~1918)를 위해 지은 묘갈명. 서와 7구 잡언 명.
- 「이수봉묘갈명(李秀峰墓碣銘)」: 1938년 찬. 이규인(李圭寅, 1859~1936)의 묘갈명. 이규인의 사후 1938년에 아들 이채우(李埰雨)가 고인의 뜻에 따라 경북 경주에 처음으로 학교를 세우고, 정인보에게 묘갈명을 청했다. 서와 4언 24구 명.
- 「우당유공묘표(愚堂兪公墓表)」: 1939년 정월 찬. 유창환(兪昌煥, 1870~1935)의 묘표. 유치웅(兪致雄)의 부탁으로 지었다. 명이 없다. 한편 묘지는 이범세(李範世)가 지었다.
- 「최군묘표(崔君墓表)」: 황해도 재령 사람인 경주최씨 최용환(崔容煥, 1899~1939)이 경기

도 양주 구리면(九里面) 망우리(忘憂里)(지금의 서울시 동대문구 망우동)에 묻힌 후 그를 위해 작성한 묘표. 명이 없다.

- 「길주목사윤공묘표(吉州牧使尹公墓表)」: 1939년 찬. 윤성교(尹誠敎, 1635~1703)의 묘표. 윤기중(尹器重)의 청으로 지었다. 윤성교의 본관은 파평으로, 팔송(八松) 윤황(尹煌)의 증손이다. 명은 없다.

- 「학생윤공묘표(學生尹公墓表)」: 길주목사 윤성교의 아들인 윤동주(尹東周)의 묘표. 윤기중의 청으로 지었다. 명은 없다.

- 「문호암묘기(文湖巖墓記)」: 문일평(文一平, 1888~1939)이 경기도 양주 망우리에 묻힌 후 그 아들 문동표(文東彪)에게 지어 준 글. 뒷날 자연석에 입각(入刻)되었다. 명은 없다.

- 「증사복시정이공묘표(贈司僕寺正李公墓表)」: 평북 곽산에 거주하던 증 사복시정(司僕寺正) 이덕진(李德珍, 1704~1785)을 위한 묘표. 명은 없다.

- 「학생이공묘표(學生李公墓表)」: 평북 곽산 사람인 이덕진의 증손 이종익(李宗益)의 묘표. 묘역은 곽산 우동(牛洞)에 있었다. 명은 없다.

- 「운려권처사묘갈명(雲廬權處士墓碣銘)」: 권태회(權泰會, 1855~1937)의 묘갈명. 그 아들 권영운(權寧運)의 청으로 지었다. 권태회는 곽종석(郭鍾錫)의 제자이다. 서와 4언 20구 명.

- 「정충장공비(鄭忠莊公碑)」: 문종의 고명 대신 정분(鄭笨, ?~1454)의 묘비. 정창석(鄭昌錫)의 청으로 지었다. 정분은 계유정난으로 낙안(樂安)에 안치되고, 관노가 되었다가 사사되었다. 1746년(영조 22) 직첩이 다시 내려져 1758년 충장의 시호를 받았다. 무덤은 경남 진주시 도동 선학치(仙鶴峙)(지금의 선학산)의 정이오(鄭以吾) 묘역에 있다. 비문은 장편이다. 서와 4언 132구 명.

- 「오촌설공묘비(梧村薛公墓碑)」: 1940년 찬. 설태희(薛泰熙, 1875~1940)의 묘비. 설태희는 함남 단천에 유신학교(維新學校)를 세우고, 한북흥학회(漢北興學會)를 창립하여 학교를 세웠으며, 홍업무역(興業貿易) 회사를 설립했으며, 『학림소변(學林小辯)』·『속이기변(續理氣辯)』·『대학신강의(大學新講義)』·『어록(語錄)』을 지었다. 경기도 과천(果川) 서초리(瑞草里)(지금의 서울시 서초구 서초동) 우면산(牛眠山)에 묻혔다. 서와 4언 44구 명.

- 「현씨선묘갈명(玄氏先墓碣銘)」: 현우원(玄禹遠, 1673~1706)의 묘갈명. 친우 현상윤(玄相允)의 청으로 지었다. 평북 정주(定州) 화산(禾山) 동녘 기슭에 무덤이 있었다. 서와 4언 24구 명.

- 「손처사묘표(孫處士墓表)」: 손종로(孫宗老)의 후손으로 경주의 처사인 손진번(孫晉蕃, 1873~1938)의 묘표. 명은 없다.

- 「송거이공묘명(松居李公墓銘)」: 이희종(李喜鍾, 1874~1941)의 묘명. 이희종은 광평대군 (廣平大君) 이여(李璵)의 후손으로, 장녀 정완(貞婉)의 시부이다. 명은 없다.

- 「난곡이선생묘표(蘭谷李先生墓表)」: 1941년 8월 15일 건비. 스승 이건방(李建芳, 1861~1939)의 묘표. 경기도 과천 작현(鵲峴)(지금의 서울시 관악구 까치고개)의 선산에 묻혔다. 명은 없다.

- 「허소치갈(許小癡碣)」: 허련(許鍊, 1809~1892)의 갈. 묘는 전남 진도(珍道) 고군면(古郡 面) 염경산(簾頃山)에 있다. 서와 3언 20구 명.

- 「백은유공묘표(白隱兪公墓表)」: 1942년 찬. 유진태(兪鎭泰, 1872~1942)의 묘표. 서와 14 구 초사체 명.

- 「학생이공묘표(學生李公墓表)」: 충북 충주 장미산(薔薇山) 기슭에 있는 이희직(李喜直, 1872~1872)과 그 부인 임유인(任孺人)의 묘표. 명은 없다.

- 「도사증규장각부제학성공묘표(都事贈奎章閣副提學成公墓表)」: 성이간(成以簡, 1797~1868)의 묘표. 장인 성건호(成健鎬)의 부탁으로 지었다. 충남 신창(新昌) 원당리 (元堂里) 응봉(鷹峰)에 묘가 있다. 명은 없다.

- 「총계당정공묘표(叢桂堂鄭公墓表)」: 1945년 찬. 정지승(鄭之升, 1550~1589)의 묘표. 묘 는 경기도 양주시 사정동(砂井洞)(샘골)에 있다. 명은 없다.

- 「고하송군묘비(古下宋君墓碑)」: 송진우(宋鎭禹, 1890~1945)의 묘비. 서와 12구 잡언 명.

- 「석전황선생묘비(石田黃先生墓碑)」: 1947년 찬. 황원(黃瑗, 1870~1942)의 묘비. 황현(黃 玹)의 아들 위현(渭顯)의 청으로 작성했다. 서와 5구 잡언 명. 황원의 묘는 전남 구례(求 禮)에서 국립대전현충원으로 이장되었다.

- 「응교윤공묘표(應敎尹公墓表)」: 윤광운(尹光運, 1689~1733)의 묘표. 윤광운은 팔송(八 松) 윤황(尹煌)의 5세 종손이다. 1936년에 윤광운의 6세손 윤정중(尹正重)이 충남 공주 곡화천면(曲火川面) 안영리(安永里)(지금의 충남 공주시 탄천면 안영리)에 합장한 무덤 에 세울 묘표를 써달라고 청했다. 명은 없다.

- 「봉사윤공묘표(奉事尹公墓表)」: 윤헌(尹攇, 1628~1685)의 묘표. 윤헌의 9세손인 윤기중 (尹器重)의 청으로 지었다. 충남 공주 서쪽 노곡(蘆谷) 원봉(圓峰)에 묘가 있었다. 명은 없다.

- 「학생윤공묘표(學生尹公墓表)」: 1945년 찬. 윤기중의 7세조 윤동설(尹東卨)의 묘표. 명 은 없다.

- 「학생윤공묘표(學生尹公墓表)」: 윤광서(尹光書)[처음 이름 광우(光宇/光于), 1753~1814] 의 묘표. 무덤은 충남 공주시 구칙면(九則面) 관평리(寬坪里)에 있었다. 윤광서의 후손

윤혁병(尹爀炳)의 청으로 지었다. 명은 없다.

- 「지옹윤공묘갈명(芝翁尹公墓碣銘)」: 1943년 찬. 윤기중의 증조 윤자원(尹滋遠, 1807~1879)을 위한 묘갈명. 무덤은 충청도 석성원(石城院)(지금의 충남 부여군 석성면) 북촌(北村) 뒤에 있었다. 배위 임씨(林氏)와 합장했다. 서와 4언 28구 명.

- 「결성현감윤공묘갈명(結城縣監尹公墓碣銘)」: 1944년 찬. 윤필병(尹弼炳, 1846~1886)을 공주 곡화천면 안영리(지금의 충남 공주시 탄천면 안영리)에 세 번째 천장한 후 그 아들 윤정중(尹正重)의 청으로 지었다. 서와 32구(4언 31구, 말구 6자) 명.

- 「처사허공묘표(處士許公墓表)」: 허형(許瑩, 1850~1898)의 묘표. 허형은 허적(許積)의 아우 허진(許積)의 방손인데, 그 손자 허유(許有)의 요청으로 지었다. 명은 없다.

- 「후릉참봉김공묘갈명(厚陵參奉金公墓碣銘)」: 강원도 강릉 대관령 아래 제민원(濟民院) 부근(지금의 강원도 강릉시 성산면 대관령 옛길) 김성옥(金成玉, 1864~1945)의 묘에 써 준 묘갈명. 김성옥은 백운산(白雲山)에 은둔했던 처사이다. 서와 4언 15구 명.

- 「성균진사허공묘갈명(成均進士許公墓碣銘)」: 허빈(許鑌, 1701~1735)의 묘갈명. 허빈의 6세손 허복(許馥)의 요청으로 지었다. 서와 7언 7구 명.

ⓒ 남성 묘주 지문

- 「첨정증승정원좌승지유공묘지(僉正贈承政院左承旨兪公墓誌)」: 유대칭(兪大偁)의 묘지명. 유대칭은 1596년 이몽학(李夢鶴)의 난을 토벌한 홍주목사 홍가신(洪可臣)을 도운 인물이다. 서와 7언 10구의 명.

- 「서치재이공광지명후(書恥齋李公壙誌銘後)」: 이범세(李範世, 1874~1940)의 묘지명에 쓴 후지(後識). 이범세는 생전에 만든 수장(壽藏)을 만들어, 박풍서(朴豊緒, 1868~1940)가 지(誌)를 짓고 김영한(金甯漢, 1878~1950)이 명(銘)을 지었는데 돌에 새기지는 않았다. 1940년 10월 이범세가 충북 옥천(沃川)에서 객사하고 경기도 양근(楊根)(지금의 경기도 양평)으로 반장하여 하관할 때 지명을 손자 이문현(李文顯)이 써서 새기고, 정인보에게 지(識)를 청했다.

- 「마니실이군묘지명(摩尼室李君墓誌銘)」: 이건방의 부친 이상만(李象曼, 1829~1872)의 묘지명. 서와 40언 20구 명.

- 「황헌이군묘지(黃軒李君墓誌)」: 1941년 찬. 이건방의 장남 이종하(李琮夏, 1883~1940)의 묘지. 서와 5구 잡언 명.

- 「해학이공묘지명(海鶴李公墓誌銘)」: 이기(李沂, 1848~1909)의 묘갈명. 서와 4언 20구 명. 묘는 전북 김제(金堤) 송산(松山)의 선산에서 국립서울현충원으로 이장되었다.

ⓕ 생광 각석문
- 「항우노인생광각석(巷憂老人生壙刻石)」: 1929년 찬. 성낙풍(成樂豊, 1870~?)의 생광지.
  서와 9구 잡언 명.

ⓖ 여성 묘주 묘비문
- 「재종수홍부인부장각석(再從嫂洪夫人祔葬刻石)」: 정인승의 부인을 부장하면서 추기한
  간단한 글과 "보(普)가 먼저 형의 명을 짓고 이것을 보태니, 주봉은 등 뒤에 솟아 이 기쁨
  길이 머금고 있으리(普先銘兄補以此, 珠峯背出長含喜)."의 2구 1연을 더한 글.
- 「안함평갈(安咸平碣)」: 함평안씨(1879~1937)가 전북 고창(高敞) 부안면(富安面) 사창(社
  倉)의 집에서 죽은 후 용산리(龍山里)에 반장된 후 지어준 갈명. 함평안씨는 생전에 보성
  전문학교(普成專門學校)에 자금을 희사했다. 서와 12구 초사체 명.
- 「단인김씨묘표(端人金氏墓表)」: 처족 성철영(成哲永)의 아내 상산김씨(1876~1934)를 위
  한 묘표. 성철영은 장인의 아우 성신호(成信鎬)의 아들이다. 무덤은 충남 예산(禮山) 주
  교리(舟橋里) 뒷산에 있었다. 명은 없다.
- 「하모손유인묘갈(河母孫孺人墓碣)」: 1947년 찬. 하영기(河永箕)의 모친 밀양손씨(1880~
  1940)의 묘갈. 하영기는 하겸진(河謙鎭, 1870~1946)의 당질로, 하명진(河溟鎭)의 아들
  이다. 서와 4언 24구 명.
- 「권부인묘표(權夫人墓表)」: 이승만 대신 지음. 이근수(李根秀, 1842~1907)의 부인 안동
  권씨를 위한 묘표. 묘는 경기도 시흥(始興) 강적동(康迪洞)(지금의 서울시 동작구 상도4
  동 강적골)에 있었다. 간단한 산문.

ⓗ 여성 묘주 지문
- 「박유인묘지명(朴孺人墓誌銘)」: 1943년 찬. 학생 윤수병(尹秀炳)의 부인 고령박씨(高靈
  朴氏, 1866~1927)의 묘지명. 박씨 부인은 충청도 노성(魯城) 육곡산(六谷山)(지금의 충
  남 논산시 노성면 병사리) 파평윤씨 선산에 묻혔다. 서와 4언 24구 명.
- 「김단인묘지명(金端人墓誌銘)」: 1945년 찬. 장인의 아우 성신호(成信鎬)의 아내 안동김
  씨(1860~1945)의 묘지명. 서와 16구 잡언 명.

ⓘ 부부 합장 묘갈문
- 「무안김씨기배이씨합장묘갈명(務安金氏暨配李氏合葬墓碣銘)」: 김병탁(金秉鐸)과 부인
  함평이씨 이주서(李柱緒)의 딸(1859~1933)을 전북 무안 국동(菊洞)(지금의 전북 무안군
  무안읍 성암리)의 선산에 합장할 때 그들의 아들 김우영(金禹榮)의 청으로 지은 묘갈명.
  서와 13구(4언 11구, 잡언 2구) 명.

① 내시 묘갈명

- 「갑신사사내신지내시부지사상선유공묘갈명(甲申死事內臣知內侍府知事尙膳柳公墓碣銘)」: 1939년 찬. 갑신정변 때 고종을 모시고 있다가 순사한 내시 유재현(柳載賢, 1847~1884)을 위해 지은 묘갈. 유재현의 양증손 이병직(李秉直)의 청으로 지음. 서와 4언 38구 명.

정인보의 「유릉지문」은 사용되지 않았다. 정치적 이유 때문인 듯하다. 1907년 대한제국의 이완용 내각이 이토 히로부미와 한일신협약(정미 7조약)을 체결함으로써, 통감부 통감은 대한제국의 정치를 주무르기 시작했다. 결국 1910년 8월 29일 대한제국은 한일병합조약으로 일제에게 국권을 빼앗겼다. 일제는 순종을 창덕궁에 머물게 하고, 이왕이라 불렀다. 순종은 1926년 4월 25일 창덕궁에서 생을 마쳤다. 순종의 능이 유릉이다. 정인보는 「유릉지문」을, "황제는 순수하고도 웅숭깊고 아름다우며 지극히 후덕하고, 효행은 여러 왕보다 뛰어났으며, 타고난 자비심이 세상에 넘쳐서, 그 한두 가지만 엮어 기록하여도 넉넉히 뒷세상에 큰 교훈을 드리워, 길이 온 백성을 이끌 만하리라."라는 말로 시작했다.[204] 당시 일본 지식분자들은 다이쇼(大正) 천황의 지적 결함을 직접 비판할 수 없어 순종의 지능을 조롱했다고 한다. 그러나 정인보는 「유릉지문」에서 순종의 순수한 효성과 국가 경영 능력을 크게 부각시켰다. 「유릉지문」에 따르면, 순종은 황제로서 백성들의 의지가 되어야 한다고 생각했으나 백성들에게 왕의 명령을 유시(諭示)할 수 없어서 "난 예 있기 진저리가 나, 난 너무 괴롭기만 해."라고 되뇌었다고 한다.[205]

1939년에 정인보가 찬술한 「갑신사사내신지내시부지사상선유공묘갈명」은 임광택

---

204 鄭寅普, 「裕陵誌文」, 『薝園文錄』 卷1. "帝純粹淵懿, 德至厚, 孝行度越百王. 至性惻愴, 滿衍土宇. 記纂其一二, 足以垂大訓于後, 永迪兆民." 문화재청 문화재활용국 궁능문화재과의 2010년 연구용역 '조선 왕릉 능제복원 기본계획연구'의 (사)이코모스한국위원회 『홍유릉보고서』에 따르면, 장서각에 1책 10장의 「유릉지문」이 소장되어 있고, '윤용구 찬, 민병석 서, 민영휘 추기'로 되어 있다고 한다.

205 순종이 서거한 후 1927년 4월, 이왕직에서 순종의 재위 4년간과 퇴위한 뒤의 17년간에 이르는 사적을 편찬해서 『순종실록』을 엮었다. 그런데 그 편찬위원장은 이왕직 장관 종3품 훈1등의 일본인 시노다 지사쿠(篠田治策)였다. 또 감수위원에는 오다 쇼고(小田省吾), 나리타 세키나이(成田碩內) 등이 있었다. 따라서 일본인들이 전체 원고를 조작했을 것이다. 시노다 지사쿠는 간도 용정촌(龍井村)의 통감부 임시간도 파출소에 부임해서 1909년 11월 1일 파출소가 폐쇄될 때까지 간도 영유권 문제를 조사했다. 그 뒤 이왕직 장관을 지냈고, 1940년 7월부터 1944년 3월까지 경성제국대학 총장으로 있었다. 심경호, 『국왕의 선물』 2, 책문, p.484.

의 「환시비갈설」에서 말한 내시의 비갈 건립 관습을 입증해 준다. 이 묘갈명을 통해 내시들이 양자를 들여 자신의 '기억'을 남겨두고 싶어 했던 애절한 정황을 추측할 수 있다. 묘주인 내시 유재현은 1884년(고종 21)의 갑신정변 때 '순절'했는데, 56년이 지나 유재현의 양증손 이병직이 정인보에게 묘갈명을 지어줄 것을 청했다. 묘갈명에 따르면 유재현은 김석태(金錫泰)와 이석범(李錫範) 두 사람을 양아들로 두었는데, 그들도 모두 내시로 판내부상선(判內府尙膳)이었다. 김석태의 양아들은 유택순(柳宅淳)이고 유택순의 양아들이 이병직으로, 통훈대부(문관 정3품)였다. 이석범의 양아들은 이창순(李昌淳)이다. 정인보는, 지난날 벼슬한 사람이나 선비들이 내부(內府: 내시부)나 궁녀와 교류하지 못한 것을 고려하면, 명분상 내시의 묘갈명을 써줄 수는 없다고 했다. 하지만 "이제는 모든 것이 다 끝나 버려" 조정 안팎의 일을 다시 물을 곳이 없게 되었다고 한탄했다. 그리고 "대대로 국가의 봉록을 받아 온 집안의 후손으로서, 내시이기는 하지만 죽음으로써 임금에게 보답한 그의 자취를 기술하는 일을 어찌 사양할 수 있겠는가?"라고 마음을 바꾸었다. 정인보가 유재현의 이력과 양자손록을 서술한 부분을 통해 내시의 혼인 관습을 고찰할 수 있다.

공의 초휘(初諱)는 원하(元夏)였는데, 고종이 지금 이름[재현(載賢)]을 내리셨다. 본관은 전주인데 대대로 토산(兎山, 황해북도 금천군)에 살았다. 아버지 상근(相根)은 진사요, 어머니는 순흥안씨이다. 태어나 다섯 살에 이 내부(李內府) 민화(敏和)가 양자로 삼았으니, 이 내부는 내시의 명문이다. 선조 때 연양군(延陽君) 김계한(金繼韓)은 호종공신에 봉해졌고, 그후 대대로 상감을 가까이 모셨다. 홍 내부(洪內府) 명복(命福), 이 내부(李內府) 지형(址亨)과 이 내부의 삼대가 모두 영내시부사(領內侍府事: 정1품) 상선(尙膳)에 이르렀고, 부인은 모두 정경부인(貞敬夫人)의 직첩을 받았다. 공은 이 내부에게 효성스러워 전후 두 정경부인인 순흥안씨와 성주이씨(星州李氏)를 정성을 다하여 받들었다. 열다섯에 비번(非番) 없이 늘 모시는 장번내관(長番內官)을 제수받았으며, 서른이 채 못 되어 숭록대부(崇祿大夫: 종1품)의 품계로 내부(內府) 상선(尙膳)이 되었다. 변난으로 죽을 때 38세였으니, 바로 고종 21년(1884) 18일이었다. 부인은 인동장씨 한익(漢翼)의 따님으로, 공이 죽고 소식이 와서 집안 사람이 통곡하자, 부인이 이르기를, "우리 대감은 충성을 하시다가 돌아가셨으니 너무 슬퍼 마라." 했다. 집안을 법도 있게 다스리다가, 공이 죽은 몇 해 뒤 모월 모일에 졸했으니, 나이 몇 살이었다. 공은 처음 양주(楊州) 어등산(於登山)에 묻혔으나 뒤에 같은 고을 백석면(白石面)(지금의 경기도 양주시 백석읍) 난곡(蘭谷) 뒷산 아무 향[某向]에 묻히고, 장 부인도

공의 곁에 묻혔다.[206]

정인보는 역사에서 행적이 분명하지 않지만 지절을 지킨 인물들의 기적비문도 적극적으로 작성하고 친우나 혼척뿐만 아니라 사적이 분명치 않은 한사(寒士)들을 위해서도 비지문을 찬술했다. 비주의 집안에서 엮은 행장, 족보, 가승 등을 활용하고 일제강점기에 영인되었던 『이조실록』도 참조했다. 하지만 인물의 행적을 문헌에서 추적하기 어려운 경우가 많았는데, 이때 정인보는 '의법(義法)'으로 행적을 추론해야 한다고 주장했다. 이 방법론은 「당릉군유사징(唐陵君遺事徵)」에 구체화되어 있다.[207] 정인보는 당릉군 홍순언(洪純彦, 1530~1598)과 관련된 인물들의 자료를 하나하나 고증했으나 세부 사실을 명확하게 따질 수 없자, 선학들이 당릉군의 사적을 실증할 길이 없어어쩔 수 없이 허증(虛證)으로 꾸몄다고 결론지었다.[208] 그런데 정인보는 '의법'으로 유추해 보면 당릉군의 충과 의를 추론할 수 있다고 주장하고, 문헌사료가 부정확하거나부족할 경우라도 정황 증거를 이용하여 사적을 복원했다. 특히 소설이나 패관 따위는합리적 언론이 아니지만 그 속에 대체(大體)가 있을 수 있다고 보았다. 심지어 「첨로당이선생기절비」에서는 사실을 전하는 자료가 적다는 것이 오히려 사실의 실제성을 보증한다는 논법을 세웠다. 실제 사실이 아닐수록 조작된 자료가 많다는 이유에서 전하는 자료가 적을수록 오히려 실제일 수 있다고 간주하여, 그 관념을 사실 판단의 논리로 사용했다.

선생의 사적이 비록 전해지기는 하지만, 그 전한다는 것이 성명과 호, 그리고 북으로 이주

---

206 鄭寅普, 「甲申死事內臣知內侍府知事尙膳柳公墓碣銘」, 『薝園文錄』卷1. "公初諱元夏, 高宗賜今名, 本貫全州, 而世兎山人. 父相根, 進士, 母, 順興安氏. 生五歲, 李內府敏和, 養以爲子. 內府, 內臣名家. 宣祖時延陽金繼韓以扈聖功封, 其後世奉邇密. 洪內府命福·李內府址亨, 與內府三世, 皆至領事尙膳, 夫人皆諡貞敬. 公孝於內府, 奉前後二貞敬, 順興安氏·星州李氏, 皆盡誠. 十五除長番, 未三十而階崇祿, 知內府尙膳. 死難時年三十八, 實高宗二十一年十月十八日也. 夫人仁同張氏漢翼女, 公死, 問至, 家人哭, 夫人曰: '我公死於忠, 無過哀.' 治家以法度, 後公若干年, 以某月某日卒, 年若干. 公始葬楊州於登山, 後遷同郡白石面蘭谷後山, 坐某之阡, 張夫人祔."

207 정인보의 「唐陵君遺事徵引」에 의하면, 홍순언의 후손 홍정구(洪正求)가 자신에게 당릉군의 유사(遺事) 편찬을 부탁하자, 『熱河日記』의 「玉匣夜話」, 『海東悖史』, 『通文館志』, 『燃藜室記述』, 『寄齋雜記』 및 당릉군 후손의 가장 문헌을 중심으로 하여 한 권으로 엮었다고 한다. 1928년에 목활자로 간행되었다. 정양완의 역주본 『국역 담원문록』에 처음으로 완역되었다. 안장리, 「인문학적 사유를 바탕으로 한 장르변형 글쓰기: 정인보, 『당릉군유사징』」, 『동방학지』 130, 연세대학교 국학연구원, 2005, pp.279~305.

208 鄭寅普, 「唐陵君遺事徵」, 『薝園文錄』卷末. "實以徵之之道窮, 而不能不假術於虛證."

했다는 말뿐이며, 북쪽으로 이주했다는 것이 자기 발로 갔다는 것인지 귀양 갔다는 것인지 알 수가 없다. 전(傳)에 이르기를, '선생의 이름이 죄안에 들어 있었고, 임금이 패초(牌招)한 것이 세 번인데도 끝내 굽히지 않아 마침내 북으로 내쳐졌다.' 했으니, 바로 귀양을 간 것이었다. 그러나 만일 이렇다고 하면, 이름이 죄안에 있으면 귀양 가는 것이 당연하지만, 이름이 죄안에 들었는데도 임금이 세 차례나 패초했다는 것은 이치에 맞지 않는다. 패초는 앞에 있었고 죄안은 뒤에 있었던 것이 아니겠는가? 아니면 임금이 처음에 그 죄를 용서하고 등용하고자 했는데도 어기고 거절하기를 여러 차례 했으므로 그런 뒤에 내친 것이 아니겠는가? 이 점은 자세히 알 수 없다. 또한 앞에서 '선생 이하 여러 대 무덤이 다 같은 벌에 있다.' 했거늘, 여기서는 어느 무덤인지 분별할 수 없어서 선생이 여기에 묻혔는지 알 수 없다고 한다면 과연 그 말이 미덥겠는가? 또한 족보에 선생이 무슨 관직을 했는지 기록하지 않았는데, 이원(利原) 강율계(姜律溪)[강필동(姜必東, 1793~1857)]가 선생의 사적을 기록하여 승지라 했으니, 율계는 명인이거늘 어찌 상고하여 신빙할 만한 것이 없었겠는가? 이것 또한 자세히 알 수 없다. 무릇 전하는 내용이 자세치 않음은 그 전함이 전하지 않음보다는 가까스로 조금 낫다 할 뿐이겠지만 그런데도 오히려 다행으로 여길 판이다. 선생 같은 분으로서 후인에게 받는 대우가 고작 이에 그친단 말인가? 이것이 내가 선생을 위해 한스럽게 여기는 바이다. 그렇기는 하지만 내가 선생을 위해 한스럽게 여기는 것은 자세한 것을 알 수 없어서일 따름이다. 자세하지 않은 자료이기는 해도 거기서 '북쪽으로 온' 자취와 '멀리 바라보았다'라는 설이 이미 넉넉히 후세인으로 하여금 선생이 단종 시절 수절한 사람이란 것을 알게 할 만하다. 또한 세속이 쇠퇴하여 꾸밈이 많아지게 된 이후로, 선대의 자취를 전하는 경우 그 자세하지 않음이 병통이 아니라 그 실답지 않음이 병통이니, 실답고도 자세한 사례는 있어도, 실답지 않으면서 자세하지 않은 사례는 있지 않다. 이런 점에서 말하자면, 선생에 대해 전하는 내용이 아주 근소함이 도리어 선생의 사적의 실다움을 징험하니, 자세함이 부족하다 하더라도 입언자가 의심할 필요가 없다. 이것이 내가 마음이 환하게 풀리는 까닭이다.[209]

209 鄭寅普, 「瞻魯堂李先生紀節碑」, 『舊園文錄』 卷6. "先生事雖傳焉, 而其傳焉者, 姓名與號與北遷是已, 而其北遷則不知爲自至歟? 爲竄歟? 傳云: '先生名在罪案, 自上牌招者三, 而終不屈, 遂斥于北', 則竄也. 然信如是也, 以名在罪案而竄, 固也. 以名在罪案而上招至三, 則於理或未然. 豈招則前而罪案則後歟? 抑上始原其罪而欲用之, 至違拒屢, 然後乃行遣歟? 此不可得以詳也. 又傳: '先生以下累世墓同原', 而今不辨何墓, 不知先生葬於是, 則果信歟? 又譜不著先生爲何官, 而利原姜律溪記先生事, 以爲承旨, 律溪名人, 豈自有所考信者歟? 此又不可得以詳也. 夫傳而不詳, 其傳之愈於不傳, 亦幾僅矣, 如此而猶以爲幸焉. 若先生其遇於後者, 乃止是乎止? 普所以爲先生恨也. 雖然普所以爲先生恨者, 以不得其詳耳. 即不詳而北來之跡, 瞻望之說, 已足使後世知爲莊陵守節之人. 且自俗衰多飾, 傳先蹟者, 不患其不詳, 而患其不實. 實而詳者有之矣, 盖未有不實而不詳者. 由此言之, 先生傳之僅僅, 轉以徵先生之實. 有詳之所能及, 而立言者可無疑焉. 此普所以釋然於懷也."

하지만 정인보는 비지문을 찬술할 때 문헌 자료를 가능한 한 충분히 수집해서 징신(徵信)의 자료로 삼았다. 1945년에 작성한 정지승의 묘표인 「총계당정공묘표」는 그 한 예이다. 당시 정인보는 경기도 양주 창동에 살면서, 정지승의 무덤이 양주 사정동(砂井洞)에 있어 외손이 돌본다는 말을 듣고 성묘하려고 했다. 그리고 전라도 여산(礪山)(지금의 전북 익산시 여산면) 황화촌(皇華村)에 들렀을 때 정낙훈(鄭樂勳)으로부터 묘표를 부탁받았다. 정지승은 북창(北窓) 정렴(鄭磏, 1506~1549)과 고옥(古玉) 정작(鄭碏, 1533~1603)의 조카이다. 정인보가 작성한 「총계당정공묘표」는 시와 인간의 관계를 논한 논문과도 같다. 정지승은 만산(萬山) 중에 자취를 감추었는데, 그가 쓴 오언절구 「상춘(傷春)」, 칠언절구 「제증시권(題僧詩卷)」·「발모현(發某縣)」이 전한다.[210] 전북 진안군(鎭安郡) 주자천(朱子川)에 있는 제천대(祭天臺)는 그가 별에 제사 지내던 곳이라고 한다. 우계(牛溪) 성혼(成渾)은 정지승의 시집에 발(跋)을 붙여, 정지승이 외물에 구애되지 않고 거문고를 타고 글을 읽으며 지냈으므로, 그 뜻은 호매(豪邁)하고 준일(俊逸)했으며 그 시는 맑고도 씩씩했다고 논평했다.[211] 「우계연보(牛溪年譜)」를 보면, 성혼은 정지승의 정미(精微)한 학술과 웅위(雄偉)한 역량을 칭송하여 삼국시대의 제갈량이나 동진의 왕맹(王猛)의 아류라고 평가했다. 정인보는 이러한 사실들을 적은 후, "공은 한갓 순박한 덕행에 양심을 조촐하게 할 뿐만 아니라, 그 재주가 세상을 다스릴 만했건만도, 죽기까지 자취를 감추고 소문을 죽여 마치 남이 혹시 알까 두려워했으니, 슬프도다!"[212]라고 애석해했다.

정인보는 소론과 남인의 통교 관계를 중시했다. 허형(許瑩)을 위한 「처사허공묘표」에서, 현종 연간에 선조 정태화(鄭太和)가 남인 재상 허적(許積)과 긴밀히 지내다 먼저 죽은 후 숙종 때 경신옥사(1680)로 허적이 화를 당하고 그의 형제의 집안까지 모두 영락했음을 언급하고, 정조 연간에야 소론과 남인의 인물들이 화합할 수 있었다고 회상했다.

---

210 이 시들은 이수광(李睟光)의 『지봉유설(芝峰類說)』, 양경우(梁慶遇)의 『제호집(霽湖集)』, 서미(徐渼)의 『청구시화습유고(青丘詩話拾遺稿)』, 청나라 왕사정(王士禎)의 『지북우담(池北偶談)』 등에 산견된다. 『북창집(北窓集)』의 부록에 모아 두었다.

211 성혼의 『우계집』에 정지승에게 준 시가 있어, 내용이 같다. 成渾, 「贈鄭子愼(之升)」, 『牛溪先生集』 續集 卷1 詩. "鄭子愼結廬萬山之中, 彈琴讀書, 足以無求於外. 是以其志豪而逸, 其調淸而壯, 有不可窺斑者. 敬歎之極, 書拙句而還之. 其詩曰: '不坐詩窮氣自豪, 興來拈筆水滔滔. 無由咀破凌雲句, 參得仙山地位高.'"

212 鄭寅普, 「叢桂堂鄭公墓表」, 『薝園文錄』 卷7. "公不徒道素內修, 其才可以經世, 乃終其身, 跡匿聲銷, 若懼人之或知之, 悲夫!"

정조 때 예전에 금고형에 처한 자의 후손을 차츰 등용하게 되니, 그때 채문숙(蔡文肅)[채제공(蔡濟恭)]이 정승이었고, 이정헌(李貞軒)[이가환(李家煥)]과 정다산(丁茶山)(정약용) 등 뜻을 같이하는 여러 이름난 석학들이 함께 조정에 나아갔다. 하루는 매장(梅丈) 오석충(吳錫忠)과 용진(龍津) 민수(閔叟)(미상)와 묵재의 5세손 복(復)[허복(許澓)]이 다산 있는 곳[명례방(明禮坊)]에서 다시 모였는데, 서로 모르던 터라, 다산이 말하길 "예전 숙종조에 허 공이 영상이고, 좌상과 우상은 바로 민 공[민희(閔熙)]과 오 공[오시수(吳始壽)]이었는데, 이제 삼공의 자손이 한자리에 모였는데 어찌 상견례를 안 하시는가?" 하자, 이에 세 사람이 모두 통곡했다. 얼마 안 있어 매장(오석충)이 허씨를 위해 주선하여 묵재가 복관이 되었으나, 정조가 곧 돌아가고 정헌은 죽고 다산은 귀양 가니, 허씨는 마침내 다시금 쓸쓸하게 되고 말았다.[213]

정약용이 오씨, 민씨, 허씨의 자손들에게 상견례를 청한 이야기는 정약용 자신이 「매장오석충묘지명(梅丈吳錫忠墓誌銘)」에서 밝힌 일화이다.[214]

한편 「길주목사윤공묘표」에서는 숙종 연간에 목내선(睦來善, 1617~1704)을 둘러싼 당화를 다루면서, 근고의 인물 비판이 공의(公議)에 의한 것이 아니라 편사(偏私)일 따름이었으나 윤성교만은 '일을 일로써 다룬' 공의를 견지한 인물이라고 평가했다.

처음에 공(윤성교)이 고산찰방으로 좌천되어 간 지 여러 해인데, 갑술년(숙종 20, 1694)에 중곤(中壼: 왕후)(인현왕후 민씨)이 복위되어 조정이 일변했다. 공이 마침 차원(差員: 차사원)으로 서울에 오자, 특명으로 집의(執義)를 제수했다. 이때 대간(사헌부와 사간원)에서는 한창 좌상 목내선(睦來善)을 토죄하고 있었으니, 목 정승은 시론이 미워하는 터였다. 기사년(숙종 15, 1689) 초 청나라에 사신 가는 사람이 목 정승에게 묻기를, "저쪽에서 물으면 뭐라고 대답하지요?" 하자 목 정승은 "국서(國書)에 '불순(不順)'이라 했으니 이것만 거론하시오." 했건만, 이것을 가지고 '목내선이 중궁을 공순치 못하다고 모함한 것'이라 하여 법으로 다스리라 청했다. 상이 윤허하지 않았다. 대간에서 장차 연명하여 상계(上啓)하려는 차였는데, 공이 마침 대간직에 있으면서 그 억울함을 살피고 속으로 이를 말리려 했다. 삼사(三司)의 여러 사람이 와서 연계(聯啓)를 권하자, 공은 "이것은 목씨가 스스로 지어낸 말이

213 鄭寅普, 「處士許公墓表」, 『舊園文錄』 卷9. "正祖時, 上浸錄用舊錮之後, 是時蔡文肅爲相, 李貞軒·丁茶山諸名碩彙進. 一日, 吳梅丈錫忠·龍津閔叟曁墨齋五世孫復會茶山所, 相不識也. 茶山曰: '昔在肅廟, 許公爲領相, 左右相則閔公·吳公, 今三公之孫同席, 盍相見以禮?' 於是三人者皆哭. 旣而梅丈爲許氏周旋, 墨齋復官, 而正祖旋晏駕, 貞軒死, 茶山謫, 許氏遂復寥寥矣.'
214 丁若鏞, 「梅丈吳(錫忠)墓誌銘」, 『與猶堂全書』 第1集 詩文集 第15卷 文集 墓誌銘.

아니고, 주문(奏文)에 있는 문구를 거론한 것일 따름이오. 죄명이 분명치 않거늘, 어찌 이것으로 죄를 얽어 죽인단 말이요?"라고 했다. 최석정(崔錫鼎, 1646~1715) 공이, "공은 고집하지 마시게. 국론이 한창 왕성하니 장차 어찌하겠소?" 했다. 공은 씩 웃고 대꾸하지도 않았다. 저녁 뒤에 오도일(吳道一, 1645~1703) 공이 와서 또 이 말로 서로 버티다가 한밤중이 되었다. 오 공이, "이제 한림을 추천하는데 공께서 수망(首望)에 들었고, 또 들으니 조정에서 승진시킬 의론이 있다던데, 상례에 따라 연계하면 평탄한 길이 앞에 놓일 것이오. 그런데도 자기 한 사람의 의견으로 거국적인 여론을 경솔히 말린다면 모든 이의 노여움이 돌아갈 곳은 뻔하오. 늙마에 영해(嶺海)로 귀양 갈 공이 딱하구려!" 했다. 공은 낯빛을 고치며, "대신을 살리느냐 죽이느냐 하는 것은 국가의 대사이거늘, 공은 이해(利害)의 문제로 나를 움직이려 하는가?" 했다. 오 공은 서둘러 작별하고 떠나버렸다. 그 이튿날 공은 혼자 대궐에 나아가 연계를 정지시켰다. 이 때문에 공에게는 원망과 비방이 몰려들어 홍문관의 선발에서 삭제되었고, 얼마 안 있어 북방 변새로 발령이 나서 마침내 불우한 채 죽게 되었다. 오 공이 떠나자 윤지인(尹趾仁) 공을 찾아가니 윤 공 역시 걱정하여 그 형 동산(東山)[윤지완(尹趾完, 1635~1718)]에게 아뢰니 동산은 "이 분의 고집이 대각의 체면을 지켰구나. 쯧쯧! 관지(貫之)의 망령됨이여." 했다. 관지는 오도일 공의 자(字)이다. 나 인보(寅普)가 근고의 공적이든 사적이든 문서나 서적을 보면, 당시 남에 대해 시비를 가리는 것이 겉으로는 어찌 일을 두고 말하지 않음이 있으리오마는, 차근차근 그 속을 살펴볼 것 같으면 대개 역시 사사로움에 치우쳤을 뿐이라고 말하게 된다. 이제 공은 갑술년(1694) 이전에 내쫓기었다가 경화(更化)된 처음에 특별히 선발되어 벼슬을 제수 받았던 터여서, 목상(睦相)에 대해 도와줄 것인가 밀칠 것인가, 이것에 대해서는 조금도 개의치 않고서, 오직 그 일을 있는 그대로 보았으니, 이것은 이미 하기 어려운 일이었다. 그런데 저들이 공의(公議)를 빌려 사욕을 성취함은 유속의 더러움이었기에, 공이 옳다고 여기지 않은 것은 정말 당연했다. 공의 시대로 말하면 조정이 모두 아무개[목내선을 가리킴—역자 주]는 마땅히 죽여야 한다 했고, 최 공과 오 공은 모두 사대부로서 명성과 의리를 세운 분들이건만 역시 시대의 여론을 어겨서는 안 된다고 여겼던 것이다.[215]

215 鄭寅普, 「吉州牧使尹公墓表」, 『薝園文錄』 卷5. "時公貶居高山者有年, 甲戌中壺復位, 朝政一變. 會公以差員至京, 則特旨除執義. 是時臺諫方討睦左相來善. 目相時論所惡, 己巳初使淸者, 問睦相, '彼有言, 何以對?' 睦相言: '見國書中有曰:不順, 則曰第擧是.' 乃謂睦來善誣中宮爲不恭順, 請按律. 上不允. 將連啓, 而公適爲臺職, 察其冤, 意欲停之. 三司諸人來勸戒, 公曰: '此非睦自造之言, 不過擧奏文中句語耳. 罪名不顯, 豈可以此構殺之乎?' 崔公錫鼎曰: '公毋執! 國論方張, 將若何?' 公笑不答. 夕後, 吳公道一來, 又言之, 相持, 至夜半, 吳公曰: '今瀛選, 公爲首, 且聞朝廷有陞擢之議, 循例連啓, 坦道在前. 顧以一己之見輕停擧國之論, 則衆怒有所歸, 白首嶺海, 竊爲公悶之.' 公正色曰: '生殺大臣, 國家大事, 公以利害動我邪?'

이 뒤에 정인보는 상당히 긴 논평을 첨부하고, 다음과 같이 결론을 내렸다.

공은 이미 돌아갔다. 도도하게 흘러간 수백 년 동안에 왕조의 기강은 날로 문드러지고 이지러졌으며 당파의 편사(便私)는 갈수록 성하여 오늘날에 이르렀으니, 이 시원치 않은 소생이 상전벽해하듯 세상이 뒤바뀐 뒤에 붓을 잡아 선철(先哲)의 자취를 기록하면서 선철이 고심하여 개결하게 공도를 견지해서 차라리 온갖 해악이 자기 몸에 돌아오게 할망정, 차마 국가로 하여금 털끝만 한 손상도 입게 할 수는 없었으니, 그의 뜻이 아무래도 지극했거늘, 마침내 또한 어느 지경에까지 이르렀던가? 나는 이에 대해 거듭 개연히 크게 한숨지으며 지난날 나라를 위해 계책하던 자들의 아름답지 못함을 한스럽게 여기고 공의 어짊에 더욱 감동하는 바이다. 그러므로 특별히 질질 끌 듯이 이렇듯 펴나갔으니, 세상에서 옛사람을 논평하는 사람들이 내 말에 깊은 슬픔이 있음을 안다면, 공의 일이 마침내 아주 매몰되는 지경으로 끝나지는 않으리라![216]

「해학이공묘지명」의 묘주 이기는 1906년 장지연(張志淵)·윤효정(尹孝定) 등과 대한자강회를 조직했고, 을사오적을 살해하려고 자신회(自新會)를 조직했다가 실패하여 진도로 유배되었던 인물이다. 일생 항일운동을 했다.[217] 정인보는 이기를 다음과 같이 평했다.

아! 나라가 혼란하고 술렁거리는 때라 하여 세상에 인물이 없는 것은 아니지만, 한 자 한 치의 무기도 없이 스스로 치닫고 내달리느라 곤란을 겪다가, 벅찰 정도로 가슴에 차서 쌓인 것을 견디지 못하여, 풍파를 무릅쓰고 가시덤불을 밟아가며, 한낱 포의로 나라의 성패를 위하여 온 힘을 다하다가 거꾸러지는 것을 두고, 현자는 답답해하며 오활하다 여겼고, 못난 자들

吳公亟謝之去. 明日, 公獨詣闕停啓. 公用是叢謗讟, 削弘文選. 未幾, 外補北塞, 遂以坎壈. 吳公去, 過見尹公趾仁, 尹公亦憂之, 以告其兄東山. 東山曰: '此公所執得臺閣體. 咄咄! 貫之妄也.' 貫之吳公字也. 寅普見近古公私之籍, 當時所以是非於人者, 外何嘗不就事爲說, 而徐察其中, 蓋亦且偏私而已. 今公被黜於甲戌之前, 而甄授於更化之初, 其於睦相爲在所佑賺所濟賺, 乃於此一無介焉, 而惟事其事, 則斯已難矣. 然彼假公議而濟其私者, 流俗之汚, 公之不爲是, 固也. 若公之時, 擧朝皆謂某當殺, 崔吳諸公, 皆士大夫立名義者, 亦且以時論爲不可貳."

216 鄭寅普, 「吉州牧使尹公墓表」, 『薝園文錄』 卷5. "公則旣沒矣. 滔滔數百年之間, 王綱日隳, 黨私彌盛, 以至今今, 末學小生, 乃於谷陵之後, 載筆以紀前修之迹, 而念其苦心, 介然以扶持公道, 寧歸百害於其身, 而不忍使國家有毫末之損, 意亦至矣, 而竟亦安所底哉? 吾於此, 重爲之慨然太息, 恨往昔謀國者之不臧, 而益感公之賢焉. 故特牽連而發之如此, 世之尙論者, 知吾言之有深哀焉, 則庶公之事, 不遂終於沒沒也歟!"

217 심경호, 『국왕의 선물』 2, 책문, 2012, pp.448~463.

은 비웃어서 미쳤다고 여겼으나, 얼마 안 있어 몸이 죽고 나라가 망하자, 견식이 있는 선비

들이 그 일을 뒤미처 따짐에, 비로소 그를 위해 탄식하면서 그런 분을 보고싶어 해도 볼 수

없게 되었으니, 이를테면 해학 이 공 같은 분이 바로 그런 분이다.[218]

이것은 정인보 자신이 1943년 「이해학유서서(李海鶴遺書序)」를 작성하여[219] 다음과

같이 이기의 일생을 개괄한 것과 통한다.

공의 한평생을 종합해 보면 처음에는 문인이었고 중간에는 경륜하는 선비였으며, 또한 세

상을 슬퍼하며 기울어가는 나라를 구하고자 하는 인재였기에, 마침내 생사의 의리를 스스

로 바쳤으니, 그 저술에 드러난 사실로 대략 미루어 알 만하다. 공에게 있어 그 자취는 여러

번 바뀌었다 하겠으나 그 마음 씀이 몸이나 이름의 사사로움에 있지 않았음만은 젊어서부

터 이미 그러했다. 그 경륜의 의지와 의리가 모두 이에 근본하고 있으며 그 문장 또한 이를

통해 통달했다.[220]

정인보는 1933년 『동아일보』에 연재했다가 뒤에 단행(單行)한 『양명학연론(陽明

學演論)』과 『국학산고(國學散藁)』에서 조선 양명학파의 계보와 학문을 처음으로 논했

다.[221] 정인보는 『양명학연론』에서 조선 양명학의 계보가 민족 주체의식을 상실한 허

---

218 鄭寅普, 「海鶴李公墓誌銘」, 『舊園文錄』 卷7. "嗚呼! 波蕩之日, 世未嘗無人也, 顧困於無尺寸之柄, 以自
     馳騁, 及其不忍弸積, 犯風濤, 蹈荊棘, 以布衣一介, 竭蹶區宇之善敗, 賢者悶之以爲迂, 不肖者笑之以爲
     狂, 旣而身沒國亡, 而有識之士, 追論其事, 始爲之歎息, 思見其人, 而不可得, 若海鶴李公是已."

219 1942년에 정인보는 강동희(姜東曦)와 함께 『이해학유서(李海鶴遺書)』 12권을 엮었다. 영남대학교 도
     서관에 사본이 있다. 제2권 「급무팔제의(急務八制議)」에서는 국제(國制)·관제(官制)·전선제(銓選
     制)·지방제(地方制)·전제(田制)·호역제(戶役制)·잡세(雜稅)·학제(學制)에 대해 논했다. '국제'는 공
     화주의·입헌주의·전제주의 등 정치체제에 대해 논했고, '관제'는 1894년의 갑오개혁에서 관제 개혁
     의 미진한 부분을 논했다. '전선제'는 인재 전형의 잘못을 논했고, '지방제'는 8도를 13도로 개혁한 뒤
     에 나타난 미진한 점을 논했다. '전제'는 '전제망언'을 간략하게 열거했고, '호역제'는 9등급을 더욱 세
     분해서 15등급으로 호역을 부과할 것을 논했다. '잡세'는 전세와 호세를 제외한 나머지 세금은 백성의
     생업을 방해하지 않도록 신중히 할 것을 논했다. '학제'는 교육 제도를 서양처럼 소학교·중학교·대학
     교로 나누고 수업 연한을 각각 5년, 4년, 4년으로 하자고 주장했다.

220 鄭寅普, 「李海鶴遺書序」, 『舊園文錄』 卷7. "綜公一生, 始則爲文人, 中爲經綸之士, 又爲哀時救傾之材,
     而終乃自致其存亡之義, 見於著述者, 略可按而知. 在公, 其迹可謂累變, 而其用心, 不在身名之私, 則自
     少而已然. 其經綸志義, 皆本於此, 而文章又由是而達."

221 민영규(閔泳珪)는 1988년 연세대학교 국학연구원에서 행한 「강화학과 그 주변」이란 강의에서 그들의
     학적 계보를 '강화학파'라고 명명했다. 민영규는 「실학원시(實學原始)」와 「강화학 최후의 광경」이라는
     글에서, 강화학파의 학문 내용이 목적론적 공리주의와 구별되는 진정한 의미의 '실학'이었다고 밝혔다.

학(虛學)에 대결하는 비판적 학문을 이루었음을 강조했다. 『국학산고』에서는 조선 양명학의 계보를 반드시 양명학의 심학을 계승한 학파라고 한정하지 않았다. 오히려 근대 이전 민족주의의 사상 계보를 통합적으로 살폈다. 「마니실이군묘지명」에서 정인보는 전주이씨 덕천군파 후손들의 학문에 대해 다음과 같이 개괄했다.

이씨는 정종(定宗)의 장남이 아닌 별자인 덕천군(德泉君)의 계파로, 중세에는 벼슬도 높고 자손이 번성했으나 학문이나 문장에는 오히려 뛰어나지 못했다. 영조 때의 을해옥사(1755) 이후로 집안 사람들이 줄줄이 귀양 가게 되었는데, 바로 이때에 무망재(无妄齋) 광태(匡泰, 1694~1754)는 예경(禮經) 공부로 이름났다. 그 아우 원교(員嶠) 광사(匡師, 1705~1778)는 학문이 아주 넓고 컸으며, 곁으로 시문에 이르기까지 어기차고 우람하며 굳건하고 기굴했으며, 필법은 세상에 으뜸이었으며, 경의(經義)는 하곡(霞谷) 정제두(鄭齊斗)에게서 배워 왕양명을 숭상하여 여러 학자가 감화받았다. 연려실(燃藜室) 긍익(肯翊, 1736~1806)과 신재(信齋) 영익(令翊, 1738~1780)은 모두 궤도를 이었고, 원교의 여러 종항 가운데 항재(恒齋) 광신(匡臣, 1700~1744)도 하곡의 전수를 받아 독실하고 성실하여 전서산(錢緒山, 德洪)에 가까웠으며, 중옹(中翁) 광찬(匡贊, 1702~1766)은 문장 솜씨가 있었으니, 모두 참판 대성(大成, 1651~1718)의 손자이며 증손이다. 증손 가운데 초원(椒園) 충익(忠翊, 1744~1816)과 신재가 특별히 서로 뜻이 맞아 학문 연마가 지극히 꼼꼼했다. 처음에 원교를 섬기고서 또한 집안 아저씨 월암(月巖) 광려(匡呂, 1720~1783)를 섬겼는데, 월암은 문사(文辭)가 맑고 깨끗하여 견줄 이가 없었다. 그리고 과산(窠山) 문익(文翊, 1795~1821)[222]은 초원의 형이고, 범옹(凡翁) 천익(天翊, 1794~1854)은 초원의 사촌형인데, 또한 모두 박식하고 점잖으며 시를 잘했다. 명인이 구름처럼 일어나, 꽃이 분분하고 가지가 뻗더니만, 그 뒤로는 차츰 이울었으나, 초원만은 장수하여 도는 갈수록 높아지고 학문은 더욱 넓어지고 문장 또한 더욱 무성해졌다. 대연(岱淵) 면백(勉伯, 1766~1830)은 그 아들이다. 초원의 기상과 품격은 주(周)·진(秦)의 제자(諸子)에 가까웠고, 대연(岱淵)은 세상을 따지기 잘하여 『논형(論衡)』과 맞먹었다. 이 여러 선생들이 저마다 색다른 자태를 자부했건만, 마침 간난과 재액을 만나, 굽죄고 억눌리고 꺾이고 무너져, 스스로 세상과는 끝났다고 굳게 생각했다. 그래서 아름다운 옥의 빛이 밖으로 새어나가지 못하고 속에서 마침내 더욱 쌓여 대개 웅숭깊은 빛이 많았다. 게다가 명리의 길이 끊겼으므로, 학문으로 스스로를 맑힐 뿐이었지, 외물이 얽히거나 가림이 없었다. 대개 민생의 초췌함이나 시속의 쇠퇴·오탁에 대해 유독 그 까닭을 밝게

---

222 李忠翊, 「本生先考學生府君墓誌」, 『椒園遺藁』 册2.

비추어, 몸은 산이나 바닷가에 처박혀 미천한 이들과 짝이 될망정, 백성을 가엾이 여기고 겨레를 슬퍼하는 마음은 더욱 발로되었다.[223]

정인보에게 구세(救世)의 길을 걸으라고 종용하고 국사를 잘 보아두라고 훈도했던 이건방이 1939년(을묘) 5월에 작고했다. 1941년 음력 8월 15일, 정인보는 「난곡선생 묘표」를 지어 그의 일생 사적과 학문의 계보를 서술했다.[224] 이건방은 전주이씨 덕천 군파 후손으로, 정인보가 말하는 조선 양명학파에 속한다. 이건방은 열강의 침략을 목도하면서 민족 자존의 방법을 진지하게 탐색했다. 그렇기에 그는 민족 간의 투쟁 사실을 직시하고 새로운 전망을 취해야 한다고 주장했다.[225] 이건방은 정약용이 『방례초 본(邦禮草本)』에서 법의 공평한 적용을 논한 논지를, 양지론에 입각한 평등주의 사상으로 해석했다. 이건방은 천칙(天則)의 본연(本然)에 따른다는 것은 '양지(良知)에 따른다', 혹은 '양지를 이룬다'는 것이라고 보았다. 그런데 정약용이 『방례초본』에서 "법의 근본은 하늘에서 나오는데, 사람은 하늘의 명(命)함을 받아 귀하거나 천하거나 하는 차이가 없으므로 천자로부터 서인에 이르기까지 모두가 법으로 제약되어 감히 함부로 할 수 없다. 이것이 바로 선왕의 예(禮)이다."라고 주장한 뜻은 바로 양지의 사상에

---

223 鄭寅普,「摩尼室李君墓誌銘」,『舊園文錄』卷6. "李氏系出定宗別子德泉君, 中世貴盛, 然於學問文章, 猶未踔起. 自英祖乙亥獄後, 家門流竄相望, 而當是時无妄齋匡泰, 以治禮聞. 其弟員嶠匡師, 尤閎碩, 旁及詩文, 皆雄偉勁崛, 筆法冠世, 經義受自霞谷, 主王陽明, 諸子化之. 藜室肯翊·信齋令翊, 俱繼軌, 而員嶠羣從, 恆齋匡臣, 亦受霞谷之傳, 篤謹, 近錢緒山, 中翁匡贊, 工文章. 皆參判大成孫若曾孫也. 曾孫又有椒園忠翊與信齋, 特相契, 治學至精. 其始及事員嶠, 而又事族父月嚴匡呂, 月嚴, 文辭淸淑, 擧無與比. 而窠山文翊, 於椒園爲兄, 凡翁天翊, 於椒園爲從兄, 又皆博雅, 善詩. 名人雲興, 紛範枝條, 迨其後, 次第彫謝, 而椒園獨老壽, 道益高, 學益廣, 文章益茂. 岱淵, 其子也. 椒園氣格, 近周秦諸子, 而岱淵長於論世,『論衡』之儔. 是諸先生者, 各負異姿, 属値艱戹, 屈抑摧挫, 自分與世已矣. 是以矗采不泄於外, 而中乃彌蓄, 類多淵然之色. 重之, 名利道絶, 學以自澄, 物無嬰蔽. 擧凡民生憔悴, 時俗衰汚, 獨燭其故, 身墮山海, 與賤爲徒, 益發其矜愴."

224 鄭寅普,「蘭谷先生墓表」,『舊園文錄』卷6.

225 李建芳,「原論」上,『蘭谷存稿』卷6. "夫人生而有羣, 有羣則有爭, 此理之必然, 而勢之必至者也. 輯其羣而統其權, 謂之國. 此一羣也, 彼一羣也, 羣者, 衆矣, 則羣與羣相爭, 此又理之必然, 勢之必至者也. 旣至於相爭, 則彊者必勝, 而弱者必敗, 巧者必得, 而拙者必失, 此蓋天演之公例, 物競之原則, 不得不然之理也. 然則, 弱與拙者, 惟爲人之所吞噬夷滅, 而終不可以自存歟? 曰:'何爲其然也?' 苟弱與拙者, 知難而懼亡, 舍舊而圖新, 務去其所以弱, 而求人之所以彊者, 而效之, 則斯彊矣. 務去其所以拙, 而求人之所以巧者, 而效之, 則斯巧矣. 效之爲言, 學也. 學而至於力齊而勢均, 則人雖欲吞噬我夷滅我, 其可得乎? 知吾之弱, 而不效人之彊, 知吾之拙, 而不效人之巧, 扭舊而偸安, 執迷而不悟, 終至於吞噬夷滅, 而後已者, 乃其自滅而自亡, 非人之滅我而夷我也, 而又何尤焉? 有人於此, 勇如烏獲, 而加之, 以蹠勁弩, 挾利劍, 矢可以洞金石, 刃可以斷犀象, 彼羸病垂死者, 蹣跚喘汗, 徒手而當前, 則不待其交相搏也,『勝負之數, 決已久矣. 何則? 彊弱之形不侔, 而勇怯之勢不敵也."

근거한다고 해석했다.[226] 여기에서 영향을 받은 정인보는 경학가 신작(申綽)과 경세가 정약용을 공평하게 대했고, 그 두 사람으로 대표되는 조선의 학문적 전통을 종합하고자 했다.[227] 그리고 이용(利用)과 정덕(正德)을 합일시킨 학문을 새로운 실학으로 제시했다.[228]

정인보는 국가 패망의 원인을 따지고 민족자존 의식을 고취하는 것을 책무로 삼았다. 「월남이공묘비(月南李公墓碑)」의 다음 구절은 그의 고뇌가 무엇이었는지 잘 말해 준다.

국가가 패망한 원인을 따져보면, 풍속이 파괴되어 저마다 기사(己私)만 북돋고 의리가 훼멸되어 기(氣)가 굶주리게 된 데서 말미암았다. 이제 공은 호호(浩浩)한 기(氣)로 저상됨도 없고 두려워함도 없이 밝게 홀로 우뚝 서서, 그 한 몸으로 삼한 옛 종족의 겨레 사랑하던 풍습을 푯대로 세우고서는, 모기나 등에 같고 오만하고 사납던 무리에게는 일찍이 눈 한번 힐끗 줄 것도 없다고 여기고서, 이 기로써 난탕(蘭湯)을 삼고 이 기로써 방훈(芳薰)을 삼아, 민중의 뜻을 미묘한 조짐의 시기에 미리 목욕시키고, 그들을 위해 향기로운 계피(桂皮)가 되고 그들을 위해 신초(辛椒)가 되어 맵고도 향내 나게 했으며, 그들을 위해 횃불이 되어 밝게 비추어 주고 그들을 위해 순우(錞于)의 악기가 되어 간곡하게 진동시켰다. 공의 경우에, 그 뜻을 다 펴지 못했다고 어찌 한(恨)하리오?[229]

---

226 李建芳, 「邦禮艸本序」, 『蘭谷存稿』 卷3 文錄 序.

227 鄭寅普, 「與猶堂全書總敍」, 『薝園文錄』 卷4. 乙卯(1939)년 정월 초닷새에 집필한 이 글에서 정약용의 학문을 다음과 같이 평가했다. "위서(緯書)의 망령됨을 믿지 않고 무축(巫祝)을 영위하지 않으며, 음양이나 하찮은 기예에 정신이 헛갈리지 않고, 인사에 근본을 두어 백성의 눈과 귀로 보고 들은 실정을 증거 삼았기 때문에 앞서의 유자들이 잘못을 답습하여 그러려니 하여 믿어 온 것을 반드시 분명한 징험으로 금지하여 백성에게 문란치 않음을 보여주었다. 독실한 학문은 세상을 다스리는 방편이요, 나라를 잘 다스림은 도를 지키는 길이다. 그러므로 쓸 만한 일을 힘쓰고 공경할 만한 일을 공경하여 실심실행을 표지로 삼았다. 그저 현묘하고 은미한 것에만 힘쓰는 자를 배격하기에 힘을 다했다. 이 두 가지를 갖출 것을 내걸어 법칙을 삼은 것은 묵자의 삼표(三表)가 있음과도 같다."

228 鄭寅普, 「將編申旅菴先生全書 書示先生五世孫相賢」, 『薝園文錄』 卷3. "예악(禮樂)·사어(射御)·서수(書數)의 육예와 정덕(正德)·이용(利用)·후생(厚生)의 삼물은 선비의 힘쓸 바이니, 이용(利用)과 정덕(正德)이 어찌 자취가 다르랴[六藝三物儒所務, 利用正德豈二迹]?"

229 鄭寅普, 「月南李公墓碑」, 『薝園文錄』 卷1. "原國家之敗, 由於習尙之壞, 而各封其私, 義毁而氣餒. 今以公浩浩之氣, 不沮不懼, 皎然獨峙, 以一身標三韓古宗愛類之風, 而蚊虻敖暴, 曾不足以游其一睨, 以是爲蘭湯, 以是爲芳薰, 沐浴民萌之志, 於微眇之先, 而爲之菌桂, 爲之辛椒, 以郁烈之, 爲之焌爝, 以昭耀之, 爲之錞于, 丁寧以振動之. 如公, 又何恨於不展哉?"

이상재는 해학이 넘치는 사람이었다. 「월남이공묘비」에서 정인보는 이상재의 해학에 대해 말하여, 그것이 속마음의 슬픔을 묻어두는 한 방편이었다고 밝혔다. 그리고 이상재가 일본 경찰에게 독립의 필연성을 익살로 풀어보인 일화를 특별히 기록해 두었다.

공은 오로지 사회[조선기독교청년회, 조선교육협회, 신간회 등을 가리킴-역자 주]에 몸을 바쳐, 강단에 올라 연설을 할 때마다 벅찬 느꺼움과 분노가 흘러넘쳤다. 공은 생김새가 영특하고 훤칠했으며 담소를 잘했다. 일찌감치 벼슬길에 올라 협잡꾼과 용렬한 무리들이 권세를 믿고 이쪽저쪽 눈치 보는 것을 몸소 보고 속으로 업신여겼기 때문에, 이에 따라 발언하는 말이 대부분 질탕했다. 성격 또한 꼬장꼬장하고, 농담을 좋아한 데다가, 자주 투옥되어 장부나 지키는 낮은 관리를 마주하는데 신물이 나서, 비꼬는 어조가 더욱 심해졌다. 기미년의 독립운동 때 일본 법리가 "조선이 독립을 꾀하는 것은 무엇 때문인가?" 묻자, 공은 갑자기 눈을 꿈벅꿈벅 하더니만, 일본 법리에게, "손 좀 내게 뻗어 보시게." 했다. 일본 법리는 공이 본래 익살을 잘 부린다는 것을 알고 있었고, 또 공이 늙은 사람이기에 마지못해 손을 뻗어 공에게 향하자, 공은 천천히 자기 손을 가져다 합했다. 곁에서 보던 이들은 모두 괴이하게 여겨 웃었다. 조금 있다가 그 손을 거두어 물러나며, "이러할 뿐이요, 이러할 따름이요." 했다. 합쳐서는 안 될 것을 합치면 합쳐 봤자 반드시 떨어지고야 만다는 뜻인데, 두 사람의 손으로 형용한 것이다. 때에 맞추어 적절하게 비유를 들었으므로 듣는 이 모두가 턱이 빠지게 웃었으니, 이런 사례가 매우 많았다. 혹자는 옛날 으뜸가는 골계의 인물[동방삭-역자 주]에게 비기기도 하지만, 공이 이렇게 한 것은 실은 그의 처지가 그렇게 하도록 만든 것이어서, 그 마음이 한층 더 슬프다는 사실은 알지 못한다.[230]

송진우는 일제강점기 동아일보사 사장을 지내고, 해방 직후 한국민주당 수석총무를 역임한 인사이다. 1945년 송진우가 흉도에게 죽은 후 정인보는 「고하송군묘비」를 찬술했다. 중일전쟁 이후 만년의 송진우를 묘사한 부분은 다음과 같다.

230　鄭寅普, 「月南李公墓碑」, 『舊園文錄』 卷1. "公事委身社會, 每登壇宣說, 感憤旁溢. 公狀貌英偉, 善談笑. 以早涉宦塗, 親見佻達庸陋之徒, 據勢顧昐, 意侮之, 由是發辭多宕. 性且骯髒, 喜把弄. 重以數投獄, 厭對持簿吏, 詼調益甚. 己未之役, 日法吏問: '朝鮮謀獨立, 何居?' 公遽瞬目謂日法吏, '可伸手向我.' 日法吏故知公善諧, 且爲其老, 强忍伸手向之, 公徐以手就合焉. 左右觀者皆怪笑. 頃之收手而退曰: '如是已, 如是已.' 言合其所不當合則必離, 以兩人手狀之. 其臨時取譬, 聞者解頤, 如此類甚衆. 或以擬諸古滑稽之雄, 不知公之爲是, 實所遇使之然, 而其意益可悲也."

중일전쟁이 시작되어 불똥이 영국과 미국에까지 튀자, 일제의 음일한 위세가 더욱 드세어져, 신문(동아일보)은 폐간되고 군은 구금되고 말았다. 그런지 열흘 만에 지난날 동지 가운데 어떤 사람은 배알 없이 원수를 위해 사역을 했지만, 군은 흔들림 없이 느긋하게 더러운 것을 피하고, 끝내는 이불을 끌어다 뒤집어쓰고 사람을 만나지 않았다. 일본이 항복하기 며칠 전에 일본 총독 이하가 소식을 듣고서는 어쩔 줄 모르고 두려워해서 몰래 군을 맞아 치안을 맡기려 했으나, 군은 뿌리쳤다. 아는 이에게 말하길, "우리 일은 마땅히 우리로부터 해나가야 한다. 어찌 적의 위임을 받고 치안하는 일이 있단 말인가?"라고 했다. 항복의 소식이 이르러 오자 세상일이 갑자기 경장(更張)되었으나, 군은 지난날처럼 누워 있다 달포가 지나서야 일어나 국민대회를 소집하려고 했다. 얼마 뒤에 민주당의 당수로 추대되었는데, 중경(重京) 임시정부를 떠받들었다. 얼마 안 있어 우남(雩南) 이 공(이승만)이 미국에서 오고, 백범(白凡) 김 공(김구)이 중경에서 왔는데, 기치가 더욱 분명해서, 꺼리는 사람은 이를 갈며 에워싸고 일어났다. 12월 28일 임신에 미·영·중·소가 기한부로 한국을 신탁통치한다는 의결이 보도되었다. 계유(29일)에 군은 김 공을 뵙고 온 국민이 거부할 것을 도모했다. 갑술(30일) 동트기 전에 군은 막 잠이 들었는데, 권총을 든 자가 들어와 그 자에게 탄환을 서너 방 맞고 숨이 끊어지니, 나이 겨우 쉰여섯이었다.[231]

「고하송군묘비」는 묘비라고 했지만 다음 명(銘)이 있다.

아침의 말은 "내 뿌리를 세우라!" 저녁의 말은 "겨레 아닌 적에게 맞서라!"
웃으며 거들먹거려도 이에서 벗어나지 않았고, 취하여 울부짖음도 여기에 있었네.
여러 기(紀: 12년)를 거치며, 온갖 변고 겪은 일이 문헌에 실려 있네.
팔뚝 움켜쥐고 치를 떨 때는, 산과 바다도 떨었도다.
지극한 슬픔이 속에 맺히지 않았더라면, 어찌 올곧은 선비로 일관했으랴?
슬프다! 우리 도가 험난하여, 그대를 차마 글 속의 사람으로 만들다니!

---

231 鄭寅普, 「古下宋君墓碑」, 『薝園文錄』 卷7. "自中日戰開, 燻延英美, 淫威益逞, 報廢, 君拘. 且旬, 往時同志, 或冒然爲仇役, 而君委蛇避汚, 終乃引被自覆, 不見人. 日降前數日, 日總督以下, 得報, 慌懼, 密邀君, 委以治安, 君辭. 謂所知曰: '吾事, 當自吾, 焉有受敵委以爲治者哉?' 降間至, 世事聚張, 君臥如故, 踰月起, 欲召集國民大會, 尋推主民主黨, 擂拄重慶臨時政府. 旣而雩南李公自美至, 白凡金公自重慶至, 徽幟益明, 而忌者磨牙環起. 十二月二十八日壬申, 報美英中蘇, 限年管韓之議, 癸酉, 君謁金公, 謀擧國民而拒之, 甲戌未明, 君方寢, 持拳銃者入, 被數丸氣絶, 年僅五十六." 송진우는 1945년 12월 28일 아놀드(Arnold, A. V.) 미군정장관과 회담을 하여 반탁 시위의 정당성을 강조하고, 29일 밤에는 경교장(京橋莊)에서 김구 등과 회담했다. 다음 날 30일 상오 6시 종로구 원서동 자택에서 한현우(韓賢宇) 등 6명의 습격을 받고 죽었다. 정인보는 살해자들의 이름은 밝히지 않았다.

朝之言, 立吾柢. 夕之言, 詎非類.

笑敖不踰, 酣號爰在.

歷之累紀, 載之萬變. 握臂憒憒, 山海爲顫.

苟非結乎至衷, 曷以貞夫始終?

哀吾道之蹇連, 忍使君爲文中之人!

정인보는 민족정기가 장애를 입어서 국가가 패망했다고 서글퍼하고, 민족정기의 고취를 위해 고전과 역사, 민족어의 가치를 재발견했다. 민족의 떳떳한 본마음이야말로 나라를 성립시키는 근본이라고 여겨, 1945년의 해방 이후 작성한 비문에서도 그러한 이념을 제시했다. 일제에 국권을 빼앗기자 순절한 이만도를 기리는 「향산이공순절유허비(響山李公殉節遺墟碑)」를 1947년 경북 안동시 청구촌 율리에 세울 때 그 비문을 지었다. 1949년에는 통영 사람들이 이순신의 막하에서 활약했던 경상좌수사 이운룡(李雲龍)의 사적을 기리는 「선무공신삼도수군통제사식성군이공기적비(宣武功臣三道水軍統制使息城君李公紀蹟碑)」를 세울 때 비문을 지어 주었다. 이운룡의 묘역은 경남 의령군 지정면 오천리에 있고, 택당 이식(李植)이 작성한 「식성군이공묘비명병서」를 새긴 비석이 있다. 이운룡의 기적비는 통영의 통제영(統制營) 세병관(洗兵館) 서쪽 충무공 사당에 세워졌다. 이 외에도 1949년에는 「순난의병장사공묘비(殉難義兵將士公墓碑)」를, 1950년에는 「의승장기허당대사기적비(義僧將騎虛堂大師紀蹟碑)」와 「김죽봉기의비(金竹峯紀義碑)」를 찬술했다.

정인보의 우국 일념이 가장 잘 드러난 비문이 「석전황선생묘비」이다. 1947년 매천 황현의 아들인 황위현이 서울로 찾아와 계부 황원의 무덤에 비를 써 달라고 하여 정인보는 이 묘비를 지었다. 정인보는 1944년 봄 경기도 양주 창동(倉洞)에 거주할 때 황원의 부음을 듣고 늙고 병들어 죽은 줄로만 알았다가, 뒤늦게 황원이 일제의 지배가 장기화되는 것에 분개하여 스스로 물에 빠져 돌아가신 것을 알았다고 했다. 황원의 무덤은 그가 살던 전남 구례군 광의면(光義面) 수월리(水月里)에 있다.

매천(황현)이 순국하자, 왜가 의사를 데리고 와서 진찰하여 병으로 죽었다고 속이려 했다. 선생이 듣고는 곧바로 문밖으로 나가 크게 꾸짖으며 죽기를 각오하고 싸울 태도를 보이자, 왜가 다시는 강요하지 않고 가버렸다. 『매천집』이 중국 회(淮) 땅에서 간행되어 갓 들어오자, 왜가 금서라 하여 거두어 불사르려고 했다. 선생이 왜의 경찰서와 싸우고 왜의 총독부와 다투자, 구례(求禮)의 황씨 가운데 시세를 따르는 이들이 모두 피했지만, 선생이 향리에 계시므로 소년들이 많이 즐겨 선생께 취학하자, 선생이 때때로 격려하여 의(義)라는 것을 알게 했다. 그렇기 때문에 사방의 선비들이 구례 땅에 이르면, 그 서슬 퍼런 염치가 각별히 관서의 정주(定州) 고을에 들어서자마자 남강(南崗)(이인환, 즉 이승훈)의 교화 상황과 유사한 면이 있음을 깨닫게 되었다. 돌아가시기 7, 8년 전에 왜가 중국을 연달아 함락시키고 미국과 영국을 도발하여 갈수록 방자해져서, 우리나라 사람들을 내몰아 마소처럼 부려 온갖 일을 다 시켰다. 장정들이 징병령을 받고 나갈 때에는 마을 사람들이 골목을 메워 오열했고, 한가운데가 붉은 깃발[일장기-역자 주]이 흉흉하게 물 끓듯 했다. 해가 돋을 때는 온 식구를 몰아서 산에 오르게 하여[신궁 참배를 시킴-역자 주] 원수 쪽을 향해 절하게 하고[궁성요배를 시킴-역자 주] 입으로 다짐을 외우게 했으며[황국신민서사를 외우게 함-역자 주], 심지어 성씨조차 바꾸어 저쪽과 한가지로 하도록 윽박질렀다[일본식 성명을 강요함-역자 주]. 선생은 평소에 분해하고 꾸짖고는 했다. 스스로 물에 빠져 돌아가시기 전날 저녁에 막내딸이 귀녕하여 위현(渭顯) 및 장남 양현(亮顯)과 함께 모시고 있다가 밤늦게야 모두 방에서 나갔다. 동트기 전에 밥 짓는 이가 창밖에서 쌀을 일다가, 선생이 누우신 곳이 잠잠한 것을 이상히 여겨 엿보았는데, 베개와 이불이 있을 뿐이었다. 이에 놀라서 서로 알리며 달려가 위현 형제에게 기별했다. 사람들이 두루 찾아나서 마을 뒤 방죽에 이르러 크게 의심하여 물속을 나누어 찾다가, 얕은 곳에 누운 것 같은 사람을 발견했으니, 바로 선생이었다. 몸은 얼음장 같지만 숨은 아직도 희미하게 붙어 있었으므로, 들것에 실어 돌아왔으나 두어 시간 지난 뒤에 숨이 끊어졌다. 뒤에 절명사(絶命詞)를 침상의 요 속에서 발견했다.

무릇 선생은 곧은 성격이 남보다 지나친 데다가 형에게 감화된 바가 깊었다. 나라의 변고가 있은 후 30여 년간, 선생에게는 어느 하루도 차마 볼 수 없는 꼴 아님이 없었으며, 게다가 저들의 윽박지름이 날로 심해져서, 무지렁이들은 부끄러운 줄도 몰랐기에, 분통은 쌓이기만 하고 한은 사무쳐서 마침내 다시는 더 견딜 수가 없게 되었다. 그 죽음은 비록 매천의 죽음보다 한참 오랜 뒤였으나, 그 몸을 맑게 하여 스스로 목숨을 끊음으로써 옥처럼 오롯하게 우뚝한 자취를 더듬어 보면, 역시 매천 당일의 그 마음이었다. 석전(石顚) 스님(박한영)이 언젠가 말하기를, "매천(황현)은 만년에 말이 시사에 미치자 울먹이면서 '선비는 죽을 뿐이로다. 어찌 차마 세월을 미적거려 저자들의 식일이 자꾸 돌아오는 것을 보겠는가?' 하셨소."라고 했다. 대개 차마 그 꼴을 볼 수 없음이 쌓여 매천의 일(순절)이 되고 선생의 일(순절)이 되었건만, 어떤 이는 염치도 없이 스스로를, 비늘 있는 물고기와 딱딱한 껍질 지닌 개충 같은 저자들에게 의탁하기를 서슴지 않으니, 그 본마음을 잃은 지 이미 오래인 것이다. 나라를 다스리는 이라면 백성의 본마음을 꼿꼿이 세우는 데 있어 마음을 쓰지 않을 수 있겠는가?

선생은 바짝 여위고 수염이 길었으며, 근시이지만 목소리는 쩌렁쩌렁했다. 헐렁한 베옷을 걸치고 옛날의 큰 갓에 대 갓끈 차림이었다. (일제강점기의) 언젠가 서울에 와서 전에 알던 이를 찾아갔는데, 좌객 가운데 어떤 이가 곁방에 있는 기물을 가리키며 "자네 고을에도 있는가?" 묻자, "서울에 있는 것은 대충 있네만, 이번 와보니 처음 보는 것이 있구려." 했다. "무엇인가?" 묻자, 때는 나라에 변고가 있은 뒤여서, 선생은 좌객들 가운데 대부분이 왜의 하사금이란 것을 받은 자라는 사실을 헤아려서, "매국자요."라고 했다. 몇 해 전에 내가 구례에 이르러서 선생과 함께 밤에 화엄사(華嚴寺)에 묵은 일이 있다. 그 뒤 다시 이르렀더니, 선생이 나를 끌고 천은사(泉隱寺)에 들어가 선방에서 쉬었는데, 환고흰 비단 바지 입은 귀족을 낮잡아 부르는 말―역자 주가 나라를 망쳤다는 이야기에 화제가 미치자, 사무치게 미워하기를 마치 개인적인 원한이 있는 것처럼 여겼다. 하찮고 천한 처지의 사람이라도 능히 위압하는 포악한 자에게 의로써 항거하여, 더러 손에 칼을 들고 탐욕스런 관원을 찌르기라도 한 일이 있으면 그를 추켜 주고 칭찬했다. 대한제국 말기에 의로 규합하여 적에게 죽음으로 맞섰던 열사의 사적을 이야기하길 특히 좋아하여 강개하며 기세 있게 말했다. 이제 선생의 돌아가신 상황을 들으니, 그전 말씀의 꽃답고도 매웠던 것과 이어져 일관됨을 깨닫게 되어, 거듭 이 때문에 숙연하게 옛일을 되돌아보게 된다.[232]

정인보는 황원의 묘갈명에 다음 명(銘)을 덧붙여, 원수는 떠났어도 남북이 분단되어 있는 현실을 가슴 아파했다.

---

232 鄭寅普, 「石田黃先生墓碑」, 『薝園文錄』卷7. "梅泉之殉, 倭將豎至, 欲診而誣以病, 先生聞, 卽出戶大罵, 示死鬪狀, 倭不復強而去. 逮『梅泉集』刊於淮, 入初, 倭以禁收燬, 先生爭之僞警署, 又爭之僞總督府, 求禮之黃趨時者皆避之, 而先生在鄉, 少年多樂就, 則先生時時厲之, 使知義, 以故, 四方士至求禮, 覺廉稜獨別與關西定州纔入境已見李南岡之化有相類者. 向沒之七八年, 倭連陷中國, 挑美英, 益忿, 驅吾人爲牛馬役使萬端. 丁壯授兵出, 塡咽村間, 赤中之旗匈匈沸. 日初出, 括戶上山, 禮仇方, 口誦誓, 至迫改氏姓以一於彼. 先生居常憤吒, 自沈前夕, 季女歸, 與渭顯及長子亮顯待, 夜分皆出. 昧爽炊者, 淅窗外, 怪先生臥所寂然, 窺之, 惟枕被在. 乃驚相告, 且走報渭顯昆季. 徧索, 至村後陂水上, 大疑之, 分搜水中, 見如有臥者在淺處, 則先生也. 體冰矣, 氣猶微屬. 昇歸, 歷二小時而絶. 後得絶命詞狀袵中. 夫以先生直性過人而又感於兄者深矣. 國變三十餘年之間, 在先生無一日而非不忍見. 加之彼迫日甚, 而賢貿者并不知恥, 則憤懥恨極, 逐不能復忍. 其死雖後梅泉者久, 跡其湛身自絶以全玉立, 亦梅泉當日之心也. 沙門石顚嘗言: '梅泉晚節, 語及時事, 於邑曰: 士死耳. 豈忍遷延寒暑以見其式日而來加哉?' 夫此不忍見之, 積爲梅泉, 爲先生, 而或乃冒然自托鱗介, 則其心久已喪矣. 爲國者於立民之衷可不念歟? 先生癯而鬌, 視短, 大音聲. 衣大布衣, 古笠, 竹纓. 嘗入京, 過舊識, 坐客或指旁器物, 問: '君鄉有否?' 曰: '京所有, 略有之. 今來, 有初見.' 問: '何物?' 時屬變後, 先生揣坐者多受倭賜金, 則曰: '賣國者.' 頃歲, 普至求禮, 同先生, 夜投華嚴寺. 後又再至, 先生挈入泉隱, 憩禪房, 談至紈袴誤國, 痛疾如已私怨. 其在下賤而能義抗威暴, 或手劍刺貪官者, 推右之. 尤喜道韓末糾義死敵之烈, 慷慨淋漓. 今聞先生死狀, 覺與前言芳辣連貫, 重爲之肅然回顧焉."

868

거짓된 자들이 지금까지도, 역시 이지러지지 않아

곧은 마음에 들볶이어, 늙은 나이로 침몰하고 말았더니,

형님 말씀 "계방(季方: 황원)아 오너라. 무얼 더 바라느냐?"

뒤에 남은 나는 미적미적 말하려고 한들 부끄러워라.

원수는 떠났으나 아직 한데 모이지 못했기에.

假至今, 亦靡騫. 偪于貞, 沈耄年.

兄曰季來它何求? 留後區區欲語羞, 仇讎雖去尙無鳩.

일제강점기를 거치면서 빈한한 가계들도 족보를 엮고 선산을 관리하며 선산과 무덤 앞에 한문 비석을 세우는 관습이 이어졌다. 사찰은 중창비와 기적비를 건립하여 교세를 과시했다. 정인보가 작성한 비지문 가운데는 그러한 관습에 순응한 것들이 있다. 하지만 정인보는 가족, 지인, 한사, 지사의 묘갈·묘표에 새길 글을 찬술하면서, 염치의 기풍을 선양하고자 했다. 또한 조선의 역사를 공의(公議)와 편사(偏私)의 갈등으로 파악하고 공의의 신장을 희원했으며, 선현과 지사를 위한 비문을 통해 민족정기를 고취시키고자 노력했다. 그리고 염우(廉隅)의 가격(家格)을 굳건히 하는 데 헌신한 여성들의 삶을 적극적으로 조명했다.

일제 및 어용 친일 집단의 간교한 건비 정책, 마름에 의해 소작민들에게 강요된 유애비 건립, 그리고 이에 맞서 민족주의 진영에서 구래의 관습을 쇄신하여 한글 비를 세우거나 계층의 한계를 돌파하여 한문(寒門)의 비문을 작성한 사실에 대해서는 향후 더 광범한 조사가 필요하다.

맺는말

1.

한국에서는 상고시대부터 근대에 이르기까지 많은 석비와 비지가 제작되었다. 석비와 비지는 효용과 목적의 차이에 따라 그 비문의 양식이 다르고, 기서(記敍) 체계의 차이에 따라 문체가 분화했다. 비문은 대개 한문으로 작성했으므로, 그 찬자는 한문 기서 방식에 숙련되고 문망이 있는 인물들 가운데서 선별되었다. 석비문은 사적(事蹟)을 기념하는 것을 목적으로 하고, 비지문은 묘주(墓主)의 일생을 기록하고 포장(褒獎)하는 것을 목적으로 삼았다. 따라서 석비문과 비지문은 당대 사료로서 가치가 높고, 한국문화의 지층을 이해하는 데 도움이 된다. 도봉서원 터에서 발견된 '견주도봉산영국사(見州道峯山寧國寺)' 비편은 불교의 유적 위에 유가의 유적이 중첩되어 온 한국의 문화사를 대표적으로 보여주는 유물이다.

석비는 대개 사건 평결의 인증, 중요 사적의 기념 등을 통해서 집단 내부의 갈등을 축소시키고 집단의 정체성을 제창하기 위해 건립되었다. 한국에서는 고대부터 여러 기적비가 국가에 의해, 혹은 지방 관아나 개인에 의해 건립되었다. 「광개토왕비」도 기적비(紀蹟碑)의 기능을 지녔다. 신라는 6세기 이후부터 정복 활동을 시작하여, 지증왕과 법흥왕 때 세워진 비문에는 법을 통해서 점령 지역을 통치하고 지방의 분쟁도 조정한 사실을 담았다. 비지의 경우, 삼국시대에 이미 왕릉에 비와 지를 사용했다. 현전하는 능지는 백제 「무령왕릉지석」이 있고 능비는 「신라문무왕릉지비」가 있다. 다만 5세기 전반 고구려에서 조성했다는 평양시 역포구역 무진리 동명왕릉에서는 비지가 발굴되지 않았다. 2020년 9월 3일 조선중앙통신에 따르면 황남 안악군 월지리에서 고구려 벽화무덤 2기가 새로 확인되고, 10월 17일의 보도에 따르면 남포시 용강군 은덕지구에서 6세기 추정의 고구려 벽화무덤이 확인되었다고 하는데, 유물 가운데 비지는 포함되어 있지 않다. 하지만 비지문 찬술의 관습은 삼국시대에 이미 발달하기 시작했다.

한국의 석비와 비지는 중국의 위·진시대 이후 그것에서 영향을 받은 것이 사실이지만, 역사적 발달 과정에서 독자적인 특성을 갖추었다. 7세기의 한국 비문은 한국식(이두식) 한문 문체이거나 변문 문체가 대부분이었다. 이후 9세기 후반에는 비문을 변문으로 짓는 것이 관례가 되었으나, 13세기부터 고문의 행문이 주류를 이루었다. 또한 초기의 한국 비문은 운문의 명(銘)을 두지 않았지만, 7세기부터 점차 정교한 용운법을 활용한 명을 갖추었다. 고려시대에는 고문의 서(序)와 운문의 명(銘)으로 비문을 구성하는 관습이 완전히 정착되었다. 변려–고문의 교체, 무운–유운의 교체 등의 척도는 한자문화권의 비명과 석비에 활용된 기서 문체를 비교할 때 하나의 기준이 될 수 있다.

남북국시대 이후로 한국의 석비문과 비지문은 문체의 미학을 강구하면서 사건의 기록과 망자의 평결을 정교하게 수행하는 방향으로 발달했다. 비문의 찬자(撰者)는 의뢰자 집단의 심정적 요구를 고려하여 신뢰할 만한 자료를 근거로 삼고, 설득력 있는 서술 문체를 구사해서 비문의 내용을 정돈할 필요가 있었다. 특히 비지문의 찬자는 묘주의 이름을 불후하게 할 수 있는 입언자(立言者) 역할을 하면서 유묘(諛墓)의 비난을 듣지 않도록 긴장해야 했다. 정이(程頤)가 『역전(易傳)』을 짓고서, "칠분만 말한 것이므로 배우는 사람들은 반드시 다시 스스로 살피고 궁구해야 한다."라고 했는데, 문인 장역(張繹)은 정이의 제문을 지어, "선생의 말씀에 따르면 문자에 드러난 것은 칠분의 마음이 있고 단청으로 그린 것은 칠분의 용모가 있다."라고 했다. 글이나 그림으로는 한 인물을 칠분밖에 나타낼 수 없다는 뜻이다. 조선시대의 비지문은 한 인물의 칠분 이상을 그려내려고 다양한 수사법과 공교로운 구성을 취했다. 정조가 지은 채제공(蔡濟恭) 뇌문(誄文)을 새긴 비석을 「정조어제채제공뇌문비(正祖御製蔡濟恭誄文碑)」라고 부르는데, 정조 스스로 축단(逐段) 자평(自評)했다. 그 내용은 곧 비문의 구성 이론이다. 조선시대에는 비문의 문체미학이 중시되었기 때문에 비문의 수사미학에 관한 글들도 많이 나왔다. 이황(李滉), 송시열(宋時烈), 김창협(金昌協), 이광사(李匡師), 박지원(朴趾源) 등은 주목할 만한 비문 문체론을 제시했다.

고려 말, 조선 초에는 중국의 법첩이나 묵적을 애완(愛玩)하고 석각이나 목각하여 감상하는 풍조가 형성되었다. 그리고 사대부 집안에서는 가계의 고증과 관련하여 묘비 자료를 수습하고 정리했다. 이를테면 최석정(崔錫鼎)은 1700년 충북 청주 대율리(大栗里) 선영에 비표를 새로 세우고 그 첩(帖)을 만들어 후대의 참고에 대비하게 했다. 조선시대에 비문은 징신(徵信)의 기록물로 간주되었다. 계유정난 희생자 정분(鄭苯)을 정조가 복권하고 그 후손을 녹용할 때 지석을 신뢰할 만한 자료로 삼은 예가 있다. 18세기 찬자 미상의 『국조인물고(國朝人物考)』는 조선 초부터 영조 초까지 2,091명을 72권에 나누어 그 전기 자료를 실었는데, 비지문이 1,792편에 달한다.

17세기 이후 문인 지식인들은 중국과 조선의 묵적을 적극적으로 정리하고 과안한 탁본 자료에 서발이나 기록을 남겼다. 조선 영조 때 정치가 김재로(金在魯)와 그 후손은 『금석집첩(金石集帖)』과 『금석속첩(金石續帖)』을 엮었다. 그 탁본들의 비주(碑主), 즉 묘주(墓主)는 김재로 가문이나 방계의 사람들이 많다. 하지만 편찬자들은 동시에 고려·조선의 '묘비(墓碑)류'와 '범비묘비제기사(凡非墓碑諸紀事)류'를 망라하려고 의도했다. 2,000여 점의 탁본을 수록하여 조선 최대의 탁본 집성을 이루었으며, 묘비류는 왕실과 사대부만이 아니라 무장·여성·중인의 비지와 승려의 탑비도 대상으로 삼았다. 한편 18세기에는 비문의 연구가 하나의 학문 분야를 이루었다. 홍양호(洪良浩)는 1760년 경주부윤으로 있을 때 무장사(鍪藏寺) 비석을 찾아내어 탁본한 뒤에 「제무장사비(題鍪藏寺碑)」를 남겼다. 강세황(姜世晃)은 허목의 「척주동해비문(陟州東海碑文)」을 분석하여 「제동해비(題東海碑)」를 작성했다. 18세기 말 19세기 초의 한치윤은 전당(錢塘)의 「고려사견면차부비(高麗寺蠲免箚付碑)」·「고려혜인교사칙첩비(高麗慧因教寺勅牒碑)」, 고려 혜인사(慧因寺) 잔비에 주목했으며, 「평백제국탑비명」의 전문과 옹방강의 「평제탑탁본제발(平濟塔拓本題跋)」을 소개했다. 19세기에 들어와 김정희(金正喜)는 진흥왕 순수비를 고증하여 「진흥이비고(眞興二碑考)」와 「제북수비문후(題北狩碑文後)」를 작성하고 『금석과안록(金石過眼錄)』을 엮었다. 김정희는 청나라의 훈고학적 해독법을 수용하여 독자적인 금석학을 수립했다.

초기의 석비문이나 비지문에는 찬자를 밝히지 않은 경우가 많았으므로, 서자(書者)

도 대부분 밝히지 않았다. 초기 비문으로는 「신라문무왕릉지비」에 찬자와 서자가 명기되어 있다. 조선시대에도 서자를 명시하지 않은 사례가 있으나, 신도비에서는 서자와 전액자의 이름을 반드시 밝혔다. 18세기 초에는 노론의 경우 이재(李縡)가 찬술한 비지문을 김진상(金鎭商)이 쓴 비문이 많았고, 소론의 경우 조명채(曺命采)의 글씨를 비문에 많이 썼으며, 여항인들은 비변사 서리 엄한붕(嚴漢朋)에게 비갈의 글씨를 청했다고 한다. 한편 신라 때부터 집자비가 있었던 듯하다. 「단속사비」는 김육진(金陸珍)의 글씨인지 집자비인지 분명하지 않다. 940년에 왕사 충담(忠湛)이 죽자 고려 태조는 친히 「원주흥법사지진공대사탑비(原州興法寺址眞空大師塔碑)」의 비문을 지어 최광윤(崔光胤)에게 당 태종 글씨로 모각하게 했다. 조선 후기의 조중회(趙重晦) 묘표, 이혜(李穑)의 묘비, 이희유(李喜濡)의 묘비에서는 비제에 한호(韓濩)의 글씨, 음기에 안진경 글씨를 집자했다.

본서는 조선 후기 이래 금석학 연구의 방법을 계승하면서, 탁본 자료와 석비문 및 비지문의 문헌 수록분을 자료로 삼아, 비문의 문학적 특성을 분석하는 데 중점을 두었다.

2.

삼국시대와 남북국시대의 석비 및 묘비에 새겨진 비문은 비의 기능과 성격에 따라 문체가 달랐다. 「덕흥리고분묘지」(408)는 고분 벽면에 4언 제언 골간의 한문으로 묵서되어 있다. 허사나 개사를 거의 쓰지 않았다. 414년의 「광개토왕비」는 광개토왕의 가계, 영토 확장에 관해 서술한 뒤에 수묘(守墓)에 관한 긴 유명을 첨가했다. 비문의 문체는 평서문의 직서체이며, 허사를 이용한 고문체이되, 종결사를 거의 사용하지 않았다. 본문의 중간에 사(辭)를 두었으나 압운하지 않았다. 6언 대우와 4언 제행을 섞은 변문 투식이 드물게 확인되지만 평측교호법이나 염률을 지키지는 않았다. "恩澤□(洽)于皇天, 威武振被四海."는 '皇天'과 '四海'에서 평측의 대가 있으나 평측을 안배한 것이 아니다. 훈적 기서는 편년체 기록물을 토대로 작성했을 가능성이 있고, 수묘 규정은 교명을 적록하고 규정을 포고하는 내용이므로 관용구로 수식할 필요가 없었을 것이다. 사역동사 '敎遣'과 명령문 끝에 '之'를 사용한 점은 한국식 한문의 특징을 보여준다.

6세기 전반의 무령왕 묘지(墓誌)와 왕비의 묘지는 날짜를 기록할 때 남조 송나라 원가력(元嘉曆)을 사용하고 삭일법(朔日法)을 따랐다. 왕의 죽음을 '붕(崩)'이라 하고 왕비의 죽음을 '수종(壽終)'이라 하여 구별했다. 왕의 묘지에는 '到'를 사용했으나 왕비묘지문은 그 글자를 사용하지 않았고, 또 거상(居喪)·개장(改葬)·환(還)을 구별했다. 매지권은 6행 58자로, 매우 단순한 기서 문체이다. 「무령왕묘지」·「무령왕비묘지」나 매지권은 단형의 기서문일 뿐, 압운도 하지 않았다. 이것은 6세기 초 낙랑 왕씨의 묘지명 4점이 모두 서(序)[지(誌)]-명(銘)[사(辭)]으로 이루어지고, 지(서)에서 4언-6언의 대우를 취한 형식과 전혀 다르다.

한편 석비에는 이두어를 사용하거나 이두 토를 사용하는 한국식 한문의 비문을 새긴 예들이 있다. 「중원고구려비」는 之의 쓰임과 '去-'의 쓰임이 한국식 한문의 특징을 보여준다. 첫 줄과 둘째 줄 앞부분의 "新羅寐錦, 世世爲願, 如兄如弟, 上下相和"는 4언 제행이지만 변문의 염률을 지키지 않았다. 5회에 걸쳐 사용된 '敎' 자는 사역동사의 이두식 표기인 듯하다. 「임신서기석」은 한국어의 어순에 따라 한자와 한자어를 점철하는 문체를 사용했다. 6세기의 「울주천전리각석」, 788년 무렵 제작된 「갈항사석탑기(葛項寺石塔記)」는 고유글자, 이두문자, 속자를 사용했다. 대구 지역의 '영동리촌(另冬里村) 저수지[且只塢]'를 축조하고 세운 「무술오작비(戊戌塢作碑)」는 '此成在人者', '此作起數者', '文作人'의 인명과 관직명을 이두어로 표시했다. 종결사 '如', 종결부호 '之', 존재 높임말 '在'의 사용 등 이두문 기서체가 확립되어 있음을 알 수 있다. 고려 초 자적선사(慈寂禪師) 홍준(弘俊)을 위해 세운 「고려국상주명봉산경청선원고교시자적선사능운지탑비(高麗國尙州鳴鳳山境淸禪院故敎諡慈寂禪師凌雲之塔碑)」의 앞면 글은 최언위가 변문의 서, 운문의 명으로 지었다. 그런데 비 뒷면에 새긴 도평성 첩문은 한국어 어순이고 조사나 어미로 이두를 사용했다. 조선시대 비문 일부에서도 한국식(이두식) 한문이 발견된다. 1788년 좌수 문명현(文命顯)이 부산 동래에 세운 「부사이공경일축제혜민비(府使李公敬一築堤惠民碑)」는 단위사로 이두어를 사용했고 서리 공문의 어휘들을 점철했다. 1808년 경상도 관찰사 조엄(趙曮)을 위해 범어사 승려들이 세운 「순상국조공엄혁거사폐영세불망단(巡相國趙公曮革袪寺弊永世不忘壇)」의 비문에는 공문서 투식과 한국어 술목 구조를 따른 구문이 섞여 있다.

7세기 중반에는 비문에 변문이 도입되었다. 백제에서 654년 제작된 「사택지적비」의 지문(誌文)은 염률을 지키지는 않았으나, 사륙문 대우와 평측교호법을 보여준다.

신라에서는 670년 「답설인귀서(答薛仁貴書)」가 변문으로 작성되었으며, 682년 경주 사천왕사에 세워진 「신라문무왕릉지비」의 서도 변문으로 작성되었다. 694년 이후 제작된 「김인문묘비(金仁問墓碑)」는 변문과 문언어법 산문을 혼용하되, 4자구와 6자구를 골간으로 하고, 연결사 之, 而, 以를 이용한 구절을 나란히 두는 대우의 표현도 사용했다. 8세기에는 변문이 상급 문체로 간주되었다. 발해의 「정혜공주묘지명병서(貞惠公主墓誌銘幷序)」와 「정효공주묘지명병서(貞孝公主墓誌銘幷序)」는 행문이 거의 같은데, 둘 다 서에 변문을 이용했다.

최치원은 885년 귀국 이후 「대숭복사비명(大崇福寺碑銘)」을 비롯하여 「진감선사비명(眞鑑禪師碑銘)」, 「낭혜화상비명(郞慧和尙碑銘)」, 「지증대사비명(智證大師碑銘)」 등을 작성하면서, 할렬(割裂) 복합어를 복잡하게 활용했다. 이를테면 「지증대사비명(智證大師碑銘)」의 "경의에 밝은 용들이 구름처럼 뛰어오르고 계율에 철저한 범들이 바람처럼 휘날린다[義龍雲躍, 律虎風騰]"에 대해 「지증대사비명」 주에서는 "의정이 경에 능통했기 때문에 의룡이라 했고, 찬녕이 율을 잘 알았기 때문에 율호라 했다[義淨能通義學, 故曰義龍. 贊寧能解律學, 故曰律虎也]."라고 해설했다. 886년 혹은 887년 찬술되었으리라 추정되는 「대숭복사비명」은 서에서 변우를 다용하고 평측교호법과 염률을 지켰다. 하지만 다른 세 탑비문은 변문의 투식을 부분적으로만 사용했다. 최치원은 기왕의 문헌을 토대로 문장을 구성하여, 기서의 문체에 문언어법의 고문을 활용하려고 했다. 「오대산묘길상사탑비」에서 한 문장 안에 4언운문, 고문, 변문 투식을 혼용했는데, 사산비명의 탑비에서도 고문-변문 혼용 문체를 실험한 것이다.

고려 초의 탑비문은 서에서 변문을 사용했다. 고려 초 최언위(崔彦撝)는 11편의 비문을 남겼다. 943년 건립된 「정토사법경대사자등탑비(淨土寺法鏡大師慈鐙塔碑)」의 「유진고려중원부고개천산정토사교시법경대사자등지탑비명병서(有晉高麗中原府故開天山淨土寺敎諡法鏡大師慈鐙之塔碑銘幷序)」, 954년(고려 광종 5) 건립된 「태자사낭공대사백월탑비(太子寺朗空大師白月塔碑)」의 「신라국고양조국사교시낭공대사백월서운지탑비명(新羅國故兩朝國師敎諡朗空大師白月栖雲之塔碑銘)」은 모두 서가 완전한 변문의 문체이다. 고려시대에 사대부 묘에는 묘지를 묻었는데, 중엽 이후 지문의 서는 문언어법 산문이 중심이 되었다. 고려 중엽 이후로 비문에 변문을 전적으로 사용한 예는 드물게 되었다. 하지만 고문에 변려의 투식을 교직한 예가 드물지 않다. 유몽인(柳夢寅)의 「자헌대부한성부판윤최공(준해)묘갈명병서(資憲大夫漢城府判尹崔公(俊海)墓碣銘幷

序)」의 서는 대표적 예이다.

비문에 운자를 사용하는 방식은 신라 중엽 이후 관례로 정착되었다. 앞서「광개토 왕비」는 압운의 명을 두지 않았다. 반면에 진위를 의심받는「점제현신사비」의 경우, 서에 이어 총 82자의 운문의 사(辭)가 있었으리라 추정되는데, 판독된 구절만 보면 사 의 압운은『절운』계 운서를 따르고 있다. 설령 위조물이 아니라 하더라도 고대 한국 인이 제작한 것으로 볼 수 없다. 낙랑 금석문이 일찍부터 압운을 한 것과 달리, 한국의 비문은 7세기 중반 이후 압운을 채용했다. 발해의「정혜공주묘지명병서」는 명을 4언 4운 6수로 작성했고,「정효공주묘지명병서」는 그 명을 분장(分章) 없이 답습했다. 8세 기에는 비문 이외의 금석문에도 압운을 많이 사용했다. 즉, 719년의「감산사미륵조상 기(甘山寺彌勒彫像記)」, 771년의「성덕대왕신종명(聖德大王神鐘銘)」의 사(詞)는 정교하 게 환운했다. 이후 최치원은 사산비명의 명에서 여러 형식의 용운법을 활용했다. 즉, 「대숭복사비명」은 4언 64구로 8회 환운했으며 격구압운이다.「낭혜화상비명」은 서사 (序詞)와 9수로, 서사는 각구 압운의 사구게(四句偈), 제1수부터 제9수는 5언 8구 격구 압운·수구입운이다.「진감선사비명」은 4언 40구, 매 8구환운, 격구압운·수구입운이 다.「지증대사비명」은 7언 44구 매구압운의 백량체(柏梁體)이다.

고려 중기 이후의 석비나 묘비는 정제된 한문을 활용해도 대개 제행과 배비구를 중 첩하지는 않았다. 비지문은 산문의 서(序)와 운문의 명(銘)으로 이루어져, 서는 서사(敍 事), 명은 찬(贊)의 기능을 지녔다. 고려 초 최언위가 작성한「태자사낭공대사백월탑비 명」에서 사(詞)는 4구 1전운 형식이다. 이성미(李成美)가 찬술한「이자연묘지명(李子淵 墓誌銘)」에서 명은 입성 屑운을 일운도저·격구압운했다. 100여 년 뒤 보문각대학사동 수국사(寶文閣大學士同修國史)로 치사한 김훤(金晅)은 스스로 묘지명을 짓고 용운(用韻) 의 명 4장을 붙였다.

고려시대에 들어와 지석은 단형 기서체에 그치지 않고 평가의 언어를 수반하는 것 이 주류를 이루었다. 민수(閔脩)의 풍자연(風字硯) 묘지는 비제도 없고 명도 없으나, 인 물 평어(評語)를 포함하고 있다. 12세기에는 관료 문인들의 묘지가 묘지명 양식으로 바뀌고 서의 내용도 풍부하게 되었다. 조선시대에는 석비든 비지든 고문의 서와 운문 의 명으로 구성하는 것이 관행이 되었다. 다만 신도비에 명을 첨부할 필요가 없다는 주장도 있었고, 일부 묘비는 산행의 명에 운자를 사용하기도 했다.

한편 낙랑 유이민, 고구려 유이민, 백제 유이민의 묘지명이 중국에 전한다. 흑치상지의 묘지문은 제기(題記), 즉 비제 다음의 서(序)에서 총평, 가문, 품성, 수학, 백제와 당에서의 공훈과 관력, 혹치준의 신원 요청과 허락의 제(制), 개장 요청과 허락의 칙(勅) 등을 적기(摘記)하고, 복잡한 용운(用韻)의 명(銘)을 이어 붙였다. 서 부분은 6언 대우와 4언 대우를 사용하면서 평측교호법을 준수했다. 혹치준의 묘지명은 4언 5구 5수이되, 앞 시의 마지막 두 글자를 다음 시의 처음에 이용하는 연쇄법을 사용하였으며 압운을 각기 달리했다. 중국에서 작성된 백제 유이민의 묘지명은 7세기에는 변문의 서와 압운의 명을 채용했으나, 8세기에는 서가 차츰 고문으로 변화했다. 2006년 중국 낙양에서 백제 웅진 출신 예식진(禰寔進)의 묘지명이 발견되었다. 전사(典司)가 칙명에 따라 찬술한 「대당고좌위위대장군내원현개국자주국예공묘지명병서(大唐故左威衛大將軍來遠縣開國子柱國禰公墓誌銘幷序)」288자의 서는 변문이고, 명은 평성 東운 일운도저의 16구(4언 14구, 6언 2구)이다. 소정방의 침공 때 예식진이 의자왕을 데리고[將] 항복하여 좌위위대장군(左威衛大將軍)에 이른 사실을 밝혔다. 2010년 봄 섬서성 서안에서 예식진의 아들 예소사(禰素士)와 손자 예인수(禰仁秀)의 묘지명이 출토되었는데, 예소사 묘지명의 서는 변문, 명은 4언 8구 6수인 데 비하여, 예인수 묘지명의 서는 고문, 명은 3과 4언이 섞인 잡언이다.

한편 한글 비문은 수묘(守墓)를 위한 '영비'에서 그 예를 찾아볼 수 있으나, 조선시대에는 한글 비문이 발달하지 않았다. 1920년에 지사 김홍권(金弘權)이 하동 출신 지사 이병홍(李炳鴻)의 묘비문을 국한문으로 작성했고, 1939년에 김시평(金始平)이 김홍권의 묘비문을 국한문으로 작성했다.

3.

신라는 지증왕과 법흥왕 시기에 법령에 따라 특정 지역을 지배하고 지역 분쟁을 조정하고자 하는 의도를 담은 석비를 세웠다. 진흥왕은 창녕·북한산·황초령·마운령 등에 순수비(巡狩碑)를 세우고, 단양에 적성비(赤城碑)를 세웠다. 555년 무렵 건립된 「북한산신라진흥왕순수비」는 진흥왕이 한강 유역을 개척하고 북한산을 순행한 사실을 기념한다고 밝히고, 신료들의 명단, 비의 건립 배경을 적었다. 문체의 특성은 확인하기 어렵다. 568년 건립된 것으로 추정되는 「황초령순수비」는 제기(題記), 기사(記事),

수행 신료 명단 등 세 부분으로 구성되었는데 제6행까지는 4언구나 4언 골간의 구절을 다용했다.

불교 관련 석비로 주목되는 것은 사찰과 부속 건물 창건 중수 기념비와 고려 말 대장경비 등이다. 조선 후기의 「해남대둔사사적비명(海南大芚寺事蹟碑銘)」은 편양파가 서산유의(西山遺意)를 확산시킨 사실을 반영하는데, 찬자 채팽윤(蔡彭胤)은 남제 왕좌(王巾)의 「두타사비(頭陀寺碑)」를 모방하여 서를 변문으로 지었다. 고려 때는 국가나 개인이 대장경을 각판하고 인쇄하여 사찰에 기진(寄進)했으며 그것을 기념하는 비석도 건립했다. 1327년 태정황후 김달마실리(金達麻實利)의 분부로 불경을 문수사에 기진한 후, 1336년부터 1339년 사이에 이제현(李齊賢)이 「문수사장경비(文殊寺藏經碑)」를 지었다. 명은 4언 60구, 4구 1전운, 모두 15개 운이다. 1380년 신륵사에는 이숭인(李崇仁)이 찬술한 「여흥군신륵사대장각기(驪興郡神勒寺大藏閣記)」를 새긴 비석이 건립되었다. 1709년 함경도 안변(지금의 강원도 고산) 석왕사(釋王寺)에는 고려 말 동북면도원수 이성계의 대장경 봉안 사실을 기념하는 비석이 세워졌다. 조선시대에도 사찰의 사적비가 많이 건립되었다. 1742년 경상도 밀양 영취산(靈鷲山)의 서산대사(西山大師)·송운대사(松雲大師)·기허대사(騎虛大師)를 배향한 표충사에는 이의현(李宜顯)의 글을 새긴 「밀주영취산표충사사적비(密州靈鷲山表忠詞事蹟碑)」가 건립되었다.

석비 가운데 가장 비중이 큰 것은 기념비와 기적비이다. 신라는 6세기 이후부터 영토 확장을 위해 정복 활동을 펼쳐 법과 문서로 지방을 지배하기 시작했다. 지증왕과 법흥왕 당시에 세운 비석에는 법을 통해서 점령 지역을 통치하고 지방의 분쟁을 조정한 사실을 새겼다. 501년의 「포항중성리신라비(浦項中城里新羅碑)」, 503년의 「영일냉수리신라비(迎日冷水里新羅碑)」, 524년의 「울진봉평리신라비(蔚珍鳳坪里新羅碑)」, 551년의 「단양신라적성비(丹陽新羅赤城碑)」 등이 그 예이다. 「영일냉수리신라비」는 문언어법 표현이 보이지만, 이두식 표현도 많다. 「울진봉평리신라비」는 행의 중간에 '~之'라는 종결어미를 써서 단락을 구분한 예도 있고, 문언어법의 구조가 아닌 부분도 있다. 고려의 기념비나 기적비는 보고되지 않았다. 하지만 조선시대에는 단군을 제사하는 구월산(九月山) 삼성사(三聖祠)와 평양 숭령전(崇靈殿), 기자(箕子)를 제사하는 평양 숭인전(崇仁殿), 신라 시조를 제사하는 경주 숭덕전(崇德殿), 고려 시조를 제사하는 마전(麻田) 숭의전(崇義殿) 등의 묘정에 기념비를 세웠다. 변계량(卞季良)이 「기자묘비명(箕子廟碑銘)」을 지었는데, 1612년 봄 기자 사당을 숭인전으로 바꾸고 선우씨를 대대로 전감이 되도록 정한 이후, 이정귀는 광해군의 명으로 「기자묘비명병서(箕子廟碑銘幷序)」를 지어 기자 후손 동래설을 덧붙였다. 1409년 변계량이 작성한 「유명조선국학신묘비명(有明朝鮮國學新廟碑銘)」은 정치와 문교의 이념을 적시하고, 23연 46구 5전운의 명을 이었다.

고대부터 성곽을 수축(修築)하면 수축 실무 담당자가 기념비를 건립하는 일이 많았다. 551년 무렵 건립된 「명활산성비(明活山城碑)」와 591년 무렵 건립된 「남산신성비(南山新城碑)」가 그 예들이다. 그 비문은 한국식(이두식) 한문으로 작성되어 있다. 고려의 축성비는 현전하는 예가 확인되지 않지만 조선시대에는 여러 예가 보인다. 1586년에 장연 현감 홍적(洪迪)이 장연성을 수리하고 「장연성갈지(長淵城碣誌)」비를 세웠다. 1684년에는 관찰사 류비연(柳斐然)이 영변 철옹성의 중수를 기념하여 류상운(柳尙運)이 지은 비문을 새긴 「철옹축성비(鐵瓮築城碑)」를 세웠다. 1731년 동래부사 정언섭(鄭彥燮)이 동래성을 개축한 이후, 1735년 10월 신임 부사 최명상(崔命相)은 남문 밖 농주산(弄珠山)에 찰방 김광악(金光岳)이 지은 「내주축성비기(萊州築城碑記)」를 새긴 비를 세웠다. 1779년 수어사 서명응(徐命膺)은 남한산성 보축 공사가 이루어지자 「남성신수기(南城新修記)」를 돌에 새겼다. 탁본이나 문집 수록 글 가운데는 교량 건립을 기념하여 지은 글이 39편 정도 전한다. 1660년 고양군수 심억(沈檍)이 석공거사(石工居士) 조선남(趙善男)의 도움으로 덕수자씨교(德水慈氏橋)를 완공하고 「고양덕수자씨교비명」을 세운 예가 있다. 한편 1788년 좌수 문명현(文命顯)은 전임 동래부사 이경일(李敬一)의 사상면 제방 축조를 칭송하여 「부사이공경일축제혜민비」를 지었다.

조선 왕조는 왕자의 태실을 관리하고 태실비(아기비)를 세우고 태지석을 묻었다. 경북 성주 선석산(禪石山)에 세종의 18아들과 손자 단종의 태실 등 19기가 모여 있고 각각 간단한 기록을 새긴 태실비가 있었다. 1462년에는 세조의 태실을 구별하기 위해 최항(崔恒)이 전말을 밝힌 「태실비명(胎室碑銘)」을 작성했다. 정조는 왕실 관련 유적에 친제(親製)의 비문을 내려 비를 세우게 했다. 「검암기적비명병서(黔巖紀蹟碑銘幷序)」(1781), 「덕원부적전사기적비명병서(德源府赤田社紀蹟碑銘幷序)」(1787), 「안변설봉산석왕사비병게(安邊雪峯山釋王寺碑幷偈)」(1791), 「온궁영괴대비명(溫宮靈槐臺碑銘)」(1795), 「독서당구기비명(讀書堂舊基碑銘)」과 「치마대구기비명(馳馬臺舊基碑銘)」(1797), 황해도 곡산의 「성적비(聖蹟碑)」(1799) 등이 있다. 1796년에는 김종수(金鍾秀)가 정조의 명에 따라 「화성기적비(華城紀蹟碑)」를 작성하면서 교명(敎命)을 점철했다. 민간에서도 기적비를 세운 예가 있다. 경기도 광주시 오포읍 능평리에서 출토한 1731년 제작된「수륙제사적비(水陸祭事蹟碑)」는 전 행진주목사 김헌지(金獻之)가 서(序)를 지어 신천교(新川橋) 수륙제의 의의를 밝혔다.

　신라 말 최치원은 전몰 군사들을 위한 위령비문을 작성했다. 고려에서도 전쟁과 관련하여 전승비나 토적비를 건립했을 듯하다. 조선 왕조는 이성계의 전승 유적지에 비를 세움으로써 그를 민족 영웅으로 부각시키고 왕조 성립의 정당성을 강화했다. 1577년 운봉현감 박광옥(朴光玉)이 왕명에 따라「황산대첩지비(荒山大捷之碑)」를 건립할 때 김귀영(金貴榮)은 장계(狀啓)의 이두어를 삭제하고 고문으로 비문을 구성했다. 임진왜란 뒤에는 관민의 발의로 여러 곳에 전승비와 의사비가 건립되었다. 이순신의 승전을 기념한 비석으로는 1615년 전라좌수사를 지낸 유형(柳珩)의 주선으로 이항복(李恒福)이 찬술한 글을 새겨 건립한「통제이공수군대첩비(統制李公水軍大捷碑)」, 1688년 전라우도 수군절도사 박신주(朴新胄)가 이민서(李敏敍)가 찬술한 글을 새겨 건립한「명량대첩비(鳴梁大捷碑)」등이 있다. 1709년 함경도 길주군의 관민은 정문부(鄭文孚)·이붕수(李鵬壽)의 의병 사적을 기념하고자 최창대(崔昌大)가 찬술한「조선국함경도임명대첩비명(朝鮮國咸鏡道臨溟大捷碑銘)」을 새긴「북관대첩비」를 세웠다. 1798년 경상도 동래 몰운대(沒雲臺)에는 다대포첨사 정혁(鄭爀)이 8대조 정운(鄭運)의 순국을 기념하여 민종현(閔鍾顯)의 글을 새긴「충신정공운순의비(忠臣鄭公運殉義碑)」를 세웠다. 특히 영조 때 이인좌의 난 이후에는 여러 지역에 공적비가 건립되었다. 1744년 6월 안성 군민들은 도순무사 오명항의 공적을 기리기 위해 조현명(趙顯命)의 글을 새긴「오명항토적송공비(吳命恒討賊頌功碑)」를 세웠고, 1780년 경상도 주민들은 영남관찰사 황선(黃璿)을 위해 이의철(李宜哲)의 글을 새긴「평영남비(平嶺南碑)」를 세웠다. 두 비석의 비문은 토적(討賊)의 논공과 관련하여 서로 관점이 다르다. 1784년 경북 성주 주민들은 홍양호(洪良浩)의 글을 새긴「이보혁무신기공비(李普赫戊申紀功碑)」를 세웠는데, 이보혁이 합천 도옥의 촌민을 학살을 했다는 내용은 언급하지 않았다. 1812년 홍경래의 난이 진압된 후 1822년 안주 관민은 안주목사 유응환(兪應煥)의 글을 새긴「안주승전기적비(安州勝戰紀蹟碑)」를 건립했다. 이보다 앞서 1670년 부산 주민들은 임진왜란 당시 송상현의 순절을 현창하고자 송시열의 글을 새긴「동래남문비」를 세웠다. 1639년 청의 요구로 삼전도에 건립된「대청황제공덕비(大淸皇帝功德碑)」의 앞면에는 만주문자 20행과 몽고문자 20행이 새겨져 있다. 뒷면의 글은 이경석(李景奭)이 한문으로 찬술했다.

조선 조정은 공신비를 세워주지 않았다. 이에 비해 각 학파나 유림은 선정(先正)의 유적지에 제사의 의류(義類)를 밝혀 유적비나 묘정비를 건립했다. 1545년 풍기군수 주세붕(周世鵬)이 경북 영주시의 안석(安碩) 유적지에「사현정비(四賢井碑)」를 세운 것은 그 이른 예이다. 1722년 3월 정호(鄭澔)는 이이(李珥)를 제향한 강릉 송담서원(松潭書院)의 묘정비기(廟庭碑記), 백제 성충·계백·흥수와 고려 이존오를 제향한 부여 의열사(義烈祠)의 묘정비기를 지었다. 1749년 김창흡(金昌翕)의 영시암 유적지에는 김원행(金元行)이 대작한 글을 새긴「삼연선생영시암유허비(三淵先生永矢菴遺墟碑)」가 세워졌다. 1792년에 영남인들은 검교직각 이만수(李晩秀)가 정조의 명에 의해 도산서원에서 별시를 시행한 일을 기념하기 위해 남인 재상 채제공(蔡濟恭)이 찬술한「도산시사단비명(陶山試士壇碑銘)」을 새긴 시사단비를 세웠다. 한편 1740년에 영조는 정몽주의 사적을 기념하여 14자를 써서 개성유수로 하여금 비석을 선죽교에 세우게 했고, 1779년에 정조는 송시열 묘표를 직접 짓고 써서 비석에 새기게 했다. 1791년에 정조는 충주 달천사(鏈川祠)에 임경업(林慶業)의 대절(大節)을 기리는 비명을 친히 지어 비석에 새기게 했다.

1599년 명나라 신종이 양호의 후임 만세덕(萬世德)에게 4천 금을 내려 관왕묘를 건립하도록 요구하자, 조선 조정은 1601년 봄에 흥인문 동쪽에 관왕묘를 완공하고 편액을 '현령소덕왕관공지묘(顯靈昭德王關公之廟)'라고 했다. 허균(許筠)이「칙건현령관왕묘비(勅建顯靈關王廟碑)」를 지었다. 1785년 정조는 4조(숙종·영조·경모궁·정조)의 어제를 새긴 묘비를 동묘와 남묘에 세우도록 명했다.「숙종대왕관왕묘비」와「영조대왕관왕묘비」는 서무(西廡)의 비석 앞 뒤에 새기고,「경모궁관왕묘비」와「장조의황제관왕묘비(莊祖懿皇帝關王廟碑)」는 동무(東廡)의 비석 앞뒤에 새겼다. 장조(사도세자와)와 정조는 숙종이 작성했던 도상명(圖像銘)에 차운하여 묘비명을 지었다. 왜란 후에는 평양, 성주, 안동, 남원, 강진, 동래, 강화도, 개성 등에도 관왕묘가 건립되었다. 고금도관왕묘에는 이이명(李頤命)의 글을 새긴「고금도관왕묘비(古今島關王廟碑)」, 안동 관왕묘에는 배용길(裵龍吉)의 글을 새긴「무안관왕묘비명(武安關王廟碑銘)」이 세워졌다.

1686년 이민서(李敏敍)가 평안도 평원군 영유현의「무후묘(武侯廟)」를 기념하는 비석의 글을 작성했다.「한승상제갈충무후묘비명병서(漢丞相諸葛忠武侯廟碑銘幷序)」를 지었다. 1750년 영조가 영청현(永淸縣) 사당에 무후(제갈량)·악비와 함께 문천상(文天祥)을 배향하라고 하교한 후, 남유용이「제갈량묘악비문천상추배기사비(諸葛亮廟岳飛

文天祥追配紀事碑)」를 지었다.

조선 조정은 민간의 충효열을 고취시키려고 각 덕목을 실천한 인물에게 정려했다. 정조는 하층민을 위해 최소한 마애비라도 제작하도록 권장했다. 효자 정려비의 빠른 예로는 지군사 이윤(李胤)이 전 만경현령 남황(南晃)의 여묘살이를 표창하고자 이첨(李詹)의 글을 새긴 「지남황효비음(誌南晃孝碑陰)」을 들 수 있다. 절부의 정려비로는 신광한(申光漢)의 글을 새긴 「절부김씨정표지(節婦金氏旌表誌)」가 이른 시기의 예이다. 1688년 여종으로서 수절한 연옥의 손자 박경(朴敬)이 단양에 「열녀연옥정려비기(烈女鍊玉旌閭碑記)」를 건립할 때 송시열은 비문을 지어 주었다. 한편 기생의 의열비로는 논개의 순절을 기린 「의암사적비명(義巖事蹟碑銘)」과 평양 의기를 위한 「의열사기계월향비문(義烈祠妓桂月香碑文)」이 저명하다. 1811년 제주목사 조정철(趙貞喆)은 유배 시절에 자신을 위해 제주목사의 심문에 불복하고 자살했던 기생 홍윤애(洪允愛)를 위해 「홍의녀지묘비(洪義女之墓碑)」를 세워, 비의 뒷면에 기서문과 칠언율시 1수를 새겼다. 1802년에 춘천 사림은 병자호란 때 교생이 오성(五聖) 위판을 보호한 일을 기념하여, 춘천부사 이정현(李廷顯)의 글을 새긴 「지계사호성비(池繼泗護聖碑)」를 건립했다. 1629년에 김성일(金成一), 김성구(金成九) 형제가 부친의 복수를 사적으로 갚은 일을 두고 이이명(李頤命)과 이재(李縡)는 각각 「김삭주형제복수비(金朔州兄弟復讎碑)」를 지었다. 이이명은 김성일이 자수하여 사면받은 사실을 들어 그 의열을 칭송했으나, 이재는 자수·복심(覆審)·복주(覆奏)·판하(判下)·차지반하(次知頒下)의 경과를 함께 밝혔다. 두 비문 모두 송시열이 「김삭주형제복수전」에서 주장한 '적불토불서장지의(賊不討不書葬之義)'의 관점을 따랐다.

조선시대에는 각지의 관민이 송덕비를 세웠다. 1516년에 강원도 관찰사 황맹헌(黃孟獻)은 황희(黃喜)의 유애를 기념하기 위해 남곤(南袞)의 글을 새긴 「소공대비(召公臺碑)」를 세운 일이 있다. 완전한 문장을 갖춘 송덕비로 현전하는 가장 오래된 예는 1559년에 경상도 합천 주민이 전 군수 이증영(李增榮)을 칭송하여 조식(曺植)의 글을 새긴 「이영공유애비(李令公遺愛碑)」인 듯하다. 1617년 전라도 순천 주민들은 고려 충렬왕 때 최석(崔碩)이 팔마 수뢰의 폐단을 정지시킨 것을 기념하여 세운 「팔마비(八馬碑)」를 중건하면서 이수광(李睟光)의 음기를 새겼다. 1808년 범어사 승려들은 전 동래부사 조엄(趙曮)의 사폐혁거(寺弊革祛) 사실을 칭송하여 향리의 아들 조중려가 지은 글을 새긴 「순상국조공엄혁거사폐영세불망단」 비를 세웠다. 1861년 경상도 다대포 주민들은 곽전(廛田) 면세에 기여한 서리의 공적을 기리기 위해 「진리한광국구폐불망비(鎭吏韓光國捄弊不忘碑)」를 세웠다. 조선 후기에는 공적 칭송의 4자 4구 고과어(考課語)를 새긴 송덕비(불망비, 유애비)가 과도하게 많이 건립되었다. 영조와 정조는 송덕비 금령을 내리기까지 했으나, 풍습을 바꾸지 못했다. 한편 부산 주민들은 대전·공비전 진상을 맡던 아전의 노고를 치하하여 「진상색장성규구해불망비(進上色張性珪救海不忘碑)」를 세웠다. 비제의 좌우에 4자 4구의 고과어를 늘어놓았는데, 비주가 지방관이나 무관이 아니라 아전인 것이 특이하다. 한편 1745년 9월 전남 영광의 주민이 건립한 「조산황비(造山隍碑)」는 영광군수 이유신(李裕身)이 풍수설에 따라 숲을 조성해서 보색공결(補塞空缺)한 것을 기리는 기념비이다. 이유신은 1755년 12월 동래부사가 되어, 쓰시마섬에 표류한 경주 어민들을 송환시켰고 동래 별기위(別騎衛) 300명의 복시(覆試) 면제를 조정에 요청한 일이 있다. 1757년 겨울 북면의 문병희(文秉喜)는 자연석을 다듬어 「부사이공유신청덕선정만고불망비(府使李公裕身淸德善政萬古不忘碑)」를 만들었다.

정유재란 이후에는 명나라 장수들을 위한 거사비가 각지에 건립되었다. 임진왜란 후 조선 조정이 「양호거사비(楊鎬去思碑)」를 네 차례에 걸쳐 세운 것은 잘 알려진 사실이다. 1599년 충청도 공주의 관민은 '제독 이공'[이여송(李如松)인지는 확실하지 않음─필자 주], 남방위(藍芳威) 유격, 임제(林濟) 위관을 칭송하여 각각 비석을 세웠다. 1633년 황해도 관찰사 장신(張紳)은 양관 대제학 최명길(崔鳴吉)의 글을 받아 병자호란 직전에 명나라 조사가 내왕했던 일을 추념하는 「조사강왕양공거사비(詔使姜王兩公去思碑)」를 세웠다. 명나라 장수가 비의 건립을 주도한 예도 있다. 1599년 독공정왜유격장군(督工征倭遊擊將軍) 장양상(張良相)은 명나라 군대의 위업을 선전하기 위해 7언 6구와 7언 8구 시를 새긴 마애비를 경남 남해에 조성했다. 같은 해 만세덕은 왜군 퇴치를 선전하여 낭중 가유약(賈維鑰)에게 비문을 짓게 해서 기공비를 세웠다. 조선 중기에 명나라 장수나 조사를 위한 거사비와 명나라 장수가 발의한 시비가 우리 국토 안에 건립된 것은 매우 이례적이다. 명나라나 청나라 시기 중국 내 조선 사행로에는 기념비나 시비가 하나도 세워지지 않았다.

조선시대에는 신성한 염원이나 약조의 조항을 적은 비가 건립되기도 했다. 14, 15세기 민중들은 미륵의 용화세계에서 환생하고 싶다는 서원을 담은 매향비(埋香碑)를 세웠다. 1536년 지금의 서울시 노원구 하계동에 건립된 「이윤탁한글영비(李允濯한글靈碑)」는 수묘(守墓)의 경고문을 한글로 새겼다. 1661년 삼척부사 허목(許穆)은 방재

(防災) 목적으로 3구 1전운 형식의 「동해송(東海頌)」을 전서(篆書) 192자로 적어 이듬해 만리도(萬里島)에 비석을 세웠다. 1678년 왜관이 현재의 용두산 주변으로 이관되자, 동래부사 이복(李馥)은 이두식 문서의 열거법을 따라 7항목의 '무오년 이관 후 절목'을 비표에 제시했다. 1918년 전라도 광주의 지응현(池應鉉)은 병천사(秉天祠) 삼문 앞에 새우젓 장수 모자를 추모하는 「제하상모자비(祭鰕商母子碑)」를 건립했다.

근대 이전의 한국에는 시비(詩碑)가 거의 건립되지 않았다. 1477년에 한명회(韓明澮)는 성종의 어제 「압구정시」 8수를 돌에 새기고 뒷면에 갱화(賡和)한 예겸(倪謙) 이하 총 29명의 중국 사람과 월산대군 이하 총 75명의 명신들의 이름을 새겼다고 하는데, 전하지 않는다. 1734년 건립된 「유철증별시비(兪橔贈別詩碑)」는 유철이 연행을 하거나 서변(徐忭)의 옥사로 귀양갈 때 친우들이 지어준 8수의 시를 이재(李縡) 등 후인 8명이 베낀 글씨들을 모아 비에 새긴 것이다.

4.

형성기의 비지문은 졸장(卒葬)의 사실을 중심으로 하여 내용이 간략했으나, 점차 서술이 풍부해지고 이념이나 공론이 첨부되었다. 조상의 기일만을 새긴 비석도 있는데, 경기도 양평군 양동면 쌍학리 덕수이씨 묘역의 세장비(世葬碑), 서울시 강남구 수서동 광평대군 이래 세장기비(世葬紀碑) 등이 그 예이다. 하지만 정형화된 비지문은 비두(碑頭)·허두(虛頭)·전기(傳記)·추록(追錄)·명(銘)·추기(追記) 등의 요소들을 지닌다.

7세기 중반 신라의 원광(圓光)과 혜숙(惠宿), 백제의 혜현(惠現)의 부도가 건립되었다는 기록이 있다. 다만 844년 제작된 「금동탑지」가 나온 「염거화상탑(廉居和尙塔)」이 현재까지 확인되는 가장 오래된 탑비이다. 최치원의 사산비명 가운데 세 비명은 탑비이다. 1582년 제작된 「신흥사노한당탑(新興寺盧閑堂塔)」은 복판 받침에 탑명과 간지가 새겨져 있다. 부도와 별도로 탑비를 세운 화상비로 원효의 「서당화상비(誓幢和尙碑)」, 행적(行寂)의 「태자사낭공대사백월탑비」, 보조혜광(普照慧光)의 「오룡사법경대사비(五龍寺法鏡大師碑)」 등이 널리 알려져 있다. 찬자 미상의 「서당화상비」는 변문의 서, 4언 고시 환운의 사(詞)로 이루어져 있다. 최언위(崔彦撝)의 「태자사낭공대사백월탑비」는 변문의 서, 4언 16연 32구에 8구(4연) 1전운의 사(詞)로 이루어져 있다. 「오룡사법경대사비」의 찬자도 최언위이다. 일연(一然)을 위해 민지(閔漬)가 찬술한 「인각사보각국사비(麟角寺普覺國師碑)」의 서는 변문투의 제행, 고문의 산행, 삽입 시, 백화체 대화문을 착종했고, 명은 4언 56구, 매 4구 환운이다. 1372년 양주 회암사(檜巖寺)에 제납박타(提納薄陀) 지공(指空)의 유골이 봉안된 후 이색(李穡)은 장편의 「서천제납박타존자부도명병서(西川提納薄陁尊者浮屠銘幷序)」를 찬술하되, 지공의 출신과 편력에 관해 지공 자신이 말한 이야기들을 정리하는 방식을 취했다. 고문으로 작성하면서 대화체를 상당히 많이 사용했으며 내용이 허탄할 정도로 환상적이다. 1379년 경기도 여주 신륵사에 나옹혜근(懶翁惠勤)의 석종비를 세울 때 이색은 「신륵사보제존자석종비(神勒寺普濟尊者石鐘碑)」를 작성했고, 1385년 미지산 사나사에 태고보우의 석종이 이루어지자 정도전(鄭道傳)은 「미지산사나사석종명병서(彌智山舍那寺石鐘銘幷序)」를 지었다. 18세기에 경남 합천 봉암당에 채환(采歡)의 수법제자들이 「채환대선사비」를 세웠는데, 채제공(蔡濟恭)의 「선교양종부종수교봉암당대선사비명(禪敎兩宗扶宗樹敎鳳巖堂大禪師碑銘)」을 새겼다.

고려시대의 사대부 계층은 불교식 장례를 치루되, 무덤을 따로 두고 광중에 지석을 안치했다. 1105년 승려 응량(膺亮)이 정목(鄭穆)을 위해 작성한 「영양정대부묘지(榮陽鄭大夫墓誌)」에는 과제(科題)와 정목의 자작시를 게시했다. 조충(趙冲)은 「최충헌묘지명(崔忠獻墓誌銘)」을 지었고, 김훤(金晅)은 「도첨의찬성사김훤자찬묘지(都簽議贊成事金晅自撰墓誌)」를 남겼다. 한편 고려 여성들의 묘지는 현재까지 51점이 확인된다. 「최루백처염경애묘지명(崔婁伯妻廉瓊愛墓誌銘)」과 「최윤의처김씨묘지(崔允義妻金氏墓誌)」는 각각 부군이 부인을 위해 묘지를 작성한 예이다. 이규보(李奎報)는 1222년 사미였던 아들 이법원(李法源)을 위해 「상자법원광명(殤子法源壙銘)」을 목편에 새겨 광(壙)에 묻었다. 고려 말에 이르러 사대부의 묘표와 신도비가 지상에 건립되기 시작했다. 이곡(李穀)은 이달존(李達尊)을 위해 「고려국봉상대부전리총랑보문각직제학지제교이군묘표(高麗國奉常大夫典理摠郎寶文閣直提學知製敎李君墓表)」를 작성했다. 1387년 겨울, 이성계는 이색에게 부친의 신도비를 부탁하고, 이듬해 비를 세울 때 다시 음기를 요청했다. 그 음기가 「전주이씨이거삭방이래분묘기(全州李氏移居朔方以來墳墓記)」이다. 이색은 또 동년의 김순부[김원수(金元粹)]가 부모의 묘역을 조성하자 「김순부부모묘표(金純夫父母墓表)」를 지어주었다. 정도전은 부친 정운경(鄭云敬)을 위해 사시묘표(私諡墓表)인 「염의지묘(廉義之墓)」를 찬술했다.

앞서 말했듯이, 상고시대 국왕을 위한 비지문으로는 백제의 무령왕 지석과 신라의 「신라문무왕릉지비」가 전한다. 고려 인종의 능에서는 아들 의종이 제작하게 한 시책(諡册)이 나왔다. 명문을 새긴 책엽(册葉) 41개와 천부상(天部像)을 새긴 책엽 2개로 구성되어 있어, 이것이 지석을 대신했다. 조선시대에 들어와 세종은 개국·정사의 공이 있는 태종의 헌릉(獻陵)에 변계량의 글을 새긴 신도비를 세웠다. 또한 문종은 세종을 '불천지주(不遷之主)'로 정하고 영릉(英陵)에 비석을 세웠다. 하지만 그 후 선왕의 신도비를 신하가 찬술하는 것을 혐의롭게 여겨 왕릉에는 표석만 사용했다. 다만 정조는 영조의 능에 비를 세우게 하고 친히 비명을 지었다. 왕릉에는 지석을 묻는 일이 관행이었다, 1422년 태종이 서거한 후 2매 1조의 지석을 묻었다. 1659년에 송시열은 효종의 「영릉지문(寧陵誌文)」을 작성하면서 구양수의 「상강천표(瀧岡阡表)」를 모방했다. 1752년에 영조는 「유명조선국사도세자묘지(有明朝鮮國思悼世子墓誌)」를 친제하여 사도세자의 죄를 성토하고, 세손에게 왕통을 잇게 한 사실, 세자비에게 혜빈 호를 내린 사실을 밝혔다. 왕릉의 지문으로 가장 최후의 것은 1926년 정인보(鄭寅普)가 대작한 「유릉지문(裕陵誌文)」이다. 한편 조선 국왕은 사친을 추존하고 비를 세우기도 했는데, 1573년 홍섬(洪暹)이 중종의 7남 이초(李岹)를 위해 찬술한 글을 새긴 「덕흥대원군신도비(德興大院君神道碑)」가 그 처음 예이다. 대군의 묘비문으로는 1498년 임사홍(任士洪)이 왕명에 응해 지은 글을 새긴 「월산대군이정신도비(月山大君李婷神道碑)」가 가장 이른 듯하다.

조선시대에는 공신과 달관의 신도비가 많이 건립되었다. 묘주가 추증되거나 신원되면 신도비를 건립하는 사례가 많았다. 조선에서는 신도비를 '대규지문(大逵之文)'이라고 불러 큰길에 세우는 것을 원칙으로 삼았지만 그것을 묘정에 세우기도 했다. 신도비와 신도표를 구분한 예는 매우 드물며, 신도비를 비명과 거의 구별하지 않았다. 신도비의 비제는 망자의 직함 앞에 대개 '유명조선국(有明朝鮮國)'을 붙였다. 조선시대에 들어와 고려의 인물을 위해 신도비를 제작하면서 비제에 '유진고려(有晉高麗)'나 '유원고려국(有元高麗國)'을 붙인 예도 간혹 있다. 황경원(黃景源)이 임경업(林慶業)을 위해 지은 「명총병관조선국정헌대부평안도병마절도사충민임공신도비명병서(明總兵官朝鮮國正憲大夫平安道兵馬節度使忠愍林公神道碑銘幷序)」는 명나라 총병관의 직함을 비제에 제시했다.

조선시대 사대부의 묘역에는 묘표와 묘갈을 세우는 것이 관례였다. 신도비와 묘갈·

묘표는 형태로 구분되지만 묘갈명이 신도비에 입각(入刻)되는 경우도 있었다. 1724년 이의현(李宜顯)은 권상하의 아들 권욱(權煜)을 위해 「선산부사권공묘갈명병서(善山府使權公墓碣銘幷序)」를 지으면서, 왕안석의 「탁지낭중묘지명(度支郎中墓誌銘)」을 참조해서 관력·학문·공적·덕행 등을 분술(分述)했다. 1737년에 이종성(李宗城)은 「병조정랑이군묘갈명병서(兵曹正郎李君墓碣銘幷序)」를 지어 묘주 이시항(李時恒)을 서주(평안도)의 호걸로 평가했다. 집안 사람이 묘비를 작성한 예도 많았다. 신흠(申欽)은 부친 신승서(申承緒)의 묘표를, 권찬(權儧)은 부친 권논(權碖)의 묘표를, 이광사(李匡師)는 부친 이진검(李眞儉)의 묘표를 지었다.

1757년에 영조는 '덕을 감춤[儉德]' 이념에 따라 지석을 도자로 대신하도록 명했다. 하지만 도자 지석은 조선 초부터 활용되었다. 그 문체는 묘주의 관직, 거주지, 졸일, 장사일, 후사의 이름을 적는데 그치거나, 묘주의 관력을 기록하고 조부와 부친의 최종 관직까지 밝히는 것이 주류를 이루었다. 전자의 예로 1435년 제작된 차집(車輯)의 분청사기 지석이 있고, 후자의 예로 1453년 제작된 이선제(李善齊)의 분청사기 묘지가 있다. 하지만 사대부 지석은 내용이 풍부했다. 특이한 예로, 정호(鄭澔)가 작성한 「고판관유공묘지명(故判官兪公墓誌銘)」은 묘주 유정기(兪正基)와 계실 신태영(申泰英)의 이절(離絶) 소송을 다루었다. 유정기가 패소하고 죽은 이듬해인 1713년, 그의 아들 유언명(兪彦明)은 『대명률』의 '남편을 구타한 경우에는 이절을 들어준다[毆夫聽離].'라는 율문에 따라 죽은 부친의 이절을 청했으나, 공조판서 겸 의금부도사 김진규(金鎭圭)는 신태영의 알소(訐訴)는 '매(罵)'라고 반박했다. 정호는 유정기 묘지명에서 이절이 의리에 맞는다고 했지만, 김진규 묘지명에서는 김진규의 반박을 긍정했다.

조선시대 지식인들은 살아 있는 동안에 비지문을 자찬하기도 했다. 고려 김훤(金暄)의 자찬 묘지 이후 조선시대에 적어도 60여 편 이상의 자찬 비지문이 확인된다. 그 밖에도 자명(自銘)에 타인의 서나 후지를 더한 예, 자서(自序)에 타인의 명(銘)을 더한 예가 있다. 정형복(鄭亨復)의 「묘표자제(墓表自題)」에 남유용(南有容)은 「판돈령부사정공묘표부기(判敦寧府事鄭公墓表附記)」를 덧붙였다. 한명욱(韓明勖)은 묘지의 서를 스스로 짓고 명은 이경석(李景奭)에게 부탁했다. 오원(吳瑗)은 생부 오진주(吳晉周)의 자찬 묘지에 후기를 더했다. 이만수(李晩秀)는 성정주(成鼎柱)의 「자지(自誌)」에 명을 지어 주었고, 기정진(奇正鎭)은 민재남(閔在南)의 자찬 묘명에 「모산일인묘갈명서(茅山逸人墓碣銘序)」를 붙였다. 조영순(趙榮順)은 1775년 10월 14일 조부의 묘에 성묘하고 오다가 병이 들자 공주 객관에서 4언 8구의 「자지명(自誌銘)」을 아들 조원철(趙元喆)에게 받아 적게 했는데, 조원철은 이듬해 후지(後誌)를 더했다.

사대부 지식인은 가문의 기록을 남기기 위해 선대의 비지문을 작성하고, 학파나 당파의 정당성을 선전하기 위해 선학의 비지문을 작성했다. 이광사(李匡師)는 전주이씨 덕천군파 이경직(李景稷)의 자손으로, 집안의 몰락 이후 선대의 인물들을 위해 비지문을 찬술했다. 비주(묘주)에게 역명이나 추증이 있으면 그 후손은 새로 비지를 제작했다. 윤안성(尹安性)의 지문은 황호(黃㦿)가 작성한 「참판윤공묘지명병서(參判尹公墓誌銘幷序)」와 이경석(李景奭)이 작성한 「병조참판파양군증이조판서윤공묘지명(兵曹參判坡陽君贈吏曹判書尹公墓誌銘)」이 있다. 윤안성은 1615년 능창군 추대 사건에 연루되어 사형당했다가 인조반정 이후 훈작이 복구되었는데, 묘주가 작고한 지 20년 뒤에 황호가 지명을 지었고 그 후 추증이 있자 이경석이 다시 지문을 지었다. 또한 기왕에 찬술되어 있는 비지문에 배위의 졸장 기록과 자손록을 추기(追記)했다. 한호(韓濩)의 「한석봉묘갈명병서(韓石峯墓碣銘幷序)」는 1618년 이정귀(李廷龜)가 찬술한 후 1716년 금천군수 홍중주(洪重疇)가 비석을 세우면서 추기, 한호 자손록, 한호 현손 한숙(韓璹)의 지(識)를 더 새겼다. 영조와 정조 때는 추증이나 신원이 많았으므로, 각 문중에서 비석을 새로 건립하거나 추기하는 일이 더 많아졌다. 또한 정조는 이순신을 위해서 「상충정무지비(尙忠旌武之碑)」를 지었으며, 사명대사를 위해서는 「서산대사화상당명병서(西山大師畫像堂銘幷序)」를 지었다. 「노량육신묘비명병서(露梁六臣墓碑銘幷序)」의 건비 과정은 역대 왕의 육신 추숭 과정과 밀접한 관련이 있다. 즉, 1703년 숙종이 창절사의 사액을 내린 이후 박팽년의 후손 주도로 남구만이 「노량육신묘비(露梁六臣墓碑)」를 지었으나 비석을 세우지는 못했고, 1747년(영조 23) 영조의 건비령에 따라 경기도관찰사의 주재로 조관빈(趙觀彬)이 「노량육신묘비명병서(露梁六臣墓碑銘幷序)」를 지었으나 역시 입비하지는 못했다. 그러다가 영조가 육신에게 증시하고 정조가 육신사에 제사를 지낸 후, 1782년(정조 6) 민절사 유사 이동직(李東直)과 박팽년의 후손 박기정(朴基正)이 원임 영의정 이휘지(李徽之)의 후기를 더해 비를 세웠다.

비지 가운데 주목할 만한 것은 국난에 의리로 대처한 인물들을 비주·지주로 삼은 예, 요상자(夭殤者)의 정화(精華)에 주목한 예, 사대부가 집안 여성의 삶을 현창한 예 등이다. 특히 여성 묘주의 비지는 여성의 사회적 위상 변화와 관련하여 각별한 의미가 있다. 조선 초부터 비빈의 묘비를 건립했고, 왕후을 위한 묘표음기를 찬술했다. 그런데 1786년 5월 문효세자가 죽고 9월에 생모 의빈(宜嬪) 성씨(成氏)가 죽자 정조는 「성의빈묘표(成宜嬪墓表)」를 직접 지었다. 여성 묘주의 신도비문은 권근이 1403년에 태조의 정비 신의왕후(神懿王后) 한씨를 위해 작성한 「신의왕후제릉신도비(神懿王后齊陵神道碑)」가 가장 이르다. 선조의 후궁 인빈 김씨를 위한 「인빈김씨신도비명(仁嬪金氏神道碑銘)」은 정원군의 추존 단계에 따라 장유(張維)가 지은 것과 신흠(申欽)이 지은 것이 별도로 있다. 명성왕후 김씨의 「숭릉지문(崇陵誌文)」은 송시열이 지었으나 1689년 송시열이 사사되자 이듬해 민암(閔黯)이 지문을 다시 지었다. 인경왕후 김씨의 「익릉지문(翼陵誌文)」도 송시열이 지었으나 그가 사사된 후 1690년 권유(權愈)가 지문을 다시 지었다. 영조의 모친 능에는 박필성(朴弼成)이 찬술한 글을 새긴 「숙빈최씨신도비(淑嬪崔氏神道碑)」가 1725년에 건립되었다.

사대부 여성을 위한 비지는 묘주의 자손이나 일가, 시대의 인물이 작성하는 예가 대부분이었다. 특이하게도 허목(許穆)은 첩증조고를 위해 묘표를 작성했다. 송시열은 여성 묘주의 묘표 14편과 외명부 부인의 묘지 22편을 남겼다. 조선시대의 것으로 여승을 위한 비명 1편과 기생을 위한 묘표문 2편이 전한다. 1782년 채제공은 명덕산에서 은거할 때 자신을 위해 액막이를 해주었던 여승 정유(定有)를 위해 서와 명을 갖춘 「여대사정유부도비명(女大師定有浮屠碑銘)」을 작성했다. 기생을 위한 비문 가운데 「춘기계심순절지분(春妓桂心殉節之墳)」은 칠언고시만으로 이루어져 있고, 「동도명기홍도지묘(東都名妓紅桃之墓)」는 서와 오언고시로 이루어져 있다.

조선 시대 여항인의 비지에 대해서는 금령(禁令)이 없었다. 최세진(崔世珍)의 지석은 먼저 죽은 부인의 장지를 개석(蓋石)의 글 뒤에 적어 넣고 저석(底石)에 부인의 졸일을 부기했다. 중인 홍세태(洪世泰)는 여항시인 유희경(劉希慶)의 「유촌은묘지명(劉村隱墓誌銘)」, 역과(譯科) 출신으로 선천 훈도를 지낸 김상요(金尙堯)의 「김중옹묘갈명(金仲雍墓碣銘)」 등을 찬술했다. 정래교(鄭來僑)는 홍세태 묘지명을, 조현명(趙顯命)은 홍세태 묘표를 지었다. 황경원(黃景源)은 「이원령묘지명병서(李元靈墓誌銘幷序)」에서 이인상(李麟祥)을 존주(尊周)의 화신으로 그려냈다. 그러나 서얼의 문사가 사대부를 위해 비지문을 찬한 예는 그리 많지 않다. 조선시대 군인의 묘지문은 기서 형식이 단순했다. 원종공신 박인량(朴寅亮)의 부친으로 내금위 소속이었던 박진(朴蓁)의 묘지는 44자의 본문에 휘·자·본관·부모·몰년·장일·장지를 밝혔다.

5.

　석비문과 비지문의 초고는 관련자들에 의해 여러 단계에 걸쳐 자구·편장·주제 등의 타당성이 검증되었다. 이를테면 이황을 비주·지주로 하는 비지문으로는 이황의 자명(自銘), 이황의 자명과 기대승의 서후(敍後)를 합한 묘갈명, 그 일부를 사용한 묘지(墓識), 박순(朴淳) 찬술의 묘지명, 이덕홍(李德弘) 찬술의 묘지명, 기대승의 광명(壙銘) 등이 있다. 묘갈명은 중론에 따라 이황의 자명을 앞에 두고 기대승의 서후를 붙이는 방식을 취했다. 「퇴계선생갈문(退溪先生碣文)」이 이것이다. 한편 기대승의 「퇴계선생광명(退溪先生壙銘)」은 1571년에 조목과 기대승이 합찬한 「퇴계이선생묘지(退溪李先生墓識)」의 운문 부분(기대승 작)만 약간 수정한 것이다. 18세기 초 도암 이재(李縡)는 문하생들에게 비주의 세계와 이력을 초촬(抄撮)하게 하고 논단(論斷)만 직접 기술했다고 한다. 정약용(丁若鏞)은 「자찬묘지명」 2본을 포함하여 24편의 묘지명을 남겼다. 「서모김씨묘지명(庶母金氏墓誌銘)」에서는 목도 사실을 적었고, 「윤계진묘지명(尹季軫墓誌銘)」에서는 경험 사실을 적었다. 이기양(李基讓)·이가환(李家煥)·권철신(權哲身)·오석충(吳錫忠)·정약전(丁若銓)·정약현(丁若鉉) 등의 묘지명에서는 신원을 위한 자료와 비전의 일화를 제시했다.

　비지문의 입언자는 묘주의 자질이나 친족, 친우 또는 묘주와 동일한 당파·학파·종파에 속하는 지인이 많았다. 후자의 경우 비문은 정치적 색채가 더욱 두드러졌다. 이의현(李宜顯)은 이민적(李敏迪)을 위한 「대사헌죽서이공신도비명병서(大司憲竹西李公神道碑銘幷序)」에서 윤선도를 흉인으로 규정하고 허적(許積)을 간신 노기(盧杞)에 견주었다. 그런데 비지문에는 대작(代作)이 없지 않았으므로 찬자를 헷갈려서는 안 된다. 이를테면 유형원(柳馨遠)의 비문은 홍계희(洪啓禧)가 지은 것으로 관지(款識)되어 있으나, 서얼 이봉환(李鳳煥)이 대작한 것이다.

　한편 비지문은 묘주(비주·지주)의 표창에 유리한 사항을 부각시키고 불리한 사항은 고의로 누락시켰다. 고려 의종 때 찬자 미상의 「김존중묘지명(金存中墓誌銘)」은 묘주의 정치 역량을 부각시키되, 그가 환관 정함(鄭諴)과 결탁하여 추밀원지주사 정습명(鄭襲明)을 탄핵하여 자결하게 만든 사실은 언급하지 않았다. 조선 중종 때 주세붕은 「병조참판방공묘갈(兵曹參判方公墓碣)」에서 방유령(方有寧)의 연산군 시절 관력을 기록하지 않았다. 광해군 때 한명욱(韓明勗)은 자찬 묘갈에서 자신이 허균의 '흉역'을 적발한 사실을 언급하지 않았다. 광해군 때 정경세(鄭經世)는 묘주 곽준(郭趙)이 「증병조 참판곽공신도비명병서(贈兵曹參判郭公神道碑銘幷序)」를 찬술하여 임별시를 남기고 황석산성에서 순절한 사실을 특별히 부각시켰다. 1661년 윤선도(尹善道)는 「증가선대부 이조참판행통훈대부시강원필선정공신도비명(贈嘉善大夫吏曹參判行通訓大夫侍講院弼 善鄭公神道碑銘)」을 찬술하면서 묘주 정뇌경(鄭雷卿)이 고조부 정순붕(鄭順朋)의 허물을 덮었다고 평가했다. 1733년 이관명(李觀命)은 「대제학김공신도비명(大提學金公神 道碑銘)」에서 김유(金楺)를 회니(懷尼) 분쟁 이후 노론 정론을 부지한 인물로 부각시켰다. 왕가의 가통과 관련하여 찬자의 명의를 바꾸어 비문을 개찬한 예도 있다. 고려 말 이색은 「이자춘신도비(李子春神道碑)」를 짓고, 조선 태조 때 권근은 「유명조선국환왕 정릉신도비명병서(有明朝鮮國桓王定陵神道碑銘幷序)」를 지어, 이자춘의 삼취(三娶) 사실을 밝혔으나, 태조는 권근의 글을 정총(鄭摠) 명의로 바꾸게 하면서 삼취 사실을 은폐했다.

비지문은 시대가 바뀌고 당파나 학파가 분열하면 새로 작성하기도 했다. 이를테면 남구만(南九萬)이 「영의정문충최공신도비명(領議政文忠崔公神道碑銘)」에서 최명길(崔 鳴吉)의 '의리'를 부각시켜 주지 않자, 묘주의 손자 최석정(崔錫鼎)은 박세채(朴世采)에 게 새로운 신도비명을 의뢰했다. 어떤 묘비문은 비주나 찬술자의 정치적 위상과 관련하여 한동안 비석에 새기지 못하거나 아예 폐기되었다. 이경석(李景奭)의 신도비문은 1703년 박세당(朴世堂)이 찬술했는데, 비석은 1754년에야 건립되었다. 송시열은 생전의 이경석을 위한 「궤장연서(几杖宴序)」에서 '수이강(壽而康)'이란 말로 칭송했다가 그의 사후 그것을 비판의 언사로 재해석했다. 박세당은 이경석 신도비명에서 송시열을 불상인(不祥人)이라고 지탄했는데, 관학유생들의 연명 상소로 전라도 옥과에 유배되었다. 이 때문에 이경석 신도비는 한동안 건립되지 못했다. 1665년 조익(趙翼)이 죽자 윤선거(尹宣擧)는 묘지명을 짓고 송시열은 신도비문을 지었다. 그런데 윤선거의 아들 윤증을 중심으로 하는 소론은 윤선거와 절교한 송시열을 사류로 인정하지 않았으므로, 송시열의 신도비문은 입비(入碑)되지 못했다. 1927년에 이르러서야 조익의 묘역에 송시열이 찬술한 글을 새긴 신도비가 건립되었다. 또한 찬자의 정치적 위상이나 묘주 후손들의 당파적 관점에 따라 묘비나 묘지가 교체된 예도 적지 않다. 유홍(兪泓)은 선조 때 종계변무 1등, 토역 2등의 공으로 기성부원군(杞城府院君)에 봉해졌는데, 그의 신도비문은 장유(張維)가 찬술한 것과 정두경(鄭斗卿)이 찬술한 것 두 종류가 있다.

1636년 신도비 건립 때 정두경의 글을 비에 올렸으나 1813년 하남시 묘역에 장유가 찬술한 글을 새긴 신도비가 건립되었다. 찬술자의 당파를 고려한 결과일 것이다.

석비와 비지의 제작과 건비·매비는 계급성을 지녔다. 특히 비지는 찬자의 신분과 비주(지주)의 신분이 문제가 되었다. 『예기』「증자문(曾子問)」에 "어린 사람이 연장자의 뇌문을 짓지 않고 신분 낮은 사람이 높은 사람의 뇌문을 짓지 않는 것이 예이다[幼不誄長, 賤不誄貴 禮也]."라고 했는데, 이 원칙을 준용하면 신분 낮은 문사가 상층 사대부의 비지문을 작성하기는 사실상 어려웠다. 사대부가 서얼을 위해 비지를 작성한 예로는, 한호를 위해 이정귀가 묘갈명을 작성한 예 외에, 송익필(宋翼弼)을 위해 송시열이 「귀봉선생송공묘갈명(龜峯先生宋公墓碣銘)」을 찬술하고 김진옥(金鎭玉)이 「묘표음기」를 찬술한 예가 있다. 또한 정조 때 윤행임(尹行恁)이 이덕무를 위해 「이무관묘갈명병서(李懋官墓碣銘并序)」를 찬술한 예도 있다. 이는 정조가 『규장전운』을 편찬한 이덕무의 공을 인정하여 그의 사후 각별한 은총을 내렸던 사실과 관련이 있다. 하지만 서얼이 사대부의 고관을 위해 비문을 지은 예는 드물다. 여성의 경우도 묘지가 부군의 묘에 부장되거나 부군의 묘비에 부기되다가, 조선 중기부터 독립된 묘비를 갖게 되었다. 하급의 무반이나 경향의 잔반은 간단한 형태로 지석을 제작했다. 중인 계층도 비지문을 활발하게 짓지 못했다. 1663년 대사헌 김상헌은 의원·역관·이서·공사천의 분총에 5, 6자 비석을 세우는 간특하고 참람한 죄를 징계하라고 주장했지만, 의원·역관의 묘비는 탁본이 매우 적고, 이서·공사천의 묘비는 실물을 찾을 수 없다. 노비의 충절이나 순절을 기린 예로는 권근의 종 천쇠(千釗), 황보인(皇甫仁)의 여종 단량(丹良), 선조 연간에 순절한 포항의 순량(順良), 고경명의 종 봉이(鳳伊)·귀인(貴仁), 정의번의 종 억수(億壽), 전라도 신천강씨의 여종 사월(四月)과 그 남편 도생(道生), 화순 종 목산(木山), 가야 종 대갑(大甲), 송시열 조모의 여종 헌비(憲菲), 순조 연간 송 과부의 여종 갑련(甲連) 등을 위한 묘표가 있다. 하지만 이 묘표들은 김상헌이 말한 '참람한' 비석이 아니다. 상인이나 공인의 비지문 자료는 아직 알려진 것이 없다. 무관들이나 평민들은 본관, 휘, 자, 부모, 몰년, 장지만을 새긴 묘지를 광중에 묻었다. 농민의 묘표로 「가선대부행동지중추부사신공지묘(嘉善大夫行同知中樞府事申公之墓)」비가 있으나, 이것은 묘주 신길만(申吉萬)이 이인좌를 생포한 공으로 행동지중추부사의 명예직을 얻었기 때문에 묘표를 갖게 된 특이한 사례이다. 19세기 초 임광택(林光澤)의 「환시비갈설(宦侍碑碣說)」에 따르면, 당시 환관의 묘역에도 비갈을 세운 듯한데, 그 시기의 실물은 확인되지 않는다. 1939년에 정인보가 갑신정변 때 죽은 내시 유재현(柳載賢)을 위해「갑신사사내신지내시부지사상선유공묘갈명(甲申死事內臣知內侍府知事尙膳柳公墓碣銘)」을 지은 사례가 있다.

비문의 찬술은 당파성을 띠었다. '유현문자(儒賢文字)'의 수정 사례는 잘 알려져 있다. 이항복이「율곡선생신도비명」을 지은 이후 김장생(金長生)·정엽(鄭曄)·오윤겸(吳允謙) 등이 산개(刪改)한 예, 정인홍이「남명신도비명(南冥神道碑銘)」을 지은 이후 허목·조경(趙絅)·송시열이 각각 신도비명을 다시 작성한 예, 신흠이「한강신도비명(寒岡神道碑銘)」을 지은 이후 남명계 문인이 퇴계 연원을 표방하여 신도비 개립을 추진한 예는 널리 알려져 있다. 1730년대 노론 집안의 비문은 이재(李縡)가 찬술한 예가 많고, 1770년대 경상도 지역 문중의 비문은 이상정(李象靖)이 찬술한 예가 많다.

근대 이전의 한국 석비문과 비지문은 묘주와 찬자, 그 양자의 계급성과 당파성이 뒤얽혀서 특이한 분포를 이루었다. 그것은 확실히 부정적인 색조를 지닌다. 그렇지만 석비문은 사건의 공동 기억을 형성하는 도구였고 비지문은 인간의 삶을 존중해 주는 의미 있는 방법이었다. 일제강점기에도 민족주의·진보주의 지식인들이 찬술한 비문은 그러한 기능을 충분히 수행했다고 말할 수 있다.

1. 금석문 자료

탁본 및 탁본집

『金石錄』 필사본 1책, 고려대학교 도서관 한적실 소장.

『金石集帖』 27책, 고려대학교 도서관 한적실 소장.

『金石集帖』 1책(得字冊), 서울대학교 규장각 소장.

『金石集帖』·『金石續帖』 217책, 일본 교토대학 부속도서관 가와이문고(河合文庫) 소장.

국립중앙박물관 소장 탁본.

국사편찬위원회 소장 탁본.

서울대학교 규장각 소장 탁본.

한국학중앙연구원 소장 탁본.

대만 중앙연구원 역사어언박물관(歷史語言博物館) 소장 흑치상지묘지 탁본, 흑치준묘지 탁본.

대만 중앙연구원 푸쓰녠도서관(傅斯年圖書館) 소장 광개토왕비 탁본.

미국 버클리대학 동아시아 도서관 아사미문고(淺見文庫) 소장 탁본.

일본 교토대학 건축학부 소장 탁본.

일본 도요문고(東洋文庫) 소장 탁본.

일본 오사카부립도서관 나카노지마도서관(中之島圖書館) 소장 탁본.

국내 편찬 금석문 자료

葛城末治,『朝鮮金石攷』, 大阪屋號書店, 1935; 東京: 國書刊行会. 1974 複刊; 亞細亞文化社, 1979 影印.

강원도사편찬위원회 편,『강원도사』제10권(상)·제10권(하): 인물편(상하), 강원도, 2014.

강화군·강화문화원 편,『강화금석문집』, 강화문화원, 2006.

경기도 용인시 용인문화원 편,『龍仁의 墳墓文化―용인지역 분묘유적 정밀실측조사 보고서―』, 용인대학교 전통문화연구소, 2001.

경기도 편,『경기금석대관』1~7, 경기도, 1988~1994.

경기도박물관 편,『경기 묘제 석조 미술 (上) 조선전기 도판편』, 주자소, 2007.

――――,『경기 묘제 석조 미술 (上) 조선전기 해설편』, 주자소, 2007.

경성대학교 부설 한국학연구소,『부산금석문』, 부산뿌리찾기2, 부산광역시, 2002.

고려대학교 박물관 편,『파평윤씨정정공파묘역주사보고서』, 고려대학교 박물관, 2003.

고양시·고양문화원,『고양금석문대관』, 고양시, 1998.

고양시·한국토지공사 토지박물관,『고양시의 역사와 문화유적』, 고양시, 1999.

곽승훈·권덕영·권은주·박찬홍·변인석·신종원·양은경·이석현 역주,『중국소재 한국고대금석문』, 한국학중앙연구원출판부, 2015.

국립문화재연구소 편,『한국금석문』상, 국립문화재연구소, 2005.

국립문화재연구소,『한국금석문자료집(상: 선사~고려)』, 국립문화재연구소 미술공예실, 2005.

국립문화재연구소·전라북도,「彌勒寺址石塔舍利莊嚴」(발굴 현장 설명 자료), 2009. 1. 18.

국립민속박물관 편,『조선시대묘제 墓制 자료집』, 국립민속박물관, 2007.

――――,『한국의 초분』, 국립민속박물관, 2003.

국립중앙박물관,『낙랑』, 솔, 2001.

국사편찬위원회,『한국고대금석문자료집』Ⅰ~Ⅲ, 국사편찬위원회, 1995.

국외소재문화재단,『일본와세다대학도서관소장 한국전적』, 국외한국문화재 18, 국외소재문화재단, 2020.

국학진흥연구사업추진위원회,『장서각소장탁본자료집』Ⅰ(고대·고려편), 한국정신문화연구원, 1997.

――――,『장서각소장탁본자료집』Ⅱ(조선왕실 태조~현종), 한국정신문화연구원, 2004.

――――,『장서각소장탁본자료집』Ⅲ(조선왕실 숙종~영조), 한국학중앙연구원, 2005.

――――,『장서각소장탁본자료집』Ⅳ(조선왕실 정조~고종), 한국학중앙연구원, 2006.

――――,『장서각소장탁본자료집』Ⅴ(조선왕실 帖裝本), 한국학중앙연구원, 2007.

權悳永,『韓國古代金石文綜合索引』, 학연문화사, 2002.

金榮官 외,『중국 출토 백제인 묘지 집성』, 충청남도역사문화연구원, 2016.

金英心,『韓國古代金石文』, 한국고대사회연구소, 가락국사적개발연구원, 1992.

김용선,『개정판 고려묘지명집성』, 한림대학교 출판부, 2006.

―――,『고려묘지명집성』(상·하), 한림대학교 아시아문화연구소, 2001.

남양주문화원,『남양주금석문대관』, 남양주시, 1998.

남양주시 한국토지공사토지박물관,『남양주시의 역사와 문화유적』, 남양주시, 1999.

남한산성을 사랑하는 모임,「남한산성 금석문 탁본전」, 남한산성 만해기념관 전시실, 1999.

동국대학교불전간행위원회내 한국불교전서편찬위원회 편,『한국불교전서』1~13, 동국대학교 출판부, 1979~2001.

睦乙洙,『高麗朝鮮陵誌』, 大成堂, 1988.

문화재연구소 민속예능연구실 편,『한국민속종합보고서: 충청북도편』, 문화공보부 문화재관리국, 1976.

문화재청 보도자료,「2012년 보물 제1768호로 지정 백자 청화 홍녕부대부인 묘지 및 석함」, 2012. 6. 29.

문화재청 유형문화재과,『금석문조사총람집』Ⅰ~Ⅲ, 조계종출판사, 2013.

박용익·홍순석 공편, 이두희·박용규 공역,『용인군금석유문자료집 上』, 용인향토문화연구회, 1990.

방동인,『영동지방 금석문자료집』1~2, 관동대학교 영동문화연구소, 1984.

서울대학교도서관 편,『규장각한국본도서해제』제7집: 史部 4, 1984.

서울특별시 편,『서울금석문대관』, 서울특별시, 1987.

서울특별시사편찬위원회 편,『동명연혁고 11: 강동구편』, 서울특별시사편찬위원회, 1986.

―――,『서울특별시사』(고적편), 서울특별시사편찬위원회, 1963.

성균관대학교 박물관 편,『고려시대금석문탁본전―돌에 새겨진 고려시대 선사들의 삶』, 성균관대학교박물관, 2005.

성남시 성남문화원 편,『성남금석문대관』, 성남시, 2003.

영광문화원 영광군지 편찬위원회,『영광군지 제3권: 성장 발전하는 영광』, 영광군, 2013.

영주시청 문화관광과,『判決事 金欽祖先生 合葬墓 發掘調査 報告書』, 영주시, 1998.

예술의전당 편집부,『옛탁본의 아름다움 그리고 우리역사: 논문집(한국서예사 특별전 18)』, 우일, 1998.

劉喜海,『海東金石苑』, 亞細亞文化社, 1976 影印.

殷光俊,『朝鮮王陵石物誌』上篇, 民俗苑, 1985;『朝鮮王陵石物誌』下篇, 民俗苑, 1992.

銀海寺 一然學研究院, 中央僧伽大學校 佛教史學研究所 編,『麟角寺普覺國師碑銘帖 續集』, 銀海寺 一然學研究院, 2000.

이난영 편,『韓國金石文追補』, 중앙대학교 출판부, 1968; 아세아문화사, 1979.

李俁,『大東金石書』, 아세아문화사, 1976 영인.

李佑成 교역, 『新羅四山碑銘』, 아세아문화사, 1995; 李佑成, 『新羅四山碑銘校譯』, 李佑成著作集 7, 창비, 2010.

李智冠 역, 『(校勘譯註) 歷代高僧碑文』, 伽山佛教文化研究院, 1994~1999.

李智冠, 『伽耶山 海印寺誌』, 伽山文庫, 1992.

임기중 편저, 『광개토왕비원석초기탁본집성』, 동국대학교 출판부, 1995.11.

임세권·이우태 편, 『한국금석문집성』 1~34, 한국국학진흥원·청명문화재단, 2002~2013.

전라남도 편, 『전남금석문』, 호남문화사, 1990.

전북대학교박물관, 『전북지방 문화재조사 보고서 1』, 전북대학교박물관, 1979~1983.

정병삼 외, 『2004년 국립문화재연구소주관 인각사보각국사비재현 사업 복원본』, 2014.

정해득·이민식·구본만·최윤정, 『여주의 능묘와 석물』, 여주군향토사료관 여주문화원 여주군사편찬위원회, 2005.

제주고씨문충공파보편찬위원회 편, 『濟州高氏文忠公派譜』, 제주고씨문충공파보편찬위원회, 1978.

조동원, 『한국금석문대계』 1~5, 원광대학교출판국, 1979~1982.

조선유적유물도감편찬위원회, 『북한의 문화재와 문화유적』, 서울대학교 출판부, 2002.

조선총독부 편, 『조선고적도보』, 1929; 경인문화사, 1980 영인.

───, 『조선금석총람』, 일한인쇄소인쇄, 1919; 아세아문화사, 1976 영인.

최영성, 『註解四山碑銘』, 아세아문화사, 1987; 『新羅四山碑銘』, 아세아문화사, 1995; 『(譯註) 崔致遠全集 1: 四山碑銘』, 아세아문화사, 1998; 『(교주)사산비명』, 이른아침, 2014.

춘천문화원, 『춘주지』, 춘천시·춘성군, 1984.

춘천백년사편찬위원회, 『춘천백년사』, 춘천시, 1996.

파주문화원, 『파주금석문대관(신도비편)』, 승림문화인쇄, 2000.

편자 미상, 『金石淸玩』 10권본(국립중앙박물관 소장).

한국고대사회연구소 편, 『역주 한국고대금석문』 I~Ⅲ, 가락국사적개발연구원, 1992.

한국역사연구회, 『譯註 羅末麗初金石文』 上下, 혜안, 1996

한국정신문화연구원 자료조사실, 『韓國學基礎資料選集』 1~4, 한국정신문화연구원, 1987.

한국정신문화연구원 자료조사실 편, 『장서각탁본목록』, 한국정신문화연구원, 1991.

한국학중앙연구원 국학진흥연구사업추진위원회 편, 『장서각소장 탁본자료해제』 I (卷子本), 한국학중앙연구원, 2004.

───, 『장서각소장 탁본자료해제』 II (帖裝本), 한국학중앙연구원, 2005.

───, 『장서각소장탁본자료집』, 한국학자료총서 13, 한국학중앙연구원, 2005.

한국학중앙연구원 장서각 편, 『淑嬪崔氏資料集 1 日記·園誌』, 한국학중앙연구원 출판부, 2009.

───, 『淑嬪崔氏資料集 4 山圖·碑文』, 한국학중앙연구원 출판부, 2009.

——,『肅宗大王資料集 3 碑誌·明陵·御製御筆』, 한국학중앙연구원 출판부, 2014.

——,『肅宗大王資料集 4 碑誌·望單·祭文』, 한국학중앙연구원 출판부, 2015.

——,『英祖大王資料集 1 해제, 즉위 이전』, 한국학중앙연구원 출판부, 2012.

——,『英祖大王資料集 2 재위 연간』, 한국학중앙연구원 출판부, 2012.

——,『英祖大王資料集 3 승하 이후 · 상』, 한국학중앙연구원 출판부, 2012.

——,『英祖大王資料集 4 승하 이후 · 하』, 한국학중앙연구원 출판부, 2012.

——,『英祖大王資料集 6 기록화·책보·태실·능침』, 한국학중앙연구원 출판부, 2013.

——,『英祖妃嬪資料集 2 碑誌·册文·敎旨·祭文』, 한국학중앙연구원 출판부, 2011.

——,『英祖子孫資料集 1 孝章世子·孝純賢嬪』, 한국학중앙연구원 출판부, 2012.

——,『英祖子孫資料集 2 思悼世子』, 한국학중앙연구원 출판부, 2012.

——,『英祖子孫資料集 3 孝章世子·惠嬪洪氏』, 한국학중앙연구원 출판부, 2012.

——,『英祖子孫資料集 4 翁主·世孫·王孫』, 한국학중앙연구원 출판부, 2013.

——,『英祖子孫資料集 5 世子·翁主·世孫·王孫』, 한국학중앙연구원 출판부, 2013.

——,『英祖子孫資料集』(李根浩·朴用萬 해제), 한국학중앙연구원 출판부, 2013.

——,『(2019 장서각 특별전) 조선왕실의 비석과 지석 탑본』, 한국학중앙연구원 출판부, 2019.

한신대학교 박물관,『실학시대의 서예: 제20회 탁본전람회 도록』, 한신대학교출판부, 2004.

한신대학교 박물관 편,『정조대왕 서거 이백주년 추모전: 한신대학교 개교 60주년기념 제16회 탁본전람회』, 신구문화사, 2000.10.

허흥식,『한국금석전문』, 아세아문화사, 1984.

황수영,『한국금석유문』, 일지사, 1976; 황수영,『금석유문』, 황수영전집 4, 혜안, 1999.

국외 편찬 금석문 자료

高橋繼男,「中國五代十國時期墓誌·墓碑綜合目錄稿」,『アジア·アフリカ文化研究所 研究年報』34, 東京: 東洋大學 アジア·アフリカ文化研究所, 1999.

今西龍,「高麗諸陵墓調査報告書」, 朝鮮總督府古蹟調査委員會 編,『大正五年度古跡調査報告書』, 東京: 國書刊行會, 1974.

今西龍,『朝鮮考古資料集成』14, 東京: 出版科學總合研究所, 1983.

氣賀澤保規 編,『新版 唐代墓誌所在總合目錄』, 明治大學東洋史資料叢刊 3, 東京: 汲古書院, 2004.

北京圖書館金石組 編,『北京圖書館藏 中國歷代石刻拓本匯編』18册, 鄭州: 中州古籍出版社, 1989.

室山留美子,「中國墓葬文獻目錄(三國兩晉南朝篇)」,『大阪市立大學東洋史論叢』12, 大阪: 大阪市立大學東洋史研究室, 2002.

翁方綱, 『蘇米齋蘭亭考』, (清)嘉慶8年(1803) 羊城六書齋刻本; 百部叢書集成 原刻景印 嚴一萍
　　選輯 64; 粤雅堂叢書本 (淸)伍崇曜校刊, 臺灣: 藝文印書館, 1965.

齋藤忠 編著, 『高麗寺院史料集成』, 大正大學綜合佛敎硏究所發行, 東京: 第一書房, 1997(平成
　　9年).

前間恭作, 『古鮮册報』, 東京: 東洋文庫, 1944.

黃宗羲, 『金石要例』; 王水照 編, 『歷代文話』 第4册, 上海: 復旦大學出版社, 2007.

2. 고려·조선시대 문집

姜世晃, 『豹菴遺稿』, 한국정신문화연구원, 1979 영인; 박동욱·서신혜 역주, 『강세황 산문선
　　집』, 소명출판, 2008.

姜渾, 『木溪逸稿』, 한국문집총간 17, 민족문화추진회, 1988.

姜希孟, 『私淑齋集』, 한국문집총간 12, 한국고전번역원, 1988.

郭鍾錫, 『俛宇集』, 한국문집총간 340~344, 민족문화추진회, 2004.

具鳳齡, 『栢潭集』, 한국문집총간 39, 민족문화추진회, 1989.

權近, 『陽村集』, 한국문집총간 7, 민족문화추진회, 1988.

權斗寅, 『荷塘集』, 한국문집총간 151, 민족문화추진회, 1995.

權以鎭, 『有懷堂集』, 한국문집총간 속 56, 한국고전번역원, 2008.

權韠, 『石洲集』, 한국문집총간 75, 민족문화추진회, 1988.

奇大升, 『高峯集』, 한국문집총간 40, 민족문화추진회, 1989.

奇宇萬, 『松沙集』 한국문집총간 345, 민족문화추진회, 2005.

金坵, 『止浦集』, 한국문집총간 2, 민족문화추진회, 1988.

金九容, 『惕若齋學吟集』, 한국문집총간 6, 민족문화추진회, 1988.

金貴榮, 『東園集』, 한국문집총간 37, 민족문화추진회, 1989.

金邁淳, 『臺山集』, 한국문집총간 속 128, 한국고전번역원, 2011.

金富倫, 『雪月堂集』, 한국문집총간 41, 민족문화추진회, 1989.

金尙憲, 『淸陰集』, 한국문집총간 77, 민족문화추진회, 1990.

金誠一, 『鶴峯集』, 한국문집총간 48, 민족문화추진회, 1989.

金世濂, 『東溟集』, 한국문집총간 100, 민족문화추진회, 1992.

金守溫, 『拭疣集』, 한국문집총간 9, 민족문화추진회, 1988.

金時習, 『梅月堂集』, 한국문집총간 13, 민족문화추진회, 1988.

金元行, 『渼湖集』, 한국문집총간 220, 민족문화추진회, 1998.

金祖淳, 『楓皐集』, 한국문집총간 289, 민족문화추진회, 2002.

金鍾秀, 『夢梧集』, 한국문집총간 245, 민족문화추진회, 2000.

金宗直, 『佔畢齋集』, 한국문집총간 12, 민족문화추진회, 1988.

金鍾厚, 『本庵集』, 한국문집총간 237~238, 민족문화추진회, 1999.

金澍, 『寓庵集』, 한국문집총간 18, 민족문화추진회, 1998; 심경호 역, 『역주 우암김주문집(譯註寓庵金澍文集)』, 시간의 물레, 2005.

金鎭圭, 『竹泉集』, 한국문집총간 39, 민족문화추진회, 1989.

金集, 『愼獨齋遺集』, 한국문집총간 82, 민족문화추진회, 1992.

金昌協, 『農巖集』, 한국문집총간 162, 민족문화추진회, 1997; 송혁기 역, 『농암집: 조선의 학술과 문화를 평하다』, 한국고전번역원, 2016.

金昌翕, 『三淵集』, 한국문집총간 167, 민족문화추진회, 1996.

金平默, 『重菴集』, 한국문집총간 319~320, 민족문화추진회, 2003.

南公轍, 『金陵集』, 한국문집총간 272, 민족문화추진회, 2001.

南九萬, 『藥泉集』, 한국문집총간 131~132, 민족문화추진회, 1994

南龍翼, 『壺谷集』, 한국문집총간 131, 민족문화추진회, 1994.

南有容, 『雷淵集』, 한국문집총간 218, 민족문화추진회, 1998.

南孝溫, 『秋江集』, 한국문집총간 211, 민족문화추진회, 1998.

盧守愼, 『穌齋集』, 한국문집총간 35, 민족문화추진회, 1989.

睦萬中, 『餘窩集』, 한국문집총간 속 90, 한국고전번역원, 2009

閔思平, 『及菴詩集』, 한국문집총간 3, 민족문화추진회, 1988.

朴世堂, 『西溪先生集』, 한국문집총간 134, 민족문화추진회, 1994.

───, 『西溪全書』 1~2, 태학사, 1979 영인.

朴世采, 『南溪集』, 한국문집총간 138~142, 민족문화추진회, 1994.

朴齊家, 『貞蕤閣集』, 한국문집총간 261, 민족문화추진회, 2001; 정민·이승수·박수밀 외 역, 『정유각집』, 돌베개. 2010,

朴趾源, 『燕巖集』, 한국문집총간 252, 민족문화추진회, 2000.

朴弼周, 『黎湖集』, 한국문집총간 196, 민족문화추진회, 1997.

卞季良, 『春亭集』, 한국문집총간 8, 민족문화추진회, 1990.

尙震, 『泛虛亭集』, 한국문집총간 26, 민족문화추진회, 1988.

徐居正, 『四佳集』, 한국문집총간 10, 민족문화추진회, 1988.

徐有榘, 『楓石全集』, 한국문집총간 288, 민족문화추진회, 2002.

徐瀅修, 『明皐全集』, 한국문집총간 261, 민족문화추진회, 2001.

成大中, 『靑城集』, 한국문집총간 248, 민족문화추진회, 2000.

成汝信, 『浮査集』, 한국문집총간 56, 민족문화추진회, 1988.

成海應, 『研經齋全集』, 한국문집총간 279, 민족문화추진회, 2001.

成俔, 『虛白堂集』, 한국문집총간 14, 민족문화추진회, 1988.

蘇世讓, 『陽谷集』, 한국문집총간 23, 민족문화추진회, 1988.

宋文欽, 『閒靜堂集』, 한국문집총간 225, 민족문화추진회, 1999.

宋伯玉, 『東文集成』, 국학자료원, 1993 영인.

宋相琦, 『玉吾齋集』, 한국문집총간 171, 민족문화추진회, 1997.

宋時烈, 『宋子大全』, 한국문집총간 108~116, 민족문화추진회, 1990.

宋浚吉, 『同春堂集』, 한국문집총간 106~107, 민족문화추진회, 1993.

宋煥箕, 『性潭集』, 한국문집총간 244~245, 민족문화추진회, 2000.

申光漢, 『企齋集』, 한국문집총간 22, 민족문화추진회, 1988.

申大羽, 『宛丘遺集』, 한국문집총간 251, 민족문화추진회, 2000.

申用溉, 『二樂亭集』, 한국문집총간 17, 민족문화추진회, 1988.

申維翰, 『靑泉集』, 한국문집총간 200, 민족문화추진회, 1997.

申綽, 『石泉遺稿』, 한국문집총간 279, 민족문화추진회, 2001.

申㲶, 『汾厓遺稿』, 한국문집총간 129, 민족문화추진회, 1994.

申之悌, 『梧峯集』, 한국문집총간 속 12, 민족문화추진회, 2006; 김기엽·김홍구·천성원 역,
    『국역 오봉집』, 한국국학진흥원, 2019.

申欽, 『象村稿』, 한국문집총간 71~72, 민족문화추진회, 1991.

安鼎福, 『順菴集』, 한국문집총간 229~230, 민족문화추진회, 1999.

安軸, 『謹齋集』, 한국문집총간 2, 민족문화추진회, 1988.

安孝濟, 『守坡集』; 박준원·남재주 역, 국역수파집간행위원회 편집, 『국역 수파집』, 신지서원,
    2008.

梁得中, 『德村集』, 한국문집총간 180, 민족문화추진회, 1996; 박명희·안동교·김석태 역, 『덕
    촌집』, 한국고전번역원 한국문집번역총서, 경인문화사, 2015.

吳守盈, 『春塘集』, 한국문집총간 속 3, 민족문화추진회, 2005.

吳瀷, 『竹牖集』, 한국문집총간 속 5, 민족문화추진회, 2005.

吳熙常, 『老洲集』, 한국문집총간 280, 민족문화추진회, 2001.

有一, 『蓮潭大師林下錄』, 동국대학교불전간행위원회내 한국불교전서편찬위원 편, 한국불교전
    서 제10책, 동국대학교 출판부, 1989.

柳得恭, 『泠齋集』, 한국문집총간 260, 민족문화추진회, 2000.

柳夢寅, 『於于集』, 한국문집총간 63, 민족문화추진회, 1988.

柳成龍, 『西厓集』, 한국문집총간 52, 민족문화추진회, 1988.

柳馨遠, 『磻溪隨錄』, 麗江出版社, 1991.

兪晩柱, 『欽英』 1~6, 규장각자료총서 문학편, 서울대학교규장각, 1997 영인; 김하라 편역, 『일
    기를 쓰다: 흠영 선집』 1~2, 돌베개, 2015.

902

兪彦鎬, 『燕石』, 한국문집총간 247, 민족문화추진회, 2000.
兪拓基, 『知守齋集』, 한국문집총간 213, 민족문화추진회, 1998.
兪漢雋, 『自著』, 한국문집총간 249, 민족문화추진회, 2000.
劉希慶, 『村隱集』, 한국문집총간 55, 민족문화추진회, 1990.
尹愭, 『無名子集』, 한국문집총간 256, 민족문화추진회, 2000.
尹宣擧, 『魯西遺稿』, 한국문집총간 120, 민족문화추진회, 1993.
尹善道, 『孤山遺稿』, 한국문집총간 91, 민족문화추진회, 1992.
尹行恁, 『碩齋稿』, 한국문집총간 287~288, 민족문화추진회, 2002.
李建芳, 『蘭谷存稿』, 청구문화사, 1971 영인.
李景奭, 『白軒集』, 한국문집총간 95~96, 민족문화추진회, 1992.
李觀命, 『屛山集』, 한국문집총간 177, 민족문화추진회, 1996.
李匡呂, 『李參奉集』, 한국문집총간 237, 민족문화추진회, 1999.
李匡師, 『斗南集』, 필사본 1책(서울대학교 규장각 소장).
———, 『員嶠集選』, 필사본 10권(서울대학교 규장각 소장); 李匡師, 『員嶠集選』, 필사본 10권(한국정신문화연구원 장서각 소장); 심경호·길진숙·유동환 공편, 『신편 원교 이광사 문집』, 시간의 물레, 2005.
李光庭, 『訥隱集』, 한국문집총간 187, 민족문화추진회, 1997.
李奎報, 『東國李相國集』, 한국문집총간 2, 민족문화추진회, 1988; 『(국역)東國李相國集』, 민족문화추진회, 1980.
李端夏, 『畏齋集』, 한국문집총간 63, 민족문화추진회, 1991.
李德懋, 『青莊館全書』, 한국문집총간 257~259, 민족문화추진회, 2000.
李晩秀, 『屐園遺稿』, 한국문집총간 268, 민족문화추진회, 2001.
李秉運, 『俛齋集』, 석인본, 한국국학진흥원 소장; 김기엽·김홍구 역, 『면재선생문집』, 안동역사인물문집국역총서 2, 한국국학진흥원, 2018.
李鳳煥, 『雨念齋文鈔』, 全州李氏宣城君派大宗會 선대시문선집편찬추진위원회 편, 『先代 詩文選集』, 全州李氏宣城君派大宗會, 2014.
李穡, 『牧隱藁』, 한국문집총간 5, 민족문화추진회, 1988.
李睟光, 『芝峯集』, 한국문집총간 66, 민족문화추진회, 1988.
李崇仁, 『陶隱集』, 한국문집총간 6, 민족문화추진회, 1988.
李承召, 『三灘集』, 한국문집총간 11, 민족문화추진회, 1988.
李承休, 『動安居士集』, 한국문집총간 2, 민족문화추진회, 1988.
李植, 『澤堂集』, 한국문집총간 88, 민족문화추진회, 1988.
李湜, 『四雨亭集』, 한국문집총간 16, 민족문화추진회, 1988.
李用休, 『𢇁𢿏集』, 한국문집총간 223, 민족문화추진회, 1999.

李耔,『再思堂集』, 한국역대문집총서 43, 경인문화사, 1993.

李裕元,『嘉梧藁略』, 한국문집총간 315~316, 민족문화추진회, 2003.

李宜顯,『陶谷集』, 한국문집총간 180~181, 민족문화추진회, 1997.

李珥,『栗谷全書』, 한국문집총간 44~45, 민족문화추진회, 1988.

李頤命,『疎齋集』, 한국문집총간 172, 민족문화추진회, 1996.

李瀷,『星湖全集』, 한국문집총간 198~200, 민족문화추진회, 1997;『(국역)성호사설』, 민족문
　　화추진회, 1977~1978.

李縡,『陶菴集』, 한국문집총간 194~195, 민족문화추진회, 1997.

───,『四禮便覽』, 保景文化社, 1983; 牛峰李氏大宗會 譯,『사례편람』, 이화문화출판사, 1992.

李栽,『密菴集』, 한국문집총간 173, 민족문화추진회, 1996.

李婷,『風月亭集』, 한국문집총간 속 1, 한국고전번역원, 2005.

李廷龜,『月沙集』, 한국문집총간 70, 민족문화추진회, 1988.

李濟臣,『淸江集』, 한국문집총간 43, 민족문화추진회, 1988; 淸江集刊行委員會, 1992.

李齊賢,『益齋亂藁』, 한국문집총간 2, 민족문화추진회, 1990.

李宗誠,『梧川集』, 한국문집총간 214, 민족문화추진회, 1998.

李集,『遁村雜詠』, 한국문집총간 3, 민족문화추진회, 1988.

李天輔,『晉菴集』, 한국문집총간 218, 민족문화추진회, 1998.

李忠翊,『椒園遺藁』, 한국문집총간 225, 민족문화추진회, 2000.

李恒福,『白沙集』, 한국문집총간 62, 민족문화추진회, 1991.

李滉,『退溪集』, 한국문집총간 29~31, 민족문화추진회, 1989,

李玄逸,『葛庵集』, 한국문집총간 127~128, 민족문화추진회, 1994.

林芸,『瞻慕堂集』, 한국문집총간 36, 민족문화추진회, 1989.

林光澤,『雙柏堂遺稿』. 한국문집총간 속 82, 한국고전번역원, 2009.

林椿,『西河集』, 한국문집총간 1, 민족문화추진회, 1988.

張福樞,『四未軒集』, 한국문집총간 316, 민족문화추진회, 2003.

張維,『谿谷集』, 한국문집총간 92, 민족문화추진회, 1992.

莊獻世子,『凌虛關漫稿』, 국립중앙도서관 소장.

張混,『而已广集』, 한국문집총간 270, 민족문화추진회, 2001.

鄭道傳,『三峯集』, 한국문집총간 5, 민족문화추진회, 1990; 심경호 역,『삼봉집』, 한국고전번역
　　원, 2013.

鄭來僑,『浣巖集』, 한국문집총간 197, 민족문화추진회, 1997.

鄭夢周,『圃隱集』, 한국문집총간 5, 민족문화추진회, 1988.

丁範祖,『海左集』, 한국문집총간 240, 민족문화추진회, 1999.

鄭士龍,『湖陰雜稿』, 한국문집총간 25, 민족문화추진회, 1988.

鄭文孚,『農圃集』, 한국문집총간 71, 민족문화추진회, 1991; 이은상 역,『국역 농포집』, 해주정씨 송산종중 충의공파 발행, 1999.

丁若鏞,『與猶堂全書』, 한국문집총간 281~286, 민족문화추진회, 2002;『정본 여유당전서』, 다산학술재단, 2012.

鄭蘊,『桐溪集』, 한국문집총간 75, 민족문화추진회, 1991.

正祖,『弘齋全書』, 문화재관리국 장서각 사무처, 1978;   正祖,『弘齋全書』, 한국문집총간 262~267, 민족문화추진회, 2001.

鄭宗魯,『立齋集』, 한국문집총간 253~254, 민족문화추진회, 2000.

鄭忠信,『晩雲集』, 한국문집총간 83, 민족문화추진회, 1992.

鄭澔,『丈巖集』, 한국문집총간 157, 민족문화추진회, 1995.

趙慶男,『亂中雜錄』, 한국고전총서, 민족문화추진회, 1973.

趙觀彬,『悔軒集』, 한국문집총간 16, 민족문화추진회, 1988.

趙龜命,『乾川藁』, 서울대학교 규장각한국학연구원, 2011 영인.

───,『東谿集』, 한국문집총간 75, 민족문화추진회, 1988.

曺兢燮,『巖棲集』, 한국문집총간 350, 민족문화추진회, 2005.

趙冕鎬,『玉垂集』, 한국문집총간 속 125~126, 한국고전번역원, 2011.

趙顯命,『歸鹿集』, 한국문집총간 212~213, 민족문화추진회. 1998.

趙穆,『月川集』, 한국문집총간 38, 민족문화추진회, 1989.

曺植,『南冥集』, 한국문집총간 31, 민족문화추진회, 1988.

周世鵬,『武陵雜稿』, 한국문집총간 26~27, 민족문화추진회, 1988.

眞覺國師 慧諶 저, 유영봉 역,『國譯 無衣子詩集』, 을유문화사, 1997.

蔡裕後,『湖洲集』, 한국문집총간 101, 민족문화추진회, 1988.

蔡濟恭,『樊巖集』, 한국문집총간 235, 민족문화추진회, 1999.

蔡彭胤,『希菴集』, 한국문집총간 182, 민족문화추진회, 1997.

崔岦,『簡易集』, 한국문집총간 49, 민족문화추진회, 1990.

崔鳴吉,『遲川集』, 한국문집총간 89, 민족문화추진회, 1992; 최병직·정양완·심경호 공역,『증보역주 지천선생집』, 도서출판 선비, 2008.

崔錫鼎,『明谷集』, 한국문집총간 153~154, 민족문화추진회, 1995.

崔致遠 저, 李佑成 편,『崔文昌侯全集』, 성균관대학교 대동문화연구원, 1972.

崔致遠,『桂苑筆耕集』, 한국문집총간 1, 民族文化推進會, 1988; 崔致遠 撰, 黨銀平校注,『桂苑筆耕集校注』, 中國歷史文集叢刊, 北京: 中華書局, 2007.

───,『孤雲集』, 한국문집총간 1, 민족문화추진회, 1988; 崔英成,『(譯註)崔致遠全集 2 孤雲文集』, 아세아문화사, 1999.

崔恒,『太虛亭集』, 한국문집총간 9, 민족문화추진회, 1988.

崔澱,『拙藁千百』, 한국문집총간 3, 민족문화추진회, 1988.

韓致奫,『海東繹史』, 景仁文化社, 1974;『국역 해동역사』, 민족문화추진회, 1996~2004.

許筠,『惺所覆瓿稿』, 한국문집총간 74, 민족문화추진회, 1988.

許穆,『記言』, 한국문집총간 98~99, 민족문화추진회, 1988.

許傳,『性齋集』, 한국문집총간 323~324, 민족문화추진회, 2004.

許薰,『舫山集』, 한국문집총간 327~328, 민족문화추진회, 2004.

惠藏,『兒庵遺集』, 新文館, 1920; 김두재 역,『아암유집』, 동국대학교 출판부, 2015.

洪吉周,『峴首甲藁』・『縹礱乙幟』・『沆瀣丙函』, 연세대학교 도서관 소장; 박무영・이주해・김철
    범・이은영・이현우 역,『현수갑고』・『표롱을첨』・『항해병함』, 태학사, 2006.

洪奭周,『淵泉集』, 한국문집총간 293~294, 민족문화추진회, 2002.

洪暹,『忍齋集』, 한국문집총간 32, 민족문화추진회, 1989.

洪世泰,『柳下集』, 한국문집총간 167, 민족문화추진회, 1996.

洪良浩,『耳溪集』, 한국문집총간 241~242, 민족문화추진회, 2000.

洪直弼,『梅山集』, 한국문집총간 296, 민족문화추진회, 2002.

黃景源,『江漢集』, 한국문집총간 224~225, 민족문화추진회.

黃胤錫,『頤齋亂藁』, 한국학중앙연구원, 1994~2002.

3. 한국학·중국학 관련 자료

근세 이전 한국학 자료

『國朝寶鑑』 상하(수정판), 세종대왕기념사업회, 1980; 민족문화추진회 역,『(신편 국역) 국조
    보감』, 14책, 민족문화추진회, 2006.

覺訓 저, 장휘옥・김윤세・김두재 역,『海東高僧傳』, 동국대학교 부설 동국역경원, 2001; 覺訓
    著, 小峯和明・金英順 編譯,『海東高僧傳』, 東洋文庫 875, 日本:平凡社, 2016.

國史編纂委員會 편,『朝鮮王朝實錄』, 探求堂, 1981 영인.

金萬重 저, 심경호 역,『서포만필』, 문학동네, 2010.

金富軾(高麗) 봉성찬, 趙炳舜 편,『(增修補註)三國史記』, 보경문화사, 1984 영인.

金長生,『家禮輯覽』, 한국예학총서 4, 민족문화, 2008; 유교학술원 편,『(국역)가례집람』, 성균
    관, 2005; 미국 버클리대학 동아시아도서관 소장.

金宗瑞 등 봉명찬,『高麗史節要』, 韓國學文獻硏究所, 1983 영인; 민족문화추진회,『국역 고려
    사절요』, 1977.

金昌協 저, 강명관 평석,『농암잡지평석』, 소명출판, 2007.

金澤榮 편, 王性淳 집,『麗韓十家文鈔』, 學民文化社 영인, 1995.

盧思愼·徐居正 등, 『(影印標點) 東文選』, 민족문화추진회, 1999; 『국역 동문선』, 고전국역총서 31, 민족문화추진회, 1968~1970; 민족문화추진회, 1998.

동국대학교불전간행위원회, 『韓國佛教全書』, 東國大學校出版部, 1979~2001.

朴師昌, 『東萊府誌』, 동래구지편찬위원회 편저, 부산광역시 동래구, 1995.

梵海覺岸 편, 『東師列傳』 6권 2책(필사본), 고려대학교 도서관 소장; 金侖世 譯, 『東師列傳』, 광제원, 1991.

成宗 명찬, 『經國大典』, 아세아문화사, 1983 영인; 한국정신문화연구원 역사연구실 편, 『(譯註) 經國大典』, 한국정신문화연구원, 1985.

成宗 명찬, 『國朝五禮儀』 1~5, 대한민국 법제처, 1981~1985.

成宗 명찬, 『丙申皇華集』, 『皇華集』 萬曆三十九年引出本, 臺北: 桂庭出版社, 1978 影印; 趙季 編, 『足本皇華集』, 江蘇省: 鳳凰出版社, 2013.

孫國濟 편, 『樂善堂先生實紀』 목판본, 1907.

申用溉 등 봉교편, 『續東文選』, 慶熙出版社, 1970 영인.

申義慶, 『喪禮備要』, 한국예학총서 4, 민족문화, 2008.

沈鍏, 『松泉筆譚』, 정명기 편, 『韓國野談資料集成』 18~19, 啓明文化社, 1992; 신익철·조융희·김종서·한영규 공역, 『교감역주 송천필담』, 보고사, 2009.

安明信 편, 『慶州金氏族譜』, 경주김씨종친회, 1985.

安鼎福, 『東史綱目』 국역본, 민족문화추진회, 1977~1980.

安鐘和, 『國朝人物志』, 1909; 明文堂, 1983 영인.

禮曹 편, 『書院謄錄』 국역본, 세종대왕기념사업회, 2015.

柳近 등 편, 『東國新續三綱行實圖』 국역본, 세종대왕기념사업회, 2015

柳長源, 『常變通攷』, 東巖亭, 1926; 한국고전의례연구회 역, 『국역 상변통고』 1~10, 신지서원, 2009.

李圭景, 『五洲衍文長箋散稿』, 동국문화사, 1959 영인; 『(국역)五洲衍文長箋散稿』, 민족문화추진회, 1977~1979.

李奎象 저, 민족문학사연구소 한문분과 역, 『18세기 조선인물지: 并世才彦錄』, 창작과비평사, 1997.

李肯翊, 『燃藜室記述』, 朝鮮光文會本, 景文社, 1976 영인; 『국역 연려실기술』, 민족문화추진회, 1966~1967.

李秉模·尹蓍東 등 교열, 『五倫行實圖』 역주본, 세종대왕기념사업회, 2016.

李裕元, 『林下筆記』, 성균관대학교 대동문화연구원, 1961; 조동영·조순희 역, 『임하필기』, 민족문화추진회, 1999.

李綷 편, 黃泌秀 증보, 『增補四禮便覽』, 書業堂, 光武 4(1900), 고려대학교 중앙도서관 소장.

李荇·洪彦弼 증보, 『新增東國輿地勝覽』 국역본, 민족문화추진회, 1969~1970.

一然 편,『三國遺事: 晚松文庫本 附石南本·鶴山本』, 고려대학교 중앙도서관 도서영인 12, 旿 晟社, 1983.

丁奎英 편,『俟菴先生年譜』, 正文社, 1984 영인.

鄭東愈 저, 안대회 외 역,『주영 편(晝永 編)』, 휴머니스트, 2016.

鄭麟趾 등 봉명찬,『高麗史』, 연세대학교 동방학연구소, 1950 영인; 한국학문헌연구소, 1983 영인.

鄭芝秀 刊編,『東萊鄭氏一統譜』, 東京: 東萊鄭氏統譜刊行所, 1935.

편자 미상,『大東野乘』, 조선고서간행회, 1909~1911; 서울대학교 출판부, 1968;『국역 대동야 승』, 민족문화추진회, 1971.

편자 미상, 정명기·이신성 공역,『양은천미(揚隱闡微)』, 보고사, 2000.

편자 미상,『國朝人物考』上·中·下, 서울대학교 도서관 편, 서울대학교출판부, 1978 영인; 세 종대왕기념사업회 편역,『국역 국조인물고』1~34, 1999~2007.

許篈,『荷谷朝天記』, 林基中 편,『燕行錄全集』6, 동국대학교 출판부, 2001.

洪敬謨 저, 김병헌·이의강 역,『(重訂) 南漢志』, 광주시·광주문화원, 2005.

洪啓禧,『國朝喪禮補編』; 국립문화재연구소 편,『(국역) 국조상례보편』, 민속원, 2008.

黃鍾林 언해, 정양완 역,『영세보장(永世寶藏)』, 태학사, 1998.

근세 이후 한국학 자료

국사편찬위원회,『한국고대사료집성: 중국편』1~7, 국사편찬위원회, 2006.

김상영,『해남 표충사』, 대한불교 조계종 불교사회연구소, 2014.

소재영·장경남 편,『임진왜란사료총서』문학 10책, 국립진주박물관, 아세아문화사, 2000.

兪致雄 편,『杞溪文獻』, 杞溪兪氏宗親會·富雲奬學會, 1963; 심경호 역,『국역 기계문헌(杞溪 文獻)』, 기계유씨종친회·부운장학회, 2014.

오희복 역,『임진년 난리를 당하매(임진왜란에 조국을 지킨 아홉 의병장 작품집)』, 겨레고전문 학선집 9, 보리, 2005.

尹炳泰,『韓國古書綜合目錄』, 대한민국 국회도서관, 1968.

尹炳泰 편,『韓國書誌年表』, 韓國圖書館協會, 1972.

李仁榮,『淸芬室書目』, 寶蓮閣, 1968년 영인.

이우성·임형택 편,『이조한문단편집』하, 일조각, 1982.

정형지·김경미·황수연·김기림·조혜란·이경하 역주,『17세기 여성생활사 자료집』(1~4), 보 고사, 2006.

조선총독부,『施政三十年史』, 朝鮮總督府, 1940.

홍학희·김기림·김현미·서경희·황수연·차미희·강성숙·김경미·이경하·조혜란 역주,『19세 기·20세기초 여성생활사 자료집』(1~9), 보고사, 2013.

황수연·이경하·김경미·김기림·김현미·조혜란·강성숙·서경희·김남이 역주, 『18세기 여성 생활사 자료집』(1~8), 보고사, 2010.

중국학 자료

歐陽詢 外 撰, 『藝文類聚』(1~16), 中華書局上海編輯所編, 上海: 1959; 『藝文類聚』(上·下), 汪 紹楹校, 北京: 中華書局, 1965.

董誥 等編, 『全唐文』 1~5, 上海: 上海古籍出版社, 1993.

李商隱, 『樊南文集補編』, 四部備要 第72冊: 集部, 北京: 中華書局, 1989.

林紓, 『春覺齋論文』 「流別論」, 劉大櫆·吳德旋·林紓, 『論文偶記·初月樓古文緖論·春覺齋論 文』, 北京: 人民文學出版社, 1998.

馬端臨, 『文獻通考』, 臺北: 臺灣商務印書館, 『景印文淵閣四庫全書』, 1983.

莫道才 主編, 『駢文觀止』, 北京: 文化藝術出版社, 1997.

明·解縉等纂, 『永樂大典』, 北京: 中華書局, 1960~1986, 影印.

北方史地叢書編纂委員會, 『東北歷史地理』 1, 哈爾濱: 黑龍江人民出版社, 1988.

徐師曾, 『文體明辨』, 京都: 中文出版社, 1988, 景日本嘉永5年(1852)刻本; 徐師曾, 『文體明辨』, 和刻本, 京都: 中文出版社, 1988 影印.

吳訥, 『文章辨體序說』; 王水照 編, 『歷代文話』 第2冊, 上海: 復旦大學出版社, 2007.

王世貞, 『藝苑卮言』; 程千帆 主編, 『藝苑卮言校注』 濟南: 齊魯書社, 1992.

王仲鏞 校箋, 『唐詩紀事校箋』, 成都: 巴蜀書社, 1989.

袁宏道, 『袁中郞集』; 심경호 외 역, 『역주 원중랑집』 제3책, 소명출판사, 2004.

李昉 等 編, 『文苑英華』, 北京: 中華書局, 1990.

鄭樵, 『通志』, 台北: 新興書局, 民國 52(1963); 『通志』, 杭州: 浙江古籍出版社, 1988.

朱熹, 『朱子大全』(上·中·下), 서울: 保景文化社, 1984.

朱熹, 『朱子全書』, 上海: 上海古籍出版社, 2002.

朱熹 저, 임민혁 역, 『주자가례』, 예문서원, 1999.

4. 논문 및 단행본

국문

葛繼勇, 「신출토 入唐 고구려인 〈高乙德墓誌〉와 고구려 말기의 내정 및 외교」, 『韓國古代史研 究』 79, 한국고대사학회, 2015.

강민경, 「새롭게 확인된 고려 묘지명」, 『미술자료』, 국립중앙박물관, 2019.

강민구, 「東谿 趙龜命의 文學論과 散文世界」, 성균관대학교 석사학위논문, 1991.

강석근, 「孫宗老의 생애와 추모시」, 『동방학』 29, 한서대학교 동양고전연구소, 2013.

강혜선, 「백헌 이경석의 생애와 시세계」, 『청천강을 밤에 건너며[白軒詩選]』, 태학사, 2000.

곽정식, 「새로 발굴한 고소설 『운수지』 연구」, 『한국문학논총』 46, 한국문학회, 2007.

곽정식, 「『雲水誌』의 중국역사 수용양상과 그 의미」, 『한국문학논총』 53, 한국문학회, 2009.

곽승훈, 「新羅 哀莊王代 誓幢和上碑의 建立과 그 意義」, 『국사관논총』 74, 국사편찬위원회, 1997.

구은아, 「중국의 關公信仰 고찰」, 『동북아 문화연구』 제30집, 동북아시아문화학회, 2012.

구자훈·한민섭, 「金在魯 『金石錄』의 구성과 그 특징」, 『한국실학연구』 제21호, 한국실학연구회, 2011.

권경열, 「문집 번역시 산견되는 저자 중복 사례 및 저자 비정」, 『고전번역연구』 8, 한국고전번역학회, 2017.

권덕영, 「한국고대사 관련 중국 금석문 조사 연구─당대 자료를 중심으로─」, 『사학연구』 97, 한국사학회, 2010.

──, 「당 묘지의 고대 한반도 삼국 명칭에 대한 검토」, 『한국고대사연구』 75, 한국고대사학회, 2014.

──, 「중국 금석문을 활용한 신라사의 몇 가지 보완」, 『역사와 경계』 105, 부산경남사학회, 2017.

권오영, 「喪葬制를 中心으로 한 武寧王陵과 南朝墓의 비교」, 『백제문화』 31, 공주대학교 백제문화연구소, 2002.

권오중, 「樂浪郡을 통하여 본 古代 中國 內屬郡의 性格」, 서강대학교 박사학위논문, 1987.

권은주, 「고구려 유민 高欽德, 高遠望 부자 묘지명 검토」, 『대구사학』 116, 대구사학회, 2014.

권인한, 『광개토왕비문 신연구』, 박문사, 2015.

기무라 마코토(木村誠), 「中原高句麗碑의 立碑年에 관해서」, 『고구려연구』 10, 고구려연구회, 2000.

김광수, 「羅末麗初의 豪族과 官班」, 『한국사연구』 23, 한국사연구회, 1979.

김기종, 「고려시대 불교금석문의 변체한문과 그 성격」, 『불교학보』 64, 동국대학교 불교문화연구원, 2013.

김덕진, 「조선초 호남사림의 형성과 광산이씨의 활동」, 호남사학회·향토문화개발협의회, 『호남사림과 필문 이선제학술대회』, 국립광주박물관대강당, 2018. 10. 27.

김동철, 「조선 후기 통제와 교류의 장소, 부산 왜관」, 『한일 관계사 연구』 37, 한일관계사학회, 2010.

김두진, 「朗慧와 그의 禪思想」, 『역사학보』 57, 역사학회, 1973.

──, 「일연의 생애와 저술」, 『전남사학』 19, 전남사학회, 1992.

김봉옥, 『증보 제주통사』, 세림, 2001.

───, 『제주통사』, 제주발전연구원 제주학연구센터, 2013.

김성균, 「三田渡碑竪立始末」, 『향토서울』 33, 서울시사편찬위원회, 1961.

김시덕, 「韓國儒教式喪禮의 硏究」, 고려대학교 박사학위논문, 2007.

金文京, 「建仁寺兩足院藏書について」, 『동아시아 각국의 장서루와 그 문화사』, 성균관대학교 국제학술회의 발표논문집, 2009. 1. 16.

김문기, 「최치원의 四山碑銘 연구─실태조사와 내용 및 문체분석을 중심으로─」, 『퇴계학과 유교문화』 15, 퇴계학연구원, 1987.

김보경, 「李穡의 女性認識─女性墓主 墓誌銘을 중심으로─」, 『한문학보』 8, 우리한문학회, 2003.

김복순, 「최치원의 불교관계저술의 검토」, 『한국사연구』 43, 한국사연구회, 1983.

───, 「최치원의 法藏和尙傳 검토」, 『한국사연구』 57, 한국사연구회, 1987.

김봉남, 「다산 묘지명의 주제와 양식적 특징─신유옥사에 연루된 오인에 대한 묘지명에 관하여─」, 『어문논집』 49, 민족어문학회, 2004.

김상현, 「新羅誓幢和上碑의 재검토」, 『초우황수영박사고희기념한국미술사학논총』, 통문관, 1988.

───, 「麟角寺 普覺國師碑 陰記 再考」, 『한국학보』 62, 일지사, 1991.

───, 『역사로 읽는 원효』, 고려원, 1994.

───, 「미륵사 서탑 사리봉안기의 기초적 검토」, 『대발견 사리장엄─미륵사의 재조명』, 원광대학교 마한백제문화연구소·백제학회 공동주최 학술회의 발표요지, 전북도청, 2009. 4. 24.

김성애, 「초원유고 해제」, 고전번역원 한국고전종합DB.

김수진, 「唐京 高句麗 遺民 硏究」, 서울대학교 박사학위논문, 2017.

───, 「唐京 高句麗 遺民의 私第와 葬地」, 『사학연구』 127, 한국사학회, 2017.

김영관, 「百濟 義慈王 外孫 李濟 墓誌銘에 대한 硏究」, 『백제문화』 49, 공주대학교 백제문화연구소, 2013.

───, 「高句麗 遺民 高提昔 墓誌銘에 대한 연구」, 『백산학보』 97, 백산학회, 2013.

───, 「百濟 遺民 陳法子 墓誌銘 硏究」, 『백제문화』 50, 공주대학교 백제문화연구소, 2014.

───, 「백제 유민들의 당 이주와 활동」, 『백제 이후, 백제』, 국립공주박물관, 2015.

───, 「高句麗 遺民 南單德 墓誌銘에 대한 연구」, 『백제문화』 57, 공주대학교 백제문화연구소, 2017.

───, 「재당 백제유민의 활동과 출세 배경」, 『한국고대사탐구』 35, 한국고대사탐구학회, 2020.

김영심, 「유민묘지로 본 고구려, 백제의 관제」, 『한국고대사 연구』 75, 2014.

김용선·김태욱, 「춘천의 비문과 암각문」, 한림대학교박물관 편, 『춘천의 역사와 문화유적』, 춘천시, 1997.

김용선, 「고려 승려의 일대기」, 『인문학연구』 7, 한림대학교 인문학연구소, 2000.

──, 『고려 금석문 연구─돌에 새겨진 사회사─』, 일조각, 2004.

──, 「고려시대 묘지명 문화의 전개와 그 자료적 특성」, 『대동문화연구』 55, 성균관대학교 동아시아학술원 대동문화연구원, 2006.

김우림, 「朝鮮時代神道碑 墓碑硏究」, 고려대학교 석사학위논문, 1998.

김우정, 「陶谷 李宜顯 墓道文의 다층적 성격」, 『한문고전연구』 25, 한국한문고전학회, 2012.

김유정, 『아름다운 제주 석상동자석』, 파피루스, 2003.

김인종 외, 『고운 최치원』, 민음사, 1989.

김정배·유재신 편, 엄성흠 역, 『중국학계의 고구려사 인식』, 대륙연구소 출판부, 1991.

김정호, 「새우젓 장사 제사비」, 『무등일보』 '김정호 역사문화산책' 32, 2014. 3. 6.

──, 『광주산책』 상, 광주문화재단, 2014.

김종태, 「조선시대 묘역에 나타난 비석고찰」, 국립민속박물관 편, 『한국민속학일본민속학』 II, 국립민속박물관, 2006.

김종혁, 『조선의 관혼상제』, 도서출판 중심, 2002.

김주한, 「최고운 문학관의 연원」, 『신라문학의 신연구』, 신라문화제학술발표회논문집 제7집, 경주시 신라문화선양회, 1986.

김창호, 「북한산비에 보이는 甲兵 문제」, 『문화재』 25, 문화재관리국, 1992.

──, 「中原高句麗碑의 建立 연대」, 『고구려연구』 10, 고구려연구회, 2000.

──, 『신라 금석문』, 경인문화사, 2020.

김춘주, 「『東文選』所載 墓誌銘 硏究」, 홍익대학교 석사학위논문, 1999.

김태수, 『삼척문화 바로알기』, 삼척시립박물관, 2018.

김하라, 「한 주변부 사대부의 자의식과 자기규정─유만주(兪晩柱)의 『흠영』(欽英)을 중심으로─」, 『규장각』 40, 서울대학교 규장각한국학연구소, 2012.

김현숙, 「광개토왕비의 성격과 건립 목적」, 연민수·서영수 외, 『광개토왕비의 재조명』, 동북아역사재단, 2013.

김혈조, 『박지원의 산문문학』, 성균관대학교 대동문화연구원. 2002.

김홍철, 「下溪洞所在 국문고비 연구」, 『향토서울』 40, 서울시사편찬위원회, 1982.

김희만, 「在唐 신라인의 삶과 죽음」, 『한국고대사탐구』 35, 한국고대사탐구학회, 2020.

남덕현, 「關羽 神格化의 요인 고찰」, 『중국연구』 46, 한국외국어대학교 중국연구소, 2009.

남동신, 「목은 이색과 불교 승려의 시문 교유」, 『역사와 현실』 62, 한국역사연구회, 2006.

남풍현, 「高麗初期의 貼文(慈寂禪師凌雲塔碑陰)과 吏讀」, 『국어국문학』 72·73, 국어국문학회, 1976.

──, 「신라시대 이두문의 해독」, 『서지학보』 9, 한국서지학회, 1993.

──, 「고려 초기의 帖文과 그 吏讀에 대하여: 醴泉鳴鳳寺 慈寂禪師碑의 음기(陰記)의 해독」,

『고문서연구』 5, 한국고문서학회, 1994.

───, 「中原高句麗碑文의 解讀과 吏讀的 性格」, 『고구려연구』 10, 고구려연구회, 2000.

───, 『吏讀研究』, 태학사, 2000.

노성미, 「홍경래 전승의 양상과 변이 연구」, 경남대학교 박사학위논문, 1993.

노용필, 「眞興王 北漢山巡狩碑 建立의 背景과 그 目的」, 『향토서울』 53, 서울시사편찬위원회, 1993.

노용필, 『新羅眞興王巡狩碑研究』, 일조각, 1996.

도현철, 『목은 이색의 정치사상 연구』, 혜안, 2011.

로우 정하오(樓正豪), 「高句麗 遺民 高车에 대한 考察」, 『한국사학보』 53, 고려사학회, 2013.

모리 히로미치(森博達) 저, 심경호 역, 『일본서기의 비밀』, 황소자리, 2006.

문명대, 「佛國寺金銅如來坐像二軀와 그 造像讚文의 研究」, 『미술자료』 19, 국립중앙박물관, 1976.

민경삼, 「신출토 高句麗 遺民 高質 墓誌」, 『新羅史學報』 9, 2007.

───, 「中國 洛陽 신출토 古代 韓人 墓誌銘 연구」, 『新羅史學報』 15, 2009.

민복기, 「陶谷 李宜顯 散文批評의 淵源에 대한 研究」, 부산대학교 박사학위논문, 2007.

閔泳珪, 「鄭詹園廣開土境平安好太王陵碑文釋略校錄幷書」, 『동방학지』 46·47·48 합집, 연세대학교 국학연구원, 1985.

민영규, 『강화학 최후의 광경』, 又半, 1994.

───, 『사천강단』, 又半, 1994.

민현구, 「국조인물고 해제」, 세종대왕기념사업회 편역, 『(국역) 국조인물고』 1, 1999.

바바 히세유키(馬場久幸), 「日本 大谷大學 소장 高麗大藏經의 傳來와 特徵」, 『海外典籍文化財調査目錄: 日本大谷大學所藏 高麗大藏經』, 국립문화재연구소, 2008.

바이건싱 저, 구난희·김진광 역, 『당으로 간 고구려·백제인』, 한국학중앙연구원출판부, 2019.

박경남, 「金昌協의 비판을 통해 본 王世貞 散文의 진면목: 商販 碑誌文을 중심으로」, 『한국한문학연구』 46, 한국한문학회, 2010.

박관규, 「尤庵 宋時烈 碑誌의 撰作 性向 考察」, 『어문논집』 63, 민족어문학회, 2011.

───, 「尤庵 宋時烈의 碑誌文 研究」, 고려대학교 박사학위논문, 2011.

박상국, 「大谷大學의 高麗版大藏經」, 한국서지학회 편, 『海外典籍文化財調査目錄: 日本大谷大學所藏 高麗大藏經』, 국립문화재연구소, 2008.

박시형, 『광개토왕릉비』, 푸른나무, 2007.

박영돈, 「신자료를 통해서 본 麟角寺普覺國尊碑陰記」, 『비블리오필리』 3, 한국애서가클럽, 1992.

───, 「麟角寺 普覺國師碑 復元記」, 『불교와 문화』 29, 대한불교진흥원, 1999.

박용만, 「조선왕실 비지의 변화와 비지문 찬술」, 한국학중앙연구원 장서각 편, 『조선 왕실의 비석과 지석 탑본』, 한국학중앙연구원 출판부, 2019.

박용운, 「고려시대 海州崔氏와 坡平尹氏의 家門 분석」, 『백산학보』 23, 백산학회, 1977.

──, 『고려사회와 문벌귀족가문』, 신서원, 2003.

박용진, 「고려 우왕대 大藏經 印成과 그 성격: 이색 撰 고려대장경 印成 跋文과 신륵사 大藏閣 記를 중심으로」, 『한국학논총』 37, 국민대학교 한국학연구소, 2012.

박윤진, 「고려초 高僧의 大師 追封」, 『한국사학보』 14, 고려사학회, 2003.

박은미, 「唐代 중국 소재 한국 여성 묘지명의 내용과 특징」, 고려대학교 석사학위논문, 2017.

박재복, 「발해묘지 양식의 형성배경과 영향」, 『동양고전연구』 34, 동양고전학회, 2009.

박정혜 외, 『조선왕실의 행사: 그림과 옛지도』, 민속원, 2005.

박종기, 「고려시대 墓誌銘 新例」, 『한국학논총』 20, 국민대학교 한국학연구소, 1998.

박중환, 「미륵사 舍利記를 통해 본 百濟 騈儷文의 發展」, 『백제문화』 41, 공주사범대학교 백제 문화연구소, 2009.

박진석, 「中原高句麗碑의 建立年代 考」, 『고구려연구』 10, 고구려연구회, 2000.

박진완, 「京都大學 부속도서관 소장 『金石集帖』 자료 현황」, 국사편찬위원회 편, 『일본소재 한 국사 자료 조사보고 Ⅲ』(해외사료총서 15), 국사편찬위원회, 2007.

박철상, 「朝鮮 金石學史에서 柳得恭의 位相」, 『대동한문학』 27, 대동한문학회, 2007.

──, 「조선시대 금석학 연구」, 계명대학교 박사학위논문, 2014.

──, 『나는 옛것이 좋아 때론 깨진 빗돌을 찾아다녔다: 추사 김정희의 금석학』, 너머북스, 2015.

박한제, 「泉男生 墓誌銘」, 한국고대사회연구소 편, 『역주 한국고대금석문』 Ⅰ, 가락국사적개발 연구원, 1992.

──, 「위진남북조─수당시대 장속·장구의 변화와 묘지명─」 『한국고대사연구』 75, 한국고 대사학회, 2014.

──, 『중국중세 호한체제의 사회적 전개』, 일조각, 2019.

박현규, 「명 張良相의 南海〈東征磨崖碑〉고찰」, 『동아인문학』 38, 동아인문학회, 2017.

──, 「明將 吳惟忠의 충주〈吳總兵淸肅碑〉고찰」, 『이순신연구논총』 28, 순천향대학교 이 순신연구소, 2017.

방향숙, 「당의 백제지역 지배와 웅진도독부」, 『백제의 멸망과 부흥운동』, 충청남도 역사문화 연구원, 2007.

──, 「扶餘隆의 정치적 입지와 劉仁軌」, 『한국고대사탐구』 25, 한국고대사탐구학회, 2017.

배근흥, 「중국 소재 한국고대사 관련 금석문 자료의 현황과 전망」, 『신라문화제학술논문집』 23, 2002.

──, 「고구려·발해 유민 관련 유적·유물」, 『중국학계의 북방민족·국가연구』, 동북아역사 재단, 2008.

──, 「高句麗 遺民 高性文·高慈 父子 墓誌의 考證」, 『충북사학』 22, 충북대학교 사학회, 2009.

──, 「唐 李他仁 墓志에 대한 몇 가지 고찰」, 『충북사학』 24, 충북대학교 사학회, 2010.

──, 「중국 학계의 백제 유민 禰氏 家門 墓誌銘 검토」, 『한국사연구』 165, 한국사연구회, 2014.

배연형, 「崔致遠의 四山碑銘의 文學的 考究」, 『동악한문학논집』 1, 동악한문학회, 1981.

배영대, 「조선시대 지석의 성격과 변천」, 『조선시대지석의 조사연구』, 온양민속박물관, 1992.

배우성, 「서울에 온 청의 칙사 馬夫大와 삼전도비」, 『서울학연구』 38, 서울시립대학교 부설 서울학연구소, 2010.

사경화, 「陶谷 李宜顯의 簡嚴 追求와 文學的 具現: 碑誌類를 중심으로」, 성신여자대학교 석사학위논문, 2012.

샤를르 달레 저, 安應烈·崔奭祐 역주, 『韓國天主教會史』, 분도출판사, 1979.

서한석, 「16세기 후반 碑誌類 文章의 美意識 분화에 관한 考察」, 『동방한문학』 50집, 동방한문학회, 2012.

성락희, 「최치원의 시정신 연구」, 중앙대학교 박사학위논문, 1986.

성주탁, 「武寧王陵 출토 誌石에 관한 연구」, 『武寧王陵의 研究現況과 諸問題』, 공주대학교 백제문화연구소, 1991.

소재영, 『임병양난과 문학의식』, 한국연구원, 1980.

소진철, 『金石文으로 본 百濟武寧王의 世界』, 원광대학교 출판국, 1994.

──, 「百濟 武寧王의 出自에 관한 小考」, 『백산학보』 60, 백산학회, 2001.

손숙경, 「19세기 후반 關王 숭배의 확산과 關王廟 祭禮의 주도권을 둘러싼 東萊 지역사회의 동향」, 『고문서연구』 23, 한국고문서학회, 2003.

손영종, 「고구려 벽화무덤의 묵서명과 피장자」, 『고구려연구』 4, 고구려연구회, 1997.

손혜리, 「18~19세기 초반 문인들의 서화감상과 비평에 관한 연구」, 『한문학보』 19, 우리한문학회, 2008.

손환일, 「신라 赤城碑의 서체(1)」, 『태동고전연구』 16, 한림대학교 태동고전연구소, 1999.

──, 「신라 赤城碑의 서체(2)」, 『태동고전연구』 17, 한림대학교 태동고전연구소, 2000.

──, 「신라 鳳坪碑의 서체」, 『태동고전연구』 18, 한림대학교 태동고전연구소, 2002.

──, 『조선시대 사대부 양주고을 밀양박씨 500년 I: 조선시대 박시림·박률·박이서·박노·박수현, 삶의 행적과 묘역의 금석문』, 학국묘제문화총서 001, 서화미디어, 2013.

송기호, 「고구려 유민 高玄 墓誌銘」, 『서울대학교 박물관 연보』 10, 서울대학교 박물관, 1999.

송혁기, 「金昌協 文學論의 研究」, 고려대학교 석사학위논문, 1996.

──, 「18세기초 散文理論의 전개양상 一考—李宜顯·申維翰·趙龜命의 대비를 중심으로 —」, 『한국한문학연구』 31, 한국한문학회, 2003.

시노하라 히로카타(篠原啓方), 「中原高句麗碑의 釋讀과 내용의 의의」, 『史叢』 51, 歷史學研究會, 2000.

시라스 죠신(白須淨眞), 「영동대장군 백제사마왕(무령왕)·왕비 합장묘의 墓券(매지권)·墓誌石에 관한 제언」, 『동서의 예술과 미학: 권영필교수퇴임기념논총』, 솔출판사, 2007.

시라카와 시즈카(白川靜) 저, 심경호 역, 『한자 백가지 이야기』, 황소자리, 2006.

신광섭 외(국사편찬위원회편), 『상장례, 삶과 죽음의 방정식』, 두산동아, 2005.

신복호, 「18세기 館閣文學 研究: 李宜顯·李德壽·徐命膺을 중심으로」, 고려대학교 박사학위논문, 2004.

신승운, 「조선조 정조 命撰 『인물고』에 관한 서지적 연구」, 『서지학연구』 3, 1988.

신영주, 「18·9세기 홍양호家의 예술 향유와 서예 비평」, 성균관대학교 석사학위논문, 2000.

심경호, 『한국한시의 이해』, 태학사, 2000.

──, 『김시습평전』, 돌베개, 2003.

──, 「秋史 金正喜와 考證學」, 『추사연구』 제5호, 추사연구회, 2007.

──, 「지천 최명길의 문학과 사상에 관하여」, 『한국한문학연구』 42, 한국한문학회, 2008.

──, 「금석문과 한문학」, 『한국한문학연구』 41, 한국한문학회, 2008.

──, 「이광운묘비명, 민가숙묘지명, 천봉선사탑묘, 이참봉집, 정사일과, 동파문유·동파문유속 해제」, 『명미당 이건창가 자료해제집』, 국사편찬위원회, 2009.

──, 「高麗碑誌의 역사적 특성과 문체적 특징에 관한 일 고찰」, 『연민학지』 14, 연민학회, 2010.

──, 「朝鮮時代 墓道文字의 歷史的 特性」, 『Journal of Koren Culture』 15, 한국어문학국제학술포럼, 2010.

──, 「버클리大學 아사미文庫 所藏 六臣墓碑 拓本을 통해 본 金時習 六臣墓 造成 傳說의 定着 過程」, 『어문연구』 39-2, 한국어문교육연구회, 2011.

──, 『국왕의 선물』 1~2, 책문, 2012.

──, 『한국한문기초학사』 1~3, 태학사, 2012.

──, 『증보 한문산문미학』, 고려대학교출판부, 2013.

──, 「三國遺事の詩歌における樣式區分」, 『Journal of Korean Culture』 32, 한국어문학국제학술포럼, 2016.

──, 「목계 강혼의 문학에 대한 재평가 시론」, 『남명학연구』 51, 경상대학교 경남문화연구원, 2016.

──, 「瞻慕堂 林芸의 생애와 학술」, 『남명학연구』 54, 경상대학교 경남문화연구원, 2017.

──, 「조선시대 여성 묘비에 관한 일 고찰」, 『한문학논집』 49, 근역한문학회, 2018.

──, 『내면기행: 옛 사람이 스스로 쓴 58편의 묘비명 읽기』, 민음사, 2018.

──, 『안평』, 알마, 2018.

———, 「교토대학 소장 金石集帖에 대하여」, 『민족문화연구』 83, 고려대학교 민족문화연구원, 2019.

———, 「聚友亭 安灌의 생애와 학문」, 함안의 인물과 학문(XI): 취우정 안관 선생과 그 후예들, 주최: 함안군, 주관: 함안문화원, 후원: 함안군의회, 장소: 함안문화원 2층 대공연장, 2019. 12. 6.

———, 『정약용 한시 역주』, 네이버 지식백과, 2019-20.

———, 「한국한문학의 변문 활용 문체와 그 역사문화상 기능」, 『한국한문학연구』 77, 한국한문학회, 2020.

———, 『옛그림과 시문』, 세창출판사, 2020.

심규식(Sim Kyusik), "Community, Outsider, and Literature: Memorial Stones for Stone Bridges of Chosŏn Dynasty and The Epigraph of kwangnigyo Bridge", *Seoul Journal of Korean Studies* 35, Kyujanggak Institute for Korean Studies, 2021.

심재우·전경목·김호·박소현·조영준, 『조선 후기 법률문화 연구』, 한국학중앙연구원출판부, 2017.

심현용, 「조선 단종의 가봉태실에 대한 문헌·고고학적 검토」, 『문화재』 45-3, 국립문화재연구소, 2012.

———, 「울진봉평리 신라비의 명문 판독」, 울진군청 중원문화재보존·공주대학교 문화재진단보존기술연구실, 『울진 봉평리 신라비의 과학적 조사 및 보존처리 보고서』, 울진군청, 2013.

———, 「星州 禪石山 胎室의 造成과 胎室構造의 特徵」, 『영남학』 27, 경북대학교 영남문화연구원, 2015.

심호택, 「광개토왕릉비문의 구조」, 『대동한문학』 26, 대동한문학회, 2007.

안대회, 『고전산문산책: 조선의 문장을 만나다』, 휴머니스트, 2008.

안병렬, 「退溪碑誌文字考察」, 『퇴계학』 창간호, 안동대학교 퇴계학연구소, 1989.

안병희, 「최세진의 생애와 연보―그의 지석 발견을 계기로 하여―」, 『규장각』 22, 서울대학교 규장각 한국학연구원, 1999.

안장리, 「인문학적 사유를 바탕으로 한 장르변형 글쓰기: 정인보의 『당릉군유사징』」, 『동방학지』 130, 연세대학교 국학연구원, 2005.

안정준, 「李他仁墓誌銘에 나타난 李他仁의 生涯와 族原」, 『목간과 문자』 11, 한국목간학회, 2013.

———, 「두선부 묘지명과 그 일가에 대한 몇가지 검토」, 『인문학연구』 27, 2015.

안정준·최상기, 「당대 묘지명을 통해 본 고구려·백제 유민 일족의 동향」, 『역사와 현실』 101, 한국역사연구회, 2016.

楊寬 저, 장인성·임대희 역, 『중국역대 陵寢 제도』, 서경, 2005.

양기석, 「百濟 扶餘隆 墓誌銘에 대한 檢討」, 『국사관논총』 62, 국사편찬위원회, 1997.

양진성, 「梁代 奉勅撰墓誌를 통해 본 墓誌銘의 定型化: 墓誌에 등장하는 王言文書 運營方式의 分析을 兼하여」, 『중국사연구』 105, 중국사학회, 2016.

양태부, 「강화, '석모도수목원'에서 2—청도김씨 교동파 김구보씨의 내력—」, 『문학과 의식』 121, 문학과 의식사, 2020.

여호규·이명, 「高句麗 遺民 李他仁墓誌銘의 재판독 및 주요 쟁점 검토」, 『한국고대사연구』 85, 한국고대사학회, 2017.

여호규·배근흥, 「유민묘지명을 통해 본 당의 동방정책과 고구려 유민의 동향」, 『동양학』 69, 2017.

염경화, 『제주도 묘제 및 장례풍습 소고』, 한국민속학일본민속학 Ⅲ, 국립민속박물관, 2007.

오임숙, 「조선시대 誌石의 撰者에 대한 一考察」, 『석당논총』 59, 동아대학교 석당학술원, 2014.

──, 「조선시대 誌石函 연구」, 『문물연구』 26, 동아문화재단, 2014.

──, 「조선시대 磁器製 器物形 誌石 연구」, 『석당논총』 63, 동아대학교 석당학술원, 2015.

王亞楠, 「조선후기 중국 碑帖·墨蹟의 受容 樣相에 대한 연구」, 고려대학교 박사학위논문, 2020.

오종록, 「조선초기 병마절도사제(兵馬節度使制)의 성립과 운용 (상) (하)」, 『진단학보』 59·60, 진단학회, 1985.

──, 「조선초기의 변진방위와 병마첨사·만호」, 『역사학보』 123, 역사학회, 1989.

왕건군 저, 임동석 역, 「호태왕비 비문석주」, 『광대토왕비 연구』, 역민사, 1985.

우에다 기헤이나리치카, 「'內臣之番'으로서의 百濟·高句麗遺民」, 『고구려발해연구』 64, 고구려발해학회, 2019.

우쾌제, 「韓伯倫 墓誌의 出土와 그 意味 考察」, 『인천학연구』 4, 인천대학교 인천학연구원, 2005.

유성준, 「나당시인 교류고」, 『한국한문학연구』 5, 한국한문학연구회, 1980~1981.

유승민, 「조선후기 篆書風 연구」, 고려대학교 박사학위논문, 2021.

유호선, 「17C後半–18C前半 京華士族의 佛教受用과 그 詩的 形象化—金昌翕, 崔昌大, 李德壽, 李夏坤, 趙龜命을 중심으로—」, 고려대학교 박사학위논문, 2002.

──, 『조선 후기 경화사족의 불교인식과 불교문학』, 태학사, 2006.

윤병태, 『朝鮮後期의 活字와 冊』, 범우사, 1992.

윤용구, 「중국출토의 韓國古代 遺民資料 몇 가지」, 『한국고대사연구』 32, 한국고대사학회, 2003.

──, 「樂浪 관련 出土文字資料의 몇 가지 문제」, 『한국목간학회 정기발표회』 제2호, 한국목간학회, 2008.

──, 「중국 출토 고구려·백제유민 묘지명 연구동향」, 『한국고대사연구』 75, 한국고대사학회, 2014.

윤재민,『조선 후기 중인층 한문학의 연구』, 고려대학교 민족문화연구원, 1999.

윤종일,『구리·남양주 문화유산기행』, 국학자료원, 2003.

윤진영,「장서각의 왕실 탑본은 어떻게 만들었나?」, 한국학중앙연구원 장서각 편,『조선왕실의 비석과 지석 탑본』, 한국학중앙연구원 출판부, 2019.

이구의,「崔致遠의 眞鑑禪師碑銘 攷」,『한국의 철학』35-2, 경북대학교 퇴계연구소, 2004.

──,『신라한문학연구』, 아세아문화사, 2002.

이기동,「新羅下代 賓貢及第者의 出現과 羅唐人物의 交驩」, 全海宗博士華甲紀念史學論叢編輯委員會 편,『全海宗博士華甲記念史學論叢』, 일조각, 1979.

이기천,「당대 고구려·백제계 번장의 존재양태」,『한국고대사연구』75, 한국고대사학회, 2014.

──,「唐 前期 境內 異民族 支配 硏究」, 서울대학교 박사학위논문, 2019.

이능화,『조선불교통사』, 新文館, 1918; 民俗苑, 1992.

이도학,「中原高句麗碑의 建立目的」,『고구려연구』10, 고구려연구회, 2000.

──,「百濟 黑齒常之墓誌銘의 檢討」,『향토문화』6, 향토문화연구회, 2010.

──,『백제 사비성 시대 연구』, 일지사, 2010.

이동환,「朴燕巖의 洪德保墓誌銘에 대하여」,『李朝後期漢文學의 再照明』, 창작과비평사, 1983.

이동훈,「고구려·백제 유민 지문 구성과 찬서자」,『한국고대사연구』76, 한국고대사학회, 2014.

이문기,「百濟 黑齒常之 父子 墓誌銘의 檢討」,『한국학보』64, 일지사, 1991.

──,「百濟遺民 難元慶 墓誌의 紹介」,『慶北史學』23, 경북사학회, 2000.

──,「高句麗 遺民 高足酉 墓誌의 檢討」,『역사교육논집』26, 경북대학교 사범대학 역사과, 2000.

이민수,「高句麗 遺民 李他仁의 族源과 柵城 褥薩 授與 배경에 대한 고찰」,『대구사학』128, 대구사학회, 2017.

이민식,「조선시대능묘비에 관한 연구」, 한성대학교 석사학위논문, 1996.

이민주,「장황의 아름다움」, 한국학중앙연구원 장서각 편,『조선왕실의 비석과 지석 탑본』, 한국학중앙연구원 출판부, 2019.

이병휴,「15세기 후반, 16세기 초의 사회변동과 김종직(金宗直) 및 그 문인(門人)의 대응」,『역사교육논집』35, 역사교육학회, 2005.

이상백,「서얼차대의 연원에 관한 일문제」,『진단학보』1, 진단학회, 1934.

이성규,「4세기 이후의 낙랑교군과 낙랑유민」, 최소자교수정년기념논총 간행위원회 편,『동아시아 역사 속의 중국과 한국』, 서해문집, 2005.

이성규·정인성·이남규·오영찬·김무중·김길식,『낙랑문화연구』, 동북아역사재단, 2006.

이성제,「고구려·백제유민 묘지의 출자 기록과 그 의미」,『한국고대사연구』75, 한국고대사학회, 2014.

──,「어느 고구려 무장의 가계와 일대기─새로 발견된〈高乙德墓誌〉에 대한 譯註와 분석─」,

『중국중세사연구』 38, 중국고중세사학회, 2015.

이성형, 「조선 지식인의 시문에 투영된 '關王廟'—명청 교체기를 중심으로—」, 『한문학논집』 38, 근역한문학회, 2014.

이승수 편역, 『옥같은 너를 어이 묻으랴』, 태학산문선 104, 태학사, 2001.

이완우, 「碑帖으로 본 한국서예사—朗善君 李俁의 『大東金石書』」, 『국학연구』 1, 한국국학진흥원, 2002.

이우성, 『新羅四山碑銘』, 아세아문화사, 1995.

이우태, 「북한산비의 신고찰」, 『서울학연구』 12, 서울시립대학교 서울학연구소, 1999.

이욱, 「조선시대 왕실기적비 건립과 탑본의 제작」, 한국학중앙연구원 장서각 편, 『조선왕실의 비석과 지석 탑본』, 한국학중앙연구원 출판부, 2019.

이은성, 「무령왕릉의 지석과 元嘉曆法」, 『동방학지』 43, 연세대학교 국학연구원, 1984.

이익주, 「『목은시고』를 통해 본 고려 말 이색의 일상: 1379년(우왕 5)의 사례」, 『한국사학보』 32, 고려사학회, 2008.

이인철, 「德興里壁畵古墳의 墨書銘을 통해 본 고구려의 幽州經營」, 『역사학보』 158, 역사학회, 1998.

이전복, 「中原郡의 高麗碑를 통해 본 高句麗 國名의 變遷」, 『고구려연구』 10, 고구려연구회, 2000.

이정임, 「고려시대 비지문학 연구」, 고려대학교 박사학위논문, 1995.

이종묵, 「鄭東愈와 그 一門의 저술」, 『진단학보』 110, 진단학회, 2010.

이종문, 「인각사 연구」, 『한문학연구』 15, 계명한문학회, 2001.

———, 『인각사 삼국유사의 탄생: 부러진 기린의 뿔을 찾아서』, 글항아리, 2010.

———, 「鍪藏寺碑를 쓴 서예가에 대한 재검토」, 『대동한문학』 40, 대동한문학회, 2014.

이종범, 「필문 이선제의 생애와 경륜」, 호남사학회·향토문화개발협의회, 『호남사림과 필문 이선제학술대회』, 국립광주박물관대강당, 2018. 10. 27.

이종호, 「18세기초 사대부층의 새로운 문예인식」, 『한국근대문학사의 쟁점』, 창작과비평사, 1990.

———, 「조선조 고문론과 碑誌類 散文: 그 傳記文學的 性格을 중심으로」, 『한국 고문의 이론과 전개』, 태학사, 1996.

이지관, 「校勘 譯註 軍威 麟角寺 普覺國師 靜照塔碑文」, 『가산학보』 5, 가산불교문화연구원, 1996.

이진오, 『한국불교문학의 연구』, 민족사, 1997.

이천우, 「고흠덕 묘지명을 통해 본 고구려 유민의 당 내관직 제수와 특진 배경」, 『이화사학연구』 57, 이화사학연구소, 2019.

이태진, 「서얼차대고」, 『역사학보』 27, 역사학회, 1965.

이태희,「趙龜命의 散文 硏究」, 한국학대학원 석사학위논문, 2000.

이해준,「내가 찾은 자료 '매향비'의 발견과 '안다니'의 속사정」,『역사비평』20, 역사문제연구소, 1992.

──,「민중의 염원 담긴 매향 의례와 침향」,『고전사계』통권39, 한국고전번역원, 2020.

이현호,「유한준 산문 연구」, 한국학대학원 석사학위논문, 2004.

이형구,『廣開土大王陵碑 新硏究』, 동화출판공사, 1986.

이혜순,「신라말 빈공제자의 시에 대하여」,『한국한문학연구』7, 한국한문학연구회, 1984.

이홍식,「東谿 趙龜命의 主意論的 글쓰기와 기의 미학」, 한양대학교 석사학위논문, 2001.

이홍직,「羅末의 戰亂과 緇軍」,『史叢』12·13合, 역사학연구회, 1968.

인권환,『한국불교문학연구』, 고려대학교출판부, 1999.

임완혁,「碑誌文에 나타난 亡人의 形象化 方式─碑誌文을 둘러싼 人間의 相互關係를 통해 본─」,『대동한문학』32, 대동한문학회, 2010.

자오리 광(趙力光),「중국의 비각(碑刻)연구 현황」,『대동문화연구』55, 성균관대학교 동아시아학술원 대동문화연구원, 2006.

장인성,「武寧王陵 墓誌를 통해 본 백제인의 생사관」,『백제연구』32, 충남대학교 백제연구소, 2000.

장철수,「지석의 명칭과 종류에 대한 일고찰」, 두산 김택규박사 화갑기념논문집 간행위원회,『두산 김택규박사화갑기념 문화인류학논총』, 1989.

──,「지석의 발생에 대한 일고찰」,『의민 이두현교수 정년퇴임기념 논문집』, 서울대학교 국어교육과, 1989.

──,『옛무덤의 사회사』, 웅진, 1995.

전기웅,『羅末麗初의 政治社會와 文人知識層』, 혜안, 1996.

전인초,「관우의 인물조형과 關帝信仰의 조선전래」,『동방학지』134, 연세대학교 국학연구원, 2006.

정경일,「麗末鮮初의 埋香碑 硏究」, 한국교원대학교 석사학위논문, 1993.

정경주,「부산 금석문 해제」, 경성대학교 부설 한국학연구소,『부산금석문』, 부산뿌리찾기2, 부산광역시, 2002.

정경훈,「17세기 비지문 창작양상 고찰─4종의 남명신도비를 중심으로─」,『동방한문학』51, 동방한문학회, 2012.

정광,『智證大師碑銘小考』, 경서원, 1992.

정동준,「高乙德 墓誌銘」,『목간과 문자』17, 한국목간학회, 2016.

정민,『비슷한 것은 가짜다』, 태학사, 2000.

정병삼,「一然 碑文의 단월」,『한국학연구』5, 숙명여자대학교 한국학연구소, 1995.

──,「高麗 高僧 碑文 譯註의 과제와 방향」, 박종기 외,『고려시대연구』Ⅰ, 한국학중앙연구

원, 2000.

―――,「일연선사비의 복원과 고려 승려 비문의 문도 구성」,『한국사연구』133, 한국사연구회, 2006.

정병준,「당에서 활동한 백제 유민」,『百濟 遺民들의 活動』, 충청남도 역사문화연구원, 2007.

정석종,『조선 후기의 정치와 사상』, 한길사, 1995.

鄭性本,『新羅禪宗의 硏究』, 民族社, 1995.

정순희,「古文論과 碑誌類의 상관성: 陶谷 李宜顯의 碑誌類를 중심으로」,『어문연구』46, 어문연구학회, 2004.

정양완·심경호,『江華學派의 文學과 思想(4)』, 한국정신문화연구원, 1999.

정우봉,「이용휴 문학론의 일고찰: 그의 양명학적 사고와 관련하여」,『한국한문학연구』9, 한국한문학회, 1987.

정원주,「男生의 失脚 배경과 그의 行步」,『한국고대사연구』75, 한국고대사학회, 2014.

정인보 저, 정양완 역,『국역 담원문록』, 태학사, 2006.

鄭寅普,「廣開土境平安好太王陵碑文譯略」,『(庸齊白樂濬博士回甲記念)國學論叢』, 思想界社, 1955.

―――,『조선사연구』상,『담원정인보전집』3, 연세대학교출판부, 1983.

정일균,「조선시대 거창지역(안음현)의 학통과 사상: 갈천 임훈과 동계 정온의 학문론을 중심으로」,『동방한문학』22, 동방한문학회, 2002.

정재훈,「王室의 淵源」,『왕실자료해제해설』, 서울대학교 규장각한국학연구원 홈페이지.

정종수,「朝鮮初期喪葬儀禮硏究」, 중앙대학교 박사학위논문, 1994.

정항교,「고성 삼일포 매향비와 침향」,『제9회 강원도 향토문화사 연구발표회』, 전국문화원연합회 강원도지회, 1999.

정현숙,『신라의 서예』, 다운샘, 2016.

―――,「신라 사천왕사지 출토 비편의 새로운 이해―다섯 비편은 '신문왕릉비'다―」,『목간과 문자』22, 한국목간학회, 2019.

鄭後洙,「德水慈氏橋碑銘研究」,『동양고전연구』13, 동양고전학회, 2000.

조동원,「금석문의 역사와 자료적 가치」,『대동문화연구』55, 성균관대학교 동아시아학술원 대동문화연구원, 2006.

조동일,『한국문학통사』1(제4판), 지식산업사, 2004.

조명제,「日本 國學院大學 考古學資料館 소장 高麗墓誌銘」,『한국중세사연구』16, 한국중세사학회, 2004.

조범환,「在唐 고구려 遺移民의 삶과 죽음」,『한국고대사탐구』35, 한국고대사탐구학회, 2020.

조성산,「玄同 鄭東愈와『晝永編』에 관한 연구」,『한국인물사연구』3, 한국인물사연구소, 2005.

조소앙,「북관대첩비 사건에 대하여 아(我)의 소감」,『대한흥학보』5, 대한흥학회, 1909.

――, 『소앙선생문집(하)』, 삼균학회, 1979.

조연미, 「朝鮮時代神道碑研究」, 숙명여자대학교 석사학위논문, 1999.

조원래, 「이순신과 鄭運―녹도만호 정운의 활동을 중심으로―」, 『이순신연구논총』 11, 순천향
　　대학교 이순신연구소, 2009.

주보돈, 『금석문과 신라사』, 지식산업사, 2002.

차문성, 「조선시대 왕릉 석물의 재료와 제작 방법 변화에 관한 연구: 신도비와 표석, 상석을 중
　　심으로」, 『문화재』 52-4, 국립문화재연구소, 2019.

채상식, 「淨土寺址 法鏡大師碑 陰記의 分析―高麗初 地方社會와 禪門의 構造와 관련하여―」,
　　『한국사연구』 36, 한국사연구회, 1982.

최경민, 「북관대첩비 개요와 내용」, 독립기념관 소장자료 소개, 2005. 11.

崔南善, 「新羅眞興王の在來三碑と新出現の磨雲嶺碑」, 『青丘學叢』 2, 青丘學會, 1930.

최병헌, 「新羅下代 禪宗九山派의 成立」, 『한국사연구』 7, 한국사연구회, 1972.

――, 「羅末麗初 禪宗의 社會的 性格」, 『사학연구』 25, 한국사학회, 1975.

――, 「海印寺 妙吉祥塔記」, 김철준·최병헌 편, 『史料로 본 韓國文化史』(古代篇), 일지사,
　　1986.

최상기, 「백제 멸망 이후 禰氏 일족의 위상」, 『역사와 현실』 101, 한국역사연구회, 2016.

최순권, 「조선초 지석의 제작과 葬法」, 『호남사림과 필문 이선제 학술대회』, 주최: 호남사학회·
　　향토문화개발협의회, 장소: 국립광주박물관대강당, 2018. 10. 27.

최승희, 『(增補版) 한국고문서연구』, 지식산업사, 1989.

최연식, 「무장사 아미타여래 조상비」, 한국고대사회연구소 편, 『역주 한국고대금석문』, 가락
　　국사적개발연구원, 1992.

――, 「고려초 道峯山 寧國寺 慧炬의 행적과 사상 경향―신발견 塔碑片의 내용 검토를 중심
　　으로―」, 『한국중세연구』 54, 한국중세사학회, 2018.

최영성, 「무장사 아비타불 조상비 연구」, 『무장사 아미타불 조상사적비 정비 연구보고서』, 경
　　주시, 2009.

――, 「신라 무장사 비의 書者에 관한 연구」, 『신라 무장사비 국제학술회의 논문집』, 경주시,
　　2010.

최원식, 「신라하대 해인사와 화엄종」, 『한국사연구』 49, 한국사연구회, 1985.

최장미, 「사천왕사지 발굴조사 성과와 추정 사적비편」. 『목간과 문자』 8, 한국목간학회, 2011.

――, 「사천왕사 출토 비편의 형태학적 검토」, 『역사와 경계』 85, 부산경남사학회, 2012.

최주희, 「16세기 말~17세기 전반 唐糧의 성격에 대한 검토」, 『조선시대사학보』 89, 조선시대
　　사학회, 2019.

최호림, 「고려초기의 墓誌에 관한 일고찰」, 『동아시아문화연구』 6, 한양대학교 동아시아문화
　　연구소, 1984.

──, 「조선시대 묘지의 종류와 형태에 관한 연구」, 『고문화』 25, 한국대학박물관협회, 1984.

崔孝軾, 「東都의 명기 紅桃 崔桂玉」, 『신라문화』 30, 동국대학교 신라문화연구소, 2007.

추홍희, 『문무대왕릉비 연구 1: 문무왕, 당태종』, 이통장연합뉴스출판부, 2020.

치지와 이타루(千千和到), 「일본의 금석문 연구 현황」, 『대동문화연구』 55, 성균관대학교 동아시아학술원 대동문화연구원, 2006.

하일식, 「해인사전권과 묘길상탑기」, 『역사와 현실』 24, 한국역사연구회, 1997.

한국고대사연구회, 『신라말 고려초의 정치사회 변동』, 신서원, 1994.

한국역사연구회, 『고려의 황도 개경』, 창작과비평사, 2002.

한국역사연구회 고대사분과, 『고대로부터의 통신』, 푸른역사, 2004.

한성욱, 「蓽門 李先齊 墓誌의 현황과 의의」, 『호남사림과 필문 이선제학술대회』, 주최: 호남사학회·향토문화개발협의회, 장소: 국립광주박물관대강당, 2018. 10. 27.

한은섭, 「양반사회의 여종의 묘비와 정려문」, 『향토사연구』 1, 한국향토사연구전국협의회, 1989.

한종수, 「조선후기 숙종대 關王廟 致祭의 성격」, 『역사민속학』 21, 한국역사민속학회, 2005.

허흥식, 「高麗의 梁宅椿墓誌銘」, 『문화재』 17, 문화재관리국, 1984.

──, 「圓悟國師의 父 梁宅椿墓誌銘」, 『高麗佛教史研究』, 일조각, 1986.

──, 「고려 불교금석문의 특성과 정리방향」, 『대동문화연구』 55, 성균관대학교 동아시아학술원 대동문화연구원, 2006.

호승희, 「신라한시 연구」, 이화여자대학교 박사학위논문, 1993.

홍사준, 「신라문무왕릉비단비 추기」, 『고고미술』 제3권 9호, 고고미술동인회, 1962.

홍우흠, 「崔孤雲用韻攷」, 『신라문학의 신연구』, 신라문화제학술발표회논문집 제7집, 경주시 신라문화선양회, 1986.

황의열, 「碑誌類의 文學的 接近을 위한 豫備的 檢討」, 『韓國漢文敎育研究』 3, 1989.

──, 「碑誌類의 특징과 변천 양상」, 『동방한문학』 31, 동방한문학회, 2006.

황정연, 「낭선군 이우, 17세기를 장식한 예술 애호가」, 『내일을 여는 역사』 38, 내일을 여는 역사재단, 2010.

──, 『조선시대 서화수장 연구』, 신구문화사, 2012.

黃淸連, 「扶餘隆墓誌에서 본 唐代 韓中關係」, 『百濟史의 比較研究』, 충남대학교 백제연구소, 1993.

중문

姜書閣, 『騈文史論』, 北京: 人民文學出版社, 1986.

姜淸波, 『入唐三韓人研究』, 廣州: 暨南大學出版社, 2010.

黨銀平, 「新羅文人崔致遠『桂苑筆耕集』版本源流攷述」, 『중국학논총』 12, 한국중국문화학회,

2001.

拜根興, 『唐代高麗百濟移民研究』, 北京: 中國社會科學出版社, 2012.

孫鐵山, 「唐李他仁墓誌考釋」 遠望集(下), 西安: 陝西人民美術出版社, 1998.

梁志龍, 「泉氏家族世系及其事略」, 『東北史地』 2005-4, 長春: 吉林省高句麗研究中心, 2005.

王其褘・周曉薇, 「國內城高氏: 最早入唐的高句麗移民」, 『陝西師範大學學報』 2013-3, 西安: 陝西師範大學, 2013.

王化昆, 「武周高質墓志 考略」, 『河洛春秋』 2007-3, BAIDU百科(https://baike.baidu.com).

蔣伯潛・蔣祖怡, 『駢文與散文』, 古典文史基本知識叢書, 上海: 上海書店出版社, 1997.

張福有・趙振華, 「洛陽・西安出土北魏与高句麗人墓誌及泉氏墓誌」, 『東北史地』 2005-4, 長春: 吉林省高句麗研究中心, 2005.

張彥, 「唐高麗遺民「高鐃苗墓志」考略」, 『文博』 2010-5, 西安: 陝西省文物信息咨詢中心, 2010.

褚斌杰, 『中國古代文體概論』, 北京: 北京大學出版社, 1990.

趙振華・閔庚三, 「唐高質高慈父子墓志研究」, 『考古與文物』 2009-2, 西安: 陝西省考古研究所, 2009.

朱承平, 『對偶辭格』, 長沙: 岳麓書社, 2003.

陳建華, 『中國江浙地區十四至十七世紀社會意識與文學』, 上海: 學林出版社, 1992.

陳星平, 『東漢碑額書法 藝術研究』, 台北: 文津出版社, 2012.

陳必祥, 『古代散文文體概論』, 鄭州: 河南人民出版社, 1986.

鄒秀玉, 「渤海貞孝公主墓志并序考釋」, 『延邊文物資料匯編』, 延邊: 延邊朝鮮族自治州博物館, 1983.

일문

犬飼隆, 「古代日朝における言語表記」, 日本國立歷史民俗博物館 平川南 編, 『古代日本と古代朝鮮の文字文化交流』, 東京: 大修館書店, 2014.

關根達人, 『墓石が語る江戶時代: 大名・庶民の墓事情』, 東京: 吉川弘文館, 2018.

今西龍, 「新羅文武王陵碑に就いて」, 『藝文』 12-7, 京都: 京都大學人文學會, 1921.

吉津宜英, 「法藏傳の再檢討」, 『宗教研究』 52-3, 東京: 日本宗教學會, 1979.

大庭脩, 「大化薄葬令と墓誌」, 『大化の薄葬令―古墳のおわり―』(圖錄), 大阪: 近つ飛鳥博物館, 1998.

道坂昭廣, 「初唐の序について」, 『中國文學報』 54, 京都: 京都大學文學部中國語學中國文學研究室, 1997.

─────, 「駢文という文體の日本への傳播ついて」, 『東亞漢學研究』 10, 고려대학교 한자한문연구소, 2015.

─────, 『王勃集と王勃文學研究』, 東京: 硏文出版, 2016.

東野治之·平川南,『よみがえる古代の碑』, 千葉縣: 歷史民俗博物館振興會, 1999.

藤本幸夫,『日本現存朝鮮本研究(集部)』, 京都: 京都大學學術出版會, 2006.

───,『日本現存朝鮮本研究(史部)』, 동국대학교 출판부, 2018.

藤田亮策,「新羅金仁問墓碑に就いて」,『京城帝大史學會會報』1(2), 京城帝大史學會, 1932.

───,「新羅金仁問墓碑の發見」,『青丘學叢』7, 青丘學會, 1932.

───,「玄化寺住持闡祥墓誌」,『朝鮮金石瑣談』,『青丘學叢』19, 青丘學會, 1935.

───,『朝鮮學論考』, 奈良: 藤田先生記念事業會刊行, 1963.

鈴木靖民,『古代對外關係史の研究』, 東京: 吉川弘文館, 1985.

末松保和,「近時發見の新羅金石文」,『新羅史の諸問題』, 東京: 東洋文庫, 1954.

───,「壬申誓記石」,『新羅史の諸問題』, 東京: 東洋文庫, 1954.

木村清孝,「崔致遠撰法藏和尚傳考」, 大韓傳統佛教研究院 第4回國際佛教學術會議 발표문, 1981.

木下禮仁,「日本書紀素材論への一つの試み」, 三品彰英 編,『日本書紀研究』第1冊, 東京: 塙書房, 1964.

武田幸男,「伽倻−新羅の桂城'大干'−昌寧桂城古墳群出土土器の銘文について」,『朝鮮文化研究』1, 東京: 東京大學 朝鮮文化研究室, 1994.

門田誠一,「銘文の檢討による高句麗初期傳來の實相−德興里古墳墨書中の傳教語彙を中心に−」,『朝鮮學報』180, 朝鮮學會, 2001.

上田正昭,『古代の道教と朝鮮文化』, 京都: 人文書院, 1989.

小南一郎,『西王母と七夕傳乘』, 東京: 平凡社, 1991.

小笠原好彦,「日本古代の墓誌」,『日本古代學』4, 東京: 明治大學 古代史研究所, 2012.

深津行德,「古代東アジアの書体·書風」, 平川南·榮原永遠男·沖森卓也·山中章 編集,『文字と古代日本 5: 文字表現の獲得』, 東京: 吉川弘文館, 2006.

鈴木靖民·趙明濟,「國學院大學考古學資料館所藏 德富蘇峰コレクションの高麗墓誌銘」,『國學院大學考古學資料館紀要』20, 東京: 國學院大學, 2004.

王健群·賈士金·方起東,『好太王碑と高句麗遺跡』, 東京: 讀賣新聞社, 1988.

李宇泰,「韓國の買地券」,『都市文化研究』14, 大阪: 大阪市立大學文學研究科, 2012.

周藤吉之,「新羅末の文士崔致遠傳−とくに同年進士の友顧雲の事蹟について−」,『東洋大學東洋史研究報告』4, 東京: 東洋大學東洋史研究室, 1987.

───,「唐末淮南高駢の藩鎭體制と黃巢徒黨との關係について−新羅末の崔致遠の著『桂苑筆耕集』」,『東洋學報』第68卷 第3·4號合刊, 東京: 東洋協會學術調查部, 1987.

中村圭爾,「買地券と墓誌の間」, 第3回中國石刻合同研究會, 明治大學, 2010. 7. 24.

川本芳昭,『魏晉南北朝時代の民族問題』, 東京: 汲古書院, 1998.

平勢隆郎,『龜の碑と正統』, 東京: 白帝社, 2004.

926

5. 인터넷 사이트

경상대학교 문천각 남명학고문헌시스템 (http://nmh.gnu.ac.kr/)

고려대학교 민족문화연구원 해외한국학자료센터 (https://riks.korea.ac.kr/kostma/)

국립문화재연구소 문화유산연구지식포털 (http://portal.nrich.go.kr)

국립중앙도서관 (http://www.nl.go.kr)

국사편찬위원회 한국사데이터베이스 (http://db.history.go.kr)

국사편찬위원회 한국역사정보시스템 (http://www.koreanhistory.or.kr/)

서울대학교 규장각한국학연구원 (http://kyujanggak.snu.ac.kr/)

한국고전종합DB (http://db.itkc.or.kr)

한국국학진흥원 유교넷 (http://www.ugyo.net/)

한국학중앙연구원 왕실도서관 장서각디지털아카이브 (http://yoksa.aks.ac.kr)

한국학중앙연구원 한국학자료센터 (http://www.kostma.net/)

한국학중앙연구원 한국향토문화전자대전 (http://www.grandculture.net/)

춘천문화원 '춘천의 역사' (http://archive.ccmunhwa.or.kr/archive)

BAIDU百科 (http://baike.baidu.com)

일본 메이지대학(明治大學) 고대학연구소(古代學硏究所) 공개 데이터베이스 (http://www.isc.meiji.ac.jp/~yoshimu/database.html)

찾아보기

인명

ㄱ

938

심경호(沈慶昊)

1955년 충북에서 태어나 서울대학교 국어국문학과와 같은 대학원을 졸업하고, 일본 교토대학에서 문학박사학위를 받았다. 한국정신문화연구원(현 한국학중앙연구원)과 강원대학교 국어국문학과 조교수를 거쳐 고려대학교 한문학과 교수로 재직하였다. 고려대학교 한자한문연구소장을 역임했다. 현재 고려대학교 한문학과 명예교수이다.

저서로『조선시대 한문학과 시경론』,『강화학파의 문학과 사상』1~4(단독 및 공저),『국문학연구와 문헌학』,『한학 입문』,『한국 한문기초학사』1~3,『다산과 춘천』,『다산의 국토 사랑과 경영론』,『여행과 동아시아 고전문학』,『김시습 평전』,『안평: 몽유도원도와 영혼의 빛』,『한국한시의 이해』,『한시기행』,『한시의 세계』,『한시의 서정과 시인의 마음』,『한시의 성좌: 중국시인 열전』,『김삿갓 한시』,『한문산문의 내면 풍경』,『한문산문미학』,『간찰: 선비의 마음을 읽다』,『내면기행: 옛사람이 스스로 쓴 58편의 묘비명 읽기』,『산문기행: 조선의 선비, 산길을 가다』,『나는 어떤 사람인가: 선인들의 자서전』,『국왕의 선물』1~2,『참요: 시대의 징후를 노래하다』,『옛 그림과 시문』등이 있다. 역서로『주역철학사』,『불교와 유교』,『동성문파술론』,『일본한문학사』(공역),『금오신화』,『한자학: 설문해자의 세계』,『역주 원중랑집』1~10(공역),『한자 백 가지 이야기』,『선생, 세상의 그물을 조심하시오』,『일본서기의 비밀』,『증보역주 지천선생집』(공역),『서포만필』상·하,『삼봉집: 조선을 설계하다』,『국역 기계문헌』1~6(공역),『심경호 교수의 동양고전강의: 논어』1~3,『당육선공주의』1~2(공역),『동아시아 한문학 연구의 방법과 실천』,『도성행락(圖成行樂): 명청 문인의 화상 제영』,『여유당전서-시』등이 있다.

한국의 석비문과 비지문

1판 1쇄 펴낸날 2021년 5월 18일

지은이 | 심경호
펴낸이 | 김시연

펴낸곳 | (주)일조각
등록 | 1953년 9월 3일 제300-1953-1호(구 : 제1-298호)
주소 | 03176 서울시 종로구 경희궁길 39
전화 | 02-734-3545 / 02-733-8811(편집부)
        02-733-5430 / 02-733-5431(영업부)
팩스 | 02-735-9994(편집부) / 02-738-5857(영업부)
이메일 | ilchokak@hanmail.net
홈페이지 | www.ilchokak.co.kr

ISBN 978-89-337-0789-0 93810
값 90,000원

* 지은이와 협의하여 인지를 생략합니다.